中国现代社团
"文学丛书"叙录

The Descriptive Catalogue of "Literature Series" of the Societies in Modern China

上册

付建舟 编著

中国社会科学出版社

图书在版编目(CIP)数据

中国现代社团"文学丛书"叙录：全二册 / 付建舟编著. -- 北京：中国社会科学出版社，2024.11.
ISBN 978-7-5227-4052-2

Ⅰ. I209.6

中国国家版本馆 CIP 数据核字第 2024J4M580 号

出 版 人	赵剑英
责任编辑	安　芳
责任校对	张爱华
责任印制	李寡寡

出　　版	中国社会科学出版社
社　　址	北京鼓楼西大街甲 158 号
邮　　编	100720
网　　址	http://www.csspw.cn
发 行 部	010-84083685
门 市 部	010-84029450
经　　销	新华书店及其他书店

印　　刷	北京君升印刷有限公司
装　　订	廊坊市广阳区广增装订厂
版　　次	2024 年 11 月第 1 版
印　　次	2024 年 11 月第 1 次印刷

开　　本	710×1000　1/16
印　　张	76.25
字　　数	1373 千字
定　　价	398.00 元(全二册)

凡购买中国社会科学出版社图书，如有质量问题请与本社营销中心联系调换
电话：010-84083683
版权所有　侵权必究

国家社科基金后期资助项目
出 版 说 明

后期资助项目是国家社科基金设立的一类重要项目，旨在鼓励广大社科研究者潜心治学，支持基础研究多出优秀成果。它是经过严格评审，从接近完成的科研成果中遴选立项的。为扩大后期资助项目的影响，更好地推动学术发展，促进成果转化，全国哲学社会科学工作办公室按照"统一设计、统一标识、统一版式、形成系列"的总体要求，组织出版国家社科基金后期资助项目成果。

全国哲学社会科学工作办公室

序

关爱和

付建舟的《中国现代社团"文学丛书"叙录》即将出版,这是他继《商务印书馆〈说部丛书〉叙录》《清末民初〈说部丛书〉叙录》之后的第三部"叙录性"著作,是国家社科基金后期重点项目的结项成果。该著的出版不是偶然的,是他长期注重"文献",不断"发现"的结果。这体现了他既遵从规范性,又追求创新性的学术精神。

付建舟具有良好的学术敏感性。早在读博期间,在选择博士论文选题时,他就注重"文献",偶有"发现"。最初,他拟定了一份简短的文稿,与我讨论并确定选题。我拿过来一看,整整齐齐排列了二十余种晚清小说期刊名称及相关信息。我明白,他试图对这二十余种期刊进行整体研究。但是时间有限,担心难以顺利完成任务,就商定选取其中的四种:《新小说》《绣像小说》《月月小说》《小说林》,即通常所说的"晚清四大小说期刊"。又由于当时已经有几位博士生做过类似的研究,侧重期刊本身恐怕难以创新,就建议侧重"小说界革命",以"晚清四大小说期刊"为依托,研究"小说界革命"的兴起与发展。其博士论文有不少亮点。在第一章"'小说界革命'兴起与发展的社会历史条件"和第二章"期刊小说的生产与小说期刊的传播"中,他认为自己有所"发现",并试图命名。他从"三个社会阶层"突出晚清的救亡与启蒙运动,即"上层社会的救亡运动与下层社会的启蒙运动""废科举、兴学校、办报馆与中层社会的启蒙运动",还试图对小说期刊上刊登的小说命名为"期刊小说"。作为博士生,这种学术冲动是值得肯定的。

付建舟在复旦大学黄霖先生指导下做博士后研究,出站后到浙江高校工作,依然注重"文献",不断"发现"。通过阅读大量文献资料,他撰写了《论中国现代纯文学观的发生》一文,发表于《文学评论》。这既体现了他良好的学术敏感性,又体现了他对研究方法的注重,即

"发生学"研究法。

此后，付建舟一如既往，在广泛阅读的基础上，不断"发现"。他以《（商务印书馆）〈说部丛书〉研究》为题申报教育部人文社科基金青年项目，获得立项。在研究过程中他的视野不断扩大，"发现"不仅商务印书馆出版了《说部丛书》，其他不少书局也出版了《说部丛书》时，便整理资料，撰写出七十余万字的《清末民初〈说部丛书〉叙录》。此前，他就不断搜集，写作《清末民初版本经眼录》系列，已出版七种。

清末民初出版的小说，数量很多，材料丰富；与此同时，商家还推出"大量广告"。这一现象激发了付建舟浓厚的兴趣。经过思考，他撰写了《清末民初新小说广告的文学史意义》一文，发表于《文学评论》。在清末民初小说研究方面，付建舟敢于道人之所未道。他在研究中发现：不仅晚清小说界革命过程中的创作与翻译小说在当时被称为"新小说"，还有一脉延续到民初的所谓的"旧小说"在当时也被称为"新小说"，因此"小说界革命"的影响并不限于清末，还蔓延到民初。这一观点，他以《小说界革命的晚清成就与民初效应》为题，发表在台北《中国文哲研究通讯》上，得到评审专家和学术界的高度好评。

"文学社团"是中国现代文学的重要组成部分，许多社团影响甚大，如"文学研究会""创造社""语丝社""新月社"，还有一些社团颇有特色，如"弥洒社""浅草——沉钟社""狂飙社"等。付建舟的研究，由《说部丛书》扩展到"文学丛书"，再由"文学丛书"，聚焦于"社团"，全面搜集资料，完成著作《中国现代社团"文学丛书"叙录》。《叙录》对中国现代社团"文学丛书"600多种（编）著作的封面、扉页、版权页、书名、著者或译者、出版单位、出版时间、目录、序跋等等信息以及相关文献，包括广告，加以全面而翔实地叙录。这种"叙录模式"萌芽于2010年出版的《清末民初小说版本经眼录》，发展于其后的"经眼录"系列（七种），成型于2019年出版的《商务印书馆〈说部丛书〉叙录》和2022年出版的《清末民初〈说部丛书〉叙录》。由此，我们似乎可以看到作者学术不断探索不断进步的轨迹。

是为序。

总 目 录

凡　例	（1）
一　文学研究会"文学丛书"叙录	（1）
二　创造社"文学丛书"叙录	（408）
三　共学社"文学丛书"叙录	（524）
四　少年中国学会"文学丛书"叙录	（581）
五　新潮社"文艺丛书"叙录	（615）
六　未名社"文学丛书"叙录	（647）
七　狂飙社"文学丛书"叙录	（733）
八　幻社《幻洲丛书》叙录	（787）
九　沉钟社《沉钟丛书》叙录	（810）
十　广州文学会《广州文学会丛书》叙录	（826）
十一　朝花社"文学丛书"叙录	（849）
十二　质文社《文艺理论丛书》叙录	（854）
十三　宇宙风社"文学丛书"叙录	（877）
十四　西北战地服务团"文学丛书"叙录	（910）
十五　新演剧社"文学丛书"叙录	（924）
十六　希望社"文学丛书"叙录	（936）
十七　烽火社《烽火小丛书》叙录	（1018）
十八　中国诗艺社《中国诗艺社丛书》叙录	（1044）
十九　文艺新潮社《文艺新潮社小丛书》叙录	（1064）
二十　中央青年剧社《剧本创作选》叙录	（1090）

二十一　今日文艺社《今日文艺丛书》叙录 …………………（1117）
二十二　华北作家协会《华北文艺丛书》叙录 ………………（1145）
二十三　诗创造社《创造诗丛》叙录 ……………………………（1155）
参考文献 ……………………………………………………………（1173）
后　　记 ……………………………………………………………（1186）

目　录

（上册）

凡　例 ………………………………………………………… (1)

一　文学研究会"文学丛书"叙录 …………………………… (1)
  （一）《文学研究会丛书》叙录 ……………………………… (1)
    《阿那托尔》 …………………………………………… (1)
    《爱罗先珂童话集》 …………………………………… (4)
    《倍那文德戏曲集》 …………………………………… (6)
    《波华荔夫人传》 ……………………………………… (8)
    《波纳尔之罪》 ………………………………………… (10)
    《惨雾》 ………………………………………………… (14)
    《超人》 ………………………………………………… (15)
    《赤都心史》 …………………………………………… (16)
    《春雨之夜》 …………………………………………… (19)
    《春之循环》 …………………………………………… (21)
    《稻草人》 ……………………………………………… (24)
    《俄国文学史略》 ……………………………………… (26)
    《二马》 ………………………………………………… (29)
    《繁星》 ………………………………………………… (30)
    《飞鸟集（太戈尔诗选一）》 …………………………… (32)
    《隔膜》 ………………………………………………… (34)
    《狗的跳舞》 …………………………………………… (35)
    《孤雁》 ………………………………………………… (37)
    《贵族之家》 …………………………………………… (38)

《海滨故人》………………………………………………（40）
《河童》……………………………………………………（41）
《红的笑》…………………………………………………（43）
《华伦夫人之职业》………………………………………（45）
《幻灭》……………………………………………………（47）
《黄昏》……………………………………………………（48）
《灰色马》…………………………………………………（49）
《火灾》……………………………………………………（52）
《嘉尔曼》…………………………………………………（54）
《将来之花园》……………………………………………（57）
《旧梦》……………………………………………………（58）
《菊子夫人》………………………………………………（63）
《科学与诗》………………………………………………（65）
《可敬的克莱登》…………………………………………（68）
《空山灵雨》………………………………………………（71）
《苦闷的象征》……………………………………………（72）
《莱森寓言》………………………………………………（75）
《老张的哲学》……………………………………………（77）
《恋爱的故事》……………………………………………（78）
《路曼尼亚民歌一斑》……………………………………（80）
《罗亭》……………………………………………………（82）
《旅途》……………………………………………………（84）
《玛加尔及其失去的天使》………………………………（87）
《玛丽》……………………………………………………（88）
《盲乐师》…………………………………………………（89）
《梅脱灵戏曲集》…………………………………………（91）
《绵被》……………………………………………………（92）
《莫泊桑短篇小说集》……………………………………（94）
《木马》……………………………………………………（97）
《悭吝人》…………………………………………………（99）
《青鸟》……………………………………………………（101）
《人之一生》………………………………………………（102）
《三姊妹》…………………………………………………（104）
《社会的文学批评论》……………………………………（106）

《诗学》……………………………………………………（107）
《诗之研究》………………………………………………（108）
《石门集》…………………………………………………（110）
《史特林堡戏剧集》………………………………………（112）
《他们的儿子》……………………………………………（113）
《太戈尔传》………………………………………………（114）
《太戈尔戏曲集（一）》…………………………………（115）
《天鹅》……………………………………………………（118）
《天鹅歌剧》………………………………………………（119）
《晚祷》……………………………………………………（121）
《为幸福而歌》……………………………………………（122）
《未厌集》…………………………………………………（124）
《文坛逸话》………………………………………………（125）
《文艺思潮论》……………………………………………（126）
《我的生涯》………………………………………………（132）
《西洋小说发达史》………………………………………（136）
《夏天》……………………………………………………（137）
《现代诗论》………………………………………………（138）
《线下》……………………………………………………（140）
《象牙戒指》………………………………………………（142）
《小人物的忏悔》…………………………………………（143）
《小说汇刊》………………………………………………（145）
《新俄国游记》……………………………………………（147）
《新文学概论》……………………………………………（149）
《新月集（太戈尔诗选二）》……………………………（152）
《雪朝》……………………………………………………（156）
《烟》………………………………………………………（158）
《一个青年的梦》…………………………………………（159）
《一个人的死》……………………………………………（162）
《她的一生》………………………………………………（164）
《一叶》……………………………………………………（165）
《遗产》……………………………………………………（167）
《艺林外史》………………………………………………（169）
《意大利及其艺术概要》…………………………………（170）

《意门湖》 …………………………………………………… (173)
《印度寓言（一）》 ………………………………………… (174)
《英雄与美人》 ……………………………………………… (176)
《忧愁夫人》 ………………………………………………… (178)
《狱中记》 …………………………………………………… (180)
《长子》 ……………………………………………………… (182)
《赵子曰》 …………………………………………………… (184)
《芝兰与茉莉》 ……………………………………………… (185)
《织工》 ……………………………………………………… (188)
《追求》 ……………………………………………………… (189)
《缀网劳蛛》 ………………………………………………… (190)
《醉里》 ……………………………………………………… (191)

(二)《文学研究会通俗戏剧丛书》叙录 ………………………… (192)
《青春底悲哀》 ……………………………………………… (192)
《复活的玫瑰》 ……………………………………………… (196)
《弃妇》 ……………………………………………………… (199)
《山河泪》 …………………………………………………… (200)
《相鼠有皮》 ………………………………………………… (202)
《歧途》 ……………………………………………………… (203)
《人间的乐园》 ……………………………………………… (204)
《顽石点头》 ………………………………………………… (206)
《春的生日》 ………………………………………………… (207)

(三)《小说月报丛刊》叙录 ……………………………………… (207)
《换巢鸾凤》 ………………………………………………… (208)
《世界的火灾》 ……………………………………………… (209)
《曼殊斐儿》 ………………………………………………… (210)
《日本的诗歌》 ……………………………………………… (212)
《诗人的宗教》 ……………………………………………… (214)
《毁灭》 ……………………………………………………… (215)
《死后之胜利》 ……………………………………………… (216)
《歧路》 ……………………………………………………… (218)
《社戏》 ……………………………………………………… (220)
《神曲一脔》 ………………………………………………… (221)
《近代德国文学主潮》 ……………………………………… (223)

《犯罪》……………………………………………（224）
《创作讨论》……………………………………（225）
《商人妇》………………………………………（227）
《谚语的研究》…………………………………（228）
《邻人之爱》……………………………………（229）
《良夜》…………………………………………（230）
《或人的悲哀》…………………………………（232）
《俄国四大文学家》……………………………（233）
《疯人日记》……………………………………（235）
《熊猎》…………………………………………（237）
《笑的历史》……………………………………（238）
《瑞典诗人赫滕斯顿》…………………………（239）
《雾飙运动》……………………………………（241）
《圣书与中国文学》……………………………（242）
《太戈尔诗》……………………………………（243）
《海啸》…………………………………………（245）
《梭罗古勃》……………………………………（247）
《北欧文学一脔》………………………………（248）
《平常的故事》…………………………………（250）
《近代丹麦文学一脔》…………………………（251）
《归来》…………………………………………（252）
《三天》…………………………………………（253）
《包以尔》………………………………………（254）
《恳亲会》………………………………………（256）
《芬兰文学一脔》………………………………（257）
《在酒楼上》……………………………………（258）
《法朗士传》……………………………………（259）
《法朗士集》……………………………………（261）
《彷徨》…………………………………………（263）
《〈诗经〉的厄运与幸运》……………………（265）
《波兰文学一脔（上）》………………………（266）
《波兰文学一脔（下）》………………………（268）
《阿富汗的恋歌》………………………………（270）
《校长》…………………………………………（271）

《武者小路实笃集》 ……………………………………… (273)
《日本小说集》 …………………………………………… (275)
《孤鸿》 …………………………………………………… (279)
《诗的原理》 ……………………………………………… (281)
《坦白》 …………………………………………………… (282)
《一个青年》 ……………………………………………… (283)
《牧羊儿》 ………………………………………………… (284)
《新犹太文学一脔》 ……………………………………… (286)
《新犹太小说集》 ………………………………………… (287)
《生与死的一行列》 ……………………………………… (289)
《婀拉亭与巴罗米德》 …………………………………… (291)
《俄国诗坛的昨日今日和明日》 ………………………… (293)
《眷顾》 …………………………………………………… (294)
《宾斯奇集》 ……………………………………………… (295)
《技艺》 …………………………………………………… (298)

(四)《文学周报社丛书》叙录 ………………………………… (299)
《动摇》（蚀之二） ……………………………………… (300)
《怂恿》 …………………………………………………… (302)
《子恺画集》 ……………………………………………… (303)
《列那狐的历史》 ………………………………………… (306)
《城中》 …………………………………………………… (308)
《耶稣的吩咐》 …………………………………………… (311)
《东方寓言集》 …………………………………………… (313)
《犹太小说集》 …………………………………………… (314)
《英兰的一生》 …………………………………………… (316)
《国木田独步集》 ………………………………………… (318)
《洗澡》 …………………………………………………… (323)
《梅萝香》 ………………………………………………… (324)
《雪人》 …………………………………………………… (326)
《畸零人日记》 …………………………………………… (329)
《文艺与性爱》 …………………………………………… (330)
《童话论集》 ……………………………………………… (332)
《春日》 …………………………………………………… (334)
《龙山梦痕》 ……………………………………………… (337)

《血痕》 …………………………………………………… (340)
《寂寞的国》 ………………………………………………… (341)
《荷花》 ……………………………………………………… (343)
《参情梦及其他》 …………………………………………… (345)
《悒郁》 ……………………………………………………… (346)

(五)《文学研究会创作丛书》叙录 ……………………… (347)
《汉园集》 …………………………………………………… (347)
《画廊集》 …………………………………………………… (350)
《佳讯》 ……………………………………………………… (352)
《困学集》 …………………………………………………… (353)
《篱下集》 …………………………………………………… (355)
《生之忏悔》 ………………………………………………… (356)
《圣陶短篇小说集》 ………………………………………… (357)
《万仞约》 …………………………………………………… (359)
《西施及其他》 ……………………………………………… (360)
《湘行散记》 ………………………………………………… (363)
《芭蕉谷》 …………………………………………………… (364)
《渡家》 ……………………………………………………… (365)
《桂公塘》 …………………………………………………… (367)
《黑屋》 ……………………………………………………… (369)
《记忆之都》 ………………………………………………… (371)
《流沙》 ……………………………………………………… (372)
《沦落》 ……………………………………………………… (374)
《西行书简》 ………………………………………………… (376)
《乡间的悲剧》 ……………………………………………… (377)
《小树叶》 …………………………………………………… (379)
《许杰短篇小说集》 ………………………………………… (382)
《这不过是春天》 …………………………………………… (384)

(六)《文学研究会世界文学名著丛书》叙录 …………… (386)
《笔尔和哲安》 ……………………………………………… (387)
《俄国短篇小说译丛》 ……………………………………… (387)
《法国短篇小说集》 ………………………………………… (389)
《番石榴集》 ………………………………………………… (390)
《黑色马》 …………………………………………………… (393)

《化外人》………………………………………………………… (393)
《老屋》…………………………………………………………… (396)
《皮蓝德娄戏曲集》……………………………………………… (397)
《沙宁》…………………………………………………………… (398)
《西窗集》………………………………………………………… (400)
《现代日本小说译丛》…………………………………………… (402)
《乡下姑娘》……………………………………………………… (404)
《在俄罗斯谁能快乐而自由》…………………………………… (405)

二 创造社"文学丛书"叙录……………………………………… (408)

泰东图书局《（创造社）世界名家小说》叙录………………… (408)
　　《茵梦湖》………………………………………………………… (408)
　　《少年维特之烦恼》……………………………………………… (409)
　　《鲁森堡之一夜》………………………………………………… (412)
泰东图书局《创造社丛书》叙录………………………………… (414)
　　《女神》…………………………………………………………… (414)
　　《革命哲学》……………………………………………………… (415)
　　《沉沦》…………………………………………………………… (416)
　　《冲积期化石》…………………………………………………… (417)
　　《无元哲学》……………………………………………………… (420)
　　《星空》…………………………………………………………… (421)
　　《爱之焦点》……………………………………………………… (422)
　　《烦恼的网》……………………………………………………… (423)
　　《玄武湖之秋》…………………………………………………… (426)
泰东图书局《（创造社）名曲丛刊》叙录……………………… (428)
　　《西厢》…………………………………………………………… (428)
泰东图书局《创造社辛夷小丛书》叙录………………………… (430)
　　《辛夷集》………………………………………………………… (430)
　　《卷耳集》………………………………………………………… (433)
　　《茑萝集》………………………………………………………… (435)
　　《鲁拜集》………………………………………………………… (438)
　　《雪莱诗选》……………………………………………………… (440)
光华书局《创造社丛书》叙录…………………………………… (441)
　　《梦里的微笑》…………………………………………………… (441)

《聂嫈》……………………………………………………（443）
　　《三个叛逆的女性》……………………………………（444）
　　《文艺论集》……………………………………………（445）
　　《文艺论集》……………………………………………（448）
创造社出版部《落叶丛书》叙录……………………………（449）
　　《落叶》…………………………………………………（449）
　　《飞絮》…………………………………………………（452）
创造社出版部《创造社丛书》叙录…………………………（454）
　　《落叶》…………………………………………………（454）
　　《飞絮》…………………………………………………（455）
　　《橄榄》…………………………………………………（456）
　　《木犀》…………………………………………………（458）
　　《灰色的鸟》……………………………………………（459）
　　《瓶》……………………………………………………（462）
　　《旅心》…………………………………………………（464）
　　《寒灰集》………………………………………………（466）
　　《苔莉》…………………………………………………（467）
　　《死前》…………………………………………………（470）
　　《使命》…………………………………………………（471）
　　《流浪》…………………………………………………（474）
　　《杨贵妃之死》…………………………………………（477）
　　《音乐会小曲》…………………………………………（479）
　　《鸡肋集》………………………………………………（480）
　　《圣母像前》……………………………………………（481）
　　《抗争》…………………………………………………（482）
　　《红纱灯》………………………………………………（484）
　　《沫若诗集》……………………………………………（485）
　　《前茅》…………………………………………………（488）
　　《恢复》…………………………………………………（489）
　　《从文学革命到革命文学》……………………………（491）
　　《蔻拉梭》………………………………………………（492）
　　《水平线下》……………………………………………（494）
　　《威尼市》………………………………………………（495）
　　《黎明之前》……………………………………………（497）

《暗夜》……………………………………………………（499）
　创造社出版部《创造社小说选》叙录……………………（500）
　　《木犀》……………………………………………………（500）
　创造社出版部《世界名著选》叙录…………………………（502）
　　《少年维特之烦恼》………………………………………（502）
　　《磨坊文札》………………………………………………（503）
　　《银匣》……………………………………………………（506）
　　《法网》……………………………………………………（508）
　　《茵梦湖》…………………………………………………（509）
　　《德国诗选》………………………………………………（511）
　　《浮士德》…………………………………………………（513）
　　《沫若译诗集》……………………………………………（516）
　　《查拉图司屈拉钞》………………………………………（518）
　　《商船"坚决号"》…………………………………………（519）
　　《雪莱诗选》………………………………………………（520）
　　《和影子赛跑》……………………………………………（522）

三　共学社"文学丛书"叙录……………………………………（524）
　共学社《俄国戏曲集》叙录…………………………………（524）
　　《巡按》……………………………………………………（524）
　　《雷雨》……………………………………………………（526）
　　《村中之月》………………………………………………（527）
　　《黑暗之势力》……………………………………………（529）
　　《教育之果》………………………………………………（530）
　　《海鸥》……………………………………………………（532）
　　《伊凡诺夫》………………………………………………（534）
　　《万尼亚叔父》……………………………………………（536）
　　《樱桃园》…………………………………………………（539）
　　《六月》……………………………………………………（540）
　《共学社文学丛书》叙录……………………………………（542）
　　《比利时的悲哀》…………………………………………（542）
　　《不快意的戏剧》…………………………………………（545）
　　《海上夫人》………………………………………………（546）
　　《黑暗之光》………………………………………………（549）

《活尸》……………………………………………………（551）
《活冤孽》…………………………………………………（552）
《谭格瑞的续弦夫人》……………………………………（555）
《涡堤孩》…………………………………………………（556）
《艺术论》…………………………………………………（558）
《共学社俄罗斯文学丛书》叙录 …………………………（562）
  《柴霍甫短篇小说集》……………………………………（562）
  《父与子》…………………………………………………（564）
  《复活》……………………………………………………（568）
  《罪与愁》…………………………………………………（569）
  《甲必丹之女》……………………………………………（570）
  《贫非罪》…………………………………………………（575）
  《前夜》……………………………………………………（576）
  《托尔斯泰短篇小说集》…………………………………（578）

凡　　例

一、"丛书"的排列顺序，根据笔者所知的各社团所出版的"文学丛书"中最早的那本书的时间为准。

二、每种"文学丛书"中各部著作的排列顺序，根据著作上所印的编号为准，依次排列；没有编号的，以广告上的编号为准，这类广告编号要求各次广告上的编号不存在冲突，否则不予采用；不属于这两种情况的"文学丛书"，各种著作的排列根据书名首字拼音音序升序排列。

三、《中国近代现代丛书目录》（上海图书馆编的1979年9月印制），本叙录简称为《丛书目录》。范泉主编的《中国现代文学社团流派辞典》（上海书店出版社1993年出版），本叙录简称为《辞典》。

四、本叙录以笔者所见的作品版本为基础，同时参考学界相关研究成果加以补充，使叙录的内容更加丰富全面。

五、每部作品叙录的内容包括作品名称、原著者与译者、所属丛书及其编号、出版时间、章节要目、序跋摘录以及其他相关文献的摘录如作品广告。有的叙录还有对作品原著者与原著的考证，这种考证尽量广泛吸收学界现有的研究成果。

六、叙录中，原稿汉字脱落或漫漶，难以辨识者，以符号"□"代替。

七、叙录中有的序跋的文字表述与现在通行的表述不完全一样，往往被认为有误，为此特加"按"并用括号以示区别，如：四周围（按：原文是"四周围"）、星晨（按：原文为"星晨"）。

八、为了突出文献价值，书中许多地方没有追求统一，如"廿一日"不改为"二十一日"，而"念"不改为"廿"。

一 文学研究会"文学丛书"叙录

（一）《文学研究会丛书》叙录

《阿那托尔》

《阿那托尔》，《文学研究会丛书》之一（无编号）。上海商务印书馆民国十一年（1922）五月初版，民国十三年（1924）六月再版。著者为奥地利 A. Schnitzler，译者为郭绍虞。发行者为商务印书馆，印刷所为商务印书馆，总发行所为上海商务印书馆，分售处有外埠各地商务印书分馆数十家。一册，122 页。每册定价大洋肆角（外埠酌加运费汇费）。此外还有1933 年 3 月国难后第一版本。

该书原著者 A. Schnitzler 当时译为"A. 显尼志劳"，现在一般译为"施尼茨勒"。其国籍当时译为"奥大利"，现在一般译为"奥地利"。施尼茨勒是奥地利剧作家、小说家。其创作有《阿那托尔》（1889～1892）、《童话》（1893）、《不受法律保护的人》（1896）、《遗嘱》（1898）、《调情》（1895）、《绿鹦鹉》（1899）、《轮舞》（1897）、《年轻的梅达尔杜斯》（1909）、《贝恩哈迪教授》（1912）等，受易卜生的影响很大。他是19 世纪末 20 世纪初成就卓著的德语文学作家，也是颇有影响的印象派剧作家。其作品的基调是鲜明的人道主义和社会批判，特色是表现人物各种各样的变态心理。

《阿那托尔》是七幕剧，有幕目，依次为：第一幕、问命，第二幕、圣诞买礼物，第三幕、闲话，第四幕、宝石，第五幕、离筵，第六幕、生离，第七幕、阿那托尔的婚旦。

卷首有郑振铎撰写的《序》，卷末无跋。《序》兹录如下：

《阿那托尔》是七幕可以独立的剧本联结成一部"独幕的连环

剧"（One-act Cycle）的。以剧中主人翁阿那托尔为中心，为线索，而联结全篇为一片。第一是叙阿那托尔与一个女子卡莺的事。第二是叙阿那托尔与一个已嫁女子葛勃丽的事。第三幕是叙阿那托尔与一个女子璧莹迦的事。其余四幕也都是如此，男主人翁总是阿那托尔。女主人翁则各各（个个）不同。

这部剧本的著者是现代奥大利（按：奥地利）戏剧作家亚述显尼志劳（Arthur Schnitzler）。

显尼志劳于一千八百六十二年生于奥京维也纳。现尚健在。他父亲是一个著名的喉科医生。他自己也是学医的。自从维也纳大学毕业后他就去做医生，继续做了十年之久。一方面又时时的（地）做了许多长篇小说，短篇小说和剧本，而剧本尤为有名。

奥大利的戏剧与德意志的戏剧虽然是用同一的文字写的，但是精神上却大有不同之处。普通人却常常把他（它）们弄混乱了。其实一个是表现柏林的精神，一个是表现维也纳的精神。

显尼志劳便是一个特出的维也纳派的代表。他的剧本的精神与苏特曼（Sudermaum）及霍甫特曼（Hauptmum）（按：现在为Hauptmann）是绝不相同的。他也同许多近代的维也纳戏剧作家一样，所描写的不过是人生剧场上的一二幕戏，而就这些很少数的事实中常常简单反复地表现出来。但却决不嫌重复与厌倦；好像一个弹琴的高手，琴弦虽只有几条，而经过他的拨弹，则琴音高低抑扬，变化无穷，时如迅雷疾雨，时如清溪平流，时如深夜沉寂中，闻寡妇之哀哭，时如微风过松间，悠然清远。他的艺术的手段，可谓高绝了。我们且试拿他的几篇剧本来观察一下。在《阿那托尔》中，七幕的事实差不多都是相同，就是叙一个男子与一个女子的关系，但是他却叙得各各（个个）不同，活泼而且自然，绝不会使人生重复之感。在与阿那托尔相同的循环戏 *Reigen* 中，也是同样地表现出显尼志劳可惊的艺术来。*Reigen* 共有十幕，每一幕也是叙一个男子与一个女子的关系。但不是用一个主人翁来贯串全剧的。他所用的贯串的方法，是连环的方法。第一幕叙的是一个妓女与一个兵士的关系；第二幕则叙那个兵士与一个女堂倌的关系。以后各幕，则逐次叙那个女堂倌与一个少年人的关系；那个少年人与一个年轻女人的关系；那个年轻女人与她丈夫的关系；她丈夫与一个女子的关系；那个女子与一个诗人的关系；那个诗人与一个女优的关系；那个女优与一个贵族的关系。到了第十幕则叙那个贵族与第一幕所叙的那个妓女的关系；所叙的不是男女关系的一条简单的弦线，但是他所表现的是变换、精巧，而且有趣。

不惟至这两部剧本中，他所叙的事实是十分简单而且同样，就是所有他的剧本，也都是如此。他的题材总是一个情人与一个或两个女人。他有著名的一剧名为 Liebelei（《卖弄风情》）。Ashly Dukes 说"在实际上，从《阿那托尔》至《美丽伯爵夫人》（Countess Mizzi），他们都是'卖弄风情'呢。"在这样简单的琴弦上能够拨弹出这许多好音来，我们确应该十分赞诵显尼志劳的才能。

显尼志劳的才能，一方面还在能创造一种空气——一种好像秋天傍晚的朦胧的微光的空气，一种非常可爱的幽秀的空气。他所造的梦想世界，其变幻离奇如一个象征主义者所描写者（按：原文为"者"）一样而其事实又非象征的。

在显尼志劳的作品中，悲剧也有好几篇，Liebelei 便是一例。在 Liebelei 中，他的主人翁是一个女子，而非男子。她爱上了一个男人，做了他的妻子，一天天在她自己的梦想生活中过去。她的丈夫，却为了别个妇人之故，与人决斗而死。结果很悲惨。但在大体上显尼志劳的著作还是以喜剧为多。

有许多道德家以显尼志劳只是描写爱情的变幻，只是描写"卖弄风情"的事迹，觉得很不合道德。我们现在介绍《阿那托尔》，恐怕也有许多人要以道德家的眼光来责备的。其实显尼志劳只是一个艺术家。他不管什么道德，他只是忠实地写出实在的现象，且他的工作也决没有丑恶的表现。他以他的秀丽的艺术的手腕，避免了一切秽浊的肉欲的描写。这确是很难得的。但他究竟是大胆无畏的。凡是能够说得出的话，他都完完全全的赤裸裸说出，决不晦匿。于其他作者所不敢道破的地方，他尤其勇敢，尤能无顾忌地道出。这就是他最不可及的地方。

所以我们介绍《阿那托尔》，一方面固是介绍奥大利的一部分代表的著作，介绍显尼志劳的一部代表的著作（Dukes 以为《阿那托尔》是最能清楚地传出显尼志劳的空气的作品）；一方面是介绍显尼志劳的精神与艺术，把一个向未经艺术者走过的人生场地，显露给大家看。

据我们所知道的，《阿那托尔》共有两个英译本：一本是《近代丛书》（Modern Library）中的一本《阿那托尔及其他剧本》——这是 Colbron 译的，出版于一九一七年；一本是伦敦 Sidgwick and Jackson

公司出版的单行本——这是 G. Barker 意译的，专为英国剧场上用的，也是出版于一九一七年。现在绍虞兄所译的，是完全根据于《近代丛书》的译本转译的。

这本译文是我任校对的，中间略略有些更改。但因是在排好时才修改的原故，不免有些不精细；且也有些地方，不能够十分更动。这是应该声明的。

郑振铎十一，三，二十五。

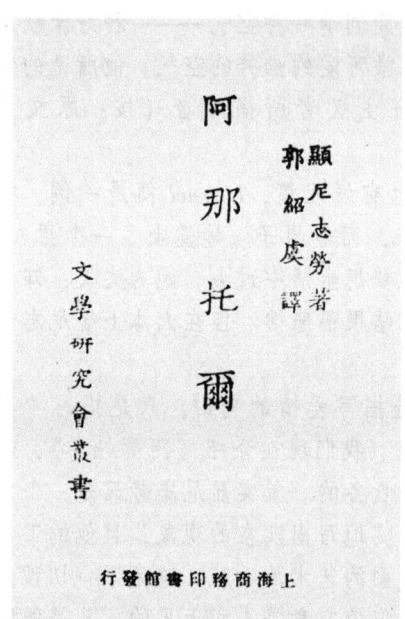 

《爱罗先珂童话集》

《爱罗先珂童话集》，《文学研究会丛书》之一（无编号）。上海商务印书馆民国十一年（1922）七月初版，民国十六年（1927）三月六版。著者为俄国 V. 爱罗先珂，译者为鲁迅等，发行者为商务印书馆，印刷所为商务印书馆，总发行所为上海商务印书馆，分售处有外埠各地商务印书分馆数十家。一册，227 页。每册定价大洋柒角（外埠酌加运费汇费）。此外还有 1933 年 10 月国难后第一版本。

该书是俄国作家爱罗先珂的童话集，收入《狭的笼》《鱼的悲哀》《池边》《雕的心》《春夜的梦》《古怪的猫》《两个小小的死》《为人类》（以上均为鲁迅译）、《虹之国》（馥泉译）、《世界的火灾》（鲁迅译）、

《为跌下而造的塔》(愈之译)。附录原著者肖像一幅。

卷首有鲁迅于1922年1月28日撰写的《序》以及《我的学校生活的一断片——自叙传》。(从略)《序》兹录如下：

> 爱罗先珂先生的童话,现在辑成一集,显现于住在中国的读者的眼前了。这原是我的希望,所以很使我感谢而且喜欢。
>
> 本集的十二篇文章中,《自叙传》和《为跌下而造的塔》是胡愈之先生译的,《虹之国》是馥泉先生译的,其余是我译的。
>
> 就我所选译的而言,我最先得到他的第一本创作集《夜明前之歌》,所译的是前六篇,后来得到第二本创作集《最后之叹息》,所译的是《两个小小的死》,又从《现代》杂志里译了《为人类》,从原稿上译了《世界的火灾》。
>
> 依我的主见选译的是《狭的笼》《池边》《雕的心》《春夜的梦》,此外便是照着作者的希望而译的了。因此,我觉得作者所要叫彻人间的是无所不爱,然而不得所爱的悲哀,而我所展开他来的是童心的,美的,然而有真实性的梦。这梦,或者是作者的悲哀的面纱罢?那么,我也过于梦梦了,但是我愿意作者不要出离了这童心的美的梦,而且还要招呼人们进向这梦中,看定了真实的虹,我们不至于是梦游者(Somnambulist)。
>
> 一九二二年一月二十八日,鲁迅记。

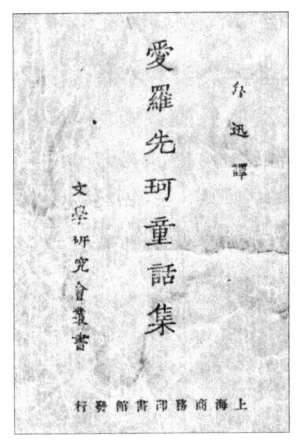 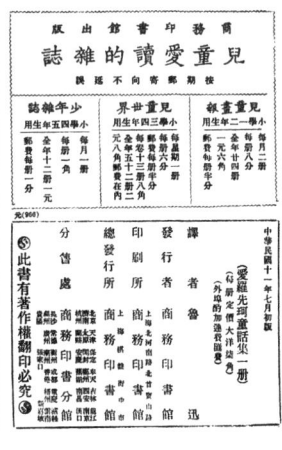 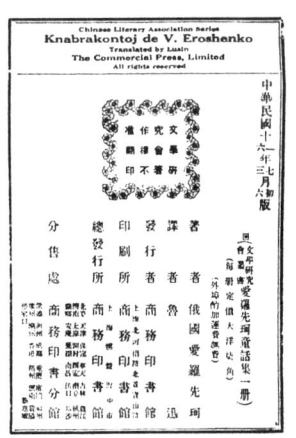

《为人类》篇首有一篇《序》,兹录如下：

如诸位也都知道，我的父亲虽然名声不大，但还算是略略有名的解剖学家，因此父亲的朋友，也大概是相同的研究解剖的人们，其中也有用各种动物实验的，也有同我的父亲一样，几乎不用那为着实验的剖检的，而且也有开着大的病院的人们，至于听说就是为了自己的实验，却使最要紧的病人受苦，那时候我常常听到些异样的事，现在要对诸君讲说的故事，也不外乎这些事里的一件罢了。

《倍那文德戏曲集》

《倍那文德戏曲集》，《文学研究会丛书》之一（无编号）。上海商务印书馆民国十四年（1925）五月初版。著者为西班牙倍那文德，译述者为沈德鸿（茅盾）。发行兼印刷者为商务印书馆，发行所为上海及各埠商务印书馆。一册，292 页。每册定价大洋捌角（外埠酌加运费汇费）。

该书为西班牙倍那文德的戏曲集，包括三幕剧《太子的旅行》、三幕剧《热情之花》和二幕剧《伪善者》。《太子的旅行》源自从 *PoetLore* 第一卷第四号，英译名 *The Prince Who Learnd Everything Out of Books*。《热情之花》1923 年 3 月 8 日译于加利福尼亚。《伪善者》于 1923 年 3 月 22 日译毕。有原著者肖像两幅。

卷首有沈雁冰撰写的《译者序——倍那文德的作风》，卷末无跋。《译者序》摘录如下：

十九世纪最后的三十年里，各民族文学次第由浪漫主义转移到写实主义了，"浪漫主义已死"的呼声叫彻了东西两欧新旧两大陆的文坛。科学的进步，机械势力的推广，已使得这世界成为科学的与实际的，再也不能喜欢中世纪骑士们的恋爱故事以及他们的夸张的冒险谭了。浪漫文学的中干的嚣俄，一直活到十九世纪末方死，亲眼看见一八三〇年顷的人物（都是浪漫主义的作家）一个一个去世，而且亲眼看见他们的作风渐渐的死去，绝迹于文坛。虽然正当十九世纪末写实文学鼎盛的时期，有一篇伟大的浪漫派剧本《勃尔格拉的萨拉拿》（注——*Oyrano de Bergerac*，法国新浪漫派作家 Rostand 的杰作）出现于舞台，可是并不曾引起注意；写实主义的势力此时正从小说方面扩张到戏曲方面，各国的戏剧家此时正在竭力摆脱司克拉勃（Scribe）与萨度（Sardou）的束缚（注——司克拉勃与萨度皆法国浪漫派大戏曲家，他们的"工整"的剧本久为欧洲剧坛的模范），正在努力扑灭小仲马（Dumas Fils）的余焰（注——小仲马的剧本一直到一八八〇

一 文学研究会"文学丛书"叙录 7

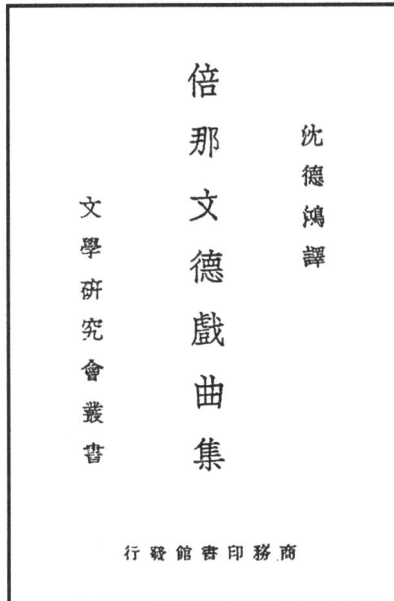

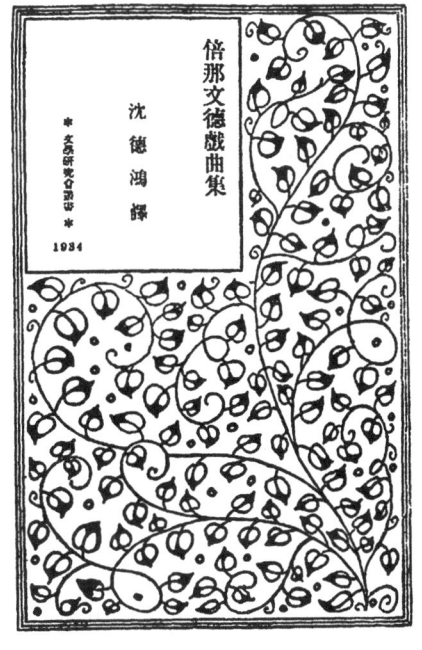

倍那文德像

年顷尚风行于欧洲各处）。虽然佐拉（Zola）想把他描写"人生实录"的笔调用到剧本方面的企图是完全失败了，但继他而起的和同时的别国的作家却已把写实主义征服了舞台。在北欧各国，写实主义早已得胜，自不待言；即如南欧那西班牙——华拉司女士所谓"法国写实派的真精神和西班牙之民族的戏剧观念是显然相反的"（Spanish Drama of To-day, by Miss E. Wallace）——尚亦不免受了影响，出产了几个写实派的戏曲家，而倍那文德（J. Benavente）便是那中间最"写实的"的一个。

当浪漫派文学兴盛的时代，西班牙是一个有力的分子，西班牙文学受法兰西文学的影响独甚，故当法国文学由浪漫主义转移到写实主义的时候，西班牙也同其步骤，然而已不能为写实派的重要分子。换句话说，写实主义在西班牙文坛上——尤其是在戏曲方面——决不能像浪漫主义那样的多结果而色彩浓重。浪漫主义在西班牙是死得很慢的。这中间的原（缘）故，一面自然因为"法国写实派的真精神和西班牙之民族的戏剧观念是显然相反"，一面也因为现代西班牙的实在人生还是浪漫的人生——至少，和英、美、德、法等国比较起来，他是浪漫的。譬如拿西班牙和英国相比，现代英国的人生和莎士比亚时代的人生，相差很多，几乎完全不同；然而现代西班牙的人生却和洛伯·特·范茄（Lope dé Vega）与卡尔特隆（Calderón）时代的人生相差极少；斗牛戏还是流行着，跳舞女还是穿着古装，西班牙女子还是保留着半东方式的藏闭深闺主义，寺院与教会教育还是在生活中占重要地位，总而言之，日常生活的各处还都带着中古的余味，所以西班牙现代人生扮演到舞台上时，在别国人看来，一定觉得极像是中古的，因而也就带有浓厚的浪漫气了。所以西班牙的现代剧作家虽然採（采）取了写实派的手法，竭力要把日常人生忠实地表现在他们的作品里，而和其他各国的写实戏剧比较起来，究竟还是比较的多些浪漫气味；即使是他们中间最"写实的"的一个如倍那文德，也不是例外。

《波华荔夫人传》

《波华荔夫人传》，扉页题副标题《法国外省风俗记》，《文学研究会丛书》之一（无编号）。上海商务印书馆民国十六年（1927）六月初版。著者为法国弗罗贝尔，译者为李青崖，发行者兼印刷者为商务印书馆，总发行所为上海及各埠商务印书馆。一册，604页。每册定价大洋壹元贰角

（外埠酌加运费汇费）。

全文分三卷，第一卷凡九章，章目依次为：第一章、自孩童时代至未断弦以前之沙尔波华荔，第二章、劳伍尔家庭和沙尔断弦，第三章、沙尔对艾玛的友谊与求婚，第四章、艾玛做了波华荔夫人了，第五章、沙尔和艾玛的新婚时代，第六章、艾玛幼年生活的回忆，第七章、渐入烦闷境界的艾玛，第八章、浮比沙尔的侯府夜宴和跳舞，第九章、深入烦闷境界的艾玛和波华荔家庭的迁居。第二卷凡十五章，章目依次为：第一章、修道院的庸威村，第二章、沙尔夫妇到庸威村之第一日，第三章、贝特的诞生及雷翁和艾玛的路遇，第四章、雷翁艾玛间的接近，第五章、怨与旷的闷葫芦，第六章、艾玛的宗教观念和雷翁的离庸威村，第七章、艾玛的离愁和洛朵尔夫，第八章、农业展览会和密谈，第九章、波华荔夫人堕落了，第十章、堕落之中，第十一章、沙尔医治依波理特的失败，第十二章、艾玛的迷途及其潜逃的计画（划），第十三章、绝交书及其影响，第十四章、艾玛病后的反省及其赴罗昂听戏的来由，第十五章、戏园中的见闻。第三卷凡十一章，章目依次为：第一章、波华荔夫人第二次的堕落，第二章、从罗昂回庸威村以后的艾玛，第三章、在罗昂的三天幽会，第四章、艾玛学习音乐的诡计，第五章、艾玛的荒淫和勒黑的盘剥，第六章、荒淫和盘剥的结果，第七章、艾玛的求救的失败，第八章、波华荔夫人的末日，第九章、艾玛入殓前的药师和神甫，第十章、艾玛的葬仪，第十一章、霍迈的手腕和沙尔的"定数"观念。合计三十五章。

无序跋。正文摘录如下：

> 他妻子从前被他发狂似的爱过；而她因爱他所用的无数的殷勤谦退的态度，却远要更进一层。这女子本来是放浪形骸之外的，因为年龄加增便成了一个刁钻琐屑坏脾气的女人，——这正和变性的葡萄酒转成了醋一样。开初（按：原文为"开初"），她瞧见他欢喜（按：原文为"欢喜"）钉住（按：原文"钉住"应为"盯住"）村中的年轻女工奔跑和醉醺醺地到了夜晚才被私娼家中送了回来，不免很感痛苦！随后自尊之心愤然而起。于是她在缄默的坚忍主义之中吞住这口熬受到死的恶气而绝对不发一言。她对于一切买卖事务却并不放弃。时常在律师们和商会会长的家中往来，并且做点儿银钱票据的兑换拨兑事务；而她在家中的时候，便经理衣裳的荡熨（按：原文为"荡熨"）洗濯，监督工人和结束账项，至于那位甚么（按：原文为"甚么"）也不操心镇日（按：原文为"镇日"）糊里糊涂地坠在生气的

半睡半醒境界之中而只为着向她说几句不近情理的话才行醒来（按：原文为"才行醒来"）的家主，只知坐在炉旁吸烟，一面向着灰中唾唾口沫。

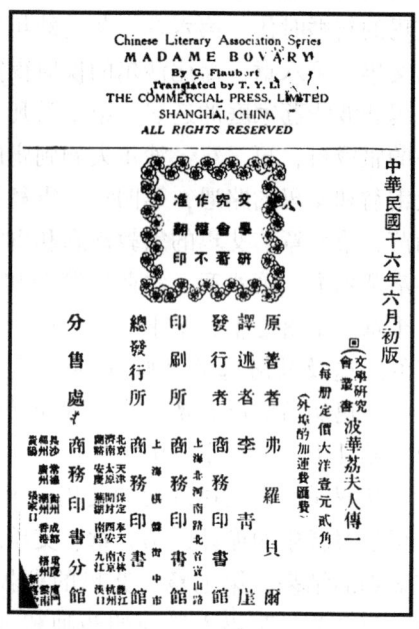

《波纳尔之罪》

《波纳尔之罪》，《文学研究会丛书》之一（无编号）。上海商务印书馆民国十七年（1928）十二月初版，民国二十二年（1933）二月国难后第一版。著者为法国 Anatole France（法朗士），译者为李青崖，发行兼印刷者为商务印书馆，发行所为上海及各埠商务印书馆。一册，325 页。每册定价大洋壹元（外埠酌加运费汇费）。

该书为长篇小说，共分两部，第一部《柴》，凡十四则，目次为：第一则（1849 年 12 月 24 日），第二则（1850 年 8 月 30 日），第三则（1851 年 5 月 7 日），第四则（1851 年 5 月 7 日），第五则（1852 年 7 月 8 日），第六则（1859 年 8 月 20 日），第七则（1859 年 10 月 10 日），第八则（1859 年 10 月 25 日），第九则（1859 年 11 月 10 日在拿卜尔），第十则（1859 年 11 月 30 日 R 在蒙特阿来格罗），第十一则（1859 年 11 月 30 日 R 在基尔真第），第十二则（1859 年 11 月 30 日在基尔真第），第十三则（1859 年 12 月 8 日在巴黎），第十四则（1859 年 12 月 30 日）。第二部《约翰妮亚历桑德尔》,凡二十八则,目次为:第一则(8月8日在吕桑司),第二则(8月9日在吕桑司),第三则(8月11日在吕桑司),第四则(8月12日在吕桑司),第五则(4月16日在巴黎),第六则(4月17日),第七则(4月17日),第八则(5月2日至5日),第九则(6月2日),第十则(6月4日),第十一则(6月6日),第十二则(7月6日),第十三则(8月16日),第十四则(9月至12月),第十五则(12月15日),第十六则(12月20日),第十七则(未记日月),第十八则(……年2月……日),第十九则(4月至6月),第二十则(6月10日),第二十一则(8月至9月),第二十二则(10月3日),第二十三则(12月28日),第二十四则(12月29日),第二十五则(……年1月15日),第二十六则(5月),第二十七则(9月20日),最后的一叶(1869年8月21日)。

卷首有《译者的引言》,卷末无跋。《译者的引言》兹录如下:

法朗士先生在一八八一年以前,曾发表过《诗人薇倪的研究》(*Alfred de Vigny, Etude*)一种,《自经的妇人》(*Jocaste*)与《瘦猫馆的轶事》(*Le Chat-Margre*)(拙译更名为《艺林外史》,见《东方(杂志)》第二十二卷第一号至第四号)小说两种,《黄金集》(*Les Poèmes dorés*)等诗歌三种,及其他的注释,编纂介绍等工作十六种。但其时法国文坛,适为自然主义写实主义的全盛时代,佐拉、都德、莫泊桑、龚古尔及勒南(Ernest Renan)辈的咳唾,几为文坛的威权,法朗士天性疏懒且拙于肆应,故虽有异军特起的表现,然而匪仅不能在社会大露头角,并且除了家庭的小团聚,幼年时代的交好以及勒迈书店的同事们以外,几乎没有旁的交游(按:原文为"交游")。此书于一八八一年——即法朗士三十七岁的那一年——出版,其醇厚的新奇意味(L'originalité)不仅得以享受法国文学学会(Académie Française)的奖金,且竟使一般人士耳目一新而从中取得明晰的印象,于是著者法朗士遂因而跻于法国文坛第一流人物之列。此书给他的第一道光荣的曙光,就是那位和他素昧平生的法国大政治家大文学家迈硕伏巨艾(Melchior de Voguë)写给他的那封颂扬而兼邀请赴宴的信。他从此便踏入了交际界,自后,巴黎的名人贵族的客厅,莫不开幕争延而静听他的名言隽语。我们可见他的伟大的声誉,他的世界文学家的声誉,此书实启其端;而此书之所以能成著者各种杰作之一且为十九世纪的杰作,决非偶然的事。

译者对于此书的内容之隽美,实不能率尔赞一词,兹将巴黎高等师范学校校长郎松（G. Lanson）批评此书之言摘译以飨读者。郎松谓："用法国的国立通儒院（Institut de France）的通儒来做小说上主人翁，大约自此书始；以著者的幻想（La fantaisie）将诗境安置在一个埋头书城潜心考古的学者的心底，也大约自此书始。然而世上再没有其他能比此幻想再真一些和再有用一些的事物。这位细阅书目者，搜求孤本者，考证古代文卷者的天真烂漫的波纳尔，就是现代全部为批评上的检查和科学上的搜索而受牺牲的人生的活象征（Le vivant symbole）！至于诗境，则此书所涵亦正丰富，但是欲其发现，非搜求不可；非将我们的不安定的活动力所压制所排斥的——譬如歉仄，爱慕欲望，常受限制的感触所生的伤心烦闷，身尝和目见的宇宙诸象的物质愉快——一切公开不可。所有围绕一个老翁的这种诗境，竟组成了这本美而隽的书的伟大，并且在细情的机智风格上，增加了一种完美的感觉力。"又陈小航君在他的《法朗士传》中，有云："法朗士的著作，大概可以勉强分为三类：幻想的，哲学的，写实的。不过有几部书里，这三种质素是等量并重的，如《波纳尔之罪》是。"从这两段话看来，那末（按：原文为"那末"）我们至少可以揣度此书的价值是甚么（什么）了。

　　说到此书的体裁，我以前多少总有点莫明其所以如此，因为这固然是一部间歇的日记，然而第一部和第二部几乎没有关系——至少可以说是他们没有多的相互间的关系。现在据雅各鲁庸（Jacques Roujon）——法朗士至友亨利鲁庸（Henry Roujon）之子孙辈——的记载，才知道发行此书的伽尔曼雷微书店的主人当日在著者手中取出此书的底稿，是费了事的：原来法朗士天性疏懒，当初只用一种短篇的体裁，写了那一篇占领百来面篇幅的《柴》，但是发行者却至少非三百面不可；于是法朗士就用克蕾曼丁来补充篇幅，于是卜芮菲尔、穆诗·伽伯理和约翰妮·亚历桑德尔这一伙人，便为着我们的快乐应运而生了。法朗士在他所著的《文学的生涯》（La Via Littéraire）第一册的序文中，也曾巧妙地叙述当一八八六年海白拉尔聘他在《巴黎时报》担任文学批评时，他费过多少困难才承诺新闻事业的规律生活；他向海白拉尔说过："您已经战胜了我的懒惰。您已经利用了我的梦想，已经'货币化'了我的智能。所以我非承认您是一个不可比拟的经济家不可。我在使我变成了有出产者之后，向您保证这事是令人惊叹的。六年以来，我的好友伽尔曼雷微先生，不曾达到要求我著作一本书的目的。"可见法朗士的疏懒，连他自己也肯承认；然而他的伟大的成功，

一 文学研究会"文学丛书"叙录 13

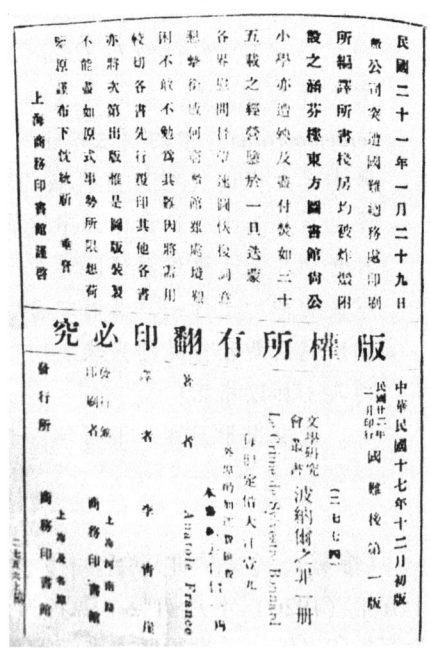

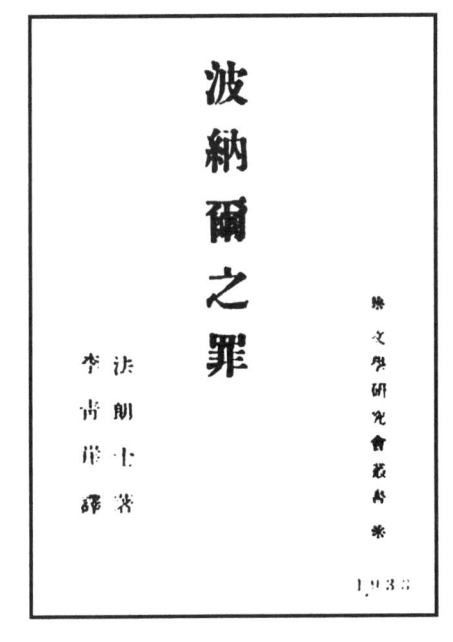

却在他能受纳益友的鼓励，久而久之，竟一变而为奋斗者。

我这次翻译此书，系以巴黎伽尔曼雷微（Calman-Lévy）书店在一九二一年所发行的 Le Crime de Sylvestre Bonnard 第二百十二版的法文单行本为根据，其间和《近代作者文选》（Pages choisies des anteurs contemporaius）本的《法朗士文集》间有出入，而与小泉八云的英文译本尤大相迳（径）庭，兹仍依单行本。计自本年二月二十四日开译至五月二十一日译完，中途偶因人事上的阻碍而停止工作者约二十日光景。至于整理考证，转费三四个月的光阴，虽然明知译文未能得原文的神韵于什一，然而却希望我这竭蹶的工作，可以使国内人士引起研究法朗士作品的兴味。所以依然将译文发表；我因此尤其希望国内人士加以指正！

青崖识于长沙。十四年，十二月，二十日

《惨雾》

《惨雾》，《文学研究会丛书》之一（无编号）。上海商务印书馆民国十五年（1926）十月初版。著者为许杰，发行者为商务印书馆，印刷所为商务印书馆，总发行所为上海商务印书馆，分售处有外埠各地商务印书分馆数十家。一册，160 页。每册定价大洋玖角（外埠酌加运费汇费）。此外还有 1928 年 10 月再版本。

该书为许杰的短篇小说集，内收《惨雾》《醉人的湖风》《菜芽与小牛》《小草》《台下的喜剧》《隐匿》《赌徒吉顺》，凡七篇。

无序跋。《惨雾》摘录如下：

自从新嫁的香桂姑从她的夫家环溪村回门的那天以后，我们的村里就接连的和环溪村打起伙来。

环溪村和我们的玉湖庄是隔着始丰溪的邻村。溪水在它俩中间流过，天然的画了一道界限。我们的村舍后面，从前都是一片肥沃的土地，正如现在我们从村后望过隔溪树林里隐藏着的土地那么丰饶。无情的溪水，因为距离它的发源地不远，还带有奔暴的气概，在东冲西决的奔腾，差不多每日都要改换它的故道，践踏我们的田地。现在流到我们的屋下了。我们的建筑，因为要避免溪水的威胁，在村外筑上了坚固的城寨；溪水奔腾的冲来时，破不了那坚固的城寨，就在它的下面潆洄了一回，转了几个漩涡，泛成澄碧的深潭，驷马一放的向东驰去。

我们到村后的溪滨眺望时，可以看着溪流的后面，是一滩黄色的沙石，沙石的后面是一片草地，草地上面生长着丛密的柳树，和许多芦苇；柳林长满了绿叶，直遮蔽了远山的山巅，与苍碧的青天相接，相离不远的隔岸的环溪村，已埋没在柳浪之中，找不到一个屋角了。

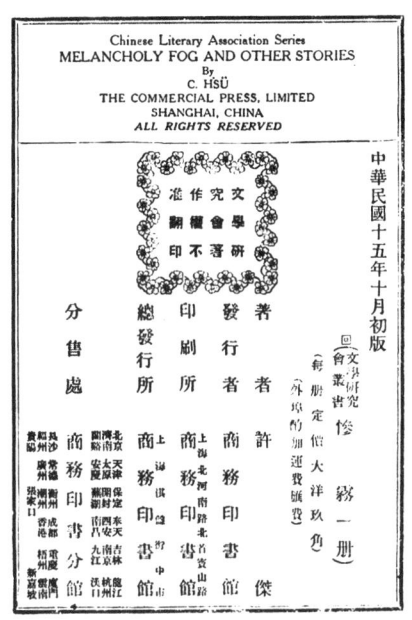

《超人》

《超人》，《文学研究会丛书》之一（无编号）。上海商务印书馆民国十二年（1923）五月初版，民国十五年（1926）十二月六版。著者为冰心女士。发行者为商务印书馆，印刷所为商务印书馆，总发行所为上海商务印书馆，分售处有外埠各地商务印书分馆数十家。一册，150页。每册定价大洋肆角伍分（外埠酌加运费汇费）。此外还有1932年10月国难后第一版本。

该书为冰心的短篇小说集，收入《笑》《超人》《爱的实现》《最后的使者》《离家的一年》《烦闷》《疯人笔记》《遗书》《寂寞》《往事》，凡十篇。

无序跋。《超人》摘录如下：

何彬是一个冷心肠的青年，从来没有人看见他和人有什么来往。他不轻易和人打招呼，也永远没得到过一封信。

他不但是和人没有交际，凡带一点生气的东西，他都不爱，屋里连一朵花,一根草,都没有。他从局里低头独步回来,关上门,便坐在书桌旁边。偶然疲倦了,拉开帘幕望一望,但不多一会儿,便又闭上了。

程姥姥总算是他另眼看待的一个人,她端进饭去,有时便站在一边,絮絮叨叨,也问他为何这样孤零。何彬偶然答应几句:"人和人都不过如同演剧一般:上了台是父子母女,亲密的了不得;下了台,摘了假面具,便各自散了……尼采说得好,爱和怜悯都是恶……"

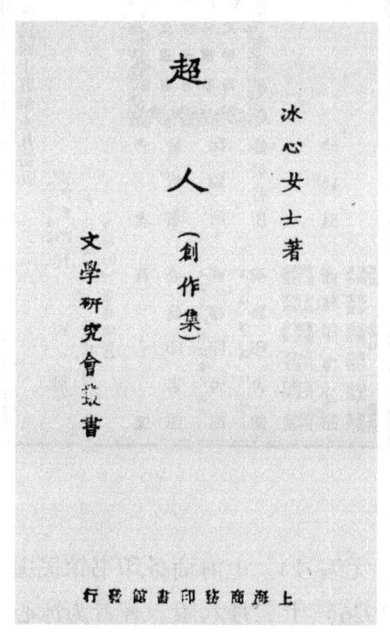

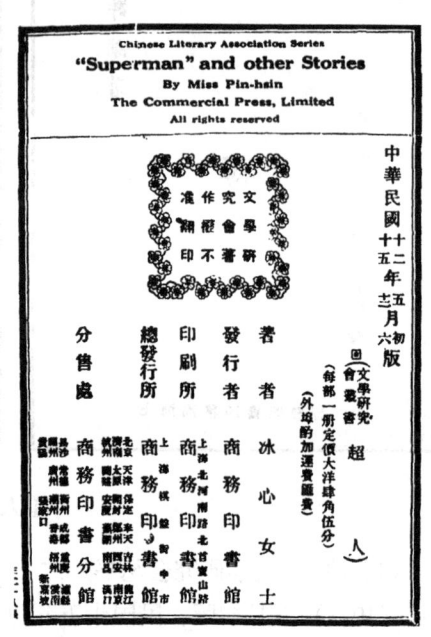

这一夜他忽然醒了。听得对面楼下凄惨的呻吟,这痛苦的声音,断断续续,在这沉寂的黑夜里只管颤动。他虽然毫不动心,却也搅得他一夜睡不着。月光如水,从窗纱外泻将进来,他想起了许多幼年的事情——慈爱的母亲,天上的繁星,院子里的花……他的脑子累极了,极力想摈绝这些思想,无奈这些事只管奔凑了来,直到天明,才微微的合一合眼。

他听了三夜的呻吟,看了三夜的月,想了三夜的往事——

《赤都心史》

《赤都心史》,《文学研究会丛书》之一(无编号)。上海商务印书馆民国十三年（1924）六月初版。著者为瞿秋白，发行者为商务印书馆，印刷所为商务印书馆，总发行所为商务印书馆，分售处有外埠各地商务印书分馆数十家。一册，159页。每册定价大洋伍角（外埠酌加运费汇费）。

该书是瞿秋白的游记散文，凡四十九节，有节目，节目依次为：一、黎明；二、无政府主义之祖国；三、兵燹与弦歌；四、秋意——题画赠林德女士（Lind）；五、公社；六、革命之反动；七、社会生活；八、"烦闷……"列尔孟托夫（Lermontoff）；九、"皓月"——题画赠苏菲亚·托尔斯泰女士；十、"俄国式的社会主义"；十一、宗教的俄罗斯；十二、劳工复活；十三、"劳动者"；十四、"死人之家"的归客；十五、安琪儿（列尔孟托夫）；十六、贵族之巢；十七、莫斯科的赤潮；十八、列宁杜洛次基；十九、南国——"魂兮归来哀江南"（庾信）；二十、官僚问题；二十一、新资产阶级；二十二、饥；二十三、心灵之感受；二十四、民族性；二十五、"东方"月（中秋作）；二十六、归欤；二十七、智识劳动；二十八、清田村游记；二十九、"什么！"；三十、赤色十月；三十一、中国人；三十二、家书；三十三、"我"；三十四、生存；三十五、中国之"多余的人"；三十六、"自然"；三十七、离别；二十八、一瞬（邱采夫）；三十九、Silentium（寂）（邱采夫）；四十、晓霞；四十一、彼得之城；四十二、俄雪；四十三、美人之声；四十四、阿弥陀佛；四十五、新村；四十六、海；四十七、尧子河；四十八、新的现实；四十九、生活。

卷首有瞿秋白于1923年8月4日撰写的《引言》，兹录如下：

> 此本为著者在莫斯科一年中的杂记，继续于《俄乡纪程》之后（《俄乡纪程》已出版，商务印书馆改名为《新俄国游记》）。《俄乡纪程》叙至到莫斯科日为止，此书叙莫斯科生活中之见闻轶事。两书均是著者幼稚的文学式作品，而决不是枯燥的游记，决不是旅行指南！——欲了解一国的社会生活，决不能单凭几条法律几部法令，而要看得见那一社会的心灵。况且文学的作品至少也要略见作者的个性。至于俄国革命之历史的观察，制度的解释，则我另有社会科学论文的体裁之《俄罗斯革命论》，在《世界丛书》里出版。
>
> 瞿秋白一九二三年八月四日

《引言》之前有瞿秋白1921年11月26日在莫斯科撰写的《序》，兹录如下：

人生的经过，受环境万千现象变化的反映，于心灵的明镜上显种种光影，错综闪铄（按：原文为"铄"），光怪陆离，于心灵的圣钟里动种种音响，铿锵递转，激扬沉抑。然生活的意义于客观上常处于平等的地位，只见电影中继继存存陆续相衔的影象（像），而实质上却是一个一个独立的影片。宇宙观中尽成影与响，竟无建立主观的余地。变动转换复杂万千，等到分析到极处，原无所"有"。然而同样的环境，各人各时各地所起印象各异，——此所谓"世间的不平等性"于实际生活上永存不灭，与世间同其久长。所以有生活，有生活的现象，有生活现象之历史的过程。生活现象之历史的过程既为实质之差异的印显，就必定附丽于一定的"镜面钟身"。于是已出抽象概括的问题而入具体单独的问题。缘此世间的不平等性而有人生经过可说。镜面之大小，钟身之厚薄，于是都为差异之前因。镜与钟的来处，锻炼时的经过，又为其大小厚薄之前因。历史的过程因此乃得成就。

东方稚儿熏陶于几千年的古文化中，在此宇宙思潮流转交汇的时期，既不能超越万象入于"出世间"，就不期然而然卷入旋涡，他于是来到迅流瀑激的两文化交战区域，带着热烈的希望，脆薄的魄力，受一切种种新影新响。赤色新国的都城，远射万丈光焰，遥传千年沉响，固然已是宇宙的伟观，总量的反映。然而东方古国的稚儿到此俄罗斯文化及西欧文化结晶的焦点，又处于第三文化的地位，不由他不发第二次的反映，第二次的回声。况且还有他个人人生经过作最后的底稿。——此镜此钟置之于此境此界，自然断续相衔有相当的回射。历史的经过，虽分秒的迁移，也于世界文化上有相当的地位，所以东方稚儿记此赤都中心影心响的史诗，也就是他心弦上乐谱的记录。

《赤都心史》将记我个人心理上之经过，在此赤色的莫斯科里，所闻所见所思所感，于此时期，我任北京《晨报》通信记者的职务，所以一切赤国的时事自有继续的通信，一切赤国的制度另有系统的论述，不入《赤都心史》内。只有社会实际生活，参观游谈，读书心得，冥想感会，是我心理（按：原文为"理"）记录的底稿。我愿意读者得着较深切的感想，我愿意作者写出较实在的情事，不敢用枯燥的笔记游记的体裁。我愿意突出个性，印取自己的思潮，所以杂集随感录，且要试摹"社会的画稿"，所以凡能描写如意的略仿散文诗。材料的来源，都在我莫斯科生涯中。约略可以分作几种：杂记，散文诗，"逸事"，读书录，参观游览记。"我心灵的影和响，或者在宇宙间偶然留纤微毫忽的痕迹呵！——何况这本小小的册子是我努力了解人生的印象。"

一九二一年十一月二十六日，莫斯科，集竟记。

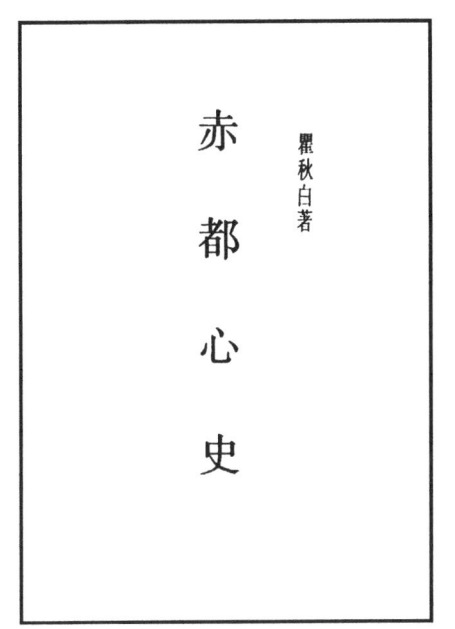

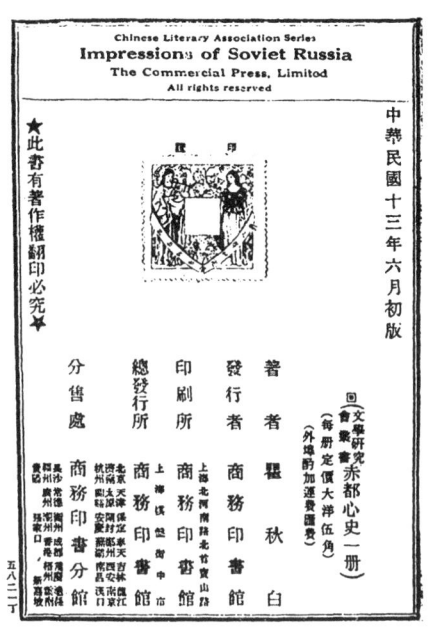

《春雨之夜》

《春雨之夜》，《文学研究会丛书》之一（无编号）。上海商务印书馆民国十三年（1924）一月初版；民国二十二年（1933）五月国难后第一版，民国二十四年（1935）一月国难后第二版，民国二十七年（1938）四月十三（日）第四版。著者为王统照，总发行所为商务印书馆。一册，257页。每册定价大洋柒角伍分（外埠酌加运费汇费）。此外还有1925年2月再版本，1926年6月三版本，1927年8月四版本，1930年2月六版本。

该书为王统照的短篇小说集，收入《雪后》《沉思》《鞭痕》《遗音》《春雨之夜》《月影》《伴死人的一夜》《醉后》《一栏之隔》《警钟守》《山道之侧》《微笑》《自然》《十五年后》《在剧场中》《湖畔儿话》《钟声》《雨夕》《寒会之后》《技艺》，凡二十篇。

卷首有瞿世英撰写的《序》和作者撰写的《弁言》。《序》兹录如下：

剑三听了许多朋友的话，将他近年来在杂志上发表过的小说汇集起来，刊行一本单行本，作为文学会丛书之一，这非徒是剑三自己的成功，亦是我们大家欢喜的一件事。

我和剑三做朋友是前五年的事。那时我们大家都不晓得什么，见面时什么话都谈。他同唯民办《曙光》杂志，我和济之、振铎、地山诸兄办《新社会》。彼时大家都欢喜研究社会问题，但是剑三却已经专致力于文学了。所以可以说我们朋友中最先和文学订交的便是剑三。他在《曙光》杂志上很发表了几篇创作。如《忏悔》《哲学家的一段笔记》《雪后》《歌女》《是艺术杀了她》等篇。那时朋友们便都喜欢读他的作品。他的作品里常有与恋爱问题有关的，我们有时还问他；甚至于逼他说某一篇小说的背景呢。

剑三的做小说，不是硬做的，不说时一句话也不说，要说时却非说不可。内心有表现的要求有创造的冲动时，便自由的（地）写了出来。他只是要满足自己，对于旁人是不注意的，旁人的批评赞赏，他是不大留心的，所以他说："这样简单而直觉的感想……我也不知为什么偏要记出来？"我现在可以代答说，这是因为艺术的创造冲动。

他自己对于文艺是反对因袭的，他的作品只是说他自己要说的话。他自己说道："文艺是重创造不重因袭，重发挥个性不重装点派架，艺术家千万不可伏在艺术底下作摹仿规抚的奴隶。"

知道了他的态度是如此，才可以不误解他的作品。

凡是读一位作家的作品，如能将他的思想看得清楚明白，对于他的作品便是能了解。我想我对于剑三是很了解的，但是为读者了解作者起见，很愿意将剑三介绍给读者，使大家已（也）和我一样和他做朋友。

剑三是对于人生问题下工夫的。他以为人生应该美化，美为人生的必要，是人类生活的第二生命。他说："此人类烦闷混扰之状态，亘遍于地球之上，果以何道而使人皆乐其生得正当之归宿欤？斯则美之为力也。"美化的人生，便是精神上的恋爱生活。他说道："爱而无美，则其蔽为干枯为焦萎，将有凋落之虞。宇宙之美苟无自然两性之爱，则纵使有恒河沙数之美象实体，亦将与吾人之情感不生重大之变化。"又说："两性也，美也，最高精神之爱也，交相融而交相成，于以开灿烂美妙爱的花，以达于超越现实世界真美之境地，将于是乎求之。"

由此可见剑三的理想是爱与美的实现，爱即是美，美即是爱。

□□小说作家的作品的内容，大致是描写实际生活与理想生活不融洽之点，而极力描写他理想的生活的丰富和美丽，剑三的小说，也是如此。他所咒诅的是与爱和美的生活不调和的生活，想像中建设的是爱和美的社会。

知道这一点之后，对于剑三的作品，必然另外得一种印象。

关于这集里所选的二十篇作品，我不愿意再说什么，因为各人对于这二十篇的作品，决不能得同一的印象，所以我不必将我个人的印象写出来，但是我却很愿意将这二十篇作品，代剑三郑重的（地）贡献给读者。

《弁言》兹录如下：

这二十篇小说，是我在此三年中所作的，尚有被淘汰去的几篇。

近来的短篇小说集出版的仍然不多，其实像我这些在忙中偷闲，凭一时的直觉而没曾精思润色写下来的作品，当然是没有什么价值的；不过借此机会，作一种"抛砖引玉"的工具，算不得有短篇小说的资格，只希望在将来的文学的园地里，有更丰富成熟的收获！

我编成此册时，确费过工夫不少，因为散见在杂志日报上的，时候过了，往往不易搜集，我很感谢我的三妹妹佩宜为我的助力！

十二，七，十八日记。

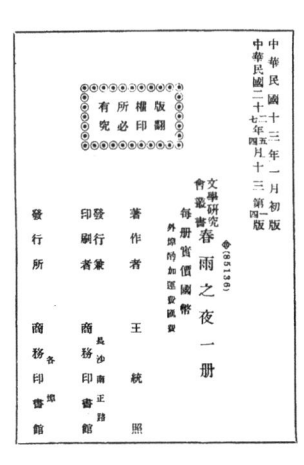

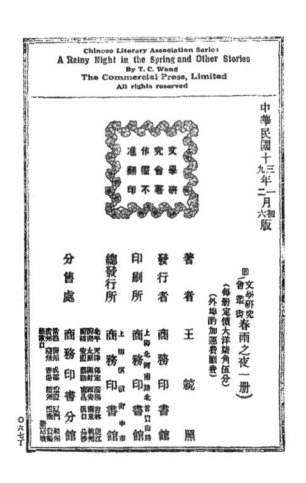

《春之循环》

《春之循环》，《文学研究会丛书》之一（无编号）。上海商务印书馆民国十年（1921）十月初版，民国二十一年（1932）十二月国难后第一版。著者为印度 R. Tagore（太戈尔），译者为瞿世英，校者为郑振铎，发行兼印刷者为上海商务印书馆，发行所为上海及各埠商务印书馆。一册，85 页。每册定价大洋叁角（外埠酌加运费汇费）。此外 1924 年 5 月四版本。

该书为话剧剧本，据英文本译出。卷首有校者郑振铎的《序一》和译者瞿世英的《序二》及《太戈尔著者一览》。书末附《文学研究会丛书缘起》。

郑振铎的《序一》兹录如下：

"I ask you, King, to rise up and move. That cry outside yonder is the cry of life to life. And if the life within you is not stirred, in response to that call without, then these is cause for anxiety indeed, —not because duty has been neglected, but because duty has been neglected, but because you are dying."

— "Cycle of Spring," p. 25.

"君王，我求你起来活动活动罢！外面的呼声是生命对于生命的呼声。如果你内在的生命不动，不去与外面的呼声相应和，那末，这真是烦闷的原因了。——不是因为你忘了责任，是因为你是死了。"

——春之循环

我读过太戈尔的《春之循环》三次了。我友瞿世英君把他（它）译出来后，又叫我校对了一回。我每读过一次，所得的印象愈深，愈想要再读他（它）。

我烦闷，我在生命之途中摸索而行；我只有悲观，只有消极的厌世。但自我读了《春之循环》后，我的生命之火竟复燃了。一线新的光明照耀在我的心里。现在我已知道烦闷的原因，就是因为不动了。我们动，我们才找到生命，一不动就是死了。

惟有工作，惟有活动，才能消除烦闷。

水流潺潺不息，奔腾而下，只有如此，他（它）才能找到他（它）自己。流水的永久不变的地方，就是沙漠了；在那个地方，水流已失了涧了。人如能如河流之喜跃而活动，才能减轻我们的担负，减轻世界的担负。石路是固定的，不变的，所以受重载磨压之苦。

这一段是太戈尔在本书上说的，说得是如何的明了呀！

现在笼罩在烦闷的浓雾中的青年呀！你们如被你们的烦闷所苦么？请读太戈尔此书。

一　文学研究会"文学丛书"叙录　23

《春之循环》里所表现的，是生之冲动与义务的战争，诗人与教士的战争，是青年与老人的战争，是死与生的战争。归结是生与青年与诗人与生之冲动胜了。《冬》之假面具终于脱了下来，他的潜伏的青年终于显露出来。君王畏死的（地）邀请，诗人终于战胜他。以为生命是永在的，我们是真实的。门外满是活动，满是生命，满是变更；只要我们工作，只要我们与他（它）们相呼应，我们就生了。

"你知道新生的孩子的第一次哭声的意义么？小孩子出世时，立刻就听见环绕于他四周的地与水与天的呼声——他们全对他呼道：'我们存在，'他的弱小的心应着，也顺序呼道！'我存在。'""在喜与忧，在工作与休息，在生与死，在胜与败，在此世界与彼世界，一切都高呼'我存在。'"我们高呼"我存在"，我们就存在了。

现在笼罩在烦闷的浓雾中的青年呀！你们如要重燃生命之火么？请一读此书，记住太戈尔所给我们的教训：

只要我们工作，我们就生了。

只要我们高呼"存在"，我们就存在了。

郑振铎一九二一、九、十二

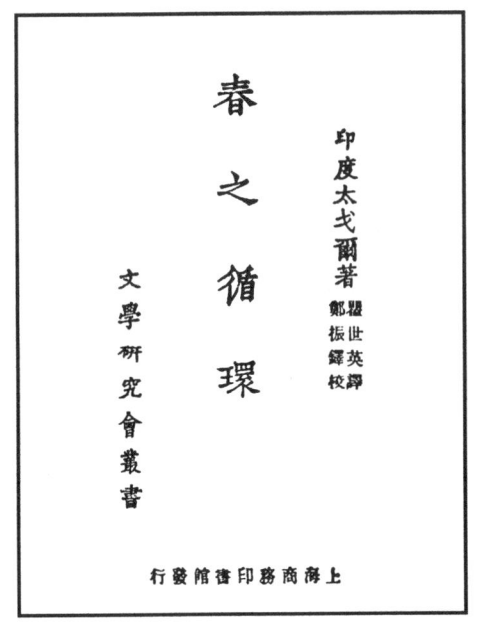

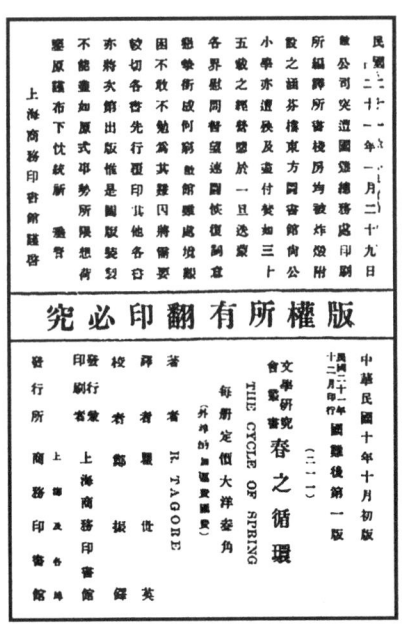

瞿世英的《序二》兹录如下：

太戈尔无论如何是现在的一位大人物。他的思想像空气般自由，他的精神像日光般热烈。他心中充满了爱。他使我们深深的觉着此生是极有价值的。生命是不朽的。生命是广大无垠的。生命是创新的，是从爱生的。

这本书不但是一本文学书，竟（更）是一本哲学书。他是用东方人的话来说西方大哲学家欧根和柏格森的思想的。

我译这本书，很费了些工夫，但恐怕仍旧不能好，敬求诸君的改正和批谬。

这里头有好些诗歌是郑振铎兄代译的。附注于此。

世英

《稻草人》

《稻草人》，《文学研究会丛书》之一（无编号）。上海商务印书馆民国十二年（1923）十一月初版，民国十九年（1930）六月六版。著者为叶绍钧，发行者为商务印书馆，印刷所为商务印书馆，总发行所为上海商务印书馆，分售处有外埠各地商务印书分馆数十家。一册，312页。每册定价大洋玖角（外埠酌加运费汇费）。此外还有1925年10月三版本，1927年9月四版本，1929年4月五版本。

该书为叶绍钧的童话集，内收《小白船》《傻子》《燕子》《一粒种子》《地球》《芳儿的梦》《新的表》《梧桐子》《大喉咙》《旅行家》《富翁》《鲤鱼的遇险》《眼泪》《画眉鸟》《玫瑰和金鱼》《花园之外》《祥哥的胡琴》《瞎子和聋子》《克宜的经历》《跛乞丐》《快乐的人》《小黄猫的恋爱故事》《稻草人》，凡二十三篇。

书中有若干插画，有的单独占一页，而大多数与文字拼凑成一页，显得图文并茂。

卷首有郑振铎撰写的《序》，卷末无跋。《序》摘录如下：

圣陶集他最近二年来所作的童话，编成一集，以末后的一篇的《稻草人》为全集的名称。他要我为它作一首序文。我是很喜欢读圣陶的童话的，而且对于他的童话久已想说几句话，所以便乘这机会在此写几个字；不能算是《稻草人》的介绍，不过略述自己的感想而已。

丹麦的童话作家安徒生（Hans Andersen）曾在一处地方说，"人生是最美丽的童话。"（"Life is the most beautiful fairy tales."）这句话，在将来"地国"的乐园实现时，也许是确实的。但在现代的人间，这句话至少有两重错误：第一，现代的人生是最令人伤感的悲剧，而不是最美丽的童话；第二，最美丽的人生，即在童话里也不容易找到。

现代的人受了种种的压迫与苦闷，强者呼号着反抗，弱者只能绝望地微喟。虽然有许多不自觉的人，如绿草之春而遍野，秋而枯死，没有思想，也不去思想；还有许多人住在白石的宫里，夏天到海滨去看荡漾的碧波，冬天坐在窗前看飞舞的白雪，或则在夕阳最后的潺光中，徘徊于丛树深密流泉喷激的画图里，或则当暮春与清秋的佳时，弄棹于远山四围塔影映水的绿湖上；他们都可算是幸福的人。这正如看一幅最美丽的画图：绿畴千亩，陌上桃花盛开，小溪曲流于其间；农夫驱着牛在那里犁田，渔翁静静的（地）坐在绿荫底下垂钓，少年跨着骏马在陌上驰着；天空是一碧无际，闲泛着若隐若现的鱼鳞似的几片白云。谁会见了这幅画图而不觉得这是可留恋的境地呢？然而这不过是一幅画图而已。在真实的人生里，虽也时时的现出这些景象，却只是一瞬间的幻觉，而它的背景，乃是一片荒凉的大沙漠或是灰色的波涛汹涌的无边海洋，所以一切不自觉者与快乐者实际上与一切悲哀者一样，都不过是这大沙漠中或是这无边海洋中只身旅行着或随波逐浪挣扎着的小动物而已。如果拿了一具大的显微镜，把人生仔细观察一下，便立刻现出如克里卜莱·克拉卜莱（Cribbly Crabbley）老人在一滴沟水里所见的可怕现象来：

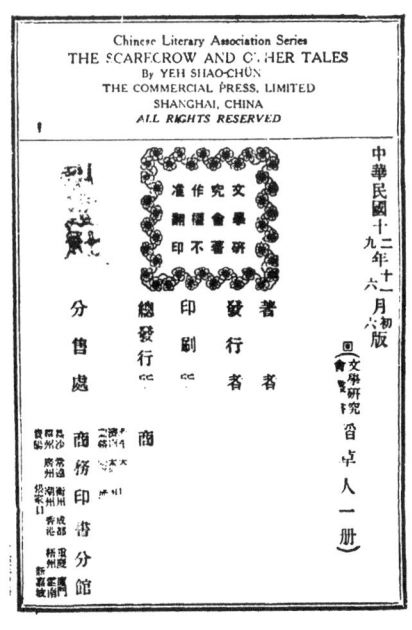

所有几千个在这水里的小鬼，都跳来跳去，互相吞食，或是彼此互相撕裂，成为片片。……这景象如一个城市，人民狂暴地跑着，打着，竞争着，撕裂着，吞食着。在底下的想往上面爬，乘着机会爬在上面的却又被压下了。有一个看见别的一只腿比他长，便把它折下来。还有一个，生一个小瘤在耳边。他们便想把它取下来，四面拉着他，竟因此故而把他食掉了。只有一个小女儿沉静的坐着，她所求的不过是和平与安宁，但别的却不愿意，推着她向前，打她，撕她，又把她食掉了。

正如那向这显微镜看着的无名的魔术家所说的，"这实是一个大都市的情况"。或者更可以加一句，"这实是人生"。

郑振铎十二，九，五夜

《俄国文学史略》

《俄国文学史略》，《文学研究会丛书》之一（无编号）。上海商务印书馆民国十三年（1924）三月初版。编者为郑振铎，发行者为商务印书馆，印刷所为商务印书馆，总发行所为商务印书馆，分售处有外埠各地商务印书分馆数十家。一册，189页。每册定价大洋陆角（外埠酌加运费汇费）。此外还有1928年8月再版本，1933年11月国难后第一版本。

该书凡十四章，有章目，依次为：第一章、绪言：发端——地势——人种——语言。第二章、启源：民间传说与史诗——史记——黑暗时代——改革的曙光——罗门诺索夫——加德邻二世——十九世纪的初年——十二月党。第三章、普希金与李门托夫：普希金——李门托夫——几个小诗人——克鲁洛夫。第四章、歌郭里：歌郭里的早年——巡按——去国——死灵——晚年。第五章、屠格涅夫与龚察洛夫：屠格涅夫——龚察洛夫。第六章、杜思退益夫斯基与托尔斯泰：杜思退益夫斯基——托尔斯泰。第七章、尼克拉莎夫与其同时代作家：尼克拉莎夫——同时代的散文作家——同时代的几个诗人——翻译诗人。第八章、戏剧文学：启源——十九世纪初叶——格利薄哀杜夫——莫斯科剧场——阿史特洛夫斯基——历史剧——同时的戏剧家——阿史特洛夫斯基以后。第九章、民众小说家：民众小说——初期的作家——中期的作家——民俗的采访——勒谢尼加夫——列维托夫——乌斯潘司基——同时代的作家——高尔基。第十章、政论作家与讽刺作家：俄国的政论——西欧派与斯拉夫派——国外的政论作家赫尔岑——其他国外的政论作家——周尼雪夫斯基与现代杂志——讽刺作家莎尔条加夫。第十一章、文艺评论：文艺评论的地位——

倍林斯基以前——倍林斯基——梅加夫——周尼雪夫斯基——杜薄洛留薄夫——皮莎里夫——其他。第十二章、柴霍甫与安特列夫：柴霍甫——安特列夫。第十三章、迦尔洵与其他：迦尔洵——科洛林科——波塔宾加——波塔里金——奥特尔——美列兹加夫斯基——系比丝——巴尔芒——梭洛古勃——卜留沙夫——科布尔——蒲宁——阿志巴绥夫——路卜洵——赛格耶夫秦斯基——契利加夫——莱美沙夫——茅赛尔——犹克威慈——亚伦勃斯基——谢志夫——佛林斯基——布洛克——伊文诺夫——皮莱。第十四章、劳农俄国的新作家：马霞夸夫斯基——谢美诺夫——劳工派。

还有两个附录，附录一：俄国文学年表；附录二：关于俄国文学研究的重要书籍介绍：一般的研究——英译的俄国名著——中译的俄国名著。此外插图五十一幅。

有序跋，均由编者郑振铎撰写。《序》兹录如下：

> 我们没有一部叙述世界文学，自最初叙到现代的书，也没有一部叙述英国或法国、俄国的文学，自最初叙到现代的书。我们所有的只是散见在各种杂志或报纸上的零碎记载；这些记载大概都是关于一个作家或一部作品，或一个短时间的事实及评论的。这实是现在介绍世界文学的一个很大的缺憾！在日本，他们已有了许多所谓《支那文学史》《英国文学史》《独逸文学讲话》之类的书。在英国或美国，他们也已出了不少种的《世界文学史丛书》，如伦敦 F. Fisher Unwin 公司所出的《文学史丛书》(The Library of Literary History)，出版的已有印度、爱尔兰、美国、波斯、苏格兰、法兰西、亚拉伯、俄罗斯等国的文学史；Edmude Gosse 所编辑的《世界文学史略丛书》(Short Histories of the World Literatures) 也已出版了中国、日本、亚拉伯、俄罗斯、西班牙、法兰西、意大利等十余国的文学史。其他关于希腊、罗马及波兰、犹太等国的文学史一类的书零星出版的，尚有不少。
>
> 如果要供给中国读者社会以较完备的文学知识，这一类文学史的书籍的出版，实是刻不容缓的。
>
> 我们一年以前，曾有出版《文学小丛书》的计划，我们也曾想在这个小丛书里面，把关于文学史的材料多包括些进去，后来虽曾陆续的收集了几部这一类的稿子，但因须加修改与继续工作之故，现在只能先把我的《俄国文学史略》发表。
>
> 每种文学史略，大概都附有《大事年表》及《参考书目》。我们

觉得这两种东西，对于读者是很有用处的。《参考书目》里所举的书籍，大概以英文的著作为主。

关于这一类的文学史略的一切提议与错误的指正，我们是十二分的欢迎领受的。

郑振铎十二，十，三十一。

《跋》兹录如下：

本书的第十四章为瞿秋白君所作，全书写成后，又曾经他的校阅，这是应该向他道谢的。

本书似乎太简单，又是匆匆的（地）写成，一切的疏误之处，俱待以后再补正。瞿秋白君近亦编好了一部《俄罗斯文学》，将在商务印书馆出版（为《百科小丛书》之一），其编制与本书不同，读者很可以拿来参看。

本书的许多插图，都是为了本书而特制的，有许多是外间向来没有见过的。

郑振铎十三，一，八二。（疑为二八）

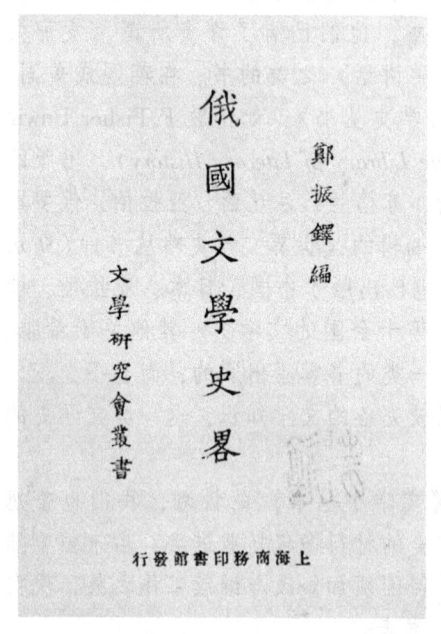

《二马》

《二马》,《文学研究会丛书》之一（无编号）。商务印书馆民国二十年（1931）四月初版,民国三十二年（1943）四月蓉一版。著者为老舍。印刷所为商务印书馆（重庆白象街）,发行所为商务印书馆（各地）。全一册,448页,每册定价国币伍元（外埠酌加运费汇费）。此外还有1932年12月再版,1939年5月国难后4版。

该书为长篇小说。

无序跋。老舍曾撰写《我怎样写〈二马〉》（见《老舍文艺论集》,张桂兴编注,山东大学出版社1999年版）一文,摘录如下：

> 《二马》中的细腻处是在《老张的哲学》与《赵子曰》里找不到的,"张"与"赵"中的泼辣恣肆处从《二马》以后可是也不多见了。人的思想不必一定随着年纪而往稳健里走,可是文字的风格差不多是"晚节渐于诗律细"的。读与作的经验增多,形式之美自然在心中添了分量,不管个人愿意这样与否。《二马》是我在国外的末一部作品；从"作"的方面说,已经有了些经验；从"读"的方面说,我不但读得多了,而且认识了英国当代作家的著作。心理分析与描写工细是当代文艺的特色；读了它们,不会不使我感到自己的粗劣,我开始决定往"细"里写。
>
> 《二马》在一开首便把故事最后的一幕提出来,就是这"求细"的证明：先有了结局,自然是对故事的全盘设计已有了个大概,不能再信口开河。可是这还不十分正确；我不仅打算细写,而且要非常的细,要像康拉德那样把故事看成一个球,从任何地方起始它总会滚动的。我本打算把故事的中段放在最前面,而后倒转回来补讲前文,而后再由这里接下去讲——讲马威逃走以后的事。这样,篇首的两节,现在看起来是像尾巴,在原来的计画（划）中本是"腰眼儿"。为什么把腰眼儿变成了尾巴呢？有两个原因：第一个是我到底不能完全把幽默放下,而另换一个风格,于是由心理的分析又走入了姿态上的取笑,笑出以后便设法再使文章萦回逗宕；无论是尾巴吧,还是腰眼吧,放在前面乃全无意义！第二个是时间上的关系：我应在一九二九年的六月离开英国,在动身以前必须把这本书写完寄出去,以免心中老存着块病。时候到了,我只写了那么多,马威逃走以后的事无论如何也赶不出来了,于是一狠心,就把腰眼当作了尾巴,硬行结束。那

么，《二马》只是比较的"细"，并非和我的理想一致；到如今我还是没写出一部真正细腻的东西，这或者是天才的限制，没法勉强吧。

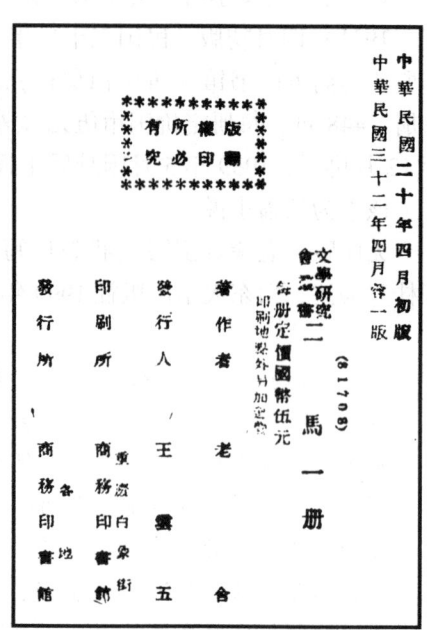

《繁星》

《繁星》，《文学研究会丛书》之一（无编号）。上海商务印书馆民国十二年（1923）一月初版，民国十二年（1923）七月再版。著者为冰心女士。发行者为商务印书馆，印刷所为商务印书馆（上海北河南路北首宝山路），总发行所为商务印书馆（上海棋盘街中市），分售处为各地商务印书分馆。全一册，90 页。每册定价大洋叁角（外埠酌加运费汇费）。此外还有 1925 年十月四版本，1926 年十月五版本，1928 年七月六版本，1930 年三月七版本，1945 年五月渝第一版。

该书收入小诗 164 首，均无篇目。

卷首有冰心的《自序》，兹录如下：

　　一九一九年的冬夜，和弟弟冰仲围炉读太戈尔（R. Tagore）的《迷途之鸟》（*Stray Birds*），冰仲和我说："你不是常说有时思想太零碎了，不容易写成篇段么？其实也可以这样地收集起来。"从那时起，我有时就记在一个小本子里。

一 文学研究会"文学丛书"叙录　31

一九二〇年的夏日，二弟冰叔从书堆里，又翻出这小本子来。他重新看了，又写了"繁星"两个字，在第一页上。

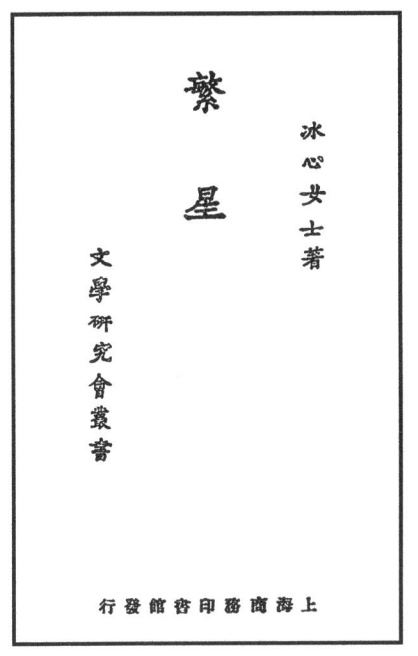

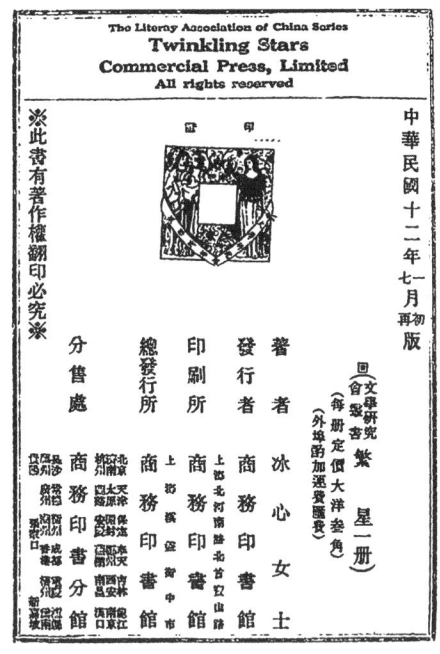

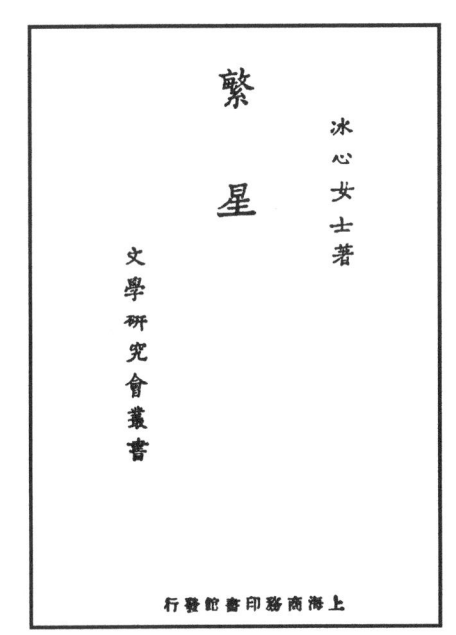

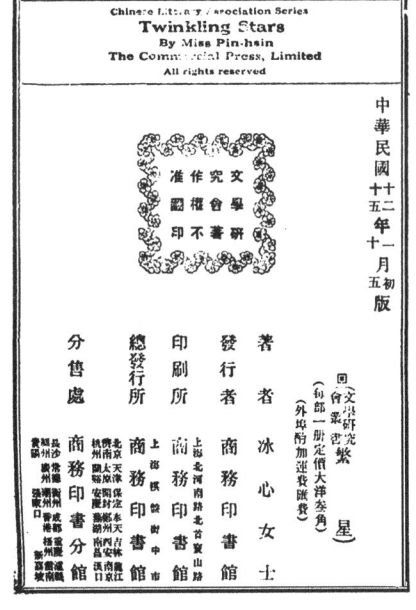

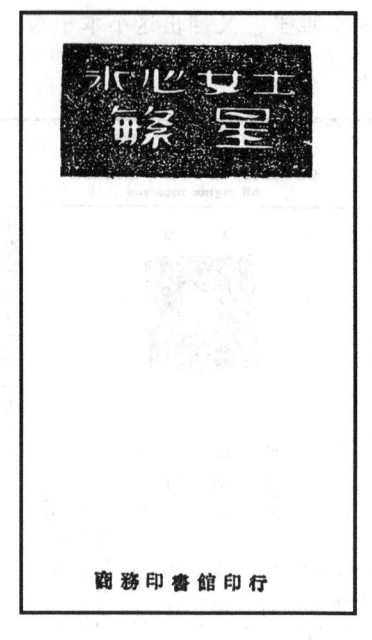

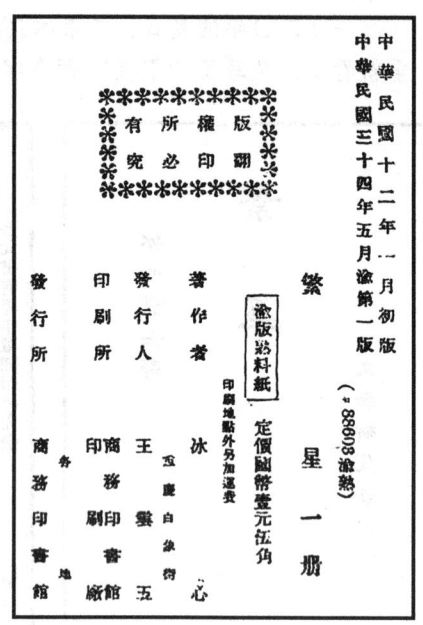

一九二一年的秋日，小弟弟冰季说，"姊姊！你这些小故事，也可以印在纸上么？"我就写下末一段，将他（它）发表了。

是两年前零碎的思想，经过三个小孩子的鉴定。《繁星》的序言，就是这个。

冰心，九，一，一九二一。

《飞鸟集（太戈尔诗选一）》

《飞鸟集（太戈尔诗选一）》，《文学研究会丛书》之一（无编号）。上海商务印书馆民国十一年（1922）十月初版，民国三十六年（1947）三月第二版。著者为印度 R. Tagore（太戈尔），译者为郑振铎，印刷所为上海商务印书馆，发行所为各地商务印书馆，分售处为外埠各地商务印书馆分馆数十家。一册，88 页。每册定价国币贰元（外埠酌加运费汇费）。此外还有 1923 年 8 月再版本，1926 年 9 月四版本。

全文共收入小诗三百二十六首。有插图若干幅。卷首有郑振铎撰写的《例言》，有《太戈尔传》（未署撰者），有郑振铎的《序》。卷末无跋。扉页上有这样一段话："读《飞鸟集》的人，不必因为几首不合他的趣味，便把它搁下不读。尽管读下去！我相信至少也有若干首是可以鼓起他的兴趣的。即偶然的披阅，也有许多好句，可以被他找出来。"

一 文学研究会"文学丛书"叙录 33

《序》兹录如下:

《飞鸟集》已经全译出来一次,因为我自己的不满意,所以又把它删节为现在的选译本(本书的《飞鸟集》,是增补完备的全译本。——编者注)。以前,我曾看见有人把这诗集选译过,但似乎错得太多,因此我译时不曾拿它来参考。

近来小诗十分发达。它们的作者大半都是直接或间接受太戈尔此集的影响的。此集的介绍,对于没有机会得读原文的,至少总有些贡献。

这诗集的一部分译稿是积了许多时候的。但大部分却都是在西湖俞楼译的。

我在此谢谢叶圣陶、徐玉诺二君。他们替我很仔细的(地)校读过这部译文,并且供给了许多重要的意见给我。

郑振铎 六,二六。(一九三三年版本序)

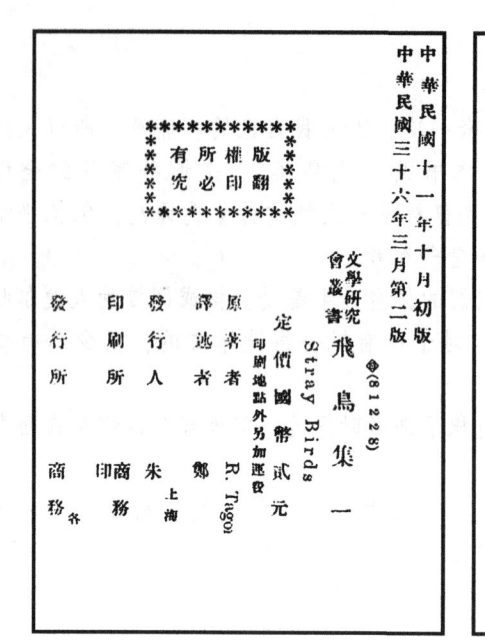

《隔膜》

《隔膜》，《文学研究会丛书》之一（无编号）。上海商务印书馆民国十一年（1922）三月初版，民国十三年（1924）十一月五版。著者为叶绍钧，发行者为商务印书馆，印刷所为商务印书馆，总发行所为商务印书馆，分售处有外埠各地商务印书分馆数十家。一册，160页。每册定价大洋伍角（外埠酌加运费汇费）。此外还有1926年12月七版，1928年11月八版，1930年8月九版，1933年2月国难后1版。

该书为叶绍钧的短篇小说创作集，内收《一生》《春游》《两封回信》《欢迎》《不快之感》《母》《伊和他》《一个朋友》《低能儿》《萌芽》《恐怖的夜》《苦菜》《隔膜》《阿凤》《绿衣》《小病》《寒晓的琴歌》《疑》《潜隐的爱》《一课》，凡二十篇。

卷首有顾颉刚撰写的《序》，摘录如下：

圣陶集了几年来他的小说二十篇，付文学会刊入丛书，教我做（作）一篇序。我与圣陶是最早的同学，他的思想与艺术，十分之七八，我都看见晓得。我虽则没做过文艺的研究，不能说明他的小说在文艺界上的地位，可是要做（作）一篇序来说明他的思想的本质，与他所以做（作）小说的背景，自以为我是最适宜了。

圣陶小时候，与我住在同巷。二十世纪的第一年，我九岁，他八岁，我们就在一处私塾读书。那时的情形，我现在已想不大起；只记得圣陶欢喜做些玩物，背着先生戏弄。他同我说的话，还记得一句：他说，"我会把象牙做朝版，你要我做吗？"象牙朝版他当然没有做过；但他看见了道士手里握的一块，便兴起了自己创作的念头，这是可信的。

他比我早进一年中学。我进中学时，他正是刻图章、写篆字最有兴味的当儿。记得那时看见他手里拿的一把大折扇，扇上写满了许多小小的篆字，我看了，的确匀净工整，觉得很是羡慕。后来他极欢喜做（作）诗。当时同学里差不多没有一个会做（作）诗的，他屡屡的教导我们，于是中学校里就结合了一个诗会，叫做（作）放社。但别人的想象和表出，总不能像他那般的深细，做（作）出来的东西总是直率得很，所以我们甘心推他做盟主。

十，七，十，上午一时，顾颉刚。

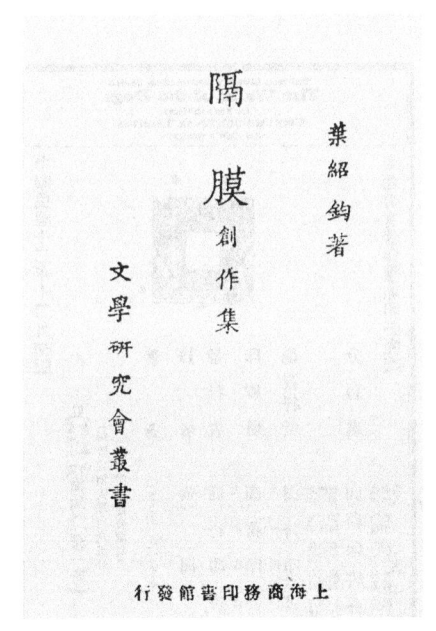

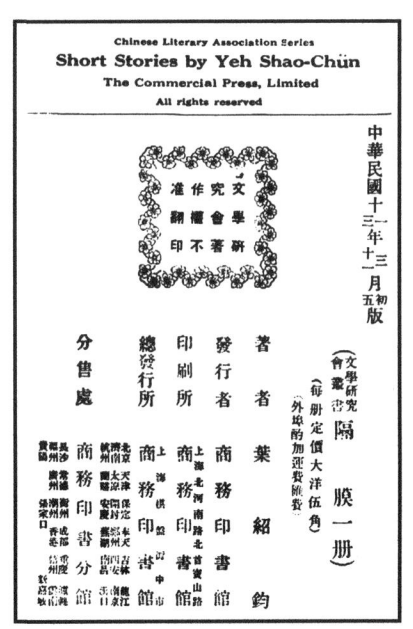

《狗的跳舞》

《狗的跳舞》，《文学研究会丛书》之一（无编号）。上海商务印书馆民国十二年（1923）十二月初版。著者为俄国 Leonid Andreev（安特列夫），译者为张闻天，发行者为商务印书馆，印刷所为商务印书馆，总发行所为商务印书馆，分售处有外埠各地商务印书分馆数十家。一册，312页。每册定价大洋叁角伍分（外埠酌加运费汇费）。此外还有1927年1月再版本，1933年7月国难后第一版本。

该书为四幕剧，无幕目。

卷首有1923年2月12日译者张闻天在美国加利福尼亚撰写的《译者序言》，卷末无跋。《译者序言》摘录如下：

> 理欧乃德·安特列夫（Leonid Andreev）生于一八七一年阿莱勒（Orel）地方。与杜格涅夫同乡。比高尔该小二岁。起初在莫斯科当律师，后来才倾向文学。其处女作即为高尔该所称赏。此外更受托尔斯泰与梅勒什科夫斯基等的赞许，所以他的名声传布得非常快。他的小说《红笑》与《七个被绞死的人》就给了他在俄国文坛上一个重要位置。他的小说与戏曲继出的很多。英文翻译的也不少。我所译的这篇《狗的跳舞》（The Waltz of the Dogs）就是英译中最近出版的。

> 安特列夫对于人物的描写，不着重在外面的行动，而着重在灵魂的振动。他毫不疲倦地找求着人心中所蕴藏着的革命的，反抗的，愤

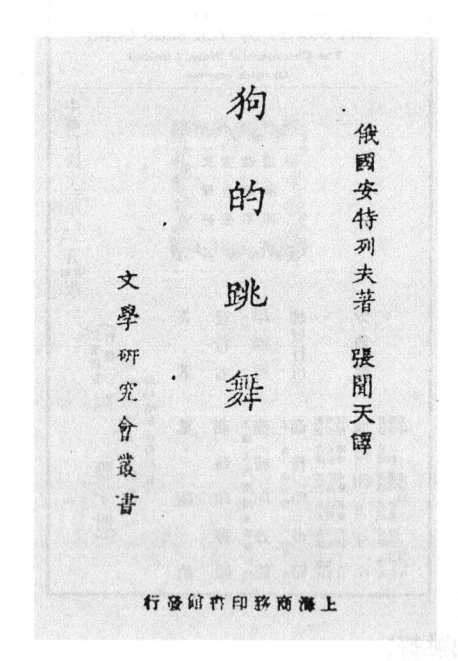

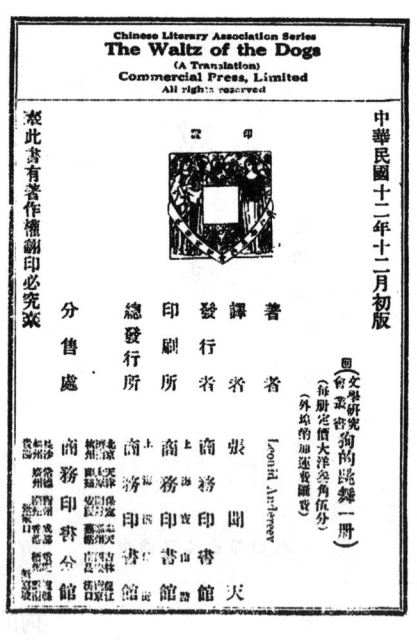

激的，恐怖的，人道的，残酷的，悲哀的，凄凉的种种精神，用了写实的，象征的，神秘的笔墨传达出来，使读者时而愤怒，时而恐怖，时而悲哀，时而怜悯，时而发狂。他用铁锤敲着我们的灵魂，使得我们不得不觉到战栗！

我们，这些被所谓礼教与偶像所束缚着的我们，除非用了利剑来把这些东西一一斩掉，我们就永远不能得到自由，永远不会了解人生。安特列夫的作品就是我们的利剑，我们要把他（它）拿起来像发疯一样挥舞着去破坏一切。不过破坏之后应该怎样，安特列夫没有回答我们。

张闻天，一九二三年二月十二日，美国，加利福尼亚

《孤雁》

《孤雁》，《文学研究会丛书》之一（无编号）。上海商务印书馆民国十五年（1926）十月初版，民国二十年（1931）二月三版。著者为王以仁，发行者为商务印书馆，印刷所为商务印书馆，总发行所为商务印书馆，分售处有外埠各地商务印书分馆数十家。一册，178页。每册定价大洋伍角伍分（外埠酌加运费汇费）。此外还有1933年1月国难后第一版本，1935年4月国难后第二版本。

该书为王以仁的短篇小说集，内收《孤雁》《落魄》《流浪》《还乡》《沉缅（湎）》《殂落》，凡六篇。

卷首有著者作为代序的《我的供状——致不识面的友人的一封信》，卷末无跋。"代序"摘录如下：

KP足下：

我今天正在整理我久已没有整过的案头，无意中在一本诗集里面翻出了你两月以前写给我而我没有给你答覆（复）的旧信，我重取来细细的（地）读了一遍，啊，本来不想写信覆（复）你的，现在觉得不能不写一封信来覆（复）你了！

我是一个天性生成的爱在外面过着流浪生活的畸零者，——或许是我的命运注定我一生永无宁居的一日也说不定。——我的行迹绝似那天边飘流不定的浮云。暑假以后因为一个朋友的介绍，勉强在这里像囚徒一样的过了半年的生活；许多故友差不多都不知道我近来是躲在这山川环抱的地方过着隐居似的生涯；但是素昧生平的你，KP君，不知你却从那（哪）里刺探出我的行踪，居然不嫌弃我这孤僻乖张

的畸零者，肯诚诚恳恳的（地）写出了这样像十年老友似的信来劝慰，来询问我最近的状况！啊！不相识的老友呀！我怎能不诚心诚意的（地）五体投地来感谢你呢！

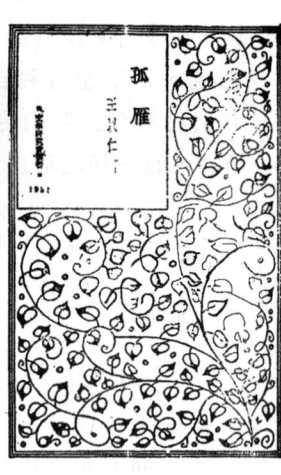

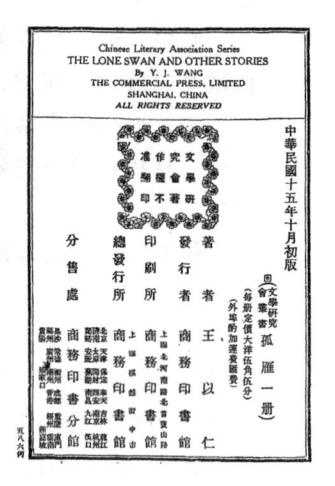

实在我最初看了你的信时，想写封覆（复）信给你的勇气，早已像夏日我们口中喷出来的呼气一样的追寻不出它的痕迹了！KP君！我的感情是像薄薄的冰片一样经不起重重的打击的！虽然我的年纪有二十多岁，却还如只有五六岁的小孩似的一受刺激，我的泪珠便会陆续的（地）滴了下来。KP君！你的信，我读了以后，我的脑筋激动得像火山喷裂了一样的狂热，若不是我的前后都有许多学生环绕着我住着，我怕要像新孀的妇人听到外界说她不贞的讥讽似的在放声痛哭着了！但是，KP君！人生到了歌笑哭骂的自由都被剥夺得干干净净的地位，还有，还有什么话可说呢！啊，啊！这都是我自己寻来的烦恼，我却也不能怨谁！

一，二七夜，作毕于上海旅次

《贵族之家》

《贵族之家》，《文学研究会丛书》之一（无编号）。商务印书馆民国十八年（1929）四月初版。著者为俄国屠格涅甫（I. Turgenev），译者为高滔。发行者为商务印书馆，印刷所为商务印书馆（上海北河南路北首宝山路），总发行所为商务印书馆（上海棋盘街中市），分售处为各地商务印书分馆。全一册，341页，每册定价大洋壹元（外埠酌加运费汇费）。

一 文学研究会"文学丛书"叙录 39

此外还有 1930 年 11 月再版。

该书为长篇小说，除"尾声"外，凡四十五节，无节目。

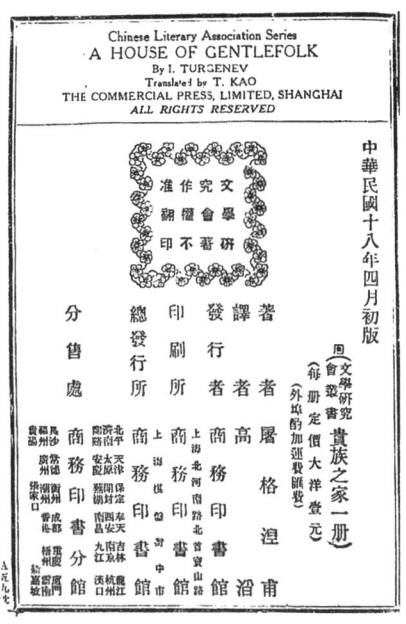

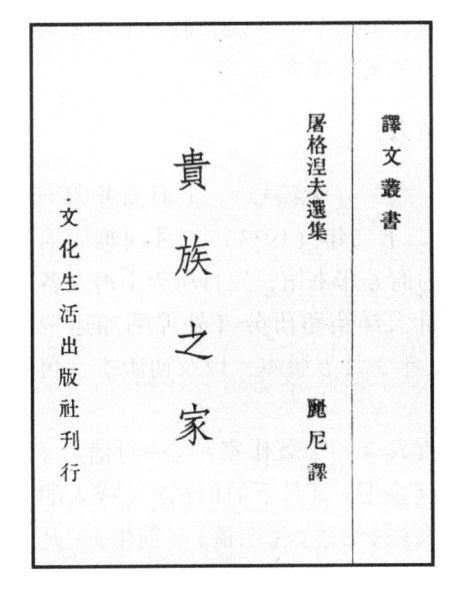

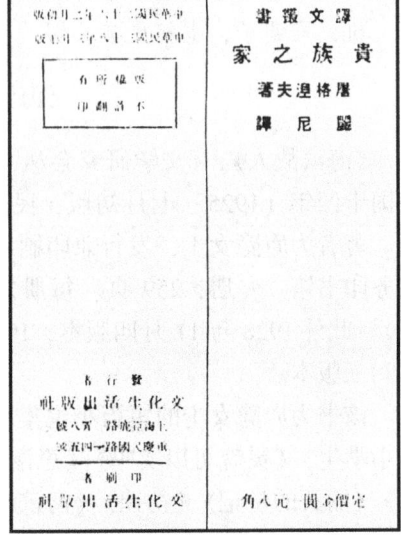

无序跋。《贵族之家》还有丽尼译本，1937年2月初版，1949年3月七版。七版本卷首有《译者小引》，摘录如下：

> 一八五八年夏日，屠格涅夫从国外归来，在他底田庄斯帕斯科伊过了勤劳的四个月；到了冬天，当他回到彼得堡他底朋友们面前的时候，他随着带来了一部小说底原稿，这就是"使得全个俄罗斯为之流泪"的那部小说《贵族之家》。小说发表于次年一月号的《当代》杂志，立刻为它底作者确立了第一流小说家底名誉。杂志底批评栏给它献奉了巨大的篇幅，女主人公丽莎底名字成了流行的用语，青年作者们把他们底作品羞愧地捧呈于这位作家之前，而一向只把屠格涅夫认为随笔作家的冈查罗夫，这时也不能不把他当作小说家而对他侧目了。总之，如果屠格涅夫底其它（他）大部作品，从读者所唤起的毁誉往往难得一致，至少对于这部作品，则无论他底友人和敌人，无不异口同声地称赞。《贵族之家》底时代快过去了，新的人渐渐在俄国生长起来，而屠格涅夫底作品却对于那夕阳似的时代给予了无限诗意的描画，这，当然是会感动每一个读者底心灵的。在一八五五年代所写的《罗亭》里（在那时，屠格涅夫还不曾给他底无行动力的英雄安排一个光荣的死），作者已经对他底青年时代，理想主义的四十年代，作了同情的，然而同时是谴责的告别，而在这一部里，作者更以一个踏入了人生中年的人底温情，回顾了已经过去的青年时代底危机，那调子，也就更其亲切，而尤其更为惆怅了。

《海滨故人》

《海滨故人》，《文学研究会丛书》之一（无编号）。上海商务印书馆民国十四年（1925）七月初版，民国二十二年（1933）二月国难后第一版。著者为庐隐女士，发行兼印刷者为商务印书馆，发行所为上海及各埠商务印书馆。一册，259页。每册定价大洋柒角伍分（外埠酌加运费汇费）。此外1928年11月四版本，1930年3月五版本，以及初版本、再版本和三版本。

该书为庐隐女士的短篇小说集，收入《一个著作家》《一封信》《两个小学生》《灵魂可以卖吗》《思潮》《余泪》《月下的回忆》《或人的悲哀》《丽石的日记》《彷徨》《海滨故人》《沦落》《旧稿》《前尘》，凡十四篇。

无序跋。《海滨故人》摘录如下：

呵！多美丽的图画！斜阳红得像血般，照在碧绿的海波上，露出紫蔷薇般的颜色来，那白杨和苍松的荫影之下，她们的旅行队正停在那里，五个青年的女郎，要算是此地的熟客了，她们住在靠海的村子里；只要早晨披白绡的安琪儿，在天空微笑时，她们便各拿着书跳舞般跑了来。黄昏红裳的哥儿回去时，她们也必定要到。

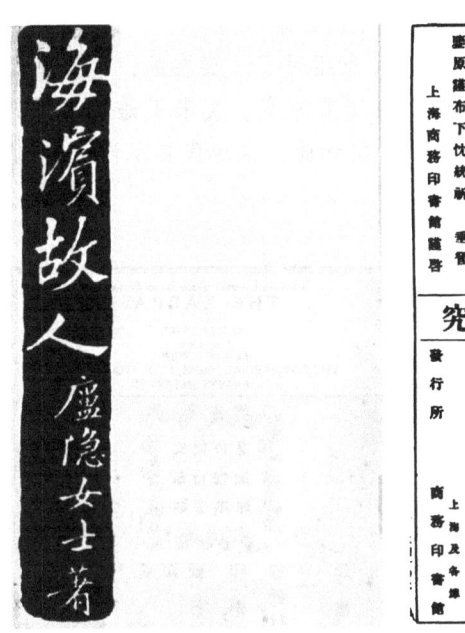

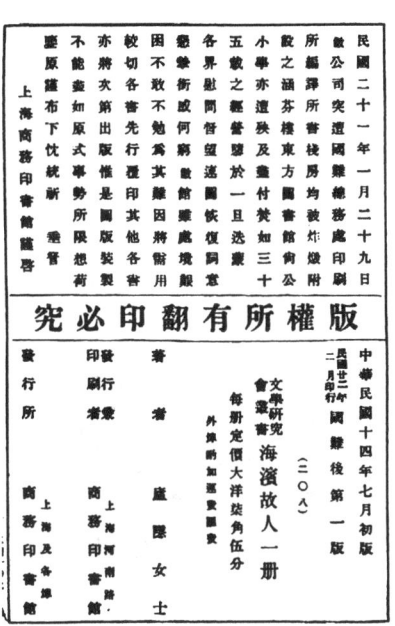

《河童》

《河童》，《文学研究会丛书》之一（无编号）。上海商务印书馆民国十七年（1928）十月初版。日本芥川龙之介著，黎烈文译，发行者为商务印书馆，印刷所为商务印书馆（上海北河南路北首宝山路），总发行所为商务印书馆。一册，144 页。每册定价大洋伍角（外埠酌加运费汇费）。此外，1930 年 12 月再版，1934 年 7 月国难后第一版。

全书包括《海上哀音——闻芥川龙之介之死（代序）》《河童》《蜘蛛之丝》《附录》。《河童》凡十七节，无节目。《蜘蛛之丝》凡三节，无节目。《海上哀音（代序）》为译者黎烈文撰写，作为代序。《附录》是永见德太郎撰写的《芥川龙之介与〈河童〉》。

《译后的话》从略，《海上哀音（代序）》摘录如下：

屈指今天已是来到伊东避暑的第十天了。早起天气还是同昨天一样坏,下着丝丝的细雨,凉气袭人如深秋,三面高山被黑云笼罩着,满呈忧郁的模样。对面深碧的海面,银浪翻腾,想到今天游水又没有希望了,更觉愁闷。午后在温泉中泡了一会儿,冒雨拿着钓竿走到松川河口钓了半天鱼,鱼虽多,一条也不曾钓着,快快的(地)转回寓里,房主人递来一份东京《朝日新闻》,打开一看,使我吃了一惊的便是那用大号字刊载的芥川龙之介氏自杀的消息。

芥川氏的作品在我国早就有人介绍过了。实在的,也不知是甚(什)么缘故,在新思潮派的三柱(菊池宽、久米正雄、芥川龙之介)中,我最景仰的是芥川氏。不但如此,在现代日本许多作家中,我最爱读的也就是芥川氏的作品。

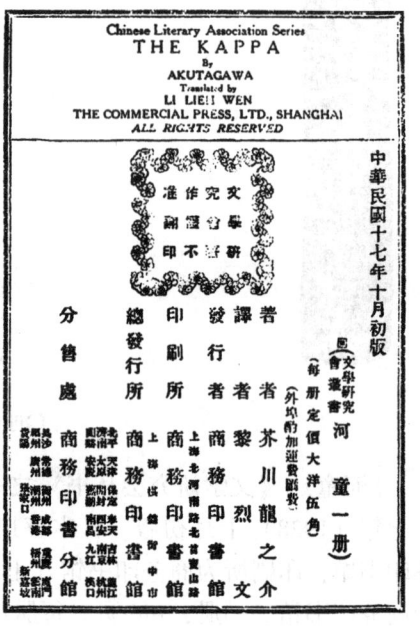

芥川氏创作很谨严,在日本现代一般作家中,从量的方面说,芥川氏要比较算少的。但因此他的作品差不多篇篇都成为有价值。简直有世界的价值。他不曾像菊池宽一样滥造出许多无聊的通俗的长篇,这是他的幸事,同时也愈成其伟大。

我这次来伊东,本打算要把他最近的一篇创作《河童》译出的,但不幸已经译成的六七页原稿,遗落在东京,正想要写信托东京的朋友寻出寄来,而作者自杀的噩耗便突的(地)传到了这偏僻的海隅。

啊啊，这凄凉的从海上传来的哀音，它是如何亲切而又沉重的（地）打动了我脆弱的心啊！

《红的笑》

《红的笑》，《文学研究会丛书》之一（无编号）。商务印书馆民国十九年（1930）十月初版。著者为 Leonid Andreev（俄国安特列夫），译者为梅川。发行者为商务印书馆，印刷所为商务印书馆（上海北河南路北首宝山路），总发行所为商务印书馆（上海棋盘街中市），分售处为各地商务印书分馆。全一册，132 页，每册定价大洋伍角（外埠酌加运费汇费）。此外还有 1932 年 11 月国难后第一版，1940 年 10 月版。国难后第一版封面与初版相同。

该书为中篇小说，分两部，第一部包括断片一至断片九，第二部包括断片九至断片十八、断片末段。据英译本转译，鲁迅据日译本详加校正。译者梅川即王方仁，浙江镇海人。鲁迅在厦门大学、广州中山大学任教时的学生，"朝花社"成员。

卷首有译者梅川 1929 年 5 月 10 日撰写的《小引》，卷末有鲁迅的《关于"关于红的笑"》，该文本篇最初发表于一九二九年四月二十九日《语丝》周刊第五卷第八期，后印入梅川所译《红的笑》一书，最后一节是印入该书时所加。《关于"关于红的笑"》从略，《小引》摘录如下：

> 在俄国一九○五年第一次革命的前几年，文学上高尔基的势力已有衰败现象，新进的循序而起，阿尔志跋绥夫、梅莱什珂夫司基、勃留沙夫、梭罗古勃是各代表一种潮流而起来的人物。若说高尔基在俄罗斯文学上，在一八九○年至一九○五年之间自成一个时代，则这个写《红的笑》的安特列夫在一九○○年之后直到其死时为止也自成一个时代。

> 安特列夫一八七一年生于奥莱尔。他的父亲虽然早死，而且他早年过极贫苦的生活，但他终于在奥莱尔地方受了普通中等教育。一八九一年又进了圣彼得堡大学，完了第一学期，因为失恋，他曾想自杀过，后来回了家，游荡的（地）过了几年。一八九三年又进了莫斯科大学。一八九七年得了法科学位，做律师助手。在那时以前，他已从事文学了。他的律师生活，过得不多久，因为他不久之后就进了文学界。对于文学，第一个鼓励他的是高尔基。到一九○二年发表《深渊》和《在雾中》二篇之后，他的在文学上的名望突然大著。一

九〇四年日俄战争发生,他写了这部反映时代的《红的笑》。从一九〇二年起,他名利双收,直至一九〇六年他的第一个妻死时,这几年是他一生最愉快的时期。后来虽然又娶了妻,但以前的幸福是不能再有了。于是他的作品及生命里充满了阴沉和空虚。他不绝的(地)用刺激来推动他,改变种种的生活,到一九〇八年,他的名望开始衰败。大战的发生,这个大刺激,给他一个新生命。但不久之后,于一九一九年九月他死了,他的最后的作品是题作《S.O.S》的向联盟国请求把俄罗斯从波尔塞维克的专政下救出来的热烈的请求。

安特列夫的小说,一部分是讨论"死"的,《勒柴鲁司》及《七个被绞死的人》就是讨论这"死"的。《勒柴鲁司》写他死后三日从坟中再生的事,他即死亡,他的一瞥视,就表示毁灭的力量。《七个被绞死的人》写判决死刑的五个革命党员及两个普通人犯从判决到执行死刑间的事。这题目虽然讲到死亡,但主要则不是死的恐怖,却是革命党员的纯洁与英雄。

他的大部分的书,则写寂寞,死一般的寂寞。在城里,想到乡间去避免它;在乡间,则想到城里去避免它。但是不能避免。几乎他的作品,都表示空虚、无意、虚伪,但他的中心思想还极力想解决诅咒生命的理性及赞美生命的感情之间的不和。

一九二九年五月十日,梅川记。

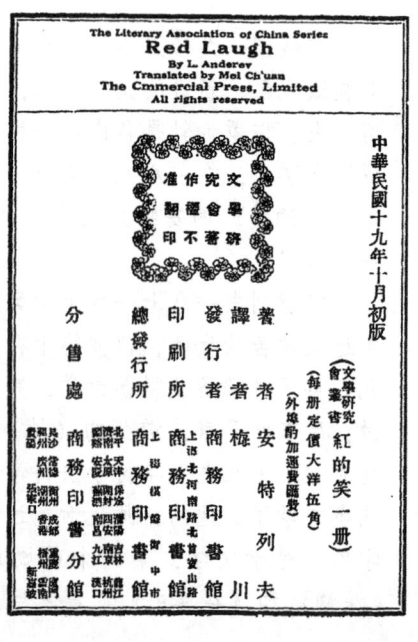

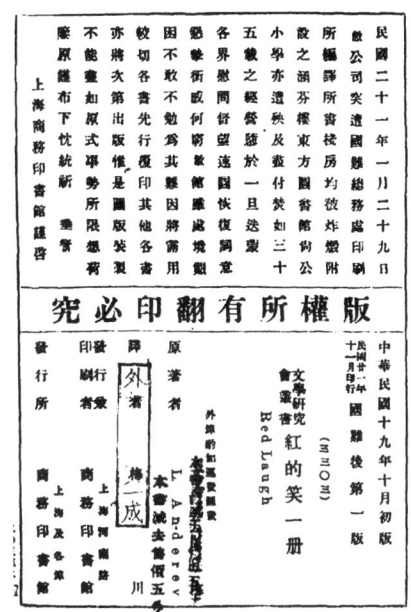

《华伦夫人之职业》

《华伦夫人之职业》，《文学研究会丛书》之一（无编号）。商务印书馆民国十二年（1923）四月初版，民国二十二年（1933）六月印行国难后第一版。著者为英国萧伯纳，译述者为潘家洵。发行兼印刷者为商务印书馆（上海河南路），发行所为商务印书馆（上海及各埠）。全一册，120页，每册定价大洋叁角伍分（外埠酌加运费汇费）。此外还有1925年11月再版，1935年5月国难后2版。

该书为四幕剧，无幕目。卷首有潘家洵撰写的《译者小序》，还有沈雁冰撰写的《戏剧家的萧伯纳》。《译者小序》兹录如下：

> 这个剧本我在三年前曾经把他译出来登在《新潮》二卷一号上头，后来仔细一看，不妥当的地方很多，并且加上了许多印刷的错误，有些地方竟弄得连意义都不十分明了。这翻译的匆促同校勘的疏忽不但对于原著人十分地有罪，就是对于读者——尤其是细心的读者——亦非常地抱歉。因此，我费了一个多月的工夫——比原译时的工夫或许还多些——把他用心改译了一番，把原译改动了几乎有十之七八。这样一来，我并不敢说处处都妥帖明晰了，因为萧伯讷（纳）的文章俏皮得很，有时候顾了他的原意就不能用很现成的中国话，用

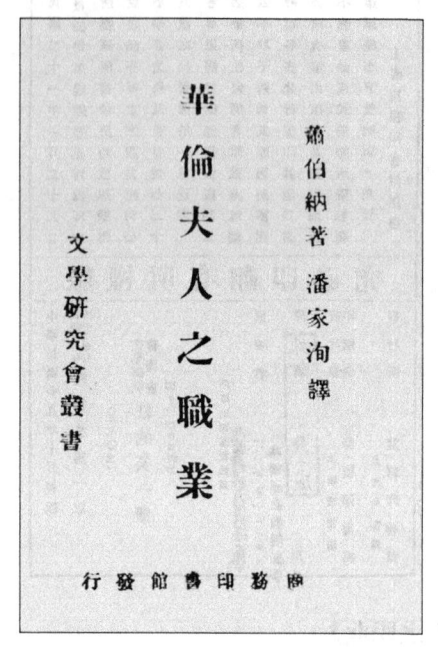

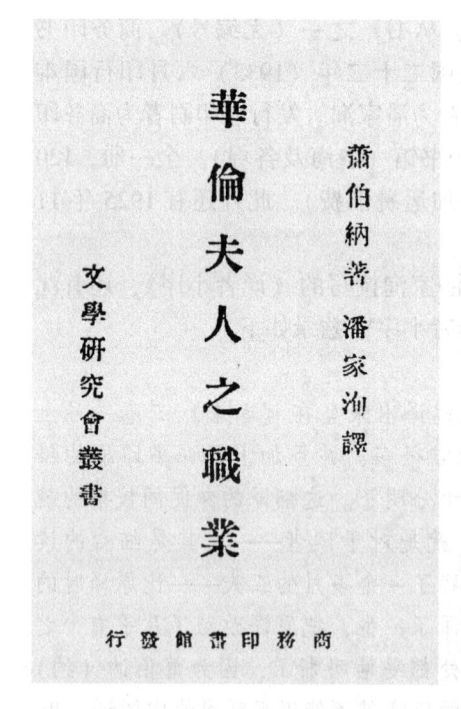

46　中国现代社团"文学丛书"叙录·上册

了现成的中国话就不能十分保持他的原意。不过我相信经这一番修改之后，这个译本至少可以给读者一个对于这个剧本的意义的正确观念，不至于引起许多误解同怀疑。拿错误的译书来出版是一桩罪过。我当然不敢说我没有罪过，不过我总想竭尽心力减少我的罪过。

我本想做一篇萧伯讷（纳）的传附在前面，但是我因为手头参考书太少，不敢动手。后来蒙我的朋友，雁冰先生答应替我做（作）一篇萧伯讷（纳）的历史同解释《华伦夫人之职业》的文章登在这里，我的文章就决意等着将来再做（作）了。我应该谢谢他的帮助。

一九二二，十，二十四，北京

《幻灭》

《幻灭》，《文学研究会丛书》之一（无编号）。商务印书馆民国十七年（1928）八月初版。著者为沈雁冰（茅盾）。发行者为商务印书馆，印刷所为商务印书馆（上海北河南路北首宝山路），总发行所为商务印书馆（上海棋盘街中市），分售处为各地商务印书分馆。全一册，147页，每册定价大洋伍角伍分（外埠酌加运费汇费）。封面为硬壳封面，无字无图，也无目录页。另有一种商务印书馆版本为《幻灭》《动摇》《追求》合订本，只有正文和硬壳封面封底（均无字无图），其他信息缺乏。就《幻灭》第一页来看，版型不同。

该书为中篇小说，凡十四节，无节目。

无序跋。正文摘录如下：

"我讨厌上海，讨厌那些外国人，讨厌大商店里油嘴的伙计，讨厌黄包车夫，讨厌电车上的卖票，讨厌二房东，讨厌专站在马路旁水门汀上看女人的那班瘪三……真的，不知为什么，全上海成了我的仇人，想着就生气！"

慧女士半提高了嗓子，紧皱着眉尖说；她的右手无目的地折弄左边的衣角，露出下面的印度红的衬衫。

和她并肩坐在床沿的，是她的旧同学静女士：年约二十一二，身段很美丽，服装极幽（优）雅，就只脸色太憔悴了些。她见慧那样愤愤，颇有些不安，拉住了慧的右手，注视她，恳切地说道：

"我也何尝喜欢上海呢！可是我总觉得上海固然讨厌，乡下也同样的讨厌；我们在上海，讨厌它的喧嚣，它的拜金主义化，但到了乡间，又讨厌乡村的固陋，呆笨，死一般的寂静了；在上海时，我们神昏头痛：在乡下时，我们又心灰意懒，和死了差不多。不过比较起来，在上海求智识还方便……我现在只想静静儿读一点书。"她说到"读书"，苍白的脸上倏然掠过了一片红晕；她觉得这句话太正经，或者是太夸口了；可是"读书"两个字实在是她近来唯一的兴奋剂。她自从去年在省里的女校闹了风潮后，便很消极，她看见许多同学渐渐地丢开了闹风潮的正目的，却和"社会上"那些仗义声援的漂亮人儿去交际——恋爱，正合着人家的一句冷嘲，简直气极了：她对于这些"活动"，发生极端的厌恶，所以不顾热心的同学嘲笑为意志薄弱，她就半途抽身事外，她的幻想破灭了，她对一切都失望，只有"静心读书"一语，对于她还有些引诱力。为的要找一个合于理想的读书的地方，她到上海来不满一年，已经换了两个学校。她自己也不大明白她的读书抱了什么目的：想研究学问呢？还是想学一种谋生的技能？她实在并没仔细想过。不过每逢别人发牢骚时，她总不自觉地说出"现在只想静静儿读点书"这句话来，此时就觉得心头宽慰了些。

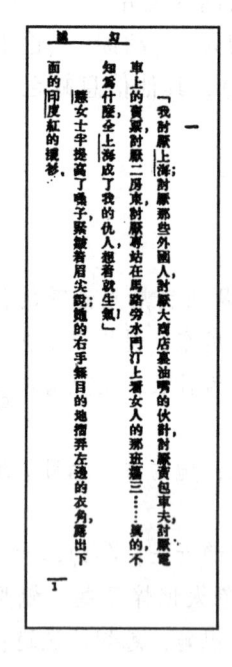

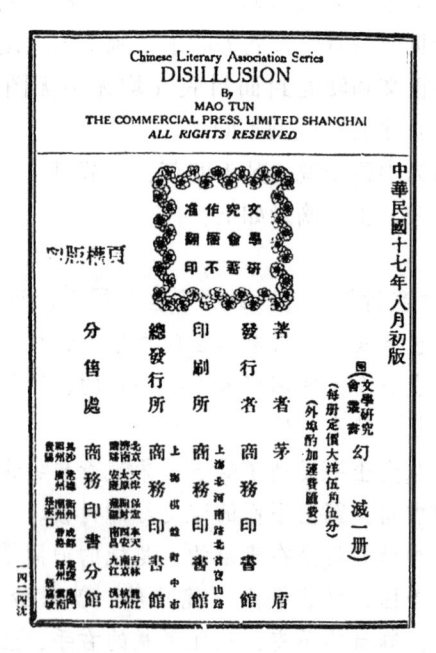

《黄昏》

《黄昏》，《文学研究会丛书》之一（无编号）。商务印书馆民国十八

一　文学研究会"文学丛书"叙录　49

年（1929）四月初版，民国二十二年（1933）四月印行国难后第一版。著者为王统照。发行兼印刷者为商务印书馆（上海河南路），发行所为商务印书馆（上海及各埠）。全一册，196页，每册定价大洋陆角（外埠酌加运费汇费）。此外还有1930年11月再版。

该书为中篇小说，凡十九节，无节目。

卷首有作者《自序》，卷末无跋。《自序》兹录如下：

> 这本《黄昏》是五年前的旧作了，曾经文学研究会预告单行本，但我既懒且忙又觉得没什么意思，所以停搁下了。今冬在海滨住着，夜长无事，便取出来添改了一些。每当寒风狂涛交互响叫的时候，觉得人间的种种冲突是究竟不得免的；世界的造成原是如此。即如这本小说的意思或者有人看了以为在"鸣不平"。然而这也如海滨的寒风狂涛的争斗一般，在宇宙是自然的现象，有什么奇怪！……我每在夜间作此无谓的怪想，也因此便对于这篇旧作重复感到兴味，以为或者为作种种冲突的一种记录，便寄至沪上印行了。至于题材与表现力我觉得终不甚充分，人物方面的穿插，也不甚合宜，然而一时无法全改了，只好俟诸他日。
>
> 　　　　十六年十一月末某夜自记于琴岛之滨

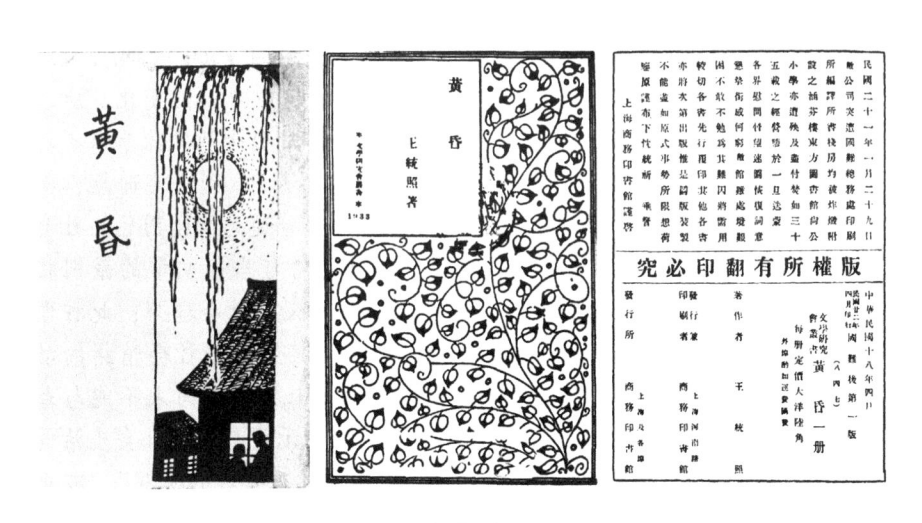

《灰色马》

《灰色马》，《文学研究会丛书》之一（无编号）。上海商务印书馆民国十三年（1924）六月初版，民国二十二年（1933）二月国难后第一版。

著者为俄国 V. Ropshin（路卜洵），译者为郑振铎，发行者兼印刷者为商务印书馆，发行所为上海及各埠商务印书馆。一册，208 页。每册定价大洋壹元（外埠酌加运费汇费）。此外还有 1924 年 7 月再版本，1931 年 8 月三版本，笔者均未见。

全文分上、中、下三卷。

卷首有瞿秋白的《序》，沈雁冰的《序》，译者的《译者引言》，卷末有俞平伯的《跋灰色马译本》。后三者从略，前者瞿秋白的《序》摘录如下：

那伟大的"俄罗斯精神"，那诚挚的"俄罗斯心灵"，结晶演绎而成俄国的文学，——他光华熠熠，照耀近代的世界文坛。这是俄国社会生活之急速的瀑流里所激发飞溅出来的浪花，所映射反照出来的异彩。文学是民族精神及其社会生活之映影；而那所谓"艺术的真实"正是俄国文学的特长，正足以尽此文学所当负的重任。文学家的心灵，若是真能融洽于社会生活或其所处环境，若是真能陶铸锻炼此生活里的"美"而真实的诚意的无所偏袒的尽量描画出来，——他必能代表"时代精神"，客观的就已经尽他警省与促进社会的责任，因为他既能如此忠实，必定已经沉浸于当代的"社会情绪"，至少亦有一部分。社会情绪随那社会动象（向）的变迁而流转，自然各成流派，自为阶段。每一派自成系统的"社会思想"，必有一种普通的民众情绪为之先导，从此渐渐集中而成系统的理论，然此种情绪之发扬激厉（励），本发于社会生活及经济动象（向）的变化，所以能做社会思想的基础而推进实际运动；因此，社会生活顺此永永不息的瀑流而转变，则向日所谓有系统的"社会思想"，到一定时期，必且渐因不能适应而就渐灭，所剩的又不过是那普通的情绪而已。社会情绪的表现是文学，其流派的分化，亦就隐约与当代文学的派别相应；社会思想的形式是所谓"学说"，——狭义的社会理想；此种理想若渗入主观，则"致其末流"虽或仍不失其为一派社会情绪的动因，然而只能代表那"过去"的悲哀了。俄国文学史向来不能与革命思想史分开，正因为他不论是颓废是进取，无不与实际社会生活的某部分相响应。俄国文学的伟大，俄国文学的"艺术的真实"，亦正在此。

《灰色马》的著者萨文夸夫·路卜洵（Savinkoff-Ropshin）所处的时代，正是那放过万丈光焰的"民粹派"渐起变态日就颓废的中衰期，他自己又正是民粹派的政党——社会革命党——的实际运动者。

一　文学研究会"文学丛书"叙录　51

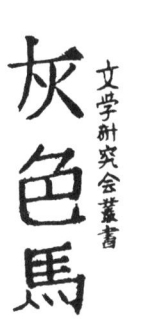

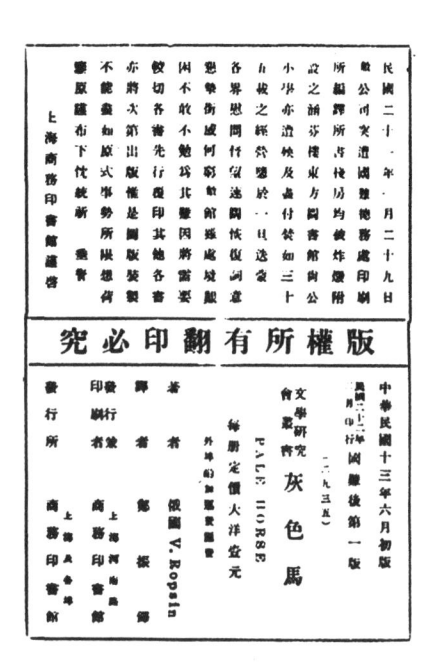

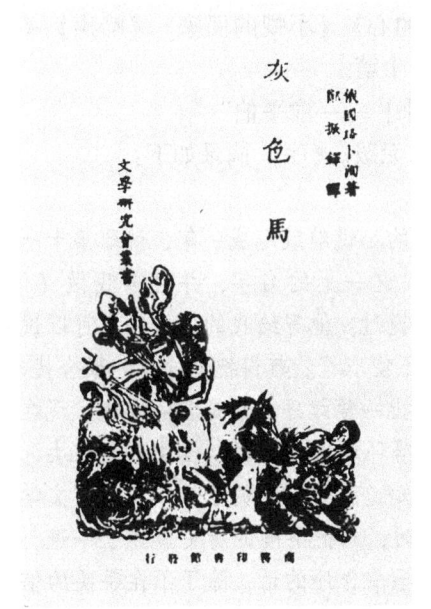

民國二十一年一月二十九日
敝公司突遭國難總務處印刷
所編譯所書楼房均被炸燬附
設之涵芬樓東方圖書館前公
小校亦遭炮及盡付裁如三十
白城之經營毀於一旦迭蒙
各界慰問惟怪恢復詞意
懇摯衝咸何何旋進處運服
閒不敢不勉效此靡因將需要
較切各書先行護印其他各書
東將次第出版惟是圖版裝璜
不能盡如原式尚求讀者
憂原諒布下忱統新愛誼
　　　　上海商務印書館謹啓

版權所有翻印必究

文學研究會叢書　灰色馬
中華民國二十三年六月初版
（二九三五）
每冊定價大洋壹元
（外埠的加運費匯費）

著　者　俄國 V. Ropsin
譯者　鄭振鐸
印刷者　商務印書館
發行所　上海河南路商務印書館

Chinese Literary Association Series
Pale Horse
(A Translation)
Commercial Press, Limited
All rights reserved

照此書有著作權翻印必究

中華民國二十三年七月再版

〔文學研究會叢書〕灰色馬一册
（每册定價大洋捌角伍分）
（外埠的加運費匯費）

著　者　俄國 Ropshin
譯　名　鄭振鐸
印刷所　商務印書館
發行者　商務印書館
總發行所　上海商務印書館
分售處　商務印書館分館

社会革命党起动之唯一利器是"恐怖主义"（La terreur），暗杀劫掠等；——最初期，此种"恐怖主义"当然有政治上的意义，然而实行恐怖主义的党，其所取的手段不能不影响到自己的组织；此等影响能渐渐造成党员的新环境，因而及于其个人的人生观。此种时代此种环境，怎能不造成文学作品里的特殊"派调"（type）——如书中之佐治式的英雄呢？

《火灾》

《火灾》，《文学研究会丛书》之一（无编号）。上海商务印书馆民国十二年（1923）十一月初版。著者为叶绍钧，发行者为商务印书馆，印刷所为商务印书馆，总发行所为商务印书馆，分售处有外埠各地商务印书分馆数十家。一册，197页。每册定价大洋陆角（外埠酌加运费汇费）。此外还有1925年8月三版本，1928年5月五版本，1933年1月商务印书馆国难后第一版本，1939年7月商务印书馆国难后第三版本，除了五版本外，其余未见。

该书为叶绍钧的短篇小说集，内收《晓行》《悲哀的重载》《先驱者》《脆弱的心》《饭》《义儿》《云翳》《乐园》《地动》《旅路的伴侣》《风潮》《被忘却的》《醉后》《祖母的心》《小蚬的回家》《啼声》《火灾》《小铜匠》《两样》《归宿》，凡二十篇。

扉页题"吾心归来呀！从人闲归来！——俞平伯"

卷首有顾颉刚撰写的《序》，卷末无跋。《序》摘录如下：

  圣陶将一年半以来所做（作）的小说继续编成一集，就取第十七篇的名字——《火灾》——做（作）这一集的名字，并且嘱我做（作）上篇一序。我在《隔膜》的序上原说过：他寄给我的信有许多可以说明他的环境和思想的，但放在北京，不便取览。若得把他的信札聚合拢来，等《隔膜》再版或编成第二集时加上一篇续序，最是我的愿望。现在圣陶要我履行这个约言，但我的身子给环境束缚住了，没法到北京去，这个愿望是白白的许下了。我自己很知道没有文学的才性，又没有文学的修养，所以做（作）《隔膜·序》时，只把圣陶的历史叙述了一遍，而不敢批评他的文艺作品。我所能为圣陶作序的话，除了不在手头的信札以外，可以说是已经说尽了。已经说尽了能说的话，而圣陶又是敦促我做（作）第二集的序，这使我不得不僭越而批评他的文艺作品。但这是我做文艺批评的第一回，我很没有自信的胆量，所以专注目在他的思想，

一　文学研究会"文学丛书"叙录　53

而不及他的艺术，使得范围可以缩小一点。

　　顾颉刚　一九二三，三，二五。

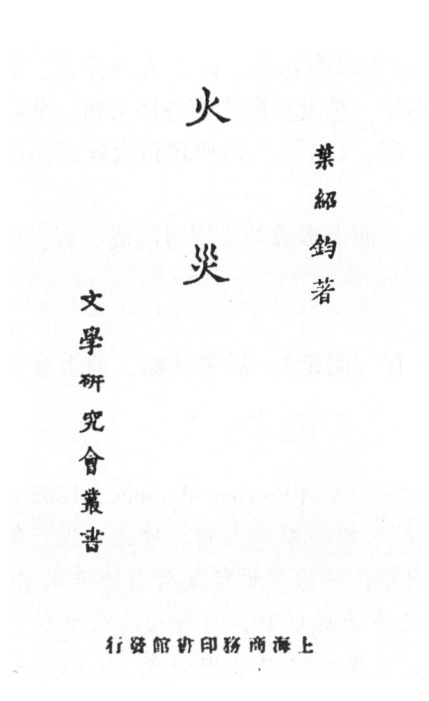

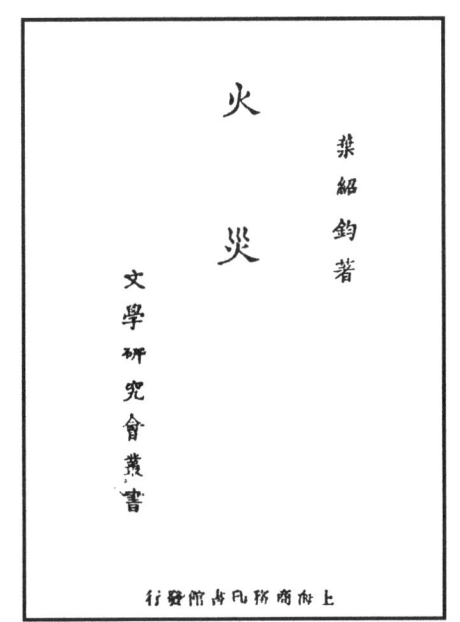

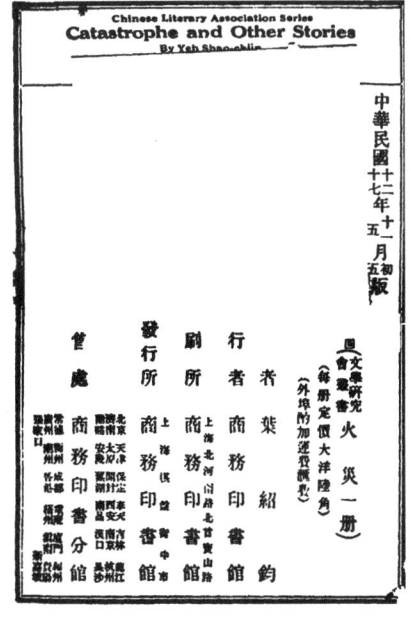

《嘉尔曼》

《嘉尔曼》,《文学研究会丛书》之一（无编号）。上海商务印书馆民国十五年（1926）十一月初版。著者为法国梅礼美，译者为樊仲云，发行者为商务印书馆，印刷所为商务印书馆，总发行所为商务印书馆，分售处有外埠各地商务印书分馆数十家。一册，138 页。每册定价大洋肆角伍分（外埠酌加运费汇费）。

书中有若干插画，有的单独占一页，而大多数与文字拼凑成一页，显得图文并茂。

全文分三个部分，没有目录。

卷首有《序》（未署撰者），卷末有《附笔》。后者从略，前者兹录如下：

《嘉尔曼》（Carmen）的作者梅礼美（Prosper Merimée，1803～1870），他是十九世纪法国浪漫运动别树一帜的人物。他的身世，像一般过快乐生活的人一样，很为简单，他的父母都是有名的美术家，他少时曾在巴黎学习法律，二十二岁毕业以后，就转而为著述的生活，其后六年，他在政治舞台上，是属于反对自由一派，一八三一年，他的一派得势，尝被任为历史纪念馆监督，他对于职务非常忠心，曾经多次往西班牙、英国、希腊等地亲自考察。他语学颇精，英、意、俄、希腊以及西班牙各地的方言，莫不通晓，这在旅行的考察上，实很有利益。因此，他的著作中，独具有一种考古学家的述证，地方色彩（local colour）的描写，为一般作家所不能及。一八四四年，他被举为法兰西学士院会员，第二帝政时代，他与富伊尔（Octave Feuillet）是新朝文坛的双星。一八五三年，他入元老院为议员：因此颇为人所非议。他晚年多疾病，第二帝政倒后，他也不久就卒于 Cannes，时一八七〇年九月二十三日。

至于他内心的生活，其由著作而表示的，却不止这么简单。他的性格，包含多种矛盾的分子。他具着（按：原文为"具着"）大胆的才智，同时含有畏缩冷淡的性质。畏缩是有伤他的自尊，所以他装出一种冷淡的态度，或者带一点犬儒主义（Cynicism）的意味。此种犬儒主义，后来遂成为他对人谈话的惯习。当他年轻的时候，此种狐疑冷淡的性质，当然不深；但他后来，也同我们一样，经过了种种人生的失意，种种幻灭的悲哀：他受过朋友的欺诳，他曾为爱人所遗弃，

一　文学研究会"文学丛书"叙录　55

他知道世界的芸芸众生，都不外是生活的战斗。在他的心中，本具有大胆的才智，所以常不顾因袭的习俗，披示其心中之所感想。如在其所著《给一个不相识女人的信》（Lettres a une Inconnue）的第一卷中尤可显然的（地）看出，但是此种坦白直率的态度，到底受了畏缩怕羞的性质的阻抑。他恐怕引起人的讥嘲与非议，于是把自己的情感生活藏匿在讽刺（irony）的后面，出之以冷淡的态度。他的作品，便是如此，他很少自己吐露其感想的；他是隐在书中人物的背后，任他们的运命自己去活动。他的一生，受倍耳（Beyle）的影响最甚，但倍耳虽极不愿把情感显示，却禁不住偶然有一二语的透露；梅礼美则简直使人不可捉摸。普通作者，目的在将其自己的思想，引起公众的同情；他却以为人的尊严，便在保持其独有的情感。他不愿有自己的表现，"For Heaven's sake, no Confessions!"这是他最初执笔为文时的话。因此，他作小说，遂不得不限于几个意志坚强的人物，而一切行动，则完全由情感的冲动去支配。他的著作，目的不是为着那种稍有感触便尔（按：原文为"尔"）泪下的懦夫；他是对一般有强固的头脑，非受极大的刺激绝不动心的人们说法。所以他的作品中的人物，不是那些萎靡不振奄奄待毙的，也不是那些才子佳人卿卿我我的；他的人物，类皆刚强勇敢，情感激烈，把死当作一件极平常的事。所以他的小说，几全以死——不是悲剧的死，是极冷酷无情的真

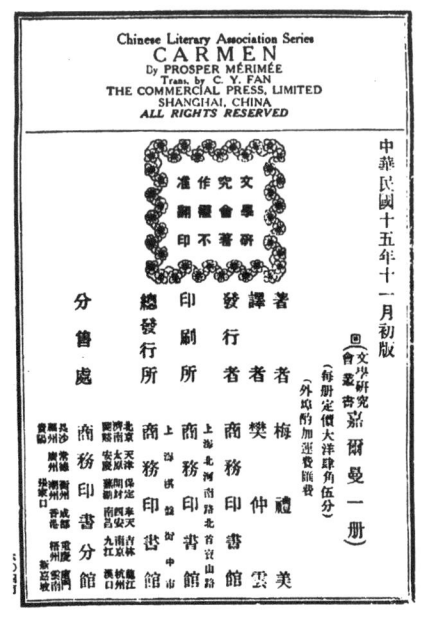

实的死，——为大团圆。质言之，他的作品，实可以 l'atroce 一字总括之。至他的文笔，则亦因他那犬儒主义的冷淡的态度，可以说是朴质无华轻清淡雅，与当时一般作家如嚣俄、高第哀、巴尔扎克等不同。

梅礼美作《嘉尔曼》，在一八四七年，照他出版的书信中说，他于一八三〇年游西班牙，因与蒙的郁伯爵夫人（Mme de Montijo）相识，他们交谊很笃，常有书信往还。以后，蒙的郁伯爵夫人之女即为拿破仑第三王后，他以个人的友谊，竭力拥护帝政，他于异国情调及女性势力的感应，非常敏锐，因此便引起他对西班牙的探究，而有《嘉尔曼》之作。此书在他一生少数的作品中，系属晚年之作，故叙事描写，极为简洁，与《科伦巴》（Colomba）并称杰构。一八七五年，歌剧作家皮才（Bizet）曾借此事实，编为乐曲开演于巴黎，大家都认为不朽的伟著。到了今日，《嘉尔曼》的影片，也已有摄制了。

一九二五，一二，二五。

《将来之花园》

《将来之花园》，《文学研究会丛书》之一（无编号）。上海商务印书馆民国十一年（1922）八月初版。著者为徐玉诺。发行者为商务印书馆，印刷所为商务印书馆，总发行所为商务印书馆，分售处有外埠各地商务印书分馆三十三家。一册，134 页。每册定价大洋肆角（外埠酌加运费汇费）。此外还有 1933 年 2 月国难后第一版本，缺版权页。

该书是徐玉诺的新诗集，包括三个部分：一、《海鸥》，二、《将来之花园》，三、《玉诺的诗》（叶绍钧撰）。

卷首有西谛（即郑振铎）撰写的《卷头语》卷末无跋。《卷头语》兹录如下：

> Plestcheiev 之诗有言：
> "手空空的，握不到黎明的安乐！
> 夜接着夜，眼所能见到的却都是黑的夜。
> 我的少年的年华呀，逝了逝了，不留辙迹的，
> 似冬天空里的流星一般的逝了。"
> 唉！只在玉诺的诗中，才找得出与 Plestcheiev 这诗同样的悲戚呀！

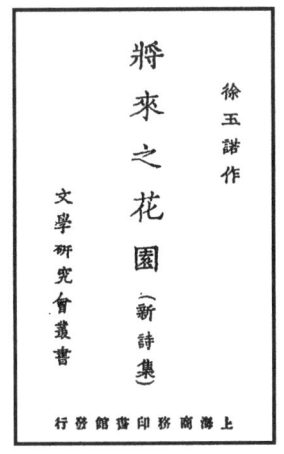

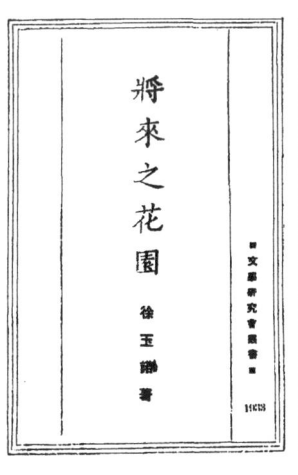

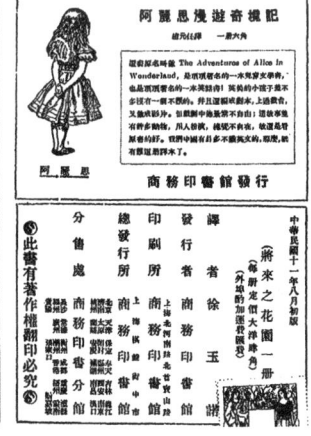

俄国急进派的批评家 Dobrolioubov 说，"近代俄国著名的诗人，没有一个人不唱颂他自己的挽歌的。"只有真情的人才能唱这挽歌。

虽然在《将来的花园》里，玉诺曾闪耀着美丽的将来之梦，他也想细细心心的把他心中更美丽，更新鲜，更适合于我们的花纹组在上边；预备着小孩子们的花园。但是挽歌般的歌声，却较这朦胧梦境之希望来得响亮多了。

玉诺总之是中国新诗人里第一个高唱"他自己的挽歌"的人。（西谛）

《旧梦》

《旧梦》，《文学研究会丛书》之一（无编号）。商务印书馆民国十三年（1924）三月初版。著者为刘大白。发行者为商务印书馆，印刷所为商务印书馆（上海北河南路北首宝山路），总发行所为商务印书馆（上海棋盘街中市），分售处为各地商务印书分馆。全一册，449 页，每册定价大洋壹元（外埠酌加运费汇费）。

该书为刘大白的新诗集，共分"旧梦""风云""花间""红色"四辑，篇目如下：

"旧梦"：《旧梦》《小鸟》《泪痕》《花间的露珠》《流萤》《看月》《秋之泪》《落叶》《快乐之船》《春底复活》。（另有《旧梦目录》，列旧梦之群一百一首，小鸟之群四首，泪痕之群一百四十一首。）

"风云"：《风云》《盼月》《救命》《可怕的历史》《雪》《陶（淘）汰来了》《这沉吟……为甚》《双瞳》《爱——怕》《寄大悲》《燕子去了》《月夜》《真的我》《舟行晚霁所见》《对镜（一）》《对镜（二）》、附：《谈大白底对镜》（玄庐著）、《一颗月（一）》《一颗月（二）》、附：《读大白底一颗月》（玄庐著）、《立秋日病里口占》《问西风》《促织》《爱》《心印》《丁宁（一）》《丁宁（二）》《秋深了》《病院里雨后看吴山》《一座大山》《黄昏》《"两个老鼠抬了一个梦"（一）》《"两个老鼠抬了一个梦"（二）》《姻缘——爱》《夜坐忆故乡老梅》《一样的鸡叫》《看牡丹底唐花》《看盆栽的千叶红梅》《寂寞（一）》《寂寞（二）》《寂寞（三）》《寂寞（四）》《读胡适之先生的〈醉与爱〉》、附：《醉与爱》（胡适著）、《送灶》《车中人语》《捉迷藏》《一幅神秘的画图》《在湖滨公园看人放轻气泡儿》《愁和忧的新领土》《春问（一）》《春问（二）》《春问（三）》《春问（四）》《一颗露珠儿》《我愿》《春风吹鬓影》《泪泉之井》《生命底箭》《龟》《生和死底话》《包车的杭州城》《春雪》

《"送花是表示爱情的"?》《祝〈戏剧〉出世》《失恋的东风》《一丝丝的相思》《夜宿海日楼望月》《明日春分了》《梦短疑夜长》《春意》《拔痛牙》《一个伊底话》《雨里过钱塘江》《西渡钱塘江遇雨》《再造》《陷阱》《梦》《未知的星》《钱塘江上的一瞬》《爱底根和核》《为甚么?》《为甚么?（附一）》（肖舫女士著）、《为甚么?（附二）》（晓风著）、《为甚么?（附三）》（楚伦著）、《为甚么?（附四）》（苏兆骧著）、《爱》《爱（附）》（楚伦著）《罢了》《露底一生》《"一知半解"》《罗曼的我》《秘密之夜》《吊易沙白》《车中的一瞥》《月和相思》《涌金门外》《心里的相思》《题〈裸体女像〉》《自然的微笑》《无端的悲愤》《石下的松实》《秋意》《西湖的山水》（目录中缺）、《新秋杂感》《秋扇》《月儿又清减了》《哀乐》《邻居的夫妇》《秋夜湖心独居》《争光》《国庆》《将来的人生》《明知》《是谁把?》《湖滨之夜》《地图》《黄金（一）》［以下篇目目录中均缺：附《黄金——读黄金赠吾友大白先生》（平沙著）《黄金（二）——答吾友平沙先生》《雪后隔江山》《旦晚》《压岁钱》《春底消息》《热》《春雨》《梦底交通》《迟了》《一闪》《心上的写真》《我悔了》《读〈慰安〉》、附：《慰安——谢楚伦先生底诗·伥工肃文先生底信》《桃花几瓣》《别后》《春尽了》《别（一）》《别（二）》《伊不该约我呵》《"不要倒霉"》《想，望》《谢梦中救我的女神》《霞底讴歌》］。

"花间"：《花间》《不住的住》《西湖秋泛（一）》《西湖秋泛（二）》《秋燕》《斜阳》《归梦》《答恶石先生底读〈秋之泪〉》《洪水》《如此》《秋之别》《债》《土馒头》《冬夜所给与我的》《汽船中的亲疏》《整片的寂寥》《包车上的奇迹》《腰有一匕首》《九年前的今夜》《谢H.T的信》《红树》《月下的相思》《雪》《时代错误》《不肖的一九二三年》《白天底蜡烛》《成虎不死》《假装头白的青山》《耶和华底罪案》《雪后晚望》《醉后》《送斜阳》《花前的一笑》《春半》《生命之泉》《门前的大路》《春意》《疑怀之梦》《春寒》《春雨》《得到……了》《故乡》《"龙哥哥，还还我"!》《我底故乡》。

"红色"：《红色的新年》《劳动节歌》《八点钟歌》《五一运动歌》《金钱》《卖布谣（一）》《卖布谣（二）》《收成好》《田主来》《每饭不忘》《新禽言》《挂挂红灯（一）》《挂挂红灯（二）》《渴杀苦》《布谷》《割麦插禾》《脱却布袴》《驾犁》《各各作工》《泥滑滑（一）》《泥滑滑（二）》《割麦过荒》《著新脱故》。

卷首有作者的《旧梦卷头自题》、周作人的《序》、陈望道的《序》、玄庐的《题〈旧梦〉和〈旧梦〉以后》以及作者的《〈旧梦〉付印自记》。周作人的《序》、陈望道的《序》从略。《〈旧梦〉卷头自题》兹录如下：

  小儿对镜团雪，
  雪融了，
  镜中的影子也没了。——
  镜底偶然留了些残片，
  不拘好丑，
  一齐流露给人看。
  一九二二，八，一〇，大白，在萧山

  玄庐的《题〈旧梦〉和〈旧梦〉以外》兹录如下：

  （一）
  为求人谅解的吗？
  人们还不知道谅解个甚（什）么。
  从胸中飞出、意中造出、手中做出，
  不是人生是甚么？
  （二）
  婴儿，
  爱底结晶，
  一代代总超过过去的人；
  争著（着）把自我底模型范铸时，
  哪里还剩得有婴儿底生命！
  （三）
  自由钟，打不响，
  裂了、碎了。
  总不如铁练（炼）铸成的洪亮！
  （四）
  人世间只有一滴泪、一滴血：
  泪灌溉和血养活的心苗，
  抛弃吗？——舍不得；
  拜倒吗？——可不必；

你！
是甚么来历！
一九二三，三，二七，玄庐，衙前

作者的《〈旧梦〉付印自记》兹录如下：

《旧梦》和《旧梦》以外——《风云》《红色》，一齐付印了。照例，似乎应该有一篇叫做（作）自序的文章；但是这不健全的我，在愁病侵寻中一时不能把思想统整起来，只好说些零零碎碎的话。

劈头一个问题，就是我这些诗有没有印行的价值？但是我以为这却未见得成为问题。因为写出来和印出来，本来没有什么两样。当初既从表现的冲动里写出来给人家看了，现在印出来给人家看看，又何妨呢？何况我这些诗，差不多都是曾经在报章、杂志上印出来给人家看过的；现在不过把零零碎碎、东鳞西爪的，顺序地编成集子，印出来给人家历史地看罢了。至于价值底有无，那是要由读者估定的；印出来给人家看，正是要求读者底估定。如果读者估定起来，不但说是没价值，甚且不承认这些是诗，都可以。因为我本来只是这样表现我自己，我自己原也不敢断定这些一定是诗。

我学做（作）新诗，是从一九一九年夏间开始的，到如今只有三年的历史。可是从现在回头看那时候的作品，已经无异青年人重看幼稚时代的涂鸦，虽然现在也并非成熟。这部集子里虽然把那些幼稚作品删掉了一小部分，但是大部分依然存着。我并非说存着不删的都是好的，不过藉此让读者观察我艺术上变化的痕迹罢了。

我自己知道，我因为沉溺于旧诗词中差不多有三十年的历史，所以我底诗（传）统的气味太重。由旧入新的过渡时代的诗人，本来都免不了这一点；只有周作人先生，可以算是一个例外。可是别人诗里传统的气味，都是渐减渐淡，以至于无的；我却做不到这样，差不多循环地复现着，至今不曾消灭，这也许可算得我底诗中最可指摘的一端了。

我又自己知道，我底诗用笔太重，爱说尽，少含蓄。可是我虽然自己知道，我又不能自己改掉，这确是使我底艺术不能进步的一个大障碍。

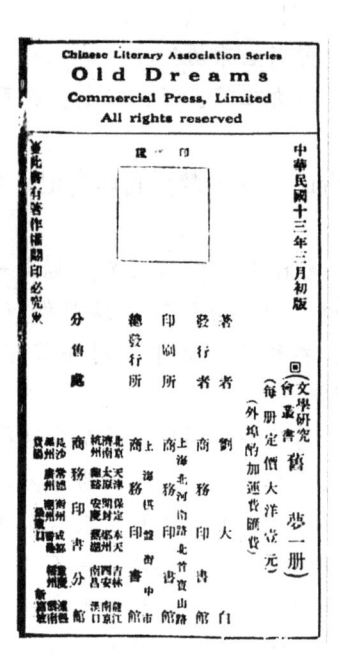

朋辈中批评我底诗的颇多；最中肯的，有两句话：一、以议论入诗；二、以哲理入诗。不过我以为议论文体并非绝对不宜于作诗，如

果能使议论抒情化，至于诗中禁谈哲理，也未必然。因为一个诗人底诗，当然有他底哲学作背景，所必要的，也是哲理底抒情化。所以我只承认我不能使议论和哲理，归于抒情化，是我艺术拙劣底一端，不承认议论和哲理不可以入诗。

人生是一个谜；诗里表现的人生，尤其是谜中之谜。我自己还猜不透人生之谜，都把谜中之谜给大家猜，这或许是我底罪过吧！

一九二二年十月十六日大白在杭州。

《菊子夫人》

《菊子夫人》，《文学研究会丛书》之一（无编号）。商务印书馆民国十八年（1929）三月初版，民国二十一年（1932）十月印行国难后第一版。著者为法国 P. 绿谛，译者为徐霞村。发行兼印刷者为商务印书馆（上海河南路），发行所为商务印书馆（上海及各埠）。全一册，266 页，每册定价大洋捌角（外埠酌加运费汇费）。此外还有 1924 年 4 月商务印书馆再版。

该书为翻译长篇小说，除了楔子外，凡五十六节，无节目。

卷首有《序》，卷末无跋。《序》摘录如下：

比尔·绿谛（Pierre Loti）——本书作者——的真名叫 Julien Viaud，比尔·绿谛是他的笔名。他在一八五〇年生于法国的罗西佛（Rochefort）地方的一个新教徒的家里。关于他的儿时，他在《一个小孩的故事》（Le Roman d'un Enfant）里告诉我们很清楚。他的家庭很大，而且他又是个小兄弟。所以他完全是在他的母亲，他的姊妹，他的姑母们手下长大的。这种女性的环境对他的性格有很大的影响；这使他变为锐感，多愁，纯洁，永远求爱，他起初从私家教习受教育，接着入了学校，但这位从小就被管坏了的孩子却始终不愿意好好读书，他的几个哥哥这时已从事于海上生活，当他第一次看见海时，他就把他那做牧师的志愿完全打消，预备投身海军了。一八六九年，他随海军到巴西和合众国，一八七〇年，他到了北海和波罗底海；一八七一年，回到智利和南美一带；一八七六年和一八七七年，他驻防于土耳其；一八八〇年，又回东欧留守；一八八三年，他又被派到安南；在庚子拳匪之役的时候，他也是占据北京的法国兵士中的一个；他的一生都是过着这漂泊的生活，在每一个地方他总要有一个临时的妻子，这些女人，光说在他的小说里做人物的，就有五六个之多……

当他每到一个新地方的时候,他总爱把自己所得的每一个新印象都记下来:一片风景,一个落日,一种特别的空气,一个典型的面孔,建筑,衣服,除了这些客观的记录之外,占大部分的还有他自己的感想和印象。他的小说就是从他的日记上取下来的。他写第一部小说时并没有想做一个作家,不过偶然好玩罢了,不料《绿谛的结婚》(*Le Mariage de Loti*) 出版后竟忽然轰动一时,而且,更出他意外的,在一八九二年又被选为学院会员,在法国文学里,没有人能把异国的一切描写得像他一样动人,没有人能从最小的东西里像他一样找出独创的美;他完全不属于那一派,他自己就是一派的创首者;他的小说并没有什么结构,但你读起来就好像有结构一样,他没有哲理的思想,有时甚至非常荒谬,但在他的感伤的感觉的背面却藏一种迷人的吸力;诚如哈理斯(Frank Harris)说:"他在法国小说里添了一种新的空气,他在法国散文里输入了一种新的音乐。"他的小说共有十几种之多,可称代表作品的有《伊甫兄弟》(*Mon Frere Yves*)、《普通水手》(*Matelot*)、《冰岛渔人》(*Pêcheur D'lslande*)、《菊子夫人》(*Madame Cheysantheme*)。

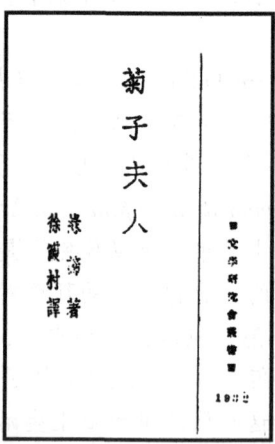

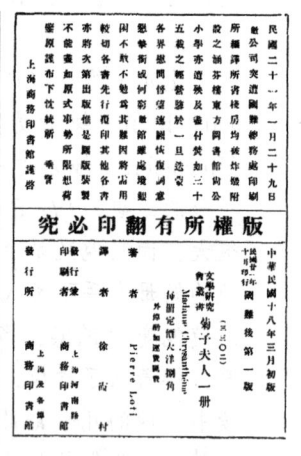

《冰岛渔人》在法国可以算一部最盛行的小说,只在一九二四年截止,就销到三十多万本,这故事很简单:烟哥司和哥米佛发生了爱情;但烟哥司是个性情温柔的少年,许久不敢宣示他的心情;直到哥米佛临到危险,他才娶了她;他们只在一处同处了几个星期,烟哥司就被海军机关叫去了复职;他去后,美丽的哥米佛每天倚门候他,却永远等不来了。全篇以法国西部著名的布列东纳(Brettany)地方作

为背景，你可以看见那永远罩在大雾里的岩石海岸，你可以看见那大西洋的怒浪，你可以看见那形如尖塔的草棚，你可以看见那性情抑郁的人物，那种阴凉悲惨的空气一直打进你的灵魂的深处。

十七年九月霞村重序于上海

《科学与诗》

《科学与诗》，《文学研究会丛书》之一（无编号）。商务印书馆民国二十六年（1937）四月初版。著者为 I. A. Richards（英国瑞恰慈），译述者为曹葆华。发行人为王云五（上海河南路）、印刷所为商务印书馆（上海河南路），发行所为商务印书馆（上海及各埠）。全一册，75 页，每册实价国币肆角（外埠酌加运费汇费）。

该书为诗歌理论著作，收入《一般的情势》《诗的经验》《价值论》《生命底统制》《自然之中和》《诗歌与信仰》《几位现代诗人》。该书与伊人译的《科学与诗》一书内容基本相同，曹葆华与"伊人"之关系待考。

卷首有叶公超的《序》，卷末无跋。《序》兹录如下：

> 瑞恰慈在当下批评里的重要多半在他能看到许多细微问题，而不在他对于这些问题所提出的解决方法。本来文学里的问题，尤其是最扼要的，往往是不能有解决的，事实上也没有解决的需要，即便有解决的可能，各个人的方法也难得一致。譬如，本书第六章所讨论的《诗歌与信仰》的问题便是一个这样的实例；自从瑞恰慈提出了这问题，相继讨论者已有艾略忒（T. S. Eliot），墨瑞（J. M. Murry），葛剌丁（Louis Grudin），李德（Helbert Read）等，虽然他们的意见彼此都不一致，但是大家却都承认这问题是值得注意的。提出了这问题未必就能直接影响于读者之鉴赏能力，或转变当代文学的趋向，不过总可以使关心的读者对于自己的反应多少增加一点了解，至少是增加了一种分析印象的方法。对于批评这已是不小的贡献了。
>
> 当然，瑞恰慈所看到的问题未必都是前人所未道者。他在《文学批评原则》的《自序》里曾坦白的声明：One does not expect novel cards when playing so traditional a game; it is the hand that matters。以往的批评家他最钦佩的是克律利己。他的重要的理论，如价值论，传达论，以及关于信仰与音韵的种种意见，大致都可溯源于克律利己的《文学的自传》（……that humber room of neglected wisdom……见《文

学批评原则》一四〇面），我们只需留意《文学批评原则》与《实际批评》中之引句与注脚就可以知道了。不过瑞恰慈毕竟是活在二十世纪的人，他书里无处不反映着现代智识的演进。他所引用的心理学、语言学、逻辑，以及其它必要的工具都只比克律利己的晚不过一百年而已，但是这一百年间人类智识的增进已显然影响到我们生活的各方面了（Stendhal 说：学术的进步与普通的智识至少相差八十年）。本书第五章所讨论的也就是人类在最近这一百年中的理智的变迁，知觉迟钝的人也许还没有感觉到这种变迁对于将来文学的重要，他们也许真要再等候八十年才能觉悟，不过瑞恰慈已然是不耐烦了。

　　学术的进化与文学的理论往往有因果的关系。我们试想近五十年来文学批评所受心理学与生物学的影响就可以明白了。克律利己当时的心理学与逻辑实在是不够他使用的，这点从《文学的自传》的文字上来看最容易明白。有人说过，《文学的自传》是八分玄学和二分呓语，这当然是开玩笑的话，不过一般的印象大致也都承认这是一部不容易了解的书。最重要的原因，我想是因为克律利己的直觉找不着明晰的文字，所以有许多我们现在觉得很容易解说的话，在他虽则用尽九牛二虎之力，还是没有十分说出来。瑞恰慈能从文字的意义上发端，正足以补救克律利己这点缺憾。

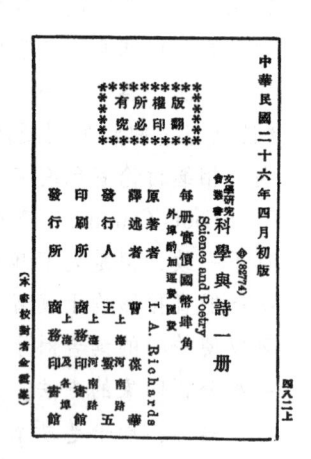

　　瑞恰慈的目的，一方面是分析读者的反应，一方面是研究这些反应在现代生活中的价值。正如本书开首所引的安诺德的话，他的抱负也是要用文学，尤其是诗，来保障人类的将来，因为他相信惟有好的艺术与文学作品才能给我们"最丰富、最敏锐、最活泼、最美满的

一 文学研究会"文学丛书"叙录　67

生活。"我们的经验,不论是生活中的还是作品中所表现的,都应当受同样标准的评衡。这标准就在"自由的与浪费的组织之不同,在生活之丰满与狭陋的差异。因为假若心灵是一种意愿的系统,并且经验是意愿的活动,那么一种经验之价值,就以心灵藉之而得到完全的平衡的程度为标准。"这就是他的价值论的基础,也是本书中最值得我们注意的一点。

这本书是一篇通俗性质的概论,大部分的材料是从他的《文学批评原则》与《意义的意义》二书中择取出来的。我希望曹先生能继续翻译瑞恰慈的著作,因为我相信国内现在最缺乏的,不是浪漫主义,不是写实主义,不是象征主义,而是这种分析文学作品的理论。

二十三年七月二日序于清华园

署名"伊人"译的《科学与诗》,由华严书店1929年6月初版。全书收入《一般的情况》《诗之体会》《诗之估价》《生命之嘱托》《宇宙秘密之揭破》《诗歌与信仰》《几位当代的诗人》等七篇诗歌理论文章。全一册,88页,每册实价大洋三角五分,印数1500册。

卷首有"引言",兹录如下:

诗歌之前途都是伟大的，因为时间不住底前进，在那担得起好命运的诗歌里，我们人类将要找到一种益形确定的归宿。世间没有一种不动摇的信念，没有不显得不可靠的格言，没有一种已承受下的传统的思想不有崩溃之危险。我们的宗教已物实（质）化在事实里，在假定的事实里；它的情绪已隶属于事实，而今事实却要把它抛弃。但诗歌之理想则是永存不朽的。

——亚诺尔特。

《可敬的克莱登》

《可敬的克莱登》，《文学研究会丛书》之一（无编号）。商务印书馆民国十九年（1930）十一月初版。著者为英国巴蕾（J. M. Barrie），译者为熊适逸。发行者为商务印书馆，印刷所为商务印书馆（上海北河南路北首宝山路），总发行所为商务印书馆（上海棋盘街中市），分售处为各地商务印书分馆。全一册，182 页，每册定价大洋陆角（外埠酌加运费汇费）。此外还有 1933 年版（封面与初版相同）。

该书为四幕剧，第一幕英国伦敦城美非耳的罗安谟爵邸，第二幕岛中，第三幕快乐的家庭，第四幕又是一个岛中。

卷首有《译序》，卷末无跋。《译序》兹录如下：

巴蕾·詹姆斯·马太勋爵（Sir James Matthew Barrie），是英国现代文学界四巨擘［威尔士（H. G. Wells）、巴蕾（J. M. Barrie）、萧伯纳（B. Shaw）、吉卜林（R. Kipling）］中的一个。他在一八六〇年五月九日，诞生于苏格兰（Scotland）阜法郡（Forfarshire）的启里缪耳（Kirriemuir）。初在当非利斯学院（Dumfries Academy）里面受业（按：原文为"受业"），后入苏格兰首都的爱丁堡大学（Edinburgh University），得了文学硕士的学位。一八八五年，他到伦敦来，担任新闻事业。在开始的一二年中间，虽受了小小的挫折，但到了一八八七年，他所著的《毋宁死》（Better Dead）一书出了世，他的名字便渐渐的露了头角。刚好经过了一年的时候，他著的《旧曲集》（Auld Licht Idylls）、《爱丁堡球队》（Edinbuegh Eleven）、《未娶时》（When A Man's Single）先后出版，更受社会上的欢迎。《可敬的克莱登》（The Admirable Crichton）一剧，是一九〇三年的作品。他生平的著作，不下数十种，《小牧师》（The Little Minister）、《潘彼得》（Peter Pan）及本剧，是他作品里面最佳的。洪深君所改译的《第二梦》，原名曰

《亲爱的波鲁特斯》（*Dear Brutus*）思想也很新颖。前两种有小说和剧本的分别，后二种都是纯粹的戏剧。有些人说十九世纪的巴蕾是小说家，二十世纪的巴蕾是戏剧家，不过他真正的专业（True Metier）还是戏剧，他的文风（Barrieism），独成一格，如：一，善能够把几种绝然不相同的思想，连在一处，出人意想之外。二，每逢诙谐的地方，总埋伏了深刻的用意。三，对于人情世故，常常把极幼稚的人生问题插进去。四，就是极平淡的词句，里面都藏着绝妙的好文章。这几个优点，无论在他那（哪）本书里面，都可以看出来的，他因为以文著名于世，爱丁堡大学便授以博士学位。一九一三年，英皇佐治第五，又封他做从男爵（Baronet）。一九二三年，更赐他一块勋章（Order of Merit）。

巴蕾很富于民权思想，他的根本观念，颇似出于卢梭（Rousseau）的天赋民权说。当这个君权没落的时候，他生长在贵族阶级统治的英国，自然是不满意于它——贵族阶级——用封建的权威，支配一切，但是处在专制淫威之下，没有自由发表意见的可能，所以他的思想，他理想中的社会，只有体现于戏剧中。

本剧的用意，在宣传民权革命，即鼓吹被压迫的平民阶级，向压迫阶级的贵族进攻。故在一二两幕里面，若庄若谐的，描写罗安谟伯爵的昏庸，厄涅斯特大人的浪漫，和小姐公子们的骄奢怠玩，这是对于贵族阶级给予充分攻击的表征。更在第三幕里面，尽量的暴露罗安谟伯爵昏聩蠢笨，而聪明有为的克莱登大爷，则极受揄扬赞美？尤其是关于最重大的统治问题，已一返于所高标的"自然"——天赋民权——凡平庸不过的贵族，都自然而然的（地）受精明干练的岛长克莱登的指挥，马利小姐即下嫁于克莱登大爷；同时厄涅斯特大人降格向灶下婢半调儿求爱；阶级的界限，也于此废除了。像这样贵族阶级的坍台，平民阶级的克莱登掌握一岛的政权，这就是民主势力和封建势力斗争最后的胜利。换一句话说，就是民权革命的成功。本剧的用意在这个地方，本剧的作者所要发表和体现的，也在这个地方。最后的一幕——第四幕——把刚才理想中的社会，如幻境一般的化去了，自克莱登以下，通说回到英国伦敦。贵族与平民，和从前一样的划分为两个壁垒。聪明有为的克莱登，还是罗安谟伯爵邸中一个供人使唤的大爷，他的政权归还了贵族阶级；而玲珑可爱的马利，也不由主的（地）履行往日订下的婚约。追随布洛克尔赫斯特勋爵去了。像这样以复古的抬头——由民权回到君权——作结，当然可使读者增高热烈的革命情绪，很英勇的（地）站在民主主义的立场上，不断的（地）向封建势力牺牲奋斗，这是作者用意最深的地方。

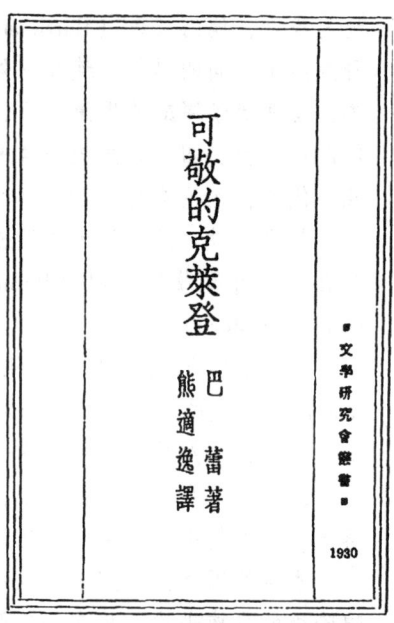

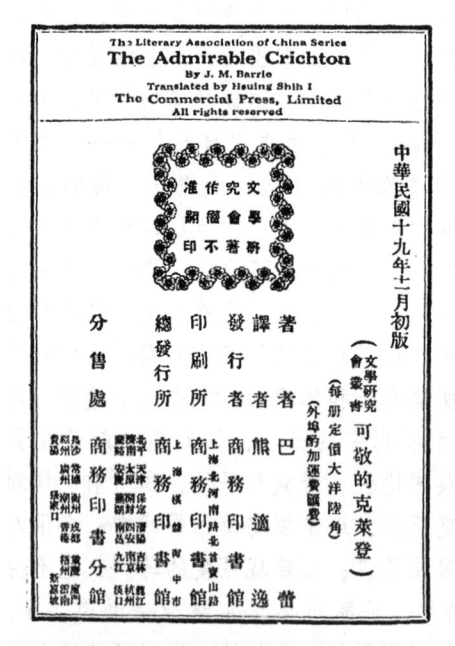

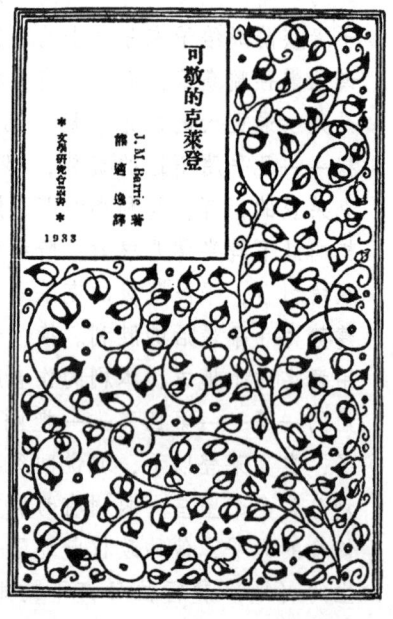

本剧自始至终，所叙述的事实，虽属平凡，而写法却非常的深刻。他写贵族的庸懦，能使人狂笑；他写贵族的专擅，能使人痛恨；他写贵族的投降"自然"，能使人满心惬意；他写贵族的恢复主权，能使人悲愤填膺。他对于贵族的颓废，平民的活跃，和两阶级间的生活情况，尤其是深入显出（按：不是"深入浅出"）的描写如画。我恨我这一枝（支）秃笔，不能把作品中的优点，充分表现出来，我对于作者只有自惭，而对于读者，欲要道歉。

熊适逸。一七，九，一。

《空山灵雨》

《空山灵雨》（落华生散记之一），《文学研究会丛书》之一（无编号）。商务印书馆民国十四年（1925）六月初版，民国二十一年（1932）九月印行国难后第一版。著者为落华生。发行兼印刷者为商务印书馆（上海河南路），发行所为商务印书馆（上海及各埠）。全一册，120页，每册定价大洋叁角伍分（外埠酌加运费汇费）。

该书是许地山的散记之一，收入《心有事》《蝉》《蛇》《笑》《三迁》《香》《愿》《山响》《愚妇人》《蜜蜂和农人》《"小俄罗斯"底兵》《爱底痛苦》《信仰底哀伤》《暗途》《你为什么不来》《海》《梨花》《难解决的问题》《爱就是刑罚》《债》《暾将出兮东方》《鬼讃（赞）》《万物之母》《春底林野》《花香雾气中底梦》《荼蘼》《七宝池上底乡思》《银翎的使命》《美底牢狱》《补破衣的老妇人》《光底死》《再会》《桥边》《头发》《疲倦的母亲》《处女的恐怖》《我想》《乡曲底狂言》《生》《公理战胜》《面具》《落花生》《别话》《爱流汐涨》，凡四十四篇。

卷首有作者《弁言》，卷末无跋。《弁言》兹录如下：

生本不乐，能够使人觉得稍微安适的，只有躺在床上那几小时，但要在那短促的时间中希冀极乐，也是不可能的事。

自入世以来，屡遭变难，四方流离，未尝宽怀就枕。在睡不着时，将心中似忆似想的事，随感随记；在睡着时，偶得趾离过爱，引领我到回忆之乡，过那游离的日子，更不得不随醒随记。积时累日，成此小册。以其杂沓纷纭，毫无线索，故名《空山灵雨》。

十一年一月二十五日落华生

《苦闷的象征》

《苦闷的象征》，《文学研究会丛书》之一（无编号）。上海商务印书馆民国十四年（1925）四月初版，民国十五年（1926）七月再版。著者为日本厨川白村，译者为丰子恺。发行者为商务印书馆，印刷所为商务印书馆，总发行所为商务印书馆，分售处有外埠各地商务印书分馆数十家。一册，105页。每册定价大洋叁角伍分（外埠酌加运费汇费）。此外还有1932年9月国难后第一版本。

该书为一部文学理论译著，分创作论、鉴赏论、关于文艺根本问题的考察、文学底起源四个部分，具体目录为：第一，创作论：一、两种的力，二、创造生活的欲求，三、强制抑压的力，四、精神分析学，五、人间苦与文艺，六、苦闷的象征。第二，鉴赏论：一、生命的共感，二、自己发见的欢喜，三、悲剧底净化作用，四、有限中的无限，五、文艺鉴赏的四阶段，六、共鸣的创作。第三，关于文艺根本问题的考察：一、预言者的诗人，二、理想主义与现实主义，三、短篇《项圈》，四、白日的梦，五、文艺与道德，六、酒，女，与歌。第四，文学底起源，一、祈祷与劳动，二、原始人底梦。

卷首无序，卷末有日本山本修二作于1924年2月2日的《卷末附言》，从略。

一　文学研究会"文学丛书"叙录　73

《苦闷的象征》除了丰子恺的汉译本外，还有此前鲁迅的汉译本，他撰写的《引言》兹录于此，以供参考。其《引言》如下：

去年日本的大地震，损失自然是很大的，而厨川博士的遭难也是其一。

厨川博士名辰夫，号白村。我不大明白他的生平，也没有见过有系统的传记。但就零星的文字里掇拾起来，知道他以大阪府立第一中学出身，毕业于东京帝国大学，得文学士学位；此后分住熊本和东京者三年，终于定居京都，为第三高等学校教授。大约因为重病之故罢，曾经割去一足，然而尚能游历美国，赴朝鲜；平居则专心学问，所著作很不少。据说他的性情是极热烈的，尝以为"若药弗瞑眩厥疾弗瘳"，所以对于本国的缺失，特多痛切的攻难。论文多收在《小泉先生及其他》《出了象牙之塔》及殁后集印的《走向十字街头》中。此外，就我所知道的而言，又有《北美印象记》《近代文学十讲》《文艺思潮论》《近代恋爱观》《英诗选释》等。

然而这些不过是他所蕴蓄的一小部分，其余的可是和他的生命一起失掉了。

这《苦闷的象征》也是殁后才印行的遗稿，虽然还非定本，而大体却已完具了。第一分《创作论》是本据，第二分《鉴赏论》其实即是论批评，和后两分都不过从《创作论》引申出来的必然的系论。至于主旨，也极分明，用作者自己的话来说，就是"生命力受了压抑而生的苦闷懊恼乃是文艺的根柢，而其表现法乃是广义的象征主义"。但是"所谓象征主义者，决非单是前世纪末法兰西诗坛的一派所曾经标榜的主义，凡有一切文艺，古往今来，是无不在这样的意义上，用着象征主义的表现法的"。（《创作论》第四章及第六章）

作者据伯格森一流的哲学，以进行不息的生命力为人类生活的根本，又从弗罗特一流的科学，寻出生命力的根柢来，即用以解释文艺，——尤其是文学。然与旧说又小有不同，伯格森以未来为不可测，作者则以诗人为先知，弗罗特归生命力的根柢于性欲，作者则云即其力的突进和跳跃。这在目下同类的群书中，殆可以说，既异于科学家似的专断和哲学家似的玄虚，而且也并无一般文学论者的繁碎。作者自己就很有独创力的，于是此书也就成为一种创作，而对于文艺，即多有独到的见地和深切的会心。

非有天马行空似的大精神即无大艺术的产生。但中国现在的精神

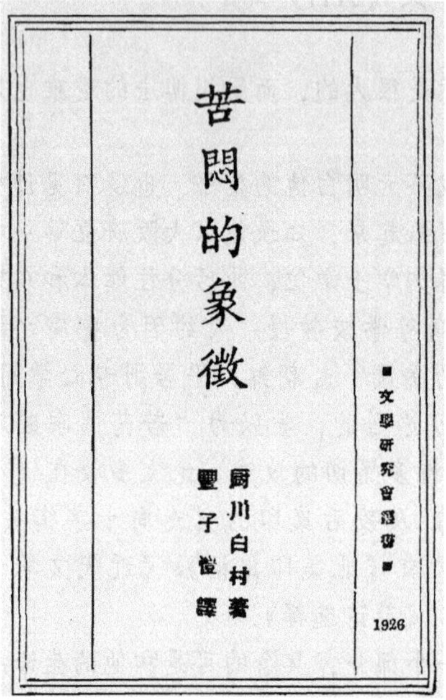

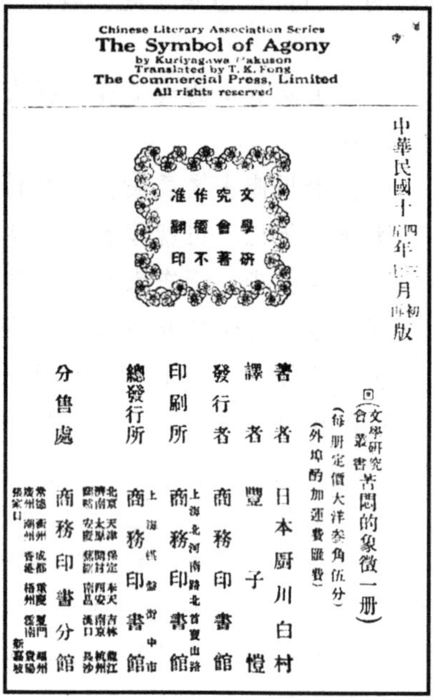

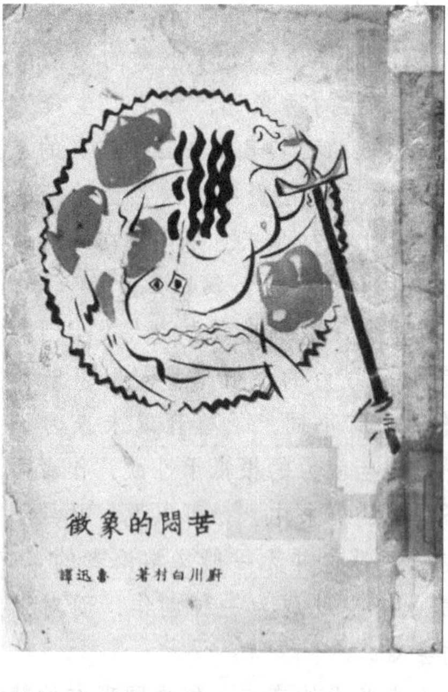

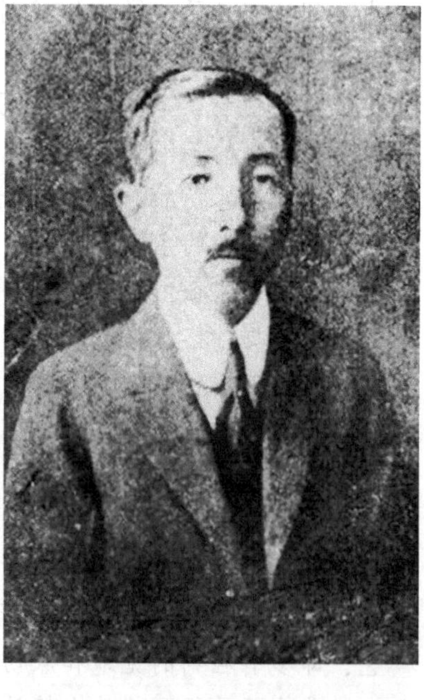

又何其萎靡锢蔽呢？这译文虽然拙涩，幸而实质本好，倘读者能够坚忍地反复过两三回，当可以看见许多很有意义的处所罢：这是我所以冒昧开译的原因，——自然也是太过分的奢望。

文句大概是直译的，也极愿意一并保存原文的口吻。但我于国语文法是外行，想必很有不合轨范的句子在里面。其中尤须声明的，是几处不用"的"字，而特用"底"字的缘故。即凡形容词与名词相连成一名词者，其间用"底"字，例如Social being为社会底存在物，Psychische Trauma为精神底伤害等；又，形容词之由别种品词转来，语尾有－tive，－tic之类者，于下也用"底"字，例如speculative，romantic，就写为思索底，罗曼底。

在这里我还应该声谢朋友们的非常的帮助，尤其是许季黻君之于英文；常维钧君之于法文，他还从原文译出一篇《项链》给我附在卷后，以便读者的参看；陶璇卿君又特地为作一幅图画，使这书被（按：原文为"被"）了凄艳的新装。

一九二四年十一月二十二日之夜，鲁迅在北京记。

《莱森寓言》

《莱森寓言》，《文学研究会丛书》之一（无编号）。商务印书馆民国十四年（1925）八月初版。著者为德国莱森（G. E. Lessing），编译者为郑振铎。发行者为商务印书馆，印刷所为商务印书馆（上海北河南路北首宝山路），总发行所为商务印书馆（上海棋盘街中市），分售处为各地商务印书分馆。全一册，41页，每册定价大洋贰角（外埠酌加运费汇费）。此外还有1927年1月再版。

该书为德国莱森的寓言集，收入《驴与赛跑的马》《夜莺与孔雀》《狼在死榻上》《狮与驴》《二狗与羊》《狐》《荆棘》《夜莺与百灵鸟》《梭罗门的鬼魂》《伊索与驴》《弓手》《有益的东西》《象棋中的武士》《盲鸡》《铜像》《马与牛》《鸭》《麻雀与鸵鸟》《驴与狼》《狮与兔》《周比特与马》《凤鸟》《夜莺与鹰》《麻雀》《猫头鹰与觅宝者》《米洛甫士》《赫克里士》《驴与狮》《羊》《仙人的赠品》《二狗》《群兽争长》，凡三十二篇。

卷首有郑振铎的《序》，卷末无跋。《序》兹录如下：

寓言是不很容易作的。自古代到了现在，成功的寓言作家，屈指数来，不到十余人。在欧洲，最著名的自然是希腊的伊索。伊索之后，法有拉芳登（La Fontaine），俄有克鲁洛夫（Krylov），德有莱森（Lessing）。这几个人都是很成功的寓言作家。

莱森（Gotthold Ephraim Lessing）生于一千七百二十九年，是他的时代中著作方面最繁多的作家，与歌德（Goethe）及席勒（Schiller）齐名。他早年在利百兹（Leipzig）及柏林（Berlin）读书。后来成了一个诗人、寓言作家、戏剧家、批评家。他的第一篇剧本《少年学者》，即使他得了"德意志的莫里哀"的称号。他的批评著作《拉奥孔》（Laocoon）是十八世纪的所有批评著作中的最伟大者。他的《寓言》（Fabeln）出版于一千七百五十九年。此外尚有许多重要的著作。他的死年是一千七百八十一年。

法国的拉芳登以轻笑微讽的态度，来写作他的寓言；他锐敏的观察十七世纪的全社会，而把它的种种色相捉入他所写作的寓言中。后来的模仿者益扬其风，专以讽刺当代人的愚行及小错为务。莱森的寓言是反抗这个法国派的寓言的。莱森说道："我并不与拉芳登他自己相争论，我所反抗的是拉芳登的许多模仿者。"他以为理想的寓言，便是伊索的寓言。所有后来作家的雕饰美好的寓言，都是与这些古代作品相违背的。寓言乃是一则道德的训条，用一个简明的例子来说明它的。当然的，寓言作家所注视的乃是全个人间（按："全个人间"，原文如此），乃是不变的道德训条，乃是深切的人间真理，并不是一时的社会现象及当代人的愚行、小错。

莱森的寓言，我未见有英译的全本。这里所译的，只不过是我所见到的数十则的选本。将来有机会得到全本，当更补译出以呈于读者。

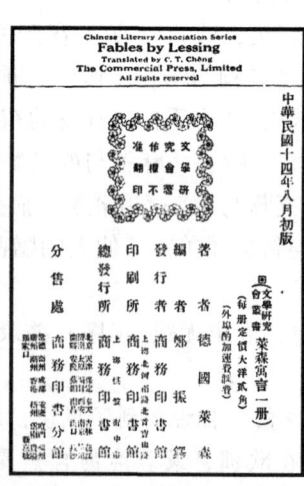

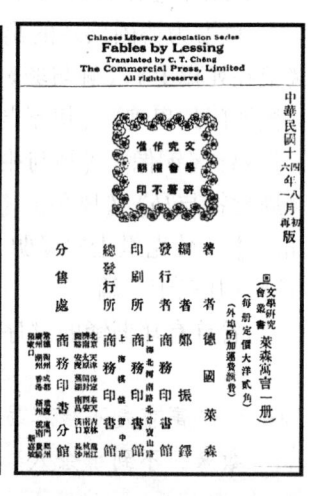

一 文学研究会"文学丛书"叙录 77

小学校用此书作教本,及儿童们取它来读,我想是很相宜的——虽然其中有几则深刻的道德训条,是儿童们所未必懂的,故事的本身已足使他们愉悦了。

郑振铎十七年七月三日。

《老张的哲学》

《老张的哲学》,《文学研究会丛书》之一(无编号)。上海商务印书馆民国十七年(1928)一月初版,民国三十六年(1947)二月第四版。著者为老舍,发行者兼印刷者为商务印书馆,发行所为商务印书馆各埠。一册,351页。每册定价国币陆元(印刷地点外另加运费)。此外还有1929年11月三版本,1932年12月国难后第一版本。

该书凡四十五节,无节目。

无序跋。正文摘录如下:

> 老张的哲学是"钱本位而三位一体"的。他的宗教是三种:回,耶,佛;职业是三种:兵,学,商。言语是三种:官话,奉天话,山东话。他的……三种;他的……三种;甚至于洗澡平生也只有三次。洗澡固然是件小事,可是为了解老张的行为与思想,倒有说明的必要。

> 老张平生只洗三次澡:两次业经执行,其余一次至今还没有人敢断定是否实现,虽然他生在人人是"预言家"的中国。第一次是他生下来的第三天,由收生婆把那时候无知无识的他,象(像)小老鼠似的在铜盆里洗的。第二次是他结婚的前一夕,自动的(地)到

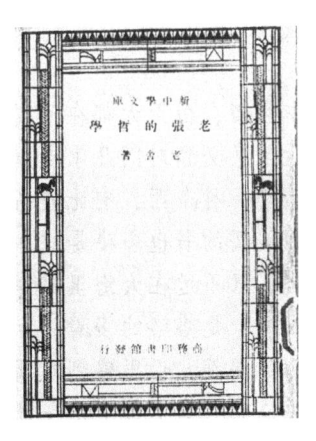

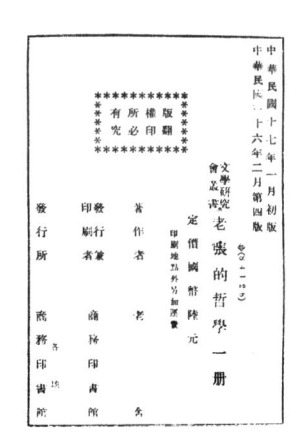

清水池塘洗的。这次两个铜元的花费，至今还在账本上写着。这在老张的历史上是毫无可疑的事实。至于将来的一次呢，按着多数预言家的推测：设若执行，一定是被动的。简言之，就是"洗尸"。

《恋爱的故事》

《恋爱的故事》（希腊罗马的神话与传说之三），《文学研究会丛书》之一（无编号）。商务印书馆民国十八年（1929）三月初版。著者为郑振铎。发行者为商务印书馆，印刷所为商务印书馆（上海北河南路北首宝山路），总发行所为商务印书馆（上海棋盘街中市），分售处为各地商务印书分馆。全一册，261页，每册定价大洋叁元（外埠酌加运费汇费）。此外还有1933年3月国难后1版。

该书为希腊罗马的神话与传说，收入《大熊小熊》《丽达与鹅》《欧绿巴与牛》《爱坡罗与达芬》《玉簪花》《向日葵》《安特美恩的美梦》《乌鸦与柯绿妮丝》《爱神的爱》《巨人的爱》《史克拉与骚西》《骚西与辟考斯》《象牙女郎》《美拉与其父》《亚杜尼斯之死》《歌者奥菲斯》《白比丽丝泉》《仙女波莫娜》《那克西斯》《柏绿克丽丝的标枪》《赛克斯与亚克安娜》《潜水鸟》《依菲斯》《奥侬妮与巴里斯》《潘与西冷克丝》《希绿与林达》，凡26（按：原书写的27）篇。还有《根据与参考》《索引》，以及三色铜版图目录，均从略。

卷首有郑振铎《叙言》，卷末无跋。《叙言》兹录如下：

前年十一月的前后，我正在伦敦的浓雾中住着，白天大都在不列颠博物院的阅览室中看书，五点多钟出院以后，又必到对门几家专售旧书、东方书的铺子里走走。当时我颇想对于某一种东西，有比较有系统的研究，所以看的书多半是关于这一类的，买的书也多半是这一类的。过了二三个月后，还是没有把捉到什么。只不过在大海里捞摸几只针似的，零星的得到一点东西；或者可以说，是略略的多看一点绝版的古书，多购到几部无人顾问的旧籍而已。偶然，心里感到单调与疲乏，便想换一方面，去看看别的书，手头恰有一部 J. G. Frazer 译注的 Apollodorus 的 "The Library" 便常常的翻翻。每翻一次，便多一次为他的渊博无伦的注解所迷醉了。Apollodorus 的本文，原无十分的价值，不过是一种古代神话的干燥的节录而已。然而 Frazer 的注却引人入胜，处处诱导你向前走去。于是我便依了他的指导，陆续的去借阅许许多多的关于这一类的书，他所译注的另一部的六大册的 Pausanias 的 "The Description of Greece" 也天天的放在我案头,我本来对于希腊的东西,尤其是神话,有些偏嗜,这末一来(按:原文为"这末一来"),更炽起我的对于希腊神话的探求心来。我几乎忘了几个月来的专心致志去研究的某一种东西了,我暂时归还了一切使人困疲的关于几个月来所研究的那一类的书,我在一大堆的借来的参考书中,在白昼也须开着的灯光之下,拣着我所喜欢的几十段故事,逐一的译述出来,积有成稿时,便寄回上海,在《小说月报》发表,结果便成了这末一册的《希腊罗马神话与传说中的恋爱故事》。当时,我还要将这些故事,不管是不是我自己所喜欢的,全都译述出来。后来因为另有别事,便将这个工作又搁了起来,直到现在,将来继续写下去时,还不知在什么时候,所以先将这末一小册出版了;也许可以作一种"引玉"的砖,借以激起对于希腊罗马神话有兴趣、有研究的先生们全部译述的雄心,"恋爱的故事"一个名辞原不十分妥善,但因为这里所叙的全系关于恋爱的故事,所以暂时也不必归纳到"神话与传说"这个总题目之下,而仍让她独立着,将来如果能继续的将全部神话与传说译述完毕时,当然要将这二十多篇故事一一的返本归原的;如果在几年之内没有继续的可能,则只能让这部畸形的《恋爱的故事》独立存在着了。

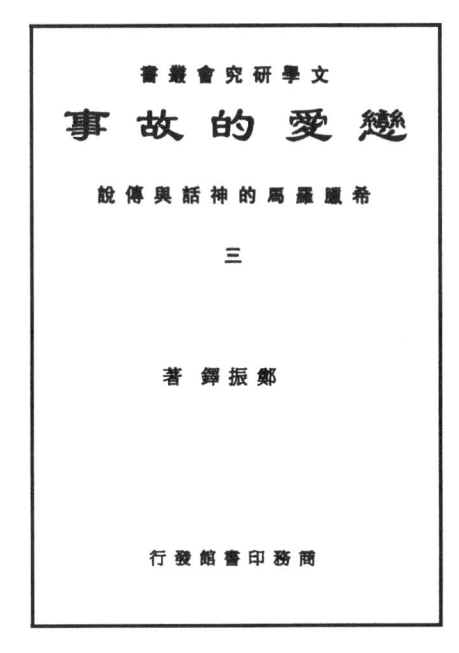

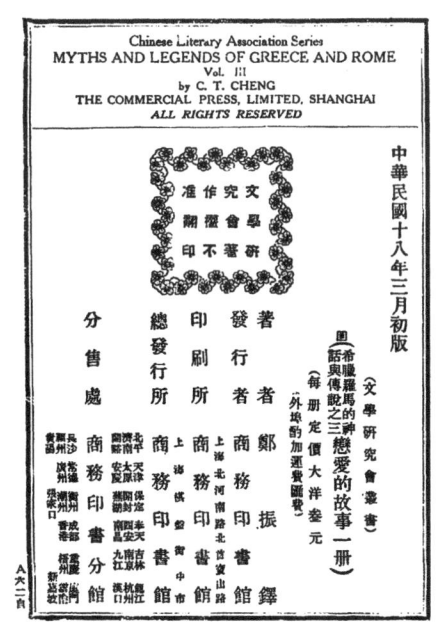

这里的故事，其来历都——的注明，请读者参看卷末的《根据与参考》，只有《丽达与鹅》一篇，文句全是我自己的，《歌者奥菲斯》一篇，也有一小半是我自己的补充，然而其所叙述的骨干却仍不曾违背了古老的传说。

　　这里所插附的图画，有一部分是我自己在伦敦、利物浦、巴黎、罗马、那泊尔、佛罗棱斯、委尼司诸地所搜集到的，特别是 Raffaello 所绘的几幅顶画壁画，我们似乎还没有别的地方见到过。这些顶画壁画，现在罗马的 Farnesina 别墅中，这个别墅有 Raffaello 的顶画的厅室，本是公开的，我去的时候，却正在闭门修理，所以始终没有瞻仰原画的机会，至今心还耿耿。

　　本书的索引是王少椿君的工作，本书的装帧，则出于钱君匋君之手，我对于他们应该特别的表示感谢，叶圣陶君的有力的校阅与修改也是我所不能忘记的。

　　郑振铎十八年一月十五日于上海

《路曼尼亚民歌一斑》

　　《路曼尼亚民歌一斑》，《文学研究会丛书》之一（无编号）。商务印书馆1924年3月版。著者为路曼尼亚即罗马尼亚的哀阑拿·伐佳列司珂（Elena Vâcârescu），译者为朱湘。全一册，64页。缺版权页，其他信息不详。

　　该书选译自哀阑拿·伐佳列司珂采集的《丹波危查的歌者》一书，内收罗马尼亚民歌十四首，篇名依次为：《无儿》《母亲悼子歌》《花孩儿》《孤女》《咒语》《干姊妹相和歌》《纺纱歌》《月亮》《吉卜西的歌》《军人的歌》《疯》《独居》《被诅咒的歌》《未亡人》。

　　卷首有《序》和《采集人小传》，卷末有《注》和《重译人跋》。

　　《序》兹录如下：

　　　　后面的十几首路曼尼亚（România）国的民歌是从哀阑拿·伐佳列司珂（Elena Vâcârescu）女士的《丹波危查的歌者》里选出的。伊费了几年心血，在丹波危查（Dâmbovita）县里，从农人口中，採（采）集民歌，结果成了这部书。这些民歌"所靠的不是人为的格律，却是天然的音节。"

　　　　以唱他们为职业的人叫作"科卜沙"（Cobzar）；他沿门挼（挨）户的（地）唱这些歌，并弹着"科卜色"（Cobza）相和。不过一班农人唱他们的时候，并不用什么乐器。

他们首尾的附歌不知是从那（哪）里起源的。这些附歌与本歌有时一点关系没有，有时却有极美的关系。更有些时候，本歌没有什么好处，附歌却极有文学的价值，例如：

一首附歌里说下雪前

"天低了，大鸦飞着。"

又一首里说：

"伊的面纱轻而柔，有如夏日的白云。"

有一首附歌是：

"闪耀的月亮浮过柳的上面；

一夜里柳树只是朦胧的梦着

月亮的温柔的清光。"

《采集人小传》兹录如下：

哀阑拿·伐佳列司珂女史于一八六六年生在本国都城布克列虚忒（Bucuresti）地方。伊这家的人，自从十八世纪中叶起，历代都在路国文坛上有极大的影响与极高的名望。在这坛上，他们里一人贡献了路国文字的第一部文法，一人贡献了许多作诗的格律，到了伊，伊的贡献就是这部《丹波危查的歌者》。

伊年轻时，到巴里去求学；过了一时，伊又回来伊的产地读书。伊作过一时本国伊立沙白皇后——即《丹波危查的歌者》的英译人，诗、文、小说各种著作很多——的近侍。一八九二年伊再去巴里，就在那里住下了；此后伊很少离开那个地方。

伊是诗人与小说家；作文时兼用路文与法文。伊作《宁静的魂灵》，得了很难得的"鱼勒·法勿俄（Jules Favre）奖"；这部《丹波危查的歌者》与一部名《晨歌》的诗集也都得了法国学院的奖赏。此外伊还有著作多种。

《丹波危查的歌者》大概是从一八八七年到一八九〇年的时间里成书的：伊成这部书不能在一八七七年前，因为我们可以假定一个文学家能够著书的年纪是在二十岁左右，而英译人原序里又明说过伊采集这些民歌费了几年的光阴；伊成这书也不能在一八九〇年后，因为这书的英译本是在一八九一年初次出版的。

伊这时正充内廷中的近侍，而丹波危查县恰好临近国都；由此看来，这些民歌一定是在述（按：原文是"在述"）的时间内採（采）

集的了。

《重译人跋》兹录如下：

  民歌是民族的心声，正如诗是诗人的。又如从一个诗人的诗可以推见他的人生观、宇宙观、宗教观，我们从一个民族的民歌也可以推见这民族的生活环境风俗和思路。从别一方面看民歌内包的，或文学的价值固然极有趣味，从这一方面看民歌外延的或科学的价值也是极有用处的。

  从这部《丹波危查的歌者》我们至少可以看出路国人有四点特出的地方，这四点就是生性忧郁，酷好战争，亲友自然，迷信鬼神。后两种特点一切原民都有，并不只限于路人，不过彼此的信仰不同，亲友自然的程度有点高低罢了；前两种特点却是有路国的历史作他们的背景的。

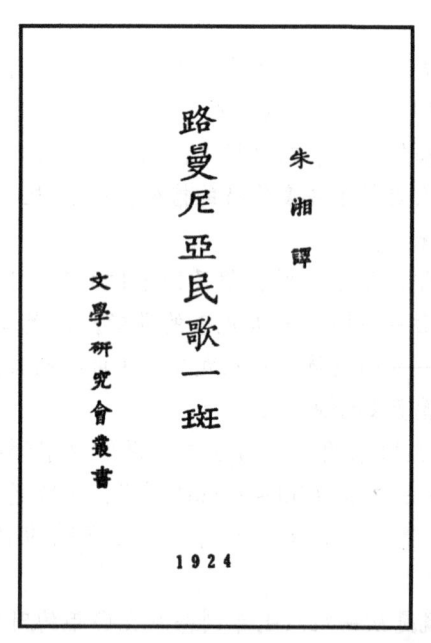

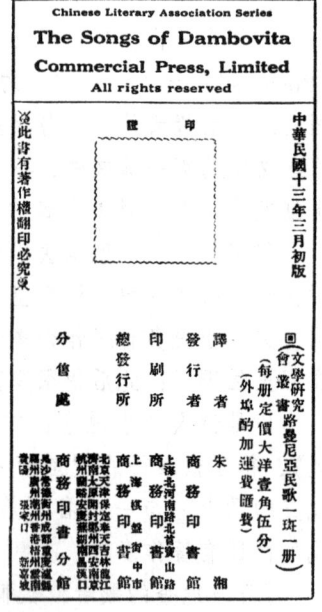

《罗亭》

  《罗亭》，《文学研究会丛书》之一（无编号）。上海商务印书馆民国十七年（1928）九月初版，民国十九年（1930）十月再版。著者为俄国屠格涅夫，译者为赵景深，印刷所为商务印书馆，总发行所为商务印书馆（上海棋盘街中市），分售处为外埠各地商务印书分馆数十家。一册，229

页。每册定价大洋柒角（外埠酌加运费汇费）。此外还有 1932 年 9 月国难后第一版本，笔者均未见。

全文共十四节，无节目。卷首有译者"小传"，次书名页，次原著者肖像一幅，次原著者小传，次《译者序》。卷末无跋。

《译者序》摘录如下：

> 现在我已经把《罗亭》译完了。首先我得感谢调孚兄，因他的鼓励，使我能够做完这第一部长篇小说的翻译工作，一向只译一些短篇作品，译《罗亭》还是初次尝试，有译得不对的地方，诚恳的（地）希望诸君给我温和的、友谊的指教。谩骂，我是要把好意当作恶意的，并不是我做文章太嫩，一开头就来这个熟套，的确我是诚恳的（地）希望着善意的批评。此外我译《罗亭》还有一个动机，就称之为"全集癖"罢；我觉得屠格涅甫的《猎人日记》《春潮》《初恋》《胜利的恋歌》《畸零人日记》《爱西亚》《浮士德》……都经人译成，而六大著作中又有《前夜》《父与子》《烟》《新时代》等的译文，因之也想将这六大连续著作的第一部译出来，使我们能够对屠格涅甫的著作窥一个全豹，听说《贵族之家》也已经有人译好了。
>
> 也许《罗亭》故事的本身太没有兴味，所以才留下来让我来译罢？不，决不，我敢向诸君保证，你耐心一点看，看到后来，自然便可以渐入佳境，一步比一步紧凑了，虽然里面有许多议论的话，但抽象的却很少，很多是具体的，对话非常漂亮，即使是议论，我们也不会感到干燥——这自然是说原文，若说翻译，那就……也罢，为了要使诸君爱看，就老一老面皮，说一声"译得还可以将就"罢。
>
> 我们差不多有一种癖性，不大欢喜看翻译小说，首先那人名一长串，就"格里格达"的（地）闹不清楚，我壮了一壮胆，一律只译姓或是乳名，拼着挨骂罢，谁叫我迁就读者呢，还有，人物的彼此关系，也闹不清楚，我在这里略加介绍，以清眉目，就题名看来，主要的人物自然是罗亭，他在莱生丝奇太太家里作客，与娜泰芽（莱生丝奇的女儿）发生了恋爱，同时赛蕾沙也爱娜泰芽，因此形成了三角式的恋爱。撒霞是年少的寡妇，赛蕾沙的姊妹，与米退恋爱，后来成为夫妇。此外莱生丝奇家里还住了三个人：娜泰芽的教师法国老处女彭可德、娜泰芽两个小弟弟的教师白西司托夫和食客潘德尼夫司基，莱生丝奇的家庭成了这部小说主要的环境，怪人皮格索夫、米退以及撒霞姊弟都常到莱生丝奇家里来玩，因此我们可以拿莱生丝奇为

主，作一个任务的互相关系表……

一九二八，五，四，赵景深。

书中还有赵景深简介：

赵景深，四川宜宾人，生于一九〇二年，曾任开明书店编辑，《文学周报》及《现代文学》周主编（按：原文为"周主编"），复旦大学、中国公学、上海大学艺术大学等教授，现任北新书局编辑。

也还有屠格涅夫简介：

屠格涅夫，俄国人，一八一八年生于莫斯科，他虽出自贵族之家，但对于农奴制抱着猛烈的反抗。那时，俄政府对人民以强烈的压迫，公开的反抗的革命宣传是不可能的，于是借着文学上的艺术宣传，借着小说的形式，描写俄国的生活与制度，绘出农民的情状，使读书者自加判断。一八八三年死于巴黎他自己的寓处。

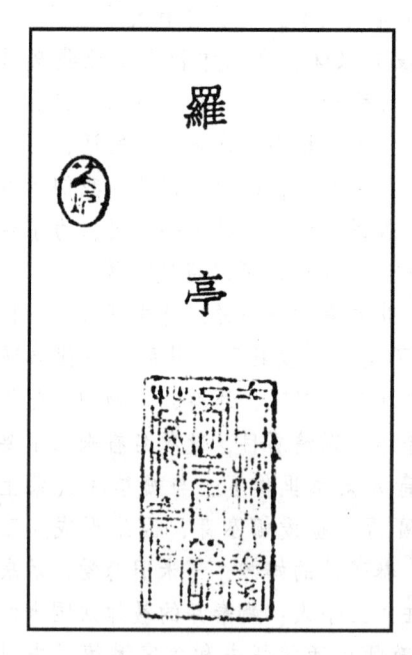

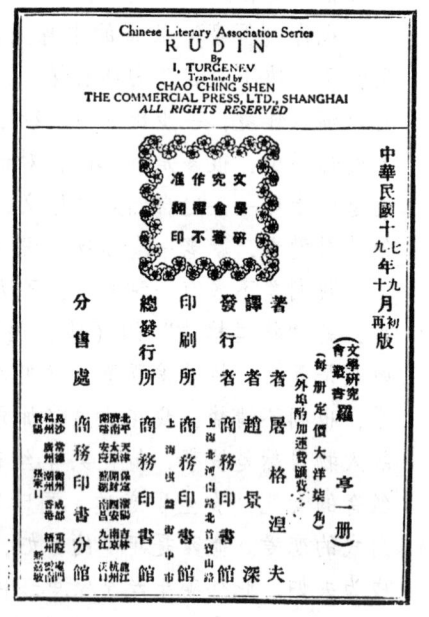

《旅途》

《旅途》，《文学研究会丛书》之一（无编号）。初刊于 1924 年《小说月报》第 15 卷第 5～7 号、9～12 号，上海商务印书馆民国十四年（1925）十二月初版，民国十五年（1926）十二月再版。著者为张闻天。发行者为商务印书馆，印刷所为商务印书馆（上海北河南路北首宝山路），总发行所为商务印书馆（上海棋盘街中市），分售处为各地商务印书分馆。全一册，198 页。每册定价大洋陆角（外埠酌加运费汇费）。此外还有民国二十年（1931）一月三版本，1933 年 1 月国难后第一版本。初版本的封面与封底都是硬壳，无字无图。初版缺版权页。初版、再版、三版的正文部分，版型相同。

该书分上中下三部，上部凡十节，中部凡十三节，下部凡四节，合计二十七节，均无节目。

无序跋。正文摘录如下：

四周围（按：原文是"四周围"）静悄悄的，和风吹在街道两旁列树（按：原文是"两旁列树"）的树叶上，发出沙沙的叹息。这时正是下午二点钟光景，天气非常和暖（按：原文是"和暖"），淡蓝的天空中航着（按：原文是"航着"）朱红的太阳。远在北方的山顶上，我们可以看见几片白云，懒懒躺着。各处办公室内，一般美国人都忙着他们的工作，虽是他们打着呵欠，可是大家都没有休息，倒着头睡的不用说更没有了。只是在某工程局办公处的一只桌子旁边有一个中国工程师低着头默不作声。他的美国同事以为他睡着了，大家呶着嘴或是丢着眼色轻轻的（按：原文是"的"）笑。

那是一个年纪不到二十五岁的少年（按：原文是"少年"），虽是他的头低着，可是他并没有睡。有时他抬起头来，眼睛张的（按：原文是"的"）很大地茫然望着远处。他的同事们以为他们的笑声把他闹醒了，很觉不安，其实他并没有听到他们的笑声，他的眼睛中也没有看到他们的影子。这因为他心中起伏着的情绪太猛烈了，他脑中激动着的思想太重复了。他只是挣扎着在情绪的海浪中；他只是旋转着在思想的迷宫中；客观世界的存在在他已经没有了。

而引他这种感情，这种思想的，不过是一封自中国寄来的短短的信！那信上说："我亲爱的凯哥：我的嫁期只有一星期就到了。母亲和嫂嫂们现在都竭力在预备我的出嫁，竭力要把我推倒（按：原文为'推倒'）一个我所不爱的男子那里。我呢——我现在只好让她们把我当作死尸一般去推着——其实我已经是死尸了，我已经不晓得我是在那里（哪里）了。凯哥，怎样寒冷的前面的黑暗呀，我已经不能走了。……"下面署名的是蕴青。字迹异常潦草,像写者在非常忙碌中乱涂似的。

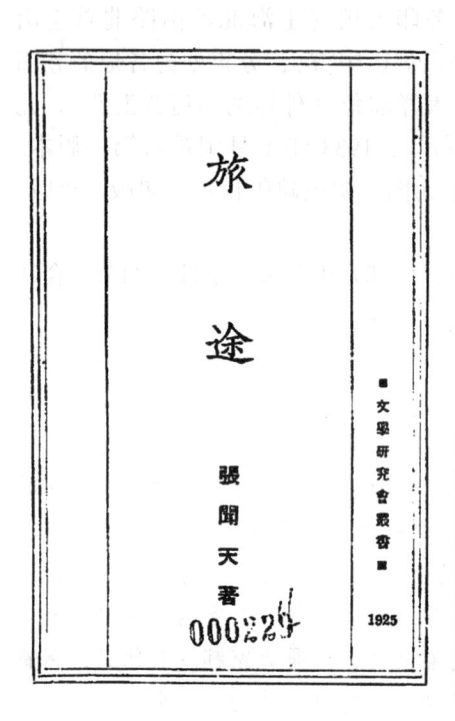

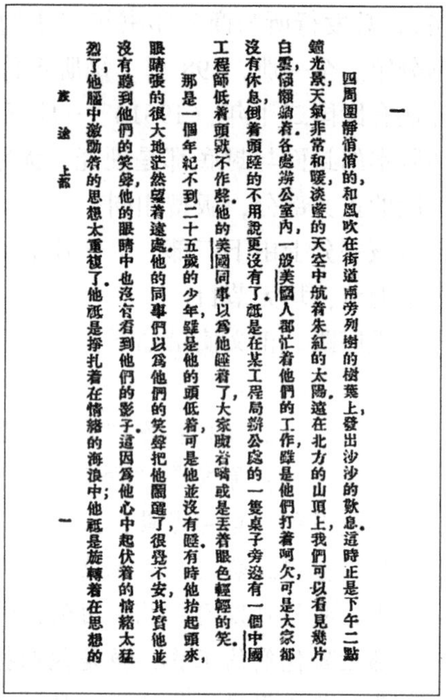

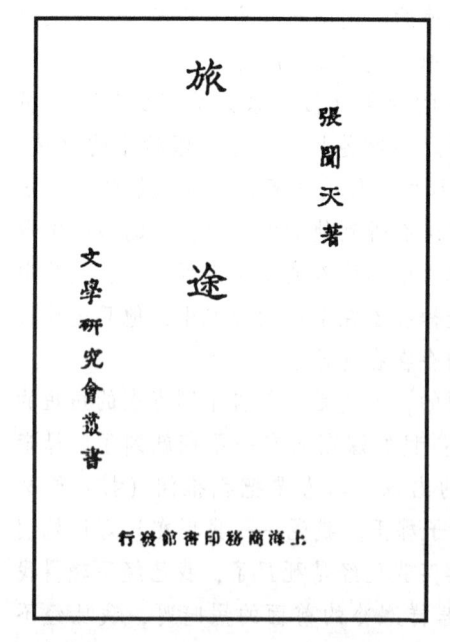

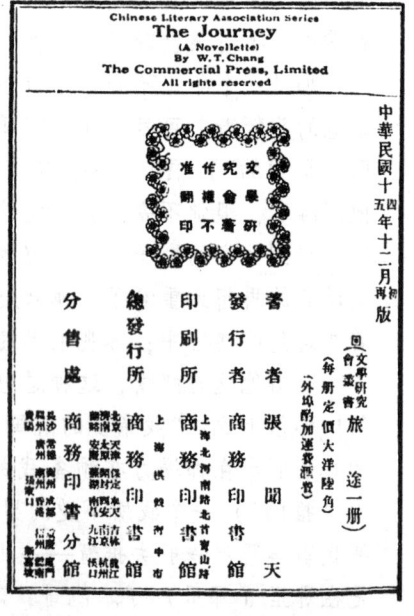

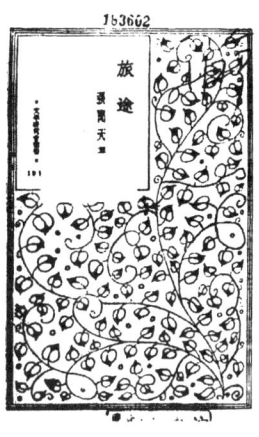

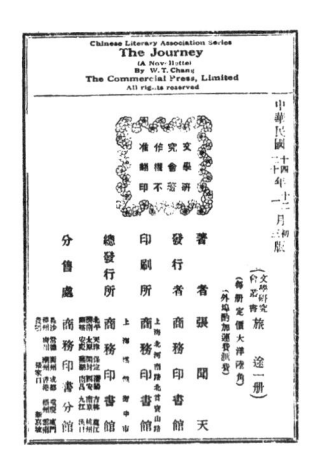

忽然他似乎醒了。拿起那封信来看了一下，重又放下。他感觉到针刺一般的痛苦与无声的心的哭泣。这在他不免太过了。他立了起来，请了假，一刻也不停的（按：原文为"的"）奔到外面街道上，无目的地顺着街道一直走去。他尽走着，尽走着，走过石路，走过泥路，一径走到满生小麦的田亩中去。最后他的思想没有了，感觉也麻木了，他在麦田中呆呆坐了下来。想起她时，他就哭了；看着自己现在的模样，他又狞然地笑了。

《玛加尔及其失去的天使》

《玛加尔及其失去的天使》，《文学研究会丛书》之一（无编号）。商务印书馆民国十四年（1925）一月初版。著者为英国 H. A. 琼司，译者为张志澄。发行者为商务印书馆，印刷所为商务印书馆（上海北河南路北首宝山路），总发行所为商务印书馆（上海棋盘街中市），分售处为各地商务印书分馆。全一册，148 页，每册定价大洋伍角（外埠酌加运费汇费）。

该书包括五幕剧《玛加尔及其失去的天使》，以及《琼司略传》《琼司重要著作表》。

卷首有《序》，卷末无跋。《序》兹录如下：

这本戏剧因为涉及宗教问题，所以当初在英国开演的时候，本遭社会的反对，它在英国舞台上的寿命是很短促的。英国人对于宗教本是看得极重，这本戏剧把他们这样的冷嘲热骂，自然要站不住脚了。不过我们当然不会因此就把这本戏剧的价值看低的，我们反要佩服作者能够大着胆子去把社会的弱点显露出来。同时我还想到我们中国也有许多因袭的风俗、道德、制度、习惯等等，并且其中也有许多矛盾而不合理的地方，希望我国的戏剧家也能够把他（它）们一一揭破；因为这样的戏剧才算对于社会尽了责任。

至于这本戏剧的内容是非常单纯显著，不用我再为介绍，况且作者是个著名的戏剧家，他的艺术手段决不会低弱，不过经过我这样拙劣的译文，当然要改色不少，这是应当向作者和读者诸君告罪的。

志澄一九二四劳动节

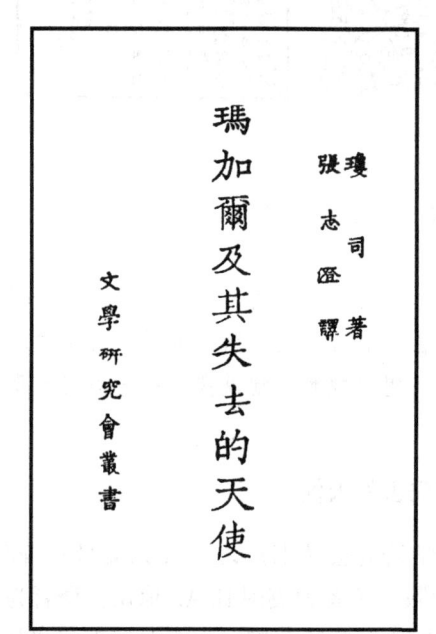

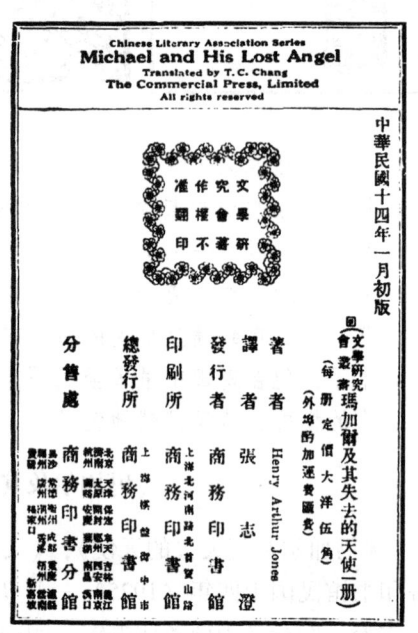

《玛丽》

《玛丽》，《文学研究会丛书》之一（无编号）。上海商务印书馆民国十四年（1925）十二月初版，民国十六年（1927）二月再版。著者敬隐渔，发行者为商务印书馆，印刷所为商务印书馆，总发行所为商务印书馆，分售处有外埠各地商务印书分馆数十家。一册，85页。每册定价大洋叁角（外埠酌加运费汇费）。此外还有1931年3月三版本，1932年9月国难后第一版本。

该书为短篇小说集，凡四篇，篇目为：《养真》《玛丽》《嫏娜》《宝贝》。

无序跋。《玛丽》摘录如下：

> 我最亲爱的玛丽。
>
> 我曾经多回想给你写信，然而我不曾有这番勇气。今天是阴历的年终，或许也是我可怜的生命最后的一日，我不能不写信给你祝一个美满的新年，同时又作为我俩永别的纪念。或者我这一封信不能达到你的面前，但惟愿上帝见怜我的悲哀，打发他的（Gabriel）天神为我的信使！呀！玛丽，若是你知道我的惨况，我从前对待你种种薄倖，你都要宽恕了，你会要替我恸哭！

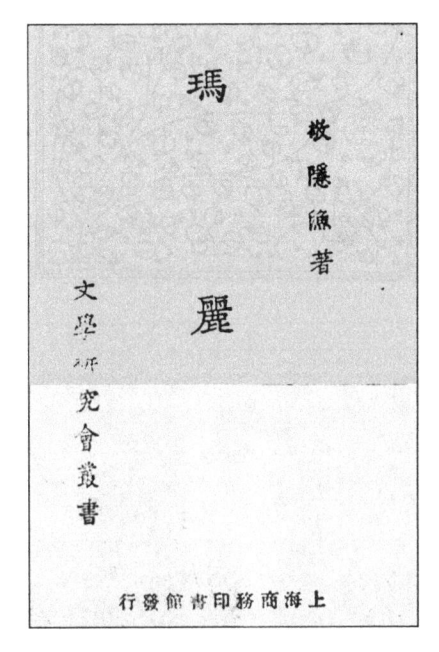

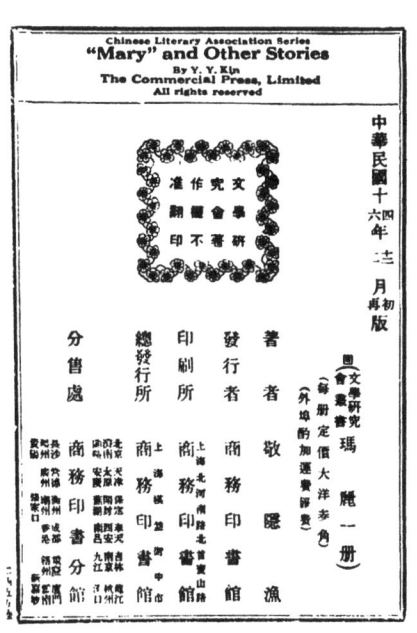

《盲乐师》

《盲乐师》，《文学研究会丛书》之一（无编号）。商务印书馆民国十五年（1926）一月初版，民国二十二年（1933）十月国难后第一版。著者为 V. Korolenko（苏俄 V. 克罗连科），译者为张亚权，校者为耿济之。发行兼印刷者为商务印书馆（上海河南路），发行所为商务印书馆（上海及各埠）。全一册，240 页，每册定价大洋柒角（外埠酌加运费汇费）。

全书无章目。

卷首有耿济之的《耿序》和译者的《自序》，卷末无跋。《耿序》从略。《自序》兹录如下：

盲樂師

克羅連科著
張亞權譯
耿濟之校

文學研究會叢書

商務印書館發行

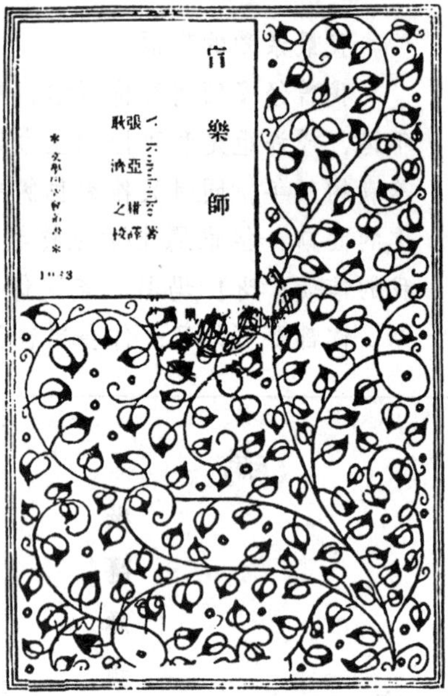

中華民國十五年一月初版
中華民國二十二年十月國難後第一版

（三二九九）

究書 盲樂師一冊
Slepoi Muzuitant
每冊定價大洋柒角
外埠酌加運費匯費

著者 V. Korolenko
述者 張亞權
訂者 耿濟之
行發 刷者 商務印書館 上海河南路
行所 商務印書館 上海及各埠

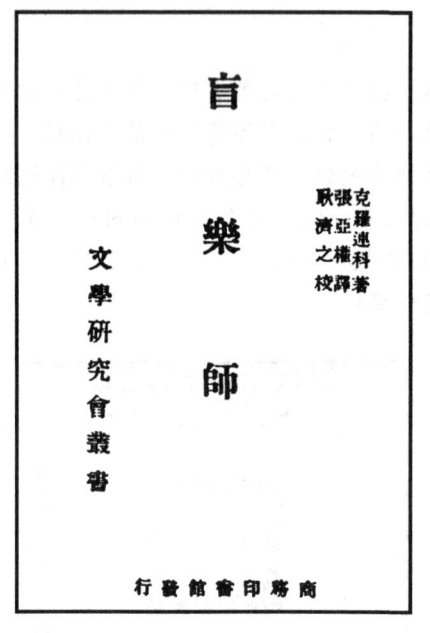

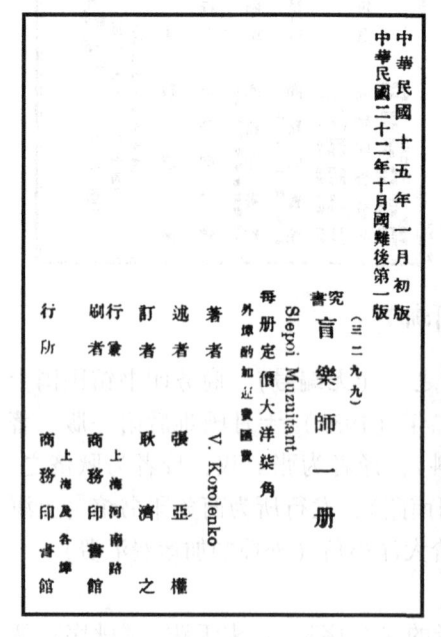

我国近年来社会上一般的学者，努力于翻译的人实在不算少。然而能求他（按：原文为"求他"）字斟句酌的，将原文的本意完全译出恐怕不可多见。我尝谓译书之难莫难于文学；因为各国文学，都有各国文学的优点，译者想把那种的优点移到自己的国语方言上，不但两国的风俗民情以及文法构造，势有难相符合；即本人笔墨能否皆曲尽周详，谈理则层次不紊，使阅者步步深入，无隔阂难明之苦；写景则清新如画，使读者如身临其境，有近悦远玩之乐，实在不可必定。那末惟一补救的法子，就是国中译者对于文学作品不妨重译，总期其明显精确而后已。曩者，余在俄国时读俄国文学家克罗连科所著《盲乐师》一本，见其中描写盲人心理及对于光亮与环境等等的想象非常精微入理，所以鄙人始从而译之。比功及垂成，见报端载张君闻天亦有此种译本已先我而出，故将未竟之稿搁置。旋由俄回国，见张君闻天之译本，系由英文中译出者，不但篇章节目与原著不同，即一切情事及作者主要的理论，亦有许多缺略下去的：如第四章第四节原著中有"人就像无尽头生活索链上的一只铁环一般，不过这条铁索赖人而递传，从遥远的已过牵引到无尽头的将来……"（按：省略号为原文所有）这都是精华所在，而张君闻天之译本中都予简略下去，不能不让人有些遗憾。所以鄙人虽不能闻，然以矫枉杜弊之心切，故又将已停顿之工作继续完成之，以副（按：原文为"副"）精益求精确益求确的意思。如果将来的同志们将此译本之不足，再为指正，是尤为鄙人之所至盼，尚望读者有以教我。

一九二四年五月二十一月（日）译者志于京邸

《梅脱灵戏曲集》

《梅脱灵戏曲集》，《文学研究会丛书》之一（无编号）。商务印书馆民国十二年（1923）十二月初版，民国二十二年（1933）一月印行国难后第一版。著者为 Materlink（比利时梅脱灵），译者为汤澄波。发行兼印刷者为商务印书馆（上海河南路），发行所为商务印书馆（上海及各埠）。全一册，170页，每册定价大洋伍角伍分（外埠酌加运费汇费）。

该书为戏曲集，收入《闯入者》《群盲》《七公主》《丁泰琪之死》，凡四种。

卷首有《译者导言》，卷末无跋。《译者导言》摘录如下：

> 梅脱灵是一个哲学家又同时是一个诗人，他在诗中表现他的哲学

又在哲学中表现他的诗。他是一个"智者"又是一个"孤静"的爱好者。以戏剧论他是近世的大表象家。他的戏剧理论很影响于德国的少年戏剧家,对于所谓 Uberbrettl movement 则尤有极大的"因士比里信"。他一生的著述颇多,本书所译是他的戏剧中较早期的几篇。想了解这几篇戏剧似乎要略略知道梅脱灵一生的思想才行。因为不是这样便不能了解其作品中的人物的实质。便会说他们是"神经病的""无意义的""稚气太重的"等等说话。

梅脱灵是一个神秘主义者,其一生思想可略分两期:一在他未结婚之前,一在他已结婚之后。他的后期思想有一种生的色彩,对于戏剧主张有"动作"之必要,以为在冒险勇敢上之精神的勇敢之表现必须依靠外部的活动。在这个时候他的哲学已由黑暗进到光明,已由抽象进到科学的分析;他的戏剧则已由阴影进到血肉。他最后终于被"爱的意志"所克胜了。

一九二三,三,二三,汤澄波于广州岭南大学

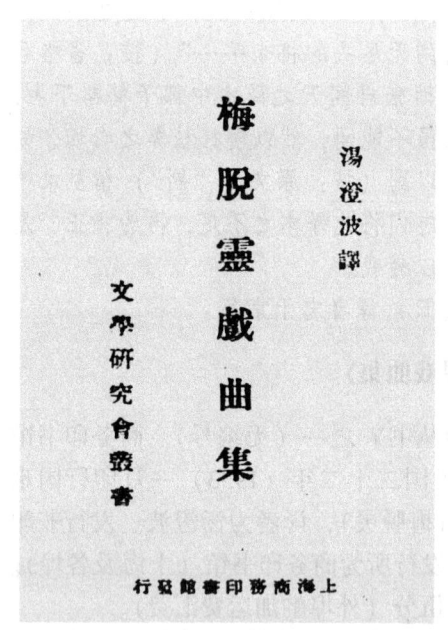

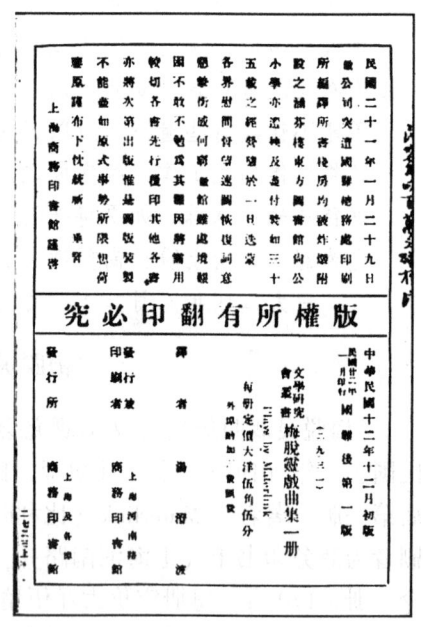

《绵被》

《绵被》,《文学研究会丛书》之一(无编号)。商务印书馆民国十六年(1927)一月初版,民国二十一年(1932)九月印行国难后第一版。著者为日本田山花袋,译者为夏丏尊。发行兼印刷者为商务印书馆(上

一 文学研究会"文学丛书"叙录

海河南路北首宝山路），总发行所为商务印书馆（上海棋盘街中市）。全一册，109 页，每册定价大洋肆角伍分（外埠酌加运费汇费）。

该书为中篇小说。

卷首有方光焘的《爱欲（代序）》和勃郎宁的英文诗两首，卷末无跋。《代序》摘录如下：

想来已是将近十年了。

正当春色恼人，樱花争艳的三月，日邦人士，真是举国若狂，各趁着大好多的春光，及时行乐。男的插画携酒，女的艳服浓妆，都如痴如醉地，成群结队着，齐往郊外去欣赏那全国称颂的名花。在异乡——东京——作客的我，自然提不起那般逸兴闲情；不过当这春假期中，闷居在客寓里，真也觉得无聊。同寓的几位朋友，新近却醉心了田山花袋的《绵被》，每日团聚在下宿屋的小房子里，热烈地雄谈着他们的恋爱哲学，我因了这机缘，便从他们处借来这册名著，费上一夜工夫，总算囫囵地读完了。当这情热的，浪漫的少年时代，我原沉浸在空想幻梦里面，当然理解不了书中深切的悲哀，和人生的烦恼；但这段香艳的故事，却也做了我当时的梦想资料。茶余饭后，每和朋

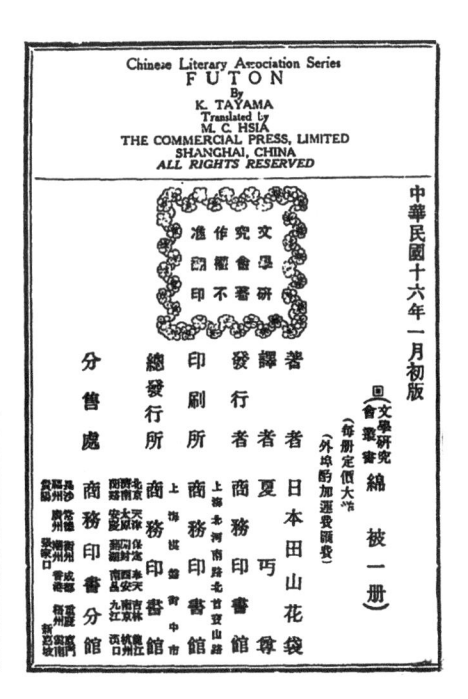

友相遇的时节，彼此都是异口同声，争效着芳子姑娘的口吻。喜欢说什么"咦！先生！"什么"咿呀！刻毒的师母！记得的！师母！"闹个不休；而在我的头脑中，又复描画出芳子姑娘的倩影，眉飞色舞地居然以竹中时雄自命了。幻想着他年回国之后，我必以小说名世；也许从兹博得二三名媛淑女，投我门下。那时便要择一艳丽多娇的，加以教育，或当温暖的三春晚上，傍着明亮的电灯，教她读什么《屠格涅甫全集》；或在凉爽的仲秋月夜，对着将开的丛菊，和她谈些世界文艺思潮。自然我还没有结婚，她也用不着向我师母，说什么早十年出世的话。……

《莫泊桑短篇小说集》

《莫泊桑短篇小说集》，《文学研究会丛书》之一（无编号）。著者为法国莫泊桑，译者为李青崖。《莫泊桑短篇小说集》分为三集，各自成册。

《莫泊桑短篇小说集（一）》，商务印书馆民国十二年（1923）十一月初版。民国二十一年（1932）十二月印行第一版。发行兼印刷者为上海商务印书馆，发行所为商务印书馆（上海及各埠）。全一册，每册定价大洋陆角伍分（外埠酌加运费汇费）。

一 文学研究会"文学丛书"叙录

该集收录《一个疯子》《我的舒尔叔父》《保护者》《散步》《拔荔士夫人》《雨伞》《隐者》《旅行》《孤儿》《勋章到手了》《杀人者》《押发长针》《疯婆子》《父亲》《饮者》《珠宝》，凡十六篇。

卷首有杨树达的《杨序》，卷末无跋。《杨序》兹录如下：

> 在外国小说里面，我最欢喜读法国莫泊桑的短篇小说，可惜我不曾学过法兰西文，不能够读他的原著；但是英文和日本文（按：原文为"日本文"）的译本，以及近数年来本国文的译本，凡我力所能致，耳目所及知的，我必定要寻找读一读。
>
> 我读了莫泊桑的小说，觉得他描写之精细、工巧、简洁，固然是竭尽了技术上的能事，但是他所以能够沁人心脾，令人击节叹赏的缘故，尤在乎他那观察力和想象力的微妙。只看他的短篇有如许之多，不论他（它）们的材料是社会的，或哲学的，或情感的，或滑稽的，而他（它）们的内容，没有一篇不是令人惊心动魄，使人神经震动，惕怵不安的。论他的量，既有如许之多；论他的质，又这样充实富美；在各国文学家当中，恐怕也是很少见的。
>
> 我还记得前几年读了他的《梅吕哀》那篇之后，我很替那位"失去故国的王宫旧供奉"，洒了几点同情之泪。觉得人生到了那种境地，真是无可奈何。而著作者之富于同情心理，就那一篇也可以窥见！其实那篇文字的事实和作意，不过是我们少年时代读的唐人《江南遇（逢）李龟年》那首诗"岐王宅里寻常见，崔九堂前几度闻。正是江南好风景，落花时节又逢君！"云云的意思罢了。但是这诗"除了盛衰今昔之感！"以外，再没有旁的物事。莫泊桑这篇小说，却提到"那位老供奉失去故国后怎样生活"一层，那便不止是一种单纯的"盛衰今昔之感"了。
>
> 所以我常常觉得像莫泊桑和近代俄国文学家的著作，真能够打入人心的最深之层，万非我们旧来浮浅的文学所能望得到的。至于他们文字的简洁，尽极经济的能事，又不是我们"湘城派"的简洁所能比拟，就更不用说了！
>
> 莫泊桑又有一篇，我现在忘其题名了。内容述一个人在车站等车，遇着一种非宗教的丧葬仪式，因为闲着没事，他的好奇心，便驱使他随着送葬的人群同走。一个送葬者拿死者的历史和伊所受于社会的残酷待遇告诉他，才知道死者是一位曾经被人强迫污辱过的女子。我读过之后，也曾经受了一种极强烈的感动。

莫泊桑晚年得了疯癫症,在法国某地方的疯癫病院死的。知道这件事的人,或者以为怪事。我却以为他这样的天才,宜乎其要得疯癫病而死。要知道世上的天才,原来都是有病的啊!

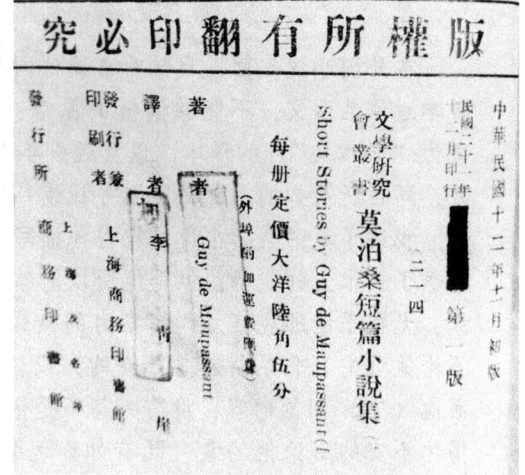

我的朋友李君青崖,从前留学法国,理科之外,兼研究法国文学,今年我从北京回到长沙,青崖拿这个册子叫我替他校读。我在匆忙之中,替他校读了一遍,便写了我从来对于莫泊桑的一点意思付给青崖,作为"同好"的纪念。我的话对不对,还要请青崖教我,我还希望青崖出版这册子以后,还继续不断地将莫泊桑所有的著作都译出来,使国中有文学兴味的人,个个都能饱饱地领略莫泊桑著作的风味,那就是很有贡献的工作了。

杨树达序十一年七月十四日,长沙。

《莫泊桑短篇小说集(二)》,商务印书馆民国十三年(1924)十一月初版。发行者为商务印书馆,印刷所为商务印书馆(上海北河南路北首宝山路),总发行所为商务印书馆(上海棋盘街中市),分售处为各地商务印书分馆。全一册,227页,每册定价大洋陆角伍分(外埠酌加运费汇费)。该集收录《马丹拔蒂士特》《施乃甫的冒险》《莫兰这公猪》《许丽乐曼》《手》《回顾》《悔悟》《寂寞》《无益的容貌》《鬼神出没》《负贩者》《柴》《残废的人》《一场夜宴》《客车之内》《密语》《一座小像》,凡十七篇。无序跋。

一　文学研究会"文学丛书"叙录　97

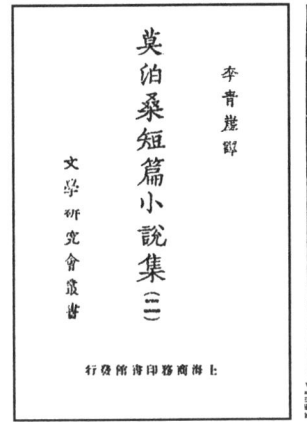

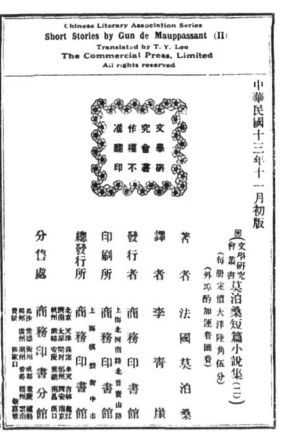

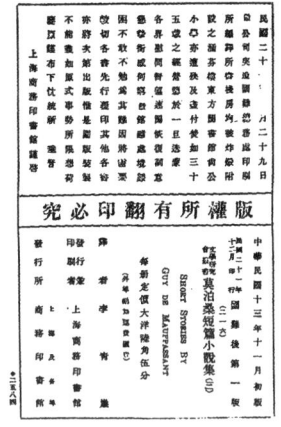

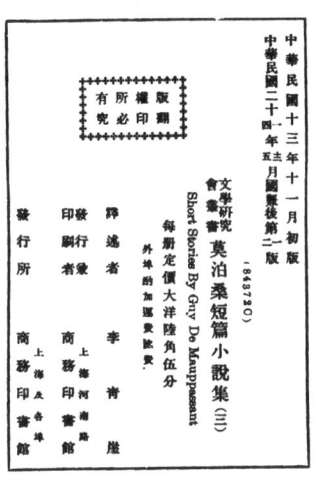

《莫泊桑短篇小说集（三）》，商务印书馆民国十三年（1924）十一月初版、民国二十一年（1932）十二月国难后第一版、民国二十四年（1935）五月国难后第二版。发行兼印刷者为商务印书馆（上海河南路），发行所为商务印书馆（上海及各埠）。全一册，229页，每册定价大洋陆角伍分（外埠酌加运费汇费）。全三集1932年12月国难后第一版。

该集收入《羊脂球》《雏之孀》《软项圈》《战栗》《离婚》《床边的协定》《政变的一幕》《一个失业的人》《归来》《亡妇》《伯爵夫人的轶事》《新年的赠品》《娜莎丽》，凡十三篇。无序跋。

《木马》

《木马》，《文学研究会丛书》之一（无编号）。商务印书馆民国十四年(1925)四月初版。著者为法国 M. 雷里、A. P. 安瑞,译者为李青崖。发行者为商务印书馆,印刷所为商务印书馆(上海北河南路北首宝山路),总发行所为上海商务印书馆(上海棋盘街中市),分售处为各地商务印书分馆。全一册,167页,每册定价大洋伍角(外埠酌加运费汇费)。此外还有1933年1月国难后1版。

该书为三幕剧。

卷首有《译者附记》,卷末无跋。《译者附记》兹录如下:

> 木马本为罗马人的一种游戏器具:雕木为马,罗列成行,而固定之于圆台,——但马身可以前后摇动——台的中心点有竖轴,轴与发动力相连,力动台转,马亦因而活动,骑之者备尝腾跃控纵的滋味。至今欧洲各国,无论都市村落,每值"年期的赶集"(La Foire)必有木马陈列其间以供游人娱乐。今沪人所谓"大转舞台"就是木马圆台的变象。

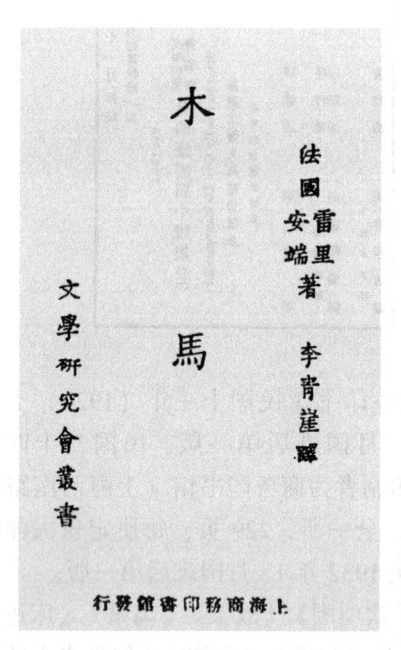

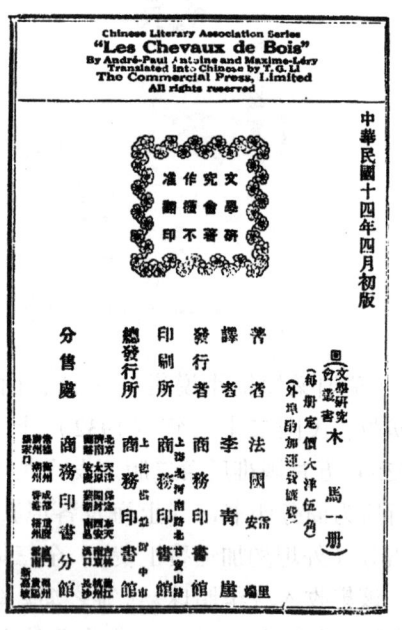

此剧为法国雷里(Moxime Léry)与安端(André Paul Antoïne)两人合作,从一九二三年九月巴黎发行的《自由作品》(Les Ouevres Libres)杂志二十七期译出,此杂志为文学月报,创刊为一九二一年七月,系大战后产生的定期出版物之一;其中作者虽少已负盛名的赫

赫大手笔，然佳作则殊不乏。兹为向读者介绍起见，特录其发行地点于下：

Artheme Fayard et Cie, 18~20, Rue du Saint Gothard, Paris.

此剧于一九二二年十一月二十八日在巴黎的拉波第臬尔戏团第一次开演，甚得观者欢迎。内容几不带地方色彩，即在中国表演亦不自觉其为枯燥的问题剧；唯译文词句全采直译方法，倘演时能略行斟酌更换，则观者兴味愈佳。海内艺术家如欲表演此剧，祈先期向译者函询（由上海文学研究会转交）同意为荷。

青崖附识十三年四月十六日。

《悭吝人》

《悭吝人》，《文学研究会丛书》之一（无编号）。商务印书馆民国十二年（1923）二月初版，民国十五年（1926）六月再版。著者为法国毛里哀（Moliere），译者为高真常。发行者为商务印书馆，印刷所为商务印书馆（上海北河南路北首宝山路），总发行所为商务印书馆（上海棋盘街中市），分售处为各地商务印书分馆。全一册，177页，每册定价大洋伍角伍分（外埠酌加运费汇费）。此外还有1930年10月《万有文库》刊本。

该书包括五幕剧《悭吝人》和独幕趣剧《装腔作势》。此外还有《毛里哀小传》。

无序跋。《毛里哀小传》之末有"译者识"，兹录如下：

> 这篇小传是由Volbaire著的Vie de Moliere《毛里哀传》节译下来，用以介绍读者诸君。其余对于毛里哀是何等样的排演家，因为于我们的文学，没有甚么关系，所以从略。

上海，一九二二，八，廿九

《装腔作势》正文前有译者的"附识"，兹录如下：

> 这幕趣剧，由法国亲王的伶班于一六五九年十一月十八日，在巴黎小卜尔奔（Petit-Bourbon）戏院第一次扮演，毛里哀这编趣剧，专为讥讽，当时那般，装腔作势，夸张才力，自称风雅的女子；所以用的字眼，多选偏僻奇妙的，极其形容她们一派腔调。译者学力有限，未能将精神完全达出；尚祈阅者见谅。

译者附识一九二一，五二三

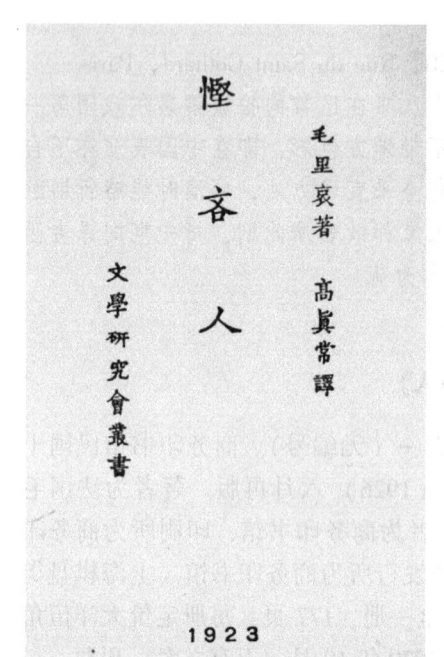

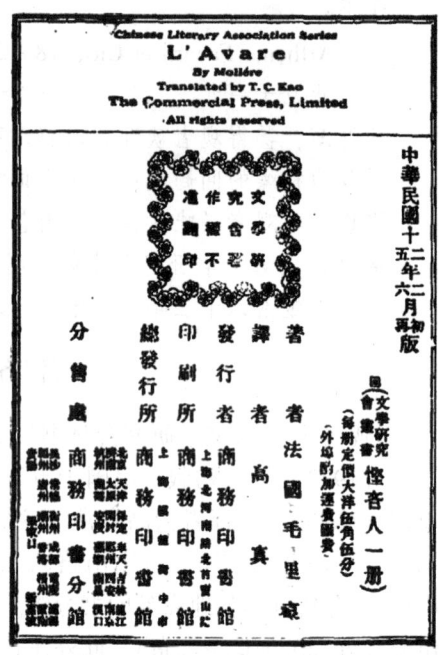

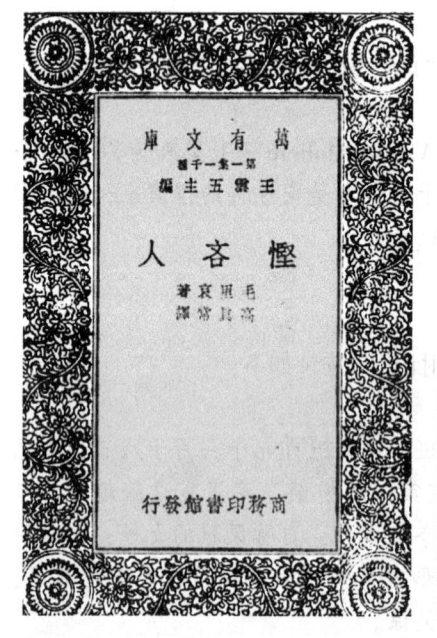

100　中国现代社团"文学丛书"叙录·上册

《青鸟》

《青鸟》,《文学研究会丛书》之一（无编号）。上海商务印书馆民国十二年（1923）十月初版,民国十三年（1924）四月再版。著者为比利时梅脱灵（Maeterlinck）,译者为傅东华,发行者为商务印书馆,印刷所为商务印书馆,总发行所为商务印书馆,分售处有外埠各地商务印书分馆数十家。一册,181页。每册定价大洋陆角伍分（外埠酌加运费汇费）。此外还有1930年4月《万有文库》刊本,1932年10月国难后第一版本,1947年2月二版本。

该书为六幕剧。第一幕：樵夫之茅屋。第二幕：第一场、仙宫,第二场、记忆之土。第三幕：第一场、夜之宫,第二场、树林。第四幕：第一场、幕前,第二场、幸福之宫。第五幕：第一场、幕前,第二场、坟地,第三场、未来之国。第六幕：第一场、别离,第二场、醒寤。

卷首有译者撰写的《序》,服装表,登场人物表,目录。卷末无跋。此外还有原著者肖像一幅。《序》摘录如下：

> 当前世纪的末叶,一般学者把自然界看得非常机械,甚至连自己的灵魂都不敢相信他是存在的。他们以为一切动物不过是自动机器；植物当然是无意识的；矿物更不成问题了。据一般机械派的生物学家

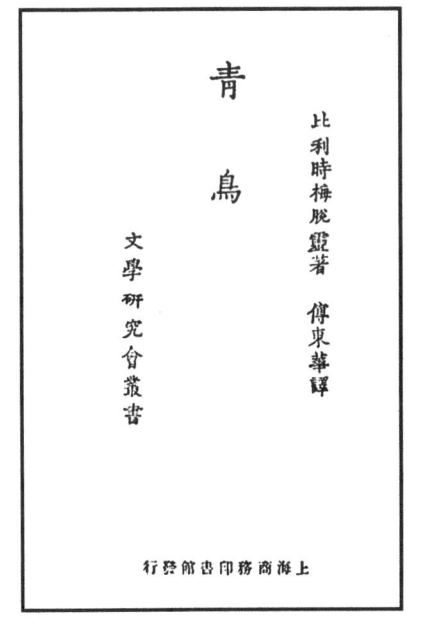

看起来，昆虫不等他死了做成标本的时候，是不值得研究的；动物必等到剥了皮，包着草的时候，才算有研究的兴味。

　　人对于自然界的见解，既然这股的机械，因而自然界在人的心目中生机绝少。及至今世纪的初期，思想界才起了一种反动，这种反动的趋向，便是离开机械的剖析，重新回返到自然，这种反动一起，力量极大，研究生物的人，便都渐渐明白过来；觉得在动物院中研究动物学，实无异于在坟地中研究人类社会学，也渐渐相信动物和植物，不但有生机，并且有个性。这种反动，普通称为"宇宙复活运动"。思想方面如此，同时文学方面也有一种与此相辅而行的新运动。因这新运动的结果，便产生了一班新寓言家，拿着自然的镜子给我们看。他们这镜子，不但照得着皮相，并且照得着内心，这班新寓言家当中，最出色的一个，要推我们这本《青鸟》的作者梅脱灵了。

　　傅东华，于北京十二，十二，一九二二。

《人之一生》

　　《人之一生》，《文学研究会丛书》之一（无编号）。商务印书馆民国十二年（1923）十一月初版。著者为 Leonid Andreev（俄国安得列夫），译者为耿济之。发行者为商务印书馆，印刷所为商务印书馆（上海北河

一　文学研究会"文学丛书"叙录　103

南路北首宝山路），总发行所为商务印书馆（上海棋盘街中市），分售处为各地商务印书分馆。全一册，167页，每册定价大洋伍角（外埠酌加运费汇费）。除初版外，还有1924年4月再版，1931年4月4版，1932年11月国难后1版。

该书为五幕剧，第一幕：人之生与母亲之痛苦，第二幕：爱情与贫穷，第三幕：人家之跳舞会，第四幕：人之逆运，第五幕：人之死。还有"附录"《人之死（第五幕之修正稿）》。

卷首有《序》，次《引子》。《序》摘录如下：

"人生有什么意义呢？"这句话是中国现代青年常常怅惘的自问着，而终于没有得到答案的。

但我们如果读了安得列夫（Leonid Andreev，1871～1919）的这篇《人之一生》，便可得到一个很可怕的答案，——这个可怕的答案，我们虽极不愿意得到，却终于如只身徘徊于朦胧的月下所生的影子似的，息息跟随在我们的身边。

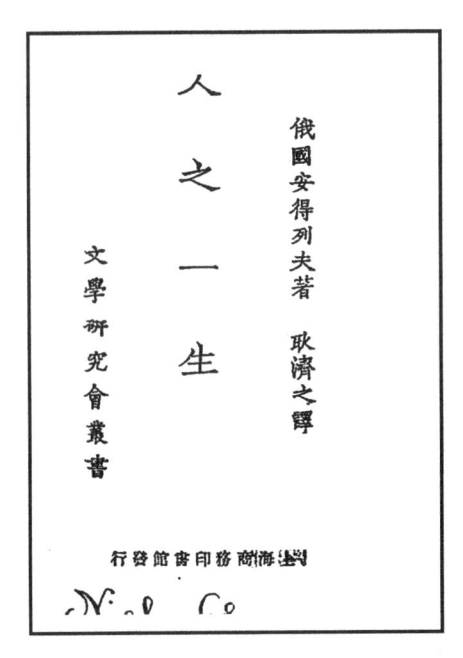

屠格涅夫（Turgenev）在安特列夫此剧出版的三十年前，已经昭示过我们。他说，他独自在旷野里行走，一个老妪紧紧的（地）跟

在他后面；后来他察出，这个老妪不仅是跟着他，而且还指示着他，她向左向右，他也不得不听从她。他仍旧继续着行走，前面却有个黑暗的大坑——坟墓！他急忙转回来，老妪又站在他的前面。他现在知道，这个老妪是他的命运，不肯一刻离开他的命运。他又向另一方向走去，走了不久，前面又是一个黑暗的大坑。他便又转到傍（按：原文为"傍"）的方向，前面也有个可惧的异点。他想站住不走，转瞬间便坐在地上。他觉得老妪还是息息不离的（地）站在他的身旁。远处的异点，却浮动了，向他爬来。

郑振铎十二，九，六

《三姊妹》

《三姊妹》，《文学研究会丛书》之一（无编号）。上海商务印书馆民国十四年（1925）八月初版，民国十六年（1927）一月再版。著者为俄国柴霍甫，译者为曹靖华，发行者为商务印书馆，印刷所为商务印书馆，总发行所为商务印书馆，分售处有外埠各地商务印书分馆数十家。一册，162页。每册定价大洋肆角伍分（外埠酌加运费汇费）。此外还有1932年11月国难后第一版本。

该书为四幕剧，无幕目。

无序跋。该书除了这个四幕剧外，还有由译者曹靖华撰写的作为附录的《柴霍甫评传》，摘录如下：

> 这些不过是从一方面看的；我们要再从别一方面看起来，柴氏是常拿他的左手去破坏他右手所建设的，这在他伦理的个人主义里边表现得很清楚；他同时去建设，又同时去破坏。在《决斗》（一八九二年）里边柴氏很明鲜的（按：原文为"的"）表白出来伦理的人格的价值，和人格自全的价值。那可怜的八十年代的拉耶夫斯基，我们对他是不能表同情的，但是我们对那很诚实的无情的达尔文主义者珂林，却不能不表同情；他为着社会的幸福，要求要消灭了拉耶夫斯基一般的人们。如果国家或社会委他去杀那拉耶夫斯基，他一定去杀他去了……拉耶夫斯基的女人娜洁日妲，是一个尤其可怜的人，但是珂林要求教社会上用武力把这一般的女人送给她们的丈夫，如果她丈夫不要她，那就把她送到感化院里或下到监狱里去。这很可以看出柴氏借着沙莫林珂的口说道："如果你把人们都溺死或缢死，你的文化还有什么用处呢！你的人道还有什用处呢！……"这篇小说的末尾带

着很温和，很和平的音调，教人注意这就是柴氏根本的思想。

人类就是目的，人格比一切都高尚，这一种思想，柴氏表现的不是一次了。在《屋顶楼阁》（一八九五年）里边，一个美术家，他以为人类在宇宙和生活里边比一切都高尚；比一切权力，一切神秘，一切灵异都高尚：他反对宗教裁判的学说……他以一切不了解的事为奇事，但是他不去服从那些奇事。"我对于一切我所不明白的想像（按：原文为'想像'），我细心的（按：原文为"的"）去观察他，我不去服从他，因为我比他们高尚。人们应当承认他自己比狮子、老虎、星晨（按：原文为'星晨'）要高尚，比宇宙间的一切都要高尚，比一切神秘都要高尚，不然的话，他不是人，他是恐惧一切的老鼠……"这位美术家是一位半托尔斯太主义者，自然，他说的并不是代表柴氏的意见，因为柴氏在这时（一八九五年）已经完全同托尔斯太主义脱离关系了；这位美术家的社会学说和柴氏的观念是绝对的不相同的，看耶柏基耶夫斯基，顾普林和撒尔格印珂等的《回忆柴霍甫》，但是刚才所引出来的话，并不是这小说里边的人的话，柴氏在他自己的作品里，常常反复的（地）说着他这种人格绝对高尚的思想。有时他表现这种思想，同他的根本的思想——将来人们的幸福，那时候伦理的个人主义对于反个人主义就得了胜利了。

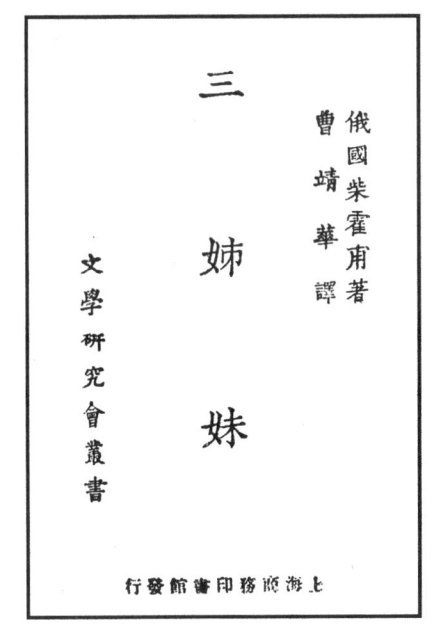

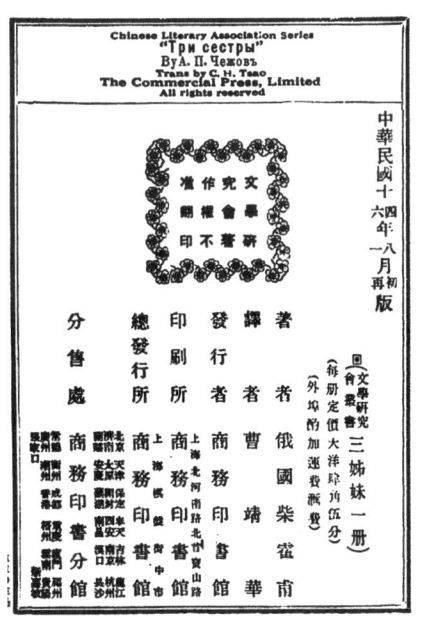

《社会的文学批评论》

《社会的文学批评论》,《文学研究会丛书》之一（无编号）。商务印书馆民国十五年（1926）一月初版。著者为美国蒲克女士（G. Buck），译者为傅东华。发行者为商务印书馆，印刷所为商务印书馆（上海北河南路北首宝山路），总发行所为商务印书馆（上海棋盘街中市），分售处为各地商务印书分馆。全一册，76 页，每册定价大洋伍角（外埠酌加运费汇费）。

该书为文学评论与文学理论著作，概述文学批评的基本理论。书名原文：Social Criticism of Literature，该书包括四章，即第一章：批评学说之一团纠纷，第二章：比较宏大的批评说，第三章：批评的标准，第四章：批评家的职务。

卷首有《译序》，兹录如下：

> 社会的文学批评说，是现在最新的一种文学批评学说，大概是由杜威一派的哲学胎育出来的。这种学说对于各派的旧学说以至比较还新鲜的审美的批评说，虽都不承认它为绝对好的学说，却也都并不攻击它们，而能兼容并蓄，使它们通力合作于一个宏大的范围之内，所以它的立脚地是非常稳固的。而且二十世纪的世界，是社会的活动日见繁密的世界，所以这种以社会为立脚点的批评学说，我们料定它将来一定盛行。
>
> 蒲克女士此著，虽是一本小册子，却已把社会的文学批评说义蕴毕宣，我以为这种学说介绍到中国之后，至少可以矫正我们传统上把著作当做"名山之业"的这种见解，而使文学平民化的倾向可以加重。我们向来有一种"此有功世道人心……云乎哉?!"的文学批评式；这粗看似乎便是社会的文学批评，其实不然。因为这所谓"世道人心"实际只是极狭义的道德。文学批评而果以狭义的道德为标准，则除提倡教训主义的文学外别无能事了。所以我们读蒲克女士此著时，断乎不可误认她这种学说是我们中国所固有的；我们须晓得这种学说不但在中国要算创见，便是在欧美，也要算是新的。
>
> 唯其为新的学说，所以我译这书时，只竭力求意义的显豁；因力求显豁的结果，所以我的译文对于原文词句上——尤其是举例——不免有损益之处——这是要请读者格外原谅的。
>
> 译者一九二五年补序于西湖

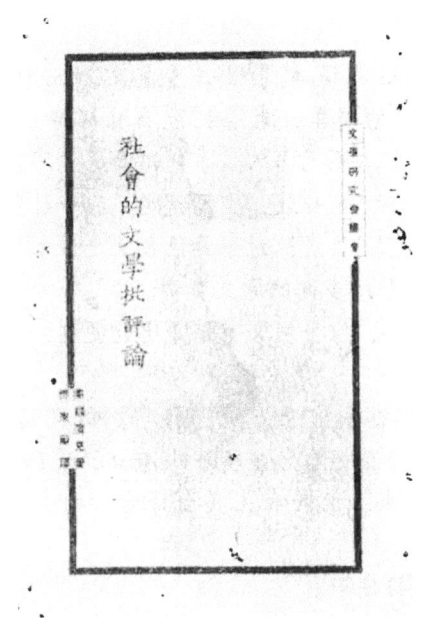

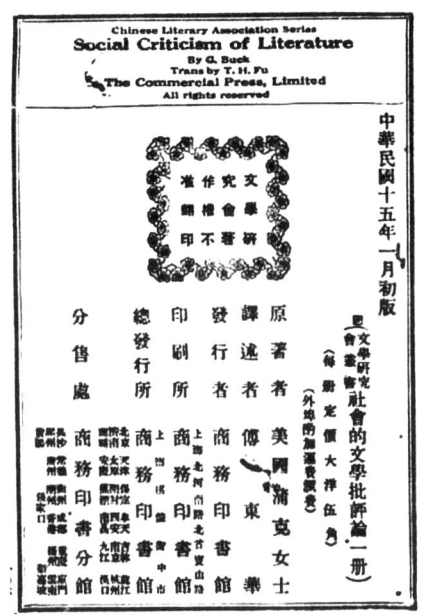

《诗学》

　　《诗学》,《文学研究会丛书》之一（无编号）。商务印书馆民国十五年（1926）一月初版（扉页却题"一九二五年十二月初版"）。著者为希腊亚里斯（士）多德,译者为傅东华。发行者为商务印书馆,印刷所为商务印书馆（上海北河南路北首宝山路）,总发行所为商务印书馆（上海棋盘街中市）,分售处为各地商务印书分馆。全一册,121 页,每册定价大洋陆角（外埠酌加运费汇费）。此外还有 1933 年 3 月国难后 1 版,1935 年 5 月国难后 2 版。

　　该书为文学理论著作,系统阐明文艺的基本规律,是最早的一部文艺理论著作。《诗学》前有《提要》,后有译者的《读〈诗学〉旁札》。

　　卷首有《重校译序》,兹录如下：

　　　　《诗学》的第一次译稿既在《小说月报》发表之后,承朋友们的好意,通知我说我的译文错误实在不少,因于它重印作单行本之先,更逐句和原文核对一过,果然发见全错者三四处,字句未安（妥）者数十处,排印错误者数十处,兹为一一改正,几乎已经易稿。这样易稿的结果,虽不能说对于原文已经毫无出入,却总比初稿少些错误了。但我更希望朋友们和读者再替我指出错误，使我再版时可以改正，因以减轻我唐突前贤的罪孽。

不过有一层须得声明，我现在的译本是根据布乞尔（S. H. Butcher）的英译本重译的。我在别的书里，也曾见过节引《诗学》的地方，虽属断片的，却已与布乞尔本不无出入。布乞尔的好丑不可知，惟其他各家译本之不能与布乞尔完全一致，则可断定。我今既完全根据布本翻译，所以只能对于布乞尔负责，对于其他各家之译本不能负责，并且也不能对于亚里斯（士）多德的原文负责。

当初我译此书，觉得它这种风格，似乎用文言翻译比较便利，现在也就不改了。

做《读诗学旁札》的意思，原想用它来发明《诗学》的义蕴，但也实在简陋得很。他日有暇，还希望把布乞尔所著的 Aristotle's Theory of Poetry and Fine Art 全文译出来；但若有先我而译者，则尤所欢迎。

一九二五，七，二八，译者校订完毕。

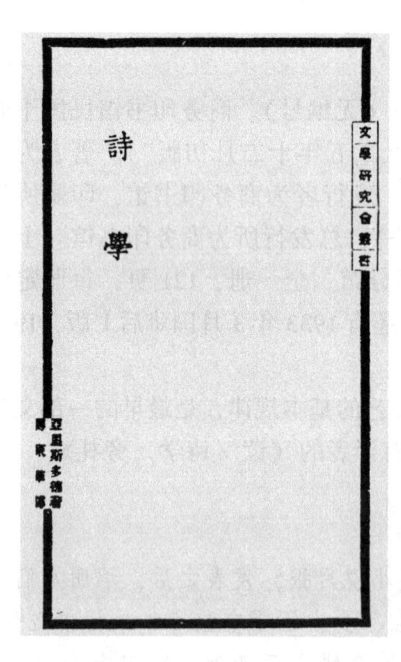

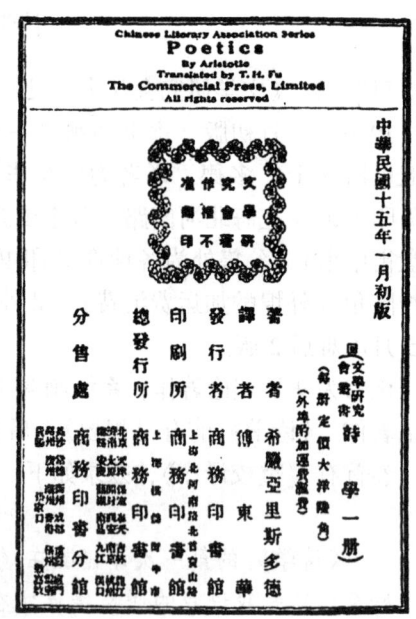

《诗之研究》

《诗之研究》，《文学研究会丛书》之一（无编号）。商务印书馆民国十二年（1923）十一月初版（笔者未见），民国二十二年（1933）一月印行国难后第一版。原著者为 Bliss Perry（英国勃利司潘莱），译述者为傅东华、金兆梓。发行兼印刷者为商务印书馆（上海河南路），发行所为商务印书馆（上海及各埠）。全一册，194页，每册定价大洋壹元（外埠酌加运费汇费）。此外还有1924年4月商务印书馆再版。

该书为诗歌研究著作，包括：第一章，诗之背景：一、诗的研究及美学的研究；二、艺术的冲动；三、艺术的形式及意义；四、艺术家与艺术作品。第二章，诗之范围：一、关于阿尔孚斯及欧芮狄西的神话；二、诗之特别范围；三、威廉詹姆士之说明；四、诗人与非诗人之区别。第三章，诗人的想像：一、感情与想像；二、创作的想像及艺术的想像；三、诗之想像；四、有文字的想像；五、影像之选择与支配；六、影像派的诗；七、天才与灵机；八、结论。第四章，诗人之文字：一、耳与目；二、文字怎样传达感情；三、文字是通用货币；四、文字是一种不完备的媒介；五、主要的情调；六、特殊的音色；七、词藻；八、诗情得文字而成恒定的形体。第五章，声调及格律：一、声调之性质；二、声调之审度；三、音与义之冲突与妥协；四、散文之声调；五、音量强弱及节音；六、用耳朵解决声调；七、拟音乐的声调论；八、声调之研究及享乐。第六章，韵节及自由诗：一、久久不决的战争；二、韵是声调的一种形式；三、论诗节；四、自由诗；五、发明与翻新。

卷首有郑振铎作于1922年6月8日撰写的《引言》，兹录如下：

> Blis Perry 教授著的这部《诗之研究》（*A Study of Poetry*）我们认为有介绍的必要。像这一类的书籍，比他好的固然也有，如 Stedman 的《诗的性质与要素》（*The Nature and Element of Poetry*）便是一部极有价值的永久著作。但是这部书却较为浅显易解。对于初次要研究"诗"的人，至少可以贡献他们以许多关于"诗"的常识。
>
> 他的见解如何，我们不去管他，便就这系统的介绍"诗"的常识一方面讲来，他（它）已是一部对于我们幼稚的读书社会很有益的书了。
>
> 这部书，共分为两部分，第一部分是通论诗歌的，共分六章，第二部分是专论抒情诗的，共分四章，现在傅金二君所译的只是第一部分。第二部分还没有译出。在这第一部分中，有许多无关紧要的地方，如举例的诗歌之类，也多有被删去了的。但据我们看来，这种删节，对于读者是毫无损害的。
>
> 郑振铎十一，六，八。

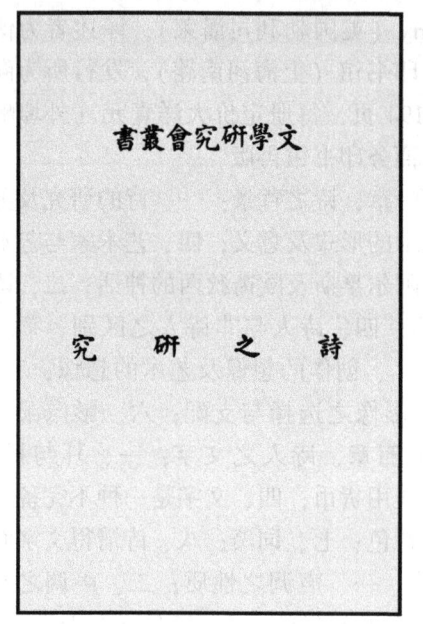

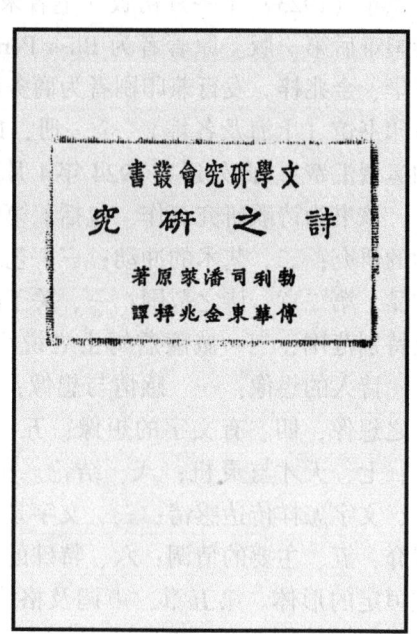

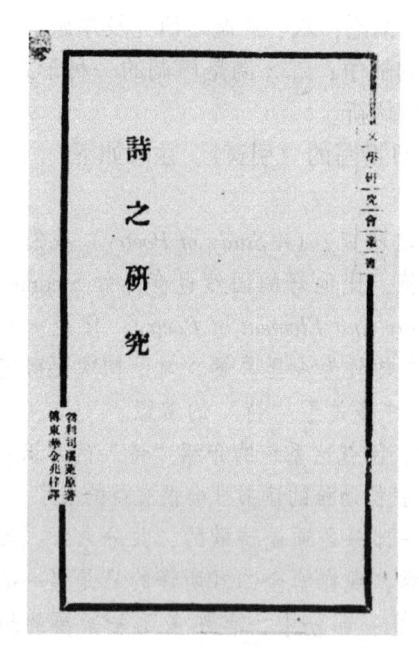

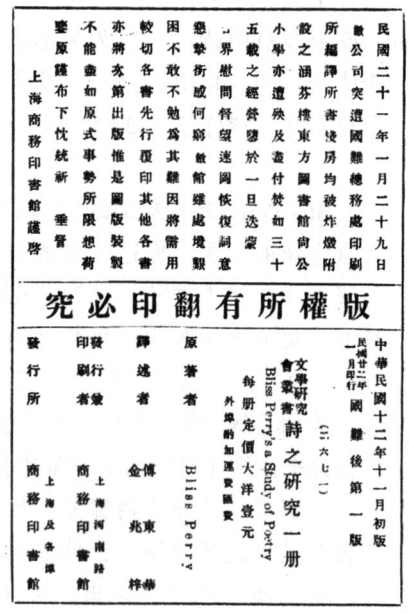

《石门集》

《石门集》,《文学研究会丛书》之一(无编号)。商务印书馆民国二十三年（1934）六月初版。著作者为朱湘。发行人为王云五（上海河南路），印刷所为商务印书馆（上海河南路），发行所为商务印书馆（上海及各埠）。全一册，196页，每册定价大洋陆角（外埠酌加运费汇费）。

该书分五编，目录依次为：第一编：《人生》《花与鸟》《歌》《哭城》《死之胜利》《凤求凰》《岁暮》《无题》《生》《恳求》《冬》《悲梦苇》《招魂辞》《泛海》《洋》《天上》《那夏天》《祷日》《扪心》《幸福》《我的心》《愚蒙》《相信》《希望》《镜子》《一个省城》《动与静》《雨》《柳浪闻莺》《误解》《风推着树》《夜歌》《春歌》。第二编：《收魂》。第三编：《两行》《四行》（凡四首，详目略）、《三叠令》（凡二首，详目略）、《回环调》《巴俚曲》（凡三首，详目略）、《圆兜儿》（凡十四首，详目略）、《十四行英体》（凡十七首，详目略）、《十四行意体》（凡五十四首，详目略）。第四编：《散文诗》（三首，无题目）。第五编：《阴错阳差》（诗剧）。

无序跋。《人生》一诗兹录如下：

> 是一张"费晓楼"：
> 那佳美，
> 面对面的，凝望着你，
> 凝望着五情在你的心上
> 波动，有如那衣褶，
> 节奏的，
> 有如那楼头的杨柳。
>
> 以外形她餍饫了凡庸；
> 黠慧，
> 笔锋舔过心上似的，
> 也回去了……
> 他偷去了画师的意境……
>
> 她微笑，
> 讥蔑而轻松的，
> 为的不曾受窘于来者
> 向她要实质，
> 那唯有"一"知道的，

连她自己都疑问的物件。

向了杨柳她说：
"明智的是那来者，
不是为的看我，
看你；
他来了——
看那在心头波动起的五情。"

杨柳应该知道（按：此处原文无标点符号）
毛延寿的"昭君"说了些什么……

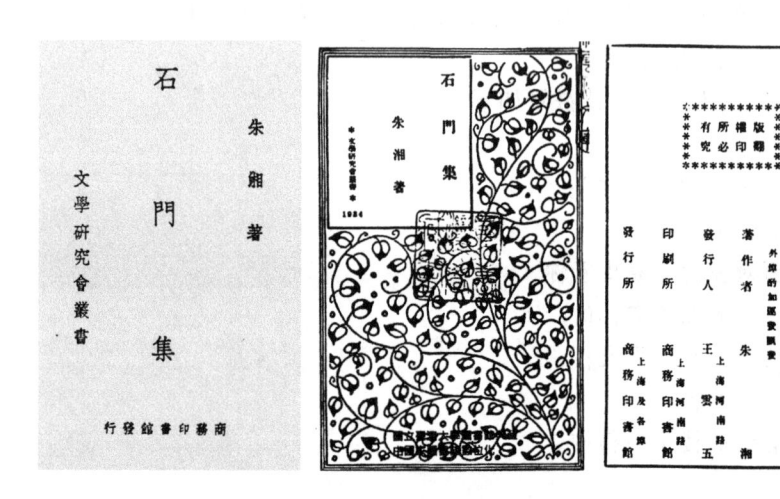

《史特林堡戏剧集》

《史特林堡戏剧集》，《文学研究会丛书》之一（无编号）。商务印书馆民国十一年（1922）六月初版。著者为瑞典史特林堡，译者为张毓桂。发行者为商务印书馆，印刷所为商务印书馆（上海北河南路北首宝山路），总发行所为商务印书馆（上海棋盘街中市），分售处为各地商务印书分馆。全一册，163 页，每册定价大洋伍角（外埠酌加运费汇费）。

该书为戏剧集。包括《母亲的爱》（六幕剧）、《幽丽女士》（独幕剧）和《债主》（八幕剧）。

卷首有译者作于 1921 年 11 月 2 日的《弁言》，卷末无跋。《弁言》兹录如下：

《债主》剧中前二幕是吾友胡光廷君的初稿;《母亲的爱》一剧是吾友王品青君为我校阅的;《幽丽女士》一剧是吾友尹建猷君为我校阅的,我对于三君极端感谢。

译者十年十一月二日

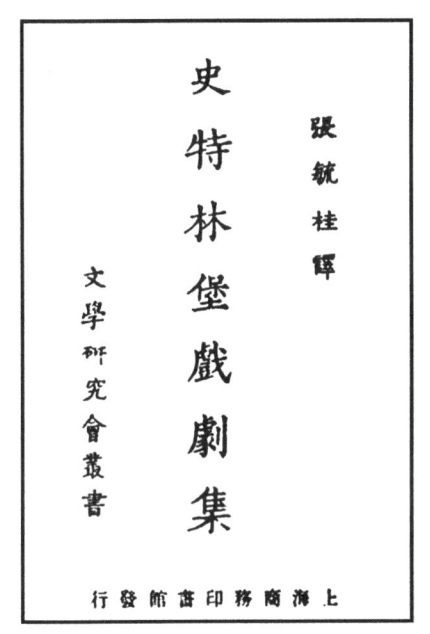

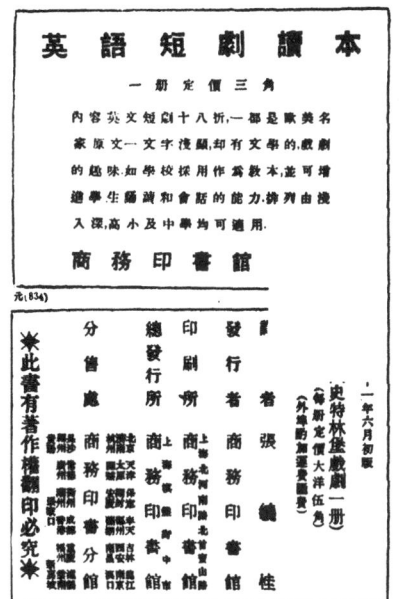

《他们的儿子》

《他们的儿子》,《文学研究会丛书》之一(无编号)。商务印书馆民国十七年(1928)六月初版(笔者未见),民国二十二年(1933)四月印行国难后第一版。著者为西班牙 E. Zamacois(柴玛萨斯),译者为沈馀。发行兼印刷者为商务印书馆(上海河南路),发行所为商务印书馆(上海及各埠)。全一册,104 页,每册定价大洋肆角(外埠酌加运费汇费)。

该书为中篇小说,凡七节,无节目。

无序跋。卷首有《柴玛萨斯评传》,摘录如下:

柴玛萨斯可说是西班牙的莫泊桑,他的作品都是天才加苦工的结果;他的描写,又庄严,又妩媚。他的题材,大都和莫泊桑的相同,他的对于"下层生活"的同情,他的对于平凡的日常人生所包含的悲喜哀怨,都有深切的理解,他的能从平凡中抓出奇特,从浅薄中看出深奥的本领——凡此种种，都使得这位西班牙作家极像法国的自然主义大师，极像，但不是模仿。柴玛萨斯还是柴玛萨斯，不是别人，他的观察方法，他的表现手段，都是他自己的；他的作风，他的句法字法，都表示他不是一个模仿者，而是一个创造者。他是最难翻译的，他用字的范围极广，使字典难以供应，特别是他能引用西班牙下层社会的流行语，力、思想、活气、建设的理想，这数者划（画）出了这位作家的天才的轮廓。他也是故家子弟，和他同名的西班牙大画家就是他的祖先。

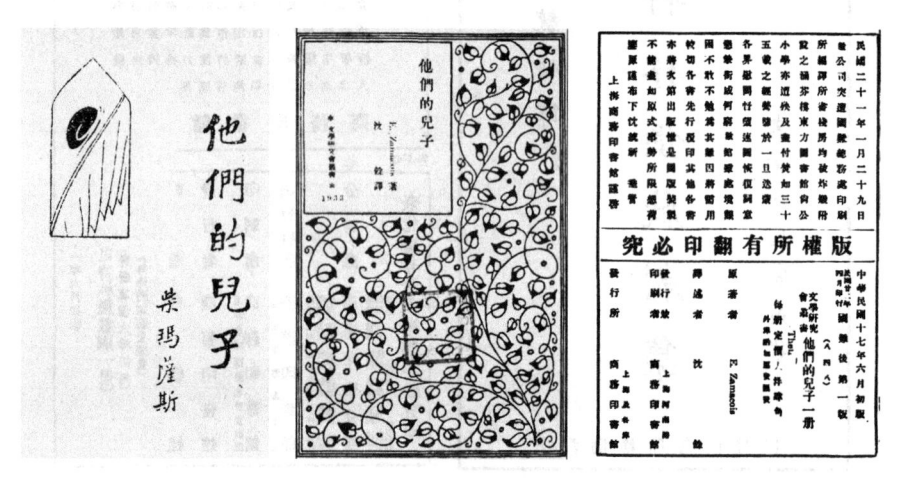

《太戈尔传》

《太戈尔传》，《文学研究会丛书》之一（无编号）。商务印书馆民国十四年（1925）四月初版、民国十六年（1927）十月再版（笔者均未见），民国二十二年（1933）七月印行国难后第一版。编者为郑振铎。发行兼印刷者为商务印书馆（上海河南路），发行所为商务印书馆（上海及各埠）。全一册，152 页，每册定价大洋捌角（外埠酌加运费汇费）。

该书除"绪言"外，分十二章，章目依次为：第一章家世。第二章童年时代。第三章喜马拉耶（雅）山。第四章加尔加答与英国。第五章浪漫的少年时代。第六章变迁时代。第七章旅居西莱达时代。第八章太戈尔的妇人论。第九章国家主义与世界主义。第十章和平之院。第十一章太戈尔的哲学的使命。第十二章得诺贝尔奖金以后。此外还有"附录"，包括：一、太戈尔的人生观与世界观，二、太戈尔的艺术观，三、太戈尔的诗与哲学观，四、太戈尔的妇女观，五、太戈尔对于印度和世界的使命。

卷首有郑振铎的《序》，卷末无跋。《序》兹录如下：

  这册《太戈尔传》原登载于一九二三年九月及十月号《小说月报》上，单行本本想在太戈尔到中国时出版，不料搁置于印刷的地方直到了现在。因为近来很忙，不能再细读一遍，所以除了一二小错误改正了之外，其余文字一概都照旧。
  虽然太戈尔在去年四月已到过中国了，已在中国讲演了好几次了，然而能充分了解他的人究竟有多少呢？这篇传对于想知道他的生平与思想的人，也许不无小小的帮助。
  我在"附录"里转载了我的朋友瞿世英君及张闻天君的几篇文字，应在此向他们道谢！
  太戈尔在中国的讲演，俱由我的朋友徐志摩君为之记录，他现在正在整理这个讲演集。大约不久即可出现。因此，这个小册子里对于太戈尔在中国的行踪与讲演，便不再述了。
  郑振铎十四年二月二十四日

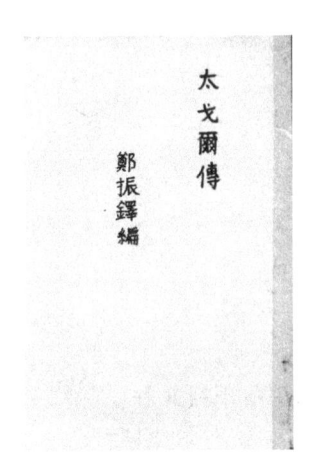

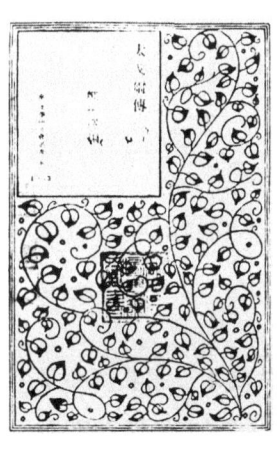

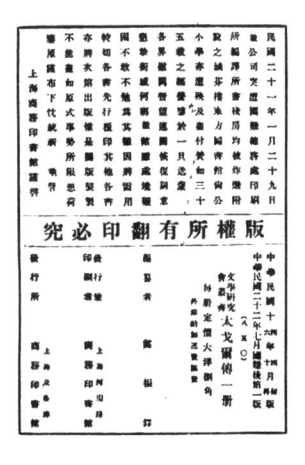

《太戈尔戏曲集（一）》

  《太戈尔戏曲集（一）》，《文学研究会丛书》之一（无编号）。商务印书馆民国十二年（1923）九月初版。著者为印度 R. 太戈尔，译者为瞿世英、邓演存。发行者为商务印书馆，印刷所为商务印书馆（上海北河南路北首宝山路），总发行所为商务印书馆（上海棋盘街中市），分售处为各地商务印书分馆。全一册，79 页，每册定价大洋叁角（外埠酌加运费汇费）。此外还有 1924 年 7 月版，1933 年 3 月国难后 1 版。

该书包括两个剧本：《齐德拉》（瞿世英译）与《邮局》（邓演存译）。卷首有郑振铎的《序》，《齐德拉》之篇首有《原序》，卷末无跋。《序》兹录如下：

《齐德拉》和《邮局》是太戈尔（R. Tagore）的戏曲里已译为英文的两本。太戈尔在少年的时候，即已动手写他的剧本。他的本乡的人立刻便认识了他的作剧的天才，到处都演奏着他的戏曲。太戈尔的一本传记上说，他的剧本，直至现在印度各地还有人常常演奏着。《齐德拉》曾在北京演奏，据一个朋友说，结果是非常完美；《邮局》也曾在英国演奏过，据夏芝（W. B. Yeats）说，它的结构在舞台显得非常周密。实在的，他作剧时，不仅把内容上注满了他的哲理，在形式上且十分完整，无一不可演奏之剧本。

洛依（B. K. Roy）在《太戈尔与其诗》里说太戈尔的戏曲与诗剧（Poetic Drama）共有下面十种：

Raja.

Raja O Rani.

Dakghar.

Chitra.

Malini.

Bisharjan.

Sharodotshab.

Balmiki. Prativa.

Bidays Abhishap.

Gorai Galad.

太戈尔的已英译的剧本，据我所知道的，则有下列几种：

1. 《春之循环》（The Cycle of Spring）

2. 《齐德拉》（Chitra）

3. 《邮局》（Post Office）

4. 《隐士》（Sanyasi）

5. 《马里尼》（Malini）

6. 《牺牲》（Sacrifice）

7. 《国王与王后》（The King & the Queen）

《春之循环》《邮局》《齐德拉》三个剧本，都是单行的，自《隐士》以下的四个剧本，则集合为《牺牲及其他》一书。《春之循环》曾由瞿世英君译为中文，为《文学研究会丛书》之一。现在这个戏曲集则合《邮局》及《齐德拉》印成一书，作为《太戈尔戏曲第一集》，其第二集则将译印《马里尼》与《牺牲》二剧。至于《隐士》及《国王与王后》二剧，则中文里已经有过译本了。

关于《齐德拉》与《邮局》，我本想在此说几句话，但因时间太少，只得止于此。好在太戈尔的剧本，意思都是明显的，在文字里也自有一种力量，能够使人感到它们的美丽与其他一切好处，似乎无再加以说明与赞赏的必要。

郑振铎十二年八月七日

《原序》兹录如下：

这篇抒情剧是二十五年前写的。他的根据，是麻哈勃哈拉太（Mahabharata）的故事。

阿儒纳因为实行他悔罪的宣誓，半路上走到门立堡。在那里预（遇）见了国王齐德拉佛哈纳（Chitravahana）的美丽的女儿齐德拉格达（Chitrangada），为她的魔力所吸，竟向国王要求同他的女儿结婚。齐德拉佛哈纳问他是谁，知道他是本达拉的阿儒纳，于是告诉他门立堡皇室的一位祖先布拉本耶拉久已无子，因求子而刻苦修行。神鉴其诚，于是西伐神给他这种赉赐，许他每代必有一子。真正的以后每代必有一子。到了他，齐德拉佛哈纳，却是第一次只有一个女儿齐德拉格达去绵延宗嗣。所以他待她如子，并且以她为嗣。国王更接着说道：她生的一个儿子必要算继续我的宗嗣的。此子即为我对于这件婚事的要求，你如愿意认可这个条件便可娶她。

阿儒纳答应了，娶齐德拉格达为妻，住在她父亲的京城里三年之久。生了一子之后，很亲爱的（地）拥抱着他，辞别她和她的父亲又去游历去了。

《原序》之后有《译者附志》，兹录如下：

神：麻达纳（爱之神）Madana（Eros）
伐孙太（时令之神）Vasanta（Lycoris）
人：齐德拉　门立堡王之女。
阿儒纳　古奴族（Kurus）的皇子。在武士阶级，此时正退隐森林中为隐士。

门立堡远方的几个村夫。

（这是一出独幕剧，在印度演过；后来又翻成英文的。）

《天鹅》

《天鹅》，《文学研究会丛书》之一（无编号）。商务印书馆出版，初版不详。1932年11月国难后1版，1935年5月国难后3版，1939年6月国难后4版，笔者均未见。根据北京海豚出版社2014年6月版叙录。

该书收录童话有《柯伊》《竹公子》《八十一王子》《米袋王》《彭仁的口笛》《牧师和他的书记》《聪明之审判官》《兔子的故事》《光明》《驴子》《狮王》《花架之下》《金河王》《魔镜》《怪戒子》《兄妹》《熊与鹿》《白雪女郎》《海水为什么有盐》《自私的巨人》《安乐王子》《少年皇帝》《驴子与夜莺》《天鹅，梭鱼与螃蟹》《箱子》《独立之叶子》《锁钥》《平等》《芳名》《飞翼》《缝针》《天鹅》《一个母亲的故事》《伊索先生》，凡34篇。该书为郑振铎和高君箴夫妇多年来翻译和创作的童话集，其中包括了许多外国童话名篇，也有部分根据中国古代传说故事改编而来。每一个故事都活泼有趣，情节新奇曲折，加上郑振铎、高君箴夫妇优美的文笔，值得阅读。

该书有两篇序言，《序一》为郑振铎撰写，《序二》为叶圣陶撰写。《序二》从略。《序一》兹录如下：

这是我们二人所辑的童话集；我们二年来所编所译的童话大约都在这里了。他们的原料，都是从英文的各种书本里翻译而来的，不过有的是"翻译"的，有的"重述"的。我们以为"童话"为求于儿童的易于阅读计，不妨用"重述"的方法来移植世界重要的作品到我们中国来，所以本书中对于日本、北欧、英国，以及其他各地的传说、神话，以及寓言，都是用这个方法。至于如安徒生、梭罗古勃诸人的作品，具有不朽的文学的趣味的，则亦采用"翻译"的方法。

我们对于"童话"的兴趣都很高，但在现在的工作环境里，创作的欲望是任怎样也引不起，所以只好向译述这条路走去。这是我们现在所能贡献给中国的最可爱最有望的第二代的了。将来，如有向"创作"这路走去的可能时，也许可以更供献给他们以我们自己的东西。

童话的书，图画是不可省略的，本书所有的图画，大部分是我们的朋友许敦谷君的制作，其他一小部分是别的几个朋友的，另一小部分则系复制原书所附的图画的。

又本书不过是给可爱的儿童们看的，所以文字力求其浅近，自知不足以供有文学嗜好的大人们的阅看。至如教师们欲采取一部或全部做教材，那也是我们所喜欢的。

郑振铎十三年十一月二十六日

《天鹅歌剧》

《天鹅歌剧》，《文学研究会丛书》之一（无编号）。商务印书馆民国十七年（1928）十月初版。作歌者为赵景深，作曲者为邱文藻。发行者为商务印书馆，印刷所为商务印书馆（上海北河南路北首宝山路），总发行所为商务印书馆（上海棋盘街中市），分售处为各地商务印书分馆。全一册，84页，每册定价大洋肆角伍分（外埠酌加运费汇费）。此外还有1932年10月国难后1版。

该书为六幕歌剧，五线谱，附钢琴伴奏谱。

卷首有赵景深的《题卷端》，卷末无跋。《题卷端》兹录如下：

这本《天鹅》的歌词虽是我作的，它之能出版，实在靠着许多朋友的帮助。原稿曾屡经修改，又经友人何呈铄先生删改数次，方才发表于《小说月报》"安徒生号"。（如今何先生已经逝世，此书他却已不及见了，唉！）后来又蒙邱文藻、费锡胤两先生各为谱曲，并蒙上海尚公小学、无锡三师附小、慈溪普迪学校、绍兴五中附小，……等处试演，方才编成现在这样的一本；但只是油印，不曾正式刊行。后因自《天鹅》歌词刊出后，陕西、云南、浙江、江苏……等省的小学校索阅歌谱者日必数起，我想一定还有许多学校需要这剧本而苦于不得歌谱，便交给文学研究会正式铅印了出来。——这便是此剧出版的来历。

关于此剧的歌词，有人说是过于高深，表演时恐观众难于了解；又有人说是过于悲哀，排演时恐于儿童不甚相宜。我觉得这是不可避免的责难，欲求艺术较好，只好对于观众程度这方面稍不顾及。况且，倘表演此剧时，能另将歌词油印（不印曲谱），发给观众，则词句高深的困难可免；再，此剧虽"思兄"一幕较为悲哀，结果却依旧"欢聚"，所以仍只能算作喜剧，不能算作悲剧。大约高级小学和初级中学一年级表演此剧为更适宜一点罢？

关于此剧的曲谱，我是外行，但据一般人说，邱先生对于作曲法看了许多理论书，是很有研究的。费锡胤先生的曲谱本拟印在一起，为了气韵的不同，现在预备另外出一本。

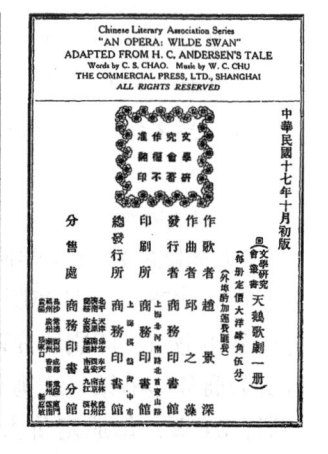

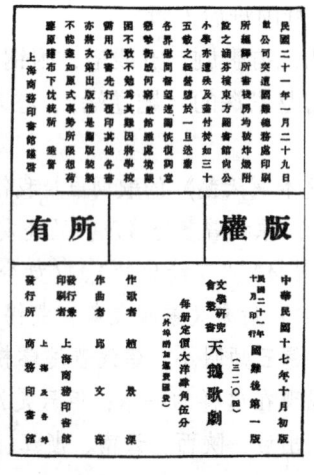

此剧现已正式刊布，仍恐有不妥处，务请读者演者诸君详细指教。这是我诚恳的希望，并非序中应有的具文。

临了，谢谢丰子恺先生替我校阅，钱君匋先生替我绘封面，郑振铎、徐调孚两先生替我设法出版。

一九二五，一〇，二八，赵景深

《晚祷》

《晚祷》，《文学研究会丛书》之一（无编号）。商务印书馆民国十三年（1924）十二月初版、民国十六年（1927）六月再版。著者梁宗岱。发行者为商务印书馆，印刷所为商务印书馆（上海北河南路北首宝山路），总发行所为商务印书馆（上海棋盘街中市），分售处为各地商务印书分馆。全一册，63页，每册定价大洋贰角（外埠酌加运费汇费）。此外还有1939年版。

该书为新诗集，收入诗作《失望》《夜枭》《泪歌》《晚风》《途遇》《秋痕》《散后》《归梦》《晨雀》《晚祷》《晚祷（二）》《暮》《白莲》《星空》《夜露》《苦水》《光流》《晚情》《陌生的游客》，凡十九首。扉页题"献呈先母之灵"。

卷首无序，卷末有《代跋》，兹录如下：

> Les roses meurent, chaque et toutes…
> Je ne dis rien, et tu m'écoutes
> Sous tes immobiles cheveux.
>
> L'amour est lourd-Mon âme est lasse…
> Quelle est done, Chère, sur nous deus
> Cette aile en silence qui passe?

此诗为阿尔柏·沙芒所作，原刊未译，后来诗人绿原汉译（见《晚祷》湖南文艺出版社1986年版）。译文如下：

> 玫瑰凋零了，一朵朵和每一朵……
> 我什么都不说，你倾听着我
> 在你静止的额发之下。

爱情是累人的——我的心完了……
那么，亲爱的，从我俩头上
悄悄飞过的那张翅膀是什么呢？

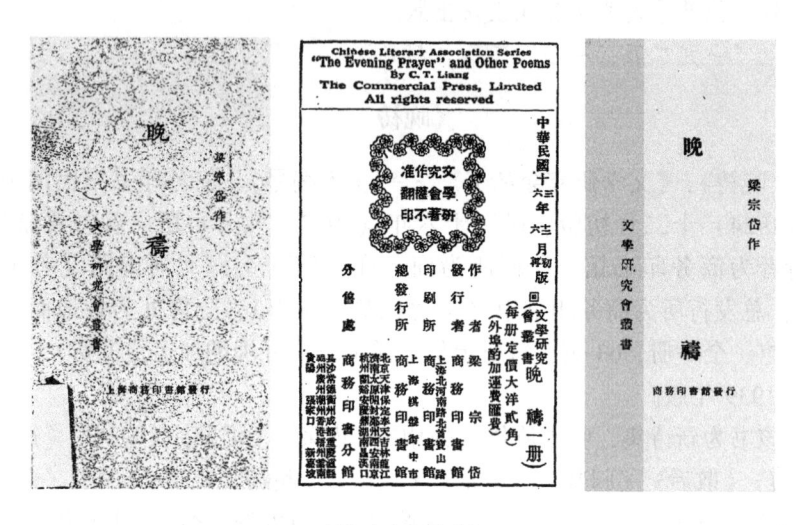

《为幸福而歌》

《为幸福而歌》，《文学研究会丛书》之一（无编号）。上海商务印书馆民国十五年（1926）十一月初版，民国二十年（1931）六月再版。著者为李金发，发行者为商务印书馆，印刷所为商务印书馆（上海北河南路北首宝山路），总发行所为商务印书馆（上海棋盘街中市），分售处为各地商务印书分馆。全一册，296 页。初版本，每册定价大洋壹元；再版本，每册定价大洋壹元三角（外埠酌加运费汇费）。

该书为李金发的新诗集，内收《初心》《Promenade》《心期》《燕羽剪断春愁》《Elan》《絮语》《诗神》《吾生爱》《讴歌》《Tristesse》《美人》《高原夜语》《松下》《红鞋人》《吟兴》《叮咛》《墙角里》《前后》《晚上》《草地的风上》《给 Z. W. P.》《问答》《Ballade》《柏林 Tiegarten》《日光》《Paroles》《韦廉故园之雨后》《恸哭之因》《如娇嗔是温柔》《在生命的摇篮里》《戏与魏仑谈》《盛夏》《Idée》《海浴》《远地的歌》《Am Meer》《夜归凭栏二首》《预言》《人说江之南北》《冲突》《吁我把她杀了》《Hasard》《海潮》《凉夜如》《有感》《心为宿怨》《耳儿》《一瞥间的灵感》《我一天遇见生命》《彼之 Unité》《夜之来》《小诗》《à Gerty》《冬》《Fontenay-aux-Roses》《多少疾苦的呻吟》《死》《即去年在日耳曼尼》《呵你是秘鲁的美人》《初夜》《胡为乎》《上帝—肉体》

一 文学研究会"文学丛书"叙录　123

《风》《雨》《记取我们简单的故事》《听，时间驰车过了》《将来初春的女郎》《黎明时所有》《我的轮回》《给一九二三年最后一日》《狂歌》《一无所有》《Mal-aimé》《投赠》《在我诗句以外》《生之炎火》《举世全是诱惑》《枕边》《秋老》《呼唤》《灰色的明哲》《明星出现之歌》《断送》《我舟儿流着》《星儿在右边》《你白色的人》《Salutation》《刚才谄笑的人儿》《在天的星儿全熄了》《足音》《我们风热的老母》《你少妇》《故乡的梁下》《旧识》《偶然的 Home-sick》《Vilaine 的孩子》《春》《重见小乡村》《我爱这残照的无力》《自然是全部疲乏了》《我欲到人群中》《乐土之人们》《我想到你》《园中》《Ma Chanson》《无题》《调寄海西头》《香水》《我对你的态度》《自然》《杂感》。

卷首有作者撰写的《弁言》，兹录如下：

　　从前在柏林时曾将诗稿集成两册，交给周作人先生处去出版，因为印刷的耽搁，至今既两年尚没有印好，故所有诗兴都因之打销（消）！后除作本集稿子外，简直一年来没动笔作诗，真是心灵的一个大劫。
　　这集多半是情诗，及个人牢骚之言情诗的"卿卿我我"，或有许多阅者看得不耐烦，但这种公开的谈心，或能补救中国人两性间的冷淡；至于个人的牢骚，谅阅者必许我以权利的。
　　金发志于上海，一九二五年十月

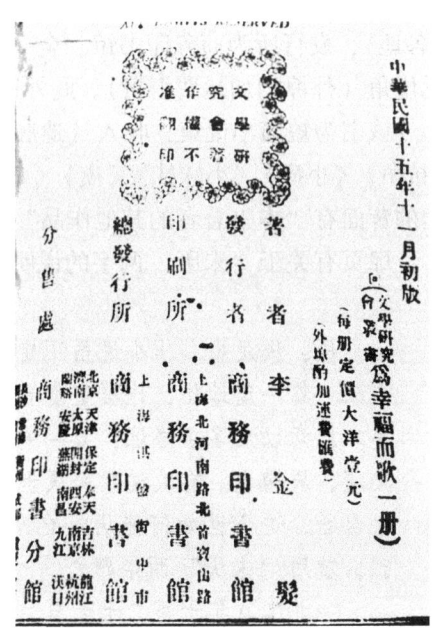

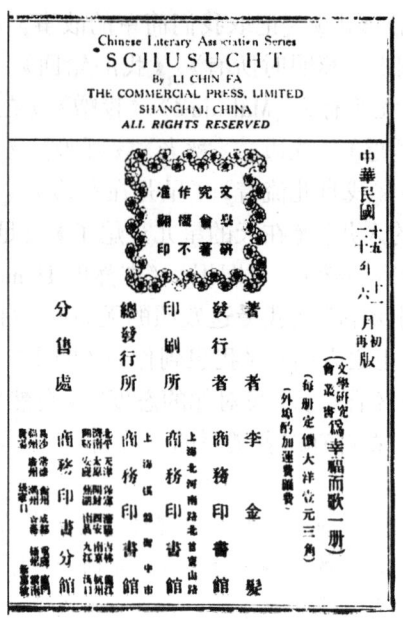

《未厌集》

《未厌集》,《文学研究会丛书》之一(无编号)。商务印书馆民国十八年(1929)六月初版(第二版上所印初版时间有误),民国三十六年(1947)二月印行第二版。著者为叶绍钧。发行兼印刷者为商务印书馆(各地),发行所为商务印书馆。全一册,172页,再版本每册定价大洋叁元伍角(外埠酌加运费汇费)。此外还有1933年3月国难后第一版。

该书为短篇小说集,收入《遗腹子》《夏夜》《苦辛》《一包东西》《抗争》《小病》《小妹妹》《夜》《赤着的脚》《某城纪事》,凡十篇。封面的背面有"本书著者的其他作品"的书目。

扉页有关于"未厌"两字的说明,兹录如下:

> 厌,厌足也。作小说虽不定是甚胜甚盛的事,也总得像个样儿。自家一篇一篇地作,作罢重复看过,往往不作像个样儿。因此未能厌足。愿意以后多多修炼,万一有教自家尝味到厌足的喜悦的时候吧。又厌,厌憎也。有人说我是厌世家,自家检察过后,似乎尚未。不欲去自杀,这个世如何能厌?自家是作如是想的。几篇小说集拢来付刊,就用"未厌"两字题之。
>
> 一九二八年十月二十六日,作者识

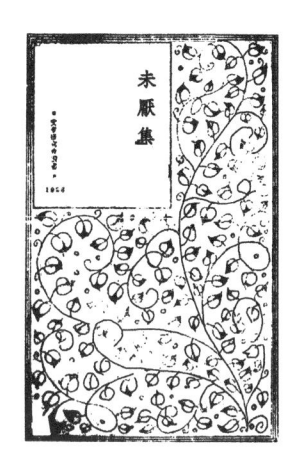

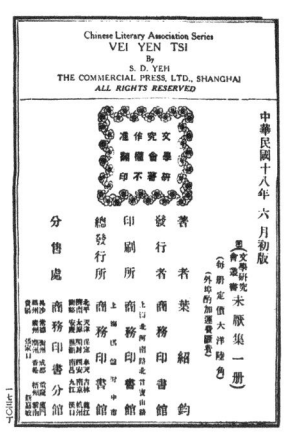

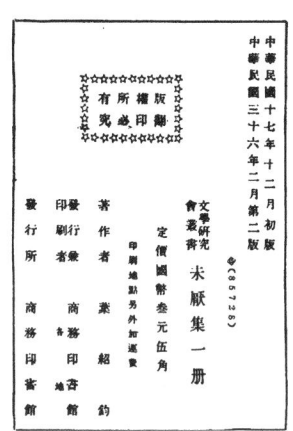

一 文学研究会"文学丛书"叙录　125

《文坛逸话》

《文坛逸话》,《文学研究会丛书》之一（无编号）。商务印书馆民国十七年（1928）十月初版（笔者未见），民国二十一年（1932）九月印行国难后第一版。编者为宏徒。发行兼印刷者为商务印书馆（上海河南路），发行所为商务印书馆（上海及各埠）。全一册，82页，每册定价大洋肆角（外埠酌加运费汇费）。

该书为介绍著名作家生活逸事的短文，收入《史特林堡与妇人》《文豪所得的稿费》《马克吐温的领带》《阿那托尔法郎士不受人拍》《龚枯儿兄弟》《托尔斯泰与二十八》《小儿的啼声》《普希金的决斗》《死刑台上的杜思退益夫斯基》《暴虐狂与受虐狂》《兰姆姊弟的苦运》《诗人雪莱》《迭更斯唱莲花落》《金丸药与纸丸药》《勃兰特》《鲍特莱尔的奇癖》《屠格涅夫轶事》《痛骂男女关系者》《十返舍一九之滑稽》《南方熊楠这人》《华盛顿欧文的家》《诗人与小鸟》《巴尔札克的收入计划》《巴尔札克的想像力》《歌德的晚年》《勃莱克的幼年》《拜伦的幼年》，凡二十七篇。

卷首有《代序》，卷末无跋。《代序》兹录如下：

"头陀生来愚拙，不惯谈龙谈虎，只得说猫说狗。"洒家宏徒是也。蓬莱数载，访仙未遇；泛桴回来，走头（投）无路，久已皈依我佛，却还贪恋酒、肉、声、色。有时野性发作，便也东涂西抹，胡诌几句，送去杂志补白；换得银钱，好买咖啡、卷烟、花生米……今日天气晴和，不免模仿东土亚美利加洲辛克勒亚上人，学他把火油抱在胸前，站立闹市贬（贩）卖——这个主意不错，行行走走，不觉已来到了十字街头，待我把书摆开来，叫喊几声则个——

"过路的客官们，快来快来！……"

"什么？说怕这书里所记的不是真实的，不肯买么！"

"既然不肯买，就奉送一册看看也罢！"

"什么？说，正埋头于什么性教育之类的研究，就送一册也不愿意看么？"

"……"

《文艺思潮论》

《文艺思潮论》，《文学研究会丛书》之一（无编号）。商务印书馆民国十三年（1924）十二月初版、民国二十年（1931）四月三版。著者为日本厨川白村，译者为樊从予。发行者为商务印书馆，印刷所为商务印书馆（上海北河南路北首宝山路），总发行所为商务印书馆（上海棋盘街中市），分售处为各地商务印书分馆。全一册，131页，每册定价大洋叁角伍分（外埠酌加运费汇费）。此外还有1927年3月再版。

该书为文艺思潮著作，论述文艺思潮的起源、发展及现时代的新兴文艺思潮，对各代著名作家的典型作品进行评介并谈及文艺思潮与宗教的关系，详目依次为：第一，序论：文艺之组织的研究——研究与鉴赏——罗斯金——文艺思潮之历史的解释——欧洲之二大思潮——灵与肉、神性与兽性——拜伦的《曼弗来特》——丹尼孙——杜思退益甫斯基的《罪与罚》——基督教思潮与异教思潮——希腊思想——二大思潮之比较对照。第二，古代思潮史之回顾：一、肉之帝国：希腊文明——影响直及现在的希腊思潮——思潮的源泉——罗马帝国末期的颓废——帝王之暴虐——尼罗皇——美的生活。二、灵的曙光：伯利恒的星——基督教——《般思死了》——密尔顿的《基督降诞歌》——白朗吟夫人的《已死的般恩》——历山府时代——背教者求利安——易卜生的《皇帝与加利利人》——梅伦奇可夫斯基的《群神死灭》——金斯来的《哈伊波霞》——当时的哲学——新柏拉图派的思想——普罗狄那斯的哲学——希勒尔的《世界的四期》。第三，中世思潮史之回顾：战国时代与遁世主义——宗教的禁欲主义——肉体的残虐——圣法兰西斯上人——智识的禁压——中世哲学——潜隐着的异教思潮之势力——中世传说《浮士德》——艺术的要求——海纳的《被谪的神们》——加米那勃拉那——彼得的学说。第四，近世思潮史之回顾：一、近代思想的黎明期：近代思想的源泉——古学复兴——异教思潮之复活——人间本位思想——新文学之勃兴——肉体之美与造形艺术——各国之绘画雕刻——文艺复兴之年代与其历史的意义——《蒙那梵那》。二、近世史的波兰：思想史上的波兰——二大思潮的混淆时代——十七八世纪之思想界（第一）宗教改革——（第二）主智的倾向——狂热的反动——智识万能主义——培根与笛卡尔的哲学——启蒙运动——循俗主义——（第三）古典主义的文学——古典之研究与其崇拜——艺术上的法则——文字之雕琢——法国路易十四王朝的文学——英国之古典派文学——形式模仿与似是而非的古典主义——康德的哲学——卢骚的思想——浪漫主义——自然派时代——近世史上基督教思潮与异教思潮之混合及消长——二十世纪的现代思潮——基督教思想所受的二大打击——（参考）二大势力的冲突——怀疑思想对神秘思想。第五，希腊思潮之胜利：一、灵肉合一观：罗勃生的希腊思想论——灵肉合一观——欧洲最近之反物质主义——象征主义——肉之赞美者惠特曼——肉的要求与灵的要求——千八百八十九年。二、聪明的智力：明敏的理智——安诺耳之所言——萧伯纳、安诺耳、法朗士——严正与明晰——希腊艺术之特色——古典主义——尼采的悲剧发生论——希腊人的运命观——消极与努力——人生全面的观察。三、现在生活的享乐：今人的现世主义——享乐现在——高尔蒙——现代的宗教——倭铿的宗教观——建筑上的峨特式与文艺复兴式——罗斯金之言——希腊人的现世思想——人间本位——神的思想——维那斯——尼采之美的个人主义——他的超人说——萧伯纳的人与超人——神与超人——高尔蒙之言——希腊安泰阿斯——自我的解放——个人主义——希腊人的神——圣经——普罗梅西斯与约伯的比较——政治上的自由——白莱斯与自己崇拜——他的作品。四、美的宗教：肉感美的崇拜——美与善之一致——与希伯来思想的比较——肉体的美——男性美——陆亭——彼得——王尔德——邓南遮——波爱耳、鲁伊——巴克斯脱的艺术——参考书。第六，Epilogue，现代文学的新潮：现代的艺术思潮——生活之爱慕与享乐——humanist——最近的法兰西文学——时代已过的丕爱鲁、罗帝——新倾向——怀疑厌生的旧思想——实行的努力——人生之实际的方面与文艺的接触——新倾向的代表作——家族主义——自我主义与共存主义——归于祖先的信念——"人生派"的文艺——克劳特尔的绝叫——他的诗风——这派的各作家——罗曼罗兰的《齐克利斯多弗》——加特力教的复活——希腊战士的生活。

无序跋。"序论"摘录如下：

> 我在想到华美优秀而贵重的艺术品时，总不敢加以味如嚼蜡般的干燥的议论。至于深入理路的主义论和难以言说的人生观，则暂待后来。兹所述者，单是艺术品之有强大的感动力和令人心醉的美的。至若如血气全无的科学家般，锢闭于实验室中，把美花和宝石，毫不踌躇地都贴以学名的签条，而加以分类那样的事，我总当竭力避免。
>
> 但是文艺的研究，在今日已俨然成为一种学科。惟既成为学问，那末（么）当然如近世一切的智识一般，要有系统的组织的体制，必非单说这作品有味，那作品美妙等不着边际的话所能了事。并且如向来许多的文学史和美术史般，徒将著名的作品及作家，依着年代的顺序，胪列叙述，这也是不能满足的。但是，虽不能执着于如德国某派学者所做那烦琐无味的诗文研究法，不过在某程度上，使用解剖的刀，黏（粘）贴分类的签条，这却也是研究者不可避免的必然的路呢。
>
> 研究与享乐，或论议与鉴赏，这二种事物，不是所谓不相和合的么？但我却不作如是想。不，并且反以为二者可以合而为一。若以可以研究批评的精确的智识为基础，则其鉴赏必亦可能：这事我年来益加确信了。因是（按：不是"因为"），我所採（采）的方法，如罗

斯金（Ruskin）一代的名著《近代画家论》(*Modern Painters*)所用般，富于诗情与趣味，且整然有序，论理正确，一丝不乱的研究方法——即理趣与情景相对待（按：原文为"相对待"）的方法，实为初学者研究文艺的不二法门：这事现在我更相信了。我对于艺术，到处都付以精致严密的研究，而不以为是希勒所谓：

  Auf deinen Lippen selbst erkaltet
  Der Liebe Kuss, und in der Freude Schwung
  Ergreift dich die Versteinerung.
  —Schiller, *Poesie des Lebens.*

"在你的唇上，恋爱的接吻也是冷的，在最喜欢的时候，你就变为化石了。"

  ——希勒《人生之诗》

那种枯淡而学究的态度。

讲到西洋文艺之系统的研究，则其第一步，当先说明近世一切文艺所要求的历史的发展，即奔流于文艺根底的思潮，其源系来自何处，到了今日经过了怎样的变迁，现代文艺的主潮当加以怎样的历史的解释。关于这点，我想竭力的加以首尾一贯的，综合的说明：这便是本书的目的。

凡翻欧洲的文明史者，一定会觉得在其根底，显然有以人间的本性为基础的两种相异的潮流。这两种色调显然不同的潮流，一盛一衰，一胜一败，循环往复的争斗着的历史，使人惹起极强的注意。这就是历史家所谓人性之异教的基督教的二元论，英文曰 the Pagano-Christian dualisin of our human nature 而我议论的出发点，也就在此。

从前埃及人尝雕刻种种奇异怪状的神体，如头为犬猫及猿鳄之状，而身为人形。其中如女头狮身的 sphinx，就是最著名的。此后希腊人也同样的造出半人半兽的 Pan 及 Centaur 等。这果是表示什么，含什么意思呢？一般考古学者烦琐的学说，兹暂置不论。原来这种半人半兽的像，在古代人的心胸（按：原文为"心胸"），早就预示着灵肉的斗争，对神性与兽性的不调和问题等，有一种幼稚而原始的解决方法。我想这话，当不至有所牵强附会吧。

灵与肉，圣明的神性与丑暗的兽性，精神生活与肉体生活，内的自己与外的自己，基于道德的社会生活与重自然本能的个人生活，这二者间的不调和，人类自有思索的事以来，便是苦恼烦闷的原因。焦心苦虑要求怎样才能得灵肉的调和，此盖为人类一般的本性，而亦是伏于今日人文发达史的根底的大问题。

拜伦（Byron）的悲曲（按：原文是"悲曲"）《曼弗来特》（*Manfred*）中的主人公，独自一个立在权克弗老（Jungfrau）的峰上如下的呼道：

How beautiful is all this visible world

How glorious is its action and itself!

But we, who name ourselves its sovereigns, we,

Half dust, half deity, alike unfit

To sink or soar, with our mix'd essence make

A conflict of its elements, and breathe

The breath of degradation and of pride,

Contending with low wants andlofty will.

"美哉这个可以目睹的世界。他的活动，和活动的自身是多么光荣。可是我们自称为其主权者的人类，半是尘俗半属神圣，殊不能低沉和上升。兽性与神性二者合成的我们的本性，因这两种要素互争着，一是卑下的，而一是夸大的，为低的欲求与高的意志之互争。"

——《曼弗来特》第一幕第二场

又如丹尼孙（Tennyson）十二篇的《国王的牧歌》（*Idylls of the King*）中所表现的思想，一言以蔽之，就是王想于地上建设的理想王国，以及因王妃不正当的爱恋而生的肉的沾污（按：原文为"沾污"）的灵肉之争为中心的事。现在试更以完全不相同的文学为例而言之，则如杜思退益甫斯基（Dostoievsky）的《罪与罚》般的深刻的心理描写，则在人间肉的方面，殊可以个人主义的自我狂的 Raskolnikov 为其代表；至在神圣的灵的生活方面，则可以卑贱为娼而有高尚的心的女子 Sonia 为其代表，这书就是描写这二元的争的（按：原文如此）。但后来，前者却为后的 Sonia 所感化，而入于灵肉一致的生活，这就是现代俄国大作家和那诗人相异的地方。

由这两种能力的冲突，于是遂生人生一切的悲剧。理想与现实，个人与社会，理性与感情，智识与信仰——还有肉与灵，在这些东西的冲突分裂上，便发生人生最惨澹（按：原文为"惨澹"）的悲剧。而人生的真意，便就在这悲剧当中。

这个灵肉斗争问题，在欧洲则为重灵的基督教思想与贵肉的异教思想（Paganism）之争，也即是冷酷的，精神的，思索的之北欧思潮，与热烈的，肉欲的，本能的之南欧思潮的两相对峙。至在日本则在《古事记》中所表示自神话时代以来日人固有的思想，就其现世肉的一点，正可比之欧洲的异教思潮，至后来所输入的儒佛二教的思潮，却正与基督教思潮的地位相当。

至那反对基督教的思想——异教思潮的渊源，则与一切的欧洲文明相同，俱系来自希腊。故与希伯来主义（Hebrewism）相对，也可名曰希腊主义（Hellenism）或与基督相而称曰酒神，及欢乐之神的 Dionysus 崇拜。

关于这二大思潮的特色，其稍详的说明，则暂置至以后论异教思潮时再述。现在不过将两方加以对照，举其最相异的地方罢（吧）了。

古时在希腊 Delphi 的 Apollo 神殿上写着一句著名的言辞是：

尔当自知

与这话相对的，在基督教的圣经上有：

"敬畏耶和华就是智识的根本；能明白圣者就是聪明。"

——《箴言》第九章十节

一为希腊哲学之祖泰来斯（Thales）所遗传之语，一为所罗门王（Solomon）留遗于今日之教。故细想起来，异教思潮与基督教思潮的根本的差异，殊可以此简单的二语尽之。那所谓"尔当自知"的，就无异以自觉呀，觉醒呀，催促人们；故为自我中心的思想（ego-centricism）为自由主义的思想。与此相反，即所谓敬畏耶和华的教言，则就是尊敬天神，强人以绝对的服从于其权威之前的教权主义。因是，前者完全是人间本位（human）的现世主义，而后者为想望未来，述说天国的神本位（divine）的思想。

兹更就他方面言之，与基督教羡慕天国，幻想憧憬，重灵的相对者，则有希腊思想。这主张执着于地上的现实谋肉（按：原文为"谋肉"）的解放，先求自我的满足与个人生活的充实；不如基督教的言说利他主义，故谓之颂赞平和，宁说是歌咏战争而叹美（按：原文为"叹美"）英雄，即希腊人所信仰的是不超于自然，而为重人类本能的自然主义。由是，希腊思潮多肉欲的分子，基督思潮者则贵禁欲生活之美。一方为欧洲人艺术的意识之代表，而他方则为宗教的道德的意识之中心；这也是当然的趋势。

最后，从思索的倾向而言，则希腊方面为智的，客观的。故长于自然之精致的观察，欧罗巴近世的科学精神，智识欲求之渊源，实以此为其主要的原因；至于基督教思想方面，则适相反对，以主观的倾向为主，而富于想像（想象）及感情：这便是其巨大的不同之所在。

兹将上述的综括起来列对照表如下：

基督教思潮（希伯来思想）

灵的，禁欲的…………………肉的，本能的

要知道神………………………尔当自知

绝对的服从……………………个人的自觉

教权主义………………………自由主义

天国，神本位…………………现世，人间本位

利他主义………………………自我的满足

超自然主义……………………自然主义

宗教的道德的…………………智识的艺术的

信仰的独断的…………………科学的实验的

主观的倾向……………………客观的倾向

异教思潮（希腊思想）

这样色彩完全不同的二大思潮，到了现在成为欧洲文明光华的历史，他（它）的经过到底是怎样呢？这事我当于下数章摘要述之。

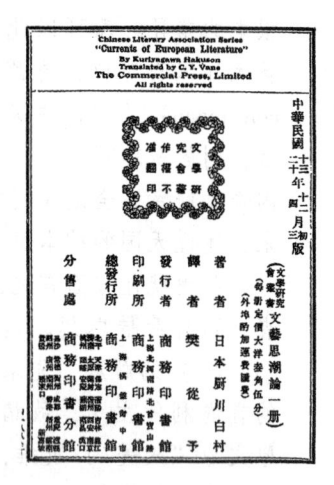

《我的生涯》

《我的生涯》，李藻译，《文学研究会丛书》之一（无编号）。上海商务印书馆民国十四年（1925）十一月印行初版，民国廿一年（1932）十一月印行国难后第一版。述者为俄国农妇，编者为俄国 L. Tolstoy（列夫·托尔斯泰）。发行者兼印刷者为商务印书馆，发行所为上海及各埠商

一 文学研究会"文学丛书"叙录　133

务印书馆。全一册，129页。每册定价大洋肆角伍分（外埠酌加运费汇费）。此外1926年12月再版本。

该书封面题书名"我的生涯"，还题"一个俄国农妇自述"，还题"托尔斯泰编定""李藻译"。全书凡三十四节，有节目。依次为：一、阿妮沙对于米卡义禄之失爱的爱。家人使其嫁达尼鲁。达尼鲁的养母高斯丽喀向阿妮沙的父母求婚。二、翌日米卡义禄与阿妮沙之会谈。晚上高斯丽喀送来定礼给阿妮沙。不好的接待，高氏告知阿妮沙的父母。初次会亲。三、十五天后，在阿妮沙父母家里之家族的喜庆筵。阿妮沙之饮泣。四、翌日行结婚礼。喜童去迎新娘。引新郎来。进教堂。"司瓦喀"。五、拜访神父。进新家庭。新夫妇同食。起床。束装。新家庭中炉炕上买位置。喜餐。三天的热闹。六、夫妇的生活。婆婆高斯丽喀的性格。高氏引诱阿妮沙以情夫待其弟。阿妮沙之拒绝。七、高斯丽喀之威吓，诬阿妮沙有一情夫：马梯·巴斯基力。阿妮沙与达尼鲁之解谈。八、阿妮沙结婚后四年，怀孕。受不住再和高斯丽喀过普通的生活。达尼鲁和她决意到邻居巴斯力·拉乌毛文基家过活。分家。九、拉乌毛文基和鲁淑嘉家中的生活。初次的苦痛（生子）。十、达尼鲁空费力找不到一个收生妇。鲁淑嘉代之。达尼鲁之喜。祝福。选认教父和教母。阿妮沙自养小儿的一天起爱其丈夫。十一、翌日阿格拉帅娜（哥路奇喀）的洗礼。洗礼之餐。礼仪。拉乌毛文基的请求，阿妮沙满三日便又作工。阿妮沙受冤苦。母恩。十二、高斯丽喀之谗言：使鲁淑嘉疑阿妮沙为拉乌毛文基之情妇。鲁淑嘉之嫉妒。十三、达尼鲁和阿妮沙离开拉乌毛文基老人家。分居。哥路奇喀之死。父母的难过。十四、达尼鲁和阿妮沙自己立家。困难。穷困的压迫。十五、大灾难。穷困。达尼鲁堕落，为坏少年所诱。做贼的商议。劝阻及阿妮沙的忧戚。十六、达尼鲁行窃后返家。十七、贼们从菲立宾家中偷牛，不幸全为村夫们所捕捉。达尼鲁逃免。阿妮沙的忧戚。十八、翌日警官捕捉昂德和达尼鲁。十九、达尼鲁入狱。他的妇人的探望。到一年头判罪放流西伯利亚。生女。阿妮沙决意伴达尼鲁行。她和孩子们同入狱。二十、起程赴莫斯科。到。监狱里过活。达智喀病。使其进医院。医生之欺骗。二十一、医院中达智喀之死。管理妇之残忍和欺骗。二十二、监狱中的管理。二十三、起程赴呢呢（nijninovgarod）。佛勒喀河中之船上旅行。到柏儿木。二十四、华尼阿和马嫚进柏儿木的医院。怪人。死人之床。二十五、柏儿木的起程。华尼阿掉下囚车来。二十六、到都门之前，达尼鲁重伤。达尼鲁进医院。二十七、达尼鲁之死，二十八、阿妮沙之失望。忧戚。阿妮沙受都门医院管理员的妇人欺骗，如同在莫斯科的医院中受管理妇的欺骗。二十九、阿妮沙请求还乡。监狱里管理员伊凡·昂德维治之恩情。送阿妮沙与其妇娜大利·塞格闰拉同住。三十、娜大利收留下阿妮沙和其儿女。三十一、富商想要阿妮沙的一个儿子去承继。阿妮沙之迟疑。默想以王司卡给人。但最后,却不能让与人。三十二、回家乡的起程。到乌康司格。住医院。阿妮沙在一驿站上被窃。三十三、由佛勒喀和呢呢返至莫斯科。到都拿及其家。阿妮沙过寡妇的生活。三十四、阿妮沙再嫁与看教堂的伊凡·米奇梯治。

卷首有译者《引言》以及《达娣阿娜·老几夫娜·苏考娣娜给厦尔莱沙罗门的信》。《引言》兹录如下:

此书由法国夏尔莱·沙罗门(Charles Salomon)君译为法文,于一九二三年十月出版。

沙罗门曾亲访托尔斯泰,托氏令其为此学习俄文之课本;沙氏以之译述,颇能活跃的写出著者原来之精神及原著之文情,延至去年,此译本始公刊于世。托氏死后,沙氏尚居俄国,日与托氏夫人苏菲·昂德维娜(Sophie Andréiévna)谈论托氏生平及其著作之根源,苏菲抄写《战争与和平》有多少次。在一八九三年托氏以此书示于其夫人,甚赏叹之,并述其来源。托氏老年,常一人散步于森林内,骑马游景,或洗浴河中,其情况可想。

托氏死后一年,沙罗门于一九一一年曾亲至托氏偕其婿米赛·赛该维亚(Michel Sergueovitch)及其女达娣阿娜·老凡夫娜·苏考娣娜(Tatiana Lvovna Soukhotina)出家后所死之地,高柴底(Kotchéty)得与主人们重叙其当年快事,而得补入此书中为俄政府所检查删去者。

此书过于机械式的叙述、纪事,无理想之可言,此层托氏在一八八五年也曾说及;他还说过:"此书不是为平民的,然为我们(有智识者)却甚好。"但当他于一九〇二年以两个"苏"(约合中国四十个制钱)在"包斯来泥克 Posrednik"通俗丛书中出版时,竟完全忘掉从前他所说的;此书不是为平民的。那时他只说这东西不是给孩子们的,并且写着:为成年以上者(Pourles adultes)。(此书第一次是在一杂志登出。)托氏为之取名《巴比亚·多力亚》(*Bobia Dolia*)即《村妇之命》(*Le Lot de la paysanne*),并毅然谓其非此书著者,亦未署其名于书面,以示自己怀抱之情感。

自义阿司莱阿·包李阿拿(Jasnaia Polian)有几百米尺远的高查

一　文学研究会"文学丛书"叙录　　135

集（Kotchaki）地方，有位妇人，名阿妮沙，因所遇之不幸，随其夫放流于西伯利亚，数年夫死，遂复返乡，于一八八二年又与其村中看教堂者结婚。许多俄国的乡下妇人传说，当此妇女口述其历史时，托氏夫人的姨达娣阿娜·昂德维治·考司曼司开夫人尽心悉听，遂笔录此伤心动情之苦史，而成一书，托氏热狂的评判其姊妹所示之记事，置于自己著作之上，以其真出自民间也。虽有俄人疑此书之来源，然彼等深悉托氏之为人，故或疑此书完全为一村妇之作，而复归功于托尔斯泰。

俄国平民因久屈于专制帝国与宗教的圣训威压之下故，遂为此书文理简单之大原因。巴黎《自由人报》评云：此种简单处或即俄国被压的平民之真艺术也。

托氏本曾亲授阿妮沙之事与沙罗门，然沙氏今为释疑之故，特写信给托氏女儿，询问当时此篇纪事经过之种种（复函见后），我们便可知阿妮沙的纪事在托氏著作上有何位置。我们更可见出俄土之大文豪，与其平民相交之深厚。

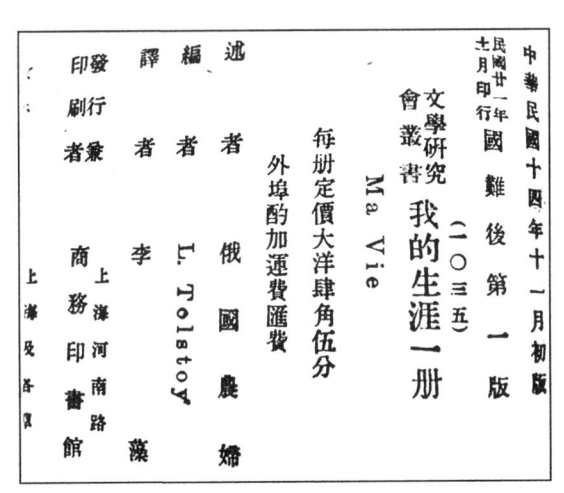

书中两个主要人：达尼鲁（Danilo）和阿妮沙（Anissia）都是大俄罗斯（俄国之一部）的乡下人。读此后，便见出男子不及女子所负责任之重；而女子为其心爱之丈夫儿女，牺牲的精神活现纸上。阿妮沙虽为一诚实之基督徒，然老年时，为自己享乐的关系，不能不再与人结婚以遂其终生。达尼鲁为穷困所迫，不能生活，因偷一牛竟被流放于西伯利亚，此等处足显出俄政府之暴虐，平民受其压抑，社会上缺乏正义，农奴制之遗害，监狱之黑暗，都历历从一不识字、不会写之阿妮沙口中，于不知不觉间叙出。这一部份（分）为俄政府所检查删削，使读者不无遗恨。

沙罗门谓：俄国平民从未逃出其奴隶的境遇，至今日所受压迫已达极点，此极点即"自由"兴起之时，觉醒的平民，最近的将来便可立见之。

法文本原有沙罗门《引言》一篇，大旨可见于此，译者对于沙氏《引言》中之意见，觉无全译中国文之必要，故略之。此为译者所当声明者。

至于译文，自不免错误，甚望读者指教。俾得更正。

译者志一九二四年三月。

《西洋小说发达史》

《西洋小说发达史》，《文学研究会丛书》之一（无编号）。商务印书馆民国十二年（1923）五月初版。编者为谢六逸。发行者为商务印书馆，印刷所为商务印书馆（上海北河南路北首宝山路），总发行所为商务印书馆（上海棋盘街中市），分售处为各地商务印书分馆。全一册，160页，每册定价大洋伍角（外埠酌加运费汇费）。此外还有1924年3月再版。

该书共八个部分，详目依次为：一、绪言。二、小说发达之经过。三、罗曼主义时代：甲.罗曼主义在法国；乙.罗曼主义在英国；丙.罗曼主义在德国；丁.罗曼主义在俄国；戊.罗曼主义在斯干底那维亚半岛；己.罗曼主义在南欧各国。四、自然主义时代（上）。五、自然主义时代（中）：甲.自然派之先驱。六、自然主义时代（下）：乙.自然主义在法国，丙.自然主义在德国，丁.自然主义在俄国，戊.自然主义在英美。七、自然主义以后：甲.新罗曼主义在法国，乙.新罗曼主义在俄国，丙.新罗曼主义在英国，丁.新罗曼主义在南欧。八、结论。

卷首有《编例》，卷末无跋。《编例》兹录如下：

一、这本小册子的目的，只在供给一点西洋小说演进的智识，所以不曾将历来的西洋小说家及其作品，叙述无遗。书中说及的，不过是各国小说界中比较重要的人物而已。

二、像本书题名的这类书籍，是没有专书可译的，此书编次，系照日人中村星湖氏讲义（原书不过万言）。内容注重各种文艺思潮的解释，书中所谓某种主义，并非各作家在当时自立门户，不过是批评家的客观的判断，但却便宜了叙述文艺思潮的人，乐得把许多情调相似的作家，归拢在一处，所以本书的叙述法，是以文艺思潮为经，各作家为纬。

三、文学上的译名，在现在还未统一，书中所有译名、译音，均取常触我们眼帘的，以便阅者。

四、小说史的编纂，在目前尚为创举，一人的力量，似乎不能把历来各家的传记，作品以及各时代批评家的著书，完全过目，所以书中述及各作家作品时，除编者曾经阅过的，比较上说得详细一点外，其余不过匆匆提及便罢，这层只有向阅者道歉。

一九二二年十二月一日编者志。

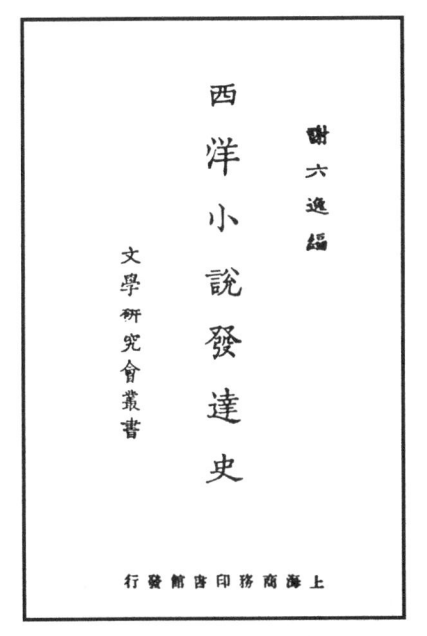

《夏天》

《夏天》，《文学研究会丛书》之一（无编号）。商务印书馆民国十四年（1925）一月初版、民国二十年（1931）七月再版。著者为朱湘。发行者为商务印书馆，印刷所为商务印书馆（上海北河南路北首宝山路），总发行所为商务印书馆（上海棋盘街中市），分售处为各地商务印书分馆。全一册，58 页，每册定价大洋贰角（外埠酌加运费汇费）。此外还有 1933 年 3 月国难后 1 版。

该书为朱湘的诗集，收入《死》《废园》《迟耕》《春》《小河》《黑夜纳凉》《小河》《忆西戍》《宁静的夏晚》《等了许久的春天》《北地早春雨霁》《寄一多基相》《回忆》《寄思潜》《笼鸟歌》《南归》《春鸟》《早晨》《雪》《我的心》《快乐》《鸟辞林》《覆舟人》《霁雪春阳颂》《爆竹》《鹅》，凡二十六首。

卷首有作者《自序》，兹录如下：

  朱湘优游的生活既终，奋斗的生活开始，乃检两年半来所作诗，选之，存可半数，得二十六首，印一小册子，命名《夏天》，取青春期已过，入了成人期的意思。我的诗，你们去罢！站得住自然的风雨，你们就生存；站不住，死了也罢。
  民国十三年九月十六日
  《春》中有几处是照闻君一多的指示改正的，附谢。

《现代诗论》

《现代诗论》，《文学研究会丛书》之一（无编号）。商务印书馆民国二十六年（1937）四月初版。著者为法国 P. 梵乐希等，译述者为曹葆华。发行人为王云五，印刷所为商务印书馆（上海河南路），发行所为商务印书馆（上海及各埠）。全一册，345 页，每册实价国币玖角（外埠酌加运费汇费）。

该书为诗歌理论和批评集，收入《诗》《论诗》《诗中的因袭与革命》《传统与个人才能》《诗的经验》《诗中的四种意义》《论纯诗》《纯诗》《前言》《诗中的象征主义》《批评的信条》《批评底功能》《实用批评》《批评中的实验》，凡十四篇。

卷首有译者《序》，卷末无跋。《序》兹录如下：

近十余年，西洋诗虽然没有特殊进展，在诗的理论方面，却可以说有了不少为前人所不及的成就。在这本书中，译者想把足以代表这种最高成就的作品选译几篇，使国内的读者能够由此获得一个比较完整的观念。译者特别推荐四位作家：墨雷（John Middleton Murry）在观点上和方法上，虽与旧日的批评家并无根本的差异，然而他在现代仍然占着重要的地位，就因为他所具备的眼光、学问、文笔，以及其他为一个批评家所应有的美德都是不可多得的。瑞恰慈（I. A. Richards）是被称为"科学的批评家"的。且不管这些，因为名与实往往是不相干的。现在一般都承认他是一个能够影响将来——或者说，最近的将来——的批评家。因为他并不是像一般人所想像的趋附时尚的作家，实际上他的企图是在批评史上划一个时代——在他以前的批评恐怕只能算是一个时期。关于他的重要，虽时常不能和他同意的爱略式（T. S. Eliot）也承认的（见《批评中的试验》一文）。爱略式和梵乐希（Paul Valery）是现代英法两个最伟大的诗人，同时又都是这两国最重要的批评家，这事在现代不稀罕，因为现代的诗人和 19 世纪的诗人的最大的不同点，是前者是自觉的。——有些人说，现代诗是理智的，而且是过于理智的。这话有许多人不能同意，因为这种观察太皮相。若说现代诗是自觉的，大概没有什么语病。——总之，爱略式和梵乐希的诗论与他们的创作是分不开的，仿佛不知道他们的理论，就不能完全了解他们的诗。（这并不是说他们的诗只是他们的理论的实践），所以在他们的文章之后，译者都加以案语，读者务须参看。

本书中的十四篇译文，大致可以分为三辑。前六篇是现代一般对于诗的泛论；下接四篇是专论诗中两种重要的成分——"纯诗"与象征作用——的文字：这两种成分本是常存在于古今诗韵中的，不过在近代诗中占着特别重要的位置，而且当作理论来探讨，却是近几十

140　中国现代社团 "文学丛书" 叙录·上册

年的事。本书的最后四篇都是泛论文学批评一般问题的文章。本来诗论是属于文学批评的部门的。要了解一时代主要的诗论，非同时详悉一时代的文学批评的理论和趋向不可。——在现代恐怕是特别如此。可是我们在此并不企图对于文学批评的一般理论，作一完全的介绍。所以，有些在近代批评的领域中有地位的学说，如人文主义，因为对于诗论的贡献不是直接明显的，都省去了。本书的最后这一辑，毋宁说是为前面那几篇而选录的。爱略忒那篇文章特别使我们心感，就因为代替译者说了许多应该向国内的读者说的话。对于近代批评的本源、现况和今后的趋向，他都深刻的剖析过了。这是可以一篇当作本书引论读的文章。

　　最后，还有一点要说。这里面所译的几位作家，除了梵乐希是法国人，鲁卫士（Lowes）是美国人，其余都是英国作家（爱略忒美国人而入英籍）。这事实或者可以证明译者的眼光有些偏狭，自然，译者也不敢辞此咎。他亦有所借口：人说英国人比较上最不善于谈理论，可是，译者认为最难能可贵的是"经验"之谈，特别是在诗论中。本书的译法并不拘于一格。原文是流畅的，便出之以比较上还流畅的中文，原文是谨严的，便采取直译的办法，以保存其作风。——自然这样，读者也许要吃苦，然而爱略忒和瑞恰慈的作品，即读原文，也不是随随便便可以囫囵吞下的——它们需要知识，更需要头脑思索。

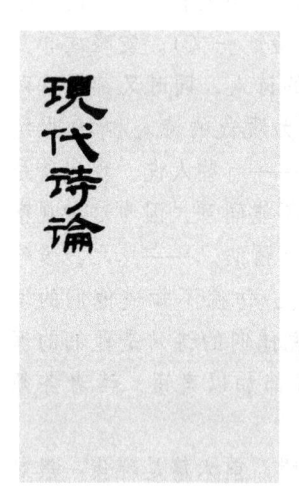

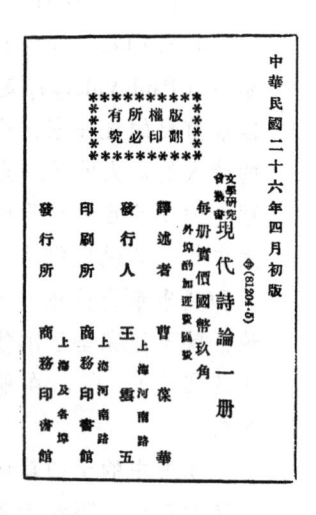

《线下》

《线下》，《文学研究会丛书》之一（无编号）。商务印书馆民国十

一　文学研究会"文学丛书"叙录　141

四年（1925）十月初版。著者为叶绍钧。发行者为商务印书馆，印刷所为商务印书馆（上海北河南路北首宝山路），总发行所为商务印书馆（上海棋盘街中市），分售处为各地商务印书分馆。全一册，235页，每册定价大洋柒角（外埠酌加运费汇费）。此外还有1932年9月国难后1版。

该书为短篇小说集，收入：《孤独》《平常的故事》《游泳》《桥上》《校长》《马铃瓜》《一个青年》《春光不是她的了》《金耳环》《潘先生在难中》《外国旗》，凡十一篇。

无序跋。《孤独》摘录如下：

> 很小的中堂里点上一盏美孚灯，那灯光本来就有限，又加上灯罩积着灰污，室内的一切全显得不清不楚的，没有明划的轮廓。小孩子听母亲算伙食帐（账），青菜多少钱，豆腐多少钱，水多少钱，渐觉模糊了；他的身体似乎软软的酥酥的，只向母亲膝上靠去。母亲便停止了自言自语，一手轻轻地拍着孩子的前胸，说，"你要睡了？"
>
> 这时候听见外面有老人的咳声，一声声连续不歇，到后没有力再咳，只剩低微的喘息。母亲就向孩子说，"老先生回来了"。孩子正入朦胧（蒙眬）的境界，当然不听见母亲的话。

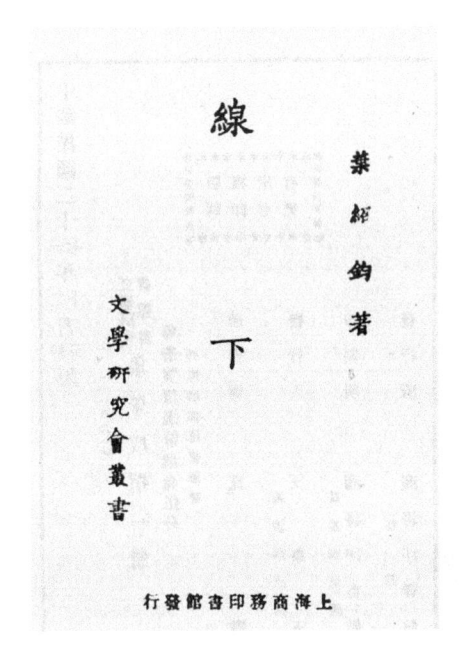

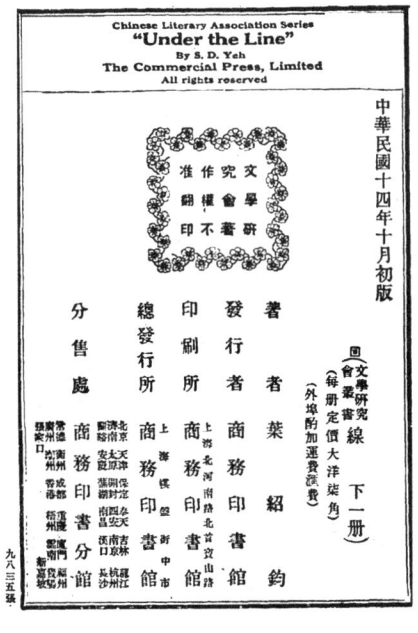

《象牙戒指》

《象牙戒指》，《文学研究会丛书》（无编号）。上海商务印书馆民国二十三年（1934）二月初版，民国二十七年（1938）十月五版。著者为庐隐，发行人为王云五，印刷所为商务印书馆（长沙南正路），发行所为商务印书馆（各埠）。全一册，254页。每册实价国币柒角伍分（外埠酌加运费汇费）。此外还有1935年5月三版。

全书分二十节，无节目，

无序跋。正文摘录如下：

  盛夏里的天气，烈火般的阳光，扫尽清晨晶莹的露珠，统御着宇庙（宙），一直到黄昏后，这是怎样沉重闷人的时光啊！人们在这种的压迫下，懒洋洋的像是失去了活跃的生命力，尤其午后那更是可怕的蒸闷；马路上躺着的小石块，发出孜孜的响声，和炙人脚心的灼热。

  在这个时候，那所小园子里垂了头的蝴蝶兰，和带着醺醉的红色的小玫瑰；都为了那吓人的光和热，露出倦怠的姿态来，只有那些深藏叶蔓中的金银藤，却开得十分茂盛。当一阵夏天的闷风，从那里穿过时，便把那些浓厚的药香，吹进对着园子开着的门里来。

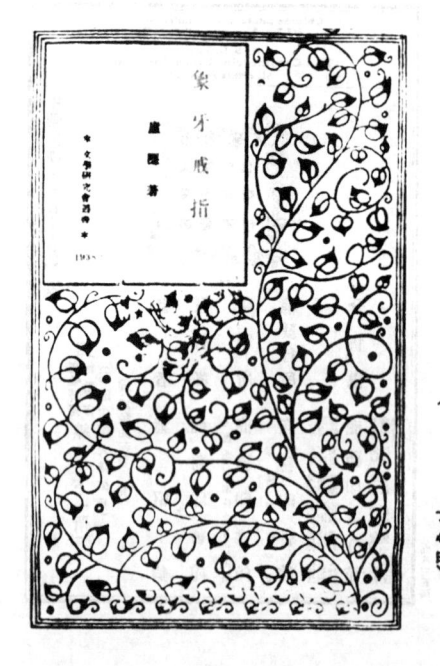

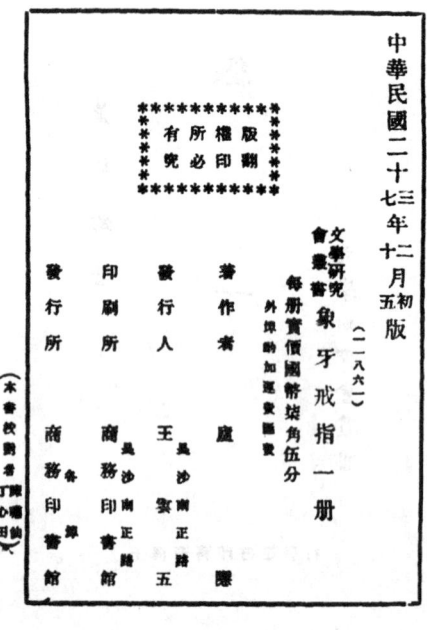

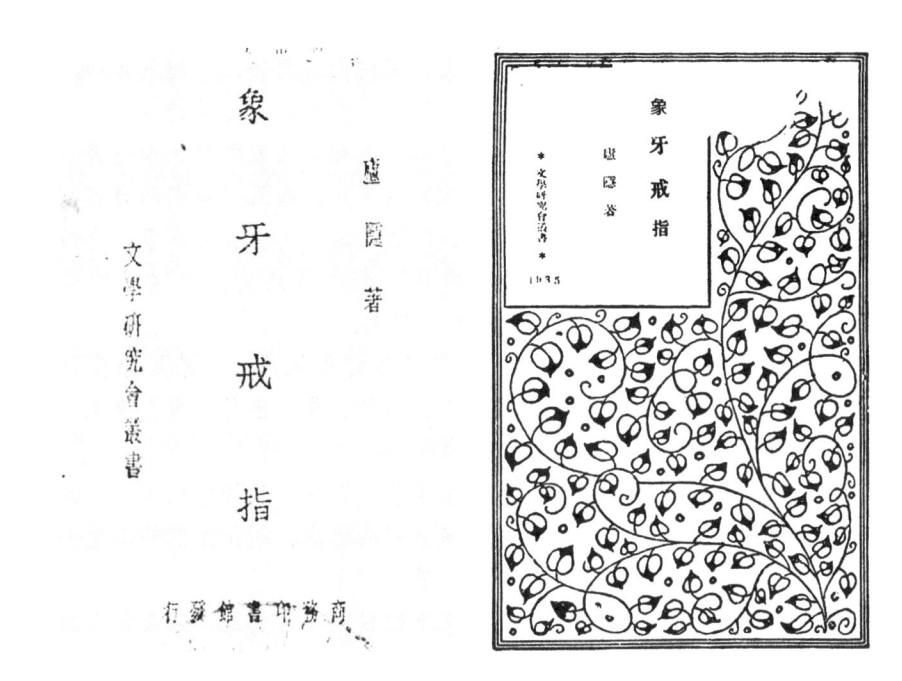

《小人物的忏悔》

《小人物的忏悔》，《文学研究会丛书》（无编号）。上海商务印书馆民国十一年（1922）七月初版。著者为俄国安特立夫（L. Andereev），译者为耿式之，发行者为商务印书馆，印刷所为商务印书馆，总发行所为商务印书馆，分售处有外埠各地商务印书分馆数十家。一册，155页。每册定价大洋伍角（外埠酌加运费汇费）。此外还有1923年12月商务印书馆再版本，1934年1月国难后第一版本。

全文分上、中、下三卷。

卷首有瞿世英撰写的《序》，卷末无跋。《序》兹录如下：

> 我读完了安特列夫的《大时代中小人物的忏悔》，热泪迸眶而出，轻轻地说道，这真是浸在爱里的非战文学——是人的文学，是爱的文学——不但是俄国的文学，是世界的文学——是宇宙的爱的呼声。
>
> 耶稣基督说道："你们要爱人如己，"又说："你们要彼此相爱。"原来爱就是宇宙的生命，是人生进化的本质，是人生的意义与价值，只有爱可以使人类有和平的、调和的生活。可以寻求他的真自我；使

强暴凶恶的人变成慈悲的人。爱可以使我忘却人我的分别；可以化干戈为玉帛；可以安慰那被压服的人，使他们脱离苦海，超入乐园。爱是光，是希望，是生命；爱是不朽的，是无限的，是前进的。

芸芸众生，在生命的河里应当怎样的相亲相爱的携手前进呢？

不幸世界上的人们，忘记了他们的生命，磨灭了他们的自我，相争竞，相倾轧，相猜忌，相欺诈，以致造成了无量数的战争。生命的大流中，沾染了无量数的血花泪雨，斑斑点点的，使这爱的程途（按：原文为"程途"），生了无数的荆棘。

战争实在是罪恶呵！为什么哥哥要打死兄弟，兄弟要杀伤哥哥呢？为的是谁呢？好好的都是兄弟，为什么要分出什么疆界来呢？

然而不幸世界上终于有了战争……

我们既认定战争是罪恶，便应当使我们的弟兄姊妹们都知道战争是罪恶——刺激他们的感情，改造他们的思想，纠正他们的态度——叫他们不要再争战了——这便要用着文学了。

文学是人生的表现和批评，文学的目的没有别的，只要将人的思想与感情，人们对于生死的观念，他们所爱，所怕，与所恨的一切都借文学表现出来。我们可以从文学上了解人生，与人生发生亲密的、新鲜的关系，人生的意义与价值是爱；因此我们也未尝不可说文学是"爱的表现"。

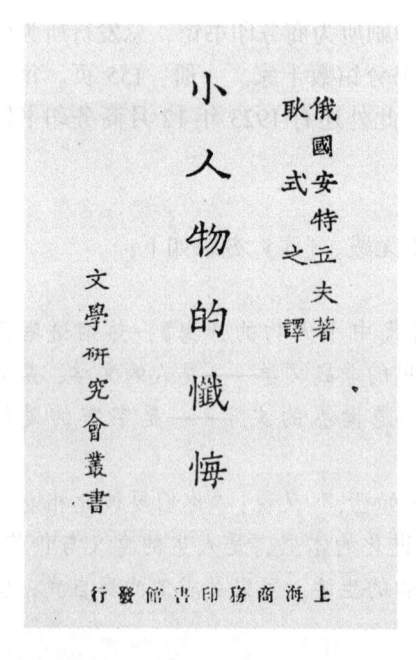

战争实在是人类所痛恨的一件事，是人生的障碍，是爱的逆流，因此反对战争，咒咀（诅）战争，必有赖乎文学。于是就有笔上染着血渍，脸上印着泪痕，精神上满含着爱的非战文学出现。

安特列夫这种作品，式之兄用了一个半月的工夫译了出来，作为文学研究会发（丛）书之一。我取来读完之后，便怀着两种希望：一是希望因这一本译文，引起我们中国人的——其实应当说人类的——爱的潜力，出来反对战争，更希望中国以此书为嚆引，有极鲜艳的非战文学出来，第一是希望于全国——其实应当说人类全体的。第二是希望于现代献身于文学的作家的。

写到这里，心熊熊的热着，我亦呼喊道：——并且希望全都这样喊——"来呀，让我们连接牵着手罢！我爱你们！我爱你们！"

一九二一，八，二十八，瞿世英，于北京

《小说汇刊》

《小说汇刊》，《文学研究会丛书》（无编号）。上海商务印书馆民国十一年（1922）五月初版，民国十五年（1926）十月五版。著者为叶绍钧等，发行者为商务印书馆，印刷所为商务印书馆，总发行所为商务印书馆，分售处有外埠各地商务印书分馆数十家。一册，142页。每册定价大洋肆角（外埠酌加运费汇费）。此外还有1923年7月三版本，1931年1月六版本，1933年4月国难后第一版本。

该书为短篇小说集，由叶绍钧等著。篇目依次为：《云翳》（叶绍钧）、《义儿》（前人）、《饭》（前人）、《别》（朱自清）、《一个月夜里的印象》（庐隐女士）、《邮差》（前人）、《傍晚的来客》（前人）、《一个快乐的村庄》（前人）、《金丹》（李之常）、《一对相爱的》（前人）、《这么小一个洋车夫》（陈大悲）、《马路上底一幕戏》（前人）、《哭中的笑声》（前人）、《命命鸟》（许地山）、《爱之谜》（白序之）、《幻影》（前人），凡十六篇。

无序跋。白序之的《幻影》摘录如下：

在我们图书室的墙上，挂着一幅油画。去墙不远横着一个长案。我每据在上面看书的时候，偶然一抬头，那一幅油彩风景画就映入我的眼睑（按：原文为"眼脸"）里；我的注意力不知不觉地就移在他的上面。这样我当读书倦乏的时候，就会效"卧游"的故事，两只眼睛与那画中人物，作为游春的伴侣了。

沉寂的天显出静默景色；一道小溪潺潺流着；一架小桥围着石栏横在上面。一对优秀的女子，一长一幼，前后在桥上走着，露着淡漠的神情，望着那不断的流水。那一副幽闲恬静的态度，衬着那绿森森的背景，越显庄严。我想……默默地想（按：原文此处无冒号）"啊，用这冷眼觑事，那里（按：原文为'那里'）还有世界！"桥后松垣一围，绕着一间古刹，就那绿树丛里，拥着那红嫩嫩地（的）晚天景色，隐隐约约地飞着几只小鸟，展着双翅，仿佛叫着同伴归巢去了。

这些景象一缕一缕地活现在我面前；在我的脑海里，深深地印了一个痕迹。那在前边年纪稍长的女子，所显的沉思面孔，更惹动我的注意。后边的那活泼烂漫的小女孩子，牵着那女子的手，扳着笑靥，也不知说些甚么（按：原文为"甚么"）？我坐在一把椅上，紧靠着椅背凝神默想！

"呀，这座小桥，流水，和人物，在我心识里狠（很）熟识是的。"忽然一种观念撞入我的心潮，浑身打了一个寒噤，似乎要哭出来，急忙宁神沉静一会儿，使情绪慢慢滤过，才将我那历史上片段生活的反射，轻轻放过去。然而那一种余痛，懒淡世事的情肠，是不能拒绝使他（按：原文为"他"）不来的。

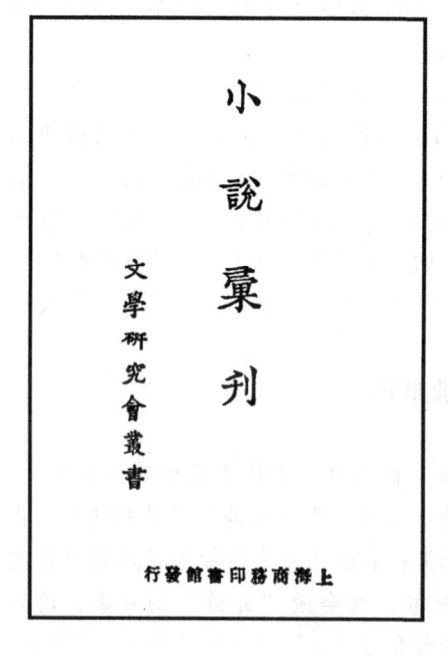

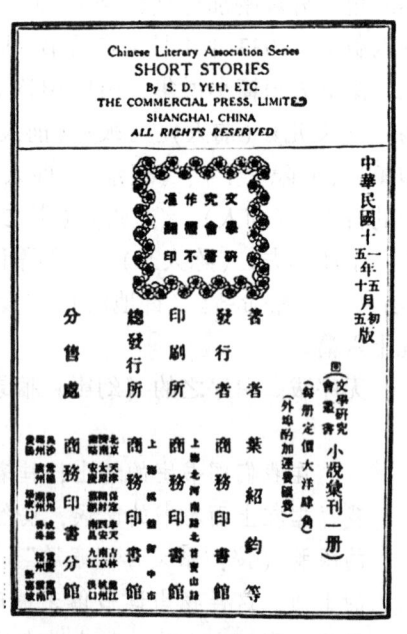

无意识地就将我的头和臂一齐俯在案上，竭力想排除这种思想，无奈那小桥，流水，绿柳，斜阳，和那两个女子只管奔凑了来。我不知受了甚么（按：原文为"甚么"）魔术，将我生活历史又重新温习一遍，于是恍恍惚惚，我的生命，又回到他（按：原文为"他"）十年前的世界。

　　我自幼就与阿英同在一个教会立的小学校读书。常在一处玩耍。每逢游戏的时候，我总喜欢和她为一伙的。有一次我们得了胜，就有一位年纪稍长的姑娘，笑着说："恭喜，你们一对小情人！"那时我也不大明白她的话，然而我们两人的感情，较别人格外浓厚些。

《新俄国游记》

　　《新俄国游记》，《文学研究会丛书》之一（无编号）。上海商务印书馆民国十一年（1922）九月初版。著者为瞿秋白，发行者为商务印书馆，印刷所为商务印书馆，总发行所为商务印书馆，分售处有外埠各地商务印书分馆数十家。一册，131页。每册定价大洋叁角伍分（外埠酌加运费汇费）。此外还有1923年5月再版本，1924年5月三版本。

　　该书是瞿秋白的游记散文，凡十六节，无节目。

　　卷首有瞿秋白于1920年11月4日在哈尔滨撰写的《绪言》，卷末有他于1921年11月23日在莫斯科Knyaji Dvor病榻上撰写的《跋》。《跋》从略，《绪言》兹录如下：

　　阴沉沉，黑默默，寒风刺骨。腥秽污湿的所在，我有生以来，没见一点半点阳光，——我直到如今还不知道阳光是什么样的东西，——我在这样的地方，视觉本能几乎消失了；那里虽有香甜的食物，轻软的被褥，也只值得昏昏酣睡，醒来黑地里摸索着吃喝罢了。苦呢，说不得，乐呢，我向来不曾觉得，依恋着难舍难离，固然不必。赶快的（地）挣扎着起来，可是又往那（哪）里去的好呢？——我不依恋，我也不决然舍离……然而心上究竟是个什么样的滋味呵！这才明白了！我住在这里我应当受，我该当。我虽然明白，我虽然知道，我"心头的奇异古怪的滋味"我总说不出来。"他"使我醒，他是一个不可思议的谜儿，他变成了一个"阴影"朝朝暮暮的守着我。我片刻不舍他，他片刻不舍我。这个阴影呵！他总在我眼前晃着——似乎要引起我的视觉。我眼睛早已花了，晕了，我何尝看得清楚。我知我们黑酣乡里的同伴，他们或者和我一样，他们的眼前也许有这同样的"阴影"。我问我的同伴,我希望他们给我解释。谁知道他们不睬我,不理我。我是可怜的人儿。他们呢,——或者和我一样,或者自以为很有幸福呢。只剩得和我同病相怜的人呵,苦得很哩!——我怎忍抛弃他们。我眼前的"阴影"不容我留恋,我又怎得不决然舍离此地。

同伴们,我亲爱的同伴们呵!请等着,不要慌。阴沉沉,黑魆魆的天地间,忽然放出一线微细的光明来了。同伴们,请等着,这就是所谓阳光,——来了。我们所看见的虽只一线,我想他必渐渐的发扬,快照遍我们的同胞,我们的兄弟。请等着罢。

唉!怎么等了许久,还只有这微微细细的一线光明,——空教我们看着眼眩——摇荡恍惚晞微一缕呢?难道他不愿意来,抑或是我们自己挡着他?我们久久成了半盲的人,虽有光明也领受不着?兄弟们,预备着。倘若你们不因为久处黑暗,怕他眩眼,我去拨开重障,放他进来。兄弟们应当明白了,尽等着是不中用的,须得自己动手。怎么样?难道你们以为我自己说,眼前有个"阴影",见神见鬼似的,好像是一个疯子,——因此你们竟不信我么?唉!那"阴影"鬼使神差的指使着我,那"阴影"在前面引着我。他引着我,他亦是为你们呵!

灿烂庄严,光明鲜艳,向来没有看见的阳光,居然露出一线,那"阴影"跟随着他,领导着我。一线的光明!一线的光明,血也是的红,就此一线便照遍了大千世界。遍地的红花染着战血,就放出晚霞朝雾似的红光,鲜艳艳地耀着。宇宙虽大,也快要被他笼罩遍了。"红"的色彩,好不使人烦恼!我想比黑暗的"黑"多少总含些生意。并且黑暗久了,骤然遇见光明,难免不眼花缭乱,自然只能先看见红色。光明的究竟,我想决不是纯粹红光。他必定会渐渐的(地)转过来,结果总得恢复我们视觉本能所能见的色彩。——这也许是疯话。

世界上对待疯子,无论怎么样不好,总不算得酷虐。我既挣扎着起来,跟着我的"阴影",舍弃了黑酣乡里的美食甘寝,想必大家都以为我是疯子了。那还有什么话可说!我知道:乌沉沉甘食美衣的所在——是黑酣乡;红艳艳光明鲜丽的所在——是你们罚疯子住的地方,这就当然是冰天雪窖饥寒交迫的去处(却还不十分酷虐),我且叫他"饿乡"。我没有法想了。"阴影"领我去,我不得不去。你们罚我这个疯子,我不得不受罚。我决不忘记你们,我总想为大家辟一条光明的路。我愿去,我不得不去。我现在挣扎起来了,我往饿乡去了!
　　一九二〇、十一、四、哈尔滨

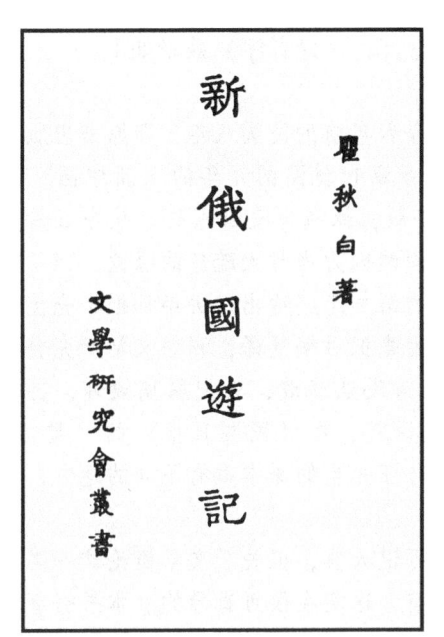

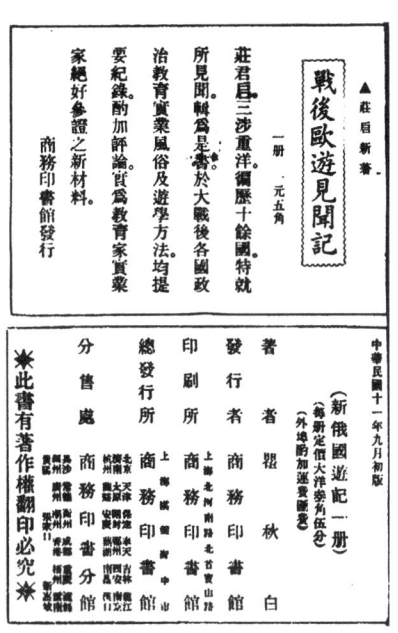

《新文学概论》

《新文学概论》,《文学研究会丛书》之一(无编号)。上海商务印书馆民国十四年(1925)八月初版、民国十六年(1927)七月三版。著者为日本本间久雄,译者为章锡琛,发行者为商务印书馆,印刷所为商务印书馆(上海北河南路北首宝山路),总发行所为商务印书馆(上海棋盘街中市),分售处为各地商务印书分馆。全一册,134页。每册定价大洋柒角(外埠酌加运费汇费)。此外还有1926年4月再版,1928年9月四版,1931年2月五版。初版本未见,再版本封面(缺版权页)与三版本不同,四版本封面与三版本的相同。

该书分为前后两编,前编为"文学通论",后编为"文学批评论",均有章节目录。节目从略,章目收录。前编章目依次为:第一章、文学的定义,第二章、文学的特质,第三章、文学的起源,第四章、文学的要素,第五章、文学与形式,第六章、文学与语言,第七章、文学与个性,第八章、文学与国民性,第九章、文学与时代,第十章、文学与道德。后编章目依次为:第一章、文学批评的意义、种类、目的,第二章、客观底批评与主观底批评，第三章、科学底批评，第四章、伦理底批评，第五章、鉴赏批评与快乐批评（附·结论），凡十五章。此外，还有"新文学概论索引"。

卷首有《译者序》和《原序》，卷首有《译者序》兹录如下：

  我的最初翻译本书，是在距今六年前的民国八年，即原书出版后的第三年。当时系用文言翻译，分章刊登民国九年的《新中国》杂志上，前编刊完后，《新中国》停版，原稿也全部遗失。从今日看起来，那部译本错处实在极多；这固然因为当时太疏忽的缘故，但一半也因为文言所束缚，不能把原本的语气忠实达出。去年郑振铎先生嘱我把旧稿整理一下，重行出版，因先把后编复译，刊登文学研究会的定期刊物《文学》上；前编也因为没法修改，就把原稿毁却，再行翻译，同时，汪馥泉先生也把他译就，在《民国日报》的《觉悟》上刊登出来。但我这回所译的，与汪先生的译本也有不同的地方，仍然可以供读者的参看的。

  我国研究文学的风气，近来可说大盛，但关于文学概论这一类文学研究的入门书籍，几乎可说没有，这实在很可奇异的。本书据著者在序文上说，是从社会学底研究一点，为初学者解说文学构成及文学存立的基本条件和理由。书的分量虽然不多，但引证的赅博，条理的整齐，裁断的谨严，使读者容易明白了解，实在是本书唯一的优点，也可以说是著者本间先生的特长——去年我曾译过他的《妇女问题十讲》，也一样有这长处。

  从我国文学论这类书籍的缺乏上看，从本书的优点上看，本书的翻译，对于我国研究及鉴赏文学的人，实在不能不说是必要的。

  这回的翻译，虽然已经比前次慎重，并且汪先生的译本也给予不少参照的便益；但因为事务繁忙，精神困倦的缘故，恐怕仍然不免有错误的地方，敬求读者教正。

  又，本书所用的"底"字，系仿照鲁迅先生译《苦闷的象征》的例，现在就把鲁迅先生的说明录在后面——

  即凡形容词与名词相连成一名词者，其间用"底"字，例如 Social being 为社会底存在物，Psychische Trauma 为精神底伤害等；又，形容词之由别种品词转来，语尾有 tive, tic 之类者，于下也用"底"字，例如 speculative, romantic 就写为思索底，罗曼底。

  民国十四年三月译者

一 文学研究会"文学丛书"叙录　151

《原序》兹录如下：

　　文学的研究、论述，近来虽已逐渐旺盛，但还意外的少被研究，论述到的，是成为一个社会现象的文学这东西的根本问题。换一句话，便是说到文学的创作及鉴赏比别的种种精神底活动占怎样的位置的一种社会学底研究。尤其是着眼在这一点为了初学者而著的文学论，几乎可说是没有。

　　我早已抱憾于这一事，因而想从上面的立足点，为初学者解说文学构成及文学存立的基本条件和理由，其结果便是本书。

　　我在这书中引证泰西许多权威底著述极端的多。这是因为觉得，一则不致陷于自己一人独断底解释，一则对于要想由此进于文学研究的读者诸君，这样更有益得多。

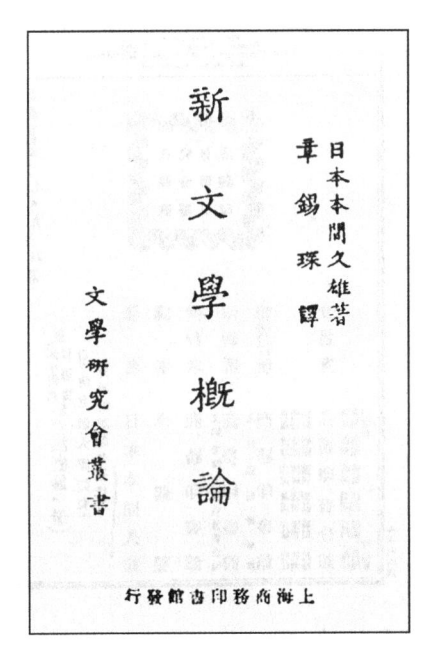

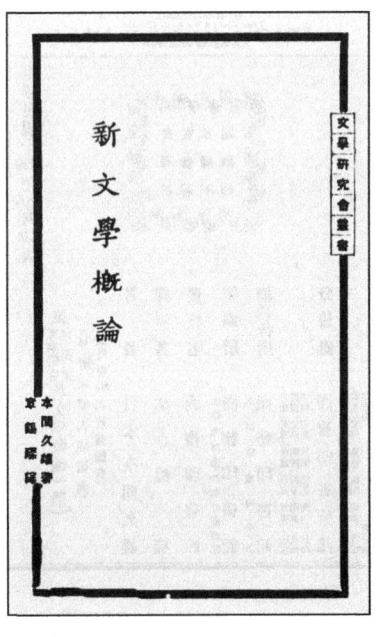

　　本书中的前编《文学通论》，在其主题的选择法上，在其说明的理由上，是以 Hunt 的 "Literature, its Principles and Problems"，Winchester 的 "Some Principles of Literary Criticism"，Mackenzie 的 "The Evolution of Literature"，Knowlson 的 "How to Study English Literature" 等为主，更参酌以 Santayana, Hirn, Guyou, Bosanquet 及其他美学上

的著述。但说明理论时具体底作品的引例，几乎全部取自《近代文学》。

后编《文学批评论》是从 Gayley and Scott 的 "Methods and Materials of Literature Criticism", Saintsbury 的 "History of Criticism", Moulton 的 "The Modern Study of Literature" 及其他著作受得影响不少。

本书分量是极少的，但对于想从新的立场研究及鉴赏文学的人们一定不是无益的，我确切地相信。

又，本书中所引例的 Winchester 的文章，大体借用植松安的和译；Lolié 的文章，全部借用户川秋骨的和译，特附记之。

大正六年十月著者识

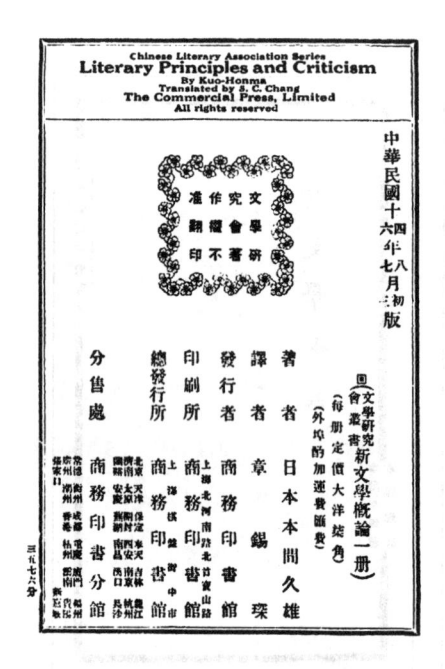

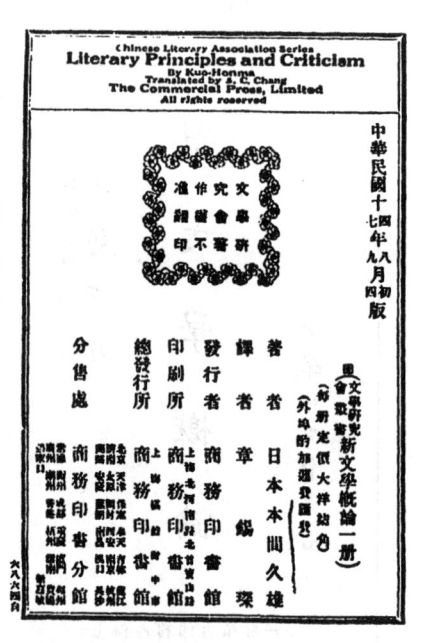

《新月集（太戈尔诗选二）》

《新月集（太戈尔诗选二）》，《文学研究会丛书》之一（无编号）。商务印书馆民国十二年（1923）九月初版、民国十五年（1926）一月三版。著者为印度太戈尔，译者为郑振铎。发行者为商务印书馆，印刷所为商务印书馆（上海北河南路北首宝山路），总发行所为商务印书馆（上海棋盘街中市），分售处为各地商务印书分馆。全一册，53 页，每册定价大洋贰角伍分（外埠酌加运费汇费）。此外还有 1933 年 2 月国难后一版。

该书为诗集，收入《海边》《来源》《孩童之道》《孩童的世界》《偷睡眠者》《责备》《审判官》《玩具》《天文家》《云与波》《金色花》《雨天》《纸船》《对岸》《花的学校》《商人》《职业》《长者》《同情》《小大人》《著作家》《恶邮差》《告别》《追唤》《第一次的茉莉》《榕树》《祝福》《赠品》《孩提之天使》《我的歌》《最后的契约》，凡三十一首。

卷首有《译者自序》和《再版自序》，卷末无跋，《译者自序》兹录如下：

我对于太戈尔（R. Tagore）诗最初发生浓厚的兴趣，是在第一次读《新月集》的时候。那时离现在将近五年；许地山君坐在我家的客厅里，长发垂到两肩，很神秘的在黄昏的微光中，对我谈到太戈尔的事。他说，他在缅甸时，看到太戈尔的画像，又听人讲到他，便买了他的诗集来读。过了几天，我到许地山君的宿舍里去。他说，"我拿一本太戈尔的诗选送给你"。他便到书架上去找那本诗集。我立在窗前；四围静悄悄的，只有水池中喷泉的潺潺的声音。我很寂静地在等候读那美丽的书。他不久便从书架上取下很小的一本绿纸面的书来，他说，"这是一个日本人选的太戈尔诗，你先拿去看看。太戈尔不多几时前曾到过日本"。我坐了车回家，在归途中，借着新月与市灯的微光，约略地把它翻看了一遍。最使我喜欢的是它当中所选的几首《新月集》的诗。那一夜，在灯下又看了一次。第二天，地山见我时，问道："你最喜欢哪几首？"我说，"《新月集》的几首"。他隔了几天，又拿了一本很美丽的书给我，他说，"这就是《新月集》。"从那时后，《新月集》便常在我的书桌上；直到现在，我还时时把它翻开来读。

我译《新月集》也是受地山君的鼓励。有一天，他把他所译的《吉檀迦利》（Gitanjali）的几首诗给我看，都是用古文译的。我说，"译得很好，但似乎太古奥了"。他说，"这一类的诗，应该用古奥的文体译。至于《新月集》，却又须用新妍流畅的文字译。我想译《吉檀迦利》，你为何不译《新月集》呢？"于是我与他约，我们同时动手译这两部书。此后二年中，他的《吉檀迦利》固未译成，我的《新月集》，也时译时辍。直至《小说月报》改革后，我才把自己所译的《新月集》在它上面发表了几首。地山译的《吉檀迦利》却始终没有再译下去，已译的几首，也始终不肯拿出来发表。后来王独清君译的《新月集》也出版了，我更懒得把自己的译下去。许多朋友却时时地催我把这个工作做完;他们都说王君的译文,太不容易懂了,似乎有再译的必要。那时我正有选译太戈尔诗的计划,便一方面把旧译的稿整理一下,一方面参考了王君的译文,又新译了八九首出来;结果便成了现在的这个译本。原集里还有七八首诗,因为我不大喜欢它们,所以没有译出来。

我喜欢《新月集》,如我之喜欢安徒生(Hans Anderser)的童话。安徒生的文字美丽而富有诗趣。他有一种不可测的魔力,能把我们从忙扰的人世间,带到美丽和平的花的世界、虫的世界、人鱼的世界里去;能使我们忘了一切艰苦的境遇,随了他走进有静的方池的绿水,有美的挂在黄昏的天空的雨后弧虹等等的天国里去。《新月集》也具有这种不可测的魔力。它把我们从怀疑、贪望的成人的世界,带到秀嫩天真的儿童的新月之国里去。我们忙着费时间在计算数字,它却能使我们重复回到坐在泥土里以枯枝断梗为戏的时代;我们忙着入海采珠,掘山寻宝,它却能使我们在心里重温着在海滨以贝壳为餐具,以落叶为舟,以绿草上的露点为圆珠的儿童的梦。总之,我们只要一翻开它来,便立刻如得到两只有魔术的翼翅,可以把自己从现实的苦闷的境地里飞翔到美静天真的儿童国里去。

有许多人以为《新月集》是一部写给儿童看的书。这是他们受了广告上附注的"儿歌"(Child Poems)二字的暗示的缘故。在实际上,《新月集》虽然未尝没有几首儿童可以看得懂的诗歌,而太戈尔之写这些诗,却决(按:原文为"决")非为儿童而作的,它并不是一部写给儿童读的诗歌集,乃是一部叙述儿童心理、儿童生活的最好的诗歌集。这正如俄国许多民众小说家所作的民众小说,并不是为民众而作,而是写民众的生活的作品一样。我们如果认清了这一点,便不会无端的引起什么怀疑与什么争论了。

我的译文自己很不满意,但似乎很忠实,且不至看不懂。

读者的一切指教,我都欢迎地承受。

我最后应该向许地山君表示谢意;他除了鼓励我以外,在这个译本写好时,还曾为我校读了一次。

郑振铎十二,八,二十二

《再版自序》兹录如下:

《新月集》译本出版后,曾承几位朋友批评,这是我要对他们表

一　文学研究会"文学丛书"叙录　155

白十二分的谢意的。现在乘再版的机会，把第一版中所有错误，就所能觉察到的，改正一下。读者诸君及朋友们如更有所发见，希望他们能够告诉我，俾得于第三版时再校正。

郑振铎十三、三、二十

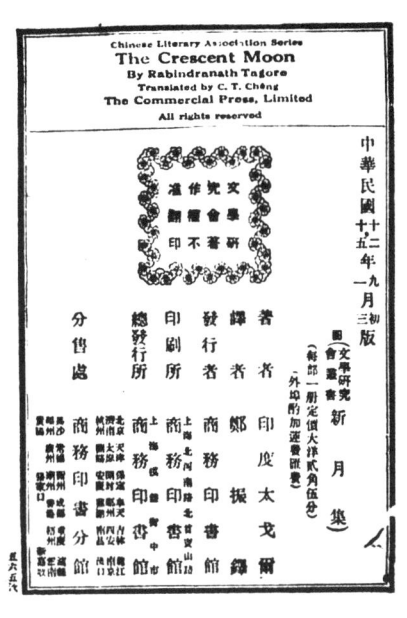

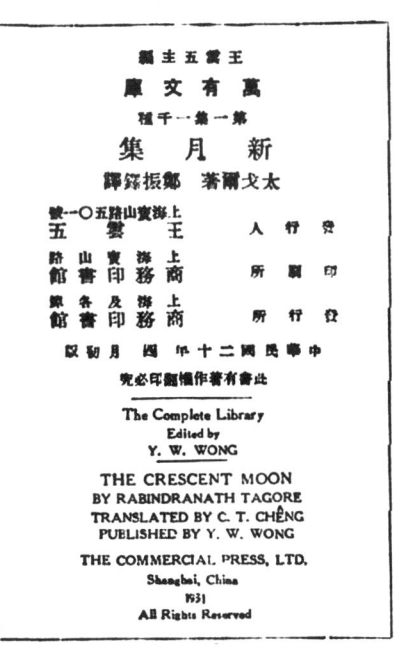

《雪朝》

《雪朝》,《文学研究会丛书》之一（无编号）。商务印书馆民国十一年（1922）六月初版。著者为朱自清等。发行者为商务印书馆，印刷所为商务印书馆（上海北河南路北首宝山路），总发行所为商务印书馆（上海棋盘街中市），分售处为各地商务印书分馆。全一册，157页，每册定价大洋伍角（外埠酌加运费汇费）。此外还有1923年7月商务印书馆三版，1933年3月国难后一版。

该书为新诗集，分八集，篇目分别为：第一集，朱自清作，诗十九首，篇目依次为：《"睡罢，小小的人。"》（按：原文有标点符号）、《煤》《小草》《北河沿底夜》《不足之感》《黑暗》《静》《冷淡》《心悸》《旅路》《人间》《转眼》《自从》《杂诗三首》《依恋》《睁眼》《星火》。第二集，周作人作，诗二十七首，篇目依次为：《两个扫雪的人》《小河》《背枪的人》《画家》《爱与憎》《荆棘》《所见》《儿歌》《慈姑的盆》《秋风》《梦想者的悲哀》《过去的生命》《中国人的悲哀》《歧路》《苍蝇》《小孩》《小孩二首》《山居杂诗七首》《对于小孩的祈祷》《小孩》。第三集，俞平伯作，诗十五首，篇目依次为：《胜利者》《山居杂诗》《愚底海》《听了胡琴之后》《断鸢》《他》《暮》《萍》《我与诗》《〈冬夜〉付印题记》《偶成两首》《春底一回头时》《薄恋》《春寒》。第四集，徐玉诺作，诗四十八首，篇目依次为：《杂诗十五首》《没汁么》《农村的歌》《跟随者》《泪膜》《在黑暗里》《能够到天堂的一件事》《小诗五首》《路上》《疯人的浓笑》《生命》《秋晚》《黑色斑点》《教师》《人生之秘密》《谜》《歌者》《杂诗十三首》。第五集，郭绍虞作，诗十六首，篇目依次为：《期待》《坠落》《淘汰》《倦怠》《咒诅》《会后》《心意》《休息》《温存》《上帝》《送信者》《静默》《心的象征》《哭后》《希望》《健跃》。第六集，叶绍钧作，诗十五首，篇目依次为：《悲语》《夜》《儿和影子》《感触》《拜菩萨》《锁闭的生活》《小虎刺》《扁豆》《小鱼》《江滨》《两个孩子》《损害》《路》《不眠》《黑夜》。第七集，刘延陵作，诗十三首，篇目依次为：《河边》《悲哀》《新月》《姊弟之歌》《秋风》《新年》《落叶》《夕阳与蔷薇》《梅雨之夜》《等她回来》《水手》《竹》《姊妹底归思》。第八集，郑振铎作，诗三十四首，篇目依次为：《祈祷》《在电车上》《柳》《雁荡山之顶》《死了的小弟弟》《夜游三潭印月》《成人之哭》《J君的话》《社会》《小鱼》《赤子之心》《母亲》《荆棘》《一株梨树》《旅程》《回忆》《静》《忘了》《鼓声》《本性》《脆

一 文学研究会"文学丛书"叙录　157

弱之心》《鸡》《有卫兵的车》《侮辱》《灰色的兵丁》《小孩子》《安慰》《燕子》《雪》《痛苦》《漂泊者》《无报酬的工作》《自由》《空虚之心》。

卷首有郑振铎的《短序》，兹录如下：

> 诗歌是人类的情绪的产品，我们心中有了强烈的感触，不管他（它）是苦的、乐的，或是悲哀而愤懑的，总想把他（它）发表出来；诗歌便是表示这种情绪的最好工具。
>
> 诗歌的声韵格律及其他种种形式上的束缚，我们要一概打破。因为情绪是不能受任何规律的束缚的；一受束缚，便要消沉或变性，至少也要减少他（它）的原来的强度。
>
> 我们要求"真率"，有什么话便说什么话，不隐匿，也不虚冒。我们要求"质朴"，只是把我们心里所感到的坦白无饰地表现出来，雕凿与粉饰不过是"虚伪"的遁逃所，与"真率"的残害者。
>
> 虽然我们八个人在此所发表的诗，自己知道是很不成熟的，但总算是我们"真率"的情绪的表现；虽不能表现时代的精神，但也可以说是各个人的人格或个性的反映。

> 如果我们这些弱小的呼声，能够稍稍在同情的读者心中留下一个印象，引起他们的更高亢的回响，我们的愿望便十分满足了。

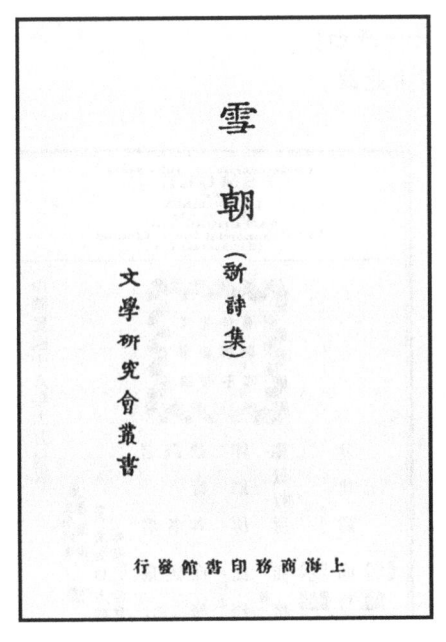

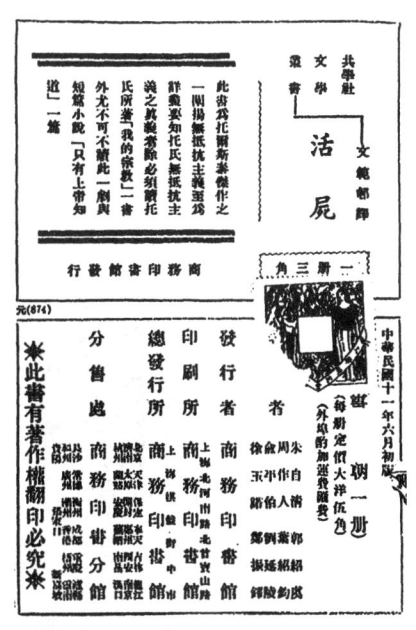

郑振铎一九二二、一、十三

再版本还有《再版序言》，从略。

《烟》

《烟》，《文学研究会丛书》之一（无编号）。商务印书馆民国十八年（1929）十一月初版。著者为俄国屠格涅甫，译者为樊仲云。发行者为商务印书馆，印刷所为商务印书馆（上海北河南路北首宝山路），总发行所为商务印书馆（上海棋盘街中市），分售处为各地商务印书分馆。全一册，342页，每册定价大洋壹元（外埠酌加运费汇费）。

该书为长篇小说。

卷首有《译序》，卷末无跋。《译序》摘录如下：

"烟，烟，什么都是一阵烟！"

这是本书的主人公李维诺夫于恋爱的幻灭之后，觉得什么都毁坏崩溃，现在是自己运尸身回家乡，在车上，他看见了煤烟，不禁发出这样的感想。不但是恋爱，他觉得什么都是烟样，一切一切，他自己的生活，俄国人的生活，都不过是一阵烟！

本书之所以命名曰《烟》，即由此故。

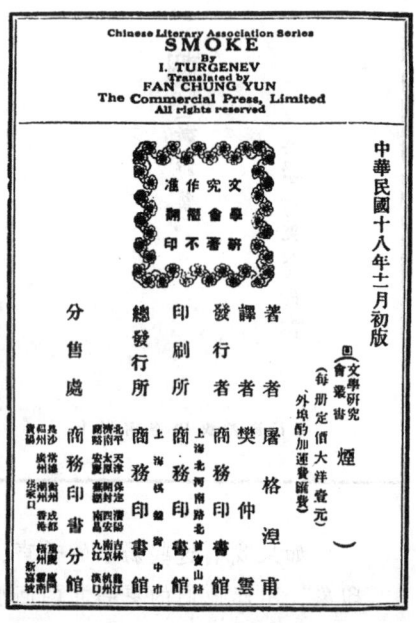

本书的著作在一八六七年；先于此者在屠格涅甫的名作中有《父与子》，是一八五九年；后于此者，有《新时代》（即《处女地》），是一八七六年。五十年代以前的俄国，当尼古拉斯一世的时候，是专制君主政治充分表现其横暴的时代。一八二五年十二月党人（Decembrist）的革命，一八三一年波兰的叛乱，都先后为尼古拉斯的铁腕所削平，囚捕诛戮，备极惨酷，凡怀抱自由主义之思想者，都须受严酷的压迫。所以在《父与子》中有"虚无主义"（nihilism）这一个名词的出现。因为在当时一般人的心中，像俄国这样君主专制的政治以及中古时代的社会，都只有令人愤懑厌恶。他们觉得在俄国，没有一件事是现代的，没有一件东西是好的，反之，什么都是陈腐恶劣。他们否认一切，他们不在威权之前低头，他们反对一切信条，不管这威权与信条是曾有许多人的尊敬的。这种新旧两时代——父的时代与子的时代的冲突，《父与子》便是其当时的反映。

八，二〇，二八年，上海。

《一个青年的梦》

《一个青年的梦》，《文学研究会丛书》之一（无编号）。商务印书馆民国十一年（1922）七月初版、民国十三年（1924）七月三版。著者为日本武者小路实笃，译者为鲁迅。发行者为商务印书馆，印刷所为商务印书馆（上海北河南路北首宝山路），总发行所为商务印书馆（上海棋盘街中市），分售处为各地商务印书分馆。全一册，232页，每册定价大洋柒角（外埠酌加运费汇费）。此外还有1923年10月再版，1926年3月四版。

该书为四幕剧，无幕目。

卷首有武者小路实笃为中译本写的《与支那未知的友人》（一九一九年十二月九日）（周作人译）和《自序》，卷末有鲁迅《后记》。《自序》兹录如下：

> 我要用这著作说些什么，大约看了就明白。我是同情于争战的牺牲者，爱平和的少数中的一个人——不，是多数中的一个人。我极愿意这著作能多有一个爱读者，就因为藉此可以知道人类里面有爱和平的心的缘故。提起好战的国民，世间的人大抵总立刻想到日本人。但便是日本人，也决不偏好战争；这固然不能说没有例外，然而总爱平和，至少也不能说比别国人更好战。我的著作，也决非不像日本人的

著作；这著作的思想；是日本的谁也不会反对，而且并不以为危险的：这事在外国人，觉得似乎有些无从想像。

日本对于这回的战争，大概并非神经质；我又正被一般人不理会，轻蔑着：所以这著作没有得到反对的反响，也许是当然的事。但便是在日本，对于这著作中表出（原文如此）的问题，虽有些程度之差，——大约也有近于零的人，——却是谁都忧虑着的问题。我想将这忧虑，教他们更加感得。

国与国的关系，倘照这样下去，实在可怕。这大约是谁也觉得的。单是觉得，没有法子，不能怎么办，所以默着罢了。我也知道说了也无用，但不说尤为遗憾。我若不作为艺术家而将他说出，实在免不了肚胀。我算是出出气，写了这著作。这著作开演不开演，并非我的第一问题。我要竭力的（地）说真话，并不想夸张战争的恐怖；只要竭力的统观那全体，想用了谁都不能反对的方法，谁也能够同感的方法，写出这恐怖来。我自己明知道深的不足，力的不足，但不能怕了这些事便默着。我不愿如此胆怯，竟至于怕说自己要说的真话。只要做了能做的事，便满足了。

我自己不很知道这著作的价值；但别人的非难是能够答覆（复），或守沉默的：我想不久总会明白。我的精神，我的真诚，是从里面出来，决不是涂上去的。并且这真诚，大约在人心中，能够意外的得到知己。

我以为法人爱法国，英人爱英国，俄人爱俄国，德人爱德国，是自然的事：对于这一件，决不愿有所责难。不过也如爱自己也须同时原谅别人的心情，是个人的任务一般，生怕国家的太强的利己家罢了。

但这事让本文里说。

这个剧本，从全体看来，还不能十分统一。倘使略加整顿，很可以从这剧本分出四五篇的一幕剧来；也可以分出了一幕剧，在剧场开演。全体的统一，不是发展的，自己也觉得不满足，而且抱愧。但大约短中也有一些长处，也未必全无统一；从全体看来，各部分也还有生气：但这些事都听凭有心人去罢。总之倘能将国与国的关系照现在这样下去不是正当的事，因这剧本，使人更加感得，我便欢喜了。

我做（作）这剧本，决不是想做问题剧。只因倘使不做触着这事实的东西，总觉得有些过意不去，所以便做了这样的东西。

我想我的精神能够达到读者才好。

我不是专做这类著作；但这类著作，一面也想渐渐做去。对于人类的运命的忧虑，并非僭越的忧虑，实在是人人应该抱着的忧虑。我希望从这忧虑上，生出新的这世界的秩序来。太不理会这忧虑，便反要收到可怕的结果。我希望：平和的理性的自然的生出这新秩序。血腥的事，我想能够避去多少，总是避去多少的好。这也不是单因为我胆怯，实在因为愿做平和的人民。

现在的社会的事情，似乎总不像走着能够得到平和的解决的路。我自己比别人加倍的恐怖着。

一九一六年十二月二十三日，武者小路实笃。

《后记》兹录如下：

我看这剧本，是由于《新青年》上的介绍，我译这剧本的开手，是在一九一九年八月二日这一天，从此逐日登在北京《国民公报》上。到十月二十五日，《国民公报》忽被禁止出版了，我也便歇手不译，这正在第三幕第二场两个军使谈话的中途。

同年十一月间，因为《新青年》记者的希望，我又将旧译校订一过，并译完第四幕，按月登在《新青年》上。从七卷二号起，一共分四期。但那第四号是人口问题号，多被不知谁何没收了，所以大约也有许多人没有见。

周作人先生和武者小路先生通信的时候，曾经提到这已经译出的事，并问他对于住在中国的人类有什么意见，可以说说。作者因此写了一篇，寄到北京，而我适值到别处去了，便由周先生译出，就是本书开头的一篇《与支那未知的友人》。原译者的按语中说："《一个青年的梦》的书名，武者小路先生曾说想改作《A 与战争》，他这篇文章里也就用这个新名字，但因为我们译的还是旧称，所以我于译文中也一律仍写作《一个青年的梦》。"

现在，是在合成单本，第三次印行的时候之前了。我便又乘这机会，据作者先前寄来的勘误表再加修正，又校改了若干的误字，而且再记出旧事来，给大家知道这本书两年以来在中国怎样枝枝节节的，好容易才成为一册书的小历史。

一九二一年十二月十九日，鲁迅记于北京。

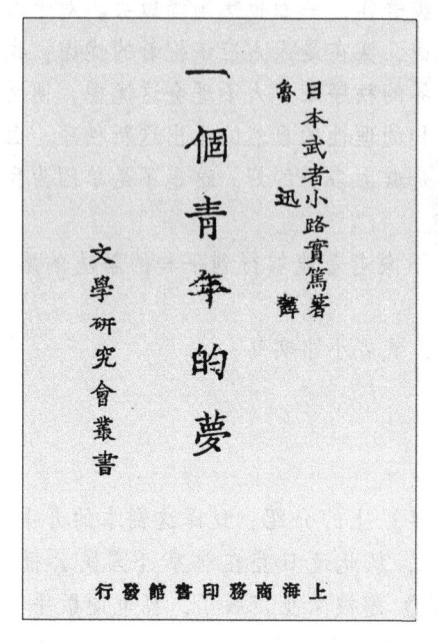

《一个人的死》

《一个人的死》,《文学研究会丛书》之一（无编号）。商务印书馆民国十七年（1928）十一月初版。著者为帕拉玛兹（Kostis Palamas），译者为沈馀。发行者为商务印书馆，印刷所为商务印书馆（上海北河南路北首宝山路），总发行所为商务印书馆（上海棋盘街中市），分售处为各地商务印书分馆。全一册，68页（另外还有《帕拉玛兹评传》41页），每册定价大洋肆角（外埠酌加运费汇费）。此外还有1929年11月再版。

该书为中篇小说，不分章节。

卷首有作者的《题辞》以及《帕拉玛兹评传》，卷末无跋。《题辞》兹录如下：

  这一篇故事，我献给你，朴质而不学的女人，给你，我的可怜的黎明。从你的嘴里，我第一次听得这故事，而且我企图竭力保存它的原状，那么，我或者可以正成了你的回响。因为当你说述的时候，全民族是在低语著（着）你的话，而且虽然你自己不知道，而你所说的每一件故事是一首民族的诗。你不是一个女人；你是传宣的风化。你不是肉做的，你是灵造成的。你的眼永不停滞，永不昏眊，凡你所讲述的，都生活在你面前，你能见到一切事，正如"想像"能见到

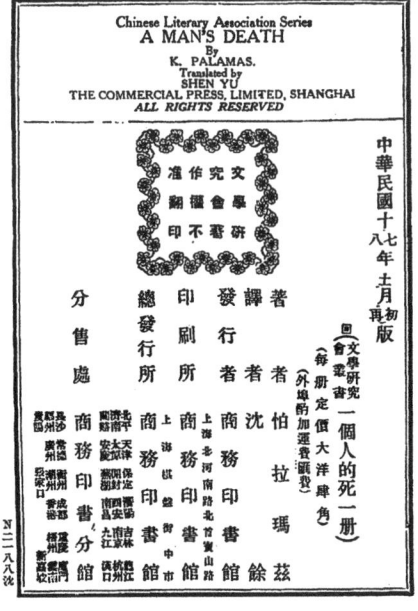

一 文学研究会"文学丛书"叙录 163

一切事，为了这缘故，你的话是活的，你的话是聪明的，我的质朴而不学的女人呀，你的眼，吸引我感应我，你的话语，使我神往，而且我觉得有一些东西是在一天一天的（地）系束我更逼近了你。你最先唱歌给我听，当我还是摇篮里的婴儿的时候；也许将来我在毕命的床上时最后到我耳边的，也就是从你嘴里发出来的话罢。

帕拉玛兹。

《她的一生》

《她的一生》，《文学研究会丛书》之一（无编号）。商务印书馆民国十五年（1926）一月初版。著者为法国莫泊桑，译述者为徐蔚南。该版本未见。

该译作还由世界书局出版，民国二十年（1931）五月初版，民国二十五年（1936）12月新一版。

该书为长篇小说，凡十四章，无章目。

新一版卷首有《弁言》，卷末无跋。《弁言》兹录如下：

莫泊桑长篇小说，余独爱其《她的一生》，其结构之谨严，描写之细致，实已足引人入胜，令人倾倒，何况其内涵之哲学，更为深刻！全书结尾一语："人生并不如想像那么好，也不如想像那末（按：

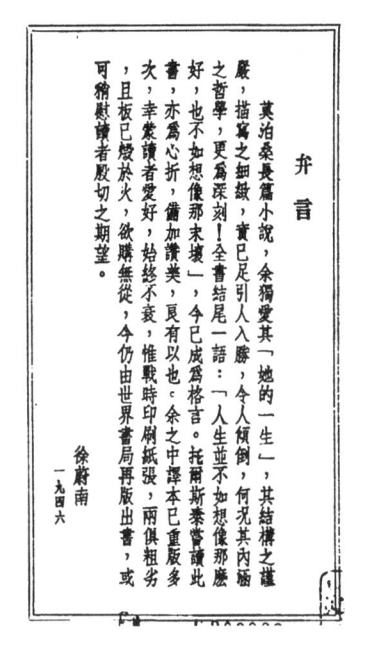

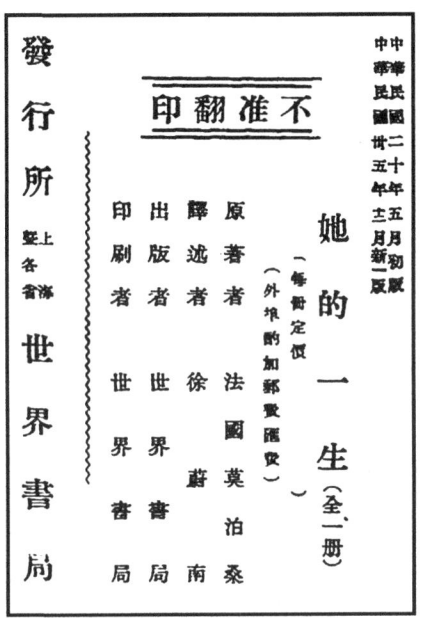

原文为'那末')坏"，今已成为格言。托尔斯泰尝读此书，亦为心折，倍加赞美，良有以也。余之中译本已重版多次，幸蒙读者爱好，始终不衰，惟战时印刷纸张，两俱粗劣，且板（版）已毁于火，欲购无从，今仍由世界书局再版出书，或可稍慰读者殷切之期望。

徐蔚南一九四六

《一叶》

《一叶》，《文学研究会丛书》（无编号）。上海商务印书馆民国十一年（1922）十月初版，民国二十二年（1933）一月国难后第一版，民国二十四年（1935）四月国难后第二版。著作者为王统照，发行者兼印刷者为商务印书馆，发行所为上海及各埠商务印书馆。一册89页。每册定价大洋陆角（外埠酌加运费汇费）。此外还有1923年8月再版本，1924年4月三版本，1927年8月五版本，1931年1月六版本。

该书分上下两篇，上篇十六节，下篇十二节，合计二十八节，均无节目。

卷首有《诗序》，卷末无跋。《诗序》兹录如下：

热血喷薄的心胸，
白白裸露的真诚，
长久是在迷惘的渊里的！
长久是在恍惚的梦中的！

人果然是相谅解与相亲密呵！
为何人生之弦音上，都鸣出不和谐的调子？
为何生命是永久地如一叶的飘堕地上？
为何悲哀是永久而且接连着结在我的心底？

我真诚地要诅咒人间！
我愿凭其热如火的泪光，来洗涤互相欺侮的罪恶！
我助着秋夜之雨哭呢！
我随着悲咽之琴鸣呢！
且是我每每地向我的笔尖祈祷！

我知道尚是在侮辱与诽笑的人间：
但我血沸了；
我心裂了！
我不能不贡献出我的悲感！
我不再惧人们的侮笑！

一叶之浮生吧！
有谁敢说它有永久的宝贵的地位？
飘在乱流之上哟，
腐在枯草之底哟，
谁能管得？
又谁曾管得？

一叶罢了！
当微风吹过；
或有零雨的点滴，
也会鸣出它的弱细的凄声呵！
一九二二，五，十日，于北京

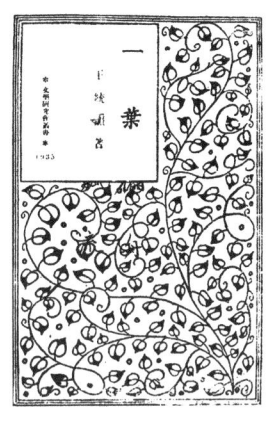

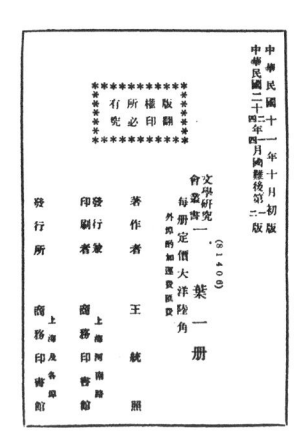

《遗产》

《遗产》，《文学研究会丛书》之一（无编号）。商务印书馆民国十二年（1923）十一月初版。著者为法国莫柏（泊）桑（Guy de Mauppassant），译者为耿济之。发行者为商务印书馆，印刷所为商务印书馆（上海北河南路北首宝山路），总发行所为商务印书馆（上海棋盘街中市），分售处为各地商务印书分馆。全一册，116页，每册定价大洋叁角伍分（外埠酌加运费汇费）。此外还有1924年5月再版，1931年8月三版。

该书为中篇小说，全文为1~8个部分。

无序跋。正文摘录如下：

> 虽然还不到十点钟，可是那些官员们已经川流不息地走进海军部的大门里来，匆匆忙忙从巴黎各处凑在一起，因为新年快到，是部员们得奖并且特别勤劳的时候了。匆遽的脚步充满在乱似迷宫的巨屋里，屋里一条看不见尽头的廊子，带着无数通到各科里的门。
>
> 每人走到自己科里去，和先来的同事握手，脱去小褂，穿上做事的旧衣裳，便坐在棹傍（按：原文为"棹傍"）；一大堆的公事正在棹（按：原文为"棹"）上等着他。以后就到别科里去打听新闻。先打听的是：科长已经来了没有，他的心绪如何，今天的邮件多不多。
>
> 总收文员采扎里，卡塞冷，是前海军步战队的下尉，服务到领班收文员的地位，正在一本巨簿上登记刚由邮差送到的信件。对面坐着一个发文员，萨冯老丈，傻头傻脑的老人，全部里都知道他夫妇间不睦的情事；他斜倚着身体，歪着眼睛，带着胆怯书记的一种呆态，正

在那里慢吞吞地抄写一个电报。

卡塞冷身材极高,头发是灰色而短的,剃着平头,一面机械似的办着每天的公事,一面说道:"从图龙送来三十二封信。这个军港送来的竟跟其余四个军港的信合在一起的差不多少。"以后他就对那个老人发一句每天早晨必发的问题:"唔,萨冯老丈,尊夫人的健康如何?"他并不中止工作,迳(按:原文为"迳")自回答道:"卡塞冷,你很知道这样的问题对于我太难堪啊。"收文员哈哈大笑起来,正和每天早晨他取得了同样不变的回答所笑的一般。

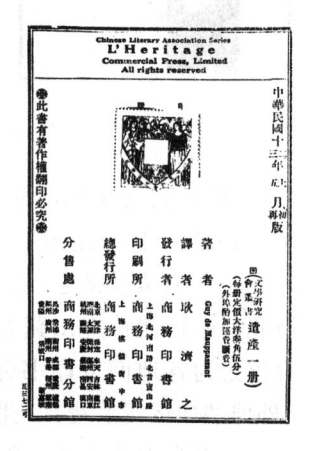

门开了,玛慈走将进来(按:原文为"走将进来")。他头发微黑,极美丽,衣裳穿得非常讲究;从外貌和态度上看起来,他觉得自

己比所处的地位还高。他戴着一只巨大的钻戒，粗练儿，还戴着单眼镜，——不过为着漂亮的缘故，因为做事情的时候还要把眼镜除下来；他又时常摇动着手，以便显出自己用美丽的袖扣妆饰（按：原文为"妆饰"）着的硬袖来。

《艺林外史》

《艺林外史》，原名《瘦猫馆》，《文学研究会丛书》之一（无编号）。上海商务印书馆民国十九年（1930）三月初版，民国二十二年（1933）二月国难后第一版。著者为法郎士，译者为李青崖，发行者兼印刷者为上海商务印书馆，总发行所为上海及各埠商务印书馆。一册，132页。每册定价大洋伍角（外埠酌加运费汇费）。

全文凡十四章，无章目。

无序跋。正文摘录如下：

隆冬的狂风，在这人烟稠密的附郭小镇市上，已经鼓荡了好几个日子。有一天，暮色又渐渐地把天空罩住。地面的积水，一洼一洼映着煤气灯发光。被行人和马蹄拖带翻搅的烂泥，将檐前的便道和街道，都弄成浆糊（按：原文为"浆糊"）似的。肩着工具的工人，端着从肉店中取出那供给夜膳而用两个碟子盛盖好了的牛肉的妇人，都昏昏欲睡地屈着脊梁在雨中行走。

各兑先生将身子紧藏在那黑呢外套中间，跟着这些平民，在泥泞的道儿上，朝着貂山的坡儿上走。他在那柄久被风雨所伤且如铩羽巨翼一般地迎风摇摆的雨伞之下，昂头前进。他的两颊，是朝前翻的；他的额头，是朝后退的；他的面孔，差不多毫不费事便取得水平的姿势；他的双眼，不必抬起，可以从伞衣的破缝中，窥见这时灰黑的天色。他走着，走着，忽而急如病狂，忽而缓如欲睡，信步转入一条泥泞黑暗的小巷里面，沿着一条靠着浴堂而苔藓蒙茸的木栅走去，他在迟疑一下之后，便走入一家小饭馆中。这馆中坐的客人，也和他一样，穿着又窄又绉的黑呢衣裳，静悄悄地在一种饱和了温煖（按：原文为"温煖"）猪油味儿而又混杂了从间壁浴堂透过来的那恶心的布片味儿之空气中间，吃他们的夜饭。

各兑先生用他的行礼方法，将头向后一仰，面上庄重地微微一笑，和柜上的女掌柜招呼一下。便将他那顶被雨漂得透湿而开裂的帽子，朝壁上的铜钩上一挂，自己就坐在一张油光射人的小石桌子前面了，一面用着考虑的神情，将头发拂了几次。那几盏且燃且啸的纱罩煤气灯，照着这汉子的羊毛般的卷发，和他那副半被欧洲历年冬季的雨雪所洗濯而实际仿佛腥臊的黑白合种的面孔的皮肤，以及他那双指甲满布白色星点而绉（按：原文为"绐"）纹重叠的手。

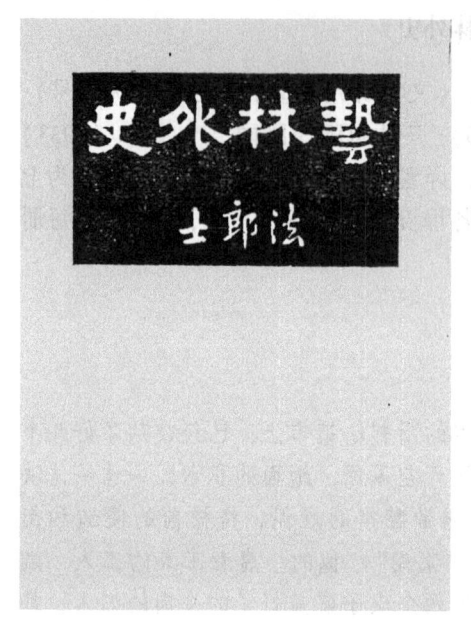

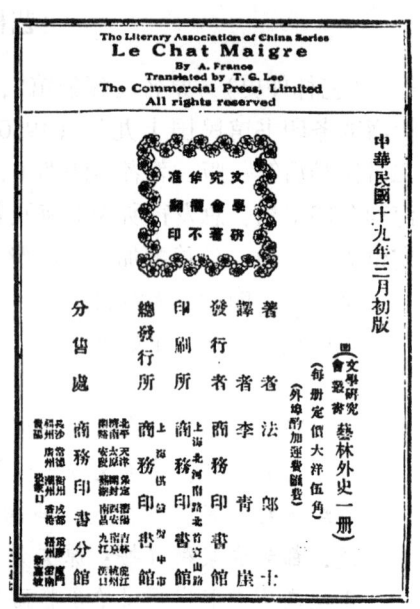

《意大利及其艺术概要》

《意大利及其艺术概要》，《文学研究会丛书》之一（无编号）。上海商务印书馆民国十七年（1928）五月初版。著者为李金发。发行者为商务印书馆，印刷所为商务印书馆，总发行所为商务印书馆，分售处有外埠各地商务印书馆分馆数十家。一册，220页。每册定价大洋壹元伍角（外埠酌加运费汇费）。此外还有1933年3月国难后第一版本。

该著要目为：文艺复兴杂述、意大利历史略表、社会概情、过阿尔卑斯山、Milano（米郎）、Verona（威罗那）、Venezia（威奴妲）、Bologna（布芙惹）、Firenze（蕙兰紫）、Roma（罗马）、Napoli（拿破里）。插图若干幅。封面由蔡元培题字。

卷首有《序言》，卷末无跋。《序言》未署名，作者当为李金发，《序言》兹录如下：

在阿尔卑斯山之南，有靴形半岛，傲然直据地中海上，非洲沙漠的热风,吹得全部土地都干燥,日光从清早就发出热量,去栽培那无数棕榈,及辉煌的宫殿,天空是浸蓝的,一片云儿都看不见,每到夕阳西下,天际便散布着火焰般的红霞,背影的礼拜堂,仅保存一团紫黛,引得被幸福摸抚着的游人,引领西望,有不胜依依之态。其地草场是终年浸绿的,远远的崖岩,衬着一阵阵的黄杏与青榄树,满望的平原,像一块多色呢布,虽有一纵一横的界线,但平坦得同已剃了的头颅一样,可看见的隧道里,火车喷出一阵白烟,匆忙地继续远走,像受惊的蜈蚣;若到海岸远望,你可看到无涯的一块空间,像深蓝的桌布,你若有画家的眼睛,就一分钟中可察出其变迁之次数,日光在水面反照,给你一强烈的光芒到眼际,终久如一,像光与热,是住在那空气的距离间。海波疾徐地冉冉而来,前锋带点白色,像哈木令兽之皮,迨日光西没,全部顿然变色,如灰暗的玉石,微风挟野林之气到鼻观;斯时山与崖石,仅现朦胧的模样,然在朦胧之后,斜阳之余滴正事陈设最后动人之美丽。呵,荷马、梭贺苦醉心歌咏之地,但底、米西盎则罗、哥德底西阿诺爱恋之故邦!非意大利而何?

其有史以前之建设,Païenne 时代之碑坊,俨马(欲与今之罗马城,有所分别,故将罗马帝国改为俨马)与 Byzanee 之建筑,phidias 及 Praxitèle 之雕刻,无论一尊残败的铜像,断碎的柱头,或故宫的废址,都使现代的作家羡慕,及得到无穷的美之想像,与人生伟大之教训。在文艺复兴里,其雕刻中的美与丰富,就是此时代的人类,脱离古代异端邪说的凄惨之证据,把人类的外形,严重的郑重及观察起来,渐渐觉到那力与自己的才能,并在前此谦让的神坛里,占一个地位,他们作品的简要、庄严、自然、及表现的毅力,是清新艺术的确据;有时刻肥胖的少年、短裤的僮仆、天真而且幼稚,空幻地描出自然之大体,这是足证实其还没有达到智慧之顶点者也。

要之,雕刻家最能感到生命,他极力去发明去解释,他的灵魂是充实的,他的人格是高翔的,一个肖像或一个不动的圣母,就足表现全部的心灵;至其筋肉的变化,布纹的安置与谐均,及其他身体动作之伟大,可知道其思想是灵通一贯的,自动地了解的。从 Gbtherti 时代起,意大利的石像、平雕,或家具的装饰,已自成了一世界,一切自然的领土,及现象世界与实际世界的五光十色,整齐与活泼地实现在石块里,即同 Patern 的牧群,排列在 Arioste 随便创出来的 Aleine

园中。

别一方面，可以说文艺复兴艺术的中心，是装饰化的。希腊人的艺术，是出于都邑，藉以纪念英雄功绩，或神与帝；Firenze 的艺术，是因为过于富厚，欲创造出很美的东西来装饰居室、官殿。希腊的艺术，是公众的、庄严的、简要的，经济地表现出沉静的伟大；Firenze 的艺术，是私有的、富弹性的，只知产生一个乐趣，且极其堂皇，征之 Sistina 的壁画，及 Medicis 的诸工作可知也。

总之，意大利是梦幻之地，艺术与自然之美，已成为世界人的宝藏，不论是文人诗家，或一个简单的游客，若脚踏了圣地，就要在回来的道上，迷醉于那美景与诗意的。

作者怀游（按：原文为"怀游"）意大利，既非一日，直至今年假道归国才实行。觉得此行很有纪念之必要，遂把所见及所感到，拉杂组织出来，以成此书，欲藉此提起大家研究艺术的精神，艺术人生的伟大的观念，及知道先代遗产的大概，并可作游意大利者简要的说明，且多附影片，以资引起国人爱美的倾向。

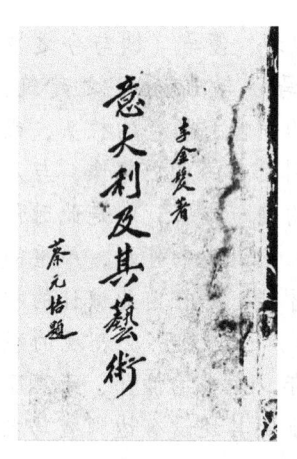

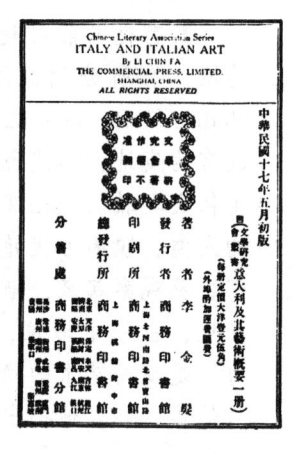

因时间及经济关系，不能遍游较小的名胜，是非常抱歉的，书中名字，多用西文，藉避去翻译的麻烦，及发音的冲突。

要游意大利的人，须先有历史演化的观念与常识，及爱美的心灵，与诗意的头脑，不然，则那灰黑的官殿、崩败的雕刻、棕黑的古画，必使之烦闷枯涩的。如不懂意文，则至少英德或法文要懂其一，否则诸多困难，什么游兴都会打散。

《意门湖》

《意门湖》，《文学研究会丛书》之一（无编号）。商务印书馆民国十一年（1922）一月初版。著者为德国斯托尔姆，译者为唐性天。发行者为商务印书馆，印刷所为商务印书馆（上海北河南路北首宝山路），总发行所为商务印书馆（上海棋盘街中市），分售处为各地商务印书分馆。全一册，75页，每册定价大洋贰角伍分（外埠酌加运费汇费）。此外还有1923年12月三版，1931年4月四版，1932年11月国难后第一版。

该书为中篇小说，包括《老人》《林中》《路上站着一个小孩》《回里》《信札》《意门湖》《是我的母亲要了的》《爱利撒》《老人》，凡九节。此外还有《斯托尔姆》（德国北部的小说家兼诗家传），包括《略传》《斯托尔姆的抒情诗》《斯托尔姆的短篇小说》。

卷首有《序》，卷末无跋。《序》兹录如下：

> 这一篇东西是斯托尔姆第一本短篇小说，他的原文，简练老当，并没有刻意求工的气味，却是描写情景，栩栩如生，真到了自然佳妙的境界，这就是斯氏"散文艺术"的美（Prosakunst）。他叙述这篇《孩儿的爱情》（*Kinderliebe*），所表现的，多是自己的经验，所描写的，又是本乡的风景，却又能使多数人与著者同情同感，如身历其境，得一深深的印象。而且书中一举一言，一事一物，都有寓意，非比他小说浮泛无意，读者须要静静地会悟其思想，那就不辜负这篇小说了。现在我把他（它）直译中文，所以多原文的语气，不过我的译笔不精，不免有些地方要损失了著者的价值。真是抱歉之至。
>
> 译者识五月卅一日

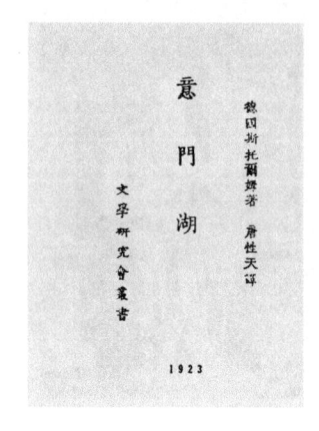

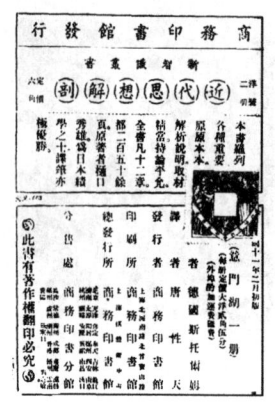

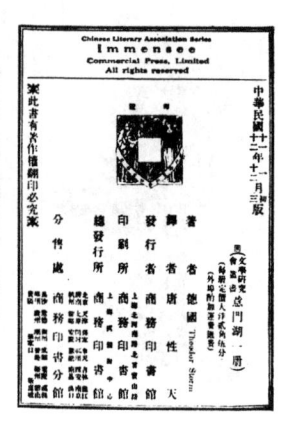

《印度寓言（一）》

《印度寓言（一）》，《文学研究会丛书》之一（无编号）。上海商务印书馆民国十四年（1925）八月初版，民国二十二年（1933）三月印行国难后第一版。编译者为郑振铎，发行者兼印刷者为商务印书馆，发行所为上海及各埠商务印书馆。一册，87 页。每册定价大洋叁角伍分（外埠酌加运费汇费）。

该书为印度寓言集之一，包括《骆驼与猪》《鸟与粘胶》《金属光片与电光》《百灵鸟与它的幼鸟》《两件宝物》《驴披狮皮》《多话的龟》《猴与镜》《群兽的大宴》《蓝狐》《蛇与鹦鹉》《井中的盲龟》《剑与剃刀及皮磨》《二愚人与鼓》《体质好与体质坏的》《狐与蟹》《象与猿》《麻雀与鹰》《鼓与兵士》《狐与熊》《聪明人与他的两个学生》《猫头鹰与乌鸦》《乌鸦与牛群》《孔雀与鹅及火鸡》《铁店》《虎与兔》《隐士与他的一块布》《孔雀与狐狸》《富人与乐师》《聪明的首相》《幸运仙与不幸仙》《猫头鹰与他的学校》《虫与太阳》《鸢与乌鸦及狐狸》《猫头鹰与回声》《骡与看门狗》《海与狐狸及狼》《狮与少狮》《群猪与圣者》《四只猫头鹰》《狮及说故事的狐狸》《国王与滑稽者》《伐树人与树林》《狮与山羊》《主人与轿夫》《公羊与母羊及狼》《圣者与禽兽》《乌鸦与蛇》《兽与鱼》《农夫与狐狸》《幸运的人与努力的人》《鹭鸶与蟹及鱼》《愚人与热病》《莲花与蜜蜂及蛙》《狮与象》，凡五十五则。

书中有若干插画，有的单独占一页，而大多数与文字拼凑成一页，显得图文并茂。

卷首有郑振铎撰写的《序》，卷末无跋。《序》摘录如下：

寓言与"故事"及"比喻",似皆有相类处,而又各有不同。故事是一篇事实的叙述,这种事实,或是真实的,或是为想像所创造的;它于事实的叙述外,不必更联合以什么道德的训条。比喻是用一段文字以表现一种隐藏的意义,这种意义是不直接表现于文字上的。[如"貌比西施"一句,是用西施二字,以表白某妇的极美之貌的,不必直接的(地)说出"极美"二字来。]寓言的性质,半与故事相同,又半与比喻相同。寓言与故事一样,是一篇简短的事实的叙述;又与比喻一样,是表达一种隐藏的意义的,不过不是用几个比喻的文词来表达而是技巧的用创造的人物的言动以表达之的;寓言与故事及比喻不同的地方是:寓言,必须包含有教训的目的,而故事及比喻则可以不必。寓言所最常表达的是道德的格言,人间的真理。最高尚的寓言常包含有伟大的目标,它在说着人间的真理,在教训着对面的人类,却把它的教训与真理,隐藏于创造的人物的言动中;这些人物,大约都是些在田野中的家畜,空中的飞鸟,林中的树木,山内的野兽等等。寓言作家于他们的一言一动中,传达出他的教训。读者得到这种教训,却并不看见教训者之立在他的面前。因此,他常常不自觉得的表同情于一切纯洁、高尚的行动,而厌恶卑下的,无价值的行动,而同时便觉察到或改正了他自己的谬误。昔时印度的某王,极喜喋

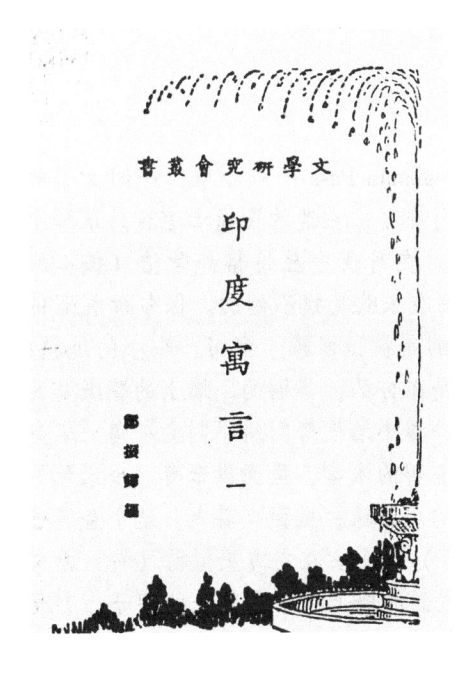

喋多言。群臣厌恶之而无法谏止。我们的大寓言作家乔答摩便对他讲说了一篇《多话的龟》的寓言，（这篇寓言见本书第十二～十四页）使他明白了多话之害。此后，某王便永革了那个多言之病。像这样的例子，在真实的历史上也时常的可遇到。寓言的劝戒（诫），实较正言厉色的诤辨（争辩）为更有效力。所以真的寓言家是负有极大的任务的。他不是一个叙述者，也不是一个比譬者。他乃是个伟大的教师，一个善事的指导者，一个罪恶的纠察者。他的故事是使读者愉快的，然在快乐的面具中又藏着伟大的教训。所以他的目的是双层的，一层是叙说故事，一层是传达教训。在这里，寓言是越超于故事或比喻之上了。

郑振铎十四年七月二日

《英雄与美人》

《英雄与美人》，《文学研究会丛书》之一（无编号）。上海商务印书馆民国十九年（1930）十一月初版。著者为法国萧伯纳，译者为中暇，发行者为商务印书馆，印刷所为商务印书馆，总发行所为商务印书馆，分售处有外埠各地商务印书分馆数十家。一册，128页。每册定价大洋伍角（外埠酌加运费汇费）。此外还有1932年11月国难后第一版本，1947年3月第二版本。

该文为三幕剧，无幕目。

无序跋。第一幕摘录如下：

晚上。保尔加利亚国，近 Dragoman Pass 的一小城，一间女子的卧室。时为一八八五年，快十一月底了。左边的窗通于凉台。从那个洞开的窗可以看见巴尔干的山峰。在月夜中显得格外莹洁（按：原文为"莹洁"）美丽。室内的陈设在东欧是找不到的。保尔加利亚的富丽中夹着维也纳的俗气。床上的盖被，帐帷，窗帘，小小的地毯，以及室中一切的织物的点缀品都是东方的，华丽的。墙上的壁纸是西方的，粗俗的。房间的右角上有一堵小墙把房间斜斜割去一角。床身就靠在这面墙上。床头上有一个金碧的木龛，里面供奉着一个象牙的基督神像。神龛前面有一个刺孔的金属球，里面点着火。这个金属球是挂于三根练（按：原文为"练"）子上。在左方更望前（按：原文为"望前"）一点有一张榻。靠左面的墙上有一副盥洗的架子。架子是金属做的，涂上一层油漆。上面放着一只涂瓷的铁制的脸盆。脸盆底下有一只水桶。旁边的棍子上挂着一块面布。附近有一张奥国曲木的椅子，坐位是藤编的。在床跟窗的中间有一张松木的梳妆台。上面铺了一块彩色的布，还有一个价钱不小的梳妆镜子。房门是在右边。介于门跟床间有一个有抽屉的橱子。橱子上面也盖着一块杂色的土布。橱面上放着一排纸背的小说，一盒奶油巧古力（原文为"巧古力"），一个书架。书架上安着一个极漂亮的军官的照相。他的不可一世的气概，有魔力的目光，在照相上都看得出来。房里点着两支蜡烛，一支是放在橱上，一支是放在梳妆台上，旁边还有一盒火柴。窗门只有一扇（像普通的门户一样），现在是完全开着，覆于左方墙上。窗外一对的木制的百叶窗向外开着。凉台上有一个青年女郎对着巴尔干的雪山凝视。她很深切的（按：原文为"的"）感到黑夜的浪漫的美。她也觉得她自己的妙龄丽质是这环境的美的一部分。她身上披了一件皮大衣，其价值至少等于室内器具的三倍。

她的漫想（原文如此）给她的母亲客色林佩脱考夫所打断。客色林是一个精悍强干的四十多岁的妇人，乌黑的头发跟眼睛。她很适宜于做一个山中农夫的妻子。但她打定主意要做一个维也纳的太太，因此不论什么时候总穿了一件茶点时的衣服。

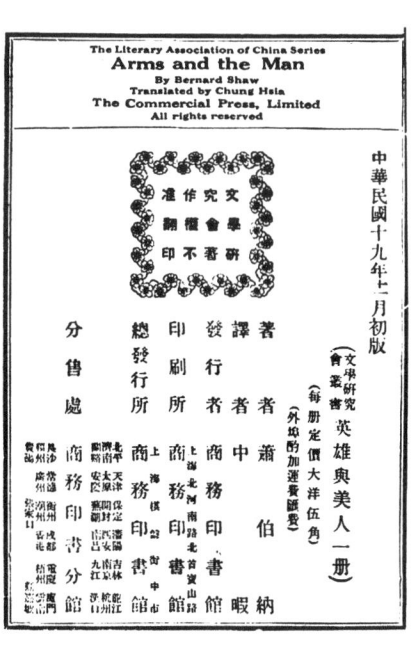

《忧愁夫人》

《忧愁夫人》,《文学研究会丛书》之一（无编号）。商务印书馆民国十三年（1924）十一月初版。著者为德国苏台尔曼，译者为胡仲持。发行者为商务印书馆，印刷所为商务印书馆（上海北河南路北首宝山路），总发行所为商务印书馆（上海棋盘街中市），分售处为各地商务印书分馆。全一册，354 页，每册定价大洋玖角（外埠酌加运费汇费）。

卷首有《译序》，卷末无跋。《译序》摘录如下：

在德国现代文学史上，一八八九年是很重要的一年，这一年中，极端自然主义的那些作家发表文艺运动的计划书，自由剧场在柏林成立，而且在这年的底边，两个最杰出的德国现代作家海尔曼苏台尔曼和盖尔哈忒郝卜特曼，初次将所做（作）的剧本出版行世，这些作品使他们得到空前的盛誉，成为德国第一流的作家，那时候苏台尔曼从事笔墨生涯，已有许多年，他已出过四部小说，其中两部还是现在他最流行的作品，然而在他的第一部剧本 Die Ehre（《名誉》）未出版之前，简直连文学界里面也没有人知道他。这部剧本既然得了成功，大家就热诚的留意到他那一向被忽视的几部旧作，于是 Frau Sorge（《忧愁夫人》）和 Der Katzensteg（《猫桥》）成了风行的小说了。从那时起，苏台尔曼每有作品出版，无论是剧本或是小说，在文学界就算一件盛事，那可以证明其如此的，不但是景慕他的人们的剧烈的赞扬，而且是反对派的批评家同样剧烈的非难。苏台尔曼近年的作品，虽然不如先前的"脍炙人口"了，他却依然是德国杰出的小说家，又是德国目前三领袖剧作家之一人。

苏台尔曼是全然近代风的作家，他的作品中，多少总反映着过去二十年来德国文学发达的陈迹。他的流派是不很分明的，但就全体而论，可以说他是自然主义者，不过他是折衷的，不是郝卜特曼或佐拉那种极端派罢了。他富于浪漫的气质，他小说中乐天的理想的气分（氛）是和自然派的阴郁的厌世观不合的。他不受一派或一种主义的拘束，可是他的作品，却也颇取法于佐拉、莫泊三（桑）、杜德、易卜生以及俄国那些小说家的。他所受得尼采哲学的影响，也十分显著。在他最近的剧本 Die drei Reiherfedern（Ein Marchenspiel）里，他渐渐的倾向于所谓象征主义的最近的作风。但是那种含着精微的意义，细腻的幻想，诗的文体，对于他那活泼遒劲的才能，似乎全不

一　文学研究会"文学丛书"叙录　179

相宜的。

苏台尔曼的作品上许多的特点，是他早年的环境孕成的。他以一八五七年九月三十日生于东普鲁士，与俄国接境的玛志什干小村中。他的父亲是酿酒工人，他受教育于爱尔平和梯尔失忒两处的预备学校，元匿思堡和柏林的两大学，期间因为贫寒也曾有一时期辍过学。他于一八七七年到柏林读书，此后一直住在那里。他出校后，便做家庭教师，随后做杂志记者，有一时期做过总主笔。他一方面又做着小说，起初不很得利，待到第一部剧本出版，方才成了名，在他的小说——其中大部分是他早年的作品——里，他格外的显露出小时候环境的影响来，因为那些小说，除了较短的几篇之外，都是以他年轻时候的家乡做背景的。他的对于自然的爱，尤其是对于荒原和沼地的喜欢；他的对于农业生活的兴味；他的中意的人物，那些高大的阔肩膀的傲岸的德国乡绅们——他这一切早年的回忆，在他的小说里到处涌现着。苏台尔曼在柏林时代的环境，从他的剧本和一部分小说——尤其是 *Es War*——里也可以看出来。他在柏林文才发展的时代，正是所谓"狂飙勃起"的时代。在这几年中，他那记者的职业，使他容易

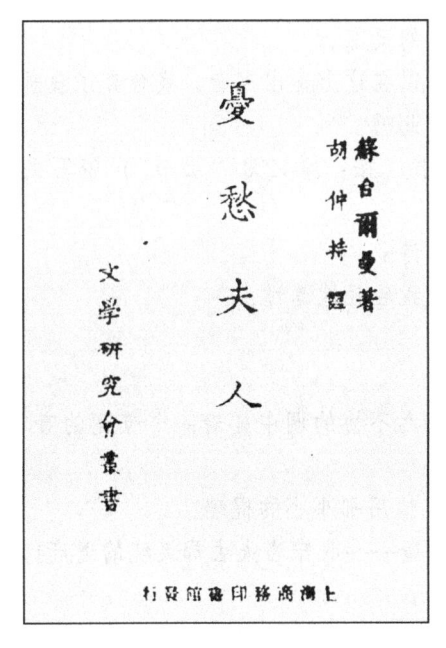

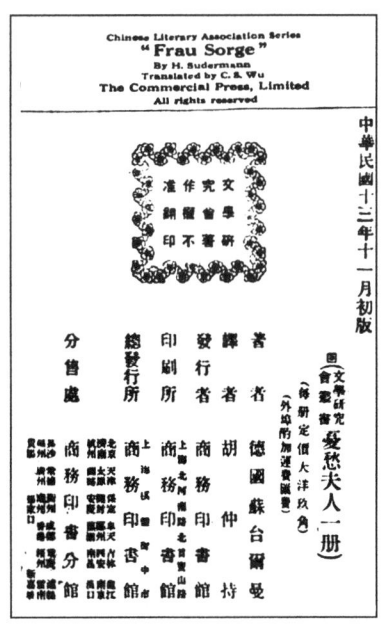

和当时文学界一切的风尚相接触；他吸收了各个名家的优长，才养成了一种特殊的作风。

《狱中记》

《狱中记》，《文学研究会丛书》之一（无编号）。商务印书馆民国十一年（1922）十二月初版、民国十三年（1924）四月再版。著者为英国王尔德，译者为汪馥泉、张闻天、沈泽民。发行者为商务印书馆，印刷所为商务印书馆（上海北河南路北首宝山路），总发行所为商务印书馆（上海棋盘街中市），分售处为各地商务印书分馆。全一册，234 页，每册定价大洋陆角伍分（外埠酌加运费汇费）。此外还有 1932 年 7 月国难后 1 版。

该书为散文，包括《致张闻天兄书》（作为"序"，田汉）、《王尔德介绍》（张闻天、汪馥泉）、《狱中记》（张闻天、汪馥泉合译）、书后附王尔德的《莱顿监狱之歌》（沈泽民译）。

卷首有沈泽民译的小引 Helas（王尔德作），《致张闻天兄书》（作为"序"，田汉），《王尔德介绍》之后有罗勃脱·洛士的《序》，卷末无跋。Helas 兹录如下：

> 追随着一切的热情，直到我的灵魂。
> 成了一支弦笛，凡是风都可以在这上奏出声音，我舍弃了我那古来的智慧和庄严的约束，便是为此吗？
> 我想我的生平譬如一个层书（按：原文为"层书"）密写的书简，专为着弦歌和吟哦。
> 满满了稚气的闲暇日闲懒的诗歌，
> 但是他只把那全体的秘密替我轻轻地遮过，
>
> 当然有一个时候我恐将
> 蹴彼日照之高空，而从生命之不协的调中弹着一个嘹亮的音节，达彼帝聪。
> 那时死的是（时）候吗？唉！用那小小的棍端，
> 我只尝触着了那罗曼斯的甜蜜——我宁当失去那灵魂的遗产！

《致张闻天兄书》（作为"序"，田汉）从略。罗勃脱·洛士撰写的《狱中记·序》，兹录如下：

一 文学研究会"文学丛书"叙录　181

　　在很长的一时期内，有不少好奇的议论是为《狱中记》底原稿而发的。这部稿子，大家晓得是在我这里，因为作者已经把彼底存在告诉给不少的朋友了。这部书用不到什么介绍词，更用不到什么说明，不过我所要记载的是，这部书是我底朋友在他底牢狱中最后的几个月所做（作）的，是他在牢狱中所著的唯一作品，而也是他用散文写的最后的作品（《莱顿监狱之歌》The Ballad of Reading Gaol，是在他出狱后所做的，以前他没有制作过，也没有计划过）。

　　关于公开这部书的事情，他对我有以下的话。

　　我不是辩护我底行为，我只是说明彼，在我底信中，有几段是关于我在狱中底精神的发展，我底品性底不可免的演化和对于人生底智慧的态度。并且我希望你和别的还与我有友谊而且表同情于我的人，很正确地晓得我用哪一种情态和样式以对世间。在一方面看来，我固然晓得，在我释放这一日，我也不过从这一个监狱转到别一个监狱，并且我还晓得，总有几个时候，全世界在我看来也不过和我底监房一样地大，并且也同样地充满着恐怖。可是我尚还相信，在创世的时候，上帝替每一个分离的人造了一个世界，而在那世界内——这是在我们底心内的——一个人应该找求生存。无论如何，你读我底信底那些部分的时候，总会比别人少些痛苦吧。固然，我也不必使你想到我——我们全体——底思想是怎样流动的一件东西，我们底情绪是怎样倏起倏灭的物体，可是我尚还看到一个可能的目的，通过了艺术，我也许可以向彼前进吧。

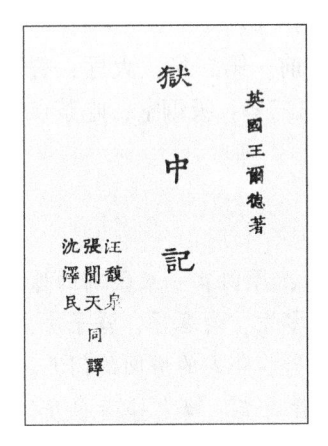

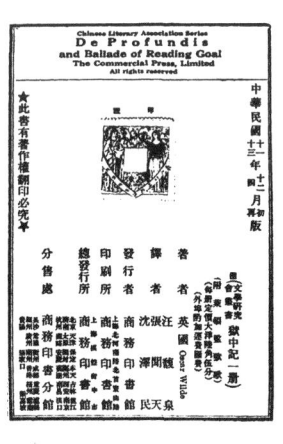

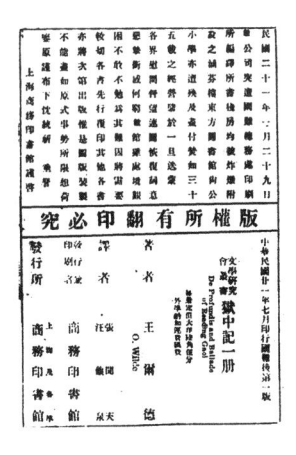

　　"监狱生活，使一个人能够适如其分地观照人和物，这是监狱生活所以使人变成石头一样的缘故。那被永远活动的生命底幻像所欺骗

的人们，都是在监狱外的。他们跟了生命旋转，并且贡献给彼底非实在。只有不动的我们才能'看'和'知'。"

不论这信对于狭窄的性情和有病的脑筋有没有益处，彼对于我是有益处的。我已经"把我底胸中许多危险的分子洗净了"。我不必使你想到在艺术家，表现是人生底最高的和唯一的样式。我们是能发言才生活的。在我当感谢监督者的许多事情中，他应许我自由写信给你的事情是最足感谢的。差不多在这两年中，我已经被压在日渐增加的痛苦底负担下，可是现在有许多已脱离了。在监狱底墙垣底那边，有几株正要发尖的绿芽的树，我很懂得彼等正在经过的是什么，彼等是在找求表现呀！

我敢大胆希望这部很活泼地很痛苦地描写社会的破坏和严罚加于有高级知识的与人工的性格上的效果的《狱中记》，能够给许多读者以对于这机警的与愉快的著者底不同的印象。

罗勃脱·洛士（Robert Ross）

《长子》

《长子》，《文学研究会丛书》之一（无编号）。商务印书馆民国十一年（1922）十月初版。著者 J. Galsworthy（英国 J. 高斯倭绥），译者为邓演存。发行者为商务印书馆，印刷所为商务印书馆（上海北河南路北首宝山路），总发行所为商务印书馆（上海棋盘街中市），分售处为各地商务印书分馆。全一册，115页，每册定价大洋叁角（外埠酌加运费汇费）。此外还有1924年11月再版、1933年1月国难后第一版。

该书为三幕剧，第一幕：第一场，大厅；餐前。第二场，大厅；餐会。第二幕：赤沙贵妇早晨的房间，早餐之后。第三幕：吸烟室，吃茶点的时候。

无序跋。第一幕摘录如下：

景为一间光线很充足，以橡木做墙的大厅；厅内有一乘很阔的橡木楼梯，空气里充满了有人住在那里的样子。餐室，会客厅，弹子房，都有门开到大厅里来，楼梯下面也有一扇开到那些仆人的房间的门儿。巨大的火炉里正烧着烘烘的烈火。地板上铺着虎皮，墙上挂着兽角，火炉的对面靠墙放了一张写字桌。佛立德司达旦汉——一个黑溜溜的眼睛、面色苍白的、很美的女子——身上穿着富贵人家的女婢的黑衣，两手里一只拿着一束黄玫瑰，一只拿着白玫瑰，站在楼梯脚那里。楼上门儿一开,威廉赤沙勋爵穿着夜服下楼来。他大约五十八岁的样子,身体很壮健,颈儿很粗大,灰色的眼睛,脸上颜色很好,他的易怒的贵族的气概,被一层很薄的礼貌遮盖着。他还没有到楼梯下,便说话。

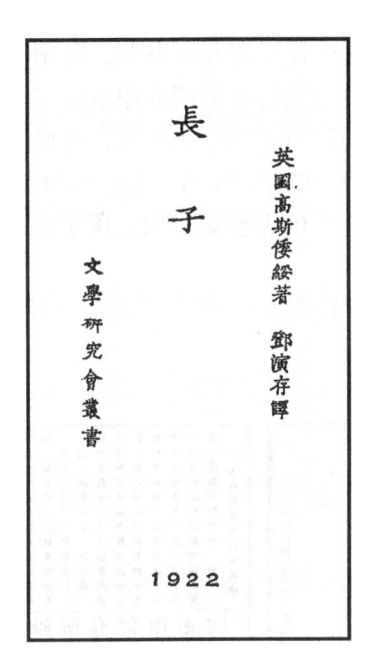

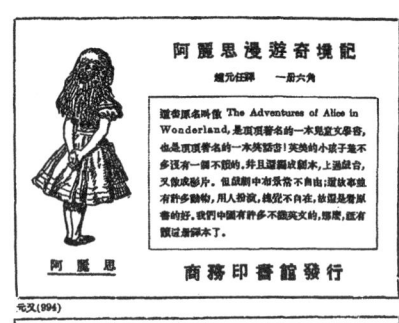

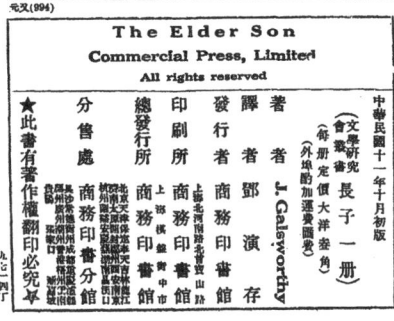

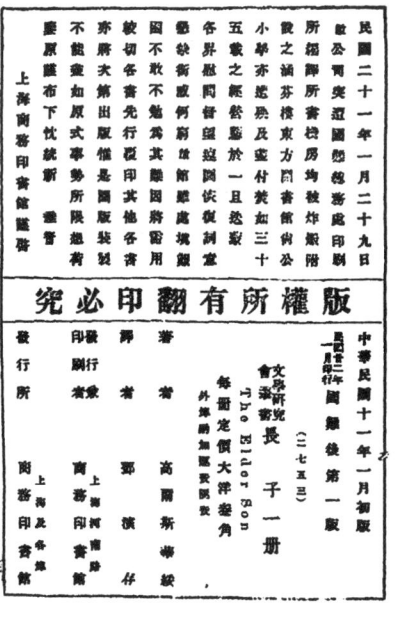

《赵子曰》

《赵子曰》，《文学研究会丛书》之一（无编号）。商务印书馆民国十七年（1928）五月初版。著者为老舍。发行者为商务印书馆，印刷所为商务印书馆（上海北河南路北首宝山路），总发行所为商务印书馆（上海棋盘街中市），分售处为各地商务印书分馆。全一册，348页，每册定价大洋壹元（外埠酌加运费汇费）。此外还有1928年11月再版，1929年11月三版，1933年2月国难后第一版，1943年10月渝第二版。国难后第一版与初版封面相同。

该书为长篇小说，凡二十三章，无章目。

无序跋。正文摘录如下：

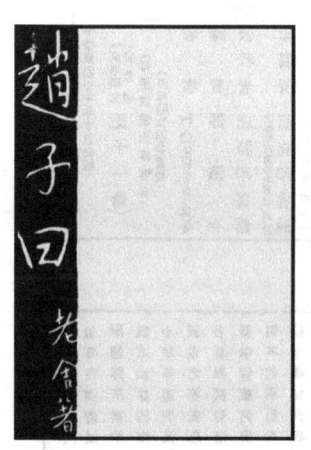

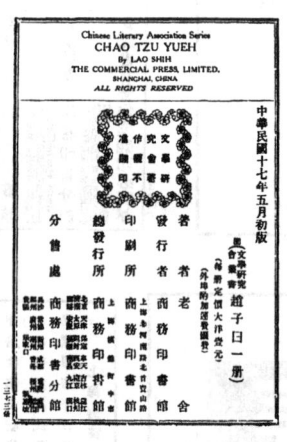

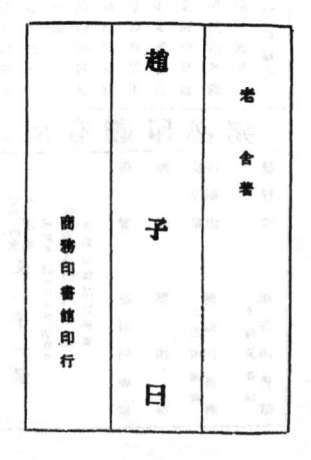

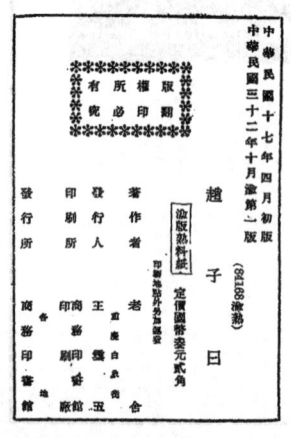

钟鼓楼后面有好几家公寓。其中的一家，字号是天台。天台公寓门外的两扇三尺见长，九寸五见宽，贼亮贼亮的黄铜招牌，刻着："专租学员，包办伙食。"

从事实上看，天台公寓的生意并不被这两面招牌限制住：专租学员吗？遇有空房子的时候，不论那（哪）界人士也和学生们同样被欢迎。包办伙食？客人们除非嫌自己身体太胖而想灭（原文如此）食去肉的，谁也不甘心吃公寓的包饭；虽然饭费与房租是同时交柜的。

《芝兰与茉莉》

《芝兰与茉莉》，《文学研究会丛书》之一（无编号）。商务印书馆民国十二年（1923）十二月初版、民国十七年（1928）八月五版。著者为顾一樵。发行者为商务印书馆，印刷所为商务印书馆（上海北河南路北首宝山路），总发行所为商务印书馆（上海棋盘街中市），分售处为各地商务印书分馆。全一册，前篇68页，后篇62页，页数不连，合计130页。每册定价大洋肆角（外埠酌加运费汇费）。此外还有1927年1月商务印书馆四版本，民国二十二年（1933）二月国难后第一版。

该书分前后两篇，前篇凡十节，后篇十节，凡二十节，均无节目。

卷首有瞿毅夫5月11日撰写于清华园的《序》，其后有《小引》，《小引》从略，《序》兹录如下：

一樵作完他的《芝兰与茉莉》送给我看，我觉得他创作的进步确是惊人得很！他的放肆的笔调和直率的布局给这篇小说的外形以一种特异的风格。这种巍然独立的风格，决不是寄生虫的作者所可几及于万一。一樵尝试小说的时间很短，但是从来不屑模仿他人的作品。因为有了这种充满的个性所以他的创作的天才能够渐渐显露出来，能够在仓促中开出这两朵鲜艳的花来——《芝兰与茉莉》。

一樵是个青年的作者，他的艺术没有达到成熟的境界，那是不必为讳的。因为作者离开童年还不甚远，所以描写童年的心理最真切，最透辟。因此我觉得这部书的前半比后半动人，也许这是我爱童年生活的缘故。我且随便举一个例：

"在山麓的一座家园里，密密层层的竹林真是幽雅宜人。前面有几块堆就的玲珑石，倒也有趣。祖母抱着我坐在石上，姑母站在傍（旁）边抱着那比我小五个月的妹妹。妹妹紧偎着姑母的脸，笑眯眯地……妹妹的手搁在哥哥的头上了。哥哥满脸笑容，动也不动。就是

这样留下一个永远不能磨灭的印象！……"（前篇第二节）

多么栩栩欲活的一幅图画呵！这部书的前半全是这一幅一幅的可爱的图画，引我回忆到童年的情景，多半已经模糊难以认识了。但是一樵所描写的好像就是我的生活的一叶（按：原文为"一叶"），我又想大概读者人人俱有此感，因为童年的生活是简单的，童年的心理是纯洁的，所以大部分是相同的，决不像成年的人们那样繁杂恶浊，光怪陆离，不可捉摸了！

作者是个未经事（世）故的少年，所以这篇小说给成年的人们看见，也许以为太肤浅了。不错，这篇小说的确没有含着什么很深奥的哲理，实质上的肤浅乃是青年人的作品所不可免的。不过这种天真的儿童的心理和作者对于恋爱的纯洁的观念，又岂是成年的作者所能及的？全篇只是描写一个"爱"字，"爱"的"质"和"量"虽是随着时代的变迁而不同，却没有露出丝毫的痕迹来，这是何等的力量呵！我们细细地读过这篇小说，再读别的描写恋爱的小说，真有仙凡之不同。

我觉得一樵的描写，决没有丝毫扭扭捏捏的样儿。我们且看下面的一段：

"一双洁白的小鸟不慌不忙地飞过来。妹妹喜欢小鸟，正看着出神。我只顾管着照相机也没有留神。我告诉妹妹就要照了，妹妹依然仰着头在看小鸟，乌黑的眼珠跟着鸟儿的方向乱转。好像妹妹已经溶（按：原文为'溶'）和在自然之美里面了。我也不再告诉妹妹，就照了一张相。等到我走到妹妹跟前，妹妹才问我'照好了么？'我点点头也就跟着妹妹看小鸟去了。……"（前篇第七节）

再看他下面的一段描写：

"……远望玉泉山塔影佛香阁夕照，我觉得别有意味，因为我不再当他们是砖泥瓦砾砌成的畸形物，他们都吸受了宇宙之美同大自然融和起来了。我不禁又想到鼋头渚之游。好洁白的一双飞鸟啊！我还想得出他们的翱翔。好清晰的一派涛声啊！我还听得见他们的澎湃。看飞鸟出神的人儿呢？和涛声奏乐的人儿呢？融和于自然之美的美啊！你会赏鉴自然，你会领略自然，你能让你融和于自然之美。……"（前篇第九节）

痛快淋漓，一气呵成，岂但给我们一个逼真的画影，并且使我们领略许多高尚联绵的感想。我敢大胆说一句，现在国内的青年作者恐怕没有人赶得上他吧？

但是我早说过了，作者是在青年，他的作品当然还有许多不完美的地方。文笔之单调、感想之繁杂，是我对于此书不满意的地方。但

一　文学研究会"文学丛书"叙录　187

是这些小疵点总遮掩不了他这两朵鲜花——芝兰与茉莉——的艳影和香味。在沉闷无聊的国内文坛上加了这一枝（按：原文为"这一枝"）旗帜鲜明的生力军，声势该要雄壮得多了！

翟毅夫五月十一日，清华园。

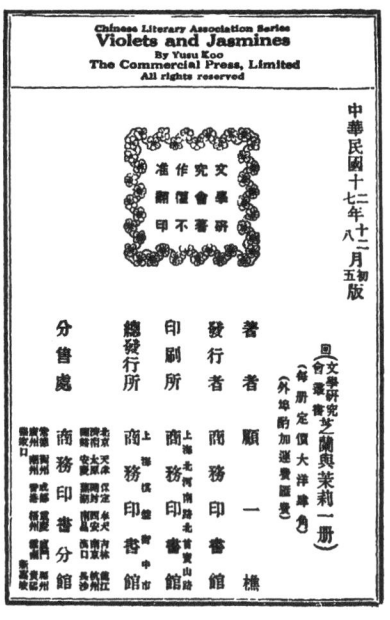

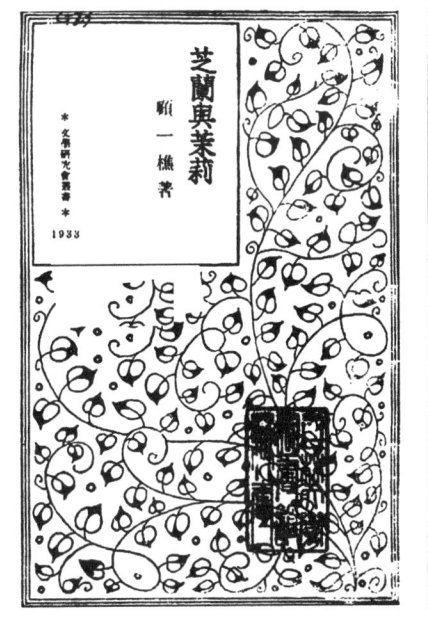

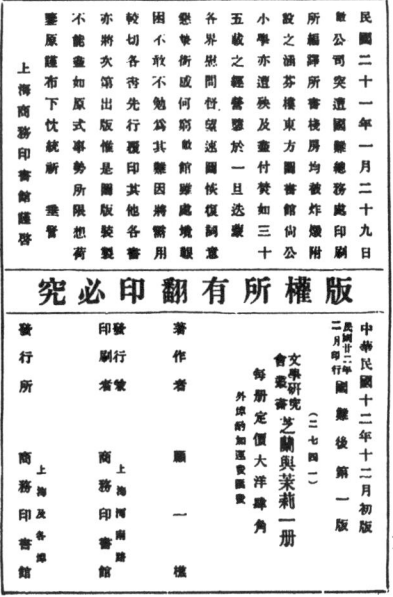

《织工》

《织工》，《文学研究会丛书》之一（无编号）。商务印书馆民国十三年（1924）三月初版。著者为德国霍脱迈，译者为陈家驹。发行者为商务印书馆，印刷所为商务印书馆（上海北河南路北首宝山路），总发行所为商务印书馆（上海棋盘街中市），分售处为各地商务印书分馆。全一册，139页，每册定价大洋肆角（外埠酌加运费汇费）。

该书为五幕剧，无幕目。

无序跋。第一幕摘录如下：

  粉白房一大间，在彼得司华渡屈赖息格家的楼下，那是织工缴布匹的处所，也是收藏粗绒布的地方。向左是几扇没窗帘的窗门，在后墙里有一玻璃门，向右是另一玻璃门，男女老少的织工正此门进出。沿三面墙上都排着收绒布的架子。靠右墙设一长条凳，凳上已有几个织工摊放了他们的布匹。按各人到的先后顺次将布交给屈赖息格的管理员吴海法检验。吴带着规尺及显微镜立在一张检验布匹的大桌后面。当吴海法验过合意了，织工将那布拿到学徒所管的天秤上去秤（称）分量。这学徒就将那手下的布放到架上去。于是吴海法向那坐在一张小桌边的会计纽迈喊出每次应付的价值。

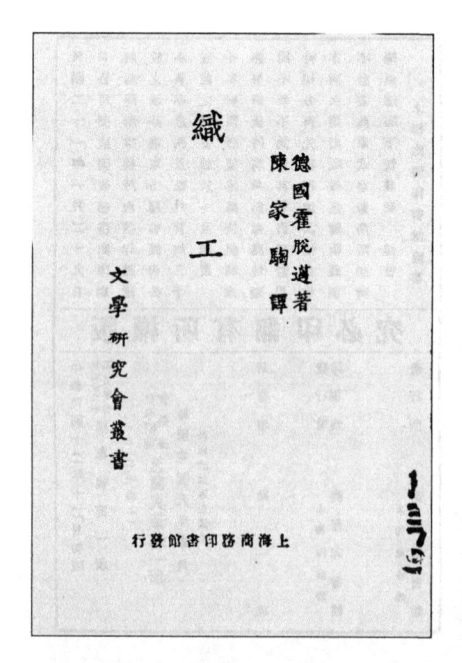

《追求》

《追求》,《文学研究会丛书》之一（无编号）。商务印书馆民国十七年（1928）十二月初版。著者为茅盾。发行者为商务印书馆，印刷所为商务印书馆（上海北河南路北首宝山路），总发行所为商务印书馆（上海棋盘街中市），分售处为各地商务印书分馆。全一册，248 页，每册定价大洋捌角（外埠酌加运费汇费）。此外还有开明书店 1946 年 9 月十四版。

该书为中篇小说。

卷首无序，卷末有《从牯岭到东京（代跋）》，摘录如下：

> 有一位英国批评家说过这样的话：佐拉因为要做（作）小说，才去经验人生；托尔斯泰则是经验了人生以后才来做（作）小说。
>
> 这两位大师的出发点何其不同，然而他们的作品却同样的震动了一世了！佐拉对于人生的态度至少可说是"冷观的"，和托尔斯泰那样的热爱人生，显然又是正相反；然而他们的作品却又同样是现实人生的批评和反映。我爱佐拉，我亦爱托尔斯泰；我曾经热心地——虽然无效地而且很受误会和反对，鼓吹过佐拉的自然主义，可是到我自己来试作小说的时候，我却更近于托尔斯泰了，自然我不至于狂妄到自拟于托尔斯泰；并且我的生活我的思想，和这位俄国大作家也并没几分的相像；我的意思只是：虽然人家认定我是自然主义的信徒，——现在我许久不谈自然主义了，也还有那样的话，——然而实在我未尝依了自然主义的规律开始我的创作生涯；相反的，我是真实地去生活，经验了动乱中国的最复杂的人生的一幕，终于感得了幻灭的悲哀，人生的矛盾，在消沉的心情下，孤寂的生活中，而尚受生活执著（着）的支配，想要以我的生命力的余烬从别方面在这迷乱灰色的人生内发一星微光，于是我就开始创作了。我不是为的要做小说，然后去经验人生。
>
> 在过去的六七年中，人家看我自然是一个研究文学的人，而且是自然主义的信徒；但我真诚地自白：我对于文学并不是那样的忠心不贰。那时候，我的职业使我接近文学，而我的内心的趣味和别的许多朋友——祝福这些朋友的灵魂——则引我接近社会运动。我在两方面都没专心，我在那时并没想起要做小说，更其不曾想到要做文艺批评家。

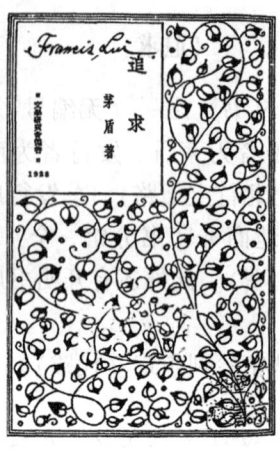

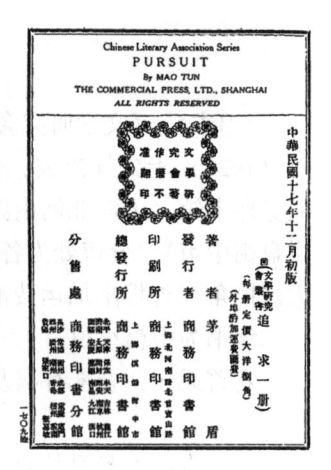

《缀网劳蛛》

《缀网劳蛛》，《文学研究会丛书》之一（无编号）。上海商务印书馆民国十四年（1925）一月初版，民国十七年（1928）七月三版。著者为落华生，发行者为商务印书馆，印刷所为商务印书馆，总发行所为上海商务印书馆，分售处有外埠各地商务印书馆分馆数十家。一册，230页。每册定价大洋陆角伍分（外埠酌加运费汇费）。此外还有1927年7月二版。

该书为叶绍钧的短篇小说创作集，内收《命命鸟》《商人妇》《换巢鸾凤》《黄昏后》《缀网劳蛛》《无法投递之邮件》《海世间》《海角底孤星》《醍醐天女》《枯肠生花》《读〈芝兰与茉莉〉因而想及我底祖母》《慕》，凡十二篇。

无序跋。《读〈芝兰与茉莉〉因而想及我底祖母》摘录如下：

> 正要到哥伦比亚的检讨室里校阅梵籍，和死和尚争虚实，经过我底邮筒，明知每次都是空开的，还要带着希望姑且开来看看。这次可得着一卷东西，知道不是一分钟可以念完底，遂插在口袋里，带到检讨室去。
>
> 我正研究唐代佛教在西域衰灭底原因，翻起史太因在和阗所得底唐代文契，一读马令痣同母党二娘向护国寺僧虎英借钱底私契，妇人许十四典首饰契，失名人底典婢契等等，虽很有趣，但掩卷一想，恨当时的和尚只会营利，不顾转法轮，无怪回纥一入，便尔扫灭无余。
>
> 为释迦文担忧，本是大愚：会不知成、住、坏、空，是一切法性？不看了，掏出口袋里的邮件，看看是什么罢。
>
> 《芝兰与茉莉》

一　文学研究会"文学丛书"叙录　191

这名字很香呀！我把纸笔都放在一边，一气地读了半天工夫——从头至尾，一句一字细细地读。这自然比看唐代死和尚底文契有趣。读后的余韵，常绕缭于我心中；像这样的文艺很合我情绪底胃口似的。

写于哥伦比亚图书馆四一三号检讨室，十三年，二月，十日

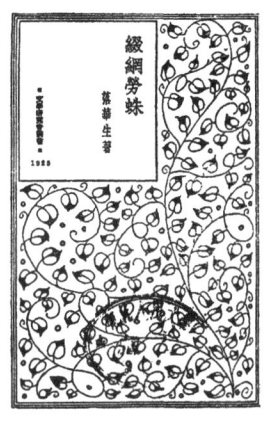

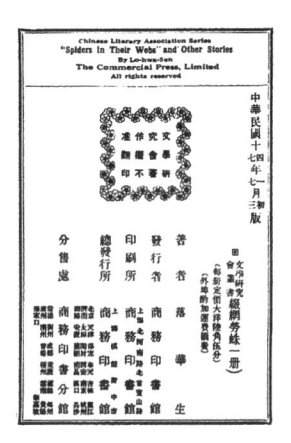

《醉里》

《醉里》，《文学研究会丛书》之一（无编号）。商务印书馆民国十七年（1928）七月初版。著者为罗黑芷。发行者为商务印书馆，印刷所为商务印书馆（上海北河南路北首宝山路），总发行所为商务印书馆（上海棋盘街中市），分售处为各地商务印书分馆。全一册，218页，每册定价大洋捌角（外埠酌加运费汇费）。此外还有1930年5月再版，1933年7月国难后第一版。

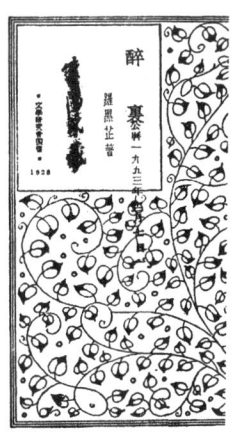

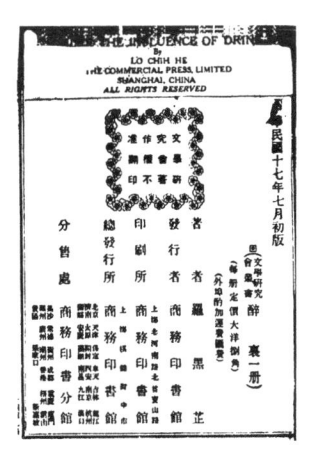

该书为短篇小说集,收录《胡胖子请客》《出家》《医生》《二男》《圆脸》《醉里》《灵感》《海的图画》《辛八先生》《货贩》《失名者》《低低地弯下身去》《将这个献给我的妻房》《在澹霭里》《决绝》《无聊》《压迫》,凡十七篇。

卷首有《卷端缀言》,卷末无跋。《卷端缀言》兹录如下:

《醉里》原是模模糊糊的,黄仲则诗句:"醉里听歌梦里愁",这风韵很长,初不必这书中的《醉里》一篇强拖来做一个代表,不限定能饮酒,只要能醉,人生便在其中了。

十五年十一月黑芷志于长沙

(二)《文学研究会通俗戏剧丛书》叙录

该丛书出版的时间大体为 1924 年 3 月至 1934 年 7 月,上海商务印书出版。已知九种,有编号,依次为《青春底悲哀》《复活的玫瑰》《弃妇》《山河泪》《相鼠有皮》《歧途》《人间的乐园》《顽石点头》《春的生日》,依编号顺序逐次叙录。

《青春底悲哀》

《青春底悲哀》,《文学研究会通俗戏剧丛书》第一种,上海商务印书馆民国十三年(1924)三月初版(三版本所印初版时间有误),民国十九年(1930)十一月五版。著者为熊佛西,发行者为商务印书馆,印刷所为商务印书馆,总发行所为商务印书馆,分售处为外埠商务印书分馆三十三处。全一册,137 页,每册定价大洋肆角(外埠酌加运费汇费)。此外还有 1928 年 3 月四版本,1933 年 2 月国难后第一版本。

该书为熊佛西的戏剧集,收独幕剧《青春底悲哀》、独幕剧《新闻记者》、二幕剧《新人的生活》、三幕剧《这是谁的错》,凡四个剧本。

卷首有三序,卷末无跋。郑振铎的《序》兹录如下:

现在提倡戏剧的人很多,学生的爱美的剧团也一天天的发达起来。但剧本的产生,则似乎不能与他们的需要相应,到处都感着剧本饥荒的痛苦,到处都在试编各种剧本,而其结果则成功者极少。我们虽然曾译了些萧伯讷(B. Shaw)及柴霍甫(A. Tchekhov)诸作家的剧本，而他们在中国舞台上又有难以表演的痛苦。且即表演出来，听众中也至少有一大部分人不能了解。《华伦夫人之职业》在上海试演的失败，即可据为一例。所以在现在的时候，通俗的比较成功的剧本，实有传播的必要。我们印行这个《通俗戏剧丛书》的主要原因，即在于此。

我们现在第一次印行的是熊佛西君的戏曲集《青春底悲哀》，此集共包含四个剧本，都是在北京及其他地方表演过而很得成功的。

第二次印行的是侯曜君的戏曲集《复活的玫瑰》。此集共包含三个剧本，也都是在南京等处表演过，曾得到听众的赞颂的。

他们在文艺上的价值如何，我们现在且不必在此讨论，但他们在舞台上的感化力，却实比在书本上伟大。这是我们在当时舞台下所曾亲切感到的。凡曾做过他们的听众之一的，想俱会有这个同样的感觉。

以后如再得到这一类的剧本，我们当继续的把他们印出，以供献于国内的爱美的剧团之前。

郑振铎十二年九月十八日

瞿世英的《序》兹录如下：

我的朋友熊佛西兄将他的四种剧本汇编一册付印，要我做（作）一篇批评的序。但是我实在是不能作这篇序的；何以呢？一则我和佛西是多年的同学；二则佛西所编的剧本没有一种我们不曾预先讨论的；三则有的剧本，我自身也亲自排演过。若要我批评，不敢说是没有偏见的。——然而正因为这三种原因，佛西才一定要我做（作）序。

现在我们提倡戏剧的朋友恒感觉两种困难，旧的剧本自然不好，但是近年来所谓"文明新剧"却又大半是没有剧本，至多有一张幕表，即使有剧本的，实在是离我们的理想太远。若说采用西洋的剧本排演，或者采用西洋剧本的结构，略为改变取来排演亦有许多困难。研究戏剧和自身登台演习的朋友们都知道，用不着细说；因此，剧本之创作实在是目前第一件要事。

没有剧本固然是一件困难事；但是假如有了剧本，这种剧本在文学上很有价值，然而一旦实地排演起来，便有种种不合式（适）的事情表现出来。没有舞台经验的作家的剧本常有这种弊病，这是无（毋）庸隐讳的。

佛西的剧本却不是这样。他是很感觉这种痛苦的，所以他先自己来试作剧本，免除第一种困难。为要预防"中看不中演"的弊病，所以凡不能排演的剧本他不编。凡他自己不能登台排演的剧本他不编。现在这集里的剧本，没有一种不是公开的排演过的，亦没有一种他自己不去"角色"的。

因为他能创作剧本，又有舞台经验的缘故，没有剧本，他便编剧本；缺少能演的剧本，他便不编不能演的剧本。旁人觉得困难的，到他手里便轻轻的（地）解决了，所以我们常说佛西的作品在艺术上是否算是成功，先不必说。而他这种自编自演的勇气，却是极可佩服的——即此便是他的成功。

瞿世英

作者的《自序》兹录如下：

这四个短剧是一九二〇到一九二二年我的尝试，在实演的时候虽说是没有失败，但在描写方面我自认——姑且不论别人的批评怎样——是失败了。现在把他（它）们发表出来，并不要夸誉我的作品，实想因我的失败而激起海内士女对于戏剧的兴趣、研究、讨论；并多数同志的成功呵！因为现在在中国编剧，很感到许多的困难：剧理深了，不适合观众的容纳；过于浅陋呢，又失了戏剧本身的价值。

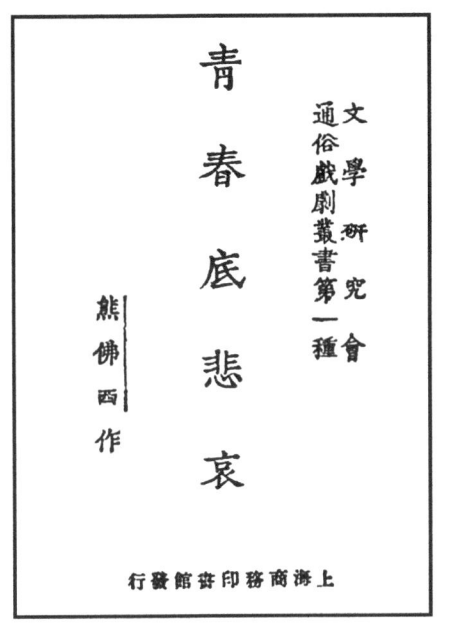

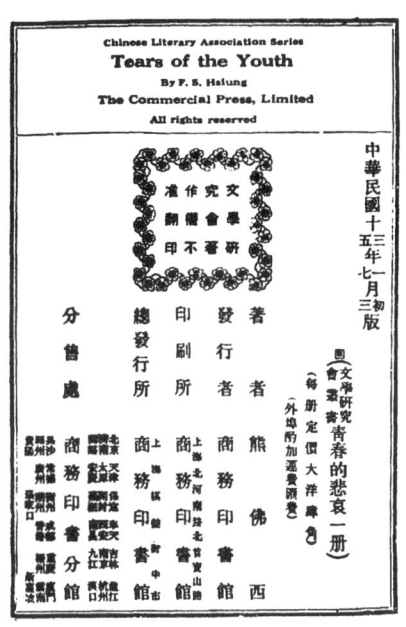

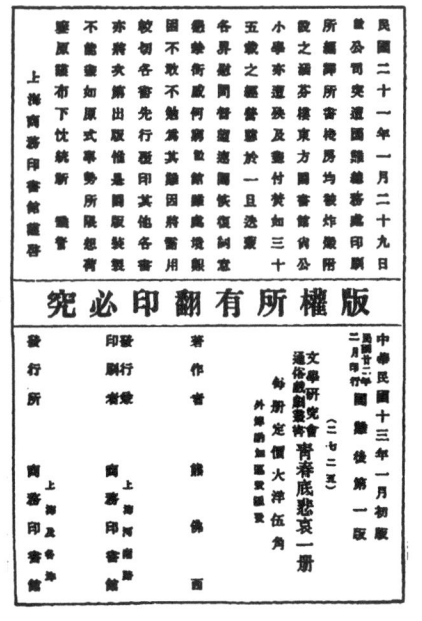

一 文学研究会"文学丛书"叙录　195

编的秩序:《这是谁的错》在先,《新人的生活》次之,《新闻记者》更次之,《青春底悲哀》——此篇大半的材料是故友春魂昔日供我的——为最末。

我很感激瞿菊农、周作人教授及陈大悲先生。因为他们在各方面辅助我甚多；我更要谢谢地山、景升、我农、梅生、宇眉诸兄，因为他们在平日指导我也不少。

我还特别要感谢菊农兄，因为他在百忙中抽空替我做（作）了这篇序。

一九二二年双十节，熊佛西于燕京大学

《复活的玫瑰》

《复活的玫瑰》，《文学研究会通俗戏剧丛书》第二种，上海商务印书馆民国十三年（1924）三月初版，民国十六年（1927）二月三版。著者为侯曜，发行者为商务印书馆，印刷所为商务印书馆，总发行所为商务印书馆，分售处为外埠商务印书分馆三十三处。一册，145 页，每册定价大洋伍角（外埠酌加运费汇费）。此外还有 1929 年 1 月四版本，1932 年 12 月国难后第一版本。笔者所见为三版本和国难后第一版本。

该书为侯曜的戏剧集，收《复活的玫瑰》《刀痕》《可怜闺里月》，凡三个剧本。

卷首有四序，卷末无跋。郑振铎的《序》与《青春底悲哀》中的郑序相同，从略。吴俊升的《序》和王式禹的《序》也从略。曹刍的《序》兹录如下：

在朦胧的月色当中，见婆娑的树影，听和谐的琴韵，倦眼微伤，不觉叫人要沉沉的（地）睡去。这种景况，是心灵最安适的时候。我以为"纯艺术"有这样的功用？

站在荒凉的地方，看见伧父欺负活泼天真的童子，那时愤怒的情感，拯救童子的心怀；和惩戒荒伧的举动，会自然的（地）表现出来的。我以为"人生艺术"有这样的价值？

如果人生到无问题的时代，群众都有他们的闲暇，那们（门）藉琴韵诗情，求心灵的陶醉，是很好的。但是在扰攘不宁生活紧张的现在，闲暇有几个人？这几人当中，能受艺术洗礼的又有几个？所以在现在而谈"纯艺术"，除了供那少数有掠夺本领的人淫乐而外，对于大多数的群众，有什么影响呢？我说：求纯艺术的普遍化，现在是万万办不到的，要希望"纯艺术"的普遍化，不得不求群众的暇逸；求群众的暇逸，不得不使人生诸问题有他一个相当的解决，求问题的解决，不得不激起群众的情感，逼迫他和一切问题奋斗。那们（门）"人生艺术"于此变成必要工具之一了。

我的朋友侯曜君酷嗜戏剧，他所创作的几种剧本，都是表现"人生艺术"的，如《可怜闺里月》《战后》两剧，是描写战争罪恶的；最近有《刀痕》一剧，是指示"恋爱"真义的。《空谷佳人》一剧是提倡女权的。……还有其他几种此地不备述了。他们创作中一种最能使中国不自然的婚姻制度，受极锐利的打击的，是《复活的玫瑰》一剧。中国的婚制和西洋大不相同，易卜生写《傀儡家庭》和《海上夫人》两剧，女子和男子尚居于平等地位，不过因某种习惯和势力的关系，致有一时的蒙蔽，一旦翻然觉悟，自可跑向自由之路，不受任何方面的限制！我们再一回顾中国看是什么景况？婚姻是操自父母和其他尊长的；结合的标准是看金钱和门第的；父母的权威，子女有绝对服从之义务的。——其他还有补权威不足之吃人的礼教，用做（作）狱牢，用做（作）刑具！所谓子女，不过是一个忠顺的奴隶；所谓婚姻，不过是商品的买卖！所以此剧里面的女主人秀云，因为家道中落，没有金钱，若愚就可以任意退悔。后来因其子痴呆的缘故，仗着金钱，任意招之劫之。秀云要反对这种婚姻，她的母亲因为羡慕李家多金钱的缘故，拿死要挟她的爱女！一个自由的秀云，终于因为金钱的势力，不得不含泪忍辱蒙上忠顺奴隶的面具，去做那十足的牺牲！我读到这个地方，我的血沸腾了！侮辱"女子"的人格，侮辱"人"的人格，有比这个更甚的吗？……

有朋友告诉我说：当演此剧时，女子中有下泪的，男子中有怒目横眉的。下泪的，是为婚姻制度之可悲吗？怒目的，是婚姻制度的可恨吗？我猜测的如果是不错，侯君费去的心血，有了报酬了。但是婚姻制度是一个空洞的形式！在空洞形式背后而造成种种罪恶的金钱，实在是人生之魔！此魔不除，不但婚姻没有自由，其他一切束缚人类工具的东西，也没法解脱！所以我读了侯君这本戏剧之后，我愿侯君拿攻击婚姻制度的热烈情感去攻击经济制度；我尤愿那些为婚姻制度下泪和怒目的男女，转而怨恨咀（诅）咒经济制度！那们使人得最大慰安的"纯艺术"或许能早日得普遍化呵！

一九二二，一〇，二八，曹刍序于南高书舍

此外还有作者的《卷头语》，兹录如下：

我愿变一架留声机，
放在罪恶的世界里。
吸尽一切哀怨的声音，
编成一曲凄凉的调子。
到人们最痛苦的时候，
这一曲悲歌，
也许能安慰了人们的多少哀怨。

我愿变一架影戏机，
放在悲惨的世界里。
照尽一切悲欢离合，生老病死的人事，
编成一出人生的悲剧。
到人们最痛苦的时候，
这一曲悲剧，
也许能安慰了人们的多少悲痛。
一千九百二十三年二月十四日侯曜

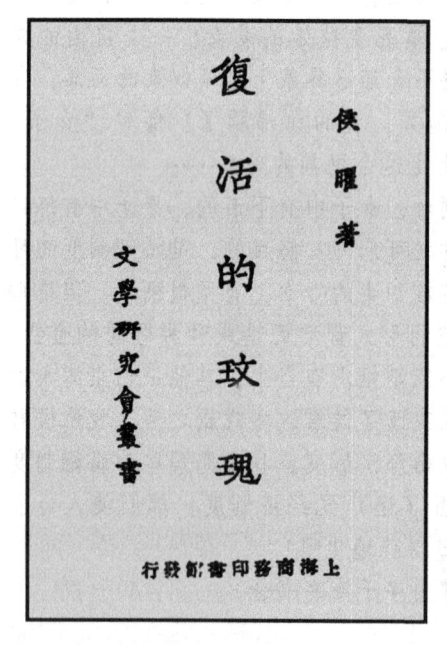

一 文学研究会"文学丛书"叙录　199

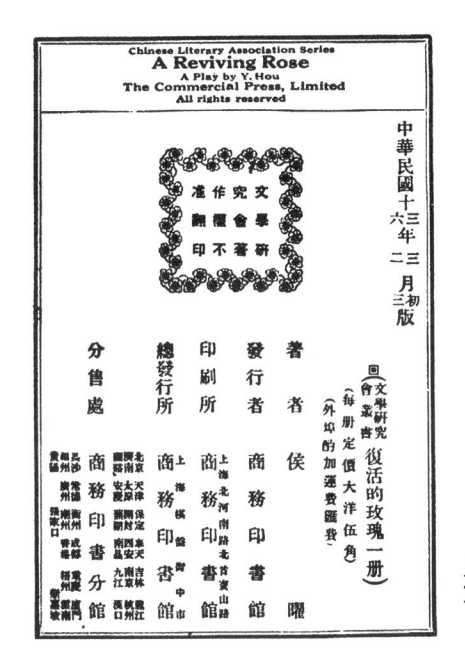

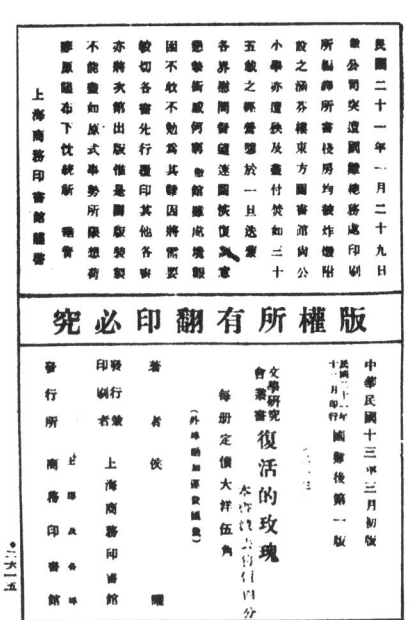

《弃妇》

《弃妇》,《文学研究会通俗戏剧丛书》第三种,上海商务印书馆民国十四年(1925)五月初版。作者为侯曜,发行者为商务印书馆,印刷所为商务印书馆,总发行所为商务印书馆,分售处为外埠商务印书分馆三十三处。一册,72 页,每册定价大洋贰角伍分(外埠酌加运费汇费)。此外还有 1926 年 7 月再版,1930 年 3 月四版本,后者未见。

该书为侯曜的五幕剧,第一幕为《夫婿轻薄儿》,第二幕为《世情恶衰歇》,第三幕为《吾谋适不用》,第四幕为《幽居在空谷》,第五幕为《斯人独憔悴》。

无序跋。篇末有作者记录的写作与修改的时间,兹录如下:

　　一九二二年十一月初脱稿于东南大学
　　一九二二年十二月江苏省立第一女师演于南京
　　一九二三年一月一日安徽省立第二女师演于芜湖
　　一九二三年十月十日南京美术专门学校女子部演于南京
　　一九二三年十二月一日改订于南京平民教育促进会
　　一九二四年八月四日再修改于杭州陶社

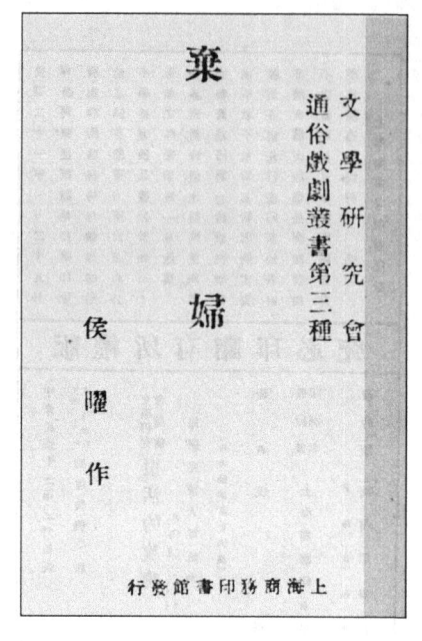

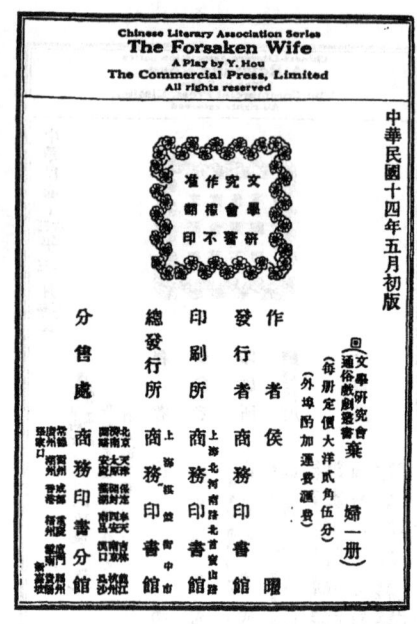

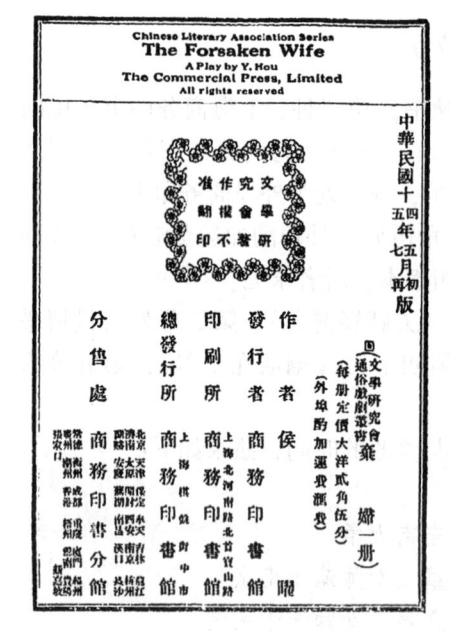

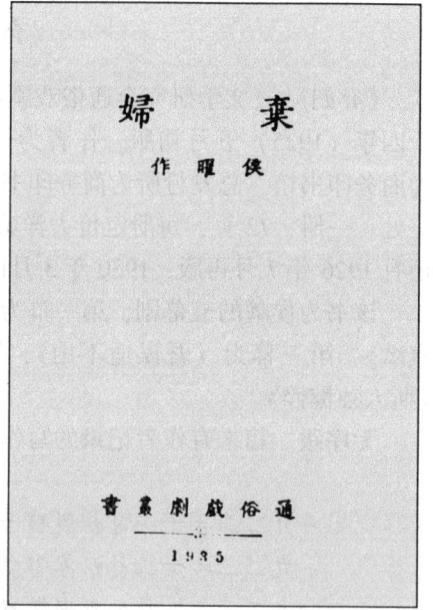

《山河泪》

《山河泪》,《文学研究会通俗戏剧丛书》第四种,上海商务印书馆民国十四年(1925)五月初版,民国十五年(1926)一月再版,民国十六年（1927）四月三版。作者为侯曜，发行者为商务印书馆，印刷所为商务印书馆，总发行所为商务印书馆，分售处为外埠商务印书分馆三十三处。一册，72页，每册定价大洋三角（外埠酌加运费汇费）。此外，还有1932年8月国难后一版，1934年7月国难后二版，笔者未见。

该书为侯曜的三幕剧，没有幕目。

卷首有作者撰写的《序》，卷末无跋。《序》兹录如下：

> 东南大学火灾后，职教员学生，都努力从事恢复。学生自治会决意举行募捐游艺会，演戏筹款。因找不出相当的剧本，不得已由我编这本剧本供给我们游艺会的需要。这一点就是编《山河泪》的动机。
>
> 我编这本剧本的宗旨和历程，也不妨说一说这。这本《山河泪》是描写韩国独立运动的精神的，并借此替世界被压迫的民族作不平鸣，向帝国主义之野心家，作一当头棒喝，更希望世界此后成一个平等、博爱、互助、共存的大乐园。我不知道本剧能否啣得起这个重要的使命？但是无论如何，总可以赤裸裸的把作者的苦心表现出来罢！

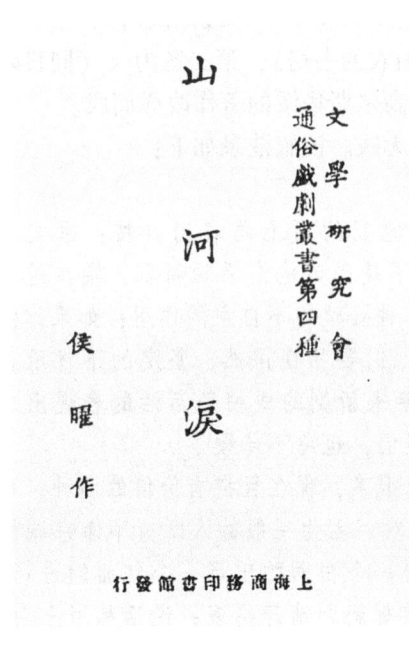

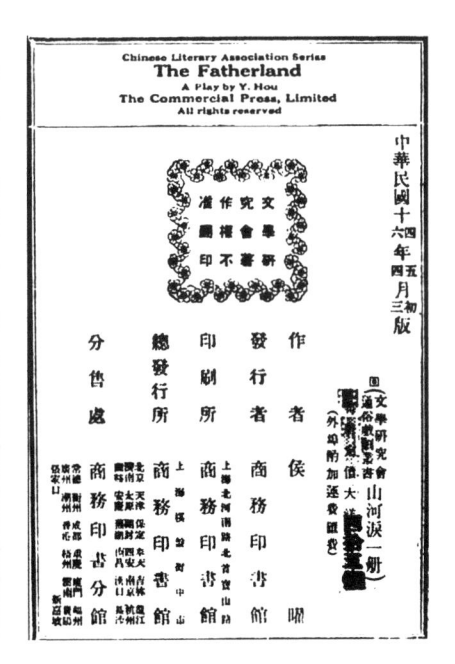

本剧取材于《韩国独立运动之血史》《韩国真相》和英文的《高丽之独立运动》三种书中。此外更从曾经参与独立运动的朝鲜人的口中取了些片段的材料。我费了两个多星期的时间搜集材料，花了两星期的时间结构剧情，更花了三个星期的时间把全剧写了出来。我编这本剧本的时候，得同学帮忙不少，如王希曾兄尽心尽力的替我修辞和删改剧情，李今英、濮舜卿女士与李昌桦君给以（按：原文为"给以"）许多有价值的批评，和重要的建议。还有周铃孙先生替我作《双飞鸟》的歌谱。剧本编成之后，东大戏曲研究会、东南剧社先后拿来表演，这都是我应该特别感谢的。

一九二四年八月七日。侯曜序于杭州陶社。

《相鼠有皮》

《相鼠有皮》，《文学研究会通俗戏剧丛书》第五种，上海商务印书馆民国十四年（1925）八月初版。原著者为高尔斯华绥，改译者为顾德隆，发行者为商务印书馆，印刷所为商务印书馆，总发行所为商务印书馆，分售处为外埠商务印书分馆三十三处。一册，142页，每册定价大洋伍角（外埠酌加运费汇费）。此外，还有1927年4月再版本，笔者未见。

该书为三幕集，第一幕为《薛伯农的书房》；第二幕分两场，第一场为《（一月后）关帝庙》，第二场为《（那天晚上）翠嫂的闺房》；第三幕也分两场，第一场为《（次日晨）薛伯农的书房》，第二场为《（同日晚上）同上》。该剧本是顾德隆根据英国高尔斯华绥的著作改译而成。

卷首有顾德隆撰写的《叙》，卷末无跋。该叙兹录如下：

我每次同朋友们谈到新剧，他们的面上总表出（按：原文为"表出"）很轻视的神情。我知道不是因为他们看轻新剧，实在是一种深而牢固的观念的表现——是一种心理的不自主的作用；如果你把他们轻视的神情告诉他们，只怕他们要相视愕然，坚定的不肯承认哩。这虽是极微细的事，但这几年来新剧的成绩已活活的表现出来了；进一步说，中国真正新剧的提倡，也急不待缓了。

普通一般的人对于新剧的观念很多，现在且把有价值的两种，写在下面。（一）新剧是一种通俗的戏。因为一般的人既听不懂京调的唱句，又不明老戏的剧情，只觉得一个白面的出场一个红面的进场；锣鼓喧天闹得目眩头昏，倒不如看那新剧清静得多；说话都用土白，自然完全懂得。这可说是旧剧的反响。（二）新剧是很容易做的戏，所以人人能演。至于它实在的价值，当然不能和旧戏比衡；一则因为新戏是肤浅的，旧戏是训练的；二则新戏是给一般学生和无业游民胡闹的，旧戏却是一种专门的艺术。

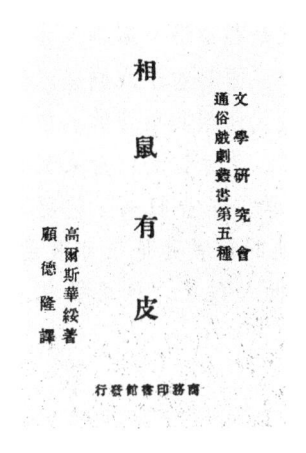

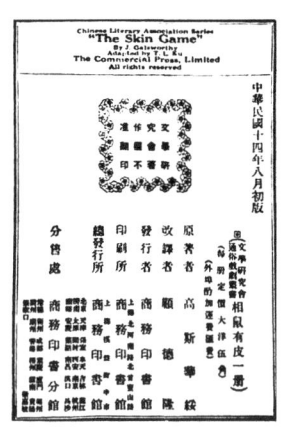

《歧途》

《歧途》，《文学研究会通俗戏剧丛书》第六种，上海商务印书馆民国十五年（1926）五月初版，民国十七年（1928）十月再版。著者为徐公美，发行者为商务印书馆，印刷所为商务印书馆，总发行所为商务印书馆，分售处为外埠商务印书分馆三十三处。一册，95页，每册定价大洋叁角伍分（外埠酌加运费汇费）。此外还有1932年9月国难后第一版本，笔者未见。

该书为徐公美的戏剧集，收独幕剧《父权之下》和《飞》、四幕剧《歧途》，没有幕目。

卷首有七序，卷末无跋。后五序从略。

欧阳予倩的《序一》兹录如下：

中国思想，夙以道统为归，野生之思想，每为所征服，或兼并而改造之。吾人不能不赞美此道统之伟大！复不能不破毁其束缚！徐君公美，以其近作剧本三篇见示，以思想论，有破毁道统之意存焉；以剧本论，清新流丽，甚可诵也。因弁数言，聊当介绍。

汪仲贤《序二》兹录如下：

戏剧的艺术，我以为总得先有了天才，辅之以学问，然后方能有伟大的贡献。以种植来譬喻，天才似膏腴之地质，学问似肥料；肥料施用在石田上，当然无所收获，而良田没有肥料灌溉，也不能得到佳果。旧戏科班，教师一视同仁的训练儿童，而造就的人才，有的充名角，有的跑宫女，做跳虫，那般宫女跳虫，就是强迫没有演剧天才者去演剧的结果。徐公美君，视戏剧为第二生命，平日对于戏剧艺术研究讨论不遗余力，而其天赋的资质，尤非一般人所望其项背的。他在上海励志宣讲团演剧时，已峥露头角，见者都以天才许之；后来又牺牲了固有的职业，到北京戏剧专门学校去求学，毕业归来，艺更大进。徐君得天赋之资本，又有学问之辅助，他的前程真是未可限量。这部处女作的剧本，他不过是出其余绪，教世人窥见"徐公美艺术的片段"罢了。他的伟大的贡献还在后头呢。

汪仲贤

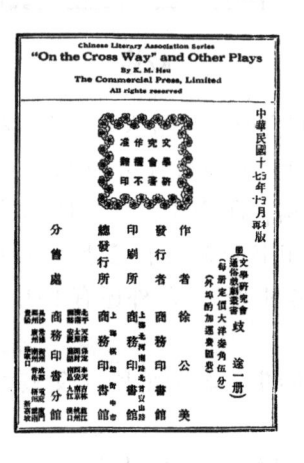

《人间的乐园》

《人间的乐园》，《文学研究会通俗戏剧丛书》第七种，上海商务印书馆民国十七年（1928）六月初版。著者为濮舜卿，发行者为商务印书馆，印刷所为商务印书馆，总发行所为商务印书馆，分售处为外埠商务印书分馆三十三处。一册，98 页，每册定价大洋肆角（外埠酌加运费汇费）。此外还有 1933 年 2 月国难后第一版。

该书是濮舜卿的戏剧集，收三幕剧《人间的乐园》、四幕剧《爱神的玩偶》和独幕哑剧《黎明》，凡三个剧本。版权页英文题名：Paradise on earth。无序跋。《爱神的玩偶》第一幕摘录如下：

时间：小学校放暑假的前一天。
布景：小学教师的预备室，设备得（按：原文为"得"）简单而清洁。

人物：明国英，罗人达，罗人俊，罗绮云，郭福，小学生甲乙二人。
(开幕时国英服装朴素，坐在书桌傍（旁）带着忧愁的神气，整理着书籍。小学生甲乙上。)

小学生 明老师！我们因为明天要放暑假了，知道你快要离开我们。所以我们折了几朵花来送你。(把一束新鲜美丽的花交给国英。)

国英 (接了花。) 谢谢你们，我亲爱的小朋友！ (把花嗅了一嗅。) 这些花又香又好看，我真爱它。(顺手插在书桌上的花瓶里。)

小学生甲 (很得意的神气。) 老师！这些花，就是我们前两个月下的种子所发出来的（按：原文此处无标点符号）

小学生乙 老师告诉我们天天要浇水，我们听老师的话做了，现在果然开出好看的花来。

国英 是的，我的小朋友，我们要知道用劳力才有效果呢！

小学生甲 明老师！你什么时候回家去？王老师和张老师不是明天都要回去了吗？

国英 [免强（按：原文"免强"应为"勉强"）抑制着悲哀。] 过一两天，我和罗老师一同回去。

小学生乙 老师！你暑假之后，再来教我们吗？

国英 来的。

小学生甲 我们一定要你教我们。

小学生乙 我们一定要你来。(作小孩有所求的神气。)

国英 来的，我一定来的。(抚她们)。我可爱的小朋友，愿你们暑假快乐！

甲乙 我们也愿老师快乐！

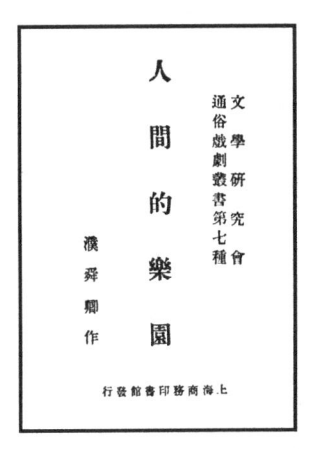

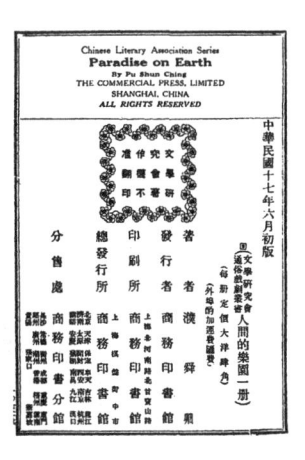

《顽石点头》

《顽石点头》,《文学研究会通俗戏剧丛书》第八种（扉页上印"9"，有误），上海商务印书馆民国十七年（1928）一月初版，民国二十年（1931）五月再版。著者为侯曜，发行者为商务印书馆，印刷所为商务印书馆，总发行所为商务印书馆，分售处为外埠商务印书分馆三十三处。全一册，58页，每册定价大洋贰角伍分（外埠酌加运费汇费）。此外还有1933年1月国难后第一版，笔者未见。

该书为四幕剧，没有幕目。

无序跋。第一幕"布景"摘录如下：

> 金德富的客厅。有二门，一为外门通街外，一为内门入内室，厅当中有四扇玻璃开着，可由此望见花园里的花草树木，厅中陈设一些西式的椅桌。厅之左角，摆着一面大穿衣镜，镜下有一架缝衣机，右角摆着一架钢琴。靠窗下摆着一张沙发床，床与镜之间，摆着一个衣架。靠着左壁摆着一张茶几、两张沙发椅，壁上挂着两幅西洋画。靠着右壁摆着一张小圆桌，桌上置留声机一架，旁有藤椅两张，壁上装有电话机，并挂着两幅西洋画。

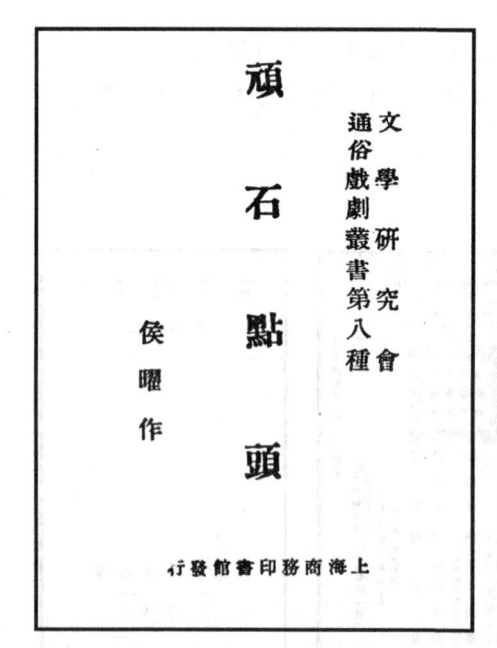

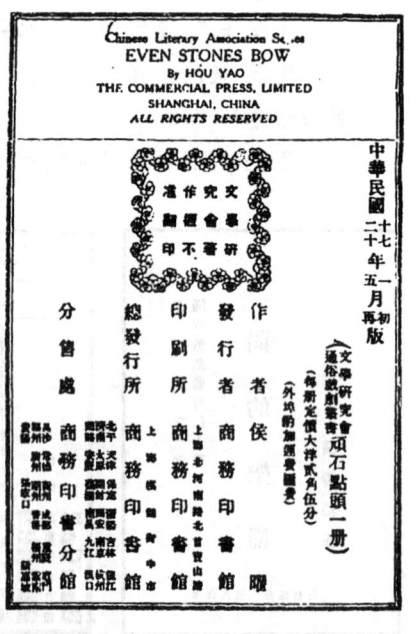

《春的生日》

《春的生日》，《文学研究会通俗戏剧丛书》第九种，上海商务印书馆民国十七年（1928）十月初版。著者为侯曜，发行者为商务印书馆，印刷所为商务印书馆，总发行所为商务印书馆，分售处为外埠商务印书分馆三十三处。全一册，85 页，每册定价大洋叁角（外埠酌加运费汇费）。此外还有 1933 年 11 月版。

该书为侯曜的戏剧集，收独幕剧《春的生日》、二幕剧《摘星之女》和独幕剧《离魂倩女》，没有幕目。前三剧附有插曲。

无序跋。《摘星之女》第一幕"布景"摘录如下：

> 冯月影的画室。南面窗上，挂着一幅淡绿色的窗帘，西面放着画具，东西摆着一张小圆桌，桌旁放着两张藤椅。东南角上摆着一扇淡红色的围屏，当中的墙上，挂着一幅很大的画（面积约一方丈）；画中画着一钩新月，几点疏星，照着大海中的孤岛。其余的壁上，挂几幅油画。月影很忙的在预备画具，画具预备好了，他在室中踱来踱去，时时搔首沉思，偶闻一点足音，便倾耳去听，时时走到门口探望。他顺手拿起一个 Mandolin 来弹，不到一会儿，把琴放下，把表拿出来看。他那种焦急的样子，一望就知道他正在期待着一个人。

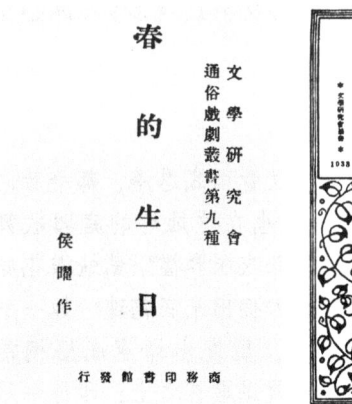

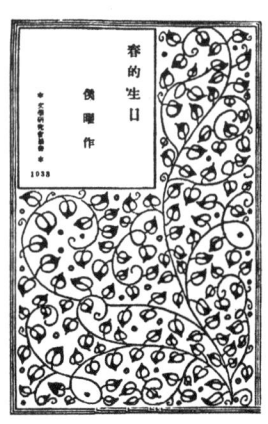

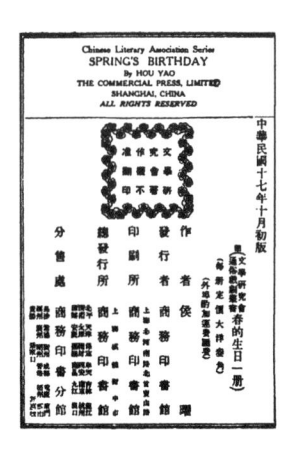

（三）《小说月报丛刊》叙录

《小说月报丛刊》共六十种，有编号，依次为《换巢鸾凤》《世界的火灾》《曼殊斐儿》《日本的诗歌》《诗人的宗教》《毁灭》《死后之胜利》《歧路》《社戏》《神曲一脔》《近代德国文学主潮》《犯罪》《创作讨论》《商人妇》《谚语的研究》《邻人之爱》《良夜》《或人的悲哀》《俄国四大文学家》《疯人日记》《熊猎》《笑的历史》《瑞典诗人赫滕斯顿》《雾飓运动》《圣书与中国文学》《太戈尔诗》《海啸》《梭罗古勃》《北欧文学一脔》《平常的故事》《近代丹麦文学一脔》《归来》《三天》《包以尔》《恳亲会》《芬兰文学一脔》《在酒楼上》《法朗士传》《法朗士集》《彷徨》《诗经的厄运与幸运》《波兰文学一脔（上）》《波兰文学一脔（下）》《阿富汗的恋歌》《校长》《武者小路实笃集》《日本小说集》《孤鸿》《诗的原理》《坦白》《一个青年》《牧羊儿》《新犹太文学一脔》《新犹太小说集》《生与死的一行列》《娜拉亭与巴罗米德》《俄国诗坛的昨日今日和明日》《眷顾》《宾斯奇集》《技艺》，以下根据编号顺序叙录。

《换巢鸾凤》

《换巢鸾凤》，落华生（许地山）等著，上海商务印书馆民国十三年（1924）十一月初版，"小说月报丛刊第一种"。版权页署编辑者为小说月报社，发行者、印刷所与总发行所均为商务印书馆，分售处为外埠33家商务印书分馆。全一册，84页，每册定价大洋壹角（外埠酌加运费汇费）。

《换巢鸾凤》为创作集，包括《换巢鸾凤》（落华生）、《看禾》（佷工）、《两个乞丐》（刘纲）、《到青龙桥去》（冰心女士）、《梦》（冰心女士）五篇。

无序跋。《换巢鸾凤》摘录如下：

那时刚过了端阳节期，满园里底花草倚仗膏雨底恩泽，都争着向太阳献他（它）们的媚态。——鸟儿、虫儿也在这灿烂的庭园歌舞起来。和鸾独自一人站在嵚䴗亭下。她所穿底衣服和槛下紫蚨蝶花底颜色相仿。乍一看来，简直疑是被阳光底威力拥出来底花魂。她一手用蒲葵扇挡住当午的太阳，一手提着长裥，望发出蝉声底梧桐前进。——走路时，脚下底珠鞋一步一步印在软泥嫩苔之上，印得一路都是方胜了。

她走到一株瘦削的梧桐底下，瞧见那蝉踞在高枝嘶嘶地叫个不住，——想不出什么方法把那小虫带下来，便将手扶着树干尽力一摇，叶上底残雨乘着机会飞滴下来，那小虫也带着残声飞过墙东去了。那时，她才后悔不该把树摇动，教那饿鬼似的雨点争先恐后地扑在自己身上。那虫歇在墙东底树梢，还振着肚皮向她解嘲说："值也！值也！……值"她愤不过，要跑过那边去和小虫见个输赢。刚过了月门，就听见一缕清逸的歌声从南窗里送出来。她爱音乐底心本是受了父亲底影响，一听那抑扬的腔调，早把她所要做底事搁在脑后了。她悄悄地走到窗下，只听得：……

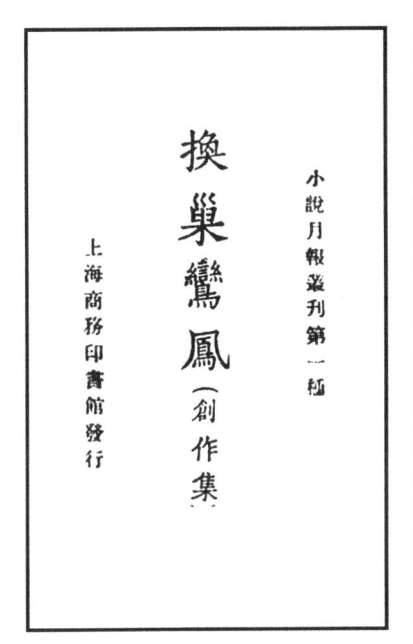

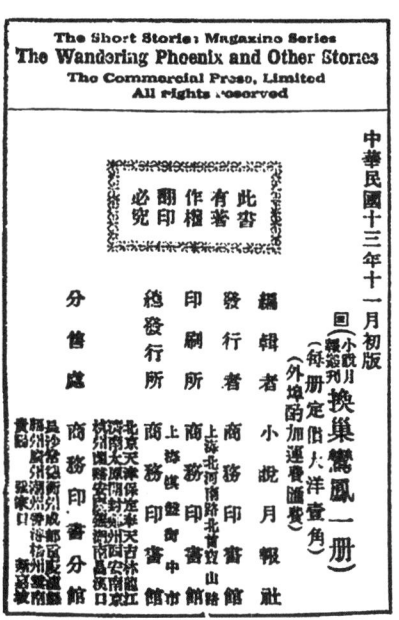

《世界的火灾》

《世界的火灾》，俄国爱罗先珂著，鲁迅译，商务印书馆民国十三年（1924）十二月初版，"小说月报丛刊第二种"。版权页署编辑者为小说月报社，发行者、印刷所与总发行所均为商务印书馆，分售处为外埠33家商务印书分馆。全一册，93页，每册定价大洋壹角（外埠酌加运费汇费）。

《世界的火灾》为短篇小说集，包括《世界的火灾》《"爱"字的疮》《红的花》《时光老人》四篇。另有作者像一幅（一页）。无序跋。

爱罗先珂（B. R. Epomehk，1890～1952），俄国漂泊孤独诗人，童话作家，通世界语。从小就双目失明。因对于人类的爱与对于社会的悲而遭到俄国政府的驱逐，先后在暹罗（今泰国）、缅甸、印度、日本等地漂泊。1922年2月，被北京大学诚聘，教授世界语，与周氏兄弟关系密切。1922年7月，周作人在一篇关于爱罗先珂的文章中对他做出了这样的评价：

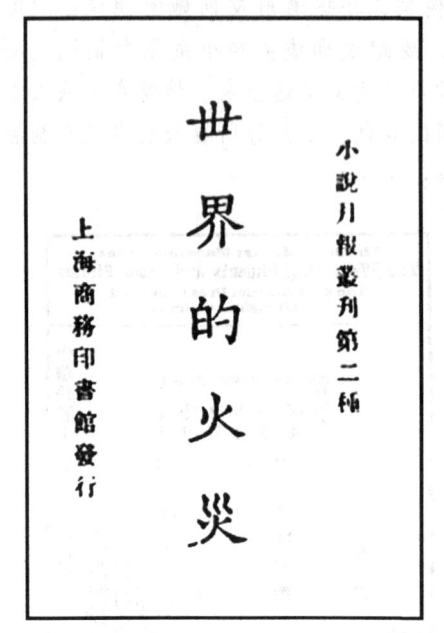

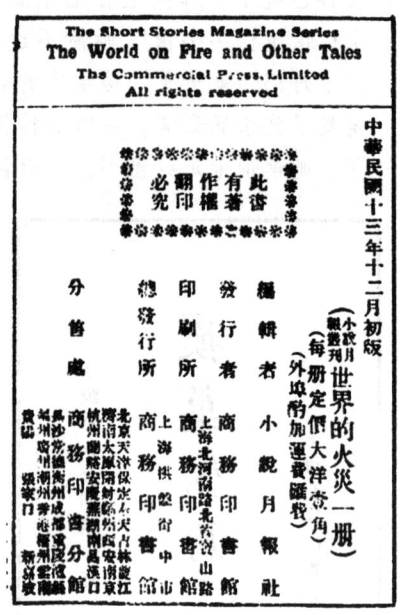

他怀着对于人类的爱与对于社会的悲，常以冷隽的言词，热烈的情调，写出他的爱与憎，因此遭外国资本家政府之忌，但这不过是他们心虚罢了。他毕竟还是诗人，他的工作只是唤起人们胸中的人类的爱与社会的悲，并不是指挥人去行暴动或别的政治运动；他的世界是童话似的梦的奇境，并不是共产或无政府的社会。他承认现代流行的几种主义未必能充分的实现，阶级争斗难以彻底解决一切问题，但是他并不因此而承认现社会制度，他以过大的对于现在的不平，造成他过大的对于未来的希望，——这个爱的世界正与别的主义各各的世界一样的不能实现，因为更超过了他们了。想到太阳里去的雕，求理想的自由的金丝雀，想到地面上来的土拨鼠，都是向往于诗的乌托邦的代表者。诗人的空想与一种社会改革的实行宣传不同，当然没有什么危险，而且正当的说来，这种思想很有道德的价值，于现今道德颠倒的社会尤极有用，即使艺术上不能与托尔斯泰比美，也可以说是同一源泉的河流罢。（见周作人的《泽泻集》）

《曼殊斐儿》

《曼殊斐儿》，曼殊斐尔著，徐志摩等译，商务印书馆民国十三年（1924）十一月初版，"小说月报丛刊第三种"。版权页署编辑者为小说月报社、发行者、印刷所与总发行所均为商务印书馆，分售处为外埠 33 家商务印书分馆。全一册，71 页，每册定价大洋壹角（外埠酌加运费汇费）。

《曼殊斐儿》收曼殊斐尔的短篇小说《一个理想的家庭》（徐志摩译）和《太阳与月亮》（西滢译）两篇，以及徐志摩的《曼殊斐儿》和沈雁冰的《曼殊斐儿略传》两篇文章。《曼殊斐儿》置于开端，《曼殊斐儿略传》殿后（作为附录）。另有作者像一幅（一页）。

无序跋。徐志摩的《曼殊斐儿》摘录如下：

"这心灵深处的欢畅，
这情绪境界的壮旷：
任天堂沉沦，地狱开放，
毁不了我内府的宝藏！"
——《康河晚照即景》

美感的记忆，是人生最可珍的产业。认识美的本能是上帝给我们进天堂的一把秘钥。

有人的性情，例如我自己的，如以气候作喻，不但是阴晴相间，而且常有狂风暴雨，也有最艳丽蓬勃的春光。有时遭逢幻灭，引起厌世的悲观，铅般的重压在心上，比如冬令阴霾，到处冰结，莫有些微生气，那时便怀疑一切；宇宙，人生，自我，都只是幻的妄的；人情，希望，理想，也只是妄的幻的。

Ah, human nature, how,
If utterly frail thou art and vile,
If dust thou art and ashes, is thy heart so great?
If thou art noble in part,
How are thy loftiest impulses and thoughts
By so ignoble causes kindled and put out?
"Sopra un ritratto di una bella donna."

这几行是最深入的悲观派诗人理巴第（Leopardi）的诗；一座荒坟的墓碑上，刻着冢中人生前美丽的肖像，激起了他这根本的疑问——若说人生是有理可寻的，何以到处只是矛盾的现象，若说美是幻的，何以他引起的心灵反动能有如此之深切，若说美是真的，何以也与常物同归腐朽。但理巴第探海灯似的智力虽则把人间种种事物虚幻的外象，一一褫剥连宗教都剥成了个赤裸的梦，他却没有力量来否认美，美的创现（按：原文为"创现"）他只能认为是神奇的，他也不能否认高洁的精神恋，虽则他不信女子也能有同样的境界在。感美感恋最纯粹的一霎（刹）那间，理巴第不能不承认是极乐天国的消息，不能不承认是生命中最宝贵的经验。所以我每次无聊到极点的时候，在层冰般严封的心河底里，突然涌起一股消融一切的热流，顷刻间消融了厌世的结晶，消融了烦闷的苦冻（按：原文为"苦冻"）。那热流便是感美感恋最纯粹的一俄顷之回忆。

  To see a world in a grain of sand,
  And a Heaven in a wild flower,

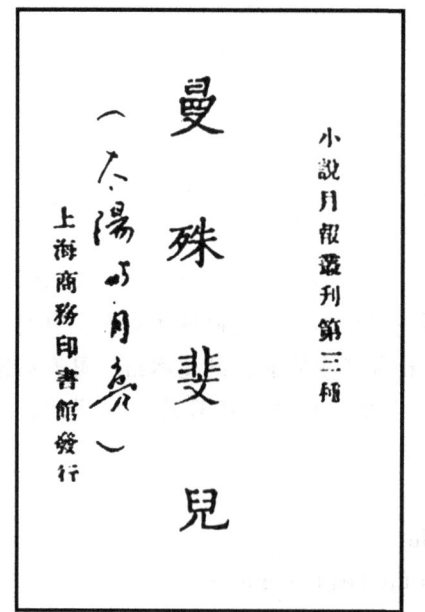

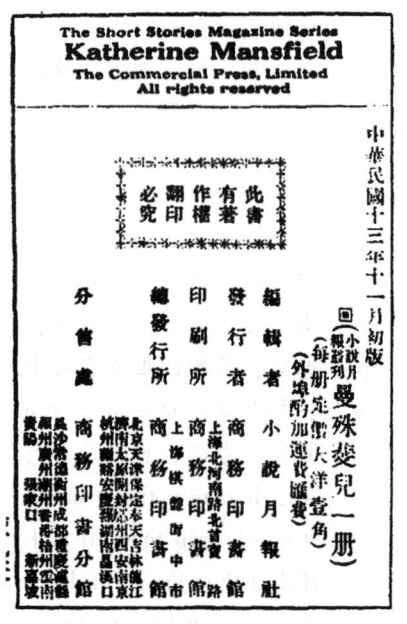

《日本的诗歌》

  《日本的诗歌》，周作人等著，商务印书馆民国十三年（1924）十一月初版，"小说月报丛刊第四种"。版权页署编辑者为小说月报社，发行者、印刷所与总发行所均为商务印书馆，分售处为外埠33家商务印书分馆。全一册，93页，每册定价大洋壹角（外埠酌加运费汇费）。

  该书是关于日本诗歌的集子，包括《日本的诗歌》（周作人）、《日本诗人一茶的诗》（周作人）、《日本文坛之现状》（日本古岛新三著、李达译）、《日本文坛最近状况》（晓风），以及附录《日本的小诗》（周作人）。

  无序跋。《日本的诗歌》摘录如下：

一　文学研究会"文学丛书"叙录　213

小泉八云（Lafcadio Hearn）著的 In Ghostly Japan 中，有一篇讲日本诗歌的文说道，——

"诗歌在日本同空气一样的普遍。无论什么人都感着，都能读能作。不但如此，到处还耳朵里都听见，眼睛里都看见。耳里听见，便是凡有工作的地方，就有歌声，田野的耕作，街市的劳动，都合着歌的节奏一同做。倘说歌是蝉的一生的表现，我们也仿佛可以说歌是这国民的一生的表现。眼里看见，便是装饰的一种；用支那或日本文字写的刻的东西，到处都能看见；各种家具上几乎无一不是诗歌。日本或有无花木的小村，却决没有一个小村，眼里看不见诗歌；有穷苦的人家，就是请求或是情愿出钱也得不到一杯好茶的地方，但我相信决难寻到一家里面没有一个人能作歌的人家。"

芳贺矢一著的《国民性十论》第四章里也有一节说，——

"在全世界上，同日本这样，国民全体都有诗人气的国，恐怕没有了。无论什么人都有歌心（Utagokoro）。现在日本作歌的人不知道有多少。每年宫内省（即内务府）进呈的应募的歌总有几万首。不作歌的，也作俳句。无论怎样偏僻乡村里，也有俳句的宗匠。菜店鱼店不必说了，便是开当铺的，放债的人也来出手。到处神社里的匾额上，都列着小诗人的名字。因为诗短易作，所以就是作的不好，大家也不妨试作几首，在看花游山的时候，可以助兴。"

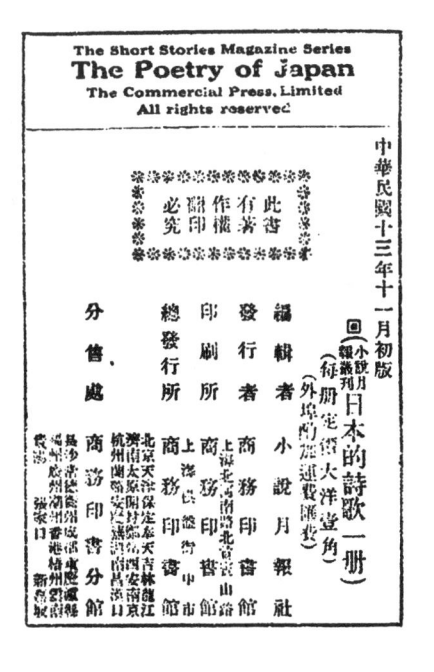

《诗人的宗教》

《诗人的宗教》，印度泰戈尔著，商务印书馆民国十三年（1924）十一月初版，"小说月报丛刊第五种"。版权页署编辑者为小说月报社，发行者、印刷所与总发行所均为商务印书馆，分售处为外埠33家商务印书分馆。全一册，84页，每册定价大洋壹角（外埠酌加运费汇费）。

《诗人的宗教》收《诗人的宗教》（愈之译）、《西方的国家主义》（陈建民译）、《欧行通信》（仲云译）等三篇文章。另有作者像一幅（一页）。无序跋。《诗人的宗教》摘录如下：

> 文明就不过是一种"行为的美"。文明的完成有赖于忍耐、自制和暇豫的环境；因为纯正的礼仪就是创造，和绘画、音乐一般的。礼仪就是声音、姿态与运动的调和，言辞与动作的调和，品格的大方便会从调和里表现出来。礼仪只是显现出人自己，此外就没有别的外部的作用了。

> 我们的需要总是很慌张，很迫促的。需要只是奔波着，骚扰着，他们是粗卤（按：原文为"粗卤"）鄙野的，需要没有什么余暇，需要除了达到目的外什么也不能忍耐。在现时，在我们的国里，我们时

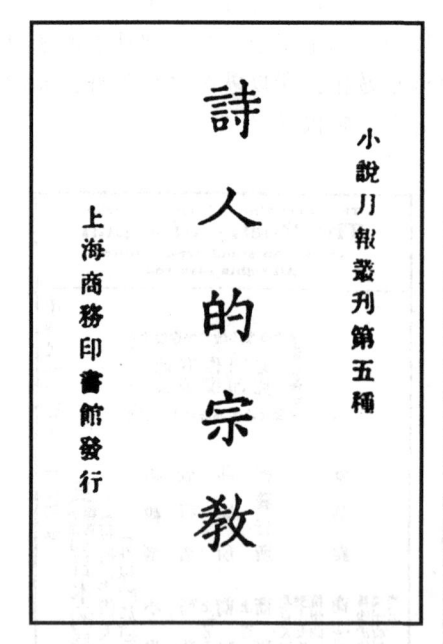

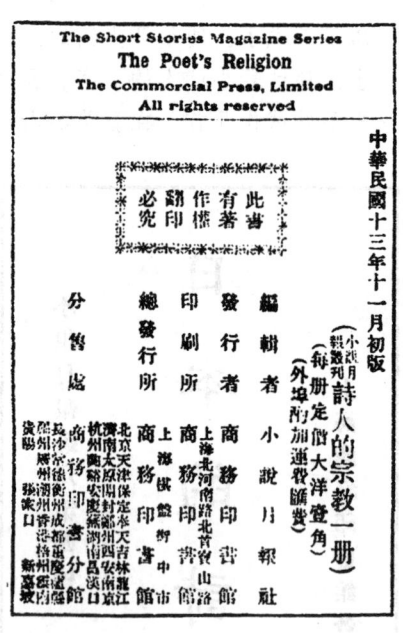

常看见人们用了空的煤油箱去汲水，这些煤油箱便是"失礼"的象征了。他们是简陋而破损的，他们对于他们的失态似乎毫不愧恧，他们除了供实用外，一切都绝不介意。

我们的欲望的机官（按：原文为"机官"）定下一个断语说：我们必须有食物，有住处，有衣服，有一切的安适与便利。可是人们却又费去了多大的时光，耗用了多大的精力，和这断语冲突，而且证明人们不只是一所堆积需要品的活栈房，在人们中间尚有所谓完成的理想，就是使内部与外部调和的那种统一的意识。

《毁灭》

《毁灭》，朱自清等著，商务印书馆民国十三年（1924）十一月初版，"小说月报丛刊第六种"。版权页署编辑者为小说月报社，发行者、印刷所与总发行所均为商务印书馆，分售处为外埠33家商务印书分馆。全一册，84页，每册定价大洋壹角（外埠酌加运费汇费）。

《毁灭》收朱自清的《毁灭》、俞平伯的《读〈毁灭〉》《文艺杂论》等三篇。正文前有"小引"，篇末跋。"小引"兹录如下：

六月间在杭州，因湖上三夜的畅游，教我觉得飘飘然如轻烟，如浮云，丝毫立不定脚跟。当时颇以诱惑底纠缠为苦，而亟亟求毁灭。情思既涌，心想留些痕迹；但人事忙忙，总难下笔。暑假回家，却写了一节，时日迁移，兴致已不及从前好了。九月间到此，续写成初稿；相隔更久，意态又差。直到今日，才算写定，自然是没甚气力。只心思尚不曾大变，当日意境，还能竭力追摹，不至很有出入罢了。姑存此稿，备自己的印证。

一九二二年，一二月，九日，记于台州

《读〈毁灭〉》摘录如下：

我这篇文字既不是严正的批评，也不是详细的介绍，只略述我底读后感而已。

从诗底史而观，所谓变迁，所谓革命，决不仅是——也不必定是推倒从前的坛坫，打破从前的桎梏；最主要的是建竖新的旗帜，开辟新的疆土，超乎前人而与之代兴。这种成功是偶合的不是预料的；所以和作者底意识的野心无多关系，作者只要有火焰一般热的创作欲，水晶一般莹洁的头脑，海涛一般壮阔的才气，便足够了；至于态度上正和行云流水彷（仿）佛的。古代寓言上所谓象罔求得赤水玄珠，正是这个意思了。

自从用当代语言入诗以来，已有五六年的历史；现在让我们反省一下，究竟新诗底成功何在呢？自然，仅从数量一方面看，也不算不繁盛，不算不热闹了；但在这儿所谓"成功"底含义，决不如是的宽泛。我们所要求，所企望的是现代的作家们能在前人已成之业以外，更跨出一步，即使这些脚印是极纤微而轻浅不足道的；无论如何，决不是仅仅是一步一步踏着他们底脚跟，也决不是仅仅把前面的脚迹踹得凌乱了，冒充自己底成就的。譬如三百篇诗以后有《楚辞》，《楚辞》是独立的创作物，既非依仿三百篇，也非专来和三百篇抢做诗坛上底买卖的。乐府变而为词，词变而为曲，虽说在文学史上有些渊源，但词曲都是别启疆土，以成大国的，并不是改头换面的五七言诗。

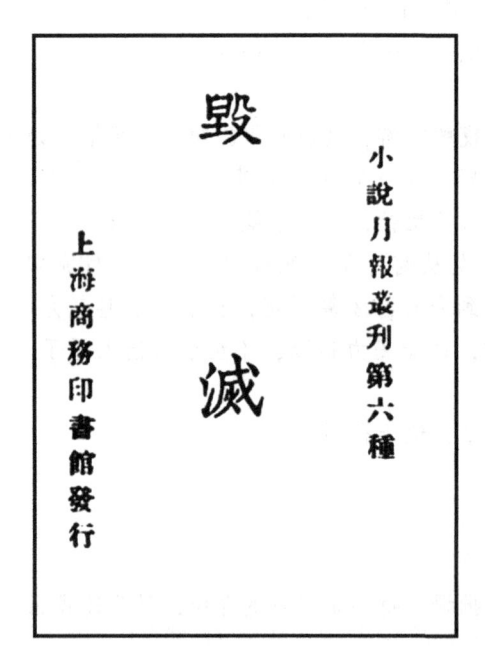

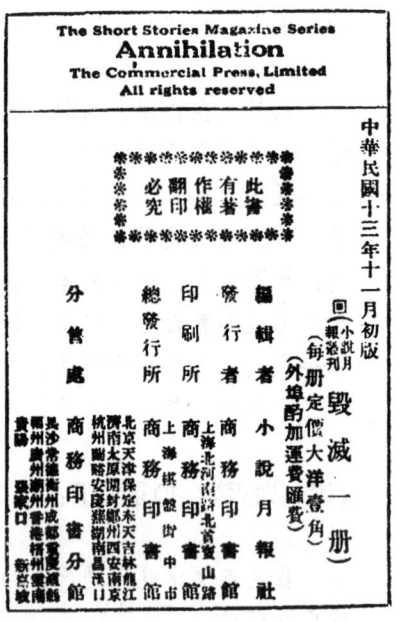

《死后之胜利》

《死后之胜利》，王统照著，商务印书馆民国十三年（1924）十一月初版，"小说月报丛刊第七种"。版权页署编辑者为小说月报社，发行者、

一 文学研究会"文学丛书"叙录 217

印刷所与总发行所均为商务印书馆,分售处为外埠 30 余家商务印书分馆。全一册,62 页,每册定价大洋壹角(外埠酌加运费汇费)。

《死后之胜利》为话剧,七幕,无幕目。

无序跋,第七幕摘录如下:

> 冷静之春郊,古树遥接,一望无际。河流边芦苇方生,已有二尺余高。古树尽处,一破屋茆草覆之,时有小鸟来往啁啾,景物静极,四无人语。吴珪云披夹外衣,着单履,持一纸,匆匆上。面色微绛,气喘,四望至破屋处,用轻捷之步跃入,遍觅无所见,作失望之色!
>
> 吴:天啊!难道不能给我最后的成功吗!那(哪)里去呢?
>
> (出屋遍觅,仍无所见,屏立状甚惶惑!泪珠融融欲坠。时河流之新苇中,忽闻呻吟。吴甚惊异!趋前拨苇丛,至一石侧,突见何蜚士破衣卧石下,面色因为尘垢所掩,不可辨,吴伏与语。)
>
> 吴:哦!你怎么倒在这里?唉!昨天我见你还是比今天好得多呀!……
>
> 何:(微启目见人影突发喊声)魔鬼!……魔鬼!哦!怕呀!谁是我的同情!……(语喃喃不可闻)
>
> (吴惊极,泪下,更伏其身)
>
> 吴:可怜的画师!……青年啊!魔鬼那能来到这个大自然的清静之地!哦!你还认得我吗?(俯首至臆)(按:原文为"至臆")
>
> (何微移其体,目半圊,审视吴。)
>
> 何:昨天的你,……唉!我知道……我知道我又受骗了……你是魔鬼化身的安琪儿,你是散莲馨之花引我走路的。……我并不信上帝在那里?……我再不,……祈祷?……哦!在手里,在手里,……死后之胜利啊!……
>
> 吴:可怜的人!……你忘了昨天同我谈的话吗?我是你的助力者!我情愿替你作平反你的冤枉的!我愿作你再生的光明之烛,将你引回到生活之路上去!……(何无语,目光微启,神色散漫。)哦!你终是胜利者吗?你终是天才与同情的胜利者!说不定这回全个社会里,已经有多少人要见你!……
>
> 何:(微声)为……什么?……
>
> 吴:你的《死后之胜利》,终被全社会上的人承认,是在你的手里了!而且,我昨天对你所说的计画(按:原文为"计画"),竟然有了第一次的响应!……你听!……(读报)艺术界之不平

呜！……穷画家之生活！……纨绔子之诡计……平反！全体绘画界之耻辱！……法律上之惩罚！……（何微仰其首，似将起。吴现踌躇状，继又决定以手扶之，起倚石侧。）还是啊！……

何：（狂声大笑）胜利究竟从你，……你是谁？从你的心思里。……移植，再植，……到我的手中……哈哈！……我这平生的心血，也能有人溶解他！哦！（声忽止，头垂下，左手摸索，执吴纤指。目忽大启，继作惨笑，呕血于苇草丛中。吴惧极！惟注视之，所持报纸，亦落血泊中。）

吴：你！……你究竟怎样啊！

何：（声如游丝）胜利啊！……艺术！生命的！……你……

吴：可怜我怕啊！你究竟这样吗！……

（何首渐垂，吴双手扶之，泪沿颊下。何首微仰，与吴接吻，吴俯首就之，吻其血唇。何口中血忽大喷，吴衣衫尽为血染。落照映之，幕缓缓下。）

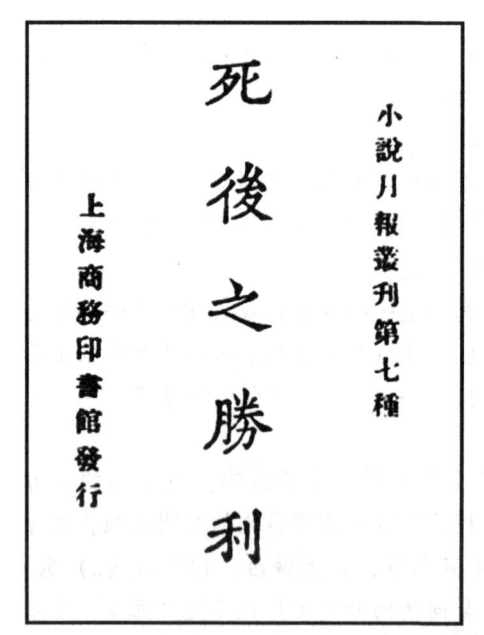

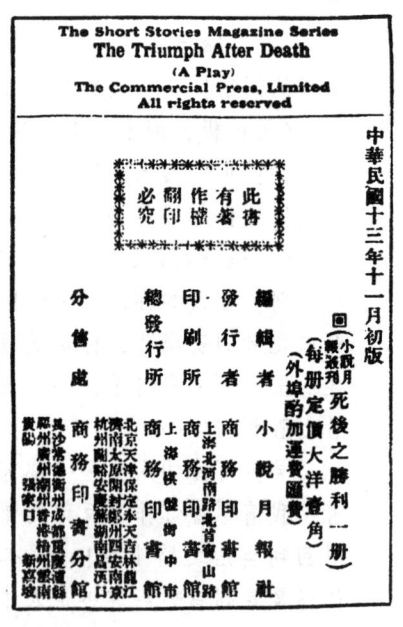

《歧路》

《歧路》，仲密等著，商务印书馆民国十三年（1924）十一月初版，"小说月报丛刊第八种"。版权页署编辑者为小说月报社，发行者、印刷所与总发行所均为商务印书馆，分售处为外埠33家商务印书分馆。全一

一　文学研究会"文学丛书"叙录　219

册，63页，每册定价大洋壹角（外埠酌加运费汇费）。

《歧路》为新诗集，包括目录《歧路》（仲密）、《风篁》（鲁侗）、《少女的烦闷》（徐雉）、《新生》（梁宗岱）、《台州杂诗》（朱自清）、《忧闷》（郑振铎）、《夜》（殷钺）、《酬答》（王统照）、《感受》（梁宗岱）、《红叶》（高仰愈）、《不眠》（王统照）、《自白》（朱自清）、《微痕》（C.P）、《无言》（郑振铎）、《暮气》（郭绍虞）、《小雨后》（张文昌）、《礼物》（罗青留）、《森严的夜》（梁宗岱）、《冷淡》（朱自清）、《残废者》（徐雉）、《工作之后》（郑振铎）、《孤独》（周得寿）、《废园》（朱湘）、《D字样的月光》（汪静之）、《夜鸱》（梁宗岱）、《三月廿四和小佛游城南公园》（渺世）、《湖边》（郑振铎）、《石路》（徐雉）、《诗意》（周得寿）、《小诗》（C.P）、《烛光》（丁容）、《枕上》（黄洁如）、《离情》（黄洁如）、《微笑》（黄洁如）、《小诗》（侍欧女士）。

无序跋。《歧路》（仲密）兹录如下：

　　荒野上许多足迹，
　　指示着前人走过的道路。
　　有向东的，有向西的，
　　也有一直向南去的；
　　这许多道路究竟到一同的去处么？
　　我的性灵使我相信是这样的。
　　而我不能决定向那一条路去，
　　只是睁了眼望着，站在歧路的中间。

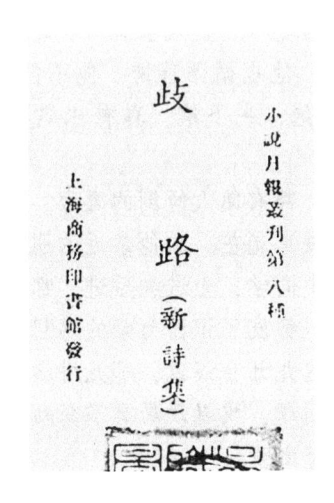

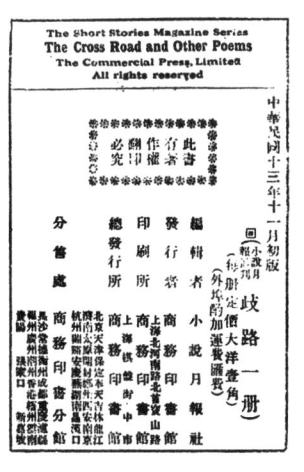

我爱耶稣，
但我也爱摩西。
耶稣说，"有人打你右脸，连左脸也转过来由他打，"
摩西说，"以眼还眼，以牙还牙，"
吾师乎，吾师乎！
你们的言语怎样的确实呀！
我如果有力量，我必然跟耶稣背十字架去了。
我如果有较小的力量，我也跟摩西做士师去了。
但是懦弱的人，
你能做什么事呢？

《社戏》

《社戏》，鲁迅等著，商务印书馆民国十三年（1924）十一月初版，"小说月报丛刊第九种"。版权页署编辑者为小说月报社，发行者、印刷所与总发行所均为商务印书馆，分售处为外埠33家商务印书分馆。全一册，78页，每册定价大洋壹角（外埠酌加运费汇费）。

该书为创作集，包括《社戏》（鲁迅）、《西山小品》（周作人）、《两姊妹》（徐志摩）、《人道主义的失败》（高歌）、《钟声》（王统照）、《月下的回忆》（庐隐），凡六篇。

无序跋。《人道主义的失败》（高歌）摘录如下：

A君是一个青年学者。他天生的慈悲心肠，从小就没有虐待过生物。对于人类，更怀着大公无我的爱心。见人家有一善之长，他就从之如恐不及，人家有不足的地方，他也循循善诱。他不但性情谦厚，而且才气纵横；一开口，滔滔不绝，一下笔，真有"笔尖儿横扫五千人"的气概。

他的一篇篇文字和一举一动，都有使人倾倒的魔力。就是恃才傲物的人儿，见了他，也不由得不敛息光芒。和他亲近的朋友，无形中都受了他的默化。也不知道有多少同学，先进和后进，都赞成他的主张，为他宣传。也有闻名未见的，都发了识面为荣的感想。

他一天到晚忙得不可开交；这儿开会演说，那儿讲学讨论，都来邀请他发挥意见。社会上发生了问题，或者政局有了变动，他也是很热心的发表他的意见，尽指导监督之责。

这一天他的朋友对他说道：

一　文学研究会"文学丛书"叙录　221

"你为什么这般努力？照现在的时势看去，就是哭到肝肠寸断，也没有人听见，可惜白操了心，倘若激怒了军阀，怕不是绞、监、流、徒，都要尝试。不如专在学界里宣传，多少总得一点儿成绩。"

《神曲一脔》

《神曲一脔》，（意）檀德（但丁）著、钱稻孙译，商务印书馆民国十三年（1924）十二月初版，"小说月报丛刊第十种"。版权页署编辑者为小说月报社，发行者、印刷所与总发行所均为商务印书馆，分售处为外埠33家商务印书分馆。全一册，93页，每册定价大洋壹角（外埠酌加运费汇费）。

《神曲一脔》是《神曲》的起首三曲汉译本。第一、第三曲以离骚体译出，第二曲则以散文体译出。《神曲》是著名意大利诗人但丁创作的长诗。《神曲》原名《喜剧》，薄伽丘在《但丁传》中给这部作品冠以"神圣的"称谓，其后的版本便以《神圣的喜剧》为书名，中译本通称《神曲》。这部作品作者通过与地狱、炼狱以及天堂中各种著名人物的对话，反映出中古文化领域的成就和一些重大的问题，隐现文艺复兴时期人文主义思想的曙光。正文首有"译者小识"以及译者对《神曲》的"诠释"，篇末无跋。另有作者像一幅（一页）。《神曲》的汉译本除了钱稻孙的《神曲一脔》外，还有王维克、朱维基、田德望、黄国彬等人的汉译本。

"译者小识"兹录如下：

十四年前，予随侍父母游意大利，每出必猎涉其故事神话，纵谈承欢。其时即读《神曲》原文，归国后，尝为试译其起首三曲。初译但欲达意，不顾辞藻韵调；惟于神话传说，则任意诠注，曼衍孳乳，不自范围，仍纵谈娱亲之志。近年屑屑于米盐，久置不续矣，今年适遇檀德（即但丁）六百周年，而予亦方人生半路。偶理旧稿，又改其第一三两曲为韵译，并原译第二曲而为此篇。

一九二一年，译者识。

"诠释"兹录如下：

《神曲》（*La Divina Commedia*）意大利人檀德（Dante Alighieri）所作三部曲也。作者生于景纪一六二五年即宋咸淳元年，卒于一三二一年即元至治元年，箸（著）作之传者凡五，此最杰构，所叙为周巡地狱净界天堂所见。镕（融）希腊、罗马神话与景教传说于一炉，以讽刺中世纪人物史事又隐寓本人半生经历。一时彼中思想学术，胥可就见。尔时欧罗巴各国，咸崇腊丁文，几忘国各有文，意大利虽直传腊丁之统，而语言已颇变迁，作者始引当世之言入文，实开国文学之先导，无怪彼士之推崇此书也。迻译既多，疏释者考证者每多精密之编，而我中国则未之闻也。今试为译其词意，诠释其神话传说，以纵谈

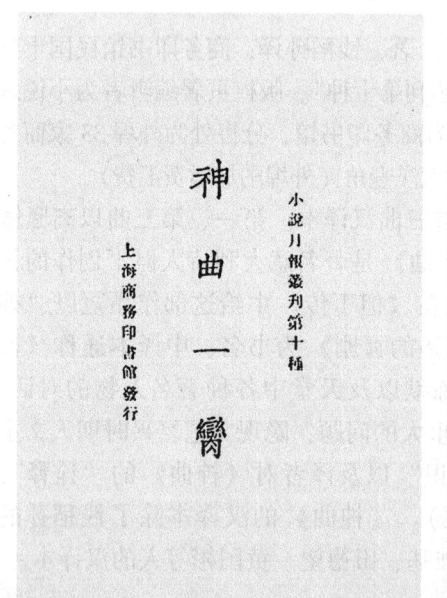

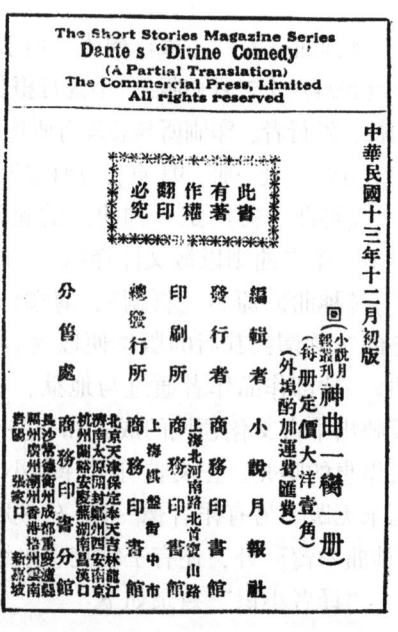

乐，非敢矜箸（著）撰也。此地狱 Inferno，第一部也。余二部各三十三曲。惟第一部多一曲，即此引端之曲也。虽亦附隶地狱，实则未入狱门，但记其迷入幽林之后，将登光明之山麓，而遇一豹一狮一牝狼梗塞径途，方欲折回幽林，复逢古诗人维琪尔，劝其游三界，遂从之而去。

原书以三句为一韵，前后之韵，递相参错。第一三两句叶第一韵，第二四六三句叶第二韵，第五七九叶第三韵，如是积百数十句为一曲，都凡百曲，为例一贯。兹译此曲，即仿其用之法，从段说十七部古音，而仍别四声。注释则汇录于曲文之后。

《近代德国文学主潮》

《近代德国文学主潮》，商务印书馆民国十三年（1924）十一月初版，"小说月报丛刊第十一种"。版权页署编辑者为小说月报社，发行者、印刷所与总发行所均为商务印书馆，分售处为外埠33家商务印书分馆。全一册，75页，每册定价大洋壹角（外埠酌加运费汇费）。

该书包括《近代德国文学的主潮》（[日]山岸光宣著，海镜译）、《大战与德国国民性及其文化文艺》（[日]片山孤村著，李达译）、《新德国文学》（[德]A. Filippov 著，希真译）、《新德国文学的新倾向》（[德]Gerhart Hauptmann 著，元枚译），凡四篇。

无序跋。《新德国文学》有"译后记"，兹录如下：

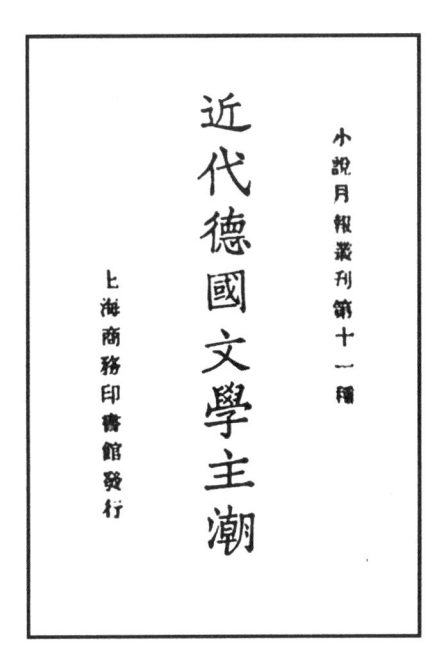

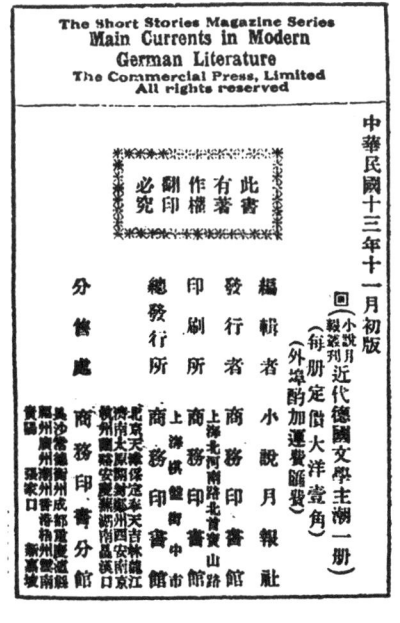

右一篇乃据 Living Age, May 27, 1922 所载英译文重译的；原载柏林出版的俄文报 Grani 一九二二年第一号中，原作者或为俄人，也未可知。Grani 原是文学杂志，原作者似为一政治上守旧的俄人。

《犯罪》

《犯罪》，俄国柴霍甫著，（耿）济之等译，商务印书馆民国十三年（1924）十二月初版，"小说月报丛刊第十二种"。版权页署编辑者为小说月报社，发行者、印刷所与总发行所均为商务印书馆，分售处为外埠33家商务印书分馆。全一册，78页，每册定价大洋壹角（外埠酌加运费汇费）。

《犯罪》为短篇小说集，包括《犯罪》（*A Malefactor*，济之译）、《法文课》（*Expensive Lessons*，凤生译）、《戏言》（*A Joke*，济之译）、《一个医生的出诊》（*A Doctor's Visit*，耿勉之译）、《好人》（*Excellent People*，瞿秋白译）。英文名称参见樽本照雄编《清末民初小说目录》（第 14 版），日本清末小说研究会 2022 年（以下简称"樽氏目录"）第 1333 页。另有作者像一幅（一页）。

这些译作采用白话翻译，瞿秋白所译的《好人》摘录如下：

> 廖独夫斯基住在莫斯科，他是大学法科的毕业生，在某一铁路局里当差；可是假使你问他做的是什么事，他必定低声和气的回答你，而且他那金丝边眼镜里的一双亮晶晶的大眼睛必定一动不动的（地）看着你，说道：
>
> ——我研究文学！
>
> 廖独夫斯基在大学毕业之后，有一次在某报上登了一段戏评，随后他就渐渐的（地）从短评进而做书报评论，一年之后他已经正式在报上做（作）"每周文艺评论"的小品——《随感录》一类的文章。他的著作生活的开始虽不过如此，却亦不能说他不过是一个好事家，也不能说他的著作仅仅是随时应景的文章。我认识他，他很清瘦，额角阔大而前发很长，我也曾领教过他的谈风——我每一次总觉得他的著作，不管他写得怎么样和他的是什么题目，确是和他本人一模一样，可以说生性如此，好比他心堂的脉搏，差不多在娘肚皮里就已经种下了他这一样主张的种子。……

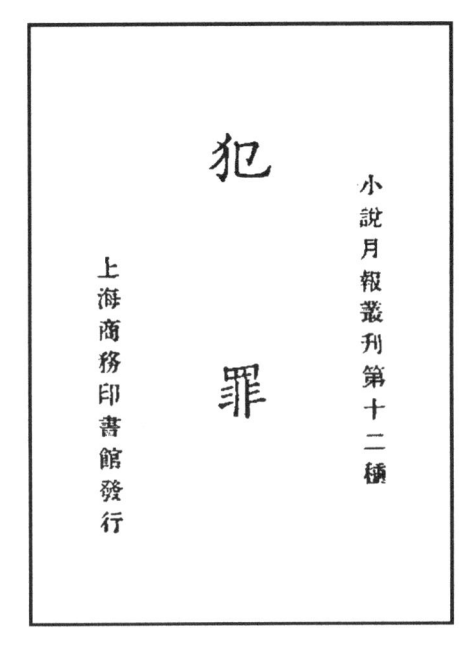

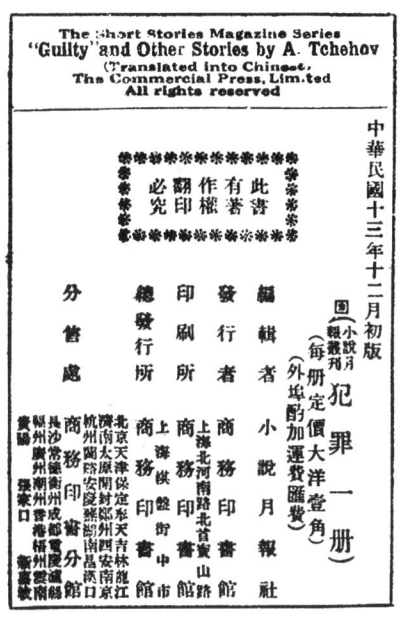

《创作讨论》

《创作讨论》，商务印书馆民国十四年（1925）一月初版，"小说月报丛刊第十三种"。版权页署编辑者为小说月报社，发行者、印刷所与总发行所均为商务印书馆，分售处为外埠33家商务印书分馆。全一册，80页，每册定价大洋壹角（外埠酌加运费汇费）。

该书包括《新文学与创作》（愈之）、《创作与哲学》（瞿世英）、《创作的要素》（叶绍钧）、《社会背景与创作》（郎损）、《创作的我见》（庐隐）、《平凡与纤巧》（郑振铎）、《怎样去创作》（王世瑛）、《创作底三宝和鉴赏底四依》（许地山）、《我对于创作家的希望》（陈承泽）、《创作的前途》（沈雁冰）、《文艺的真实性》（佩弦）、《诚实的自己的话》（叶圣陶），凡十二篇。

无序跋。《新文学与创作》（愈之）兹录如下：

> 自然的方法和终局，
> 是上帝一手造成的；
> 技巧和艺术
> 显出上帝的心；……

你的艺术在后边紧紧跟着，
正像一个弟子跟着先生；
所以你的艺术便是上帝的儿孙。
———Inferno, Canto XI, 99———

这是意大利大诗人檀德（Dante）所作《地狱诗》的一节。他明明说：上帝是创造者，艺术家是上帝的弟子，所以也是创造者；上帝创造自然，艺术家却是创造艺术。十七世纪著作家勃洛音（Thomas Browne）也说："自然造了一个世界，艺术造了又一个世界。"（Nature hath made one world, and art another.）这样看来，艺术家便是第二个上帝，上帝的权威是创作，艺术家的权威也是创作。

我们都知道：人只能发明，能制造，却绝对的不能创造。人能够筑成几万里的铁道，也能够建成几万吨的轮舶（原文如此），但不能够创造出一粒的砂石，一滴的清水。竭全人类的才智能力，要想创造出些许的新事物，替宇宙加些许的质量，是做不到的。从物质的创作看来，人类委实是不中用；但讲到精神方面，可又不然了。人用了艺术创造出精神的世界；像从古以来的建筑、雕刻、图画、音乐、戏剧、文学里边所表现的艺术精神，都是人类的创作，而且这种精神的世界——艺术家创造的世界——比起物质的世界——上帝创造的世界——来，亦无逊色，所以说人是创作的动物，委实不错呵！

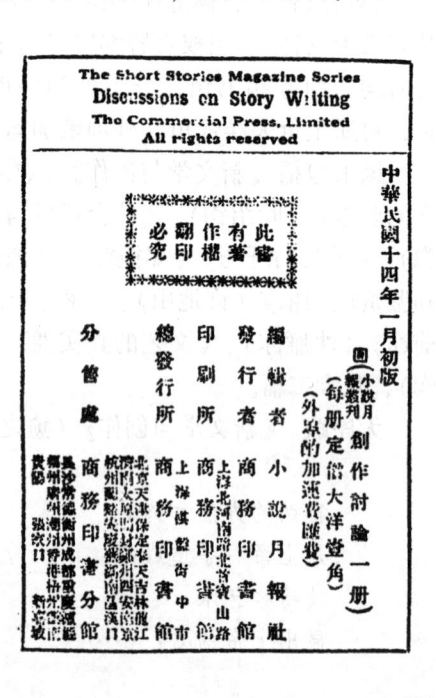

现在单从文学方面而讲，文学家创造出诗的世界、想像的世界，把想像的人物、想像的事情安插进去。这种世界是物质的世界的补足（complement），我们对于物质世界有所不满时，可以在想像的世界中，寻得慰安之物。人在物质世界常觉得烦闷，觉得狭隘，但在精神世界却觉得光明，觉得宽裕。我们读了好的诗，好的小说戏曲，常有超越现实世界的感想。人的生活本来是有二种：第一种是物质生活，是受造物的支配的；第二种是精神生活，是受艺术家文学家的支配的。第一种生活是动物一般的生活，第二种生活却是人类特有的，精神生活比物质生活更为可贵。人类的进化，大半可说是精神文明的力量。一篇伟大的诗，一部不朽的文学著作，从人类文化的立点看来，确要比万里长城或巴拿马运河有价值。英国人宁愿抛弃印度，却不肯失掉莎士比亚，也就是这缘故罢。

《商人妇》

《商人妇》，商务印书馆民国十四年（1925）一月初版，"小说月报丛刊第十四种"。版权页署编辑者为小说月报社，发行者、印刷所与总发行所均为商务印书馆，分售处为外埠33家商务印书分馆。全一册，88页，每册定价大洋壹角（外埠酌加运费汇费）。

该书包括《商人妇》（落华生）、《快乐之神》（梦苇）、《死后二十日》（梦苇）、《一个不重要的伴侣》（徐玉诺）、《被幸福忘却的人》（子耕）、《失恋后》（徐雉），凡六篇。

无序跋。《商人妇》（落华生）摘录如下：

"先生，请用早茶。"这是二等舱底侍者催我起床底声音。我因为昨天上船底时候太过忙碌，身体和精神都十分疲倦，从九点一直睡到早晨七点还没有起床。我一听侍者底招呼，就立刻起来，把早晨应办底事情弄清楚，然后到餐厅去。

那时节餐厅里满坐了旅客。个个在那里喝茶，说闲话：有些预言欧战谁胜谁负底；有些议论袁世凯该不该做皇帝底；有些猜度新加坡印度兵变乱是不是受了印度革命党运动底。那种唧唧咕咕的声音，弄得一个餐厅几乎变成菜市。我不惯听这个，一喝完茶就回到自己底舱里，拿了一本《西青散记》跑到右舷找一个地方坐下，预备和书里底双卿谈心。

我把书打开，正要看时，一位印度妇人携着一个七八岁的孩子来到跟前,和我面对面地坐下。这妇人,我前天在极乐寺放生池边曾见过一次,我也瞧着她上船,在船上也是常常遇见她在左右舷乘凉。我一瞧见她,就动了我底好奇心,因为她的装束虽是印度的,然而行动却不像印度妇人。

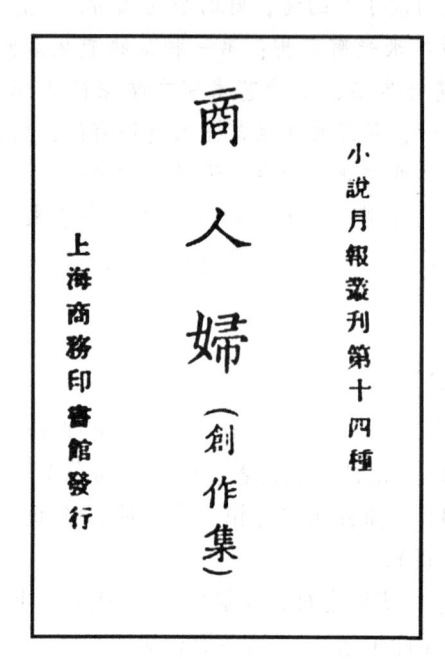

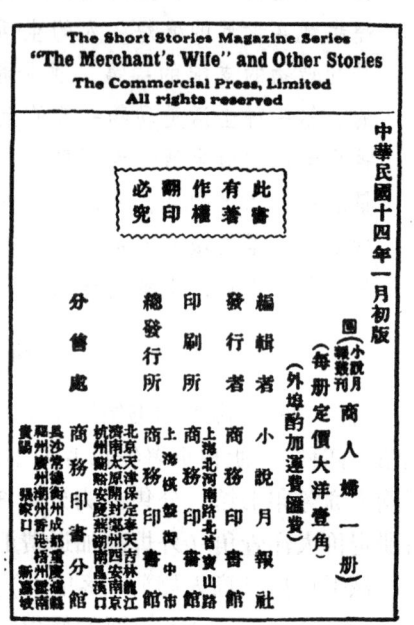

《谚语的研究》

《谚语的研究》,商务印书馆民国十四年(1925)一月初版,"小说月报丛刊第十五种"。版权页署编辑者为小说月报社,发行者、印刷所与总发行所均为商务印书馆,分售处为外埠33家商务印书分馆。全一册,56页,每册定价大洋壹角(外埠酌加运费汇费)。

该书为郭绍虞所著,是关于谚语的研究论著。全文分1~7部分,另有"附言"。

无序跋。"附言"兹录如下:

现在酝酿待作者尚有《谚语之比较的研究》及《谚语与文学》二篇,不过因于参考材料的缺乏,一时不敢草率从事,因此对于各地的读者诸君有个不情的请求,即是希望读者诸君各将所知的谚语——不分古今,无问中西,——採(采)辑惠寄,以备参考,这是我所很感激而很盼望的。此文所引的吴谚即极得顾颉刚先生累年搜聚的帮助，这是所应感谢的。如蒙读者诸君惠寄谚语，请寄北京景山西首大石作胡同三十二号由顾颉刚先生收后转致。

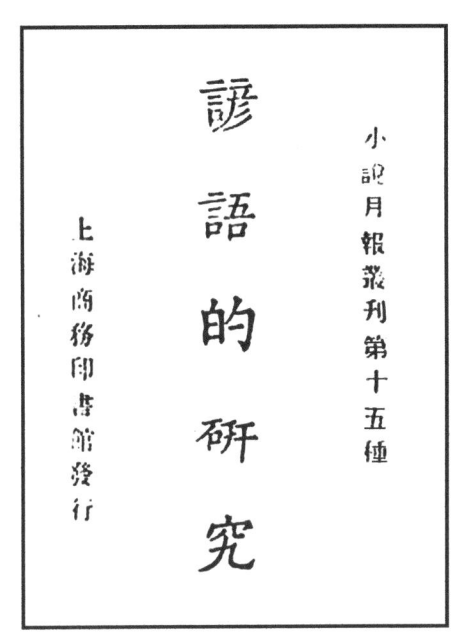

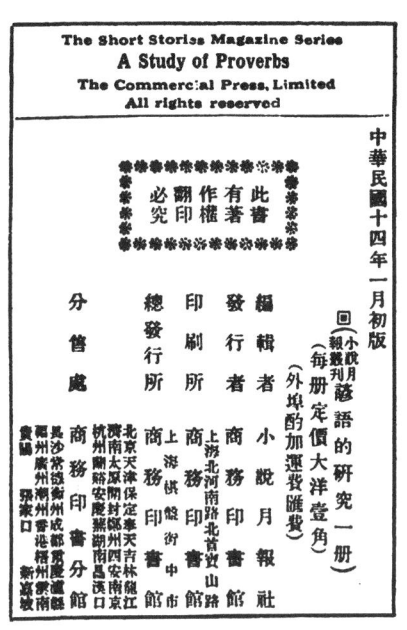

《邻人之爱》

《邻人之爱》，俄国安特列夫著，沈泽民译，商务印书馆民国十四年（1925）一月初版，"小说月报丛刊第十六种"。版权页署编辑者为小说月报社，发行者、印刷所与总发行所均为商务印书馆，分售处为外埠33家商务印书分馆。全一册，53页，其中独幕剧49页，沈雁冰撰写的《安特列夫略传》4页。每册定价大洋壹角（外埠酌加运费汇费）。

另有作者像一幅（一页），附录沈雁冰撰写的《安特列夫略传》。

《邻人之爱》并非小说，而是独幕剧，特录以备参考。篇末评兹录如下：

> 这一篇《邻人之爱》是安特列夫一九一一年的作品；一九一一年，安特列夫发表剧本四篇，一是《海》、二是《标致的萨宾女子》、三是《荣名》、四就是这篇《邻人之爱》了。
>
> 此间更想加说一二句，简单地解释安特列夫、托尔斯泰的目光只

在原始的人类，高尔基只在下级社会，柴霍甫只在上中级社会，安特列夫却是范围很广，不只限于一阶级，而且狂的与非狂的人们，都被他包罗进了。他自然只好算是写实主义的作家，然而他的作品中含神秘气味与象征色彩的也很多，如《蓝沙勒司》和本篇，都很有象征的色彩了。

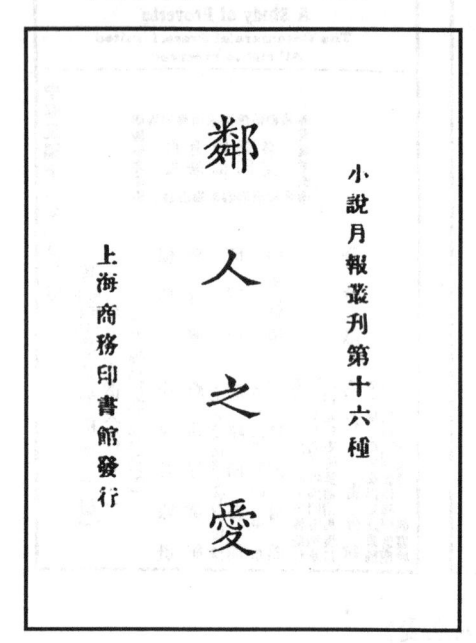

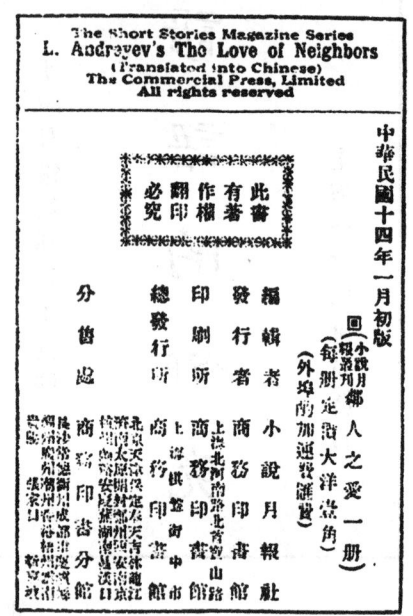

《良夜》

《良夜》，商务印书馆民国十四年（1925）一月初版，"小说月报丛刊第十七种"。版权页署编辑者为小说月报社，发行者、印刷所与总发行所均为商务印书馆，分售处为外埠33家商务印书分馆。全一册，68页，每册定价大洋壹角（外埠酌加运费汇费）。

该书为新诗集，包括《良夜歌》（王统照）、《夜》（侍鸥女士）、《晚眺》（侍鸥女士）、《小溪》（梁宗岱）、《泪》（徐雉）、《旁观者》（徐雉）、《哭》（徐雉）、《春》（朱湘）、《勃来克》（徐蔚南）、《微笑》（徐蔚南）、《夜静了》（王统照）、《心上的箭痕》（王统照）、《伊和他》（佩薾）、《荷叶》（朱湘）、《星》（汪静之）、《自制》（邰光典）、《滴滴的流泉》（孙守拙）、《七月的风》（汪静之）、《失望》（梁宗岱）、《一切都不是她的》（徐雉）、《杂诗》（郭云奇）、《春的漫画》（张人权）、《小诗》（徐玉诺），凡二十三首。

无序跋。王统照的《良夜歌》摘录如下：

半夜的街头，
阴暗的树荫中，
泻荡着如银的月色，
微风吹起，
扫尽了一天的烦热。

道旁的理发铺里，
灯光下，
弹出胡琴与月琴的繁音，
激越而沈（沉）荡，
并且绵渺地含着忧咽。
我由门前经过，
半夜街头的乐声，
使我深深地，感到细微的愉慰与隐藏的伤感！

终古是长明的月光，
而这样的良夜，
在短短的一年中能有几个？
况有街头的乐声，
来伴我独行的寂寞。

"朋友呵！
你不要将这样良夜来匆匆抛却！
你不要向深思之渊中，作忧梦的生活。
世界的黄金，有时会变成黑铁。
你的心碎了，发落了，
你向人间，曾否找到真诚的慰藉！
只此片刻中，也只有是在此片刻中，
朋友呵！
你的心弦，或者与我的音弦调和。"

迷惘的夜行中，
似是月琴的弦声，同我细细地说。
远了，更远了，
如银的月色，在树荫中仍然流泻者，
弦音沈（沉）荡而激越，

并且绵渺地含着忧咽。

一只夜莺的歌声，断续地和了街头的繁音，唱着《良夜之歌》。

十一，六，三号，夜中由街头步行归时写

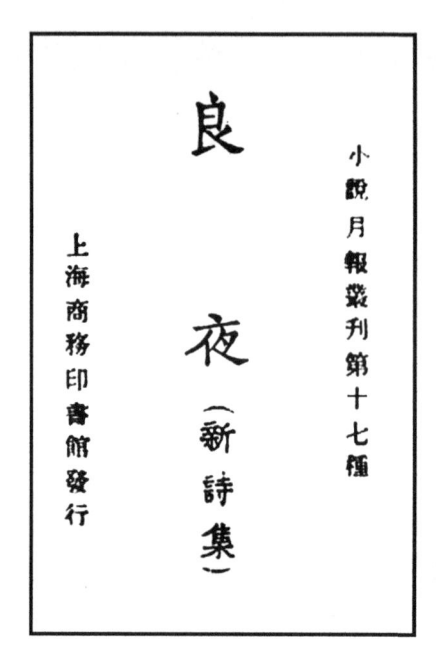

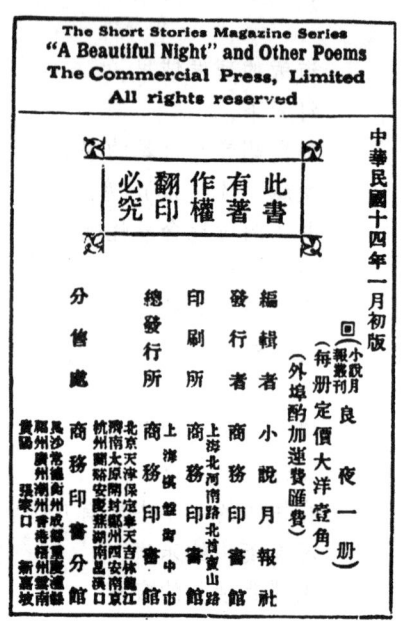

《或人的悲哀》

《或人的悲哀》，庐隐女士等著，商务印书馆民国十四年（1925）一月初版，"小说月报丛刊第十八种"。版权页署编辑者为小说月报社，发行者、印刷所与总发行所均为商务印书馆，分售处为外埠33家商务印书分馆。全一册，84页，每册定价大洋壹角（外埠酌加运费汇费）。

该书为创作集，包括《或人的悲哀》（庐隐女士）、《淡漠》（西谛）、《六一姊》（冰心女士）、《明日》（趾青），凡四篇。

无序跋。《或人的悲哀》（庐隐女士）摘录如下：

亲爱的朋友KY：

我的病大约是没有希望治好了！前天你走后，我独自坐在窗前玫瑰花丛前面，那时太阳才下山，余辉（按：原文为"余辉"）还灿烂地射着我的眼睛，我心脏的跳跃很利（厉）害，我不敢多想什么，只是注意那玫瑰花，娇艳的色采（彩），和清润的香气，这时风渐渐大了，于我的病体不能适宜，媛姊在门口招呼我进去呢。

我到了屋里，仍旧坐在我天天坐着的那张软布椅上，壁上的相片，一张张在我心幕上跳跃着，过去的一件一件事情，也涌到我洁白的心幕上来！唉！KY，已经过去的，是事情的形式，那深刻的，使人酸楚的味道仍旧深深地印在我的脑海中，渗在我的血液里，回忆着便不免要饮泣！

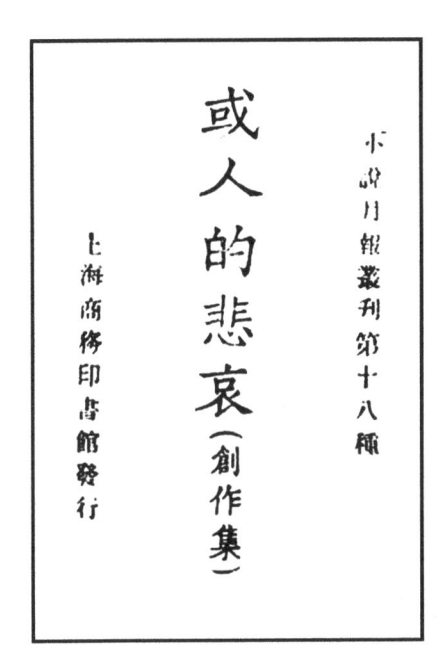

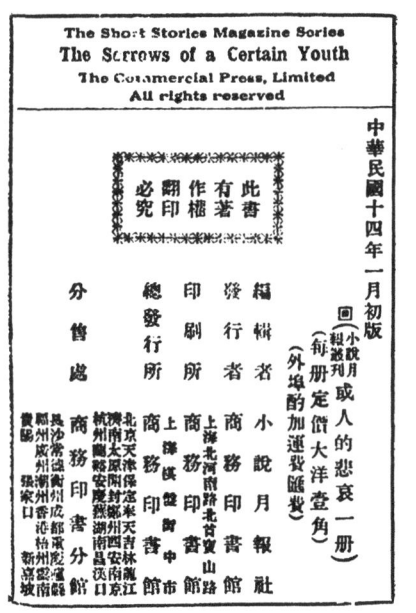

《俄国四大文学家》

《俄国四大文学家》，耿济之著，商务印书馆民国十四年（1925）一月初版，"小说月报丛刊第十九种"。版权页署编辑者为小说月报社，发行者、印刷所与总发行所均为商务印书馆，分售处为外埠33家商务印书分馆。全一册，80页，每册定价大洋壹角（外埠酌加运费汇费）。

该书包括耿济之著的《俄国四大文学家合传》与谢六逸撰的《屠格涅甫传略》（作为附录）。《俄国四大文学家合传》分为四节：一、郭哥里；二、屠格涅甫；三、托尔斯泰；四、杜思退益夫斯基。

无序跋。《俄国四大文学家合传》卷首的"引言"兹录如下：

俄国文学以十九世纪为全盛时代，——自二十年代至二十世纪之初端。从那时起俄国文学才有丰富的、独立的、思想上和艺术上之创造，才生出理想与形式之传统，才与别种文学有广大的交际，得列为世界文学之一员。才能真实的（按：原文为"的"）对于本国民族、文化与人道有所效力。这八九十年中间，人才辈出，著作如林；正如黄河决口一般，顷刻之间，一泻千里；又如夏雨一般，乌云方至，大雨就倾盆地倒下，有"沛然莫御"之势，而使世界的人惊愕失措，叹为奇观。其所以致此的原因自然很多，而郭哥里、屠格涅甫、托尔斯泰、杜思退益夫基辈挺生（按：原文"挺生"应为"诞生"）其间，砥柱中流，以其真切的人格、坦白的态度、创造的精神、坚苦的志趣，来感化世人、挽回风气，其功也不为小。郭哥里开俄国写实主义的先声，植国民文学的基础。他的作品仿佛没有什么理想的任务，只是讨人家的欢笑。但是读的时候，固然可以欢笑，而读完以后，不由得令人生无限悲切之感。因为所描写的生活自然是可笑，同时却又可痛、可悲、可歌、可泣。"笑中之泪"——实在是郭哥里作品的特色。托尔斯泰富有伟大之天才，至高之独创性，不为旧说惯例所拘，运用其高超之哲学思想于文学作品中，以灌输于一般人民。他是俄国的国魂，他是俄国人的代表，从他起我们才实认俄国文学是人生的文学，是世界的文学。屠格涅甫艺术手段的高妙，当代文学家中无出其

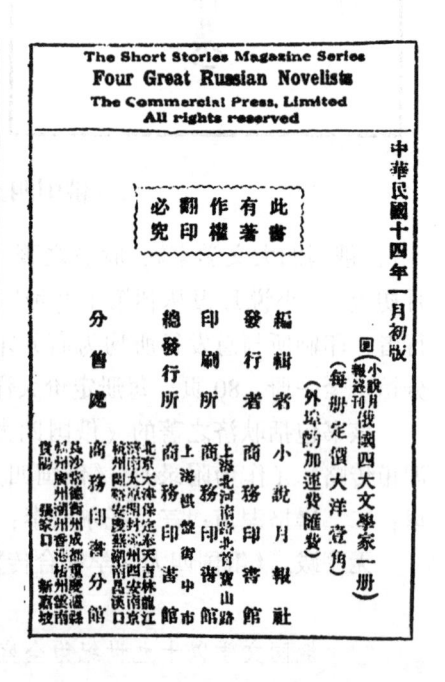

右。他的作品含有一种忧愁的性质，他笔底下所写出来的东西仿佛都罩着一层黑影，——（按：原文的标点符号如此）他所著的《贵族之家》便是俄国新文学中最忧愁的小说。他排斥农奴制度，不遗余力；他是西欧派的健将。杜思退益夫斯基是人物的心理学家，是人类心灵深处的调查员，是微细的心的解剖者。他为人类呼吁，他的文学满含着人道主义的性质。

这四个人实在是俄国文学的中心，俄国思想的渊泉（按：原文为"渊泉"），我们不能不研究他们，——（按：原文的标点符号如此）他们的生平、著作和思想。所以我把这四位合起来做一篇略传，以供留心俄国文学的人的参考。

《疯人日记》

《疯人日记》，上海商务印书馆民国十四年（1925）一月初版，"小说月报丛刊第二十种"。版权页署编辑者为小说月报社，发行者、印刷所与总发行所均为商务印书馆，分售处为外埠 33 家商务印书分馆。全一册，90 页，每册定价大洋壹角（外埠酌加运费汇费）。

《疯人日记》为小说集，包括俄国郭哥里（果戈理）原著、耿济之翻译的《疯人日记》与俄国屠格涅甫原著、耿济之翻译的《尺素书》二篇。《疯人日记》为日记体小说，共二十则"日记"。无序跋。

果戈理的《疯人日记》也被译为《狂人日记》，对鲁迅的小说《狂人日记》产生深刻影响。鲁迅曾说："一八三四年顷，俄国的果戈理（N. Gogol）就已经写了《狂人日记》；一八八三年顷，尼采也早借了苏鲁支的嘴，说过'你们已经走了从虫豸到人的路，在你们里面还有许多份是虫豸。你们做过猴子，到了现在，人还尤其猴子，无论比那一个猴子'的。而且《药》的收束，也分明的留着安特莱夫式的阴冷。但后起的《狂人日记》意在暴露家族制度和礼教的弊害，却比果戈理的忧愤深广，也不如尼采的超人的渺茫。"[①] 果戈理笔下的"疯子"或者说"狂人"是社会的"小人物"，被挤压得几乎没有生存空间，几乎无处安身。舍斯托夫论述果戈理时："他喜欢瞬间在悬崖上低下头，并感到头昏得可怕；他相信，那正是他想把头从极深悬崖移开的时候。他感到自己是被可靠的绳索系在人们的共同世界上的人。对他来说，游历神秘世界是自由的、不

---

① 《〈中国新文学大系〉小说二集序》，《鲁迅全集》第 6 卷，人民文学出版社 2005 年版，第 246~247 页。

太危险的娱乐。"①

《尺素书》为书信体小说，凡十五函，有函目。函目依次为：

一、阿列克赛致玛丽函	八、阿列克赛致玛丽函
二、玛丽覆阿列克赛函	九、玛丽致阿列克赛函
三、阿列克赛致玛丽函	十、阿列克赛致玛丽函
四、阿列克赛致玛丽函	十一、玛丽致阿列克赛函
五、玛丽致阿列克赛函	十二、阿列克赛致玛丽函
六、阿列克赛致玛丽函	十三、玛丽致阿列克赛函
七、玛丽致阿列克赛函	十四、玛丽致阿列克赛函
	十五、阿列克赛致玛丽函

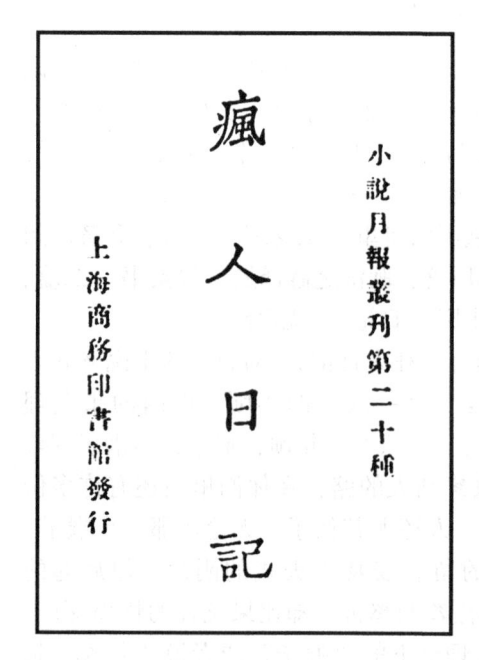

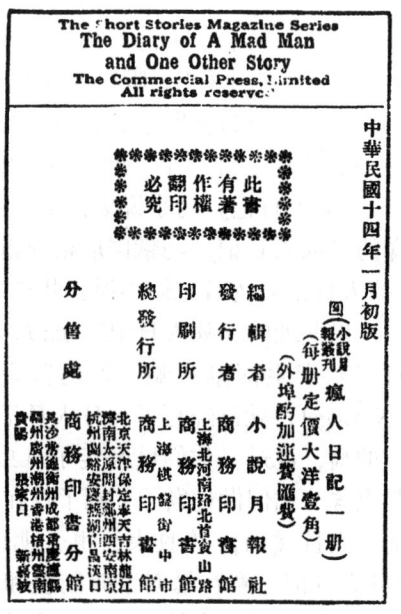

无序跋。正文摘录如下：

十月三日

今天发生了一件异乎寻常的奇事。我早晨起得极早，玛佛拉给我拿进擦干净的鞋子来的时候，我问他几点钟。听说已经打了十点钟

---

① 舍斯托夫：《在约伯的天平上》，生活·读书·新知三联书店1989年版，第106页。

了，我便赶紧穿衣。老实说，我并不是到司里去，因为我预先知道我科长那副干涩的脸容真叫人难受。他早就预备着对我说道："你这个脑子里怎么时常这般糊涂？你老是失神张智的，把事情办得乱七八糟，连鬼都辨不出来是什么；爵位的名称，你倒写小写，公文上也不填着什么日子，什么号目。"这个可恶的东西！他一定在那里妒忌我，说我只坐在办公室里给人家修铅笔。总而言之，我决不到司里去，除非想同那会计官会面，求这个犹太人预支些薪水，才想去一躺。这人也是个怪物！你要是让他预支一月的钱，那简直好像临到极恐怖的审判。无论怎样求他，怎样向他诉苦境，——（按：原文的标点符号如此）那白鬼总是不肯拿出来。但是在家里的时候（按：原文此处无标点符号）他自己的厨妇都可以打他巴掌；这是举世皆知的。我不明白在司里当差的利益：一点也没有好结果。如果在省公署里，在民刑事裁判所里，那就另一事了（按：原文为"另一事"）：在那里有些人紧靠在屋角里写字，身上穿着极平正（按：原文为"平正"）的燕尾服，那副脸貌（按：原文为"脸貌"）真能叫人唾弃，但是你常看见他们在那里租借广大的别墅！镀金的陶器茶杯，不住向他们手里送，说："这是医生的礼物"；又时常送给他们些快马啊、轻车啊、三百卢布啊……（按：原文的标点符号如此）但是我们这里却只能轻声说道："请你借把刀子给我修铅笔。"虽说如此，我们这里当差到底是极诚洁的，那种干净的样子，省公署里一世也见不到。安放着红木桌子，各长官都互相客客气气的（按：原文为"的"）说话。……（按：原文的标点符号如此）老实说，这里当差如果不是清洁，我也早就离职了。

《熊猎》

《熊猎》为短篇小说集，上海商务印书馆民国十四年（1925）一月初版，"小说月报丛刊第二十一种"。版权页署编辑者为小说月报社，发行者、印刷所与总发行所均为商务印书馆，分售处为外埠33家商务印书分馆。全一册，74页，每册定价大洋壹角（外埠酌加运费汇费）。

该书包括《熊猎》（俄国托尔斯泰原著，孙伏园译）、《祈祷》（俄国托尔斯泰原著，邓演存译）与《贼》（俄国杜斯退益夫斯基原著，陈大悲译）三篇。

无序跋。孙伏园所译的《熊猎》，篇首有这样一段译者的解说："这里叙述的一段冒险，是托尔斯泰在一八五八年亲身遇着的，二十余年以后，因为慈善主义的见地，他舍弃了打猎了。"

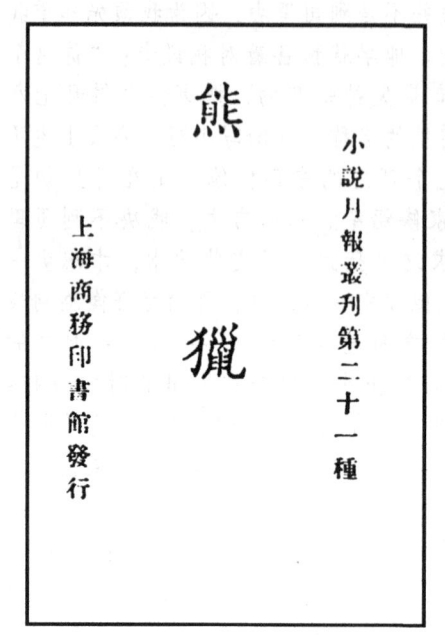

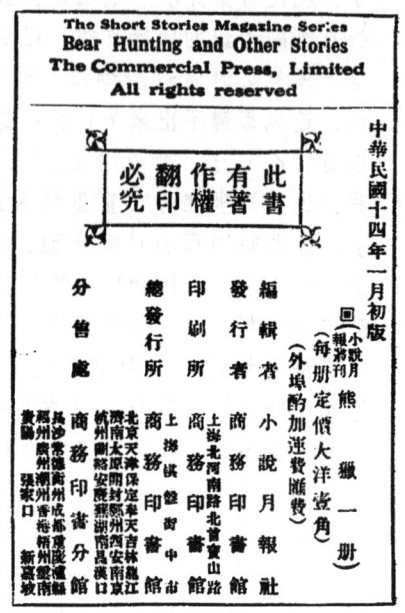

《笑的历史》

《笑的历史》，上海商务印书馆民国十四年（1925）一月初版，"小说月报丛刊第二十二种"。版权页署编辑者为小说月报社，发行者、印刷所与总发行所均为商务印书馆，分售处为外埠33家商务印书分馆。全一册，87页，每册定价大洋壹角（外埠酌加运费汇费）。

该书署创作集，包括《笑的历史》（朱自清）、《端午节》（鲁迅）、《乡心》（潘训）、《游泳》（叶绍钧）和《命运》（俍工），凡五篇。

无序跋。《笑的历史》（朱自清）摘录如下：

你问我现在为什么不爱笑了，我现在怎样笑得起来呢？

我幼小时候是很会笑的。娘说我很早就会笑了。她说不论有人引逗，无人引逗，我总要笑的，她只有我一个女儿，很宠爱我，最欢喜看我笑。她说笑像一朵小白花，开在我的脸上，看了真是受用。她甚至只听了我的格格……的笑声，也就受用了。她生性怕雷电，但只要我笑了，她便不怕了。她有时受了爸爸的委屈，气得哭了，我笑了，她却就罢了。她在担心着缺柴缺米的日子，她真急得要死了，但她说看了我的笑，又怎样忍心死呢？那些时我每笑总必前仰后合的，好一会才得止住。娘说我是有福的孩子，便因为我笑得容易而且长久。但是，但是爸爸的意见如何呢？你该要问了。他自然不能和母亲一样，然而无论如何，也有些儿和她同好的。不然，她每回和他拌嘴以后，为甚么总叫我去和他说笑，使他消消气呢？还有，小五那日在厨房里花琅琅（按：原文为"花琅琅"）打碎两只红花碗的时候，他忙忙的叫郭妈妈带我到爸面前说笑。他说："小姐在那里，我就可以不挨骂了。"这又为什么呢？那时我家好像严寒的冬天，我便像一个太阳，所以虽是十分艰窘，大家还能够快快活活的（地）过日子。这样直到十三岁。那年上，娘可怜，死了！郭妈妈却来管家了！我常常想起娘在的时候，暗中难过；便不像往日起劲的（地）笑了。又过了三四年，她们告诉我，姑娘人家要斯文些，笑是没规矩的。小户人家的女儿，才到处哈哈哈哈的（地）笑呢！我晓得了这番道理，不由的（得）又要小心，因此忍了许多笑。可是忍不住的时候，究竟有的；那时我便仍不免前仰后合的（地）大笑一番。他们说这是改不掉的老毛病了！我初到你家，你们不也说我爱笑么？那正是"老毛病"了。

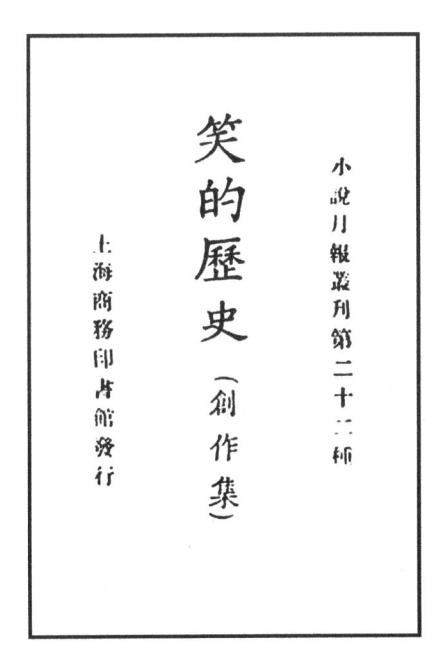

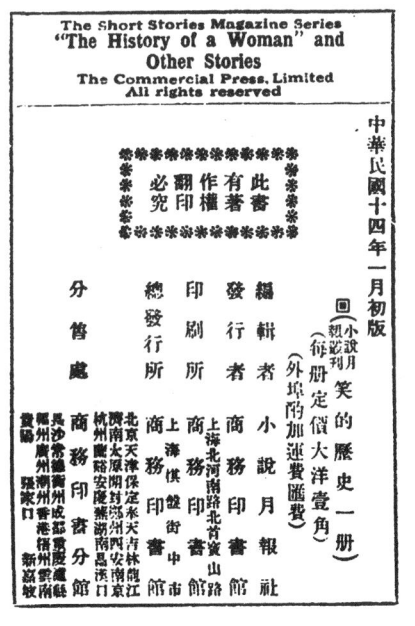

《瑞典诗人赫滕斯顿》

《瑞典诗人赫滕斯顿》，上海商务印书馆民国十四年（1925）一月初版，"小说月报丛刊第二十三种"。版权页署编辑者为小说月报社，发行者、印刷所与总发行所均为商务印书馆，分售处为外埠 33 家商务印书分馆。全一册，64 页，每册定价大洋壹角（外埠酌加运费汇费）。

该书为散文诗集，包括瑞典诗人赫滕斯顿的散文诗十三篇，以及卷首译者沈泽民的《瑞典现代大诗人赫滕斯顿》。凡十四篇。这十三篇散文诗均为赫滕斯顿所作，均为沈泽民所译，篇目依次为：《没有恒心的人》《记事二则》《无名与不朽》《孤寂时的思想》《一个男子的临终语》《睡着的姊姊》《最难行的路》《孤独地在湖边》《月光》《我的生命》《翻船遇难的人》《在火的围绕中祷告》《珍宝》。另有作者像一幅（一页）。

无序跋。《瑞典诗人赫滕斯顿》摘录如下：

像一个小孩子的时候，他是很害羞的，可是读起书来，真利（厉）害得很。书中最爱读的尤其是诗和战争小说。于是他本国的大诗人，如都伯留士（topelius）、泰衣纳（Tegnér）和罗纳褒格（Runeberg）等，都成了他所崇拜的人物了，在学校课程里，他所最喜欢的功课是拉丁文和地理。十六岁的时候，他忽生了病，医生说，按症有肺病的嫌疑，劝他家里送他到南方去调养。这便是他感受了自然风景的色彩之美，而想要做个画家的由来了。

他在养病期中，遨游于意大利、希腊和近东各处，一面既感受了南方的强烈的光和色的情调；一面又很受土耳其文明的感染。回家的次数是很少的，有一次归家时，他结了婚。

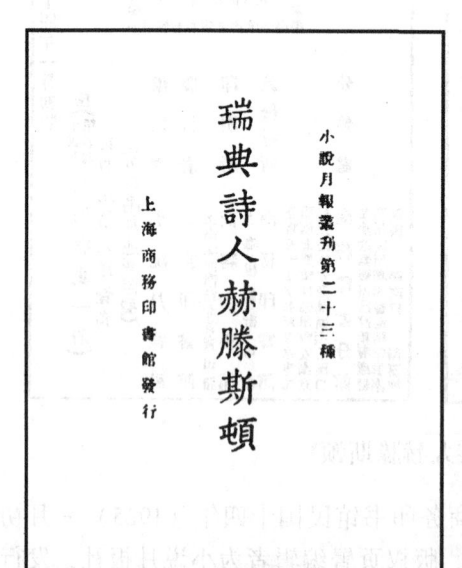

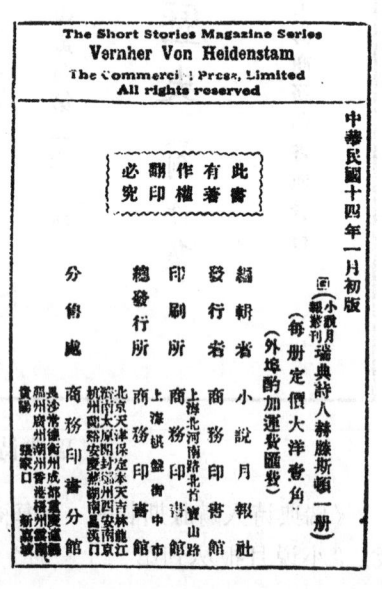

他本来是瑞典的贵族，生活的供给不成问题。但他却总觉得徒然生息于优养的生活中间不过是接触着事物的表面罢了，那种浮浅的生活是决不能满足他这艺术的生命与在内部膨胀着的心的；因此他要求做一个画家。不料这愿望竟远了他贵族家庭的意志了，他们不许他。他自己到巴黎去，就学于休罗茂（Cerome）的门下。

<h3 style="text-align:center">《雾飙运动》</h3>

《雾飙运动》，上海商务印书馆民国十四年（1925）一月初版，"小说月报丛刊第二十四种"。版权页署编辑者为小说月报社，发行者、印刷所与总发行所均为商务印书馆，分售处为外埠33家商务印书分馆。全一册，76页，每册定价大洋壹角（外埠酌加运费汇费）。

该书包括《雾飙运动》（日本黑田礼二著、李双俊译）、《后期印象派与表现派》（原著者未署、李汉俊译）、《"最年青的德意志"的艺术运动》（金子筑水著、李汉俊译）、《德国表现主义的戏曲》（山岸光宣著，程裕青译）、《"雾飙"诗人勃他伦纳尔的"绝对诗"》（沈雁冰），凡五篇。

无序跋。《雾飙运动》摘录如下：

这篇文章是日本《解放》杂志社海外特派员黑田礼二在柏林的通信，内容专叙德国战后兴起的表现派艺术；把战后德国在欧底国情，国民底性情，描写得也尽致。这篇文章不但使读者可以了解最近德国艺术底情形，并且可以窥探德国底社会情形；所以译者把他译出来，供本志读者底研究。

一表现派（Expressionismus）的广告画

德意志底雾飙（Strum）已经过去了。过去五年间骸骨的叫号声在五里梦中，把德国人的向上心挫折了，活泼气削夺了，并且把他们的生活力也摧残了。他们只呆呆地被留在雾飙去后的凄怆的沉默中间，在完全去了势一般的没有气力的苍白脸上浮着寂寞的冷笑，一天一天地过他们自暴自弃的日子。大柏林静悄悄地（的）好像黄昏时的坟园了。

但这静悄悄的柏林街头，却有一个东西振起旁若无人的样子，正在吐他（它）冲天的气焰。那就是毒恶恶地贴在各个十字街口圆塔上以及旧砖墙上的所谓表现派的广告画了。这些广告画却不是用三炮台式的装饰电灯来眩惑人目，也不是用美国式的示威运动来威吓人的那种方法。在今天这样穷的柏林，连重要的街上，华丽的室内，都非节省电气不可,那(哪)里还会有甚么电灯广告呢!所谓广告,大都也只以一些小戏馆、舞蹈场、影戏馆、百货店的为最多;大小也不过方三尺;画在上面的,也都是纵横着画些毒恶的真红浓青黄色的粗线,近于战前流行过的立体派(Kubismus)和未来派(Futurismus)的那种奇奇怪怪的油漆涂抹品。说他(它)是奇想呢?说他(它)是怪异呢?不晓得要怎样说才好!初到柏林的人,看见了这些广告画的意匠(原文如此),——和柏林人极消沉的意义相反;很新奇,裏(里)面跃动的色采(彩),又满贮着几乎要粉碎神经的一种生气——一定是要惊失魂魄的。不待说,这只是那风靡战后德国艺术界的表现派思想和样式已经采用,并且应用到他们日常经济生活上的一个例子罢了。

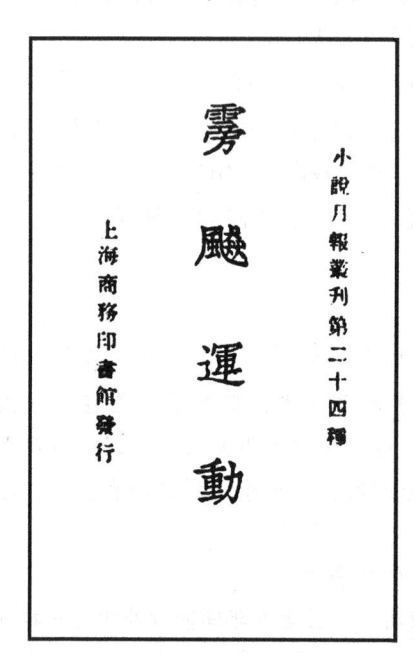

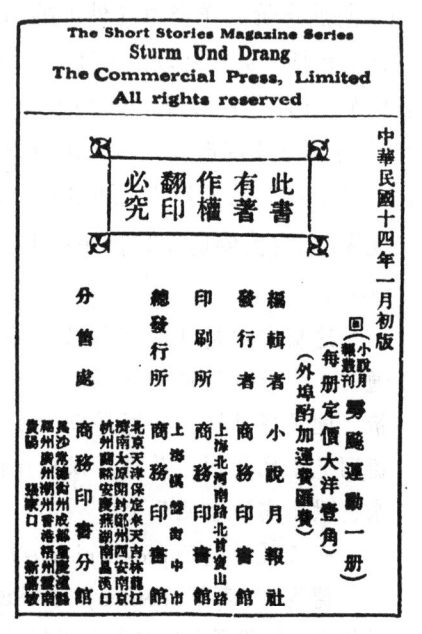

《圣书与中国文学》

《圣书与中国文学》,上海商务印书馆民国十四年(1925)三月初版,"小说月报丛刊第二十五种"。版权页署编辑者为小说月报社,发行者、印刷所与总发行所均为商务印书馆,分售处为外埠33家商务印书分馆。全一册,65页,每册定价大洋壹角(外埠酌加运费汇费)。

该书包括《圣书与中国文学》(周作人)和《圣经之文学的研究》(英国 Prof. W. H. HIudson 著、汤澄波、叶启芳合译),凡二篇。

无序跋。《圣书与中国文学》摘录如下:

一 文学研究会"文学丛书"叙录 243

我对于宗教从来没有什么研究，现在要讲这个题目，觉得实在不太适当。但我的意思只偏重在文学的一方面，不是教义上的批评，如改换一个更为明了的标题，可以说是《古代希伯来文学的精神及形式与中国新文学的关系》。《新旧约》的内容，正和中国的《四书》《五经》相似，在教义上是经典，一面也是国民的文学；中国现在虽然还没有将圣书作文学研究的专书，圣书之文学的研究，在欧洲却很普通，英国《万人丛书》（Everyman's Library）里的一部《旧约》便题作《古代希伯来文学》。我现在便想在这方面，将我的意见略略说明。

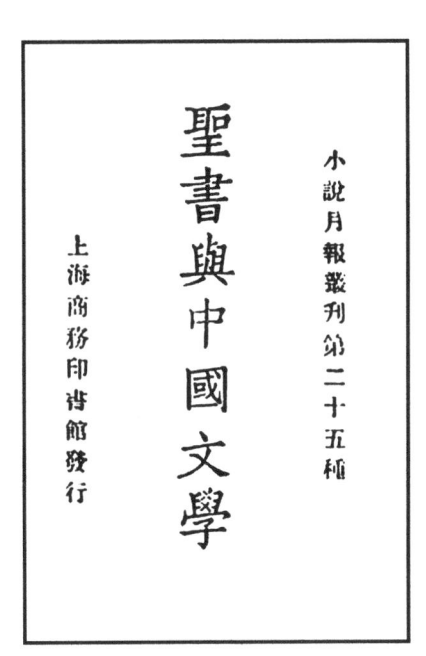

《太戈尔诗》

《太戈尔诗》，上海商务印书馆民国十四年（1925）三月初版，"小说月报丛刊第二十六种"。版权页署编辑者为小说月报社，发行者、印刷所与总发行所均为商务印书馆，分售处为外埠33家商务印书分馆。全一册，108页，每册定价大洋壹角（外埠酌加运费汇费）。

该书为印度太（泰）戈尔的诗歌选集，包括《园丁集》（另外有附录一，陈竹影译；附录二，徐培德译）、《爱者之贻》《歧路》《迦檀吉利》《采果集》《世纪末日》，凡六篇。另有作者像一幅（一页）。

无序跋。《世纪末日》兹录如下：

一

　　这个世纪的最后的太阳,在西方的血红的云与嫉忌的旋风中落下去了。

　　各个国家的自私的赤裸裸的热情,沉醉于贪望之中,跟了钢铁的相触声与复仇的咆哮的歌声而跳舞着。

二

　　饥饿的国家,它自己会由自己的无耻的供养里而暴烈的愤怒的烧灼起来。

　　因为它把世界做了它的食物,而舐着,嚼着,一口气吞了下去。

　　它澎涨（膨胀）了,又澎涨（膨胀）了。

　　直至在他的非圣洁的宴会中,天上突然落下武器,贯穿了它的粗大的心胸。

三

　　地平线上所现的红色的光,不是和平的曙光,我的祖国呀。

　　它是火葬的柴火的光,把那伟大的尸体——国家的自私的心——烧成了灰的,它已因自己的嗜欲过度而死去了。

　　你的清晨则正在东方的忍耐的黑暗之后等待着。

　　乳白而且静寂。

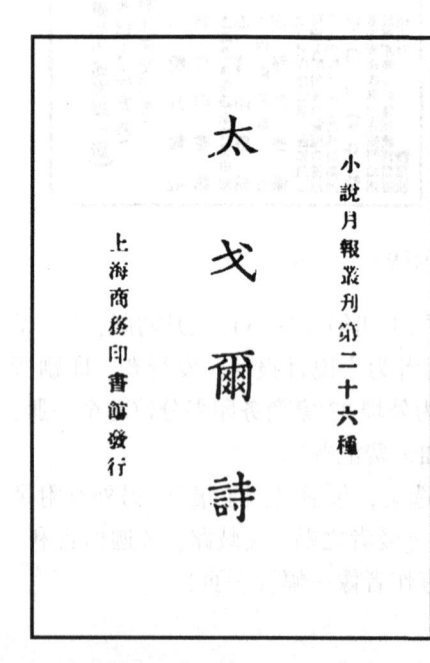

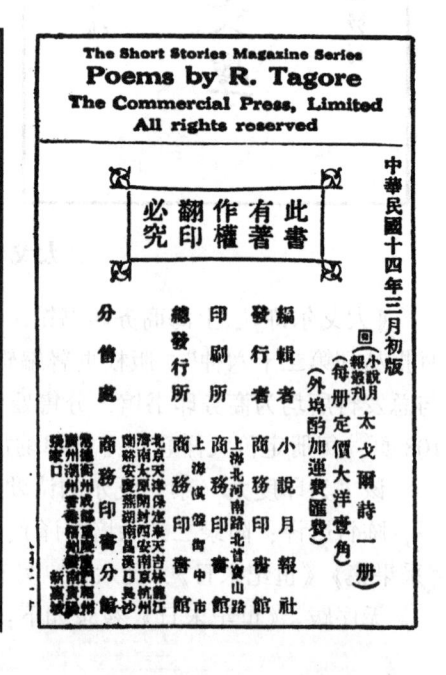

四

留意着呀，印度。

带了你的信仰的祭礼给那个神圣的朝阳。

让欢迎它的第一首颂歌在你的口里唱出。

"来吧，和平，你上帝自己的大痛苦的女儿。

带了你的浃意的宝藏，强毅的利剑，

与你的冠于前额的温和而来吧。"

五

不要羞馁，我的兄弟们呀，披着朴素的白袍，站在骄傲与威权之前。

让你的冠冕是谦虚的，你的自由是灵魂的自由。

天天建筑上帝的座位在你的贫穷的广漠的赤地上，而且要知道，庞巨的东西并不是伟大的，骄傲的东西并不是永久的。

《海啸》

《海啸》，上海商务印书馆民国十四年（1925）三月初版，"小说月报丛刊第二十七种"。版权页署编辑者为小说月报社，发行者、印刷所与总发行所均为商务印书馆，分售处为外埠33家商务印书分馆。全一册，66页，每册定价大洋壹角（外埠酌加运费汇费）。

该书包括《海啸》（梁实秋）、《乡愁》（冰心女士）、《海世间》（落华生）、《海鸟》（梁实秋）、《别泪》（顾一樵）、《梦》（梁实秋）、《海角的孤星》（落华生）、《惆怅》（冰心女士）、《醍醐天女》（落华生）、《纸船》（冰心女士）、《女人我很爱你》（落华生）、《"约翰我对不起你"》（梁实秋译）、《你说你爱》（J. Keats作，GHL译）、《什么是爱?》（顾一樵译），凡十四篇（首）。

无序跋。《什么是爱?》兹录如下：

什么是爱？

是玫瑰花丛中的微风吹动，不，乃是金黄色的磷光的闪烁。爱是地狱般热烧着的音乐足以引起老年人心灵的雀跃。它像夜来盛开的秋牡丹，它又像娇嫩的雏菊一吸便缩，一触便死。

这样才是爱。

它可以害得人一败涂地，它可以鼓励他起来，重振精神，它可以今天爱我，明天爱你，明晚又爱他，是这样的无定。但是它也能紧紧把持着像不可启开的封缄,并且在临死的一刻万劫不灭地燃烧着,它又是这样的永久。那么什么才是爱呢?

呜,爱是像繁星满天芳香遍地的夏夜啊,但是它为什么使得少年在隐秘的小路上踯躅,它又为什么能使垂老的人独自在孤寂的室中翘(跷)足?唉,爱情使得人们的心变成了繁盛而毫不知羞的菌园,那里秘密而无节制的菌状物丛生着。

它不是足以使得僧侣夜晚偷偷地逃入关闭着的花园去凝目注视睡者的窗帏么?它不是足以透惑尼姑蒙昧公主么?它足使君王垂首,散发拂掠着地上的尘埃,私自说着不正当的话语,并且伸出他的舌头来。

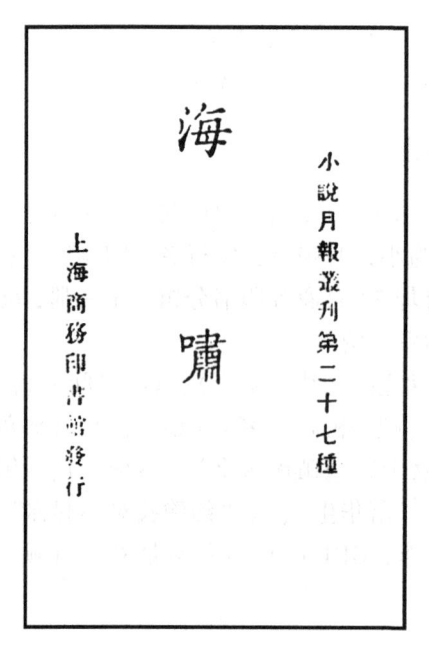

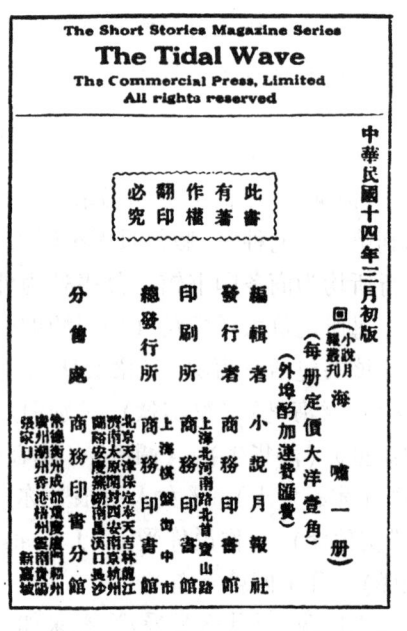

这样才是爱。

不,不,它仍旧是些大不相同的东西,全世界没有别样能相比,春天的一晚,它来到地球上,当着一个少年看见一双眼珠,看见一双眼珠。他凝视着并且看见了。他吻了一张嘴,于是好像雨条光芒在他的心灵里接触了,好像太阳同星触了电。他置身在怀抱中,于是全世界上的一切,他不再听见不再看见。

爱情是上帝的第一真言,第一个在他脑海里航行的念头。当着他说：让光明在！于是爱就来了。并且他所造的都很好，他也不愿意有一件破坏，因此爱变成了宇宙的起原（源）万物的主宰。但是它所有的路径，都充满了花和血，血和花。

八月，二十八晚，约克逊舟中草译

《梭罗古勃》

《梭罗古勃》，作品集，上海商务印书馆民国十四年（1925）三月初版，"小说月报丛刊第二十八种"。版权页署编辑者为小说月报社，发行者、印刷所与总发行所均为商务印书馆，分售处为外埠33家商务印书分馆。全一册，101页，每册定价大洋壹角（外埠酌加运费汇费）。

《梭罗古勃》包括《菲陀尔·梭罗古勃》（英国约翰科尔诺斯 John Cournos 原著，周建人译）、《你是谁？》（俄国 F. Sologub 原著，郑振铎译）、《微笑》（俄国梭罗古勃原著，周建人译）与《白母亲》（俄国梭罗古勃原著，周建人译）四篇。前者是关于俄国作家梭罗古勃的研究著作，后三者是梭罗古勃的三篇小说作品。另有作者像一幅（一页）。

无序跋。《菲陀尔·梭罗古勃》一文对梭罗古勃及其作品的特别作了重点阐释，兹录数段如下：

> 梭罗古勃是俄国第一个体裁家，他不仅利用了俄国语的柔软性，从中抽出那最大可能的好声调来，而且他又特创一种句法，能在极简单的几个字里，表出一种特别深切的情调。他能将极少极简的几笔，现出周围的空气的感觉来。他有时有些隐晦，这便因为他的艺术，常常倾向于"音乐的"的缘故。梭罗古勃在唯一的会晤时，曾经说明他的隐晦的缘由。他说，一个人看了他的小说这样想，别的人又那样想，这都是无妨的，从他看来，正存着创造的全理想。

> "我的自我——称之为梭罗古勃——好像是各种遗传影响的总体。谁能辨别在我的著作中的我，那一点是我自己的，那一点是我祖父的呢？但自然许我将几代的人所经过的一种感情，托生在言语里，勿以为我之不解释我的著作，是因为我不愿意。其实只是我不能够。我在这样一种情调里，成就了这样的一篇诗，在那诗句中，我说出了当时所要说的话。这是完全真实的。我竭力的（地）去寻最适当的字，使与我的情调相和谐。倘若这结果还是晦涩，那么在一个特别会见的时候，我又怎能够更明白的（地）说明当时的情调，这我已经远离。而且忘记了。"

但是，著者却以为无论在小说或诗里的情调如何特别，他总会在有些处所可以得到"反应的精神"。

这句话或者是诗人的夸张，或者是真实的事。梭罗古勃最好的著作却是非常巧妙，能激动读者的想像，到一个可以惊异的程度。他有诱引的异常的力量，将读者引到他自己的情调的漩涡（旋涡）中间。在他的言语的隐藏的意义后面，有着诱惑的力，能使读者神迷（原文如此）而且强迫他去加入作者的内省。他所谓"内秘的部分变成了普遍"的意思，那便很可以明白了。

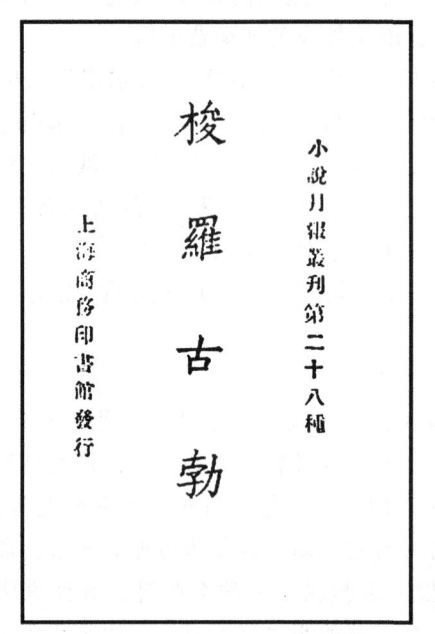

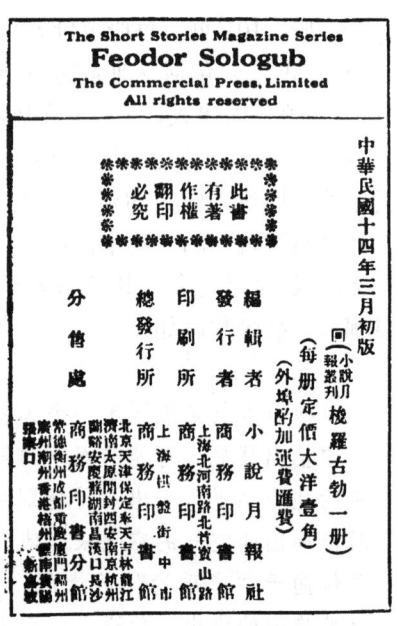

《北欧文学一脔》

《北欧文学一脔》，上海商务印书馆民国十四年（1925）三月初版，"小说月报丛刊第二十九种"。版权页署编辑者为小说月报社，发行者、印刷所与总发行所均为商务印书馆，分售处为外埠33家商务印书分馆。全一册，78页，每册定价大洋壹角（外埠酌加运费汇费）。

该书包括日本生田春月著的《现代的斯干底那维亚文学》（李达译）、《脑（挪）威写实主义前驱般生》（沈雁冰）、《瑞典大诗人佛罗亭》（沈雁冰）、《瑞典诗人卡尔佛尔脱与诺贝尔文学奖金》（沈雁冰）、《鹫巢》[脑（挪）威般生著，蒋百里译]、《人间世历史之一片》[瑞典史特林褒（原文如此）著、雁冰译，从 V. S. Howard 英译重译］、《印第安墨水画》（瑞典苏特尔褒格著，沈雁冰译），凡七篇（首）。另有作者像一幅（一页）。

无序跋。《现代的斯干底那维亚文学》篇末有雁冰的按语，按语之后有雁冰再志。"按语"摘录如下：

> 此篇原文的人名都不曾附注"西文"，现在这篇西文人名，是译后填上去的。但是从日本字音倒切出西文音，往往不能切合：假使原文讲到的那位文学家是讲得较详的，我们原可以一望而知的断定是某人，但是生田春月君原文做得太简了，有好多文家仅举一名，这样的按日文音凑西文音，没有事实可做旁证，或者难免要弄错了人；但我可负责的（地）说一句，即使错了人名，总不会错出斯干底那维亚以外去。
>
> 国内一般读者对于斯干底那维亚文学恐怕也不过是"常常听得人说挪威易卜生、瑞典史特林堡两家的名字罢了"，所以我又把这篇文中所引的诸文家，统统就我所知道的加上一点说明如下：……

"雁冰再志"兹录如下：

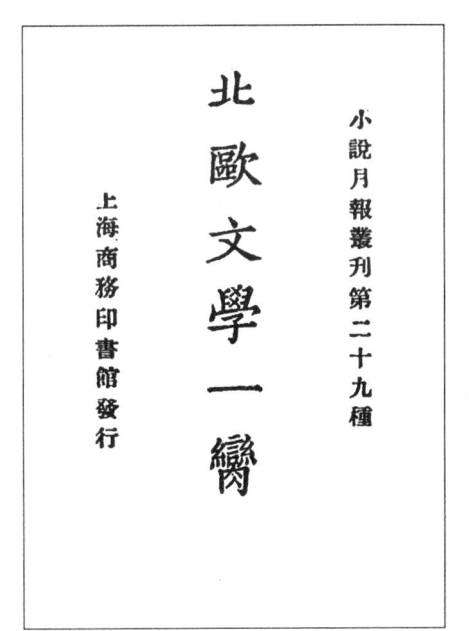

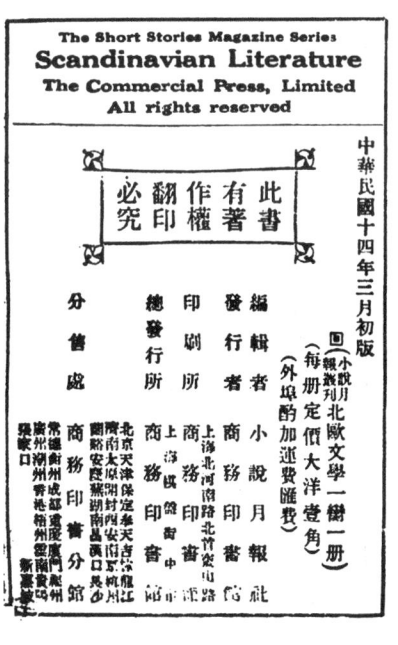

以上加注各文家的话，恐怕仍是太简略了一点。但是为"时""地"所限，只可如此将就了，易卜生、般生、斯特林堡三人因是大家已知了的，所以不注。哈姆生、包以尔和约柯伯生，我在别处说过，所以也省力不再说起了。

雁冰再志，——。

《平常的故事》

《平常的故事》，上海商务印书馆民国十四年（1925）三月初版，"小说月报丛刊第三十种"。版权页署编辑者为小说月报社，发行者、印刷所与总发行所均为商务印书馆，分售处为外埠33家商务印书分馆。全一册，68页，每册定价大洋壹角（外埠酌加运费汇费）。

该书为创作集，包括叶绍钧的《平常的故事》、徐玉诺的《祖父的故事》、张维祺的《赌博》、曹元杰的《引弟》，凡四篇。

无序跋。《平常的故事》正文摘录如下：

仁地回到家里的时候，他的夫人正在那里做针线。一种说不出来的软软的蜜蜜的心情使他停了脚步，不转睛，也不开口，脸上却渐渐地展露出笑容来。

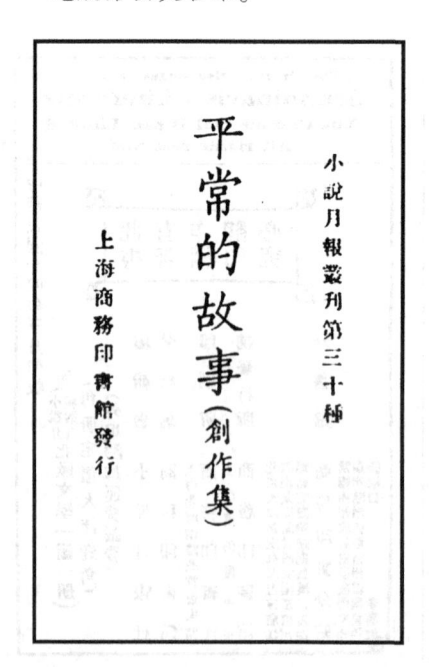

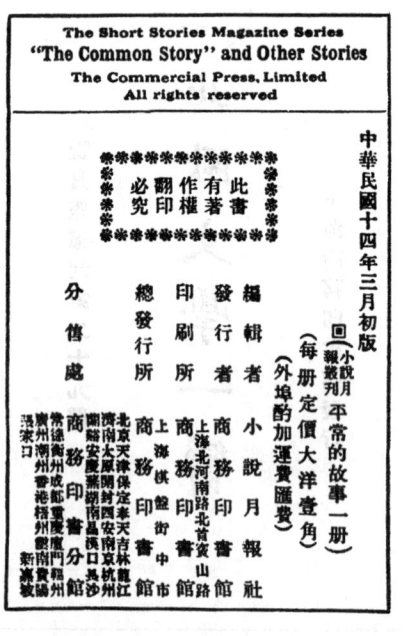

一　文学研究会"文学丛书"叙录　251

她坐在靠窗的桌子旁边，外来的光射在她的右颊上，显出鲜明的微红，鬓发被轻风吹拂，徐徐飘动。她手里做的是一只小鞋子，只有二寸光景长，差不多是洋娃娃穿的；鞋面是粉红缎，用彩线绣着美丽的小花。现在她正把鞋面同鞋底联缀起来；这很容易弄得歪斜的，所以她凝心一志地做她的工作，几乎把一切都忘了。

但是她立刻觉察这时候仁地已走进室来，而且正凝视着她。一种近乎反射作用的动作便跟着表演，她把手里的东西向右腋下藏着，脸上不好意思的样子，对着仁地只是笑。

《近代丹麦文学一脔》

《近代丹麦文学一脔》，上海商务印书馆民国十四年（1925）三月初版，"小说月报丛刊第三十一种"。版权页署编辑者为小说月报社，发行者、印刷所与总发行所均为商务印书馆，分售处为外埠33家商务印书分馆。全一册，59页，每册定价大洋壹角（外埠酌加运费汇费）。

该书包括《近代的丹麦文学——勃兰特底前后》（亨利·哥达·侣赤著、沈泽民译）、《十九世纪末丹麦大文豪约柯伯生》（沈雁冰）、《丹麦现代批评家勃兰特传》（郑振铎译），凡三篇。另有两作者像各一幅（共二页）。

无序跋。《近代的丹麦文学——勃兰特底前后》摘录如下：

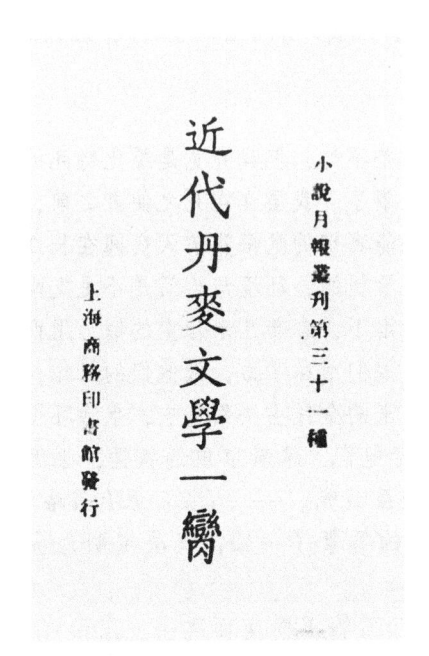

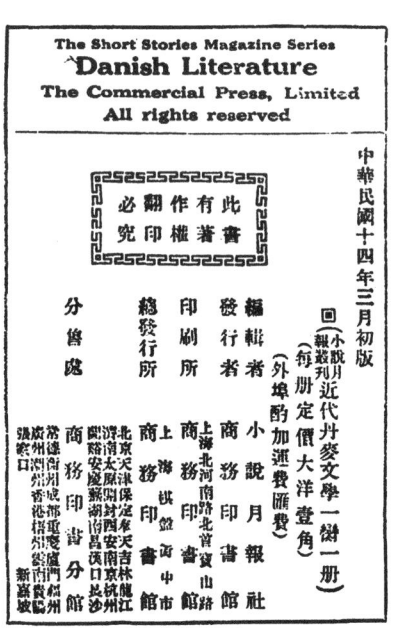

北欧文学和其他基督教的文学，背景是不同的，幻想底系统也是不同的。其他的文学，在一层基督教的薄膜之下，映耀着希腊底光荣，罗马底宏大，希伯来神秘主义底玄杳。但是在斯干的那维亚、当中世纪不列颠、法兰西和意大利的䐉录（誊录）生（中世纪印刷术不曾发明，书本都用䐉录（誊录）生手抄）忙着抄写古代遗籍（Classics）和圣哲传记的时候，一个不知有荷马，不知有亚里士多德，也不知有先知，不知有教条的野蛮文学正在产生出一篇诗和一篇文奉献给他们底上帝：俄丁（Ordin）和都尔（Thor），这便是爱达（Edda）和撒加（Saga）。爱达和撒加底优美和明彻固然不能同古籍中的杰作相比，雄浑与超越固然不能同希伯来的和基督教的文学相比，但是有几段中间，情热的奔放和写景的简洁，却是胜过他们两者的。

《归来》

《归来》，上海商务印书馆民国十四年（1925）三月初版，"小说月报丛刊第三十二种"。版权页署编辑者为小说月报社，发行者、印刷所与总发行所均为商务印书馆，分售处为外埠33家商务印书分馆。全一册，70页，每册定价大洋壹角（外埠酌加运费汇费）。

该书为创作集，包括吴立模的《猫鸣声中》、（顾）仲起的《最后的一封信》与《归来》、陈著的《哭与笑》、孙梦雷的《毕业后》，凡五篇。

无序跋。《归来》摘录如下：

虽然，我是和待死的囚徒，相差不远，但我究竟是要比待死的囚徒好得多。囚徒立在枪前，是没希望了。我虽立在死之使者之前，生命在瞬息之微波里荡漾，但我如果能真切的觉悟我前天夜间在长江轮船中所立定的意志，是还可有生的希望的，环境与生活是不足支配我的。马路上被热烈的日光晒得汗如雨下，拿着几十斤重的锤，用两手举过了头，在那里锤石头的工人，他们用尽了力，做他们的工作，到了放工的时候，拿着他们汗血换了来的金钱去买面包吃，生活环境是不能支配着他们的。我如果也学着他们，拿着重重的铁锤，去做苦工，那环境与生活又那（哪）能支配我呢。……（按：原有省略号）

在一个沉寂的夜里，我这样的思索了一回，我决定明天去做工了。

天空中薄浮着几片流云，一只孤雁正向南面飞去。东天（按：

应为"冬天")的日儿,在云霞里波动着。清晨的天气,是很和静而可爱的,我在黄浦滩边上微步了一回,江水泱泱地一波波地汹涌着,我知时候已是不早了,便跑到跑马厅去做工——替他们割草去了。

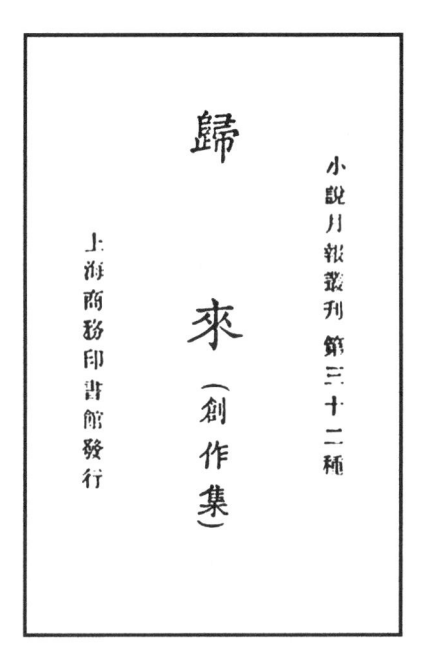

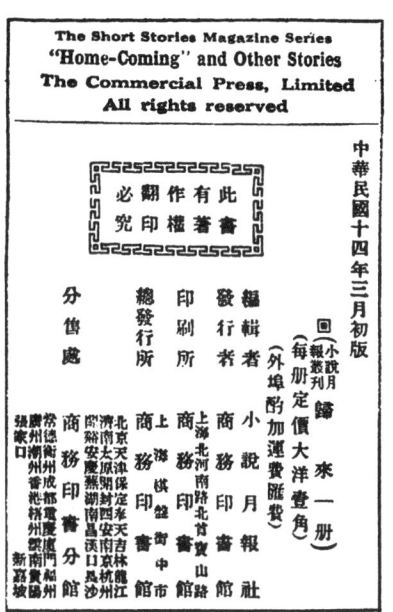

《三天》

《三天》,上海商务印书馆民国十四年(1925)三月初版,"小说月报丛刊第三十三种"。版权页署编辑者为小说月报社,发行者、印刷所与总发行所均为商务印书馆,分售处为外埠33家商务印书分馆。全一册,60页,每册定价大洋壹角(外埠酌加运费汇费)。

该书为创作集,包括冰心女士的《悟》、刘师仪的《三天》和白采《白瓷大士像》,凡三篇。

无序跋。《三天》摘录如下:

珊儿病了。伊生了十天疹子,热虽退了,仍在避着风。伊困在坑(炕)的一头,盖了厚的被,时时反侧。有时把头伸出来望望门外,把耳听听,又缩回去。伊枕旁放一面小镜子,枕下一把剪刀,一把小铁刀,一个显微镜,旁边还有一只盒子,装着许多零零碎碎的玩物。伊时时拿起镜来照伊的面孔,一块红,一块白,有的正在脱皮。伊轻轻的（按：原文为"的"）把脸上或臂上的皮揭下一块来，用显微镜查验。又在小盒子里取出铅笔，在一张硬纸上，画个圆。画完，端相（按：原文为"端相"，今一般为"端详"）一回。这是伊的成绩。有时按按脉看跳几下，也记起来。玩的（按：原文为"的"）疲倦了，就把头放到枕上，睡一忽安闲的觉。

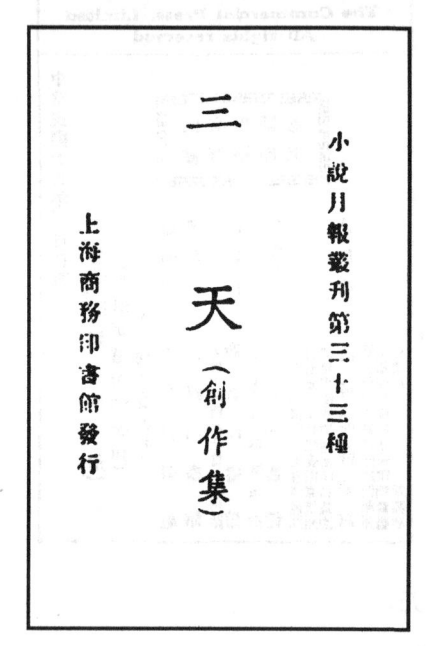

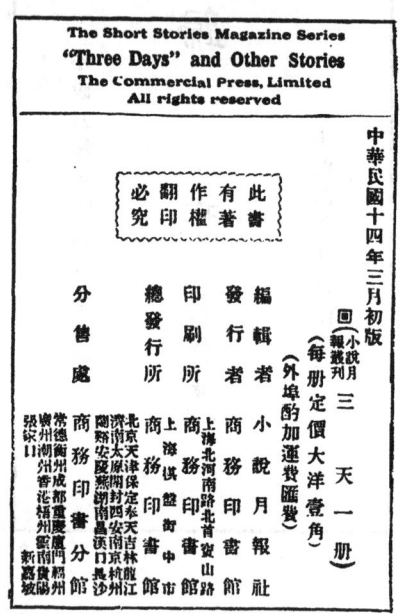

《包以尔》

《包以尔》，上海商务印书馆民国十四年（1925）三月初版，"小说月报丛刊第三十四种"。版权页署编辑者为小说月报社，发行者、印刷所与总发行所均为商务印书馆，分售处为外埠33家商务印书分馆。全一册，59页，每册定价大洋壹角（外埠酌加运费汇费）。

该书包括《挪威现存的大文豪包以尔》（沈雁冰）、《包以尔传》（挪威卡特著、沈泽民译）、《包以尔著作中的人物》（挪威卡特著、沈泽民译，译自卡特的《包以尔传》第四章）、《包以尔的人生观》（沈雁冰）、《包以尔著作之英译本》（沈雁冰）、《卡利奥森在天上》（包以尔著、冬芬译），凡六篇。另有作者像一幅（一页）。

无序跋。《挪威现存的大文豪包以尔》摘录如下：

一　文学研究会"文学丛书"叙录　255

若有人问：瑞典现代的文学界可以举什么人做代表，我们立刻可以推出两三个人么？

可以的！我们可以毫不思索地说出两个名字来：其一是他的大诗人赫滕斯顿（Verner von Heidenstam——这个名字若照瑞典文写出来应作 Verner af Heidenstam 但因 Heidenstam 氏自一七七〇年因贵族的关系改 af 为 von，沿用至今，很像一个德国人名了。）余一便是女文豪大小说家散麦拉绮尔罗孚（Selma Lagerlöf）了。

若有人再问：现代挪威的文学界可以举什么人来做代表呢？

这也是可以毫不思索地说出两个名字来：其一是哈姆生（Kunt Hamsun），余一便是包以尔（Johan Bojer）了，——这两位都是小说家。

瑞典诗坛的偶像，——正也不妨说是斯干的那维亚诗坛的偶像——赫滕斯顿"居之"久矣，恐怕也实在只有他能有做领袖的资格。但是除德国而外，欧洲人尚不大理会他；这缘故一半是因为他的文调急促而文情隐约闪烁，本来就不容易理会，一半是因为他的文体过富于浪漫主义的色采（彩），非现代人所喜欢。哈姆生的文名不广布于英美，至少也是受了他自己著作的本身的影响——在文坛高唱"文学社会化"的时候，主观的自传的著作也是不大欢迎的。从此也便可以明白为什么拉绮尔罗孚和包以尔——在他们本国和赫滕斯顿与哈姆生声名相并的呵！——偏能早得国外文坛的注意。

所谓"瑞典散文之主母"的拉绮尔罗孚很配名列世界现存诸领袖文豪之一，是无待申说的。她是瑞典学会（Swedish Academy 诺贝尔文学奖金即由此学会授与的）定额十八员中唯一的女会员，她在本国文坛上的声誉，数十年如一日，在近来新进文家极多与文艺思潮变换极快的时候，她也从未受到一言的攻击。她所以能如此的受人一致称赏，实在因为她的著作含有两个特色：（一）是文体的精醇和活泼，无人能及，（二）是能表现瑞典民族的内隐的神秘性。这两点若分离了，没有一点能使读者注意，但是合起来却好造成了拉绮尔罗孚不朽的盛名。但凡读过 *Gosta Berling* 和 *Jerusalem* 这两部书的，总说得出作者描写那半觉醒而尚未到启明时期的意识，何等地朗澈，使人欢喜。人类的运命在拉绮尔罗孚眼里看出来，觉得过去是困轭（厄）的，现在是困轭（厄）与康乐交错的时代，将来却一定是康乐。

同样的思想又见于包以尔的著作中，似乎包以尔的带悲观色的乐观思想更欲来得显些。我们便说他们俩是代表斯干的那维亚文坛由自然主义转移到新浪漫主义的，也不算过甚啊。

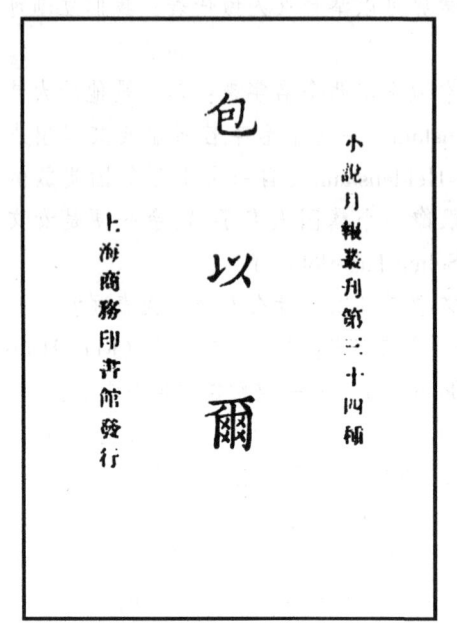

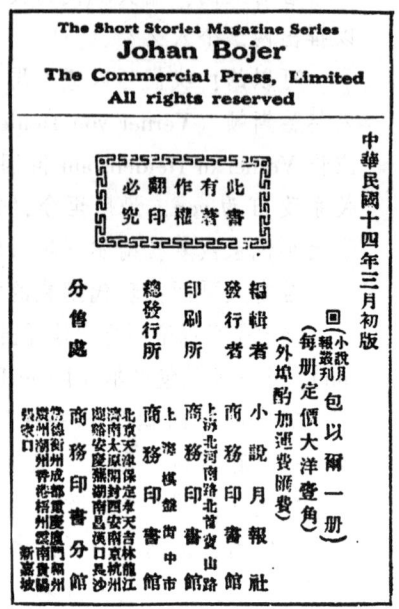

《恳亲会》

《恳亲会》，上海商务印书馆民国十四年（1925）三月初版，"小说月报丛刊第三十五种"。版权页署编辑者为小说月报社，发行者、印刷所与总发行所均为商务印书馆，分售处为外埠33家商务印书分馆。全一册，67页，每册定价大洋壹角（外埠酌加运费汇费）。

该书为戏曲集，包括叶绍钧的独幕剧《恳亲会》和王成组的三幕剧《飞》。

无序跋。王成组的三幕剧《飞》于1922年7月20日创作于北京清华学校。该剧末有作者的"附志"，兹录如下：

> 读过这篇的或者感觉到文中省去台景和演作表情种种指示，不足引起活现的幻象。那些既是通常由著作人供给的，我要郑重告诉读者，戏剧的精彩不能只从纸面得来，必须到剧场去。至于戏台的艺术，登场和指导表演的人，诚恳尽心体会，剧本情境应该比编剧家所能指点的高妙。所以本编发刊，一方面希望读者认清戏剧不是诗或小说，一方面希望演作者——如其他们以为这篇有上台的价值——能够因此发展他们自己的特长，但是务必征求我的同意。

> 成组附志

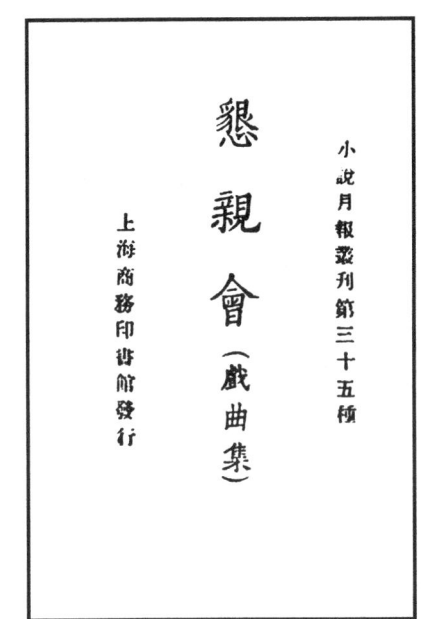

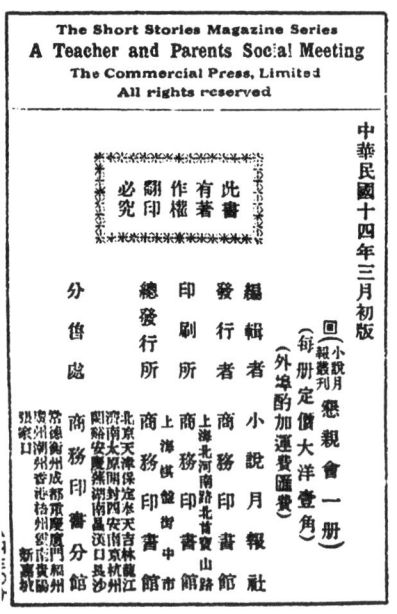

《芬兰文学一脔》

《芬兰文学一脔》，上海商务印书馆民国十四年（1925）三月初版，"小说月报丛刊第三十六种"。版权页署编辑者为小说月报社，发行者、印刷所与总发行所均为商务印书馆，分售处为外埠33家商务印书分馆。全一册，115页，每册定价大洋壹角（外埠酌加运费汇费）。

该书包括《芬兰的文学》（Hermione Ramsden 原著、沈雁冰译）、《父亲拿洋灯回来的时候》（［芬兰］哀禾著、周作人译）、《疯姑娘》（［芬兰］明那·亢德著，鲁迅译）、《我的旅伴》（［芬兰］贝太利·巴衣伐林太著、泽民译），凡四篇。

无序跋。《芬兰的文学》摘录如下：

> 芬兰人常说他们将来的希望在文学与宗教；因为惟有由此二者，芬兰人乃能保有独立的民族性。恐怕就因为了这缘故，一九〇一年春芬兰文学突然的有和政治一般重要的情势。那时有一位从海尔辛福斯（Helsingfors）来的大学教授打算在克利西安纳（Christiania）讲学，也被俄国政府禁止了（芬兰在十二世纪到十三世纪时是属瑞典管辖；一八〇九年起完全归于俄国）。但是我们要明白芬兰文学所以能取得政治的重要，一半是一八三三年应用芬兰文字勃盛的结果所造成的。

芬兰人本有两种语言，一是芬兰自己的语言，一是瑞典语。一八三三年以前，瑞典语彷（仿）佛就是他们的国语，说话著书都用他（它），自己的芬兰语反而仅仅流行于下等社会中，位置很低。除了宗教的和小学教育的书籍，就没有芬兰文字的书了。一八三三年那有名的歌谣集《卡勒伐拉》（*Kalevala*）出版，惹起了全世界学者的注意，芬兰人对于自己文字的复活运动也就开始努力起来。当这时有一个"芬兰文学会"（The Finnish Literary Society）成立起来做这运动的先锋，文字问题的剧烈辩论在此时就开端了。他们在那时又办了一种报，鼓励国内用芬兰语言的人民的兴趣；这报纸的议论直讽瑞典文是外国语。但不到一八六○年，这一批青年芬兰人还不能带了他们那个"一个民族一种语言"的口号进政治界去实行活动。这口号到后来因为民族的不幸（芬兰归俄后较在瑞典治下更不自由）要求对敌的两派互相提携，便改为"只要一心，不拘拘于两种语言"了。

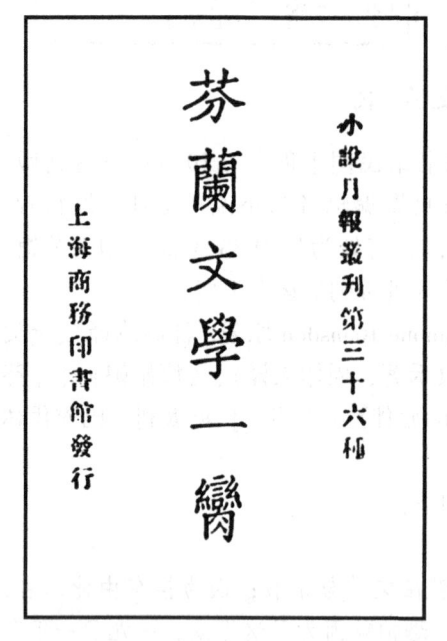

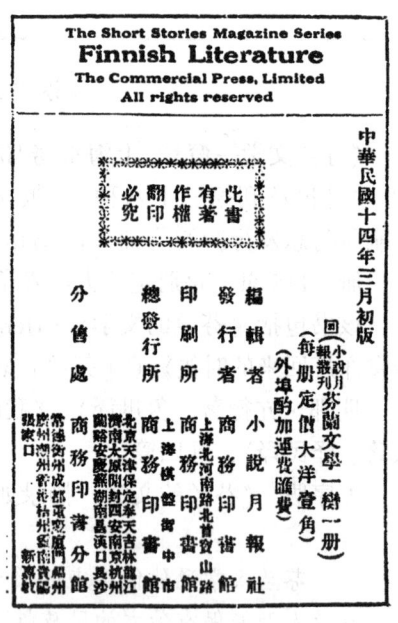

《在酒楼上》

《在酒楼上》，上海商务印书馆民国十四年（1925）四月初版，"小说月报丛刊第三十七种"。版权页署编辑者为小说月报社，发行者、印刷所与总发行所均为商务印书馆，分售处为外埠33家商务印书分馆。全一册，

86页，每册定价大洋壹角（外埠酌加运费汇费）。

该书为创作集，包括鲁迅的《在酒楼上》、俍工的《隔绝的世界》、刘纲的《冷冰冰的心》、李开先的《埂子上的一夜》、褚东郊的《初别》，凡五篇。

无序跋。《在酒楼上》摘录如下：

> 我从北地向东南旅行，绕道访了我的家乡，就到 S 城。这城离我的故乡不过三十里，坐了小船，小半天可到，我曾在这里的学校里当过一年的教员。深冬雪后，风景凄清，懒散和怀旧的心绪联结起来，我竟暂寓在 S 城的洛思旅馆里了；这旅馆是先前所没有的。城圈本不大，寻访了几个以为可以会见的旧同事，一个也不在，早不知散到那（哪）里去了，经过学校的门口，也改换了名称和模样，于我很生疏。不到两个时辰，我的意兴早已索然，颇悔此来为多事了。

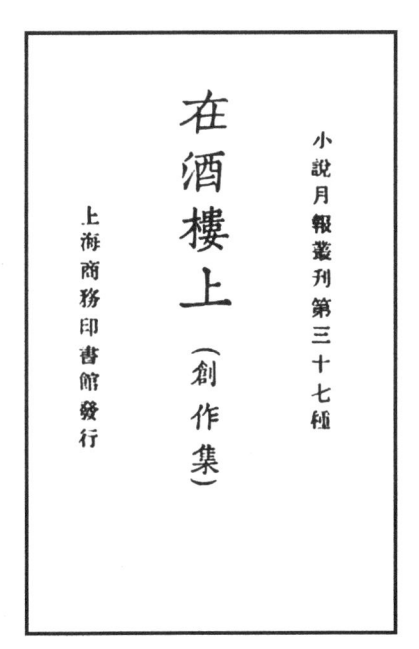

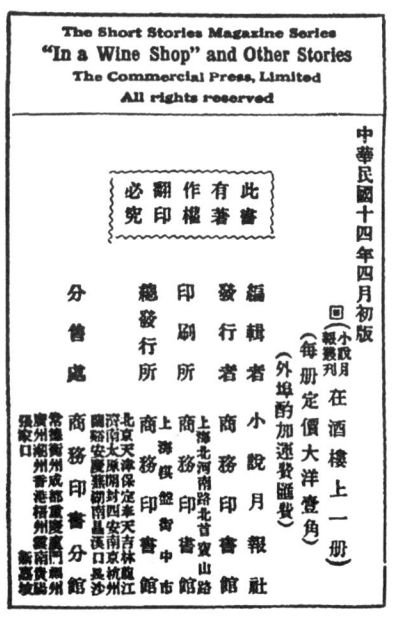

《法朗士传》

《法朗士传》，上海商务印书馆民国十四年（1925）四月初版，"小说月报丛刊第三十八种"。版权页署编辑者为小说月报社，发行者、印刷所与总发行所均为商务印书馆，分售处为外埠 33 家商务印书分馆。全一册，

76 页，每册定价大洋壹角（外埠酌加运费汇费）。

该书包括陈小航的《法朗士传》和《勃兰特的法朗士论》、沈雁冰的《法朗士逝矣》，凡三篇，另有《法朗士著作编目》以及作者像两幅（两页）。

无序跋。《勃兰特的法朗士论》摘录如下：

> 法朗士不是乐观主义者。他环顾欧洲和法国的种种衰颓堕落的现相（按：原文"现相"，今一般为"现象"），觉得"不断的进步"是荒唐的。他生在举世麻木的时代——无论怎样锐利的刺激，都把人的思想行为振发不起来。当着（按：原文为"当着"）人们的灵魂沉湎于邪恶的时候，送给他们清醒的文明的甘露，也没甚益处。正如《波日勒》里所说："要使不渴的驴子喝水是很难的。"法朗士深知所谓"众望"的意义。他的书中的一个重要角色说："设若群众把你亲热的（按：原文为'的'）抱在手里，你马上就要看出他们的怯懦和毫无力气（按：原文为'气力'）。"当着国家党和共和党竞争城市自治会的选举的时候，共和党常常失败，法朗士对于此事有个冷刻（按：原文为"冷刻"）的解释。国家党的候选员全不懂得这个机关的事务，唯其不懂，所以立于胜利的地位；因为不懂，所以他们"瞎子不怕老虎"，大话说得格外自然。共和党员则不然，他们的演说偏于专门而仔细。他们虽然所持正大，而对于选举人的智识并不十分信任，未免气馁。又因不敢放胆瞎吹，愚弄群众，所以解释得很琐碎；别人看来似乎比不上国家党那样雄壮热心——所以选举失败。
>
> 但是从别方面看来，法朗士并不是悲观主义者。……（按：原文标点符号如此）他相信世界上的最后胜利并不属于有枪的蛮人。孤独的、赤手空拳的真理比甚么（什么）都强。强权和暴力绝不会压倒他。真理打破恶势力，消灭恶势力。人的思想变更世界。强大理性和高尚思想的结合是极坚固的联盟，没有甚么（按：原文为"甚么"）东西足以抵抗他。法朗士的书中人波日勒坚持着"理性最后胜利"的信仰。"哲学家的真知在各时代都激发起人们来尽力的（按：原文为'的'）实现它。我们的思想创造'未来'。后来的政治家执行我们所遗留的计画（划）"，……（按：原文标点符号如此）
>
> 凡有这些见解的人，也可以做守旧派，也可以做革新党，易卜生在挪威有一个时期也是如此。法朗士的确附和过守旧派。一八九七年守旧派攻击反对教权的作家费伯黎，费氏在学院里的地位的继任者便是法朗士。

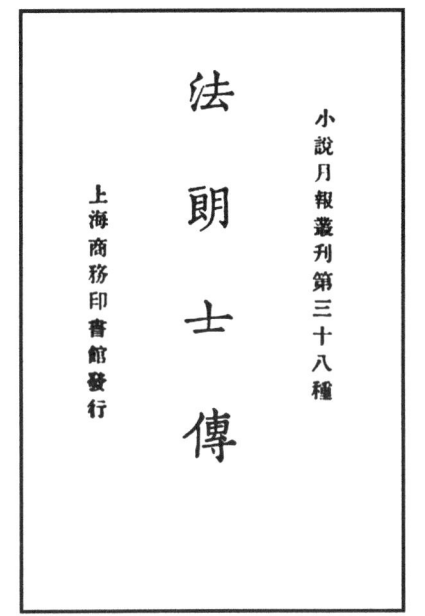

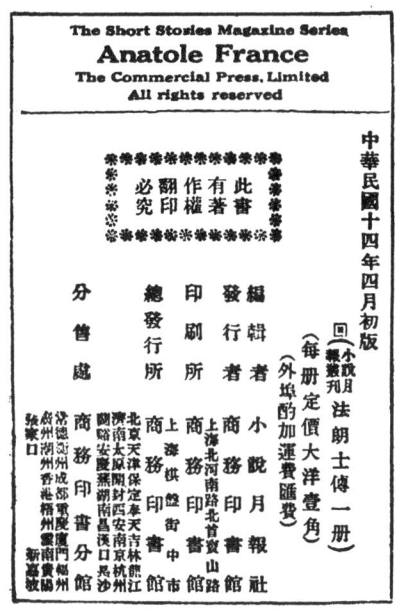

《法朗士集》

《法朗士集》，上海商务印书馆民国十四年（1925）四月初版，"小说月报丛刊第三十九种"。版权页署编辑者为小说月报社，发行者、印刷所与总发行所均为商务印书馆，分售处为外埠33家商务印书分馆。全一册，93页，每册定价大洋壹角（外埠酌加运费汇费）。

该书是法朗士作品译集，包括二幕剧《哑妻》（沈性仁译）、《穿白衣的人》（匀锐译）和《红蛋》（高六珈译），凡三篇，另有作者像两幅（两页）。

无序跋。《哑妻》篇末有"译者识"，兹录如下：

> 《哑妻》本来是法朗士做给赖勃雷著作研究会里作为消遣的，但是以后因为这出戏的曲折、构造、辞句都非常之好，所以有几个戏馆也把他（它）演了。以后英国那位有名的剧本作者兼演剧者的巴克尔（Granville Barker）与其妻又用英文译本演过。
>
> 这出戏不是没有来由的。他的故事是完全根据赖勃雷（Francois Rabelais）名著《加干图阿与其子庞塔格鲁尔言行记》（*Lives, Heroick Deeds, and Sayings of Gargántua and His Son Pantágruel*）中所叙的一

出戏。赖勃雷是法国中世纪（一四八三——一五五三）有名的诙谐的文学家，他的《加干图阿与其子庞塔格鲁尔言行记》也是一部极有名的著作。

赖勃雷所叙的戏剧不但是法朗士的《哑妻》的事实的根据，并且是莫里哀的《强迫医生》（Doctoe by Compulsion）的根据，不过将事实稍为变化些。

赖勃雷所说的剧本究竟有没有，我们现在无从查考的。也许原来是有这个剧本，不过现在已散失了，也许完全是他自己想象出来的，但是无论如何因为这一小段的叙述引起两位大文豪莫利（里）哀与法朗士做（作）出两本名剧来，使法国文学上增加许多光彩。

法朗士是一个散文著作家，不是一个剧作家，但是这篇嘲笑社会的短剧，世人公认他为杰作。他用现代的言语可以描写中世纪的情形，并且所讨论的都是超过时间的，永远存在的，如同生活的困难、奢侈、仆人的难惹、女子装饰的时髦、医生的称能、女子的饶舌等等。

英文译本是英人 Curtis Hidden Page 译的，这人还译过莫利（里）哀的剧集与 Ronsard 的诗集，他不但于法国文学上很有研究，而他的译笔既很流畅，又不失原文的意义，也是翻译家的能手。上文所述《哑妻》的来源与批评亦是从 Page 的译本上的叙文中译出来的。

此剧曾在《新潮》上登过，这次校正，修改之处甚多，几与重译一遍无异。

《红蛋》篇末也有"译者识"，兹录如下：

阿那都·法朗士（Anatole France）生一八四四年，法国现存老小说家之一。他是一个很难归入何派的小说家。小泉八云（Lafcadio Hearn）说："如果我们以为写实主义是'真'，只是研究人类本性的方有价值，法朗士就是感觉过多的写实作家。如果浪漫主义是作者无意地抬高'真'的本身使超于寻常见的事而进入灵感的情绪界，则法朗士有时竟是浪漫派。在文学界中，他是独立的，他是巴黎的；离巴黎不能得他文学上的训练；他的情绪分析之温雅，他的艺术家之快乐主义，感觉之灵敏而生动，都是法国的，和他的名儿一样。"又说："法朗士属于一个变动的时代——这时代里，新科学新哲学以疾雷不及掩耳的手段来改换世界的观念。一切艺术或多或少都要受这思想的影响——反射出转换期的过分夸大的唯物主义。反动现在已经发

一　文学研究会"文学丛书"叙录　263

动了；(法朗士就是站在前线的一个人了。)"(以上都是评论法朗士艺术的话。)

"法国批评家莱满脱（Jules Lemaltre）曾说过一句话：'让我们爱那悦我的书，再不要以文学的派别来自扰了'我觉得这话不特读法朗士著作时该如此想，凡读文学作品都该如此想罢。"

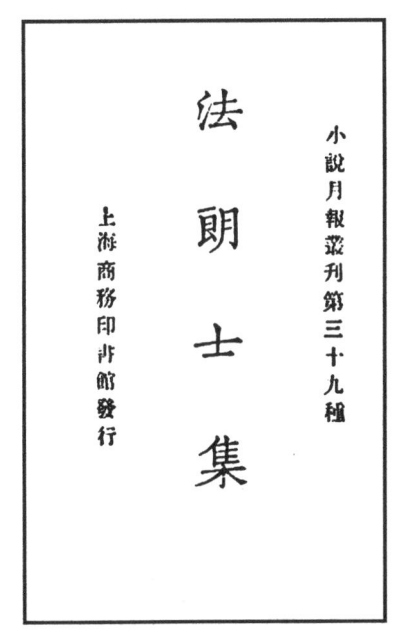

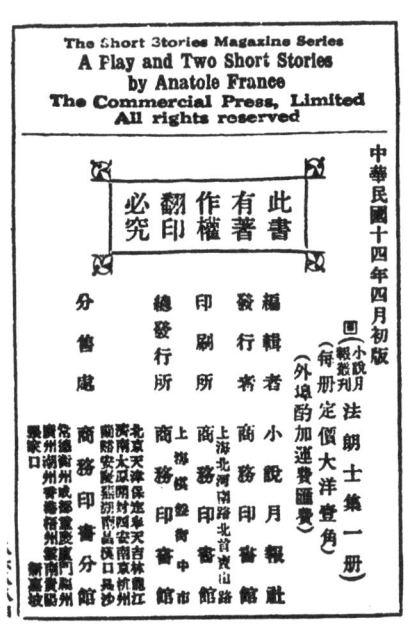

六珈先生译了这篇寄下时附着的信中说："今选此篇，以其有'谁能理会这混杂的原因与结果？谁能做了一椿（桩）事敢说：我做的事是怎样？'之句，因此句含有法朗士的哲学思想，可以表现他著作的特性……"六珈先生这两句也把法朗士的思想完全说尽了。

《彷徨》

《彷徨》，上海商务印书馆民国十四年（1925）三月初版，"小说月报丛刊第四十种"。版权页署编辑者为小说月报社，发行者、印刷所与总发行所均为商务印书馆，分售处为外埠 33 家商务印书分馆。全一册，82 页，每册定价大洋壹角（外埠酌加运费汇费）。

该书为创作集，包括庐隐女士的《彷徨》、徐玉诺的《一只破鞋》、俍工的《医院里的故事》和肖纯的《遗失物》，凡四篇。

无序跋。庐隐女士的《彷徨》摘录如下：

"我记得我曾乘着一叶的孤舟荡漾在无边的大海里,
鼓勇向那茫茫的柔波前进。
我记得我曾在充满春夜明月的花园里。
嗅过兰芷的幽香;
穿过轻柔的柳丝,
走遍这座花园,
寻找那管花园的主人。
我记得我曾在微微下着白霜的秋天的早晨,
听芭蕉和梧桐喳喳喊喊地私语,
看见枫叶红得和朝霞似的;
这时我曾恳切的(地)要找到和秋天同来的女神。
我记得我曾在没有人的穷崖绝谷里,
听石隙中细流潺潺地低唱着;
山顶上的瀑布怒吼般的(地)长啸着;
我这时曾极力寻找散布自然种子的神秘使者。
但那(哪)里有彼岸?
那(哪)里有花园的主人?
那(哪)里有秋天的女神?

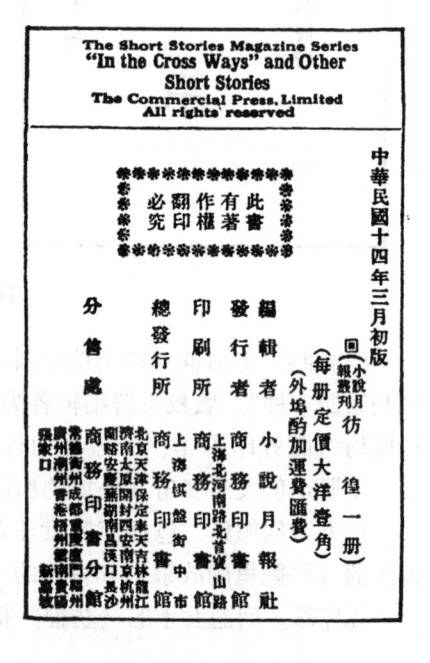

那（哪）里有自然的使者？

彷徨！失望！

无论在甚么（什么）地方，我只是彷徨着呵！"

"无论谁总尝过彷徨和失望的悲哀了！"这种牢不可破的观念——其实是信念常常横梗在无数的人类心里。

秋心他天生好深思——他在额颜上微微有两三道细嫩的皱褶便可以知道了。他这时已经完了刻板的教师工作，安享那星期六下半天闲暇的清福，学生们都回去了。同事个（按：原文为"个"）都忙着们人（按：原文如此）的事情，也有出去拜会朋友的，静悄悄地学校里，只剩了他一个人，他忙着收拾书籍，洗澡，不觉得已到五点多钟了。

《〈诗经〉的厄运与幸运》

《〈诗经〉的厄运与幸运》，顾颉刚著，商务印书馆民国十四年（1925）四月初版，"小说月报丛刊第四十一种"。版权页署编辑者为小说月报社，发行者、印刷所与总发行所均为商务印书馆，分售处为外埠33家商务印书分馆。全一册，96页，每册定价大洋壹角（外埠酌加运费汇费）。

该书除了导论外，全文分四个部分：传说中的诗人与诗本事、周代人的用诗、孔子对于诗乐的态度、战国时的诗乐，主要阐述作者对《诗经》及历代经学家对《诗经》的见解。

无序跋。《导论》摘录如下：

> 《诗经》这一部书，可以算做（作）中国所有的书籍中最有价值的；里边载的诗，有的已经二千余年了，有的已经三千年了。我们要找春秋时人以至西周时人的作品，只有它是比较的最完全，而且最可靠。我们要研究文学和史学，都离不掉它。它经过了二三千年，本质还没有损坏，这是何等可喜的事！我们承受了这份遗产，又应该何等的宝贵！
>
> 《诗经》是一部文学书，这句话对现在人说，自然是没有一个人不承认的。我们既知道它是一部文学书，就应该用文学的眼光去批评它，用文学书的惯例去注释它，才是正办。不过我们要说"《诗经》是一部文学书"一句话很容易，而要实做批评和注释的事却难之又难。这为什么？因为二千年来的诗学专家闹得太不成样子了，它的真相全给一辈人弄糊涂了。譬如一座高碑，矗立在野里，日子久了，蔓

草和葛藤盘满了。在蔓草和葛藤的感觉里，只知道它是一件可以附着蔓延的东西，决不知道是一座碑。我们从远处看见，就知道它是一座碑；走到近处，看着它的形式和周围的遗迹，猜测它的年代，又知道是一有价值的古碑。我们既知道它是一座有价值的古碑，自然就走得更近，去看碑上的文字；不幸蔓草和葛藤满满的攀着，挡住了我们的视线；只在空隙里看见几个字，知道上面刻的是些什么字体罢了。我们若是讲金石的，一定求知的欲望更迫切了，想立刻把这些纠缠不清的藤萝斩除了去。但这些藤萝已经过了很久的岁月，要斩除它，真是费事的（得）很。等到斩除的工作做完了，这座碑的真面目就透露出来了。

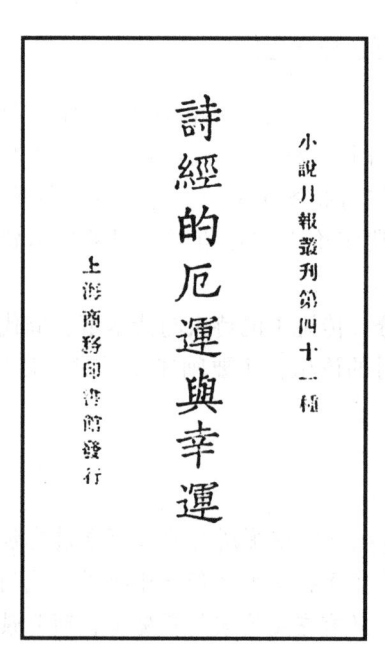

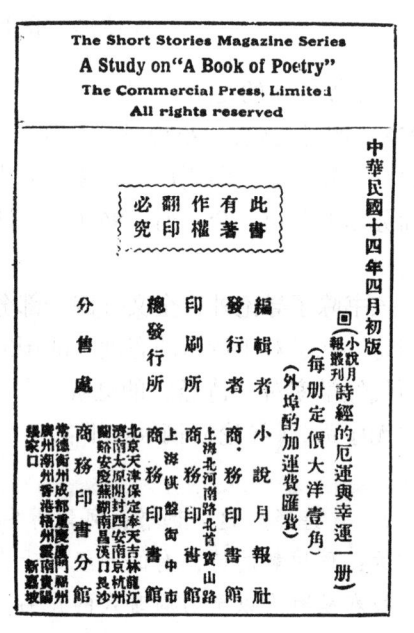

《波兰文学一脔（上）》

《波兰文学一脔（上）》，（波兰）诃勒温斯奇等著、周作人等译，商务印书馆民国十四年（1925）四月初版，"小说月报丛刊第四十二种"。版权页署编辑者为小说月报社，发行者、印刷所与总发行所均为商务印书馆，分售处为外埠33家商务印书分馆。全一册，102页，每册定价大洋壹角（外埠酌加运费汇费）。

该书包括诃勒温斯奇著的《近代波兰文学概观》（周作人译）、科诺布涅支加著的《我的姑母》（周作人译）、普路斯著的《影》（周作人

一　文学研究会"文学丛书"叙录　267

译)、戈木列支奇著的《燕子与蝴蝶》（周作人译）、戈木列支奇著的《农夫》（王剑三译）、莱蒙脱著的《审判》（胡仲持译）。另有作者莱蒙脱像一幅（一页）。

无序跋。《我的姑母》"译后记"摘录如下：

这一篇小说，从世界语《波兰文选》译出，虽然没有女诗人的那种特色，但别有一种殊胜的地方，为别人所不能及，这便是描写独身女人的感情的变化。那种细腻优美的描写，带着一点轻妙而且有情的滑稽，的确是女性的特长，不是一般男性文人所能容易学到的。我以为在这一点上，女小说家的独有的值（价）值差不多就可以确定了。一九二一年七月十五日记。

《影》"译后记"兹录如下：

普路斯（Boleslaw Prus）本名格罗伐支奇（Glowacki），是波兰现代的人，我曾译过他一篇《世界之徽》，登在《新青年》八卷六号上，略附有说明。这一篇《影》（Ombroj）也是巴因博士的世界语《波兰文选》中采取的。一九二一年七月三日记。

《燕子与蝴蝶》"译后记"兹录如下：

戈木列支奇（Wiktor Gomulicki），据诃勒温斯奇的《波兰文学史略》上说，"是在实证主义文学失败分散时代（案即近来三十年间）的一个诗人，唯理主义之子，所谓高蹈派的第一显著的优雅的代表。"关于他的小说，在本年一月号的《小说月报》上，有王剑三先生译的一篇《农夫》和说明，可以参考。

这一篇原名《这是燕子蝴蝶们所不懂的》（*Kionne Komprenas la hirundoj kaj papilioj*）德国巴因（K. Bein）博士用世界语译出，收在所编的《波兰文选》（*Pola Antologio*，1909）里。现在便据这一本重译的。一九二一年七月一日记。

《农夫》"译前记"兹录如下：

戈木列支奇（Gomulicki）是波兰的小说家及诗人，生于一八五一年。他的著作是散文韵文都有，他的优美的文体，和匀称的辞句，俱可使人惊叹。虽然他的著作的本旨，是以在华骚（华沙）的生活中所推论出来的种种事情，然而在他的短篇中，很描摹出波兰农人的状况。他那种深入刻画的笔墨，实是在小说中别开生面，譬如这篇《农夫》，用极闲淡的言辞，写出人物的最大痛苦，这真是他的特长了。

《审判》"译后记"兹录如下：

  普路斯（Boleslaw Prus，1847~1912），波兰近代大小说家。他的著作在《波兰文学一脔（上）》内，也有一篇。他的生平在上册内周作人先生所译《近代波兰文学概观》一文中亦有说及，读者可以参考。

  关于他的著作，有《被解放者》则与《哨兵》一样是关于社会问题的作品，前者是谈到女子主义的。

  记者附注

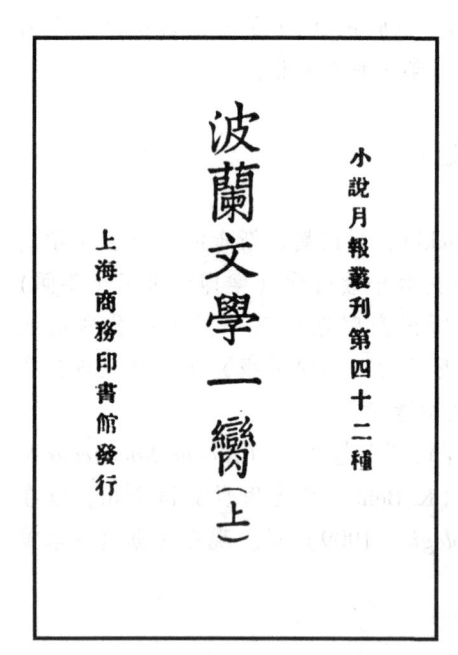

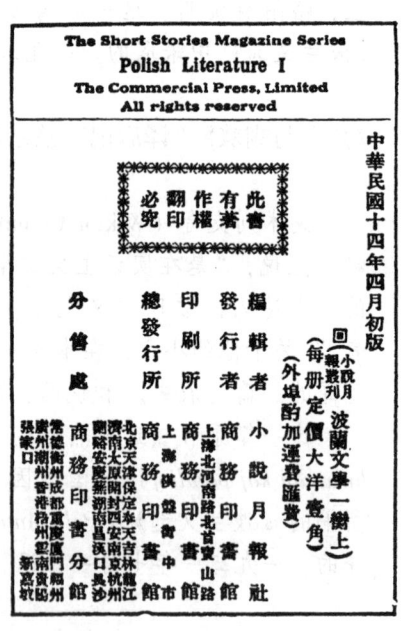

《波兰文学一脔（下）》

《波兰文学一脔（下）》，商务印书馆民国十四年（1925）四月初版，

一 文学研究会"文学丛书"叙录

"小说月报丛刊第四十三种"。版权页署编辑者为小说月报社，发行者、印刷所与总发行所均为商务印书馆，分售处为外埠33家商务印书分馆。全一册，118页，每册定价大洋壹角（外埠酌加运费汇费）。

该书包括日本千叶龟雄著的《波兰文学的特性》（海镜译）、沈雁冰著的《波兰近代文学泰斗显克微支》、波兰显克微支著的《二草原》（周作人译）、波兰式曼斯奇著的《犹太人》（周建人译）、波兰善辛齐尔著的《树林中的圣诞夜》（耿式之译）、波兰普鲁斯著的《古埃及的传说》（耿式之译）、波兰西洛什夫斯基著的《秋天》（李开先译）。

无序跋。《波兰文学的特性》摘录如下：

> 波兰精神，在前代未曾有的艺术家的一人中，见出了他最深奥的表现，——这个人就是佛列德利克·萧潘（Frédéric Chopin）——这句话是被人视为现代波兰文坛上之巨星的斯塔斯劳·布什比绥斯奇（Stanislaw Przybyszewski）所著《萧潘》里面的头一句话。

> 韵调是造就一切国民精神的要素，作其基调，并执行其最初统一之职务的东西。在波兰国民底精神里面受了调节的这个韵调，这不是偶然发生的，——这是波兰国民底血底音乐，这是波兰国民底气息，这是波兰国民流注于那广漠无涯，岑寂无声的平原的眼神底音质。这

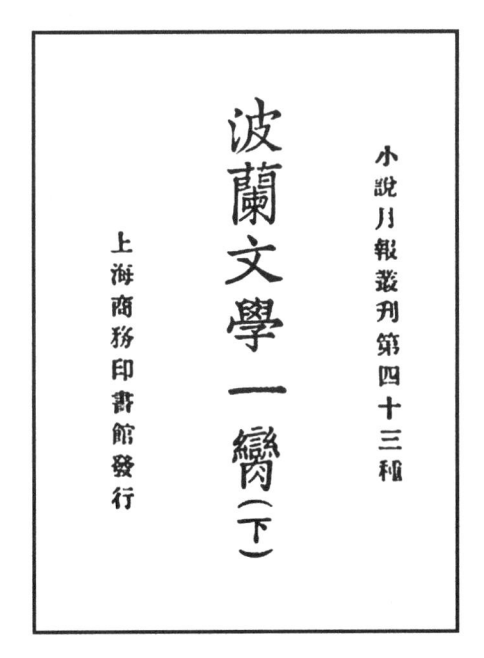

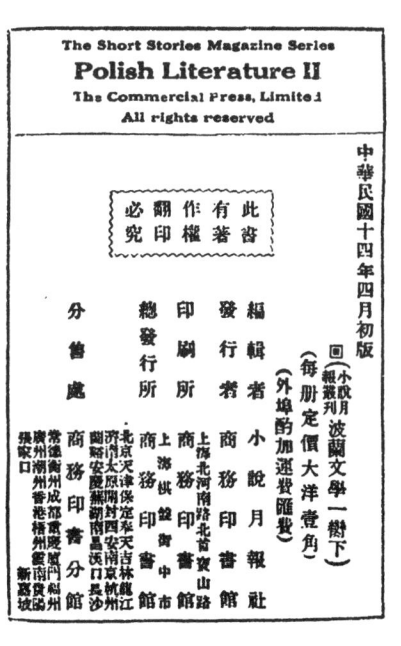

就是别国民底国语所没有的，声音自身作出的波兰国民喉头的有机的特性自身。这是波兰底长江奔腾激成的音乐。这是波兰底湖沼波浪弹出的韵律。这是以凄怆的执拗，扑打淋湿窗子的。秋雨底单调的圣神歌咏。《萧潘》底灵魂，就是把全波兰国民底灵魂，用坚固圣礼底盟誓，使之永远不匮地合起来了的灵魂。

用一切华美的词藻，一切微妙音乐的韵律和崇高的敬虔，赞美故国乐圣《萧潘》的布什比绥斯基底这个长论文，其特点不但把萧潘自身底特殊性从别的一切音乐家划分出来了。这《萧潘颂》自身就已经是波兰文学优秀的表现之一，又是波兰精神优秀的发露自身。尤不止此，我们又应该注意这《萧潘颂》是把萧潘其人浮现到波兰现代艺术界上面了，暗示了一般波兰现代文学底特殊性。

《阿富汗的恋歌》

《阿富汗的恋歌》，商务印书馆民国十四年（1925）三月初版，"小说月报丛刊第四十四种"。版权页署编辑者为小说月报社，发行者、印刷所与总发行所均为商务印书馆，分售处为外埠33家商务印书分馆。全一册，85页，每册定价大洋壹角（外埠酌加运费汇费）。

该书为诗歌集，包括冯虚女士译的《阿富汗的恋歌》（原著者未署）、《"假如我是个诗人"》（巴士著），希真译的《永久》（泰伊纳著）、《季候鸟》（泰伊纳著）、《辞别我的七弦竖琴》（泰伊纳著）、《浴的孩子》（廖特倍格著）、《你的忧悒是你自己的》（廖特倍格著）、《东方的梦》（特·琨台尔著）、《什么东西的眼泪》（特·琨台尔著）、《在上帝的手里》（特·琨台尔著），饶了一译的《十二个》（布洛克著）、《"十二个"》（史罗康伯著），徐志摩译的《伤痕》（哈代著）、《分离》（哈代著）、《她的名字》（哈代著）、《窥镜》（哈代著），侯佩尹译的《伤逝》（龙沙著）、《恋歌》（宓遂著）。

无序跋。《阿富汗的恋歌》兹录如下：

一

我的心被妇人们的残忍手腕轻轻地撕碎了；
一日又一日，一夜又一夜，泪珠悄悄地把我的容颜销（消）瘦了。

红的生命也像红的太阳一样静静儿向西沉下了；
匆匆地郁郁地而且很静静儿向西沉下了。

一 文学研究会"文学丛书"叙录　271

如果你想用一件善事来买个天么，今天正是开市的期啊；
明天就没有人要买啊，
成群结队的商人也就要悄悄地分离了啊。
皇帝们正笑乐着，奴隶们也正笑乐着，但是为了你的缘故，萨夷德亚摩德正在悄悄地悲悼呀。

二

来罢，我心爱的！我再说一遍：来罢，我心爱的！
你可见鸠儿关关地呼雄的声音不休止呀。
来罢，我心爱的！
"天神使我美如女王，使我心即情爱。
我鲜红的樱唇比翠绿的甘蔗还欲甜些。"
来罢，我心爱的！

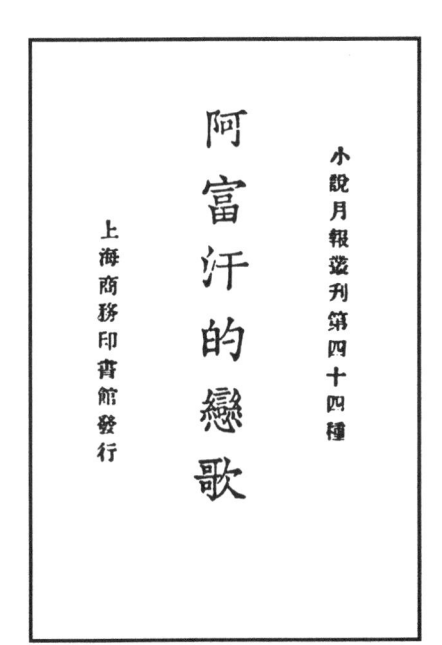

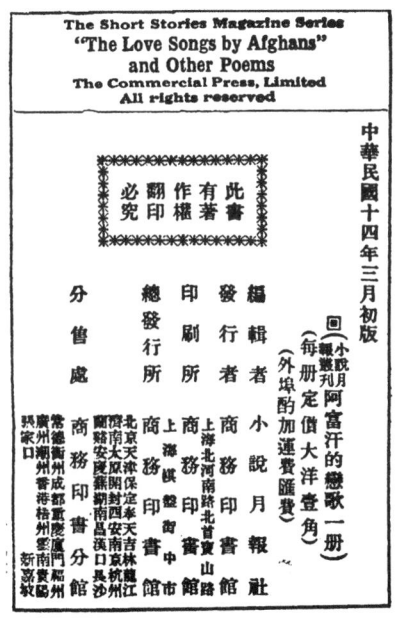

《校长》

《校长》，叶绍钧等著，商务印书馆民国十四年（1925）四月初版，"小说月报丛刊第四十五种"。版权页署编辑者为小说月报社，发行者、印刷所与总发行所均为商务印书馆，分售处为外埠33家商务印书分馆。全一册，93页，每册定价大洋壹角（外埠酌加运费汇费）。

该书为创作集,包括叶绍钧的《校长》、许钦文的《三柏院》、徐志摩的《老李的惨史》、潘垂统的《讨债》、孙梦雷的《懞懂》、兰烂生的《爱与憎》。

无序跋。叶绍钧的《校长》摘录如下:

叔雅放下吸了小半枝(支)的香烟在一个盛烟灰的盒中,执起笔来似乎就要写什么在纸面上的样子。可是笔尖还不曾触着纸面,手便缩住了,重又把笔放下,还捡起香烟来吸着。

凡是艰难的功课,一时解决不了的,人们总要想到这一条路上去,"现在解决不了,就待日后解决罢,好在事情并不十分急促。"但是十分急促的一天终于会来的。它既来了,艰难的程度却依然如故,于是除了麻乱地焦虑再没有别的了。现在叔雅就是在这样一种境界里;看他黄且干的额上显着好些短条的皱纹,梳好的发搔插得蓬蓬的像野草一般,可知他心里怎样地踌躇与焦灼了。

径直写下去罢,写是很容易的,可是中间有几张实在不愿意写。若说不要写罢:写这些东西的时期已经到了,又不便失信;而况终于要写。只是简单不过的几个字罢了,他却觉得比较写一篇万言的论文还要难,这枝(支)笔总是不敢去触着纸面。

在三年以前,本地一个高等小学的校长别处去了,他就接任了校长的职务。这当然不是由教育行政机关自动地敦聘的,他想了好许多法子,借了好许多力量,才得到这个地位。但是不失为光明的有意义的行径,因为他要当这校长自有他的目标,乃在赚钱吃饭以外。赚钱吃饭实在不是什么可耻可鄙的事,不过若目标专在赚钱吃饭,那就不论什么事总只有一团糟罢了。现在叔雅家里颇优裕,微薄的俸给差不多皮裘的一根毛,增不了多少温暖,所以可说他全然不为赚钱吃饭的事。他的第一个目标是办教育。他相信一个人要自己去找适宜的工作来做,而与他的兴趣能力最适宜的,莫过于教育。第二个目标在他的几个孩子。他想这几个孩子总该有个好的学校,而要把学校弄地好,莫过于由自己的手来办理。象这样固然可说自私心的发展,但是要在世间寻出一些例证,如某人作某事完全为人,不是自私(像他这样的自私),恐怕也非常困难了。

他任职以后,预定了一种新的方针,规划了好些新的办法,正如一艘航海的船鼓轮启程,预料前途有种种的佳境,有丰富的获得,便满心地高兴起来。从事实方面看,这一种高兴似乎并不是空虚的,一

一 文学研究会"文学丛书"叙录　　273

切都依着方针的指示在那里进行。教师们空着时聚在一起，不是谈谈实际的教授法，便是自陈对于儿童的新的发现和了解。学生也尽是活动且聪明起来，他们自动地组织体育会从事种种的运动，编辑小新闻纸登载学校里的事务以及自己的文字，又结合团体在学校背后的空地上开垦，种着玉蜀黍马铃薯等等东西。这不是理想学校的芽儿在那里顺遂地透出来么？只须不遇到意外的残害，抽条展叶开花结果是可以断言的事了。

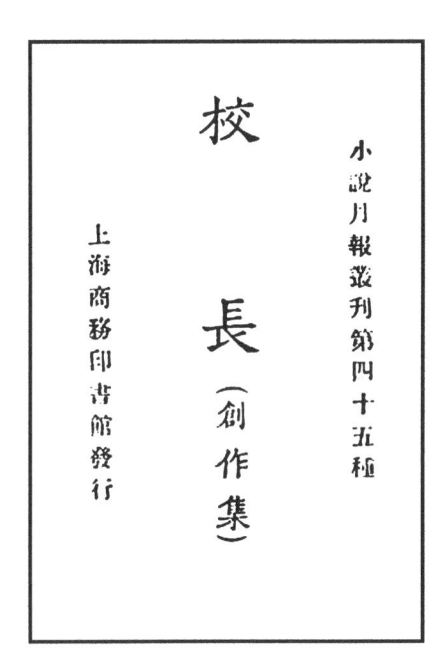

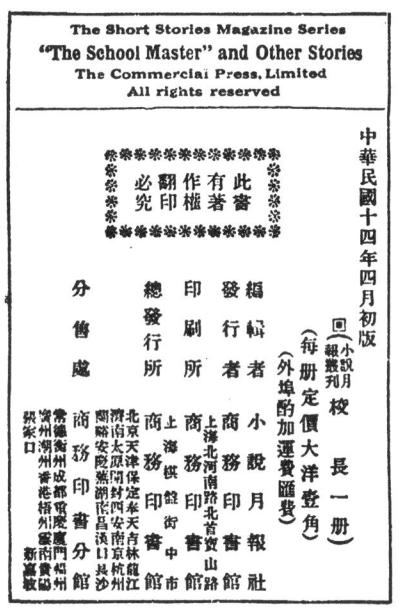

《武者小路实笃集》

《武者小路实笃集》，日本武者小路实笃著、周作人等译，商务印书馆民国十四年（1925）三月初版，"小说月报丛刊第四十六种"。版权页署编辑者为小说月报社，发行者、印刷所与总发行所均为商务印书馆，分售处为外埠33家商务印书分馆。全一册，79页，每册定价大洋壹角（外埠酌加运费汇费）。

该书为日本武者小路实笃作品集，包括《一日里的一休和尚》（独幕剧，周作人译）、《桃色女郎》（独幕剧，樊仲云译）、《某夫妇》（短篇小说，周作人译）。另有作者像一幅（一页）。

无序跋。《一日里的一休和尚》"译后记"兹录如下：

武者小路实笃（Mushakôji Saneätsu）生于一八八五年，先前为"白桦派"文人的领袖，近三年来在日向经管新村，但一面在文艺上仍然很努力，在《白桦》之外，去年又创刊一种杂志名《生长的星之群》。他的著作集现在刊行者共约三十册，其中十种是评论感想，其余都是戏剧和小说。这一篇从《小小的世界》中选出，是他得意之作的一篇，去年土岐哀果便集《罗马字的短篇小说集》，请各著作家自选一篇，他所选的便是这《一日里的一休》。文中意思很明显，用不到再加注释，现在只就史实上略略说明。一休是禅宗大德寺的高僧，初名周建，后改宗纯，一休是他的号。文明中奉敕住（主）持大德寺，赐紫衣；文明十三年（1581）卒，年八十八。他在大德寺里的住所，称瞎驴庵；后世传述他的奇行甚多，常被用作近代通俗小说的材料。武者小路君的著作里，还有戏剧《三和尚》、小说《从一休听来的话》，也是说着一休的。一九二二年一月十二日附记

《某夫妇》"译后记"兹录如下：

　　这一篇小说见去年出版的短篇集《燃烧的树林》中，今收在《武者小路全集》卷五第二部。

　　武者小路君的著作之译成中国语者，有毛李二君合译的《人间的生活》，鲁迅君译的戏剧《一个青年的梦》，我所译的《久米仙人》和《第二之母》，在《现代日本小说集》（世界丛书之一）中，俞寄凡君译的童话剧《开花翁》及《地藏与鬼》等。

　　武者小路君的文体非常简明而有力，不易传其神气，意思亦很明了，本无说明的必要，现在只就自己所感到的略赘数语。《约翰福音》里说，文人和法利赛人带了一个犯奸的妇人来问难耶稣，应否把她按照律法用石头打死，耶稣答说，"你们中间谁是没有罪的，谁就可以先拿石头打她。"这篇的精神很与他相近，唯不专说理尔，以人情为主，所以这边的人物只是本常的，多有缺点而很可同情，可爱的人，仿佛是把斯特林堡（Strindberg）的痛刻的解剖与杜斯退益夫斯基（Dostoievski）的深厚的感情并合在一起的样子，像莎士比亚的《阿赛罗》（Othello）那样猛烈的妒忌，固然也是我们所能了解的，但是这篇里所写的平凡人的妒忌，在我们平凡人或者觉得更有意义了。

　　中国有许多人读小说，专在里边求事实，或者用为笼统的论断的

一 文学研究会"文学丛书"叙录　275

根据,譬如看见易卜生的《群鬼》便说挪威青年多半发疯,看见苏德曼的《故乡》便说德国女子大抵淫凶无耻之类,决不是少见的事情。其实人性总是相同的,在时间空间上迥不相同的国里,可以发见许多类似的暗黑面(当然也有多类似的光明面),这原是不足奇的事;但如在目的截然不同的文学作品里想来寻求攻击的资料,那未免大错特错的走错了门了。凡爱好文学者当然早已了解这些道理,所以上边所说的话不免有冒犯读者之嫌,但是据自己的经验,因为时常遇见这些误解,在介绍者的责任上似乎不得不预先说明一声,以免错误,所以加了这一节蛇足的话。至于对于明白的读者们,我当然诚意的求他们的原谅。

一九二三年七月十七日。

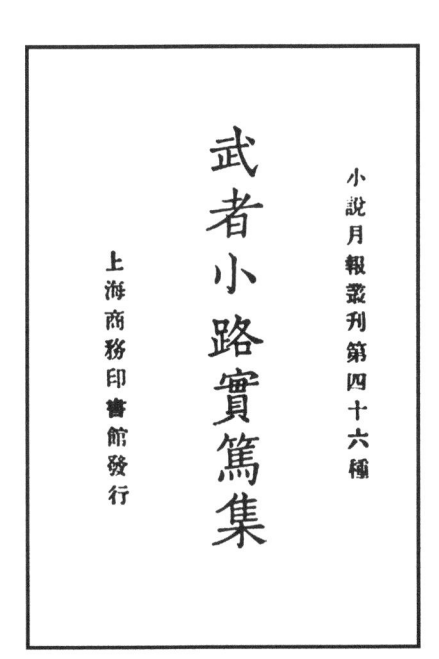

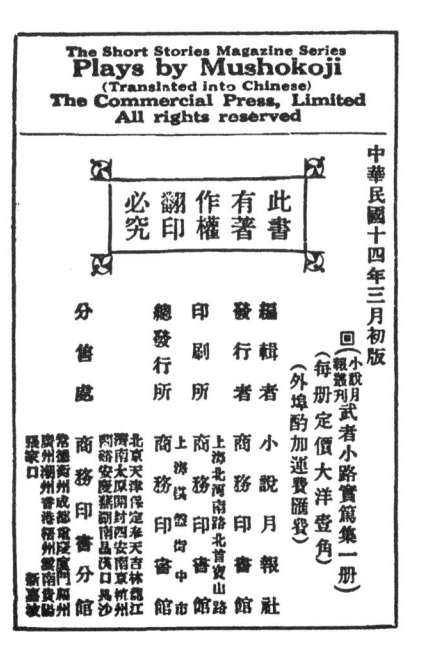

《日本小说集》

《日本小说集》,日本加藤武雄等著,周作人等译,商务印书馆民国十四年(1925)四月初版,"小说月报丛刊第四十七种"。版权页署编辑者为小说月报社,发行者、印刷所与总发行所均为商务印书馆,分售处为外埠33家商务印书分馆。全一册,95页,每册定价大洋壹角(外埠酌加运费汇费)。

该书为日本小说集,包括加藤武雄著的《乡愁》(周作人译)、志贺直哉著的《到网走去》(周作人译)、国木田独步著的《女难》(夏丏尊译)、国木田独步著的《汤原通信》(美子译)。另有作者国木田独步像一幅(一页),志贺直哉的手迹及像一幅(一页)。

无序跋。《乡愁》"译后记"兹录如下:

加藤武雄(Kato Takeo,1888~)的小说集《乡愁》(Kyoshu)是一九一九年十月出版的,内共小说十二篇,现在所译的便是其中之一,题作集名的他的杰作。中村白叶在杂志《新潮》 (Shincho,No.190)上曾说道:"外国人如问现代日本作品中间,有什么可以翻译,我们有几篇可以立刻推举出去么?有一回,一个俄国的朋友问我的时候,我一时迷惑了,不能回答;但是随即想到,有了,这就是加藤氏的一篇《乡愁》。我当时觉得对于日本与外国的文坛全体,负了责任,可以这样宣言。……这篇里贯彻的悲哀,就是纵横的深深的贯彻人生的悲哀;无论是俄国人,或是印度人,是太古的初民,或是人类的远孙,这篇著作翻译了给他们看,都是无所不宜的。我也想能够写这样的作品,便是一生只写得一篇也满足了。"加能作次郎又评他著作的态度是一种求救助的心。"我所求于艺术的东西,一句话说来,是救助的感情。我想在这世间,充满了辛苦烦恼,从我自身经验上说来,也确是如此。我想到人生的苦恼,忍受不住他的伤痛,常常想对着或物祈祷,且牵住了求他的救助;又想和无论什么人,只是同具这样心情的人,互握着手,恸哭一番,这时候能多少救助我的心的,现在除了艺术更没有别的东西了。我用了这样的心情对待别人的艺术,也用了这样的心情,自己创作。……我读加藤氏的小说集《乡愁》,心想他可不是也用了同样的心情制作的么?"加藤氏常被称为乡土艺术家;实在他还是人道主义思想的作家,不过他的艺术材料是就最接近的世界中取来罢了;他的《乡愁》是人类对于他的故土与同伴的眷恋,不只是单纯的怀乡病(Nostalgia)了。

一九二十年十一月十六日记

《到网走去》"译者记"兹录如下:

志贺直哉(Shiga Naogya,1883)是现代日本的小说家,著有小说集《留女》(Rumè,1913)、《大津顺吉》(Ōtsu Tunkichi,1917)、

《夜之光》（*Yorunohikari*，1918）等三种；此外也有几篇著作收在《白桦》丛刊内。广津和郎（Hirotsu Kazuo）在第一七五号的《新潮》（*Shinchō*）上说，"明治四十年（1907）顷，日本文坛上还是自然主义全盛的时代，志贺氏著作的几篇，已经在那时候作成。其后文坛几经变迁，各种的主义主张、倾向党派，接续出现，志贺氏的著作却不为他们所混乱，从那时起直到现在，始终一贯的保持他独特的风格与文体。那种与内容合致的技巧，——尽力省去夸张与虚饰，尽力简洁质直的描写，那种静涩而有底光的技巧，在文坛正从自然主义要转到享乐的倾向去的那个浑沌时代，差不多已经将由志贺氏创造完成了。"又说，"他心底虽然燃烧着热的火焰，他透见事物的眼光却是冷静而且锐敏。但是他又毫无那些有冷静而且锐敏的眼的人们所容易得到的冷笑与嘲弄的分子。他却别有一种浓厚的忧郁与哀怜。这就是他的心是率真、清净，而且心的指针常是正确的据证。"《到网走去》这一篇最初登在《白桦》第一号（一九一〇年十月）上，后来收在《白桦之森》（*Shirakamba no Mori*，1918）里，现在便据了这一本译出。

一九二〇年十二月二十八日记

《女难》"译者记"兹录如下：

国木田独步底作品，周作人先生在《新青年》八卷五号上已经介绍过一篇《少年的悲哀》，现在所译的《女难》是一九〇三年发表的，那时砚友社一派底旧势力，还充满着文坛，居然有这样大胆描写性欲的作品出现，独步真是自然主义文学的先驱者。

自然主义文学者将性欲当做（作）人生底一件事实来看，描写的态度，很是严肃，丝毫不掺入游戏的分子。令人看了只觉得这是人生底实相，没有功（工）夫再去批评他（它）是善是恶。这和我国现在的黑幕派，固然不同，和我国古来的将文学来作劝善惩恶的功利派，也全然不同。近来文学上算已经有过改革了，却是黑幕派和功利派底势力还盛，这种魔障，非用了自然主义的火来烧，是除不掉的。自然主义，在世界文学上已经老了，却是在中国，我觉得还须经过一次自然主义的洗礼。

自然主义文学者底人生观，大概是宿命的，机械的人生观，人们受了大自然底支配，好比是个傀儡，只依了运命流转着，这就是自然主义文学者对于世相的见解，独步底《女难》中，宿命观和机械观的色彩，都是很浓厚的。

独步集中，都是短篇，取材底范围很广，如有机会，还想再介绍他一篇别方面的作品。

"晓风记"兹录如下：

凡是读过国木田独步《恋爱日记》（一名《不欺日记》）的必定会知道他是个多情多感，富于浪漫气息的人，但他底生活的艰难却使他不得不领受现实的教训，使他不得不深切地感着人生飘（漂）泊在生死大海茫然不知归宿的苦闷。因了这苦闷，就使他态度变成异常严肃，使他不为诗人而歌咏，终为作家而描写，又使他的著作的全部，贯穿着人间的悲哀［读者看这篇与《少年底悲哀》也便可以瞭（了）然］。

独步一生不曾著过什么长篇，所描写的都是常人生死飘流的世态。而这篇《女难》与《正直者》两篇，这样放胆描出性欲来，尤为日本以前的小说所未曾有。今蒙吾友丏尊介绍到中国来，使人知道自然派描写性欲的态度也与黑幕派有别，我非常感谢。

一九二一年，七月三十日。晓风记于杭城

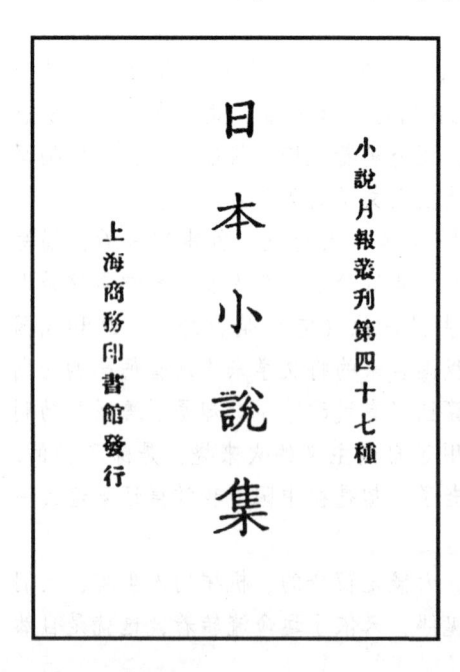

《孤鸿》

《孤鸿》，顾一樵等著，商务印书馆民国十四年（1925）三月初版，"小说月报丛刊第四十八种"。版权页署编辑者为小说月报社，发行者、印刷所与总发行所均为商务印书馆，分售处为外埠33家商务印书分馆。全一册，60页，每册定价大洋壹角（外埠酌加运费汇费）。

该书为戏曲集，包括顾一樵的《孤鸿》和朴园的《农家》。

无序跋。正文摘录如下：

时间　初夏。

地点　北京。

第一幕（李母及李明权在场）上午　李家书房

母　明儿，你新近（按：原文为"新近"）从外洋回来，一路上辛苦，还得养息养息，这两天先歇几天再出门吧！

李　是，这两天我也觉得不大舒服……也不知为什么从昨天见了崔女士之后，就觉得一种说不出的难受……

母　这也没有什么奇怪——你们俩一向那样要好，离开了那么久，见面自然不免要伤心的……真运气，前几个月她生什么猩红痧，病得真利害（按：原文为"利害"），死去活来不知多少次……真是谢天谢地现在总算好了……

李（摇头）怎么？好了么？我看这场大病好不了吧！我不明白，她为什么早不告诉我！

母　明儿，你远在外国，她那里（按：原文为"那里"）会把这些事告诉你！……不说别的——你每封信回来总问我身体怎样，精神怎样……我就有什么不舒服，我还肯告诉你么，我又那里（按：原文为"那里"）忍得叫你在外洋耽心（按：原文为"耽心"，今一般为"担心"）……她同你这样好，怎样体贴你，自然不会告诉你的……明儿，她那场病可真利害（按：原文为"利害"），我晓得了都着急得什么似的……现在她病也好了，你也回来了，……（按：该处标点符号原文如此）哎呀，明儿呀，我眼巴巴等着你回来，夜长梦多直到现在你才回来呀……

李　母亲，我不明白她怎么病后人都变成那样了……（叹息）

母　你还不知道——她痧后结毒还生了一个大外症——开刀出脓直到上个礼拜才收功……你不看见她面上有一个大疤，眼睛还差一点瞎了呢！……

　　李　怪不得我昨天看见她都不大认得了……她什么模样儿都变了……我本来打算有一场欢喜……那里（按：原文为"那里"）想到一看见她真是……难……受……真是说不出的难受……吓！怎么她会病呢？……（按：该处标点符号原文如此）怎么她又生怎样（按：原文为"怎样"）一个大外症呢？……

　　母　她现在病也好了，你也不必伤心……我从前要替你结婚，你总推出洋回来再说，现在你们还是那样要好，我就去检（拣）一个好日子趁早办事——明儿，我痴心要在你出洋以前替你办喜事……早早早，还是挨到现在……

　　李（忧思）　母亲，我刚回来，又何必忙这些。……

　　母　小姐也大了，你怎么尽管……慢……尽管……慢……也对不起人家！

　　李　想起来正是早不应该耽搁人家的小姐！……空守这么几年！……

　　男仆上

　　仆　太太，张少爷来了。

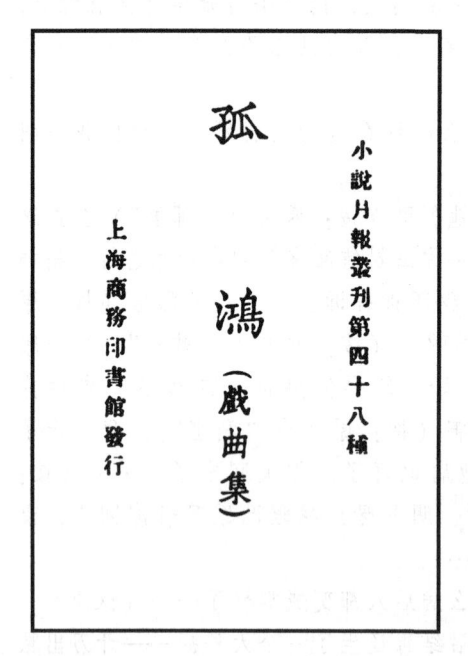

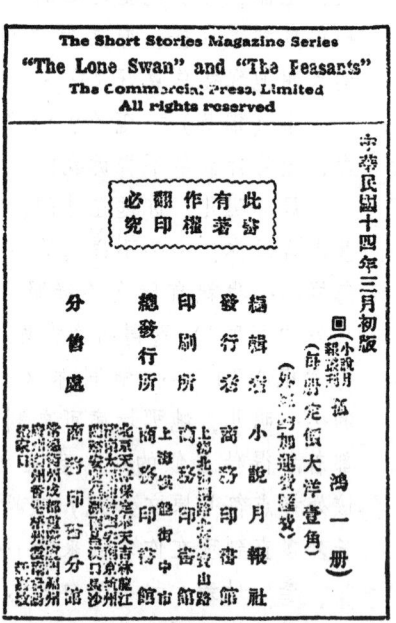

《诗的原理》

《诗的原理》，商务印书馆民国十四年（1925）四月初版，"小说月报丛刊第四十九种"。版权页署编辑者为小说月报社，发行者、印刷所与总发行所均为商务印书馆，分售处为外埠33家商务印书分馆。全一册，78页，每册定价大洋壹角（外埠酌加运费汇费）。

该书包括美国 E. 爱伦坡等著的《诗的原理》（林仔译）、希和根据毛尔顿（Moulton）的《文学之近代研究》中一节而作的《论诗的根本概念与其功能》。

无序跋。《论诗的根本概念与其功能》"篇末记"兹录如下：

> 此篇文系根据毛尔顿（Moulton）著的《文学之近代研究》中的一节而作的；将不重要的稍稍删去。篇中谓（按：原文为"谓"）照原文次序演译，凡遇不明了处，辄以己意补足之；虽非直译，然尚不失原意。且文中力求明畅，使读者易了解起见，故有时将原文一语，发挥至三数语，以尽其意；读者谅之。希和附识。

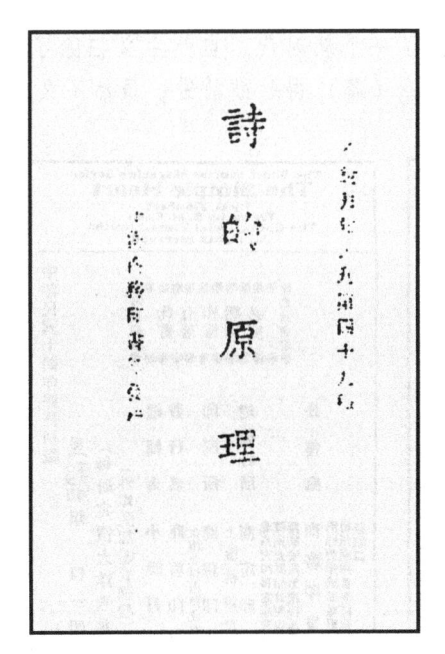

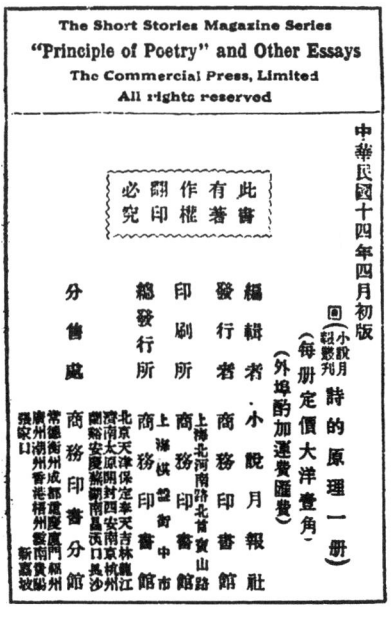

《坦白》

《坦白》，商务印书馆民国十四年（1925）四月初版，"小说月报丛刊第五十种"。版权页署编辑者为小说月报社，发行者、印刷所与总发行所均为商务印书馆，分售处为外埠33家商务印书分馆。全一册，89页，每册定价大洋壹角（外埠酌加运费汇费）。

该书包括法国佛罗贝尔著的《坦白》（沈泽民译）和作为附录的《佛罗贝尔》（沈雁冰撰）。另有作者像一幅（一页）。

无序跋。《佛罗贝尔》摘录如下：

十九世纪后半的法兰西文坛的中心势力就是自然主义运动。自一八八〇年以后，佐拉（Emile Zola，1840~1902）的震惊一时的杰作——如《娜娜》（*Nana*，1880）、《破产》（*La Débâcle*，1892）、《三都故事》（Les Trois Villes，其中的 Lourdes 于一八九四年出版，Rome 于一八九六年出版，Paris 于一八九八年出版）《多产》（*Féconidite*，1899）——陆续出版以后，自然主义在法国文坛的脚跟已经十分稳固；并且还推广他（它）的势力到欧洲其他各国，使全世界文坛为之变色。从此世界文学史上划出了一个新时代。自然主义扫除了各国的浪漫主义的残留物，只管掌著（着）得胜鼓前进；虽然不久就

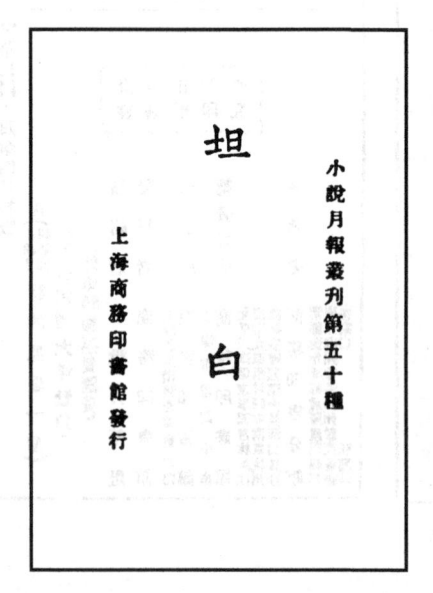

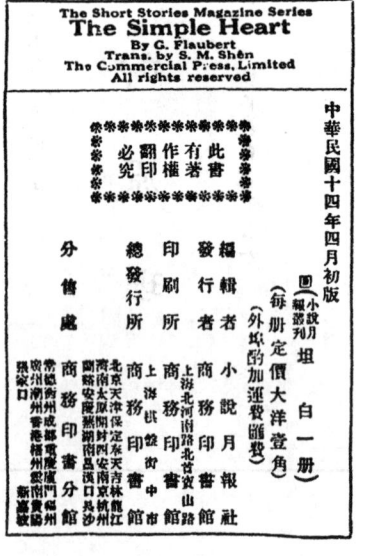

一　文学研究会"文学丛书"叙录　283

有反对自然主义的运动起来，而且表面上亦似乎把不可一世的自然主义打败，然而实际上自然主义的精神早深入文艺的领域，成为各派文学的基础——犹之科学方法是近代科学的基础一样——反自然主义的文学派虽然避去自然主义之名，却不能不接受自然主义的精神。

但是我们要认识这轰动世界文坛的自然主义的真面目，我们要知道从浪漫主义蜕变到自然主义的关键，我们就得注意一部早在一八五二年就已出版的小说——《鲍芙兰夫人》（*Madame Bovary*）。

《一个青年》

《一个青年》，商务印书馆民国十四年（1925）四月初版，"小说月报丛刊第五十一种"。版权页署编辑者为小说月报社，发行者、印刷所与总发行所均为商务印书馆，分售处为外埠33家商务印书分馆。全一册，89页，每册定价大洋壹角（外埠酌加运费汇费）。

该书为创作集，包括叶绍钧的《一个青年》、严既澄的《一个月的前后》、潘训的《人间》、工思玷的《刘并》和王统照的《寒会之后》，凡五篇。

无序跋。《一个青年》摘录如下：

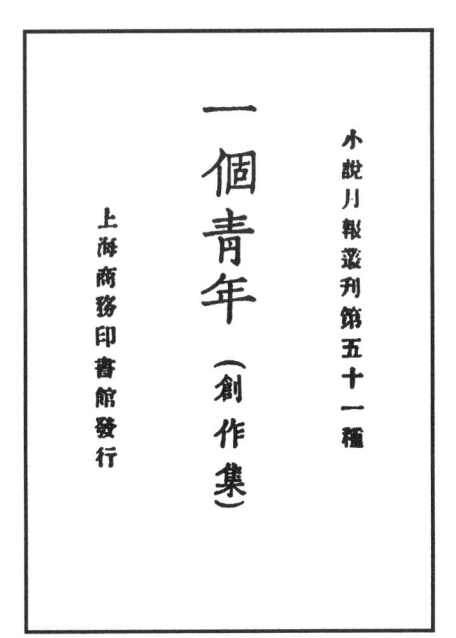

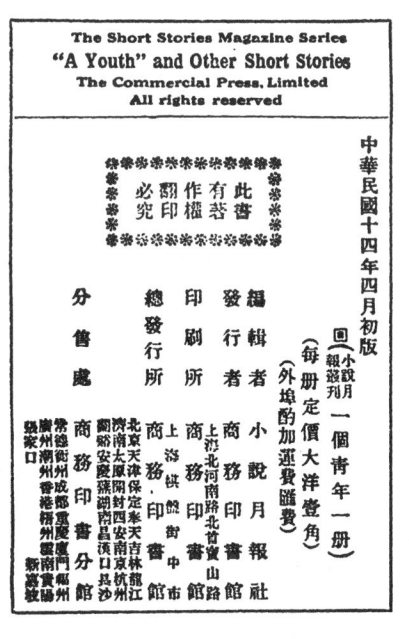

"这一回跌入烦闷之渊了！"青年连山这么想时，上排的牙齿紧紧地啮着下唇，同时就倒身躺在榻上。他举起两手尽把头发抓着，仿佛要从此拔去那纷乱的烦恼的样子。头发本来梳得光光的，经他抓着，就像秋后的荒草了。

远处有些鸦声，欲沉复起，应是栖枝未稳，所以这样凄曼（按：原文为"凄曼"）地啼着。

室内静寂得像个无边的空虚，连山可以听见自己头脑里腾腾的脉跳（按：原文为"脉跳"）。西面窗外射进来水一样的太阳光，不一会儿，又不知不觉隐去了，差不多是一种魔光。插在花瓶里的粉白的菊花，瓣儿干了，一丝丝下垂，着实含些凄恻的意味。墙壁上安徒生柴霍甫托尔斯泰（按：该处原文无标点符号）的相片并排挂着，足见此室的主人是文学的爱好者。安徒生的脸很俏皮，似笑非笑的，一双眼睛尤似乎充满一种讥讽的意思。柴霍甫正在那里发愁。眉头蹙得紧紧的。托尔斯泰所处的地位在墙角，光线最暗，他竟在那里默默地动悲天悯人的深忧呢。

连山并不想看这个境界与这些东西，可是眼睛无目的地张着，此境此物就阑入（按：原文"阑入"应为"闯入"）他的视域，教他看见了。他迷茫地想："烦闷呵！烦闷呵！什么都烦闷，一切烦闷！"除此以外，他也想不出什么了，于是重复想："烦闷呵！烦闷呵！什么都烦闷，一切烦闷！"回环想了几遍，他就闭起眼睛来。

他仿佛觉得他的身子无所倚着，东靠靠不着什么，西倚倚不着什么，向上，往下也是一样，他比风中飘飏（按：原文为"飘飏"，现今一般作"飘扬"）的柳絮还要轻浮，还要不明白自己，不知此际正在向上飏呢，还是正在往下掉落。他又仿佛觉得胸中塞着什么东西，塞得很紧结（按：原文为"紧结"），几乎连心脏肺脏都要被挤出来了。但是他又仿佛觉得胸中很空虚，应是失去了什么东西，似乎心脏肺脏早已不在其中了。

《牧羊儿》

《牧羊儿》，商务印书馆民国十四年（1925）四月初版，"小说月报丛刊第五十二种"。版权页署编辑者为小说月报社，发行者、印刷所与总发行所均为商务印书馆，分售处为外埠33家商务印书分馆。全一册，92页，每册定价大洋壹角（外埠酌加运费汇费）。

该书为童话集，包括叶绍钧的《牧羊儿》、严既澄的《灯蛾的胜利》、徐志摩的《小赌婆儿的大话》、日本小川未明著的《蜘蛛与草花》《种种的花》《懒惰老人的来世》（三种均由晓天译）、丹麦安徒生的《凶恶的国王》《拇指林娜》《蝴蝶》（译者依次为顾均正、CF 女士、徐调孚）、许敦谷的独幕童话剧《虫之乐队》，凡十篇。另有小川未明与安徒生两作者像各一幅（共两页）。

无序跋。《牧羊儿》摘录如下：

> 草场的一角有一间小屋子，一个孩子与三十多头羊住在里边。他们非常爱好，比人家的兄弟姊妹还要爱好（按：原文为"爱好"）。屋子里地上铺着稻草，他们躺在上面，彼此枕着腿，贴着胸，挤成一团，一同过那黑而长的夜。
>
> 夜虽是黑而长，但他们觉得它是很煖和（按：原文为"煖和"）很有味的。所以他们做起梦来，也往往见到可喜的事情。
>
> 偶尔一头睡着的羊把头伸过一点，它的角恰正阁在（按：原文"阁"应为"搁"）孩子的唇边，孩子就做起梦来了。他梦见正当炎热的夏令，自己坐在白篷帐底下，捧着大碗吃冰咭嚤（按：原文为"咭嚤"）。这冰咭嚤真凉，直从唇边凉到胃肠，觉得爽快极了。或者梦见那片草场上随处是碧绿的大西瓜，变成一片西瓜田。他捧起一个，用手掌一拍，麦黄色的瓜瓤便在眼前发亮。于是开口大嚼，甘甜而凉爽，觉得夏令已经过去了。
>
> 有时这头羊睡着，它的嘴凑近那头羊的胸部或背部，柔软的毛触着鼻子与嘴唇，它就做起梦来了。它梦见草场上长着鲜肥嫩绿的草，看看也就可爱。它便叫唤同伴一起来吃。那种甘美的味道，简直从来没有尝过的。
>
> 或者那头羊的腿略略翘起，阁在（按：原文"阁"应为"搁"）这头羊的颈际，却睡着了，它也就做起梦来了。它梦见自己在场上跳跃，跳跃得很高。那矮矮的仙人掌算不得什么，那低低的土墙也算不得什么。甚至于连高高的榕树也跳过了，正像跳过一丛小草。后来它更快活了，它能够腾空而行，像一只白羽的鸽子，不过它不用翅膀，只划动它的四条腿。低下头看去，许多同伴散处在草场上。再看时，原来是许多白鹅。它于是起劲地喊道："你们飞起来！你们飞起来！"
>
> 他们所做的梦都是类乎这些的。

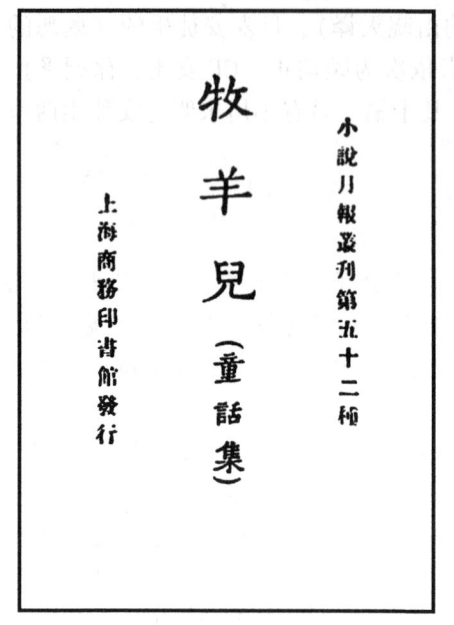

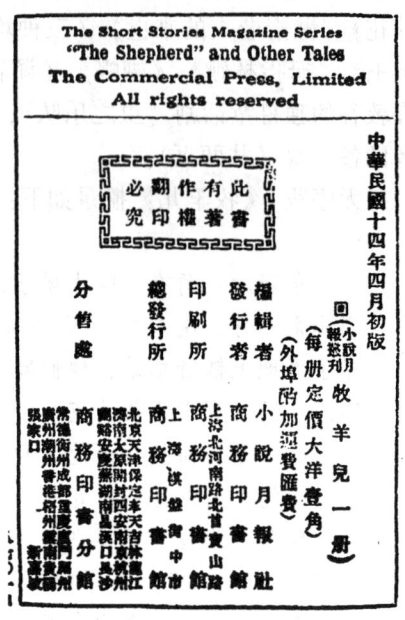

《新犹太文学一脔》

《新犹太文学一脔》，上海商务印书馆民国十四年（1925）四月初版，"小说月报丛刊第五十三种"。版权页署编辑者为小说月报社，发行者、印刷所与总发行所均为商务印书馆，分售处为外埠33家商务印书分馆。全一册，77页，每册定价大洋壹角（外埠酌加运费汇费）。

该书包括沈雁冰的《新犹太文学概观》、本千叶龟雄的《犹太文学与宾斯奇》（李汉俊译）、L. Blumenfeld 著的《犹太文学与考白林》（李汉俊译）、Joseph T. Shipley 著的《现代的希伯莱诗》（赤诚译），凡四篇。

无序跋。《新犹太文学概观》篇末有作者小注，兹录如下：

> 我很想得一篇讲现代犹太文学的现成材料来翻译一下，一来免得我自己献丑，二来我可以少负点责任；那知手头所有的一些关于新犹太文学的材料，都不能很适合这个要求，惟有把这些东西凑集起来做（作）一篇了；这结果便是现在这一篇东西。
>
> 近代犹太文学与其说是"犹太"文学，不如说是"Yiddish 文

学"更切合，因为那些著作都是用 Yiddish 写的，我如今译为"新犹太"就取这一点意思。

雁冰注

《新犹太小说集》

《新犹太小说集》，上海商务印书馆民国十四年（1925）四月初版，"小说月报丛刊第五十四种"。版权页署编辑者为小说月报社，发行者、印刷所与总发行所均为商务印书馆，分售处为外埠33家商务印书分馆。全一册，75页，每册定价大洋壹角（外埠酌加运费汇费）。

该书包括新犹太潘莱士著的《禁食节》、新犹太拉比诺维奇著的《贝诺思亥尔思来的人》、新犹太阿胥著的独幕剧《冬》（这三者均为沈雁冰所译）、新犹太 S. VendRoff（万特罗夫）著的《淑拉克和波拉尼》（沈泽民译），凡四篇。

无序跋。《禁食节》之末有"译后记"，兹录如下：

犹太和波兰是被侮辱的民族，受人践踏的民族，他们放出来的艺术之花艳丽是艳丽了，但却是看了叫人哭的。他们在"水深火热"

底下，不颓丧不自弃，不失望，反使他们磨炼得意志愈坚，魄力愈猛；对于新理想的信仰，不断地反映在文学中，这不是可以惊佩的么？看了犹太和波兰的文学，我国人也自觉得伤感否？

一九二〇 五 一 译后记

《贝诺思亥尔思来的人》之末有"译后记"，兹录如下：

拉比诺维奇（Solomon J. Rabinowitsch）一八六五年生于俄国之泡耳太伐（Poltava），在近代犹太文学中是个最杰出的人物。他不但在散文方面创立了新犹太文学的坚固基础，在诗一方面也有绝大的功勋。他也做（作）戏曲，但不如小说及诗更好。

拉比诺维奇的假名差不多有一打之多，但他最喜欢用而常用的假名却是"Sholom Aleichem"这是个犹太字，义为"愿你平安"，而且亦是两犹太人相见时的常用问讯语。拉比诺维奇特选了这惯听见的吉祥语做假名，来发表他的短篇小说；——几乎他的短篇小说都是用这名字发表的。他的短篇小说于滑稽之中又含哀痛，于浅露中实含深意，说者比之美国的马托温（Mark Twain）。像这一篇《贝诺思亥尔思来的人》就是个好例。但在他的《犹太儿童》（短篇小说集）里的几篇看来，他又有些像俄国的屠格涅甫，如那个集中的《这夜》一篇。美国介绍新犹太文学的著作家 Isaac Goldberg 说"Sholom Aleichem 从俄国郭克里（Gogol）和阿史托洛夫斯基（Astrovsky 有名之剧曲家，著有名剧《雷雨》）学得了作风，而滑稽作品尤像阿史托洛夫斯基。至于他的诗，似乎受了耐克拉沙夫（Nekrassof）的熏育。"又说："若说拉比诺维奇没有大剧曲家的才能，也不算不公平。看他的独幕剧 *Mazel Tov*（意为好运气，祝颂之辞）和 *Deor Get*（离婚）显然可见他是不长于戏曲。因为不是弄成虎头蛇尾，便是使喜剧流为俚剧了。"

拉比诺维奇死于一九一六年五月十三日。译后记

《冬》末有"译后记"，兹录如下：

自从潘莱士死于一九一五年春初，新犹太文作家的王袍就落在阿胥（Sholom Ash）的肩上；又自阿尔泰（Sholom Aleichem 即 Solomon J. Rabinowitsch，阿尔泰是他一打假名中最著名的一个）死于一九一

六年五月，阿胥又成了最出名的犹太作家。

阿胥生于华沙附近，约在四十年前，二十四岁时发表《市镇》的第一章和戏曲《归来》，始得大名。他常被人拟为犹太的莫泊桑，但这是只就他的短篇小说而言；在戏曲方面，他的《复仇之神》在柏林大成功后，就得和大演剧家莱因哈特交友。他通五六国文字，天生的艺术嗜好者。……

他常被责为描写色情者，他的著作中，有许多著作诚然如此，但亦易被错视。如《裘夫萨的女儿》一剧倒底还是道德的。……这里的一篇《冬》和宾斯奇的《被忘却的灵魂》一样，写又一个自己牺牲的姊姊，但两不相犯。……（以上皆译 Isaac Goldberg 的《新犹太六剧》每篇的小引。）

阿胥是戏曲家亦是小说家，长篇小说《摩西老人》和他的长剧《复仇之神》相仿佛，都把果报作为情节的。

译后记

《生与死的一行列》

《生与死的一行列》，上海商务印书馆民国十四年（1925）四月初版，"小说月报丛刊第五十五种"。版权页署编辑者为小说月报社，发行者、印刷所与总发行所均为商务印书馆，分售处为外埠33家商务印书分馆。全一册，92页，每册定价大洋壹角（外埠酌加运费汇费）。

该书为创作集，包括王统照的《生与死的一行列》、汪静之的《被残的萌芽》、张维祺的《落伍》、李勔刚的《故乡》、严敦易的《窃》、易家钺的《命运》、庐隐女士的《旧稿》，凡七篇。

无序跋。《生与死的一行列》摘录如下：

"老魏作（做）了一辈子的好人，却偏偏不拣好日子死……像这样如落棉花瓢子的雪，这样如刀尖似的风，我们却替他出殡！老魏还有这口气，少不得又点头砸（咂）舌说：'劳不起驾！哦！劳不起驾'了！"

这句话是四十多岁鹰钩鼻子的刚二说的。他是老魏的近邻，专门为人扛棺材的行家。他自十六七岁起首同了他父亲作（做）这等代传的事，已经将二十余年的筋力，肩肉全消耗在死尸的身上。往常老魏总笑他是没出息的，是专与活人作对的，——因为刚二听见那（哪）里有了死人，便向烟酒店中先赊两个铜子的干酒喝。你在这天的雪花飞舞中，他却没曾先向常去的烟酒店中喝这一杯酒。他同了同伴们从由棺材铺中扛了一具薄薄的杨木棺踏着街上雪泥的时候，并没有说话，只觉得老魏的厚而成为紫色的下唇，藏在蓬蓬的短髯中间在巷后的茅檐下喝玉米粥——他那失去了乌色凝住的眼光不大敢向着阳光启视。在朔风逼冷的十二月的清晨，他低头喝着卖零食的玉米粥仿佛尽自向地上的薄薄霜痕上注射。——一群乞丐似的杠夫，束了草绳，带（戴）了穿洞的毡帽，上面的红缨毛摇飐着，正从他的身旁经过。大家预备着去到北长街为一个医生抬棺材去。他居然喊着我们喝一碗粥再去。记得还向他说了一句"咦！魏老头儿！回头我要替你剪剪下胡子了"。他哈哈地笑了。

这都是刚二同了三个同伴由棺材店中出来时走在道中的回忆与感想。天气冷得厉害，街上坐着明亮炫耀的包车的贵妇人的颈部全包在皮大氅的白狐毛的领子里，汽车的轮迹在皑皑的雪上也少了好些。虽然听到午炮放过，然而日影却没曾由灰色布满的天空中露出一点来。

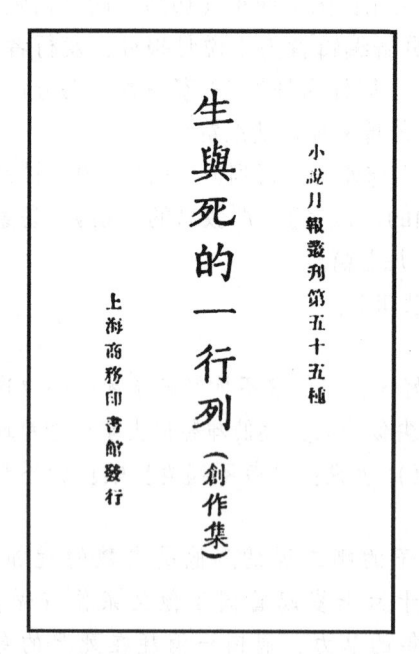

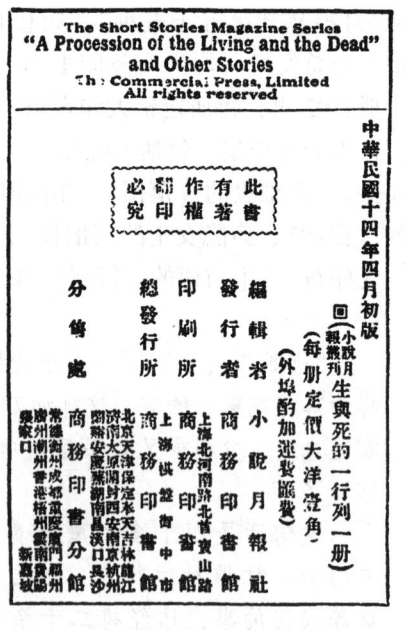

《婀拉亭与巴罗米德》

《婀拉亭与巴罗米德》，上海商务印书馆民国十四年（1925）四月初版，"小说月报丛刊第五十六种"。版权页署编辑者为小说月报社，发行者、印刷所与总发行所均为商务印书馆，分售处为外埠33家商务印书分馆。全一册，64页，每册定价大洋壹角（外埠酌加运费汇费）。

该书为比利时梅脱灵著的四幕剧《婀拉亭与巴罗米德》（伧叟译），附有沈雁冰著的《梅脱灵略传》，另有梅脱灵像一幅（一页）。

无序跋。正文摘录如下：

第一幕　花园里的一片荒地
（婀拉亭正在熟睡中，亚布拉摩低头望着她。）
　　亚布拉摩　这树林下面，好像朝朝暮暮都是被睡眠笼罩着的一般。我同她每天晚上，只要一到这里来，她一坐下，睡眠就不知不觉的（地），偷上了她的身。……唉！我还应该感谢这睡神才是呢！因为要是在白天，我一向她开口，或是我们两人的眼光，偶然碰着，她的眼光立刻就变坚硬了许多。好像表示出她是一个不能够做我要她做的事的奴隶一样。每每逢着她那双美丽动人的眼睛，注定小孩们，或是注定森林的里面，或是注定海面上，或是注定其他附近的东西的时候，我只有暗地里瞧着罢了。当她望着我微笑的时候，仿佛与我们对着敌人笑的样子差不多。所以除开她的眼睛没有瞧着我的时候，我是绝对不敢低下头去望她一望的。好在每天夜晚，有这几点钟，随便我自由自在的（按：原文为"的"）饱餐秀色；其余的时候，只好背过脸儿不敢朝她看。……一个人发生恋爱太晚了，真是可悲哪！（按：原文为"哪"）……妇女们不懂得年光这东西，不能够分隔心与心的接触的。从前人人都称我是"聪明的王"那时候因为没有发生什么变故，所以觉得我实在聪明。世间上有等人（按：原文为"有等人"不是"有的人"）一辈子也不会遇见变故，好像变故见着他们，就会害怕，躲藏起来。我当时也是这样的人，凡是有我在的地方，总没有变故。……（按：原文标点符号如此，后文也一样。）我从前业已觉着的了。我年轻的时候，也还有许多的朋友，他们好像被无数的变故紧紧的（按：原文为"的"）围绕着的一般；我很喜欢时常跑到他们那里去，希望或者可以寻得一些快乐，再不然也可以寻得一些苦恼。但是没有一次，不是空手回来。……仿佛我已经战胜了"运命"

（按：原文为"运命"）似的。在那个时代，这件事简直算得是我自夸的泉源（按：原文为"泉源"）。……凡是在我统治底下，做臣民的人，没有一个，不懂得平和（按：原文为"平和"）是什么样的况味的。但是现在想起来，就是不幸的生活，也要比平淡无奇的生活好些。并且我深信世间必定还有别种生活，比这种坐以待毙的光景，要高尚些，要活泼些。……只要我愿意去做，那千丈深的枯井，我也有力量，将他（按：原文为"他"）底下的水鼓起波澜来。……婀拉亭，婀拉亭！……

　　她真长得美丽呀！她的长发，委垂到花叶上，又垂到她豢养的小绵羊身上；她的樱唇半开半闭的，比初出来的太阳还要新鲜。……我要与她接吻——我决不许她知道是我，且待我将我的白髯掩着。……（他与她接吻）——她微微的（按：原文为"的"）在那里笑呢。……唉！我为什么替她抱憾呢？她只不过在她的生活中，拿出两三年来，给我罢了，但是她还可以做王后承继我的大统，也没有什么值不得。我未死之前，至少也要留些好处给她。……给他们一个出其不意的惊讶，……她自己，一点都不曾知道。……啊呀，把她惊醒了。你醒了么，婀拉亭？

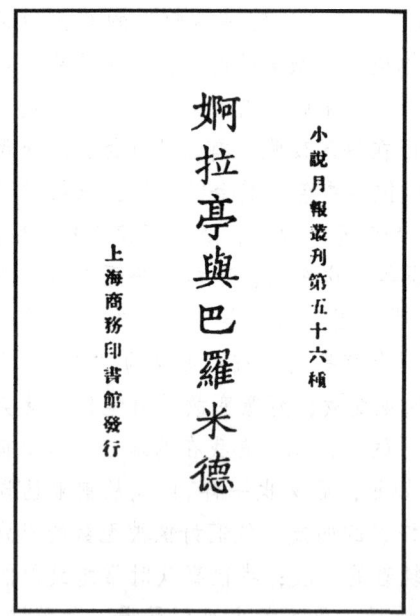

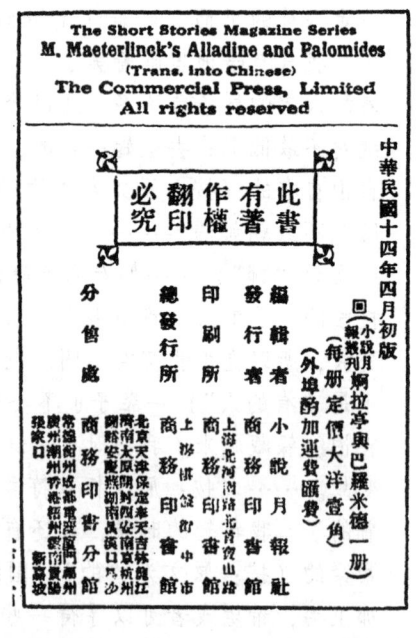

一 文学研究会"文学丛书"叙录 293

《俄国诗坛的昨日今日和明日》

《俄国诗坛的昨日今日和明日》，上海商务印书馆民国十四年（1925）四月初版，"小说月报丛刊第五十七种"。版权页署编辑者为小说月报社，发行者、印刷所与总发行所均为商务印书馆，分售处为外埠33家商务印书分馆。全一册，88页，每册定价大洋壹角（外埠酌加运费汇费）。

该书包括俄国布利乌沙夫著的《俄国诗坛的昨日今日和明日》（耿济之译）和日本白鸟省吾著的《俄国底诗坛》（夏丏尊译），凡二篇。另有布利乌沙夫像一幅（一页）。

无序跋。《俄国诗坛的昨日今日和明日》篇首有译者引言，兹录如下：

> 《小说月报》编辑部屡邀我草俄国的文艺界通讯，不过我因为缺乏材料，而零碎的、片段的报告对于完全不悉俄国文学最近思潮的读者也没有什么意思，所以至今未曾应命。最近俄国《出版界革命》杂志第七号上有布利乌沙夫（Valery Briusov）所著《俄国诗坛的昨日今日和明日》一文，对于俄国革命以后（一九一七——一九二二）诗坛的潮流说得详细而且明了；所以特地翻译出来，以代通讯。

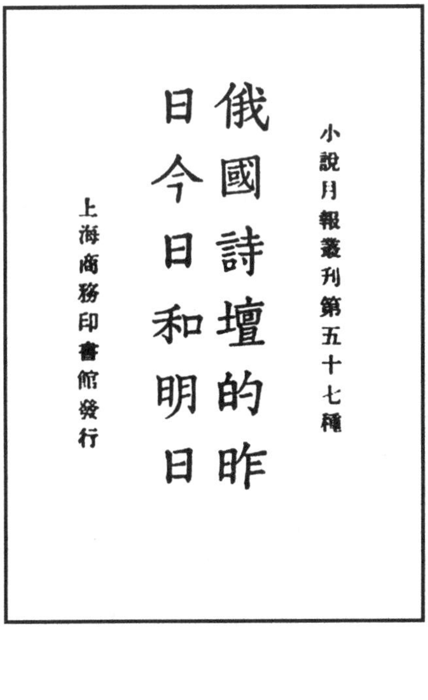

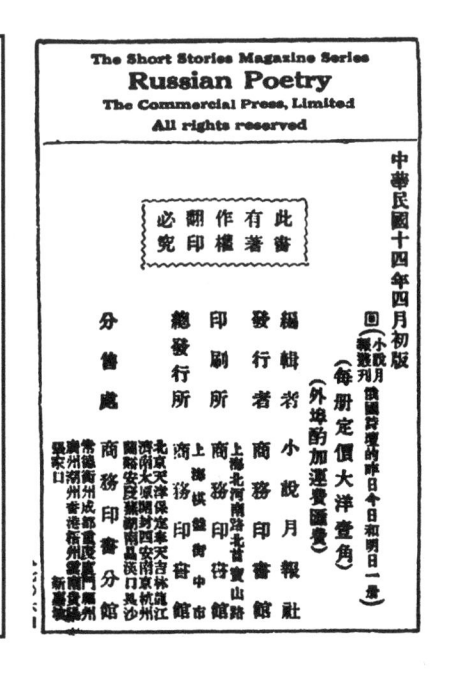

《眷顾》

《眷顾》，上海商务印书馆民国十四年（1925）四月初版，"小说月报丛刊第五十八种"。版权页署编辑者为小说月报社，发行者、印刷所与总发行所均为商务印书馆，分售处为外埠33家商务印书分馆。全一册，109页，每册定价大洋壹角（外埠酌加运费汇费）。

该书为新诗集，包括朱自清的《旅路》《人间》、梦雷的《慰死者》、徐玉诺的《火灾》《我的诗歌》《假若我不是一个弱者》《小诗一》《小诗二》《永在的真实》《为什么》《小诗》《恶花》、梁宗岱的《途遇》《归梦》、黄驾白的《诗情》《小诗》、陈宽的《兄去后十日》《春夜》《过去》《燕子》《小溪》《迟疑的心》《清明的早晨》、张鹤群的《我要死了》、卢景楷的《蝇》《梦的人生》、俞平伯的《忆》、刘燧元的《挽歌》《晚晴》、崔真吾的《狗的哭声》、李玉瑶的《山行》、唐守谦的《小诗》、顾彭年的《池旁》、张耀南的《她》、玉薇女士的《失眠》《思亲》《夜行》《沉醉》、燕志儁的《秋晨》《秋晚》、朱湘的《秋》《雨》、王任叔的《卧浸会操场坟旁》、郭云奇的《冷光》、李圣华的《杂感》、刘真如的《失去的光明》、张人权的《春的漫画》、王幼虞的《晨光里的人儿》、欧阳兰的《最甜蜜的一瞬》、周仿溪的《眷顾》《可恨明亮亮的月》、刘

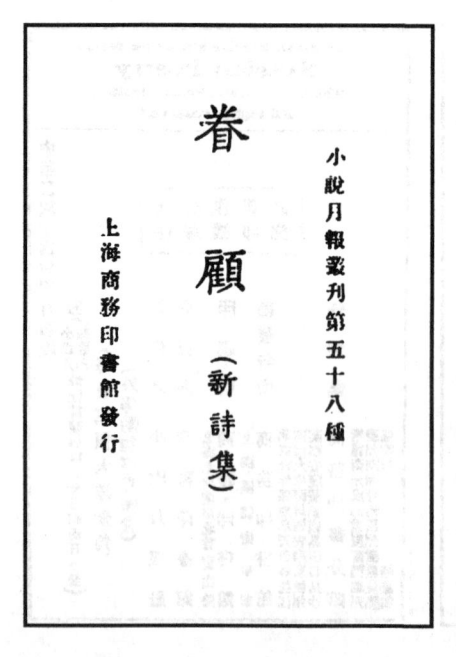

永安的《在我们家里的中秋月》、徐志摩的《自然与人生》《东山小曲》、严敦易的《眷回》、许杰的《炸裂》，凡五十六首。

无序跋。《眷顾》摘录如下：

> 死神寄居在土匪的枪管里，
> 小鼠一般探首管外，
> 眼睁睁望着我，而且啪啪振它的两翼说：
> "不要恐怖，不要愁闷了，我随时——无论白昼或黑夜——
> 都可以飞快的眷顾着你呢！"
> 一九二三年四月八日

《宾斯奇集》

《宾斯奇集》，上海商务印书馆民国十四年（1925）四月初版，"小说月报丛刊第五十九种"。版权页署编辑者为小说月报社，发行者、印刷所与总发行所均为商务印书馆，分售处为外埠33家商务印书分馆。全一册，99页，每册定价大洋壹角（外埠酌加运费汇费）。

该书为俄国宾斯奇作品集，包括独幕剧《美尼》（冬芬译）、独幕剧《波兰》（希真译）、短篇小说《拉比阿契巴的诱惑》（希真译）、短篇小说《暴风雨里》（陈煆译）、短篇小说《一个饿人的故事》（陈煆译），凡五篇。另有作者像一幅（一页）。

无序跋。《美尼》之末有《译后记》，兹录如下：

> 宾斯奇一八七二年生于俄罗斯的莫别罗芙（Mobilov），后来即迁居莫斯科。一八九二排斥犹太人风潮起时，宾斯奇被俄人从莫斯科逼走，迁至华沙（Warsaw），即在此时开始做（作）小说——描写第四阶级生活的小说。但宾斯奇又立刻赴柏林读书，一八九九年始到美国纽约，就某社会主义周刊的文学栏记者之职。他又做过哥伦亚大学的学生。

> 据 Isaac Goldberg 说："宾斯奇所已做的二十七篇戏曲（以一九一八年为止而说）可以分做（作）好几类。最先发表的那几篇，描写第四阶级人民生活上的苦痛，使宾斯奇得名的，可以算做（作）一类：这一类里的代表著作就是一八九九年发表的《伊萨克·西芙得尔》

（Isaac Sheftel）。《最后的犹太人》（Die Familie Zwie）于一九〇三——四年发表，便表示宾斯奇的描写已经不浮注于表面的生活痛苦，而要描写受痛苦者对于'生活改善'的憧憬，及此憧憬之心理的反动。这一类的著作以一九一一年的《哑的米西亚》为最。从此以后，宾斯奇的描写点更广阔而复杂了；然大都是更发挥先前各著作中所已含的理想或艺术手腕而已。譬如那在先于一九〇六年发表的《宝物》已含有极显明（按原文不是'明显'）的讽刺调与象征色，现在更扩充起来，成为纯粹象征剧的《爬山者》———一九一二年发表。《铁匠约伯》（一九〇六年作）和有名的《茄立布与女人们》（一九〇八年作）也是把从前在独幕剧杰作《被忘却的灵魂》一剧中已见的两性问题更加以充分发挥而已。便是那一九一四年作的赤裸裸写实剧《还是不生好》以及一九一五~六年作的《尼奈马登的恋事》也都是发挥此前的理想罢了。但是若据此以分划宾斯奇著作的时期，也不很对；因为许多不同面目的著作并不是挨次序来的。如一九〇六年中作的，便有三个面目。"又说："宾斯奇是一个写实主义的心理学者。他夹袋中的人物都是些'摸索者'和那些渴念权力而又见自己被更大权力者打了的灵魂。死，自杀，和退让软化，是这些'摸索者'的普通命运。"

在犹太文学的戏剧史上，宾斯奇更是个重要的人物；自从一八七六年阿布拉哈姆·古尔特反登（Abraham Goldfaden）在罗马尼亚建立了"犹太舞台"以来，到现在这几十年中的犹太剧曲进化的快而不规则的痕迹，也由宾斯奇代表了。美国戏曲批评家列费生（Ludwig Lewisohn）称宾斯奇的散文和梅脱灵的夏芝的相埒，因而推重他是现代剧台中的杰出人物；然我以为"精神总是现代的"这一层，实是宾斯奇著作为不论何种人都喜欢而看了生感动的主要原因。

这一篇是由宾斯奇短剧十种内译出，曾试"按字死译"与"摄神直译"两种方法，到底取了后者，以现在这样子发表了。

七，一三，附记

《波兰》之末有"译后记"，兹录如下：

此篇也译自《独幕剧十种》内，这样新颖体裁是宾斯奇所独创的。宾斯奇富于反抗的精神，此篇中写拉比和诗人同寓讥讽之意，我们固然也不赞成仅借"人物"的口，宣传自己主张的教训式的作品，但是像这篇作品显示矛盾的人性，总是应该赞成的。因为我觉得住在血肉堆里哀鸣声中而尚赞美空想的太阳之美的那个诗人，实在不近人情！

《拉比阿契巴的诱惑》之末有"译后记"，兹录如下：

> 右一篇从宾斯奇短篇集《诱惑》内译出。美国 I. Goldberg 说："宾斯奇作品的主题都是'人的灵魂'的问题，——并不是那些文学符咒者的象征而神秘的无结果的问题——却是那内潜的主力，常常引导行动或使行动惰性的继续着的。宾斯奇要透入人类动机的秘密，这是他应归入心理描写的写实派作家里的理由了。他描写外面生活与内在生活都很忠实。"
>
> "宾斯奇的作品显然有三个主要段落。一是他的无产阶级的态度的著作；大都描写犹太工人的生活，如剧本里的 Isaac Sheftel 和短篇小说《德拉布金》；二是他的改作圣经中故事的作品，如剧本中《哑的米西亚》、小说中的《别洛丽亚》；三是两性问题的作品，如剧本中的《铁匠约伯》、小说中的《觉醒》与《黑猫》等。"
>
> 以上都见 Goldberg 译《诱惑》集上的叙言，我因为他很关重要，特译了这二节。

《暴风雨里》（陈煆译）之首有"小引"，兹录如下：

> 这篇是《诱惑》（*Temptations*）集里最末了一篇，原名 *In the Storm*，也是全集中最短的一篇。但描写的工（功）夫极高；更带着浓重的犹太文学的特别色彩，可惜我的译文恶劣，且又是从英文转译的，怕不能把他的好处如量传达出来；这是要向原作者和读者告罪的。
>
> 一九二三年，圣诞节后一日。

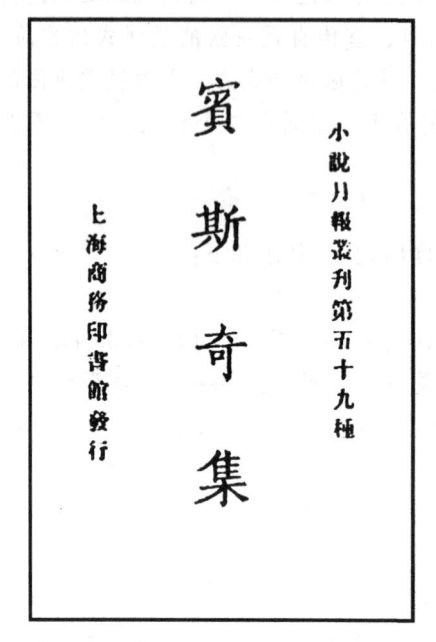

《技艺》

《技艺》，上海商务印书馆民国十四年（1925）四月初版，"小说月报丛刊第六十种"。版权页署编辑者为小说月报社，发行者、印刷所与总发行所均为商务印书馆，分售处为外埠33家商务印书分馆。全一册，96页，每册定价大洋壹角（外埠酌加运费汇费）。

该书为创作集，包括王统照的《技艺》、赵景深的《红肿的手》、王思玷的《瘟疫》、李渺世的《伤痕》、孙俍工的《海的渴慕者》，凡五篇。无序跋。王统照的《技艺》摘录如下：

> 春来了，人都欢喜在凌晨吸纳着三月早上的清新空气。可是日日纷忙的人，虽在红日满窗，并且觉得很为烦热的时候，总舍不得即时推枕而起。倦懒的身体，懵腾的目光，不可接续，不能推寻的片断思想，如同有种魔力一般，使得他对于温润清柔的晨气，不能完全消受。及至勉强披了衣服匆匆地盥洗完时，倦意固然退却，而同时黎明时的幸福也享受不到。
>
> 这几乎是一般青年普通所感受到的，而葆如也是其中的一个。
>
> 他自去年冬日在熊熊的火炉边，与他同寓的同人，坚持着说：

"冬将尽了。温柔的春，转瞬便启开了她的美目。我们的新生机，又重新萌发了。'一年之计'，正是青年人努力的良时，如娇花一般的放蕾，如春雷一般的初震。……自明年春起，我们须学学另作一个春之先驱者，晏起的习惯，于我们百无一利，而且在万物沉醉的春日里，它必展放开它的诱惑力来攻击我们。'一年之计，一日之计。'我们的自励，须从微细处做起。……第一种必要改革的，是春日的晏起。"那时他的同人都随声附和说春来的柔美，说晏起的恶习，甚至竟有位更聪明的人，预先规划着他们在来年春日之晨零露未干时即起身，何时读书，何时作事，说得大家都非常兴奋；并且的确预备着待到春日来时，有无量的快乐的共同工作。他们觉得未来的希望的焰光，正如炉火正在旺盛地燃起。

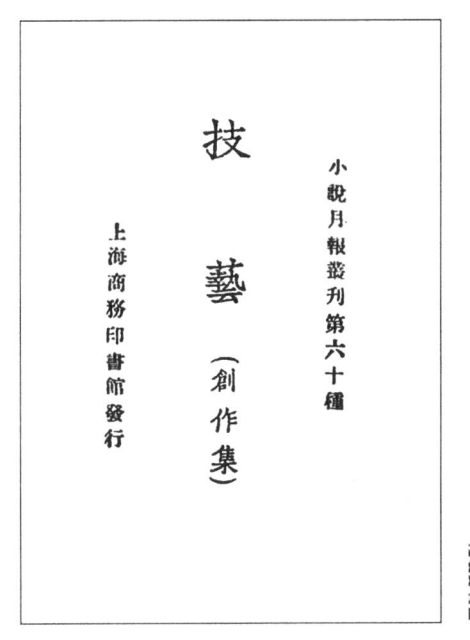

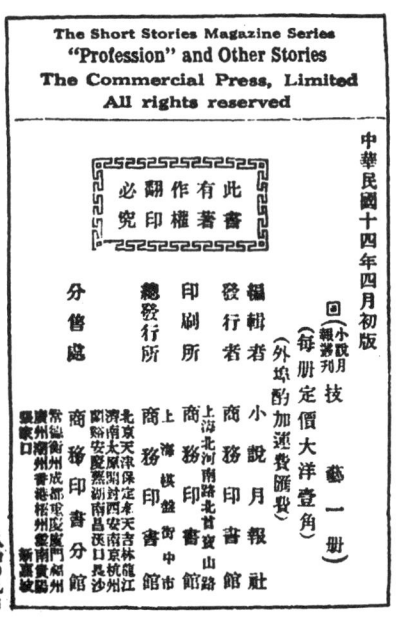

（四）《文学周报社丛书》叙录

1929年8月，《文学周报社丛书》（载谢六逸《日本文学》，上海开明书店1929年8月再版）有一份广告，列出作品十六种，具体如以下右图。1927年11月，上海开明书店初版的《东方寓言集》上刊载了一份广告《文学周报社丛书》，列出著作二十二种，每种包括书名、作者和定价。具体如以下左图。

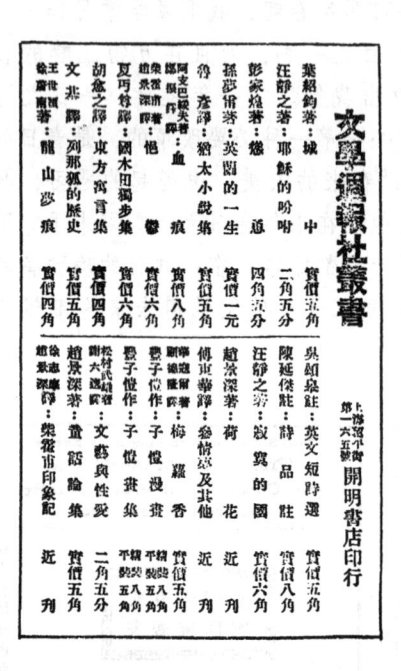

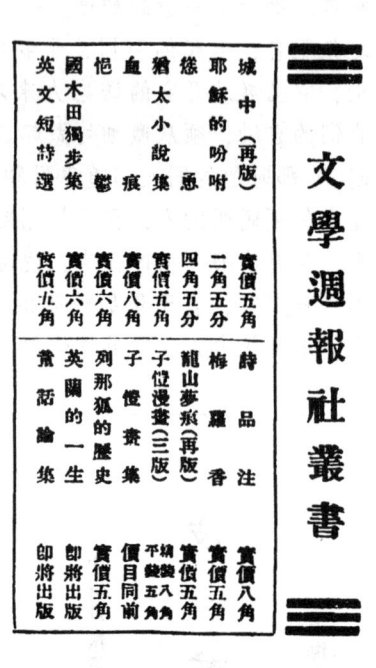

《动摇》（蚀之二）

《动摇》（蚀之二），《文学周报社丛书》之一（无编号）。版权页信息为：原著者为茅盾，发行者为开明书店，印刷者为美成印刷所，一九三〇年五月初版。总发行所为上海开明书店，分售处为位于北平与广州的开明书店分店。全一册，238 页，实价大洋七角（外埠酌加寄费）。

该书凡十二节，无节目，无序跋。正文摘录如下：

胡国光松一口气，整个的心定下来了；他沉下脸儿，对银儿猛喝（按：原文为"猛喝"不是"猛呵"）道："要你多嘴，滚开！"他又提高嗓音，咳了一下，然后大踏步抄过平屋前的小院子，走进了正三间——他的客厅。

这胡国光，原是本县的一个绅士；两个月前，他还在县前街的清风阁茶馆里高谈吴大帅怎样，刘玉帅怎样，虽然那时县公署已经换挂了青天白日旗。他是个积年的老狐狸。辛亥那年，省里新军起事，占领了楚望台的军械库，吓跑了瑞澂以后，他就是本县内首先剪去辫子的一个。那时，他只得三十四岁，正做着县里育婴堂董事的父亲还没死，金凤姐尚未买来，儿子只有三岁。他仗着一块镀银的什么党的襟章，居然在县里开始充当绅士。直到现在，省当局是平均两年一换，县当局是平均半年一换，但他这绅士的地位，始终没有动摇过。他是看准了的：既然还要县官，一定还是少不来他们这伙绅士；没有绅士就不成其为官。他的"铁饭碗"决不会打破。所以当县公署换挂了青天白日旗，而且颇有些"打倒土豪劣绅"的小纸条发见（按：原文为"发见"）在城隍庙的照壁上时，他还是泰然自若，在清风阁的雅座里发表了关于吴大帅刘玉帅的议论。

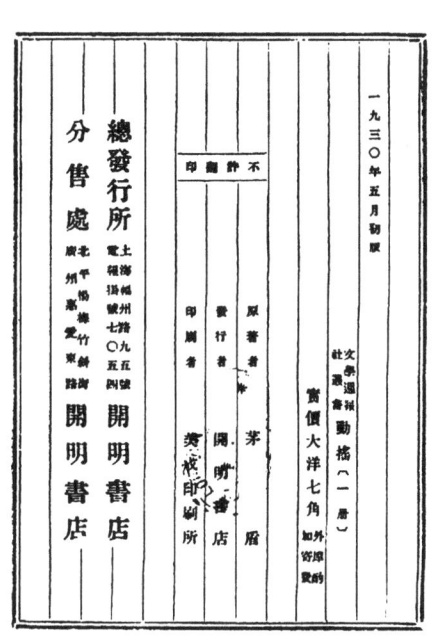

但是最近的半个月里，胡国光却有些心慌了。这是因为新县官竟不睬他，而多年的老绅士反偷偷的（按：原文为"的"）走跑了几个；"打倒劣绅"不但贴在墙上，而且到处喊着了。省里的几个老朋友，也已通知他，说"省局大变，横流莫挽；明哲保身，迁地为妥。"他不很明白省里究竟变到怎样，但也承认这回确比从前不同，风声确是一天一天的（地）加紧。

他和太太商量怎样躲避外面的风头；太太以为应该先请张铁嘴起一卦，再作道理。今天他赶早就去，结果，张铁嘴不但说"毋须躲藏"，并且以为据卦象看，还要大发，有"委员"之份。他一头高兴，从张铁嘴那里回来，不料儿子却又在家里闹，累他老人家吃了一个虚惊。

《怂恿》

《怂恿》，《文学周报社丛书》之一（无编号）。上海开明书店民国十六年（1927）八月初版（再版本所印一九二五年八月初版，有误）。著者为彭家煌，编者为文学周报社，发行者为开明书店，印刷者为大东书局，发行所为开明书店总店。全一册，129页，实价大洋四角五分（外埠酌加寄费）。

该书为彭家煌的短篇小说集，收录《Dismeryer先生》《到游艺园去》《军事》《怂恿》《今昔》《活鬼》《存款》《势力范围》，凡八篇。

再版本版权页信息略有不同，信息为：上海开明书店一九二五年八月初版，一九三〇年十月再版。著者为彭家煌，编者为文学周报社，发行者为开明书店，排印者为美成印刷所，发行所为开明书店总店，分售处为位于广州与北平的开明书店分店。全一册，129页，实价大洋四角。正文内容相同。

无序跋。《怂恿》摘录如下：

端阳节前半个月的一晚，裕丰的老板冯郁益跟店倌禧宝在店里对坐呷酒。

"郁益爹，旁大说：下仓坡东边政屏家有对肉猪，每只有百三十来往斤，我想明日去看看；端阳快了，肉是一定比客年消（销）得多，十六七只猪怕还不肯。"禧宝抿了一口堆花（酒），在账台上抓了一把小花片（糖）；向老板告了奋勇后，两只小花片接连飞进了口。

"嗯，你去看看，中意，就买来；把价钱讲好，留在那儿多喂几天更好，这里猪楼太小，雅难寻猪菜。"郁益安闲的（地）说，忽然想起旧事，又懒洋洋的关照着："你去了第一要过细些，莫手续不清，明日又来唱枷绊，翻门坎。他屋里的牛七是顶无聊的家伙，随是什么，爱寻缝眼的。"

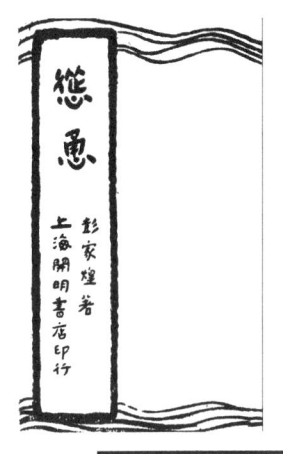

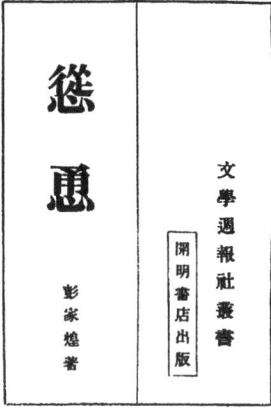

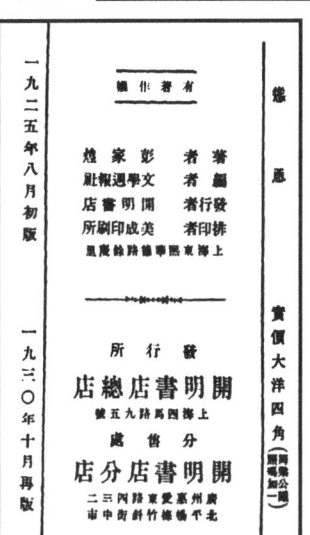

一 文学研究会"文学丛书"叙录 303

《子恺画集》

《子恺画集》,《文学周报社丛书》之一（无编号）。上海开明书店民国十六年（1927）二月初版。著者为丰子恺,出版者为文学周报社,印行者为开明书店,发行所为开明书店。全一册,90页,纸面实价大洋五角,布面实价大洋八角。此外还有民国二十年（1931）七月四版,版权页与初版的不同信息为:发行者为杜海生,印刷者为美成印刷所,分售处为外埠各地开明书店分店。精装大洋八角五分,平装大洋六角五分。

该书为丰子恺的漫画集,分为两部分,第一部收录《阿宝》《Broken-Heart》《瞻瞻的车——（一）黄包车》《瞻瞻的车——（二）脚踏车》

《爸爸不在的时候》《瞻瞻的梦——第一夜》《瞻瞻的梦——第二夜》《瞻瞻的梦——第三夜》《瞻瞻的梦——第四夜》《快乐的劳动者》《无题》《建筑》《姊弟》《"?!"》《创作与鉴赏》《尝试》《诱惑》《"回来了!"》《"爸爸耳朵里一支铅笔"》《阿宝两只脚,凳子四只脚》《小旅行》《我家之冬》《软软新娘子,瞻瞻新官人,宝姊姊做媒人》《卖票》《办公室》《被写生的时候》,凡二十六幅。第二部收录《泪的伴侣》《明日的讲义》《听》《战争与音乐》《东洋与西洋》《教育》《毕业后》《读书的Picnic》《检查》《三年前的花瓣》《佛手》《电车站》《伴侣》《"我"与"我们"》《下课后》《Painter》《被火酒烧了头部的方光焘兄》《蜻蜓》《深夜的巡游者》《畅适》《大风之夜》《收头发》《凭吊者》《除夜一》《除夜二》《车到》《挑荠菜》《Snowdrop》《断线鹞》《大教室》《憧憬》《梅花会所见》《卖花女》《春画》《旁晚》(按:原文为"旁晚")《落叶》《雨后》,凡三十七幅。合计六十三幅漫画。封面是阿宝题软软画,扉页画是蜘蛛网,题字为"帘外蜘丝网落花,也要留春住"。

卷首有丰子恺撰写的"代序"《给我们孩子们》,卷末有朱自清撰写的《跋》,"代序"摘录如下:

我的孩子们,我憧憬于你们的生活,每天不止一次!我想委曲地说出来,使你们自己晓得。可惜到你们懂得我的话的意思的时候,你们将不复是可以使我憧憬的人了。这是何等可悲哀的事啊!

瞻瞻!你尤其可佩服。你是身心全部公开的真人。你什么事体都像拼命地用全副精力去对付。小小的失意,像花生米翻落地了,自己嚼了舌头了,小猫不肯吃糕了,你都要哭得嘴唇翻白,昏去一两分钟。外婆普陀去烧香买回来给你的泥人,你何等鞠躬尽瘁地抱他(它),喂他(它);有一天你自己失手把他(它)打破了,你的号哭的悲哀,比大人们的破产,失恋,broken heart,丧考妣,全军覆没的悲哀都要真切。两把芭蕉扇做的脚踏车,麻雀牌堆成的火车,汽车,你何等认真地看待,挺直了嗓子叫"汪——","咕咕咕……",来代替汽笛。宝姐姐讲故事给你听,说到"月亮姐姐挂下一只篮来,宝姐姐坐在篮里吊了上去,瞻瞻在下面看"的时候,你何等激昂地同她争,说"瞻瞻要上去,宝姐姐在下面看!"甚至哭到漫姑面前去求审判。我每次剃了头,你真心地疑我变了和尚,好几时不要我抱。最是今年夏天,你坐在我膝上发见(原文如此)了我腋下的长毛,当作黄鼠狼的时候,你何等伤心,你立刻从我身上爬下去,起初眼瞪瞪地对我端相，继而大失所望地号哭，看看，哭哭，如同对被判定了死罪的亲友一样。你要我抱你到车站里去，多多益善地要买香蕉，满满地擒了两手回来，回到门口时你已经熟睡在我的肩上，手里的香蕉不知落在哪里去了。这是何等可佩服的真率，自然，与热情！大人间的所谓"沉默"，"含蓄"，"深刻"的美德，比起你来，全是不自然的，病的，伪的！

一九二六年耶稣降诞节，病起，作于炉边

《跋》兹录如下：

子恺将画集的稿本寄给我，让我先睹为快，并让我选择一番。这是很感谢的！

这一集和第一集，显然的（地）不同，便是不见了诗词句图，而只留着生活的速写。诗词句图，子恺所作，尽有好的；但比起他那些生活的速写来，似乎较有逊色。第一集出世后，颇见到听到一些评论，大概都如此说。本集索性专载生活的速写，却觉得精彩更多。还有一个重要的不同，便是本集里有了工笔的作品。子恺告我，这是"摹虹儿"的。虹儿是日本的画家，有工笔的漫画集；子恺所摹，只是他的笔法，题材等等，还是他自己的。这是一种新鲜的趣味！落落不羁的子恺，也会得如此细腻风流，想起来真怪有意思的！集中几幅工笔画，我说没有一幅不妙。

集中所写，儿童和女子为多。我们知道子恺最善也最爱画杨柳与燕子；朋友平伯君甚至要送他"丰柳燕"的徽号。我猜这是因为他欢喜春天，所以紧紧地挽着她，至少不让她从他的笔底下溜过去。在春天里，他要开辟他的艺术的国土。最宜于艺术的国土的，物中有杨柳与燕子，人中便有儿童和女子。所以他自然而然地将他们收入笔端了。

第一集里，如《花生米不满足》《阿宝赤膊》《穿了爸爸的衣服》，都是很好的儿童描写。但那些还只是神气好，还只是描写。本集所收，却能为儿童另行创造一个世界。《瞻瞻的脚踏车》《阿宝两只脚，凳子四只脚》，才小试其锋而已；至于《瞻瞻的四梦》，简直是"再团，再炼，再调和，好依着你我的意思重新造过"了。我为了儿童，也为了自己，张开两臂，欢迎这个新世界！另有《憧憬》一幅，虽是味儿不同，也是象征着新世界的。在那《虹的桥》里，有着无穷无穷的美丽的国，我们是不会知道的！

《三年前的花瓣》《泪的伴侣》，似乎和第一集里《第三张笺》属于一类的，都很好。但《挑荠菜》《春雨》《断线鹞》《卖花女》《春画》便自不同；这些是莫之为而为，无所为而为的一种静境，诗词中所有的。第一集中，只有《翠拂行人首》一幅，可以相比。我说这些简直是纯粹的诗。就中《断线鹞》一幅里倚楼的那女子，和那《卖花女》，最惹人梦思。我指前者给平伯君说，这是南方的女人。别一个朋友也指着后者告我，北方是看不见这种卖花的女郎的。

《东洋与西洋》便是现在的中国，真宽大的中国！《教育》，教育怎样呢？

方光焘君真像。《明日的讲义》是刘心如君。他老是从从容容的；第一集里的《编辑者》，瞧那神儿！但是，《明日的讲义》可就苦了他也！我和他俩又好久不见了，看了画更惦着了。

想起写第一集的《代序》，现在已是一年零九天，真快哪！

一九二六年十一月十日，朱自清，在北京。

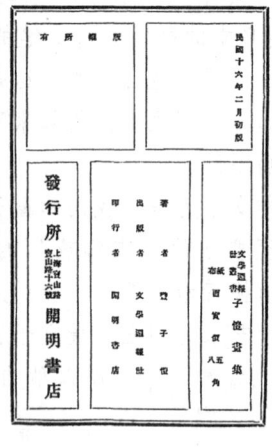

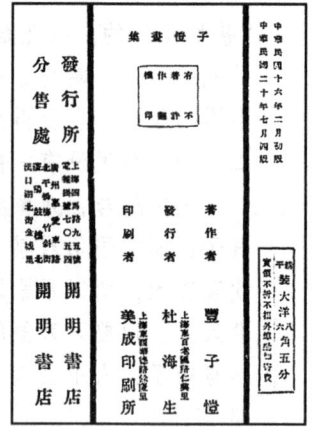

《列那狐的历史》

《列那狐的历史》，《文学周报社丛书》之一（无编号）。上海开明书店一九二六年五月付印，一九二六年六月发行。译述者为文基，出版者为文学周报社，印行者为开明书店，发行所为开明书店（上海宝山路宝山里六十号）。全一册，157页，实价大洋五角。印数为1～2000册。

《列那狐的历史》是欧洲民间故事，由文基（郑振铎）译述，全文凡

一　文学研究会"文学丛书"叙录　307

四十四节，无节目。插图三十一页，每页一幅。

卷首有译者的《译序》，兹录如下：

中世纪的欧洲，出了一部伟大的禽兽史诗，这就是《列那狐的历史》(Reynard the Fox)。我读了这部书，觉得异常的可爱，故费了一二月的工夫把她介绍给读者。

关于《列那狐的历史》，学者间的争论颇不少，第一是她的作者问题，第二是她的产生地的问题。关于她的作者，有的主张是有民间传说发展而成的，有的主张是"僧侣诗人"们的创作。关于她的产地，有的主张是德国，有的主张是法国，但不管那许多纷纭莫决的主张，我们现在却有了一种概念，这部《列那狐的历史》，原有一个民间传说的来源，这来源是在法国。然在十世纪与十一世纪时，经了"僧侣诗人"与法国"宫廷诗人"的润饰，加上了时代的色彩与讽刺的意味。当时宫廷诗人大约必以此诗与那些古代史诗、骑士传奇，同样的读诵于读者之前，以娱悦他们。到了第十二世纪时，有了一种德文本，又有了拉丁文本，变异的同源作品有数种。后来又有了散文本，到了十八世纪之末，大诗人歌德又著了"Rainecke Fuchs"，在文辞方面，是加上了不少的美漆，然她的原来的朴质可爱的风趣，却丧失了些。

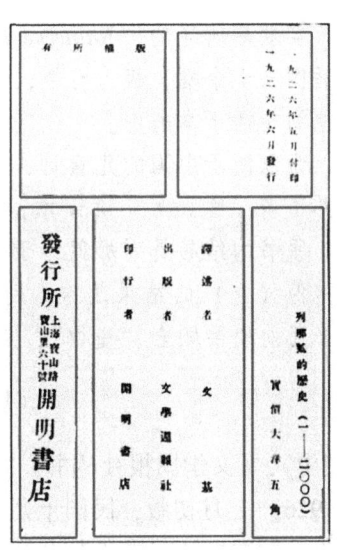

《列那狐的历史》最可爱最特异的一点，便是善于描写禽兽的行动及性格，使之如真的一般；还有她引进了许多古代的寓言，如熊的被骗，紧夹在树缝中，狼的低头看马蹄，被马所踢等等，而能够自由的（地）运用，使之十分的生动，也是极可使我们赞美的。

在歌德所述的"*Rainecke Fuchs*"里，曾附有大画家 Kauldach 所绘插图三十余幅，极为有趣，批评者都谓这给本书以新的生命，现在把他们转插于本书中。

为取便于中国的儿童计，此书采用"重述"法，但所删节的地方并不多，曾见另一英译本，删节了三分之二，只叙到第十四节为止。原书的结局是列那狐终于得释，这个英译本却不欲使狡者得志，竟把他（它）的结果改作：列那狐被处死刑，大快人心了！编译儿童书而处处要顾全"道德"，是要失掉许多文学的趣味的。

《城中》

《城中》，《文学周报社丛书》之一（无编号）。上海开明书店民国十五年（1926）七月初版，民国十九年（1930）十月四版。著者为叶绍钧，出版者为文学周报社，排印者为美成印刷所，发行所为开明书店，分售处为外埠开明书店分店。全一册，157 页，四版本改正实价大洋五角五分。初版本没有分售处。民国二十三年（1934）十月六版本，发行者为章

一 文学研究会"文学丛书"叙录 309

锡琛。

该书为叶绍钧的短篇小说集，收录收《病夫》《前途》《演讲》《城中》《双影》《在民间》《晨》《微波》《搭班子》，凡九篇。无序跋。

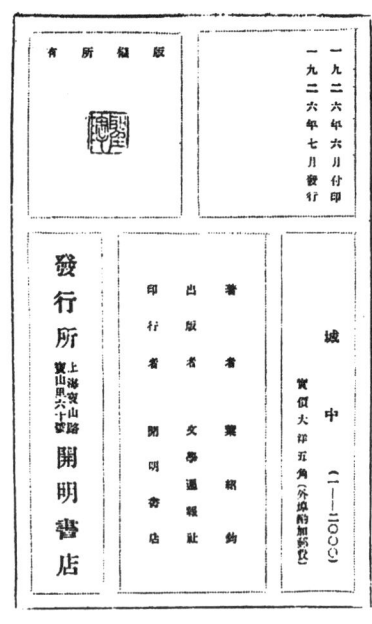

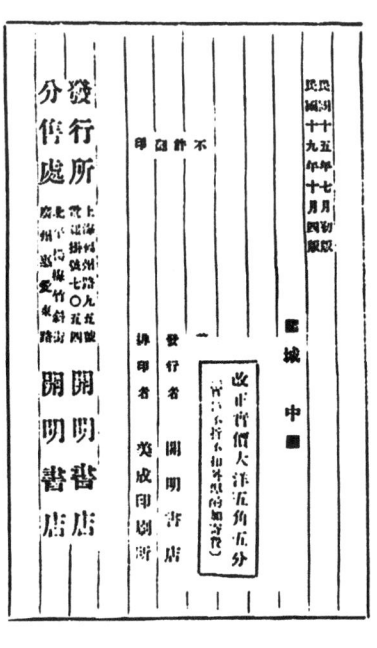

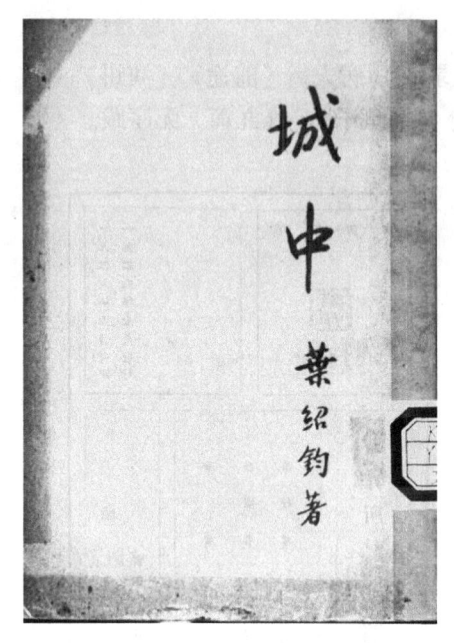

初版本有三页开明书店出版的文学书籍广告，前两页是六部作品的内容提要，第三页是十三种著作的简目。

关于《城中》，广告说："作者多年在文艺界的努力已取得相当的权威，这是我们所无须赘说的。本书共含小说九篇，均系最近搜集，其中多未发表。比较《线下》《火灾》《隔膜》诸作，更可看出作者文艺手段的长足进步。"（广告见汪静之《耶稣的吩咐》，上海开明书店1926年9月初版）叶绍钧自评说："论质地大概是仍旧应题作《线下》的，可是写作时不愿马虎，在现有能力之下，未曾偷懒一分，是作者可以自信的。"这里的"线下"是指"作品的思想与艺术水准的水平线以下"。汪倜然评价说，叶圣陶"用笔谨严而态度端庄，《线下》和《城中》写平凡人的生活与心理，极显经营之用心"（《当代文粹·小说》，1931年6月世界书局初版）。茅盾评价说，冷静地谛视人生，客观地写实地"描写着灰色的卑琐人生的，是叶绍钧。……可是当他的技巧更加圆熟了时，他那客观的写实的色彩便更加浓厚。短篇集《线下》和《城中》（一九二三到二六年上半年的作品）是这一方面的代表"，叶圣陶的小说"人物"写得好，"是小镇里的醉生梦死的灰色人，如《晨》内的赵太爷和黄老太这一伙（短篇集《城中》）页九七；……是圆滑到几乎连自己都没有，然而又颇喜欢出风头的所谓'学者'，如《演讲》中的主人公'他'（《城中》页四一）……"

(茅盾：《〈中国新文学大系·小说一集〉导言》) 这些评价可以帮助我们认识叶圣陶的短篇小说集《城中》的价值及其在中国文学史上的地位。

《耶稣的吩咐》

《耶稣的吩咐》，《文学周报社丛书》之一（无编号）。上海开明书店一九二六年七月付印、一九二六年九月发行。著者为汪静之，出版者为文学周报社，发行者为开明书店，印刷者为文友印刷所，发行所为上海开明书店。全一册，75页，实价大洋贰角半（外埠酌加寄费）。印数1～2000册。

该书为中篇小说全文凡九节，无节目。扉页题"封面 DA VINCI 作耶稣图"。

卷首有作者撰写的《自序》和《序后》，《自序》摘录如下：

  幼年时在私塾里读过好几篇关于烈女的传记，有许多是令人神惊魄动、胆战肉跃的佳作，觉得古时这些烈女都是了不得的人中豪，都是非凡的人中杰，就对她们肃然生敬，崇拜到五体投地。后来方知古人不得专美于前，我们现在的烈女不但比之古人而无愧，即比之最古的原人亦无愧。我们乡间的烈女节女有吊死的，有捧着木主和鬼魂结婚的，有饿死的种种，虽然饿死是被锁在房里强迫饿死的，被锁的烈女饿得大哭大叫；求人家救命，男子都守着房门不许人进去，怕妇女们听了烈女的哭声软了心，要偷偷地送饭给烈女吃。但不管她怎样饿死，其饿死则一也，所以终归是可敬的。而对于那些成就了这样的美事的守着房门的男子，我也非常敬佩。

  但是，我们乡间虽有许多节烈之女替我们增光，而使我乡出丑的事也不少。所幸护卫礼教的道德家比做丑事的人更多：如奸夫淫妇被捉，便有许多道德家去砍他们的头，寡妇有了私生子，便有许多道德家去逼她上吊，处女怀了胎，便有许多道德家去劝她投水。又如有一次一个寡妇再嫁，便有许多道德家去拦她的路，打破她的轿，把她赶回家。虽然后来这些道德家每人分了三块钱，终于让寡妇嫁去了，但他们终是替礼教出力的。有这许多道德家，当然是我乡最大的光荣。

  一九二六年，五，七，序于上海。

《序后》兹录如下：

《语丝》八十六期有一则通信，说《莽原》上所引《民国日报》的九江的新闻是抄袭清人的笔记；而我这篇小说是由这个新闻而起意的，所凭藉的既不可靠，岂不是无中生有么？其实不然，我只取了这个新闻的江面上的情形，其余的大都另有所本，并非凭空捏造。

世上只有信史，小说的信与否本不成问题，但恐怕有人要说我表现的时代不正确，误前朝的事作今代的事，所以我在此声明：这篇东西的支节虽属臆造，但她的纲要是根据六年前的一件事实，是有几分"信"的。我这样声明是想人家说这是一篇"信"小说么？不想，不想，一点也不想。

再者，《民国日报》的新闻到底是不是抄袭也还是一个问题，你没有到九江去实地调查过，所举清人笔记只是一个消极的证据。这种事古时有过千万次，难道现在便不再重演千万次？晓得要再过几千年才能不重演呢？

——一九二六，七，二三。

正文前一页摘录了一段《约翰福音》，兹录如下：

文士和法利赛人带着一个行淫时被拿的妇人来，叫她站在当中，就对耶稣说："夫子，这妇人是正在行淫时被拿的。摩西在律法上吩咐我们，把这样的妇人用石头打死，你说该把她怎样呢？"……耶稣就直起腰来，对他们说："你们中间谁是没有罪的，谁就可以先拿石头打死她。"——《约翰福音》第八章，三，四，五，七节。

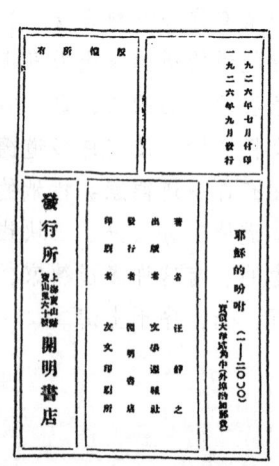

一 文学研究会"文学丛书"叙录 313

《东方寓言集》

《东方寓言集》,《文学周报社丛书》之一（无编号）。上海开明书店一九二七年十一月初版。著者为陀罗雪维支,译者为胡愈之,发行者为开明书店,发行所为上海开明书店。全一册,101页,实价大洋四角（外埠酌加寄费）。

该书为苏联陀罗雪维支的寓言集,内收《寓言的寓言》《喀立甫与女罪犯》《赫三怎样落下了裤子》《错打了屁股》《雨》《猪的历史》,凡六篇。扉页题陀罗雪维支的这样一句话:"笑罢,为了要止住哭!"

卷首有译者撰写的《序》,卷末无跋。《序》摘录如下:

  天下老鸦一般黑。无论走到什么地方,都不会容许你自由说话的。虽然有过"防民之口甚于防川"的一句古语,但是古今中外的权力者似乎总想把天下人的嘴都封锁起来,全不想到这是一种不可能而且可笑的事呢。单说从前的俄罗斯罢。从前俄罗斯的皇帝在现今是只有流亡国外,托庇外人宇下的一些白党在追悼他;可是在十年以前,不过十年以前,他还相信他是可以长治久安的,所以他就尽力钳制言论,他不许俄国人民说一句不大恭敬的话。当时俄国政府钳制言论,检查新闻的方法,是特别完备,而且周密,因此直到现在,还有许多国家的政府是在竭力效仿的呢。

  在俄皇时代,据说一切的印刷品,书籍报章,在印刷以前,或印刷以后,都必须经过检查审阅,认为"并无违碍"方才可以发行。报章杂志的编辑人,以及书店老板,时常接到政府警告,不准刊行某种的文字;要是检查官对于某种书籍认为不合,立时可以禁止发行,甚至把发行机关封闭,把著作人拘捕监禁;因此被放逐到西伯利亚或遭杀身之祸的,是常有的事。检查的条例更非常苛刻。诋毁政府的不必说;对于教会及因袭道德的批评,以及一切关于社会问题的文字,全在禁止之列。有时竟至闹出十分可笑的事。克鲁泡特金在他所著的《俄罗斯文学的理想与现实》里是这样的说着:

  "在以前,关于检察官的种种笑柄,单从斯喀鼻恰甫斯基(Skabitchevshy)的一部《文字检查史》(*History of Censorship*)里,就可找到了许多。单讲一件事就够了:布雪金写了一首诗,是讲到女人的,里面有'你的神圣的身躯''她的天国的美貌'这一些字句,检察官就在这首诗上打了一个叉,用红墨水在原稿纸上批注着,说这等字句是亵渎神明的，不准刊印，诗歌往往被检察官割裂删节，不问它是否合于韵律。有的时候，在一篇小说中，检察官甚至代你随意的添上了一二段。"

译者一九二七，一一，二四，于上海。

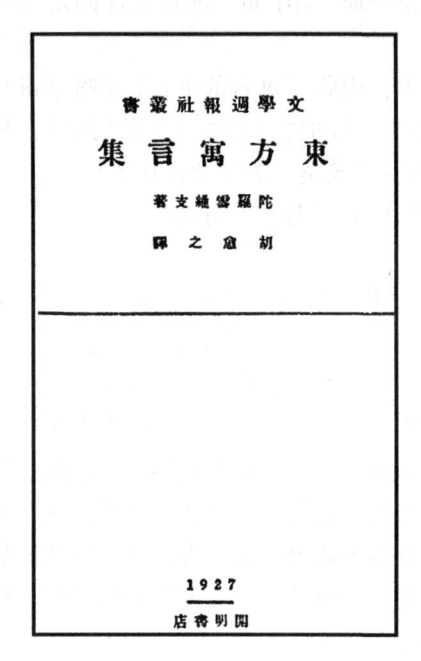

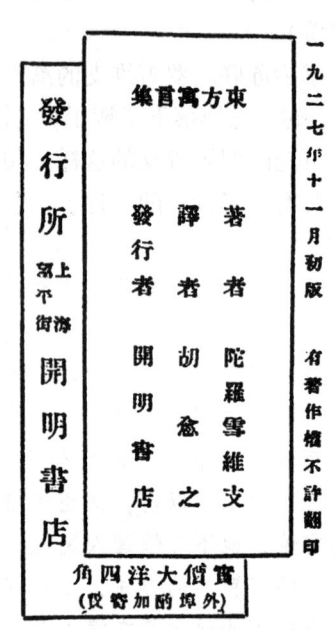

《犹太小说集》

《犹太小说集》，《文学周报社丛书》之一（无编号）。上海开明书店一九二六年十二月初版、一九二七年十二月再版。译者为鲁彦，发行者为开明书店，发行所为上海开明书店。全一册，136页，实价大洋五角（外埠酌加寄费）。

该书为犹太四人短篇小说合集，包括夏房姆阿来汉姆的《腊伯赤克》《中学校》《诃夏懦腊婆的奇迹》《不幸》《宝》《创造女人的传说》，凡六篇；俾莱芝的《灵魂》《姊妹》《七年好运》《披藏谢标姆》《又用绞首架了》《和尔木斯与阿斯曼》，凡六篇；宾斯基的《搬运夫》，一篇；泰夷琪的《资本家的家属》，一篇，总计十四篇。

卷首有译者撰写的《序》，卷末无跋。《序》摘录如下：

近代犹太文学的勃兴是在十九世纪的后叶，在这不到一百年的短促的时期中，它的进步的速度真令人惊奇，把它和有千百年历史的他国文学一比，我们决不会觉得它有什么逊色的地方——有时几乎还觉得特别可爱。

在十九世纪初叶和那时以前，希伯莱（来）并非没有文学，这是人人都知道的事情，但那时的作家用的都是希伯莱（来）文字，一种过去的，渐为他们本国人所不认识的将死的文字，因此那时的文学可以说是智识阶级的专有品，于一般民众没有什么关系。到了十九世纪后叶就不同，许多作家都决然抛弃希伯莱（来）文而用犹太文了。这犹太文以先原是在德国境内的犹太人所用的一种土语，像德国话——有的甚至说本是中莱因（茵）河地方的德国土语——后来由德国而波兰，有波兰而俄国，几乎所有的犹太人都说这种话，都认识这种文字，成了犹太人的国语了。因此，近代犹太的文学可以说是民众的文学，真正犹太人的文学。

俾莱芝的短篇小说非常的（地）出名，他在近代犹太文学界是第一个短篇小说的作家。他的作品浏亮而含深切的意思，悲愤而不失望，给了近代犹太文学一种新的心灵，他又做过许多诗，都很美妙。

夏虏姆阿来汉姆的真名叫做（作）腊皮儒维奇，他是近代犹太作家中的唯一的讽刺作家。他的作品几乎没有一处犹太人的家里不读。他专门写希伯莱（来）人最可笑的事情，使人发笑，但这笑并非平常的笑，是□着眼泪的笑。他的作品的铭言是："笑可以医病，医生劝人常笑。"因此凡一切失败和不幸，他都不哭，只是笑。他笑着生，他笑着死，他将死前曾为自己做（作）了一墓志，大意是这样："这里葬着一个平常的犹太人，他曾为男女们著了一些书，鞭笞着工人、医生、商人或教授等等，谁也不宽恕。"的确，他什么都描写，什么也不避忌，在诙谐中藏着深刻的讽刺，使你感到沉痛，又使你禁不住□着泪大笑起来。他又是一个大诗人，又是戏曲家，又是批评家，近代犹太文学的根基到了他手里可以说已被他筑了起来，而且非常的坚固了。

这两个人以后，犹太文坛上最著名的要算是宾斯基（David Pinski 1872）、阿胥（Solom As 1800～　）、考白林（Lêou Kobrin），宾斯基以戏曲家著名，但短篇小说集《诱惑》也非常为人所爱读。阿胥是一个戏曲家，也做（作）小说，考白林则长于长篇小说。

近代犹太文学有一种很明显的特色，就是人道主义。这大概是因为散处在各国犹太人都受各国当局的厉害的压迫，生活十分艰苦，所以许多作家都呼号着，攻击着，要求往人道主义的路上走。

这一册小说集里的作品多是从《世界文学丛书》之四《希伯莱（来）小说集》中译出，原译者是湖趣尼克，只有《中学校》是从别一种书上译出。原译者为柴孟霍夫博士，《七年好运》由一九二五年九月十二日《世界语传命使》（Hrold de Esperano）半周刊译出，原译者为由吕斯泰（J. Jarys）。《搬运夫》由《无国际性评论报》（Senna-cieoaReuuo）中译出，原译者为丹姆贝（D. Damqo）。《资本家的家属》由《万国语月刊》（Lingvo Internacia）中译出，原译者为克拉夷芝（J. Krajz）。我所重译的全是根据世界语译本。

一九二六年，九月，二十七日，在上海鲁彦。

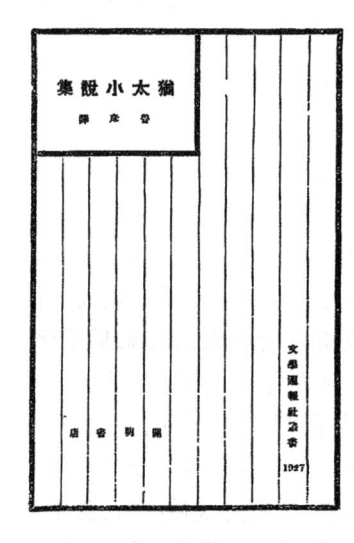

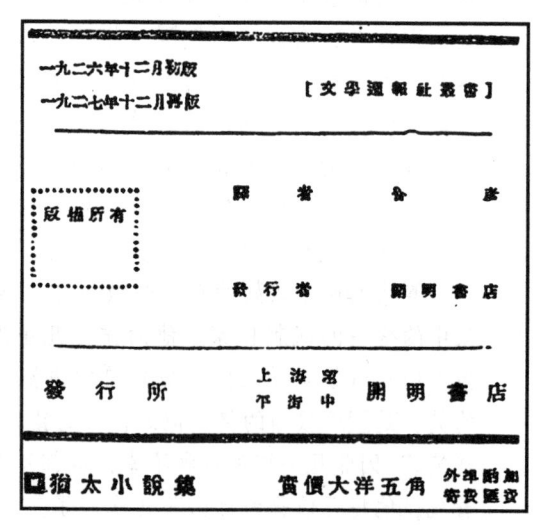

《英兰的一生》

《英兰的一生》，《文学周报社丛书》之一（无编号）。上海开明书店一九二七年九月初版。著者为孙梦雷，发行者为开明书店，发行所为上海开明书店。全一册，362 页，实价大洋壹元（外埠酌加寄费汇费）。此外还有 1929 年 3 月再版，1930 年 10 月三版。再版本笔者未见。

该书为长篇小说，凡八章，无章目。

卷首有作者撰写的《自序》，兹录如下：

英兰的故事，在我小时就深深地印在脑中；我时常想将这个故事写出来，不过总未曾得着机会。

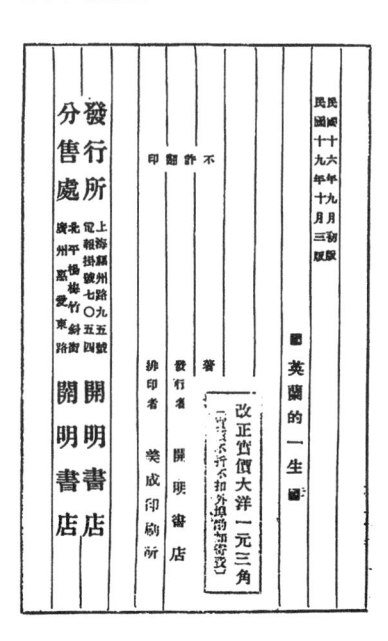

去年我从北边回到故乡，在乡间住了不到三个月，就感到英兰这般的女子层出不穷地只和我的耳目接触，因此，我就下了一个决心，要将这个故事写出来。

现在我很自喜，这个故事竟写成功了；同时我又很惭愧，我不能将这件故事写成一篇从容体贴而富有浓厚感情的文意（章），不过我觉得我所写的，尚没大失真实，这也稍足以自慰的。

总之，这篇东西，是我很诚实地说我自己所要说的话。

十五年一月十七日作者序于无锡

《国木田独步集》

《国木田独步集》，《文学周报社丛书》之一（无编号）。文学周报社一九二七年六月付印，一九二七年八月出版。原著者为日本国木田独步，译者为夏丏尊，发行者为开明书店，发行所为上海开明书店。全一册，161页，实价大洋六角（外埠酌加寄费）。颇有意思的是，该书还有一九二七年九月初版本。一般会认为"一九二七年八月出版"的这一版本为初版本。此外还有1928年4月上海文学周报社再版本，1931年10月四版本，这四个版本的内容都相同。前三个版本的封面也相同。

该书为短篇小说集，收录《牛肉与马铃薯》《疲劳》《夫妇》《女难》《第三者》，凡五篇。此外卷首有译者《关于国木田独步》一文。

无序跋。《关于国木田独步》摘录如下：

> 独步的作品被介绍过的已经不少，这里所集的只是我个人所翻译的五篇。这五篇在他近百篇的短篇小说中，都是比较有名的杰作。
>
> 独步虽作小说，但根底上却是诗人，他是华治华司的崇拜者，爱好自然，努力著（按：原文为"著"）眼于自然的玄秘，曾读了屠介（按：原文为"介"）涅夫《猎人日记》中的《幽会》，作过一篇描写东京近郊武藏野风景的文字，至今还是风景描写的模范。
>
> 独步眼中的自然，不只是幽玄的风景，乃是不可思议的可惊可怖的谜，同时就是人生的谜。他的小说的于诗趣以外具有自然主义的风格，和他的热烈倾心宗教，似都非无故的。《牛肉与马铃薯》中主人公冈本的态度，可以说就是独步自己的态度。《女难》中所充满着的无可奈何的运命（按：原文为"运命"，后文同）思想，也就是这自然观的别一方面。
>
> 事实！呜呼，这事实可奈何？
>
> 天上的星，月，云，光，风，地上的草，木，花，石，人间的历史，生活，性质，境遇，关系，生死，情欲，恨恋，不幸灾厄，幸运荣达，啊！这事实，那事实，人只是盲目地在这错乱混杂的事实中起居着吗？

自然！宇宙固不可思议了。人间！啊，至于人间，不是更不可思议吗？它是爱着自然的法则的东西，所不（可）思议的是它的生活，运命，及其 Drama。

日记（明治二十六年十一月十七日）

"非我"的这自然，"别的我"的他人。这是我近来的警句。

啊，人类！看啊看啊，看那许多"别的我"的我的在地上的运命啊！看啊，看啊，俯了仰了，看"非我"的这自然啊！

想啊想啊，把这我与这自然的关系。想得了这我与自然的关系，才可谓受有救世的天命的人。

日记（明治二十七年二月十三日）

独步在明治二十六年（二十三岁）至二十九年五年间曾留有日记，其中充满着严肃的怀疑的气分（按：原文为"气分"，今一般为"气氛"），像上面所举的文句几乎每页都可看到。他论诗与诗人的目的说：

从习惯的昏睡里唤醒人心，使知道，围着我们的世界之可惊可爱，才是诗的目的。更进一步说，使人在这可惊的世界中发见（按：原文为"发见"）自己，在神的真理中发明人生的意义，才是诗人的目的。

日记（明治二十六年十月十三日）

独步是有这样抱负的人，所以他的作品虽富有清快（按：原文为"清快"）的诗趣，而内面却潜蓄着严肃真挚的精神，无论那（按：原文为"那"）一篇，都如此。

独步的恋爱事件，是日本文学史上有名的史料。中日战争（明治二十八年）起，独步被国民新闻社任为从军记者，入千代田军舰，归东京后，国民新闻社长德富苏峰的友人佐佐城丰寿夫人发起开从军记者招待会。独步那时年二十五岁，席上与夫人之女佐佐城信子相识，由是彼此陷入恋爱。经了许多困难，卒以德富苏峰的媒介，竹越与三郎的保证，在植村正久的司式下结婚。两人结婚后在逗子营了新家庭。独步为欲达其独立独行的壮怀，且思移居北海道躬耕自活，如《牛肉与马铃薯》中冈本所说的样子。谁知结婚未及一年，恋爱破裂，信子忽弃独步出走了。

独步的恋爱理想，在男女双方继续更新创造。信子出走后，独步给她的书中有一处说：

据有经验的人说：新夫妇的危险起于结婚后的半年间。忍耐经过了这半年，夫妇的真味才生。真的，你在第五个月上，就触了这暗礁了。原来人无论是谁都是充满着缺点的，到了结婚以后，不能复如结婚前可以空想地满足，实是当然之事。如果因不能空想地满足就离婚，那末（按：原文为"那末"）天下将没有可以成立的夫妇了。这里须要忍耐，设法，彼此反省，大家奖励。所谓共艰难苦乐者，不只外来的艰苦，并须与从相互间出来的人性的恶点奋斗。夫妇的真义，不就在此吗？

《夫妇》为独步描写恋爱的作品，亦曾暗示着与上文同样的意见。《第三者》则竟是他的自己告白了。江间就是他自己，鹤姑是信子，大井武岛则是以当时结婚的周旋者德富苏峰、内村植三、竹越与三郎为模特儿的。

信子一去不返，结果不免离婚。独步的烦闷，真是非同小可，曾好几次想自杀。他的日记中，留着许多血泪的文字。

她竟弃舍我了，寒风一阵，吹入心头，回环地扰我，我的心已失了色，光和希望了。

信子，信子！你我同在东京市中相隔只里余，你的心为何远隔到如此啊！

啊，恋爱的苦啊！逐着冷却了的恋爱的梦，其苦真难言状。

我永永（按：原文为"永永"）爱信子，我心愈恋恋于信子。

她已是恋爱的坟墓了吗？那末（按：原文为"那末"）我将投埋在她里面。

（明治二十九年四月三十日）

睡眠亦苦，因为要梦见信子。

我到底不能忘情于信子，即在走路的时候，填充我的爱的空想的，仍是关于信子的事。

自一旦与信子的爱破裂，就感到一生已无幸福可言了，我是因了信子的爱而生存的。

无论怎样的困厄，贫苦，不幸，如果有信子和我在一淘（按：原文为"一淘"）奋斗就觉得甚么（按：原文为"甚么"）都不怕。信子的爱，给我以难以名言的自由。

然而，现在完了，现在，这爱的隐身所倒了！

我好像被裹了体投到世路风雪之中，我的回顾从前之爱，亦非得已。

我真不幸啊！

一　文学研究会"文学丛书"叙录　321

然而爱不是交换的，是牺牲的，我做了牺牲了，我的爱誓（按：原文为"誓"）永久不变。

（明治二十九年五月二日）

赖了先辈德富苏峰等诸名士的鼓舞，及平日的宗教信仰，独步幸而未曾踏到自杀途上去。可是此后的独步，壮志已灰，豪迈不复如昔，只成了一个恋爱的漂泊者，抑郁以殁。啊！《女难》作者的女难！

独步是明治四十一年死的。他虽替日本文坛做了一个自然主义的先驱，但却终身贫困不遇。现在全国传诵的他的名作，当时只值五角钱三角钱一页的稿费。《巡查》脱稿，预计可得五元，高兴得了不

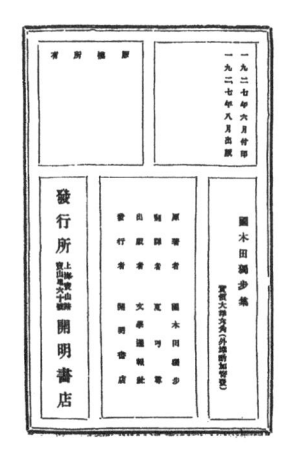

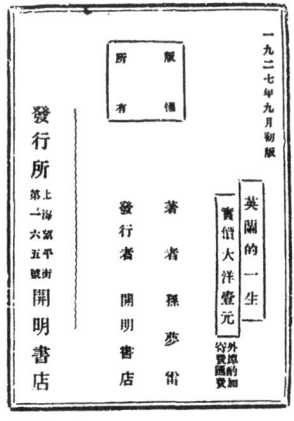

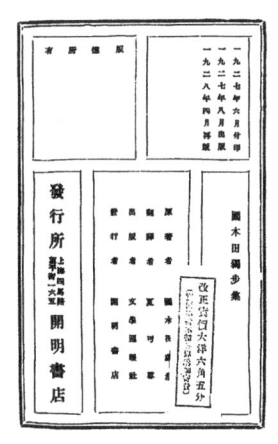

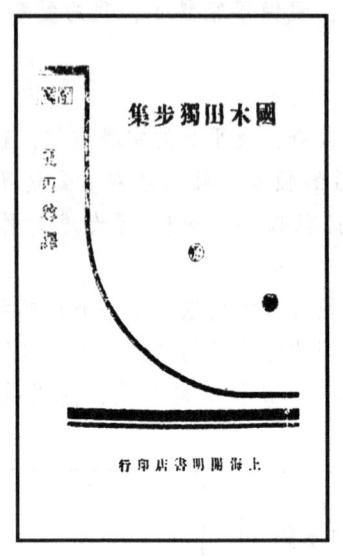

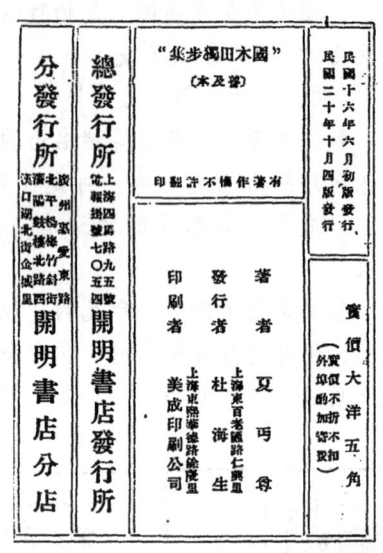

得，邀友聚餐，结果只得三元，把餐费超了豫算（按：原文为"豫算"，今为"预算"）。这是有名的他的轶事。他的被社会认识，是在明治四十年前后，那时他已无力执笔，以濒死的病躯，奄卧在茅崎的南湖院了。

十六年，七月，译者。

1928年版本上，有"开明书店启"，兹录如下：

启者：敝店创设以来，出版各种书籍，对于形式内容，竭力研求，不敢稍息。承国内外读书界交口称誉，欣感莫名。敝店受宠之余，益当奋勉精进，以求克副（按：原文为"克副"）期望。用特创制此项批评调查表，夹入书中，敬求台端于读毕此书之后，对于书中瑕瑜，尽情指摘、填写、赐寄，俾便参酌舆论，于再版时改善订正。敝店敬备优待券，并各种赠品，于收到此表后，即行寄奉，藉答雅意。倘蒙赐寄长篇批评（如本表不敷缮写，可另用他纸写成夹入），并当在敝店不定期刊《开明》上发表，酌赠一元以上十元以下之书券。如承将书中误字校出，填入后列勘误表，尤所欢迎。想台端为促进文化，改善出版物起见，定当乐予赞助也。专此奉恳，敬颂台祺。

开明书店谨启

《洗澡》

《洗澡》，《文学周报社丛书》之一（无编号）。上海开明书店一九二八年九月初版。著者为左拉，译者为徐霞村，发行者为开明书店，发行所为上海开明书店。全一册，108 页，实价三角五分。一九二九年十月再版。初版本有《译者序》，再版本则无。

该书为中短篇小说集，包括《洗澡》《杨梅》《大米修》《禁食》《侯爵夫人的肩膀》《我的邻人雅各》《猫的乐园》《丽丽》《"爱情的小蓝外套"》《铁匠》《失业》《小村子》，凡十二篇。

卷首有《译者序》，兹录如下：

> 本书原名 Nouveax Contes a Ninon，译成中文就是《给妮侬的新故事》之意，现在为简便起见，便以第一篇《洗澡》做了书名。
>
> 这几篇东西是我偶然译出来的。因为左拉并不是我最喜欢的作家，以前虽也读过他几个长篇，总觉得它们太笨板，太没生气。去年春天，我在一个学校图书馆里碰见了这本书，读了之后，觉得颇新鲜可爱，与读他的长篇时印象完全不同。当时便译了一篇，登在一个杂志上。不料这一来便惊动了几个好友，大家都劝着再译一点。不久到

了夏天，在船上和西谛兄谈起，他也劝我译下去，作为《文学周报社丛书》。我当时虽然一概都答应了他们，但一年来东跑西颠却总没工夫译。此外又因为邮寄上和印刷上的关系，本书的最末一篇一直在最近才在《文周》上印出。现在，这个小册子总算集成了。但我译它之前既没有什么大理由，现在又有什么可说的呢？既然有人喜欢它，我就把这小顽艺献给他们吧。

    1927，七，七，霞村序于上海。

《梅萝香》

  《梅萝香》，《文学周报社丛书》之一（无编号）。上海开明书店一九二七年七月初版。著者为 Eugene Walker，译者为顾德隆，发行者为开明书店，发行所为上海开明书店。全一册，108 页，实价大洋伍角。

  该书为美国华尔寇的多幕剧，无幕目。

  卷首有洪深撰写的《引言》，兹录如下：

    原作者 Eugene Walker 美国中部人，报馆访事出身，也曾做过跑马头的戏班子经理。近二十年来，专事编著戏剧，前后有十二部，此为一九○八年的作品。

他的戏都带着闹剧的色彩，很富于刺激性。这本戏却是描写繁华场中堕落女子种种生活的社会剧。

有人说："社会剧对于人生的态度，总是近于偏激，不能十分公允。攻击一种罪恶，固然甚有力量；然而试想原告是编剧者，见证也是编剧者，辩护也是编剧者，审判也是编剧者；所有事实证据，都是编剧者一人捏造，未免令人不服了。"此论我却不以为然，社会剧的好处，是教人多晓得点世故人情，说道："原来世界上，竟有这种情形。"最要就是不背情理。事实本来不妨变更，但也不是凭空捏造，乃是依据情理，依据社会现状而捏造的。

有人说："这出戏中偶然相值之事太多。萝香的环境太苦；别的女子，未必会有同样的阅历。"此论我也不以为然。都市中穷女人多，看了奢华的快乐，不免都有几分眼热。而且都市中富男子也多，对待女子，绝没有丝毫同情。除非女子能供给他们快乐，才肯出相当的代价。这种环境压迫，金钱引诱，并非萝香一个人独有的恶运。乃是都市中数十万年轻女子普通的境遇，像萝香这样贪图安逸，不耐劳苦，天生是做人家的外室，做妓，做妾的胚（坯）料，决不会不堕落的。她可算得上海社会中一个常见的女子处寻常的环境，也同寻常女人，只拣女人最容易的职业去做，得到常有的结果而已，所以真是悲剧。

写萝香处处见得是个意志薄弱，没有胆量的女子，她说上进的话，存改过的心，都不十分真诚，只是一时的起劲。她失节说谎，寻死骇人，都做得出，后来索性横了心胡为去了。然而她并不是故意作恶，实是不能为善。她也觉得对不起马子英，但她的确看得这种事很轻。既肯委身相从，其余何必计较得，这是女子常有的心理。她们始终不了解道德的真义，愚得可怜，错得可怜，所以观众对萝香，还有几分同情。

编剧应使观众对于主要角色表同情；如果能对反面角色也表同情，戏便更有力量了。此戏写白森卿是个"老白相""漂亮客人"，看他那一种事没经过，那一样心思不知道。他希望萝香成就，也许有几分诚意；但早料定她不能持久。他决不用不正当的手段，同年轻人作无谓之争执；但他也不肯假痴假呆，做化（花）钱的冤桶。他所做的事，都在人情之中，并不特别坏。所以观众对森卿，也表几分同情。

演剧不可错过做戏的机会。白马二人初次见面一节，萝香不满生活的现状同森卿口角一节,子英忽来萝香瞒过往事一节,森卿入门脱衣子英拔枪欲击一节,皆是极难表演之处。做得好,全戏都好了。美国后台有句成语说:"戏是一只鸽子;看见鸽子,应当认得鸽子,不可放了鸽子——放了鸽子,戏便不痛快了。"

改译本有几处小事实,不很像上海。大概顾君是个学者,终年埋首书本子里,所以对于这种恶劣的生活,不能十分熟悉;虽然,这就是顾君的幸福了。

洪深。十五,八,四,上海。

《雪人》

《雪人》,《文学周报社丛书》之一(无编号)。有初版、再版和三版。再版本版权页信息为:一九二八年五月初版,一九二九年七月再版。原著者为莫尔纳等著,翻译者为沈雁冰,发行者为开明书店,发行所为上海开明书店。全一册,实价大洋壹圆。三版本版权页信息为:上海开明书店民国十七年(1928)五月初版,民国二十年(1931)二月三版。编者为文学周报社,发行者为开明书店,排印者为美成印刷所,发行所为上海开明书店,分售处为外埠各地的开明书店分店。全一册,403页,实价大洋壹圆。

该书为童话集，包括匈牙利三篇：《雪人》（莫尔纳）、《偷煤贼》（莫尔纳）、《复归故乡》（拉兹古）。保加利亚二篇：《他来了么》（跛佐夫）、《老牛》（伊林潘林）。脑（挪）威一篇：《卡利奥森在天上》（包以尔）。瑞典一篇：《罗本舅舅》（拉绮尔洛孚）。荷兰一篇：《茜佳》（谟尔泰都里），芬兰一篇：《我的旅伴》（配伐林泰）。新犹太三篇：《拉比阿契巴的诱惑》（宾斯奇）、《禁食节》（潘莱士）、《贝诺思亥尔思来的人》（拉比诺维奇）。阿美尼亚三篇：《却绮》（阿哈洛垠）、《祈祷者》（散文诗）（西曼佗）、《少妇的梦》（散文诗）（西曼佗）。捷克斯拉夫三篇：《愚笨的袭纳》（南罗达）、《交易》（捷克）、《旅程》（捷克）。俄国二篇：《失去的良心》（塞尔太考夫）、《旧金山来的绅士》（蒲宁）。塞尔维亚一篇：《强盗》（拉柴莱维支）。罗马尼亚一篇：《绿林好汉包旭》（爱甫底眉）。以及附录《作家小传》。《作家小传》包括，一、莫尔纳，二、拉兹古，三、跛佐夫，四、伊林·潘林，五、包以尔，六、拉绮尔洛孚，七、谟尔泰都里，八、配伐林泰，九、宾斯奇，十、潘莱士，十一、拉比诺维奇，十二、阿哈洛垠，十三、西曼佗，十四、南罗达，十五、捷克，十六、塞尔太考夫，十七、蒲宁，十八、拉柴莱维支，十九、爱甫底眉。

卷首有沈雁冰撰写的《自序》，兹录如下：

三四年来，为介绍世界被压迫民族的文学之热心所驱迫，专找欧洲的小民族的近代作家的短篇小说来翻译。当时的热心，现在回忆起来，犹有余味；伦敦，纽约出版的各种杂志的"新书评论"栏是最注意阅读的，每见有新译成英文的小民族的作品，便专函去购买，每见有介绍小民族文学的短篇论文，便抄存下来，旧出的或新出的小民族文学史，也多方弄钱来去购买，甚至因为某种杂志偶然登了一篇小民族文学作品的译文，便将这杂志订阅了一年，以期续有所得。

这些热心地忙着的结果，便是这个短篇小说集。

当时翻译出来发表的作品，实在还不止现在所收集的代表十二民族十九作家的二十二篇；到底加了选择，剔去一些不大著名或时代太旧的作家，以及不大惬意的作品，只留下这二十二篇。也还有一些材料，应该是早就译出来呈教的，却因人事倥偬，此集中亦不及收入。异日或有时间，希望能够填补这自心的遗憾。

此集所译的作品，自然不是同一面目：有眷念已失的豪华，像蒲宁的《旧金山来的绅士》；也有突进一步，喊出革命的狂吼，像拉兹古的《复归故乡》；有充满着熙和气分，乐观色彩，而又微感人生无常的诗样的美丽的小品,像伊林·潘林的《老牛》和包以尔的《卡利奥森在天上》;也有悲观地尖刻的讽刺,像捷克的《交易》和塞尔太考夫的《失去的良心》;有言婉意深的诙谐,像莫尔纳的《偷煤贼》,拉绮尔洛孚的《罗本舅舅》,拉比诺维支的《贝诺思亥尔思来的人》;也有声诉人们的灵魂的脆弱,像宾斯奇的《拉比阿契巴的诱惑》。但是我觉得在这些色彩不同的作品,无论如何有一个基调是相同的,便是对于人生意义的追寻,及追寻未得或所得太少的幻灭的悲哀。正像莫尔纳在《雪人》这可爱的短篇内借休布的经验来象征着给我们看的:"一个渴望着人生的人,奋力在求一些什么东西,却很少获得的希望。"也因了这一点意义,我把本集题为《雪人》,而且把《雪人》放在第一篇。

我的译文,不用说是很拙劣,并且全体是从英文转译,不免对于原作的神韵又加多一层损失;但是想起这些作品所包孕的意义是值得看看的,正像休布给我们的塑象(像),虽然是臃肿不优美,然而内中藏着人生的力和悲哀,那么我这粗拙的译文或许也还可以当得国内爱好文学的青年的一顾罢;又因了这一点意义,我把此集用了《雪人》的名儿了。

我只是个"文字的劳工",对于国内文坛未尝有什么值得说起的贡献,至于就社会事业而言,我更其毫无表见;可是我也深深地感到了休布所感到的悲哀。这一点私心热爱《雪人》的微意,成为本集命名的第三个动机。

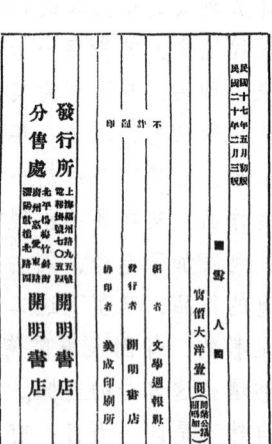

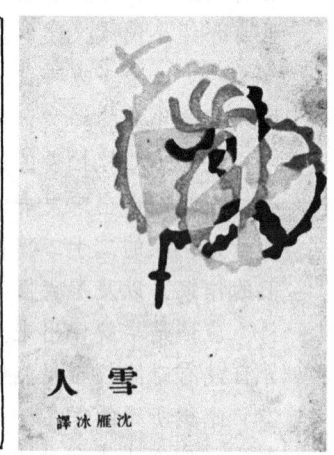

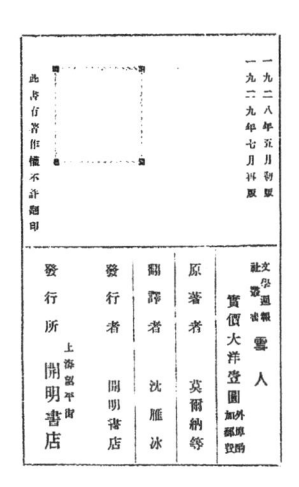

一 文学研究会"文学丛书"叙录　329

最后，要附带声明的，本集有五六篇是吾弟所译，第一次发表时用他自己的名字，现在收在一处，不复一一加以识别。更感谢文学周报社同人的厚意，和章锡琛先生的帮助，使这本集子的印行能够实现。

一九二七年四月

《畸零人日记》

《畸零人日记》，《文学周报社丛书》之一（无编号）。初版本版权页信息为：一九二八年三月付印，一九二八年六月初版。著者为俄国屠格涅甫，译者为樊仲云，发行者为开明书店，发行所为上海开明书店。实价大洋六角（外埠酌加邮费）。三版本版权页信息为：民国十七年（1928）六月初版，民国十九年（1930）十月三版。著者为俄国屠格涅甫，译者为樊仲云，发行者为开明书店，排印者为美成印刷所，发行所为上海开明书店，分售处为外埠各地的开明书店分店。实价大洋陆角。该书一册，197页，初版本与三版本相同。此外还有1929年4月再版，笔者未见。

该书包括《畸零人日记》和《爱与死》。《畸零人日记》目录依次为：在羊泉村一八－－（疑为"一一"之误）年三月二十日；三月二十一日；三月二十二日；三月二十三日；三月二十四日，严霜；三月二十五日，白雪的寒冬；三月二十六日，雪融着；三月二十七日，雪继续融着；三月二十九日，微霜，昨日仍是雪融天气；三月三十日，霜；三月三十一日；四月一日。(所见版本无目录页，从正文中录出)。《爱与死》凡十八节，无节目。

无序跋。《畸零人日记》篇末有"编者附注"，兹录如下：

在最后一行之下绘着一个侧面的头颅，粗大的头发，粗大的髭须，眼光向前直视，眼毛像光线样的生着。在这头颅下面，有人题着如下的字：

此稿曾经阅读

对于内容不能赞同

彼得苏陀且雪记

我的我的我的

敬爱的先生

彼得苏陀且雪

可是这几行字的笔迹与以前原稿中所写的，一点也不相像，编者意见断定以上数行为后来另外一人所添加，尤其是因为他（指编者）觉得邱尔加土林君之死确是在一八——（疑为"一一"之误）年四月一二日间的晚上，在他的故乡羊泉村。

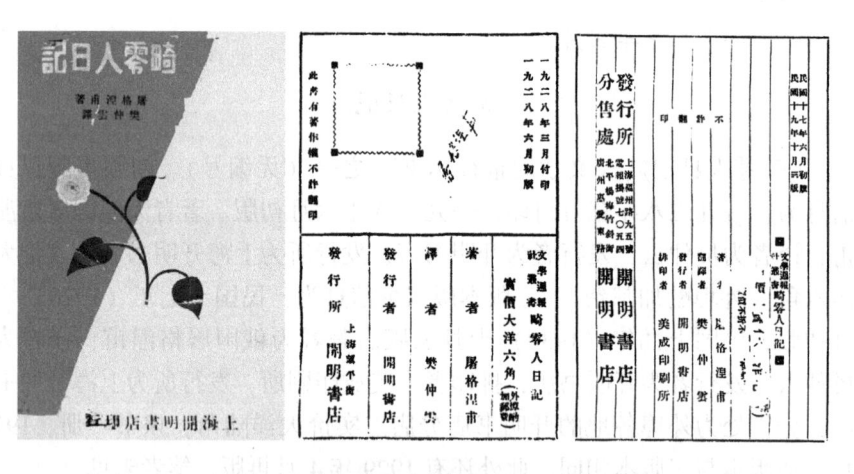

《文艺与性爱》

《文艺与性爱》，《文学周报社丛书》之一（无编号）。一九二七年九月初版，一九二八年二月再版。著者为日本松村武雄，译者为谢六逸，发行者为开明书店，印刷者为华文印刷所，发行所为上海开明书店。全一册，83页，实价大洋二角五分。初版本未见，三版本与再版本封面和内容都相同。

一　文学研究会"文学丛书"叙录　331

全书分为五章，有的还分节，章节目录依次为：第一章绪言。第二章母子错综与文艺：（一）耶的卜司错综，（二）性爱与作品（上），（三）性爱与作品（下）。第三章兄妹关系与文艺。第四章文艺里的性欲象征：（一）受抑压的恋爱，（二）飞的愿望，（三）乘的愿望，（四）对于自然界的愿望。第五章梦之精神分析学的研究与文艺：（一）梦与文艺（上），（二）梦与文艺（下）。

卷首有译者《前记》，摘录如下：

  这是日本松村武雄博士几年前发表的一篇论文，到现在还不见刊为单行本。松村氏是日本著名的童话学者，又研究精神分析学（或作心理分析）亦颇有名，关于这一类的著书有好几种。

  这篇论文里面，松村氏介绍了莫特尔氏的《文学里之性爱的动机》（A. Mordell：*The Erotic Motvie in Literature* 1919）一书，原文大半是根据这书写成的。莫特尔的原书颇有趣，我们在未读莫特尔氏的著书以前，先阅松村氏的这篇文章，更容易提起我们研究的兴味。

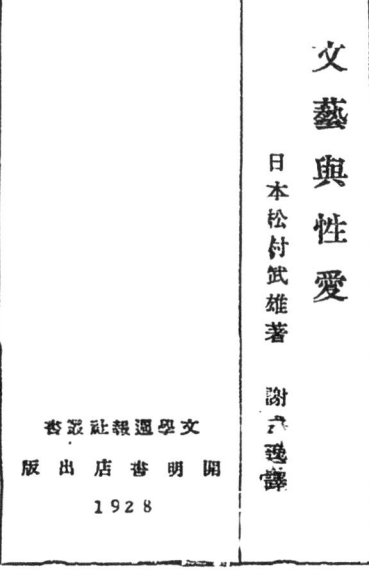

《童话论集》

　　《童话论集》,《文学周报社丛书》之一（无编号）。上海开明书店一九二七年八月付印，一九二七年九月出版。著者为赵景深，发行者为开明书店，发行所为上海开明书店。全一册，186页，实价大洋五角（外埠酌加寄费汇费）。此外还有1929年10月再版本，1931年5月三版本，笔者均未见。

　　该书为赵景深的童话研究集，收录有关童话的著译论文凡十六篇，篇目依次为：《研究童话的途径》《神话与民间故事》《民间故事的探讨》《童话的讨论》《皮特曼的中国童话集》《费尔德的中国童话集》《徐文长故事与西洋传说》《吕洞宾故事二集》《西游记在民俗学上之价值》《安徒生评传》《安徒生童话的思想》《安徒生童话的艺术》《安徒生作童话的来源和经过》《童话家之王尔德》《童话家格林兄弟传略》《列那狐的历史》。

　　卷首有赵景深撰写的《序》，兹录如下：

　　　　我作童话论文，起自一九二二年，到现在为止，六年间的东西都已收入这本结集。最初的主张是想把童话应用到教育上。但我的论文却一篇也没有论到这方面。除去论格林的一篇以外。差不多我从开始就是从民俗学方面去研究的。想起上海尚公小学教职员召我讲演，把我当作教育家般的殷殷垂询童话对于儿童的影响，使我瞠目结舌，不知所云，是至今仍以为羞惭而又颇有趣味的事。六年来为了衣食，到处奔走，由直隶到湖南而江浙而广东，迄无宁处，看过许多油墨的黑脸，吃过许多粉笔的白灰；发表了许多篇内容浅薄的作品；重复了许多次学问有限的讲演；像这样自欺欺人，要想潜心求学，自不可能；于是这本《童话论集》，忙里偷闲压榨出来的东西，也不会有什么好的成绩。《差幸集》中有五分之二是重要论文的翻译，于民间故事的采集和研究者不无用处，所以便大胆的将她刊印出来。

这一本结集凡论文十六篇，共分三部分：第一部分是概论童话的，第二部分是对于中国童话的批评，第三部分是西洋童话家的传记，还附了一篇《列那狐的历史》。第二部分的前四篇也是我颇为喜欢的。将来中国童话，像《小说的童年》一般，做一番有系统的探讨，或与世界童话作一种比较的研究。但如依旧像现在般的劳人草草，恐怕这只是成了我的幻梦。

另外还有一本《童话概要》，论到童话的意义、转变、来源、派别、分系以及分类，由北新书局出版单行，不曾收入这篇姊妹著作以内。

最后深深地感谢替我画书面的丰子恺先生和题字的顾颉刚先生。
一九二七年，赵景深于开明书店编辑室。

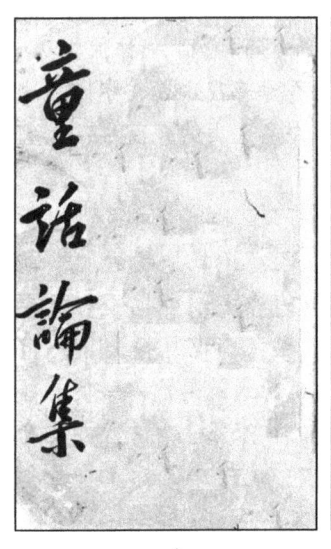

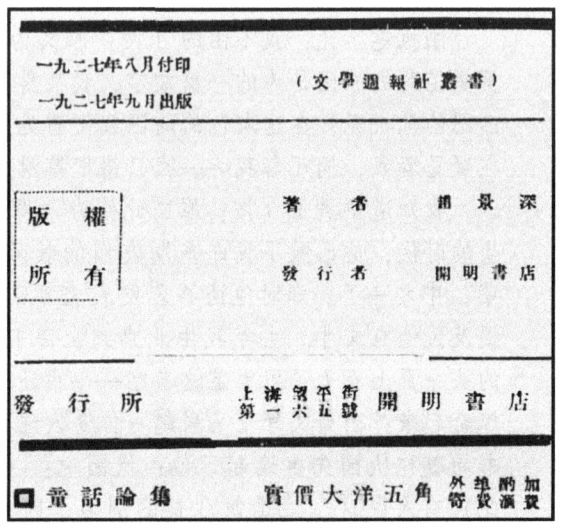

《春日》

《春日》，《文学周报社丛书》之一（无编号）。上海开明书店一九二八年三月付印，一九二八年六月初版，一九二九年十月再版，著者为罗黑芷，发行者为开明书店，发行所为上海开明书店。全一册，142页，实价大洋五角（外埠酌加邮费）。

该书为罗黑芷的短篇小说集，收录《客厅中之一夜》《春日》《乳娘》《遁逃》《不速之客》《或人的日记》《烦躁》《雨前》《现代》，凡九篇。书末附作者评传四篇，即黄醒的《罗黑芷死了》，李青崖的《予所知于罗黑芷者》，黎锦明的《罗黑芷的小说》，赵景深的《罗黑芷的散文小品》。

无序跋。黎锦明的《罗黑芷的小说》兹录如下：

罗黑芷死了！不是自杀，也不是为的肺病……他脱出一班（按：原文为"一班"，后文同）文人死的滥调而死了。虽然那情形有些令人感到稀奇。

现代人的死原来不是稀奇啊。但这时代所产生的死的名词实在有些稀奇——尤其是在共产党这名词之下。我的几个旧同学毕三石，马良材，谢伯俞……就这么被人惨杀死了；然而罗黑芷者，他并非一个共产党也被人诬陷以至于死了，被那恶毒的人心和暴嚣（按：原文为"暴嚣"）的环境所囚困以至于死了！依文人的眼光看，他的死或许比肉体的死更加感到惨痛罢。这真使我想起安特列夫那一篇《七个缢死的人》的小说来。

刚执笔至此，我不由的（按：原文为"的"）感到一种悚惧了。罗黑芷死的原因是为的一篇文字，我又焉能不为着我这篇文字感到这凶恶的危机呢？在这灰色的周围我便看见那许多人类的颜面——他们在疑忌着我，恫吓着我……我只得把笔滑开了。

我知道罗黑子（按：原文此处为"罗黑子"）这名是在长沙当学生的时代；他已做了我许多朋友们的教师，已经还算是我的"老前辈"中之一了。那时他还不曾发表文章，他的许多学生也不曾对人提及过他有文才。去年我由北京到上海来，在《小说月报》某一期的头一页上看见了罗黑芷这名字——我还没有想到就是他——便有些惊奇起来；因为文坛上又兴起一位令人注目的作家了。有一次在北新书局曾和伏园先生谈起了他；伏园说：（按：此处原文标点符号如此）有人说这恐怕是傅彦长的别名，因为文字有些相像……不久，会见了彦长先生，便问他罗黑芷是否就是他；他连忙摇着头。又不久由西谛先生口中才知道他是长沙的一个老教员。随后我到了广州，和许多朋友谈到过他，在鲁迅先生住的中山大学之钟楼上又和伏园先生谈过他的作品，直到现在，由黄醒先生的信中才知道他便是罗黑子（按：原文此处为"罗黑子"），给了我这么一个幻梦。

他死的情形我自然还不大熟悉，在这里我不能表示一些深刻的哀感出来。留有几口待哺的家人，几个散别的朋友，几篇不入"时尚"的作品，——（按：原文标点符号如此）一个真正作家的死后，大都不过如此罢。虽然悲悼他的意义并不在此，然而我终究不能不悲悼这是著作界的一个损失。他是一个努力者，在文坛上建了许多可纪念的工作。然功未届而身先亡，——（按：原文标点符号如此）这尤其是一宗可痛惜的事啊。

他著作的特点是"新创的体裁和别致的人生怀抱，"我在读他第一篇著作时便有这感想了。我最佩服他的是：在这泛满了享乐和伤感势力的文坛上，而他独能走他的一条新辟的路。他没有享乐化，这许是他的生活意义告知他了；他不伤感化，这许是他的思想能使他宁静。他只不住（按：原文为"只不住"）在现实的生活琐屑中去捉摸他所见到的人生意义，没有假借掩饰的（按：原文为"的"）将它寄寓在文字里；读者只要玩味一下，便可看出他所下的苦工（功）了。就因为他能观察现实，他的作品没有一些虚浮夸大的气息；虽然有些是近似幻想的，然而篇篇却是建筑在忠实的写实艺术上。——（按：原文标点符号如此）我看了他的一部小说集《春日》，便将这位作者的特点肯定了。

然而也许是为着他所遇的生活过于纠纷了罢，他急于欲求"人生"，似乎把他的"创作修养"忽略了。为着艺术这形似美妇人的东西，他终于不曾得到她十分体贴忠实的爱——他在那独创的体裁和新颖的文字里，似乎反而因体裁和文字的艺术障碍，把他所寄寓的人生怀抱弄晦涩了。这是一班作者的普通现象，也不能不说是他的一个缺点。我在他的著作内容里看出他有许多大作家所具的头脑——能很灵动的（按：原文为"的"）去攫取一件小说的材料；但他若能摔开（按：原文为"摔开"，先一般为"甩开"）那些人生怀抱时，我想他的成功已远出一筹了。

这怎么说呢？我以为所谓"人生"这高尚的名词应该由时代而蜕变了。我们似乎再不应该因为社会是黑暗的而咒诅人生，因自己的生活是美备（按：原文为"备"）的而赞美人生了。这些——所谓悲观,乐观,已成为十九世纪左右文人的观念了。如邓南遮者——我曾读过他一篇小说——他看见了酒馆里那些争闹和署骂的下流男女们,便丑诋之曰"猪";在这充满对于人生丑诋的文章上,还标其题曰"金钱"。他的意思以为这些人的无耻是受了金钱魔力的播弄;他便拿这崇高的眼光,高踞在象牙塔上来教训他们。这个我不敢赞同——因为邓南遮如其没有金钱,他又怎能在象牙塔上踞着呢?我以为现代的作品已建筑在社会经济的思想上面了。虽有些思想家直接的(按:原文为"的")承认文艺是完全建筑在经济上,——(按:原文标点符号如此)有些过于单调,但我们能要(按:原文为"能要")认识现社会实是一宗应当的事。所谓乐观,经济耳;悲观,经济耳;总之,美丑和善恶的社会不过一个经济问题罢了,我们拿经济问题来解决现社会,已是近来文艺思想中坚稳的建筑物了。然而有些中国作家还寄寓人生为波涛的起伏,"一叶的飘荡",这未免过于令人憧憬了。

罗黑芷的作品大半被这些人生观念占去。虽然艺术还是写实的。然而他若能先去"思索"人生,我想,他那些同样令人憧憬的思想一定可以免除了。但我还是觉得他的著作在这新文坛上是值得纪念的——他的努力,实在是一班作者所没有想到的事。如其他不死,他将继续开辟他这条新辟的途径,在将来,我们自可以料想他所发现的异境了。然而他死了——出乎他意料之外的(按:原文为"的")死了……我们只有把哀感和惋惜的情思重压在心上罢。

我对他的感想如此。近来思想时常变动,我不能再作《哀刘梦苇君》那样的文字了。现在我把他将要出版的一本小说集介绍如下:

(一)《客厅中之一夜》——是抒写他过去的一个赌博时的印象。

(二)《春日》——是用春日的意思反映一个病残的老妇人;他着力写她的心灵和心灵变幻的经过,是全集中最好的一篇。

(三)《乳娘》——是分析一个妇人的生活状况,由此可以看见他对于一个破落(按:原文为"破落")阶级的观察。

(四)《逃遁》——是写一个流落在杭州的女子的一片灰色的历史。

(五)《不速之客》——他借一个来客的问答表示他对于"人"的观念。

(六)《或人的日记》——是他在想象里搜寻许多事物的真理的情形。

一九二七,一二,七。

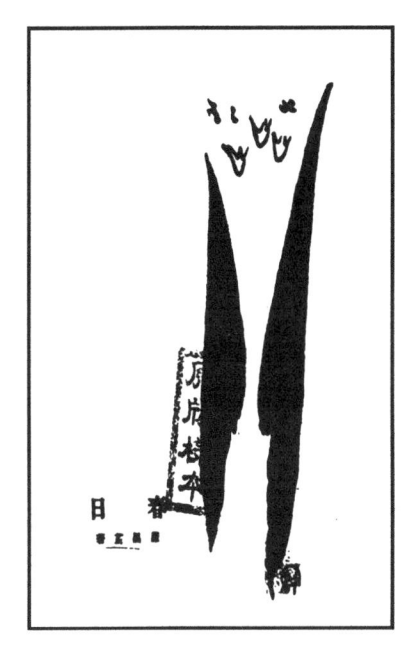

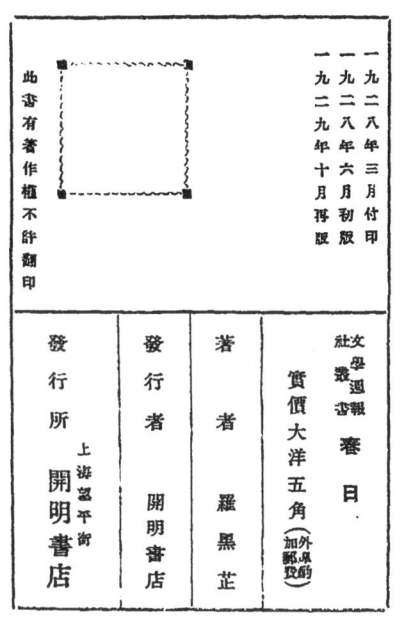

一　文学研究会"文学丛书"叙录　337

《龙山梦痕》

《龙山梦痕》，《文学周报社丛书》之一（无编号）。上海开明书店民国十五年（1926）十月付印，民国十五年十一月发行。著者为徐蔚南、王世颖，出版者为文学周报社，发行者为开明书店，印刷者为文友印刷所，发行所为上海开明书店。全一册，120 页，实价大洋四角（外埠酌加邮费汇费）。此外还有 1927 年 7 月再版本，1930 年 11 月四版本，1933 年 10 月六版本，1935 年 3 月七版本，1941 年 7 月九版本，1947 年 3 月十版本，除了七版本，其余笔者均未见。七版本与 1926 年版本内容相同，封面也相同，版权页略异。不同处为：民国十五年（1926）十一月出版发行，民国二十四年（1935）三月七版发行。发行者为章锡琛，印刷者为美成印刷所。总发行所为上海开明书店，分发行所为外埠各地的开明书店分店。实价大洋四角五分（实价不折不扣，外埠酌加汇费）。

该书为散文集，内容依次为：封面为《兰亭春色》（却但女士），内页有沈玄庐的"题字"（锌板），吴庶五的《小孩》（三色板），李金发的《扉画》（铜板），刘大白的《序》，陈望道的《序》，柳亚子的《题词》，世颖的《题记》。正文目次为：一、蔚南的《莲花桥头送别》。二、蔚南的《兰亭春色》，附有却但女士的画作《兰亭春色》（铜板），还附有《兰亭》（照像铜板）。三、蔚南的《若耶溪底神话》。四、世颖的《大善寺底塔》。五、《被龙山引起的疑团》，附有张同光的《从五中师范望龙山望海亭》（铜版），志彭的《望海亭》（锌板）。六、蔚南的《山阴道上》。七、蔚南的《快阁底紫藤花》，附有却但女士的《高卧》（铜板）。八、世颖的《上海与越州》。九、世颖的《火灾底前后》。十、世颖的《还我红豆来》，附有同光的《恶劣的印象》（铜板）。十一、世颖的《新梦》。十二、蔚南的《初夏的庭院》。十三、世颖的《宿雨敲窗之夜》。十四、蔚南的《端午节》，附有《龙山望海亭》（照像铜板），朱应鹏的《人头》（铜板）。十五、世颖的《深夜胡笳》。十六、蔚南的《我们快活》。十七、蔚南的《香炉峰上鸟瞰》，附有却但女士的《浴女》（铜板）。十八、蔚南的《永兴土和大禹》，附有《禹陵》（照像铜板），世颖的《禹庙》（照像铜板）。十九、世颖的《放生日的东湖》，附有《东湖》（照像铜板）。二十、世颖的《归也》，附有曹纫秋女士的"题字"（锌板），傅彦长的《月光曲》（锌板）。凡二十篇。（按：这里的"照像"，今为"照相"，这里的"板"，今为"版"）

扉页题"我们感谢为此书作序绘画写字收集照像的几位先生"。有图，如吴庶五的《小孩》（三色板）和却但女士的《兰亭春色》（铜板）。刘大白的《序》和陈望道的《序》从略。世颖的《题记》兹录如下：

一九二四年春天，我和蔚南同客绍兴，我们俩底卧室紧贴着。每夜必抱膝长谈，每谈必至深夜；直到灯昏人倦，然后各自寻梦。长日工作，也没有时间可以给自己用。他偶然有兴，便写篇抒情述景的小品，题上《龙山梦痕》字样。弁言上他这样说：

漂泊在越州已经八九月，耳中听到的故事，目中看到的景色，虽已不少，然都已成陈迹，不复纪念。偶在梦中，重现一二，究非庐山真面目了；梦已无凭，而又以著迹的文字来抒写，自然更是模糊影响的了。虽然，这一痕春梦，能留在纸上已是万幸了。

题意已是显然，用不到我来训诂了。同客他乡，他有梦，我尝没有呢。于是我也拿了我底梦痕，收入这《龙山梦痕》里了。我相继发表了二十篇，暑假返棹，《梦痕》便终于此。别时，我们想如果有余梦可寻，我们将用《龙山梦痕》之余来做题目。然而人事栗六，转瞬严冬了，着迹的文字，终于没有抒写出来，几时才好偿宿愿呢？

今天这里腊雪盈野，倚栏凝视，一片平芜尽成白色，把秽垢的心房，滤得莹澈通明，只有那粘附着愁丝却无法洗涤。无聊地重读《梦痕》，宛如旧雨重逢，悲喜交集：料想今日底龙山，披上这缟素的衣衫，当另有一种媚人的风姿了。追慕往事，抛书怃然。

一九二五年一月十日，腊雪下尽时，世颖记。

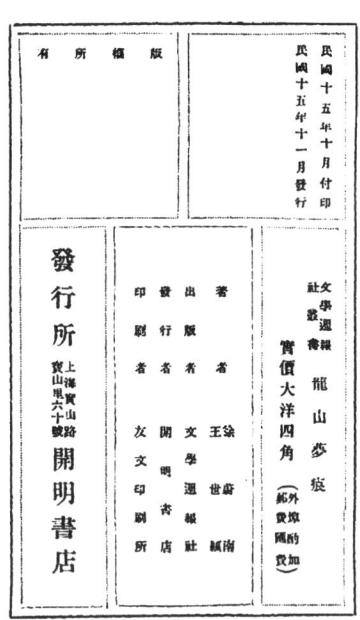

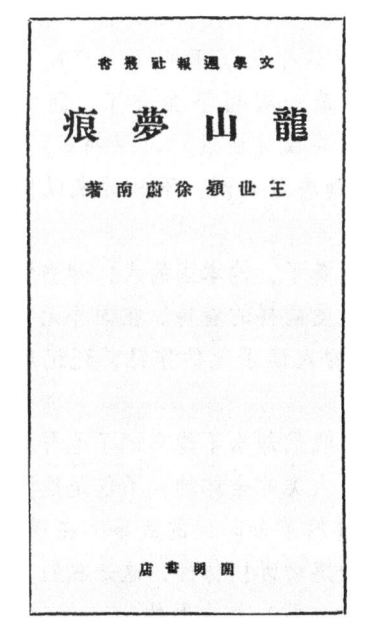

《血痕》

《血痕》,《文学周报社丛书》之一（无编号）。上海开明书店一九二六年十二月付印，一九二七年三月出版。原著者为阿志巴（跋）绥夫，翻译者为郑振铎等（扉页题：郑振铎、鲁迅、胡愈之、沈泽民同译），发行者为开明书店，发行所为上海开明书店。全一册，292页，实价大洋八角（外埠酌加邮费汇费）。此外还有1927年11月再版本，1928年10月三版本，1930年10月五版本，1933年8月七版本，笔者均未见。

该书为俄国阿志巴（跋）绥夫的作译文集，包括《血痕》《朝影》《革命党》《医生》《巴莎杜多诺夫》《宁娜》，凡六篇。

卷首有西谛（郑振铎）撰写的《序》，兹录如下：

在许多近代的大作家中，不知何故，我只深喜俄国的几个，而高尔基与阿志巴（跋）绥夫，尤为我所敬爱，这也许是我个人的癖好，未必是大家都同意的；但我可以告诉大家，凡是近代的作品，读了最使我们惊心动魄的，最使我们感得一种连呼吸都透不出的激动的，除了阿志巴（跋）绥夫诸人的以外，却也不易再找出别的好多著作来，在他的作品里，我们可以看到全个俄国的革命时代，那时是一九〇五年，俄国的民众起来了，却又失败了，这个集子里的《血痕》《朝影》与《革命党》，便是那时失败的革命者留下血迹了。阿志巴（跋）绥夫的有名作品《沙宁》以外便要数《血痕》与《朝影》，因了这两篇东西，他曾被俄国政府捉去判决了死刑，不知后来以何因缘，乃得释放了出去。

他的晚年很苦闷，眼是瞎了，耳是聋了，他本国的人，却当他是一个反革命者，与米列兹加夫斯基诸人受同样的看待。在国外无声无臭（息）的（地）生活着，除了外国的人读了他的作品，还记着他外，他的祖国的人却早已忘却他了。

然而我们如读了他的这一册东西，我们却永不能忘记了他与他的不朽的艺术。他写的不仅是俄国，乃是人类的全体的，不仅是俄国的革命时代，乃是我们的，乃至其他人种的革命时代的故事。在现在，在中国，我们的青年读了，当受如何的感动呀！仿佛，这是我们自己写的，不是一个遥远地方的作家阿志巴（跋）绥夫写的。

这个集子集合了四个人的译文，鲁迅的一篇，泽民的二篇，愈之的一篇，我的二篇。我很感谢他们答应我编成这样的一个集子。

西谛十五，九，十四

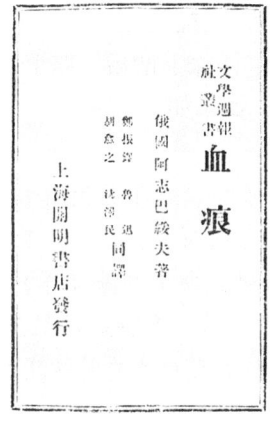

《寂寞的国》

《寂寞的国》，《文学周报社丛书》之一（无编号）。上海开明书店民国十六年（1927）九月初版发行，民国二十年（1931）十月三版发行。著者为汪静之，发行者为杜海生，印刷者为美成印刷公司，总发行所为上海开明书店发行所，分发行所为外埠各地开明书店分店。全一册，171页。实价大洋四角（实价不折不扣，外埠酌加寄费）。此外1927年9月初版，1929年3月再版，笔者均未见。

该书是汪静之的新诗集，凡九十三首，篇目依次为：《悲苦的化身》《生命》《运命是一个犷悍怪兽》《寻觅》《观音的净瓶》《骷髅歌》《我的失败》《地球上的砖》《我怎能不狂饮》《悲愁仙子》《海上吟》《寂寞的国》《风的箭不息地射放》《十字架》《命运是一个屠户》《呵罗罗里的鬼》《苦恼的根源》《我只有憎恶》《精卫公主》《自然》《人的尸》《沙海》《死别》《生之矿》《你这样纷纷下降》《失望是厚大的木板》《野草全已枯黄》《我若是一片火石》《我是天空的晚霞》《莫停下你的金樽》《我结的果是坟墓》《心上的城》《海水与虹霓》《别歌》《相思》《生与死》《伊心里有一座花园》《黄鹤楼上》《你是海》《灰色马》《海上忆伊》《上帝造了一个囚牢》《一只手》《时间是一把剪刀》《地窖》《我的他睡在那里》《秋风歌》《三仇》《窗外》《我是死寂的海水》《劳工歌》《破坏》《听泪》《我怎能不歌唱》《播种》《柳儿》《流去》《唱吧》《叔父说的故事》《赠芷丽》《江涛》《无题曲》《登初阳台》《独游邱山》

《湖上》《赠友》《秋夜怀友》《拒绝》《不能从命》《河水》《空空和尚歌》《我是那浪游的白云》《那有》《寻笛声》《不曾用过》《很好过了》《湖水和小鱼》《不曾知道》《玫瑰》《我把我的心压在海洋底下》《我的心》《我要》《飘流到西湖》《能变化么呢》《小诗十首》（泥土、石凳、足迹、月下、期待、脸庞、不来、醒后、路上、望江台登眺）。

卷首有作者《自序》，摘录如下：

一九二二年下半年和二三年共做（作）诗一百来首，删去数十首，存四十一首，编为《听泪》。二四年一年只做（作）了两句小诗，也收在《听泪》里。今年共做（作）诗五十一首，编为《寂寞的国》。全集共计九十三首。删去的固然是不好，保存的这些仍旧是不满意，但因为这些诗我自己读的时候还没有完全失掉自己消遣的效力，所以不再删了。

有的人以为自己走的是冷而硬的铁的路，有的人以为自己走的是美丽的玫瑰的路，或者温软的天鹅绒的路。在这冷而硬的铁的路上的旅人，只有落寞，苦恼，厌倦；三者已凝为大气，把地球牢牢封了。我因为落寞，苦恼，厌倦，所以做诗，我做（作）诗是为了消遣自己，和劳苦的工人边做工边喊着无意义的声调以减轻辛苦，解散郁闷一样。

而且诗是我的生命的一部分，我在做（作）诗便是在生活。我要做（作）诗，正如水要流，火要烧，光要亮，风要吹；水不愿住了他的流，火不愿息了他的烧，光不愿暗了他的亮，风不愿停了他的吹，我不愿止了我的唱。

人类还是两脚的兽类，离变成"人"类的时日似乎还远得很。人与人的灵魂的距离不知有几千万里，"了解"只是一个理想的名词，现在决没有这么一回事。我印这本集子乃是为了把它弄得齐整美观一点，并非想去求什么了解与同感，我也鄙弃所谓了解所谓同感！人们便是对我有什么褒贬毁誉，我也没有那样的兴趣来理睬；我若来管你们的褒贬毁誉，不如到海滨草地上去睡一觉。

一九二五年冬编成之日于上海

《荷花》

《文学研究会资料》一书的《文学周报社丛书》中列有"（22）荷花（诗集）"，版本简要信息列为："赵景深著1928年4月1日开明书店付徘1928年6月15日开明书店初版32开本，《前记》4页，目次3页，正文74页。"（第1346页）然而，笔者所见的该版本，未见"文学周报社丛书"字样，再版本也未见"文学周报社丛书"字样。不过《荷花》的这两种版本依然予以叙录，以供参考。

《荷花》，赵景深著，上海1928年4月1日付排，1928年6月15日初版。全一册，74页，每册实价三角。印数1～1500册。再版本版权页信息为：1928年6月15日初版，1929年6月1日再版，印数1501～2500册。两个版本的内容相同。

该书为新诗集，收录诗作凡三十八首，篇目依次为：《一片红叶》《秋意》《小小的一个要求》《企望》《相思》《盲丐》《棕叶》《小著作家》《幻象》《泛月》《春笑》《柏之舞蹈》《西沽桃林》《桃林的童话》《北地》《园丁的变像》《小船中渴极思饮》《金钢桥畔的灯火》《当你们结婚时》《蓝窗》《怀津门旧游》《玻璃画师》《爱晚亭》《南门城头望长沙城市》《兰室看山海关石镜》《老园丁》《中山挽歌》《牛头洲之黄昏》《荷花》《寄畅园》《女丝工曲》《妹妹》《这是梦么》《一个好吃的人登龙山》《诗人遗像》《放翁的老年》《花仙》《Mars的恩惠》。这是作者1922年至1927年的作品。

卷首有作者撰写的《前记》，兹录如下：

这本小小的诗集是按年月编排的，整整的六个年头（1922～1927），只留下三十八首诗。即使我把好好坏坏的诗，一古脑儿搜集起来，恐怕也不到一百首罢？我从来不曾有意做（作）过诗，都是逼到非写不可写出来的。

作诗是与心情有关的，我想。心情有变化，与寻常不同，诗也就愈多。平淡呆板的生活，一定产不出好诗。这里的诗，从《一片红叶》到《幻象》这九首都是一九二二年所作，从《泛月》到《老园丁》这十七首都是一九二三年所作；这两年我第一次涉足社会，依旧是孩子般的心情，所以充满了愉快，歌颂着花，光，爱，出产也较多。后来当了几年教师，忙着求食，诗也就不大唱得来了；所以一九二四年只有一首《中山挽歌》，一九二五年只有一首《牛头洲之黄昏》和一首《荷花》。一九二六年虽仍是过的教师生活，但因正在新婚期中，所以能产出从《寄畅园》到《放翁的老年》这七首诗。最后两首诗是一九二七年在海台写的。大体说来，一九二三年以抒情诗为多，一九二四年以写景诗为多，一九二五年以后以叙事诗为多。写诗很少色彩的描绘，大都是以想像为主，把自然当作"人格化"。我的诗从散文的逐渐变而为韵律的，也可以由编年的方法看出一个痕迹。小诗的影响，我受得很少，所以三四句的诗，在这本结集里占极少数。

我应该感谢几个朋友，朱湘、叶绍钧、徐调孚，诸兄替我修饰过一些字句，钱君匋兄替我绘封面并评论我的诗，田汉、腾沁华、孙席珍、周乐山，诸兄以及亡友白采、何呈琦，都替我选择过诗，赐以口头或文字的短评。

我的诗缺乏狂暴的热情，所以题名"荷花"以显出我作风的清淡。虽也做过《园丁的变像》《老园丁》《女丝工曲》《花仙》等描

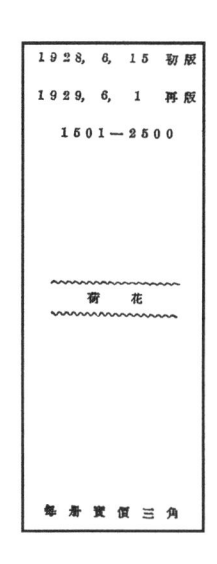

写农工的作品，总还是在做着童话般的好梦。但近来逐渐麻木，连梦也做不成了，诗也不会唱了，也许这第一诗集也就是我最后的诗集了罢？

一九二八年六月，赵景深。

《参情梦及其他》

《文学研究会资料》一书的《文学周报社丛书》中列有"（23）参情梦及其他（诗集）"，版本简要信息列为："傅东华翻译 1928 年 9 月上海开明书店初版小 32 开本，《序》1 页，目录 1 页，正文 219 页。"（第 1347 页）然而，笔者所见的该版本，未见"文学周报社丛书"字样。不过《参情梦及其他》的这一版本依然予以叙录，以供参考。

《参情梦及其他》，翻译者傅东华，发行者为开明书店，发行所为上海开明书店。一九二八年九月初版。全一册，219 页。改正实价大洋六角五分（实价不折不扣，外埠酌加寄费）。

该书为叙事诗集，收录傅东华翻译的诗作凡八首，篇目依次为：《参情梦》（E. C. Dewson，为抒情叙事诗剧）、《初雪》（J. R. Lowell）、《布衫行》（T. Hood，为叙事诗）、《乌林侯的女儿》（T. Campbell）、《与夜莺》（J. Milton）、《阿龙索与伊木真》（M. G. Lewis）、《多啦》（Tennyson）、《以诺阿登》（A. Tennyson）。

卷首有译者撰写的《序》，兹录如下：

这里拉拉杂杂，长长短短的八首诗，都是我二年前译的东西，陆续在《小说月报》上发表过的（二首除外）。当初我本想借此做一种"工具"的试验，曾经发过一个愿心，要在五年之内用同样的韵语翻译外国长诗一百种。后来因为毅力不够，没有如愿做去；同时我的趣味也渐渐改变，觉的这种韵语也实在无谓得很，因此兴味就慢慢减少了。也许我今后再不用这种韵语翻译外国诗，那末（么）这八首诗之印成单行本。就算是一种最后纪念，也无不可。

东华。一九二七年，十月廿六。

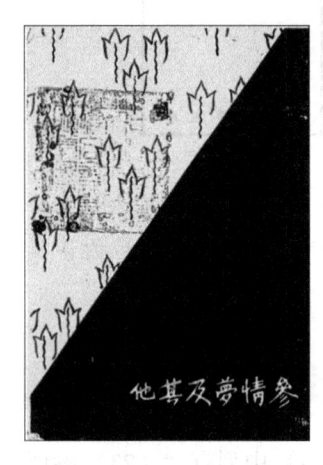

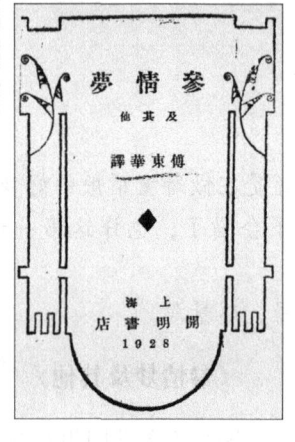

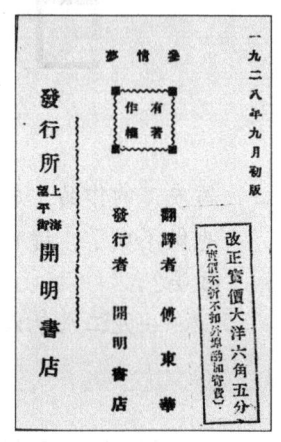

《悒郁》

《悒郁》，《文学研究会资料》一书的《文学周报社丛书》中列有"（10）悒郁（柴霍甫短篇小说集）"，版本简要信息列为："[俄] 柴霍甫著赵景深译1927年5月开明书店付印1927年6月开明书店初版32开本，《序》2页，目次2页，全文206页。"（第1341～1342页）然而，笔者所见的该版本，未见"文学周报社丛书"字样。不过《悒郁》的这一版本依然予以叙录，以供参考。

《悒郁》，封面与扉页均题"柴霍甫短篇小说集"。版权页信息为：一九二七年五月付印，一九二七年六月出版。著者为柴霍甫，译者为赵景深，出版者为文学周报社，印行者为开明书店，发行所为上海开明书店。实价大洋肆角（外埠酌加寄费）。印数1～2000册。此外，该书全一册，206页。

该书收录短篇小说译作凡十五篇，篇目依次为：《在消夏别墅》《顽童》《复仇者》《头等搭客》《询问》《村舍》《悒郁》《樊凯》《寒蝉》《太早了》《错误》《活财产》《罪恶》《香槟酒》《一件小事》。

一　文学研究会"文学丛书"叙录　347

卷首有译者赵景深撰写的《序》，兹录如下：

　　我在未编这个集子以前，曾检查过所有柴霍甫小说成册的汉译，重复的我都已删去，所以在我这一集内，是耿氏兄弟合译的《柴霍甫短篇小说》，王靖译的《柴霍甫小说》，《小说月报丛刊》第十二种《犯罪》，《东方文库》第七十七种《俄国小说集》第三册，张友松译的《三年》等书中所不曾译过的。

　　集中除去几篇旧译——如《樊凯》《顽童》《一件小事》和《寒蝉》——是从《近代丛书》本译出的以外，其余都是从英国Constance Garnett女士的英译本译出来的。她译的《柴霍甫小说集》，凡十三册，译文最可靠。此外她又译屠格涅夫的全集，此后倘若我还有续译柴霍甫小说的兴趣，预备完全采用她的英译。对于读者最抱歉的便是我不识俄文，并且或许还要多少失掉原来英译的优点。

　　本集定名为《悒郁》的缘故，自然是因了集中有一篇题作《悒郁》的；此外柴霍甫的小说谁都知道是"含泪的微笑"，题作《悒郁》，也许能表示他在小说里所反映的他之性格呢？

　　这简直是一点点必要的说明，不能算作序。

　　赵景深一九二七，五，二三，于广东海丰

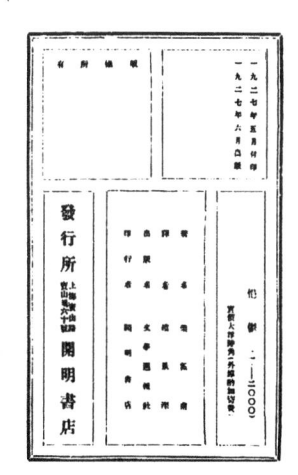

（五）《文学研究会创作丛书》叙录
《汉园集》

《汉园集》，《文学研究会创作丛书》之一（无编号），上海商务印书馆民国二十五年（1936）三月初版。编者为卞之琳，发行人为王云五（上海河南路），印刷所为商务印书馆（上海河南路），发行所为商务印书馆（上海及各埠）。全一册，207页，每册定价国币陆角（外埠酌加运费汇费）。

该书为新诗集，分三辑，包括何其芳的《燕泥集》、李广田的《行云集》和卞之琳的《数行集》。《燕泥集》包括《预言》《季候病》《罗衫怨》《秋天》《花环》《关山月》《休洗红》《夏夜》《柏林》《岁暮怀人（一）》《岁暮怀人（二）》《风沙日》《失眠夜》《夜景》《古城》《初夏》，凡十六首。《行云集》包括《秋灯》《窗》《旅行》《夜鸟》《生风尼》《流星》《访》《秋的味》《唢呐》《乡愁》《过桥》《第一站》《笑的种子》《地之子》《那座城》《土耳其》《上天桥去》，凡十七首。《数行集》包括《记录》《奈何》《远行》《长的是》《一个和尚》《一个闲人》《影子》《望》《彗星》《夜风》《月夜》《投》《长途》《酸梅汤》《小别》《白石上》《工作的笑》《西长安街》《一块破船片》《几个人》《登城》《火车》《墙头草》《还乡》《寄流水》《芦叶船》《古镇的梦》《古城的心》《秋窗》《入梦》《烟蒂头》《对照》《水成岩》《道旁》，凡三十四首。

无序跋。兹录《预言》一诗如下：

  这一个心跳的日子终于来临。
  你夜的叹息似的渐近的足音
  我听得清不是林叶和夜风私语，
  麋鹿驰过苔径的细碎的蹄声。
  告诉我，用你银铃的歌声告诉我，
  你是不是预言中的年轻的神？

  你一定来自那温郁的南方，
  告诉我那儿的月色，那儿的日光，
  告诉我春风是怎样吹开百花，
  燕子是怎样痴恋着绿杨，
  我将合眼睡在你如梦的歌声里，
  那温馨我似乎记得又似乎遗忘。

  请停下，停下你疲劳的奔波，
  进来，这儿有虎皮的褥你坐，

让我烧起每一个秋天拾来的落叶，
听我低低地唱起我自己的歌，
那歌声将火光样沉郁又高扬，
火光样落叶的一生诉说。

不要前行，前面是无边的森林，
古老的树现着野兽身上的斑纹，
半生半死的藤蟒蛇样交缠着，
密叶里漏不下一颗星，
你将怯怯地不敢放下第二步，
当你听见了第一步空寥的回声。

一定要走吗，等我和你同行，
我的足知道每条平安的路径，
我将不停地唱着忘倦的歌，
再给你，再给你手的温存。
当夜的浓黑遮断了我们，
你可以不转眼地望着我的眼睛。

我激动的歌声你竟不听，

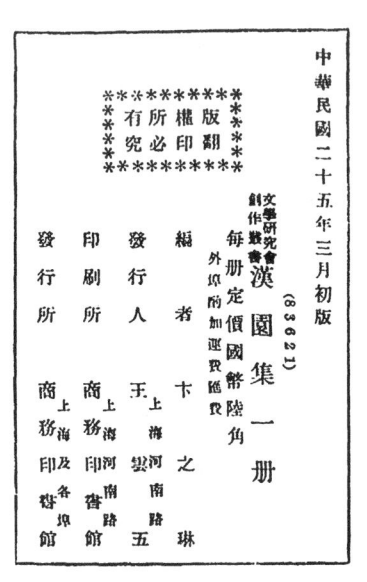

你的足竟不为我的颤抖暂停,
像静穆的微风飘过这黄昏里,
消失了,消失了你骄傲的足音……
啊,你终于如预言中所说的无语而来,
无语而去了吗,年轻的神?
一九三一年秋

《画廊集》

《画廊集》,《文学研究会创作丛书》之一(无编号),上海商务印书馆民国二十五年(1936)三月初版。著作者为李广田,发行人为王云五,印刷所为商务印书馆,发行所为商务印书馆。全一册,181页,每册实价国币陆角(外埠酌加运费汇费)。此外,还有1936年8月再版本,1938年5月长沙三版本,后者未见,前者与初版本相同,兹录其版权页。

该书为散文集,收《画廊》《种菜将军》《秋雨》《记问渠君》《野店》《枣》《投荒者》《黄昏》《秋》《寂寞》《秋天》《无名树》《在别墅》《白日》《父与羊》《小孩与蚂蜂》《悲哀的玩具》《雉》《蝉》《天鹅》《道旁的智慧》《怀特及其自然史》《何德森及其著书》《〈画廊集〉题记》,凡二十四篇。

卷首有周作人撰写的《序》,摘录如下:

说到画廊,第一令人想起希腊哲人中间的那画廊派,即所谓斯多噶派(Stoikoi)是也。他们的师父是从吉地恩来的什农(Zenon),因为在亚坡隆庙的画廊(Stoa poikilé)间讲学,故得此名。吉地恩属于拘布洛斯,也是爱神亚孚洛迭德的治下,这位老师却跑到多猫头鹰的雅典去侍奉智慧,实在是很可佩服的。这派主张顺应自然的生活,而人有理性,其自然的幸福的生活即在具备合理的德性,由聪明以及勇敢中庸公平,达到宁静无欲的境地。忘记是谁了,有一个西洋人说过,古代已有斯多噶派伊壁鸠鲁派那样的高尚的道德宗教,胜过基督教多矣,可惜后来中绝了。本来我对于希腊之基督教化很有一种偏见,觉得不喜欢,画廊派的神灭论与其坚苦卓绝的气风却很中我的意,但是老实说他们的消灭也是不可免的,因为他们似乎太是为贤者说法了,而大众所需要的并不是这些,乃正是他们所反对烦恼(Pathos),即一切乐、欲、忧、惧,是也。所以无论精舍书院中讲的什么甚深妙义,结果总只是几个人的言行与几卷书之遗留,大众还是各行其是,举行

一 文学研究会"文学丛书"叙录 351

亚陀尼斯、迭阿女索斯、耶稣等再生的神之崇拜,各样地演出一部迎春的古悲剧,先号啕而后笑,这种事情原也可以理解,而且我再说一遍,这是无可免的,画廊派之死亦正是自然的吧,不过,这总值得我们时时的(地)想起,他们的思想与生活也有很多可以佩服的地方。

民国二十四年二月二十一日,周作人记于北平。

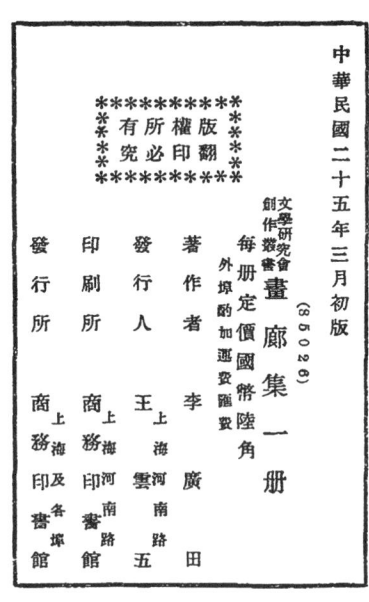

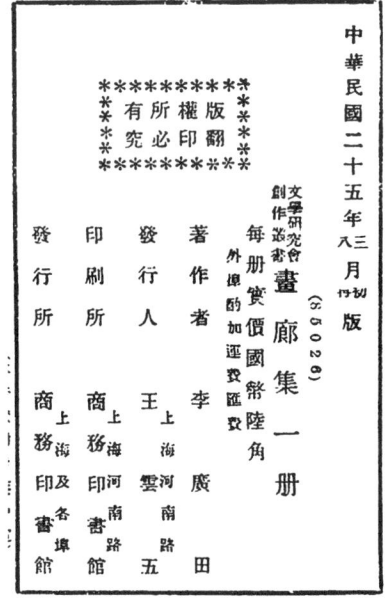

《佳讯》

《佳讯》,《文学研究会创作丛书》之一（无编号），上海商务印书馆民国二十九年（1940）八月初版。著作者为王任叔，发行人为王云五（长沙南正路），印刷所为商务印书馆，发行所为商务印书馆（各埠）。全一册，275页，每册实价国币捌角（外埠酌加运费汇费）。

该书为短篇小说集，分两辑，第一辑（一九二五年作）收《失掉了枪枝》《回家》《皮包和烟斗》《恋爱神圣主义曲》，第二辑（一九二四年作）收《向晚》《额角运与断眉运》《自杀》《佳讯》，凡八篇小说。

无序跋。《佳讯》摘录如下：

乔老太真喜欢得什么似的，把门背后二条铺板，也给拖了出来；在房间靠里手上，架起一张铺子，放上条草甋，铺上一斗破絮，专等一个贵客的到来。

事情竟有点出于（乎）意外，乔老太以为是个梦，这么长的十个年头，自己已经七十开外了，那（哪）里还想看到这个"命"。再说这乡间，离省城有七十多里远，又是七高八低的山路，不容易走。上省城去看儿子，那一份希望，也是早已断了的。往常时候，乔老太想到这一点，就要掉泪。做人在世，连死了，也望不到独养儿子送个终，还该够可怜了呵。

可是乔二爷，昨夜从城里赶车回来，竟说儿子明后天就可回来啦，这该多么可欢喜呢。也是自己命注定，应该有这一份羹饭吃，有这样一个高高大大儿子送上山头。今天一早起来，乔老太就把房子打扫得干干净净，耐心静气，专等日子快过去，太阳早一会下山。

乔二爷是讲得清清楚楚的。

乔二爷因为想把几斗麦子，往城里兑换一块花洋布，前天便赶着辆骡车上城去，顺便还斫上一担干柴，凑数；想多换一份钱。

城里那一家潼西客栈，是自己老主顾，往常上城去，也准在那客栈里住。那客栈主人也够和气啦。铺位又便宜，十六个铜子一夜。又可随客人意思，自己烧菜，做面。乔二爷跟主人来往的（得）久了，有时，几个铜子，应不了手，也肯让乔二爷赊欠，或是慷慨起来，还肯借上他一吊半吊钱。

"那有什么，下次来时候还账就是啦。"栈主人总是这么客气地对乔二爷。

"好的，让我下次兑麦子，一发还给你吧了。"（按：原文是"吧了"）

乔二爷一到第二次上城时，手里有几个子多了（按：原文如此），也便在一吊半吊外，加上几个子利息。有时，栈主人不接受，推来搪去客气了老半天，乔二爷便沽一壶子酒，买几个子花生，请栈主人喝上一二杯。那时候，这二个老头儿，就有一大堆话头好打发。乔二爷总说上些：乡下年成好和丑啦！豆子麦子给风风雨雨烂个完啦！驻兵连长老爷抽大烟，有个本领，一连能抽上二十几筒啦！王乡绅又发起了团练捐，这几斗麦子还够不上账啦……那一套苦话儿。栈主人呢，却也报告些旧贵人，新贵人，省长，督军之类的起居注，说什么在老远的那头，有个路局里局长和什么部次长打牌九真可凶啦。次长要做庄家，局长一注就是十万吊。可是把牌打发开了，那次长拿到的是"么三"配"二六"是个"二点"，这十万吊钱，多分是给输定了。但是那个次长有点不甘心，把那"么三"上的三点子，大指头儿掩住来，翻过来，喝声"地罡"，也就把牌推过啦。十万吊钱，一把掠到自己手里。局长呢，虽然明知道是这么一会事（按：原文如此），但不便摘那个次长帽子，笑了笑说："真是强中还有强，我是八点呢。"……诸如此类这一套。

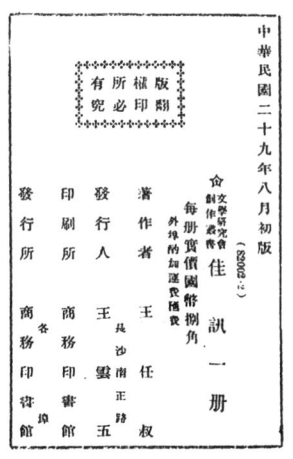

《困学集》

《困学集》，《文学研究会创作丛书》之一（无编号），上海商务印书馆民国三十年（1941）六月初版。著作者为郑振铎，发行人为王云五

(长沙南正路)，印刷所为商务印书馆，发行所为商务印书馆（各埠）。全一册，210页，每册实价国币壹元贰角（外埠酌加运费汇费）。

该书为文学评论集，包括《盛世新声与词林摘艳》《词林摘艳里的剧本及散曲作家考》《关于大唐西域记》《索引的利用与编纂》《跋图书集成词曲部》《跋嘉靖本篆文阳春白雪》《邹式金杂剧新编跋》《跋隆庆本四雅》《读书小记（四十则）》，凡九篇。

无序跋。《盛世新声与词林摘艳》摘录如下：

> 像《南吕一枝花》：《蜂黄散晓晴》《眉篦翠叶稠》等都可算是绝妙好辞，不知张氏为什么去了他们。但大部分被删去的却都还是些无谓的颂扬的和写景应时的曲子，陈腐的情歌艳语，以及无病呻吟的"便休题半星儿蝇利蜗名"那一套的"休居乐府"式的文字。

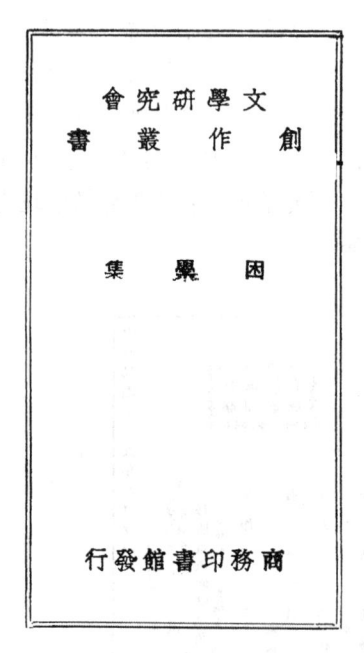

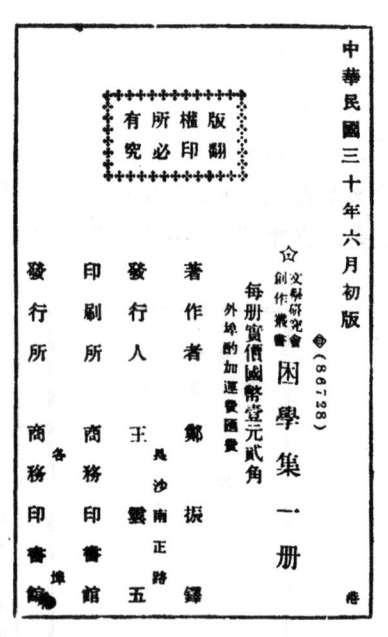

在当时张氏选择取舍的时候，是颇费苦心的；他有自己的眼光，自己的批评见解，自己的鉴赏标准；而对于曲律的"合格"与否，也是他的最主要的取舍之准的之一。就他所弃去的南北九宫部分的套数六十五章，（占全书五分之一）《万花集》里的套数四章，看来；我们可以知道张氏乃是一个正统派的批评家，最谨严的守着曲律，努力于保存典雅的作风，而排斥嘲笑，粗野以及无聊的篇什的。但有一

一 文学研究会"文学丛书"叙录　355

部分情辞，时令曲，颂圣语却还不能完全去掉，恐怕是因为：那些篇什传唱颇盛，而《词林摘艳》却是供给歌唱者参考的书的缘故。

其实，一部分张氏所认为嘲笑、粗野，不登大雅的篇什，却正是民间野生的最好的抒歌歌曲。这一部分的被割弃，确是很可遗憾的。

《篱下集》

《篱下集》，《文学研究会创作丛书》之一（无编号），上海商务印书馆民国二十五年（1936）三月初版。著作者为萧乾，发行人为王云五（上海河南路），印刷所为商务印书馆（上海河南路），发行所为商务印书馆（上海及各埠）。全一册，208页，每册定价国币陆角（外埠酌加运费汇费）。

该书为短篇小说集，收《篱下》《俘虏》《邮票》《蚕》《放逐》《印子车的命运》《花子与老黄》《邓山东》《雨夕》《小蒋》《丑事》《道傍》（按：不是"道旁"），凡十二篇小说。

卷首有沈从文撰写的《题记》，摘录如下：

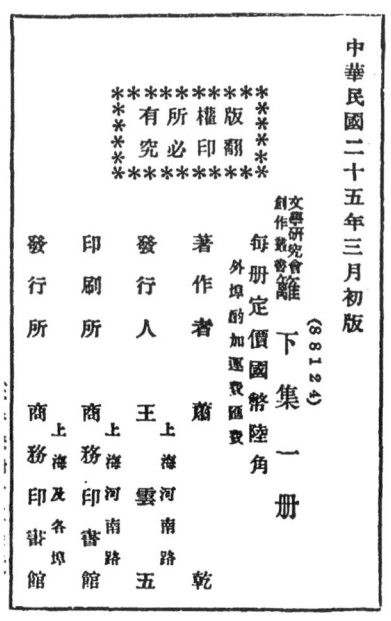

在都市住上十年，我还是个乡下人。第一件事，我就永远不习惯城里人所习惯的道德的愉快，伦理的愉快。

我崇拜朝气,欢喜自由,赞美胆量大的,精力强的。一个人行为或精神上有朝气,不在小利小害上打算计较,不拘拘于物质攫取与人世毁誉;他能硬起脊梁,笔直走他要走的道路,他所学的或同我所学的完全是两样东西,他的政治思想或与我的极其相反,他的宗教信仰或与我的十分冲突,那不碍事,我仍然觉得这是个朋友,这是个人。我爱这种人也尊敬这种人。这种人也许野一点,粗一点,但一切伟大事业伟大作品就只这类人有分。他不能避免失败,他失败了能再干。他容易跌倒,但在跌倒以后仍然即刻可以爬起。

二十二年十二月十三日

《生之忏悔》

《生之忏悔》,《文学研究会创作丛书》之一(无编号),上海商务印书馆民国二十五年(1936)三月初版。著作者为巴金,发行人为王云五(上海河南路),印刷所为商务印书馆(上海河南路),发行所为商务印书馆(上海及各埠)。全一册,212页,每册定价国币陆角(外埠酌加运费汇费)。此外还(上海及各埠)有1936年8月商务印书馆再版本。

该书分五部分,第一部分是作者的写作杂感,包括《我的心》《作者底自白》《我的自剖》《我的呼号》《我的梦》《我的自辩》《新年试笔》《我与文学》《灵魂的呼号》《给 E. G.》《呓语》,凡十一篇。第二部分为文艺评论,包括《〈黑暗之势力〉之考察》《〈工女马得兰〉之考察》《〈党人魂〉之考察》,凡三篇。第三部分为外国文学译本之序,包括《〈工女马得兰〉译本序》《〈骷髅之跳舞〉译本序》《〈前夜〉译本序》、附《廖杭夫略传》《我底自传》译本序》《〈幸福的船〉序》《〈秋天里的春天〉译本序》,凡七篇。第四部分包括《广州二月记》《薛觉先》,凡二篇。第五部包括《童年》《两个孩子》《双十节在上海》《木匠老陈》,凡四篇。这两部分是散文,合计六篇。总计二十七篇。

卷首有《〈生之忏悔〉题记》,卷末无跋。"题记"兹录如下:

这本小册子可算是我的忏悔录的一部分罢,正如这题名所表示的。

我常常想,我第一次拿起笔写文章,那就是我的不幸的开端,从那时起我开始走入迷途了。以后一误再误,愈陷愈深,终至于不可收拾。于是呻吟,呼号,自白,自剖,都由我的笔端洩(泄)了出来。发洩(泄)以后便继之以沉默,这其间我很想把以前错误挽回过来。

这几年来我印过了好几册小说和随笔，但杂文却算这是第一部，其实我所写的杂文原不祇（只）此，但有许多我自己也已无法见到了，即使见到我如今也未必就完全同意当时的论调，所以只将这里的一部分集起付印，也没有别的用意，无非希望一些厚爱我的读者由这个更了解我一点。

我所敬爱的一位科学家说过："书本不能够制造智的潮流，相反的，智的潮流可以制造出书本来。"我很相信这句话。

这一本小小的书虽出于一个无学者的手笔，但决不是我一个人"闭门造车"的结果，它也可以代表一部分青年人的思想，我和他们在一起生活过，而且至今还没有脱离他们的圈子。让他们来判断我和我的书罢，我诚恳地把它献给他们。

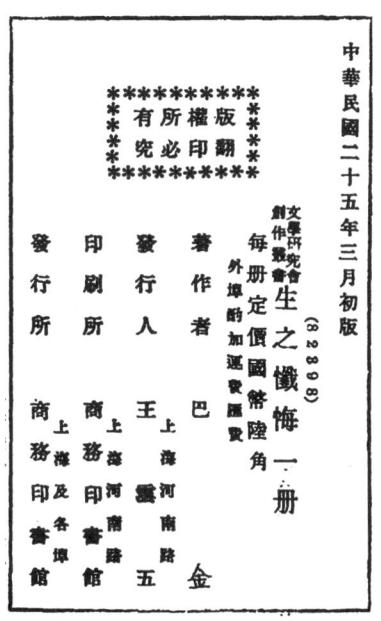

《圣陶短篇小说集》

《圣陶短篇小说集》，《文学研究会创作丛书》之一（无编号），上海商务印书馆民国二十五年（1936）三月初版。著作者为叶绍钧，发行人为王云五（上海河南路），印刷所为商务印书馆（上海河南路），发行所为商务印书馆（上海及各埠）。全一册，467页，每册定价国币壹元（外埠酌加运费汇费）。此外还有1936年8月商务印书馆再版本。

该书为短篇小说集，收《一生》《母》《一个朋友》《一课》《饭》《义儿》《云翳》《风潮》《小铜匠》《孤独》《平常的故事》《病夫》《潘先生在难中》《外国旗》《前途》《城中》《晨》《搭班子》《遗腹子》《苦辛》《一包东西》《小病》《夜》《某城纪事》《李太太的头发》《某镇纪事》《席间》《秋》，凡二十八篇。

卷首有《付印题记》，卷末无跋。"付印题记"兹录如下：

  从八年到去年，每年都作小说，多少不等。虽然已曾汇刊了五本集子（此外没有收集的只有少数的几篇），有时又想把十五年间的小说淘汰一下，选集比较可观的多少篇印在一起，作为这期间我的习作成绩的总帐（账）。因为忙着杂务，想起了转身就忘，始终没有动手。现在经郑振铎先生的督促，才动手编选，结果取了二十八篇。即使对于自己的文字，好恶也难得公平：这一点当然知道。可是你要编选，就不由你不硬着头皮。我只希望没有把太无聊的东西留在这里罢了。

  三四年前，朱佩弦先生选过我的小说，定下一个目录。朱先生人好心慈，对于经过他眼前的各篇，大多从宽发落，所以入选的比这里多。现在我没有采用他那个目录，辜负了他的好意，很觉得抱歉。

  二十三年十二月二十七日叶绍钧记

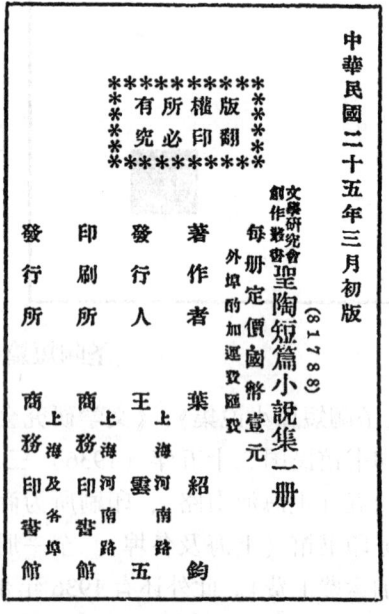

一 文学研究会"文学丛书"叙录　359

《万仞约》

《万仞约》,《文学研究会创作丛书》之一（无编号）,上海商务印书馆民国二十五年（1936）三月初版。著作者为张天翼,发行人为王云五（上海河南路）,印刷所为商务印书馆（上海河南路）,发行所为商务印书馆。全一册,299页,每册定价国币捌角（外埠酌加运费汇费）。此外还（上海及各埠）有1936年8月商务印书馆再版本。

该书为短篇小说集,收《儿女们》《善举》《巧格力》《老明的故事》《教训》《万仞约》,凡六篇。

无序跋。《万仞约》摘录如下：

> 于是大家也都捡起些土块石块摔起来,还比赛谁摔中的次数多。
> 闵贵林在泥荡（按：原文为"泥荡"）里爬着。别人的土块石块一摔过来,他把脑袋让开一下。一直等到那些黑道日子生的家伙跑远了,他才敢爬到路上。
> 那群家伙叫着走着,零乱地响着步子。人家家里的狗就老远地冲着他们叫,一走进——它可又夹着尾巴逃进了屋子里。

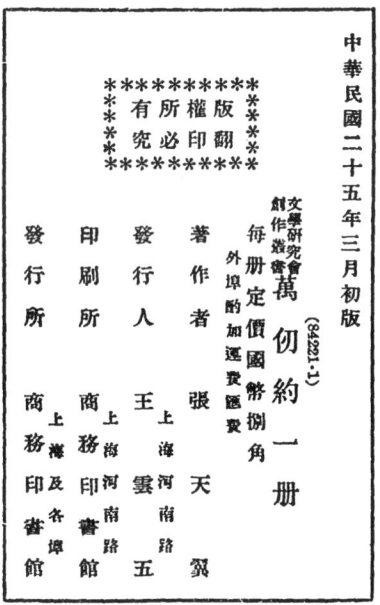

地都给他们踏得震动起来,闵贵林仿佛坐在有大风浪的海船里似的,晕得只想呕。他没有一点力气:(按:原文标点符号如此)站起来跨出步子,脑袋才一摇晃——又撑不住劲儿倒了下去。

什么人都走远了,什么人都撇开了他,连麻雀都嘟的一声飞了开去(按:原文为"飞了开去")——射过这闷热的紫灰色黄昏小(按:原文为"小")下去,脑袋也不掉起来一下。闵贵林忽然觉得心脏上起了一阵酸疼。舌尖伸在嘴唇外面,舐到了嘴边上的黑泥。牙齿用力地咬下去,咬得陷进了舌子(按:原文为"舌子")——也一点不觉得痛。

"没有路径了……没有路径了……娘卖肠子……"

他要爬起来,膝踝子(按:原文为"膝踝子")一软又倒了下去。

这里静静的,仿佛什么生物都消灭得干干净净,就连风也不吹动一下。老远的可有哄哄的吵声,杂着步子响:(按:原文标点符号如此)那跟这里是两个宇宙似的。

《西施及其他》

《西施及其他》,《文学研究会创作丛书》之一(无编号),上海商务印书馆民国二十五年(1936)三月初版。著作者为顾一樵、顾青海,发行人为王云五(上海河南路),印刷所为商务印书馆(上海河南路),发行所为商务印书馆(上海及各埠)。全一册,142页,每册定价国币柒角(外埠酌加运费汇费)。此外还有民国二十七年(1938)五月三版本,内容与初版本相同,兹录封面与版权页。

该书为戏剧集,收顾一樵的四幕剧《西施》和顾青海的三幕剧《昭君》,凡二部。

无序跋。《西施》第三幕"醉西施"摘录如下:

(西施横卧榻上,榻后有幔,打开时露出半座凉亭,便是醉西施的场所)

宫女:娘娘,你心痛好些没有?

西施:仍旧不见好。

宫女:这是什么缘故?

西施:这是旧病。

宫女:莫非是心病?

西施：是的。

宫女：我看你痛起来捧了心，像是怕心要落出来似的。

西施：简直像要挖出心来似的。

宫女：娘娘进了宫，大王待娘娘这般恩爱，为什么娘娘还是不快活？

西施：这就是因为我命苦。

（说着好像又要心痛起来，宫女忙了一阵，好容易没有发作。）

宫女：娘娘，快快不要想什么心事，多多休息一回（会）吧。今天娘娘生日，大王等一会要来同娘娘吃酒呢。

（西施卧，忽报太宰夫人上，来者不是别人，便是东施。）

宫女：启禀娘娘，太宰夫人来拜寿。

西施：请进来。

（东施上，作礼甚恭。）

东施：娘娘千岁！

西施：罢了。

东施：娘娘玉体可好？

西施：旧病还是不断根，真没有法子。你看我今天头发还没有梳，衣服还没有换，大王一会可就要来了。（向宫女）太宰夫人在这里陪我很好，你去整理我的衣服，预备我来梳妆。

（宫女下）

西施：东施姊姊，有什么消息没有？

东施：我就是来报告好消息的。

西施：范大哥这几天不知怎样了？他才冤呢，他送我们来，倒变了自投罗网。

东施：这全是伍子胥不好，太宰把越王同文种放了，伍子胥偏不答应，要把范大哥扣下来做抵押。

西施：（郑重地问）姊姊，那天我们商量的事成功没有？

东施：你猜。

西施：恐怕难以成功吧。

东施：哼，成功了。

西施：唉，范大哥真的放了？

东施：真的。太宰趁着你今天生日，奏明吴王，已经把范大哥放了。

西施：伍子胥可晓得么？

东施：自然不晓得。

西施：他晓得了恐怕还有麻烦呢。

东施：所以范大哥临走一再嘱咐我，叫我们务必要商量对付这伍老头才好。

西施：姊姊，你临走见到范大哥么？

东施：他先到了我家，太宰再派人送他出去的。他临走叫我把这块宝玉带给你（取宝玉授西施）他说他的心亦随着宝玉交给你了。

（西施接玉，潜然深思。）

（宫女上）

宫女：请娘娘更衣。

西施：太宰夫人，你来帮我更衣吧。

（西施东施下。宫女整理好榻床，打开幔来，布置得十分华美。）

《湘行散记》

《湘行散记》，《文学研究会创作丛书》之一（无编号），上海商务印书馆民国二十五年（1936）三月初版，同年八月再版。著作者为沈从文，发行人为王云五（上海河南路），印刷所为商务印书馆（上海河南路），发行所为商务印书馆（上海及各埠）。全一册，144 页，每册实价国币陆角（外埠酌加运费汇费）。此外还有 1938 年 5 月三版。

该书分为散文集，收入《一个戴水獭皮帽子的朋友》《桃源与沅州》《鸭窠围的夜》《一九三四年一月十八》《一个多情水手与一个多情妇人》《辰河小船上的水手》《箱子岩》《五个军官与一个煤矿工人》《老伴》《虎雏再遇记》《一个爱惜鼻子的朋友》，凡十一篇。

无序跋。《一个戴水獭皮帽子的朋友》摘录如下：

> 我由武陵（常德）过桃源时，坐在一辆新式黄色公共汽车上。车从很平坦的大堤公路上奔驰而去，我身边还坐定了一个懂人情有趣味的老朋友，这老友正特意从武陵县伴我过桃源县。他也可以说是一个"渔人"，因为他的头上，戴得（按：原文是"得"，现应为"的"）是一顶价值四十八元的水獭皮帽子，这顶帽子经过沿路地方时，却很能引起一些年青娘儿们注意的。这老友是武陵地方某大旅馆的主人。常德、河洑、周溪、桃源，沿河近百里路以内吃四方饭的标致娘儿们，他无一不特别熟习；许多娘儿们也就特别熟习他那顶水獭皮帽子。但照他自己说，使他迷路的那点年龄业已过去了，如今一切已满不在乎，白脸长眉毛的女孩子再不使他心跳，水獭皮帽子，也并不需要娘儿们眼睛放光了。他今年还只三十五岁。十年前，在这一带地方凡有他撒野机会时，他从不放过那点机会。现在既已规规矩矩作了一个大旅馆的大老板，童心业已失去，就再也不胡闹了。当他二十五岁左右时，大约就有过一百个女人净白的胸膛被他亲近过。我坐在

这样一个朋友的身边，想起国内无数中学生，在国文班上很认真的（按：原文为"的"）读陶靖节《桃花源记》情形，真觉得十分好笑。同这样一个朋友坐了汽车到桃源去，似乎太幽默了。

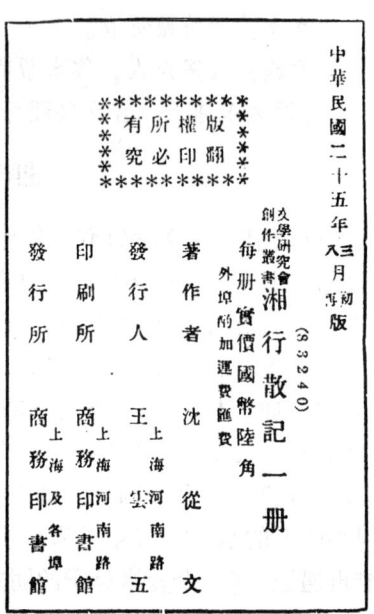

《芭蕉谷》

《芭蕉谷》，《文学研究会创作丛书第二集》之一（无编号），上海商务印书馆民国二十六年（1937）六月初版。著作者为艾芜，发行人为王云五（上海河南路），印刷所为商务印书馆（上海河南路），发行所为商务印书馆（上海及各埠）。全一册，233 页，每册实价国币柒角（外埠酌加运费汇费）。

该书为小说集，包括《芭蕉谷》《某校纪事》《端阳节》，凡三篇。

无序跋。《芭蕉谷》摘录如下：

这女人，有过四个丈夫，因此，身边的一群儿女，样子不相像，正是不足为怪的。

第一个丈夫，做小买卖的，是个走夷方的好角色。摆夷和野人都同他合得拢，愿意把他们的麝香和象牙也拿给他，只调换一点点烟草布匹之类的东西。他自己，很勤俭。赶起路来，像马一样，连小便都是一边走一边拉起大裤脚来撒的。饿了时,就把货担子挑到夷人门口,只买一两个铜板的蜂蜜,拿来嗄饭,别的菜和盐,是不须要的;因为这样,才能经饿些。后来,同这女人结婚了,就把成天赶路的生活全盘结束;而在芭蕉谷的路边,修起两间茅草屋来,开起息客的店子。

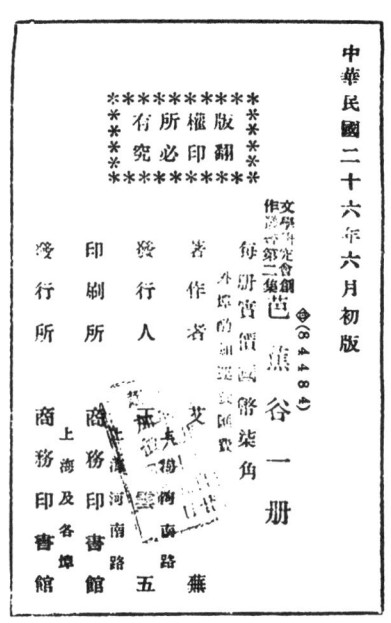

《渡家》

《渡家》,《文学研究会创作丛书第二集》之一(无编号),上海商务印书馆民国二十六年(1937)六月初版。编者为靳以,发行人为王云五,印刷所为商务印书馆,发行所为商务印书馆。全一册,203 页,每册实价国币陆角伍分(外埠酌加运费汇费)。

该书为作品集,包括《渡家》《求乞者》《人之间》《造车的人》《兄和弟》《在车上》《仆人》《祖母》《家》《我们底猫》《灯》《处决》《古寺之行》《天地》《孩子》《夜语》《那雨》《寂寞的》《此行》《残之忆》《新年》《壁炉》《玉兰》《我底屋子》《往情》《友人(一)》《友人(二)》《友人(三)》《我底悒郁》《病》《秋之日》《听曲》《没有春天》《别人的事》《信》《病着的孩子》《纪念××》《邻居》《一个女人》《亡友的手册》,凡四十篇。

卷首有《序》，兹录如下：

  这些短文章的写出，先后也有三年的时间。若是把这些文章依照时日来编排，也许能看出那中间自然的迁易。但是因为在写的时候没有记下确切的日子，所以就是想着那样去编，也成为不可能的。于是我只能凭了记忆，凭了重读时所感到的情趣，把它们任意编成了这个样子。

  我知道，这本书里的文章会有多么杂乱，多么不调谐，正如这一年我那小小的庭院一样，使人望到就有不快旦上了心。但是也正如我培植我的庭院中的花草，我是一个字一个字把那些文章写出来，而且对每一篇我还有着私心的偏爱。记得今年，才到了寒冷的初春，便想着清明的到来。去年我们是三个人，我们共同下种，共同以欣喜的心情望着从土壤中冒了出来的嫩芽。在细雨中我们蹲下去把过密的移植到空的所在去，我们为豆蔓和牵牛花架起了篱笆使我们忘记了夜深。今年我却是一个人，在清明前的一个落雨日子里，我把种子撒下去了，当着我看到有钻了出来的细芽，我也是有一点高兴。可是其他的事情占住了我，我不能像去年一样地去细心培植，我任它们自如地生长，各自占了它们的角落。三个人中的一个从迢远的地方写了信来问着花的音讯，我便告诉他："院子里早已长满了花，我不会辜负了你的愿望。走进门来草茉莉和紫燕快要阻了行人路，可是在那两排青青的瘦叶间，从墙头上不知什么时候飞过来的榆钱落下了，长出一棵小小的榆树。开着红花白花的美国豆，和桃南瓜的枝蔓纠缠在一起了，把细麻绳累得下坠了，我就支上了几根竹竿，这也省得长成桃子那样大的瓜实，来回地击打人的头。龙头花独自成行地开了又落，落了又开，种的没有生出，我是从花贩那里买来。胭脂草瘦小的，到现在也没有一朵花，看来它知道对我们没有用。三株柘榴树，有两株在冬天冻死了，一株到最近才发出叶子来。可是你不要担心，牵牛花早已爬了上来掩住了干枯的树枝。大麻种得太近了，我真想不到它们长得那样高，那样大，伸出的叶子像蒲扇，挺出的勇猛与坚强却像婴儿的手掌向着母亲。这一株穿进了那一株，好像在争打的壮汉。杜鹃花满地长了，遮在金钟，草茉莉，还有在地下横行的瓜蔓之下。再看下去呢，还有长得像杜鹃的野草，在花丛中隐藏着。它们好像怕被人发觉似地（的），躲在不大为人看得清的地方，实在说起来呢，也许比开着红的黄的白的细小的杜鹃花还要多。还有像兰一样的细草，夹在野丁香的中间，蒿草却长到比我还高了，有的时候想来拔去了，又为不忍止住，既是这样地生长着，为什么不就任它下去呢？……"

我十分清楚地知道短文中有多少是写着个人情感的，有多少是柔弱得不能站立的；可是我也放任地使它们并存，我总记得在写的时候血是如何激快地流着，心是如何猛烈地跳着。

作为书名的是一个短文的篇名。我莫知所以的会喜欢这两个字，从那上面我想到许多事物，而且这些事物都和人生是十分亲切。到现在我还想着在经过那渡口的时候，跳上了渡船，不只看到那一老一少的两个渡家，我还能看见彼岸的另样景物。

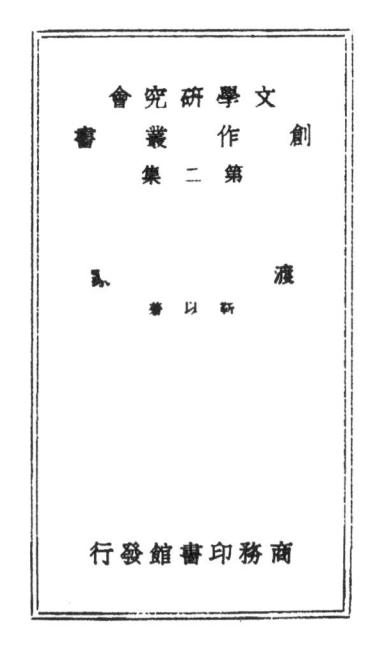

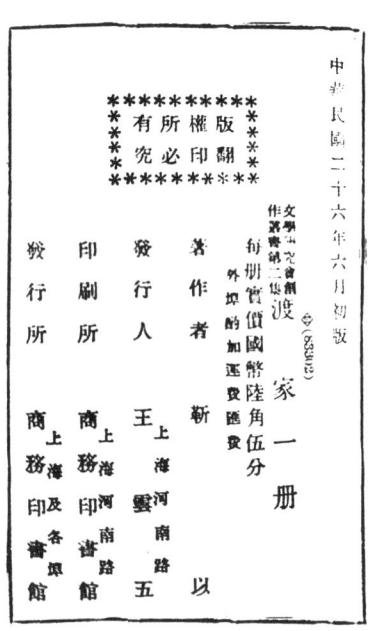

《桂公塘》

《桂公塘》，《文学研究会创作丛书第二集》之一（无编号），上海商务印书馆民国二十六年（1937）六月初版。编者为郭源新，发行人为王云五（上海河南路），印刷所为商务印书馆（上海河南路），发行所为商务印书馆（上海及各埠）。全一册，220页，每册实价国币陆角伍分（外埠酌加运费汇费）。

该书为短篇历史小说集，包括《桂公塘》《黄公俊之最后》《毁灭》，凡三篇。作者郭源新是郑振铎的笔名。

扉页题文天祥的《旅怀》诗："天地虽宽靡所容！/长淮谁是主人翁？/江南父老还相念，/只欠一帆东海风。"

无序跋。《桂公塘》的"内容提要"（上海文艺出版社 1961 年版）兹录如下：本集内共收小说三篇。《桂公塘》叙写民族英雄文天祥在南宋政权垮台的前夕，奉命到元营谈判议和，为蒙古军帅伯颜扣留，设计逃出后在扬州、真州之间辗转奔逃的故事。偏重描写了当时的艰难局势，文天祥的忠心耿耿，坚强不屈，以及杜浒等的忠贞。《黄公俊之最后》叙写小地主出身的知识分子黄公俊参加了太平军，在太平天国垂败时前往游说曾九和太平军合作，被曾国藩所扣留的故事。突出地写出了曾国藩的反对顽固和黄公俊的坚持气节。《毁灭》叙写控制南明政权的阮大铖，在大敌当前的时候，贪污弄权，排斥异己，和最后狼狈逃跑的丑态。这三篇小说都是作者在抗战以前的一个时期有感于国内政局而作的，在抗战期内曾经印行过。

正文摘录如下：

他们是十二个。杜浒，那精悍的中年人，叹了一口气，如释重负似的，不择地的（按：原文为"地的"）坐了下去。刚坐下，立刻跳了起来，叫道："慢着！地上太潮湿。"他的下衣已经沾得淤湿了。

疲倦得快要瘫化了的几个人，听了这叫声，勉强的（按：原文为"的"）挣扎的（按：原文为"的"）站着。背靠在土墙上。

一地的湿泥，还杂着一堆堆的牛粪，狗粪。这土围至少有十丈见方，本是一个牛栏。在这兵荒马乱的时候，不知那些牛只是被兵士们牵去了呢，还是已经避逃到深山里去，这里只剩下了空空的一个大牛栏。湿泥里吐射出很浓厚的腥臊气。周遭的粪堆，那臭恶的气味，更阵阵的（按：原文为"的"）扑鼻而来。他们站定时，在静寂清鲜的夜间的空气里，这气味儿益发重，益发难闻，随了一阵阵的晚风直冲扑而来。个个人都要呕吐似的，长袖的袖口连忙紧掩了鼻孔。

"就歇在这土围里，今夜？"

杜浒无可奈何的（按：原文为"的"）问道。

"这周围的几十里内，不会有一个比这个土围更机密隐秘的地方。我们以快些走离这危险的地带为上策，怎么敢到民家里去叩门呢？冷不防，那宅里住的是鞑子兵呢。"那作为向导的本地人余元庆也许又仔细的（按：原文为"的"）叮嘱道。

十丈见方的一个土围上面，没有任何的蔽盖。天色蓝得可爱。晶亮的小星点儿，此明彼灭的（按：原文为"的"）似在打着灯语。苗条的一弯新月，正走在中天。四围静悄悄的，偶然在很远的东方，似有几声犬吠，其声凄惨的（按：原文为"的"）像在哭。

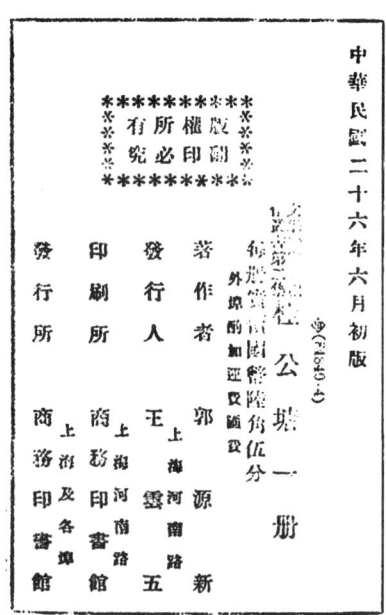

《黑屋》

《黑屋》，《文学研究会创作丛书第二集》之一（无编号），上海商务印书馆民国二十六年（1937）六月初版。编者为涟清，发行人为王云五（上海河南路），印刷所为商务印书馆（上海河南路），发行所为商务印书馆（上海及各埠）。全一册，204页，每册实价国币陆角伍分（外埠酌加运费汇费）。

该书为短篇小说集，包括《绵袜》《吸血鬼》《幸福的人》《暑假期中》《黑屋》《复生》《古城一日记》《不相识者》《错的推理与命运这东西》，凡九篇。

无序跋。《黑屋》摘录如下：

五六年前，我在G城的初级中学校读书。那时我才十四岁；我相信我是第一次看见了残杀的事情。

事情发生在我们村里。一个每年从佃户家里挑回八百石租谷的富家，晚上被盗，失掉六七件衣服，因此使一位贫妇人杀害了她唯一的儿子。

　　当我在某星期日走到离老桥不远的水堰旁边，无心遇见了阿车，正是那贫妇人袁嫂的儿子。他从前在火神会上扮过蓝脸的五瘟使，所以我很记得他；还拿这事取笑过他。他幼时同我在私塾里发蒙，读了半年《三字经》就没有来了。听说他学做了泥水匠，不知怎样后来却到处当短工，打杂；农忙时节，也曾在我家做过一月多的活路（按：原文为"活路"）。以后便在那位富豪的李太爷家做工，后来便进城拖车了。这都是已往的事情。这天我散步时遇见了他；他提着一束玉蜀黍立在田塍边，招呼我。他还没有学会点头，只是瞪视着，打量我。他变瘦小了。头上覆着蓬蓬的发，把那个小圆脸映衬得污暗。他的短袖下面露出两截手。这不是圆活红实的手，那从前在碾房里拿着鞭子笞牛的手呵。我是记得清楚他当年的模样的。我们相向立着，我刚要问他许久不见了可是到那里（按：原文为"那里"）做了长工，他却先启口道：

　　"多久没会面了！……你们的午饭早，怕吃了多（按：原文为'多'）一阵了。"

　　他眨着眼细细瞧我，态度很是恭敬。

　　"时候还早哩。"我答道："因为今天是星期日……"

　　"呃。忘记了。先生们是都有星期的……你好？"

　　"好。听说你多久没有拉车了？"

　　"半个月了。车子太多了，少人坐，连车底（按：原文为'底'）钱也拉不够呢。……"

　　他忽然张大了眼，仿佛是回想起什么事情来了，这样说：

　　"咳！我到要请你断一个公道：你是读书先生，是明理的人。……我多久没有找着事干了。肚子饿得刮刮的（按：原文为"的"）响……你说呢，前天我上城，看见西门毛家饭铺里，有一个远客雇了一乘筏竿。他吃过饭多一阵了，抬筏竿的两人才来一个；还有一个在售店里吸鸦片。又等了半点钟光景，还不见来。客人动了怒，说不能再等候了，叫我抬着赶一程路。我接过了四百钱，便急忙去吃饭。……（按：原文标点如此）你说，刚好我们弄好了，要起身了，那烟鬼赶来了。他在背上击我一拳，我没有来得及刮他巴掌，他又狠命的（按：原文为"的"）踢我。他骂我，说是他的"活路"，阎王老子也不敢来抢。你想想看，他的力气真够大！把竿子夺来放在肩上就走上路了。……（按：原文标点如此）那一位抬筏竿是的同毛（按：

一 文学研究会"文学丛书"叙录　371

此处原文如此）老板也帮着叱责我，亏得客人还嚷了他几句。人娘的！……虽然活路是他的，客人却交给我了，怎么能怪我？你说：……论气力（按：原文为'气力'）我敌不过是实在的；若讲道理，我并不软呢，是不是，先生？……"

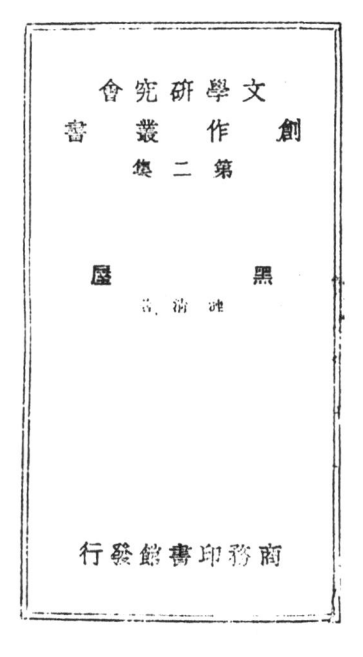

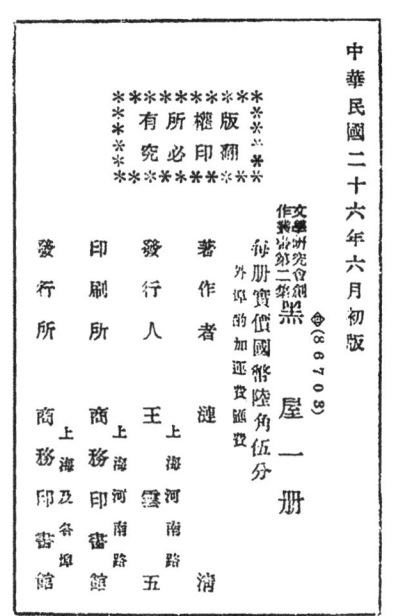

《记忆之都》

《记忆之都》，《文学研究会创作丛书第二集》之一（无编号），上海商务印书馆民国二十六年（1937）六月初版。著作者为杨骚，发行人为王云五（上海河南路），印刷所为商务印书馆（上海河南路），发行所为商务印书馆（上海及各埠）。全一册，315页，每册实价国币捌角（外埠酌加运费汇费）。

该书为诗剧集，收《记忆之都》（独幕诗剧）、《心曲》（独幕诗剧）和《迷雏》（二幕诗剧），凡三个剧本。

卷首有作者杨骚撰写的《序》，兹录如下：

一个人到了中年的时候，才晓得年青（按：不是"年轻"）时做过的一些傻事傻梦，是非常幼稚的；可是在当时何尝自觉得。在当时，总以为那才是真的人生，美。

这里所集的三篇诗剧,可以说就是自己年青时做过的傻梦的记录。《心曲》是自己的处女作,《迷雏》和《记忆之都》也都是早年之作,形式内容两方面都显得十分稚气,然而正因为是稚气,反觉得它们的真实可爱,现在就是想再写这类的东西,也写不出来了。

以好像老头子喜欢自己幼年时代的照片一样的心情,我把它们集在一起了:这算是无关"国防文学"的自己一个小小的利己心。

一九三六,九,一六日志,杨骚

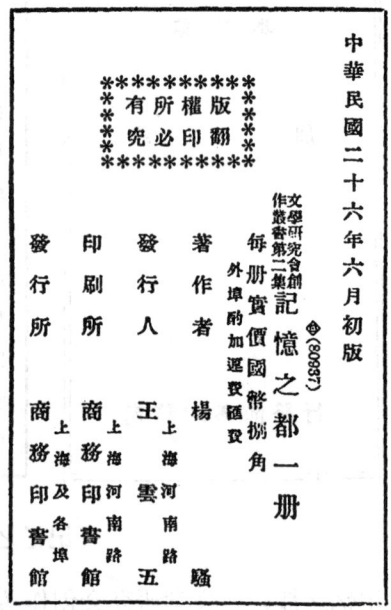

《流沙》

《流沙》,《文学研究会创作丛书第二集》之一(无编号),上海商务印书馆民国二十六年(1937)六月初版。著作者为王任叔,发行人为王云五(上海河南路),印刷所为商务印书馆(上海河南路),发行所为商务印书馆(上海及各埠)。全一册,464 页,每册实价新法币玖元伍角(外埠酌加运费汇费)。

该书为短篇小说集,共分三辑,第一辑收《流沙》《没落的最后》《有张好嘴子的女人》《浇香膏的妇人》《悲剧的性格》,凡五篇。第二辑收《我们那校长跟爸爸》《隔离》《野兽派作家》《勘灾》《保镖黄得胜》《猫的权威》《一个负责的人》,凡七篇。第三辑收《乡间的来客》《龙种》《阴沉的天》《贼》《一天》,凡五篇。合计十七篇。

卷首无序,卷末有《后记》,兹录如下:

家里有个病儿,女人照顾不过来;这一月来,我大半工夫就化(花)在尽父亲的义务上。但我还挣扎着写东西,翻译,编这集子。

据医生说,病儿患的是先天心脏病,要治好是困难的;也许会长大,也许夭亡。但即使长大,病还是要发的。我不懂医道,我相信这话。

十年前,我也许有那份理智:把这衰弱的种子抛掉,让他死了就算。而现在,我却觉得要尽我能力来扶持这生命的苗壮。这并不是为的死后有口羹饭吃。我是相信着:人力可以胜天。医生既夸赞我们能把这样的孩子养到六个月,是大大的奇事。难道我们不能再尽我们的能力,养到十个百个"六个月",做一件更大更大的奇事。

我无论如何要克服我自己以及围绕在我身边的人的"定命"。

我怀着这样的创痛的决心,来编我这一集子。

也许这册东西,都犯了先天衰弱症。然而我尽了两个礼拜的工夫给它们校勘了一遍,修改了一些。有的甚至于重写。像《隔离》这一篇,曾因朋友索稿,没改削得合意,就给发表了。现在,在病儿的哭叫声中,也居然重写成了。至于在未发表前,完全重写的,有《保镖黄得胜》《没落的最后》。写下后,费了一番功(工)夫改削的,有《阴沉的天》和《有张好嘴子的女人》。其余则大都随手写定,而现在也无法改正,虽然明知道它们还是有些先天病。

先天衰弱的父亲,养不出苗壮的儿子,这是自然的铁则,但我却更相信后天的培植,能粉碎这自然的铁则。我不想说"有为者亦若是"那样的夸大话,但我决不让生活打倒了我,放弃我视为终身事业的工作。我将以养育我病儿那样的爱力来充实我的工作。

这里十七篇东西,我把它分做(作)三辑,初无一定标准。不过第一辑写的都是我所能理解的女人的故事。第三辑形式上有点近乎Sketch,所以各归一处。第二辑,就是把这以外的东西凑在一起。

各篇间的手法似乎不很统一,但我却爱像《保镖黄得胜》那样比较客观一点的手法。现实的题材必须用现实的手法,所谓现实的手法,即作者于处理题材描写人物之间,绝不带主观的笔调,而我却总制止不住在各个描出的场合放送自己的声音。朋友间,也有以这相诟病的。但我可以向读者告无罪的,尚幸没有把我自己为生活哭泣对人生幻灭的忧郁的感情,渲染在纸头上。即使中间我也写了一两个失败主义者,但我仍还他一个本来面目。比如,《流沙》一篇里,我所要着重写出的固然两个女子——小黑和三囡——但作为写"我"而出现的,无疑是个失败主义者,而这"我"也不一定是我自己。

第二辑里有一两篇略带讽刺。人们一说到讽刺,就会想到"油滑",成为油滑的,固然还有别的原因;但讽刺得太夸张了,就也不免油滑。《勘灾》发表以后,我曾征求一个朋友的意见。他说,那个知事写得太"夸张"了,仿佛现实里不会有这样的人。但我却还坚持我的原意,张着眼看一看这社会,没有这样的人,却实在有这样的事。失败的,在于用第一人称写法的单纯。但当初是写给郑伯奇兄所编的《新小说》的,为求通俗,就勉强使用我不很纯熟"口语体"。编这集子时,本想不给收进;但觉得还有点用处,也就凑上了。

现在是,病儿快到要死的地步,但我还不灰心。我不相信他会死。我以一腔的热忱,写下这后记:去吧!病儿,这羸弱的土地,这破碎的河山,也一样需要你的膏血!

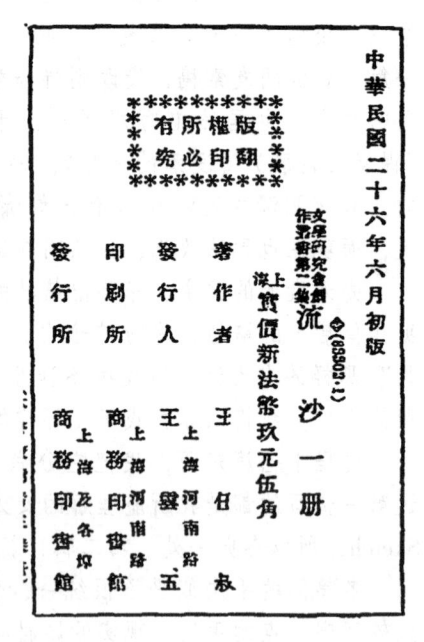

《沦落》

《沦落》(又名《沉落》),《文学研究会创作丛书第二集》之一(无

一　文学研究会"文学丛书"叙录　375

编号），上海商务印书馆民国二十五年（1936）三月初版。著作者为巴金，发行人为王云五（上海河南路），印刷所为商务印书馆（上海河南路），发行所为商务印书馆（上海及各埠）。全一册，233页，每册定价国币捌角（外埠酌加运费汇费）。

该书为短篇小说集，收《沉落》《长生塔》《化雪的日子》《利娜》《神》，凡五篇。

卷首有《题记》，卷末无跋。《题记》兹录如下：

> 我毫不迟疑地给我的第六短篇集起了这名称。
>
> 《沉默》之后又来一个《沉落》，也许有人会以为我给什么打倒了吧。这《沉落》和《沉默》一样是不很容易了解的。
>
> 时间总算跑得很快，那个叫做（作）A. Spies 的德国人已经在美国伊利诺瓦（伊）州的墓场里睡过了四十七年。在我这却仿佛只是昨天的事。昨天我重读了《沉默》，似乎又一次听见了他在支（芝）加哥绞刑台上的最后的声音。的确他"在坟墓中的沉默"比任何时候都更有力量的那日子快到了。他的那遗言如今堂皇地刻在纪念碑座上，甚至那般到金圆国家去观光的绅士淑女们也可以看见的。作为 Spies 的赞颂者的我的沉默，并不是在一切恶的面前闭着眼睛。

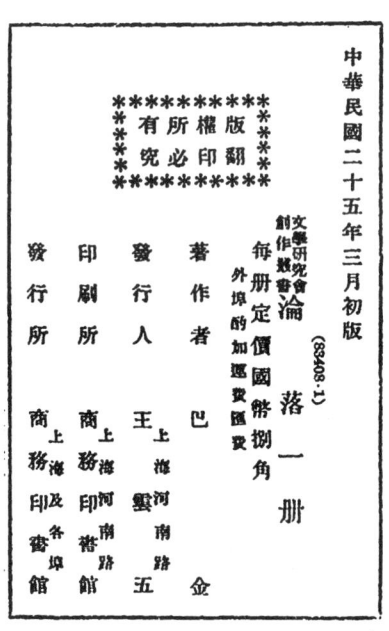

《沉落》也是以对于"勿抗恶"的攻击开始的。第一篇题作《沉落》的小说就充分地表现了我的态度；而同集里别的几篇也是在同样愤慨的感情下写出来的。态度是一贯，笔调是同样简单。没有含蓄，没有幽默，没有技巧，而且也没有宽容。这也许被文豪之类视作浅薄，鄙俗的东西吧，但在这里面却跳动着一个时代的青年的心。我承认我在积极方面还不曾把这时代青年的热望完全表现出来，但在消极方面我总算尽了我的力量。在翦（剪）刀在朱笔所允许的范围内，把他们所憎恨的阴影画出来了。

让那一切的阴影都沉落到深渊里去吧！我们要生存，要活下去。为了这生存，我们要踏过一切腐朽了的死骸和将腐臭的活尸走向那光明的世界去。

历史不是循环的，是前进的。几千年来没有人做过的事，我们也要着手来做。将一切存在或存在过的东西重新来估价——这样做，我们是决不会跟着那一切的阴影，"沉落"到深渊里去了。

《西行书简》

《西行书简》，《文学研究会创作丛书第二集》之一（无编号），上海商务印书馆民国二十六年（1937）六月初版。著作者为郑振铎，发行人为王云五（上海河南路），印刷所为商务印书馆（上海河南路），发行所为商务印书馆（上海及各埠）。全一册，141页，每册实价国币捌角（外埠酌加运费汇费）。

该书收《从清华园到宣化》《张家口》《大同》《云冈》《口泉镇》《大同的再游》《从丰镇到平地泉》《归绥的四"召"》《百灵庙之一》《百灵庙之二》《百灵庙之三》《昭君墓》《包头》《民生渠及其他》，凡十四篇。

卷首有《题记》，卷末有《跋》。《题记》兹录如下：

这里刊出的十几封信，都是我在平绥路上旅行时沿途寄给君箴的。本来是私信，也有不少的私话，且都是随笔挥写，不加剪裁的东西，不大愿意发表出来。但友人们见到的，却都以为应该公之于众。有人天天在嚷着开发西北；西北的现状究竟是怎样的一个情形呢？关于这一类的记载是极少。我这十几封给君箴的信，虽然对于西北社会的情形说得不多，且更偏重于古迹方面，却总有点足资未闻未见者的参考。我不愿说什么"言之者无罪，闻之者足戒"的老话。但最近的将来，就将成为问题的中心的西北，其危急的情形，以及民间的疾苦，或可于此得到些消息吧，特别是关于西蒙一方面的事。故便趁着住在上海的十天，将它们整理一下，删去一部分的"私话"，将它刊之于此！却并不曾增入什么。书简本是随笔挥写的东西。也许反因其为随笔挥写之故而反能不忸怩作态吧。即有些浅陋草率之处，也便索性的让它们"过而存之"了。

在平绥路上，这夏天旅行了两次，一次是七月间，到了平地泉，因路断而回。一次是八月间，由北平直赴绥远，再到百灵庙、包头等处。第七封信以前都是第一次旅行时所写的；第八封信以后却是第二次写的。

此行得友好们的帮助不少。特别是冰心、文藻夫妇。这趟旅行，由他们发起，也由他们料理一切。我应该向他们俩和一切帮助我们的人，致恳切的谢意！

作者二十三，九，八

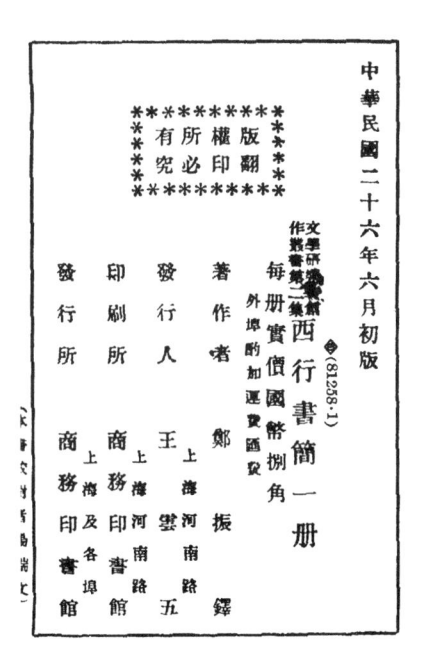

《乡间的悲剧》

《乡间的悲剧》，《文学研究会创作丛书第二集》之一（无编号），上海商务印书馆民国二十六年（1937）六月初版。著作者为塞先艾，发行人为王云五（上海河南路），印刷所为商务印书馆（上海河南路），发行所为商务印书馆（上海及各埠）。全一册，174页，每册实价国币陆角（外埠酌加运费汇费）。

该书为短篇小说集，收《晚餐》《一个秘密》《看守韩通》《小波澜》《濛渡》《乡间的悲剧》《赶驮马的老人》《灯捐》《安癞壳》《老年的忏悔》《一个大学生的成绩》，凡十一篇。

卷首有《序》，卷末无跋。《序》兹录如下：

> 近三年来，因为职业的关系，又在北平长期地住下来，成天都在书堆中打转，虽然生活十分单调，缺少多方面去体验人生的机会；但零零碎碎却也读了不少的书籍。在生活不容易发生什么变化的目前，自己觉得多读西洋名家的杰作，也未尝不是填补空虚的一种方法。比我们的时代略前一些的作家，诚然他们的思想、题材不见得全可以做我们的模范；至少他们的写作的技巧，我们是万难企及。我便是梦想能毂（能够）在这方面受到一些影响的一人。这些年我写小说的选材，虽说往往受了生活狭隘的限制，不能有迅猛的进展；但在执笔时，我却自信从来不曾苟且过。每一篇作品，起码是修改过两三遍才发表的。朋友中有不少位都能一次便把文章写定，而且写得很美。为什么我竟做不到？这也许就是天才和庸才的区别。我只有羡慕他们！

> 三年来所写的短篇，除了已编成的一本《酒家》之外，大半都收在这集子里了。因为写作的时期和心境的未必尽同，所以各篇的风格也不能完全一致。不过严肃的态度这一点，我是始终保持着的。

> 《一个大学生的成绩》这一篇，从表面上看来，似乎是特别在採（采）取一种轻松的、诙谐的笔调，有意向我们北平的大学生调侃。但是毋宁说我是在讽刺，是在大学生们面前呼吁。写这篇东西的时候，正是国难最严重的时期，我目击当时几个大学生纸迷金醉的情形，愤慨极了，在一个失眠的夜间，我含泪完成了这篇作品。差不多是一气呵成的，我简直把什么结构和剪裁全都忘掉了。这篇的收入集子，并非毫无意义。

> 《晚餐》和《一个秘密》，题材比较平凡，虽然属于两个时期的作品，却都是在我读了几篇英国 Leonard Merrick 的小说以后写成的，无疑的在技巧上受了一些他的暗示。《一个秘密》的写成，比《晚餐》迟一年，写法好像略有进步。

> 在集中有五篇都是写西南乡村的，这个足以代表我对于乡村的向往。作者是乡下人，所以对于乡村人物也格外喜爱。事实上乡村人物

不尽是愉快的。四年前,我跑到家乡去住了三个月,到处都遇见的是陷落在泥潦(按:原文为"泥潦")中的老人、女人、穷人。他们的苦脸深刻地永远留在我的记忆里了。为什么我就应该逍遥在都市之中呢?我诅咒自己,我在笔下披露了他们可怜的小小的一群。

《濛渡》一篇,按理应当归入"速写""随笔"一类;不过柴霍甫、曼殊斐儿的小说类似"速写"的也正不少,这中间的界限谁也划不清:这就姑且作为我的辩解吧。

《老年的忏悔》没有什么故事,是一篇民国十八年的旧作,为了纪念一个死于瘫病的女房东,也把它收在这里了。

内容与形式根本是分不开的,今后在企图技巧完美之下,决定还要进一步去更深入地体验各种生活,使小说的内容充实起来:这是我的一个灌注着全副热力的希望。

书编成,谨献给平素鞭策着我的师友们。

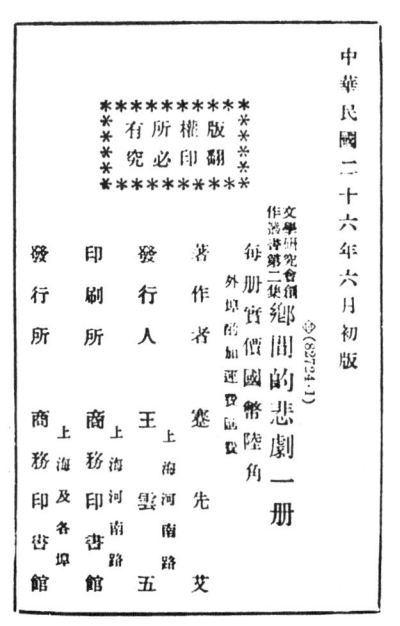

《小树叶》

《小树叶》,《文学研究会创作丛书第二集》之一(无编号),上海商务印书馆民国二十六年(1937)六月初版。著作者为萧乾,发行人为王云五(上海河南路),印刷所为商务印书馆(上海河南路),发行所为商务印书馆(上海及各埠)。全一册,262页,每册实价国币柒角(外埠酌加运费汇费）。此外还有 1947 年 1 月再版本。

该书分为四个部分，第一部分是散文，收《叹息的船》《过路人》《小树叶》《路人》《题一个人的照像》《古城》《我与文学》，凡七篇。第二部分是游记，收《由午夜到黎明》《鲁西流民图》《大明湖畔啼哭声》《宿羊山麓之哀鸿》《从兖州到济宁》《平绥道上》，凡六篇。第三部分是批评，收《想像与联想》《奥尼尔及其〈白朗大神〉》《创造精神在中国》《创作界的瞻顾》《评〈青的花〉》《〈虫蚀〉里的三部曲》《评〈出奔〉》《〈财狂〉之演出》，凡八篇。第四部分是译剧，收《虚伪》《梦的制作者》，凡二篇。

无序跋。《小树叶》摘录如下：

窗户上又发现那条熟稔的瘦长黑影。它幌幌摇摇（按：原文为"幌幌摇摇"，现今一般为"摇摇晃晃"），随了一声沉重的咳嗽，门终于猛地被推开了，一张峻严（按：原文为"峻严"）的螳螂形的脸，带着一股寒凛的感觉，摆在门口：

"假是（按：原文为'假是'）放了，你们还腻个什么劲儿？"

舍监如一把万年伞那么稳重地踱近房中央的白炉。通过她全身的温热陡然点亮了她的眼睛。锐利的视线是如一双鱼叉似地（的）在房里女孩子们的身上戳来戳去。她颤抖着嘴唇不知道该说些什么好。她好像有着许多委屈要诉。几天来，她眼睁睁地守着教员，会计，庶务一个个都领了薪金回家过年去了。单独她，倒楣（按：原文为"倒楣"，现一般为"倒霉"）当然是舍监，更倒楣（按：原文为"倒楣"，现一般为"倒霉"）的是碰上这几个乖张的女孩子，牵制着她不能回乡下陪那县政府科员的丈夫抱抱孩子。她愈想愈气。她极力用眼睛搜寻可以出气的事。她走倚在床沿的女孩子，怒冲冲地指着她衣裳问：

"大褂怎么缺了纽绊（按：原文为'纽绊'）！"

被质问的是一个极觍靦（腼腆）的女孩。她有一双温柔到不会生气的眼睛，和两只柔嫩到不会报仇的手；一个恬静，朴淳，美丽的灵魂。她安详地抬起戴了镜子（按：原文为"镜子"，现一般为"眼镜"）的眼，低声嗫嚅着：

"那天给巡警勒破的！"

床上俄国标棉被一端正露着个缠了白绷纱的头。靠书橱一个口齿犀利的女孩这时忍不住了。她把双手叉在紫色毛线套衣的口袋里，滔滔地说：

"徐先生，你还逼个什么！我们同房姐妹五个，为了爱国，棒子棍子挨个通身。现在我们大姐还躺在传染病院，三妹半个脑袋还青着。我们走得开吗，你说说看！"

叉着腰的排球健将的女孩这时也捶起桌子，鼓着嘴吧（按：原文"嘴吧"应为"嘴巴"）嚷："你不用打算轰我们走！"

徐舍监似乎有些窘住。床上那女孩唤起许多她自己学生时代的回忆。但她仍装聋卖傻地在房里踱圈子，好像清洁周的评判员那么小心翼翼地掀床单。床下堆的尽是折断了的纸旗，上面溅着已为时间浓化成紫色的血渍。抬起头来，壁上尽是些"坚持到底"一类的警句。

她返（反）过身来若有疑窦地端详着这几个女孩。她想找一个袭击的缝隙。但那些坚定的脸色显示给她的是一种难懂的神秘力量。

她幌了幌（按：原文为"幌"，现今为"晃"）那螳螂形的脑袋，向门边移步了。

突然，她意识着自己的软弱了。她掉转身子，用锐利的眼光和手指平行地刺射着崛（倔）强的孩子们，声扬（按：原文为"声扬"）警戒地说：

"至迟明天！明天不搬家我撤水电。哼，说不定得找巡警！"

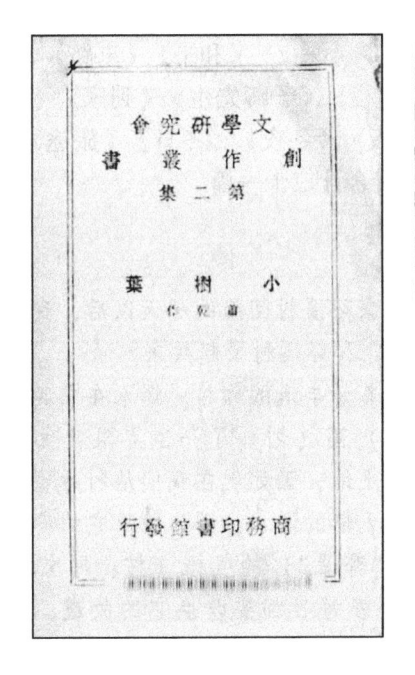

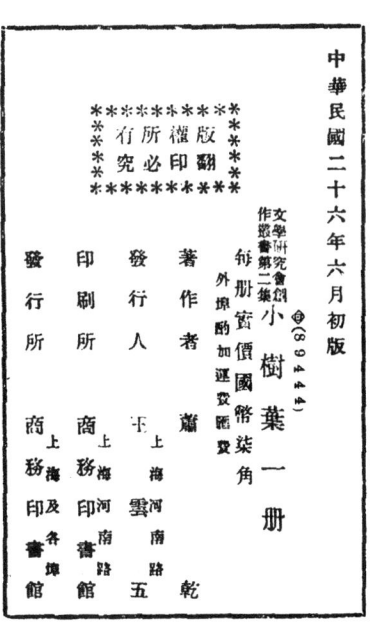

随了訇然的关门声，一股北风趁势溜了进来。白炉冒了冒绛红的舌头，就又缩回去了。立着的女孩都返（反）过身来，床上已有了嘤嘤的哭声。对于一个父母双亡。如今半个脑袋青肿得像茄子的女孩，这警戒是有效的。她不知明晚该把头安放在那里（按：原文为"那里"）。

门外狂风在号着闹着要闯进来。夜空中时有尖锐的警笛吹呼（按：原文为"吹呼"）。环着这床缘是无助的眼色，交换着莫可奈何（按：原文为"莫可奈何"）的慰抚（按：原文为"慰抚"）。

她们好像长在一枝丫上的几片小树叶，脱落了树干，在暴风雨中挣扎。

《许杰短篇小说集》

《许杰短篇小说集》，《文学研究会创作丛书第二集》之一（无编号），上海商务印书馆民国三十六年（1947）一月初版。著作者为许杰，发行人为朱经农（上海河南中路），印刷所为商务印书馆印刷厂，发行所为商务印书馆（各地）。全三册，1032页，每册定价国币拾伍元（印刷地点外另加运费）。

该书为短篇小说集，分上中下三册，收《惨雾》《大白纸》《醉人的湖风》《菜牙与小牛》《小草》《台下的喜剧》《琴音》《督办署的候差员》《隐匿》《吉顺》《出世》《山径》《深夜》《和平》《末路》《邻居》《改嫁》《纪念碑的奠礼》《出嫁的前夜》《子卿先生》《到家》《七十六岁的祥福》《剿匪》《锡矿场》《晚饭》《冬夜》《冬日》《旅途》《贼》《公路上的神旗》《放田水》等。三册合计三十一篇。

无序跋。《惨雾》摘录如下：

自从新嫁的香桂姊从她的夫家环溪村回门的那天以后，我们的村里就接连的（按：原文为"的"）和环溪村聚起兵来。

环溪村和我们的玉湖庄是隔着始丰溪的邻村。溪水在它俩中间流过，天然的（按：原文为"的"）画（划）了一道界限。我们的村舍的后面，从前都是一片膏沃的土地，正如现在我们从村后望过隔溪的树林隐藏着的土地那么丰饶。无情的溪水，因为距离它的发源地不远，还带有奔暴（按：原文为"奔暴"）的气概（按：原文为"气概"），在东冲西决的奔腾，差不多每日都要改换它的故道，践踏我们的田地。现在流到我们的屋下了。我们的建筑，因为要避免溪水的

一　文学研究会"文学丛书"叙录　　383

要挟，在村外筑上了坚固的城寨；溪水奔腾的（按：原文为"的"）冲来时，破不了那坚固的城寨，就在它的下面潆洄了一回，转了几个漩涡，泛成澄碧的深潭，泗马一般的（按：原文为"的"）向下驰去。

我们到村后的溪滨眺望时，我们可以看着溪流的后面，是一滩黄色的沙石。沙石的后面是一片草地，草地上面生长着严密的柳树，和许多芦苇；柳林长满了绿叶，直（按：原文为"直"）遮蔽了远山的山巅，与苍碧的青天相接，相离不远的隔岸的环溪村，已埋没在柳浪之中，找不到一个屋角了。

我们的村舍尽处，恰与村后相反；流水汤汤地从西南方冲来，直到了村舍的靠壁；在那边顺势成一个反动，汇成一个射出角，向东南方流去；因此就堆成了一个沙渚。

沙渚渐渐的（按：原文为"的"）涨大起来。有几处已可种作。我们玉湖人希望在那边，有一个最大的开垦；虽然在现在还是满眼的蓬蒿。

这里靠着我们的溪滨，倘若用始丰溪的界划作证，环溪人当然管不到这些未来的财富，但是他们说那是他们从前所有的地址，他们有重新开垦的权利。

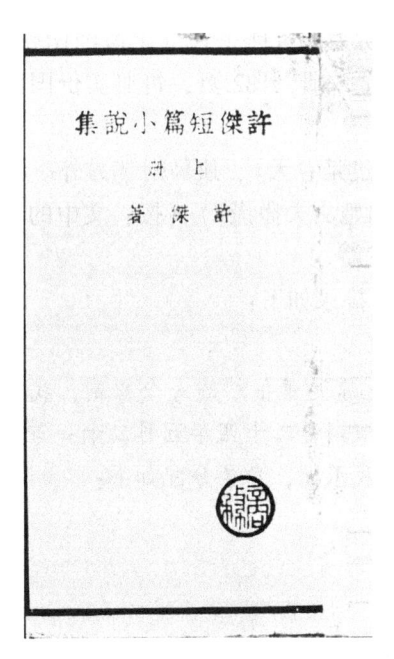

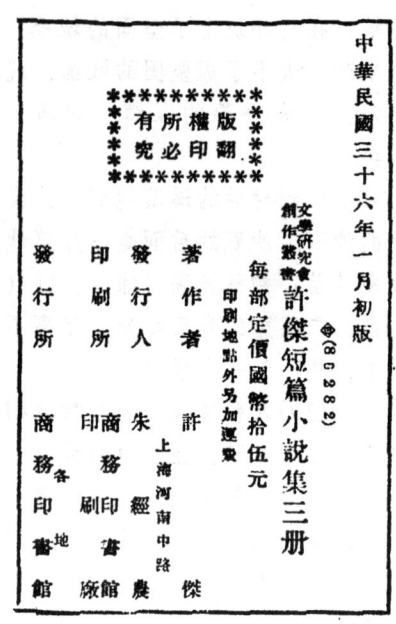

《这不过是春天》

《这不过是春天》，《文学研究会创作丛书第二集》之一（无编号），上海商务印书馆民国二十六年（1937）六月初版。著作者为李健吾，发行人为王云五（上海河南路），印刷所为商务印书馆（上海河南路），发行所为商务印书馆（上海及各埠）。全一册，182页，每册实价国币陆角（外埠酌加运费汇费）。

该书为戏剧集，收三幕剧《这不过是春天》、独幕剧《另外一群》和《说谎集》（改译萧伯纳的《他怎样向她丈夫撒谎》）（按：文中的原文如此，前一个"他"不是"她"），凡三篇。

卷首有《序》，卷末无跋。《序》摘录如下：

在这本集子里面，《说谎集》原是萧伯纳的一个短剧，我应北平青年会剧团二届公演而改译的。演期是二十四年五月二十一与二十二两晚，地点在协和礼堂；导演由我承乏，角色分配如下：

他…………周礼
她…………黄世锦
夫…………李健吾

其中最难揣摩的人物，怕是那俗而不落俗套的丈夫。不久天津某剧团公演，错把丈夫演成忌妒，因而失去全剧讽刺的意味。可笑的地方正在人人以为他忌妒，而他偏偏不忌妒。

《另外一群》是我多年前的一个尝试。很早我就学着写戏，幕剧到今我还留下一捆来，然而勉强可以保存留做纪念的，仿佛只有一出《母亲的梦》和她了。我不主张拿自己的习作发表，妨害读者不说，先要阻碍作者的前进。不过，在我们这个国家，有时连故事撮要也可以搬上舞台的时候，我便斗胆把《另外一群》附在这里。《母亲的梦》，我留在另一个集子问世。

《这不过是春天》，原是二十三年暮春的一件礼物，送给某夫人做生日礼的，好像春天野地的一朵黄花，映在她眼里，微微逗她一笑。连题目算在里面，全剧只是游戏，讽刺自然不免，但是不辣却也当真。据我所知，女学生比较容易，也爱扮演这出喜剧的。实际这里的人物，只有厅长夫人一个人而已。二十四年十月十二和十三日，中国留日同学二届公演，曾经正始（式）上演这出戏，角色分配如下：

警察厅厅长…………贾云樵
厅长夫人…………陈波痕
女子小学校长…………常云心
王彝丞…………林果

白振山…………王空

　　冯允平…………麦龙

　　男仆甲…………尹其铭

　　男仆乙…………非凡

其中男仆乙原作女仆，由我函告演出者梁梦回先生，为方便起见而改换的。

李健吾民国二十五年三月十日。

（六）《文学研究会世界文学名著丛书》叙录

该丛书由上海商务印书馆出版，出版时间大体为 1936～1939 年 10 月。每种书都没有编号，叙录依书名首字音序升序排列。

《笔尔和哲安》，〔法〕莫泊桑著，黎烈文译，1936 年 3 月版，9 月再版，287 页。

《俄国短篇小说译丛》，〔苏〕E. 契利加夫等著，郑振铎译，1936 年 9 月版，284 页。

《法国短篇小说集》，〔法〕P. 梅礼美等著，黎烈文译，1936 年 3 月版，246 页。

《番石榴集》，朱湘译，1936 年 3 月版，9 月再版，453 页。

《黑色马》，〔俄〕C. 路卜洵著，映波译，1936 年 3 月版，174 页。

《化外人》，〔芬兰〕J. 哀乐等著，傅东华译，1936 年 3 月版，9 月再版，335 页。

《老屋》，〔俄〕梭罗古勃著，陈炜谟译，1936 年 3 月版，136 页。

《皮兰德娄戏曲集》，〔意〕L. 皮兰德娄著，徐霞村译，1936 年 3 月版，250 页。

《萨朗波》，〔法〕弗罗贝尔著，李劼人译，无出版年，474 页。

《沙宁》，〔俄〕M. 阿志跋绥夫著，郑振铎译，1930 年 5 月版，1932 年 10 月国难续 1 版，600 页。

《西窗集》，〔法〕C. 波特莱著，卞之琳译，1936 年 3 月版，9 月再版，272 页。

《现代日本小说译丛》，〔日〕横光利一等著，黄源译，1936 年 3 月版，9 月再版，198 页。

《乡下姑娘》，〔日〕黑岛传治著，卢任钧选译，无出版年，239 页。

《在俄罗斯谁能快乐而自由》，〔俄〕N. 尼克拉索夫著，高寒译，1939年10月版，1~6册。

《笔尔和哲安》

《笔尔和哲安》，《文学研究会世界文学名著丛书》之一（无编号），上海商务印书馆民国二十五年（1936）三月初版。原著者为法国莫泊桑，译述者为黎烈文，发行人为王云五（上海河南路），印刷所为上海商务印书馆（上海河南路），发行所为商务印书馆（上海及各埠）。一册，287页，每册定价国币柒角（外埠酌加运费汇费）。此外还有1936年9月再版本。

该书凡九节，无节目。

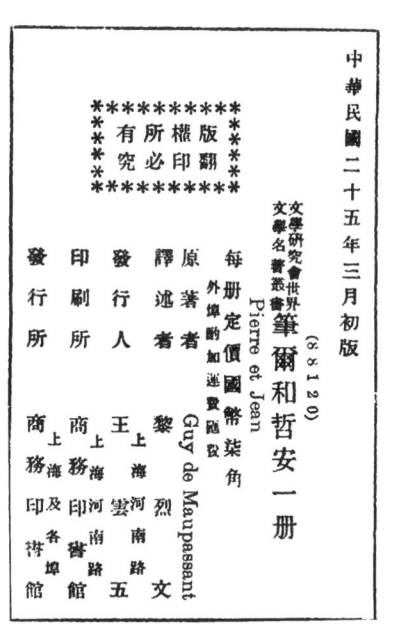

《俄国短篇小说译丛》

《俄国短篇小说译丛》，《文学研究会世界文学名著丛书》之一（无编号），上海商务印书馆民国二十五年（1936）三月初版，民国二十五年（1936）九月再版。原著者为俄国E. 契利加夫等，选译者为郑振铎，发行人为王云五（上海河南路），印刷所为上海商务印书馆（上海河南路），发行所为商务印书馆（上海及各埠）。一册，284页，每册实价国币柒角（外埠酌加运费汇费）。

该书为俄国短篇小说集,包括契利加夫的《浮士德》《严加管束》《在狱中》,克洛林科的《林语》,梭罗古勃的《你是谁》,高尔基的《木筏之上》,凡六篇,此外还有《作者略传》。

卷首有译者《引言》,卷末无跋。《引言》兹录如下:

  我们计划着要翻译许多重要的俄国短篇小说,集成一套的《俄国短篇小说译丛》,这一册是开头的一本。

  在这一册里,我们收入契利加夫、克洛林科、梭罗古勃及高尔基四个作家的作品六篇。这几个人的作风是那样的不同,那六篇小说的题材是那样的歧异;但我们这集子原本只是"译丛",故便也这样的"酸辣并陈"的刊出了。除了契利加夫《在狱中》的一篇是鲁彦译的之外,其余都是我历年来所译的。

  契利加夫从一九一七年俄国大革命之后,便逃到国外,不曾回去过,他算是流亡作家里的一个重要的人物。但在革命之前,他却也是一位讥嘲沙皇的虐政而同情于革命运动的作家,《严加管束》和《在狱中》是两篇革命的故事,在此时此地读来,也竟觉得有些同感呢。他的《浮士德》写的一个旧俄时代的中等阶级的家庭生活,那生活显得是如何的疲倦与无聊。

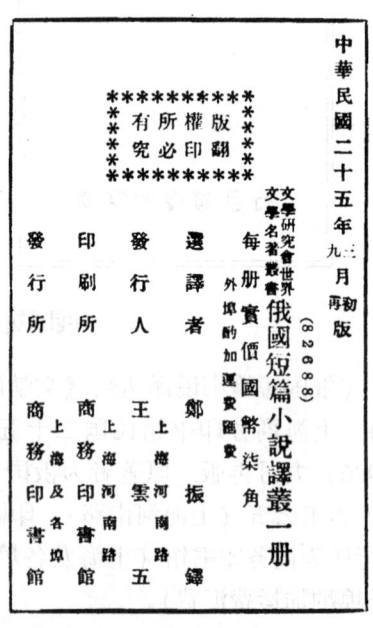

梭洛古勃（前面译为"梭罗古勃"）的《你是谁》写得是那样的凄美，克洛林科的《林语》和高尔基的《木筏之上》都是可怖的故事，有如逢到大自然的黑夜，风雨交加，电鞭不时的一闪的情景，那"力"是那样的伟大。

对于这几篇我都很欢喜（原文如此）。

译者二十三年九月二十八日

《法国短篇小说集》

《法国短篇小说集》，《文学研究会世界文学名著丛书》之一（无编号），上海商务印书馆民国二十五年（1936）三月初版。选译者为黎烈文，发行者为王云五，印刷所为商务印书馆（上海河南路），发行所为商务印书馆（上海及各埠）。全一册，每册实价国币柒角（外埠酌加运费汇费）。

该书为法国短篇小说集，内收梅里美的《埃特律利花瓶》、左拉的《大密殊》和《血》、科佩的《名誉是保全了》、雷布拉的《未婚夫》、奈尼叶的《信》、赖纳的《客》、罗曼·罗兰的《反抗》、李奈尔的《晚风》、纪德的《田园交响乐》、波尔多的《堇色的辰光》、巴比塞的《他们的路》、莫洛亚的《一个大师的出处》和《故事十篇》、哲恩·哥茫与加密尔·塞的《热情的小孩》，凡十五篇。每篇后有附记和简介作者。

卷首有译者《序》，卷末无跋。译者《序》兹录如下：

> 这里结集起来的十五篇法国短篇小说，是五年来零零碎碎译出，先后在《现代》《文学》《译文》《文学季刊》《申报月刊》《自由谈》等刊物上发表过的。因为每一篇后面都有着短略的"附记"，这"序"原是可以省略了的，但有几点不得不在这里简单地说明一下：
>
> （一）这里面《未婚夫》《晚风》《堇色的辰光》《他们的路》《一个大师的出处》《热情的小孩》等六篇，都是亡妻严冰之选的材料，由她译过头道，再由我根据原文加以详细的订正，然后发表的。发表时的署名，因为当时的便利，有的写着她的名字，有的写着我的名字，有的则随便写着一个笔名。
>
> （二）《田园交响乐》和《反抗》两篇，在这"短篇小说集"里要算特殊的例外。因为这两篇原作并非短篇，而是从长著里面截取的一段。我记得这事因为《文学》编者在出"翻译专号"之前，指定请我翻译罗曼·罗兰和纪德两人的著作。我当时因这两位的短文非常难找，便取巧在他们的长篇里面捡着一个自成段落的插话译了，聊以塞责。我觉得在翻译人手不多，宏篇巨制一时无法介绍的今日，为使一般读者领略一点

大作家的作风起见,这种办法是可以尝试的。即在现今,欧美出版界在编辑杂志及 Anthologie、manuel 一类东西时,也仍然採(采)用这办法。

（三）这短篇集只是许多陆续发表过的译文的集合,事先并无任何计划,也不曾根据什么标准。这大致是译者偶然读到什么,觉得还感兴趣,便译了出来。但也有例外,譬如《故事十篇》在《译文》发表时,就是因为要给爱伦堡（I. Ehrenburg）的一篇论《莫洛亚》的文章助兴,而《信》在初次发表时,曾有过如下的附记:"幽灵之说,今之识者每以为妄,然鞔（挽）近泰西 symbolisme、mysticisme 一派文人如 M. Macterlinck, P. Claudel 等,多以怪诞荒唐之物,寄其幽玄缥缈之怀,说鬼谈神,屡见不鲜。译者近罹钜痛,颇涉退思,日来读象征派诗人奈尼叶著作,偶见斯篇,益增奇想……"云云,这即是说:那时我正悼亡,万分无奈时,也真希望有着灵魂一类的东西的存在。看了这小说,觉得有意思,便译了。

至于翻译技术方面,我向来奉以自勉的是:第一明白,第二忠实,第三漂亮。但频年用力译事的结果,觉得第一项或许做到了,第二项自己也以为或许做到了,然仍恐有些注意不到的地方,第三项则当然差得很远,还有待于高明的读者的指教。是为序。

　　黎烈文　一九三五年十月二十二日

《番石榴集》

《番石榴集》,《文学研究会世界文学名著丛书》之一（无编号）,上海商务印书馆民国二十五年（1936）三月初版，民国三十六年（1947）三月四版。选译者为朱湘，发行人为朱经农（上海河南中路），印刷所为商务印书馆印刷厂，发行所为商务印书馆（各地）。一册，453页，每册定价国币捌角（印刷地点外另加运费）。

　　该书为作品集，分上中下三卷。上卷收入埃及的《死书二首》(《他死者合体人唯一之神……》《他完成了他的胜利》）。亚刺伯（阿拉伯）穆塔密德的《莫取媚于人世》《千一夜集一首》(《水仙歌》)、夏腊的《永远的警伺着》、无名氏的《我们少年的时日》。波斯之左若亚斯忒的《圣书节译》、茹密的《一个美丽》、阿玛·加漾的《茹拜迕忒选译》、萨第的《果园一首》《玫瑰园一首》、哈菲士的《曲（一）》《曲（二）》。印度之《五书一首（国王）》，迦利达沙的《秋》、巴忒利哈黎的《恬静》《俳句》。希腊之沙乎的《曲——给美神》《一个少女》、安奈克利昂的《爱神》、赛摩尼第士的《索谋辟里》《希腊诗选六首》包括亚嘉谢士的《退步》、梅列觉的《小爱神》、普腊陀的《印章》、无名氏·柯利默克士·黎奥尼达士的《墓铭三首》《伊索寓言》一首（《驴蒙狮皮》）。罗马之卫基尔的《牧歌》、贾特勒士的《给列司比亚》、马休尔的《他的诗集》、拉丁文学生歌《行乐》。

　　中卷收入意大利之但特的《新生一首》《六出诗》。法国之《番女缘述意》。贝尔纳·德·望塔度的《这便难怪》。危用的《吊死曲》。龙萨的《给梅伦》。赖封坦的《寓言》，卫尔连的 *Chanson d'Autome*。西班牙之路依兹的《二鼠》。科隆比亚之嘉洛的《仅存的阴加人》。德国之戈忒（歌德）的《夜歌》、海纳（海涅）的 *Ein Fichtenbaumstehteinsam*》《Du bist wie eine Blume*》《情歌》。荷兰之费休尔的《财》。斯堪地（的）纳维亚之罗曾和甫的《铅卜》。俄国之古代史歌《意里亚与斯伐陀郭》。英国之无名氏的《海客》、无名氏的《鹪鸪》、无名氏的《旧的大氅》、无名氏的《美神》、无名氏的《爱》、李雷的《赌牌》、但尼尔的《怪事》、莎士比（莎士比亚）的《仙童歌》《海挽歌》《及时》《自挽歌》《林中》《撒手》《晨歌》《在春天》《十四行四首》、卞强生的《给西里亚》《告别世界》、糜尔屯（弥尔顿）的《十四行》、唐恩的《死》、希内克的《眼珠》、白雷克的《虎》、彭斯的《美人》、蓝德尔的《多西》《终》、夏悝的《恳求》、济慈的《希腊皿曲》《夜莺曲》《秋曲》《妖女》、费恩吉拉尔德的《往日》、白礼齐士的《冬墓》、华特生的《死》。

　　下卷收入安诺德的《索赫拉与鲁斯通》、华兹华斯的《迈克》、辜律勒己的《老舟子行》、济慈的《圣亚尼节之夕》。

　　无序跋。唐恩的《死》摘录如下：

死神，你莫骄傲，虽然有人
说你形状可怕，法力无边：
试想古来多少豪杰圣贤
死如归至，至今依旧留名！
睡眠之神他是你的化身，
我们并欢喜他来到人间，
你的模样当然肖似睡眠，
我们那又何必抱恐担惊！

你无非命运之神的奴隶，
够可羞了，不须得意洋洋！
鸦片妖法也能令人身亡，
不专靠你引他去见天帝。
一死之后我们将要永生，
那时你却死了，死亡之神！
                            Donne

华特生的《死》摘录如下：

世间的人不须惧怕死亡：
天堂既无，也便不愁地狱。
人生之宴我们已经品尝，
地下虫蚁难道就该死去？
      Watson

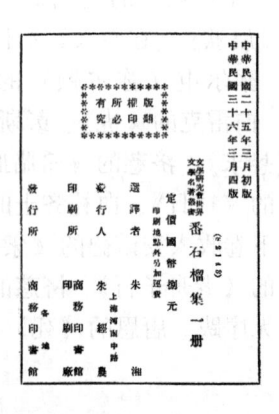

《黑色马》

《黑色马》,《文学研究会世界文学名著丛书》之一（无编号），上海商务印书馆民国二十五年（1936）三月初版。原著者为俄国 V. Ropshin（路卜洵），译述者为映波，发行人为王云五，印刷所为商务印书馆，发行所为上海及各埠商务印书馆。一册，174 页，每册定价国币陆角（外埠酌加运费汇费）。

该书为俄国 V. Ropshin（路卜洵）中篇小说，凡三章，有"一""二""三"标出，无章目。日记体，标明月日。

无序跋。卷首的两段引文兹录如下：

"这就是黑色的马，背上坐了一个骑者，在他手里有一把天秤。"——《启示录》第六卷第五页

"谁仇恨自己的兄弟，他就处在烟雾之中，在烟雾之中奔走，不知道向何处去，因为烟雾迷了他的眼。"——《救世记》第二卷第十一页

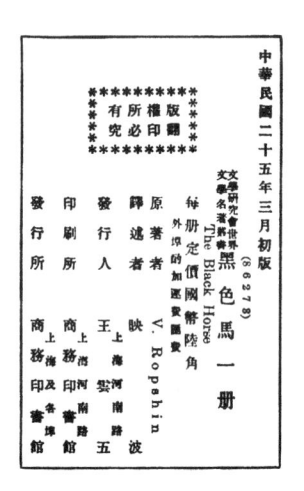

《化外人》

《化外人》,《文学研究会世界文学名著丛书》之一（无编号），上海商务印书馆民国二十五年（1936）三月初版。选译者为傅东华，发行人为王云五，印刷所为商务印书馆，发行所为上海及各埠商务印书馆。一册，335 页，每册定价国币捌角（外埠酌加运费汇费）。

该书为短篇小说集，收入《化外人》（［芬兰］J. 哀禾），《在卷筒机

上》（［捷克］C. 槎德），《梦想家》（［保加利亚］E. 贝林），《野宴》（［犹太］S. 李宾），《逾越节的客人》（［犹太］S. 阿赖根），《曼加洛斯》（［希腊］G. 芝诺坡洛），《琉卡狄思》（［德国］J. 瓦塞曼），《空中足球·新游戏》（［爱尔兰］G. 萧伯纳），《复本》（［爱尔兰］J. 乔伊斯），《速》（［美］S. 刘易士），《没有鞋子的人们》（［美］L. 休士），《自由了感到怎样》（［美］M. 珂姆洛夫），《梦的实现》（［美］L. 胡法刻），凡十三篇。

卷首无序，每篇卷末有"后记"。《化外人》的"后记"兹录如下：

芬兰人自从前世纪中期和瑞典人政治上分离之后，民族意识就逐渐膨胀起来。正当这个时候，他们出产了一部所谓"综合的史诗"《喀累佛拉》（Kalevala）乃是他们的历来传说的大集合，一时芬兰的作家们都受了它的影响，因而它就决定了近代一般创作的方向，即使一般作家普遍地从事于农民生活和农民意识的描写了。这班近代作家当中的前辈是彼得利·拜佛灵塔（Pietari Paivarinta, 1927~?），后起的则以朱哈尼·哀禾（Juhani Aho, 1891~）为最杰出，因为他最能认识他们的农民是民族运命的中心，也最能了解农民的感情和意识。这篇（译自 Great Short Novels of the World）的英译篇名是"Outlawed"，现在译做（作）《化外人》，原不十分适切，但是这个译名也许意味更深一层吧？

《在卷筒机上》"后记"兹录如下：

捷克民族自一六二一年败于白山战役之后，直到前次欧战终结，方始获得独立，她的文学却从前世纪的初头就开始萌芽滋长了。也犹其他许多文学发展的过程，捷克文学是从理想主义逐渐变到写实主义的。这些新兴作家中，当然以约瑟·揆伯（Josef Capek, 1881~）及加拉·揆伯（Karel Capek, 1890~）兄弟为最杰出。但是最能认识现代的问题的倒要推比较前的揆伯·搓德（K. M. Capek-Chod, 1850~1925），这里介绍他的一个短篇，它拿现代机械作题材，也是一种特色。

本篇译自 Selected Czeck Tales（Oxford）。

《梦想家》"后记"兹录如下：

保加利亚文学还只有一百年的历史，因了语言系统上的关系，她当然受俄国文学的影响最多，写实的，神秘的，哲学的倾向处处都可以见到。自从诗人和小说家伊凡·跋佐夫（Ivan Vazov，1850～1921）出世，保加利亚文学方在世界文坛佔（占）得一席地。现在的作家当中以爱林·贝林（Elin Pelin，1878～）为最杰出。他的真名字是提摩脱·伊凡诺夫（Dimitre Ivanov），曾做了多年的乡村小学教员，因为他自愿"生活在农民里面，不愿抬高自己的社会地位，这才获得了创作的能力"。在他的作品里，保加利亚农村的精神生活同镜一般的反映出来。

本篇译自"Transition" No. 10。

《复本》"后记"兹录如下：

号称为"表现主义者"（Expressionist）而其实是"什么都放进去主义者"（Putting-every-thing-in School）的爱尔兰作家詹姆士·乔伊斯（1882～），我们早已熟悉他的名字，但他的作品，据我所知，是至今还没有人译过。所以熟悉，是因为他的名字响，所以没有人译他的作品，是因为他的作品看不懂——不但我们外国人看不懂，就是他自己本国人也看不懂。

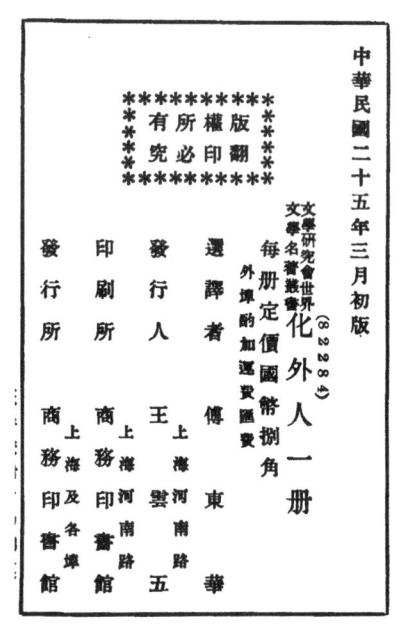

代他辩护的人给他的解释是：他要把"落在人心上的每个原子都按照它落下来的次序记录下来，并且要描摹出每一视象和事变刻划在意识上的样式，不问它是怎样的片段不相连贯"，以期和人生得着更密切的接近（见 Mr. Virginia Woolf's The Common Reader.）。

但如 Gerald Gould 在他的英国小说论里所说："即使一本书有二十四册电话簿那么厚，也未必能把我们任何人在一小时的行动、思想、情感完全记录下来。若拿电话簿来比字纸篓，还要算是一件艺术品，因为它是经过一番严格的取拾的。至于乔伊斯的 Ulysses（这是他的代表作——译者），那就简直是字纸篓了。"

然而，"字纸篓"的作者居然也在现代文坛佔（占）着第一流的地位，那就无非因他的风格特别。我这里译了这一篇，也并无其他用意，只因它还看得懂，所以拿它来备一格，并且聊以满足读者的好奇心罢了。

《老屋》

《老屋》，《文学研究会世界文学名著丛书》之一（无编号），上海商务印书馆民国二十五年（1936）三月初版。原著者为俄国 Sologub（梭罗古勃），译述者为陈炜谟，发行人为王云五，印刷所为商务印书馆，发行所为上海及各埠商务印书馆。一册，136 页，每册定价国币伍角（外埠酌加运费汇费）。

全书凡五十四节，无节目，无序跋。正文摘录如下：

这是一所大的一层的老屋子，跟一个 Mezzanine（中层楼）。这屋站在一个村子里，距一个铁路车站有十一俄里，距县城约有五十俄里。围绕着这屋的花园，似乎消失在昏睡里了，而在这花园的那边却伸展出那说不出地？暗淡，无穷尽地颓唐的田野间的这样那样的林荫的景色。

林中茅舍的狗惊扰不宁，战抖着他的瘦弱的全身，他的短毛直竖，他不住地㨢动他的耳朵。站起来，他伸展他的细长的腿，他的敏锐的鼻口，露着牙齿，举向这恼人的月亮。他的眼睛燃烧着一种渴慕的火焰，这狗在应答地吠叫，在应答那在树林里的女人们的远远地哀哭。

人们都沉沉入梦了。

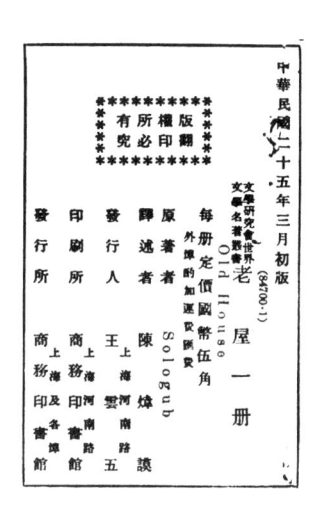

一　文学研究会"文学丛书"叙录　397

《皮蓝德娄戏曲集》

《皮蓝德娄戏曲集》，《文学研究会世界文学名著丛书》之一（无编号），上海商务印书馆民国二十五年（1936）三月初版，九月再版。原著者为意大利 Luigi Pirandello（L. 皮兰德娄），译述者为徐霞村，发行人为王云五，印刷所为商务印书馆，发行所为上海及各埠商务印书馆。一册，250 页，每册实价国币柒角（外埠酌加运费汇费）。

该书为意大利皮蓝德娄戏曲集，内收《六个寻找作家的剧中人物》（三幕喜剧）和《亨利第四》（三幕悲剧）两个剧本。

无序跋。卷前有译者的《皮蓝德娄》一文，摘录如下：

> 皮蓝德娄的最著名的作品是《六个寻找作家的剧中人物》（Sei Personaggi in cercad's Autore），在这篇惊震世界的剧本里，皮蓝德娄不但充分放进去了他的全部的哲学，并且也惊人地表现了他的写剧的技巧。这是一出剧中的剧。事情是发生在一家剧院的舞台上。经理和演员们正在排着一出新戏，舞台上忽然跑上来六个不速之客。经理问他们有什么事，他们答应他们是六个剧中的人物：一个是父亲，一是母亲，一个是继女，一个是儿子，一个是小男孩，一个是小女孩；因为被他们的作者所弃，想要找一个作者把他们的悲剧排出来。经理弄得摸不着头，便答应他们说他这里没有作者。但是这六个古怪的男女仍旧不肯走，一定叫经理做他们的作者。于是，一问一答地，带着无数的笑话，他们便把他们的故事说出来了。原来父亲和母亲是一对结过

婚，而且生了一儿子的夫妻。父亲有一个私人书记，这书记常常到他们家里来。不久这书记和母亲就发现他们两个是"能够互相了解的"。父亲见了这种情形，立刻把母亲赶了出去，并且把儿子送到乡下去养。母亲和书记同住，生了三个私生子，那就是继女、小男孩、小女孩。父亲一个人住了些年，渐渐觉得无聊起来。

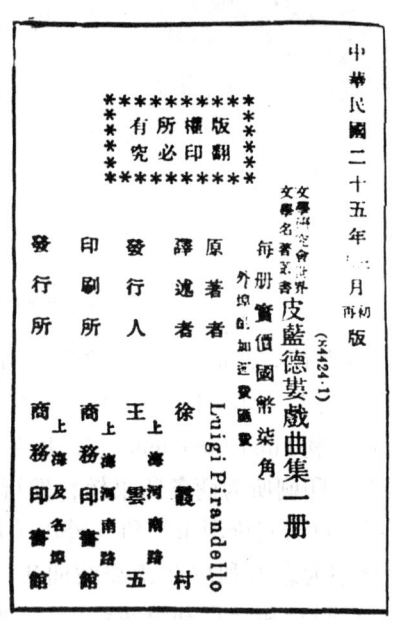

《沙宁》

《沙宁》，《文学研究会世界文学名著丛书》之一（无编号），上海商务印书馆民国十九年（1930）五月初版。原著者为俄国 M. 阿志巴（跋）绥夫，译者为郑振铎，发行者为商务印书馆，印刷所为商务印书馆（上海北河南路北首宝山路），总发行所为商务印书馆（上海棋盘街中市），分售处为外埠各地商务印书馆分馆。一册，600 页，每册定价大洋贰元（外埠酌加运费汇费）。此外还有 1932 年 10 月国难续一版，笔者未见。

该书凡四十六章，无章目。

卷首有《译序》，其后有目录《阿志巴（跋）绥夫的重要作品》。卷末有译者《后记》。《译序》摘录如下：

《沙宁》（Sanine）的出版，使阿志巴（跋）绥夫（Miehael Artzibashef）在世界文坛上得到了不朽的地位。菲尔普斯（W. L. Phelps）说："在最近五年所出版的俄国小说中，阿志巴（跋）绥夫的《沙宁》，虽不是最伟大的，却是最'刺激的'。虽然在《沙宁》中，有两个男人自杀了，两个女子被毁坏了，然而它的刺激，却不在于事实方面，而在于它的思想。……自革命失败以来，俄国便有一种显著的反动，反对那在不同的时间占据于俄国文学中的三种伟大的思想：屠格涅夫的宁静的悲观主义，托尔斯泰的基督教的无抵抗的宗教及最普通的俄国式的无意志的哲学。在革命之前，高尔基即已表白出那反抗的精神；……而实远在于阿志巴（跋）绥夫之后，阿志巴（跋）绥夫……在创造他的英雄沙宁上，已到达了道德的虚无主义的极边。"阿志巴（跋）绥夫的这种极边的道德的虚无主义，在俄国立刻引起了可惊怕的喧声，一部分的批评家觉得他的思想的危险，都极力的（地）攻击他。然而因了这种喧声，却引起了俄国以外的不少的人的注意，最初是德国的读者热烈的（地）欢迎了它，然后是法国，意大利，丹麦，匈牙利，以至日本都有了《沙宁》的译本了，然后，连最守旧的最中庸的英国人也在谈着它了。因为《沙宁》的读者的众多，于是它的作者阿志巴（跋）绥夫的生平，便有许多人渴欲知道；这是实在的，一个读者对于一种作品发生兴趣时，未有不欲明白作者的生平的，尤其是《沙宁》的读者。当其读完了此书时，未有不掩卷想道："这种无畏的道德的虚无主义怎么会发生的呢？作者究竟是怎样的一个人呢？"

一九二三，五，二是，于上海

《后记》兹录如下：

发愿译《沙宁》，已在六年之前，仅成数章，便因事辍笔。去年，为友人所督促，复行续译。竟得于暑假时，将全书译毕。原系依据 G. Cannan 的英译本重译，但我知道英译本多所顾忌，未必便是全译本；便请耿济之君替我用俄文原本校对一下。耿君校对的结果，果然发现英本的许多脱落及故意不译之处。他一一的将那些脱落未译的地方为我补译出来。但他那时正住在西比利亚，邮件往返不便，所以我在《小说月报》上所发表的，仍是我自己的译文，竟来不及採（采）用他的校改本。——直到了去年秋天，他回国的时候，方才很便利的在《小说月报》第二十卷第十号至第十二号中（即《沙宁》

的最后几章）完全改用了他的校译本。在这里读者如将它与英译本一对，便可发见第四十一章，多了一千四百余字，又第四十二章全章，也是英译本所不曾有的，其他英译本漏译的地方，读者只要取这个本子与《小说月报》第二十卷第十号以前所刊的一为校对，便可完全明白。《沙宁》之有这部全译本出现，当然要完全归功于耿济之君；这真不独我个人要向他慎重道谢而已的！

  在我这部译本在《小说月报》上快要刊毕时，突然又有了两种《沙宁》的中译本出现，《沙宁》这样的为国人所重视，真是我们所十分高兴的事。为了时间及排印上的关系，我竟未能将那两种译本与我所译的再细校一过。但他们似都系根据于 G. Cannan 的英译本而重译的。我的译文，既为耿君所校译，根本上已与 Cannan 的一本不同，所以便也不必再取他们的译本来校阅，便这样的付印了。

  郑振铎　十九年三月二十四日

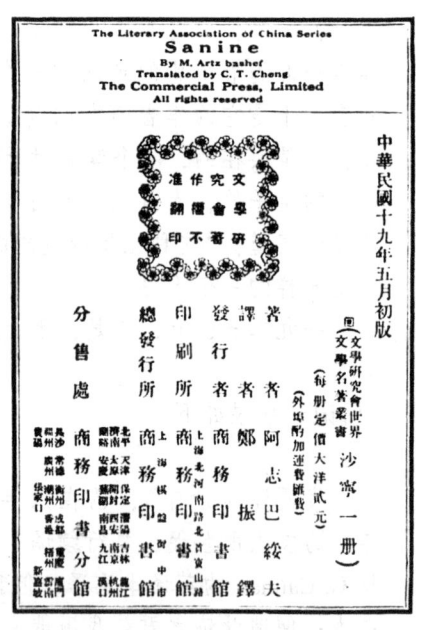

《西窗集》

  《西窗集》，《文学研究会世界文学名著丛书》之一（无编号），上海商务印书馆民国二十五年（1936）三月初版，同年九月再版。（原著者为法国 C. 波特莱等著）、选译者为卞之琳。发行人为王云五（上海河南路），印刷所为商务印书馆（上海河南路），发行所为商务印书馆（上海及各埠）。全一册，272页，每册实价国币柒角（外埠的加运费汇费）。此外还有1936年9月再版。

该书是24位作家的诗歌、小品、散文、小说的译集。共分6辑。第一辑收录法国波特莱（波特莱尔）《音乐》《波希米人》《喷泉》，法国玛拉美的《太息》《海风》，古尔蒙的《死叶》，梵乐希的《友爱的林子》，比利时梅德林克的《歌》，罗赛蒂女士的《歌》，法国哈代的《倦旅》。

第二辑收录法国玛拉美的《秋天的哀怨》《冬天的颤抖》，梵乐希的《年轻的母亲》，法国福尔的《亨利第三》，奥地利黎尔克的《军旗手的爱与死》。

第三辑收录英国史密士的《小品》（二十篇），西班牙阿左林的《"阿左林是古怪的"》《孤独者》《"晚了"》《上书院去的路》《卡乐思神父》《叶克拉》《读书的嗜好》《早催人》《三宝盒》《奥蕾丽亚的眼睛》。

第四辑收录法国卜罗思忒的《睡眠与记忆》，西班牙阿左林的《白》，英国吴尔芙夫人的《果园里》，爱尔兰乔也思（乔伊斯）的《爱芙伶》。

第五辑收录俄国蒲宁的《中暑》，彼忒理思珂的《算账》，法国阿克莱茫的《无话的戏剧》，柯温的《在雾中》，绥杰的《街》，古德曼的《流浪的孩子们》。

第六辑收录法国纪德的《浪子归家》。

卷首有译者《题记》，卷末无跋。《题记》兹录如下：

  这里译的是从十九世纪后半期到当代西洋诗文的鳞爪，虽是杂拌儿，读起来也许还可以感觉到一个共通的特色：一点诗的情调。自己这几年来的译品是不止这么些，现在不过把原来为自己所喜爱，译出后自己还不十分讨厌的短篇文字收集在一起罢了。其中大部分属英法等国，从原文译，一部分属西班牙等国，据英法文转译。翻译上有许多地方要感谢诸位师友的帮忙。

  编理完了，仿佛在秋天的斜阳里向远处随便开了一个窗，说不出的惆怅，倒想请朋友们一同凭眺呢。

  卞之琳，十二月，一九三四

译者的《修订本引言》摘录如下：

  这本集子所收的原是我在1930年和1934年之间的零星译品。

1934年，承郑振铎约为他所主编的一套丛书凑一个译本，我就把自己的译品（不包括文学评论的译品）编理出一本小书，于当年十二月完成，取名《西窗集》。稿本交出后不久，我自己就抱憾于取材芜杂，翻译草率，因为无法收回，就开始悄悄准备拆台工作；1936年书出版后，我发现排印上又增添了问题，特别是韵文部分被书店编辑擅改分行，更令人啼笑皆非，只得积极进行另起炉灶的工作。

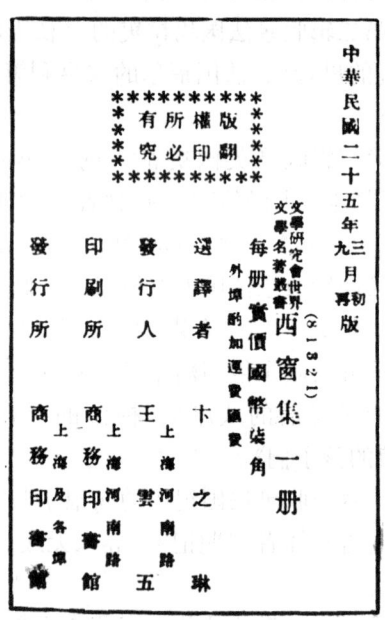

《现代日本小说译丛》

《现代日本小说译丛》，《文学研究会世界文学名著丛书》之一（无编号），上海商务印书馆民国二十五年（1936）三月初版。选译者为黄源，发行人为王云五（上海河南路），印刷所为商务印书馆（上海河南路），发行所为商务印书馆（上海及各埠）。一册，198页，每册定价国币陆角（外埠酌加运费汇费）。此外还有1936年9月再版本。

该书为现代日本小说集，收入横光利一的《拿破仑与朝鲜》，须井一的《合唱》，有岛生马的《饲鸽姑娘》，小川未明的《北国之冬》，林芙美子的《达凯爱尔路》，凡五篇。另外附录朝鲜张赫宙的《姓权的那个家伙》。无序跋。《拿破仑与朝鲜》篇末有关于作者横光利一简介的"后记"，摘录如下：

横光利一以（按：原文是"以"）明治三十一年（一八九八）生于日本大分县宇佐部。幼时启蒙于大津市大津小学校。他的父亲是测量技师，常辗转服役于各地；他跟着父亲，就不得不时时转学。后来从三重县上野中学毕业后，便进了早稻田大学文科肄业；其间曾辍学一时，但不久即复学。

他的文学生活，是在大正十二年（一九二二）一月加入了"文艺春秋社"开始的。那年五月他在《新小说》上发表了《白轮》，又在《文艺春秋》上发表了《蝇》，渐为人所注意。至大正十三年十月，遂与片冈铁兵、中河与一、池谷信三郎、川端康成等创办《文艺时代》月刊，开始作"新感觉派"的文学运动。这时，他连接着发表了许多作品，如《无礼的街》《战栗的蔷薇》《春天乘马车》《表现派的脚色》《朦胧的风》等感觉的作品，博得了不少的佳评。昭和二年（一九二七）四月《文艺时代》停刊；五月他又与二十同人另办《平帖》，这杂志到十一月也停刊了。

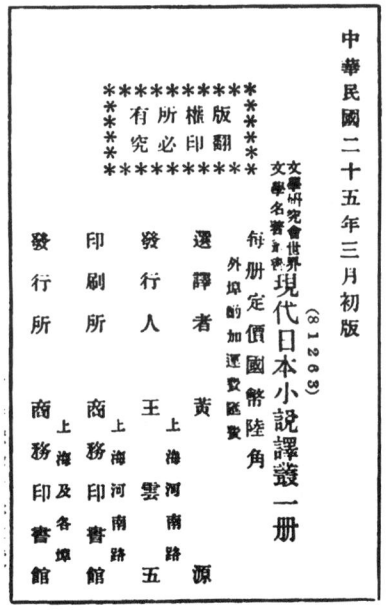

《姓权的那个家伙》篇末有关于作者张赫宙简介的"后记"，兹录如下：

张赫宙是一位用日本文写作的朝鲜新作家。自从他的处女作

《饥饿道》于去年当选日本《改造》杂志的创作征文的冠军后，接着他又发表过《被驱逐的人们》《姓权的那个家伙》以及最近在日本《文艺》杂志上发表的《加尔鲍》。这几篇小说大半写的都是殖民地的朝鲜农村间的知识分子的生活，各篇在日本发表后俱得佳评。如濑沼茂树在四月号"行动"的文艺时评中批评他的《加尔鲍》说，"我读过了他的四篇作品，觉得他的技术一篇比一篇洗练，一篇比一篇漂亮。他的迂回曲折的文体，一排印出来，就漂（飘）起一股特殊的风土香味。他所描写的性格，虽是平板，却发散着朝鲜的民族性"。

《乡下姑娘》

《乡下姑娘》，《文学研究会世界文学名著丛书》之一（无编号），上海商务印书馆民国二十七年（1938）二月初版。（原著者为日本黑岛传治等），选译者为卢任钧，发行人为王云五（长沙南正街），印刷所为商务印书馆（长沙南正街），发行所为商务印书馆（各埠）。全一册，239页。每册实价国币柒角（外埠酌加运费汇费）。

该书为日本短篇小说集，包括藤森成吉的《云雀》和《一个体操教员之死》，江马修的《名誉老婆婆》，德永直的《战争杂记》，黑岛传治的《乡下姑娘》，洼川稻子的《决心》、立野信之的《水沟老鼠》，平林泰子的《嘲》，堀田升一的《凯旋》，凡九篇。

无序跋。《乡下姑娘》摘录如下：

一

"为什么只是那样地看着人家的脸孔？"

芳子回看着健二，紧闭嘴巴，装出瞪眼看人的样子。

"我并没有看你的脸孔啦。"

"尽是说谎……我完全知道哩。"

他喜欢妹妹。有时就不知不觉的（按：原文为"的"）好像一心一意地看着她。

这是当她十九岁时候发生出来的事情。

二

她仰仗着姑母，在春天，就开始上东京去。打算在东京给人家当娘姨。在家乡，姑娘家到了懂事的年龄，就无论谁个都要到东京去学习一回礼貌的。这已经成了从来的习惯。母亲和祖母在二十岁前后，也各各（按：原文为"各各"）曾经吃过二三年间的东京饭。现在，

一　文学研究会"文学丛书"叙录　405

虽是做了乡下的庄稼人的老婆，年纪老了，一时曾经洁白美丽的手足也已经干瘪，变成跟松塔一样地（按：原文为"地"）粗糙；但，却是时常想起东京的市街和东京的生活，好像那时候实在快乐不过一般地谈说着。芳子也时常听到那些话。并且，她还深信东京的生活是美丽的，光辉的，而恣意于各种想像（按：原文为"想像"）。

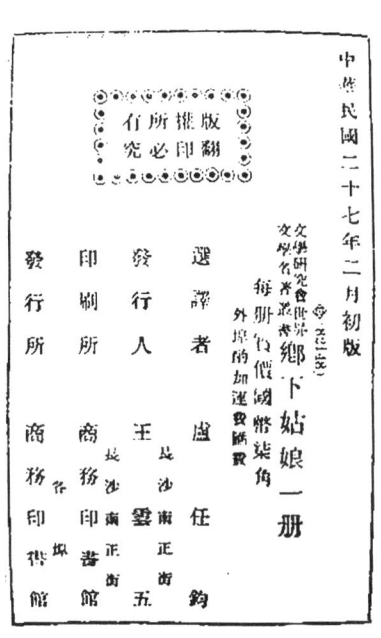

姑母的家，是在郊外的某工厂附近。在入门处的土间（屋内无地板之处——译者）里，左右两边乱七八糟地堆积着假漆已经剥落了的书台子，快要毁破的壁柜，苍蝇罩，火钵和铜吊子等等的旧家具。直到门框为止，只是空开了宽约五尺的进路。屋子是：六叠（日本是以席子来计算房屋的大小的，一张席子称为一叠，长约六尺，阔三尺——译者）一间，三叠一间，四叠半一间，还有一间狭小的厨房。屋子里，黑暗而潮湿。在柱头上好像挂了些钱。张贴着神社祈祷的"七难即灭，七福即生"的神符。不知从什么地方发出了好像腐烂着的南瓜般的气味。

《在俄罗斯谁能快乐而自由》

《在俄罗斯谁能快乐而自由》，《文学研究会世界文学名著丛书》之一（无编号），上海商务印书馆民国二十八年（1939）十月初版。原著者为

（俄国）N. A. Nekrassov（N. 尼克拉索夫），译述者为高寒，发行人为王云五，印刷所为商务印书馆，发行所为商务印书馆（各埠）。全六册，第一册182页，第二册142页，第三册156页，第四册196页，第五册与第六册共295页，合计971页。每部实价国币贰元伍角（外埠酌加运费汇费）。

该书分四部，第一部包括《序诗》《神父》《村社》《狂饮之夜》《快乐的人们》《地主》。第二部"最后的地主"，包括《序诗》《老而不死》《村正克里木》。第三部"农家妇人"，包括《序诗》《结婚》《一只古歌》《沙维里》《都马斯加》《母狼》《大荒之年》《省长夫人》《妇人的传说》。第四部"全村的欢宴"，包括《序诗》《苦难的时代苦难的歌声》《游方僧和流浪人》《新与旧》《尾声》。

卷首有《引言》和《著者肖像及署名》，卷末无跋。《引言》摘录如下：

> 直到最近才被国外知名的俄国"民众忧患之诗人"（The poet of the people's sorrow），他的一生的杰作《在俄罗斯谁能快乐而自由》（Who can be Happy and Free in Russia?），不单是在作风上採（采）用了俄国民歌的形式，说明了俄国农民的忧患和辛苦，刻画出了俄国农民的真挚而伟大的灵魂，且也在诗歌史上，第一次以荷马歌咏英雄和战争的那热心和深情，那种史诗之作者所稀有的大力和气魄，来歌咏了平凡人——农民、劳动者、乞丐、游方僧和流浪人——的生活和不幸。所以，在这意味上谓作者的这篇长诗，可以比之于荷马，且殊胜于荷马，当是无人否认的。译者之敢于冒昧介绍了这篇长诗，自然也不是徒然的了。
>
> 　　　　　　　　　　　　　　　高寒一九三六年一月三十一日

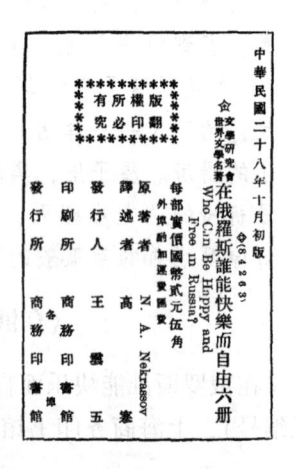

一　文学研究会"文学丛书"叙录　407

此外还有民国三十六年（1947）十一月初版，一九五〇年四月第一版。

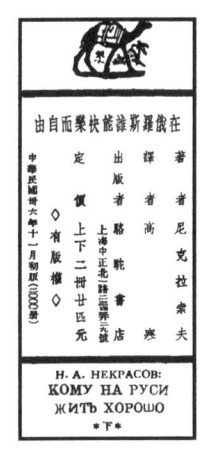

二 创造社"文学丛书"叙录

泰东图书局《(创造社)世界名家小说》叙录
《茵梦湖》

《茵梦湖》，扉页题"世界名家小说第一种"。民国十年（1921）五月一日初版，民国十二年（1923）十月重排六版。原著者为德国Storm（施笃谟），译述者为郭沫若、钱君胥，发行者为赵南公，印刷者为泰东图书局，总发行所为泰东图书局（上海四马路）。全一册，58页，实价一角五分。还有其他诸种版本，参见《世界名著选第五种》《茵梦湖》叙录。

该书为中篇小说译作，凡十章，有章目，依次为《老人》《两小》《林中》《圣诞节》《归乡》《惊耗》《茵梦湖》《睡莲》《以丽沙白》《老人》。

卷首有《原作者小传》和《六版改版的序》，《原作者小传》兹录如下：

施笃谟氏（Theodor Storm）德之雪娄斯维州（Schlèswig）虎汝谟（Husum）市人，生于一八一七年。一八四二年为律师。时该州尚属丹麦，施之亲德，为当局所不容，遂于一八五三年出仕普鲁士。凡流寓卜支丹（Potsdam）及海立西斯他脱（Heiligstadt）十年，其所作《故乡》（"Die Heimatstadt"），忆雪州也。迨雪州归德后，以一八六四年重返故里，时年已四十有八。一八八八年终于故乡。其所作诗，长于抒情，自成一家；所作小说，流丽真挚，莫不一往情深，《茵梦湖》一作尤脍炙人口云。译者志

《六版改版的序》兹录如下：

这本小小的译书，不觉也就要六版了。时隔两年，自己把老版重读一遍，觉得译语的不适当，译笔的欠条畅的地方殊属不少。我便费了两天的工夫重新校改了一遍，另行改版问世。不周之处，或者仍有不免，只好待诸日后再行改正了。

十二年八月二十三日郭沫若

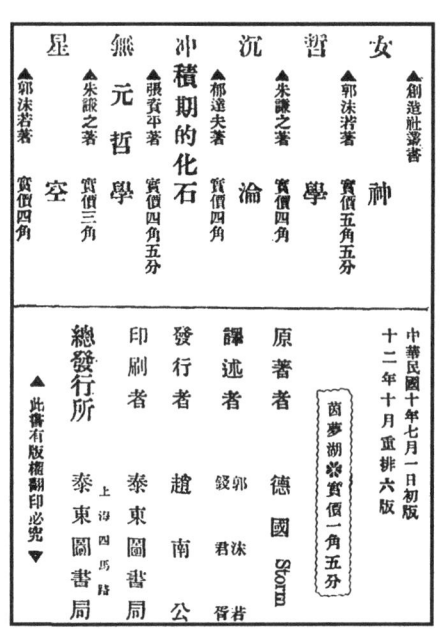

《少年维特之烦恼》

《少年维特之烦恼》，版权页题"创造社世界名著选第二种"。民国十一年（1922）四月十日初版（《创造社资料（上）》则记载初版期为"1922.4.1"，待考），民国十五年（1926）一月十五日八版。编辑者为创造社，原著者为德国歌德，译述者为郭沫若，发行者为赵南公，出版者为泰东图书局，总发行所为泰东图书局（上海四马路一二四~五号），还有数地分局。全一册，156页，实价大洋四角，外埠寄费加一。

该书为书信体小说，作品叙述主人公维特爱上绿蒂姑娘而不得，悲痛欲绝后自杀的爱情故事。

卷首有《序》，卷末有《后序》，前者从略，后者兹录如下：

维特的初译出版以后,不觉已就满了四年了。初译时我自己的生活状态,已经在旧序中略略叙述,那前半部是暑假期中冒着炎热在上海译成的,后半部是在日本医科大学时期,晚上偷着课余的时间译出的。我译这部书实在是费了不少的心血。

自己的心血费来译出了一部世界的名著,实是愉快的事体(按:原文不是"事情"),所以在我把全书译完了,尤其是把旧序做完了的时候,我当时实在愉快得至少有三天是不知肉味的。

不过自己的心血译出了一部名著出来,却供了无赖的书贾抽大烟,养小老婆的资助,这却是件最痛心的事体(按:原文不是"事情")。

还有使人痛心的是一部名著,印刷错得一塌糊涂,装璜(潢)格式等等均俗得不堪忍耐。我初译的误植已经订正过两回,无如专以营利为目的无赖的书贾却两次都不履行,竟两次都把我的订正本遗失了。

然我草率译成的这部书,错印得一塌糊涂的这部书,装璜(潢)得俗不堪耐的这部书,出版以后竟能博得多数读者的同情,这不消说是原作的杰出处使然,然而我自己也不免时常引以为慰藉。

愈受读者欢迎,同时我愈觉得自己的责任重大。印刷和装帧无论如何不能不把它改良。初译本由于自己的草率而发生的错误,尤不能不即早负责改正。所以维特自出版以后,我始终都存着一个改印和改译的心事。我的朋友们也有许多这样怂恿我的。

但是改译倒不成问题,而改印却不是件容易的事体。我们一向是为饥寒所迫的人,那有余钱来消赎这项罪过呢?

我自己于痛心之外实在惭愧了四年,多谢同志们的援助,协作,我们的创造社出版部竟公然于年内成立了。这便是使我改译这部书的最大的动机。在二三月间我来广东之前,费了一两礼拜的功(工)夫,我又把旧译来重新校正了一过。校正了的地方实在不少,不消说我自己也不敢就认为完全无缺的译品,但是比较初译总算是好得多了。又加以全平替我细心校对,灵凤替我刻意装帧,我想从前的丑态,一定可以从此一扫了。

这可以说已死了四年的维特于今又复活了起来。我们从书贾的手里把它救活了,我们从庸俗的丑态里把它救活了。我的快活,同时也就是同志们的快活,我们替维特高呼三声万岁罢!

四年间购读维特的一万以上的读者哟,我们替维特高呼三声万岁罢!

援助创造社出版部成立的诸位同志。我们替维特高呼三声万岁罢!

创造社的同人和出版部的同人们,我们替维特高呼三声万岁罢!

维特复活了!维特复活了!歌德如有灵,或许也要和我们同声三呼万岁!

今天是民国十五年六月四日,我从珠江北岸传呼出这一片欢声。译者 郭沫若志于广大宿舍。

我译此书,于歌德思想有种种共鸣之点。此书主人公维特之性格,便是"狂飙突进时代"(Sturm und Drang)少年歌德自身之性格,维特之思想,便是少年歌德自身之思想。歌德是个伟大的主观诗人,他所有的著作,多是他自身的经验和实感的集成。我在此书中,所有共鸣的种种思想:

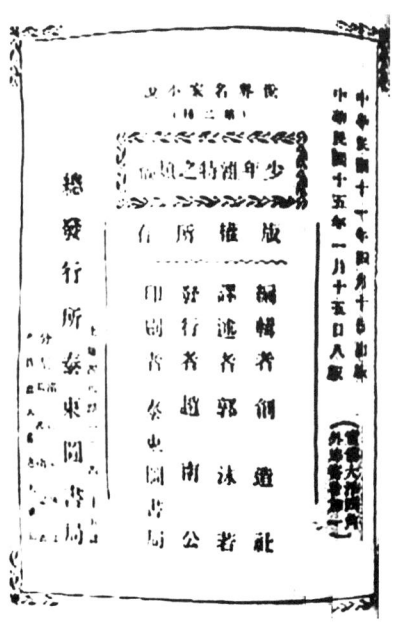

第一,是他的主情主义。他说:"人总是人,不怕就有些微点子的理智,到了热情横溢,冲破人性底界限时,没有甚麽价值或至全无价值可言。"这种事实,我们每每曾经经历过来,我们可以说是,是一种无需乎证明的公理。侯爵重视维特的理智与才能而忽视其心情时，他说："我这心情才是我唯一的至宝，只有他才是一切底源泉，一切力量底，一切福禄底，一切灾难底。"他说，他智所能知的，甚么人都可以知道，只有他的心才是他自己所独有。他对于宇宙万汇，不是用理智去分析，去宰割，他是用他的心情去综合，去创造。他的心情在他身之周围随处可以创造一个乐园；他在微虫细草中，随时可以看出"全能者底存在"，"兼爱无私者底彷徨"。没有爱情的世界，便是没有光亮的神灯。他的心情便是这神灯中的光亮，在白壁上立地可以生出种种画图，在死灭中立地可以生出有情的宇宙。

《鲁森堡之一夜》

《鲁森堡之一夜》，版权页题"世界名家小说第三种"。民国十一年（1922）五月一日初版，民国十七年（1928）三月三版。原著者为法国古尔孟，译述者为郑伯奇，发行者为赵南公，印刷者为泰东图书局，总发行所为泰东图书局（上海四马路一二四~五号），还有位于南京太平街和长沙南阳街的分局。全一册，136页，实售大洋三角五分，外埠另加寄费三分。

该书为中篇小说译作。

卷首有《赖弥·德·古尔孟（人及其思想）》，卷末无跋，有"注"二十四条。前文摘录如下：

《鲁森堡之一夜》是一九〇五年他四十七岁时的作品。他的学识思想与年俱进，益达于圆熟之域，而这部书恰是成于这圆熟的圆熟之作。书中叙一个青年新闻记者，某日晚上，一个冬天的晚上，在鲁森堡公园散步；被圣叙比教堂的光，一时引起了好奇心；他走进了教堂，遇见了一个中年绅士。一个平常的光景中一个平常的人，然而这青年，莫明其妙，生了恐惧和幸福的心，好像将进他可爱、可敬的恋人时候一样。那绅士和他招呼，他的怒惧心全消了，只觉得幸福，环境变了，一个冬天的晚上，却是一个春天的早晨；百花灿烂地开着，他们，顺着蔷薇花边散步。问答开始了，议论的花，正和蔷薇的花，要同时竞芳，对面忽然来了三个美丽的青年女子。自然的花，智慧的花——哲学的议论——人间的花——女性——同时在公园中满开了。这青年幸福到了极度，他议论了哲学上的难问题，他听了他的主——那中年绅士——对于埃比居，圣保罗，斯宾挪莎的赞美；……他又得了女神的爱宠。然而真的早晨来了，太阳出现了，他对于自己的幸福怀疑了，又信了，又疑了，但是他到底信了，他携着他的爱，他的女神回归了家,幸福达到最高潮了,他突然死了。

诚如此书的英驻地者兰荪(Arthur Ransome)所说的,这部书同时具备浪漫的,批评的两种性质(both romanesque and critique)。叙述的精妙同批评的敏锐,真可称为古尔孟的代表作。并且对于从来思想的批评及主张,正可看出古尔孟及第二期象征派诸人思想之所在。我们一接读第二期象征派诸——Verhacren, Maeterlinck, Paul Fort, H. de Regnier Afred Samain,及古尔孟——的作品先觉得他们对于人生那种冷静的程度,吃一大惊。他们决不像 Paul. Verlaine,那一派只唱悲调。敏感的理智,已久受了科学的洗礼,不似前世纪人的对于科学只抱恐惧,只感压迫了。他们,利用科学的这利器,看透了宇宙变迁的程度,觉悟了人类能力的范围,他们大大地断念了一番,然后领悟可以贯通宇宙的灵感,决定人类应有的奋斗。他们创造传奇 Romane,但是这传奇可历历有现实潜在着,不是由自己妄心虚构的。他们作品所写的背景,固然不像自然主义那样有实在性——恐怕有些还赶不及浪漫派的——但是我们读的时候,明明知道是空诞,却依然被他吸引了去;人物和会话,也不似日常所闻所见的,然而我们还得他一举一动,都似乎由我们的心坎中流出来的。这是什么原(缘)故?自然主义趋外倾向的反动吗?怕不至于这样简单。不待深去根究,我们言下可以承认象征派诸人的思想,实可以应我们心坎深处的要求。

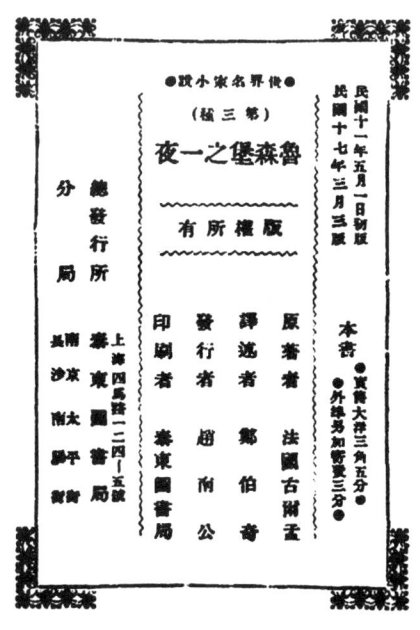

《鲁森堡之一夜》这书，恰和以上所说的。浅薄的写实论者，一句话便可以驳倒了，说这故事不近人情。那里教会里忽然会发奇光；那里会有神出现；那种寒冷的冬夜可变成晴暖的春朝；那里平白地会跑出三个年青女子，那女子又却都是女神？这么一说完了，便是及他一读此书，他觉得此话说不下去。再或者有主张描写本位的，说这书艺术味薄，因为议论太多了，失了小说的体裁。是的，这书的内容，四分之三以上，都为议论占去，固然可说那些议论是书的中心，但是请再细细读之。古尔孟决不是为发挥这议论，特拉出一对人物来互相问答，代他发言的。若果真这样，有什么稀罕，耶稣教会中那传道问答正多的（得）很呢！细细读去，我们便晓得古尔孟不仅把他的思想借他人的口来议论，就是那人物的举动，除了极力描写的使有些实在性以外，都暗暗寓有他的思想。譬如鲁司君之死，便是一例。

一九二一年，十一月，十一日，京都

泰东图书局《创造社丛书》叙录

《女神》

《女神》，郭沫若著，创造社编辑的《创造社丛书第一种》（版权页题）。上海泰东图书局民国十年（1921）八月五日发行。发行者为赵南公，发行所与印刷所均为泰东图书局（上海）。全一册，237页，定价五角五分。

该书为剧曲诗歌集分三辑，第一辑收录《女神之再生》《湘累》《棠棣之花》。第二辑收录《凤凰涅槃之什》，包括《凤凰涅槃》《天狗》《心灯》《炉中煤》《无烟煤》《日出》《晨安》《笔立山头展望》《浴海》《立在地球边上放号》；《泛神论者之什》，包括《三个泛神论者》《电火光中》《地球，我的母亲！》《雪朝》《登临》《光海》《海花树下醉歌》《演奏会上》《夜步十里松原》《我是个偶像崇拜者》；《太阳礼赞之什》，包括《太阳礼赞》《沙上的脚印》《新阳关三叠》《金字塔》《巨炮之教训》《匪徒颂》《胜利的死》《辍了课的第一点钟里》《夜》《死》。第三辑收录《爱神之什》，包括《Venus》《别离》《春愁》《司健康的女神》《新月与白云》《死的诱惑》《火葬场》《鹭鸶》《鸣蝉》《晚步》；《春蚕之什》，包括《春蚕》《"蜜桑索罗普"之夜歌》《霁月》《晴朝》《岸上三首》《春之胎动》《日暮的婚筵》；《归国吟》，包括《新生》《海舟中望日出》

二 创造社"文学丛书"叙录 415

《黄浦江口》《上海印象》《西湖纪游》。

卷首有《序诗》,卷末无跋。《序诗》兹录如下:

> 我是个无产阶级者:
> 因为我除个赤条条的我外,
> 什么私有财产也没有。
> 《女神》是我自己产生出来的,
> 或许可以说是我的私有,
> 但是,我愿意成个共产主义者,
> 所以我把她公开了。
> 《女神》哟!
> 你去,去寻那与我的振动数相同的人;
> 你去,去寻那与我的燃烧点相等的人。
> 你去,去在我可爱的青年的兄弟姐妹胸中;
> 把他们的心弦拨动,
> 把他们的智光点燃吧!

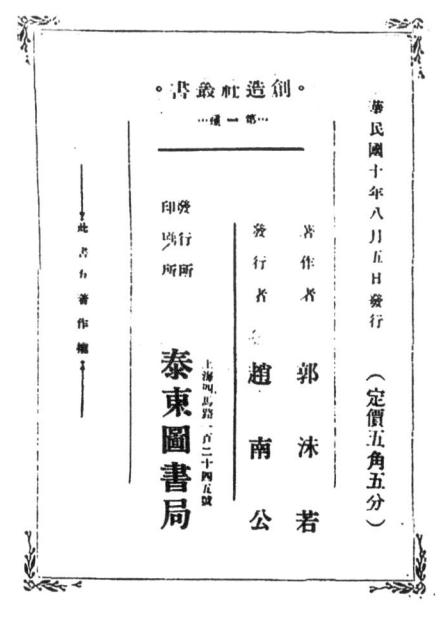

《革命哲学》

《革命哲学》,朱谦之著,创造社编辑的《创造社丛书第二种》(扉页与版权页题）。上海泰东图书局民国十年（1921）九月一日发行，民国十年（1921）十月一日再版。发行者为赵南公，发行所与印刷所均为泰东图书局（上海）。全一册，237页，定价六角。

该书非文学类，其他信息免载。

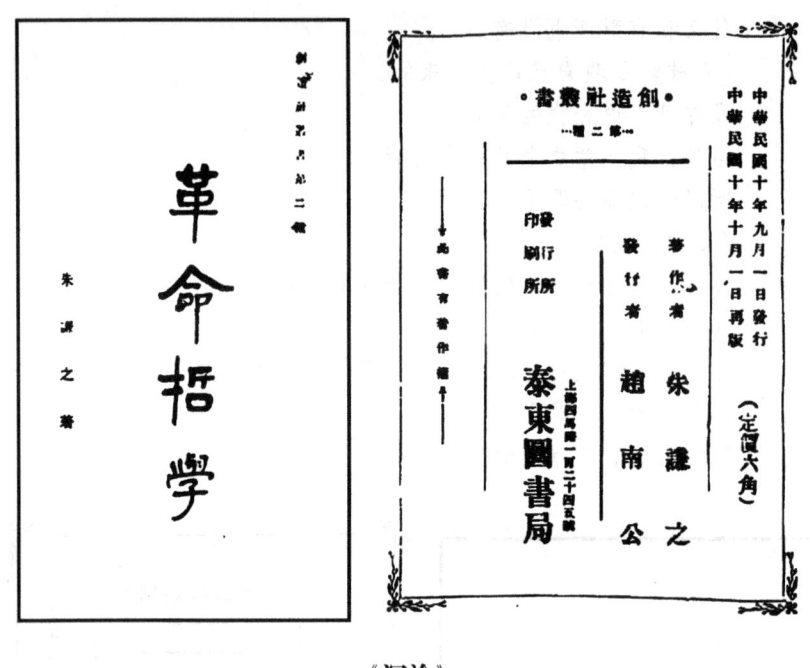

《沉沦》

《沉沦》，郁达夫著，创造社编辑的《创造社丛书第三种》（版权页题）。上海泰东图书局民国十年（1921）十月十五日初版、民国十五年（1926）三月十日八版。发行者为赵南公，总发行所为泰东图书局（上海）。全一册，72页，实售大洋四角，外埠寄费四分。

该书中短篇小说记，收录三篇：《沉沦》《南迁》《银灰色的死》。

卷首有《自序》，卷末无跋。《自序》兹录如下：

  我的三篇小说，都不是强有力的表现。自家做好之后，也不愿再读一遍。所以这本书的批评如何，我是不顾著（着）的。第一篇《沉沦》是描写着一个病的青年的心理，也可以说是青年忧郁病Hypochondair的解剖，里边也带叙着现代人的苦闷，——便是性的要求与灵肉的冲突——但是我的描写是失败了。第二篇《南迁》是描写一个无为的理想主义者的没落,主人公的思想在他的那篇演说里头就可以看得出来。这两篇是一类的东西,就把它们作连续的小说看,也未始不可的。这两篇东西里,也有几处说及日本的国家主义对于我们中国留学生的压迫的地方,但是怕被人看作了宣传的小说,所以描写的时候,不敢用力,不过烘云托月的点缀了几笔。第三篇附录的《银灰色的死》,是在《时事新报》上发表过的,寄稿的时候我是不写名字寄去的,《学灯》栏的主持者,好像把它当作了小孩儿的痴话看,竟把它丢弃了;后来不知什么缘故,过了半年,突然把它揭载了出来。我也很觉得奇怪,但是半年的中间,还不曾把那原篇销毁,却是他的盛意,我不得不感谢他的。

《银灰色的死》是我的试作,便是我的第一篇创作,是今年正月初二脱稿的。往年也曾做过一篇《还乡记》,但是在北京的时候,把它烧失了,我现在正想再做它出来,不晓得也可以比得客拉衣耳的《法国革命史》么?

千九百二十一年七月三十日叙于东京旅次,达夫。

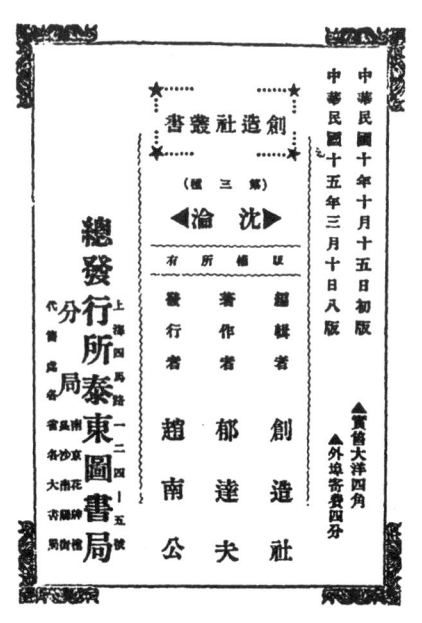

《冲积期化石》

《冲积期化石》,张资平著,创造社编辑的《创造社丛书第四种》(版权页题）。上海泰东图书局民国十一年（1922）二月十五日初版、民国十六年（1927）三月五版。发行者为赵南公，总发行所为泰东图书局（上海）。全一册，204 页，实售大洋四角五分，外埠加寄费四分半。

此外还有 1922 年 5 月再版、1926 年 4 版、1929 年 2 月 7 版、1935 年 4 月 8 版。

该书为长篇小说，凡六十五节，无节目。

卷首有《以诗代序》和无名短信，卷末有《篇后致读者诸君》。《以诗代序》兹录如下：

> 真强者，不饮弱者之血。
> 真智者，不哂愚者之言。
> 五官常占有空间最高之位置，
> 肢体的半数可以支持重大的胴体，
> 这是造物特赐之恩惠！
> 也是万物之灵的特征！
> 要不辜负这特赐之恩惠，
> 如何利用这特征
> 未成化石之先，应当思念及底！

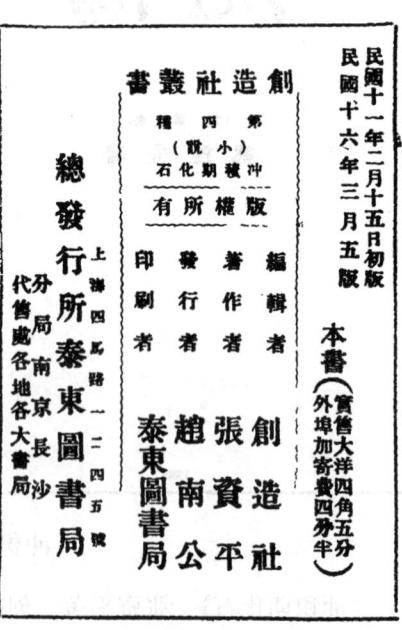

二　创造社"文学丛书"叙录　419

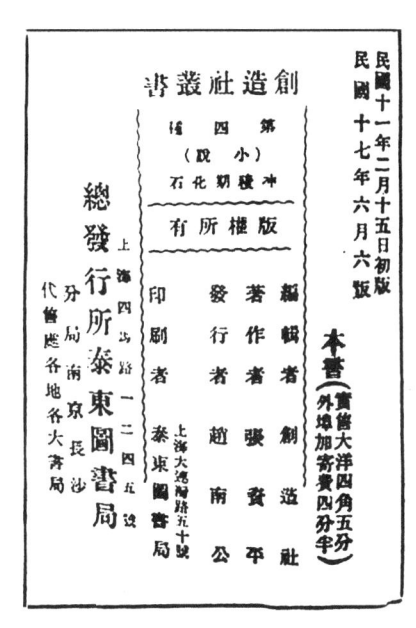

《篇后致读者诸君》兹录如下：

　　我们的高等学校生活和这篇《冲积期化石》同时告终。我们出高等进大学后之生活，要待有机会时再报告诸君。

还有一件要紧的事要告知诸君的——想诸君也急于要听——就是陈女士的事，我到东京大学后才听见人说，她已经做了人家的第三夫人了。她在东京沉沦的经过也等第二次机会报告诸君知道。

《冲积期化石》篇中还有一个未决的问题就是鹤鸣到东京后能够遇到医治他的神经衰弱症的良医——能够爱护他的人，安慰他的人，勉励他的人，收藏他的灵魂的人么？也要等有第二次机会时才能解决。

《冲积期化石》是著者的长篇处女作，有许多生硬的句调和武断的批评，说是著者的短处可以，说是长处也可以，只望读《冲积期化石》的兄弟姊妹们不吝批评，则著者感激不尽。

《冲积期化石》原由汕头印务铸字局黄业初君发行，已印预约券，计划虽然失败，黄君助著者的厚意，应在此表示感谢。

一九二二年正月元旦　著者识

《无元哲学》

《无元哲学》，朱谦之著，创造社编辑的《创造社丛书第五种》（自序第二页题）。上海泰东图书局民国十三年（1924）五月再版。发行者为赵南公，发行所与印刷所均为泰东图书局（上海）。全一册，162页，定价三角。

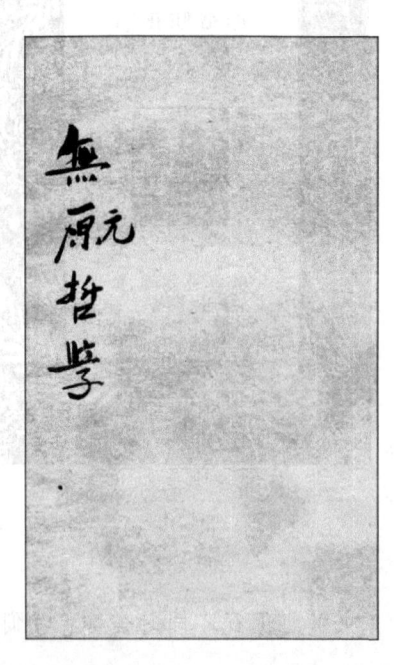

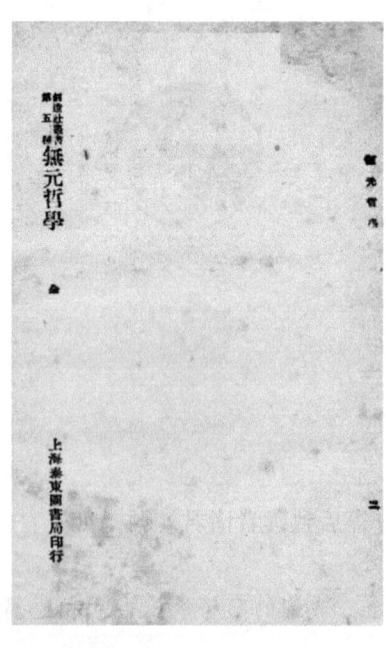

该书非文学类,其他信息免载。

《星空》

《星空》,郭沫若著,创造社编辑的《创造社丛书第六种》(版权页题)。上海泰东图书局民国十二年(1923)十月初版、民国十三年(1924)八月再版。发行者为赵南公,总发行所为泰东图书局(上海)。全一册,198页,实售大洋四角,外埠加寄费四分。

此外,1927年5月5版,1928年2月6版,1928年4月7版。

该书作品集,分三辑,第一辑为诗歌,包括《星空》《洪水时代》《月下的"司芬克司"——赠陶晶孙》《苦味之杯》《静夜》《偶成》《南风》《白云》《新月》《雨后》《天上的市街》《黄海中的哀歌》《仰望》《江湾即景》《吴淞堤上》《赠友》《夜别》《海上》《灯台》《拘留在检疫所中》《归来》《好像是但丁来了》《冬景》《夕暮》《暗夜》《春潮》《新芽》《大鹫》《地震》《两个大星》《石佛》。第二辑为戏曲,包括《孤竹君之二子》《月光》《广寒宫》(儿童剧)。第三辑为散文,包括《牧羊哀话》《残春》《今津纪游》《月蚀》。

卷首有《献诗》,卷末无跋。《献诗》兹录如下:

> 啊,闪烁不定的星辰哟!
> 你们有的是鲜红的血痕,
> 有的是净朗的泪晶——
> 在你们那可怜的幽光之中
> 含蓄了多少沉深的苦闷;
> 我看见一只带了箭的雁鹅,
> 啊!它是个受了伤的勇士,
> 它偃卧在这莽莽的沙场之时
> 仰望着那闪闪的幽光,
> 也感受了无穷的安慰。
> 眼不可见的我的师哟!
> 我努力地效法(按:原文为"効法")了你的精神:
> 把我的眼泪,把我的赤心,
> 编成一个易朽的珠环,
> 捧来在你脚下献我悃忱。
> 十二月廿四日夜,星影初现时作此。

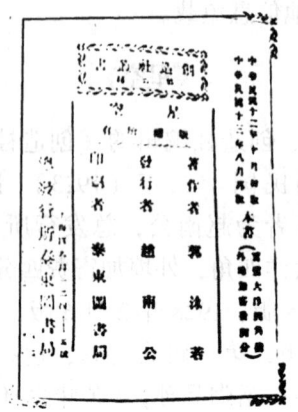

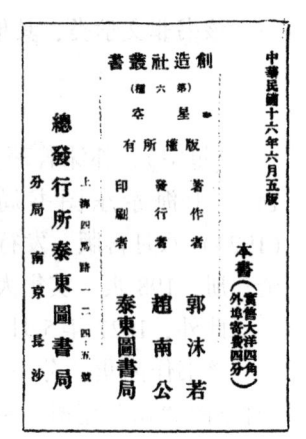

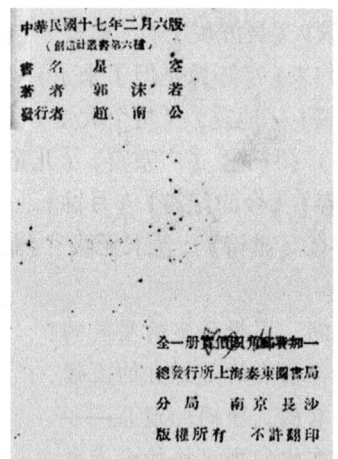

《爱之焦点》

　　《爱之焦点》,张资平著,创造社编辑的《创造社丛书第七种》(版权页题)。上海泰东图书局民国十二年(1923)十二月初版、民国十六年(1927)七月一日五版、民国十七年(1928)三月十日六版、民国十七年(1928)九月二十日七版、民国廿一年(1932)十月十六版。发行者为赵南公,印刷者为泰东图书局,总发行所为泰东图书局(上海)。全一册,234页,实售大洋四角五分,外埠加寄费四分半。

　　该书短篇小说集,收录短篇小说凡九篇,篇目依次为:收《双曲线与渐近线》《爱之焦点》《一班冗员的生活》《木马》《她怅望着祖国的天野》《约檀河之水》《写给谁的信?》《白滨的灯塔》《一群鹅》。

　　无序跋,《爱之焦点》摘录如下:

她由楼上望着他和一个年轻的美丽的女孩儿在楼下过去之后，呆呆的出了一回神，然后慢慢的跑到她平日很珍重的文箧前，打开箧盖，寻出他五年前给她的那封信来读。读了之后，懒懒的倒在一张藤椅上，双掌伸向脑后叠着，把头枕在上面。那张半新不旧的信笺由她膝上被吹下来，她也不管——不是不管，她像没有觉着——她只痴望着对面壁上挂着的她的丈夫的相片。

"精神的爱和物质的欲是很难两立的。" 这个问题她研究了许多年，她终不敢把这个问题否定，因为事实上她是给物质欲支配着，她思念他的心敌不住她原谅她自己——原谅她对他失信——的心！

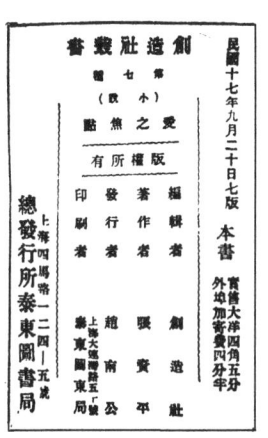

《烦恼的网》

《烦恼的网》，周全平著，创造社编辑的《创造社丛书第八种》（版权页题)。上海泰东图书局民国十三年（1924）三月十日初版。发行者为赵南公，发行所与印刷所均为泰东图书局（上海）。全一册，149页，实售大洋三角五分，外埠寄费四分。此外，1924年3月初版，1927年7月4版，1929年5月5版，1935年4月5版。

该书短篇小说集，收录短篇小说凡九篇，篇目依次为《他的忏悔》《守旧的农人》《市声》《小端宝》《邹夏千的死》《呆子和俊杰》《故乡》《烦恼的网》《圣诞之夜》。

无序跋。《他的忏悔》摘录如下：

> 连日的风雨，把一切都变成阴沉而昏闷。几乎没有别的声音了，除了风穿过窗上的罅隙，发出尖锐而轻微的嘘声，和屋瓦上流下的雨水，从老朽的白铁孔里迸出来，坠到泥地上，作一种沉重而连续的滴答声。

> 这种阴沉而昏闷的天气，似乎使得他更为忧恨了。每一次雨水坠到地上发出沉重的声音，他的心里便也有一次沉重的颤动，——不是悲伤，也不是悽惨，只觉得空虚。雨水不断滴着，他的心里也不断地颤动着，——不是悲伤，也不是悽惨，只觉得空虚。

> 壁上的挂钟，铛，铛……报了七下。黑暗已渐渐蒙蔽全室，使人

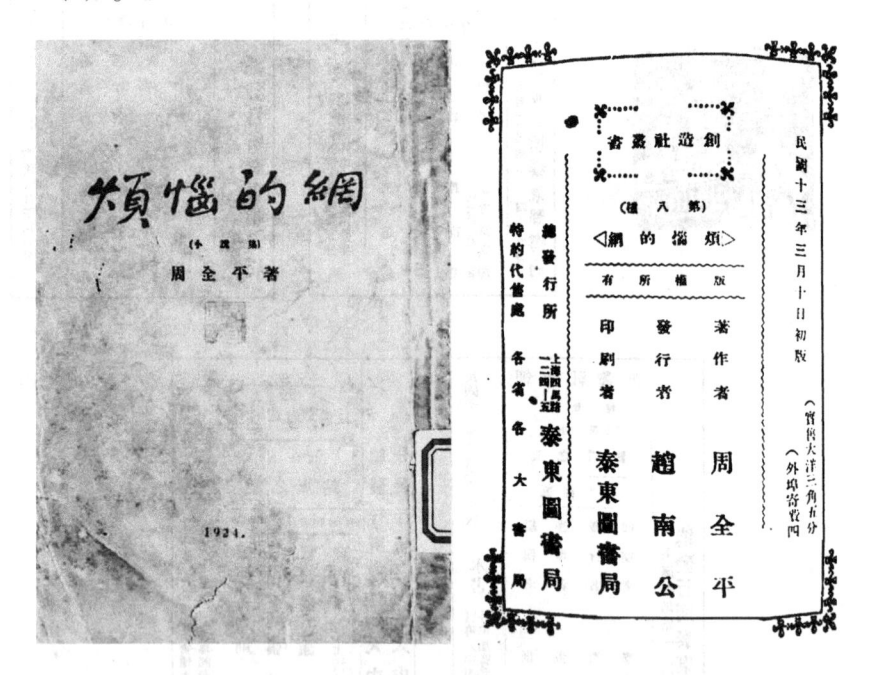

二 创造社"文学丛书"叙录　425

感到一种异常的岑寂。仆人进来点了煤油灯，立刻便出去了，也没有了，……眼看见人家一个一个向成功的路上前进的时候，只有发出几声声嘶力竭的悲鸣罢了！

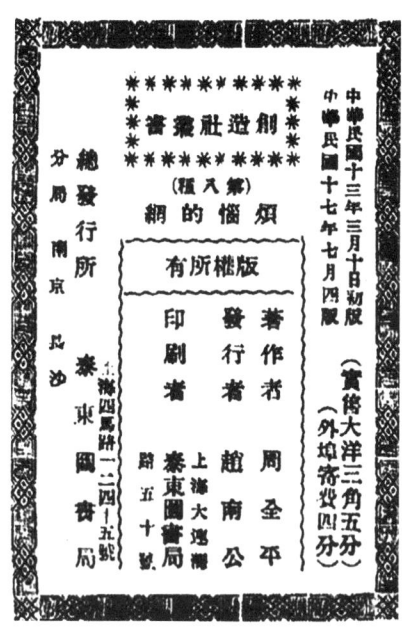

《玄武湖之秋》

《玄武湖之秋》，倪贻德著，创造社编辑的《创造社丛书第九种》（版权页题）。上海泰东图书局民国十三年（1924）四月初版。发行者为赵南公，发行所与印刷所均为泰东图书局（上海）。全一册，192页，实价大洋四角。

1925年6月再版，1926年8月3版，1927年10月4版，1928年7月5版，1930年5月6版，1932年10月16版，1935年4月17版。

该书为短篇小说集，收录短篇小说凡十篇，篇目依次为：《江边》《花影》《怅惘》《下弦月》《穷途》《寒士》《玄武湖之秋》《归乡》《黄昏》《秦淮暮雨》。

卷首有《序——致读者诸君》，卷末无跋。"序"兹录如下：

  这样秋蝉似的悲鸣，原是不想求人家表同情的。亲爱的读者，你们看了这几篇东西，如果说我是一个可怜的失恋者，那实在是错了。失恋！这是多么幸福的一回事！既名为失恋，当然是已经经过一番甜蜜的恋爱过的；而且在失恋时的心境，是多么具有美妙的诗意呢？但像我这样一个一无可取的世界上所无用的人，试问那（哪）一个女子肯和我发生恋爱，我又何从而能失恋呢？所以我这里面所描写的，与其说它是写实，倒还不如说它是由我神经过敏而空想出来的好；与其说它是作者自身的经验，倒还不如说它是为着作者不能达到幸福的希望因而想像（象）出来以安慰自己的好。

  自从我这几篇东西见了世面之后，可怜我生世的人固然有，但是在那里讥骂我的人实在也不少，他们说我是肉麻，说我是无病呻吟，说我是一点修养也没有，甚而至于被人所不容而遭驱逐。那么我这本小小的集子出来之后，不是更要被人家讥骂得厉害了吗？不过这倒也不要紧，我原是一个世上的弱者，讥骂和欺凌是受惯了的，再也不足为奇了。啊啊，你们得意的成功者哟！你们尽管辱骂吧！你们尽管讥笑罢！你们的讥笑和辱骂，于我是实在没有什么得失的。

  好了！我从今以后再也不愿学那秋蝉的悲鸣了！悲鸣原是徒然的，徒然是遭别人的讨厌罢了！我对于这青春时代享乐的希望也再不会有了，我今后只愿一个人到那杳无人迹的蒙古大沙漠里，或者是冰天雪地的悲茄尔（贝加尔）湖畔去度我流浪的生活，以终我的一生。因为这江南美好的风光，与我的生世太不相调和，我怎么再能住得下去呢？
　　玄武湖之秋
　　一九二四，三，二七志于上海

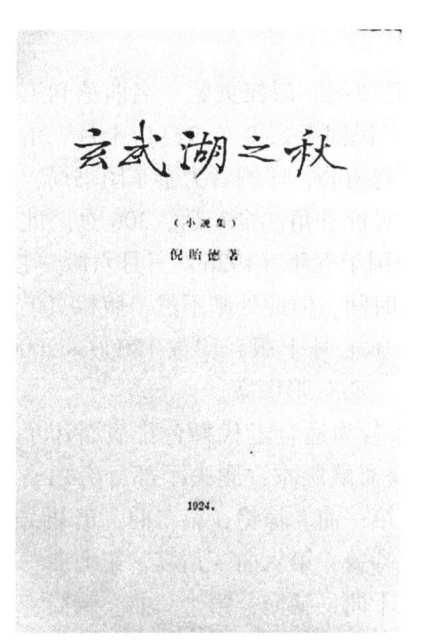

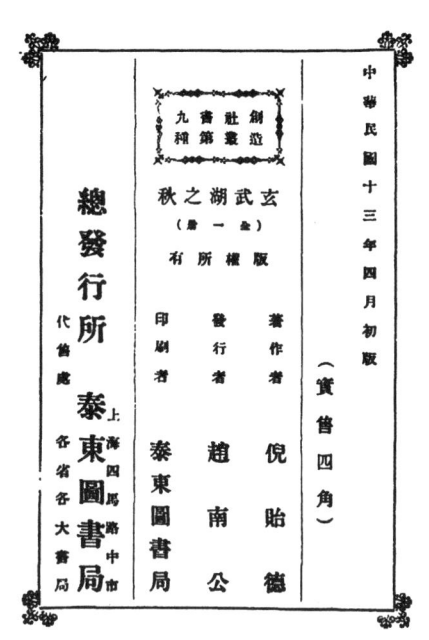

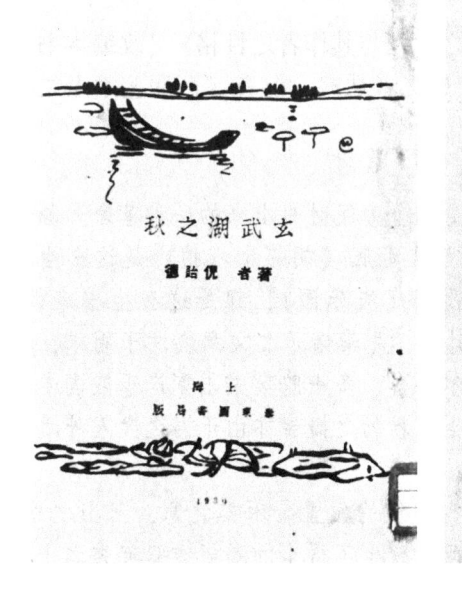

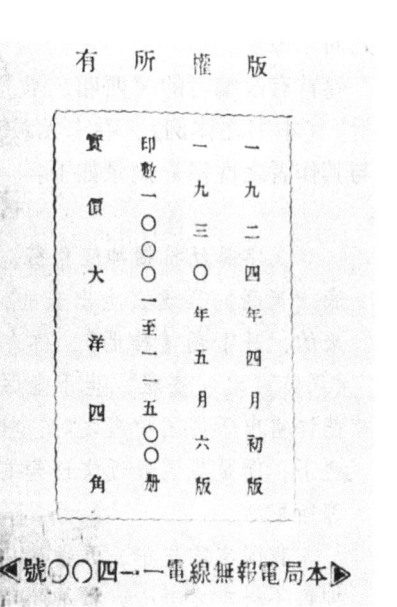

泰东图书局《（创造社）名曲丛刊》叙录

《西厢》

《西厢》，元代王实甫原著，郭沫若改编，版权页题"名曲丛刊第一种"。民国十年（1921）九月一日发行，民国十二年（1923）十月二十日四版。编辑者为泰东图书局，发行者为赵南公，印刷者为泰东图书局，总发行所为泰东图书局（上海四马路），实价五角。全一册，306页。此外还有民国十七年（1928）二月五版，民国十五年（1926）三月六版（按：一般来说，五版的时间应该早于六版的时间，但此处则不然，版权页上印得清清楚楚，何故？待考），一九三○年七月十版，印数18000～20000册。十版本与五版本的封面相同，都用"心"形图案。

该书原著者为元代的王实甫，郭沫若为适合近代舞台排演而作了改编，每出均略加布景，凡唱白全依实获斋藏版本，删去了部分旁白、独白。全书凡十六曲，有曲目，依次为：第一曲　惊艳，第二曲　借厢，第三曲　酬韵，第四曲　闹斋，第五曲　寺警，第六曲　请宴，第七曲　赖婚，第八曲　琴心，第九曲　前候，第十曲　脑简，第十一曲　赖简，第十二曲　后候，第十三曲　酬简，第十四曲　拷艳，第十五曲　哭宴，第十六曲　惊梦。

卷首有改编者的《西厢艺术上之批判与其作者之性格》《改编本书之主旨》《本书之体例》，卷末无跋，后二者从略，前者《西厢艺术上之批判与其作者之性格》摘录如下：

> 文字是反抗精神底象征，是生命穷促时叫出来的一种革命。屈子底《离骚》因这么生出来的，蔡文姬底《胡笳十八拍》是这么生出来的，丹丁底《神曲》，弥尔敦底《失乐园》，都是这么生出来的。《周诗》之《变雅》生于幽厉时期，先秦诸子之文章焕发于周末，哥德许雷出于德国陵夷之时，杜尔斯泰、多士陀奕夫士克产于俄国专制之下，便是我国最近文坛颇有生气勃勃之概者亦由于内之武人外之强邻所酝酿。
>
> 我国文学史中，元曲确占有高级的位置。禾黍之悲，河山之感，抑郁不得志之苦心，欲死不得死，欲生不得生的渴望遂驱英秀之士群力协作以建设此尊严美丽之艺堂。吾人居今日而游此艺堂，以近代的

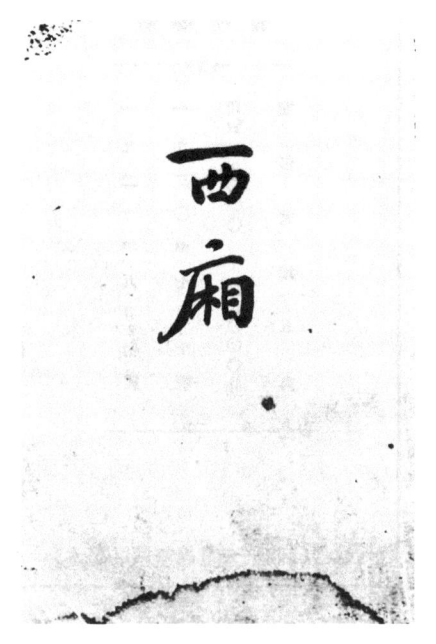

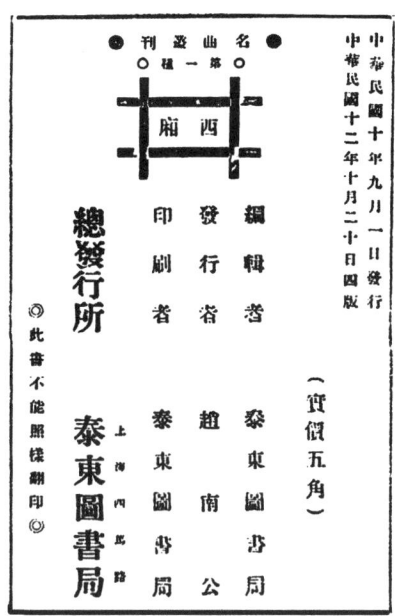

二　创造社"文学丛书"叙录　429

西廂

中華民國十年九月一日發行
中華民國十二年十月二十日四版
◉名曲叢刊第一種◉
西廂
編輯者　泰東圖書局
發行者　趙南公
印刷者　泰東圖書局
總發行所　上海四馬路　泰東圖書局
（實價五角）
◎此書不能照樣翻印◎

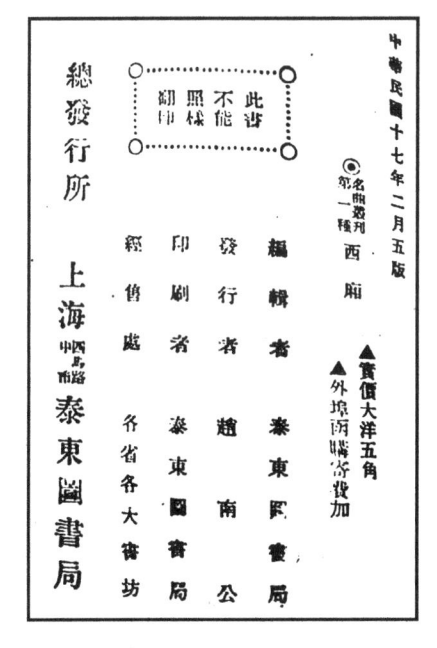

中華民國十七年二月五版
◉名曲叢刊第一種　西廂
▲實價大洋五角
▲外埠函購寄費加
編輯者　泰東圖書局
發行者　趙南公
印刷者　泰東圖書局
經售處　各省各大書坊
總發行所　上海四馬路　泰東圖書局
此書不能照樣翻印

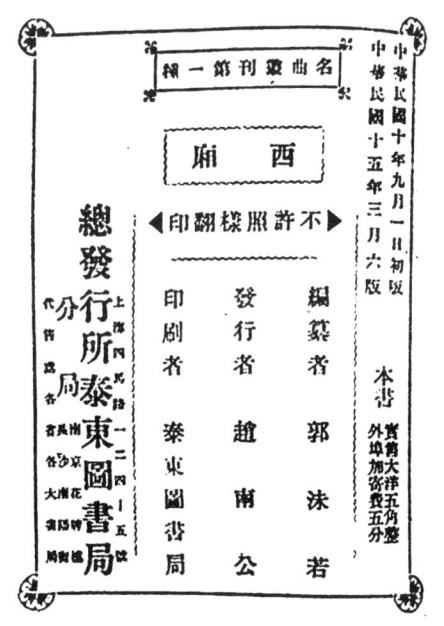

中華民國十年九月一日初版
中華民國十五年三月六版
◉名曲叢刊第一輯◉
西廂
◀不許照樣翻印▶
編纂者　郭沫若
發行者　趙南公
印刷者　泰東圖書局
總發行所　上海四馬路　泰東圖書局
分代售處　各京大書坊
本書實價大洋五角整　外埠加寄費五分

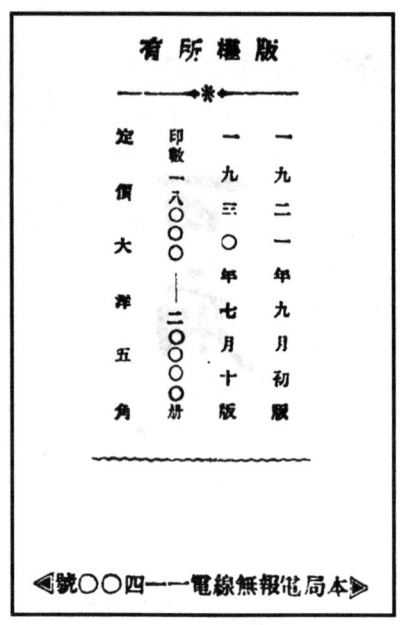

眼光以观其结构，虽不免时有古拙陈腐之处，然为时已在五百年前，且于短时期内成就得偌大个建筑；吾人殆不能不赞美元代作者之天才，更不能不赞美反抗精神之伟大！反抗精神，革命，无论如何，是一切艺术之母！元代文学，不仅限于剧曲，全是由这位母亲产出来的。这位母亲所产生出来的女孩儿，总要以《西厢》为最完美，最绝世的了。《西厢》是超过时空的艺术品，有永恒而且普遍的生命。《西厢》是有生命的人性战胜了无生命的礼教底凯旋歌、纪念塔。

泰东图书局《创造社辛夷小丛书》叙录

《辛夷集》

《辛夷集》，题"辛夷小丛书第一种"与"创造社辛夷小丛书第一种"。民国十二年（1923）四月初版，民国十二年（1923）八月三版。编辑者为创造社，发行者为赵南公，印刷者为泰东图书局，总发行所为泰东图书局（上海四马路一二四～五），特约代售处为重庆唯一书局、各省各大书坊。全一册，90页，实售大洋一角五分。此外还有民国十五年（1926）七月版，民国十七年（1928）三月版。

辛夷，又名木兰、紫玉兰，珍贵的花木，为中国所特有，主要分布在云南、福建、湖北、四川等地。紫玉兰花朵艳丽怡人，芳香淡雅。树形婀娜，枝繁花茂，大可美化庭园和街道。

该书为诗文集，选自《女神》《沉沦》《冲积期化石》《创造杂志》等。内收郭沫若、张资平、郁达夫等人的诗歌、散文共二十二编（其中诗十首，文十二篇）。具体为均吾的《虹》（诗）、前人的《夜》（诗）、张资平的《海滨》（文）、郭沫若的《鹭鸶》（诗）、郁达夫的《清晨》（文）、前人的《郊外》（文）、郭沫若的《岸上》（诗）、张资平的《牧场》（文）、郭沫若的《蜜桑索罗普之夜歌》（诗）、前人的《霁月》（诗）、前人的《夕阳》（文）、郁达夫的《忏悔》（文）、均吾的《哭》（诗）、前人的《月与玫瑰》（诗）、张资平的《长府》（文）、郁达夫的《月下》（文）、郭沫若的《夜步十里松原》（诗）、成仿吾的《守岁》（文）、郭沫若的《牧羊少女》（文）、均吾的《半淞园》（诗）、张资平的《璋儿之死》（文）。

卷首有郭沫若的《小引》，卷末附有《编辑大意》。《小引》兹录如下：

  有一天清早，太阳从东海出来，照在一湾平如明镜的海水上，照在一座青如螺黛的海岛上。
  岛滨砂岸，经过晚潮的洗刷，好像面着一张白绢的一般。
  近海处有一岩石洼穴中，睡着一匹小小的鱼儿，是被猛烈的晚潮把他抛撒在这儿的。
  岛上松林中，传出一片女子的歌声：
  月光一样的朝暾
  照透了蓊郁着的森林，
  银白色的沙中
  交横着迷离疏影。
  一个穿白色的唐时装束的少女走了出来。她头上顶着一幅素罗，手中拿着一支百合，两脚是精赤裸裸的。她一面走，一面唱歌。她的脚印，印在雪白的沙岸上，就好像一瓣一瓣的辛夷。
  她在沙岸上走了一会，走到鱼儿睡着的岩石上来了。她仰头眺望了一回，无心之间，又把头儿低了下去。
  她把头儿低了下去，无心之间，便看见洼穴中的那匹鱼儿。
  她把腰儿弓了下去，详细看那鱼儿时，她才知道他是死了。

她不言不语地，不禁涌了几行清泪，点点滴滴地滴那在（按：应为"在那"）洼穴里。洼穴处便汇成一个小小的泪池。

少女哭了之后，她又凄凄寂寂地走了。

鱼儿在泪池中便渐渐苏活了转来。

一九二二，七，三郭沫若作于上海

《编辑大意》兹录如下：

一，本集所摘取现代作家之诗文，译艺术味之最深赡（瞻）者为主。

一，本集取材出自左列各书：《女神》《沉沦》《冲积期化石》《创造杂志》及其他。

一，近数年来之新兴文艺中，堪预本集之选者，为数颇多；但本图书局因尊重版权起见，除与本局密切关系的诸作家外，不敢擅选。

一，本集拟继续刊行，如海内作家自愿选其精美之诗文相赠者，本局无任欢迎。

一，本集取材长短适宜，尤可供男女中小学国文教科之用。

一，读者对于本集编辑上如有意见，请函告本局，以为出续刊时之参考。

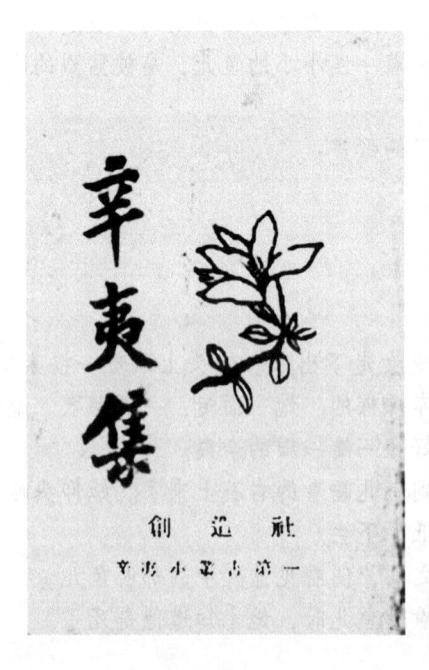

《卷耳集》

《卷耳集》，郭沫若译，题"辛夷小丛书第二种"与"创造社辛夷小丛书第二种"。民国十二年（1923）三月初版，民国十八年（1929）一月五版。编辑者为创造社，发行者为赵南公，印刷所为泰东图书局，总发行所为泰东图书局（上海四马路一二四～五），特约代售处为重庆唯一书局、各省各大书坊。全一册，146页，实售大洋二角五分。

全书为译诗集，译诗凡四十首，篇目依次为：《卷耳》《野有死麕》《静女》《新台》《柏舟》《蝃蝀》《伯兮》《君子于役》《采葛》《大车》《将仲子》《遵大路》《女曰鸡鸣》《有女同车》《山有扶苏》《蘀兮》《狡童》《褰裳》《丰》《东门之墠》《风雨》《子衿》《扬之水》《溱洧》《鸡鸣》《东方之日》《十亩之间》《扬之水》《绸缪》《葛生》《蒹葭》《宛丘》《东门之枌》《衡门》《东门之池》《东门之杨》《墓门》《防有鹊巢》《月出》《泽陂》。此外还有《原诗（附注解）》。

卷首有郭沫若撰写的《序》，卷末有《自跋》。《序》兹录如下：

> 我这个小小的跃试，在老师硕儒看来，或许会说我是"离经叛道"但是，我想，不怕就是孔子复生，他定也要说出"启予者沫若也"的一句话。
>
> 我这个小小的跃试，在新人名士看来，或许会说我是"在旧纸堆中寻生活"；但是，我想，我果能在旧纸堆中寻得出资料来，使我这刹那刹那的生命得以充实起去，那我也可以满足了。
>
> 我选译的这四十首诗，大概是限于男女间相爱恋的情歌。《国风》中除了这几十首诗外，还尽有好诗；我以为有些是不能译，有些是译不好的缘故，所以我便多所割爱了。
>
> 我对于各诗的解释，是很大胆的。所有一切古代的传统的解释，除略供参考之外，我是纯依我一人的直观，直接在各诗中去追求他的生命。我不要摆渡的船，我仅凭我的力所能及，在这诗海中游泳；我在此戏逐波澜，我自己感受着无限的愉快。
>
> 我译述的方法，不是纯粹逐字逐句的直译。我译得非常自由，我也不相信译诗定要限于直译。太戈儿（尔）把他自己的诗从本加儿语译成英文，在他《园丁集》的短序上说过："这些译品不必是字字直译——原文有时有被省略处，有时有被义释处。"他这种译法，我觉得是译诗的正宗。我这几十首译诗，我承认是受了些《园丁集》

的暗示。

　　我国的民族，原来是极自由极优美的民族。可惜束缚在几千年来礼教的桎梏之下，简直成了一头死象的木乃伊了。可怜！可怜！可怜我最古的优美的平民文学，也早变成了化石。我要向这化石中吹嘘些生命进步，我想把这木乃伊的死象甦活转来，这也是我译这几十首诗的最终目的，也可以说是我的一个小小的野心。

　　我因为第一首诗是《卷耳》，所以我就定名这本小诗集为《卷耳集》。我为读者的便利起见，把原诗附录在后方，更加了些注解上去。

　　最先赞成这个小小的计划的，是我的朋友郁达夫、邓均吾两君，他们给了我许多勇气。我更得均吾多大的援助，为我缮写校对。我在此向二君特志感谢之意。

　　民国十一年八月十四日沫若志于沪上。

《自跋》兹录如下：

　　去年交出去的稿子，今年来自行校对，我们中国的出版界只好像一个 Amoeba 在蠕动。但我也感谢它，因为我藉此也得了几处改正的机会。

　　事隔一年，我自己的见解微有变迁，外界的趋势也稍呈异态了。近来青年人士对于古代文学改变了从前一概唾弃的弊风，渐渐发生了研究的趣味，这是可贺的现象。

　　但是国人研究文学，每每重视别人的批评而忽视作者的原著。譬如研究西洋文学，不向作品本身去求生命，只从新闻杂志上贩输些广告过来，做几篇目录，便算是尽了研究的能事一样。

　　近来研究《诗经》的人也不免有这种习气。《诗经》一书为旧解所淹没，这是既明的事实。旧解的腐烂值不得我们去迷恋，也值不得我们去批评。我们当今的急务，是在从古诗中直接去感受它的真美，不在与迂腐的古儒作无聊的讼辩。

　　朋友们哟，快从乌烟瘴气的暗室中出来，接受太阳的清光吧！太阳出现了，烟瘴自有消灭的时候。

　　1923 年 7 月 23 日校后志此

[此《自跋》，笔者所见的 1929 年 1 月泰东图书局五版的《卷耳集》

缺第 2 页，根据《卷耳集　屈原赋今译》（人民文学出版社 1981 年版）补全。]

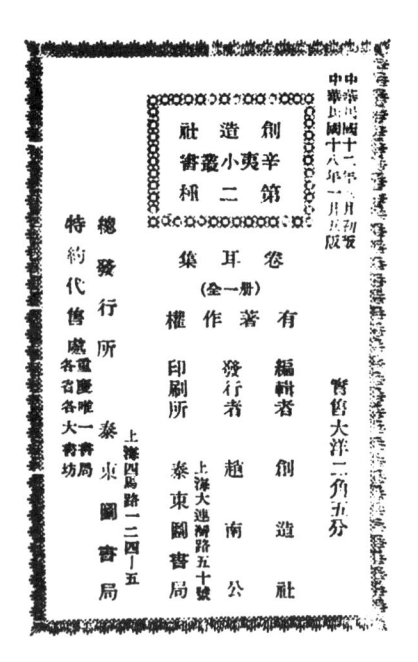

《莪萝集》

《莪萝集》，郁达夫著，题"辛夷小丛书第三种"与"创造社辛夷小丛书第三种"。民国十二年（1923）十月初版，民国十四年（1925）六月再版。编辑者为创造社，发行者为赵南公，印刷者为泰东图书局，总发行所为泰东图书局（上海四马路一二四～五），特约代售处为重庆唯一书局、各省各大书坊。全一册，198 页，实售大洋二角五分。

全书为包括《血泪》《莪萝行》《还乡记》三篇。

卷首有郁达夫的《献纳之辞》《自序》，卷末有郁达夫的《写完了〈莪萝集〉的最后一篇》。《献纳之辞》兹录如下：

　　风雨晦明之际，
　　作我的同伴，作我的牺牲，
　　安慰我，仕奉我的
　　你这可怜的自由奴隶哟！
　　请你受了我这卑微的献纳罢！

在这几张纸上流动着的，
不知是你的泪呢？还是我的血？
总之我们是沉沦在
悲苦的地狱之中的受难者，
我们不得不拖了十字架，
在共同的运命底下，
向永远的灭亡前进！
这几张书就算了你我在途中，
为减轻苦闷的原因，
偶尔发的一声叹息吧！
奉献于
我的女人
著者一九二三年，七月二十八日

《自序》兹录如下：

自《沉沦》见天日以来，匆匆的岁月，已经历有两年。回想起来，对《沉沦》的毁誉褒贬，都成了我的药石。我本来原自知不能在艺术的王国里，留恋须臾，然而恶人的世界，塞尽了我的去路，有名的伟人，有钱的富者，和美貌的女郎，结了三角同盟，摈我斥我，使我不得不在空想的楼阁里寄我的残生。这事说起来虽是好听，但是我的苦处，已经不是常人所能忍的了。

人生终究是悲苦的结晶，我不信世界上有快乐的两字。人家都骂我是颓废派，是享乐主义者，然而他们哪里知道我何以要去追求酒色的原因？唉唉，清夜酒醒，看看我胸前睡着的被金钱买来的肉体，我的哀愁，我的悲叹，比自称道德家的人，还要沉痛数倍。我岂是甘心堕落者？我岂是无灵魂的人？不过看定了人生的运命，不得不如此自遣耳。

半年来因失业的结果，我的天天在作梦的脑里，又添了许多经验。以己例人，我知道世界上不少悲哀的男女，我的这几篇小说，只想在贫民窟、破庙中去寻那些可怜的读者。得意的诸君，你们不要来买吧，因为这本书，与你们的思想感情，全无关涉，你们买了读了，也不能增我的光荣。

我可以不再多讲了，因为我所欲讲的，都写在后面三篇小说里，可怜的读者诸君——请你们恕我这样的说——你们若能看破人生终究是悲哀苦痛，那么就请你们预备，让我们携着手一同到空虚的路上去罢！

　　一九二三，七，二八午后
　　叙于上海的贫民窟里

《写完了〈茑萝集〉的最后一篇》兹录如下：

　　《还乡记》是《茑萝集》的最后一篇。这最后一篇的最后一页，我于昨日写完了。自去年冬天以来，我的情怀，只是忧郁的连续。我抱了绝大的希望想到俄国去作劳动者的想头，也曾有过，但是在北京被哥哥拉住了。我抱了虚无的观念，在扬子江边，徘徊求死的事情也有过，但是柔顺无智的我的女人，劝我终止了。清明节那一天送女人回了浙江，我想于月明之夜，吃一个醉饱，图一个痛快的自杀，但是几个朋友，又互相牵连的教我等一等。我等了半年，现在的心里，还是苦闷得和半年前一样。

　　活在世上，总要做些事情，但是被高等教育割势后的我这零余者，教我能够做些什么？

　　七月中旬，我抱了一个悲痛的决心回家了一次。我的母亲、女人、小孩，都不使我实行我的决心。但是澈（彻）底的讲来，这不过是我卸诿责任之辞，根本上还是我的决心不坚的缘故罢。以死压人，是可羞的事，不死而以死为招牌，更是可羞。然而我的心境是如此，我若要辞绝虚伪的罪恶，我只好赤裸裸地把我的心境写出来。世人若骂我以死作招牌，我肯承认的，世人若骂我意志薄弱，我也肯承认的，骂我无耻，骂我发牢骚，都不要紧，我只求世人不说我对自家的思想取虚伪的态度就对了，我只求世人能够了解我内心的苦闷就对了。昨天写完了《还乡记》的最后一页，重新把《茑萝集》的稿子看了一遍，我的眼泪竟同秋雨似的湿了我的衣襟。朋友，你们不要问我这书中写的是事实不是事实，你们看了这书也不必向这书的主人公表同情，因为这书的主人公并不值得你们的同情的。即使这书的一言一句，都是正确的记录，你我有什么法子，可以救出这主人公于穷境？总之我们现代的社会，现代的人类，是我们的主人公的榨压机，我们若想替他复一复仇，只须我们能够各把自家的仇怨报复了就对了。

这书应该是不受欢迎的，因为读这书的时候，并不能得着愉快。本来是寥寥的几个爱读我的著书的人中，想读我这一本书的，大约更要减少下去。但是我不信在现代的不合理的社会里，竟无一个青年，能了解这书的主人公的心理。我也不信使人不快乐的书，就没有在世上存在的权利。

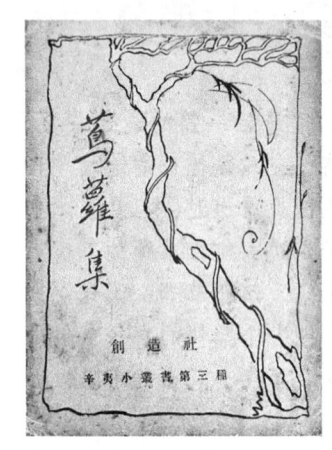

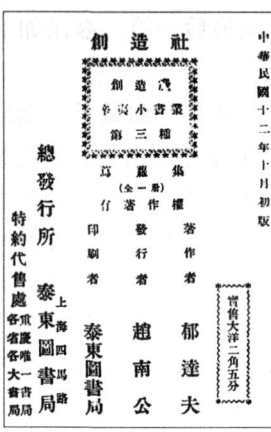

《血泪》是去年夏天在某报上发表，《茑萝行》是《创造》二卷一期里的一篇小说，《还乡记》是最近为《创造日》补白而作的。三篇虽产生年月不同，落笔时的心境各异，然而我想一味悲痛的情调，是前后一贯的。

这书付印之后，大约到出世之日止，祇（至）少总要一两个月工夫。我不知秋风吹落叶的时候，我这孱弱的病体，还能依然存在在地球上否？前天医生诊出了我的病源，说我的肺尖大（太）弱，我只希望一个苦痛少一点的自然的灭亡，此外我对现世更无牵挂了。

我的女人昨天又写信来催我回家去养病，至少这书出世之日，我总不在上海住了。读者诸君，我祝你们的健康！

一九二三年七月最后的一日

《鲁拜集》

《鲁拜集》，未见"辛夷小丛书"字样，应为"辛夷小丛书第四种"与"创造社辛夷小丛书第四种"。民国十七年（1928）五月四版。编辑者为创造社，翻译者为郭沫若，发行者为赵南公，印刷者为泰东图书局，总发行所为泰东图书局。全一册，112页，价目实洋二角。

二 创造社"文学丛书"叙录　439

全书为上下两篇，上篇包括《读了〈鲁拜集〉后之感想》和《诗人莪默伽亚谟略传》，下篇包括《诗百零一首（英汉对照）》。

无序跋。《读了〈鲁拜集〉后之感想》摘录如下：

人类的精神尚在睡眠状态中，对于宇宙人生的究竟问题，尚不曾开眼时，是最幸福的时代，是还在乐园中居住着的时代，不识不知的童稚，醉生梦死的俗人，他们正是这种最幸福的人，他们的乐园便是这眼前的天地。少吃两枚饼干，少得两种玩器，少掬一堆财物，少博一项功名，便足以使他们哭泣，但是他们终不会知道人生的最大的悲哀是何物。唯其不知道，正是他们的幸福处，正是他们的可怜而又可羡慕的特典（点）。但是人终不是永远的童稚，人终有从醉梦之中醒来的时候，在这时候我们渐渐晓得把我们的心眼睁开内观外察，我们会知道我们才是无边的海洋上一叶待杇的扁舟，我们会知道我们才是漫漫的黑夜里一个将残的幽梦。我们会知道我们才是没破的监狱内一名既决的死囚。

科学对我们说，我们所居住的这个银河系统的宇宙，是有限而无限的：宇宙中一切的质与能，在辗转相变，一格兰母的质化成三亿四千万"马力时"的功量；宇宙中无数的太阳在发射无量的光能，在凝集成灿烂的螺旋星云而别成一新星系统……变化无论矣，但是为甚么会有这宇宙存在？宇宙的第一原因，假使是有时，究竟是甚？

《雪莱诗选》

《雪莱诗选》，版权页信息为："雪莱诗选""创造社丛书""辛夷小丛书第五种"。[民国二十一年（1932）十月十七版]民国二十四年（1935）五月十八版。编辑者为创造社，著作者为郭沫若，发行者为赵南公，发行所为泰东图书局，总发行所为大新书局。全一册，75页，定价七角。

全书为作品集，内收《西风歌》《欢乐的精灵》《拿波里湾畔书怀》《招"不幸"辞》《转徙》《死》《云鸟曲》《哀歌》。此外还有《雪莱年谱》。

卷首有译者《小序》，卷末无跋。《小序》兹录如下：

雪莱是我最敬爱的诗人中之一个。他是自然的宠子，泛神宗的信者，革命思想的健儿。他的诗便是他的生命。他的生命便是一首绝妙的好诗。他很有点像我们中国的贾谊。但是贾生的才华，还不曾焕发到他的地步。这位天才诗人也是夭死，他对于我们的感印，也同是一个永远的伟大的青年。

雪莱的诗心如像一架钢琴，大扣之则大鸣，小扣之则小鸣。他有时雄浑倜傥，突兀排空；他有时幽抑清冲，如泣如诉。他不是只能吹出一种单调的稻草。

他是一个伟大的未成品。宇宙也只是一个永远的伟大的未成品。古人以诗比风。风有拔木倒屋的风（Orkan），有震撼大树的风（Sturm），有震撼小树的风（Stark），有动摇大枝的风（Frisch），有动摇小枝的风（Maessig），有偃草动叶的风（Schwach），有不倒烟柱的风（Still）。这是大宇宙中意志流露时的种种诗风。雪莱的诗风也有这么种种。风不是从天外来的，诗不是从心外来的，不是心坎中流露出的诗，通不是真正的诗。雪莱是真正的诗的作者，是一个真正的诗人。

译雪莱的诗，是要使我成为雪莱，是要使雪莱成为我自己。译诗不是鹦鹉学话，不是沐猴而冠。

男女结婚是要先有恋爱，先有共鸣，先有心声的交感。我爱雪莱，我能感听得他的心声，我能和他共鸣，我和他结婚了。——我和他合而为一了。他的诗便如像我自己的诗。我译他的诗，便如像我自己在创作的一样。

做散文诗的近代诗人 Baudelaire, Verhaeren, 他们同时在做极规整的 Sonnet（按：十四行诗）和 Alexandrian（按：十二行诗）。是诗的，无论写成文言白话，韵体散体，它根本是诗。谁说既成的诗形是已朽骸骨？谁说自由的诗体是鬼画桃符？诗的形式是 Sein 的问题，不是 Sollen 的问题。做诗的人有绝对的自由，是他想怎么样就怎么样。他的诗流露出来形近古体，不必是拟古。他的诗流露出来破了一切的既成规律，不必是强学时髦。几千年后的今体会成为古曲。几千年前的古体在当时也是时髦。体相不可分——诗的一元论的根本精神却是亘古不变。

十二月四日暴风之夜

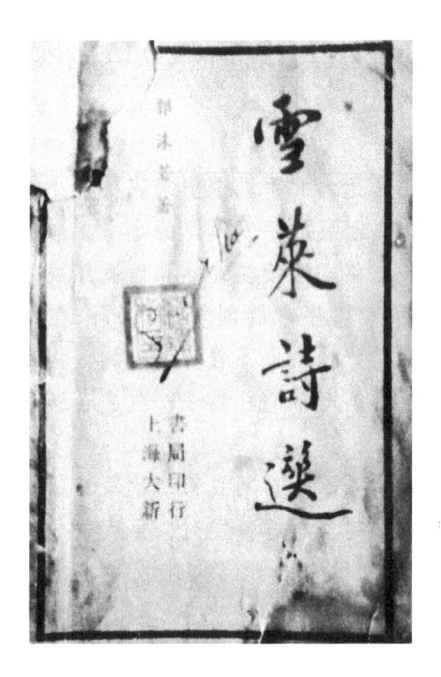

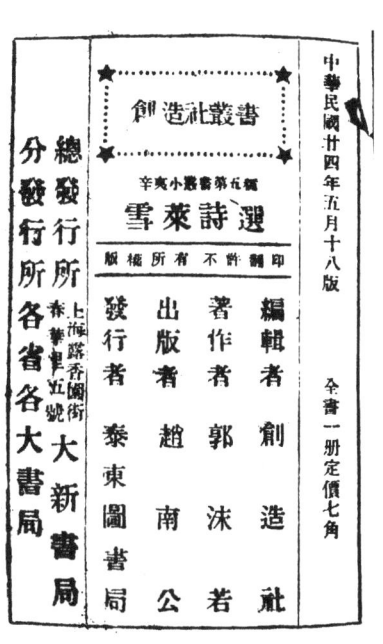

光华书局《创造社丛书》叙录
《梦里的微笑》

《梦里的微笑》，周全平著，扉页题"创造社丛书"（无编号）。初版本扉页信息为《梦里的微笑》，创造社丛书，小说集，全平作，叶灵凤画，创造社出版，光华书局发行，上海四马路，1925。初版本版权页信息为：一九二五，一二，二四三版（可能有误，应该为初版），四千册，全一册，平装实价七角半，精装实价一元。六版本扉页信息与初版本不同处为："创造社出版"删去，"1925"改为"1929"。版权页信息为：1925年12月初版，1929年9月六版，印数8001~9500册。每册实价七角五分。此外，四版本的版权页信息为：1927年7月1日四版，印刷3000册，全一册实价七角半。

该书为短篇小说集，分上下两卷，上卷凡十二篇，包括《林中》《薄暮》《童时》《姑母家》《湖畔》《秋雨》《他乡》《佳节》《月夜》《姑母家》《微笑》《薄暮》。下卷凡三篇，包括《圣诞之夜》《爱与血的交流》《旧梦》。有一扉页题："这一叠墨痕，呈献于梦里的友人。"本书中有叶灵凤作的若干插画，选录数幅（见下）。

卷首有《昨夜的梦——代序》，卷末有《致梦里的友人——代跋》。前者从略，后者摘录如下：

预备了好久好久的时光才由我底无力的手里造出来底一件小小的礼物——这涂满了我底辛酸和欢乐底泪痕的一本薄薄的小书，居然在这次的圣诞节前到递你底手中了。几年来连续在羞辱和愤慨织成的失业生涯中挣扎着的我，本来是除了难望痊愈的创伤外，无论在物质上，在精神上，在什么上，都是一些些什么也不曾会获得的，但现在也居然会有这一本小书来做我今年的圣诞节的礼物了，我底苦透了的魂灵怎能不十分欣喜万分满意呢？

这样的满意和欣喜立地使我想起了那年春间我第二次写信给你时的情形。我还清清楚楚地记得我把那封信写好待发时，巨大的骄傲在我底耳傍（旁）大声颂赞我的佳遇，过敏的神经也在我底眼前幻出了一幅我正希望着的美景——啊，那时我心里底欣喜和得意，我是永远忘不了的，永远忘不了的啊！……然而，就在那样的时候，我日夜翘望着你底回音底时候，我上了漂泊的旅途了。

从那时——我上了漂泊之途以后——起，直到现在，我未曾有，也不想有一个字儿给你，身外的一切，在形式上是把我俩完全隔绝了，可是，我底一颗心，一颗赤热的，愿意献给你的心，是无论什么也阻当（挡）不住的啊！我的不曾，也不想写信给你，决不是我把你忘了！

一九二五年，十一月，十五日，于上海。

二 创造社"文学丛书"叙录 443

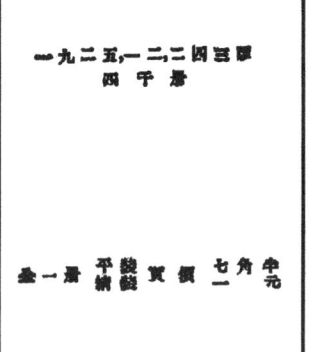

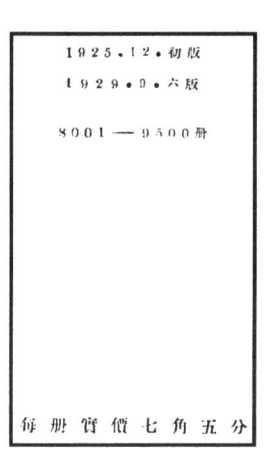

《聂嫈》

《聂嫈》,版权页题"创造社丛书"(无编号)。一九二五年九月一日初版。作者为郭沫若,发行者为光华书局,印刷者为太平洋印刷公司,总发行所为光华书局(上海四马路太和坊内),全一册,98页,实售大洋二角。

该书为二幕剧。第一幕为"濮阳桥畔",第二幕为"十字街头"。

无序跋。第一幕"濮阳桥畔"摘录如下:

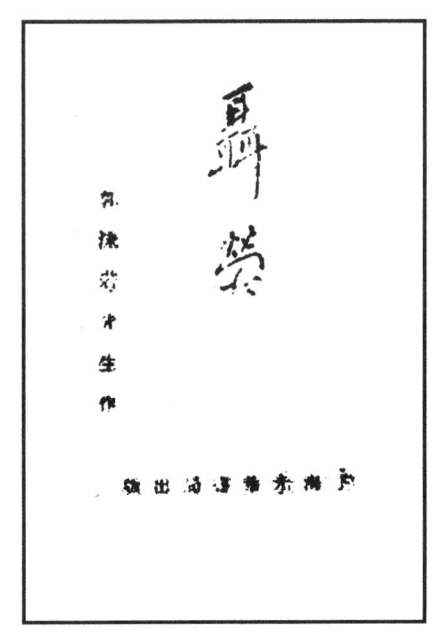

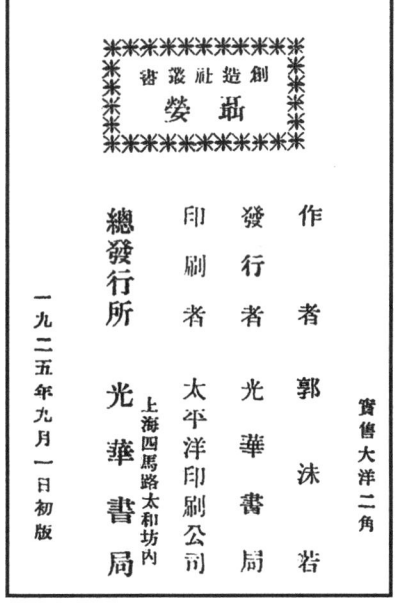

景——濮水横流，两岸遍栽桃柳，桃花将残谢的时候。

　　正中斜视一桥，桥之彼端不见，此端右侧有碑题"濮阳桥"三字，右侧酒家一。

　　酒家中，右三分之二为座场，背面开窗临河，有栏可凭眺；左三分之一：前半为厨场，后半为内室。

　　（厨中酒家母女二人对坐纺纱，母年四十以往，女可十七八。）

　　母　啊！这向的生意真是冷落啦，简直一天不如一天了。

　　女　人在好生做生意，生意偏要冷落，那也怪不得甚么。

《三个叛逆的女性》

　　《三个叛逆的女性》，扉页题"创造社丛书"（无编号）。民国十四年（1925）十月付印，民国十五年（1926）四月发行，一九二六年四月初版，作者为郭沫若，发行者为光华书局。全一册，267页，每册实售大洋六角。此外还有一九二九年四月二版，印数4001～5000册。

　　该书收录话剧三种，即《聂嫈》《王昭君》《卓文君》。

　　卷首无序，卷末作者撰写的《写在〈三个叛逆的女性〉的后面》一文，摘录如下：

　　　　在旧式的道德里面，我们中国的女人首先要讲究"三从"，就是在家从父，出嫁从夫，夫死从子。女人的一生都是男子的附属品，女人的一生是永远不许有独立的时候的。这"三从"的教条真把男性中心的道德表示得非常地干脆了！

　　　　女人在精神上的遭劫已经有了几千年，现在是该她们觉醒的时候了呢。她们觉醒转来，要要求她们天赋的人权，要要求男女的彻底的对等，这是当然而然的道理。女权运动在我们中国虽是才在萌芽，但在欧美已经是很有成效的了。《女权主义》（*Feminism*）一书的作者华士（Walsh）曾把女权主义的运动和社会主义两相比较，他说：社会主义是唤醒阶级意识而形成阶级斗争，女权运动是唤醒性的意识而形成性的斗争。这个比较我觉得不仅在被压迫者方面的志趣是完全相同，就是在压迫者方面的态度也几乎是全然一致。

　　　　无产阶级困在资本主义的社会组织之下起而对于有产阶级提出贫富对等的要求，而资产家对于他们依然持着高压的态度。

　　　　女性困于男性中心的道德束缚之下，起而对于男性提出男女对等要求，然而男性中心道德的支持者依然视以为狂妄而痛加阻遏。女性

二 创造社"文学丛书"叙录 445

的解放,怕和无产阶级的解放一样一时总还不能达到完满的目的罢。

十五年三月七日

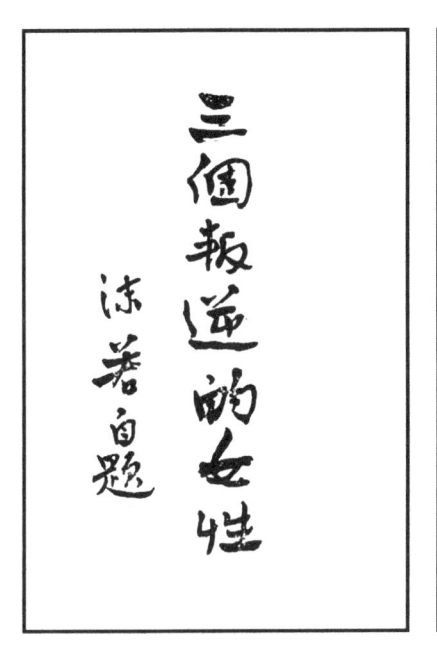

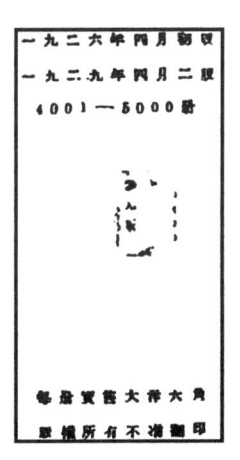

《文艺论集》

《文艺论集》,封面与版权页未见题"创造社丛书"。民国十四年(1925)十二月十七日发行。著作者为郭沫若,印刷者为光华书局,发行者为光华书局,总发行者为光华书局(上海四马路)。全一册,366页,精装实价一元二角，平装实价九角。

此外还有民国十六年（1927）二月三版，扉页题"创造社丛书"（无编号）。其封面与初版封面相同。一九二九年七月四版，由钱牧风装帧。印数 4501~6500 册。一九三〇年八月五版，由钱牧风装帧。印数 6601~8000 册。一九三二年六月六版，由钱牧风装帧。印数 8001~9500 册。这三版的封面和扉页基本相同。

该书分三辑，第一辑内收《文学的本质》《论节奏》《文艺之社会的使命》《生活的艺术化》《自然与艺术》《文艺上的节产》《未来派的诗约（歌）及其批评》《儿童文学之管见》《神话的世界》，凡九篇。第二辑内收《批评与梦》《瓦特裴德的批评论》《艺术的评价》《论国内的评坛及我对于创作上之态度》《论文学之研究与介绍》《由诗的韵律说到其他》《太戈尔来华的我见》《艺术家与革命家》《一个宣言》，凡九篇。第三辑内收《波斯诗人莪默伽亚谟》（《读 Rubaiyat 后之感想》《诗人莪默伽亚谟》）《"少年维特之烦恼"序引》《〈西厢〉艺术上之批判与其作者的性格》，凡三篇。总计二十一篇。此外还有"附录"，凡八篇，依次为：《古书今译的问题》《我对于"卷耳"一诗的解释》《释玄黄》《论中德文化书》《读梁任公〈墨子新社会之组织法〉》《惠施的性格及其思想》《天才与教育》《雅言与自力》。

卷首有作者撰写的《序》，卷末无跋。《序》兹录如下：

> 这部小小的论文集，严格地说时，可以说是我的坟墓罢。
>
> 我的思想，我的生活，我的作风，在最近一两年之内可以说是完全变了。
>
> 我从前是尊重个性，景仰自由的人，但在最近一两年之内与水平线下的悲惨社会略略有所接触，觉得在大多数完全不自主地失掉了自由，失掉了个性的时代，有少数的人要来主张个性，主张自由，总不免有几分僭妄。
>
> 是的，僭妄！我从前实在不免有几分僭妄。但我这么说时，我也并不是主张一切的人类都可以不要个性，不要自由；不过这个性的发展和自由的生活，在我的良心上，觉得是不应该由少数的人独占罢了！
>
> 要发展个性，大家应得同样地发展个性，要生活自由，大家应得同样地生活自由。
>
> 但在大众未得发展其个性，未得生活于自由之时，少数先觉者毋

宁牺牲自己的个性，牺牲自己的自由，以为大众人请命，以争回大众人的个性自由！

所谓"我不入地狱，谁入地狱！"的话便是这个意思。

这儿是新思想的出发点，这儿是新文艺的生命。

在我一两年前的文字中，这样的见解虽然不无一些端倪，然从大体上看来，可以说是在混沌的状态之下。

如今"混沌"是被我自己凿死了，这儿所收集只是它的残骸。

残骸顶好是付诸火化，偏偏我的朋友沈松泉君苦心孤虑地替我拢了来，还要叫我来做篇序。好，我就题这几句墓志铭在我这座墓上罢。

喜欢和死唇接吻的王姬，
喜欢鞭打死尸的壮士，
或许会来到我的墓头
把我的一些腐朽化为神奇。

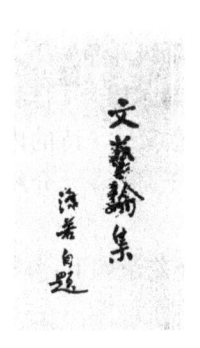

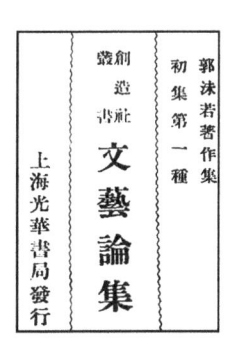

化腐朽而为神奇，原本是
要靠有真挚的爱情，或者敌意——
这是宇宙中的一个隐谜，
这是文艺上的一个真谛。
民国十四年十一月念九日，上海。

1930年五版时，《文艺论集》有"跋尾"，兹录如下：

此书竟又要出到五版了。有些议论太乖谬的，在本版中我删去了五篇。此外没有甚么可说的，只是希望读者努力"鞭尸"。

一九三〇年六月十一日，著者。

《文艺论集》

《文艺论集》，封面与版权页未见题"创造社丛书"。民国十五年（1926）四月付印，民国十五年（1926）六月出版。著作者为郁达夫，印刷者为光华书局，发行者为光华书局，总发行者为光华书局（上海四马路）。全一册，186页，实价大洋五角。

该书为文艺论文集，内收《艺术与国家》《文学上的阶级斗争》《文艺赏鉴上的偏爱价值》《批评与道德》《茵梦湖的序引》《赫尔惨》《自我狂者须的儿纳的生涯及其哲学》《黄面志及其他》《诗的意义》《诗的内容》《诗的外形》《北国的微音》《请了珰生的译诗而论及于翻译》《介绍一个文学的公式》，凡十四篇。

卷首有作者撰写的《文艺论集自序》，卷末无跋。该序兹录如下：

> 平生以懒惰为最大德性的我，非要老虎追在背后，不肯回转看一看。两三年来为朋友所逼，临时写下来的文章，也以成于一种状态下者居多。所以平常最没有自信，最怕集弄来出书。我有许多曾经登过预告的书，而到如今仍是一本也没有印出的原因，也在此。
>
> 这一回偶尔随了众人的热闹，终于把这一本三不像的什么《文艺论集》弄出来了。不知我者，以为我在热衷名誉，想出一本出出风头。殊不知这一本书的催生药，还是去年的失业，和三四个月来的疾病。
>
> 挂羊头卖狗肉，心里原有点过意不去。不过举世滔滔，都在干这个鬼，我想我这情有可原的一次狡狯，也算不得什么天大的一回事。
>
> 说到文艺，我本来是门外汉，还有什么可以论出来？不过两三年前，自家心里想到的事情，仿佛不过是如此如此。
>
> 收在里头的东西，大半是在《创造周报》上登载过的。只有九、

十、十一的三篇，是在某大学混饭吃的时候的讲义。因为这大学里的学生，程度不大齐，所以很幼稚的解释，也不得不象（像）煞有介事的写上去，请读者读了不要发怒，说我在把你们当作愚人看。

别的话没有了。窗外面在下微雨。隔壁的老妈子还在和姨太太说笑。我住在闸北的一间破屋里。时间是一九二六年三月四日的午前二时半。街上一个唱着戏的夜行者走过了。

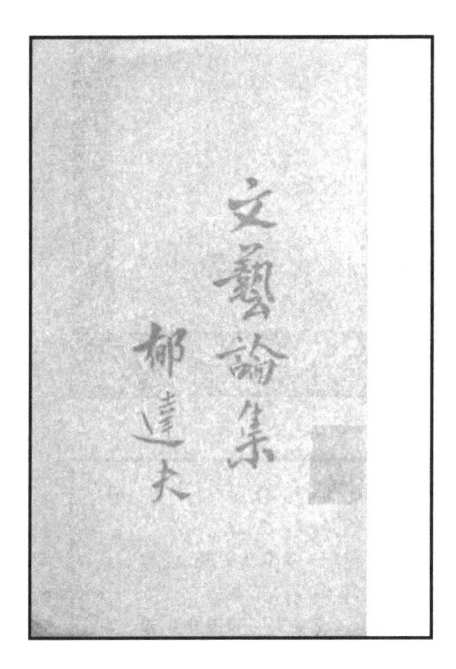

创造社出版部《落叶丛书》叙录

《落叶》

《落叶》，封面与扉页均题：落叶，郭沫若著，落叶丛书第一种。封面信息：1926 年初版（未印月、日），1926 年 9 月 1 日三版。每册定价三角五分（全一册，154 页，50 开），印数 3001～4000 册。《创造社资料（上）》著述：上海创造社出版部出版的"落叶丛书"编号为"1"的是《落叶》，著译者为郭沫若，初版期为"1926.4.20"。附注为"上海创造社出版部 1927 年 9 月 1 日 6 版时列为'创造社丛书第 1 种'"（第 390 页）。初版本笔者未见，所见的是三版本，尽管没有印"上海创造社出版部"字样，却不影响该版本的定性。还有 1927 年 6 月 1 日五版本。

450 中国现代社团"文学丛书"叙录·上册

该书为中篇小说,书信体,共四十一书信。

无序跋。第一封书信前有"引言",摘录如下:

当晚我受了他的重托之后,本想留在院里陪伴他,但他执意不肯。他说,他自己便是作了这么一次无意义的牺牲,他不愿使他的朋友再受他的传染。我们对于病人能使他心安意适,便是最好的疗法。我不能转变他的意念,当晚坐到将近十二点钟的时候,也只得告辞走了。

但是谁晓得我们那一夜的重逢,却才成了永别呢!

我的朋友洪师武君,他就在第二天的午前六时永逝的,我十点钟光景到医院去看他的时候,他的精神已经离开了他的躯体了。听说他死的时候,只连连叫着:

——"Kikuko!Kikuko!"

的声音,这本是一个日本女人的名字,写成汉字来是"菊子"。这就是他的爱人的名字罢?他爱人的信虽然有四十一封,但没有一封是有上下款的。

师武死后转瞬也就过了一周年。我几次想把他和菊子姑娘的悲剧写成一篇小说,但终嫌才具短少,表达不出来。

菊子姑娘的四十一封信,我读了又读,不知道读了多少遍了,读每一次总要受一次新颖的感发。我无论读欧美的那(哪)一位名家的杰作,我自己要诚实地告白,实在没有感受过这样深刻铭感的。菊子姑娘的纯情的,热烈的,一点也不加修饰的文章,我觉得每篇都是绝好的诗。她是纯任着自己一颗赤裸裸的心在纸上跳跃着的。要表现菊子姑娘,除菊子姑娘自己的文章外,没有第二个好方法。

我悔我费了一年的寻思,只是在暗中摸索,我现在把我做小说的计画(划)完全抛弃了。我一字不易地把菊子姑娘的四十一封信翻译成了中文,我相信过细读了这一部信札的人可以相信我上面的批评不是过分,而菊子姑娘的精神在我们有文字存在着的时候,是永远不会死的。

文艺毕竟是生活的表现,有菊子姑娘那一段真挚的生活,所以才有这四十一封的真挚的文章。我们把别人的生活借用来矫揉造作地做文章的人,真是可以休息一忽了。

菊子姑娘的信我现在把它们裒集在这儿,有些残缺了的我听它残缺,有些地方或者不免冗长的,但我因为不忍割爱,所以没有加以删改。我因为第一信上菊子的一首俳句中有"落叶"的字样,所以我把全部定名为《落叶》。我相信我这种编法是至上的表现,我相信洪师武君在冥冥中是不会埋怨我的。

民国十四年四月二日

郭沫若的《落叶》还有上海光华书局出版的《沫若小说戏曲集》版本，再版本版权页信息为：一九三〇年十月初版，一九三一间三月再版，印数1501~2500册，每册实价大洋四角。六版本版权页信息为：民国十九年（1930）十月初版，民国二十三年（1934）十月六版，每册实价大洋四角。

《飞絮》

《飞絮》，扉页题：飞絮，创造社编，落叶丛书第二种。张资平著，1926年6月版，上海创造社出版部出版。全一册，201页，价格不详。缺封面与版权页。《创造社资料（上）》著述：上海创造社出版部出版的"落叶丛书"编号为"2"的是《飞絮》，著译者为张资平，初版期

二 创造社"文学丛书"叙录 453

留空白。附注为"1927年10月第5版。上海创造社出版部又曾列为'创造社丛书第2种'。"（第390页）这里的"第2种"，印刷时为"第二种"。

《飞絮》还有其他诸多版本，参见后面作为上海创造社出版部"创造社丛书第二种"的《飞絮》。

该书小说集，凡若干节，无节目。

卷首有作者的《序》，卷末无跋。《序》兹录如下：

> 暑期中读日本《朝日新闻》所载《归八日》，觉得它这篇描写得很好。暑中无事想把它逐日翻译出来，弄点生活费。因为那时候学校无薪可领，生活甚苦。天气太热又全无创作兴趣。每天就把这篇来译，一连继续了一星期。但到后来觉得有许多不能译的地方，且读至下面，描写远不及前半部了，因之大失所望，但写了好些译稿觉得把它烧毁有点可惜。于是把这译稿改作了一下，成了《飞絮》这篇畸形的作品。因为种种原因及怕人非难；终没有把这篇稿售去。本社出版部成立后，就叫它在本社出版物中妄占了一个位置，实在很惭愧的。

总之这篇《飞絮》不能说是纯粹的创作。说是摹仿《归儿日》而成作品也可，说是由《归儿日》得了点暗示写成的也可。（按此为《归日》日语名，原文即如此）

总之我读《归儿日》至后半部时觉得它和我这篇《飞絮》同样的是篇笨作，这是我深引为憾的。

又我还要说的一句是我此篇的完稿确在卒读《归儿日》之前。

四月八日作者

创造社出版部《创造社丛书》叙录

《落叶》

《落叶》，《创造社资料（上）》著述：上海创造社出版部出版的"创造社丛书"编号为"1"的是《落叶》，著译者为郭沫若，初版期为空白。附注为"上海创造社出版部1926年4月初版时定位'落叶丛书第1种'。1927年9月6版始列为本丛书第1种"（第385页）。这里的两个"第1种"，印刷时为"第一种"。

《落叶》作为"创造社丛书第一种"的版本很多，笔者仅就所知简述如下。

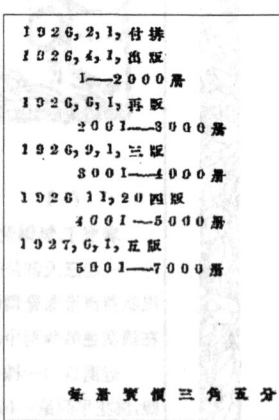

第九版封面信息为：落叶，郭沫若著，创造社丛书第一种，上海创造社出版部，1928。版权页信息为：1926.2.1付排，1926.4.1出版，1~2000册。1929.2.20八版，10000~110000册。1928.2.20九版，10001~

12000 册。每册实价三角五分。第十版版权页信息除了与第九版版权页信息相同的外，还有 1929.11.10 十册（按："册"应为"版"），12001～140000 册。

其他内容参见"落叶丛书第一种"《落叶》。

《飞絮》

《飞絮》，《创造社资料（上）》著述：上海创造社出版部出版的"创造社丛书"编号为"2"的是《飞絮》，著译者为张资平，初版期"1926.6.1"。附注为"上海创造社出版部曾列为'落叶丛书第 2 种'"（第 385 页）。这里的"第 2 种"，印刷时为"第二种"。

《飞絮》作为"创造社丛书第二种"的版本很多，笔者仅就所知简述如下。

第四版本扉页题"创造社丛书"（没有编号，应为第二种），"上海创造社出版部1926"。版权页信息为：1926 年 3 月 1 日付梓，1926 年 6 月 1 日出版，印数 1～2000 册。1926 年 9 月 1 日再版，印数 2001～3000 册。1926 年 11 月 20 日三版，印数 3001～4000 册。1927 年 6 月 1 日四版，印数 4001～6000 册。每册实价四角五分。

第七版本扉页题"创造社丛书第二种"，"上海创造社出版部1928"。版权页信息为：1925 年 8 月 19 日脱稿于武昌，1926 年 3 月 1 日排于上海，1926 年 6 月 1 日初版，印数 1～2000 册。1926 年 9 月 1 日再版，印数 2001～3000 册。1926 年 11 月 20 日三版，印数 3001～4000 册。1927 年

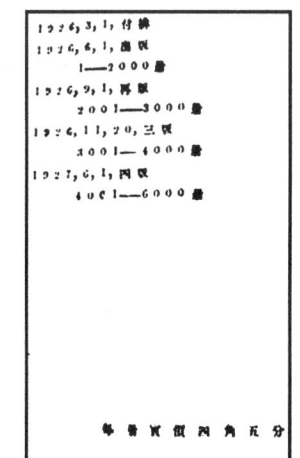

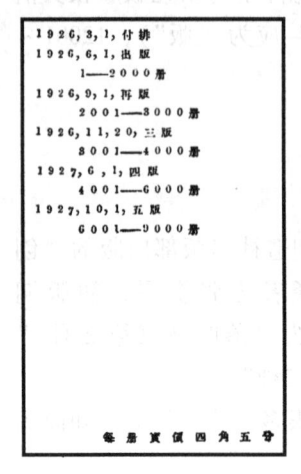

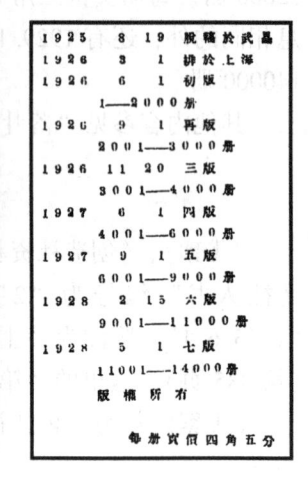

6月1日四版，印数4001~6000册。1927年9月1日五版，印数6001~9000册。1928年2月15日六版，印数9001~11000册。1928年5月1日七版，印数11001~14000册。每册实价四角五分。

封面都相同。其他内容参见"落叶丛书第二种"《飞絮》。

《橄榄》

《橄榄》，郭沫若著，扉页题"创造社丛书第三种"。上海创造社出版部出版。版权页信息：1926年7月（原"17月"有误）1日付印，1926年9月1日初版，印数1~3000册。1927年4月1日二版，印数3001~5000册。1927年9月15日三版，印数5001（500有误）~6000册。1927年10月30日四版，印数6001（60001有误）~7000册。1928年3月20日五版，印数7001~8000册。1928年5月10日六版，印数8001（80001有误）~15000册。每册实价大洋七角。（全一册，245页）（封面时间为：1931）。《创造社丛书第三种》还有《沉沦》，但不是创造社出版部出版，而是泰东图书局出版，是另外一个系列。

该书作品集，包括四个短篇集，一是自传体小说《飘（漂）流三部曲》，包括《歧路》《炼狱》《十字架》；二是《行路难》；三是《山中杂记》（9篇），包括《山中杂记》《菩提树下》《三诗人之死》《芭蕉花》《铁盔》《鸡雏》《人力以上》《卖书》《曼陀罗华》《红瓜》；四是散文、随笔集《路畔的蔷薇》（6篇），包括《路畔的蔷薇》《夕暮》《水墨画》《山茶花》《墓》《白发》。

无序跋。《菩提树下》摘录如下：

> 我的女人最喜欢养鸡。她的目的并不在研究遗传，并不想有甚居积，充其量只是想孩子们多吃几个鸡蛋罢了。
>
> 因此之故她总是爱养母鸡，每逢母鸡要生蛋的时候，她真是欢喜极了，她要多把些粮食给她，又要替她做窝。有时候一时要做两三个窝的都有。
>
> 鸡蛋节省着吃，吃到后来母鸡要孵卵的时候，那是她更操心的时候了。孵卵的母鸡每隔一天要飞出窝来摄取一次饮食的，她要先替她预备好；又要时常留心着不使母鸡在窝里下粪，因为这样是容易使鸡卵腐败的原因。还有被孵抱着的鸡卵她也要常常把微温的盐水去试验，在水上可以浮起的便是腐败了的，她便要拾取出来，沉下去的便仍使母鸡孵抱。像这样足足要操心三个礼拜，等到鸡卵里面可以听出啾啾的叫声了，那时候她有两三天是快乐得不能安定的。
>
> 我们养鸡养过五六年，鸡雏也不知道孵化过好几次了。但是孵化了的鸡雏不是被猫鼠衔去，便是吃米过多得脚气病死了。自己孵化出的鸡雏绝不曾长成过一次的。

> 我们又是四处飘（漂）流的人，遇着要远徙他方的时候，我们的鸡不能带着同行。在那时我们的鸡不是送人，便是卖给鸡贩子去了。自己养过的鸡怎么也不忍屠杀。所以我们养鸡养了五六年，自己所的鸡决不曾吃过一次。

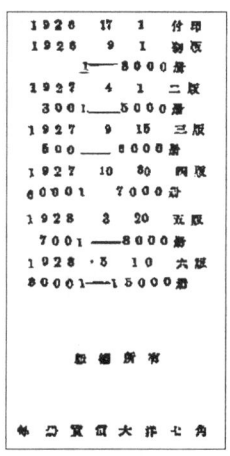

《木犀》

《木犀》，封面题：木犀，陶晶孙等，创造社小说选第一种，创造社出版部，1926。第一扉页题：木犀，创造社编，创造社作品选集小说选第一种。第二扉页题：木犀（创作集），陶晶孙等著，上海宝山路三德里创造社出版部发行，1926。上海创造社出版部出版。版权页信息：1926年3月1日付印，1926年6月1日出版，印数1~2000册。每册定价洋四角五分（原印三角五分，涂改后为四角五分，全一册，143页）。此版本不是"创造社丛书第三种"版本。《创造社资料（上）》著述：上海创造社出版部出版的"创造社丛书"编号为"4"的是《木犀》，著译者为陶晶孙等，初版期为"1926.6.1"。附注为"1926年3月16日《洪水》半月刊第2卷第13期广告列为'创造社小说选第1集'"（第385页）。然而，笔者所见原书所印与广告略有差异，不是"创造社小说选第1集"，而是"创造社小说选第一种"。

该书短篇小说集，内收陶晶孙的《木犀》、郭沫若的《叶罗提之墓》、郁达夫的《青烟》、严良才的《最后的安慰》、成仿吾的《一个流浪人的新年》、淦女士的《隔绝》、张资平的《圣诞节前夜》，凡七篇。

无序跋。一九二二年十二月《创造季刊》第一卷第三期上载有《〈木犀〉附白》，该文尾署名，应为郭沫若所作，兹录如下：

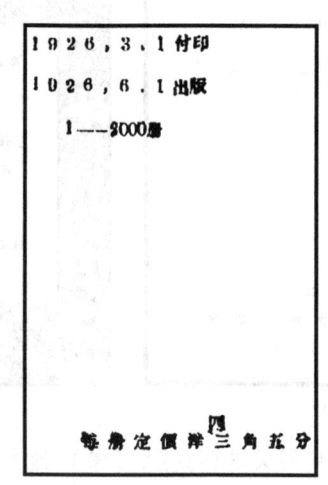

我们在日本由几个朋友组织过一种小小的同人杂志，名叫"Green"；同人是郁达夫、何畏、徐祖正、刘恺元、晶孙和我。晶孙这篇

小说，便是"Green"第二期中的作品；原名本叫"Croireendestinée"（《相信运命》）。原文本是日本文，我因为爱读此篇，所以我怂恿他把它译成了中文，改题为《木犀》。一国的文字，有它特别地美妙的地方，不能由第二国的文字表现得出的。此篇译文比原文逊色多了，但他根本的美幸还不大损失。请读者细细玩味。

九月二十日福冈

《灰色的鸟》

《灰色的鸟》，扉页题"灰色的鸟，创作集，成仿吾等著"，上海宝山路三德里，创造社出版部发行，1926。另一扉页题"创造社编，创造社作品选集，小说选，第二种"。版权页信息为：1926年5月1日付印，1926年12月1日再版，印数1～2000册，2001（原印"2000"有误）～3000册。每册定价洋四角。未见"创造社丛书"字样。36开本，156页。二者都不是创造社出版部出版的"创造社丛书第五种"版本。

《创造社资料（上）》著述：上海创造社出版部出版的"创造社丛书"编号为"5"的是《灰色的鸟》，著译者为成仿吾等，初版期为"1926.6.1"。附注为"1926年9月1日《洪水》半月刊第2卷第23、24期合刊广告列为'创造社小说选第2集'"（第385页）。然而，笔者所见的原著初版期不是"1926.6.1"，而是"1926.8.1"；不是"第2集"，而是"第二种"。

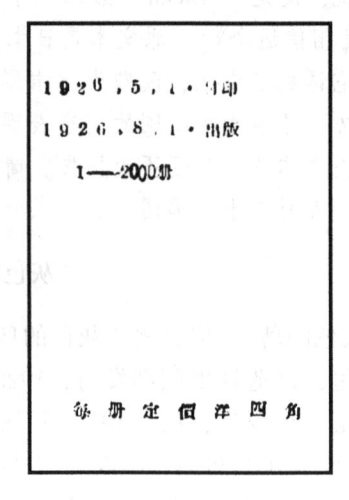

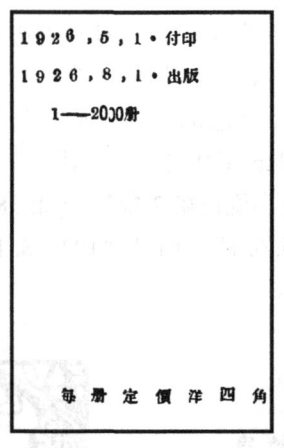

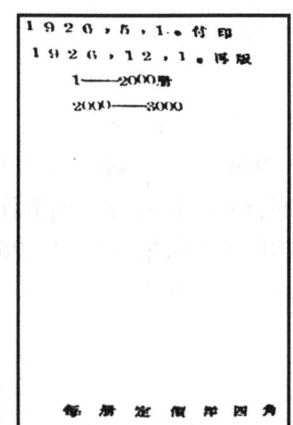

该书创作集，收录创作凡七篇，篇目依次为：成仿吾的《灰色的鸟》、梁实秋的《苦雨凄风》、淦女士的《旅行》、全平的《嫩笋》、白采的《被摒弃者》、郁达夫的《薄奠》、郭沫若的《Dona Caiméla》。叶灵凤设计精美扉页。

无序跋。成仿吾的《灰色的鸟》摘录如下：

（一）

　　我与可爱的颜碧湘女士将要结婚了，可是我的老朋友丁伯兰却还是很孤独地，很凄凉地，在扯那无情的日历的一页页。

　　他和我自从中学三年级同学以来，一直同到了大学毕业。他在我许多同学之中，是最富有特性的一个，也是我最亲密的一个。自从相识以来，他给了我多少知识上与精神上的援助；从他的人格，他给了我多大的力量！可是除我之外，他也没有别的亲信（按：原文献为亲信）的朋友，只有我最详细地知道他的家世，他的性情，他的思想，他的一切。记得有一回他偶因家事请假到汉口去了的时候，他给了我一封很热忱的信，内里有一段这般说：

"……我今天在街上，看见两个很活泼的青年，手牵手，笑谈着从我的身旁过去了。我暂时凝望着他们，不能离去。呵，佩帏，他们是何等的快活！世间的事情，真教我烦厌极了！我怎么要来这可厌的地方，偏不能也同你畅游，没入于自然的怀里，忘怀世间一切的苦痛，当这等和悦的风光，这般明朗的月夜？……"

记得他初来和我同学的时候，（已经是八九年前的事了，啊，时间是这般跑得快的！）那时候他虽然初从偏僻的地方出来，初离他的父母兄弟，他是很快活的一个学生，读书之外，他最喜欢同我和几个朋友踢踢高球（按：原文为"高球"），他并且顶热心公益。后来他每从家里到学校来，便至少也有一两个礼拜不快活，从进了大学的那一年。他便每每对着我，说他心里很寂寞。

我们一个人生在世界上，清夜里把自己由（按：原文为"由"）外务"绝缘"，归到真的自我的时候，谁又能不感觉一种惊心的忍不住的寂寞呢！我们总要互相安慰，互相援助才好。然而我是素来要丁君的援助的，我应当如何才可以援助他呢？有时我劝他看小说，或邀他去游公园，他只用一种很凄怆的笑脸对我说："谢谢你，有你这般亲切的朋友，我心里好过得许多了。"

他的家庭逼着要他订婚，他的父母问他要孙子抱；这种功利的机械的要求，赤裸裸地把旧式的家庭洗剥了在他的前面，伤了他的主我的理想，使他切实感觉了人生之无意义。——这确是丁君的悲哀之起源，可是决不能说是近年以来使丁君深感寂寞的病菌。这是我所能断言的。可是这病菌是什么？在什么地方？却是到了最近我才知道的。

约莫两年之间，他每每竟是坐卧不安似的；有时候他忽问我："如何才好？"及我问他为什么事情，他已经伏在桌上哭他的去了。有一回他忽然对我说："我要改了。我这种癫狂似的行为，是不道德的。"可是不到几分钟，他又很悲酸地对我说："但是道德是什么呢？宗教是什么呢？艺术是什么呢？呵，都不过是美观的虚伪罢！"

梦一般的，我们毕业以来，又是一年多了！他总是这般被一种浓厚的沉哀围绕着。可是他对于朋友是很热诚的，他爱他们，愿他们都好，对于碧湘与我，尤其是这样。

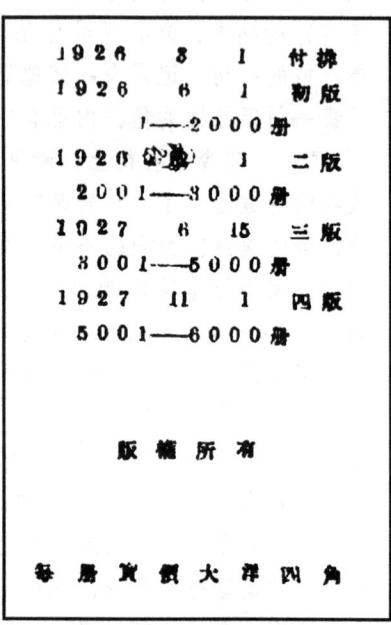

《瓶》

《瓶》，郭沫若著，创造社出版部1927年4月1日第一版（40开本）。未见"创造社丛书"字样。封面为一美女图。印数1~3000册，实价二角五分。第六版本封面为一花瓶。扉页题"创造社丛书第七种"，"瓶"，"郭沫若著"，"上海""青年书店出版部""1933"。版权页信息为：1927年4月1日初版，印数1~3000册。1927年9月15日初版，印数1~3000册。1927年4月1日二版，印数3001~4000册。1927年12月（原印"2月有误"）15日三版，印数4001~5000册。1928年4月1日四版，印数5001~7000册。1928年11月20日五版，印数7001~8000册。1931（扉页印"1933"）年4月4日六版，印数8001（原印8000有误）~10000册。每册实价叁角。两种不同作品（另一种为《爱之焦点》）被编为"创造社丛书第七种"。

本书为新诗，是一部长诗，凡四十二节，无节目。

卷首有《献诗》，卷末无跋。《献诗》兹录如下：

二 创造社"文学丛书"叙录 463

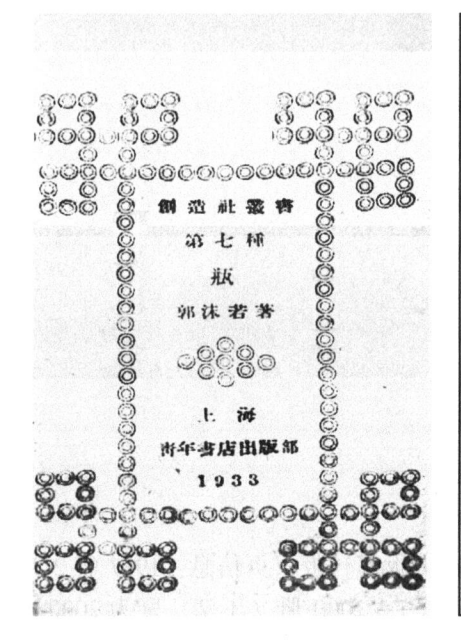

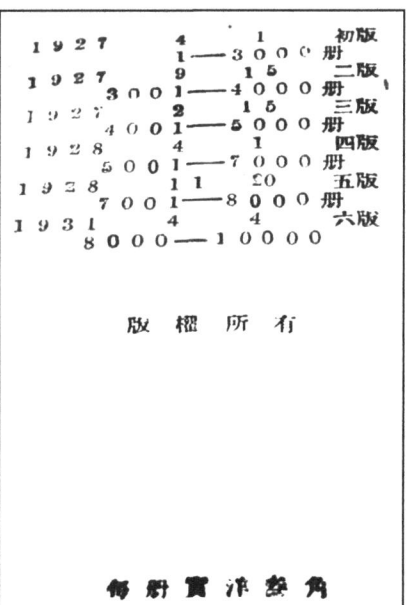

月影儿快要圆时
春风吹来了一番花信

我便渡往那西子湖边
汲取了清洁的湖水一瓶

我攀折了你这枝梅花
虔诚地在瓶中供养
我做了个巡礼的蜂儿
吮吸着你的清香

啊，人如说我痴迷
我也有我的针刺
试问人是谁不爱花
他虽是学花无语

我爱兰也爱蔷薇
我爱诗也爱图画
我如今又爱了梅花
我于心有何惧怕

梅花呀，我谢你幽情
你带回了我的青春
我久已干涸了的心泉
又从我化石的胸中飞迸

我这小小的瓶中
每日有清泉灌注
梅花哟，我深深祝你长存
永远的春风和煦

《旅心》

　　《旅心》，穆木天著，上海创造社出版部。版权页信息：1927年2月1日付排，1927年4月1日初版，印数1~2000册（不清，疑为2000）。每册实价三角五分。未见"创造社丛书"字样。全一册，140页。

　　本书新诗集，收入新诗《心欲》《我愿作一点小小的微光》《泪滴》《江雪》《水声》《雨后的井之头》《伊东的川上》《野庙》《雨后》《水飘》《乞丐之歌》《北山坡上》《落花》《苏武》《我愿……》《薄暮的乡村》《山村》《心响》《不忍池上》《薄光》《烟雨中》《夏夜的伊东町里》《与旅人——在武藏野的道上》《雨丝》《苍白的钟声》《朝之埠头》《猩红的灰黵里》《鸡鸣声》《弦上》《沉默》，凡三十首。此外还有附录《复活日（散文诗）》《谭诗》。

卷首有序言性质的《献诗——献与我的爱人麦道广姑娘》。《献诗》兹录如下：

> 我是一个永远的旅人永远步纤纤的灰白的路头
> 永远步纤纤的灰白的路头在薄暮的灰黄的时候
> 我是一个永远的旅人永远听寂寂的淡淡的心波
> 永远听寂寂的淡淡的心波在消散的茫茫的沉默
> 我心里永远飘着不住的沧桑我心里永远流着不住的交响
> 我心里永远残存着层层的介殻我永远在无言中寂荡飘狂
> 妹妹这寂静是我的心情妹妹这寂寞是我的心影
> 妹妹我们共同飘零妹妹唯有你知道我心里是永远的朦胧
> 一九二六，一二，一○，广州。

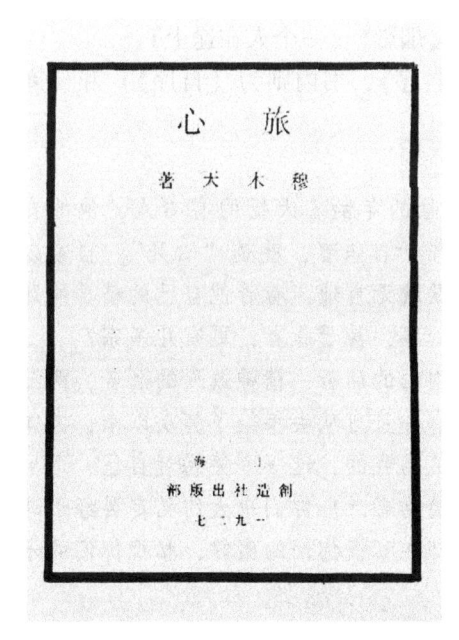

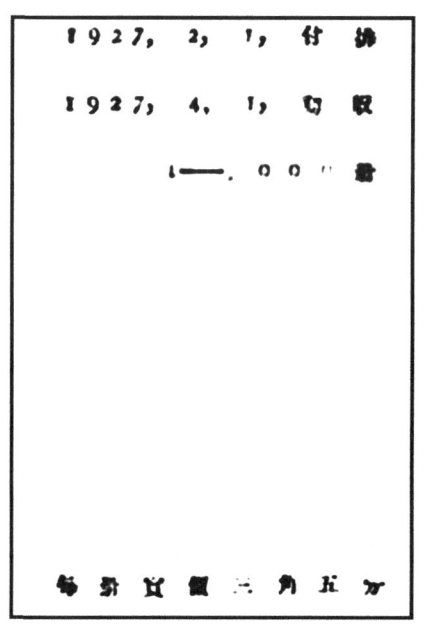

《寒灰集》

《寒灰集》，封面题：达夫全集，第一卷，寒灰集，上海，创造社出版部，1927。扉页所题除了与封面所题相同的外，不同的是：创造社丛书。版权页信息：1926 年 10 月 1 日付排，1927 年 6 月 1 日初版，印数 1000～4000 册（疑此处的 1000 应为 0001）。未见"第八种"字样。全一册，301 页。1928 年版本，封面与扉页与初版基本相同（缺版权页），不同的是扉页上印有"第八种"字样。

《创造社资料（上）》著录，上海创造社出版部出版的《创造社丛书》，编号为"8"的有《旅心》，著译者为穆木天，初版期为"1927.4.1"，无附注。还有一种是《寒灰集》，著译者为郁达夫，初版期为"1927.6.1"，附注为《达夫全集》第 1 卷。（见第 385 页）。后者有误，而前者则更不然。笔者所见的《旅心》初版本和再版本，从封面、扉页到版权页，均未见"创造社丛书"字样，更未见"第 8 集"，或"第 8 种"，或"第八集"，或"第八种"字样。由此可以猜测，《旅心》初版本不是上海创造社出版部出版的《创造社丛书》第八种。

该书小说集，收录小说凡十一篇，篇目依次为：《茫茫夜》《秋柳》《采石矶》《春风沉醉的晚上》《零余者》《十一月初三》《小春天气》《薄奠》《给一个文学青年的公开状》《烟影》《一个人在途上》。

卷首有《自序》（目录为《全集自序》，书内则为《自序》）和《寒灰集题辞》。《自序》摘录如下：

> 男子的三十岁，是一个最危险的年龄。大抵的有心人，他的自杀，总在这前后实行的。而更有痛于自杀者，就是"心死"。自家以为有点精神，有点思想的人，竟默默无言地，看着他自己的精神的死灭，思想的消亡！试问天下的痛心事，甚于此者，更有几多宗？
>
> 自家今年三十岁了，这一种内心的痛苦，精神毁灭的痛苦，两三年来，没有一刻远离过我的心意。并且自从去年染了肺疾以来，肉体也日见消瘦了，衰老了，若有人笑骂我的，这一个笑骂者自己，迟早总有知道他谬误的一日，勇敢的笑骂者呀！你们也大约必定要经过这一个心的过程的，不过我在这里却在私祝你们的康健，私祝你们的永不至于经验到这一种心身的变迁！
>
> 在人世的无常里，死灭本来是一件常事，对于乱离的中国人，死灭且更是神明的最大的思（恩）赏，可是肉体未死以前的精神消灭

二　创造社"文学丛书"叙录　467

的悲感哟,却是比地狱中最大的极刑,还要难受。

在未死之前,出什么全集,说来原有点可笑,但是自家却觉得是应该把过去的生活结一个总账的时候了。自家的精神生活,以后能不能再继续过去?只有天能知道,不过纵使死灰有复燃的时候,我想它的燃法,一定是和从前要大异,并且,并且随伴着我的这一种干(干)喀(咳),这一种衰弱,谁能说它们不是回光返照的一刹那,而明日的生涯,又谁能知道更将羁栖于何地?

一九二六年六月十四旧历端午节

序于上海的一家小旅馆内

《寒灰集题辞》兹录如下:

全集的第一卷,名之曰《寒灰》。
寒灰的复燃,要借吹嘘的大力。
这大力的出处,大约是在我的朋友王映霞的身上。
假使这样无聊的一本小集,也可以传之久远;
那么让我的朋友映霞之名,也和它一道的传下去吧!
作者

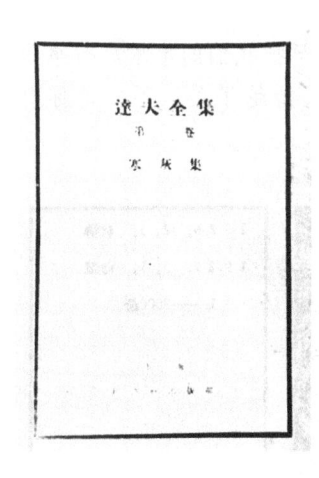

《莼莉》

《莼莉》,张资平著,《创造社丛书》(没有编号)。上海创造社出版部出版1926年12月1日付排,1927年3月1日初版。印数1~3000册。全一册,176页,每册实价大洋四角。《创造社资料(上)》著录,上海创造社出版部出版的《创造社丛书》，编号为"9"的是《苔莉》，著译者为张资平，初版期为"1927.3.1"（见第385页）。然而，笔者所见的这一版本，封面文字为：苔莉，张资平著，上海创造社出版部，1927。扉页文字为：除了多"创造社丛书"外，其他文字与封面题字相同。版权页文字为：1926.12.1付排，1927.3.1初版，1～3000册，每册四角。这三页均不见"第九种"字样，由此可以推测，该版本不属于上海创造社出版部有编号的《创造社丛书》，而属于上海创造社出版部无编号的《创造社丛书》。此外还有第六版和第八版。

该书是一部中篇小说。

无序跋。正文摘录如下：

> 克欧今天回到T市来了，由南洋回到一别半年余的T市来了。他是T市商科大学的学生，今年三月杪把二年级的试验通过了后，就跟了主任教授K到南洋群岛一带去为学术旅行。他和他的同级生跟着K教授在南洋各岛流转了几个月，回到T市来时又是上课的时期了。
>
> 他在爪哇埠准备动身的前两天，预先写了一封信来报告苔莉。他的信是这样写的：
>
> "……终年都是夏，一雨便成秋的南洋诸岛的气候是很适合我们南国的人的健康。南洋的热带植物的景色也很有使人留恋的美点。但我对这些都无心领略与赏玩，我只望我能早日把我们的学术旅行事项结束，赶快回T市去和我的苔莉——恐怕太僭越了些，不知道你会恼我么——相见。

二 创造社"文学丛书"叙录 469

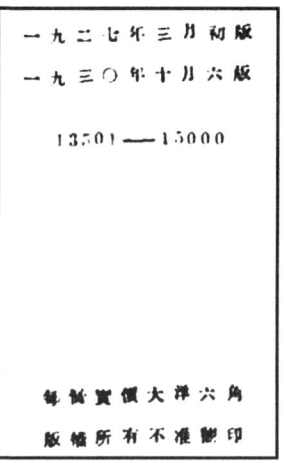

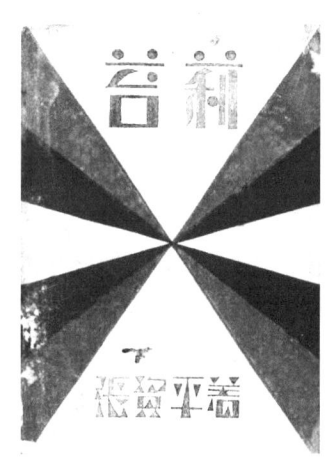

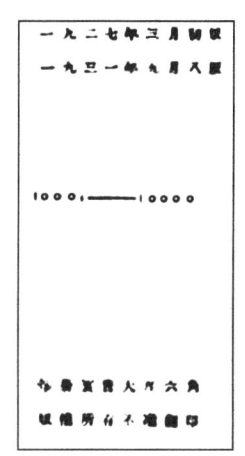

"我所希望的一天终要到来了。K教授说，我们出来半年多了，菲律宾岛的参观俟毕业后举行。我们后天即趁荷兰轮船向新加坡直航。到了新架（加）坡大概要停留两三天，然后再趁船向香港回航。我们不久……大概三个星期后就得会面吧。

"此次旅行得了相当的收获。除学校的实习报告外，我还写了点长篇的东西。一篇是《热带纪游》，一篇是《飘零》。这两篇就是我送给我的苔莉的纪念品……此次南行的纪念品。

"我们的交情是很纯洁的，我们纯是艺术的结合。你也曾说过，我们只要问良心问得过去，他们的批评我们可以不问的。不过我想，这封信你还是不给表兄看见得好，因为他对我们的艺术的研究太无理解了，恐怕由这封信又要惹起是非来。我倒没有什么，可是累你太受苦了。

"你寄苏门答腊得里城 M 先生转来的信，我收到了。你说下期再不能分担社务的一部分了，这是叫我很失望的。但为你的家庭幸福计，我们也不好勉强再叫你担任。不过你有暇时，还望你常常投稿。

"我在各地寄给你的风景画片谅已收到吧。你读这封信时我怕在新架（加）坡与香港间的海上了。

"克欧于瓜哇，九月三日。"

克欧到了海口的 S 市就打了一个电报给她，他希望她能够到 T 市车站的月台上来迎他。

克欧坐在由 S 港开往 T 市的火车里。车外的景色虽佳，但他无心赏玩。他心里念念不忘的还是 T 市东公园附近的景色，尤其是夏天的晚景。他很喜欢那儿，去年的夏期中东公园中没有一晚没有他们俩的足迹。

缺第十、十一种。

《死前》

《死前》，王独清著，扉页题"创造社丛书第十二种"。上海创造社出版部 1927 年 6 月 1 日付排，1927 年 8 月 15 日初版，印数 1～2000 册。1927 年 10 月 15 日二版，印数 2001～4000 册。全一册，28 页，每册实价大洋三角。

该书为新诗集，分为四个部分，即 I 《死前的希望》、II 《SONNETS 五章》、III 《因为你……》《约定……》《别了……》、IV 《………》。

卷首有倪贻德作的作者"画像"，还有"献词"。另外有《遗嘱》。卷末无跋。《遗嘱》兹录如下：

啊，今晚我，我就要死了，我就要死了，
朋友，快来，来把我底这些诗稿烧掉！
我，我是一个孤独的，一生飘泊的人，
还没有完全离去所谓青春的年龄。
正当是孩童时便走出了我底故乡，
就这样，就这样一个人飘泊在四方。
我底生活，完全是，是不健全的生活，

我底生活，是尽被无谓的伤感埋殁。
我死后不愿意再听到伤感的啼哭，
那都是无用的声音，徒烦乱我心头。
也不要去在我底墓前立甚么碑铭，
只要能够认识，都不妨把墓顶推平。
最好常到我墓前述我死前的疲倦。
好使，使我在墓中常感着悔恨，不安。
啊，今晚我，我就要死了，我就要死了，
朋友，快来，来把我底这些，诗稿烧掉！
一九，五月，一九二七。

《使命》

《使命》，成仿吾著，扉页题"创造社丛书第十三种"。上海创造社出版部出版。版权页信息为：新历 1927 年 2 月 1 日付排，旧历 16 年 7 月 16 日本书作者三十生长（按：原文如此）初版，印数 1~3000 册。1928 年 4 月 1 日二版，印数 3001~4000 册。全一册，269 页，每册实价大洋七角。

该书为文艺论集，分四辑。第一辑内收《新文学之使命》《真的艺术家》《艺术之社会的意义》《民众艺术》《革命文学与它的永远性》《国学运动的我见》《写实主义与庸俗主义》，凡七篇。第二辑内收《批评的建设》《建设的批评论》《批评与同情》《作者与批评家》《批评与批评家》《文艺批评杂论》，凡六篇。第三辑内收《诗之防御战》《〈沉沦〉的评论》《〈残春〉的批评》《评冰心女士的〈超人〉》《〈命命鸟〉的批评》《〈一叶〉的评论》《〈呐喊〉的评论》《读章氏〈评新文学运动〉》《论译诗》，凡九篇。第四辑内收《文学界的现形》《矮丑的说道者》《今后的觉悟》《新的修养》《士气的提倡》《完成我们的文学革命》，凡六篇。总计二十八篇。

卷首有《再版序言》和《序》。《再版序言》兹录如下：

"文学被革命抛在很远的后边"，我们虽然不像那些现象论者说一个跑得太快了，所以别的一个没有赶得上的话，然而这是事实，而且跑得快的有它跑得快的理由，跑得慢的也有它所以一定跑得慢的必然性。

我们的新兴布尔乔亚氾的早衰，规定了我们这几年来努力建设的新文学的必然的短命。现在它的内在的发展已不可能，它已经开始没落了。

在这全经过期间，从事文艺批评的人们的任务，一在于给文艺作品以理论上的根据，二在于导引全文艺界走上新的道路。我们的批评家们完成了他们的任务吗？在当时的情况下，他们是没有放弃职责的，我们可以下这样的断语。

这里收集的文章是一个从事文艺批评的人这几年来的努力。他是不是曾经履行他的任务，他的论文自然要构成一个断语。

在当时的特殊的情况之下，还有三种特别的任务，即对于以下三种思想的苦斗：

第一，文以载道的传统思想，

第二，文学为消闲品的腐败思想，

第三，"幽默"及"趣味"等外来思想。

本书的作者在精神上，在文字上，可以说是不曾忘记了这种种特别的任务而尤以对于"幽默"与"趣味"的追勦（剿）为最有益。这种种的苦斗可以说是新文学的方向转换的预备工事。在这一点上，这全经过期间显然是一个过渡时代。

不过"文学意德沃罗基"的意识不甚明了，这是被当时的客观情势所规定，读者诸君必须保持批判的态度。

依作者现在的思想来说的时候，本书的再版，非有彻底的修正，是与素来所主张的艺术的良心相背的。不过文艺是一个复杂的东西，文艺的产生要有种种的原素。我们数年来的作品对于将来的文艺还有营养的功能，这些文艺批评的论文就也有它培养的价值。并且在目前这样构成要素极其复杂的时代，就是这种过渡时期的预备工事也还是很重要的。

不过读者诸君必须保持批判的态度，而且现在由另一观点来看本书已经不是难事，读者诸君若能够把作者最近的论文对照起来，当更容易了解。

作者相信他的态度始终是真挚的，而且他的奋斗也有了相当的结果；他今后将要更努力于文艺批评的建设。

十七年三月十五日

《序》兹录如下：

朋友们时常劝我把自己数年来关于文艺的论说汇成专册，但我自己却从来不作此想。也许有人怀疑我在现在这样大家喜欢印行专册的时代故意高蹈，这也未免冤枉了我。其实，这里面的原因是很明白的。第一，我是不喜，或者应该说不能，多写的人，这几篇勉强写出应付一时的文字，既没有什么高深独到的佳言要旨，而在当时已遭辱骂，现在时过境迁，尤不值大方君子的一览，最好还是藏拙。第二，近年以来，更因惯性的作用，懒于动笔，所以我所能印行的东西都是曾经发表过的，实在没有再劳印刷所工人诸君的必要。第三，可以说是最重要的一个原因，就是我自己对于以前所写的各种文字之中已经有许多地方不能满意；自己所不能满意的文字再使流入人间，于自己为不诚实，于他人亦恐有害无益。

所以我至今不曾作过印行专册的妄想，拒绝了许多朋友的热诚的诱劝。这回由绍宗的好意把我这几篇一钱不值的文字集好寄来广州，却使我陷入了不能不放弃前此主张的绝境。我决然放弃了；得曼华之助，在约莫一小时之内，我就在广州分部把次序大概分定了。独清见我还没有命名，因为第一篇是《新文学的使命》，就给它取了现在这个名字。

我放弃了从前的主张，我为什么？似乎不可以不一说。一个人跑到外国学了几年工业回来，无端却在新发现的所谓文学界这个鬼窟混了几年，本来就是谁也梦想不到的事。然而在当时激于一时的愤怒，不惜与群鬼打做（作）一团，至少我自己曾出了几口恶气，而我们文学界也减少了一些恶魔，或者稍微清净了一点；但是事过境迁，对于当时那种幼稚病的对症药既经达到了一部分的目的，而我也回国日久，觉得可愤可怒的事正多，这些群鬼的瞎闹真不值得愤怒，所以我这种反射般的言论现在已是应该结束的时候了。

上面说的是关于我这几篇论说本身的原因,这里面还有关于我个人的一个。"自家今年三十岁了",这是达夫刊行全集的第一句话。我从来不说颓废的话,我也决不因为快要三十岁了而赶着出什么专集。不过一个人快三十岁了还不能彻底觉悟一番,这才是一个悲剧。从今以后,我不说要为党国建功立业,为人类祝福增光,至少也应该更加认真,认真就本质上思索,在实质上努力。为这个原故我也应该把以前的种种告一个结束。

这里所收集的以关于文艺批评的为多,虽然有许多是讲解前人陈说,专医幼稚病的东西,但是我相信自己不曾忘记暗示我对于文艺批评的意见。我至今相信文艺批评为一种再反省的努力,而关于文艺批评的考究为第三次的反省。反省的作用是无穷的,但是我们的反省常受 Zweckmaessigkeit 合目的性及 Gueltigkeit 妥当性的规定,所以反省的结果决不能是无穷的,最后我们必能达到一个同一的结果。这种追求便是我所谓建设的努力。我相信由这种努力可以解决文艺批评上种种纷纠的议论。

国事如此,专门研究这种问题,未免问心有愧,但是文艺批评是我喜欢思索的一门东西,同好之士加以指点,使我多有考察的时机,仍是我所最感谢而最希望。

七月三十夜于沪滨旅社

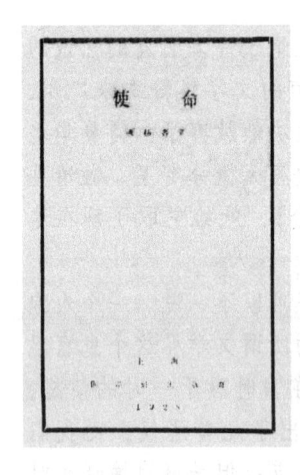

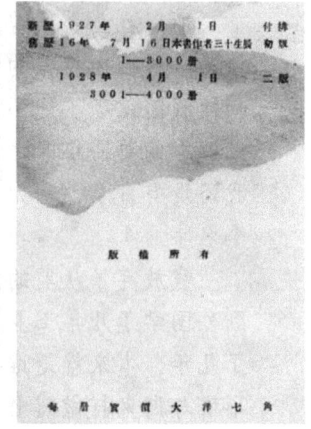

《流浪》

《流浪》,成仿吾著,扉页题"创造社丛书第十四种"。上海创造社出版部 1927 年 6 月 1 日付印，1927 年 9 月 1 日初版。全一册，183 页，每册实价大洋六角。印刷 1~3000 册。

该书为作品集，收录小说四篇，即《一个流浪人的新年》《深林的月夜》《灰色的鸟》《牧夫》。诗九篇，即《海上吟及其他十五首》《送春归》《长沙寄沫若》《岁暮长沙城晚眺》《海上的悲歌》《诗人的恋歌》《白云》《早春及其他九首》《清明时节及其他三首》，剧一篇，即《欢迎会》。杂记四篇，即《东京》《太湖纪游》《江南的春讯》《春游》。

卷首有《序诗》，卷末有《跋》。《序诗》兹录如下：

(一)
我生如一颗流星，
不知要流往何处；
我只不住地狂奔，
曳着一时显现的微明，
人纵不知我心中焦灼如许。

是何等辽阔的天空！
又是何等清爽！
我摇摇而奋奔，
我耀耀而遥征，
回顾长空而中心怅惘。

这是何等的运命——
这短短的一生，
尽流浪而凋零，
莫或与我相亲，
永远永远孤独而凄清！

人纵在愁苦之中，
皆能强笑而为乐，
欢情的火焰熊熊，
悲哀的幕影犹可潜踪，
我连这种欢情也无从得着。

啊，这是何等的运命——
在这无涯的怅惘，
曳若瞬刻的微明，
抱着惨痛的凄情，
我还要不住地奋进而遥往。

啊，我生如一颗流星，
不知要流往何处；
我只不住地狂奔，
曳着一时显现的微明，
人纵不知我心中焦灼如许。
一九二三

（二）
这是我的残骸！
凋零的我呀，早已不知所在。
亲爱的远方的朋友哟，
请莫惜，请莫忘你的怜爱！

便是我这缥缈的生涯，
也曾梦想过幻美的纯爱；
可如今百合的花时过了，
空剩了这片残骸。

但这虽是我的残骸，
我的音容呀，或许仍然未改。
亲爱的远方的朋友哟，
请莫惜，请莫忘你的怜爱！
黄埔，十六年六月廿九日

《跋》兹录如下：

　　岁月匆匆，不觉已经三十寒暑了。万事都如一梦，这些便都是梦中的呓语。

二 创造社"文学丛书"叙录 477

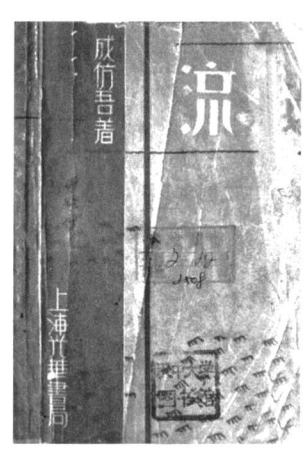

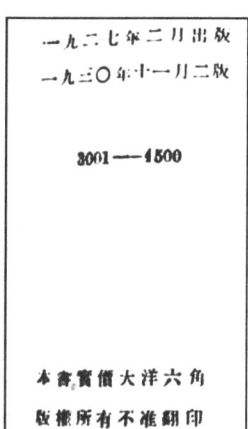

青春时代的欢乐与悲哀，一去已无踪迹；它们的残照与余音，通通收在这里。

请宽恕这种利己的动机，因为这都不过是一场易醒的迷梦。

十六年七月三十一日晨于沪滨旅舍

《杨贵妃之死》

《杨贵妃之死》，封面题：杨贵妃之死，王独清著。版权页信息为：1927年8月15日付印，1927年9月20日初版。印书1~2000册。每册实价大洋四角半。缺扉页，未见"创造社丛书第十五种"字样。该书全一册，67页。《创造社资料（上）》著录，上海创造社出版部出版的《创造社丛书》，编号为"15"的是《杨贵妃之死》，著者为王独清，初版期为"1927.9.20"。但二者并不吻合，待继续考述。

该书为话剧，凡六场。无场目。

无序跋。正文摘录如下：

外面随驾的人民都进来！外面随驾的人民都进来！

（众难民一齐进来了，有的由门中拥进，有的由佛殿后方墙缺处的席下拥进，霎时间与众兵士浑和在一起，围住了佛殿底周围）

陈玄礼（正式而庄严地）

兵士们！国民们！现在这个中国第一的美人，当今皇帝底爱宠，我们一向认为罪深恶极的魁首的杨贵妃已经死了。她临死时服从了民众底公意，这真是我们没有料想得到的。这是我们民众底胜利！这是我们民众奋斗底胜利！我们从此便可知道民众力量底伟大，我们须得要继续地努力，继续地努力！……但是她，她能为民众这样牺牲，也确不是一个寻常的女性，我们应该感谢，并且也应该崇拜……跪下罢，兵士们！国民们！跪下瞻礼这曾具有不朽的灵魂的神圣的尸体，跪下！跪下！……（全体跪下）哦，只有由我们长安出来的女性，才有这样不朽的灵魂！也只有我们长安底民众，才有这样的反抗的精神！哦，虽然现在我们中国是正在危难的时候，我们底长安也已经败坏，但是我们既能有这样的人物，既能有这样的民气，还愁不能恢复我们民族底自由？还愁不能使那可景仰的时代新生？……哦，今日底事件，真是我们底光荣呀！我们应该三呼长安底光荣。

全体

长安底光荣！长安底光荣！长安底光荣！

陈玄礼

我们要从此努力，要对得起这位安睡在我们面前的牺牲者。——唉，我们再祝长安复兴！

全体

祝长安复兴！祝长安复兴！祝长安复兴！

（现在天色已晚，但狂风已经息止，远远的天空忽现出在一切骚乱静止后来安定人心神的新月）

《音乐会小曲》

《音乐会小曲》，陶晶孙著，版权页题"创造社丛书第十六种"。创造社出版部 1927 年 9 月 5 日付排，1927 年 10 月 5 日初版。全一册，202 页，每册实价大洋六角。印数 1～3000 册。

该书为短篇小说集，收录短篇小说凡十九篇，篇目依次为：《音乐会小曲》《两情景》《黑衣人》《木犀》《剪春萝》《洋娃娃》《水葬》《尼庵》《理学士》《特选留学生》《哈达门的咖啡店》《爱妻的发生》《短篇三章》《Cafe Pipeau 的广告》《暑假》《独步》《温泉》《女朋友》《两姑娘》。

卷首无序，卷末有《书后》，兹录如下：

> 我想，如小说，如戏剧等就是一种幻想的谎语，幻想那里能够算文艺的堂堂的论阵？原来我是一个极同情于病苦的医学生，又是从基础医学而进于生物学而进于生物物理学的，对于纯粹科学有热烈欲燃的热心的一个学生。不过人都会梦，有时那梦倒含有些风味的，用笔纸来抄它出来，那梦幻有时也会变为一个创造。换言之，人不会制限他的梦，也不会强做他的梦，而那极不自由的梦幻中，我们能够选出一些灌流人性和人生的有风味的独创。

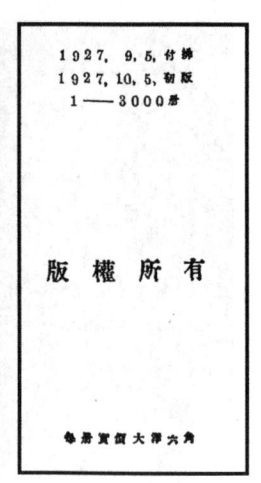

《鸡肋集》

《鸡肋集》，封面题：达夫全集，第二卷，鸡肋集。扉页题：创造社丛书，第十七种，达夫全集，第二卷，鸡肋集，郁达夫著，上海创造社出版部，1927。除了与封面所题相同的外，不同的是：版权页信息：1927年9月1日付排，1927年10月20日初版，印数1～3000册，每册实价大洋六角五分。全一册，274页。

该书小说集，内收《沉沦》《南迁》《银灰色的死》《胃病》《血泪》《茑萝行》《还乡记》《还乡后记》，凡八篇。

卷首有《题辞》，卷末无跋。《题辞》摘录如下：

"弃之可惜，存之可羞"，像这一类的东西，古人名之曰鸡肋，我就把它拿来作了全集第二卷的名称。

凭良心说起来，自己到现在为止，所做的东西，没有一篇不是鸡肋，但是稚气满满的这集里所收的几篇，尤其觉得成东西。

回溯从前，当一千九百二十一年的七月，——是《沉沦》等篇作完的时候——自己毫没有成一个滥作家的野心。当时自己还在东京帝大的经济学部里念书，住在三铺席大的一间客舍楼上，志虽不大，也高足以冲破牛斗，言出无心，每大而至于目空一世。到如今五六年来，遇了故国的许多奇波骇浪，受了社会的许多暗箭明创，觉得自己所走的出路，只有这一条了，不得已也只好听天由命，勉强承认了这一种为千古伤心人咒诅的文字生涯。年纪到了三十，心里又起了绝大的幻灭,今后如何的活过去,虽不能够预说,然而近一年来,日夜在脑里汹涌的愤世的洪涛,我想过几年后,总能找出一个适当的决裂河口,变程流出。现在我所感到的,可以说是中道的悲哀,歧途的迷惘,若有所成,若有所就,总不得不期之于最近的将来。

一九二七年八月一日达夫题于沪上

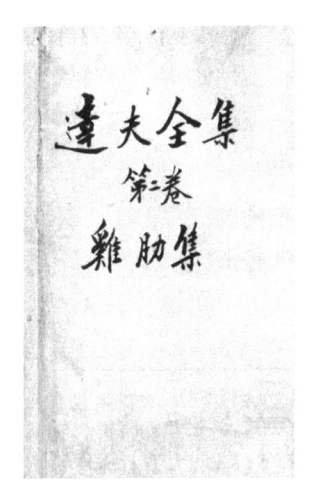

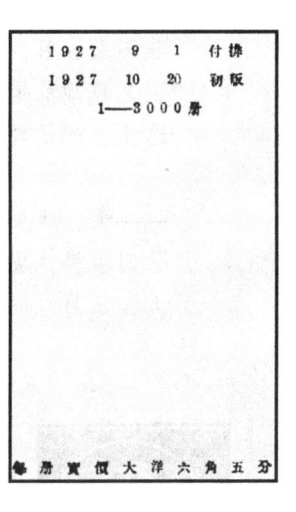

《圣母像前》

《圣母像前》,王独清著,扉页题"创造社丛书第十八种"。上海创造社出版部出版 1926 年 12 月 1 日初版印行,印数 1~2000 册。1927 年 10 月 1 日改版本付印,1927 年 12 月 15 日二校。印数 2001~4000 册。全一册,80 页,每册实价大洋四角。

本书为新诗集,共六个部分:"Ⅰ悲哀忽然迷了我底心",收入《圣母像前》。"Ⅱ流罪人语",收入《醒后》《流罪人的预约》《月下的病人》《淹留》《Neurasthénie》。"Ⅲ失望的哀歌",收入Ⅰ(按:无题)、Ⅱ(按:无题)、Ⅲ(按:无题)、Ⅳ(按:无题)、Ⅴ(按:无题)。"Ⅵ颓废",收入《我底苦心》《玫瑰花》《Une jeune vagabonde persane》《Adieu》《Now I am a cholerc man》。"Ⅴ MELANCHOLIA"收入《此地不可以久留》《劳人》《三年以后》《我从 Cafe 中出来》《最后的礼拜日》。"Ⅵ飘泊",收入《我飘泊在巴黎街上》《吊罗马》《别罗马女郎》《但丁墓旁》《动身归国的时候》。

卷首有《序诗》,卷末无跋。《序诗》兹录如下:

我是个精神不健全的人，
我有时放荡，我有时昏乱……
但是我却总是亲近着悲哀，
这儿，就是我那些悲哀底残骸。

我是个性情很孤独的人，
我不求谅解，我不求安慰……
但是我却总是陪伴着悲哀，
这儿，就是我那些悲哀底残骸。

——哦，我底悲哀底残骸，哦，我底悲哀底残骸，
你们去罢，去把和我一样的人们底悲哀快叫起来！
九，三月，一九二六

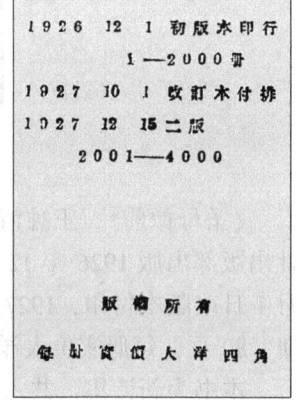

《抗争》

《抗争》，郑伯奇著，扉页题"创造社丛书第十九种"。上海创造社出版部出版1928年1月15日付排，1928年2月15日出版。印数1~1500册。全一册，125页，每册实价大洋四角。

该书是一部戏剧、短篇小说合集，篇目依次为："第一部戏剧"，包括《抗争》《危机》《合欢树下》。"第二部小说"包括《最后之课》《忙人》《A与B底对话》。

无序跋。《抗争》摘录如下：

二 创造社"文学丛书"叙录 483

阿招：来了，来了。

阿巧：唉呀，凶得来！（按：原文为"凶得来"）

二人趋至外兵前抚慰，复相互调笑。

林：我真看不过眼了。

黄：这样的事，你都看不过眼，那么黄浦滩上的飞机，吴淞口内的炮舰，你又看得过眼么？昨天晚上，吃过晚饭后，我偶尔在街上散步，看见一条马路口，站了五六个徒手的外国兵，还有一两个非洲的黑人在内。他们看见过来的黄包车上坐的女子，一个一个都要摸摸脸，搦搦（按：原文为"搦搦"）奶头。有些年纪轻脸皮嫩的小姑娘，简直吓得眼泪花扑扑地乱滚。我当时看见了，就恨不得痛痛（按：原文为"痛痛"）地打他们两拳。我一个人众寡不敌（按：原文为"众寡不敌"），想了想，也就算了。但是气得我整整一夜没有睡好觉。

林：这种事情，我也曾亲眼见过。当时我真觉得非常悲观。我想至少为保护各人的家庭安宁，也应该想个办法，不能平白地叫外国人这样糟蹋。再不然，上海不少秘密团体，也应该有一种结合，专对外国无礼的兵士，打报（按：原文"打报"应为"打抱"）这种不平。然而什么都没有！中国人眼睁睁看见自己的妻女姊妹受人的无礼都不敢过问，男儿的意气，一点也没有了。

黄：还有什么意气不意气呢！上海滩上的人，受洋大人的统治，五六十年，什么气都受惯了。就是这次戒严的时候，街上来往的男男女女，那（按：原文为"那"）一个不是教外兵和巡捕搜身摸腰的。

妇女们被欺负的（按：原文为"的"）更厉害，试问谁说过一个不字。从前美国独立战争，全凭各地方的民众，自己武装起来，和英兵对抗。美国独立的成功，不全是华盛顿的武力，实在靠这种力量很多。上海租界上也有什么商团，保卫团，却从来没有反抗外国统治的表示。

林：克欧，我越想越不对。沈小莺姑娘，绝对不应该再在这里混了。再混下去，真不堪设想了。

黄：就连我们也不能在这里再混。我们不能再看这些畜生们的丑把戏。

《红纱灯》

《红纱灯》，冯乃超著，扉页题"创造社丛书第二十种"。上海创造社出版部出版1928年1月15日付排，1928年2月15日出版。印数1~1500册。全一册，94页，每册实价大洋四角。

该书为新诗集，分为八个部分：一是《哀唱集》，包括《哀唱》《酒歌》。二是《幻窗》包括《我愿看你苍白的花开》《月光下》《泪零零的幸福升华尽了》《蛱蝶的乱影》《阴影之花》《幻影》《悲哀》。三是《好像》，包括《消沉的古伽蓝》《现在》《好像》《眼睛》《夜》。四是《死底摇篮曲》，包括《死底摇篮曲》《冬》《冬夜》《我底短诗》。五是《红纱灯》，包括《梦》《乡愁》《相约》《红纱灯》《默》。六是《凋残的蔷薇》，包括《凋残的蔷薇恼病了我》《绝望》《残烛》《小波》《短音阶的秋情》《苍黄的古月》《没有睡眠的夜》《十二月》《阑夜曲》《死》。七是《古瓶集》，包括《月亮底闺闷》《榴火》《微雨》《古瓶咏》《叹》《南海去》《古风的板画》。八是《礼拜日》，包括《不忍池畔》《岁暮的Andante》《礼拜日》。

卷首有《序》，卷末无跋。《序》兹录如下：

《红纱灯》，把它送到世间的光明中，会它底旧相知，或是抛在黑暗的一隅，任它埋没在忘却里——我全无一定的成见，但是，经过大半年的逡巡，卒之诞生出世了。

"舐犊情深"，这样本能的感情，对于此诗集的出世，不来当"产婆役，"只有创造社的厚意，给这畸形的小生命安产出来了。应该鸣谢的。

你们会看见小鸟停在树梢振落它的毛羽，你们也知道昆虫会脱掉它的旧壳；这是我的过去，我的诗集，也是一片羽毛，一个蝉蜕。

此集中，尽是一九二六年间的作品。

一九二七年，九月，七日，著者识。

《沫若诗集》

《沫若诗集》，郭沫若著，扉页题"创造社丛书第二十一种"。上海创造社出版部出版1928年4月1日付排，1928年6月10日出版。印数1~3000册。全一册，301页，每册实价大洋八角。

该书为作品集，分为七个部分，一是《女神三部曲》（诗剧三篇），包括《女神之再生》《湘累》《棠棣之花》。二是《凤凰涅盘》（诗一篇）。三是《天狗》（诗十篇），即《天狗》《心灯》《炉中煤》《日出》《晨安》《笔立山头展望》《地球我的母亲》《雪朝》《立在地球边上放号》《浴海》。四是《偶像崇拜》（诗九篇），即《电火光中三首》《演奏会上》《夜步十里松原》《我是个偶像崇拜者》《新阳关三叠》《金字塔》《巨炮之教训》《匪徒颂》《胜利的死》。五是《星空》（诗十篇），即《登临》《光海》《梅花树下醉歌》《创造者》《星空》《洪水时代》《伯夷这样歌唱》《月下的故乡》《夜》《死》。六是《春蚕》（诗二十八篇童话剧一篇），其中《爱神之什》包括《Venus》《别离》《春愁》《司健康的女神》《新月与白云》《死的诱惑》《火葬物》《鹭鸶》《鸣蝉》《晚步》。《春蚕》

包括《春蚕》《蜜桑索罗普之夜歌》《霁月》《晴朝》《岸上三首》《晨兴》《春之胎动》《日暮的婚筵》。《Sphinx 之什》包括《月下的 sphinx》《苦味之杯》《静夜》《偶成》《南风》《新月》《白云》《雨后》《天上的市街》《新月与晴海》，以及《广寒宫》。七是《彷徨》，其中《归国吟》包括《新生》《海舟中望日出》《黄浦江边》《上海印象》《西湖记游十首》。《彷徨之什》包括《黄海中的哀歌》《仰望》《江湾即景》《吴淞堤上》《赠友》《夜别》《海上》《灯台》《拘留在检疫所中》《归来》。《Paolo 之什》包括《Paolo 之歌》《冬景》《夕暮》《暗夜》《春潮》《新芽》《大鹫》《地震》《两个大星》《石佛》。《泪浪之什》包括《叹逝》《泪浪》《夕阳时分》《白鸥》《哀歌》《星影初现时》《白玫瑰》《自然》《庚死的春兰》《失巢的瓦雀》。

无序跋。兹录《女神之再生》数节如下：

序幕：不周山中断处。巉岩壁立，左右两相对峙，俨如巫峡两岸，形成天然门阙。阙后现出一片海水，浩淼无际，与天相接。阙前为平地，其上碧草芊绵，上多坠果。阙之两旁石壁上有无数龛穴。龛中各有裸体女像一尊，手中各持种种乐器作吹奏式。

山上奇木葱茏，叶如枣，花色金黄，萼如玛瑙，花大如木莲，有硕果形如桃而大。山顶白云缦缦，与天色相含混。

上古时代。共工与颛顼争帝之一日，晦冥。

开幕后沉默数分钟，远远有喧嚷之声起。

女神各置乐器，徐徐自壁龛走下，徐徐向四方瞻望。

〔女神之一〕
自从炼就五色彩石
曾把天孔补全，
把黑暗驱逐了一半
向那天球外边；
在这优美的世界当中，
吹奏起无声的音乐雍融。
不知道月儿圆了多少回，
照着这生命底音波吹送。

〔女神之二〕
可是，我们今天的音调，
为什么总是不能和谐？

怕在这宇宙之中，
有什么浩劫要再！——
听呀！那喧嚷着的声音，
愈见高，愈见逼近！
那是海中的涛声？空中的风声？
可还是——罪恶底交鸣？
〔女神之三〕
刚才不是有武夫蛮伯之群
打从这不周山下经过？
说是要去争做什么元首……
哦，闹得真是过火！
姊妹们呀，我们该做什么？
我们这五色天球看看要被震破！
倦了的太阳只在空中睡眠，
全也不吐放些儿炽烈的光波。
〔女神之一〕
我要去创造些新的光明，
不能再在这壁龛之中做神。
〔女神之二〕
我要去创造些新的温热，
好同你新造的光明相结。
〔女神之三〕
姊妹们，新造的葡萄酒浆
不能盛在那旧了的皮囊。
为容受你们的新热、新光，
我要去创造个新鲜的太阳！
〔其他全体〕
我们要去创造个新鲜的太阳，
不能再在这壁龛之中做甚神像！
全体向山阙后海中消逝。
山后争帝之声。

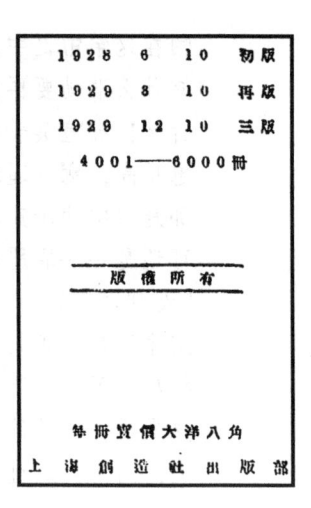

《前茅》

《前茅》，郭沫若著，扉页题"创造社丛书第二十二种"。上海创造社出版部出版1928年1月15日付排，1928年2月15日初版。印数1～3000册。全一册，61页，每册实价大洋三角。

该书为新诗集，内收《黄河与扬子江对话》《留别日本》《上海的清晨》《励失业的友人》《力的追求者》《朋友们怆聚在囚笼里》《怆恼的葡萄》《歌笑在富儿们的园里》《黑蛳蛳的文字窟中》《我们在赤光之中相见》《太阳没了》《前进曲》《暴虎辞》《哀时古调九首》，凡十四题，二十二首。

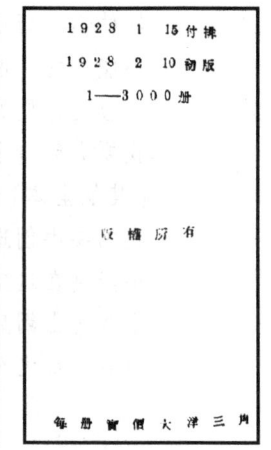

首有《前茅（序诗）》，卷末无跋。《前茅（序诗）》兹录如下：

> 这几首诗或许未免粗暴，
> 这可是革命时代的前茅。
> 这是我五六年前的声音，
> 这是我五六年前的喊叫。
>
> 在当时是应者寥寥，
> 还听着许多冷落的嘲笑。
> 但我现在可以大胆地宣言：
> 我的友人是已经不少。
> 1928年1月11日

《恢复》

《恢复》，扉页题"创造社丛书第二十三种""恢复"，郭沫若著，上海创造社出版部出版1929年。版权页信息为：1928年2月1日付印，1928年3月25日初版，印数为1~2000册。1929年3月5日再版，印数为2001~3000册。全一册，78页，每册实价大洋三角。

该书作品集，包括《RECONVALESCENCE》《述怀》《"关雎"的翻译》《HESTERIE》《怀亡友》《黑夜和我对话》《归来》《得了安息》《诗的宣言》《对月》《我想起了陈涉吴广》《黄河与扬子江对话（第二）》《传闻》《如火如荼的恐怖》《外国兵》《梦醒》《峨眉山上的白雪》《巫峡的回忆》《诗与睡眠争夕》《电车复了工》《我看见那资本杀人》《金钱的魔力》《血的幻影》《战取》。

无序跋。《RECONVALESCENCE》兹录如下：

> 我已经病了三个礼拜，
> 我这三个礼拜都是没有睡眠；
> 但我的脑筋是这样的清醒，
> 我一点也不忧虑，也不煎熬。
>
> 当我在那危笃的时候，
> 我已曾祈求过那和霭的死神。
> 我祈求他迅速的迅速的前来，

前来结束我这痛苦的生命。

我已经把我的遗嘱告诉了我的女人，
我的女人也已准备着把我化成骨灰；
但是，那死神终竟是避易了。
他没有和我见面，我又生回。

当我在那危笃的时候，
我曾希望过有把犀利的匕首，
或者是一管灵巧的手枪，
那我的灵魂也曾早赋天游。

但我现在是已经复活了，复活了，
复活在这混沌的但有希望的人寰。
我实在已超过了不少的死线，
我将以天地为椰，人类为棺。

当我在那危笃的时候，
我还大声疾呼地演过许多说辞。
我说，我要以彻底的态度洒尿。
我说，我要以意志的力量拉屎。

这些呓语不消说是粗俗得可笑，
但我总觉得也包含着真理不少：
我们是除恶务尽，然而总是因循；
我们对于敌人，应得如拉屎洒尿！

革命家的榜样就在这粗俗的话中，
我们要保持态度的彻底，意志的通红，
我们的头颅就算被人锯下又有什么？
世间上决没有两面都可套弦的弯弓。

我现在是已经复活了，复活了，
复活在这混沌的但有希望的人寰。

我虽然三个礼拜都没有睡眠,
但我一点也不忧虑,也不熬煎。
(5,1,1928)

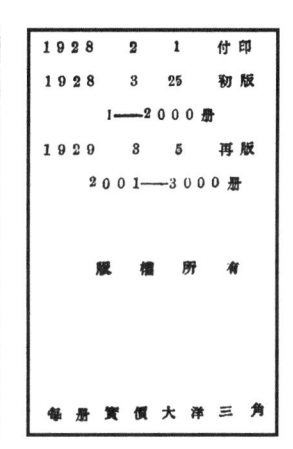

《从文学革命到革命文学》

《从文学革命到革命文学》,封面(可能为封面)题:从文学革命到革命文学,成仿吾、郭沫若合著,上海创造社出版部,1928。扉页题"创造社丛书第二十四种"等。缺版权页。全一册,145页,每册实价不详。

该书文学评论集,包括《新文学之使命》《我们的文学新运动》《艺术家与革命家》《艺术之社会的意义》《文艺之社会的使命》《民众艺术》《文学界的现形》《孤鸿——致仿吾的一封信》《文艺家的觉悟》《革命与文学》《革命文学与他的永远性》《完成我们的文学革命》《从文学革命到革命文学》《全部的批判之必要》,凡十四篇。

无序跋。《新文学之使命》摘录如下:

文学上的创作,本来只要是出自内心的要求。原不必有什么预定的目的。然而我们于创作时,如果把我们的内心的活动,十分存在意识里面的时候,我们是很容易使我们的内心的活动取一定之方向的。这不仅是可能的事情,而且是可喜的现象。

一讲到文学上的目的,我们每每立刻感着一种可惊的矛盾。原来世上的东西,没有比文学更加意见纷纷,莫衷一是的。有些人说它是不值一文钱的东西,有些人简直把它当做了自己的一切。即在一样肯定文学的人，都有人生的艺术 l'art pour la vie 与艺术的艺术 l'art pour l'art 之别。艺术的价值与根本既然那样摇摇不定，所以我们如把它应用在一个特别的目的，或是说它应有一个特别的目的，简直是在砂堆上营筑宫殿了。

然而这种争论也不是决不可以避开的。如果我们把内心的要求作一切文学上创造的原动力，那么艺术与人生便两方都不能干涉我们，而我们的创作便可以不至为它们的奴隶。而且这种争论是没有止境的，如果我们没头（投）去斗争，则我们将永无创作之一日。文学没有创作，是与没有文学相等。所以我们最好是把文学的根蒂放在一个超越一切的无用争论之地点。这与科学家取绝对的静止点 abso'ute rest 意义是一样的。因为我们从此可以排去一切的障碍矛盾，而直趋我们所要研究的事物。

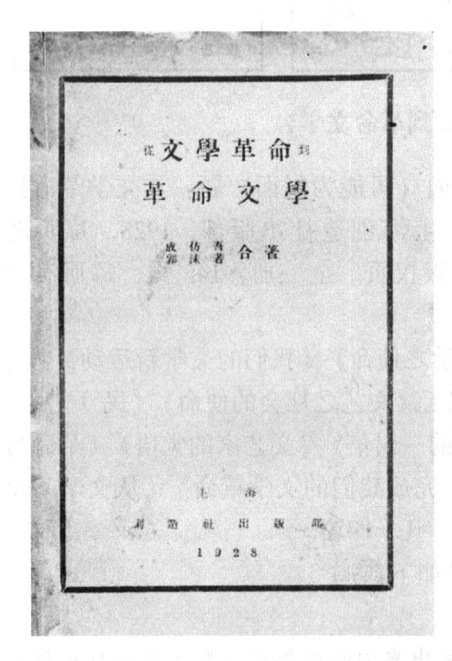

《蔻拉梭》

《蔻拉梭》，缺封面。扉页题"创造社丛书第二十五种""CURA-CAO""张资平著""上海创造出版部""1928"。版权页信息为：1928 年 6 月 1 日付排，1928 年 8 月 1 初版。道林纸版本每册实价大洋七角，白报纸版本每册实价大洋四角半，全一册，263 页，印数为 1~2000 册。

该书短篇小说集，收入《梅岭之春》《CURACAO》《末日的受审判者》《圣诞节前夜》《密约》《双曲线与渐近线》《爱之焦点》，凡七篇。

无序跋。《梅岭之春》摘录如下：

　　她的住宅——建在小岗上的屋有一种佳丽的眺望。小岗的下面是一地丛生着青草的牧场。牧场的东隅有一座很高的塔，太阳初昇时，投射在草场上的塔影很长而呈深蓝色。塔的年代很古了，塔壁的色彩很苍老，大部分的外皮受了长期的风化作用，剥落得凹凸不平，塔壁的下部满贴着苍苔。塔的周围植着几株梅树，其间夹种着无数的桃树。梅花固然早谢落了，桃树也满装了浅青色的嫩叶。

　　朝暾暮雨和正午的炊烟替这寒村加添了不少的景色。村人的住宅都建在岗下，建在岗上的只有三两家。她站在门前石砌上，几乎可以俯瞰此村的全景。

　　村民都把他们的稻秧种下去了。岗下的几层段丘都是水田，满栽着绿荫荫的青秧。两岸段丘间是一条小河流，流水和两岸的青色相映衬，像一条银带蜿蜒的向南移动。对岸上层段丘上面也靠山的建立着一列农家。

　　村民的生活除耕种外就是採（采）樵和牧畜了。农忙期内，男的和女的共同耕种和收获。过了农忙期后，男的出去看牛或牧羊，女的跑到山里去採（采）樵。

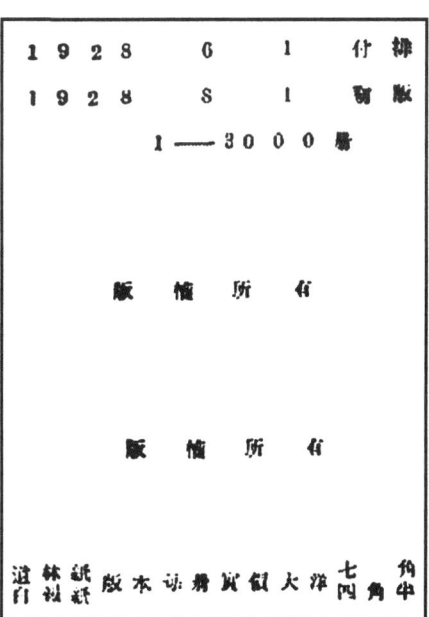

《水平线下》

《水平线下》，郭沫若著，扉页题"创造社丛书第二十六种"。上海创造社出版部1928年3月1日付印，1928年5月20日初版。全一册，200页，每册实价大洋八角。印数1~3000册。

该书为作品集，分为两部，第一部《水平线下》，收录《到宜兴去》《尚儒村》《百合与西红柿》《亭子间中》《后悔》《湖心亭》《矛盾的调和》。第二部《盲肠炎》，收录《盲肠炎》《一个伟大的教训》《五卅的返响》《穷汉的穷谈》《马克斯进文庙》《不读书好求甚解》《卖淫妇的饶舌》《向白山王国的飞跃》。

第一部《水平线下》首有《序引》，卷末无跋。《序引》兹录如下：

> 这本小册子的编辑是很驳杂的，有小说，有随笔，有游记，也有论文。但这些作品在它们的生成上是有历史的必然性的。
>
> 这儿是以"五卅"为分水岭。第一部的"水平线下"是"五卅"以前1924年与1925年之交的我的私人生活（除开"百合与西红柿"一篇多分含有注释的意义便在这儿外）及社会对于我的一种轻淡的，但很痛切的反应。
>
> 这暴风雨之前的沉静，革命的前夜。
>
> 没有眼泪的悲哀是最痛苦的，一间好像呈着一个平静的，冷淡的面孔，但那心中，那看不见的心中，却有回肠的苦痛。
>
> 第二部的"盲肠炎"便大多是"五卅"以后的关于社会思想的论争。这儿在前本预计着还有更多的述作要继续发表的，但在1926年的三月我便南下从事于实际的工作去了。
>
> 我自从从事于实际工作以后，在一个长时期内，不惟文艺上的作品少有作，便是理论斗争的工作也差不多中断了。这个长时期可以说是我的石女时代。
>
> 但是石头终有开花的时候，至少是要迸出火来的。
>
> 火山爆发的时期怕已不远了。
>
> 在这部书里面具体地指示了一个 intellegentia 处在社会变革的时候，他应该走的路。
>
> 这是一个私人的赤裸裸的方向转换。
>
> 但我们从这一个私人的变革应该可以看出他所处的社会的变革——"个"的变革只是"全"的变革的反映。

雀鸟要飞跃的时候，它总要把身子放低。

这儿是飞跃的准备。

飞跃罢！我们飞向自由的王国！

一九二八年二月四日上海

《威尼市》

《威尼市》，王独清著，王一榴作画，扉页题"创造社丛书第二十九种"。上海创造社出版部出版1928年7月15日付排，1928年8月15日初版。全一册，51页，每册实价大洋三角。

该书是新诗，是一部长诗。

卷首有《代序》，卷末无跋。《代序》兹录如下：

> S哟，为实践对于你的信约，我现在把这几首短歌从我底破皮包中检出来了。
>
> 这几首短歌都是我住在威尼市的时候写的，我把它们放在我底破皮包中已经过了两年多的时光，因为我曾对你说过我打算把它们公开，所以今日费了点时间，终竟给检了出来履行我所说的这一句话。
>
> S哟，我把这几首短歌从（重）新读了一遍，我自己也不觉吃了一惊。我从前对于Stimmungskunst的倾心，真算达到发狂的状态了。你只把这几首短歌中的任何一首挑出来细细地读一下罢，你看我对于音节的制造，对于韵脚的选择，对于字数的限制，更特别是对于情调

的追求，都是做到了相当可以满意的地步，若是用 Poèsie pure 作意义的眼光来下一个定评时，那我总算是有些成绩的了。哦，S 哟，我过去的生命就完全送葬在这种个人的艺术之创作里面，不说别的，只就我曾在某个时期为你另外做的那几首 Sonnets 来说，也可以看出我对于这方面的劳力。你说！我过去的生命就都这样葬了，我从前过的到底是一种甚么生活？我到底做了些甚么？做了些甚么？

现在我算是醒定了：我已经决心再不作这些无聊的呓语，我要把我底生活一天一天地转移到大众方面，我要使我底生命一天一天地紧张下去。我回顾我过去许多无意义的努力，真使我愧恨到不可言状，我底汗和眼泪简直要一齐流了下来呢。

哦，S 哟，我还记得你从前给我的信里面曾说你希望我始终是一个诗人，要是这几首短歌便是你所希望的"诗人"底表现时，那我还是快成为"死人"的好罢！

现在我算是醒定了，不过，S 哟，我怕我们两个底交情，却渐渐地要冷淡下去了！这个一点也没有甚么奇怪。因为我从前的生活是完全被一种伤感的享乐主义者底气分（氛）所支配，所以我底情绪和思想也可以和你打成一片，现在我底生活已经在渐渐地转变方向，我底情绪和思想当然要和你分离。像我从前那种对于你的陶醉，恰好同我对于 Stimmungskunst 倾心的状态一样：在那种倾心之中，我创作出了些一时相当满意的作品；在那种陶醉之中，我得了你许多使我一时忘我的安慰。

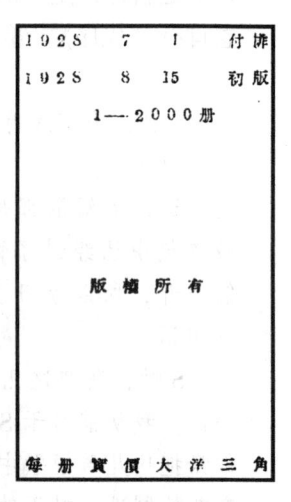

但是，有甚么意思呢！这种自我的催眠和个人间的享乐，终究有甚么意思呢！S哟，现在我算是醒定了，我底世界将再不是你底世界。当然，我是知道的，一个人底行动是很难预料，或者，S哟，你也可以慢慢地和我走在一条路上，使我们底交情能恢复起来呢。不过这个终是一个空空的希望，像你底那种环境，我怕是不容易能够做到的罢？

哦，S哟，我望你珍重！总之，我还是为实践对于你的信约，把这几首短歌检了出来，可是我已经用我心中的炸弹把威尼市炸得粉碎了！

独清，一八，六月，一九二八。

《黎明之前》

《黎明之前》，扉页题：创造社丛书第二十九种，黎明之前，龚冰庐著，上海创造社出版部，1928。版权页信息为：1928年7月1日付排，1928年9月10日初版。1～2000册，每册实价大洋四角。全一册，127页。此外，《黎明之前》还有上海乐华图书公司1930年3月版。

该书是中篇小说，凡四章，无章目。

无序跋。正文摘录如下：

一度热烈的兴奋的怒潮过去了，剩下给洪德的是失望的悲哀；他因此而颓伤起来，他感到空虚，感到孤单。虽则他仍和以前一样，每日按着时候去上工，执着锥子去击那冷冷的钢铁，厂里的情形也和以前一样，一切都没有变化，一切都还依旧。但是洪德却反觉得不惯起来了，反映到他眼里的一切，都像带了一层难堪的面幕（目）；这些使他不安，使他憎恨。这些对于他有了十多年的历史的机轮、皮带盘、冷气管、钢轴、锥子、锉刀……现在对于他忽然生疏起来，他和它们都带了一付（副）冷冷的面孔相互凝视着，似乎都有些不安和厌恶。

在洪德的内心中，充塞着恐怖和烦躁，常常他对自己说：

——啊，无望了，革命是无望了！……

——革命？这或则是一个好听的名词，但是有什么补益呢？还不是通通一样么！

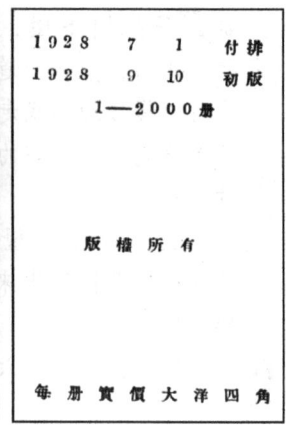

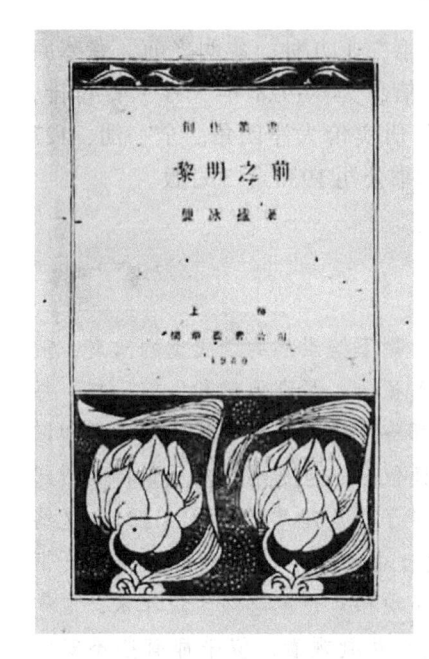

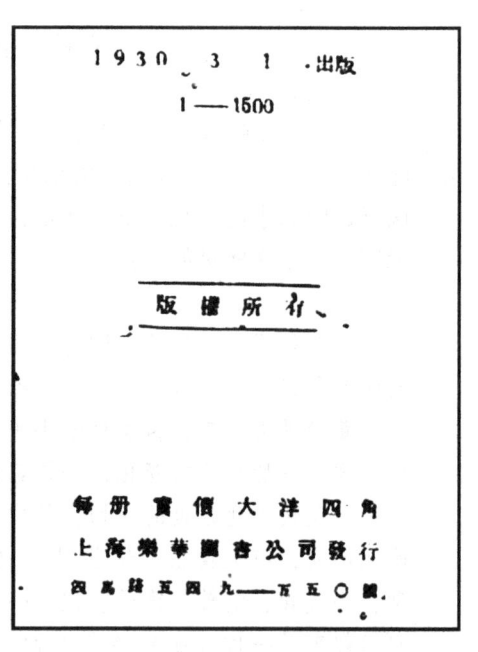

498　中国现代社团"文学丛书"叙录·上册

　　至少是在这个时候，洪德几乎是没有思想，没有感觉，他整个儿沉迷在浓雾中摸索着，蠕动着。他对于什么都不感兴趣，他对于什么都怀着惧怯，怀疑。他像是第一次才知道有世界，知道有人生；这世界，这人生，对于他是这样陌生，这样不可理解。他战慄起来了！

　　他想到他的过去——但是过去的经验所留给他的又是多么空幻，多么可怜！在他的已往的生活中，只有他的爱情的回忆，使他得着一

二 创造社"文学丛书"叙录 499

点安慰，然而又是多么地空洞啊，现在所能遗留给他的不是一样的悲哀，烦恼么？

《暗夜》

《暗夜》，华汉（阳翰笙）著，扉页题"创造社丛书第三十种"。上海创造社出版部1928年1月15日出版。全一册，167页。缺版权页。收入《地泉》时，改名为《深入》。

该书为中篇小说，凡十节，无节目。

无序跋。正文摘录如下：

> 一阵低微的，悲哽的，嗟怨的泣声，从一间东倒西歪的茅屋中漏出，混乱着一阵秋风打着残叶的沙响，在天色灰白的低空中旋回荡漾，把四周的已觉凄然的景色，格外烘托得十分的悲凉，十分的凄苦！

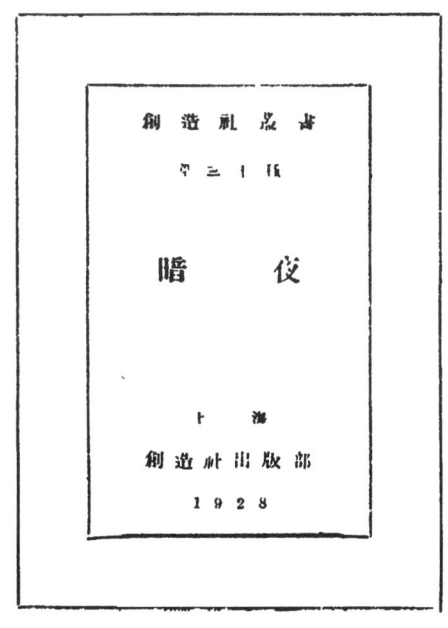

大概是这一椽茅屋的骨干太枯瘦了的关系吧，盛夏的狂风暴雨，已经将它的背脊摧折了好些地方。东一块西一块的破裂了的大洞和小洞，就有秋风秋雨和秋阳的温和的抚吻，也已难将那破烂了的伤痕恢

复了！屋前是一块乱石铺成的空坪，折向左边是一条曲达陈镇的小径。一条曲曲折折的小河，横划在离这茅屋有三四里远的地方。踏出茅檐，可以远眺一张张秋帆的远影。在乳色的秋空中若隐若现的，不慌不忙的浮移和摆动，茅屋的右后方有一个大的肥料池，靠近的草棚下又还有一个小粪坑，秋阳的热光虽不如炎夏时的酷烈，然而，那一股股被蒸腾起来的，时时刻刻都在屋前屋后缭绕着的，相溶相合的肥水的奇味和屎尿的怪臭，已经令人够受了！

残秋的山，残秋的水，残秋的草木，残秋的田野，残秋的……残秋的……残秋的一切，都似披上了一层萧瑟的灰败（按：原文即为"败"）的轻纱，摆起了一幅苍白的，忧郁的，凄惨的，枯老的面孔。

茅屋中悲泣的声音忽的中断了！然而继续传出来的却是相对的怨语和大声的长叹。

创造社出版部《创造社小说选》叙录

《木犀》

《木犀》，陶晶孙、郭沫若、郁达夫等著，封面题"创造社小说选第一种"，扉页题"创造社作品选集小说选第一种""创造社编"。上海创造社出版部1926年3月1日付印，1926年6月1日出版，印数1～2000册。全一册，137页，每册定价洋四角五分。

第三版版权页信息为：1926年3月1日付排，1926年6月1日初版，印数1～2000册。1926年12月1日再版，印数2001～3000册。1927年6月15日三版，印数3001～5000册。全一册，152页。

该书为短篇小说集，收录短篇小说凡七篇，篇目依次为：陶晶孙的《木犀》、郭沫若的《叶罗提之墓》、郁达夫的《青烟》、严良才的《最后的安慰》、成仿吾的《一个流浪人的新年》、淦女士的《隔绝》、张资平的《圣诞节前夜》。

无序跋。陶晶孙的《木犀》摘录如下：

木犀的香潮——
这怕是甚么（什么）人也闻到的了？
但是，各人总会有各人的感触——
马车马的生活！——这是素威自道；他这个感叹中，也有一种因缘在内。

他难忘的少年时代是在东京过活了的,他是无论如何想留在东京的了,即使不能的时候,也想往京都去,那儿是他所爱慕的一位先生的乡梓。连这一层希望也没有达到,凄凄凉凉地流到九州岛来,过着漫无目的的生活,是何等悲惨的呢!

在下宿店中过难过的日子是最难熬煎的。虽然有愿为医生的打算,然又嫌厌与病院的空气相接触。藉此便入了校中的音乐会,把幼时所学习得的比牙琴一天到晚,笼在练习室中弹奏——虽是受着邻室的助手们的厌嫌,迫害,他就这麽(么)开始了他的"马车马的生活"。

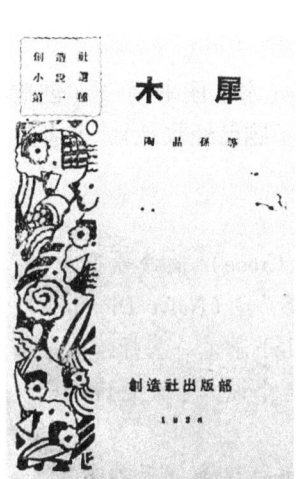

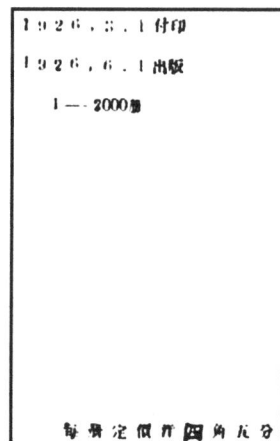

创造社出版部《世界名著选》叙录

《少年维特之烦恼》

《少年维特之烦恼》，德国歌德原著，郭沫若译，扉页题"创造社世界名著选第一种"。上海创造社出版部1926年5月增订付印，印数1~2000册。1928年5月20日六版，印数7001~9000册。全一册，190页，纸装每册实价大洋六角，布装每册实价大洋一元。

该书为书信体小说，作品叙述主人公维特爱上绿蒂姑娘而不得，悲痛欲绝后自杀的爱情故事。

卷首有《序引》，卷末有《后序》，后者从略（泰东图书局《（创造社）世界名家小说》叙录中《少年维特之烦恼》一题已经收录），前者摘录如下：

近世意大利哲学家克罗采氏（Benedotto Croce）批评歌德此书，以为是首"素朴的诗"（按：原文不是"朴素"）（Naive Dichtung），我对于歌德此书，也有个同样的观念。此书几乎全是一些抒情的书简所集成，叙事的分子极少，所以我们与其说是小说，宁说是诗，宁说是一部散文诗集。

诗与散文的区别，拘于因袭之见者流，每每以为"无韵者为文，有韵者为诗"，而所谓韵又几几乎限于脚韵。这种皮相之见，不识何以竟能深入人心而牢不可拔。最近国人论诗，犹有兢兢于有韵无韵之争而诋散文诗之名为悖理者，真可算是出人意表。不知诗之本质，决不在乎脚韵之有无。有韵者可以为诗，而有韵者不必尽是诗，告示符咒，本是有韵，然吾人不能说他是诗。诗可有韵，而诗不必定有韵，读无韵之抒情小品，吾人每每称其诗意葱茏。由此可以知道诗之生命别有所在。古人称散文其质而採（采）取诗形者为韵文，然则称诗其质而採（采）取散文之形者为散文诗，此正为合理而易明的名目。韵文 = Prose in Poem，散文诗 = Poem in Prose. 韵文如男优之坤角。散文诗如女优之男角。衣裳虽可混淆，而本质终竟不能变易。——好了。不再多走岔路了。有人始终不明散文诗的定义的，我就请他读这部《少年维特之烦恼》罢！

这部《少年维特之烦恼》，我存心移译已经四五年了。去年七月

二 创造社"文学丛书"叙录 503

寄寓上海时,更经友人劝嘱,始决计移译。起初原拟在暑假期中三阅月内译成。后以避暑惠山,大遭蚊厄而成疟疾,寒热相继,时返时复,金鸡蜡霜倒服用了多少瓶,而译事终不能前进。九月中旬,折返日本,尽为校课所迫,仅以夜间偷暇赶译,草率之处我知道是在所不免,然我终敢有举以绍介于我亲爱的读者之自信,我知道读此译书之友人,当不至于大失所望。

《磨坊文札》

《磨坊文札》,法国都德原著,成绍宗、张人权译,扉页题"创造社世界名著选第二种"。上海创造社出版部出版1927年1月1日付排,1927年3月1日初版。印数1~2000册。1927年8月1日二版。印数2001~4000册。全一册,255页,每册实价大洋六角。

初版本扉页题"创造社丛书"(没有编号)。版权页信息为:上海创造社出版部出版1927年1月1日付排,1927年3月1日初版。印数1~2000册。全一册,255页,每册实价大洋六角。

此外,该著还有上海乐华图书公司1931年版本。版型初版和二版相同。

《创造社资料(上)》著录,上海创造社出版部出版的《创造社丛书》,编号为"39"的是《磨坊文札》,著译者为法国都德著,成绍宗、张人权译,初版期为"1927.3.1"(见386页)。然而,笔者所见的这一版本,封面文字为:创造社丛书,磨坊文札,成绍宗、张人权合译,上海创造社出版部。扉页文字为:除了多"创造社丛书"和"1927"外,其他文字与封面题字相同。版权页文字为:1927.1.1付排,1927.3.1初版,

1~2000册，每册大洋六角。这三页均不见"第三十九种"字样，由此可以推测，该版本不属于上海创造社出版部有编号的《创造社丛书》，而属于上海创造社出版部无编号的《创造社丛书》。关于《磨坊文札》的附注为上海创造社出版部又曾列为"世界名著选第2种"。这一附注属实，笔者已见该版本。

该书是短篇小说集，内收描写法国南方自然景色和风土人情的小说：《安顿》《在濮垓耳的驿车中》《高尼叶师傅的秘密》《晒甘先生的山羊》《星星的故事》《亚雷女子》《教皇的骡子》《沙吉莱尔的灯塔》《"水蜜洋"的遇险》《关卒》《古古壤的牧师》《老夫妻》《散文诗两章》（《太子之死》《知事下乡》）《毕格秋的护书》《金脑子人的传说》《诗人米斯特拉》《三堂"弥撒"忏》《橘子》《二旅舍》《米里亚拉旅行记》《蝗虫》《戈贤神父的 L'ÉLIXIR》《记加马克》《怀故营》，凡二十四篇。

卷首有《序文（Avant propos）》，卷末无跋，不过有"注释表"。《序文》兹录如下：

> 当着彭班里古注册庄书何奴拉葛腊巴齐先生的面，
> "传到：
> "加斯巴弥谛斐乌君，——费凡德高尼叶的丈夫，营生及住家皆在西加里埃地方；——
> "此君由在场诸人为证，以法律及手续为担保，且全无债务，抵押，特约权利诸种纠葛，于诸证人前，将其风力面粉磨坊一座移售与
> "亚尔封施都德君，——诗人，住居巴黎。——
> "此磨坊地址在普罗望斯内地罗纳山谷中一处柏橡葱茏的坡上；磨坊废弃已二十余年，已失磨转之效能。且藤葛藓藓紫苏及其他寄生植物，滋蔓攀牵，直上翅尖。
> "该废物以如此景状，其中磨轮已断，平台上的砖缝已挤生着荒草，而由都德君看来，觉得适合其意，可给他做推敲吟咏之所，其危其险，概属无妨，且与卖主毫无关涉，因其尚可修理故也。
> "这件交易已议定相当价格，诗人都德君已将此款以通用银币交付公署，弥谛斐乌君业已由该处领取，全由庄书及签押诸证人亲目共观（睹），清单交讫。
> "成交之处为彭班里古何奴拉公事房中，笛师法郎叟马麦意及教士鲁意士基革都在场所。
> "且与当事人及庄书同时签名于后……"

二 创造社"文学丛书"叙录 505

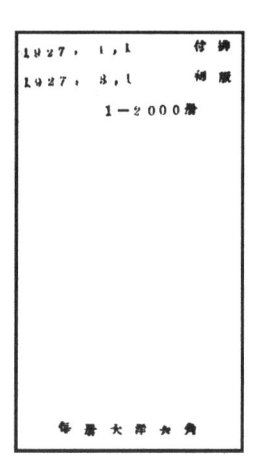

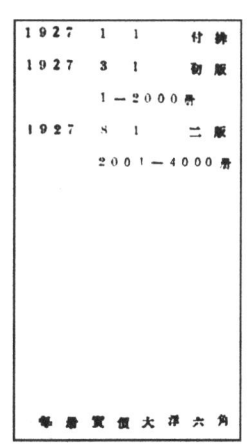

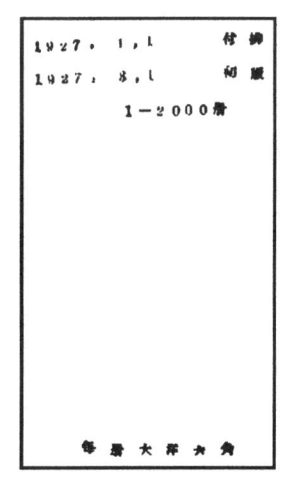

《银匣》

《银匣》，英国高尔斯华绥原著，郭沫若译，扉页题"创造社世界名著选第三种"。上海创造社出版部1926年4月1日付排，1927年7月1日初版，印数1~3000册。全一册，110页，每册实价四角。

该书为戏剧，凡三幕。第一幕：三场背境（景）均为白士维家之食堂。第二幕背境（景），第一场为蒋四之住居，第二场为白士维家之食堂。第三幕背境（景）为伦敦警察厅。

无序跋。正文摘录如下：

第一场

幕开现出白士维家之食堂，现代式的，宏大而陈设华美；窗帷全部垂下。电灯辉煌。巨大的圆形餐桌上放一托盘，威士克，吸水瓶，银制烟匣各一。夜半过后。

门外有探索的骚音。门扇突然推开；杰克·白士维踉跄欲倒地现（按：原文为"现"）入室内。杰克紧握着门柄而立，凝视着前面，呈示（按：原文为"呈示"）出一种侥幸的微笑。杰克穿着夜礼服，戴的可以摺折（按：原文为"摺折"）的礼帽，手中拿着一个天青色的海虎绒的女提包。稚气盈溢的面孔，颜色鲜朗，新经剃削（按：原文为"新经剃削"），大衣挂在肘上。

杰克　哈啰！我公然回来了——（倨傲地）那个说我没有人帮助会打不开门的。（跟跄而入，摇震（按：原文为"摇震"）着提包。一张女人用的手巾和红绸的钱包落出）那东西我弄得她真有趣——哦，甚么（按：原文为"甚么"）东西都掉了。那个狐狸精。我算难为了她一下——我把她的提包拿来了。（摇震（按：原文为"摇震"）著（按：原文"著"应为"着"）提包）弄得那东西真是有趣。（从银匣中取出香烟一只（按：原文为"只"，现今一般为"支"），衔在口中）哦，那位家伙我还甚么（按：原文为"甚么"）也没有给他啦！（搜寻着全身的衣包（按：原文为"衣包"），搜出一先零（按：原文为"先零"，现今一般为"先令"）来，落下滚起（按：原文为"起"）去了。目送着它）丑不堪耐的这一点钱！（又看着）简直是忘恩负义了！甚么（按：原文为"甚么"）东西也没有。（发笑）我还得向他说，我是甚么（按：原文为"甚么"）也没有的。

（跟跄而出，走下一个廊道，立刻又回转来，后面跟着蒋四，也是中(按:原文为"中")了酒的。蒋四有三十岁上下的光景,两颊陷没,两眼围着黑晕,衣服褴褛。好像是失业的人,走入时态度十分下贱(按:原文此处无标点符号))

杰克　嘘!嘘!嘘!你一点也不要弄出响声来。把门关了,你喝一点酒罢。(极郑重地)你帮助我把门打开,我是没有甚么(按:原文为"甚么")东西给你的。这是我的房子啦。我的父亲叫白士维;他是国会议员——自由党的国会议员;我在前(按:原文为"在前")是告诉过你的。喝酒罢!(倒出威士克来喝了)我是喝醉了的——(倒坐在梭发(按:原文为"梭发",今一般为"沙发")上)好,你叫甚么(按:原文为"甚么")名字呢?我叫白士维,我的父亲也是的;我也是自由党呢——你是甚么(按:原文为"甚么")党?

蒋四　(粗鲁的,嘲弄的口调)我是一位有名的保守党。我的名字叫蒋四!我的老婆在这儿做工;她是一位做短工的;在这儿帮你们。

杰克　蒋四?(发笑)我们大学里也有一位蒋四啦。我自己不是一位社会主义者;我是一位自由党——这倒没有甚么(按:原文为"甚么")区别的,照自由党的信条讲来啦。我们在法律之前是平等的——喂呀,谈出笨话来了,简直是没意思的。(发笑)我刚才说的是甚么(按:原文为"甚么")啦?给我一点威士克罢。

(蒋四照他的要求给了威士克,同时冲了一点水进去)

我接着想要说的话是——我同那女人大闹了一下。（把提包摇震）蒋四，喝酒罢——没有你的时候我是进来不了的——所以我要请你喝点酒啦。我怕甚么（按：原文为"甚么"），我是难为了她一下的。那个狐狸精！（把脚伸长在梭发（按：原文为"梭发"，今一般为"沙发"）上）你一点也不要弄出响动来啦。你自己斟酒喝——慢慢地慢慢地喝——烟也是有的——你要甚么（按：原文为"甚么"）尽管拿甚么（按：原文为"甚么"）。没有你我是不能进来的。（闭上眼睛）你是一位保皇党——你是一位保皇社会党。我自己是自由党——喝酒罢——我的话真说得不少了。

《法网》

《法网》，英国高尔斯华绥原著，郭沫若译，扉页题"创造社世界名著选第四种"。上海创造社出版部1927年1月1日付排，1927年8月15日初版，印数1～2000册。全一册，138页，每册实价大洋四角五分。1927年11月15日二版，印数2001～4000册。二者封面和扉页基本相同。

该书为四幕喜剧。

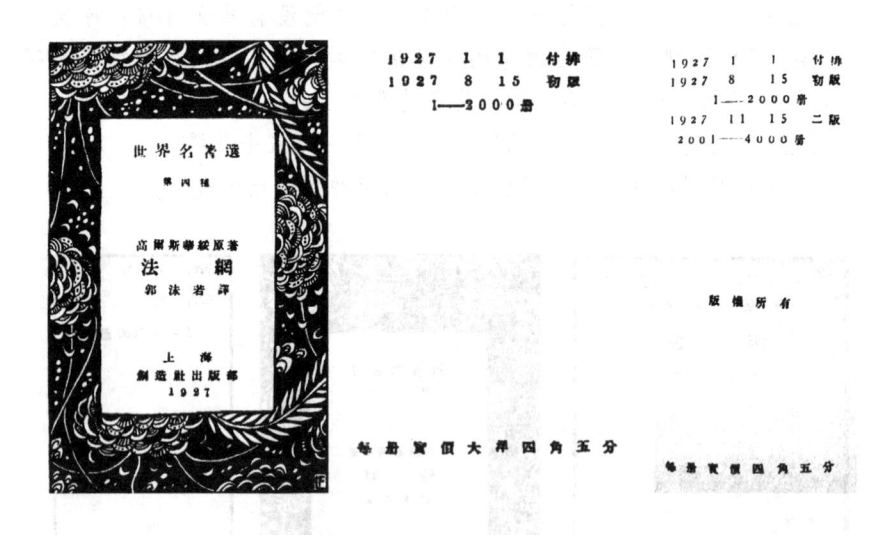

无序跋。兹录正文两段如下：

　　七月的清晨，霍杰牟与霍华特办事处的书记长室。室中陈设旧式，红木桌椅与皮凳等均已用旧，周围环以洋铁箱和种种图表。室中有门三道。两道在一侧的中央处紧相邻接。此两门中之一道通向外面的办公室，办公室与书记长室仅隔一道板壁和玻窗；门向办事室内推开时，宽阔的外门通向本建筑物的石梯。此两门中之其他一道通书记室。第三的一道通霍氏父子的居室。

书记长柯克森坐在桌边加算簿记中的数字，默默地向自己数出数来。六十岁的年纪，带（戴）着眼镜；头秃而矮，面貌忠实而臃臜。穿一件很旧的黑色礼服，点子花纹的裤子。

《茵梦湖》

《茵梦湖》，扉页题"创造社世界名著选第五种"。上海创造社出版部1927年9月1日付排，1927年9月20日初版，印数1～3000册。全一册，75页，白报纸本每册实价一角，道林纸本每册实价三角。还有其他诸种版本，参见《世界名家小说第一种》《茵梦湖》叙录。

该书为中篇小说译作，凡十章，有章目，依次为：第1章"老人"，第2章"两小"，第3章"林中"，第4章"圣诞节"，第5章"归乡"，第6章"惊耗"，第7章"茵梦湖"，第8章"睡莲"，第9章"以丽沙白"，第10章"老人"。倪贻德为本书作插画。

卷首有《原作者小传》，卷末无跋。《原作者小传》避免重复，从略。

《创造社资料（上）》著述：上海泰东图书局出版的"创造社丛书"编号为"19"的是《茵梦湖》，著译者为德国施笃谟著，郭沫若译，初版期是空白。附注声称"1929年5月12版始列为本丛书第19种"（第384页）该本版本笔者未见，所见的是十四版本，封面和版权页均未见"创造社丛书第19种"字样，不过扉页题"创造社丛书之一"。所见的十三版本与十四版本基本相同，但扉页未见。

十四版本卷首有《原作者小传》和郁达夫的《茵梦湖的序引》，《原作者小传》从略。《茵梦湖的序引》（与陈子善、王自立编的《卖文买书——郁达夫和书》（生活·读书·新知三联书店1995年版）中的同文进行校勘，差异处加以说明，用括号标明）摘录如下：

> 脱奥道儿·施笃谟（施笃姆，共三十七处均如此）（Theodor Storm）与德国近代的两大诗人美丽格（Eduard Mörike）、克栗儿（Gottfried Keller）同时，是在千八百十七年的九月十四生的。
>
> 他生的地方，是德国的北方雪娄斯维州虎汝谟市（Husumin Schleswig）。他的父亲名约翰·客齐米儿·施笃谟（Johann Casimir Storm），母亲名罗姊，本姓佛儿特钻（Luosie Woldsen）。北方雪娄斯

维州人的特性，是非常爱自由的，他们常说：

"与其为奴隶，不如死的好。"

他们大抵性格顽固，坚忍不拔，守旧排外，不善交际的。但外貌虽如铁（冰铁，页173行3）一样的冷酷，内心却是柔情宛转的。

施笃谟的父亲是虎汝谟市的辩护士，家里也很可以，诗人施笃谟是他父亲的长子。

虎汝谟市是雪娄斯维州的一个小市，横在北海的边上，大凡北方的自然风景，都带着一味悲凉沉郁的气象，这虎汝谟市也不能脱离这一个凡例。自然的环境，与人的性格和他的作品最有关系，所以我们在施笃谟的诗里，可以看出虎汝谟市的阴森的气象来。施笃谟是一个大大的怀乡病者，他的诗、小说，都是在那里说这个"故乡的悲思"（Heimatweh），我们不先抱这一个观念，就不能明白他的诗、小说的深味。

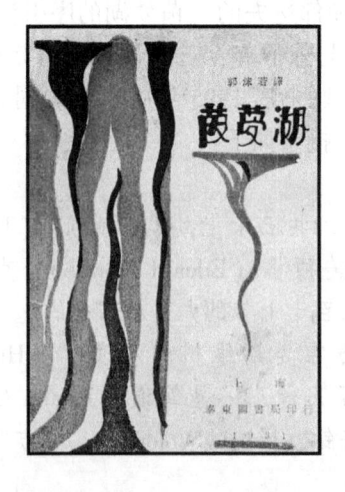

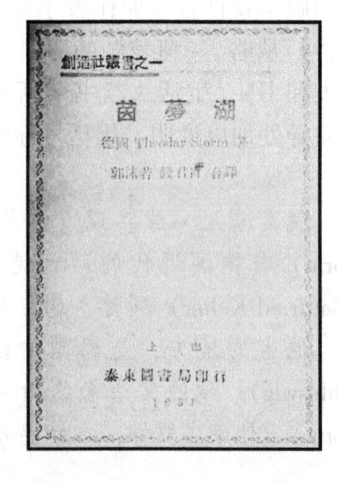

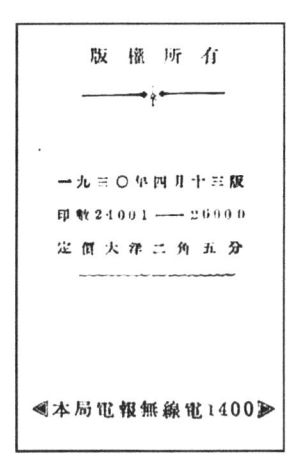

艺术家呀，要紧的是情意，并不是言语，因为一口气息就是你的诗。

那几句话，就是他的诗的准则。

最后还有一句话，施笃谟所描写的，也（无"也"字，页181行19）都是优美可爱的女人，在这一个地方，他的艺术和俄国的屠格纳夫（屠儿葛纳夫，页181行20）（Turgeneff）（Turgenev，页181行20）有共同之处。他描写的儿童心理深婉得很，在这一个地方，他的艺术和法国的散披爱儿（Saint-Pierre）有共同之处。

郁达夫一九二一，七，二一，午后书于日本东京之函馆旅馆。

此外，还有泰东图书局版本，版本信息：其一为一九三〇年四月十三版，印数 24001~26000 册，定价大洋二角五分。其二为民国十六年（1927）十一月重排初版，民国二十年（1931）十一月十四版，印数 26000~28000 册，每册定价大洋二角五分。

《德国诗选》

《德国诗选》，郭沫若、成仿吾合译，扉页题"创造社世界名著选第六种"。上海创造社出版部 1927 年 9 月 20 日付印，1927 年 10 月 15 日初版，印数 1~3000 册。1928 年 3 月 15 日二版，印数 3001~4000 册。全一册，68 页，每册实价大洋四角。

该书为译诗集，分六个部分，一是"歌德诗十四章"，即《湖上》《五月歌》《牧羊者的哀歌》《放浪者的夜歌》《对月》《艺术家的夕暮之歌》《迷娘歌》《弹竖琴者》《渔夫》《屠勒国王》《掘宝者》《少年与磨坊的小溪》《暮色》《维特与绿蒂》。二是"席勒诗一章",即《渔歌》。三是"海涅诗五章"(原印"四"有误),即《幻景》《打鱼的姑娘》《悄静的海滨》《归乡集第十六首》《SERAPHINE 第十六首》。四是"施笃谟诗一章",即《秋》。五是"列瑙诗一章",即《秋的哀词》。六是"希莱诗一章",即《森林之声》。

无序跋。《湖上》兹录如下:

鲜的营养,新的血液。
我吸取从自由的天地,
"自然"拥我在怀中,
是何等地慈和,婉丽!
波摇摇而弄舟,
水声与棹声相酬,
湖岸山入云表,
欢迎我辈来游。

眸子哟,我的眸子,为甚沉沉俯视?
金色的幽梦们,可是你们又至?
离去罢,幽梦!不怕你贵如黄金;
在这儿也有爱和生命。
整千的浮沉的星星
在这波上闪明;
柔和的云雾
饮尽了周遭的岑;
习习晨风
几湾碧水吹皱,
待熟的木果
映在湖中。
(沫若译)

新的营养,新的血涛,
我由大(原文为"大")空之中吮吸;
自然是怎样惠好,

二 创造社"文学丛书"叙录 513

这拥我于怀的！
微波荡摇我们的小船，
徐与棹声相和，
连山耸入云间，
遥遥在迎你我。

眼哟，我的眼哟，你何何下垂？
金黄的好梦，于今再回？
去罢，梦哟，你虽则美如黄金；
这里也有爱情，也有生命。
闪耀水波之上
浮游的金光万点；
柔和的淡雾环张
吞没耸立的连山远远；
晨风吹过
静影中的湖口，
湖中映着
将成熟的鲜果。
(仿吾译)

《浮士德》

《浮士德》，德国歌德原著，郭沫若译，扉页题"创造社世界名著选第八种"。上海创造社出版部1927年12月1日付排，1928年2月1日初版，印数1~2000册。1928年4月10日二版，印数2001~4000册。全一册，430页，每册实价大洋一元二角，精装一元四角。

该书为诗剧，收录"悲壮剧之第一部"，包括《夜》《城门之前》《书斋》《书斋》《莱普齐市的欧北和酒吧》《魔女之厨》《街坊》《夕暮》《散策》《邻妇之家》《街道》《花园》《园亭》《林窟》《甘泪卿之居室》《马尔特之花园》《井畔》《城边》《夜——甘泪卿门前之街道》《寺院》《瓦普几司之夜》《瓦普几司之夜梦》《晦暝之日》《夜——旷野》《牢狱》。

卷首有《献词》《舞台上的序幕》《天上序曲》，卷末附有《注释》《译后》。《译后》兹录如下（其余从略）：

  真是愉快，在我现在失掉了自由的时候，能够把我这《浮士德》译稿整理了出来。

  我翻译《浮士德》已经是将近十年以前的事了。

  民国八年的秋间，我曾经把这第一部开场的独白翻译了出来，在那年的《时事新报》双十节增刊上发表过。

  翌年春间又曾经把第二部开场的一出翻译了出来，也是在《时事新报》的《学灯》上发表过的。

  就在那民国九年的暑假，我得着共学社的劝诱，便起了翻译全部的野心，费了将近两个月的工夫也公然把这第一部完全翻译了。

  本来是不甚熟练的德语，本来是不甚熟练的译笔，初出茅庐便来翻译这连德国人也号称难解的韵文的巨作，回想起来，实在是觉得自己的胆大；不过我那时所费的气力也就可想而知了。

  我那时候还是日本的一个医科大学的学生。刚好把第一部译完，暑假也就过了。更难解更难译的第二部不消说更没有时候来着手了。我早就决定把这第一部单独地发表，不料我写信给共学社的时候，竟没有得着回信，我便只好把这译稿搁置了起来。一搁置竟搁置了十年之久。

  搁置了这么久的原因，有一个小小的悲剧存在。

  就是在我把第一部译完之后，学校便开始上课了。书既不能发表，我便只好把它放在一个小小的壁橱里面。隔了两月的光景，偶尔想去把它再拿来检阅时，三分之一以上的译稿完全被耗子给我咬坏了。

  我的译稿本来是用日本的很柔软的"半纸"写的，耗子竟在上面做起窝来。咬坏的程度真真是五零四碎，就要把它镶贴起来，怎么也没有办法了。

那时候我的绝望真是不小。整个一个暑假的几几乎是昼夜兼勤的工作！我那时候对于我国的印刷界还完全没有经验，我用毛笔写的稿子是誊写过两遍的，写得非常工整，我怕的排字工友把字认错。可惜连这底稿我也没有留存着。

译稿咬坏了三分之一以上，而所咬坏的在这第一部中要算是最难译的"夜""城门之前"，两"书斋"的四幕。

就因为这样的关系，所以便一直延搁下来。残余的旧稿随着我走了几年，也走了不少的地方，我几次想把它补译出来，我受友人们的催促也不知道有多少次数，但总因为那缺陷太大，而且致成那个缺陷的原因太使我不愉快了，终竟使它延置了将近十年。

十年以前的旧稿，而今又重来补缀整理，我的心情和歌德在"献词"中所歌咏出的他隔了多年又重理他的旧稿时的那种心情实在相差不多。

我好像飘泊了数年又回到了故乡来的一样。

但我这故乡是怎么样呢？这真是田园荒芜，蟏蛸满屋了。我起初以为只消把缺陷补足便可以了事，但待我废了几天的工夫补译完了之后，把其余的残稿重新阅读，实在是要令人汗颜。我自己深以为幸，我不曾把它发表了出来。我自己深以为幸，我的旧稿是被耗子给我咬坏了。耗子竟成了我的恩人，使我免掉了一场永远不能磨灭的羞耻。

这次的成品，可以说是全部改译了的。原作本是韵文，我也全部用韵文译出了。这在中国可以说是一种尝试，这里面定然有不少的无

理的地方。不过我要算是尽了我的至善的努力了。为要寻出相当的字句和韵脚，竟有为一两行便虚费了我半天工夫的时候。

　　从整个来说，我这次的工作进行得很快，自着手以来仅仅只有十天的工夫，我便把这第一部的全部完全改译了。我的译文是尽可能的范围内取其流畅的，我相信这儿也一定收了不少的相当的效果。然我对于原文也是尽量地忠实的，能读原文的友人如能对照得一两页，他一定能够知道我译时的苦衷。译文学上的作品不能只求达意，要求自己译出的结果成为一种艺术品。这是很紧要的关键。我看有许多人们完全把这件事情忽略了。批评译品的人也是这样。有许多人把译者的苦心，完全抹杀，只在卖弄自己一点点语学上的才能。这是不甚好的现象。不过这样说，我也并不是要拒绝任何人来纠正我的误译的，只要不是出于恶意，我是绝对的欢迎。

　　总之我这个译品，在目前是只能暂以为满足了。我没有充裕的时间来做这种闲静的工作。第二部我虽然也曾零碎的译过一些，但我也把那全译的野心抛弃了。这部作品的内含和我自己的思想已经有一个很大的距离，这是用不着再来牵（迁）就的。

　　民国十七年十一月三十日改译竣

　　最后的校稿送来了。我在这儿要感谢几位友人：仿吾、伯奇、独清，他们时常劝诱我，使我终竟译成了这部著作，还有韵铎，他为我职司校对，奔走印刷，这部书能够及早出世，可以说完全是他的功绩。

　　民国十八年一月十日校读后志此

《沫若译诗集》

《沫若译诗集》，伽里达若、歌德、席勒等著，郭沫若译，扉页题"创造社世界名著选第十种"。上海创造社出版部1928年4月1日付印，1928年5月25日初版，印数1~2000册。全一册，130页，每册实价大洋四角五分。

该书为译诗集，收录十二位诗人的三十二首诗，具体为："伽里达若（Kalidasa）诗一首"，即《秋》。"克罗普遂妥克（Klopfstock）诗一首"，即《春祭颂歌》。"歌德（Goethe）诗十二首"，即《湖上》《五月歌》《牧羊者的哀歌》《放浪者的夜歌一》《放浪者的夜歌二》《对月》《艺术家的夕暮之歌》《迷娘歌》《渔夫》《掘宝者》《暮色》《维特与绿蒂》。"席勒（Schiller）诗一首"，即《渔歌》。"海涅（Heine）诗四首"（原印

"一首"有误），即《悄静的海滨》《归乡集第十六首》《Seraphine 第十六首》《打鱼的姑娘》。"施笃谟（Storm）诗三首"，即《今朝》《林中》《"我的妈妈所主张"》。"赛德尔（Seidel）诗一首"，即《白玫瑰》。"希莱（Hille）诗一首"，即《森林之声》。"维尔莱尼（Verlaine）诗一首"，即《月明》。"都布罗柳波夫（Dobroliuboff）诗一首"，即《"死伤不足伤我神"》。"屠格涅夫（Turgenieff）诗四首"，即《睡眠》《即兴》《齐尔西时》《爱之歌》《遗言》。"道生（Dawson）诗一首"，即《无限的悲哀》。"Gray"诗一首，即《墓畔哀歌》。有作者简介。

无序跋。兹录"伽里达若（Kalidasa）"的简介如下：

> 这是印度的一个伟大的诗人，他的年代已经难于确定，大约是基督纪元第五世纪。关于他的身世有许多的传说与歌谣，有谓他的学识与诗才为女神 Kali 所授，他这名字的原意，便是这位女神的侍者。他深通哲学，又能天文与法律。他的作品还留存的有戏剧三，史诗二，挽歌与诗篇各一，共七篇，最著名的是戏曲 Shakuntala。歌德极崇拜他。

该著还有上海建文书店一九四七年九月初版本，该版本有译者《小序》，兹录如下：

> 主要是受了适夷兄的督促，我把以前翻译过的一些外国诗，集合成为了这一本译诗集。
>
> 这些诗并不是都经过严格的选择，有的只是在偶然的机会被翻译了，也就被保存了下来。但也有相当经过严格的选择而没有被保存的，例如惠特曼的《草叶集》抄译，太戈尔诗选译便是。那些完全在原稿的形式中便遗失了。
>
> 另外有一种余炳文兄译的《迷娘》（从歌德的《威廉迈斯德》摘录出来的一个故事），那里面有好几首诗事实上是我全部改译了的。那本小书将来假如搜集得到，那些译诗我却希望能够增补在这儿。
>
> 这些译诗大抵是按着时代编纂的，虽是翻译，从这里也可以看出我自己的思想的变迁和时代精神的变迁。
>
> 我要感谢适夷兄，完全是出于他的计划，使这个集子得以问世，而且具有相当优美的格式。
>
> 一九四七年八月二十八日

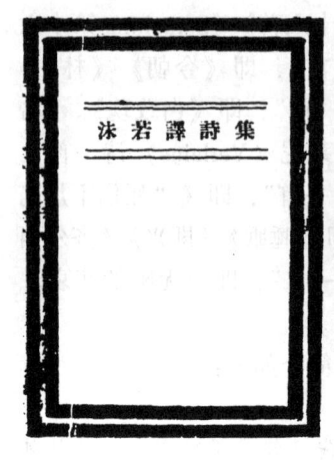

《查拉图司屈拉钞》

《查拉图司屈拉钞》，德国尼采原著，郭沫若译，扉页题"创造社世界名著选第十一种"。上海创造社出版部1928年4月1日付排，1928年6月15日初版，印数1~2000册。全一册，每册实价大洋三角半。

该书为译著。有目次，依次为：《三种的变形》《道德之讲坛》《遁世者流》《肉体之侮蔑者》《快乐与热狂》《苍白的犯罪者》《读书与著作》《山上树》《死之说教者》《战争与战士》《新偶像》。

无序跋。正文摘录如下：

人众向查拉图司屈拉称道一位善于讲说睡眠与道德的贤人：这人是因此之故很受人的尊崇与褒奖，无数的青年都集坐在他的讲座之前。查拉图司屈拉便去和一般的青年坐在他讲座之前听讲。于是贤者如是说：

对于睡眠的尊仰心与廉耻心！这是第一件要事！一切不安枕席而彻夜无眠的人，宜避之不与同道！

强盗对于睡眠尚知廉耻：因为他常常在夜里悄悄地偷入。但是巡夜的更夫便不知廉耻：因为他拿着他的牛角。

睡眠不是轻巧的伎俩：因为它须保得终日的清醒。

一天之内你须克服你自己十次：因为克己是恰好使人倦怠，是灵魂的阿芙蓉。

一天之内你也须舒散你自己十次：因为克己本是辛苦，不舒散之人不能安眠。

一天之内你须求得十项真理：不然你在夜里也会向真理探求，你的灵魂便常感着饥饿。

一天之内你须发笑十次而开心：不然你在夜里便要伤胃，胃是悲忧之父。

此理少有人知：但是人欲睡眠安稳须要有一切的德行。我将虚发伪誓？我将奸淫妇女？

我将调戏邻人的婢子？如此种种都有妨于安睡。

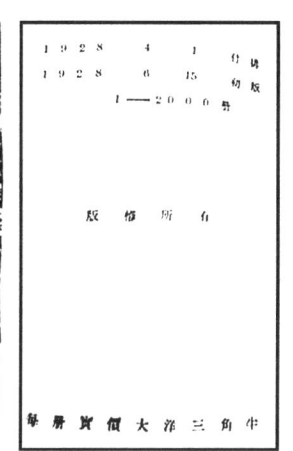

《商船"坚决号"》

《商船"坚决号"》，法国维勒得拉克原著，穆木天译，扉页题"创造社世界名著选第十二种"。上海创造社出版部1928年7月1日付印，1928年10月15日初版。全一册，110页，每册实价大洋三角。印数1～1500册。

该书为多幕剧，讲述海港劳工的生活。

无序跋。第一场摘录如下：

衣都，古尔代奶奶，蝶烈施，劳动者数人

衣都，半醉，凭在帐（账）台上，对着酒杯，交换着同古尔代女掌柜及旁边的人说话。

衣都：到底，古尔代奶奶，你的意思？这个事情会有么？这里，你想一想，这里这些个人们，他们赚十二个法郎……，就算十二个法郎。(他中断了他的话，向着对面桌子上坐着的一个青年人伸手。)哎，小伙子！你赚多少钱？

青年劳动者：十二个法郎又五十仙。

衣都：好，就算：（按：原文标点符号如此）一天十二个法郎又五十仙。古尔代奶奶，这些人们，每天赚十二个法郎又五十仙，从早晨到晚上，抬电车轨道的道铁（按：原文为"道铁"）。

那是一件苦的工作，把你们的手，你们的胳脖（按原文为"胳脖"，现今为"胳膊"），你们的肩膀，你们的腰都弄坏了。诸位，是不是？好的。可是，在这边，我啊！我当你们说罢！我作工，是由于我的爱好。（笑。）你们去看；在代卜落施的家的前边的阴沟在那里漏水呢，那是通到代卜落施的地窨里的。我因用水桶给他淘，每天赚十五个法郎。我二天就作（按：原文为"作"）完了。哎，并不是怎么好玩。好的！我从帐（账）房拿来了三十个法郎；代卜落施先生就在这儿过路；可我还没有洗身呢；我好像从浚渫（按：原文为"浚渫"）船的沙管子里出来似的。他看我呢，他去看我工作得怎样，他又给了我这五十个法郎的酒钱。五十个法郎的酒钱！作（按：原文为"作"）了两天工，八十个法郎。我，自然的（按：原文为"的"），没有什么说的，你说是不是。可是，古尔代奶奶，我同你说：像这样的事，是会有的么？

古尔代奶奶：你已经说了十遍了。

《雪莱诗选》

《雪莱诗选》，德国雪莱原著，郭沫若译，该著被列为"创造社世界名著选第十三种"。

二　创造社"文学丛书"叙录　521

所见版本有 1926 年版本、1930 年版本、1932 年版本。1926 年版本有封面和扉页，缺版权页。1930 年版本有封面，本缺扉页和版权页。1932 年版本题"创造社丛书""辛夷小丛书第五种"（参见"辛夷小丛书第五种"《雪莱诗选》）。全一册，75 页。三种版本的内容相同。

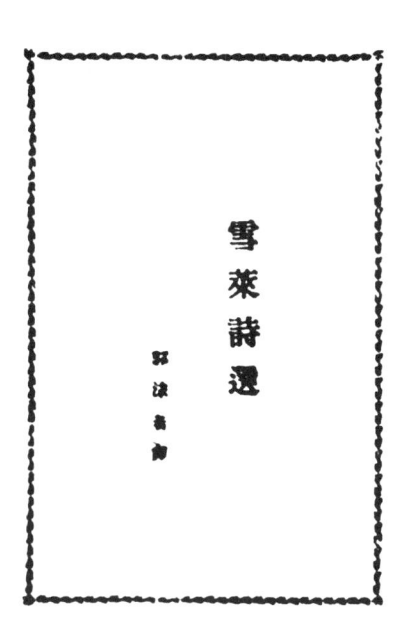

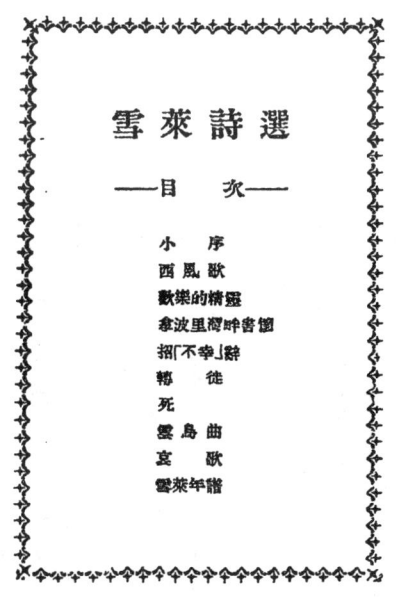

该书为作品集，包括《西风歌》《欢乐的精灵》《拿波里河畔书怀》《招"不幸"辞》《转徙》《死》《云鸟曲》《哀歌》。

卷首有译者《小序》，卷末有《雪莱年谱》。《小序》与"辛夷小丛书第五种"《雪莱诗选》的"小序"相同，从略。

《和影子赛跑》

《和影子赛跑》，德国苏尔池原著，潘怀素译，扉页题"创造社世界名著选第十四种"。上海创造社出版部1928年9月付排，1928年10月初版，印数1～1500册。全一册，142页，每册实价大洋四角半。

该书为多幕剧，登场人物小说家马丁韩丝，其妻柏丹，异乡人（或作不认识的人）、女仆、男仆、警察。地点为一间房子。时代为没有一定年月的现代。

无序跋。正文摘录如下：

> 马丁博士：是的，孩子，我以为：凡我们所见的，或者明明白白摆在我们面前的东西，我们对他不能得到一种很强的感觉，不能够感觉到他的本性，所以要有一个间隔，是的，要从背后看的。我并且还有一种疯了似的感觉，仿佛用后脑可以找得到事情的真相，因为后脑摄取世事黑暗的方面，比较前脑和眼睛是多得一些，所以我们所要完全认识的东西，就不得不把他放在我们的背后。看罢，你一来我的面前，那末（么）我就马上给你接吻不可。在接吻之间，我们不但感觉得而且还是正在升腾的火焰呢。还停在那里吗！
>
> 柏丹：那末（么），你现在感觉得我是怎样的？

马丁博士：生命和你一同闯进我的诗里去，现在诗又回到他本来的生命，而今两件事都是真的。我把我的生命将回到我的诗里去，然后在你身上作一个结束。……

柏丹（她退场时作呜咽状）：凶手！……（她找东西似地伸出双手跟他去，来到房中，作啜泣状下去）

三　共学社"文学丛书"叙录

共学社《俄国戏曲集》叙录

《巡按》

《巡按》，题"共学社""俄罗斯文学丛书""俄国戏曲集第一种"。民国十年（1921）一月初版。著者为俄国歌郭里，译者为贺启明，发行者为商务印书馆，印刷者为商务印书馆（上海北河南路北首宝山路），总发行所为商务印书馆（上海棋盘街中市），分售处为上海及各埠商务印书分馆。全一册，164页，每册定价大洋肆角伍分（外埠酌加运费汇费）。

该书为戏剧。

卷首有《叙言》，卷末无跋。《叙言》兹录如下：

自一六九二年波龙斯基的《浪子》出现后，到了现在，俄国文学界里出产了许许多多的著名的戏剧作品，有普遍的和永久的价值的约有四十余种。我们于此四十余种之中，选出歌郭里的《巡按》，阿史特洛夫斯基的《雷雨》，屠格涅夫的《村中之月》，托尔斯泰的《黑暗之势力》《教育之果》，柴霍甫的《海鸥》《伊凡诺夫》《万尼亚叔父》《樱桃园》，史拉美克的《六月》等十种，编为这个俄国戏曲集。

因为字数过多的原故，还有许多极好的戏剧，没有收入于本集内，即格利薄哀杜夫的《聪明误》，彼塞姆斯基的《悲惨的运命》，阿利克赛托尔斯泰的三连剧《恐怖伊文之死》……高尔该的《夜店》，安得列夫的《人的一生》等最普遍而且永久的戏曲，也不能收入。这是我们非常的抱歉的，以后如果有机会，我们还想把他们介绍过来。

然而现在所选的十种剧本，虽不能说是完备，却也可以由此略窥见俄国的戏曲的一个大概；各方面的，性质不同的剧本，也差不多都有一个代表在这集里。如喜剧可以用《巡按》及《教育之果》代表他；悲剧可以用《黑暗之势力》及《海鸥》等剧代表他；农民的戏曲及宗教的戏曲，纯艺术的戏曲，也都各有代表在里边；俄国的各方面的黑暗悲惨的情况，也大概可以由此见其一斑——《巡按》叙官吏之黑暗的情况，《雷雨》叙中产阶级及商人的黑暗的情况，《海鸥》及《伊凡诺夫》则叙当时的灰色的，脆弱而易怒的知识阶级的情况……所以本集虽不能说是很完备，却也可以说是已略具一斑。

戏曲本来是最难的文学作品，译戏尤其不容易。因为戏中往往有本地的土语，很不易译；并且对话的语气，尤难与原本逼肖，丝毫不走。中国字又是单音的，原文中如有一个字，分为数段的说来，好像《教育之果》里有一句"是些金钱上的事情，我们的事情是——ФН—紧接着就是HaHCOBHIR……"我们就没有方法译他出来，只好把原文写在上面了。诸如此类的困难，遇见了很多很多，我们只好"自我作古"，于无可译之中，勉强把他译出来。至于这种办法对不对，则只好待大家的批评了。

现在北京、上海方面，听说要排演萧伯纳的《华伦夫人的职业》及梅德林的《青鸟》等戏。将来排演外国戏的风气，我知道必定是很盛。本集中所有的各篇戏，都是能够演唱的，或者将来出版以后，能够有人取他几篇来排演一下，也是非常好的事——较之演《华伦夫人的职业》及《青鸟》等的象征派的戏，似乎于中国更为合宜，更为有益。

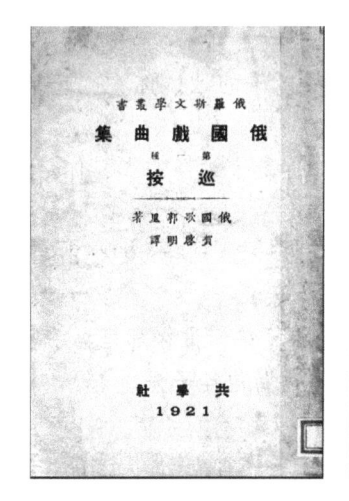

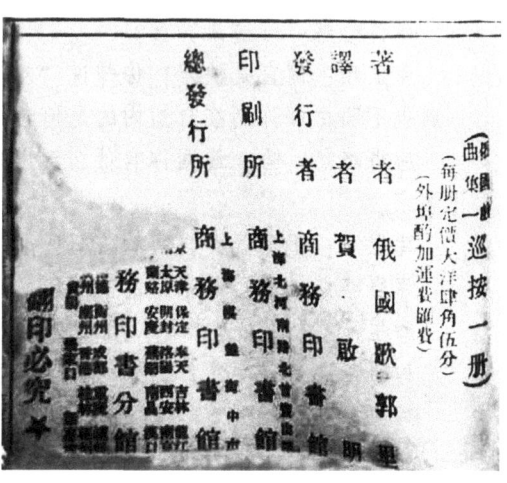

本集编得很仓卒，虽然费了五个人的两个多月的时候，但还是不能细细的对过。差误的地方，恐怕难能全免。很希望读者如果发见了什么不对的时候能够指出批评一下！

一九二零年十月二十六日郑振铎

《雷雨》

《雷雨》，题"共学社""俄罗斯文学丛书""俄国戏曲集第二种"。民国十年（1921）二月初版。著者为俄国阿史德洛夫斯基，译者为耿济之，发行者为商务印书馆，印刷者为商务印书馆（上海北河南路北首宝山路），总发行所为商务印书馆（上海棋盘街中市），分售处为上海及各埠商务印书分馆。全一册，119页，每册定价大洋叁角伍分（外埠酌加运费汇费）。

该书为多幕剧，凡四幕，无幕目。

无序跋。正文摘录如下：

伏尔喀高岸上的公园，伏尔喀上游的村景。台上放着两把石凳，并且还栽着几棵树。库里斤坐在凳上，向着河流看望，库得略慈和莎布金正在那里闲逛。

库里斤（唱着歌）："平原的中间，高山的上面……"（停唱）怪事，真应该说是怪事——库得略慈！喂，老弟，我五十年来每天早晨看望那伏尔喀河，却终看望他不厌。

库得略慈：怎么啦？

库里斤：异乎寻常的景色！美啊！精神快活极了。

库得略慈：难道果真么？

库里斤：简直是快乐！你却说"难道果真"的话！你看望起来，一点也不明白那弥满在自然内的是何种的美。

库得略慈：唔，还同你有什么话说呢！你是个古怪的人，你是个化学家。

库里斤：机器匠，自习的机器匠。

库得略慈：那全是一样的啊！（静默了半天）

库里斤：（向旁边指着）看着，库得略慈兄弟，谁在那里摇手？

库得略慈：这个么？这个是提郭意在那边骂他侄子呢。

库里斤：找得了好地位了！

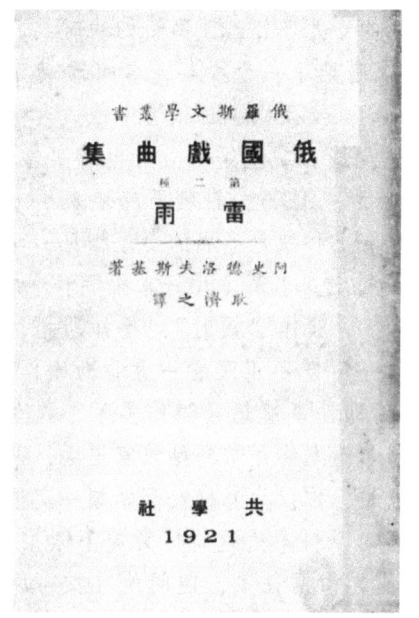

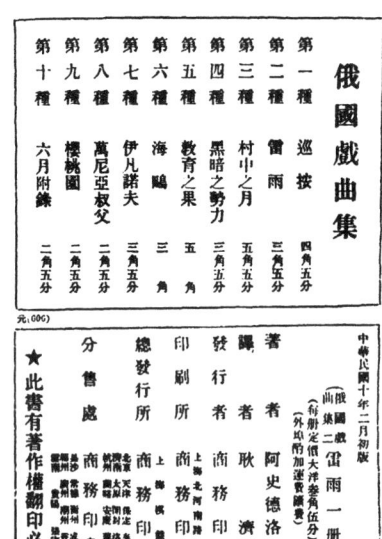

《村中之月》

《村中之月》，题"共学社""俄罗斯文学丛书""俄国戏曲集第三种"。民国十年（1921）三月初版。著者为俄国屠格涅夫，译者为耿济之，发行者为商务印书馆，印刷者为商务印书馆（上海北河南路北首宝山路），总发行所为商务印书馆（上海棋盘街中市），分售处为上海及各埠商务印书分馆。全一册，237页，每册定价大洋陆角（外埠酌加运费汇费）。

该书为五幕剧，凡五幕，无幕目。

无序跋。正文摘录如下：

拿达里亚：仿佛知道，也许听见过这个人。

意格拿基：他有个疯狂的妹子，据我看起来，他们两人全都是疯子，也全都是有健全意识的人；因为他们兄妹之间实在没有什么分别，然而这件事情不在此。魏龙尼成有个女儿，容貌还算美丽，眼睛是白的，鼻子是红的，牙齿是黄的；奏琴跳舞还都算不错。他有两百个"灵魂"（农夫），姑母那里又取得一百五十个"灵魂"。他姑母现在还活着，大凡疯子差不多全活得很长。他写下遗嘱交给侄女，前天晚上我曾亲手把冷水灌在他头上——却一点没有用处，因为他那种病是没法医治的。那时候魏龙尼成的女儿已经到了做新妇的时候。父亲便把他搬到社会上去，一下子就遇见了一个少年，名叫潘勒库作甫，人还算正直，皮气不免胆怯点。父女两人也都很看中他。大概这件事情一定是能够成局的了。魏龙尼成目观快婿，心里也着实喜欢。不了好事多魔（按：原文"魔"应为"磨"），斜刺里忽地来了个名叫阿尔达龙的军官！他在首将家晚会上和魏龙尼成的女儿相见，两人便跳舞了三次，还斜阖着眼睛对他说道："啊，我好幸福啊！"那个姑娘登时（按：原文"登时"，现今一般作"顿时"）不知所措，眼泪也流下来了，还夹着一层的叹气……既不正眼看一看潘勒库作甫，也不同他说半句话，至于"结婚"那件事情想只得作罢了。魏龙尼成没有法子，也只好让他做去。阿尔达龙终是常到姑娘家里去，两人极其爱好。后来阿尔达龙向姑娘求婚，你以为怎样？那姑娘一定很快乐的（按：原文为"的"）答应么？不料不是这样！又流下眼泪来，并且夹着一层的叹气。父亲竟给他弄得愣住了，便问他（按：原文为"他"）到底怎么样？心里愿意什么？你想他（按：原文为"他"）怎样回答？他说：我不知道爱谁好，却那（按：原文为"那"）个人都爱。父亲问他（按：原文为"他"）："这是怎么讲究呢？"

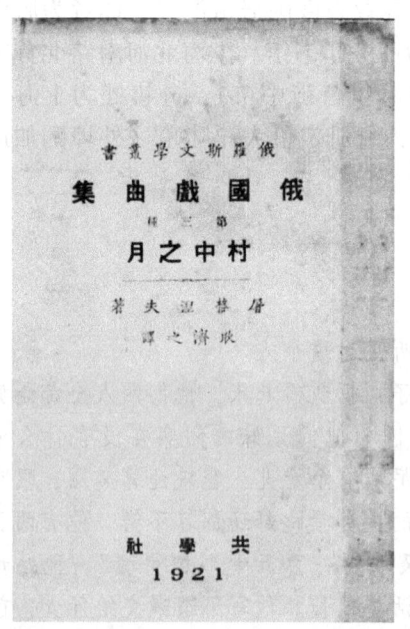

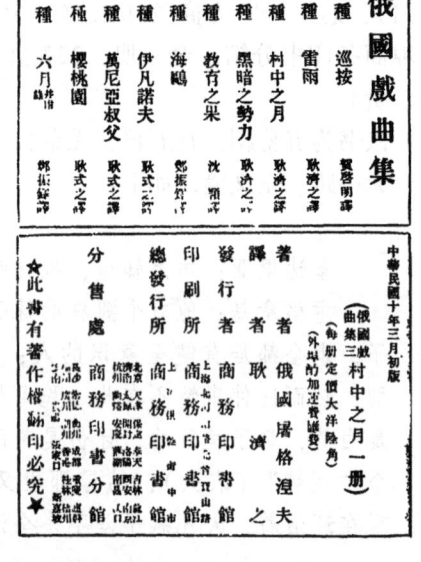

他（按：原文为"他"）说：我也并不知道，最好我谁都不嫁给他，却是爱他们！他（按：原文为"他"）父亲给他（按：原文为"他"）这几句话气出病来，那两个少年也不知道到底怎么办？那姑娘却还是这样。你想这个事情奇不奇。

拿达里亚：这个事情我并不觉得奇怪。……难道不能够同时爱上两个人么？

拉基金：啊！你想着。……

拿达里亚：［慢慢的（地）说］我想着……但是我不知道……也许这个可以证明两个人都不爱。

《黑暗之势力》

《黑暗之势力》，题"共学社""俄罗斯文学丛书""俄国戏曲集第四种"。民国十年（1921）三月初版。著者为俄国托尔斯泰，译者为耿济之，发行者为商务印书馆，印刷者为商务印书馆（上海北河南路北首宝山路），总发行所为商务印书馆（上海棋盘街中市），分售处为上海及各埠商务印书分馆。全一册，145页，每册定价大洋肆角（外埠酌加运费汇费）。

该书为多幕剧，凡五幕，无幕目。

卷首有郑振铎《叙》，卷末无跋。《叙》摘录如下：

> 黑暗之势力（The Power of Darkness）是农民戏曲中最重要者之一；不仅是高出于俄国的一切文学，也是高出于世界的一切文学。
>
> 关于农民的文学，以彼塞姆斯基（Pisemsky）与巴特金（Potekhin）二人的著作与之相较，实有以石比玉，黯然无色之概。
>
> 《黑暗之势力》之脱稿，在一千八百八十六年。那个时候，正是托尔斯泰大彻大悟，捐弃一切文学作品不为，而注全力于通俗教育，做了许多关于宗教的或道德的作品的时候。通俗的著作，在一千八百六十年至六十二年间，托尔斯泰在他本乡波拉拿从事于教育事业时，即已注意为之，这个时候，则专从事于短篇小说与通俗的故事，不如那时候之专做丛书与论文。然而他这种道德的、教训的故事，都是没有什么艺术上的价值的。自这个农民的戏曲，《黑暗之势力》出，始完全把他们压倒，复恢复托尔斯泰的文学的能力——虽然这本戏曲也是以教训道德为宗旨。在他的含教训的、大彻大悟后的著作里，这本戏曲可算是最有艺术上的价值的了。

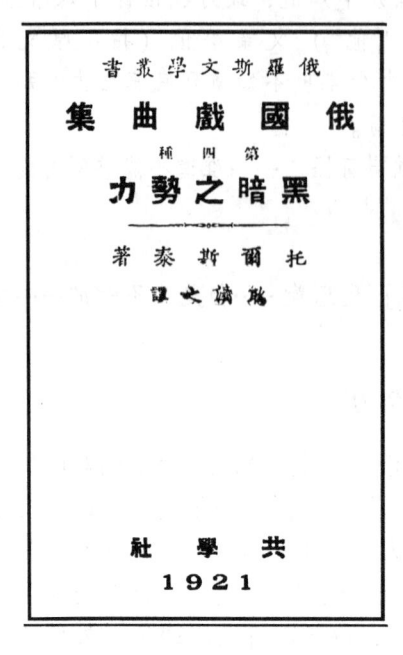

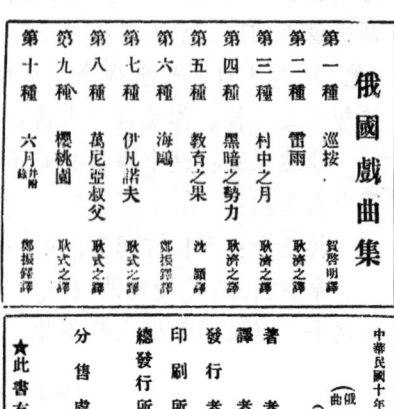

托尔斯泰从前没有著过剧本，《黑暗之势力》可算是他的"破题儿第一遭"的剧本的著作，并且他著这本戏曲的时候，他还是久病新愈。以久病新愈的人着手于素未从事的工作，而能把他做得这样好，有这样的永久的艺术的价值，他的文学的天才，真可以使人崇拜到极顶。查理·萨洛利亚（Charles Salorea）说："《黑暗之势力》是托尔斯泰初学做戏曲时的著作，戏曲本是最难的文学，且非专门久练，不能出色，他初次试为，即成如此的杰作，此已足以惊人。况作者又在大病垂死新起之时，而行此试验，竟大告成功，尤足以见他的'神妙莫测'呀！"这种批评，实可以代表许多批评家的意见。

《教育之果》

《教育之果》，题"共学社""俄罗斯文学丛书""俄国戏曲集第五种"。民国十年（1921）四月初版。著者为俄国托尔斯泰，译者为沈颖，发行者为商务印书馆，印刷者为商务印书馆（上海北河南路北首宝山路），总发行所为商务印书馆（上海棋盘街中市），分售处为上海及各埠商务印书分馆。全一册，202页，每册定价大洋伍角伍分（外埠酌加运费汇费）。

该书为戏剧。无序跋。第一幕摘录如下：

　　台上布景作莫斯科城中一富室的外屋，三个门儿：外面的，通着廖尼得的书室，和瓦西里的屋子楼梯上去，通着内室；后面通着厨房。哥里戈利伊，年青美貌的仆人，照着镜子，不住微笑。

　　哥里戈利伊：可惜这个胡须！这很不相当，说起来，是个有胡须的人！由于什么呢？因为一看就知道是个仆人。然而那个人还没有越过伊那恋人。他虽然没有胡须，但是还距离很远呢……（凝视着，现出微微的笑容，有多少妇女惑我！只是彷（仿）佛塔娜这样的，无论谁都不喜欢！那是个平常的侍婢！但是比小姐好些，（微笑），很可爱的！（凝神听着。）伊在那里了！（微笑）。鞋底响了……啊！

　　（塔娜挟着皮衣和女靴走来。）

　　哥里戈利伊：塔娜，你好罢！

　　塔娜：你看什么呢？想着，自己很美丽吗？

　　哥里戈利伊：什么，你厌恶吗？

　　塔娜：没有什么厌恶，也没有什么不厌恶，心里各有一半，这挂的是你皮衣吗？

　　哥里戈利伊：姑娘，立刻我就取下来（取下皮衣，将塔娜蒙着，搂抱着伊）。塔娜，我对你说些什么呢……

　　塔娜：哼，你永远是这样！这种强迫做什么呢！（怒了，把皮衣解开。）告诉你，不要妄想罢！

　　哥里戈利伊：（凝视着。）你接个吻罢。

　　塔娜：你真要这样作（做）吗？我那样吻你！（摇动起来）。

　　瓦西里：（听见台后的铃声，以后听见喊叫的声音）。哥里戈利伊！

　　塔娜：唔，去罢。瓦西里喊你呢。

　　哥里戈利伊：等一等罢，他不过把眼睛又张开了。你听着，你因为什么不恋爱我呢？

　　塔娜：你想的是什么的爱情！我无论谁都不恋爱。

　　哥里戈利伊：不然，你爱恋谢敏。原来你愿意那个庇人，鄙野的乡下人！

　　塔娜：哼，没有这件事，不过你嫉妒就是了。

　　瓦西里：（台后），哥里戈利伊！

哥里戈利伊：急什么呢！……有什么可嫉妒的！你刚受教育的时候，和谁亲近过呢？仅只爱我……塔娜……

塔娜：（怒了，作出庄重的样子。）告诉你，一些你也得不着。

瓦西里：（台后），哥里戈利伊！

哥里戈利伊：你使得自己极其庄重起来。

瓦西里：（在台后尽力喊起来。）哥里戈利伊！哥里戈利伊！哥里戈利伊！

（塔娜和哥里戈利伊笑起来。）

（铃声。）

哥里戈利伊：如何的爱我！

塔娜：放开我，往他那里去罢。

哥里戈利伊：我看你很愚蠢的，难道我不如谢敏。

塔娜：谢敏想着结婚，却不是愚蠢。

（商店的伙计挟着一箱妇女的衣服。）

《海鸥》

《海鸥》，题"共学社""俄罗斯文学丛书""俄国戏曲集第六种"。民国十年（1921）四月初版。著者为俄国柴霍甫，译者为郑振铎，发行者为商务印书馆，印刷者为商务印书馆（上海北河南路北首宝山路），总发行所为商务印书馆（上海棋盘街中市），分售处为上海及各埠商务印书分馆。全一册，123页，每册定价大洋叁角伍分（外埠酌加运费汇费）。

该书为独幕剧，无幕目。

无序跋。第一幕摘录如下：

  布景

  琐连家里的花园，一条大道，两旁栽着大树，从听象（像）一直蜿蜒到一个隐于花园深处的湖边。一个草草搭成的戏台，挡着大道，暂时搭好，为客人演戏用，正蔽着湖水，使人看不见。戏台左右，树枝繁生。戏台前面，摆着几张椅子和一张小桌。太阳刚落下去，约克蒲同几个别的工人，在戏台上垂下的幕布后，他们的斧锤钉盘的声音和咳嗽的声响，可以听得见。玛沙（同美特委台加从左遍上，正散步回来）

  美特委台加：你为什么常穿素的衣服？

  玛沙：我穿黑的，正以表现我的生活。我是不快活的人。

  美特委台加：为什么你不快活？（想一回过）我不明白。你自己很康健，你父亲虽不是狠（很）有钱，但有狠（很）好的事情。我的生活比你难得多呢。我只有二十三个卢布一个月，衣食住全靠着他，但我却不穿素衣服。（他们坐下）

  玛沙：快活并不是因为有钱的原故；穷人常是快活的。

  美特委台加：在理论上讲来，固然不差，但实际却不是这样的。把我的事来作一个比譬罢；我母亲，我二个姊妹，我的小兄弟，同我自己，一家人全靠着我二十三个卢布一个月的薪水生活。我们饮呀，食呀，都是我担任。你能同我们一块，没有茶与糖么？或者没有烟么？如果你能够，请答覆（复）我这个问题。

  玛沙：（看着戏台那边）戏就要起首做了。

  美特委台加：正是，妮娜，柴丽契娜叶到这里来同特力柏勒夫一块儿串演呢。他们互相爱恋，他们俩因用别样的方法来表示同样的意思的效果，两个灵魂今天晚上要联合在一块了。你的灵魂同我的却没有相遇的地方。我爱你，因为在家里忧闷，不能休息的原故，我每天到这里来，来六英里路，去六英里路，仅只得了你的莫逆。我穷，我的家口多，你决不能有机会嫁给一个连他自己口腹也不能弄温饱的人。

  玛沙：这倒不是如此。（她取鼻烟）我感你的情意，但我不能还报你，话止于此了。(她送鼻烟给他) 你要一些么？

美特委台加：不要，谢谢你。(停一会儿)

玛沙：空气真干燥；今天晚上要有大风雨呢。你除了教书或谈到金钱外，没有事做。在你呢，以为穷的一字实在是陷人的最大的不幸，但据我想，则穿破衣讨饭吃还一千倍的容易过，比之——不过你不懂这一层。

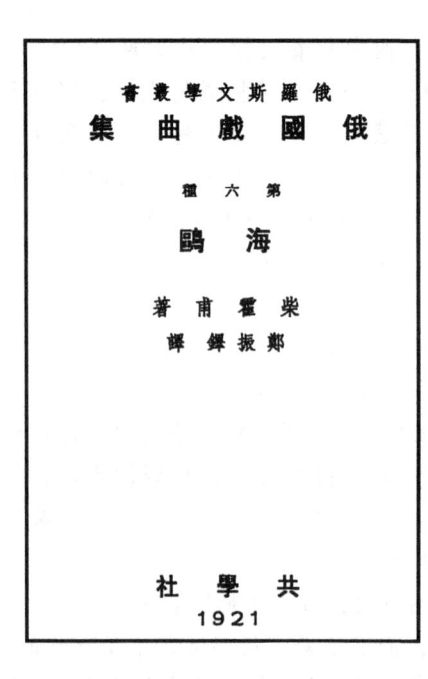

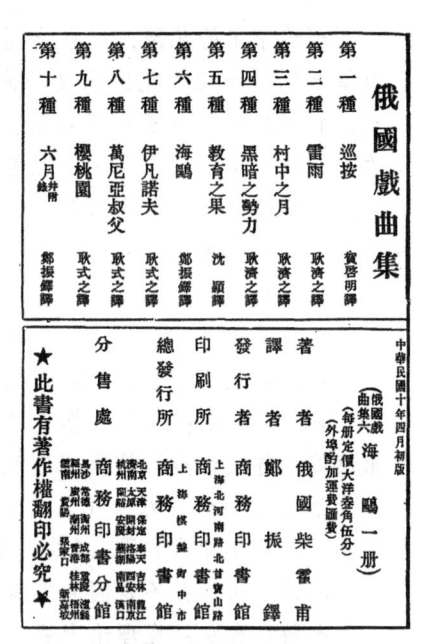

《伊凡诺夫》

《伊凡诺夫》，题"共学社""俄罗斯文学丛书""俄国戏曲集第七种"。民国十年（1921）四月初版。著者为俄国柴霍甫，译者为耿式之，发行者为商务印书馆，印刷者为商务印书馆（上海北河南路北首宝山路），总发行所为商务印书馆（上海棋盘街中市），分售处为上海及各埠商务印书分馆。全一册，123页，每册实价国币肆角（外埠酌加运费汇费）。

该书为四幕剧，无幕目。无序跋。第一幕摘录如下：

布景

一个伊凡诺夫的花园。左面是房屋的正面和一所楼台。一扇窗开着，楼台下头，是一个宽畅（按：原文为"宽敞"）的半圆形草地，右边左边，都有小道儿通到花园里去。右面放些草地椅子和桌子。有一张桌子上头点一盏灯。正是晚上的时候，开幕时，听见有大洋琴和四弦琴的声音。伊凡诺夫坐在桌子旁边看书。

泡尔琴穿着皮靴子，带着一管枪，从花园后面走入。他有一点喝醉酒。看见了伊凡诺夫，就蹑脚走到他身旁，走近，忽止步，举枪口向他的脸。

伊凡诺夫［看见泡尔琴。竦（耸）肩大惊，跳起］：泡尔琴，你干什么？你吓我一跳！我心里正在那里很乱，你却又来同我开玩笑，我真受不了。……你惊了我，你倒自己还要笑！（坐下）

泡尔琴：（大笑）唔，我错了，不对。我以后决不再着样（按：原文"着样"应为"这样"）了。（除下帽子）天气这么热！我这么一想，我这三点钟工夫跑了十二里地。我真累了。我现在心里还在跳呢。你摸摸。

伊凡诺夫：（眼睛看着书）哦，很好。我想等一会儿再摸！

泡尔琴：不，现在就摸，（拿着伊凡诺夫的手，放在自己的胸上）觉着他（按：原文为"他"）跳了没有？这可见得我的心很有病了，我或者在一分钟内立即要死去。假如我死了，你心里痛不痛？

伊凡诺夫：我现在还要看书。我一会儿再跟你谈话。

泡尔琴：不，赶快罢，假如我忽然死了，你究竟心痛不心痛？尼哥拉斯（伊凡诺夫的名，）我死了，你究竟心痛不心痛？

伊凡诺夫：不要胡缠！

泡尔琴：来，告诉我，你究竟心痛不心痛。（按：原文标点如此）

伊凡诺夫：米齐，你的酒味太重了，我真很忧愁，这酒真令人讨厌。

泡尔琴：我（按：原文为"我"）觉得有酒味么？这真奇怪？……可是这也没有什么奇怪。我在波莱司基克路上，碰见一位地方官，我就同他喝了八大杯酒，不过实在说，喝酒自然是极有害的。看着，这真有害，不是么？是么？是么？

伊凡诺夫：我真忍受不住了！米齐，让我来劝你，你这真不好意思了。

泡尔琴：唔，唔，饶恕我。请你自己一个人去坐着罢，天知道，我再也不斗（按：原文"斗"应为"逗"）你喜欢了。（站起来，走开）在世界上怎么会碰见这样奇怪的人。他们连自己都不让自己跟人说话。（他走回来）哦，是的，我差一点就忘了。请你给我八十二个卢布。

伊凡诺夫：为什么你要八十二个卢布？

泡尔琴：明天要给那工人钱。

伊凡诺夫：我没有钱。

泡尔琴：谢谢你罢！（怒）你当真的（按：原文为"的"）没有钱！……可是工人的钱总得要给，不应当给么？

伊凡诺夫：我不知道。等到一号领薪水的时候再说罢（按：原文为"罢"）。

泡尔琴：像你这样的人，怎么能够研究点事出来呢？工人并不是在一号来要钱，明天早晨就要来了，我不能够明白么？

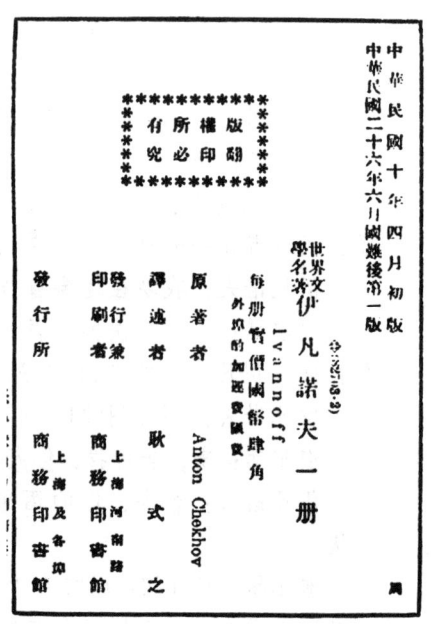

《万尼亚叔父》

《万尼亚叔父》，题"共学社""俄罗斯文学丛书""俄国戏曲集第八种"。民国十年（1921）四月初版。著者为俄国柴霍甫，译者为耿式之，发行者为商务印书馆，印刷者为商务印书馆（上海北河南路北首宝山路），总发行所为商务印书馆（上海棋盘街中市），分售处为上海及各埠商务印书分馆。全一册，109页，每册定价大洋叁角（外埠酌加运费汇费）。

该书为多幕剧，凡四幕，无幕目。

无序跋。正文摘录如下：

这出戏是在撒列拉哥夫的村里排演，共分四幕。

第一幕（布景）

一间乡村式的房子在土台上。房前面是一个花园。在树荫树里头，一棵老松树底下，放着一张桌子，是喝茶的地方，旁边有一个俄国式火壶等。桌旁有几张板凳和椅子。一个椅子上放着一个三弦琴。近桌子挂着一个吊床。现在是阴天，下午三点钟时候。

玛丽纳，一个静气（按：原文为"静气"）灰发的小老妇，坐在桌旁织线袜。

阿斯特罗甫近玛丽纳身旁来回的（按：原文为"的"）走。

玛丽纳：（倒点茶在杯子里）喝一点茶，我的孩子。

阿斯特罗甫：（接着茶杯，作不愿状）我仿佛有一点不要喝。

玛丽纳：那末（按：原文为"那末"）你愿意喝一点啤酒么？

阿斯特罗甫：不，我每天都不喝酒，再说现在太热了。（停一下）告诉我，保姆，我们彼此认识有多久了？

玛丽纳：（一面想）让我看看，这多末（按：原文为"末"）久了？主阿——帮我想起来。你第一次上这儿来，跟我们在一块儿——让我想想，是什么时候？梭尼雅的母亲还在世时候——在他未死以前，过了两个冬；已经十一年了——（一面想）或者再多一点。

阿斯特罗甫：从那时候起我的样子大变了么？

玛丽纳：哦，是的。你那时候真漂亮，年轻，可是现在你是老人了，一点儿不漂亮。你也喝酒了。

阿斯特罗甫：是的，十年来我又变了另外一个人了。因为什么？因为我工作太过了。保姆，我从天明到黄昏忙个不了（按：原文为"不了"）。我知道没有休息时候；在晚上我在被单里头发抖，恐有人拉我出去看病人；自从我认识你以前我成天的（按：原文为"的"）做苦工，没有休息，没有一天自由的；我这样长老，还有救么？可是无论怎样，存在就是无味；这是无味肮脏的事业，这种生活，一天一天加重，在这一方里每一人都是呆状，人若是跟他们住在一块两三年以后，连他自己也呆状了。这是免不了的。（绞他的上唇须）你看我这上唇须够多长了。这又笨又长的上唇须。是的，我现在跟别人一样的呆状，可是不像他们的笨傻；不，我没有成笨傻。谢谢上帝，我的脑筋还没有糊涂；虽然我的感觉麻木了。我什么都不求，我什么都不要，我谁都不爱，除非你自己一个人。（亲他的头）我小孩儿时候，我有一个保姆跟你一样。

玛丽纳：你不要吃一点东西么？

阿斯特罗甫：不要。在四旬斋节第三个星期时候，我到玛利斯哥依，那个地方有瘟疫。那是发疹寒热病的流行症。农夫们都是一个一个躺在他们草屋里，牛群和猪群都跑到地板（按：原文为"地板"）去跟病人在一块，肮脏的很，又有烟味！简直说不出来。我镇天（按：原文"镇天"应为"整天"）的（按：原文为"的"）服侍他们，没有一点面包屑经过我的嘴唇，可是当我回家了，我还没有休息时候，一个（按：原文为"司"）司铁路的人从车站带进来一个人，我把他躺在试验桌上，人走了，他就受了闷药，在我手臂里死去了，那时候我的死去神经忽然惊醒，我的良心总是闷扰（按：原文为"闷扰"）我，仿佛是我杀了这个人似的。我坐下，闭着眼睛——像这样——就想：从现在起二百年后我们的子孙，为着他们缘故，我们尽心力的（按：原文为"的"）开了道路，他们还会记得给我们一句好话么？不，保姆，他们要忘的。

玛丽纳：人类是无记心（按：原文为"记心"，现今一般为"记性"）的，但是上帝记得。

阿斯特罗甫：谢谢你这句话，你说的是真理。

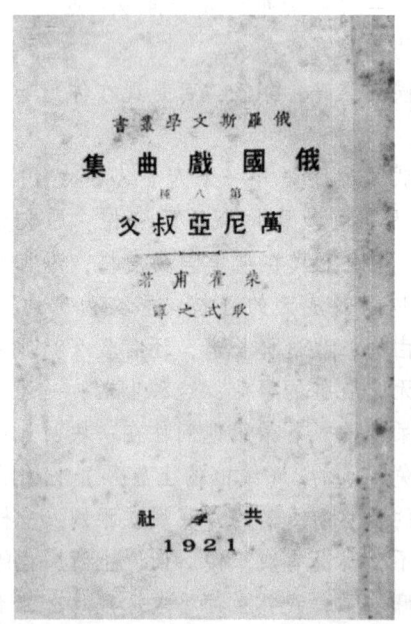

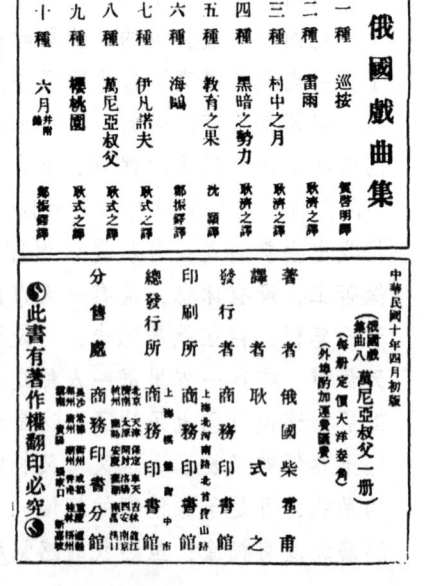

（弗伊智基从屋子里入。他午饭后睡过一会，头发乱着。他坐在板凳上，整理领带。）

《樱桃园》

《樱桃园》，题"共学社""俄罗斯文学丛书""俄国戏曲集第九种"。民国十年（1921）四月初版。著者为俄国安东·契诃夫，译者为郑振铎，发行者为商务印书馆，印刷者为商务印书馆（上海北河南路北首宝山路），总发行所为商务印书馆（上海棋盘街中市），分售处为上海及各埠商务印书分馆。全一册，111页，定价不详，缺版权页。

该书为独幕剧，凡一幕，无幕目。

卷首无序，卷末附有《作者传记》及《俄国名剧一览》。焦菊隐于1940年代撰有《樱桃园·译后记》（见《焦菊隐文集》第2卷，文化艺术出版社1988年版），摘录如下：

《樱桃园》是安东·契诃夫的"天鹅歌"，是他最后的一首抒情诗。

在他死前的两三年以内，小说写得很少，两年之间，只写了两篇的样子。这，一方面固然因为他的工作态度愈来愈诚恳审慎而深刻了，但另一方面，他的病症已经入了膏肓，体力难于支持写作的辛苦，也是事实。《樱桃园》是在痛苦中挣扎着完成的。他从来没有一篇小说或者一个剧本，像《樱桃园》写得这样慢。它不是一口气写成的；每天只勉强从笔下抽出四五行。这一本戏，是我们的文艺巨人临终所呼出的最后一息，是契诃夫灵魂不肯随着肉体的消逝而表现出的一个不挠的意志和遗嘱。

一八九九年春季，契诃夫重新到了莫斯科，又踏进了久别的戏剧活动领域，被邀去参加艺术剧院开幕剧《沙皇费多尔》的彩排。就在这个机缘里，他认识了丹钦柯的学生、女演员克妮波尔。克妮波尔渐渐和契诃夫的妹妹玛丽雅熟识起来之后，就和这位凤所崇拜的作家，发生了亲昵的友谊。他们或者在一起旅行，或者频繁地通着书信，有时候克妮波尔又到雅尔塔的别墅里去盘桓几天。一九〇〇年八月，他们订婚；次年夏天，结婚。我们并不想在这里给契诃夫作一个生活的编年纪录。但，这一段恋爱的故事，在契诃夫的心情上，确是发生了很大的影响：他在肺病的缠困和孤独寂寥的袭击之下，生活上又降临了第二次的青春；他的衰弱的身体，又被幸福支持起来，才愉快地成就了更多的创作。也许没有这个幸福，《三姊妹》，至少是《樱桃园》，也许不会出现。所以，《樱桃园》是契诃夫最后的一个生命力的火花。

然而，他和克妮波尔结婚，并不是没有带来另外的痛苦。爱得愈深，这个痛苦也就愈大。克妮波尔是著名女演员，在冬季非留在莫斯科的舞台上不可；而契诃夫的病况，又非羁留在南方小镇雅尔塔不可。他一个人留在雅尔塔过冬，离开心爱的太太，离开心爱的朋友，以契诃夫这样一个喜爱热闹的人，要他在荒凉的小镇里，成天听着雨声，孤单地坐在火炉的旁边，咳嗽着，每嗽一次痰沫，便吐在一个纸筒内，然后把这个纸筒抛在火里烧掉，够多么凄凉！他自己又是一个医生，很清楚地知道自己寿命不久即将结束。而同时莫斯科艺术剧院，还在等着他的新剧本，他自己也还有许多蕴藏在内心的力量和语言，还没有充分发挥出来。于是，在《三姊妹》完成了之后，便开始动笔起草《樱桃园》。在这种环境、心情与体力之下，他在写作上感受了多少生命之挣扎的痛苦！一面是死的无形之手在紧紧抓住他，一面他尽力和死亡搏斗，用意志维持着创造的时日。

一九四三年十月，重庆

《六月》

《六月》，题"共学社""俄罗斯文学丛书""俄国戏曲集第十种"。民国十年（1921）四月初版。著者为俄国史拉美克，译者为郑振铎，发行者为商务印书馆，印刷者为商务印书馆（上海北河南路北首宝山路），总发行所为商务印书馆（上海棋盘街中市），分售处上海及各埠商务印书分馆。全一册，111页，定价不详，缺版权页。

该书为独幕剧，凡一幕，无幕目。

卷首无序，卷末附有《作者传记》及《俄国名剧一览》。《作者传记（1）歌郭里》传摘录如下：

尼古拉思·歌郭里（Nicholas Gogol）是俄国写实派作家的第一人，以小说及剧本著。自他起来后，俄罗斯乃有自己出产的小说。好像劳门杜夫（Lermontov）之承继普希金（Pushkin）的诗国王位，他承袭了格利薄哀杜夫（Griboyedov）的讽刺作家的封号。讲起国民文学的创造，他又是普希金第二。

他是小俄人。于一八零五年生于哥萨克乡中普尔塔洼（Poltava）

附近的一个地方。他的家庭是哥萨克中的豪族,他的祖父为哥萨克的统领。他生长在他祖父的手里。到了一八二九年,他才离了家乡到圣彼得堡去,在政府里得一位置,但不得志,不久即去职,做史学教授。没有多少时候,又失业。最后遂转而致力于文学。头一次的著作出版,使他与许多同时代的文人结识。普希金与之尤为要好;做他的忠益之友、批评者,并且劝他做平民生活的著作。他住在圣彼得堡很久,自一八二九年起,到了一八三六年才离开这个地方。此数年中,家乡之梦,时复在心,因作两部小俄的故事以写之,一部是《狄甘格农场之夜》("Evenings on a Farm on the Dikanka")出版于一八三二年,一部是《茉果露德》("Mirgorod")出版于一八三四年。

歌郭里的性格,本是罗曼的。他具有极多的空想。他喜欢奇怪破空的事实;又有极深的宗教性质。但是俄罗斯文人都是具有奇怪的混合性、矛盾性的。他们是罗曼派,又是写实派,具有幻想,又富于常识。歌郭里也是一样,他于神秘的气味之中,却同时是一个伟大的写实派的作家。他的滑稽的性质,连两种不同的文心而为一,但细察起来,写实的分子,毕究(毕竟)占多数,所以批评家都奉以俄罗斯写实主义文学的先导者的徽号。自他起后俄罗斯写实主义,才有端倪。屠格涅夫说:"我们都是从歌郭里的《外套》传下来的。"其实岂传《外套》而已。他的著作固多足以树模范于后世的呀!

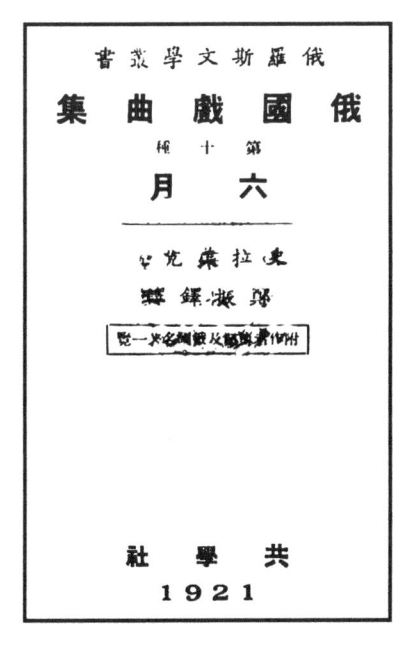

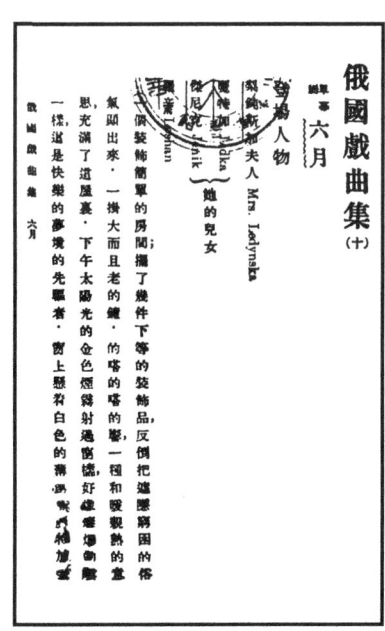

《共学社文学丛书》叙录
《比利时的悲哀》

《比利时的悲哀》，题"共学社""文学丛书"（没有编号）。民国十一年（1922）九月初版。著者为俄国安东列夫，译者为沈琳，发行者为商务印书馆，印刷所为商务印书馆（上海北河南路北首宝山路），总发行所为商务印书馆（上海棋盘街中市），分售处为各地商务印书分馆。全一册，118页，每册定价大洋叁角伍分（外埠酌加运费汇费）。此外，还有1934年7月国难后第一版。

该书为多目剧，凡六幕，无幕目。

卷首有《叙言》和《原叙》。卷末有《安得列夫史略》和《安得列夫的戏剧作品一览》。《叙言》兹录如下：

从一九一四年到一九一九年，是空前的欧洲大战争的一个时期。这五年中全世界的空气里，都充满了烟雾同炮火。这一场恶战，不知道流了多少的热血，化（花）了多少的金钱，想起来真觉得痛心啊！我可以说，在一九一四年到一九一九年这个时期内的战争，实在是我们人类进化史上一个空前的绝大的牺牲。我们看了报纸上的新闻，读了书本里的纪（记）载，觉得字里行间都深深地印着战争的种种痛苦，因此又想到大战声中人民和财产的牺牲，不知不觉地落下几行同情的眼泪来了。到了一九一九年烟雾和炮火渐渐地消灭了，全世界的空气才慢慢地恢复原状。但是各国经济上受了莫大的影响，这种经济上的恐慌已经养成了社会破产的预兆。正是痛定了还要叫苦呢。这样的国家多不幸啊！我们要知道比利时就是这样不幸的国家的一个代表！比利时在大战时候被德国人破坏了他中立国家的地位，所以他才加入战争。他情愿忍受一切的牺牲，来保护他的人民、土地和主权。这是独立国家的真精神。勇壮啊！《比利时的悲哀》这一本戏曲就是一幅比利时在欧战声中忍受种种牺牲的油画像，就是一幅比利时独立国家真精神的油画像。

在一九零四年日俄战争起端的时候，安得列夫（Leonid Andreyev-1871-1919）的著名小说《红笑》（"The Red Laughter"）出版了。在这本小说里，安得列夫描写他的理想中日俄战争的痛苦、牺牲和一切可怕的情形。一时《红笑》就有非战小说的杰作的声名。十年后,在一九一四年正当欧战风云初起的时候,安得列夫著成《比利时的悲哀》一本戏曲。《比利时的悲哀》就是一段比利时国的悲哀的故事的写照。在这本戏曲里,安得列夫描写战争的可怕情形同比利时的国民性和国家精神。比利时的人民只知道"和平""公理"和"人类"三个字。他们都相信"上帝"是存在的,"公理"也是存在的。比利时的人民有这样的见识,有这样的信心,所以他们有这种勇气加入战争,来保卫他们的国家。但是可怜那水深火热里的比利时人却没有抵御德国军队的可能。他们爱国的热度可是没有减少。他们最后的计划就是破坏那堤坝,淹没自己国土的一部分,来抵御德国人。这不是一件极可怕的事么?但是他们觉得水果然是可怕的,那普鲁士人比水更可怕呢。他们情愿被水淹死,决不愿意做普鲁士人的奴隶。这些都是描写战争的可怕情形同比利时的国民性和国家精神,这样看来,我们不可以不承认比利时的悲哀,是一件极光明的故事。

《比利时的悲哀》这本戏曲出版在一九一四年。他是俄国安得列夫的原著,一九一五年柏恩斯泰(Herman Bernstein)从俄文原本译成英文,我现在再从柏恩斯泰的英文译本译成这本中文的《比利时的悲哀》。我对于这本戏曲,有下列三种希望:

一我希望《比利时的悲哀》不单是能够使我们明白比利时人的牺牲,因此唤起一种同情来;并且也能够使我们明白欧战中各国人民的牺牲,因此唤起一种同样的极深刻的同情来。

二我希望《比利时的悲哀》不单是比利时的种种牺牲的写照,并且也能够代表加入大战各国的种种牺牲;这样我们更能明白战争是人类一件最不幸的事,又更能增加我们厌恶战争的心理。

三我希望《比利时的悲哀》能够使我们知道战争的可怕,又能够使我们觉悟到我们应该阻止未来的战争,同时我们应该尽力地建造一个新世界。

《比利时的悲哀》是我译述上尝试的作品,况且这本戏曲又是我从课外的时间内偷出工夫来译成的;所以译述上不免有许多不周到的地方,我极诚恳地希望读者诸君指教。

十一年二月十五日沈琳在北京。

《原叙》兹录如下:

安得列夫（Leonid Andreyev）是俄国极有名的著作家。他的著作如《安那塞玛》（"Anathema"）、《七个被缢死的人》（"The Seven Who Were Hanged"）、《人之一生》（"The Life of Man"）和《红笑》（"Red Laughter"），轰动了全世界的耳目，引起了全世界的注意。他现在又着了这段比利时国人民的悲哀的故事。他描写比利时国最著名的诗人和思想家——比利时国的良心——家庭的惨事，反映出比利时国的悲剧。

安得列夫为受压制的，和懦弱的国民，极表同情。他用极深刻的感情来描写为欧战牺牲的比利时人民。在别一文学的杰作里，他分析大战结局声中犹太人在俄国忍受的种种痛苦。他又活活地描写俄国的反对犹太政策，实在是俄国人民的羞耻。

在这几种著作里，安得列夫绝对的承认小国忍受的种种损失、痛苦、牺牲，都是德国的权势威力和军国主义造成的。

在他的论文里，对于犹太人在俄国的惨事，他写着"俄罗斯的野蛮人"和"日耳曼的野蛮人"如下：

"若使犹太人看来，殖民地的范围，百分法的税律，以及其他种种制限，是偏拗他们一切生活的一件致命的事实，那么在我俄国人看来，仿佛不知不觉的在我的背上多了一块奇大的隆肉，无论到那里去，无论做什么事，这块隆肉总是在我的背上。在夜间这东西便来扰我的清梦，而且我在醒着的时刻，在众人面前，这东西总使我怀中充满了一种羞涩和惭愧的情感……"

"大家须要明白：犹太人痛苦的终局，便是俄罗斯人自重的开始。没有自重，俄国就不能生存了。欧战的黑暗时代将要过去，今日的'日耳曼野蛮人'又要变成文明的德国人了。他们的声音又将传布到全世界了。不是他们的声音，也没有别人的声音，再要高声的唤我们'俄罗斯的野蛮人'啦。"

如果这部描写比利时国的悲哀的书，能够稍微多引起一点为战争牺牲人的痛苦的同情；如果这部书更能帮助唤起人类厌恶战争的心理，那么除了文学上的和戏剧上的价值以外，《比利时的悲哀》还有一个重要的宗旨和一种有价值的贡献。

一九一五·五·二五、柏恩斯泰（Herman Bernstein）

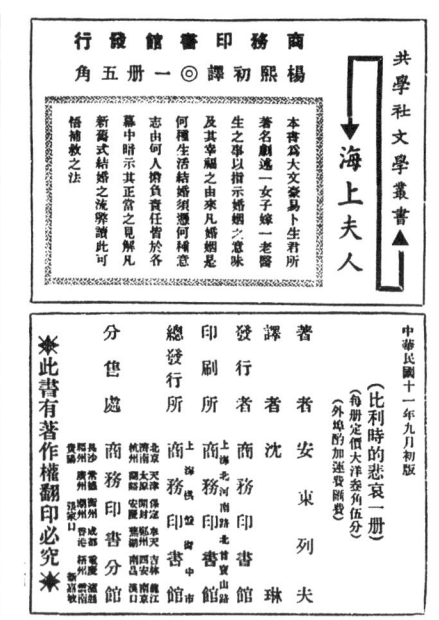

《不快意的戏剧》

《不快意的戏剧》，题"共学社""文学丛书"（没有编号）。民国十二年（1923）四月初版。著者为英国 Bernard Shaw（萧伯纳），译者为金本基、袁弼，发行者为商务印书馆，印刷所为商务印书馆（上海北河南路北首宝山路），总发行所为商务印书馆（上海棋盘街中市），分售处为各地商务印书分馆。全一册，112 页，每册定价大洋壹元（外埠酌加运费汇费）。

该书为话剧，书名原文为 Plays of unpleasant。内收《乌兰夫人的职业》《好述者》《鳏夫之室》，凡三个剧本。

无序跋。《乌兰夫人的职业》第一幕摘录如下：

> （一所田舍人家的花园，建在一山的东崖；山距萨籁的黑斯髯漠不远，位在其南。向山上望，小屋在花园的右手角上，屋顶与走廊都是草盖的，走廊的左边还有一个大格子窗。边房远在后面，与右边的墙成角度。边房尽处一度（按：原文为"度"）短垣穿过，并绕向前方，除掉右边开了一门，这所花园算是全被包围了。垣外山巅的公共场，上接天际。几把花开里用的粗布椅子折起来了，靠在走廊中旁边

凳上。一架（按：原文为"架"）妇人用的自行车放在窗子下，倚住着墙，右边离开（按：原文为"离开"）走廊不远，有一张吊床用两根柱子吊着。一把大粗布伞钉在地上，挡开吊床上阳光。一位少年妇人（按：原文为"少年妇人"）躺在吊床内读书且做笔记。她的头向草舍，脚向着门。在吊床前面她的手长能及的地方，有一把厨房里用的普通椅子上面摆着一堆庄重的书籍和一些写字的纸。那时候是一个夏天的下午。）

（一位绅士从草舍后的公共场上走下来。他还没有过中年，有点艺术家的模样。服装不随习俗，但他很整洁；面上修刮得很干净，只留着一挂胡子；现出（按：原文为"现出"）急切的，可疑的样子，和可亲的，谨慎的举动。发色银黑，间有苍白的在上面飘扬，他的眉毛是白的，胡子是黑的。他似乎不大熟习（按：原文为"熟习"，现今一般为"熟悉"）这条路径。他望过短垣，考察腼（按：原文为"腼"）个地方，看见这位少年妇人。）

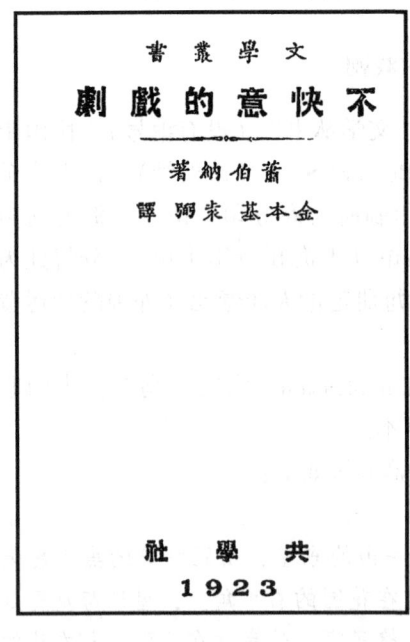

《海上夫人》

《海上夫人》，题"共学社""文学丛书"（没有编号）。民国九年（1920）十一月初版，民国廿二年（1933）四月印行国难后第一版。著者为挪威 H. Ibsen（易卜生），译述者为杨熙初，发行兼印刷者为商务印书馆（上海河南路），发行所为商务印书馆（上海及各埠）。全一册，173页，每册定价大洋伍角（外埠酌加运费汇费）。

该书为多幕剧，凡五幕，无幕目。

卷首有《引言》，卷末无跋。《引言》兹录如下：

易卜生著《娜拉》（A Doll's House 曾经被翻译登载《新青年》）、《群鬼》（Ghosts 曾经被翻译登载《新潮》）和《海上夫人》（The Lady from the Sea）都是讨论婚姻问题的名剧，前二者描写旧式婚姻的不幸、苦恼和种种可怕悲惨的情节，令人毛骨悚然，如大梦之中忽闻喧天号鼓，饱吃一惊，猛醒过来。后者是一喜剧，说明婚姻的幸福和意味，必得经过正当的程历，可以说是易氏对于婚姻的见解。大凡结婚必先要懂得婚姻是甚么回事？并且要问我为什么要结婚？结婚是我自己的事吗，或是旁人的事？假如有了结婚的对手，又要自己问自己，我为什么要同这人结婚，不同别人结婚呢？把这些问题解决清楚，然后结婚，就可以有幸福的希望；如其不然，必定陷于苦恼生活。

易氏《海上夫人》叙述一个年青女子名叫艾梨妲的，因为他的父亲死了，无人依靠，后来有个老头名叫范格尔的向他求婚，他以为有个安身之地，总比孤单单一个人没依没靠的好，就曚曚的允许了他。等到过门之后，她找出来她只是个吃闲饭的人，一切家务都是由范格尔自家和他的两个女儿料理；他想去参与，可是范格尔不许可。范格尔的意思，以为如此疼惜她，是顶好的待遇，可以博她的欢心。范格尔虽然怀着好意，殊不知艾梨妲吃饭不管事，觉得这宗生活太无趣味，于是郁郁不乐，每天都到海上去洗澡，消遣愁闷。范格尔见她如此，一天比一天担忧，想尽方法使她复原，终归无效。艾梨妲既不能分享他们的生活，自己去找一个新生活——即是每天到海上去洗澡，反被她的丈夫看待成一个病人；因此精神上越加痛苦，胡思乱想，如何才能另寻别的生活，于是想到她从前丢弃的情人，或许同他去可以得着理想的新生活。易氏于此，即暗示婚姻是两性共同的生活，不是做丈夫的或做妻子的各顾各的生活，不能互相分享。艾梨妲与范格尔结婚，不是由她的自由意志，她与抛弃的情人定（订）婚，也不是由她的自由意志。她既与范格尔结婚，却不愿同他一块住，她对于那个陌生人，自然也不愿意同他去，所以她对于范格尔所说的话，怪诞不经，完全是敷衍唐（搪）塞。后来陌生人要求她凭她的自由意志同他去，她听了凭自由意志的话，越觉得不能不要求她的丈夫放她自由，许可她凭她自己的自由意志去自由选择。易氏于此，即暗示结婚须凭着自家的自由意志、自由选择，父母之命，媒妁之言和情人及其他的引诱都不是结婚的条件。后来他（她）的丈夫既然许可她完全自由，任随她自己自由选择，她觉得她同范格尔的爱情虽然深厚，可是她不能分享他的生活，至于陌生人只是一味可怕。所以她迟疑不决，究竟不知选择那一个才好。等听见到范格尔还要自己担负责任的话，就觉得她从前的行为，都是不负责任。只要自己负责任，自然能得参与他们的生活。易氏于此，又暗示结婚须自家担负责任，结婚是我自己的事，不是旁人的事，是两姓共同负责的事，不单是女性或男性一边的事。

总括言之，易氏《海上夫人》所给我们的教训：第一就是婚姻是两性共同生活，第二就是结婚须凭自由意志，第三就是结婚须自家担负责任。大凡结婚不懂得这些教训，不了解婚姻是甚（什）么回事，也不经过正当的程历，那么，便是曚曚的、无趣味的、奴隶的、娼妓的婚姻。男的大权独揽，自以为全智万能；女的只是低头听命，老不管事，供她的丈夫驱遣，替她的丈夫生孩子。这宗情形，女的完全丧尽人格，男的未见有煞好处，真是危险可怕。

易氏传略及他的思想和著作，《新青年》"易卜生号"记载详细，兹不再述。译者学浅，信手将自家对于本剧的见解写在开首，作为引言，谬误之处，在所不免，尚望海内君子不吝赐教，感谢感谢！

一九二零年七月三十日在北京

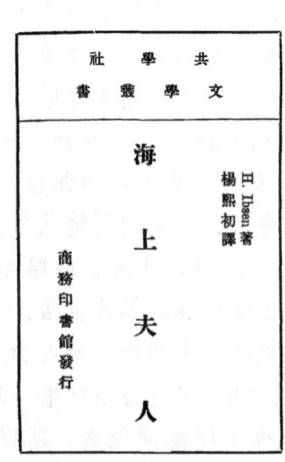

《黑暗之光》

《黑暗之光》，题"共学社""文学丛书"（没有编号）。民国十一年（1922）一月初版。著者为俄国托尔斯泰，译者为邓演存，发行者为商务印书馆，印刷所为商务印书馆（上海北河南路北首宝山路），总发行所为商务印书馆（上海棋盘街中市），分售处为各地商务印书分馆。全一册，130页，每册定价大洋叁角伍分（外埠酌加运费汇费）。此外，民国二十年（1931）五月三版。二者内容基本相同。

该书为戏剧。

卷首有许地山《序》，卷末无跋。《序》兹录如下：

> 邓演存君把这本戏剧译成以后，拿来对我说："你是研究宗教底；请你念一念这书。念完之后，还请将个人的感想写一点出来，作为这译本底叙言。"因此，我不得不仔细地看过一遍——不是为着要写叙言，是要从中找出些少对于宗教底教训。
>
> 人的理性是不会错误底；人的宗教也不是全然坏的。会错会坏底缘故，都是受习惯、制度底蒙蔽；或感情、权力底引诱和压迫。所以有制度、有权力、有感情底事体所发生底谬误常比那些没有底多而且易。这剧本底主意就是描画一个信仰真理底人——尼古拉斯——怎样和制度、习惯、感情、权力决斗。他对于布施、自役、劝说等等愿望和行为虽然失败，可是他深信后来定有人会了解他所信底真理是靠得住底。
>
> 思想和制度常会发生冲突底缘故，就是因为制度屡要硬化思想，使他不能融通流转。然而思想和真理底距离是很近的，他底不受拘束，和恒久发展底性质也和真理一样。宗教思想和教会制度底冲突，多是为着教会擅用感情拥护一种化石的思想——信条和仪式——来抨击理性。教会常常这样办，所以弄到教义和行为背道而驰。基督教是建基于"爱""生命""光明"上头底；然而欧战时，有鼓吹从军底牧师，有代派诚报底教会。这正和本剧主人尼古拉斯对谢立新神父所说："教会倒反祝福那杀人底军队"底话相应了。
>
> 人类底宗教心是真实的，一切行为依着这心去做，就永无失败底时候。但这心一入教会的制度里，其危险立见。所以金鍮在前，要用工夫辨别一下。若是你想着你有一种宗教的行为是对，就要尽心尽力受持他，虽然丧掉你底荣誉、快乐、甚至于生命，也要坚持到底的。

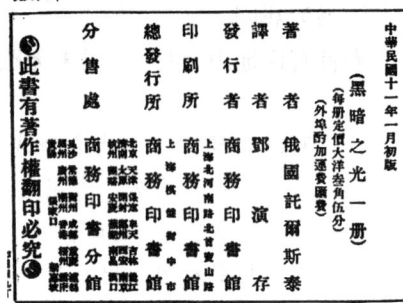

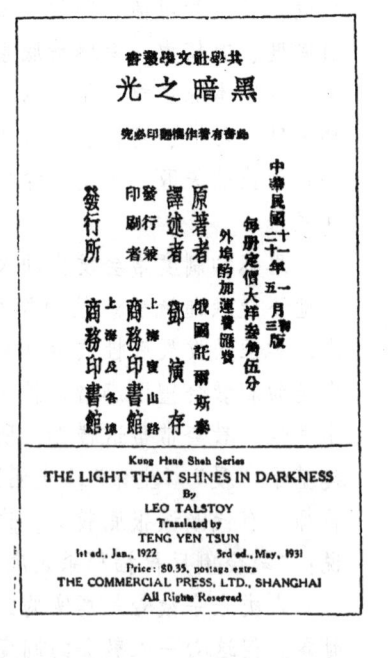

以血灭罪底耶稣说:"我来了,儿子要和父亲生疏;女儿要和母亲生疏;媳妇要和婆婆生疏。人底仇敌就是自己家里底人。"看这本戏剧就知道他底意思：第一是不用感情去迷惑真理；第二是要凭着各人纯正的信仰去和旧制度决斗，虽是至亲的人也不必顾惜。这虽名为剧本，其实就是社会的福音，不论在什么地方都可以现身说，现身演底。人们，你们能为社会和宗教发起无量无边的指导心，而排演这剧，宣传这剧么？戏院就是你们底道场；社会就是你们底道场；反过来说，社会就是你们底戏场，快把他排演出来罢。

一九二一年，九月一日，许地山，在上海。

《活尸》

《活尸》，题"共学社""文学丛书"（没有编号）。民国十年（1921）十月初版，民国十五年（1926）六月三版。原著者为俄国托尔斯泰，原译者为英国摩德，译者为文范邨，发行者为商务印书馆，印刷者为商务印书馆（上海北河南路北首宝山路），总发行所为商务印书馆（上海棋盘街中市），分售处为上海及各埠商务印书分馆。全一册，85页，每册定价大洋叁角（外埠酌加运费汇费）。

该书为独幕剧，凡一幕，无幕目。《活尸》（Live Corpes），原文为"Corpes"应为"Corpse"。

无序跋。第一幕第一场摘录如下：

莫斯科的蒲罗达所夫的平房中。布景是一个小饭厅。安娜帕弗罗夫娜，一个肥壮灰发的妇人，衣服紧贴身体，独自坐在茶桌边，桌上放着开水瓶。奶妈手提茶壶进来。

奶妈：我可以用点开水么？太太！

安娜：好。小孩怎样了？

奶妈：他不安静。……（按：原文标点符号如此）太太们自己喂自己小孩的奶，是最不好的。她有她的烦恼，小孩就不得不受，她躺着不睡一夜只是哭的时候，她的奶还成奶么？

安娜：但是她现在好像心宽了些。

奶妈：心宽了些！不错！看见她真教人难过。她正在一边写着东西，一边流泪。

莎霞进来

莎霞：（对着奶妈）丽莎正找你。

奶妈：我就来，我就来。（出去）

安娜：奶妈说她还在哭。……（按：原文标点符号如此）她为甚么（按：原文为"甚么"）这样制不住自己呢？

莎霞：真是，妈，你奇怪么！一个女子和丈夫分离了，和她的小孩的父亲分离了，你还想她应该冷静！

安娜：是，不冷静……但是不分已经分了！我是她的母亲，我不但听我的女儿和她的丈夫离开，我还喜欢她离开，就可见她的丈夫是该走的。无论是谁，离开了那种坏人，只应该欢喜，不应该悲伤！

莎霞：妈，你怎么这样说？你知道这话不确。他并不坏——岂但不坏，他简直是一个奇人，不过弱点罢了。

安娜：不错，一个奇人——只要他一有了钱在袋子里——他自己的，或是人家的。

莎霞：妈！他何曾拿过人家的钱来！

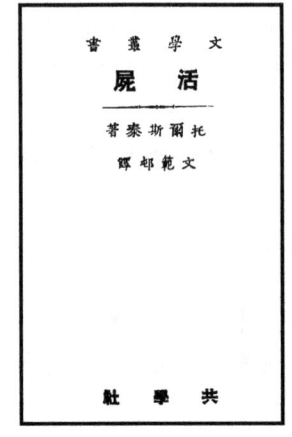

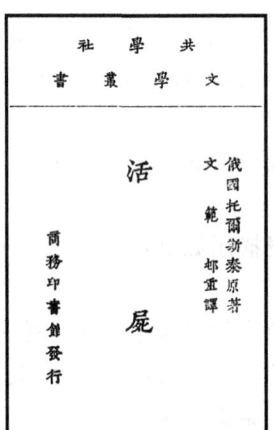

《活冤孽》

《活冤孽》，题"共学社""文学丛书"（没有编号）。民国十二年（1923）四月初版，民国十五年（1926）六月三版。原著者为法国 V. 嚣俄（雨果），译者为俞忽，发行者为商务印书馆，印刷者为商务印书馆（上海北河南路北首宝山路），总发行所为商务印书馆（上海棋盘街中市），分售处为上海及各埠商务印书分馆。全三册，上册180页，中册202页，下册179页，共561页。每册定价大洋陆角（外埠酌加运费汇费）。此外还有1933年3月国难后1版。

该书为长篇小说，分上中下册。凡十卷，每卷若干章，有章目，依次为：卷一：一、大殿，二、皮哀谷南古，三、教主先生，四、口丫克司考蒲落耳阁下，五、克什莫多，六、哀司姆拉大。卷二：一、走头（途）无路，二、逆来顺受，三、夜半跟美女的不便，四、怎样不便，五、打碎的瓶子，六、新婚之夜。卷三：一、老驼丹，二、巴黎全景。卷四：一、好人儿，二、克罗得夫罗落，三、Immanis Pecaris custos，immanor ipse，四、狗和他的主人，五、克罗得夫罗落之为人，六、失人心。卷五：一、古代法庭之一闪，二、鼠洞，三、一个饼子的历史，四、一点泪为一点水，五、一饼之结局。卷六：一、信托秘密于一小山羊之危险，二、教士和哲学家原来是两样人，三、老驼丹的钟，四、Anatkh，五、两个穿黑的人，六、队长匚一夂凵司，七、怪和尚，八、临河的窗子之利用。卷七：一、金钱变做干叶，二、刑讯，三、金钱化作干叶的结果。四、Lasciate、ogni、Speranza，五、母亲，六、三个人的心三样造法。卷八：一、昏迷，二、驼背独眼跛子，三、聋，四、瓦和玻璃，五、红门的钥匙。卷九：一、谷南古在别拉丹司街中接连有好几条妙计，二、你做土律央去，三、快乐万岁，四、一个笨拙的朋友，五、法王路易先生的祷告室，六、Pitite、flambe en baguenand，七、夏夺赔司来搭救了。卷十：一、那小鞋儿，二、La、creatura bella、bianco vestita，Daute，三、匚一夂凵司之结婚，四、克什莫多之结婚。

无序跋。卷八第一章《昏迷》摘录如下：

克罗得夫罗落的义子把那不幸的副主教困陷那埃及女子连他自己一并困陷在内的结子这般鲁莽的解开的时候（按：原文此句无标点符号），他已不在老驼丹里。他走进那圣物房，从他的肩上扯下那披巾，那白色圣衣，那颈巾，一齐抛在那吃惊的执事的手上，从那教堂的便门跑了出来，吩咐帖南的撑船的载他到赛恩河的左岸，钻入律里迈（原文献排版方式，不常见，为"万又"）西弟的崎岖的街道，不知道那里（按：原文为"那里"）去，每走一步路总遇着成群的男妇（按：原文为"男妇"）高高兴兴的（按：原文为"的"）朝着那圣密歇耳桥走来，希望还来得及去看吊死那妖术女子呢。

他这样的（按：原文为"的"）走过了那圣欲恩非哀夫山，到后来从那圣迈（原文献排版方式，不常见，为"ㄅ一"）克叩门出得城来。他掉转身的时候如果还看得见律里迈（原文献排版方式，不常见，为"万又"）西弟周围的那许多塔子和那些附郭（按：原文为"附郭"）的稀疏的屋子，他仍旧向前跑去；只是到末了一块峰起的地脊把那讨厌的巴黎完全遮住的时候，他觉得已经离开巴黎三百英里，到了乡间，在一个沙漠内，他停下，他似乎可以呼吸了。

他这样的（按：原文为"的"）在乡间跑来跑去直到天黑。

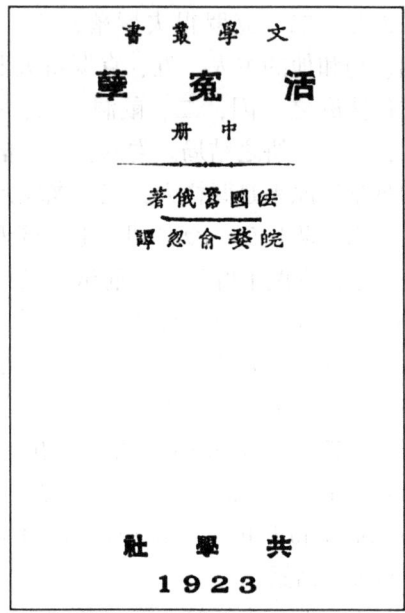

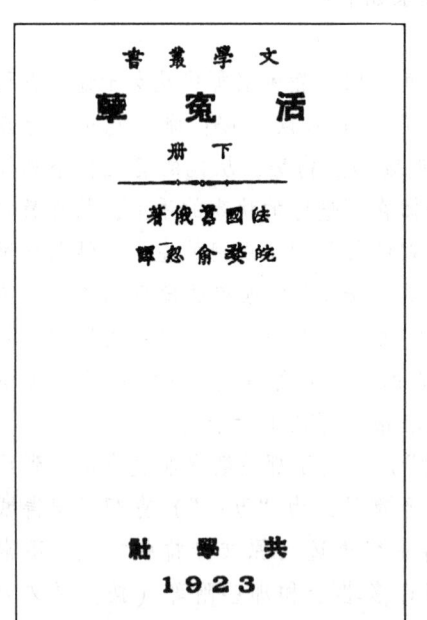

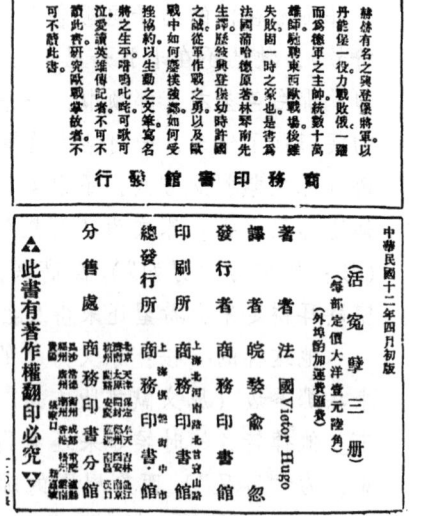

那太阳落山的时候，自家审视一遍，他觉得他自己几乎疯了。自从他失了那救那埃及女子（按：原文为"那救那埃及女子"）的希望的愿望的时候之后，他胸中好像风雨般怒吼，他天良中没有留了一个善观念，一个站立的思想。

他从新（按：原文为"从新"，现今一般为"重新"）走进那街道的时候，那些行路在那些店门首的灯光下来来去去，在他的眼中好似接连不断的许多鬼魅。

昏迷住，不知往那里（按：原文为"那里"）去。走了几步之后，他认得是在那圣密歇耳桥上了。那下层的屋子的窗上有一个灯光：他走近那灯光。从那片破玻璃窗板看过去，只见一个污秽的厅子，模模糊糊的似乎曾来过的样子，这个厅里点着一盏半明不亮的灯，还有一个新鲜白净的少年人；那盏灯的近旁有一个老妇人，一面纺着纱一面拿（按：原文为"拿"）一个颤动的声音唱着。那少年人不是时常在那里笑的，那老妇人的曲子就一片一片的（按：原文为"的"）钻进那教士的耳朵里来；这个曲子有点讲解不出又有点惨厉。

《谭格瑞的续弦夫人》

《谭格瑞的续弦夫人》，题"共学社""文学丛书"（没有编号）。民国十二年（1923）一月初版。著者为英国 Arthur W. Pinero（阿作尔平内罗），译者为程希孟。发行者为商务印书馆，印刷所为商务印书馆（上海北河南路北首宝山路），总发行所为商务印书馆（上海棋盘街中市），分售处为各地商务印书分馆。全一册，166 页，每册定价大洋伍角伍分（外埠酌加运费汇费）。

该书为多幕剧，凡四幕，无幕目。

卷首有译者程希孟《序》，卷末无跋。《序》摘录如下：

《谭格瑞的续弦夫人》是近代一篇有名的悲剧。这剧共分四幕，剧中的主要人物是谭格瑞陂拉，背景是英国的社会情形，焦点在婚姻问题，又因这问题不是单纯的，所以关于爱恋家庭宗教社会各方面都有深切有味的描写。剧中从头至尾满载了愁苦、猜怨、虚伪，把人类的污点和社会的腐败老老实实的写出，叫读者不能不发生深沉的感动和透彻的觉悟。他是一本写真的回忆剧，我想还是中国这麻木不仁、虚伪苟安的社会所须要的兴奋剂。至于剧中的结构，说白和布景的佳妙，尽多可以做我们改良戏剧的参考的地方，因此我便把他介绍给中国读者。

但是介绍《谭格瑞的续弦夫人》谈何容易！在我更是"不揣谫陋"。我译完这剧后，好像听到他对我说过："朋友，你把我原来的衣服去了，硬替我换上中国装，你这点介绍的诚意我到能够原谅，可万别引我到泥坑里去呵！"所以我对于这剧多一分的称赞便自己多一分的惭悚。我怕我不曾把这剧的原形一丝不走的译出，更怕作者的意思叫人不明白。我且大胆向读者贡献一点读这剧的意见：

（一）作者老老实实的把社会的黑暗写出，便暗暗指示了保守的社会是悲剧的制造所，光明要在进步改革中才有的。

（二）我们中国人不要看见人家社会的腐败便高兴着以为自己的好，其实我们社会的坏并非不够，只因为像平内罗这样大胆肯说老实话的人太少，所以大家便忘了自己的黑暗罢了。

这些话未免太空泛了。我现在把我译这剧所得的感想分条写出，或者也可以做得读者的一点参考。

希孟一九二一年七月十日，北京。

《涡堤孩》

《涡堤孩》，题"共学社""文学丛书"（没有编号）。民国十二年

(1923）五月初版。著者为英国 Edmund Gosse（高斯），译者为徐志摩，发行者为商务印书馆，印刷所为商务印书馆（上海北河南路北首宝山路），总发行所为商务印书馆（上海棋盘街中市），分售处为各地商务印书分馆。全一册，111 页，每册定价大洋叁角伍分（外埠酌加运费汇费）。

该书为童话，根据英译本转译。凡十九章，有章目，依次为：第一章、骑士来渔翁家情形，第二章、涡堤孩到渔人家里的情形，第三章、他们找到涡堤孩的情形，第四章、骑士在林中经过的情形，第五章、骑士住在湖边情形，第六章、结婚，第七章、结婚以后当晚的情形，第八章、结婚次日，第九章、骑士偕其妻同归，第十章、他们在城中居住情形，第十一章、培托儿达的生日，第十二章、他们从皇城动身旅行，第十三章、他们居住在林司推顿城堡时情形，第十四章、培托儿达偕骑士回家情形，第十五章、维也纳旅行，第十六章、黑尔勃郎此后所遭逢的情形，第十七章、骑士的梦，第十八章、黑尔勃郎举行婚礼情形，第十九章、骑士黑尔勃郎埋葬情形。

卷首有《引子》，卷末无跋。《引子》摘录如下：

引子里面绝无要紧话，爱听故事不爱听空谈，诸君，可以不必白费时光，从第一章看起就是。

我一年前看了"Undine"（涡堤孩）那段故事以后，非但很感动，并觉其结构文笔并极精妙，当时就想可惜我和母亲不在一起，否则若然我随看随讲，她一定很乐意听。此次偶尔兴动，一口气将它翻了出来，如此母亲虽在万里外不能当面听我讲，也可以看我的译文。译笔狠（很）是粗忽，老实说我自己付印前一遍都不曾复看，其中错讹的字句，一定不少，这是我要道歉的一点。其次因为我原意是给母亲看的，所以动笔的时候，就以她看得懂与否做标准，结果南腔北调杂格得很，但是她看我知道恰好，如其这故事能有幸福传出我家庭以外，我不得不为译笔之芜杂道歉。

这篇故事，算是西欧文学里有名浪漫事（Romance）之一。大陆上有乐剧（Undine opera），英国著名剧评家 W. L. Contney 将这故事编成三幕的剧本。此外英译有两种，我现在翻的是高斯（Ednund Gosse）的译本。高斯自身是近代英国文学界里一个重要份子，他还活着。他是一诗人，但是他文学评衡家的身分（份）更高。他读书之多、学识之博，与 Edward Dowden 和 George Saintsbury 齐名。他们三人的评衡，都渊源于十九世纪评坛大师法人圣百符（Saint Beuve）。

而高斯文笔之条畅精美，尤在 Dowden 之上，（Saintsbury 文学知识浩如烟海，英法文学，几于全欧文学，彼直一气吸尽，然其文字殊晦涩，读者皆病之。）其 Undine 译文，算是译界难得之佳构，惜其书已绝版耳。

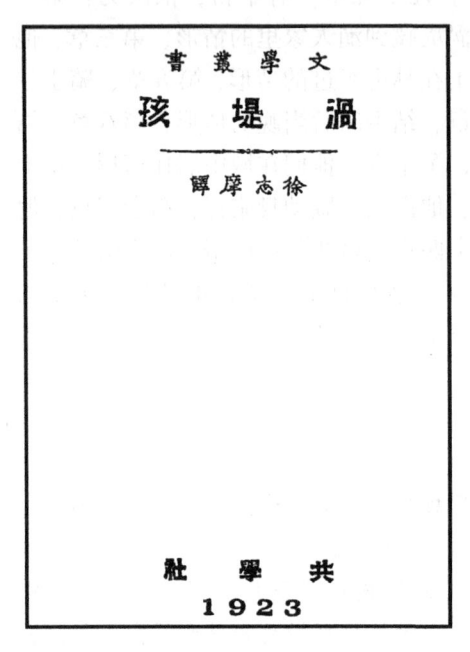

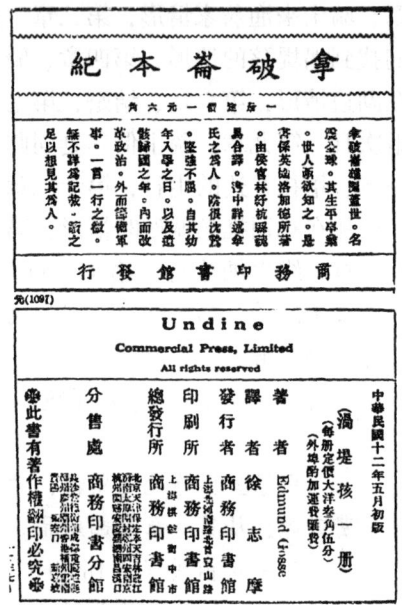

《艺术论》

《艺术论》，题"共学社""文学丛书"（没有编号）。民国十年（1921）三月初版。著者为俄国托尔斯泰，译者为耿济之，发行者为商务印书馆，印刷所为商务印书馆（上海北河南路北首宝山路），总发行所为商务印书馆（上海棋盘街中市），分售处为各地商务印书分馆。全一册，269页，每册定价大洋柒角（外埠酌加运费汇费）。

该书为艺术理论，凡二十章，详细阐述了作者的文学艺术观。

卷首有郑振铎的《序言》和译者的《译者序言》《本书译例》，卷末无跋。《序言》兹录如下：

  俄罗斯的艺术家与批评家，自倍林斯基 Belinsky 与杜薄罗林蒲夫 Dobrolinbov 后，他们的眼光，差不多完全趋于"人生的艺术"（Art for life's sake）的立足点上。唯美派、神秘派的文学及他种艺术，多被他们攻击得体无完肤。这也是因为俄国的环境关系。俄国自那个时候来，政治上的黑暗，日增一日，农民的痛苦，也深印人心，积极的要求解放。在这惨淡痛苦的环境里，自然不能不排斥一切娱乐的、无目的艺术，而力求有益的，切于人生的艺术了。

托尔斯泰 Tolstoy 也是主张"人生的艺术"最力的一个人，这本《艺术论》（What is Art?）所讲的，差不多比什么人都激烈，杜薄罗林蒲夫他们所说的不过是要求一切艺术要切合于农民与为农民而活动者的需要而已。

托尔斯泰则更进一层，毫无顾忌的把现代所称为艺术的根本推翻，自立一种艺术的定义。他说：现代的艺术是徒然费去许多人的劳力，牺牲许多人的生命，灭绝人类相互的爱情的。艺术家须借重工人的助力，为艺术所费去的金钱，也全是从那些不能享受艺术所予美感的娱乐的人民那里得来的，况且现代所称的"艺术"究竟是一件什么东西，也完全不能确定。为这种不能确定是什么东西的"艺术"，而居然牺牲了许多人们的劳力、生命和道德，真是不值得呢。持了这种见解，他在书中举了许多的例子，拿来痛下攻击。然后自己创造一种"艺术"的定义。他的艺术观与别人又有不同，不惟是人生的，并且是宗教的。他以为艺术——最伟大的艺术就在表现其时宗教的意识，艺术家的本务，也就在以宗教的意识，传布于公众。艺术是能征服暴力的，是能创造爱的王国的。他又艺术的范围放广，以为艺术是遍于人类生活之全体的。现在所谓艺术，仅其小部分。我们的生活，自儿童的游戏至宗教的事业，无不可视为艺术的表现。他又以为艺术作品是必须通俗的——民众化的。如果不能通俗，那就是无益有害的了。要而言之，托尔斯泰是以艺术为一种革命的或征服暴力，创造爱的世界的工具的。他并不否认艺术，他不过否认现代的、贵族的、娱乐的、有害的艺术而已。

这是这本《艺术论》中所言的大要，也就是托尔斯泰对于艺术的主张的大要。

许多人不赞成把《艺术论》在现在的时候介绍到中国来。他们的意见是：托尔斯泰的主张过于偏激。中国现在正在提倡艺术的时候，似乎不可把这一家的偏激的学说，拿来打消大家的美的——艺术的兴趣。他们这些话完全是差了。托尔斯泰的学说，诚然是有一些偏激，但是却正好拿来医中国的病。中国的艺术向来是以娱乐为宗旨的。除了戏剧以外，一切的艺术都是贵族的、非人生的。到了现在，连戏剧也要贵族化了——乡间的、游行的、露天的戏剧渐渐的减少，城市的、固定的、靡费的戏剧却一天一天的多起来了。托尔斯泰这种民众的、人生的艺术主张，实在足以医我们的这些病。况且中国的艺术，又多是"无目的"（No purpose）的，什么琴棋书画，什么小说诗歌，骈体散文，都是以陶冶性情为惟一的宗旨，都是偏于个人，而非社会的，偏于空幻，而非人世的。这种"有目的的艺术"……（Arts of Purposes）的主张，正是对症良方，决不能以其偏激而弃之——或正因其偏激而取之呢。至于说到打消美的——艺术的兴趣的话，更是不对。什么是美？什么是艺术？这本《艺术论》辨的很详细了。我也不用多讲。我总觉得中国现在正同以前的俄国一样，正在改革的湍急的潮流中，似乎不应该闲坐在那里高谈什么唯美派……而应该把艺术当做（按：原文为做）一种要求解放、征服暴力、创造爱的世界的工具。因此我欢迎《艺术论》的介绍，欢迎革命的诗人、人道的艺术家的出现。

一九二〇·八·二十郑振铎于北京

《译者序言》兹录如下：

我费了一个半月的工夫，把托尔斯泰的《艺术论》译成。译完后，不得不把我所以要翻译这本书的意思写出来。我觉得中国不但没有托氏所称的真正艺术，并且连人家的假艺术都够不上；大胆说一句话：还没有艺术。难道锣鼓喧天，涂抹花脸，发出驴鸣狗叫似的声音便能算艺术么？难道字句推敲，限就韵脚，做成感时伤春的诗，便能算艺术么？艺术是与人生极有关系的。这些东西在我们生活上发生出什么影响？恐怕不但没有影响，并且还生出恶影响来。因为这些东西能使享受他的人心地变成恶劣，淫巧，——或者不至于如此，却至多也不过博得享受者之一乐，决不能因之生出什么情感来。艺术而没有情感寓在里头，那便不是艺术，只是"艺术的赝造品"罢了。中国既无艺术可言，所以现在便有建立新艺术的必要。但是建立新艺术须从研究艺术起，而论艺术的书又在必读之列。托氏这本书议论精辟，见识独到，实堪称为艺术书中最佳之著作。所以我把他译出来，以引起国人研究艺术的兴趣。现在中国研究艺术的书少得很，如果这部书出版后，再能继续有几部同类的书籍出世，那是译者的希望啊。

（九年八月十九日）

《本书译例》兹录如下：

（一）本书系直接自俄文译成，采一九〇三年莫斯科"库希涅莱甫"发行之托氏文集本第十一版。

（二）本书系用直译法；但原文语句中有前后相同太形芜杂之处，则略加删节，然决不因之失去原有之意义。

（三）书中引诗数首，已将原文录上，亦已译成华文，以备不识外国文者之参考。但译者不长于译诗，且诗中意义亦颇晦昧，自知错误之处在所不免，祈阅者谅之。

（四）原书本有附录二种，载诗数首及"尼柏林之钟"之节略，以其无关宏旨，故删而不译。

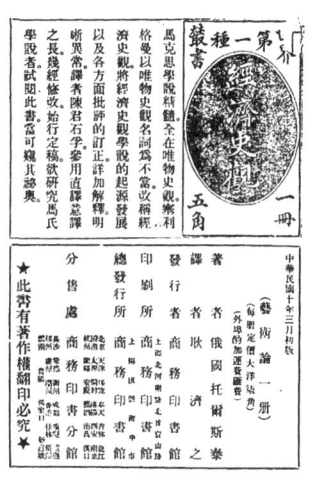

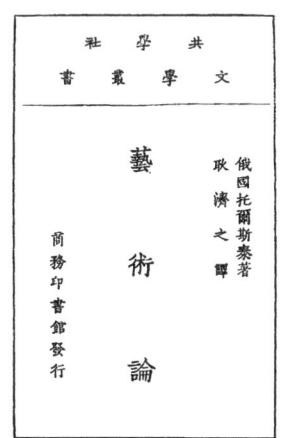

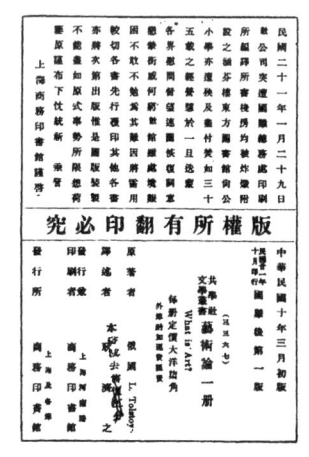

《共学社俄罗斯文学丛书》叙录
《柴霍甫短篇小说集》

《柴霍甫短篇小说集》，题"共学社""俄罗斯文学丛书"。民国十二年（1923）一月初版。著者为俄国柴霍甫，译者为耿济之、耿勉之，发行者为商务印书馆，印刷者为商务印书馆（上海北河南路北首宝山路），总发行所为商务印书馆（上海棋盘街中市），分售处为上海及各埠。全一册，341页，每册定价大洋玖角。此外还有民国二十年（1931）五月三版。三版本与初版本内容基本相同。

该书为短篇小说集，内收《剧后》《侯爵夫人》《伏洛卡》《居家》《邻人》《无名的故事》《厌闻》，凡七篇。

无序跋。正文摘录如下：

（一）剧后

娜卡载莱尼同他母亲从戏园里回来，那天这戏园里正扮演一出戏名叫"意甫该甫倭尼基纳"（按：原文此处并无逗号）跑到自己的屋子里去，赶紧脱去衣服，散著（按：原文"著"应为"着"）发辫，穿了一条短裙和衬衣，立刻坐在桌子旁边，写一封和达姬一样的信。

他写道——

"我爱你，可是你不爱我，不爱我！"

他写著写著（按：原文"著"应为"着"）就笑起来。

他那时候不过十六岁，他还没有爱上谁，他却知道军官郭尔男和学生格罗慈基都很爱他；可是他自从那一天晚上看完戏以后，对于他们的爱情忽然生出疑感。做失爱的和不幸的人——那都有趣呢！他觉得一个多爱些，别（按：原文为"别"）一个冷淡些，那是一件很有意思，很惊人，并且含著（按：原文"著"应为"着"）诗味的事情。

在那出戏里倭尼基纳以绝不爱人为有趣，达姬却老想迷著（按：原文"著"应为"着"）他，因为她很爱他，假如他们能够互相恋爱，享受幸福，那这件事情也就枯涩无味了。

娜卡想起郭尔男军官来，就往下续写道：——

三 共学社"文学丛书"叙录 563

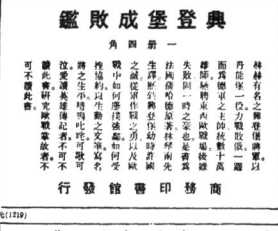

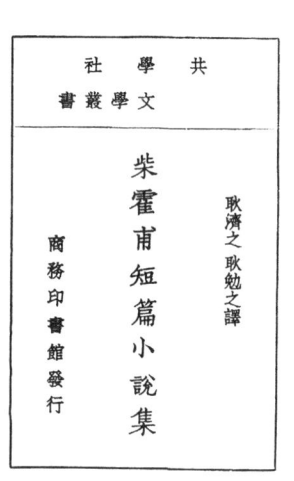

"你也不用在我面前坚证（按：原文为'坚证'）说你爱我，我也不能够信你。你是很聪明，很有学问，很严正的人；你有绝大的天才，未来的光明正等著（按：原文'著'应为'着'）你，我却是一个不幸低微的女儿；并且你也深知道，我不过能做你生活上的阻碍，虽然你还注意，我想著（按：原文'著'应为'着'）用你自己的理想来迎合我，然而这一定是错误，现在你一定已经生出后悔，并且自问自道：我为什么要同那姑娘亲热呢？可不过因为你这个人太慈善，所以也不愿意承认呢！……"

娜卡写到这里，觉得自己身世飘零，禁不得就流下泪来，重又写道：——

"我很不忍离开我那亲爱的母亲和弟兄，要不然我就披上袈裟，只身遁去，到那人迹不到的地方另讨生活。那你也就成了自由的人，可以另爱别人了。唉，我还不如一死呢！"

娜卡和著（按：原文"著"应为"着"）一泡眼泪，也辨别不出写得（按：原文为"得"）是甚么（按：原文为"甚么"）；只看见在桌子上，地板上，和顶棚上，一条一条的短虹不住的（按：原文为"的"）在那里摇荡著（按：原文"著"应为"着"），仿佛是从三棱镜里看见的一样，他也写不上来，就往椅子背上一躺，想起郭尔男来。

男子真有趣，却真能撩人呀！娜卡想起他们一块儿谈论音乐的时候，他那又温柔，又口吃，并且时常错误的言词真是何等的有趣。也老竭力的（按：原文为"的"）使自己的嗓音不显出卞急（按：原文为"卞急"）的样子。在交际社会里头，那冷静的头脑和骄傲的习气就算作那人有高等教育和道德表征，自己的嗜好不得不收藏在一边。他也知道这样的藏著（按：原文"著"应为"着"），可是终有时要流露出来，所以别人也全知道他对于音乐十分嗜好。有人不免要不断的（按：原文为"的"）议论音乐，或者有不解音乐的人偏要发出那可笑的言论，他却还持著（按：原文"著"应为"着"）常态，好像恐惧胆小似的一句话也不说。他风琴抚得很好，和善于风琴的人所弹的一样。假如他不做军官，他也可以当一位有名的音乐家呢。

《父与子》

《父与子》，题"共学社""俄罗斯文学丛书"。民国十一年（1922）一月初版。著者为俄国屠格涅甫，译者为耿济之，发行者为商务印书馆，印刷者为商务印书馆（上海北河南路北首宝山路），总发行所为商务印书馆（上海棋盘街中市），分售处为上海及各埠。全一册，393页，每册定价大洋壹元。

该书为长篇小说，凡二十八章，无章目。

卷首有《叙言》，卷末无跋。《叙言》兹录如下：

屠格涅甫的著作没有比《父与子》一书更引起人的注意与辩论的。自这部书出后，他在欧洲的名誉，隆重了、伟大了许多，但在他的本国却十个有九个人对于这本书起反感的。就是平常很崇拜他的精美的艺术的，到这个时候，也附和而攻击他。新派攻击他，因为他们以为屠格涅甫做这本书是讥嘲他们的。旧派攻击他，因为他们以为屠格涅甫做这本书是反对旧的而赞美新的。其实屠格涅甫却于此都无容心。他只知描写当时的实况。

这部书出版的时候是一八六二年，那时正是机关报旧派竞争很热烈的时候。新派的虚无主义者突起于知识阶级中，日以破坏一切旧的道德、旧的信仰、旧的艺术、旧的法律等等相号召。旧派的感情主义者、美术主义者，则极力与之抗衡，以保存他们所信奉的因袭的东西。

屠格涅甫在这部书中，以彼得洛委慈代表旧派的父代，以巴札洛甫代表新派的子代。父子两代的冲突、思想的冲突——就以彼得洛委慈与巴札洛甫之冲突代表之。巴札洛甫是一个少年医生，"一个不屈膝于任何崇敬的威权面前，不承受任何没有证明的理想的人"。对于当代的制度，他一切取反对态度；日常社会生活中的习俗与小节，他更弃之若遗。他因为要回家省亲，顺道同一位朋友——他的信徒——到他（他的朋友）家里暂住。他的朋友家里有一位父亲，一位叔叔。叔叔就是泊威·彼得洛委慈，父代的代表。他与泊威常常冲突，终了，至于决斗。

这都是实在的情形。巴札洛甫这个人据说也是实有其人。勃兰特（Brandes）说：在一八六〇年，屠格涅甫在德国旅行，在一条铁路的车上，遇见一个少年的俄国医生。这个医生同屠格涅甫简单的谈了一会话。他□□□的奇特的意见使得屠格涅甫惊骇。他给这个诗人以巴札洛甫的名头。因为要他自己与这人个性相熟。屠格涅甫开始做《巴札洛甫日记》。就是当他读一本新书，或遇见了一个引起他兴趣或表显些政治或社会性质的特点的人，他就在这本日记上批评他，照着"巴札洛甫式的思想"。虽然许多人骂他，说他是空想，当时的子代决不如巴札洛甫，父代也决不与泊威·彼得洛委慈一样；然而他却的的确确是写实。俄国批评家文格清甫（S. Vengueroff）以为这部小说与实际互相影响，实为至当之言。在艺术上讲来，他的成绩也是极高。急进派的批评家虽然大骂他，以为从艺术方面看来，这本小说是完全不满人意的，没有一条线索、没有一个动作把这本小说的各部联而为一的。他是教训主义的，每个书中人都不过是某种意见或趋向的表现或代表而已。因此，书中没有一个有生气的人，没有一个有生气的灵魂，只不过是种种的抽象观念，种种的运动，人格化了而呼以相当的名字而已。然而这种话却靠不住,因为这是攻击他的急进派所言的。极少数的公平的俄国人和别的地方的人都不约而同的称此作为屠格涅甫特异天才的、成熟的能力的结晶,思想之明了,艺术之宏伟,情节之简明,全部小说之平稳而贯串,戏剧力之丰腴,随处给屠格涅甫以更高的艺术的威权。正如美国批评家菲尔甫(L. Phelps)所说的:"《父与子》是表现出六十年代的俄国政治家的图画,而留遗后世以一个不朽的艺术作品。"

屠格涅甫自己对于《父与子》也有一段话:"巴札洛甫把我小说中的其余的人都盖在影子里。他是忠实、直前而纯粹的民主主义者,而他们却不能在他身上找出好处!与泊威·彼得洛委慈决斗的事只显出这个文雅、高贵的武士的知识的空虚;实在说来,我还把他铺张扬厉,使他可笑呢。我对于巴札洛甫是要到处把彼高高的超越于泊威·彼得洛委慈之上的。然而当他自己称为虚无主义者的时候,你们一定会把他念做革命主义者。一方面描写一个贪赃的官吏,一方面描写一个理想的青年——这种的画图让别人去描写吧,我的目的比此更高些。我结束在一点:如果读者不为巴札洛甫所胜,不管他的粗暴、无心、无怜惜的干燥与爽直,那末(么)这个过失是我的——我失去我的目的了;但用糖汁把他弄得更甜美些,(用巴札洛甫自己的语)我却不愿意做,虽然由此也许可以立刻把俄罗斯的青年拉到我这一方面来。"

由这一段话,他的意见很可以看出了。对于巴札洛甫,他实在非常热心的。到了后来,他又说道:"我是完全分有巴札洛甫的思想的。所有一切,只除了他对于艺术的否认。"但在实际上,他虽爱巴札洛甫,他却确不是巴札洛甫式的人。他只是一个宁静的悲观主义者。对于巴札洛甫的强烈与粗暴与能力,他只有赞扬,却不能仿效。他所以自以为是完全分有巴札洛甫的思想的人。有许多批评家说,这是因为他不能自知之故。许多文学家都是"自知则昧"的人。

在这个地方,有一句话却不可不说,这本书虽然第一次用虚无主义(Ni. hilism)这个字,他的意义却与后来一八七九——一八八一年间所发生的不同。《父与子》中的虚无主义者巴札洛甫的反抗思想是从科学思想发生来的,他因为当时俄国的道德、宗教、国家等等一切皆建筑在虚伪谬误的基础上,所以一切都要反对否认。后来的虚无党却不然。他们的人生观在路卜岑(Ropshin)的《灰色马》中很可以看出来。他们不仅否认国家、宗教等等,并且也否认科学,乃至否认人类，否认生死。世人称之为恐怖主义者，确是很对。他们杀人正如杀死兽类，在打猎的时候一样，一点也不起悲悯，一点也不动情感，与巴札洛甫殊不相同，所以读者决不可把这本书中的虚无主义者误为后来的恐怖主义的虚无党。

中国现在也正在新旧派竞争很强烈的时候，也有虚无主义发生。但中国的巴札洛甫的思想却是从玄学发端的，不是从科学发端的。他也否认一切，与巴札洛甫一样，但却比巴札洛甫更进一层。正与俄国后来的恐怖主义者一样，连人类也一切否认，连生死也一切否认，并且也主张革命，但只是玄想的革命，不若恐怖党之以流血为事。中国的泊威·彼得洛委慈更是不行。他决没有决斗的勇气，并且连辩论的思想也不存在头脑中。遇到教训欲发生的时候，就教训了子代的人一顿，但却不辩论。他的无抵抗与缄默把与反对的人、冲突的事，轻轻的避免了。父子两代的思想竟无从接触。我看了这本《父与子》，我很有很深的叹息。懦弱与缄默与玄想的人呀！思想之花怎么不开放？我默默的祈祷，求他们的思想的接触，求他们的思想的灿烂的火花之终得闪照于黑云满蔽之天空！

我读了《父与子》引起无限的感伤了。

一九二二年五月十二日郑振铎，于上海。

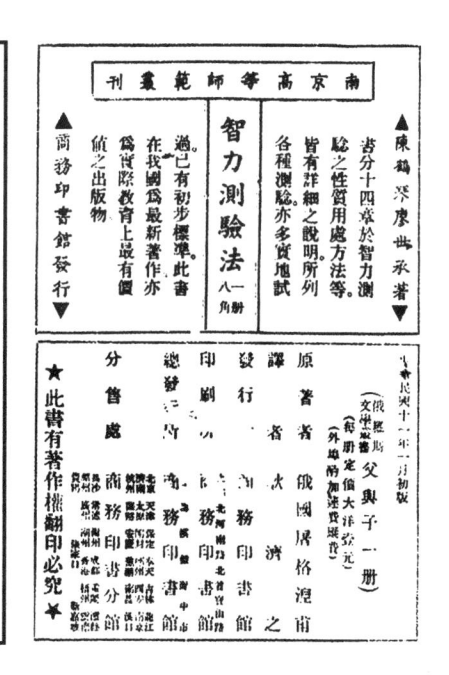

本书本拟附作者传记一篇，使读者更能知道作者，更可以认得书中之思想。但《俄国戏曲集》中已有屠格涅甫传一篇，附在第十种《六月》内，因此，本书可以不必再做这个工作，惟请读者把那一篇参考一下。

《复活》

《复活》，题"共学社""俄罗斯文学丛书"。民国十一年（1922）三月初版（未见），民国十二年（1923）六月再版。著者为俄国托尔斯泰，译述者为耿济之，发行者为商务印书馆，印刷者为商务印书馆（上海北河南路北首宝山路），总发行所为商务印书馆（上海棋盘街中市），分售处为上海及各埠。全三册，上册396页，中册367页，下册169页。每部定价大洋贰元伍角。此外还有民国十八年（1929）十二月四版。四版本与再版本内容基本相同。

该书为长篇小说，分上中下三册，每册一卷。上册五十八章，中册四十二章，下册二十八章，均无章目。据1903年莫斯科"库希涅莱甫"发行的《托尔斯泰文集》第11版译出，其中被删去的部分由译者之弟式之、勉之二人据毛德的英译本补译。

卷首有耿济之的《译者识语》，卷末无跋。《译者识语》兹录如下：

> （一）本书系直接自俄文译成，采一九〇三年莫斯科"库希涅莱甫"发行之托氏文集本第十一版；但俄文本中凡涉及谩骂政府及俄希腊教会者多加删节。盖当时俄国文网綦严，书籍非经政府检查，不能出版，即其经检查而准出版者，一有不便于政府之处，亦由检查人

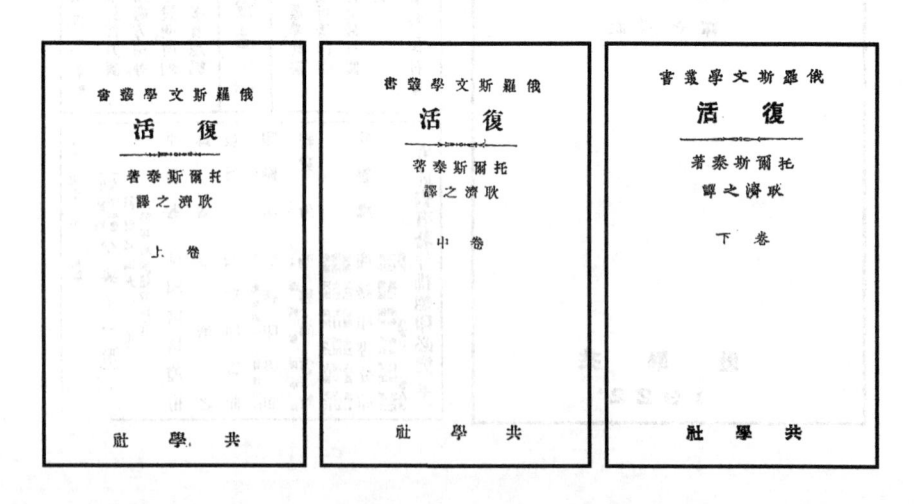

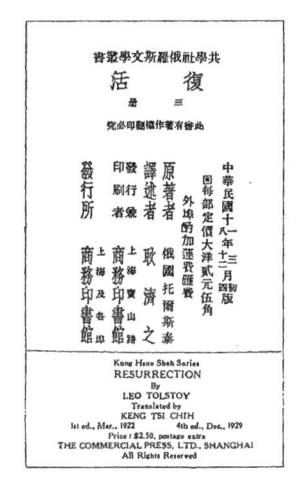

员概加删除。本书俄文本删节之处亦属甚多，鄙人据以翻译，将蒇，始行觉察，乃则吾弟式之、勉之两人依 L. Maude 氏英译本重加补译，以成完璧，盖英译本系经由托氏原稿译成者也。

（二）本书中遇有故典，风俗，人物，为国人素所不习者，均由译者详加注解，穷其原本。

（三）本书篇幅甚巨，译文文字间或有不尽完备之处，希读者加以指正。

《罪与愁》

《罪与愁》，题"共学社""俄罗斯文学丛书"。民国十一年（1922）十二月初版。著者为俄国 Alexander. Ostrovsky（通译为"奥斯特洛夫斯基"），译者为柯一岑。发行者为商务印书馆，印刷所为商务印书馆（上海北河南路北首宝山路），总发行所为商务印书馆（上海棋盘街中市），分售处为各地商务印书分馆。全一册，110 页，每册定价叁角伍分（外埠酌加运费汇费）。

该书为四幕剧。第一幕第一景凡三场，无场目；第一幕第二景凡三场，无场目。第二幕第一景凡五场，无场目；第二幕第二景凡五场，无场目。第三幕只有第一景，凡九场，无场目。第四幕第一景凡三场，无场目；第四幕第二景凡六场，无场目。

卷首有序，卷末无跋。

《甲必丹之女》

《甲必丹之女》，题"共学社""俄罗斯文学丛书"。民国十年（1921）二月初版，民国十一年（1922）三月再版。著者为普希金，译者为安寿颐，发行者为商务印书馆，印刷所为商务印书馆（上海北河南路北首宝山路），总发行所为商务印书馆（上海棋盘街），分售处为商务印书分馆（数十处）。全一册，226页，每册定价大洋陆角伍分（外埠酌加运费邮费）。

该书为长篇小说，凡十四章，有章目，依次为：第一章 近卫军、第二章 向导、第三章 炮台、第四章 决斗、第五章 爱情、第六章 蒲格撤夫之乱、第七章 接战、第八章 不速之客、第九章 离别、第十章 困城、第十一章 叛村、第十二章 孤儿、第十三章 入狱、第十四章 审判。

卷首有（耿）济之的《叙一》、郑振铎的《叙二》，此外还有（耿）济之的《普希金略传》。《叙一》兹录如下：

　　余校阅安君所译之普希金《甲必丹之女》既竟；适有友来访，观此稿本，即语余曰："子等以介绍俄国文学为己任，此志余甚嘉佩。良以中国故旧文学在今日殆成强弩之末，无复势力可言。然旧文学固已摧折，必须有新文学起而代之。有破坏当有建设，破坏易而建设难。今日之当务即在建设中国之新文学；然此事言之甚易，而行之綦难，我人今日赤手空拳，历历言旧文学之如何不可用，新文学之如何当创造；然试问：建设之准备何在；我人果有能力足以负此建设之重任否？如曰能也，则此建设新文学之计划与步趋已确定否？若是，我人必瞠目不能答，可断言者。此犹屋宇已破旧不堪居，家人日日言改建、而不知如何改建之法，更不知作木材瓦砖等之储备；若是则此破旧之屋又焉能有焕然一新之日，此在建屋如是，在建文学亦莫不如是。是以欲建新文学，自必有其准备，准备何在？舍介绍外国文学莫由功。今日中国尚不足以言建设自己之文学，故我侪亦正不必日嚣嚣以创作为务，宜尽力介绍外国文学，使我国文学界中能得一新色彩，开一新形势，然后始有'新文学之建设'可言。惟环顾一年来虽有多人日日以'介绍外国文学，作建设中国新文学之准备'之语相号召，而实际上所介绍之外国文学亦惟东鳞西爪，毫无系统可言。今子等编译俄国文学丛书，时俄国文学作有系统之介绍；我知将来有裨于建设中国新文学者当不在少数。但'俄国文学'乃新兴之文学，其发达之时期颇为短少，亦不过最近百年来之事。惟因受政治地势等各方面之影响，其文学遂富有人道的色彩，多数偏于写实派方面。此为我人介绍俄国文学者不可不注意之点，而所介绍之文学作品亦当以写实派之富有人道色彩者为先。今安君所译之《甲必丹之女》，其性质为历史小说，其著者乃属于浪漫派，其内容亦不过插写儿女间之爱情，实为平淡无奇之作品。乃子等竟将之首先介绍，窃为余所不解，愿得闻其故。"

余聆其言，乃谓之曰："子言颇然，但子尚未明介绍外国文学之真意义，外国文学之当介绍，其意在建设中国之新文学，诚如子之所言。然我国介绍矣，而社会上对于我所介绍之文学其态度如何，——迎欤拒欤——则在介绍之时自不能确乎知之。在我——介绍者方面——对于某派文学固有其主观之憎恶；而从社会方面着想，实不得凭一己之憎恶，以为介绍之标准。故外国文学之介绍不当限于一宗一派，一时一代。"

"我侪之介绍俄国文学亦即此意，但视此作品之意义若何，其对于俄国当时社会之影响若何，而作应介绍与否之标准，初不顾其属于古典派，浪漫派，或写实派也。"

"安君译《甲必丹之女》，其作者普希金在俄国文学史上实占极重要之位置。虽后世批评家列普氏为浪漫派，称其时代为浪漫派时代，然其作品中实含不少写实派之精神。所谓派别，所谓时代，此不过为研究文学者一时权宜之区分，其中并不能截然划一鸿沟，浪漫派时代中自必有写实派，而写实一时代中亦不能谓为无浪漫派也。普氏之《甲必丹之女》为当时极著名之历史小说，其所描写悉映自十八世纪社会真实之情况，实开其后写实派小说之先河。"

"兹特述俄国历史小说发展之情况，以明此书在俄国文学中所占重要之位置。"

"俄国历史小说之祖宗，当首推克拉娜静氏（Карамаhнb）其前固亦不能谓无，但形式既极卑陋，又缺乏文学之特质。所惜者，克氏及其同时名家挪莱慈南（Наpbhhbih）所著之历史小说惟能使我人明当时人与历史事实之感觉相离程度之远耳。盖克氏及挪氏皆籍伪拟古主义以生长，此主义其所取材大都趋于历史的过去事实，喜将历史上人物饰为彼书中之英雄，而丝毫不顾历史之事实究竟与所插写者相符与否。克氏当时尚未能脱去此种伪拟古主义之空气，故彼虽极力提倡感情主义，而其著作终含有不少虚伪不自然之形式。殆普希金继起，而文风一变，描写古代生活之诗文群趋于写实方面，固无论伪拟古主义与感情主义自己一蹶不振，而舒润甫斯基在俄国文学中所提倡之浪漫主义亦有摇摇欲动之势。盖当时欧洲各国竞相创造己国之国民文学。以此，为发展己国之国民性起见，自必特别注意于历史的过去事实，其故因欲见一国国民之特质，如在古时各民族尚未能接近，且未发生关系之时，则愈以明了。故提倡真实之历史小说，即可谓为创造国民文学。普氏之所以得'俄国国民文学创始者'之尊号者，亦因其在所著史诗及小说中能採（采）用一时代历史之实事，描写一时代社会之风尚，而已。"

普氏著有两篇最著名之历史小说："一为《大彼得之奴》，一为《甲必丹之女》，皆能于日常各种琐碎生活之中存时代之精神，而《甲必丹之女》一书尤能将蒲格撒夫作乱时代之风俗人情插写无遗，可于其中见出极端之写实主义。在当时浪漫主义盛行，写实主义尚未见发达之时，此书实为不可多得者也。我侪所以欲介绍此书者亦以此故，君试细心一读，将以见我言之非谬也。……"

余言已毕，友即兴辞而退，余遂援笔书此以为序。

(民国九年十月一日济之序于北京)

《叙二》兹录如下：

这本《甲必丹之女》FanntahckarAoka The Captain's Daughter 是普希金（Nytkkhhb）著的在俄国的历史小说里算是狠（很）有名的一篇。他所记的是一个名叫彼得·安得烈伊赤·格里奈夫的人所经历的事。一七七三年哈萨克人蒲格撒夫叛乱的事实，是书中主要的线索。为便利看这本书的人起见，我可以把他的内容，极简略的先叙一叙：

彼得·安得烈伊赤·格里奈夫是世家的子弟。十七岁的时候，带着仆人萨威里伊赤到沃连布尔哥省的白山炮台里当武官。路上遇见骑兵大尉祖琳，同他喫酒打球，彼得输了一百卢布。在车子陷在雪旋风中的时候，又遇见一个向导，蒲格撒夫。彼得赠了他一件兔皮皮袄，到了白山炮台，他与他的长官，炮台总司令，甲必丹米罗诺夫的女儿玛沙相见。二人间渐次发生了爱情。因此，彼得竟与一个武官什瓦布林决斗。负伤不省人事。玛沙看护他到了痊愈，彼得与她的爱情因益坚固。一七七三年冬天的时候，蒲格撒夫，彼得赠他皮袄的人，忽冒称已故皇帝彼得第三，在亚伊克河流域各村聚众倡乱。不久即攻陷白山炮台，杀了甲必丹米罗诺夫夫妻。彼得也被挂在绞架上，因蒲格撒夫认识了萨威里伊赤，知道彼得就是赠他皮袄的人，故特赦免了他，放他到省城去。蒲格撒夫又起兵围困省城。彼得日与围兵作骑击之戏。一天，忽由一个围兵那里，得到先前藏在教母家里的玛沙的信，说白山的司令，即投降的武官什瓦布林要于三天以内强迫她与他结婚。叫彼得快来救她。彼得焦急得了不得，请兵攻白山，又不蒙允许。遂与萨威里伊赤单骑赴白山。中途为蒲格撒夫的兵所捕。他还认旧时的友谊，同他一块儿上白山，斥责什瓦布林，把玛沙放出来，叫他们俩回去。彼得把玛沙送到他自己的父母那里去，他则留在祖琳，即前次路上与他赌博的人的营里。不久，忽闻他家乡又被贼据，遂星夜赶归。据他家乡的贼，恰好又是什瓦布林。他要放火把彼得全家烧死。祖琳的兵适到，救出他们。又把什瓦布林捉住送上官那里审判。审判的时候，什瓦布林又诬彼得与蒲格撒夫同谋。彼得因之下狱。几不能自白。幸玛沙到女皇帝那里去诉冤他始得释回与玛沙结婚。这个时候，蒲格撒夫已失败，正解到京城里处死呢。

这就是这本《甲必丹之女》的大略。

普希金本不以散文著。他是俄国国民文学的第一个人，是最大的罗曼主义的诗人，一生所做的著作以诗为主体。到了晚年，才从事于小说的著作。但他的小说虽然不如他的诗的著名，却也有狠（很）大的成功。批评家都说，"如果他不早死了，他一定也要成了一个大小说家呢。"他的小说，除了这本《甲必丹之女》以外，最著名的还有《巴尔金的故事》Tales of Belkin《鹿的女皇》The Queen of Spades 及《格罗吉诺村的年历》Annals of the Village of Gorokhino 等都是狠（很）好的文学作品。他的短篇小说如《风雪》The Blizzard《女农夫》The Lady Peasant《手枪》Pistol Shot 及《驿站监察吏》等篇也都是狠（很）有名的。

他不仅是俄国最大的国民诗人，也是她的最初的大小说家呀！

他做这本《甲必丹之女》的动机大概是如此：

一八三二年的冬天，普希金忽于诗的努力以外，又开辟一个新的殖民地，就是从事于历史的考察。在一八三三年的开始，他遂搜集了许多关于加德邻女皇二世时，哥萨克人蒲格撒夫倡乱的事。作了一部史书。余力所及，他还把关于这件史事的遗闻佚事，作成了一本小说。这个小说就是《甲必丹之女》了。

于这本小说里，我们不惟赏玩普希金的叙述的活泼而有生气，并且于他所叙的那个时候的俄罗斯的人情，风俗以及一切的社会情况，人民思想，也可略知一个大概。

虽然这本小说所叙的也是英雄美人，悲离喜聚的事实，但他却有他的精神，与世界各国文学里的这一类的作品有所不同。

他与李门托夫 Lermotov 一样，虽然是满含着"武士道"的精神，极叙争城夺地之事，而人的气味究是非常的浓厚。试举一二个例：如彼得在白山炮台上，看总司令米罗诺夫他们审问一个巴什克尔时，他就极言鞭挞之非人道，并且赞美肉体之刑的废止，说："最完善的改革都是本于人道，毫无强制的意思含在其中。"又如他对于蒲格撒夫的悲悯的心肠，对于什瓦布林的宽大的度量，都是可以十分看出普希金所含的人道的思想来的。

不惟在这本书里，即他的别部小说里也都翱翔着这种人的思想，微微的嗅得着这种人的气味。

人道的情感——实是俄国文学中最大的特色呀！即在这样早的文学家，普希金的著作里，已包含着好些这个情感了！

一九二〇·九·十七·郑振铎·于北京

《贫非罪》

《贫非罪》，题"共学社""俄罗斯文学丛书"。民国十一年（1922）三月初版，民国二十二年（1933）一月印行国难后第一版。著者为俄国A. Ostrovsky（通译为"阿史特洛夫斯基"），译者为郑振铎，发行兼印刷者为商务印书馆（上海河南路），发行所为商务印书馆（上海及各埠）。全一册，110页，上海实价新法币二元五角。

该书为长篇小说。

卷首有郑振铎《序》，卷末无跋。《序》兹录如下：

> 阿史特洛夫斯基的这本《贫非罪》，在俄国剧场上继续的占了五十多年的势力。他描写当时商人阶级的情形极深刻，没有一个批评家不赞美他。当时虽有许多国粹派——斯拉扶派——的批评家，因为他描写的人物带有反抗西欧化的色彩，非常与他表同情，然而这种误会，后来的人却没有重蹈覆辙。急进派的批评者杜蒲罗李拔夫（Dobrolubov）也能去了这层肤浅的解释，更深的把他的原意阐发出来。克罗巴特金（P. Kropotkin）以为这本戏的影响，遍于全俄。同格里博哀杜夫（Griboyedov）的喜剧、龚察洛夫（Gontcharoff）的"Oblomoff"及其他许多俄国文学里的好作品一样，这本戏也是纯正俄国的出品。但是同时他又带有广大的人道的色彩。我读了他以后，觉得克罗巴特金的话很对。他所描写的虽是当时社会的情形，但是这种情形现在还是普遍于人间社会——尤其于中国社会——里呢！
>
> 在这一方面，这本剧本实有可以介绍的价值。
>
> 在艺术一方面，阿史特洛夫斯基的这本戏也许更可以给未来的作家一点帮助，贡献现在的演剧家一点材料。

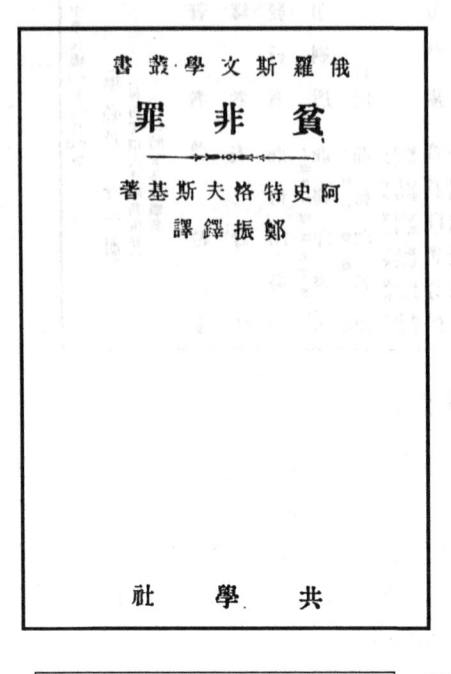

我译了这本戏以后，曾经我的朋友许地山君的校阅。他这种有力的帮助，我是很难忘记了的。

　　　　一九二一、九、二十一、郑振铎

《前夜》

《前夜》，题"共学社""俄罗斯文学丛书"。民国十年（1921）八月初版，民国十一年（1922）八月再版。著者为俄国屠格涅夫，译者为沈颖，发行者为商务印书馆，印刷者为商务印书馆（上海北河南路北首宝山路），总发行所为商务印书馆（上海棋盘街中市），分售处为上海及各埠商务印书分馆。全一册，322页，每册定价大洋捌角。此外还有民国十五年（1926）六月三版。三版本与初版本内容基本相同。

该书为长篇小说。

卷首有耿济之的《前夜序》，卷末无跋。《前夜序》摘录如下：

> 文学的原则是什么？文学有何影响于社会和人生？
>
> 这个问题在自然派讲起来，一定回答说：文学的原则就是用不煊不染的"真实"来描写现有的生活，不加上什么理思，也不有些微的剥损。这种"赤裸裸"的描写固然是近代自然派文学的特色；但是据我看来，他决不能包括文学的实体，也不能确定他的目的。请问：文学家抱着什么目的甘愿做那生活的"回声"呢？——回声一定是波动的，回声一定逊于所欲模仿的声音。再则：文学家应当不应当仿佛"回声"似的把所有宇宙间发生的事实一一描写，而无所别择？这两个问题如果能够回答下来，那末（么）文学的功用实在是如此。但是不能，因为既不加上什么理想，如何有文学家的目的；既没有些微的剥损，如何能容你有选择的功夫。所以自然派这样的解释未免有不足不尽之处，而这种文学对于社会和人生定无若何钜大的影响。
>
> 这样看来，文学决不能仅以描写生活的真实，即为止境，应当多所别择，把文学家的情感和理想寓在里面，才能对于社会和人生发生影响。这就是文学的原则。质言之，文学是不应当绝对客观的，而应当参以主观的理想。描写固然应该真实，而同一真实里不能不加以别择，以完成文学的目的。文学的目的在绝对客观的自然派看起来，是不甚要紧的。他们对于艺术应当是有益的一层，虽还不否认，却同时以为他的益处就在于他自己的范围里，和华美作品的内容毫无关系；他们并且以为艺术自能得到他自己范围内的益处，只须用艺术的手段来描写真实的生活；如果现在欲要求什么目的，那简直是溢出范围，而使他不成为艺术。他们的意思仿佛说艺术的目的就是艺术，艺术只为艺术而生。然而这种论调实在是毫无一愿之价值的，因为那里能各种事实的描写都有同样的意义，并且得同样的益处。
>
> 所以艺术——文学——如果只有他本身的目的，那也只是没有用的艺术。人生的艺术——文学，才能算做真艺术，真文学。
>
> （民国九年九月十三日耿济之序于京寓）

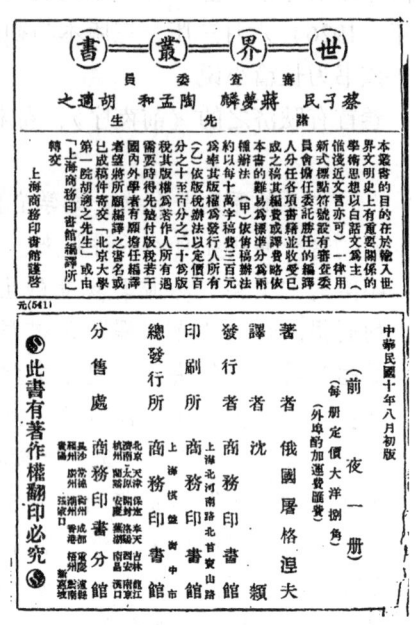

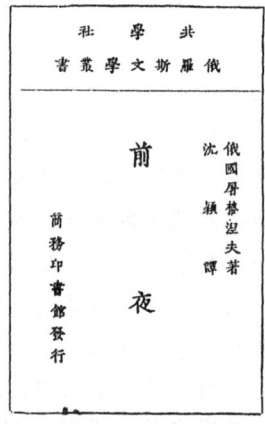

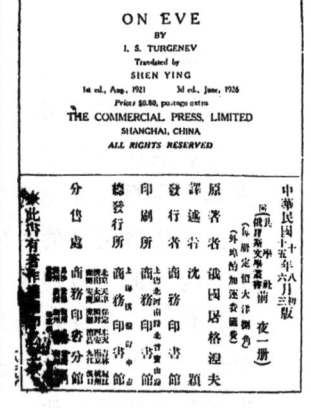

《托尔斯泰短篇小说集》

《托尔斯泰短篇小说集》，题"共学社""俄罗斯文学丛书"。民国十年（1921）十二月初版，民国十三年（1924）九月四版。著者为俄国 Leo Tolstoy（托尔斯泰），译者为瞿秋白、耿济之，发行者为商务印书馆，印刷者为商务印书馆（上海北河南路北首宝山路），总发行所为商务印书馆（上海棋盘街中市），分售处为上海及各埠商务印书分馆。全一册，244

三 共学社"文学丛书"叙录 579

页,每册定价大洋陆角伍分。此外还有民国十二年(1923)一月再版,民国十九年(1930)六月六版。

该书为短篇小说集,内收《三死》《风雪》《丽城小纪》《伊拉司》《呆伊凡故事》《三问题》《难道这是应该的么》《阿撒哈顿》《人依何为生》《野果》,凡十篇。

卷首有耿济之的《托尔斯泰短篇小说集序》,卷末无跋。序言兹录如下:

> 我们把平素爱读的托尔斯泰短篇小说十篇,一一译成,刊为专集。托氏的短篇小说一生著得很多,自然不止这十篇,但是当我们立意从事翻译他的短篇作品的时候,曾下了一番选择的工夫;起初打算译二十篇,不过我们是抱着"宁缺毋滥"的宗旨,所以结果竟灭去十篇,只译了我们心目中认为最好的十篇,深信读者读后,一定能约略窥出托氏的艺术和思想演进之迹。
>
> 本来欲研究文学家的艺术和思想,应该从长篇小说中去寻求;至于短篇小说,不过是作者片段的经历,一时的感触,很难凭之作研究之资料。但是把多种短篇小说连缀在一起,其中因时代的关系,自然会生出一条线索,足以窥见作者的艺术和思想演进之迹,——这也是研究文学的人不可少的工作。
>
> 文学随思想以变迁,思想又随时代而演进,托尔斯泰的文学壮年时和老年时迥不相同。我们同时看他壮年时和老年时的两篇作品,竟如出二人之手笔,未免使我人深骇其变迁之大,但是这也是时代的关系。
>
> 托氏初期的文学,文笔轻倩美丽,感情又浓挚动人,最致意于艺术上的工夫;至于晚期的作品,却道貌岸然,手笔苍老简括,一字有一字的力量,一篇有一篇的哲理。初期所描写的是父子兄弟的爱情,英雄豪杰的生涯,偏于贵族方面;至于晚期所描写的却是社会的罪恶,农人的生活,偏于平民方面。
>
> 这篇小说集的内容虽只有十篇,但是托氏初期晚期的作品差不多应有尽有:如《三死》《风雪》《丽城小纪》是他初期的作品;《伊拉司》《呆伊凡故事》《三问题》《人依何为生》等,又是代表他晚期的作品。所以说这本集子虽小,极足以窥见作者艺术和思想演进之迹。
>
> 在这里我也不愿意详叙作者的艺术和思想如何变迁,只希望爱喜

文学的读者能自己加以研究；我不过要把我们选译这十篇小说的微意表白出来罢了。

十五年五月十三日耿济之之序

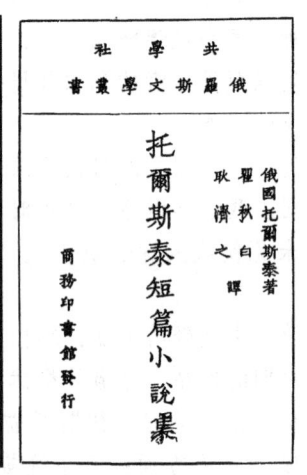

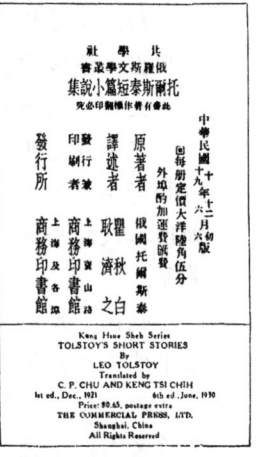

中国现代社团
"文学丛书"叙录

The Descriptive Catalogue of "Literature Series" of the Societies in Modern China

下册

付建舟 编著

中国社会科学出版社

目　录

（下册）

四　少年中国学会"文学丛书"叙录 ……………………（581）
 少年中国学会《少年中国学会丛书》（文学类）叙录 …………（581）
  《达哈士孔的狒狒》 ……………………………（581）
  《德国文学史大纲》 ……………………………（582）
  《法国文学史》 …………………………………（584）
  《妇人书简》 ……………………………………（587）
  《马丹波娃利》 …………………………………（588）
  《盲音乐家》 ……………………………………（590）
  《南洋旅行漫记》 ………………………………（592）
  《琪珴康陶》 ……………………………………（596）
  《人心》 …………………………………………（598）
  《日本现代剧选（第一集）》 …………………（602）
  《沙乐美》 ………………………………………（603）
  《宋词研究》 ……………………………………（605）
  《小物件》 ………………………………………（606）
 少年中国学会《少年中国学会丛书·莎翁杰作集》叙录 ……（608）
  《哈孟雷特》 ……………………………………（608）
  《罗蜜欧与朱丽叶》 ……………………………（610）
 少年中国学会《少年中国学会小丛书》（文学类）叙录 ………（611）
  《青春的梦》 ……………………………………（611）
  《同情》 …………………………………………（613）

五　新潮社"文艺丛书"叙录 ………………………………（615）
  《春水》 …………………………………………（615）

《点滴》 …………………………………………………（616）
　　《纺轮的故事》 ……………………………………（619）
　　《两条腿》 …………………………………………（622）
　　《呐喊》 ……………………………………………（625）
　　《山野掇拾》 ………………………………………（629）
　　《食客与凶年》 ……………………………………（632）
　　《桃色的云》 ………………………………………（633）
　　《陀螺》 ……………………………………………（635）
　　《微雨》 ……………………………………………（638）
　　《雨天的书》 ………………………………………（640）
　　《竹林的故事》 ……………………………………（642）
　　《月夜》（附） ……………………………………（644）

六　未名社"文学丛书"叙录 ……………………………（647）
　　未名社《未名丛刊》叙录 …………………………（647）
　　《白茶》 ……………………………………………（647）
　　《不幸的一群》 ……………………………………（649）
　　《出了象牙之塔》 …………………………………（651）
　　《蠢货》 ……………………………………………（656）
　　《第四十一》 ………………………………………（658）
　　《格里佛游记》（卷一） …………………………（659）
　　《格里佛游记》（卷二） …………………………（662）
　　《工人绥惠略夫》 …………………………………（663）
　　《黑假面人》 ………………………………………（665）
　　《黄花集》 …………………………………………（668）
　　《苦闷的象征》 ……………………………………（669）
　　《穷人》 ……………………………………………（674）
　　《十二个》 …………………………………………（680）
　　《苏俄的文艺论战》 ………………………………（684）
　　《外套》 ……………………………………………（687）
　　《往星中》 …………………………………………（689）
　　《文学与革命》 ……………………………………（691）
　　《小约翰》 …………………………………………（695）
　　《烟袋》 ……………………………………………（699）

《一个青年的梦》……………………………………（701）
　《英国文学（拜伦时代）》…………………………（705）
　《争自由的波浪及其他》……………………………（707）
　《罪与罚》……………………………………………（709）
未名社《乌合丛书》叙录…………………………………（714）
　《故乡》………………………………………………（714）
　《卷葹》………………………………………………（715）
　《呐喊》………………………………………………（717）
　《彷徨》………………………………………………（718）
　《飘渺的梦及其他》…………………………………（719）
　《心的探险》…………………………………………（721）
　《野草》………………………………………………（722）
未名社《未名新集》叙录…………………………………（724）
　《君山》………………………………………………（724）
　《地之子》……………………………………………（725）
　《朝花夕拾》…………………………………………（727）
　《影》…………………………………………………（730）
　《冰块》………………………………………………（730）
　《建塔者》……………………………………………（731）

七　狂飙社"文学丛书"叙录……………………………（733）
　《病》…………………………………………………（733）
　《草书纪年》…………………………………………（735）
　《沉闷的戏剧》………………………………………（737）
　《春天的人们》………………………………………（739）
　《从荒岛到莽原》……………………………………（741）
　《斧背》………………………………………………（743）
　《高老师》……………………………………………（745）
　《给——》……………………………………………（747）
　《给海兰的童话》……………………………………（750）
　《光与热》……………………………………………（751）
　《红日》………………………………………………（753）
　《荆棘》………………………………………………（755）
　《精神与爱的女神》…………………………………（757）

《清晨起来》……………………………………………（758）
《时代的先驱》…………………………………………（760）
《实生活》………………………………………………（762）
《曙》……………………………………………………（763）
《死城》…………………………………………………（766）
《天河》…………………………………………………（768）
《我的日记》……………………………………………（769）
《我离开十字街头》……………………………………（771）
《狭的囚笼》……………………………………………（772）
《献给自然的女儿》……………………………………（773）
《野兽样的人》…………………………………………（776）
《夜风》…………………………………………………（778）
《游离》…………………………………………………（780）
《中国戏剧概评》………………………………………（782）
《走到出版界》…………………………………………（784）

八 幻社《幻洲丛书》叙录……………………………（787）
《安慰》…………………………………………………（787）
《白叶杂记》……………………………………………（789）
《海夜歌声》……………………………………………（790）
《鸠绿媚》………………………………………………（793）
《菊子夫人》……………………………………………（794）
《苦笑》…………………………………………………（796）
《离婚》…………………………………………………（798）
《楼头的烦恼》…………………………………………（801）
《女娲氏之遗孽》………………………………………（803）
《我的女朋友们》………………………………………（804）
《长跪》…………………………………………………（806）
《招姐》…………………………………………………（808）

九 沉钟社《沉钟丛书》叙录……………………………（810）
《炉边》…………………………………………………（810）
《悲多汶传》……………………………………………（812）
《昨日之歌》……………………………………………（814）

《不安定的灵魂》……………………………………（816）
　　《除夕及其他》……………………………………（817）
　　《北游及其他》……………………………………（818）
　　《逸如》……………………………………………（822）

十　广州文学会《广州文学会丛书》叙录……………（826）
　　《爱的心》…………………………………………（826）
　　《爱之奔流》………………………………………（830）
　　《红坟》……………………………………………（832）
　　《湖畔的少女》……………………………………（833）
　　《流浪人的笔迹》…………………………………（835）
　　《玫瑰残了》………………………………………（836）
　　《蜜丝红》…………………………………………（838）
　　《你去吧》…………………………………………（840）
　　《桃君的情人》……………………………………（842）
　　《仙宫》……………………………………………（843）
　　《余灰集》…………………………………………（843）
　　《杂碎集》…………………………………………（845）
　　《再会吧黑猫》……………………………………（845）
　　《钟手》……………………………………………（846）

十一　朝花社"文学丛书"叙录………………………（849）
　　《奇剑及其他》……………………………………（849）
　　《在沙漠上及其他》………………………………（850）
　　《小彼得》…………………………………………（851）

十二　质文社《文艺理论丛书》叙录…………………（854）
　　《艺术作品之真实性》……………………………（854）
　　《现实与典型》……………………………………（856）
　　《现实主义论》……………………………………（859）
　　《世界观与创作方法》……………………………（860）
　　《文学论》…………………………………………（862）
　　《作家论》…………………………………………（865）
　　《批评论》…………………………………………（867）

《科学的世界文学观》……………………………………（871）
　《艺术史的问题》……………………………………………（873）
　《文化拥护》…………………………………………………（875）

十三　宇宙风社"文学丛书"叙录……………………（877）

　宇宙风社《宇宙风别册增刊》叙录……………………（877）
　　《她们的生活》……………………………………………（877）
　　《贪官污吏传》……………………………………………（879）
　宇宙风社"宇宙丛书"叙录………………………………（880）
　　《北平一顾》………………………………………………（880）
　　《日本管窥》………………………………………………（882）
　　《欧风美雨》………………………………………………（883）
　　《苏联见闻》………………………………………………（885）
　　《自传之一章》……………………………………………（887）
　宇宙风社《宇宙风社月书》叙录…………………………（889）
　　《回忆鲁迅及其他》………………………………………（889）
　　《吴钩集》…………………………………………………（891）
　　《昼梦集》…………………………………………………（895）
　　《姑妄言之》………………………………………………（897）
　　《全家村》…………………………………………………（898）
　　《流浪的一年》……………………………………………（900）
　　《百花洲畔》………………………………………………（902）
　　《西星集》…………………………………………………（905）
　宇宙风社《宇宙风文选》叙录……………………………（907）
　　《宇宙风文选》（第一集·上）…………………………（907）
　　《宇宙风文选》（第一集·下）…………………………（908）

十四　西北战地服务团"文学丛书"叙录……………（910）

　《战地歌声》…………………………………………………（910）
　《一颗未出镗的枪弹》………………………………………（911）
　《杂技》………………………………………………………（912）
　《西线生活》…………………………………………………（913）
　《战地歌声》…………………………………………………（916）
　《杂耍》………………………………………………………（919）

《呈在大风砂里奔走的冈卫们》……………………………（920）
　　《一年》………………………………………………………（921）
　　《白山黑水》…………………………………………………（922）

十五　新演剧社"文学丛书"叙录……………………………（924）
　新演剧社《战时戏剧丛书》叙录………………………………（924）
　　《战时演剧论》………………………………………………（924）
　　《民族公敌》…………………………………………………（925）
　　《血》…………………………………………………………（926）
　　《家破人亡》…………………………………………………（927）
　　《国旗飘扬》…………………………………………………（928）
　　《生路》………………………………………………………（928）
　新演剧社《新演剧丛书》叙录…………………………………（929）
　　《戏剧导演基础》……………………………………………（929）
　　《战时演剧政策》……………………………………………（931）
　　《苏联儿童戏剧》……………………………………………（932）
　　《戏剧本质论》………………………………………………（933）

十六　希望社"文学丛书"叙录………………………………（936）
　希望社《七月诗丛》叙录………………………………………（936）
　　《北方》………………………………………………………（936）
　　《给战斗者》…………………………………………………（937）
　　《旗》…………………………………………………………（944）
　　《童话》………………………………………………………（946）
　　《突围令》……………………………………………………（949）
　　《为祖国而歌》………………………………………………（950）
　　《我是初来的》………………………………………………（952）
　　《无弦琴》……………………………………………………（959）
　　《向太阳》……………………………………………………（963）
　　《醒来的时候》………………………………………………（964）
　　《意志的赌徒》………………………………………………（966）
　　《预言》………………………………………………………（968）
　　《跃动的夜》…………………………………………………（970）
　希望社《七月文丛》叙录………………………………………（972）

《侧面》……………………………………………………（972）
《第七连》…………………………………………………（973）
《第一击》…………………………………………………（975）
《锻炼》……………………………………………………（976）
《挂剑集》…………………………………………………（978）
《呼吸》……………………………………………………（980）
《结合》……………………………………………………（983）
《0404号机》………………………………………………（984）
《论民族形式问题》………………………………………（985）
《求爱》……………………………………………………（988）
《人的花朵》………………………………………………（990）
《人生赋》…………………………………………………（993）
《受苦人》…………………………………………………（995）
《她也要杀人》……………………………………………（996）
《我在霞村的时候》………………………………………（997）
《又是一个起点》…………………………………………（998）
《闸北七十三天》…………………………………………（1000）
希望社"七月新丛"叙录……………………………………（1001）
《饥饿的郭素娥》…………………………………………（1001）
《第七连》…………………………………………………（1002）
《东平短篇小说集》………………………………………（1004）
《民族战争与文艺性格》…………………………………（1005）
《青春的祝福》……………………………………………（1008）
希望社"七月诗丛"叙录……………………………………（1009）
《暴雷雨岸然轰轰而至》…………………………………（1009）
《并没有冬天》……………………………………………（1010）
《采色的生活》……………………………………………（1012）
《集合》……………………………………………………（1013）
《望远镜》…………………………………………………（1015）
《有翅膀的》………………………………………………（1016）

十七 烽火社《烽火小丛书》叙录……………………（1018）
《控诉》……………………………………………………（1018）
《横吹集》…………………………………………………（1019）

《在天门——战线后方的一角落》 …………………………… (1021)
《大上海的一日》 ………………………………………… (1022)
《炮火的洗礼》 …………………………………………… (1024)
《潼关之夜》 ……………………………………………… (1025)
《夏忙》 …………………………………………………… (1026)
《见闻》 …………………………………………………… (1028)
《山村》 …………………………………………………… (1030)
《萌芽》 …………………………………………………… (1031)
《战地行脚》 ……………………………………………… (1032)
《胜利的曙光》 …………………………………………… (1034)
《火花》 …………………………………………………… (1035)
《狮子狩》 ………………………………………………… (1037)
《不愿做奴隶的人们》 …………………………………… (1039)
《为了祖国的成长》 ……………………………………… (1041)
《红豆的故事》 …………………………………………… (1042)

十八 中国诗艺社《中国诗艺社丛书》叙录 ……………… (1044)
《哀西湖》 ………………………………………………… (1044)
《风铃集》 ………………………………………………… (1045)
《光明与黑影·特髯迦尔曲》 …………………………… (1046)
《金筑集》 ………………………………………………… (1047)
《黎明的号角》 …………………………………………… (1049)
《南行小草》 ……………………………………………… (1050)
《收获期》 ………………………………………………… (1051)
《微波辞》 ………………………………………………… (1052)
《小春集》 ………………………………………………… (1054)
《星的颂歌》 ……………………………………………… (1060)
《自画像》 ………………………………………………… (1062)

十九 文艺新潮社《文艺新潮社小丛书》叙录 …………… (1064)
《茨冈》 …………………………………………………… (1064)
《大树画册》 ……………………………………………… (1069)
《怀祖国》 ………………………………………………… (1070)
《世界革命文艺论》 ……………………………………… (1073)
《鲍志远》 ………………………………………………… (1074)
《老板》 …………………………………………………… (1075)

《流荡》……………………………………………………（1077）
《鞭笞下》…………………………………………………（1078）
《在南方的天下》…………………………………………（1079）
《青弋江》…………………………………………………（1082）
《活路》……………………………………………………（1084）
《麦地谣》…………………………………………………（1085）
《乡岛祭》…………………………………………………（1087）

二十　中央青年剧社《剧本创作选》叙录……………（1090）
《北地狼烟》………………………………………………（1090）
《兄弟之间》………………………………………………（1091）
《秦良玉》…………………………………………………（1092）
《洪炉》……………………………………………………（1093）
《国贼汪精卫》……………………………………………（1094）
《夏完淳》…………………………………………………（1096）
《世界公敌》………………………………………………（1098）
《反间谍》…………………………………………………（1099）
《风陵渡》…………………………………………………（1101）
《夫与妻》…………………………………………………（1102）
《黄金万两》………………………………………………（1103）
《美国总统号》……………………………………………（1105）
《维他命》…………………………………………………（1107）
《戏剧新时代》……………………………………………（1111）
《自由万岁》………………………………………………（1114）

二十一　今日文艺社《今日文艺丛书》叙录…………（1117）
《离散集》…………………………………………………（1117）
《一百一十户》……………………………………………（1118）
《今之普罗蜜修士》………………………………………（1120）
《春天》……………………………………………………（1121）
《海沙》……………………………………………………（1131）
《客窗漫画》………………………………………………（1132）
《西归》……………………………………………………（1133）
《黑夜的呼喊》……………………………………………（1134）
《最后的圣诞夜》…………………………………………（1136）
《惆怅》……………………………………………………（1137）

《孤独》……………………………………………………（1139）
　　《泥土的歌》………………………………………………（1140）
　　《漂泊杂记》………………………………………………（1142）

二十二　华北作家协会《华北文艺丛书》叙录……………（1145）
　　《京西集》…………………………………………………（1145）
　　《蓉蓉》……………………………………………………（1146）
　　《半夜》……………………………………………………（1147）
　　《森林的寂寞》……………………………………………（1148）
　　《蟹》………………………………………………………（1149）
　　《风网船》…………………………………………………（1151）
　　《影》………………………………………………………（1153）
　　《奔流》……………………………………………………（1153）

二十三　诗创造社《创造诗丛》叙录………………………（1155）
　　《地层下》…………………………………………………（1155）
　　《噩梦录》…………………………………………………（1158）
　　《告别》……………………………………………………（1159）
　　《歌手乌卜兰》……………………………………………（1160）
　　《号角在哭泣》……………………………………………（1162）
　　《掘火者》…………………………………………………（1163）
　　《骚动的城》………………………………………………（1164）
　　《沙漠》……………………………………………………（1166）
　　《随风而去》………………………………………………（1168）
　　《夜路》……………………………………………………（1168）
　　《婴儿的诞生》……………………………………………（1170）
　　《最后的星》………………………………………………（1171）

参考文献………………………………………………………（1173）

后　记…………………………………………………………（1186）

四　少年中国学会"文学丛书"叙录

少年中国学会《少年中国学会丛书》（文学类）叙录
《达哈士孔的狒狒》

《达哈士孔的狒狒》，法国都德（Alphonse Daudet）著，题"少年中国学会丛书"（没有编号）。民国十三年（1924）八月印刷与发行。译者为李劼人，发行者与印刷者均为中华书局，印刷所与总发行所均为中华书局。分发行所为各地中华书局分支机构。全一册，164页，定价银七角（外埠酌加汇费）。还有民国十九年（1930）八月三版本，民国二十五年（1936）二月四版本。三者内容基本相同。再版本出版于民国十七年（1928）四月。

该书为长篇小说，包括三段，第一段为"在达哈士孔时"，第二段为"在特尔时"，第三段为"在狮乡时"。每一段分为若干节，有节目，从略。

无序跋。正文摘录一段如下：

> 我拜访达哈士孔的狒狒的第一次，在我生命中留下一个忘记不了的日子；这事虽过了十二年或十五年，但我记起来比昨天的事还清楚。那时这骁勇的狒狒住居在阿尾尼勇大路左手第三家，正当进城的地方。一所达哈士孔式的体面小院，前面带着花园，后面绕着游栏，雪白的墙，碧绿的百叶窗，而且门边还有一堆撒阿瓦小孩子在那里跳经界盘，或是枕着他们的靴墨箱在太阳地里睡觉。

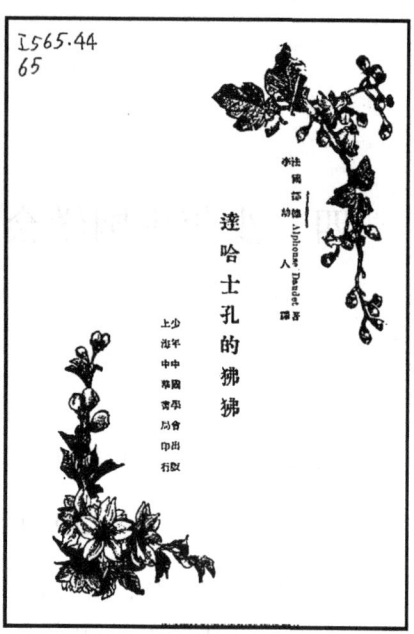

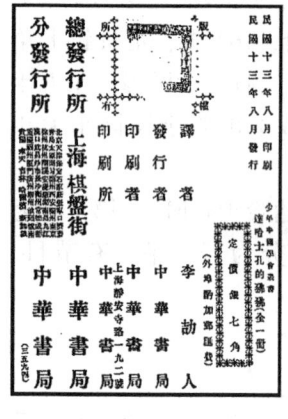

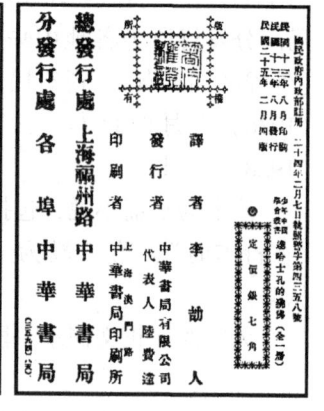

《德国文学史大纲》

《德国文学史大纲》，张传普著。未见"少年中国学会丛书"字样。民国十五年（1926）一月印刷与发行。发行者与印刷者均为上海中华书局，印刷所与总发行所均为中华书局。分发行所为各地中华书局分支机构。全一册，133 页，定价银四角五分（外埠酌加汇费）。

该书文学史著述，叙述八世纪至二十世纪初德国文学的发展概况。全书凡五卷，每卷又分为若干章，每章又分为若干节，各卷各章各节均有目录。具体为：

第一卷"中世纪文学（八世纪至十六世纪）"。第一章、德国语言源流略述。第二章、德国文学之萌芽：第一节、日耳曼文学之古迹；第二节、异教文学；第三节、耶教文学；第四节、拉丁语之德文学；第五节、古高德语与中高德语过渡时代之文学。第三章、德国文学之初盛：第一节、民间史诗；第二节、艺术史诗；第三节、爱情歌辞。第四章、德国文学之中落。

第二卷"近代文学之初期（十六至十七世纪）"。第一章、工人歌辞。第二章、路特。第三章、小说及民书民歌。第四章、语言会。第五章、西来西诗人；第一节、第一西来西学派诗人；第二节、第二西来西学派诗人；第三节、葛吕浮司。第六章、其他诗人。

第三卷"古典派及其前后之文学（十八世纪）"。上卷"过渡时代（十八世前半）"。第一章、新文学之先驱。第二章、来泼齐希与瑞士学派：第一节、来泼齐希学派；第二节、瑞士学派。第三章、哈来及来泼齐希诗会：第一节、哈来诗会；第二节、来泼齐希诗会。下卷"极盛时代（十八世后半）"。第一章、古典派文学：第一节、克洛泼司托克；第二节、微朗；第三节、莱心；第四节、赫尔特；第五节、勾特；第六节、希勒。第二章、狂风暴雨。第三章、林社诗人。

第四卷"浪漫派及其反对者之文学（十八世纪后半至十九世纪）"。第一章、古典主义浪漫主义之交替。第二章、北方之浪漫派：第一节、初期浪漫派；第二节、熟期浪漫派；第三节、自由战争诗人；第四节、其他浪漫派诗人。第三章、南方之浪派：第一节、式华朋诗人；第二节、奥国诗人。第四章、反对浪漫主义之古典派诗人。第五章、新德国诗人。第六章、新浪漫派。

第五卷"写实派及其反对者之文学（十九世纪后半至二十世纪初）"。第一章、旧写实派：第一节、戏曲；第二节、小说。第二章、新古典派：第一节、孟兴诸老；第二节、维登勃罗赫。第三章、自然派：第一节、诗歌；第二节、戏曲。第四章、象征派：第一节、诗歌；第二节、戏曲。第五章、新写实派：第一节、戏曲；第二节、小说。第六章、表现派：第一节、诗歌；第二节、小说；第三节、戏曲。

卷首有著者《凡例》，卷末无跋。《凡例》兹录如下：

> 本书系参考德国有名文学史多种编辑，重在纲要，务敷而博，关于作家及作品之论述，或详或略，一视其艺术及势力为标准。

本书文字，以达意为止，不务艰深，其节取原文处，绝不增损其意，并附原文于后。

书中译名之初见者，皆附以原文，其译音者，以——标明之，书名以「」标明之，不用，＿＿因用＿＿，不能再加——也。

著者以限于时间故，仅得于此书略述德国文学史之概梗，不能详尽，挂漏谬误处，祈者教正之。

一九二三年十二月一日，著者识

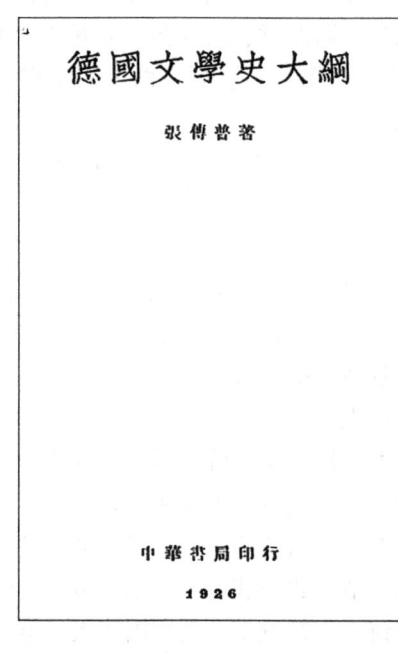

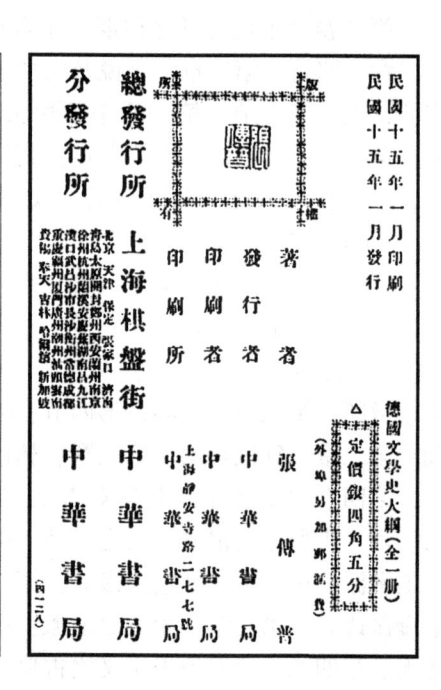

《法国文学史》

《法国文学史》，幼椿、李璜编者。题"'少年中国'文学研究会丛书"（没有编号，别的版本又题"少年中国学会丛书"）。民国十一年（1922）印刷与发行，民国十二年（1923）十月再版。发行者与印刷者均为上海中华书局，印刷所与总发行所均为中华书局。分发行所为各地中华书局分支机构。全一册，定价银一元二角（外埠酌加汇费）。二者内容基本相同。

该书分三卷，每一卷又分为若干章，目录依次为：

第一卷"十八世纪"。第一章、概观。第二章、两个先觉者：白勒和封得乃尔。第三章、十八世纪的戏剧：一，悲剧——福禄特尔；二，喜剧——马利阿和博马舍；三，描写剧——低德罗。第四章、十八世纪的哲学的文学：一，孟德斯鸠。第五章、十八世纪的哲学的文学（续）：二，福禄特尔。第六章、十八世纪的哲学的文学（续）：三，毕风。第七章、十八世纪的哲学的文学（续）：四，低德罗与百科辞典编辑人。第八章、十八世纪的哲学的文学（续）：五，鲁索；六，白那丹得圣彼得。第九章、十八世纪的小说、抒情诗和雄辩文：一，小说——勒沙日等；二，抒情诗歌——史立野；三，雄辩文学——米拿波。

第二卷"十九世纪"。第一章、概观。第二章、罗曼主义的两个先觉者：斯达埃尔夫人和沙多布里阳。第三章、十九世纪之初罗曼主义以外的文学界：一，古典主义的余韵；二，雄辩文学；三，哲学的文学。第四章、罗曼主义：一，罗曼主义的定义；二，罗曼主义外来的源头；三，罗曼主义的运动。第五章、罗曼主义的诗歌：一，拉马尔丁。第六章、罗曼主义的诗歌（续）：二，雨果。第七章、罗曼主义的诗歌（续）：三，威尼；四，米塞；五，戈低叶。第八章、罗曼主义的戏剧：一，大仲马的戏剧；二，雨果的戏剧；三，威尼的戏剧；四，米塞的戏剧。第九章、罗曼主义的小说：一，历史小说——威尼和雨果等；二，理想小说——乔治桑特；三，写实小说——巴尔扎克，斯丹达尔和麦尔里买。第十章、罗曼主义的历史：一，奥古斯丹低里；二，季若；三，米失勒；四，其他的史家。第十一章、写实主义：一，写实主义的来源；二，写实主义的定义；三，写实主义的艺术。第十二章、写实主义的诗歌——巴尔那斯派：一，巴尔那斯派的两个先觉者：波得乃尔和邦威尔；二，巴尔那斯派的首领：勒工特得里尔。第十三章、写实主义的诗歌——巴尔那斯派（续）：三，得赫勒利亚；四，西吕卜吕敦；五，弗朗沙哥贝。第十四章、写实主义的戏剧：一，小仲马；二，阿尼野；三，沙都与其他风俗喜剧家。第十五章、写实主义的小说：一，弗洛贝尔。第十六章、写实主义的小说（续）：二，佐拉；三，弓枯尔兄弟。第十七章、写实主义的小说（续）：四，都德；五，莫泊桑。第十八章、写实主义的历史：一，尔朗；二，戴仑；三，费斯德尔得古朗日。第十九章、写实主义的文学批评：一，圣特白夫。

第三卷"二十世纪开场"。第一章、概观：一，写实主义的反动；二，社会问题的影响；三，哲学思想的变化；四，北欧文学的输入；五，结论。第二章、诗歌。第三章、诗歌（续）。第四章、戏剧。第五章、小说。第六章、小说（续）。第七章、历史与批评。

卷首有著者《凡例》，卷末无跋。《凡例》兹录如下：

一，这部书随编者研究的方便，先出自十八世纪至今日的后半部，自起源至十七世纪的前半部，以后当继续编印。

一，这部书的编法是以人物为主体，而以时代及文体贯串之。中间对于重要人物及有名作品皆有较多的叙述；其余对于每个作家，大概都先述其生平和性格，次述其著作，再次论其艺术和势力。

一，书中文字虽是白话，但有时为圆满达意起见，习用的文言陈句也尽量使用。至于节取某种著作的原文，则用直译方法。

一，书中译名第一次见者，后皆附有原文，并且概照法文音译出。不过有已经为国人所习用或熟知之人名地名——如巴黎（Paris）或卢梭（Roussea）等，则沿用旧有，不另改译。至于书名，很不易译，或系译义，或系译音，少有能当意者。但不在原名意义外另改一种名称。

一，书中对于名家著作内容所有的批评论调，多取近今法国文学批评家玉尔勒买特（Jules Lemaitre），尔勒杜米克（Rene Doumic）和居斯达夫朗松（Gustave Lanson）等人的说法；书中未能处处指出，特在此声明，并举诸家主要批评著作数种，以便阅者参考。

　　玉尔勒买特——时人（Les Contemporains 共八集）

　　尔勒杜米克——著作家的小照（Portraits d'ecrivains 共两集）

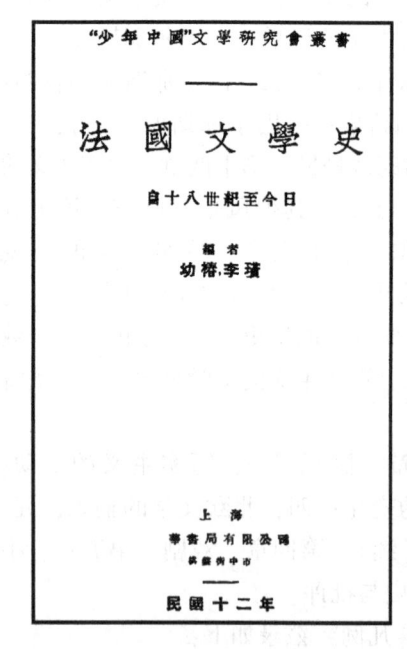

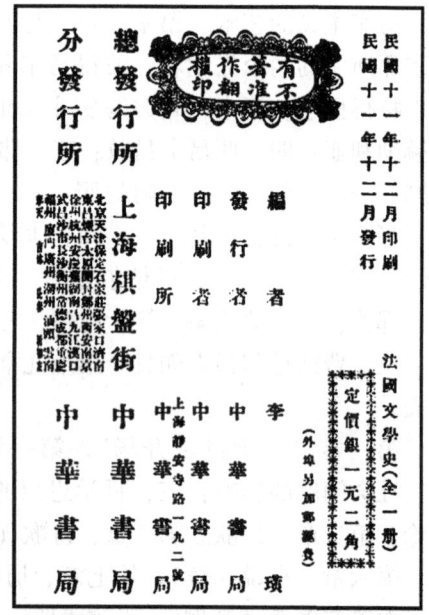

——法国文学研究（Etudes sur Ia Littérature francaise 共六集）

居斯达夫朗松——法国文学史（Histoire de la litterature francaise 第十四版）

一，这部书虽曾费编者一些工夫，但中间错谬仍不能免，敬望阅者指教，以便有机会再版时再为改。

《妇人书简》

《妇人书简》，法国 Marcel Prevost（卜勒浮斯特）著，题"少年中国学会丛书"（没有编号）。民国十三年（1924）三月印刷与发行，民国十七年（1928）九月四版。译者为李劼人，发行者与印刷者均为中华书局，印刷所与总发行所均为中华书局。分发行所为各地中华书局分支机构。全一册，204页，定价银七角（外埠酌加汇费）。此外还有民国二十年（1931）五月五版。

该书为书信体小说，短篇小说集，包括《一位听忏悔的教士》《酒馆中》《施恩呀!》《忠义》《新春》《二十八日》《一种情人的选择方法》《两个不懂事的女孩子》《戏谑》《火!》《西摩伦的日记》（包括一、结婚周年；二、初犯之夜；三、孩子的来源；四、两个父亲；五、母情。）《小波尔多》《最后的忠告》《魂来》《圣玉梨烟教堂的花玻璃窗》《指示（一）》《指示（二）》《一个小说方法》《最后的情人》《华格勒的女信徒》《赎罪》，凡二十一篇。

无序跋。《赎罪》摘录如下：

吾友，以后的事你自然是知道的：平明时我之逃出布里野尔，我之安心入修道院，以及徒然费力的要请我回去等事。

……在这意外事中居然整整过了一年了。今天，万事全休，万事都收了场了。以前的鲁意士已不在了：你将来自然还看得见我，不过不会认识我了，因为此间的万苦把我甚么都破坏了。我的生命就在此间平安的，悲哀的度了上去：我只求上帝赶快的给你一位又清洁，又可爱，又体面的妇人，一如曾经梦想做你妇人的我一样。只要你得到了这种恩惠，我在此间也算把我们那种通常的罪过赎出了：因为我依然爱你的，我的爱人！我丝毫不责备你；除我之外，你并不是犯罪的……一直到你想及我时——以后——在你的少妇和你们的孩子傍（旁）边，我也不愿你有丝毫内疚的……只是为这个人保存一种温柔的纪念好了，她曾经把她的全体都给过你的：心与身；她并不知道拒绝你，因为她太爱你了——而且她不相信有做你的妇人的权力，一任她怎样的爱你！

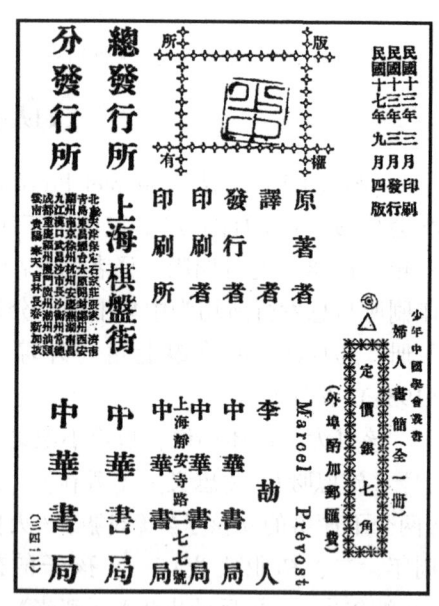

《马丹波娃利》

《马丹波娃利》，法国弗洛贝尔（Gustave Flaubert）著，译者为李劼人。题"少年中国学会丛书"（没有编号）。民国十四年（1925）印刷与发行（缺版权页），民国十七年（1928）九月再版（未见），民国二十二年（1933）四月三版。发行者与印刷者均为中华书局，印刷所与总发行所均为中华书局。分发行所为各地中华书局分支机构。全一册，578页，定价银一元二角（外埠酌加汇费）。所见两种版本内容基本相同。

该书书名《马丹波娃利》，今通译为《包法利夫人》。原著者弗洛贝尔，今通译为"福楼拜"。

无序跋。正文摘录如下：

> 末后，因要顺适潮流，他便定了一份医学杂志叫《医生的蜂房》，是新出的杂志，是他在广告上看见的。晚餐后他便读一会，不过那房间里的煖气，连着那胃口的消化作用，五分钟后就使他睡着了；于是他就睡在那里，下颔支在两手上，头发倒垂在灯盏脚下同鬣毛一样。爱玛看着他只是耸肩头。退一万步说来，难道她竟得不到这等一个男子来做丈夫吗，就是一个沉默寡言的热心人，夜间只在书本上用工，而六十岁时，到了风湿病的时代，在他旧礼服上佩一副十字徽章。她是极希望波娃利这个名字，这也是她的名字，是有光辉的，看见它陈设在书店里，看见它常在报纸上提说着，看见它知名于全法国。可是沙儿却一点野心也没有！有一个依歪妥的医生最近同他在一处诊病，在病人床上，一般拥挤不堪的亲属跟前，曾稍凌辱了他一次。当夜沙儿向她谈起这件事时，爱玛对于这同行的人好生发气。沙儿转而因之感动了。便带着眼泪把她的额头亲了一下。但是她越发惭愧，很想打他一顿，于是便走到过道中去把窗子打开，呼吸了一点鲜空气以自镇静。
>
> 她咬着嘴唇，低低的说道，"何等可怜的男子！何等可怜的男子！"

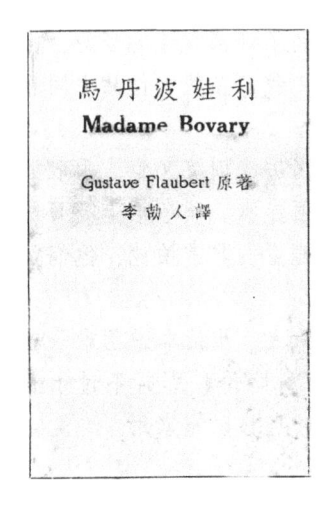

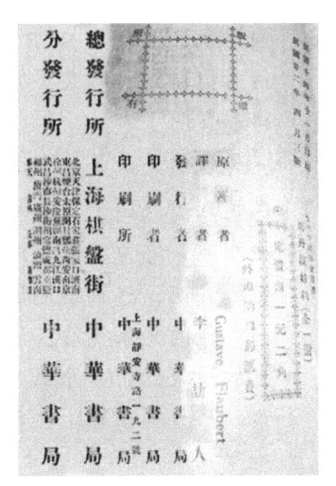

《盲音乐家》

《盲音乐家》，俄国科路伦科（Vladimir Korolenko）著，题"少年中国学会丛书"（没有编号）。民国十三年（1924）二月印刷与发行，民国二十三年（1934）八月四版。译者为张闻天，发行者与印刷者均为中华书局，印刷所与总发行所均为中华书局。分发行所为各地中华书局分支机构。全一册，179页，定价银五角（外埠酌加邮汇费）。此外还有民国二十年（1931）五月五版。

该书为中篇小说，凡二十章，无章目。

卷首有译者撰写的《科路伦科评传》，卷末无跋。《科路伦科评传》摘录如下：

  暴风雨的晚上，黑暗包围着一切，饥饿的虎狼怒吼着找求他们的食物，长途旅行者的衣服已经完全湿透了，寒冷侵入了他们的心肺，恐怖扼住了他们的喉咙。可怜的长途旅行者！他们已经绝望了，他们再没有力量走他们的路了。

  忽然间，有一点小小的火光在前面闪耀着。于是绝望了的长途旅行者，又有新希望产生了，他们因此得重新鼓着勇气向着那点光明进行了。

  科路伦科就是这点光明！

  华拉狄米·科路伦科（Vladimir Korolenko）生于一八五三年六月十五日，俄罗斯西南部（即小俄罗斯）齐都弥尔（Zhitomir）小镇上。从他的父亲方面说来，他是旧哥萨克家族的后裔，从他的母亲方面说来，他与波兰的贵族有关。由前者他得到了抑郁与诗的梦幻，由后者他得到了永久不间断的希望。这种特性，我们在他的作品中间看得非常明了。

  他的父亲是一个廉洁的法官。治家非常严厉。训练儿童，采取斯巴达式。他们平日所穿的衣服虽不恶，但均须赤脚。秋冬早上必须洗冷水澡，以为这样是锻炼儿童的最好方法。儿童们非常怕他，他们常常避开他，一直到他出去之后。

  他的父亲死后，只留下寡妇一人与孤儿六人。生活非常困难。善良的母亲开了一个寄宿的小学校借此餬口，科路伦科那时不过十五岁，尽力帮助她，并且自己到外面去教书找一点钱以充家用。

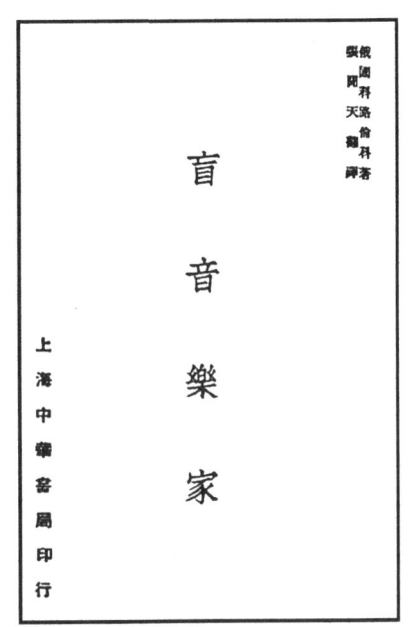

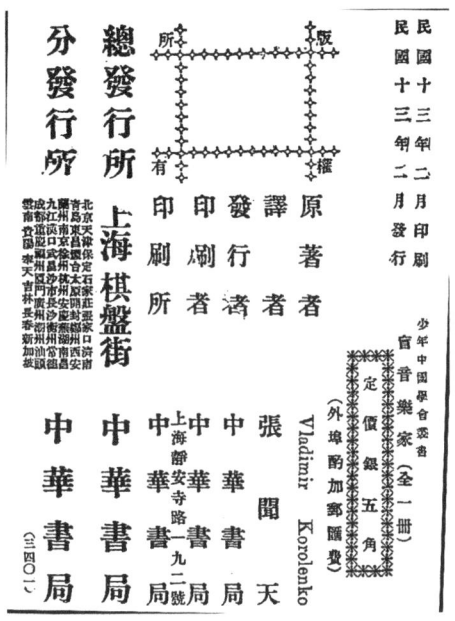

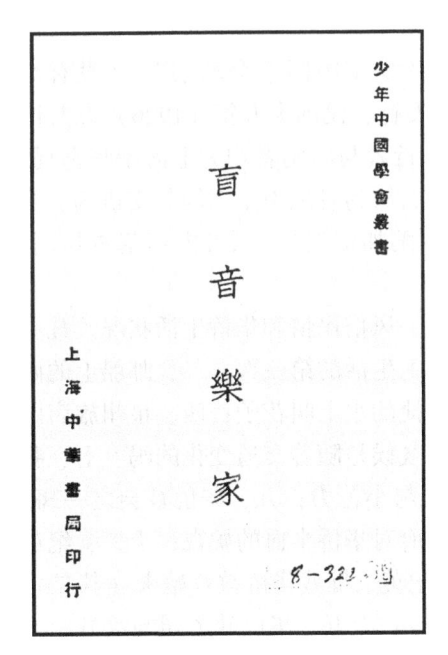

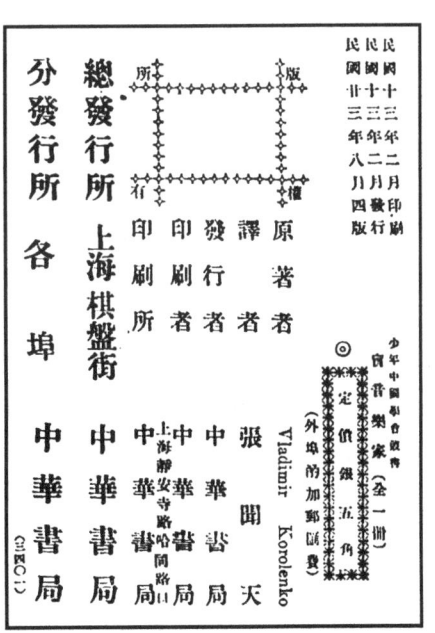

四　少年中国学会"文学丛书"叙录　591

一八七〇年，他在本镇学校毕业之后，即入圣彼得堡工业专门学校。在那里他在赤贫中过了二年。他的母亲因为家累一点也不能帮助他。所以课余之暇，他不能不到外面教书或是替人家抄写，找到一点钱。每日所食只面包，茶与番薯等而已。他在青年期的节俭，我们也可以想见了。

一八七二年，他离圣彼得堡赴莫斯科，入农业学院。二年后，因为他参与学生示威运动，被送到克伦斯特（Kronstadt）。二年后又回到圣彼得堡。在出版处充当读校之职。那时他就开始他的文艺生涯了。

他的短篇作品，后来集成一本，题为《真理追求者一生中的插话》出版。这时他被告为有政治犯的嫌疑。一八七九年被囚入牢，后来放逐到维泰加（Viatka）在那里住了一年，被送至加玛（Kama），数月后又被送至土木斯克（Tomsk）。他知道政府的目的是要把他送到西比利亚，于是草一信反抗这种责罚的不公。政府对于他的反抗的回答就是把他迁移到东西比利亚冰冻区域耶科斯克（Yakutsk）！

一九二三年五月志于美国加利福尼大学

《南洋旅行漫记》

《南洋旅行漫记》，梁绍文著。题"少年中国学会丛书"（没有编号）。民国十三年（1924）十月印刷与发行，民国十五年（1926）九月四版，民国十七年（1928）八月六版。发行者与印刷者均为上海中华书局，印刷所与总发行所均为中华书局。分发行所为各地中华书局分支机构。全一册，283页，定价银一元二角（外埠酌加汇费）。二者内容基本相同。其他版本未见。

该书游记，记述了南洋的山川风光、风俗民情和华侨生活状况。凡一百三十三节，有节目，依次为：一、海上生活的第一次；二、邮船上的两个印度人；三、机警可爱的孙领事与灵捷的水上叫花子；四、星州旅店中的臭虫；五、五风十雨的星架坡；六、气候是随着交通变化的吗？七、我所见的华侨总商会；八、华侨的大腹贾与小苦力；九、华侨社会之一斑；十、提倡学校后之华侨；十一、殖民政府对华侨半血的妒视；十二、纪英人摧残华侨教育始末（其一）；十三、纪英人摧残华侨教育始末（其二）；十四、纪英人摧残华侨教育始末（其三）；十五、华民政务司与汉奸；十六、世界上最懒惰的民族；十七、领事署与书报社；十八、不轻易同化于异族的特性；十九、二十年前之维新人物；二十、南洋之女豪杰；二十一、马来娇与黄阿福；二十二、日人南进之成功；二十三、创造与守成；

四　少年中国学会"文学丛书"叙录　593

二十四、海峡遇险记；二十五、海外的长江；二十六、槟榔屿的猴子；二十七、张弼士的偶像；二十八、谁是当今的皇上？二十九、槟榔屿的极乐寺；三十、槟岛华侨的奇风异俗；三十一、南洋华价的小孟尝；三十二、海浴中之鳄鱼；三十三、鳄鱼崇拜与猴子捉鳄鱼；三十四、游槟岛所得的印象；三十五、旅行苏门答腊的麻烦；三十六、几为海外一个囚徒；三十七、一礼拜的游历期限；三十八、热带地方多老人；三十九、漂亮的棉兰张领事；四十、雄视一方的张玛腰；四十一、梦幻泡影的资本家；四十二、亚齐人之壮烈；四十三、脉络贯通的华侨教育会；四十四、棉兰市；四十五、什么叫做"卖猪仔"？四十六、卖猪仔的黑幕；四十七、活入阿鼻地狱的猪仔；四十八、终身无期徒刑的猪仔；四十九、中国人的生命值不上半角洋钱！五十、伟大的烟田；五十一、马来半岛之游踪；五十二、记怡保之游；五十三、怡保锡矿之一瞥；五十四、轰烈的温生财冷酷的哇哇仔；五十五、吉隆坡与叶来；五十六、吉隆坡华侨之恶魔；五十七、陆佑发财的由来；五十八、谢怡盛的繁华梦；五十九、吉隆坡黑风洞的神话；六十、威震南洋的中国强盗；六十一、报纸的权威与女学风潮一瞥；六十二、吉隆坡市；六十三、芙蓉游踪；六十四、赴马六甲途中的烦；六十五、到马六甲头一天的见闻；六十六、寄迹存怀林；六十七、马六甲的云南疯汉；六十八、马来化的中国人；六十九、辛苦了曾江水；七十、郭新；七十一、短小精悍的刘韵琴；七十二、马六甲的历史及其政治地理；七十三、纪麻坡之游；七十四、马六甲海峡之风险；七十五、未赴爪哇前的预备；七十六、爪哇登岸的留难；七十七、海外二次拘留记；七十八、万里寻亲冤沉海底；七十九、李翻译离人骨肉；八十、害人终害己的李石生；八十一、可怕的木屋；八十二、巴达维亚红河的惨史；八十三、第一次看不见中国人力车夫的地方；八十四、爪哇之奇热；八十五、醇厚的华侨；八十六、马来戏的价值在那里；八十七、荷兰人亦有畏惧中国人的时候么？八十八、日本人的豪强与荷兰人的慑服；八十九、巴城的生活；九十、好贵的出席费啊；九十一、古灵精怪的博物院；九十二、全球植物的大总汇处；九十三、三宝井与喷火山；九十四、大植物园的略历；九十五、荷兰人的水利；九十六、荷兰人对于华侨教育采取的手段；九十七、世界上最有钱的中国人；九十八、大阔人的脾气；九十九、立志不嫁中国人的女子；一百、梵尔赛宫前的鳏夫寡妇；一〇一、苦恼的富豪；一〇二、黄仲涵妙法逃苛税；一〇三、华侨果有归国的机会么？一〇四、副领事的脸与学习领事的嘴；一〇五、泗水与三宝垅；一〇六、亡国后的梭罗；一〇七、最有价值的两所古庙；一〇八、最有价位的荒迹古寺；一〇

九、不可思议的神话；一一〇、爪哇伟大的伟楼；一一一、日惹之今昔；一一二、鹤立鸡群的万隆；一一三、华侨与五大产业；一一四、荷兰在南洋的霸权；一一五、荷属波罗洲与马嘉莎；一一六、游历爪哇的一个设计；一一七、乘船离埠的麻烦；一一八、离开爪哇的头一日；一一九、爪哇海上巧妙的鸦片烟枪；一二〇、航行中的伴侣；一二一、半途陆登的一幕；一二二、不幸之棋盘、一二三、"说错了"、一二四、迷离恍惚的祝寿；一二五、布满了街头巷尾的天醮；一二六、出帆缅甸首途记；一二七、没有父母的两个小宝贝；一二八、中国人的舒服主义；一二九、骄纵的生活；一三〇、什么东西杀了这个小孩；一三一、这两母子死得太凄惨了；一三二、几个可怜的游魂；一三三、金光夺目的瑞光大塔。

无序跋。《海上生活的第一次》摘录如下：

中国人到南洋去的止有（按：原文"止有"应为"只有"）两条路：一是从上海直放；一是从香港趁船（按：原文"趁船"，现今一般为"乘船"）。大概北方和中部的人喜欢从上海动身。南方闽粤的人都跑到香港放洋（按：原文为"放洋"）。但是从上海动身的止有（按：原文"止有"应为"只有"）邮船可搭，船费很贵，而船身很重，最少也有五千吨以上，不惯出门而怕晕船的人搭它是很好的。香港船艘比较的多些（差不天天都有去南洋的船期。）有大有小，任人拣择。船费亦便宜得多，但是船身很小，常常止有（按：原文"止有"应为"只有"）二千吨左右。（自然大的邮船也有。）倘有风浪，颠播（按：原文"颠播"应为"颠簸"）极大。这种船，多半是出惯门的老行江（按：原文为"江"）和到南洋发财去的华工搭的。我是由汉口起程的，所以来到上海搭邮船直放。

我动身的时候，是一九二〇年的春天。我所搭的邮船叫"甘马"S. S. Comer. 系属于大英公司的。那时船价比现在要便宜些——因为金价很便宜：我买的是二等舱位，价单是十四磅（镑）英金，照那时候算中国现洋，还不到六十块洋钱。在上海起椗（按：原文"起椗"应为"起碇"）的时候，中国搭客连我不过三人（后来到了香港增加一个。）其余都是英国人——因为这是他们回家 Homeward 的船（按：原文此处无逗号）所以格外人多。开行不到两天，就到了香港。

船上吃的都是西点西餐，早晨六点钟就有人送一杯咖啡茶，一碟饼干上加两只香蕉，这些东西都要在未起身之前食的。我们不知所

四 少年中国学会"文学丛书"叙录 595

以，觉得很奇怪！为什么未起床就送这些茶点进来，莫非是要催我们起身的意思么？

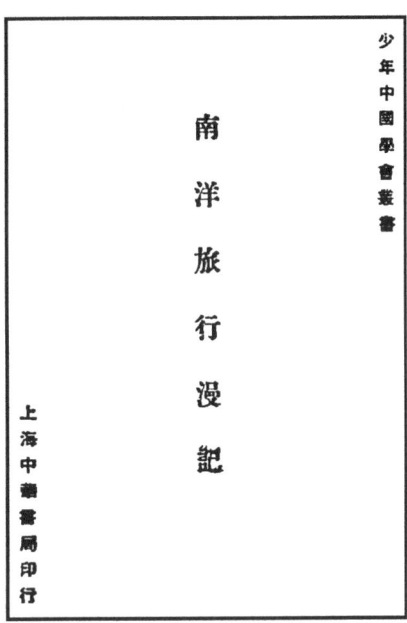

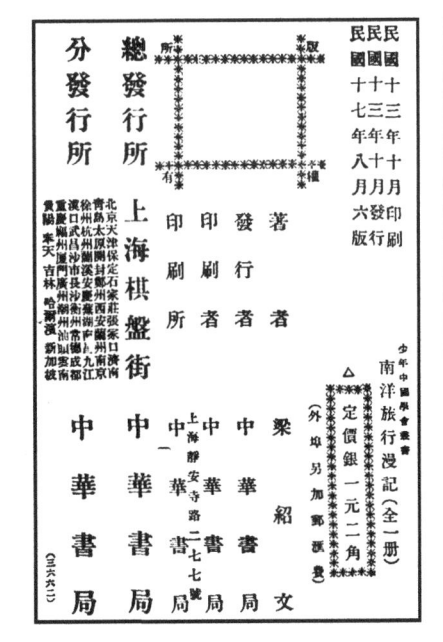

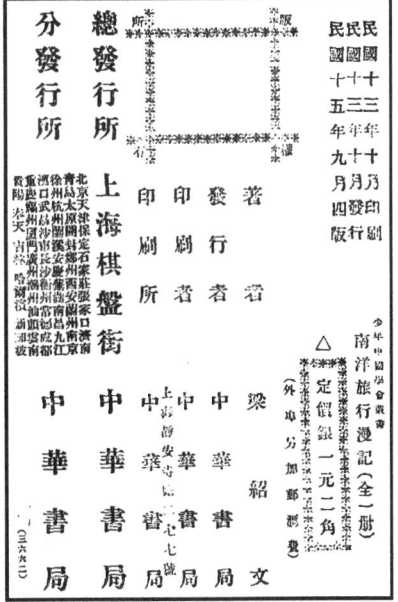

同房的两个中国人也莫名其妙，大家呆头呆脑的（按：原文为"的"）连忙就起身去洗面（按：原文为"洗面"）漱口，然后去饮那放冷了的咖啡茶。过了两天，偶然瞧见对房的一个外国搭客，他是睡在床上未起身的时候将那些点心和茶都吃了，打了两阵呵欠（按：原文"呵欠"，现今一般为"哈欠"），慢慢的（按：原文为"的"）才起来，先向浴房内洗身，其次方回睡房里洗面漱口，然后才正式穿上衣服的。我们无意中得着这个消息，才知道我们前两天实在是老乡。

《琪娥康陶》

《琪娥康陶》，意大利唐努遒（通译为"邓南遮"）著，题"少年中国学会丛书"（没有编号）。民国十三年（1924）十月发行（缺版权页），民国十七年（1928）十一月三版，民国廿九年（1940）五月四版。译者为张闻天，发行者与印刷者均为中华书局，印刷所与总发行所均为中华书局。分发行所为各地中华书局分支机构。全一册，120页，定价银七角（外埠酌加汇费）。三者内容基本相同。此外还有民国十五年（1926）九月再版本，笔者未见。

该书为戏剧。

卷首有《译者序言》，卷末无跋。《译者序言》兹录如下：

加贝里尔·唐努遒（Gabriele D'Annunzio）为意大利现代最著名的诗人、小说家与戏曲家。一八六三年生于维路奈省（Verona）之必斯加拉城（Pescara），为一贵族之子，曾毕业于罗马大学。一八九七年充当国会议员。欧战中曾经自立为菲姆（Fium）的统领，反抗意政府。失败后拟遁迹寺院，享受宇宙间清幽的美，但是好动的天性，使他这种计划失败了。

他是意大利的宠儿，也是意大利民族性的代表者。他对于宇宙的香，的色，的美，差不多没有一样遗漏的。他所依赖的武器就是他所天赋的异常锐敏的感官。他靠着他的锐敏的感官去领解着宇宙与人生。他的宇宙观与人生观，都是由他的实际的肉感上来的。西蒙士（Arthur Symons）说："现代的人没有一个像他那样全盘接受生命的物质的基础的。他只有从肉体上了解到精神的意义。"（见英译《快乐儿》的序言）

他除了自己的感觉，不晓得有其他什么精神的与道德的东西。所以他对于宗教，对于道德以至对于群众都没有信仰，但是他有信仰，他信仰自己。他有崇拜，他崇拜美。他是极端的个人主义者，也是唯美主义者。

他以为人生的目的是在快乐。他所谓快乐自然是肉体的快乐。他不知道精神的快乐。他说："快乐是自然供献给我们得到知识的最确定的方法。那些痛苦尝得更多的人一定不及快乐尝得更多的人聪明。"他所以崇拜美，也无非因为美是快乐的。

他的艺术方法是写实的。其实凡是意大利的艺术家都是写实主义者。他的表现力异常的强。任何事物只要经过他的描写，就变成生动而且美丽。所以唐努道也许不是一个真正的人生意义的解释者，或是一个真正的伟大的艺术家，但是他的表现力的强，已经足以使他不朽了。譬如在这篇《琪珴康陶》上，他用了这样美丽的文字，这样强烈而且不免有些残酷的艺术手腕，描写道德与艺术的冲突，我们读了它只有五体投地，对于世界稀有的天才为无穷的赞美罢了。

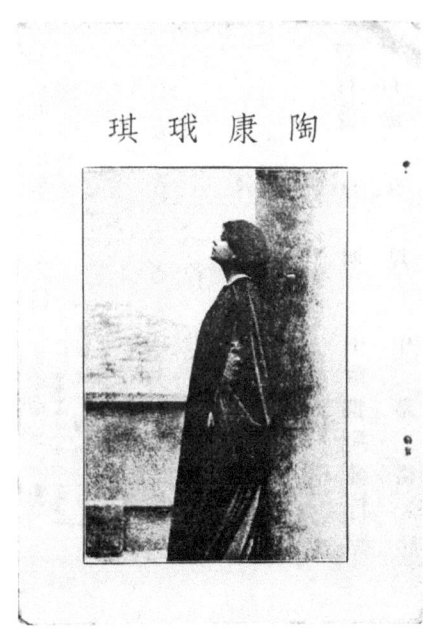

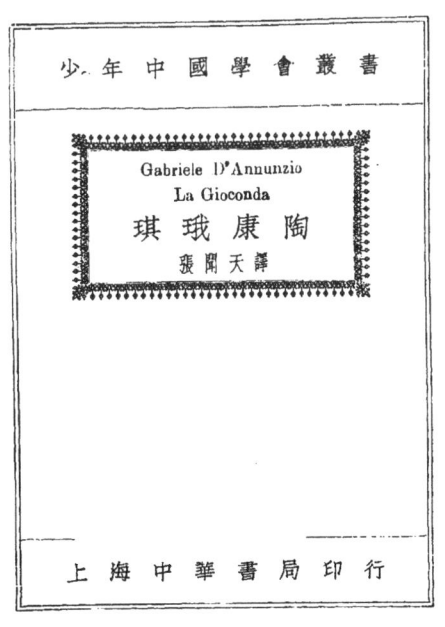

肉体的快乐是容易厌倦的，它永远驱迫着人们去找求新的快乐。一旦这种新的快乐不能实现的时候，对于这种追逐疲乏了的时候，人生的意义就没有了。于是意志强烈的人就以自杀为唯一逃遁之所。唐努逖的赞美死也就是在此。

快乐的福音的宣传者，死的赞美者，艺术美的渴仰者：这就是我们的唐努逖！

附白：

唐努逖的作品甚多。他的创作的第一期大那是诗与小说，第二期是戏曲。他改作戏曲家的动机，起于与女优爱伦娜拉·杜翠（Eleonora Duse）的结识。他的戏曲大半都是经她演过的。

他的小说与戏曲大都已译成英文。其中著名的小说有：《快乐儿》《山间的处女》《死之胜利》《生之火焰》等。戏曲有《琪珴康陶》（La Gioconda），《法兰西施加》（Fracesca da Rimini），《死城》《加里荷的女儿》等。《琪珴康陶》与《法兰西施加》均有西蒙士的译本，就是译者所依据的本子。

一九二三年八月六日于美国加利福利（尼）亚大学

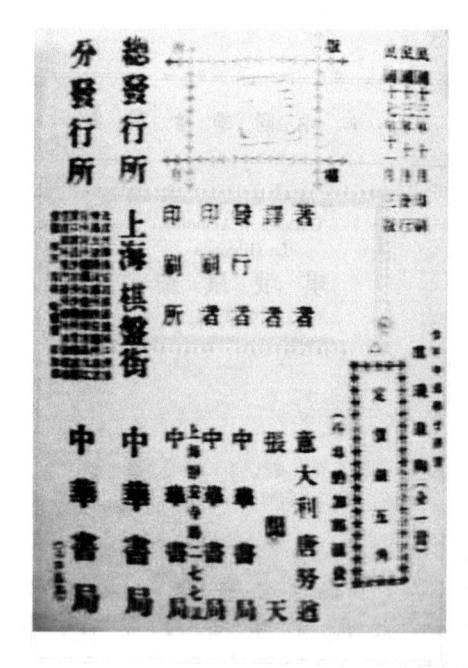

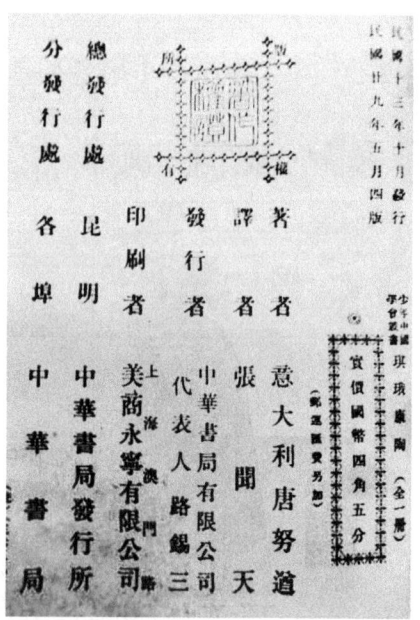

《人心》

《人心》，法国莫泊桑原著，李劼人译，"少年中国学会丛书"之一，上海中华书局 1922 年 4 月初版，1923 年 5 月再版。笔者未见。李译《人心》有多种版本，除了中华书局"少年中国学会丛书"版本外，还有

1935年中华书局"现代文学丛刊"版本，1947年作家书屋"世界古典文学名著"版本。

该书为长篇小说，分三部，每部又分若干章，无章目。

"现代文学丛刊"版本的译者《序》兹录如下：

> 莫泊桑的《人心》，经译者译了两次。头一次，在民国十年，可以说把原书译得一塌糊涂。彼时太过于冒昧，居然任其被印出来献丑；献丑之后，心上就好像压了一块沉重的石头；会发誓说：总有一天要把这石头的重量减轻一点的！并会写信给左舜生兄说过。
>
> 事隔十年，直到民国二十年，把学校中教书的事辞去，自己小本经营的一家小酒馆也因被绑票的朋友将儿子绑去绑倒了，萧然多闲，方才取出《人心》原本，又重新来译一遍，这就是第二次。
>
> 第二次译本与第一次译本比对之下，差不多是两个面目。第一次的面目好像是初学画脸谱的脸谱，第二次哩，自以为就清爽多了，虽未能将原来面目一丝不走的照样译画出来，但自信起码也做到了"眉目清扬"四个字，译完之后，重念一遍，心坎上所放的沉重石头，毕竟减轻了一些。
>
> 莫泊桑的笔调本来是清丽的，然而他最后所写的这部中篇小说《人心》，却风格一转，累赘的字句异常之多，抽象的写法也异常着重，不好读不好译在此，而读过了译过了觉得余味不尽的也在此。
>
> 方今之世，何世也？谈文学者不一步跨进"普罗"，便回头跑入"古典"，而介乎这中间不左不右不古不今的作品，那还值得一顾？此刻再来介绍自然派的莫泊桑的《人心》，而所抒写的又无非一种"布尔乔亚"的言情言爱；并且有关男女大防；一个三十几岁中年无妻的大小子，和一个行将三十中年丧夫的寡妇，饱食暖衣，无所事事，调情不已，至于淫乱，淫乱不足，还要自寻苦恼。此种著作，何关立国大本？更何关乎民族复兴？以之印行问世，岂非大大的不合时宜？
>
> 这种大道理，无论如何也说不清，最好是不要译这类的书，译了也应该扔在毛（按：原文为毛）厕里，不必拿来印行的，无如第一次造了孽，又曾发过誓，非重译一次不可，因此，才动了笔，要是不然，漫道心里不好过，犯了咒神，不其亦太可怕欤！
>
> 第二次译完，䝼（誊）正，而九一八的国难复临，似乎应该说点应景的话才对。恰好顺手又翻出了莫泊桑一篇较长的短篇小说《脂球》，写的是一八七一年法败于普，鲁昂城十个逃难人的故事。

这种题材，是多么好写得火辣辣的，多么好写出一种既愤且悱的力量的，然而可恶的自然派的莫泊桑，他老是那样不长进，偏要把人的底里揭穿到不留余地。可是，因为要把本子弄厚一点，也罢，权且把它附在《人心》后面罢。

二十三年十一月一日序于四川江北县民生机器工厂铁声锃鎝之中

"世界古典文学名著"版本的译者《人心重译小言》兹录如下：

姑不必言，"文章"是否"华国"，就譬如是一茎草，也得要有适宜的环境，适宜的养料，方能望它蓬勃的长大，至于开花结实；这种浅薄的道理，要是成为了普遍的常识，自然就不会像目前许多热心人，专门向着枯瘠至于几乎不能站得稳的瘦牛，责备它为什么不能像荷兰的乳牛，一天产生一百二十立突的牛奶，来滋养我们讲卫生的人了！

这本是不大美妙的景象，大时代已过了六年多，搜索于出版界中，尚不见有一部伟大的著作。凡是有能力写作的，谁不惭愧而焦灼？就像我这一名小卒，有时也不免叹气，而瞻望着许多灰败的静静的大旗！不过，我相信，后世的史家列论到这个时代的出版情形，必然会掘发出它的所以然，而比例于十九世纪帝俄的四十年代或六十年代去罢！

因此之故《人心》又重版了！

《人心》虽然不能如《马丹波娃利》《萨朗波》之为一个时代的伟大著作，然而比之同一著者的《一生》，就深刻多了，并且心理分析，只管佔（占）了全书一半的地位，但恰到好处，而不像稍晚一点的保尔·布尔惹（Paul Bourget）之入魔道；与许多同时代的作品比起来，毕竟是一部可爱的书。

书中所描写的几个人物，很显然为我们看得出的，一个是哲学家伯尔格森，一个是雕刻家罗丹。至于所指的那位专门玩弄女性，与之不能或离的小说家，正是作者的自道。作者的生命，甚至就送终在这种不求结果的爱情上面，已是人众皆知的事。所以他对于那个时代的布尔乔亚女性代表人物马丹毗尔仑才能写得那么尽致，也才写得那么又可厌而又动人。

正处于生活的荆棘状况之中，本打算借题发挥一点胸臆的，算了罢，不但牙齿痛到头目森森，把业已写出的七八千言，一阵冒火，撕了个粉碎，抑恐写将出来，不第无益于人，反而被人批评为失了

"诗人温柔敦厚"之旨,而影响到了本书,岂非无妄之灾!"不议"之时,还是"含蓄"点"蕴藉"点的好!

民国三十一年七月二十一日写于火伞下的菱窠

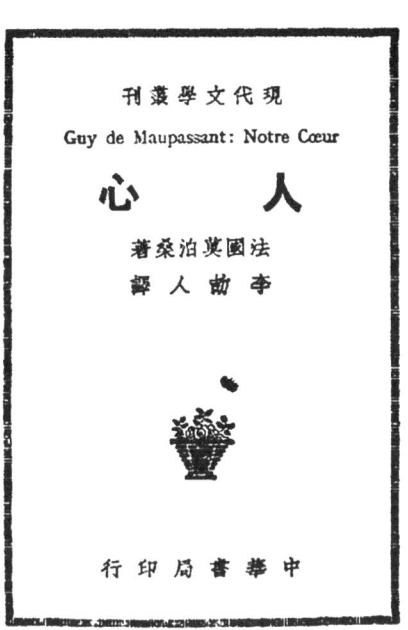

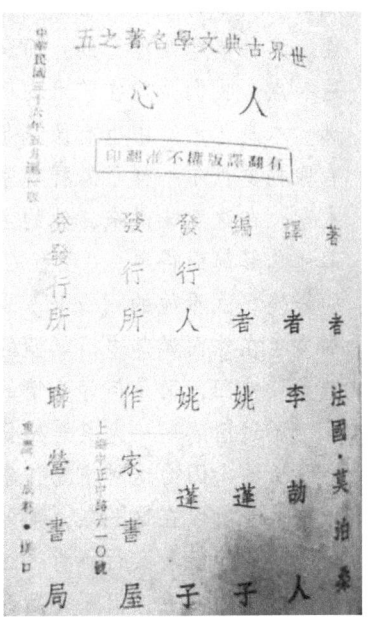

《日本现代剧选（第一集）》

《日本现代剧选（第一集）》，题"少年中国学会丛书"（没有编号）。民国十七年（1928）十一月印刷与发行。原著者为日本菊池宽，译者为田汉，发行者与印刷者均为中华书局，印刷所与总发行所均为中华书局。分发行所为各地中华书局分支机构。全一册，104 页。缺版权页。根据《丛书目录》，1924 年 12 月初版，1925 年 11 月再版。此外还有民国十七年（1928）二月三版。封面相同。

该书为日本现代戏剧选译，是菊池宽剧选，内收《父归》《屋上的狂人》《海之勇者》《温泉场小景》，凡四种。

卷首有译者田汉的《菊池宽剧选》，卷末无跋。《菊池宽剧选》摘录如下：

> 菊池和芥川龙之介、久米正雄、江口涣等同为"新思潮"的同人。（"新思潮"之出现与"白桦"相前后，其在日本文坛的势力亦与白桦派同人相伯仲。）菊池与芥川交最密，而性情主张初不一致。芥川承夏目漱石的遗绪，其艺术近于艺术至上主义。菊池为日本艺术家中有数的 moralist，其艺术于艺术固有的价值以外，必赋与一种社会的价值。芥川尝述菊池的印象说，——"菊池的生活法常常是彻底的。决不肯半途而止。他自己信为是正当的，他便一步一步的做去。这种信念是理智的，而同时必含着多少的人情味。我尊敬他便是这一点。我们是躲在艺术内面的，而在菊池则艺术仅为他的生活之一部。本来艺术家中也有像托尔思泰一样于怎样观察人生有兴味的，也有像福罗贝尔一样于怎样观察艺术有兴味的。菊池当是属于前者的艺术家。在这意味讲来，他的主张近于为人生的艺术。"这几句话批评菊池总算简而得要。"理智的，同时含着多量的人情味"这确是菊池的好处。试看他的《父归》一剧，不是具体的例吗？贤一郎对于他那多年在外面游荡老后始归的父亲的态度是何等理智的。但结果依然把父亲喊回，又是何等人情的。
>
> 不过情感——尤其是感伤——与理智始终不能两立。许多从事社会改造的人因为这种情感作祟，始终不能取彻底的理智的手段，而终于妥协。所以在这一点，菊池虽被芥川称他生活法彻底，自己所信为正当的，即着着实行不肯半途而止。而在新时代的人物看来，他依然是旧时代的后卫，而不是新时代的先驱。试以《父归》一剧为中心，

介绍日本两个批评家的菊池宽论。

民国十三年七月三十日田汉谨识于沪上。

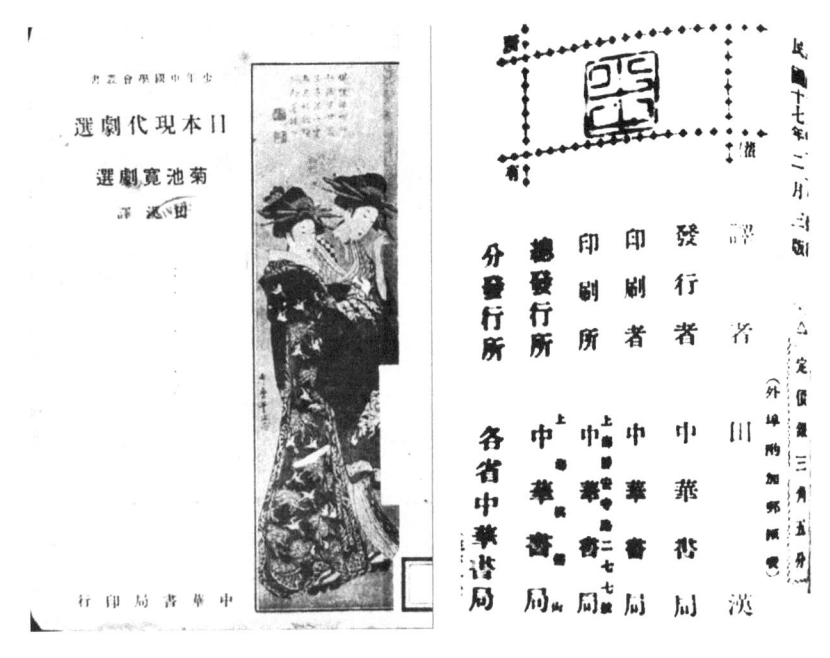

《沙乐美》

《沙乐美》，扉页题"少年中国学会丛书"（没有编号），而封面题"少年中国学会文学研究会丛书"（没有编号）。民国十一年（1922）十二月印刷，民国十二年（1923）一月发行，民国廿一年（1932）九月六版。原著者为英国王尔德，翻译者为田汉，发行者与印刷者均为中华书局，印刷所与总发行所均为中华书局。分发行所为各地中华书局分支机构。全一册，120页，定价银六角（外埠酌加汇费）。此外还有民国十九年（1930）三月五版本，笔者未见。

该书为一幕悲剧。其中有琵亚词侣所绘的插图十六幅，插画目录依次为：1. 月中的女人，2. 题面，3. 封面意匠，4. 插画表，5. 孔雀裙，6. 黑帽，7. 柏拉图式的悲叹，8. 约翰与莎乐美，9. 希罗底登场，10. 希律的眼睛，11. 胃的跳舞，12. 莎乐美之梳妆（1），13. 莎乐美之梳妆（2），14. 舞女的报酬，15. 顶点，16. 尾装。关于封面画，有这样一句说明："本书封面未采原图而存其意匠。"

卷首有《"密桑索罗普"之夜歌》作为"序言"，卷末无跋。《"密桑

索罗普"之夜歌》兹录如下:

"密桑索罗普"之夜歌
——此诗呈 Salome 之作者与寿昌——
郭沫若稿

无边天海呀!
一个水银的浮沤!
上有星汉湛波,
下有融晶泛流,
正是有生之伦睡眠时候。
我独披着件白孔雀的羽衣,
遥遥地,遥遥地,
在一只象牙舟上翘首。

啊!我与其学做个泪珠的鲛人,
返向那沉黑的海底流泪偷生,
宁在这缥缈的银辉之中,
就好像那坠落的星辰,
曳着带幻灭的美光,
向着"无穷"长殒!
前进!……前进!
莫辜负了前面的那轮月明!

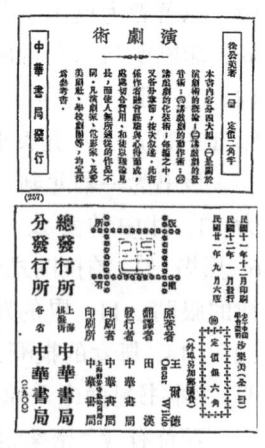

四　少年中国学会"文学丛书"叙录

《宋词研究》

《宋词研究》，胡云翼著。题"少年中国学会丛书"（没有编号）。民国十五年（1926）印刷与发行，民国十六年（1927）一月再版。发行者与印刷者均为上海中华书局，印刷所与总发行所均为中华书局。分发行所为各地中华书局分支机构。全一册，198页，定价银九角（外埠酌加汇费）。

该书分上下两篇，每一篇又分为若干章。上篇"宋词通论"，包括《研究宋词的绪论》《词的起源》《何谓词》《宋词的先驱》《宋词发达的因缘》《宋词概观（上）》《宋词概观（下）》《论宋词的派别及其分类》《宋词之蔽》。下篇"宋词人评传"，包括《引论》《词人柳永》《晏殊晏几道的小词》《张先的词》《六一居士的词》《东坡词》《词人秦观》《苏门的词人》《北宋中世纪的五词人》《词人周清真》《李清照评传（附录朱淑真）》《词人辛弃疾》《辛派的词人》《南渡十二词人》《词人姜白石》《姜派的词人》《词人吴文英》《晚宋词家》《宋词人补志》。附录"词的参考书"。

卷首有著者《自序》，卷末无跋。《自序》兹录如下：

> 宋词在中国文学史上，自有她的特殊地位，自有她的特殊价值。而作文学史的分工工作，对于宋词加以有条理的研究和系统的叙述的专箸（著），据我所知道的，现在似乎还没有。以前虽有词话，丛话一流书籍，偶有一见之得，而零碎掇拾，杂凑无章。我箸（著）这本书的动机，就是想将宋词成功组织化，系统化的一种箸（著）作。自然这样一本不到十万言的小册子，我决计不敢希冀对于文学界有很大的贡献。假如爱好文学的朋友们读了我这本书，能够由此而明了（一）词的内包外延；知道（二）宋词发展和变迁的状态；审识（三）宋词作家的作品及其生平；也许因此对于词的欣赏和研究，发生更大的兴趣，那便是作者的一点希冀了，不算奢望吧。
>
> 记得拙箸（著）初稿将要全部草成的时候，惨怛（按：原文为"怛"）的五卅血案发生了。当着那样举国悲愤呼喊运动之时，个人亦到处奔走，任务颇多。后来又受武汉学生联合会之委托，出席上海全国学生总会，并在沪杭一带，负责宣传。于是拙箸（著）的整理和校对完全停止工作了。最近同乡左舜生先生来函，嘱整理付印。适在病中，由友人镜湖、白华、振珊代为钞（按：原文为"钞"）录标

点，这是应该谢谢的。而承舜生先生详详细细为我校阅一过，尤其使我深深的心印。

民国十四年胡云翼序于国立武昌大学。

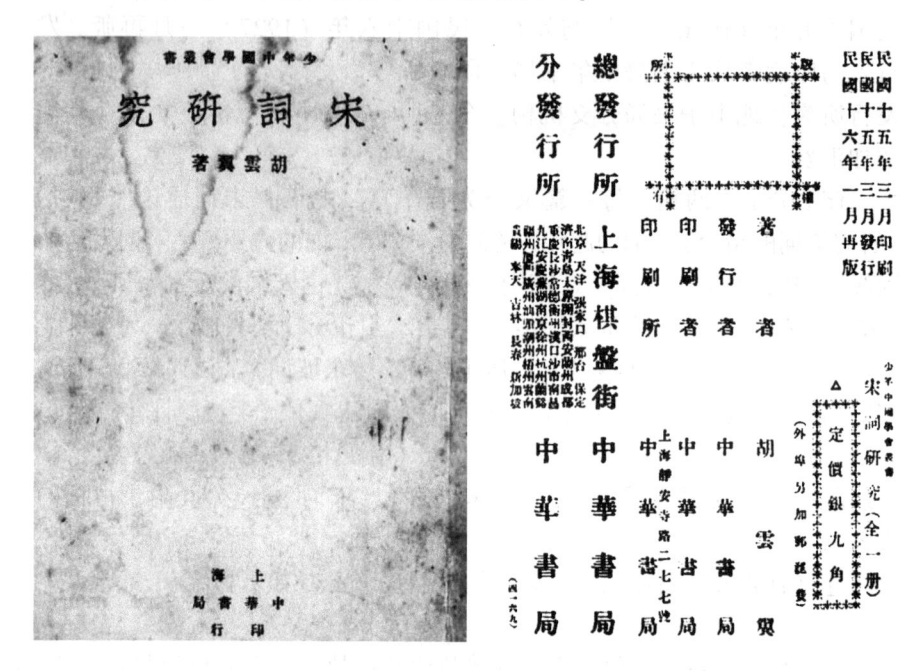

《小物件》

《小物件》，法国都德（Alphonse Daudet）著，译者为李劼人。封面题"少年中国学会文学研究会出版"，扉页题"少年中国学会出版"，却未见"少年中国学会丛书"字样（也许最初就是这样表示属于"丛书"之一种）。民国十一年（1922）十一月印刷与发行，民国十七年（1928）九月五版，民国二十年（1931）一月六版。发行者与印刷者均为中华书局，印刷所与总发行所均为中华书局。分发行所为各地中华书局分支机构。全一册，375页，定价银一元二角（外埠酌加汇费）。二者内容基本相同。其他版本未见。

该书为长篇小说，分两部，有目录，依次为：第一部：（一）作坊，（二）巴巴罗特，（三）他死了！请为他祈祷！，（四）红抄本，（五）谋你的生活，（六）小学生们，（七）监学大爷，（八）黑眼睛，（九）布瓜杭的公案，（十）恶劣的日子，（十一）我的好友剑师，（十二）铁环，（十三）尾约先生的钥匙，（十四）巴底士特舅父。第二部：（一）我的树胶鞋，（二）从圣里西野司铎处来的，（三）我的杰克母亲，（四）预算案的筹商，（五）白鹇鸪同第一层楼上的太太，（六）比野罗特的本传，（七）红玫瑰与黑眼睛，（八）鲑鱼街的咏诵，（九）你来卖磁器罢，（十）旖尔马海波尔，（十一）糖心，（十二）多罗果多低妮，（十三）劫夺，（十四）梦，（十五）（原无章目），（十六）梦终。

扉页题"地方给我的纪念简直是我的病痛之一种；我对于他的感触在一切情理之外。——色维捏夫人"。无序跋。

《小物件》还有李逴萃编述本，"通俗本文学名著"之一，1933年6月上海中学生书局出版。全书凡十六节，有节目，从略。全一册，86页，每册实价大洋二角。卷首有《前言》，卷末无跋。《前言》兹录如下：

> 都德（Alphone Daudet）（1840～1897）为法国的名小说家。他幼年贫苦，身体很弱，一八五七年他到巴黎找幸运，后即以著作为生。在他的小说《小物件》中，我们可以看出他自己的生活来。他的小说，在看厌了冗长的巴尔扎克（Honoré de Balzac）和左拉 Emile Zola 的作品后，再去看它，却有如服了一帖清凉剂，会发出一重快感的。他所写的，多是他锐敏的感觉感到的印象。他的作品，长短恰到好处，既不冗长，也不有意的简短，并不呆板，也不过分的热烈。他的风格是自然，细腻而生动的，有时又带些有趣的讽刺，——这就使得他的作品无一不格外动人，就是短篇小说，也还可以和短篇小说之王莫泊桑（Guy de Maupassant）相提并论的。他先出版的书籍是两本小诗，但是失败的。两篇剧本——《最后的偶像》和《白色的雏菊》——稍稍得了些成功。以后，他又发表小说，名誉渐起，《小物件》《磨房文札》《月曜日的故事》《莎孚》及《达哈士孔的狒狒》诸作，造成了他在法国文坛上的名位。
>
> 在本书里，读者可以证实作者的作品，"长短恰到好处""并不呆板""也不过分的热烈"是实在的。他那"自然，细腻而生动的有时又带些有趣的讽刺"更是到处皆是。读者自己去领会罢。至少，读这部有趣的作品，敢担保你们不至于在暑天里打瞌睡。
>
> 书中的主人公自然是小物件（达利爱洒特）然而，笔者宁愿同情那一头驴子（即小物件的哥哥，杰克爱洒特）的坚苦不拔的奋斗，不敢苟同小物件醉生梦死的可怜虫生活，尤其是在第二部中。然而，刻苦创业的杰克偏早死，而小物件那样的社会上的寄生虫，竟然坐享其成得到圆满的结束，大概读者们也会不同意这一点罢。
>
> 但是，杰克一心一意要他的弟弟作诗人，作高等闲人，只图空

名，不求实事求是为社会服务，这一点，现在不能不特别提出指摘它的错误的。也许这是作者故意讽刺社会的地方？

中译都德单行本作品，笔者所知有左列数种：（一）《小物件》（二）《达哈士孔的狒狒》（三）《莎弗》（四）《磨房文札》。

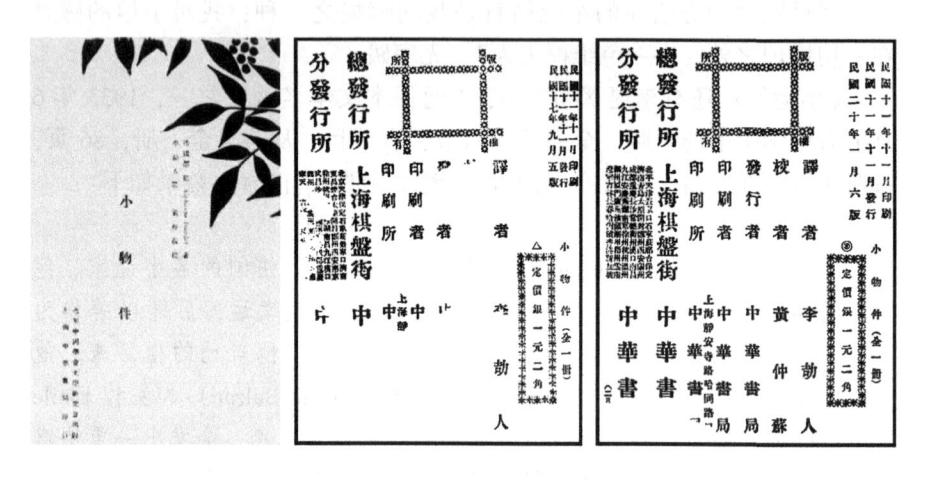

少年中国学会《少年中国学会丛书·莎翁杰作集》叙录

《哈孟雷特》

《哈孟雷特》，英国莎士比亚著，题"少年中国学会丛书·莎翁杰作集第一种"。民国十一年（1922）十一月印刷与发行，民国十九年（1930）三月六版。译者为田汉，发行者与印刷者均为中华书局，印刷所

四 少年中国学会"文学丛书"叙录 609

与总发行所均为中华书局。分发行所为各地中华书局分支机构。全一册，172页，定价银五角（外埠酌加汇费）。此外，还有民国十二年（1923）十一月再版本。

该书为戏剧。

卷首有《译叙》，卷末无跋。《译叙》兹录如下：

> 某莎翁学者拿莎士比亚所描写的人物和易卜生所描写的相比，谓"莎翁的人物远观之则风貌宛然，近视之是则笔痕狼藉，好像油画一样；易氏的人物则鬼斧神斤毫发逼肖，然使人疑其不类生人，至少也仅是人类某一时期中的姿态，好像大理石的雕像一样。"现在中国的美术馆里大理石雕像可搬来不少了。那么再陈列一些油画不更丰富些吗？所以引起了我选译《莎翁杰作集》的志愿。
>
> 莎翁的作者生涯略可分为四期：（一）习作期，（二）喜剧期，（三）悲剧期，（四）老成期。从二十四岁到三十一岁都是他的习作期；直到三十二岁作《威尼斯的商人》，才发挥了他作剧的天才。自时而后，纵其如江如海如火如荼的才气，草成无数世界文坛稀有的喜剧；以此受知于 Southampton, Essex 两伯爵，及 Pembroke 侯爵：是为第三期，莎翁最得意的时期也。然曾几何时，前日之保护者皆沦于惨境。S., E. 两伯俱坐谋叛，一系伦敦塔，一登断头台。莎翁自身也颇受嫌疑，又兼慈父见背，益忧伤抑郁不能自聊，造成第三期的各种悲剧，而《哈孟雷特》一剧尤沉痛悲怆为莎翁四大悲剧之冠。读 Hamlet 的独白；To be or not to be, that is the question。不啻读屈子《离骚》。现代多"哈孟雷特"型的青年，读此将作何感想？

我读此剧原书在民国七年侍舅氏梅园先生居东京时，当时颇有移译之志，梅舅亦多所勉励，望其有成。今译本已成而梅舅则遭奸人惨害阅一周年了，唉！我拿了这译本到哪里去告诉他呢？此译曾在《少年中国》上发表过四场，译完后细阅一过，发见错处不少，今虽已细心订正，然粗心之处恐仍不免。望海内师友不吝指教，俾于再版时订正；那不独是译者与读者的幸事，莎翁有灵亦当感谢不置。

民国十一年十一月九日　田汉

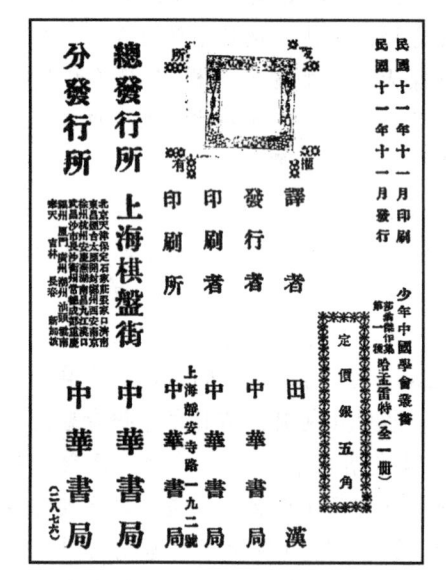

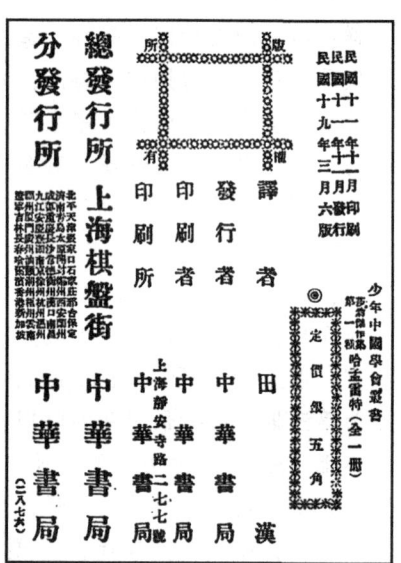

《罗蜜欧与朱丽叶》

《罗蜜欧与朱丽叶》，英国莎士比亚著，题"少年中国学会丛书·莎翁杰作集第六种"。民国十三年（1924）四月印刷与发行。译者为田汉，发行者与印刷者均为中华书局，印刷所与总发行所均为中华书局。分发行所为各地中华书局分支机构。全一册，138页，定价银六角（外埠酌加汇费）。此外，还有1925年2月再版，1930年5月四版。

该书为戏剧，共五幕，无幕目。

卷首有《说明者》，卷末无跋。《说明者》兹录如下：

本剧单述繁华的威挪那，
有两个声威相等的世家，
由旧怨产出新仇，

四 少年中国学会"文学丛书"叙录 611

弄得市民的手互染市民的血花。
天教这两个仇家的肚里，
降生一对薄命的情人；
他们那颠沛可怜的失败，
葬了他们的生命和他们父母的纷争。

他们这一段殉情的惨史，
和他们两亲不断的愤慨，
除非他们儿女之死才肯罢休，
便是现在敝剧场两点钟的买卖；
诸君若是以忍耐的耳朵清听，
此地有什么缺点我们当然竭力改正。

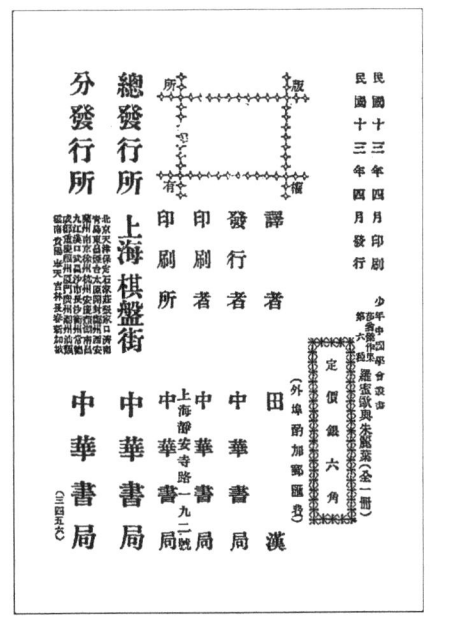

少年中国学会《少年中国学会小丛书》（文学类）叙录
《青春的梦》

《青春的梦》，题"少年中国学会小丛书"（没有编号）。民国十三年（1924）出版。著者为张闻天，发行者与印刷者均为中华书局，印刷所与总发行所均为中华书局。分发行所为各地中华书局分支机构。全一册，147页。缺版权页。

该书为话剧，共三幕，无幕目。

无序跋。正文摘录如下：

　　徐太太：我现在要你立刻同我回去！不要廉耻的东西，我徐家清白的名声被你扫地了。

　　兰芳：妈妈，你这是什么话？我做了什么，值得你这样的发气？（徐太太愈怒，她走近兰芳的身边想拉她的手。明心立在她们两人中间，保护着兰芳，徐太太喊仆人，国卿用力拉开了明心，徐太太拉住了兰芳的手。）

　　徐太太：不要廉耻的贱东西！去！回家去！

　　（兰芳挣扎着，面色变青。）

　　徐太太：（喊女仆）王干娘，你来帮助我，把她捉回去。

　　兰芳：（用力挣扎着）妈妈，你好好说我也许会回去，你用武力，我抵死不去！（仆人上前帮着徐太太。明心眼见兰芳无力，突然脱出了他父亲的手，用力推开女仆，国卿又奔上。明心见势不敌，然愤怒之势已不可遏，即奔到写字台旁，打开抽斗，拿出新式手枪一柄，对着徐太太与仆人。室内的人都发出恐怖的喊声。国卿见势凶猛不敢近前，仆人亦缩手，退避壁角，兰芳乘势逃出了她母亲的拉扯，奔到明心身边。他左手抱着她。）

　　明心：（面色变成惨白，他的话异常急迫而且带着颤抖。）好，兰妹，我们去！我们想自由与光明去！（面向着众人）好，过去恶势力的牺牲者与承继者，我们去了，我们再会吧！（他略一点头，预备走出。）

　　太太：（急着说）明心，明心，你怎么这样，毫不讲一点道理？

　　明心：妈妈，这不是我不讲道理，是她不讲道理！

　　徐太太：我不讲道理？谁？天老爷有眼睛……到底是谁不讲道理？……

　　明心：什么道理不道理？谁和你们再来讲道理？……你们的道理，我已经听够了！（又预备走路，他的面色已渐渐恢复了原状。）

　　国卿：明心！

　　太太：明心！你真的要走？

　　徐太太：（对着兰芳）不要廉耻的贱东西！……好，好，你去吧！你去吧！（愤恨与失望交替着显在她的年老的面上。）你去吧，不要廉耻的贱东西！以后……

太太：明心，你真的要走？

徐太太：以后不论你出去当娼当妾，我都不管！你已经……不是我的女儿。唉……

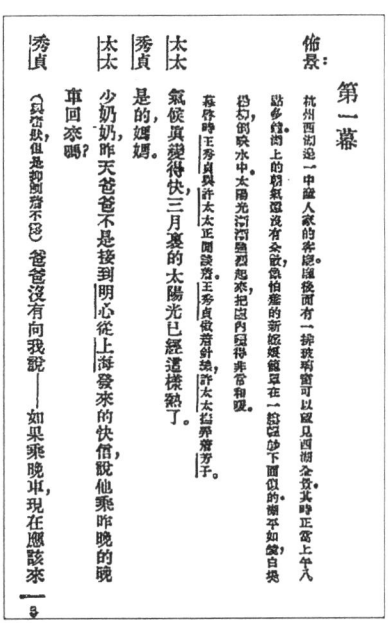

《同情》

《同情》，题"少年中国学会小丛书"（没有编号）。民国十三年（1924）一月印刷与发行。著者为李劼人，发行者与印刷者均为中华书局，印刷所与总发行所均为中华书局。分发行所为各地中华书局分支机构。全一册，152页，定价银三角五分。初版本缺版权页。民国十七年（1928）十一月四版。初版本与四版本内容相同，封面相同。

该书为日记体小说，属于儿童文学，不分章节。

卷首正文前有"引言"，卷末无跋。"引言"兹录如下：

于一种不意的牺牲之后居然寻见自己许久以来就在思想上萦回，而在实际上好像是绝了缘的一件事体，请想这个人当是如何的快乐，如何的欣慰！纵然这人曾因为吃了许多自家所不甘受的痛苦，在事中诚不免烦怨欲绝，然而事后总喜欢逢人便道的。我今天要把两个月的病榻日记择要写出，也就是这种意思了。

"同情"，我在国内把他寻觅了好多年完全白费了工夫到处遇见的只是一些冷酷、残忍、麻木、阴险、仇视，何等的失望！我尝自问："世界果然就是这种寡情的刦夺场吗？"然而答案又只是一个"否"字；并且说："试把我们的相砑书翻开看看，同情的例也不胜其举的，我们目下的社会想是受了催眠术，他那种冷酷……仇视，或者是暂时的现象；暂时在此处寻不着的东西，最好是到外面寻去。"不错，我到巴黎才十个月，居然就把他在一种不意的牺牲后寻得了。阿！同情！你的光明和色彩是甚（什）么原（元）素构成的？你的成熟期经了多久的日月？

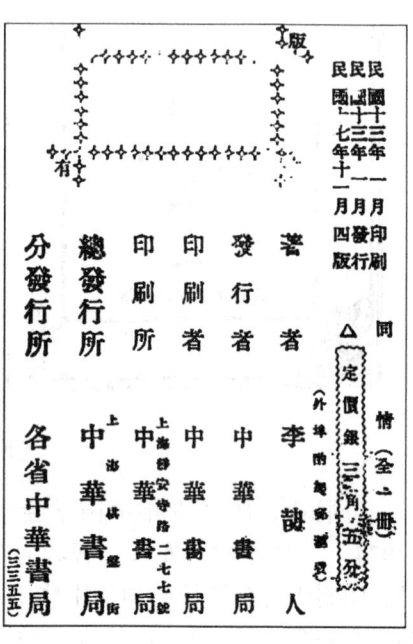

五 新潮社"文艺丛书"叙录

《春水》

《春水》，新诗集，冰心女士著，《新潮社文艺丛书》（扉页题，没有编号，广告《新潮社文艺丛书》编号为1）。北新书局一九二三年五月初版、一九三〇年五月七版。编者为周作人，发行者为北新书局，总发行所为上海北新书局，分发行所为各地北新书局分局。全一册，126页，实价五角。

该书收录新诗三十首，篇目依次为：《春水（一至一八二）》《迎神曲》《送神曲》《一朵白蔷薇》《冰神》《病的诗人（一）》《病的诗人（二）》《诗的女神》《病的诗人（三）》《谢思想》《假如我是个作家》《将来的女神》《向往》《晚祷（一）》《晚祷（二）》《不忍》《哀词》《十年》《纪事》《歧路》《中秋前三日》《十一月十一夜》《安慰（一）》《安慰（二）》《解脱》《致词》《信誓》《纸船》《乡愁》《远道》。

卷首有《自序》，卷末无跋。《自序》兹录如下：

"母亲呵！
这零碎的篇儿，
你能看一看么！
这些字——
在没有我以前，
已隐藏在你的心怀里。"
——录《繁星》一二〇——
十一，二一，一九二二，冰心。

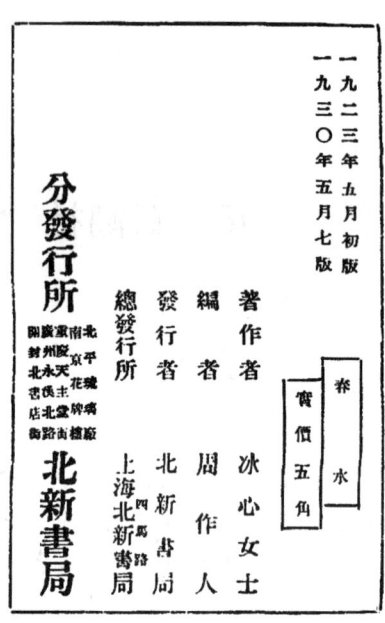

《点滴》

　　《点滴》，封面题"新潮丛书第三种"。北新书局民国九年（1920）八月初版。辑译者为周作人（北京大学教授），印刷者为财政部印刷局（北京彰仪门内白纸坊），发行者为北京大学出版部（北京汉花园），分售处为（北京中华书局，天津中华书局，群益书社、上海新青年社、中华书局、亚东图书馆），全两册，上册192页，下册186页，合计378页，定价大洋七角，外埠酌加邮费。上下两册封面相同，只录其一。

　　该书为近代名家短篇小说集，内收俄国托尔斯泰的《空大鼓》，俄国但兼珂的《摩诃末的家族》，俄国契诃夫的《可爱的人》，俄国梭罗古勃的《童子林的奇迹》《铁圈》，俄国库普林的《帝王的公园》《圣处女的花园》《晚间的来客》，俄国安特来夫的《齿痛》，波兰显克微支的《酋长》，波兰什郎斯奇的《诱惑》《黄昏》，丹麦安兑尔然（即安徒生）《卖火柴的女儿》，瑞典斯忒林培克的《不自然淘汰》《改革》，新希腊蔼夫达利阿谛斯的《扬奴拉媪复仇的故事》《扬尼思老爹和他驴子的故事》，南非须莱纳尔的《沙漠间的三个梦》《欢乐的花园》，日本江马修的《小小的一个人》，匈加利育珂的《爱情与小狗》；凡二十一篇。附录有《人的文学》《平民文学》《新文学的要求》。扉页题有尼采《察拉都斯德拉的序》中这样的一段话："我爱那一切，沉重的点滴似的，从挂在人上面的黑云，滴滴下落者：他宣示说，闪电来哩，并且当做宣示着而到底里去。"（唐俟译本）。卷末有"刊（勘）误表"。

卷首有周作人的《序言》，卷末无跋。《序言》兹录如下：

这一册里所收的二十一篇小说，都是近两年中——一九一八年一月至一九一九年十二月——的翻译，已经在杂志及日报上发表过一次的，本来还没有结集重印的意思。新潮社的傅孟真、罗志希两位先生却都以为这些译本的生命还有扩大的价值，愿意我重编付印；孟真往英国留学的前两日，还催我赶快编定，又要我在序文里将这几篇小说的两件特别的地方——一，直译的文体，二，人道主义的精神，——约略说明，并且将《人的文学》一篇附在卷末。我所以依了他们的热心的劝告，便决意编成这一卷，节取尼采的话，称为《点滴》，重印一回。

我从前翻译小说，很受林琴南先生的影响；一九〇六年住东京以后，听章先生的讲论，又发生多少变化，一九〇九年出版的《域外小说集》，正是那一时期的结果。一九一七年在《新青年》上做文章，才用口语体，当时第一篇的翻译，是古希腊的牧歌，小序有一节说，——

"什法师说，翻译如嚼饭哺人，原是不差。真要译得好，只有不译。若译他时，总有两件缺点：——但我说，这却正是翻译的要素。一，不及原本；因为已经译成中国语。如果还要同原文一样好，除非请谛阿克利多斯（Theokritos）学了中国语，自己来作。二，不像汉文，——有声调好读的文章，因为原是外国著作。如果同汉文一般样式，那就是随意乱改的胡（糊）涂文，算不了真翻译。"（十一月十八日）一九一八年答某君的通信里，也有一节，——

"我以为业后译本……应当竭力保存原作的'风气习惯语言条理'；最好是逐字译，不得已也应逐句译，宁可'中不像中，西不像西'，不必改头换面。……但我毫无才力，所以成绩不良，至于方法，却是最为适当。"（十一月八日）

在同一封答信里面，又有这一节，是关于小说的内容的，——

"以前选译几篇小说，派别并非一流。因为我因（的）意思，是既愿供读者的随便阅览，又愿积小成多，略作研究外国现代文学的资料，所以译了人生观绝不相同的梭罗古勃与库普林，又译了对于女子解放问题与伊孛然不同的斯忒林培格。"

但这些并非同派的小说中间，却仍有一种共通的精神，这便是人道主义的思想。无论乐观，或是悲观，他们对于人生总取一种真挚的态度，希求完全的解决。如托尔斯泰的博爱与无抵抗，固然是人道主义；如梭罗古勃的死之赞美，也不能不说他是人道主义。他们只承认单位是我，总数是人类；人类的问题的总解决也便包涵我在内，我的问题的解决，也便是那个大解决的初步了。这大同小异的人道主义的思想，实在是现代文学的特色。因为一个固定的模型底下的统一是不可能，也是不可堪的；所以这多面多样的人道主义的文学，正是真正的理想的文学。

我们平常专凭理性，议论各种高上的主义，觉得十分澈（彻）底了，但感情不曾改变，便永远只是空言空想，没有实现的时候。真正的文学能够传染人的感情，他固然能将人道主义的思想传给我们，也能将我们的主见思想，从理情（性）移到感情这方面，在我们的心的上面，刻下一个深的印文，为从思想转到事实的枢纽：这是我们对于文学的最大的期望与信托，也便是我再印这册小集的辩解（Apologia）了。

一九二〇年四月十七日，记于北京。

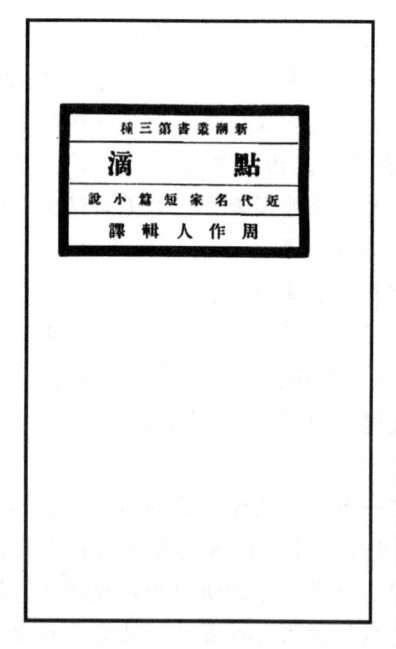

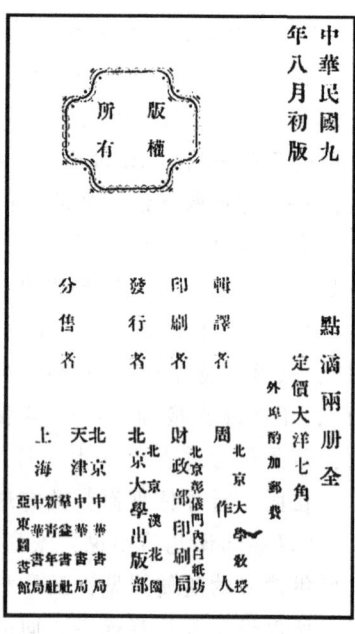

《序言》结束后,还附录这样两段话:

> 我本来不主张译音的;但近来有人觉得不便,常常省去了原字不看,全篇也就含胡(按:原文为"胡")了,所以现在重复译了音,却将原字附写在下面。
>
> 中国人称代名词的第三位,想来只有一个他字,现在添了一个伊字,指示女性,将他字定作男性代名词用。有人说,只有他字也没有什么不便,但我总觉得非有两个就不够用,——看《改革》这一篇便可明白,——所以迳(径)自分定了。

《纺轮的故事》

《纺轮的故事》,童话集,《新潮社文艺丛书》(扉页题,缺封面,不知编号)。北京新潮社一九二四年五月初版、一九二七年四月三版。发行者为新潮社,印刷者为京华印书局。全一册,278页,平装六角,精装九角。

该书由法国孟代(Catulle Mendès)作,Marion L. Peabody 画,Thomas L. Vivian 英译,CF 女士重译。

该书收入童话《睡美人》《三个播种者》《公主化鸟》《镜》《冰心》《致命的愿望》《可怜的食品》《钱匣》《可惊的吸引力》《跛天使》《两支雏菊》《亲爱的死者》《罗冷将军之悲哀》《最后的一个仙女》,凡十四篇,每篇一幅插图,凡十四幅。

首有《译者序》《英译者序》,卷末有三附录:附录一《失却的爱字》,附录二《德国格林作"睡美人"》,附录三《读〈纺轮的故事〉》(周作人)。

《译者序》摘录如下:

> 本书的特点,我以为最显著的是:
>
> (一)充满爱的空气。作者以为爱就是幸福,爱就是愉快,没有爱,便比什么都要苦痛。所以他在《失却的爱字》里说:"没有爱能有愉快吗?要是这个妖精所怀恨的国家,为战争所蹂躏,疫疠所迫害,也不会比遗忘这三个字(我爱你)的这样凄凉、悲痛和困苦的呵!"因为爱就是幸福,所以人们应该互相爱着,不爱是不正当的。请看他在《冰心》一篇中老妪对冰心说的话:"用冷酷的言语对答将整个心爱我们的人是不正当的。"

那么怎么能互相爱呢？只要你爱。你能忠实地爱着，对手方自然会感到你的爱，自然就会互相爱着。所以他在《致命的愿望》里说："没有东西能阻止一个人被爱的，只要他忠实地爱着。这是生命的甜蜜而永久的公律！——假使你是真爱公主，伊就会感到你的爱。"能够相互爱着，那便是幸福，那就什么都会顺利了。所以他在《公主化鸟》中说："件件事情都会顺利的，因为我们互相爱着呢。"

　　然而他所说的爱是普通的爱，不只限于男女之间的。你看波岛王子见了一只从天使身上撕下的翅膀，就触动了他的哀怜，决意把这只翅膀去送还失落这个的天使。奥林娜在露滴上铺了麦秆，使幼虫经过时不致（至）于沉溺了。三个少年走路时瞧见可怜的小虫经过小巷，很留心地不去踏死他：这都可以看出不只是爱人，而且是爱物了。因为作者主张爱，所以他所描写的主人公，都是使人爱的。慈悲心肠的波岛王子，义愤填胸的罗冷将军固然使人爱，孤高自赏的冰心，拒绝王子的睡美人，也觉得可爱的。所以我说：书中充满了爱的空气，是他的第一特色。

　　（二）想象的精美。例如《镜》中杰新泰因为不信自己的美貌，国中的镜子都被王后禁绝了，无从证实。他的情人同她去见王后，要求一面镜子，却在惹怒了王后，刽子手拔出刀来要杀她的情人时，在烁亮的刀光中证实了她的美貌。又如在《跛天使》中，王子的情人说："天使失却他的翅儿，为的是你接受了我的接吻。假使你能给我一个接吻，他决然会回复他的翅儿的。"这是何等巧妙而甜蜜的想像（象）呵！最妙的一段，亦是我最爱的一段，是在《三个播种者》中，描写三个少年在夜间听闻了一种声音，引起各人的猜度，各不相同。今引在下面：

　　假如在夜里，在繁星明静的光里，他们听闻了一种奇异的声音，这本不过是自然在伊的睡眠中的叹息，——假使有这样一种声音被听闻了，"听呵"，恩诺当将说，"这岂非是喇叭的声音吗？"克立沙又是一种样子，他将问，"这岂不是远远地一片金子滚进抽斗的声音吗？"而阿罗候将喃喃地说，"我想这必定是巢中小鸟的啾啾声——在他醒后再睡时的啾啾声。"

　　这一段不单想像（象）精美，文字也是娓妮动人的。这是本书的第二特点，此外的美妙处在 Vivian 的序言里已说得很透澈（按：原文为"澈"），似乎无（毋）庸我再列举了。

　　本书所译各篇，已于《觉悟》《妇女评论》及《晨报副镌》上陆续发表过。蒙友人均以刊行单行本为劝，故特再汇集刊印。这本童话集的英译本，承周作人先生借我，使我有翻译的机会，是应该道谢的。

一九二三，二，二五，CF志

《英译者序》兹录如下：

谁曾访过波尔群岛，那里雪花儿飘在茉莉花上；或曾漫游过勃罗茜冷的森林，那里奥林娜仙子有一次用燕麦的秆儿在露珠上筑桥，使幼虫们不致（至）于湿了伊们的丝绒的足儿呢？

谁知道蛙儿苗国的边境；能讲金岛闪铄（烁）的海的故事；且知脱来毕戍的最后一个国王的名字，或者叙述麦泰卿所失却的荣誉呢？

谁曾听过银翅的安琴安琪或縻流新的，伊们的脸儿惨白的姊姊赫明的；或刁恶放浪的眉来特令的故事呢？

亦许有几个沿着幻想之路走的旅客，他们曾经历过这些世外的桃园，而且一定还有许多秘幻的弟子，他们认识这些镜花泡影般的君主和神仙；但是对于一般的读者，甚且对于那些神仙的故事而言，这都可称为新国里的奇人了。

只为这个理由而没有别的，这部孟代的童话集——《纺轮的故事》的译本已该受人欢迎了。

可是这些故事所以能在童话的领域中占一位置。还有别种原因，就是因为他们的想像（象）的精美，虚构的境地的转换，使用成语的纯熟，以及具有普通的甜蜜和爱情。

所以他们虽然是童话，他们所描写的是时空间的虚幻的永不曾有的人物，但是他们怪较显现在表面的常有一种更深的意义；在他们的诙谐和奇异的背面藏着一种教训：古比（按：原文为"古比"）、严正或同情是这部《纺轮的故事》的作者的情绪。

因为有这些理由——还有许多没有说及的，这部《纺轮的故事》就小心地替他披上了英国的衣服；原书的轻松的笔锋亦许经过了这一种翻译而失却些，但原有的诙谐和细腻之处，我是极经心使他保存的。

Thomas J. Vivian

《读〈纺轮的故事〉》（周作人）从略。

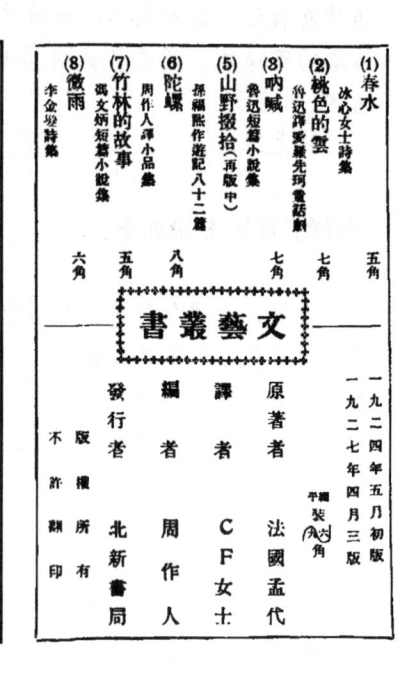

《两条腿》

《两条腿》，科学童话，（丹麦）爱华耳特（Carl Ewald）原著，Alexander Teixeira de Mattos 英译，李小峰译，周作人编，上海北新书局出版发行。一九二五年五月初版、一九二七年再版、一九三三年十月七版。笔者所见为七版本，全一册，126 页，实价四角五分。广告《新潮社文艺丛书》（原载《陀螺》，周作人译，新潮社 1925 年 9 月初版）编号为 6。

该书据英译本转译，并由鲁迅据德译本校订。凡十一篇，篇目依次为：《旧动物》《两条腿太太生一孩子》《两条腿初开杀戒》《时光流过》《两条腿扩充财产》《两条腿迁居草地》《两条腿开始耕种》《两条腿享受快乐》《旧动物大开会议》《牝狮》《许多年之后》。此外还有 Helen Jacobs 的绘画。

卷首有《周作人序》《译者叙》和《小引》，卷末无跋。《周作人序》兹录如下：

《两条腿》是一篇童话。文学的童话到了丹麦的安徒生（Hans Christian Andersen）已达绝顶，再没有人能够及他，因为他是个永远的孩子，他用诗人的笔来写儿童的思想，所以他的作品是文艺的创作，却又是真的童话。爱华耳特（Carl Ewald）虽然是他的同乡，要想同他老人家争这个坐（按：原文为"坐"）位，当然是不大有希望：天下那里还有第二个七十岁的小孩呢？但《两条腿》总不愧为一篇好的文学的童话，因为有她自己的特色。

自然的童话妙在不必有什么意思，文学的童话则大抵意思多于趣味，便是安徒生有许多都是如此，不必说王尔德（Oscar Wilde）等人了。所谓意思可以分为两种，一是智慧，一是知识。第一种重在教训，是主观的，自劝戒（按：原文为"戒"）寄托以至表述人生观都算在内，种类颇多，数量也很不少，古来文学的童话几乎十九都属此类。第二种便是科学故事，是客观的；科学发达本来只是近百年来的事，要把这些枯燥的事实讲成鲜甜的故事也并非容易的工作，所以这类东西非常缺少，差不多是有目无书，和上边的正是一个反面。《两条腿》乃是科学童话中的一种佳作，不但是讲得好，便是材料也很有戏剧的趣味与教育的价值。

《两条腿》是讲人类生活变迁的童话。文化人类学的知识在教育上的价值是不怕会估得太多的，倘若有人问儿童应具的基本常识是些什么，除了生理以外我就要举出这个来。中国人的小学教育，两极端的是在那里讲忠孝节义或是教怎样写借票甘结，无须多说，中间的总算说是要给予他们人生的知识了，但是天文地理的弄上好些年，结果连自己是怎么活着的这事实也仍是不明白。这种办法，教育家在他们的壶庐里卖的是什么药，我们外行无从知道，但若以学生父兄的资格容许讲一句话，则我希望小孩在高小修了的时候在国文数学等以外须得有关于人身及人类历史的相当的常识。不过现在的学校大抵是以职业和教训为中心，不大有工夫来顾到这些小事，动植物学的知识多守中立，与人的生理不很相连，而人身生理教科书又都缺一章，就是到了中学人还是不泌尿的。至于人类文化史讲话一类的东西更不是课程里所有，所以这种知识只能去求之于校外的读物了。我们现在有两个女儿，十二年来我时时焦虑，想预备一本性教育的故事书给她们看，在今"老虎追到腿后跟"却终于还未寻到一本好书，又没有地方去找教师或医生可以代担这个启蒙的责任，（我自己觉得实在不大有父范的资格，）真是很为难了。讲文化变迁的书倒还有一二，如已译出的《人与自然》就是一种有用的本子，但这是记录的文章，适于高小的生徒，在更幼小的却以故事为适宜。《两条腿》可以说是这种科学童话之一。

《两条腿》是真意义的一篇动物故事。普通的动物故事大都把兽类人格化了,不过保存他们原有的特性,所以看去很似人类社会的喜剧,不专重在表示生物界的生活现象;《两条腿》之所以称为动物故事却有别的意义,便因它把主人公两条腿先生当作一只动物去写,并不看他作我们自己或是我们的祖先,无意有意的加上一层自己中心的粉饰。它写两条腿是一个十分利己而强毅聪敏的人,讲到心术或者还在猩猩表兄之下,然而智力则超过大众,不管是好是坏这总是人类的实在情形。《两条腿》写人类生活,而能够把人当作百兽之一去看,这不特合于科学的精神,也使得这件故事更有趣味。

这本科学童话《两条腿》现在经李小峰君译成汉文,小朋友们是应该感谢的。所据系麦妥思(A. Teixeira de Mattos)英译本,原有插画数幅,又有一张雨景的画系丹麦画家原本,觉得特别有趣,当可以稍助读者的兴致,便请李君都收到书里去了。

十四年二月九日,周作人于北京记。

《译者叙》兹录如下:

这本童话集——《两条腿》,是周启明先生介绍给我翻译的,启明先生本来想自己译,且已动手译了几段,后因事忙搁下,听我说爱译这类著作,所以归我担任翻译。我费了两个月的工夫,总算替他披上中国的服装了,但我常想如果这工作在启明先生的手中完成,不知要精致多少呢。

本书的作者是丹麦爱华耳特,我所根据的是麦妥思的英译本。译本比原本多《两条腿征服风》《两条腿征服蒸气》《两条腿征服电气》《两条腿的将来》等四章,译者申明是他加入的。我曾经完全译出来,登在《晨报副镌》上,现在因为他写风和电气等处太凶险,不很自然,所以没有收入。还有一篇小引《童话的故事》,为德译本所无,大约也是麦妥思所加,其中有一二节很有意思,所以收入了。

我这译稿在付印之前,曾经鲁迅先生比对德译本校改过。如第六章第四节:羊忧愁地说"而且保护我们的是一个也没有",第七章第二节:蓟草和酸模,紫罗和还有许许多多别的东西,第三节:两条腿答道,"你很好,但你于我无用",第十一章第一节:"有篷帐可以喝饮料和冷的饮料,还有篷帐可以跳舞和游戏"等数段,都是英译本所无,对了德译本替我加入的。两译本有差异之处,比较其长短,从德译本而修改者也有好几处。

　　书中的插图都是从英译本中选出的，章首的图原来只选了三四幅，后来因为题目的关系，只选几幅颇不一致，所以一并收入了。图中的题目是先用白纸将英文贴没，然后将排印成的中文题目字剪开排匀黏上，再用照相照出，制成梓版，所以颇觉美观。前半的工作是我的妻替我作的。

　　启明先生借给我这本书，使我有翻译的机会，且在序中给本书以新的解释，使读者得深一层的了解，我很感谢。初稿承孙伏园兄替我登在《副镌》上，随译随登，鼓励着我，使我的工作不致中辍。我也很感谢。我尤其应当感谢鲁迅先生，他对照着德译本将我的译稿加以精细的修正。

　　再后我应当感谢妻的帮助，这本书的大半是我口讲，我的妻代我笔述的。

　　一九二五，五，十，小峰

　　附志：《两条腿》之文德译者为 O. Reven-thew，其文在 C Ewald 之短篇小说集 Bilder aus dem Tier-und Pflem-zenleben 中。

《呐喊》

《呐喊》，鲁迅著，《文艺丛书》（扉页题，没有编号），广告《新潮

社文艺丛书》（原载《陀螺》，周作人译，新潮社 1925 年 9 月初版）编号为 3。北京新潮社一九二三年六月付印、一九二三年八月初版。编者为周作人，发行者为新潮社，印刷者为京华印书局。全一册，272 页，实价大洋七角。

该书收录短篇小说凡十五篇，篇目依次为：《狂人日记》《孔乙己》《药》《明天》《一件小事》《头发的故事》《风波》《故乡》《阿 Q 正传》《端午节》《白光》《兔和猫》《鸭的喜剧》《社戏》《不周山》。

卷首有《自序》，卷末无跋。《自序》摘录如下：

我在年青时候也曾经做过许多梦，后来大半忘却了，但自己也并不以为可惜。所谓回忆者，虽说可以使人欢欣，有时也不免使人寂寞，使精神的丝缕还牵着已逝的寂寞的时光，又有什么意味呢，而我偏苦于不能全忘却，这不能全忘的一部分，到现在便成了《呐喊》的来由。

我有四年多，曾经常常，——几乎是每天，出入于质铺和药店里，年纪可是忘却了，总之是药店的柜台正和我一样高，质铺的是比我高一倍，我从一倍高的柜台外送上衣服或首饰去，在侮蔑里接了钱，再到一样高的柜台上给我久病的父亲去买药。回家之后，又须忙别的事了，因为开方的医生是最有名的，以此所用的药引也奇特：冬天的芦根，经霜三年的甘蔗，蟋蟀要原对的，结子的平地木，……多不是容易办到的东西。然而我的父亲终于日重一日的亡故了。

有谁从小康人家而坠入困顿的么，我以为在这途路中，大概可以看见世人的真面目；我要到 N 进 K 学堂去了，仿佛是想走异路，逃异地，去寻求别样的人们。我的母亲没有法，办了八元的川资，说是由我的自便；然而伊哭了，这正是情理中的事，因为那时读书应试是正路，所谓学洋务，社会上便以为是一种走投无路的人，只得将灵魂卖给鬼子，要加倍的奚落而且排斥的，而况伊又看不见自己的儿子了。然而我也顾不得这些事，终于到 N 去进了 K 学堂了，在这学堂里，我才知道世上还有所谓格致，算学，地理，历史，绘图和体操。生理学并不教，但我们却看到些木版的《全体新论》和《化学》《卫生论》之类了。我还记得先前的医生的议论和方药，和现在所知道的比较起来，便渐渐的悟得中医不过是一种有意的或无意的骗子，同时又很起了对于被骗的病人和他的家族的同情；而且从译出的历史上，又知道了日本维新是大半发端于西方医学的事实。

因为这些幼稚的知识，后来便使我的学籍列在日本一个乡间的医学专门学校里了。我的梦很美满，预备卒业回来，救治像我父亲似的被误的病人的疾苦，战争时候便去当军医，一面又促进了国人对于维新的信仰。我已不知道教授微生物学的方法，现在又有了怎样的进步了，总之那时是用了电影，来显示微生物的形状的，因此有时讲义的一段落已完，而时间还没有到，教师便映些风景或时事的画片给学生看，以用去这多余的光阴。其时正当日俄战争的时候，关于战事的画片自然也就比较的多了，我在这一个讲堂中，便须常常随喜我那同学们的拍手和喝采（彩）。有一回，我竟在画片上忽然会见我久违的许多中国人了，一个绑在中间，许多站在左右，一样是强壮的体格，而显出麻木的神情。据解说，则绑着的是替俄国做了军事上的侦探，正要被日军砍下头颅来示众，而围着的便是来赏鉴这示众的盛举的人们。

这一学年没有完毕，我已经到了东京了，因为从那一回以后，我便觉得医学并非一件紧要事，凡是愚弱的国民，即使体格如何健全，如何茁壮，也只能做毫无意义的示众的材料和看客，病死多少是不必以为不幸的。所以我们的第一要著，是在改变他们的精神，而善于改变精神的是，我那时以为当然要推文艺，于是想提倡文艺运动了。在东京的留学生很有学法政理化以至警察工业的，但没有人治文学和美术；可是在冷淡的空气中，也幸而寻到几个同志了，此外又邀集了必须的几个人，商量之后，第一步当然是出杂志，名目是取"新的生命"的意思，因为我们那时大抵带些复古的倾向，所以只谓之《新生》。

《新生》的出版之期接近了，但最先就隐去了若干担当文字的人，接着又逃走了资本，结果只剩下不名一钱的三个人。创始时候既已背时，失败时候当然无可告语，而其后却连这三个人也都为各自的运命所驱策，不能在一处纵谈将来的好梦了，这就是我们的并未产生的《新生》的结局。

我感到未尝经验的无聊，是自此以后的事。我当初是不知其所以然的；后来想，凡有一人的主张，得了赞和，是促其前进的，得了反对，是促其奋斗的，独有叫喊于生人中，而生人并无反应，既非赞同，也无反对，如置身毫无边际的荒原，无可措手的了，这是怎样的悲哀呵，我于是以我所感到者为寂寞。

这寂寞又一天一天的长大起来，如大毒蛇，缠住了我的灵魂了。

然而我虽然自有无端的悲哀，却也并不愤懑，因为这经验使我反省，看见自己了：就是我决不是一个振臂一呼应者云集的英雄。

只是我自己的寂寞是不可不驱除的，因为这于我太痛苦。我于是用了种种法，来麻醉自己的灵魂，使我沉入于国民中，使我回到古代去，后来也亲历或旁观过几样更寂寞更悲哀的事，都为我所不愿追怀，甘心使他们和我的脑一同消灭在泥土里的，但我的麻醉法却也似乎已经奏了功，再没有青年时候的慷慨激昂的意思了。

S会馆里有三间屋，相传是往昔曾在院子里的槐树上缢死过一个女人的，现在槐树已经高不可攀了，而这屋还没有人住；许多年，我便寓在这屋里钞（抄）古碑。客中少有人来，古碑中也遇不到什么问题和主义，而我的生命却居然暗暗的消去了，这也就是我惟一的愿望。夏夜，蚊子多了，便摇着蒲扇坐在槐树下，从密叶缝里看那一点一点的青天，晚出的槐蚕又每每冰冷的落在头颈上。

那时偶或来谈的是一个老朋友金心异，将手提的大皮夹放在破桌上，脱下长衫，对面坐下了，因为怕狗，似乎心房还在怦怦的跳动。

"你钞（抄）了这些有什么用？"有一夜，他翻着我那古碑的钞（抄）本，发了研究的质问了。

"没有什么用。"

"那么，你钞（抄）他（它）是什么意思呢？"

"没有什么意思。"

"我想，你可以做点文章……"

我懂得他的意思了，他们正办《新青年》，然而那时仿佛不特没有人来赞同，并且也还没有人来反对，我想，他们许是感到寂寞了，但是说：

"假如一间铁屋子，是绝无窗户而万难破毁的，里面有许多熟睡的人们，不久都要闷死了，然而是从昏睡入死灭，并不感到就死的悲哀。现在你大嚷起来，惊起了较为清醒的几个人，使这不幸的少数者来受无可挽救的临终的苦楚，你倒以为对得起他们么？"

"然而几个人既然起来，你不能说决没有毁坏这铁屋的希望。"

是的，我虽然自有我的确信，然而说到希望，却是不能抹杀的，因为希望是在于将来，决不能以我之必无的证明，来折服了他之所谓可有，于是我终于答应他也做文章了，这便是最初的一篇《狂人日记》。从此以后，便一发而不可收，每写些小说模样的文章，以敷衍朋友们的嘱托，积久了就有了十余篇。

在我自己，本以为现在是已经并非一个切迫而不能已于言的人了，但或者也还未能忘怀于当日自己的寂寞的悲哀罢，所以有时候仍不免呐喊几声，聊以慰藉那在寂寞里奔驰的猛士，使他不惮于前驱。至于我的喊声是勇猛或是悲哀，是可憎或是可笑，那倒是不暇顾及的；但既然是呐喊，则当然须听将令的了，所以我往往不恤用了曲笔，在《药》的瑜儿的坟上平（按：原文为"平"）空添上一个花环，在《明天》里也不叙单四嫂子竟没有做到看见儿子的梦，因为那时的主将是不主张消极的。至于自己，却也并不愿将自以为苦的寂寞，再来传染给也如我那年青时候似的正做着好梦的青年。

这样说来，我的小说和艺术的距离之远，也就可想而知了，然而到今日还能蒙着小说的名，甚而至于且有成集的机会，无论如何总不能不说是一件侥幸的事，但侥幸虽使我不安于心，而悬揣人间暂时还有读者，则究竟也仍然是高兴的。

所以我竟将我的短篇小说结集起来，而且付印了，又因为上面所说的缘由，便称之为《呐喊》。

一九二二年十二月三日，鲁迅记于北京。

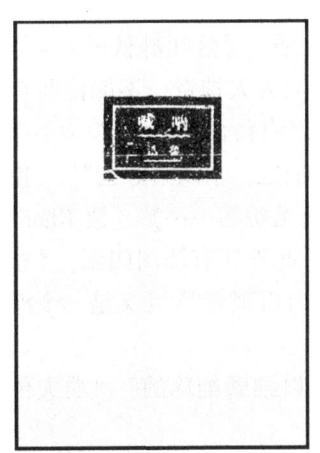

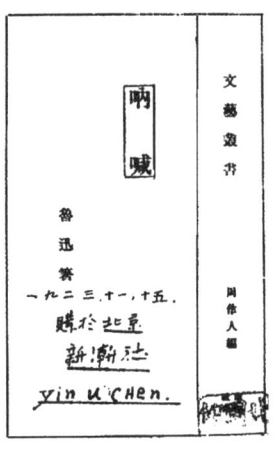

《山野掇拾》

《山野掇拾》，散文、游记，孙福熙著作，《文艺丛书》（未题），广告《新潮社文艺丛书》（原载《陀螺》，周作人译，新潮社1925年9月初版）编号为5。新潮社一九二五年二月初版。发行者为北新书局、发行处为新潮社（北京大学第一院）。全一册，273页，价格不详。此外，还有北新书局1927年2月再版本，全一册，301页，实价9角。内容与初版本相同。

本书收录旅法散记八十余篇，篇目依次为：《我为什么有这个旅行》《山活车不留》《上公用自动车》《五法郎六十生丁》《车中的和平空气》

《峰谷起伏中的小村》《恶劣的推测》《反直不想与人相打》《绿衣》《我的寓所》《我的惯常是什么?》《尽量吃饱的果园》《细磨细琢的春台》《何处是乐土?》《你在中国也常常这样的游逛高山的吗》《吃木犀肉》《山雀的研究》《猫山之民》《找寻画景》《爱乡土》《"同我来!看好东西去"》《我尽我的力做就是了》《礼拜堂的钟声响了》《"坐在刺花上了"》《在三村公有的柴山中》《倘若我是童养媳》《山林中的出产》《倦怠的无聊》《静默而有生动的音乐》《两个勇敢的青年》《"我总有点不大相信!"》《谁寄来的四封信?》《"一回儿见"》《面与粉的意义》《扣动心弦深处》《在浅滩上泼水的小孩》《画后归来遇雨》《一段美妙的历史》《"快喝热酒!"》《忙收获》《乡人寿长》《牛何知?》《野花香醉后》《跳蚤给我的不安》《城市空气》《一日间的心的起伏》《兔和我》《桃色的云》《"啊!"》《我纪念我的姑母和父亲》《笑之所从出》《建立共和以后的一块石头》《吸鼻烟的爱》《过夏》《因平直公道而失败》《做美的机会》《节日》《"各有各的职业"》《养花天——打画天》《凉风和美景》《我从来没有梦想过》《在猫山上的我们》《美景》《一日中游两处瀑布》《小规模》《一个偶得的好机会》《两种不同的性质》《落叶舞秋风》《行人与晨星一样寥落的早晨》《回到村中》《我的能力太神奇,不能使我自信》《开得更繁荣的花,结得更香美的果》《"吾有待而然者耶?"……》《礼和理》《小小的一个心》《两种花蕾》《"匪报也,永以为好也"》《畏风雪的花蕾之在春日》《做老年人或小孩子原是无妨的……》《渡Rhone河三次》《回到里昂》《我为什么有这个记述》。此外还有插图四副:《扣动心弦深处》《"你们去多逛一会,等我画好之后再来看"》《又是一个海天远别》《在夕阳的抚弄中的湖景》。

扉页题:"我纪念我的姑母和父亲","他们以细磨细琢的""功夫传授给我,然而""我远不如他们了!"

卷首有《序》,卷末有《孙福熙写给朱自清的一封短信》。《序》兹录如下:

> 我的好友孙福熙,这是你的第一本书,你给我一个很大的荣誉,请我为这本书作一篇序,以介绍你于大众之前。我很知道,在一个著作家的一生中,没有比这个意志的第一个表现更好的时间的了。在人生的舞台前,注意于妥善的描写十分灵敏的感觉的各种不同的情况。
>
> 你是怎样的叙述你在Savoie旅行时的印象的呢?我是不懂中国文的,我似乎是很难于来谈论这个了。其实,我有许多资料可以指示我

对于你的游记的优点的批评。

第一，我有你给我看的若干页的译文；其次，装饰在书面上的动人的风景画，是从你的笔下出来的，图画是最完美的万国语，为我所懂得的。最后，除我们的许多次谈话的机会以外，今年夏季，在法国西部的我们的旅行中，我能够天天珍重你的人格的价值。我能够说，不是想无益的恭维你，你的观察事物的细致只有你的博学者的智识的广大可与相比，这不是我一人的意见，你的朋友们早已为了要表示他们对于你的特别的推重，给你一个别号为细磨细琢的春台。

我之所以爱你的可贵的文学天才者，不但从我们的友谊上着想，而且因为你的著作家的行为，不会无功于一个伟大的事业的。

在这样多的你所欲从事的事物中，你选择其中的一个，这就是对于我国风物之美的爱好与你对于我国文化的真诚的感情的表现，你介绍法国的一区于你们国人，这是特别使我感到兴趣的，因为这是使大陆的这一角上的居民的我们与也有许多事情可供我们取法的你们中国人间愈趋亲密的一条途径。

你的理想是与我的一样的，我不是不知道这个重大事业的难处，然而我与你一样的三复这勇敢的思想，《史记》赞孔子之语：

"高山仰止，景行行止；虽不能至，然心向往之"。

A. Vicard，1923年11月21日

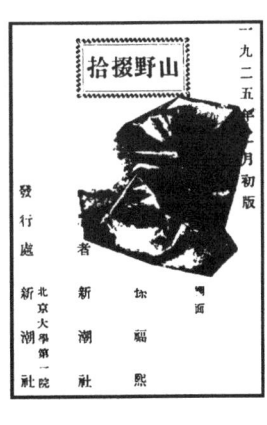

"短信"兹录如下：

感谢佩弦兄，在《我们的六月》书中作文批评《山野掇拾》。那时他与我还没有现在的相熟，但他早已十分的知道我的心了。觉之兄

是很知道我的，屡说要为这本书写几句，但当看到佩弦兄的文章以后，说他要写的意思大概在这儿了。知道我的心，是我所快慰的；不过我更喜欢指示我，还望二位及读这书者多多赐教。

本书第二十节"爱乡土"文内，胃中含稀盐酸误为稀硝酸，承志仁兄指出，现在本版中改正了，谢谢我的好友志仁兄。

福熙

《食客与凶年》

《食客与凶年》，扉页题"新潮社文艺丛书"（没有编号），李金发著，北新书局一九二七年五月初版。全一册，235页，实价六角。

该书为新诗集，内收《"过秦楼"》《X》《完全》《Erika》《我求静寂》《你当然晓得》《你在夜间》《诗人凝视》《我该羞愧》《呵，往昔多么妩媚》《忠告》《晨》《歌唱呀》《在淡死的灰里》《少年的情爱》《工愁之诗人》《生》《秋》《人》《春思》《心愿》《雪下》《日之始》《你的Jeunesse》《Cde》《"永不回来"》《Sois heureux !》《柏林之傍晚》《给母亲》《故人》《"间把锈丝牵"》《我认识风与雨》《Néant》《慰藉》《Sonnet》《北方》《浪的跳荡》《你爱日光》《回音》《花》《心游》《哀吟》《残道》《不相识之神》《美神》《失败》《闺情》《时间的诱惑》《清晨》《秋兴》《Millendorf》《Spleens》《L'impression》《Printempsva》《琴声》《晚钟》《夜雨》《行踪》《秋声》《O Sappho !》《X》《A Henriette d'Ouche》《如其究心的近况》《爱之神》《自挽》《晨间不定的想像》《重逢》《亚拉伯人》《爱憎》《印象》《长林》《流水》《心》《初春》《"Musicieu derues"之歌》《Chanson》《Elégie》《Harmonie》《时之表现》《断句》《"锦缠道"》《游 Wannsee》《小病》《赠 Br. 女士》《迟我行道》《Belle journée》《Sagesse》《Mensch !》《Souvenir》，凡八十九首。

卷首无序，卷末有作者《自跋》，兹录如下：

余每怪异何以数年来关于中国古代诗人之作品，既无人过问，一意向外采辑，一唱百和，以为文学革命后，他们是荒唐极了的，但从无人着实批评过。其实东西作家随处有同一之思想、气息、眼光和取材，稍为留意，便不敢否认。余于他们的根本处，都不敢有所轻重，惟每欲把两家所有，试为沟通或即调和之意。

五月　柏林

《桃色的云》

《桃色的云》，俄国爱罗先珂作，鲁迅译，《文艺丛书》（扉页题，没有编号），广告《新潮社文艺丛书》（原载《陀螺》，周作人译，新潮社1925年9月初版）编号为2。北新书局一九二三年五月付印、一九二三年七月出版、一九二六年再版。发行者为北新书局。全一册，285页，实价大洋五角。

该书为三幕儿童剧。卷首有鲁迅撰写的《〈桃色的云〉序》和秋田、雨雀撰写的《读了童话剧桃色的云》，卷末有附录，鲁迅撰写的《记剧中人物的译名》，无跋。《〈桃色的云〉序》兹录如下：

爱罗先珂君的创作集第二册是《最后的叹息》，去年十二月初由丛文阁在日本东京出版，内容是这一篇童话剧《桃色的云》，和两篇短的童话，一曰《海的王女和渔夫》，一曰《两个小小的死》。那第三篇，已经由我译出，于今年正月间绍介（按：原文为"绍介"）到中国了。然而著者的意思却愿意我早译《桃色的云》：因为他自己也觉得这一篇更胜于先前的作品，而且想从速赠与中国的青年。但这在我是一件烦难事。日本语原是很能优（按：原文为"优"）婉的，而著者又善于捉住他的美点和特长，这就使我很失了传达的能力。可是延到四月，为要救自己的爽约的苦痛计，也终于定下开译的决心了，而又正如豫（按：原文为"豫"）料一般，至少也毁损了原作的美妙的一半，成为一件失败的工作；所可以自解者，只是"聊胜于无"

罢了。惟其内容，总该还在，这或者还能够稍慰读者的心罢。

至于意义，大约是可以无须乎详说的。因为无论何人，在风雪的呼号中，花卉的议论中，虫鸟的歌舞中，谅必都能够更洪亮的听得自然母的言辞，更锋利的看见土拨鼠和春子的运命。世间本没有别的言说，能比诗人以语言文字画出自己的心和梦，更为明白晓畅的了。

在翻译之前，承S.F.君借给我详细校过豫备再版的底本，使我改正了许多旧印本中错误的地方；翻译的时候，SH君又时时指点我，使我懂得许多难解的地方；初稿印在《晨报副镌》上的时候，孙伏园君加以细心的校正；译到终结的时候，著者又加上四句白鹄的歌，使这本子最为完全；我都很感谢。

我于动植物的名字译得很杂乱，别有一篇小记附在卷尾，是希望读者去参看的。

一九二二年七月二日重校毕，并记。

《桃色的云》第二幕第三节中译者附白：

本书开首人物目录中，鹄的群误作鸥的群。第一幕中也还有几个错字，但大抵可以意会，现在不来列举了。

又全本中人物和句子，也间有和印本不同的地方，那是印本的错误，这回都依SF君的校改预备再版的底本改正。惟第三幕末节中"白鹄的歌"四句，是著者新近自己加进去的，连将来再版上也没有。

五月三日记。

《读了童话剧〈桃色的云〉》兹录如下：

爱罗先珂君：

我在此刻，正读完了你留在日本而去的一篇童话剧《桃色的云》。这大约是你将点字的草稿，讬谁笔记下来的罢。有人对我说，那是早稻田的伊达君曾给校读一过的。字既写得仔细；言语的太古怪的，也都改正了，已成为出色的日本话了的地方，也似乎有两三处。除此以外，则全部是自然的从你的嘴唇里洋溢出来的了。看着这一篇美丽的童话，便分明的记起了你的容貌、声音，以至于语癖，感到非言语所能形容的怀念。我当此刻，正将你的戏曲拟在我的膝上，坐在那，曾经和你常常一同散步的公塚地的草场上，仰望着广阔的初秋的天空。不瞬的，不瞬的看着，便觉得自己的现在的心情，和出现于你的童话里的年青的人物的心情相会解，契合而为一了。你之所谓"桃色的云"，决不是离开了我们的世界的那空想的世界。你所有的"观念之火"，也在这童话剧里燃烧着。现在，日本的青年作家的许许多，如你也曾经读过了都清楚，大抵是在灰色的云中，耽着安逸的梦，也恰似这戏曲里面的青年。

你所描写的一个青年，这人在当初，本有着活泼的元气，要和现世奋斗下去的，然而不知什么时候，已经丧失了希望和元气，泥进灰色的传统的墙壁里去了。这青年的运命，仿佛正就是我们日本人的运命。日本的文化，是每十年要和时代倒行一回的，而且每一回，偶像的影子便日加其浓厚，至少也日见其浓厚。然而这一节，却也不但在我们所生长的这一国为然。就如这一次大战之前，那博识的好老头子梅垒什珂夫斯奇，也曾大叫道"俄国应该有意志"。而俄国，实在是有着那意志的。你在这粗粗一看似乎梦幻的故事里，要说给我们日本的青年者，似乎也就是这"要有意志"的事罢。

你叫喊说，"不要失望罢，因为春天是，决不是会灭亡的东西。"是的，的确，春天是决不灭亡的。

（一九二一，一一，二一。）

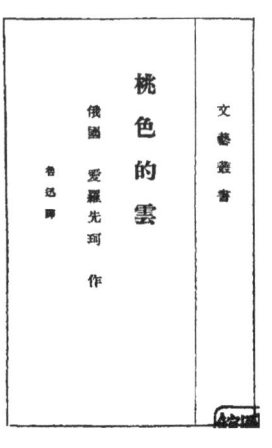

《陀螺》

《陀螺》，诗歌小品集，周作人译，《新潮社文艺丛书之七》（扉页题）。北京新潮社一九二五年六月付印、一九二五年九月初版。发行者为新潮社，印刷者为京华印书局。全一册，278 页，实价大洋八角。

该书收希腊牧歌、拟曲、对话、小说、古诗、法国散文、小诗、田园诗、俳谐诗、杂译诗、日本故事、俳句、诗、俗歌等共 278 篇。部分篇后有译者的说明。具体篇目依次为："希腊小篇"包括："牧歌三篇"：《情歌》《农夫》《私语》，"拟曲二篇"：《媒婆》《密谈》，"对话三篇"：《大言》《兵士》《魔术》，"小说五节"：《苦甜》《断片四则》，"古诗二十一首"。"法兰西小篇"包括："散文小诗八首"：《外方人》《狗与瓶》《头发里的世界》《穷人的眼》《你醉》《窗》《月的恩惠》《海港》，"田园诗六首"：《毛发》《冬青》《雪》《死叶》《河》《果树园》，"法国的俳谐诗二十七首"。"杂译诗二十九首"，"日本小篇"包括：《古事记中的恋爱故事》《一茶的俳句》"啄木的短歌二十一首""诗三十首""俗歌六十首"。

卷首有《〈陀螺〉序》，卷末无跋。《〈陀螺〉序》兹录如下：

刘侗《帝城景物略》记童谣云，"杨柳儿活抽陀螺"，又云"陀螺者木制如小空钟，中实而无柄，绕以鞭之绳而无竹尺，卓于地，急掣其鞭，一掣，陀螺则转无声也。视其缓而鞭之，转转无复住。转之急，正如卓立地上，顶光旋旋，影不动也。"英国哈同（A. C. Haddon）教授在《人之研究》中引希勒格耳（G. V. Schlegel）之说，谓荷兰之陀耳（Tol）从爪哇传至日本，称作独乐，后又流入中国。唯日本源顺（Minamoto no Shitagau）编《和名抄》云，"独乐，（和名）古末都玖利，有孔者也。"独乐明明是汉语，日本语今简称"古末"（Koma）。源顺系十世纪初的人，当中国五代，可见独乐这玩具的名称在唐朝已有，并不是从外洋传入的了。

我用《陀螺》做这本小书的名字，并不因为这是中国固有的旧物，我只觉得陀螺是一件很有趣的玩具，幼小时玩过一种有孔能叫的，俗名"地鹁鸪"，至今还记得，此外又因了《帝城景物略》里的歌辞以及希腊的陶器画，便使我想定了这个名称。这一册小集子实在是我的一种玩意儿，所以这名字很是适合。我本来不是诗人，亦非文士，文字涂写，全是游戏，——或者更好说是玩耍。平常说起游戏，总含有多少不诚实的风雅和故意的玩笑的意味，这也是我所不喜欢的，我的乃是古典文字本义的游戏，是儿戏（Paidia），是玩，书册图象（像）都是玩具（Paignia）之一。我于这玩之外别无工作，玩就是我的工作，虽然此外还有日常的苦工，驮砖瓦的驴似的日程。驮砖瓦的结果是有一口草吃，玩则是一无所得，只有差不多的劳碌，但是一切的愉快就在这里。昨天我看满三岁的小侄儿小波波在丁香花下玩耍，他拿了一个煤球的铲子在挖泥土，模仿苦力的样子用右足踏铲，竭力地挖掘，只有条头糕一般粗的小胳膊上满是汗了，大人们来叫他去，他还是不歇，后来心思一转这才停止，却又起手学摇煤球的人把泥土一瓢一瓢地舀去倒在台阶上了。他这样的玩，不但是得了游戏的三昧，并且也到了艺术的化境。这种忘我地造作或享受之悦乐，几乎具有宗教的高上意义，与时时处处拘囚于小主观的风雅大相悬殊：我们走过了童年，赶不著艺术的人，不容易得到这个心境，但是虽不能至，心向往之；既不求法，亦不求知，那么努力学玩，正是我们唯一的道了。

这集子里所收都是翻译。我的翻译向来用直译法，所以译文实在很不漂亮，——虽然我自由抒写的散文本来也就不漂亮。我现在还是相信直译法，因为我觉得没有更好的方法。但是直译也有条件，便是必须达意，尽汉语的能力所及的范围内，保存原文的风格，表现原语的意义，换一句话就是信与达。近来似乎不免有人误会了直译的意思，以为只要一字一字地将原文换成汉语，就是直译，譬如英文的 Lying on his back 一句，不译作"仰卧着"而译为"卧着在他的背上"，那便是欲求信而反不词了。据我的意见，"仰卧着"是直译，也可以说即是意译；将它略去不译，或译作"坦腹高卧"以至"卧北窗下自以为羲皇上人"是胡译；"卧着在他的背上"这一派乃是死译了。古时翻译佛经的时候，也曾有过这样的事，如《金刚经》中"与大比丘众千二百五十人俱"这一句话，达摩笈多译本为"大比丘众共半十三比丘百"，正是相同的例。在梵文里可以如此说法，但译成汉文却不得不稍加变化，因为这是在汉语表现力的范围之外了。这是我对于翻译的意见，在这里顺便说及，至于有些天才的人不但能够信达雅，而且还能用了什么译把文章写得更漂亮，那自然是很好的，不过是别一问题，现在可以不多说了。

集内所收译文共二百七十八篇，计希腊三十四，日本百六十二，其他各国八十二。这些几乎全是诗，但我都译成散文了。去年夏天发表几篇希腊译诗的时候，曾这样说过："诗是不可译的，只有原本一首是诗，其他的任何译文都是塾师讲唐诗的解释罢了。"所以我这几首《希腊诗选》的翻译实在只是用散文达旨，但因为原本是诗，有时也就分行写了：分了行未必便是诗，这是我所想第一声明的。所以这不是一本译诗集。集中日本的全部，希腊的二十九篇，均从原文译出，其余八十七篇则依据英文及世界语本，恐怕多有错误，要请识者的指教。这些文章系前后四五年间所写，文体很不统一，编订时不及改正，好在这都是零篇，不相统属，保存原形或者反足见当时的感兴：姑且以此作为辩解罢。

这一点小玩意儿——一个陀螺——实在没有什么大意思，不过在我是愉快的玩耍的纪念，不免想保留它起来。有喜欢玩耍的小朋友我也就把这个送给他，在纸包上面写上希腊诗人的一句话道：

"一点点的礼物，

藏着个大大的人情。"

民国十四年六月十二日，记于北京。

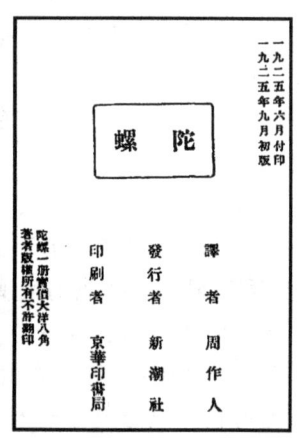

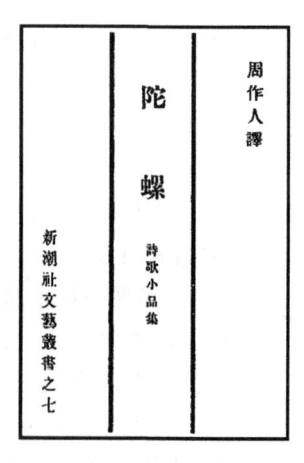

《微雨》

《微雨》，新诗集，李金发著，周作人编辑，封面题"北京新潮社""1925"。书脊题"新潮社文艺丛书"（没有编号）。版权页信息为：发行者为北新书局，印刷者为志成印书馆，一九二五年十一月初版。全一册，258页，每册大洋六角。广告《新潮社文艺丛书》（原载《陀螺》，周作人译，新潮社1925年9月初版）编号为8。

该书收录诗作凡五十二首，篇目依次为：《弃妇》《给蜂鸣》《琴的哀》《小乡村》《月夜》《给Jeanne》《下午》《里昂车中》《幻想》《诗人魏仑》《景》《心》《题自写像》《东方人》《A Lowisky》《夜之歌》《An-mon amri de la-bas》《我的灵》《给X》《一段纪念》《诗人》《死者》《超人的心》《屈原》《卢森堡公园》《巴黎之吃语》《希望与怜悯》《闻国铣在柏林》《丑行》《无底的深穴》《门徒》《神秘地来了》《作家》《给圣

五 新潮社"文艺丛书"叙录 639

经伯》《呵》《给女人X》《一二三至千百万》《给 charlotte》《岩石之间处的我》《夜之歌》《街头之青年工人》《自解》《生活》《寒夜之幻觉》《故乡》《戏言》《手杖》《悲》《过去之清热》《无题》《远方》《恸哭》。

卷首有作者《导言》，卷末无跋。《导言》兹录如下：

> 虽不说做（按：原文为"做"，下同）诗是无上事业，但至少是不易的工夫，像我这样的人或竟不配做诗。
>
> 我如像所有的人一样，极力做序去说明自己做诗用什么主义，什么手笔，是太（原文如此）可不必，我以为读者在这集里必能得一不同的感想或者坏的居多——深望能痛加批评。
>
> 中国自文学革新后，诗界成为无治状态，对于全诗的体裁，或使多少人不满意，但这不紧要，苟能表现一切。
>
> 除拣了一九二十和二一年作的几首诗外，其余是进来七八个月中作的，我日忙碌于泥石中，每恨无力去修改他。
>
> 附录中为各家之译诗，因读书时每将所好顺笔译下，觉其弃之可惜，故存之，或谬误甚多，现无法去校对，以后亦不再译了。
>
> 本欲以新成的雕刻饰封面，因一时来不及，故把素爱的罗丹的 L'eternelle idole 去替代。
>
> 一九二三，二月柏林旅次

《雨天的书》

《雨天的书》，散文集，周作人著，《新潮社文艺丛书》（所见版本未题，广告《新潮社文艺丛书》编号为10）。北新书局一九二五年十二月初版、一九三一年九月五版。全一册，302页，实价大洋九角。

该书收录散文凡五十篇，篇目依次为：《苦雨》《鸟声》《日记与尺牍》《死之默想》《唁辞》《若子的病》《体操》《怀旧》《学校生活的一叶》《初恋》《娱园》《故乡的野菜》《北京的茶食》《喝茶》《苍蝇》《破脚骨》《日本的海贼》《我们的敌人》《十字街头的塔》《上下身》《黑背心》《托尔斯泰的事情》《大人之危害及其他》《蔼理斯的话》《生活之艺术》《笠翁与兼好法师》《狗抓地毯》《净观》《与友人论性道德书》《与友人论怀乡书》《与友人论国民文学书》《教训之无用》《无谓的感慨》《日本的人情美》《我的复古经验》《一年的长进》《元旦试笔》《沈默》《山中杂信》《济南道中》《文法之趣味》《神话的辩护》《续神话的辩护》《神话的典故》《舍伦的故事》《科学小说》《读纺轮的故事》《读欲海回狂》《读京华碧血录》《两条腿序》。

卷首有《自序一》与《自序二》，卷末有"附录"，即汪仲贤的《十五年前的回忆》。《自序一》兹录如下：

> 今年冬天特别的多雨，因为是冬天了，究竟不好意思倾盆的下，只是蜘蛛丝似的一缕缕的洒下来。雨虽然细得望去都看不见，天色却非常阴沉，使人十分气闷。在这样的时候，常引起一种空想，觉得如在江村小屋里，靠玻璃窗，烘着白炭火钵，喝清茶，同友人谈闲话，那是颇愉快的事。不过这些空想当然没有实现的希望，再看天色，也就愈觉得阴沉。想要做点正经的工作，心思散漫，好像是出了气的烧酒，一点味道都没有，只好随便写一两行，并无别的意思，聊以对付这雨天的气闷光阴罢了。
>
> 冬雨是不常有的，日后不晴也将变成雪霰了。但是在晴雪明朗的时候，人们的心里也会有雨天，而且阴沉的期间或者更长久些，因此我这雨天的随笔也就常有续写的机会。一九二三年十一月五日，在北京。

《自序二》摘录如下：

五　新潮社"文艺丛书"叙录

前年冬天《自己的园地》出版以后，起手写《雨天的书》，在半年里只写了六篇，随即中止了，但这个题目我很欢喜，现在仍旧拿了来作这本小书的名字。

这集子里共有五十篇小文，十分之八是近两年来的文字，《初恋》等五篇则是从《自己的园地》中选出来的。这些大都是杂感随笔之类，不是什么批评或论文。据说天下之人近来已看厌这种小品文了，但我不会写长篇大文，这也是无法。我的意思本来只想说我自己要说的话，这些话没有趣味，说又说得不好，不长，原是我自己的缺点，虽然缺点也就是一种特色。这种东西发表出去，厌看的人自然不看，没有什么别的麻烦，不过出版的书店要略受点损失罢了，或者，我希望，这也不至于很大吧。

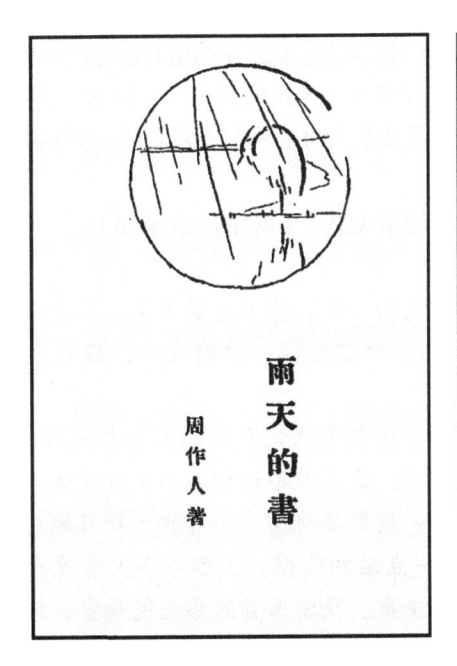

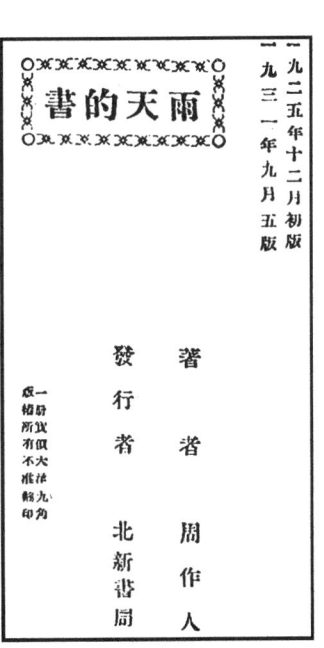

我编校这本小书毕，仔细思量一回，不禁有点惊诧，因为意外地发见了两件事。一，我原来乃是道德家，虽然我竭力想摆脱一切的家数，如什么文学家批评家，更不必说道学家。我平素最讨厌的是道学家（或照新式称为法利赛人），岂知这正因为自己是一个道德家的缘故；我想破坏他们的伪道德不道德的道德，其实却同时非意识地想建设起自己所信的新的道德来。我看自己一篇篇的文章，里边都含着道德的色彩与光芒，虽然外面是说着流氓似的土匪似的话。我很反对为道德的文学，但自己总做不出一篇为文章的文章，结果只编集了几卷说教集，这是何等滑稽的矛盾。也罢，我反正不想进文苑传，（自然也不想进儒林传，）这些可以不必管他，还是"从吾所好"，一径这样走下去吧。

《竹林的故事》

《竹林的故事》，短篇小说集，冯文炳著，《新潮社文艺丛书之九》（扉页题）。封面题"北京新潮社""1925"。版权页印：一九二五年七月付印、一九二五年十月初版；发行者为北新书局，印刷者为中国印书馆。全一册，206 页，实价洋四角。此外，还有北新书局一九二七年九月再版本，全一册，206 页，实价五角。内容与初版本相同。

该书收录短篇小说十四篇，篇目依次为：《讲究的信封》《柚子》《少年阮仁的失踪》《病人》《浣衣母》《半年》《我的邻舍》《初恋》《阿妹》《火神庙的和尚》《鹧鸪》《竹林的故事》《河上柳》《去乡》。另外还附有一首散文诗《窗》。

卷首有《周序》与《自序》，卷末无跋。《周序》兹录如下：

　　冯文炳君的小说是我所喜欢的一种。我不是批评家，不能说它是否水平线以上的文艺作品，也不知道是那一派的文学，但是喜欢读它，这就是表示我觉得它好。

　　我所喜欢的作品有好些种。文艺复兴时代说猥亵话的里昂医生，十八世纪讲刻毒话的爱尔兰神甫，近代做不道德的小说以及活剖人的心灵的法国和瑞典的狂人，……我都喜欢读，不过我不知怎地总是有点"隐逸的"，有时候很想找一点温和的读，正如一个人喜欢在树阴下闲坐，虽然晒太阳也是一件快事。我读冯君的小说便是坐在树阴下的时候。

　　冯君的小说我并不觉得是逃避现实的。他所描写的不是什么大悲剧大喜剧，只是平凡人的平凡生活——这却正是现实。特别的光明与黑暗固然也是现实之一部，但这尽可以不去写它，倘若自己不曾感到欲写的必要，更不必说如没有这种经验。文学不是实录，乃是一个梦：梦并不是醒生活的复写，然而离开了醒生活梦也就没有了材料，无论所做的是反应的或是满愿的梦。冯君所写多是乡村儿女翁媪的事，这便因为他所见的人生是这一部分，——其实这一部分未始不足以代表全体：一个失恋的姑娘之沉默的受苦未必比蓬发熏香，着小蛮靴，胸前挂鸡心宝石的女郎因为相思而长吁短叹，寻死觅活，为不悲哀，或没有意思。将来著者人生的经验逐渐进展，他的艺术也自然会有变化，我们此刻当然应以著者所愿意给我们看的为满足，不好要求他怎样地照我的意思改作，虽然爱看不爱看是我们的自由。

冯君著作的独立的精神也是我所佩服的一点。他三四年来专心创作，沿着一条路前进，发展他平淡朴讷的作风，这是很可喜的。有茀罗倍耳那样的好先生，别林斯奇那样的好批评家，的确值得也是应该听从的，但在中国那里有这些人；你要去找他们，他不是叫你拿香泥塑一尊女菩萨，便叫你去数天上的星，结果是筋疲力尽地住手，假如是聪明一点。冯君从中外文学里涵养他的趣味，一面独自走他的路，这虽然寂寞一点，却是最确实的走法，我希望他这样可以走到比此刻的更是独殊地他自己的艺术之大道上去。

这种丛书向来都是没有别人的序的，但在一年多前我就答应冯君如出小说集时给他做一篇序，所以现在不得不写一篇。这只代表我个人的意见，并不是什么批评。我是认识冯君，并且喜欢他的作品的，所以说的不免有点偏，倘若当作批评去看，那就有点像"戏台里喝彩"式的普通评论，不是我的本意了。

一九二五年九月三十日，周作人于北京。

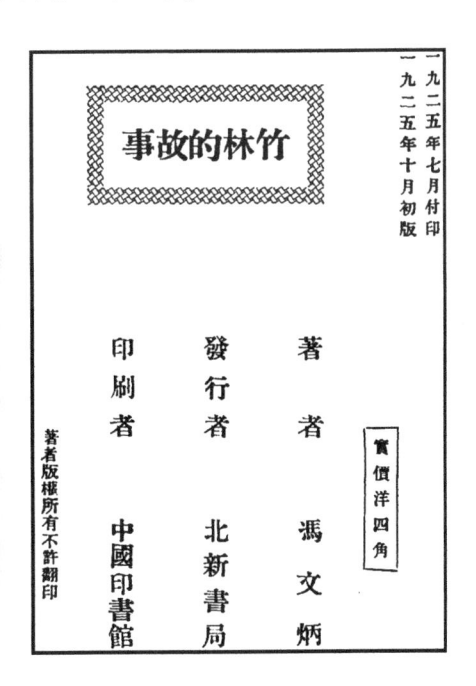

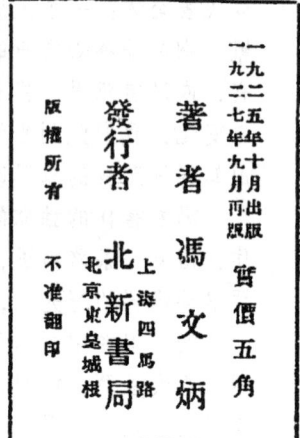

《自序》兹录如下：

　　我开始做小说，在一九二二年秋天，到现在为止，共十五篇，最初的三篇没有收在这集子里。

　　本来连《讲究的信封》同《少年阮仁的失踪》我也不打算要，今天偶尔一翻阅，却不觉又为自己悲，——相隔不过两年，竟漠然若此！多长几根胡子罢了，凭什么看轻他们？

　　其余十篇，除《病人》是某一时期留下的阴影而外，都可以说是现在的产物，我愿读者从他们当中理出我的哀愁。

　　我在这里祝福周作人先生，我自己的园地，是由周先生的走来。

　　一九二五，三，九，冯文炳序于北京。

　　这集子正在排印的当儿，我写了《河上柳》《去乡》两篇，一并收入。

　　我感谢李小峰兄同他的夫人对于出版上的帮忙。

　　一九二五，六，十二，冯文炳。

《月夜》（附）

　　《月夜》，随笔杂感集，川岛著，未见题"新潮社文艺丛书"名。版权页印：一九二四年八月初版、一九二六年八月再版、一九二八年二月三版、一九三〇年四月四版；发行者为北大新潮社。全一册，98页，定价大洋三角。

　　该书收录随笔杂感十篇，篇目依次为：《月夜》《刹那间的起伏》《贺

Aki 君新居》《乐园中的一日》《"上帝容我祈祷吗"》《莺歌儿》《"燕幼平"》《"呕你怎么呢"》《惘然》（包括十七篇，即《你早点来》《售票处的门已经关了》《"我也要跟去"》《我》《你那弟兄有三倍的荣幸》《我的复信》《管廊底下》《"我便终身向你顶礼"》《小孩子般的》《嗳！吾爱》《惶恐》《"两地谁梦谁"》《愿意这段是空白》《忏悔》《我们原是一个》《巧？》《"只有归时好"》），此外还有《跋》《贺 Aki 君》。

卷首无序，卷末无跋，附有斐君的散文两篇，即《许是梦里》《他的来信》。《惘然》篇末有跋，兹录如下：

委实我感到除了爱（当然不限于两性的爱）的宇宙以外，其他对于我们的好处是有限的，因而就想把我的消息送点给人，就是朋友们也曾这样的鼓励我。我以为：要是作成文字，艺术虽不会不拙劣，所说的却总是真话，于是做成之后就大胆的给《晨报》副刊记者寄去，副刊记者又大胆的把它披露出来。可是我本人在每次发表以后，总说记者先生是失眼的，这因为在我写时虽极小心，但手段的拙笨正和我小心的程度一样，所以没有一篇我自己看了感到满意——最大的原因是文字连累了事实。

我正如契诃夫所描写的《戚施》一样，很喜欢评论一切，特别在酒后，人要不说我发狂，或者我也可以得到"愤世嫉俗之流"的荣誉。我也觉得对于现社会下针砭，下药石，正是应作的工作，然而经验害了我，所以在近几年内倘若我能担保我不至于发疯，我便可担保我决不和人来讨论什么定则，或者贡献什么主张。这样，我便把"惘然"或"非惘然"延续下去吧？不，我想起了夏芝劝新格（Synge）回去观察人生，不要糟蹋了的话来了；虽然我是可怜的连劝我的人也没有，自己却想到该藏在鞘里，若能造成一把铅刀也好。即令有爱歌就在伊怀里唱吧。不过我并不奢望有新格般的成就，愿意照样是一个傻川岛，因为伊是爱这样一个傻川岛的。

你如看见过我的作品（真看过的人就知道我敢写"作品"两字是如何的勇敢），你能指出那一篇是可看的来吗？如能，请恕我放肆，我真佩服你那错误要比我拙笨的程度还高，原来我只写我心里所要写的，实在不曾想起你读了要呕或者要闭眼（要能这样倒好了）。自然我这些话是说着玩的。

还有，你如看过川岛作的一行文字的，我就当谢你。至于在各篇上曾涉及多少师友的地方，也是我应当道歉的地方。你要再问我

"伊是谁?"那末(么),我就说:"伊就是 Aki,伊就是我最亲爱的,而且到如今我还不曾辨清伊是神仙或者是地上的人。"最末的一句,就是我在这里和你说这话是最末的一次。

(载《月夜》,川岛著,北京北大新潮社1924年版。)

六 未名社"文学丛书"叙录

未名社《未名丛刊》叙录

《白茶》

《白茶》,曹靖华译,题"未名丛刊之一"(没有编号)。北京未名社一九二七年四月初版。全一册,168页,每册实价五角。印数1~1500册。司徒乔画面。一九二九年一月再版,印数1501~3000册。二者封面相同。

该书为苏俄独幕剧集,内收班珂的《白茶》、奥聂良的《永久的女性》、伯兰次维基的《小麻雀》、亚穆柏的《千方百计》和《可怜的裴迦》,凡五个剧本。

无序跋。《白茶》摘录如下:

> 布景
>
> 下等公寓里边一间大学生的房间,布置的(按:不是"得")很平常的样子;延着左边的墙放了两张床;一张床靠外边了一点,一张靠里边了一点。在两张床之间放了一张抽屉柜。在这张床下放个篮子,那张床下放着一个箱子。在墙角里放着一个平常的洗脸盆,里边放着书,纸,帽子,玻璃杯,茶杯等。抽屉柜上,睡椅上各处掷的都是书。有一本书在床上脚头里。在中间墙的左边一道门。巴利克在靠外的一张床上,沃洛迦在那一张床上躺着。他们都是同班的学生。巴利克穿着制服,洛沃迦没穿制服,盖着被子,露着脚,穿着长靴。都不作声。
>
> 巴:你瞧,你常常说人类理想的原子是高于物质的,可是实在说,假使教我们挨两天饿,来实现我们一切的理想,或是教我们抛弃了一切的理想,即刻就给我们饭吃……我们一定愿意取后者了!

沃：胡说！

巴：一点也不胡说！自然，这都是些人为的比喻，但是真理是确定的。我们都是理想主义者，都是罗曼蒂克，都是理想的人，原来都是动物。我吃动物，这就是真理。

沃：我不敢来争辩了，你原来是动物！我还争辩它干吗呢？

巴：你也是动物。不过你会把你的"高明的骗术"隐藏起来教人看不见，可是我呢，不过只会说些"浅薄的老实话"吧了！（按：不是"罢了"）当我们两个没有吃东西的时候，你也是饿狼似的和我一样；你并且还没有我能忍耐呢！你气着，骂着，好像毒蛇似的，人家踏着他的尾巴一样的发威风！

沃：胡扯！你以为我现在抖气（按：原文是"抖气"）是因为肚皮饿了吗？

巴：不是这是因为什么呢？或者是因为人家的饥饿而痛苦吗？

沃：无论什么你也不明白！我的痛苦是精神上的，不是肉体上的。

巴：唔！（吐着）你在说些什么化学，天文学，机械学……

沃：这真岂有此理！如果你正正经经的来辩论，别开玩笑；你说我就听你的了。

巴：说吧！有什么都说出来！

沃：那么着……你要明白：我所受的压迫不是饥饿，是羞辱……你明白了吗？我真是羞愧，我很羞愧的想着这样一个有思想，有感觉的一个活人，应当有他的意志和一切的一切……

巴：这一切的一切都不会有的。除了意志之外一切都没有的。

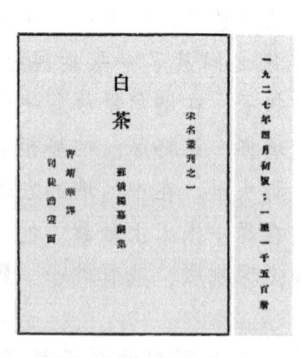

沃：别忙，你让我说……你要明白：在贫穷的时候，有一件东西可以使我们的人格卑下起来……你要明白：有思想的，自由而且骄傲

的人——有时候会变成了一个卑鄙下贱，在人面前抬不起头来的人！他拼着全力去寻饭吃，这是何等的可怜呵！……人们都是为着金钱所驱使，调和这个矛盾……

《不幸的一群》

《不幸的一群》，李霁野译。题"未名丛刊之一"（没有编号）。北平未名社出版部一九二九年四月初版。全一册，236 页，定价不详。印数 1～1500 册。

该书为短篇小说集，收入俄国陀思妥夫斯基的《诚实的贼》，俄国安特列夫的《马赛曲》，俄国但兼珂的《善忘的伊凡底命运》，波兰式曼斯基的《一撮盐》《木匠科瓦尔斯基》《从鲁巴托夫来的斯罗尔》，波兰什朗斯基的《预兆》，美国 F. B. 哈提的《扑克滩底被逐者》，凡八篇短篇小说。

卷首无序，卷末有译者《后记》，介绍作家的简历，《后记》兹录如下：

> 今天到前门大街去，看见一块园子里的不知名的红花，已经像去年一般，灿烂地开着了。去年的今日，我是没有这种福气的，因为正是被"捉将官里去"的时候；只在稍后几天，住过木笼，吃过窝窝头，被押着去受"优待"，从这旁经过时，曾对这红花贪恋地看过几眼。七星期的"优待"，使我感到刺心的寂寞：先看见一棵草芙蓉发芽，渐渐长到人高，而且露出将放的蓓蕾来了；从门上的一个小孔，偷看隔壁的丁香花苞，盛开，又凋零了；以后有关不住的洋槐花底清香，在傍晚时不知从那（哪）里一阵阵地吹送过来；再以后，听说外边的牡丹花已经快开谢了。一个小小的庭院，是我们所有的天地，《西游记》是准读的书中唯一可读的书，终日只有喞啾的家雀，和忙得什么似的蚂蚁，——连一只蜜蜂也没有。林和靖底诗是死也读不出兴趣来，因为寂寞时就需要热闹，所以《西游记》读过六七遍的回数也不少。唯一的消遣是用窝窝头碎粒喂家雀和蚂蚁，或者排字，谈天几乎只有照例的几句话了。在这寂寞中，我所最常想到的是陀思妥夫斯基底《死室回忆》；而于狱卒谈狱中食盐问题的时候，就想到《一撮盐》。总想到书本子，我底无用也就可想而知了。

> 目击着吗啡犯底堕落；听到在重刑之下大叫的汉子，细声呻吟的少女，以及威声雷动的惊堂木……我才知道我究竟生活在怎样的社会中。我所最亲切感到的感想，是我太对社会生活闭起我底眼睛来了，

而且我深信这是我生活中的耻辱。

出狱后，最先翻译的是《一撮盐》，想起念及这篇的情形，总以为还是可以欣喜的事。以后因了其他的需要，就陆续将读后还有印象留在脑里的几篇译出，加上旧译的《马赛曲》，成为现在这样一本书；而又因为所写的都是不幸者，就将这译集起了现在的名字。编齐付印的时候，适值又是去年今日了，就以这小集作为一个纪念，献给曾经为力，关心，和受累的先生和朋友罢。

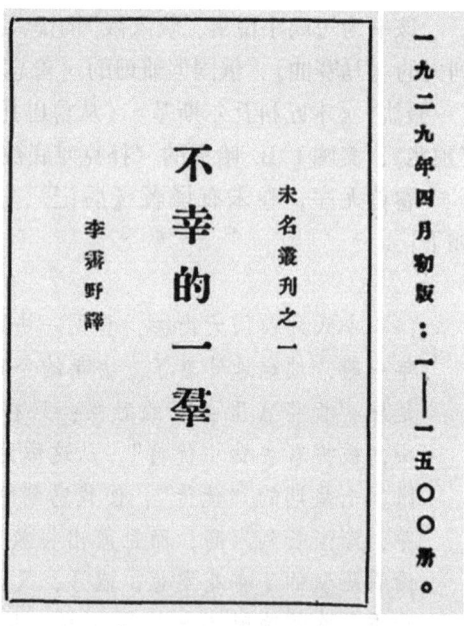

至于本集底原作者，陀思妥夫斯基、安特列夫和但兼珂，已经用不着再介绍了罢。波兰的作家式曼斯基和什朗斯基底生活，我不大清楚，只从《波兰故事》底小序中知道前者在还很年青的时候，就被流放到雅苦司克凡六年，并且为祖国作了多年文学与新闻事业之后，中年期在欧战时死去了；后者底作品，曾有两篇经周作人先生译出，收到《点滴》里，本集中所译的式曼斯基底《从鲁巴讬（托）夫来的斯罗尔》，也曾经由作人先生译出收在《现代小说译丛》中，更名为《犹太人》。这一篇我译后才记起仿佛有人译过，及查出作人先生译文一对，发现我底译文少两句，而且有几处稍稍不同，大概是依据德文及世界语译本改正处，我所据的只是英国 Else Benecke 女士底英译，所以就仍旧未加改易，希望读者参看作人先生底译文，我这篇只是一种枉费的重译罢了。

哈提（一八三九～一九○二）是近代的美国作家。生于美国东部纽约省底省城；长于美国西部加利福尼亚；死于英国。父亲早死，家里也很穷，就在西美作劳工。后曾编辑报章、杂志，他因此作了许多短篇小说和诗歌。三十年著作生活中，共出书四十四册。本集所收的《扑克滩底被逐者》，题名是编定时从初译改正的，还不知道适当不适当。译文也不知道有错误否，希望识者指教。他底著作底中译，除《新月》一卷十期胡适之先生译的《米格儿》之外，我还不曾见到过。

本书底封面，是俄国列别介夫所绘的《自由》，可惜因为印刷上的困难，不能照原画印出复色来。这幅画底得到，我要感谢青士兄。

一九二九年四月七日之夜译者记于北平市景山东街。

《出了象牙之塔》

《出了象牙之塔》，日本厨川白村著，鲁迅译，题"未名丛刊之一"（没有编号），北京未名社一九二五年十二月初版，一九二七年九月再版，一九二八年十月三版；北平北新书局一九三一年八月出版，一九三二年八月再版（初版未见）。发行人为史佐才，印刷者为北平聚珍阁印书局，法律顾问为吴大众律师，总发行处为上海四马路北新书局与北平琉璃厂北新书局。全一册，254页，实价洋九角。此外，笔者所见还有：三版本，一九二八年十月，印刷4001～6000册。这一版本所印时间可能有误。四版本，一九三五年九月，未见印数。五版本一九三七年五月，未见印数。这些版本的封面基本上一样，只是知识图案的颜色略异而已。

该书为文学理论译作，内收《出了象牙之塔》《观照享乐的生活》《从灵向肉和从肉向灵》《艺术的表现》《游戏论》《描写劳动问题的文学》《为艺术的漫画》《现代文学之主潮》《从艺术到社会改造》《论英语之研究》（系英文），凡十篇。《出了象牙之塔》包括十六节：一、自己表现，二、Essay，三、Essay与新闻杂志，四、缺陷之美，五、诗人勃朗宁，六、近代的文艺，七、聪明人，八、呆子，九、现今的日本，十、俄罗斯，十一、村绅的日本呀，十二、生命力，十三、思想生活、十四、改造与国民性，十五、诗三篇，十六、尚早论。《观照享乐的生活》包括五节：一、社会新闻，二、观照云者，三、享乐主义，四、人生的享乐，五、艺术生活。《描写劳动问题的文学》包括四节：一、问题文艺，二、英吉利文学，三、近代文学，特是小说，四、描写同盟罢工的戏曲。《为艺术的漫画》包括五节：一、对于艺术的蒙昧，二、漫画式的表现，三、艺术史上的漫画，四、现代的漫画，五、漫画的鉴赏。《从艺术到社会改造》包括五节：一、摩理思之在日本，二、迄今离了象牙之塔，三、社会观与艺术观，四、为诗人的摩理思，五、研究书目。图象（像）目次为：勃朗宁画象（像）（亚弥台齐作）、勃朗宁夫人画象（像）（泰勒孚特作）、著者在书斋中、蒿普德曼照象（按：原文为"象"）及"织工"的广告、摩理思四十一岁时照象（按：原文为"象"）。

扉页选载了著名的诗句，内容如下：

  Odi profanum vulgus et arceo；
  Favete linguis：carmina non prius
  Audita Musarum sacerdos
  Virginibus puerisque canto.
  ——Q. Horath Flacci Carminum liber iii

  憎俗众而且远离；
  沉默罢；以未尝闻之歌
  诗神的修士
  将为少年少女们歌唱。
  ——荷拉调斯　诗集卷三

卷首有《题卷端》，卷末有《后记》，《题卷端》兹录如下：

  将最近两三年间，偷了学业的余闲，为新闻杂志所作的几篇文章和几回讲话，就照书肆的需求，集为这一卷。我是也以斯提芬生将自己的文集题作《贻少年少女》（Virginibus puerisque）一样的心情，将这小著问世。和世所谓学究的著作，也许甚异其趣罢。

  关于"象牙之塔"这句话的意义和出典，就从我的旧作《近代文学十讲》里，引用左方这一节，以代说明罢：——

  在罗曼文学的一面，也有可以说是艺术至上主义的倾向。就是说，一切艺术，都为了艺术自己而独立地存在，决不与别问题相关；对于世间辛苦的现在的生活，是应该全取超然高蹈的态度的。置这丑秽悲惨的俗世于不顾，独隐处于清高而悦乐的"艺术之宫"——诗人迭仪生所歌咏那样的 the Pabce of Art 或圣蒲孚评维尼时所用的"象牙之塔"（tour d'ivoire）里，即所谓"为艺术的艺术"（art for art's sake），便是那主张之一端。但是，现今则时势急变，成了物质文明旺盛的生存竞争剧烈的世界；在人心中，即使一时一刻，也没有离开实人生而悠游的余裕了。人们愈加痛切地感到了现实生活的压迫。人生当面的问题，行住坐卧，常往来于脑里，而烦恼其心。于是文艺也就不能独是始终说着悠然自得的话，势必至与现在生存的问题生出密接的关系来。连那迫于眼前焦眉之急而使人们共恼的社会上宗教上道德上的问题，也即用于文艺上，实生活和艺术，竟至于接近到这样了。

还有，此书题作《出了象牙之塔》的意思，还请参照本书的六六，六八，二四一，二五二页去。（译者注：译本为五八·五九，二〇三，二一三页。）

最后的《论英语之研究》（英文）这讲演，是因为和卷头的《出了象牙之塔》第十三节《思想生活》一条有关系，所以特地采录了这一篇的。著者当外游中用英语的讲演以及其他，想他日另来结集印行，作为英文的著作。

一九二〇年六月在京都冈崎的书楼　著者

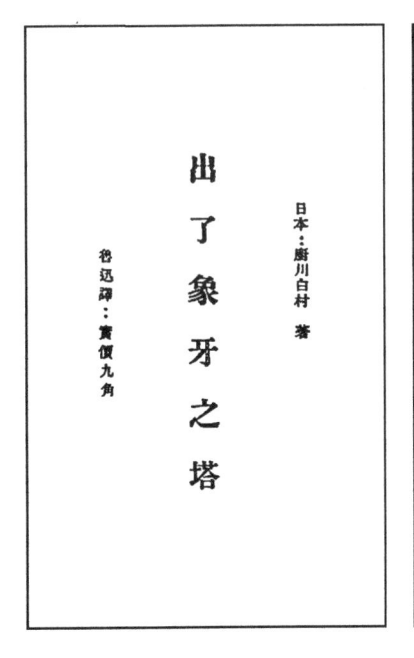

一九二八年十月三版：四千零一至六千册。

《后记》摘录如下：

我将厨川白村氏的《苦闷的象征》译成印出，迄今恰已一年；他的略历，已说在那书的《引言》里，现在也别无要说的事。我那时又从《出了象牙之塔》里陆续地选译他的论文，登在几种期刊上，现又集合起来，就是这一本。但其中有几篇是新译的；有几篇不关宏旨，如《游戏论》，《十九世纪文学之主潮》等，因为前者和《苦闷的象征》中的一节相关，后一篇是发表过的，所以就都加入。惟原书在《描写劳动问题的文学》之后还有一篇短文，是回答早稻田文学社的询问的，题曰《文学者和政治家》。大意是说文学和政治都是根据于民众的深邃严肃的内底生活的活动，所以文学者总该踏在实生活的地盘上，为政者总该深解文艺，和文学者接近。我以为这诚然也有理，但和中国现在的政客官僚们讲论此事，却是对牛弹琴；至于两方面的接近，在北京却时常有，几多丑态和恶行，都在这新而黑暗的阴影中开演，不过还想不出作者所说似的好招牌，——我们的文士们的思想也特别俭啬。因为自己的偏颇的憎恶之故，便不再来译添了，所以全书中独缺那一篇。好在这原是给少年少女们看的，每篇又本不一定相钩（按：原文为"钩"）连，缺一点也无碍。
　　一千九百二十五年十二月三日之夜，鲁迅。

《〈观照享乐的生活〉译者附记》兹录如下：

　　作者对于他的本国的缺点的猛烈的攻击法，真是一个霹雳手。但大约因为同是立国于亚东，情形大抵相像之故罢，他所狙击的要害，我觉得往往也就是中国的病痛的要害；这是我们大可以借此深思，反省的。
　　十二月五日译者。

《〈从灵向肉和从肉向灵〉译者附记》兹录如下：

　　这也是《出了象牙之塔》里的一篇，主旨是专在指摘他最爱的母国——日本——的缺陷的。但我看除了开首这一节攻击旅馆制度和第三节攻击馈送仪节的和中国不甚相干外，其他却多半切中我们现在大家隐蔽着的痼疾，尤其是很自负的所谓精神文明。现在我就再来输入，作为从外国药房贩来的一帖泻药罢。
　　一九二四年十二月十四日，译者记。

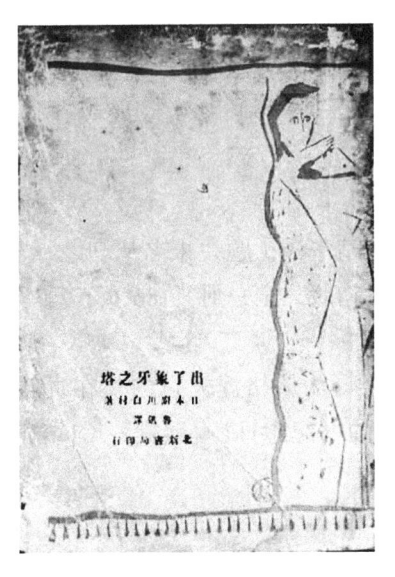

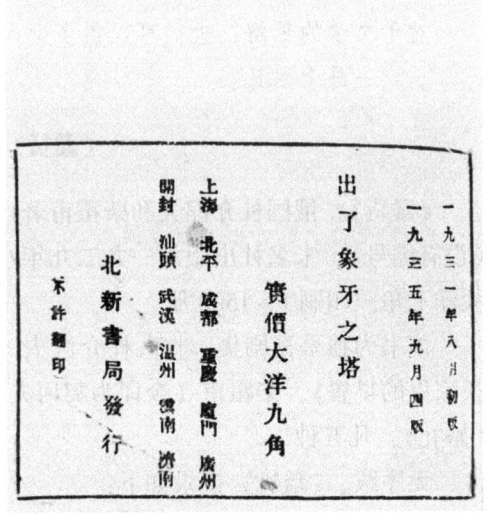

《〈现代文学之主潮〉译者附记》兹录如下：

  这也是《出了象牙之塔》里的一篇，还是一九一九年一月作。由现在看来，世界也没有作者所豫（预）测似的可以乐观，但有几部分却是切中的。又对于"精神底冒险"的简明的解释，和结末的对于文学的见解，也很可以供多少人的参考，所以就将他翻出来了。
  一月十六日。

《蠢货》

  《蠢货》，俄国杜介涅夫和柴霍甫著，曹靖华译，题"未名丛刊之一"（没有编号），未名社出版部一九二九年八月初版。全一册，186页，每本大洋七角。印刷1～1500册。
  该书为独幕喜剧集，收入杜介涅夫（今译为屠格涅夫）的《在贵族长家里的早餐》，柴霍甫（今译为契诃夫）的《纪念日》《蠢货》《求婚》《婚礼》，凡五种。
  无序跋。《蠢货》摘录如下：

六 未名社"文学丛书"叙录 657

布景

波波瓦家的一间客厅。

第一场

(波波瓦身服重孝,目不转睛的看着一张相片。绿克也在那儿)。

绿:这样不好呵,太太……你光光来糟蹋你自己的身子……丫头和女厨子都出去摘野果子了,一切的东西,都是带着很快活的样子,就是那猫也都知快快活活的在院子里跑来跑去。唉,实在的!差不多有一年多了,你连门都没有出过……

波:我从此都不出门了……我还出去干什么呢?我已经是死了的了。他埋在那坟里,我把我自己埋到这四堵墙里边……我们俩算是都死了。

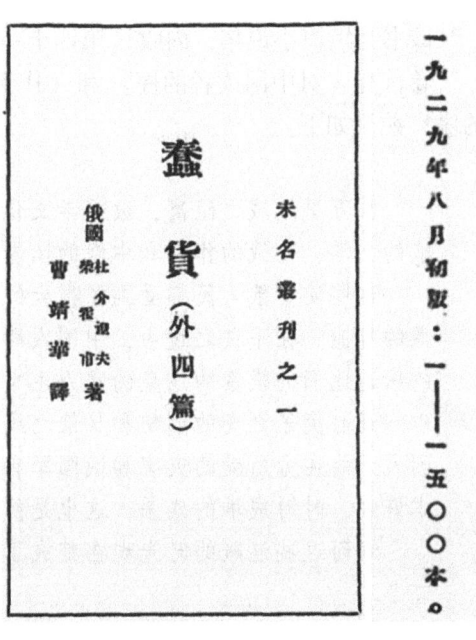

绿:唉,你又说起这话来了!我实在听够了。尼古拉去世了,命该如此,这会有什么法想呢……恸哭他一场——也就够了。不是要哭他一辈子,替他穿一辈子的孝服的。我的老婆死的时候,我也从那个时候过过……怎么呢?我伤心的哭她了一个月,这也就够她的了。要是哭她一辈子,她也实在担当不起呵!(叹息。)你把一切的邻居都忘记了……你自己不去瞧看人家,也不叫接见人家。我们过的光景同蜘蛛一样——同人们都断绝来往了。礼服都放到那儿叫老鼠咬破了……你想着是世上没有一个好人了，可是你不知道在县里的好人多着呢……在雷勃洛夫那儿的军营里边，那些军官是多么样的好，真是教看都看不够呵！在那军营里边每礼拜五都有一个跳舞会，差不多天天都奏着军乐……唉，太太！你正当青春的年华，应该及时行乐……那美丽的容颜，不是一辈子都有的啊！再过十年，你再想到那些老爷军官面前，想他们爱你，那就晚了！

《第四十一》

《第四十一》，苏联拉甫列捏（涅）夫著，曹靖华译，题"未名丛刊之一"（没有编号），未名社出版部一九二九年六月初版。全一册，253页，印数1~1500册。

该书为短篇小说集，内收《第四十一》《平常东西的故事》，凡两篇。卷首有《对中国读者的序》和《作者传》，卷末无跋。《对中国读者的序》兹录如下：

数万里地域之距离，数千年文化之差异和语言之不同，这些使中俄的文学，中俄的作家和中俄的读者间，发生了长久的隔绝。

这些使中俄人民都受到了很大的亏损，夺去了他们精神和文化交通的可能。在不久之过去，中国人所知道俄国的不过是些和他们接触的压迫他们的横暴的沙皇的武力主义。

还有庚子之变的创伤和日俄之战时两帝国主义者在那里角斗，中国人无故在旁所受的灾害和俄国军官因为战事之失利，疑中国人为日本奸细，时时成堆的残杀，这也是使中国人难忘的。

幸而这些混账的时光现在都成了历史上的产物和不快的回忆的陈迹了。

中国和苏联人民间之一切敌恨从此再没有它的容身之地了。隔绝两国的墙壁崩坏了，新生活的曙光同时普照到你们和我们的国度里。用少壮的力量和新的思想再兴的两国的文学要跟着这曙光开始复活而开花了。

我们俄国的作家已经知道中国的读者有读俄国古代文学作品之可能，并且可以了解和感受到旧文学中那些好的思想，这些思想不是那到东方去的残害中国的武力，而且时时宣传人民间的兄弟的情谊和对于自由的爱慕。

六　未名社"文学丛书"叙录　659

从另一方面，我们有了认识中国文学之花的可能。我们少许的看到了一点中国旧时的文学作品。最近我们的一家书店出了一本《现代中国小说集》，更使我们欢喜的是读了鲁迅的《阿Q正传》等。

这些文化价值交换的第一点是证明着前进的两国向进步之路上接近的开始。

文学就是友谊树上的第一个花蕾。

我们的作品，生养在战争情况中和向着新生活建设的我们的青年的俄国文学，能得中国读者的注意，这在我们自己是深以为光荣的。

我们，苏联的作家们，隔着这数万里地域的间隔，向你们，向我们遥远的朋友们和读者们，伸着友谊的弟兄的手，希望这友谊将来坚固而且久远。

鲍里斯拉甫列捏（涅）夫。

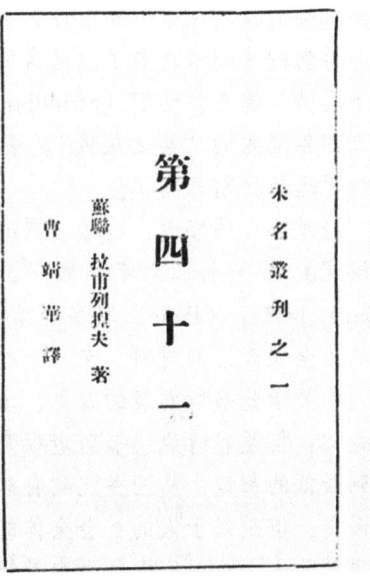

《格里佛游记》（卷一）

《格里佛游记》（卷一），封面题"格里佛游记""卷一""英国斯伟夫特著"。扉页题"未名丛刊之一""格里佛游记""卷一""英国斯伟夫特著""韦丛芜译"。版权页题"一九二八年初版""一至一千册"。全一册，147页。北平未名社出版。

该著为长篇小说，本册为卷一。

卷首有《小引》，卷末无跋。《小引》兹录如下：

十八世纪初叶英国最伟大的作家是要推约那尚斯伟夫特（Jonathan Swift, 1667~1745）的。他的伟大与其说是在他的作品的材料与形式中，还不如说是在他的作品里所显出来的精神中。他的人格以其烈度与力量高耸在他一切同辈之上。我们读着他的东西的时候，便觉着一个有强力的人格在我们面前，即使有时我们不同情，却永远使我们钦敬。他是一个天生的管治者，却又是在英国文学史中最悲惨的人物。

《格里佛游记》（Gulliver's Travels）是他老年的最著名的作品，以格里佛名字发表的。全书共分四卷，其情调是一层忧伤胜一层，一层悲观胜一层。第二卷中的布罗勃丁那格人（Brobdingnagians）虽说是比第一卷的里里浦人（Lilliputians）高尚些，但是他们的君王对于欧洲社会的谩骂比第一卷中什么都厉害些。在第三卷中则并快活的虚构与恳切的斗趣都没有了，通常的调子就是分明地苦辣与恶性，同时关于思持拿德布拉格们（Struldbrugs）的描写，反映出来作者约在一七二四年陷入的"生之厌倦"。第四卷中野蛮的和矛盾的愤世嫉俗的气概更远超过前三卷了。

经过小心的修改，遮过书贾的眼，且可避免法律的纠葛，《格里佛游记》于一七二六年出版了，立刻引起社会大大的注意。格依（Gay）和波字（Pope）联名写信给斯伟夫特说这本书"从出版以后便成为全城谈话的材料。在一个礼拜中初版便全卖完了；最有趣的是听人们关于此书所发表的意见，虽说都承认爱极了。据一般人说，作者是你；但是我听说，书店老板声称他不知道是什么人作的。从最高的到最低的都读，从国务院到育婴堂。政客们一致承认，这并非单个的谩骂，但是对于人的社会全体的讽刺是太厉害了。我们时或也遇见更锐敏的人们，他们在每页中寻找特别的用意。……此书通过了贵族议员们与众议员们，无异议者，全城，男，女，小孩都十分为此书所陶醉了。"

恶意的批评也并非没有的。有人说这本书全是谎话，一个字不信的；有人说作者轻视人性；有人批评作者特别仇视宫娥；有人批评作者侮辱上帝，因为他轻视创造者的创造品。但是这样的反响是算不了什么的，只要我们一看作者在第四卷中叙述亚豪（Yahoos）时对于人类无忌的嘲骂。倘若在别的时代，这书一出版恐不会惹起大笑，而要引起社会的公愤。那唤起斯伟夫特愤怒的切责之道德的卑污，在那时正是十分弥满了社会的统治阶级，他们对于人类的荣誉与令名（按：原文是"令名"）已变冷淡了。在估计斯伟夫特可怕的社会画图的价值上，我们一定要记得这点的。

斯伟夫特在快写完这本游记的时候，写信给波孛道，"在我的一切劳作中，我向我自己定的主要目的便是与其娱乐世界，不如烦恼世界。……当你想起世界的时候，再给它一鞭子，我请你。我老是恨一切国家，职业，社会，我的所有的爱都是对于个人的。……但是主要地我深恶痛绝那叫做人的动物，虽然我真心地爱约翰，彼得，汤姆等等。……在这个厌世的大基础上（虽然不像台蒙'Timon'一样）建着我的游记的全部的建筑；而且我的心将永远不能宁静，直到一切诚实的人们都同我一个意见。"但是事实上这个世界并不为这本游记所烦恼，而且为它所娱乐了，至少它的头两卷已二百年来为英文势力所及的地方千千万万的儿童和成年者所传诵。

作者的想像（象）永不高飞，但在虚构惊人和好笑的情形上却是很丰富的。在此书中从头至尾保持着情绪的约束，没有多少地方让他使他的呪骂（按：原文为"呪骂"）的大本事，但这却更加增了讽刺的效力。

这本书是斯伟夫特文体的最好的例子之一，在英文中也是简明直截的文体的最好的例子之一，虽说其中佾有（按：原文为"佾有"）文法上的错误（自然有些地方是故意的）但还是英文散文大师斯伟夫特的最成功的作品之一，永为一般英文学生的范本。

我是根据 London. G. Bell and Sons Ltd. 出版的 Bohn's Popular Library 本子（G. R. Dennis 编）翻译的，在我所看见的本子中为最完善的，其他常有删减。商务印书馆出版的原文加注释本子我也参看了，其中很有些注错的地方。以上二书是鲁彦由铁民处借来给我用的。书中插图是采自 New York：Happer & Brothers Publishers 出版的本子 Rhead 画的，此书是摩殊在美国买寄给我的。本书译文我曾参照 A. B. Bough 编的牛津版本的注释斟酌修改些处，我的小引也参考他的引言。岂明先生借给我 New York：Alfred A Knopf 1925 出版的精装本，此书完全照上面所说 Dennis 编的本子乱翻印的。维钧又借给我 Every man's Library 的本子和此书的法文译本。对于他们我在此总志谢忱。

最后，对于给我译此书以鼓励的鲁迅先生和岂明先生，以及替我校阅卷一的冯先生，和在溽暑中替我校对的老友竹年兄，谨表十分感谢。

一九二八年七月十六日丛芜写于海甸。

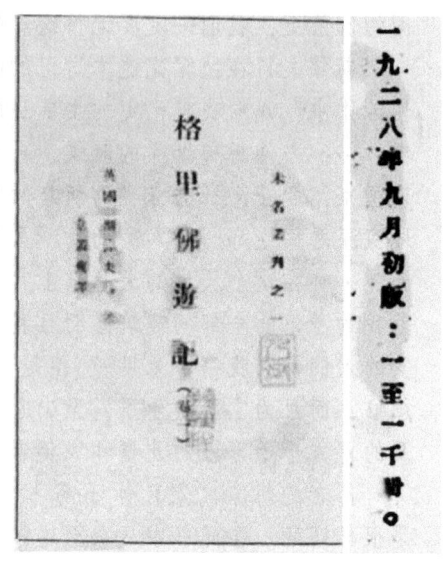

《格里佛游记》（卷二）

《格里佛游记》（卷二），英国斯伟夫特著，韦丛芜译，题"未名丛刊之一"（没有编号），未名社出版部一九二九年一月初版。全一册，161页，印刷 1~1000 册。

该书为长篇小说，三卷中的第二卷。第一卷1928年9月初版，1929年3月再版，未见。第三卷和第四卷均未见。

无序跋。正文摘录如下：

性格和命运判定我要过一种活动不安的生活，在我回来两个月之后，我又离开我的故乡，一七〇二年六月二十日，我在当斯海港上了冒险号船开往苏喇去；船长是甲必丹约翰·尼古拉，一个康瓦人，一直到我们到了好望角都很顺的大风，我们在该处登陆找淡水用，但是船发见一个漏口，我们便卸下货物，在那里过冬，因为船长患疟疾，直到三月底我们才能离开好望角。我们那时开船，一直经过了马达格斯加海峡航行都很不错的；但是到了过该岛往北去，约在南纬度五度的时候，风便起了。风在这些海里据说从十二月初至五月初，在西北方之间，刮着不断的等势的大风。这次的风在四月十九日开始刮得更凶猛的多了，比平常更偏西些，继续一气刮了二十天，在这时期中我们被刮到摩鹿加群岛略东一点的地方，约在赤道北三度，这是我们的船长在五月二日测量出来的。那时风已息了，十分平靖（按：原文为"平靖"），对于这我觉得快活不少。但是他是航行在这些海中的很有经验的人，吩咐我们所有的人预备防着一风暴，这风暴次日便起了：因为一阵南风，叫作南时令风，开始大作。

在这次风暴中，接连又是一阵西的西南大风，以我计算我们向东被刮了约有一千五百里，因此船上最老的航海家都不能讲我们是在世界的那块地方。我们的粮食支持还好，我们的船是结实的，我们的水手们都很健康，但是因无水的缘故，我们处在极苦楚的情况中。我们想最好是照着原来进行的方向走，比更往北转强，那样会将我们运到大鞑靼里的西北部，而进入冰海里去了。

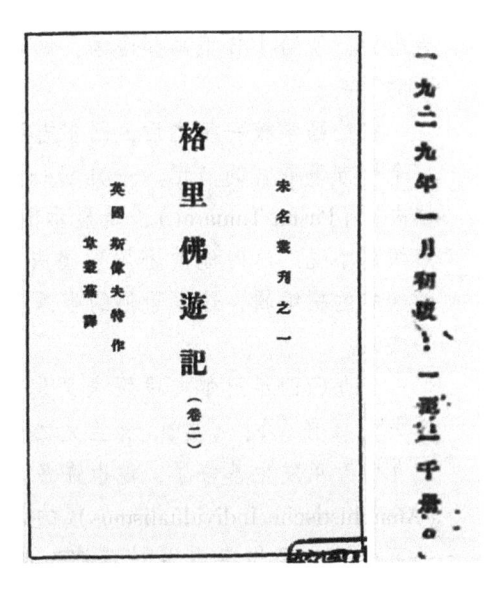

《工人绥惠略夫》

《工人绥惠略夫》，俄国阿尔志跋绥夫著，鲁迅译，题"未名丛刊之一"（没有编号），北新书局一九二七年六月印成，印数1～3000册。全一册，184，定价不详。

其实，早在1922年，该著就有《文学研究会丛书》版本。全一册，202页。

该书为长篇小说译作，凡十五章，无章目。

卷首有鲁迅的《译了〈工人绥惠略夫〉之后》，卷末无跋。《译了〈工人绥惠略夫〉之后》摘录如下：

> 阿尔志跋绥夫（M. Artsybashev）在一八七八年生于南俄的一个小都市；据系统和氏姓是鞑靼人，但在他血管里夹流着俄，法，乔具亚（Georgia），波兰的血液。他的父亲是退职军官；他的母亲是有名的波兰革命者珂修支珂（Kosciusko）的曾孙女，他三岁时便死去了，只将肺结核留给他做遗产。他因此常常生病，一九〇五年这病终于成实，没有痊愈的希望了。
>
> 阿尔志跋绥夫少年时，进了一个乡下的中学一直到五年级；自己说：全不知道在那里做些甚么事。他从小喜欢绘画，便决计进了哈理珂夫（Kharkov）绘画学校，这时候是十六岁。其时他很穷，住在污秽的屋角里面而且挨饿，又缺钱去买最要紧的东西：颜料和麻布。他因为生计，便给小日报画些漫画，做点短论文和滑稽小说，这是他做文章的开头。
>
> 在绘画学校一年之后，阿尔志跋绥夫便到彼得堡，最初二年，做一个地方事务官的书记。一九〇一年，做了他第一篇的小说《都玛罗夫》（Pasha Tumarov），是显示俄国中学的黑暗的；此外又做了两篇短篇小说。这时他被密罗留蟠夫（Miroljubov）赏识了，请他做他的杂志的副编辑，这事于他的生涯上发生了很大的影响：使他终于成了文人。
>
> 一九〇四年阿尔志跋绥夫又发表几篇短篇小说，如《旗手戈罗波夫》，《狂人》，《妻》，《兰兄之死》等，而最末的一篇使他有名。一九〇五年发生革命了，他也许多时候专做他的事：无治的个人主义（Anarchistische Individualismus）的说教。他做成若干小说，都是驱使那革命的心理和典型做材料的；他自己以为最好的是《朝影》和《血迹》。这时候，他便得了文字之祸，受了死刑的判决，但俄国官宪，比欧洲文明国虽然黑暗，比亚洲文明国却文明多了，不久他们知道自己的错误，阿尔志跋绥夫无罪了。

此外，还有商务印书馆版本。民国十一年（1922）五月初，一册，每册定价大洋陆角（外埠酌加运费汇费）。

六 未名社"文学丛书"叙录 665

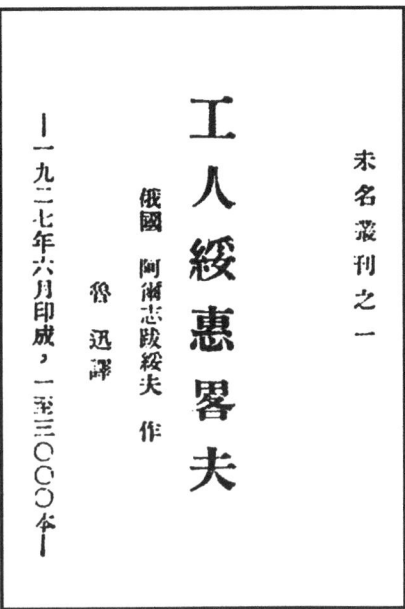

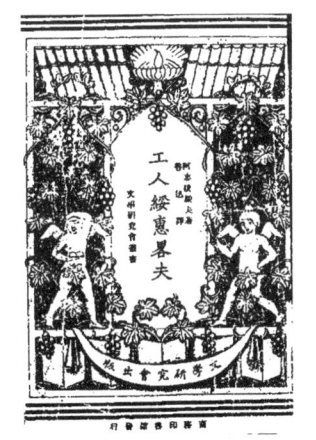

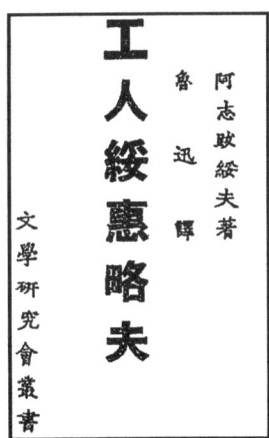

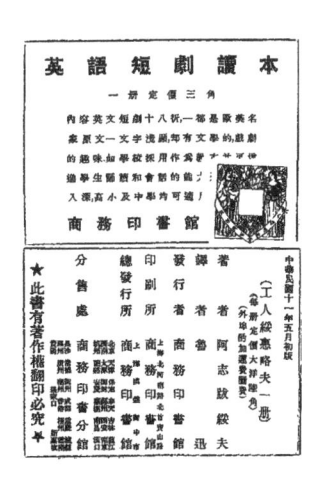

《黑假面人》

《黑假面人》，俄国安特列夫著，李霁野译，题"未名丛刊之一"（没有编号），北新书局一九二八年三月初版。全一册，112页，印刷1~1500册。

该书为多幕剧。

卷首有《序》，卷末无跋。《序》兹录如下：

《黑假面人》的译稿在二年来吃灰碰壁之余，对于我自己还没有完全失去兴趣和意义；现在还想藉着它将要和读者相见的机会，来约略述说安特列夫对于戏剧的意见，使读者对于这篇戏剧可以有更多的了解。

　　安特列夫拿中世纪意大利的艺术家契尔黎尼（Benvenuto Cellini）和近代德国的思想家尼采（Friedrich Nietzsche）两个人的生活来解说新旧时代戏剧的异趣。读契尔黎尼的传记，安特列夫惊呼："多末多的逃亡、凶杀、惊异、失却和无意的发现、仇恨和爱！契尔黎尼在从家里到城郭的短促的散步中所遇见的事件比一个普通的近代人一生中所遇到的还要多。契尔黎尼的生活是他那时代的生活和着它的强盗呀，僧侣呀，公爵呀，剑呀，芒特灵（乐器）呀，的副本。在那时候兴趣仅集在充满事件，不断活动与动作的生活上，因此不动的生活好像一块路旁的泥土，关于它没有什么可说的事。契尔黎尼的生活是旧剧场的人格化。……"

　　"但是在尼采的生活中那（哪）里有事件、活动和物质的收获呢？"安特列夫问。"在早年他还是一个普鲁士的兵丁的时候，他还在某种程度上是一个动的人，并且他最不是一个戏剧家。他的生活的戏剧正在他的生活退入研究的静默和不动中那时候开始。是在那里，我们找到苦痛的一切价值的重新评价，《悲剧的挣扎》，与《瓦格纳尔》（Wagner）的决裂，和可爱的《察拉图思屈拉》（Zarathustra）！"

　　以动作为主的旧时代的戏剧，照安特列夫的意见，是不能够表现近代的尼采和以内心思想为中枢的尼采式的生活的，因此他以为近代应当有一种代旧剧场而兴的"全思想"或"全灵魂"的剧场，戏剧的题材也应当从外面的活动移到内面的思想上去，因为近代人的生活，也如尼采的一样，由外面的活动转入内心的思想了。

　　《黑假面人》便是一篇以近代人的思想生活为题材的悲剧。罗连卓公爵在自己的城堡里开假面跳舞会，他和他的美丽的妻子预期着晚间的欢乐，把全城堡都点亮了。不久客人们到了，但是都戴着假面，所以罗连卓连一个人也认不出来。周围越变越离奇，连音乐也戴上假面了，戴着假面的歌者将罗连卓的愉悦的歌曲唱成灵魂的哀歌了。他连他的妻也不认得了，有三个假面人都说是他的妻，他不知道究竟谁是；他失去了他的妻。然而还有着更大的悲剧，这就是他的自身的分裂：在他的图书馆里他发见有另一个罗连卓在。虽说他刺杀了他的另一个自我，然而一切，连他自己，都戴着假面，都沉没在虚伪里，都没有真实的相通和接触。宇宙是一个大谎，是一个大的假面，覆盖着表面相合而实际相离的被命运支配着的人类。罗连卓在这种情况里疯了。黑假面人，生活上的暗影，灵魂里的幽灵，扑灭了城堡中的光亮。最后，嘲笑家爱珂将城堡点上火，在火的毁灭中完结了罗连卓的命运。

有了新的题材，便要有适于表现这题材的形式，仅只抽象的思想或观念，是不成其为艺术的。但是形式是作者用以表现他的思想的工具，可以由作者因题材的需要自由加以选择。

《黑假面人》是一篇象征剧。我们在读象征剧的时候，第一要了解的是作者的中心的 Mood，因为它是全剧的灵魂，全剧的骨架，至于 Symbol，不过是供它驱使，被它选择来用以表现自己的东西。而且在象征主义的作品中，时常总有神秘的趋向的，在《黑假面人》中尤其显然，倘不能对于作者的 Mood 有相当的了解，那就要成为莫名其妙的秘密了。

因为题材与形式，在读者的心目中也许罗连卓的城堡不过是一群莫名其妙的红假面人、黑假面人、假面人、老女人、高的灰东西、蜘蛛、蜘蛛网、大旧书……在那里作戏的鬼市，这剧本也许不过是用"过度的象征主义"写出来的"没听说过的恐怖"，如在俄国所受的批评一样罢。但是，正如安特列夫回答这批评时所说："每件作品都应当用它所需要的体格写。《饿王》没有象征主义便不能作出；《七个绞死的人》只能用写实的风调写。因为艺术只有一个原则，一个目的，就是产生一个印象，一个强有力的印象，不论用什么方法，或者即使是反背着审美和批评的一切规律也罢。"（Jh. Burroughs）

《黑假面人》的题材与形式和这两者中间的关系既然如上文所说，则评判这剧本的标准是在它是否表现了作者的 Mood，是否给与了读者一个印象。这是可以因个人的感受而歧异的，在这里用不着再说了。

这剧本是在一九零七年著的，正当俄国两次革命失败后，社会环境正沉闷的时期，所以不免很沉重抑郁。经过一九一七年的革命，俄国虽然还没有成功的新的文学发生，然而精神上已经积极地向新的将来奔驰了：安特列夫的精神早已和现在俄国的精神相左了。但是我们的新的将来在那（哪）里呢？似乎还很渺（邈）远。因此我将这译稿印行，希望有一天能以接受这剧本的一样热诚的心情，将这剧本抛弃。

我的译文是根据 C. L. Meader 和 F. N. Scott 的英译，由素园对原文加以校改。鲁迅对于人名的音译也颇多改正。我在此谢谢他们。文中引用的安特列夫的话，见英译本篇首 V. V. Brusyanin 作的安特列夫的象征剧中。

一九二六年十二月二十一日记。

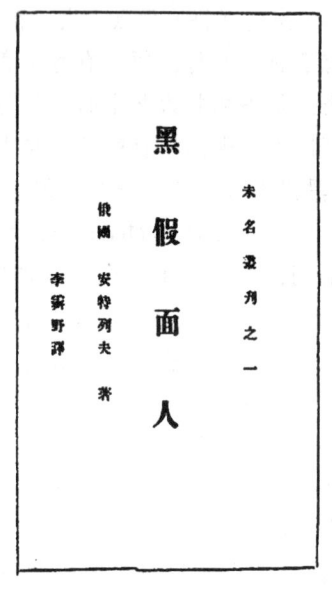

一九二八年三月印成一千五〇〇本，不再版。

《黄花集》

《黄花集》，俄国契里珂夫等著，韦素园译，题"未名丛刊之一"（没有编号），北新书局一九二九年二月初版。全一册，166页。司徒乔作书面。此外还有上海开明书店一九二八年十二月初版。全一册，173页。司徒乔作书面。

该书为散文和诗的译作集，内收契里珂夫的《献花的女郎（回忆契诃夫）》、勃洛克的《孤寂的海湾（回忆安特列夫）》、都介涅夫的《门槛》《玫瑰》《玛莎》、科罗连珂的《小小的火》、戈里奇的《海莺歌》《雕的歌》《埃黛约丝》、安特列夫的《巨人》、专司基的《半神》、契里珂夫的《冢上一朵小花》、珂托诺夫斯奇的《森林故事》、解特玛尔的《幸福》《鹤》、哈谟生的《奇谈》、埃顿白格的《一幕》、埃治的《∴》、纳曼的《奴隶》、玛伊珂夫的《诗人的想像》、蒲宁的《不要用雷闪来骇我》、梭罗古勃的《蛇睛集选》《小小的白花》、茗思奇的《我怕说》、白斯金的《∴》（按：原文为"∴"）、米那夫的《厄运》、撒弗诺夫的《这是很久了》。

卷首有《译者的话》，兹录如下：

六 未名社"文学丛书"叙录 669

　　我自去岁阳历一月卧病，到此刻已经是将近两年的时光了。在这期间，深觉以前过的生活是如何零乱、空虚、无聊，生命是如何毫无惋惜似地、无益地、静静地向前过去了。病中每一虑及，虽并无深的悔恨，但总不免带着悯然的微笑。现在承霁野的好意，将我病前几年中散在各处的译稿，差不多全搜集起来了。一本是短篇小说集，已在别处印行；另一本便是这些散文和诗，他所命名为《黄花集》的。实在，这些东西在新的北俄，多半是过去的了。将这于（与）其说是献给读者，倒不如说是留作自己纪念的好。倘读者还以为有几篇可读的东西，那就是译者意外的欣喜了。

　　一九二八年十月二十八日，素园写于西山病院。

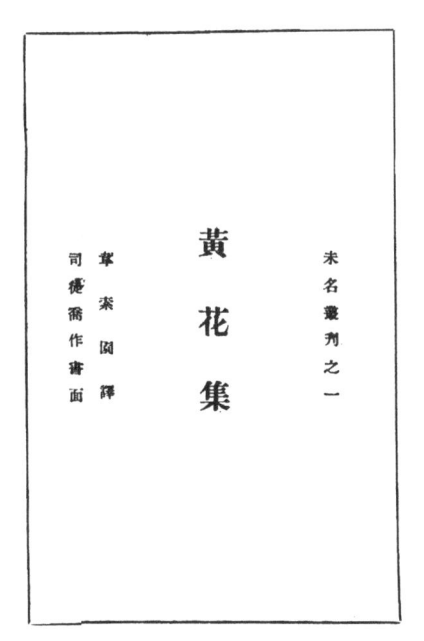

《苦闷的象征》

　　《苦闷的象征》，已知早期版本多达十二版，没有印出版时间的这一版可能是初版本。扉页纵向题"未名丛刊之一"（没有编号）"苦闷的象征""日本厨川白村著""鲁迅译"。版权页横向印"不许翻印""苦闷的象征""实价五角半""上海七浦路二八八号""北新书局发行"。全一册，147页。

　　《苦闷的象征》十多种早期版本均采用陶元庆所作的那幅封面画。笔者所见者还有：再版本，1926年3月，印刷为1500~3000本。五版本，一九二八年八月，印刷为9501~11500本。六版本，一九二九年五三月，印刷为11501~14500本。八版本，一九三〇年五月，印刷为17001~20000本。十二版本，一九三五年十月。未见的三版本，1926年10月初版；四版本，1927年8月出版；七版本，1929年8月出版。

该书为文艺理论著作，分四个部分："第一　创作论"，包括：一　两种力、二　创造生活的欲求、三　强制压抑之力、四　精神分析学、五　人间苦与文艺、六　苦闷的象征。"第二　鉴赏论"，包括：一　生命的共感、二　自己发见的欢喜（附：译者附记）、三　悲剧的净化作用、四　有限中的无限（附：译者附记）、五　文艺鉴赏的四阶段（附：译者附记）、六　共鸣底（的）创作。"第三　关于文艺的根本问题的考察"，包括：一　为豫（预）言者的诗人、二　理想主义与现实主义、三　短篇《项链》、四　白日的梦、五　文艺与道德、六　酒与女人与歌。"第四　文艺的起源"：一　祈祷与劳动、二　原人的梦。此外，还有《项链》（摩泊桑著，常惠译），以及"图目"：厨川白村照象（相）并自署、穆那里沙、波特来尔自画象（像）（吸食印度大麻之际）、雪莱纪念石象（像）、摩泊桑画象（像）。

卷首有译者鲁迅的《引言》，正文末有山本修二的《后记》，卷末有广告《未名丛刊是什么，要怎样？》。《引言》兹录如下：

　　去年日本的大地震，损失自然是很大的，而厨川博士的遭难也是其一。厨川博士名辰夫，号白村。我不大明白他的生平，也没有见过有系统的传记。但就零星的文字里掇拾起来，知道他以大阪府立第一中学出身，毕业于东京帝国大学，得文学士学位；此后分住熊本和东京者三年，终于定居京都，为第三高等学校教授。大约因为重病之故罢，曾经割去一足，然而尚能游历美国，赴朝鲜；平居则专心学问，所著作很不少。据说他的性情是极热烈的，尝以为"若药弗瞑眩厥疾弗瘳"，所以对于本国的缺失，特多痛切的攻难。论文多收在《小泉先生及其他》、《出了象牙之塔》及殁后集印的《走向十字街头》中。此外，就我所知道的而言，又有《北美印象记》，《近代文学十讲》，《文艺思潮论》，《近代恋爱观》，《英诗选释》等。

　　然而这些不过是他所蕴蓄的一小部分，其余的可是和他的生命一起失掉了。

　　这《苦闷的象征》也是殁后才印行的遗稿，虽然还非定本，而大体却已完具了。第一分《创作论》是本据，第二分《鉴赏论》其实即是论批评，和后两分都不过从《创作论》引申出来的必然的系论。至于主旨，也极分明，用作者自己的话来说，就是"生命力受了压抑而生的苦闷懊恼乃是文艺的根柢，而其表现法乃是广义的象征主义"。但是"所谓象征主义者，决非单是前世纪末法兰西诗坛的一派所曾经标榜的主义，凡有一切文艺，古往今来，是无不在这样的意义上，用着象征主义的表现法的"。（《创作论》第四章及第六章）

作者据伯格森一流的哲学，以进行不息的生命力为人类生活的根本，又从弗罗特一流的科学，寻出生命力的根柢来，即用以解释文艺，——尤其是文学。然与旧说又小有不同，伯格森以未来为不可测，作者则以诗人为先知，弗罗特归生命力的根柢于性欲，作者则云即其力的突进和跳跃。这在目下同类的群书中，殆可以说，既异于科学家似的专断和哲学家似的玄虚，而且也并无一般文学论者的繁碎。作者自己就很有独创力的，于是此书也就成为一种创作，而对于文艺，即多有独到的见地和深切的会心。非有天马行空似的大精神即无大艺术的产生。

但中国现在的精神又何其萎靡锢蔽呢？这译文虽然拙涩，幸而实质本好，倘读者能够坚忍地反复过两三回，当可以看见许多很有意义的处所罢：这是我所以冒昧开译的原因，——自然也是太过分的奢望。

文句大概是直译的，也极愿意一并保存原文的口吻。但我于国语文法是外行，想必很有不合轨范的句子在里面。其中尤须声明的，是几处不用"的"字，而特用"底"字的缘故。即凡形容词与名词相连成一名词者，其间用"底"字，例如 Socialbeing 为社会底存在物，Psychische Trauma 为精神底伤害等；又，形容词之由别种品词转来，语尾有 – tive，– tic 之类者，于下也用"底"字，例如 speculative，romantic，就写为思索底，罗曼底。在这里我还应该声谢朋友们的非常的帮助，尤其是许季黻君之于英文；常维钧君之于法文，他还从原文译出一篇《项链》给我附在卷后，以便读者的参看；陶璇卿君又特地为作一幅图画，使这书被了凄艳的新装。

一九二四年十一月二十二日之夜鲁迅在北京记。

《后记》兹录如下：

镰仓十月的秋暖之门，厨川夫人和矢野君和我，站在先生的别邸的废墟上，沉在散漫的思想的时候。掘土的工人寻出一个栗色纸的包裏，送到我们这里来了。那就是这《苦闷的象征》的原稿。

《苦闷的象征》是先生的不朽的大作的未定稿的一部分。将这未定稿通向世间发表，在我们之间，最初也曾经有了不少的议论。有的还以为对于自己的著作有着锋利的良心的先生，怕未必喜欢这以推敲未足的就是如此的形式，便以问世的。

但是，本书的后半，是未经公表的部分居多。将深邃的造诣和丰满的鉴赏的力量，打成不可思议的融合的先生在讲坛上的丰采，不过在本书里，遗留少许罢了。因了我们不忍深藏筐底的心意，遂将这刊印出来。

题名的《苦闷的象征》，是出于本书前半在《改造志》上发表时候的一个端绪。但是，只要略略知道先生的内生活的人，大约就相信这题名用在先生的著作上，并没有什么不调和的罢。因为先生的生涯，是说尽在雪莱的诗的"They learn in suffering what they teach in song."这一句里的。

当本书校订之际，难决的处所，则请教于新村出、阪仓笃太郎两先生。而且，也受同窗的朋友矢野峰人氏的照应，都在此中明厚的感谢的意思。

本书中的《创作论》分为六节，虽然首先原有着《两种力》《制造生活的欲求》等的标记，但其余的部分，却并未设立这样的区分。不得已，使单据我个人的意见，分了节，又加上自信为适当的标题。此外关于本书的内容和外形，倘有些不备之处，那就是因为我的无知无识而致的：这也在此表明我的责任。

十三年二月二日，山本修二

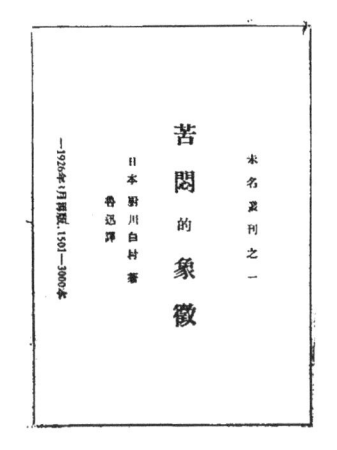

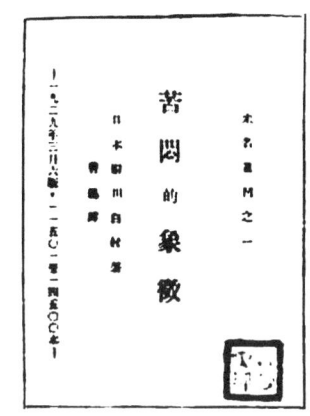

《未名丛刊是什么，要怎样？》兹录如下：

> 所谓《未名丛刊》者，并非无名丛书的意思，乃是还未想定名目，然而这就作为名字，不再去苦想他了。
>
> 这也并非学者们精选的宝书，凡国民都非看不可。只要有稿子，有印费，便即付印，想使萧索的读者，作者，译者，大家稍微感到一点热闹。内容自然是很庞杂的，因为希图在这庞杂中略见一致，所以又一括为相近的形式，而名之曰《未名丛刊》。
>
> 大志向是丝毫也没有。所愿的：无非在自己，是希望那印成的从速卖完，可以收回钱来再印第二种；对于读者，是希望看了之后，不至于以为太受欺骗了。
>
> 现在，除已经印成的一种之外，就自己和别人的稿子中，还想陆续印行的是：
>
> 1. 《苏俄的文艺论战》。俄国褚沙克等论文三篇。任国桢译。
> 2. 《往星中》。俄国安特来夫作戏剧四幕。李霁野译。
> 3. 《小约翰》。荷兰望蔼覃作神秘的写实的童话诗。鲁迅译

附《译〈苦闷的象征〉后三日序》，其文如下：

> 这书的著者厨川白村氏，在日本大地震时不幸被难了，这是从他镰仓别邸的废墟中掘出来的一包未定稿。因为是未定稿，所以编者——山本修二氏——也深虑公表出来，或者不是著者的本望。但终

于付印了，本来没有书名，由编者定名为《苦闷的象征》。其实是文学论。

这共分四部：第一创作论，第二鉴赏论，第三关于文艺的根本问题的考察，第四文学的起源。其主旨，著者自己在第一部第四章中说得很分明：生命力受压抑而生的苦闷懊恼乃是文艺的根柢，而其表现法乃是广义的象征主义。

因为这于我有翻译的必要，我便于前天开手了，本以为易，译起来却也难。但我仍只得译下去，并且陆续发表；又因为别一必要，此后怕于引例之类要略有省略的地方。

省略了的例，将来倘有再印的机会，立誓一定添进去，使他成一完书。至于译文之坏，则无法可想，拼着挨骂而已。

一九二四年九月二十六日鲁迅

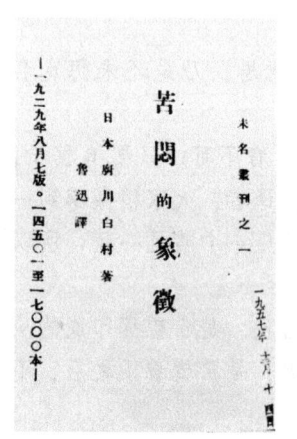

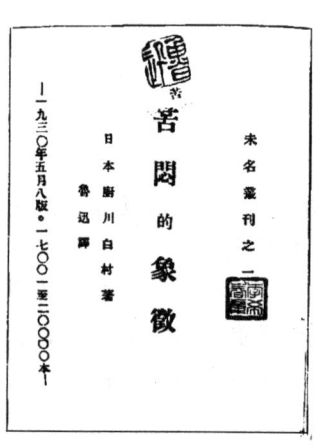

《穷人》

《穷人》，苏联陀思妥夫斯基著，韦丛芜译。初版本题"未名丛刊之一"（没有编号），一九二六年六月初版。全一册，238页，定价不详，印刷1~1500册。

《穷人》还有开明版，初版、二版、三版未见。上海开明书店民国十五年（1926）六月初版发行，民国二十三年（1934）四月四版发行。发行者为章锡琛，印刷者为美成印刷公司，总发行所为开明书店（上海），分发行所为全国各地开明书店分店。全一册，238页，实价大洋五角（实价不折不扣，外埠酌加寄费）。五版本，民国二十六年（1937）二月出版。全一册，237页，实价国币五角。六版本，民国三十年（1941）七月出版。全一册，163 页，实价二元五角。开明版均题"未名社丛书"（没有编号）而非"未名丛刊"。这些版本的内容基本相同。此外，《穷人》还有文光书局民国三十六年（1947）八月初版。全一册，237 页，实价国币七元五角整。译文略作修订，序跋不变。

该书为长篇小说译作，据英译本转译。

扉页摘录这样一句话：

> 呵，这些小说家！可惜他们不愿写点有用的、快意的、慰安的东西，他们却要发掘各样隐讳的事情！……我愿禁止他们的著作！这成什么样子，你读的时候……你不能不想——于是各样愚念都进入你的脑子里来了；我实在愿禁止他们的著作；我愿简直把他们的著作完全禁止。
>
> Prince V. F. Odoevsky

卷首有鲁迅的《小引》和 Thomas Seltzer 的《英文译本引言》。《小引》兹录如下：

> 一千八百八十年，是陀思妥夫斯基完成了他的巨制之一《卡拉玛卓夫兄弟》这一年；他在手记上说："以完全的写实主义在人中间发见人。这是彻头彻尾俄国底特质。在这意义上，我自然是民族底的。……人称我为心理学家（Psychologist）。这不得当。我但是在高的意义上的写实主义者，即我是将人的灵魂的深，显示于人的。"第二年，他就死了。
>
> 显示灵魂的深者，每要被人看作心理学家；尤其是陀思妥夫斯基那样的作者。他写人物，几乎无须描写外貌，只要以语气，声音，就不独将他们的思想和感情，便是面目和身体也表示着。又因为显示着灵魂的深，所以一读那作品，便令人发生精神的变化。灵魂的深处并不平安，敢于正视的本来就不多，更何况写出？因此有些柔软无力的读者，便往往将他只看作"残酷的天才"。
>
> 陀思妥夫斯基将自己作品中的人物们，有时也委实太置之万难忍受的，没有活路的，不堪设想的境地，使他们什么事也做不出来。用了精神的苦刑，送他们到那犯罪，痴呆，酗酒，发狂，自杀的路上去。有时候，竟至于似乎并无目的，只为了手造的牺牲者的苦恼，而使他受苦，在骇人的卑污的状态上，表示出人们的心来。这确当是一

个"残酷的天才",人的灵魂的伟大的审问者。

然而,在这"在高的意义上的写实主义者"的实验室里,所处理的乃是人的全灵魂。他又从精神底苦刑,送他们到那反省,矫正,忏悔,苏生的路上去;甚至于又是自杀的路。到这样,他的"残酷"与否,一时也就难于断定,但对于爱好温暖或微凉的人们,却还是没有什么慈悲的气息的。

相传陀思妥夫斯基不喜欢对人述说自己,尤不喜欢述说自己的困苦;但和他一生相纠结的却正是困难和贫穷。便是作品,也至于只有一回是并没有豫(预)支稿费的著作。但他掩藏着这些事。他知道金钱的重要,而他最不善于使用的又正是金钱;直到病得寄养在一个医生的家里了,还想将一切来诊的病人当作佳客。他所爱,所同情的是这些,——贫病的人们,——所记得的是这些,所描写的是这些;而他所毫无顾忌地解剖,详检,甚而至于鉴赏的也是这些。不但这些,其实,他早将自己也加以精神底苦刑了,从年青时候起,一直拷问到死灭。

凡是人的灵魂的伟大的审问者,同时也一定是伟大的犯人。审问者在堂上举劾着他的恶,犯人在阶下陈述他自己的善;审问者在灵魂中揭发污秽,犯人在所揭发的污秽中阐明那埋藏的光耀。这样,就显示出灵魂的深。

在甚深的灵魂中,无所谓"残酷",更无所谓慈悲;但将这灵魂显示于人的,是"在高的意义上的写实主义者"。

陀思妥夫斯基的著作生涯一共有三十五年,虽那最后的十年很偏重于正教的宣传了,但其为人,却不妨说是始终一律。即作品,也没有大两样。从他最初的《穷人》起,最后的《卡拉玛卓夫兄弟》止,所说的都是同一的事,即所谓"捉住了心中所实验的事实,使读者追求着自己思想的径路,从这心的法则中,自然显示出伦理的观念来。"这也可以说:穿掘着灵魂的深处,使人受了精神底苦刑而得到创伤,又即从这得伤和养伤和愈合中,得到苦的涤除,而上了苏生的路。

《穷人》是作于千八百四十五年,到第二年发表的;是第一部,也是使他即刻成为大家的作品;格里戈洛维奇和涅克拉梭夫为之狂喜,培林斯基曾给他公正的褒辞。自然,这也可以说,是显示着"谦逊之力"的。然而,世界竟是这么广大,而又这么狭窄;穷人是这么相爱,而又不得相爱;暮年是这么孤寂,而又不安于孤寂。

六　未名社"文学丛书"叙录　677

他晚年的手记说："富是使个人加强的，是器械底和精神底满足。因此也将个人从全体分开。"富终于使少女从穷人分离了，可怜的老人便发了不成声的绝叫。爱是何等地纯洁，而又何其有搅扰咒诅之心呵！

而作者其时只有二十四岁，却尤是惊人的事。天才的心诚然是博大的。

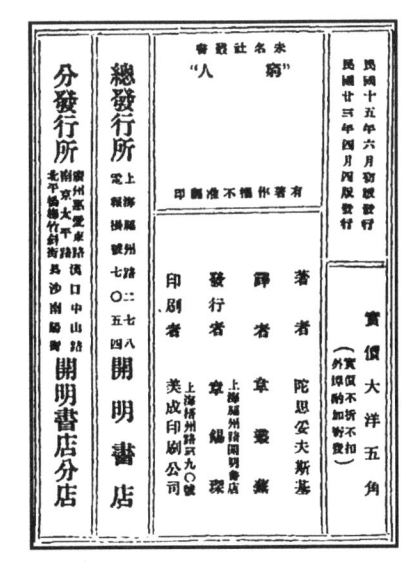

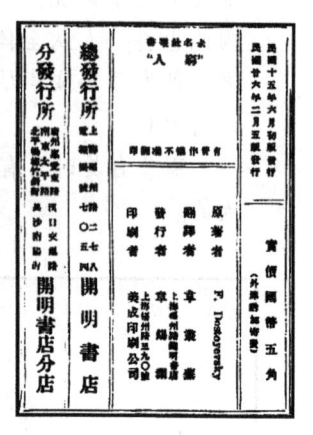

中国的知道陀思妥夫斯基将近十年了，他的姓已经听得耳熟，但作品的译本却未见。这也无怪，虽是他的短篇，也没有很简短，便于急就的。这回丛芜才将他的最初的作品，最初绍介到中国来，我觉得似乎很弥补了些缺憾。这是用 Constance Garnett 的英译本为主，参考了 Modern Library 的英译本译出的，歧异之处，便由我比较了原白光的日文译本以定从违，又经素园用原文加以校定。在陀思妥夫斯基全集十二巨册中，这虽然不过是一小分，但在我们这样只有微力的人，却很用去许多工作了。藏稿经年，才得印出，便借了这短引，将我所想到的写出，如上文。陀思妥夫斯基的人和他的作品，本是一时研钻不尽的，统论全般，决非我的能力所及，所以这只好算作管窥之说；也仅仅略翻了三本书：Dostoievsky's Literarsche Schriften，Mereschkovsky's Dostoievsky und Tolstoy，昇曙梦的《露西亚文学研究》。

　　俄国人姓名之长，常使中国的读者觉得烦（繁）难，现在就在此略加解释。那姓名全写起来，是总有三个字的：首先是名；其次是父名；第三是姓。例如这书中的解屋斯金，是姓；人却称他马加尔亚列舍维奇，意思就是亚列舍的儿子马加尔，是客气的称呼；亲昵的人就只称名，声音还有变化。倘是女的，便叫她"某之女某"。例如瓦尔瓦拉亚列舍夫那，意思就是亚列舍的女儿瓦尔瓦拉；有时叫她瓦兰加，则是瓦尔瓦拉的音变，也就是亲昵的称呼。

　　一九二六年六月二日之夜，鲁迅记于东壁下

《英文译本引言》摘录如下：

《穷人》是陀思妥夫斯基的第一篇长篇小说,他在二十四岁的时候做成功的。"如果我找不到一个发行的人,"他写信给他的哥哥说,"我或者要自己上吊了。"

但是这篇小说找到一个发行人了。不但如此,这书在为出版以前已经使陀思妥夫所基得到一种荣誉。格里戈·洛维奇(Grigorovich)——他的朋友又是老同学——把他的稿子拿去给诗人涅克拉索夫(Nekrasov)看。他们两人同坐着读了一整夜。早晨四点钟的时候,他们敲陀思妥夫斯基的门,涅克拉索夫搂着陀思妥夫斯基的颈子,当作介绍了。于是这三位青年谈天又谈地谈了几点钟,只有俄罗斯人能那么谈。涅克拉索夫又直接往批评家培林士奇(Bielinsky)那里去,他的话在当时俄罗斯的文学界中是奉为定律的。"一位新果戈理出现了!"这位诗人叫道。"自然,"这位批评家冷诮地反答道,"在你们一班人,果戈理长得要象(按:原文为'象')蘑菇一样快。"他勉强地拿起稿子,但是当他读的时候他叫道:"带他到这里来,带他到这里来,快!"

"告诉我,青年,"这可畏的批评家对陀思妥夫斯基兴奋地说道,"你理会你这里所写的一切是如何地真实么?你真正捉住这一切可怕的真理么?不!在你这大年纪这是不可能的。你深入事物的本质了。真理提示于你如同提示一个艺术家似的。这是天赋的。护持这种天才,忠诚的对它,你将成一个大著作家。"

在这书还未出版以前,陀思妥夫斯基带着可原谅的骄傲写信给他的哥哥道:"唔,哥哥,我相信我的名誉将永远不能再达今日的高度。到处他们都向我表示无量的敬意,而且我成了最大的好奇心的对象了。我结识了许多优越的人物。阿陀夫斯基(Odoyevsky)亲王要我去会他。梭尔罗古勃(Sollogub)伯爵慌乱了,挠着自己的头发,派那伊夫(Panayov)告诉他,一位天才出来了,要把他们都踢到泥里去。他去问克拉伊夫斯基(Krayevsky):'这位陀思妥夫斯基是谁?我在哪里能够抓到陀思妥夫斯基?'克拉伊夫斯基回答说,陀思妥夫斯基未必给他好看去会他。这实在是真的。贵族们装腔作势,以为他们以自己的赫赫的眷顾能够压倒我。他们都把我看做一个小怪物。我只要一张嘴,人人便重述道,陀思妥夫斯基说了什么了,陀思妥夫斯基要作什么。培林士奇爱我到极点了。近来都介涅夫从巴黎回来,立刻,从一见面,便变得如此眷恋我,培林士奇谓为'一见生情'之一例。"

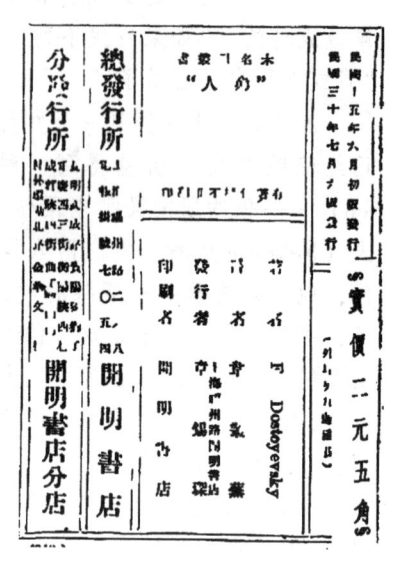

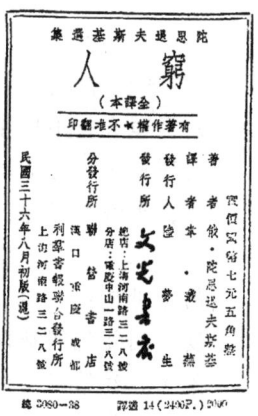

当这书在一八四六年出版的时候，培林士奇的批评充分证实了。它大受社会热烈的欢迎，如同陀思妥夫斯基后来的几乎每种著作一样。

《十二个》

《十二个》，俄国亚历山大·勃洛克著，胡斅译，玛修丁画封面，题"未名丛刊之一"（没有编号）。北京未名社一九二六年八月印成。全一册，74页，定价不详。印刷 1~1500 本。

该书为诗歌译作，凡十二节，无节目。

卷首有托罗兹基（通译为"托洛茨基"）的《亚历山大·勃洛克》，卷末无跋。《亚历山大·勃洛克》兹录如下：

> 勃洛克就全体看，是属于十月革命以前的文学系统的。勃洛克的一切冲动——无论这是向神秘主义的旋风，或是向革命的旋风——不起于真空的空间，却在旧俄罗斯贵族底智识阶级文化的极其浓厚的氛围里。勃洛克的象征主义，就是这密接（原文如此）而又可厌的氛围的变形。象征主义这，是现实的受了概括的姿态。勃洛克的抒情诗是罗曼底的，象征底的，神秘底的，非形式底的，非现实底的——但是在其间，却预含有已被决定的种种形式和关系的很现实底的生活。罗曼底的象征主义，仅在遁出具体化，以及个性底特质和固有的名称这一个意义上，是生活的逃避。而象征主义，则在根本上是生活的变形和上升的方法。勃洛克的晴夜的飞雪一般的无形式的抒情诗，是反映着一定的环境和时代，其构成，其习惯和韵律的。在这时代以外，则成为云似的斑点而下垂着。这抒情诗，大概不能长生过自己的时代，到作者的时候的罢。
>
> 勃洛克是属于十月革命以前的文学系统的。然而将这征服，因了《十二个》，在十月革命的舞台上登场了。因此，他将来在俄罗斯的艺术底创造力底历史中，要占得特别的位置的罢。
>
> 对于纠缠在灵魂的周围，但直到现在——唉唉，规矩的没分晓汉子们！——连认玛雅珂夫斯基为伟大的天才的勃洛克，怎么可以公然向着古弭略夫打呵欠，也还是不懂得的，这样的小气的诗人底的，半诗人底的魔鬼们，要隐蔽勃洛克的真价值，是不能允许的。抒情诗人之中，最为"纯粹的"勃洛克，没有谈过纯粹的艺术，也没有将诗放在生活的上面。反之，他是承认了"艺术和生活和政治的不可分性和不混同性"的。"我惯了，——勃洛克在一九一九年所作的《报复》的序文上说，——将目下进了我的眼里的生活的一切范围内的事实，加以对照。而且我深信，这些一切，常常互相创造着一个音乐底调和。"这较之自己满足底的审美学，即议论那艺术对于一般社会生活的超越性、独立性的昏话，却稍高、稍强、稍深。
>
> 勃洛克是知道智识阶级的价值的——"无论怎么说，我在血统上也还是和智识阶级连结着，——他说，——但智识阶级总常被放在束缚的网中。如果我的心没有进向革命之中，则在战争，怕更没有参

与的价值罢。"勃洛克没有"走进革命之中去",然而精神底地,却到了那里了。一九〇五年的接近,是第一次将他的创造力拿到抒情诗底的朦胧底倾向之上,勃洛克发表了一篇《工厂》(一九〇三年作)。第一革命将他从个人主义底的自己满足和神秘底的寂静主义拉开,而向他突击。革命中间时代的间隙,在勃洛克感到了好像精神底空虚,时代的无目的性——好像用莓汁代替了血的闹戏场似的。勃洛克写了关于"第一次革命前几年的真实的神秘底的暗黑"和"接着起来的不真实的神秘底的宿醉"(《报复》)。将觉醒和活动和目的和意义的感觉,给与了他的,是第二革命。勃洛克不是革命的诗人。正消灭在革命前的生活和艺术底没有出路的忧郁的状态中,勃洛克一只手抓住了革命的车轮了。作为那接触的结果而出现的,就是诗《十二个》。这在勃洛克的作品中,是最为重要的东西,是也许要跳出时代而生存的唯一的东西。

据他自己的话,则勃洛克一生,在自身中带着混沌。对于这事,也如他的世界观和抒情诗都是无形式的一般,他只是无形式地说出。他的觉得混沌者,就因为他没有使主观底的事物和客观底的事物相一致的才能。又在强大的震动已经准备,以后便爆发了的时代中,他也没有本身意志,能自己作最深的警戒,受感动底地等待着。假使 Decadence 这话,广义地历史底地来讲,换了话说,就是在将颓废底的个人主义,放在贵族底高上的个人主义的反对的位置的意义上,则勃洛克在一切具象化之内,为真实的 Decadence 而遗留。

勃洛克的不安的混沌状态,牵合在神秘主义底和革命底的两种主要倾向上了。然而无论在那一种倾向上,到底没有解决。他的宗教,也如他的抒情诗一样,是流动底的,不安定的,而不是不可避的。将事实上的石雨,事件的地质学底的地塌,掷在诗人上面的革命,也并非否认了正在种种苦闷和豫(预)感中间衰损下去的革命前的勃洛克,乃是将他推开,摔出了。革命是用了咆哮狞猛,吐着长太息的破坏的音乐,将个人主义的优婉的蚊子一般的调子消掉了。于是就不能不选择一条自己可走的路了。总之,幽居的室内的诗人,即使不选择,也可以将自己的歌唱,加在沉闷的生活的愁诉上,连接下去。然而在被时代所拘絷,而且将时代译为自己的内面底的言语的勃洛克,却有选择的必要的。于是他选择了,而且写了《十二个》了。

这诗,不消说,是勃洛克的最高的到达点。在那根柢里,有着对于灭亡了的过去的绝望的叫喊,然而,这是提高到向着未来的希望的

六 未名社"文学丛书"叙录 683

绝望的叫喊。骇人的变故的音乐，授意了勃洛克：你到今所写的事，全都不是那么一回事；另外一些人在走着，带着另外一些心；在他们（革命人），这是无用的；对于旧世界的他们的胜利，同时也显示着对于你的胜利，对于你的抒情诗——不过是旧世界的临终的苦闷的你的抒情诗的胜利……勃洛克倾听了这个，承受了。然而承受这个，是不容易的，在自己的革命底信念之中，他也想寻求自己的不信的帮助，将自己守住，将确信保持，——为要砍断那退走的一切的桥梁，他便将这革命的承受，竭力用了极端的形状来表现。对于变革，勃洛克连想要俨然地来加点白糖的影子也没有。却相反，他将这收在最粗野的——但不过单是粗野的——自己的表现里面了。娼妇的团结，赤军兵士的卡基卡杀害，贵族层楼的破坏……然而他说——承受这个——。而且将这一切，仿佛受了基督的祝福似的，极显明地醇化着——但是，或者想将基督的艺术底形态，藉革命来支持，由此加以援助，也未可料的。

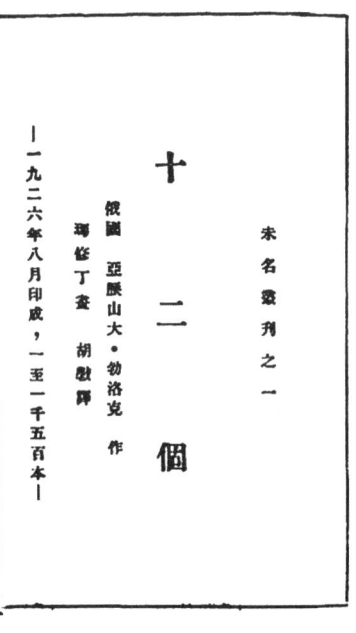

《十二个》也还不是革命的诗。这是遇着革命的个人主义艺术的最后的挽歌。而这歌将要流传下去。暗澹（淡）的勃洛克的抒情诗，已经走向过去，不会重复回来罢——因为站在前面的时代完全不是这样的，——但是，《十二个》总要流传的罢。恶意的风、布告、雪上的卡基卡、革命的足音、癞皮狗似的旧世界。……这是怎样的言语的朦混，怎样的思想的不相称的胡闹，怎样的精神底荒废，廉价的，污秽的，可耻的饶舌呵！

自然，勃洛克并不是我们的。然而他向着我们这边突进了。突进而受伤了。然而作为他的冲动的成果而出现的，是我们的时代的最重要的作品。诗《十二个》，要永久地流传的罢。

《苏俄的文艺论战》

《苏俄的文艺论战》，苏联褚沙克等著，任国桢译，题"未名丛刊之一"（没有编号）。北新书局一九二五年八月印成。全一册，103页，定价不详。印刷1~1500本。再版本，一九二七年三月，印数1501~4500本。三版本，一九二九年二月，印数4501~6500本。三个版本的内容相同。

该书为文艺评论译作，内收褚沙克的《文学与艺术》、阿卫巴赫等的《文学与艺术》、瓦浪司基的《认识生活的艺术与今代》等3篇论文，并附录瓦勒夫松的《蒲力汗诺夫与艺术问题》一文。凡四篇。

卷首有鲁迅的《前记》和译者任国桢的《小引》。《前记》兹录如下：

俄国既经一九一七年十月的革命，遂入战时共产主义时代，其时的急务是铁和血，文艺简直可以说在麻痹状态中。但也有 Imaginist（想像（象）派）和 Futurist（未来派）试行活动，一时执了文坛的牛耳。待到一九二一年，形势就一变了，文艺顿有生气，最兴盛的是左翼未来派，后有机关杂志曰《烈夫》——即连（联）结 Levy Front Iskustva 的头字的略语，意义是艺术的左翼战线，——就是专一猛烈地宣传 Constructism（构成主义）的艺术和革命底内容的文学的。

但《烈夫》的发生，也很经过许多波澜和变迁。一九〇五年第一次革命的反动，是政府和工商阶级的严酷的迫压，于是特殊的艺术也出现了：象征主义，神秘主义，变态性欲主义。又四五年，为改革这一般的趣味起见，印象派终于出而开火，在战斗状态中者三整年，末后成为未来派，对于旧的生活组织更加以激烈的攻击，第一次的杂志在一九一四年出版，名曰《批社会趣味的嘴巴》！

旧社会对于这一类改革者，自然用尽一切手段，给以骂詈和诬谤；政府也出而干涉，并禁杂志的刊行；但资本家，却其实毫未觉到这批颊（原文如此）的痛苦。然而未来派依然继续奋斗，至二月革命后，始分为左右两派。右翼派与民主主义者共鸣了。左翼派则在十月革命时受了波尔雪维艺术的洗礼，于是编成左翼队，守着新艺术的左翼战线，以十月二十五日开始活动，这就是"烈夫"的起原（源）。

但"烈夫"的正式除幕，——机关杂志的发行，是在一九二三年二月一日；此后即动作日加活泼了。那主张的要旨，在推倒旧来（原文如此）的传统，毁弃那欺骗国民的耽美派和古典派的已死的资产阶级艺术，而建设起现今的新的活艺术来。所以他们自称为艺术即生活的创造者，诞生日就是十月，在这日宣言自由的艺术；名之曰无产阶级的革命艺术。

不独文艺，中国至今于苏俄的新文化都不了然，但间或有人欣幸他资本制度的复活。任国桢君独能就俄国的杂志中选译文论三篇，使我们借此稍稍知道他们文坛上论辩的大概，实在是最为有益的事，——至少是对于留心世界文艺的人们。别有《蒲力汗诺夫与艺术问题》一篇，是用 Marxism 于文艺的研究的，因为可供读者连类的参考，也就一并附上了。

一九二五年四月十二日之夜，鲁迅记。

《小引》兹录如下：

从去年来，在苏俄的各派学者中，关于艺术的问题，起了一个空前未有的大论战。加入这个论战的有三大队：一队是《烈夫》杂志，一队是《纳巴斯徒》杂志，一队是《真理报》（Pravda）。今择各派关于艺术问题的主要论文，试各译一篇，以饷（飨）读者。错误之处，自知不免，希读者恕之。兹将三派所下的艺术定义和他们的见点，略述如下：

《烈夫》杂志社是将来主义派的机关：对垒的主将是褚沙克、铁捷克。他们下的艺术定义：艺术不是认识生活的方法，是创造生活的方法。他们不承认有写实，不承认有客观。反对写实，提倡宣传，否认客观，经验，标定主观，意志。除消内容换上主张，除消形式换上目的。他们的主张，就是反对死的，冷静的，呆板的事实，注意人类的将来。他们的目的，就是要把共产主义参在艺术的范围内，反对一切非劳动阶级的文学。

《纳巴斯徒》的理论家有罗陀夫、瓦进、烈烈威支以及其他。他们的艺术定义就是艺术有阶级的性质，艺术是宣传某种政略的武器。无所谓内容，不过是观念罢了。著作家应当描写阶级的生活，应当研究政治的问题，应当把共产主义的政略加入艺术的问题内（在艺术的问题中，《纳巴斯徒》的政略有四条，见下第二译文，兹不赘述）。

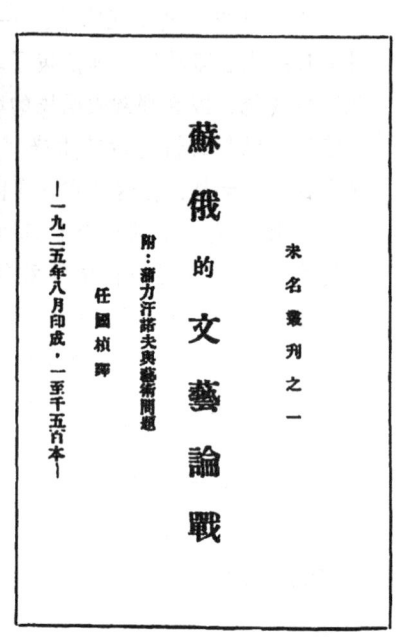

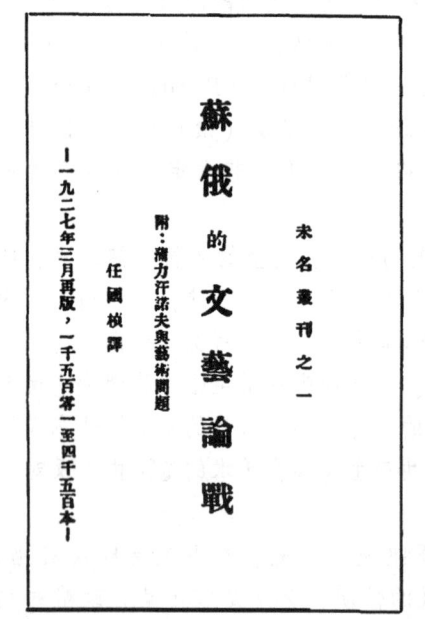

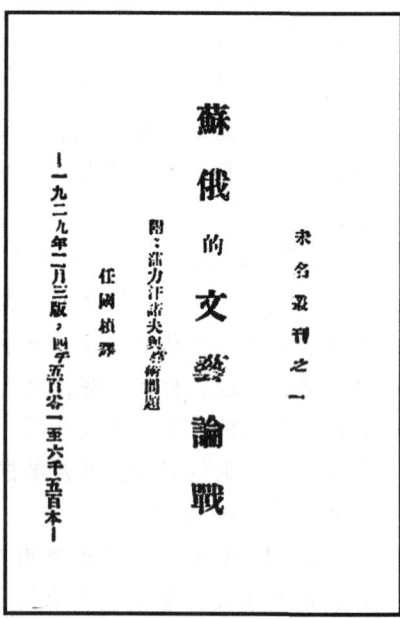

未名丛刊之一

苏俄的文艺论战

附：蒲力汗诺夫与艺术问题

任国桢译

一九二五年八月印成，一至一千五百本

未名丛刊之一

苏俄的文艺论战

附：蒲力汗诺夫与艺术问题

任国桢译

一九二七年三月再版，一千五百零一至四千五百本

未名丛刊之一

苏俄的文艺论战

附：蒲力汗诺夫与艺术问题

任国桢译

一九二九年二月三版，四千五百零一至六千五百本

《真理报》是苏俄的机关报，迎敌的大将是瓦浪司基，他说："艺术如同科学一样，是客观的，是写实的，是凭经验的。"……"艺术最先是认识生活的方法。"……"艺术有内容和形式。"……"内容恰与形式相称，就是内容恰与艺术的客观真理相称。"……"艺术家应当照美学的眼光估定艺术作品的价值。"……"著作家能把高上的学说连到认识生活，这才谓之真艺术家。"这就是瓦浪司基所下的艺术的定义。

除此三派而外，还有蒲力汗诺夫派的艺术问题。后来我再介绍给读者先生们。

任国桢识。一九二四，十，九。

《外套》

《外套》，俄国果戈理著，韦漱（素）园译，题"未名丛刊之一"（没有编号）。北京未名社一九二六年九月初版。全一册，73页。印数1～1500册。司徒乔作书面。北平未名社一九二九年四月再版，印数为1501～3500册。此外上海开明书店民国卅六年（1947）四月六版，1949年一月七版。开明版均未见"未名丛刊"字样。不过内容都相同，封面也相同。

该书为短篇小说译作，不分小节。

卷首有韦漱园撰写的《序》，卷末无跋。《序》摘录如下：

俄国十九世纪的文学，在世界一般读众的面前，博得了"伟大的"的尊称。普希金（A. Pushkin）和果戈理（N. V. Gogol），便是这伟大文学的最早建筑人。倘若普希金是命运的娇子，戴着葡萄叶编就的花冠，脸上现着光明的微笑，作世界一切呼声的回应，那果戈理戴的花冠却是荆棘织成的，他含着酸辛的眼泪，看着世界一切卑污在发笑，他是一个吟咏着俄罗斯民众辛苦命运的歌人。俄国十九世纪批评家契尔垒舍夫斯基（N. Tchernyshevsky）称他们一个为诗艺之父，一个为散文之父，这话并非虚夸。的确，没有普希金的诗，写不出一个全民族底光明的灵魂；没有果戈理的散文，也写不出一个全民族底悲哀的心，他们并时产生，在实际生活的描写上，好象（像）是互相辩正（证），互相补充。他们创作的共通点，是在能将那日常一般的生活更和文艺诗歌接近。在他们以前虽然也就有人，象（像）房维莹（Vonwijin），诺维珂夫（Novikov）等向这方面努力，但总没有他们这样登峰造极的成就。

果戈理一生受普希金影响最大,然而在文学上,他却走的是自己的独立的道路。到了果戈理,代替俄罗斯感伤派的写实主义才有了真正的基础。他将那民间的无意义的生活,官场的黑暗的情形,一句话,俄罗斯从未显现过的真面目,几乎没遮掩地呈献在俄罗斯全民众之前,使他们,同时代的兄弟们,见到了这些,起所谓精神上意识着的悔悟、纠正、更新。他的每篇著作,都充满了滑稽和讽刺的意味。《旧地主》的主人公,普黑丽亚和阿凡那息,老夫老妻,从来没有梦

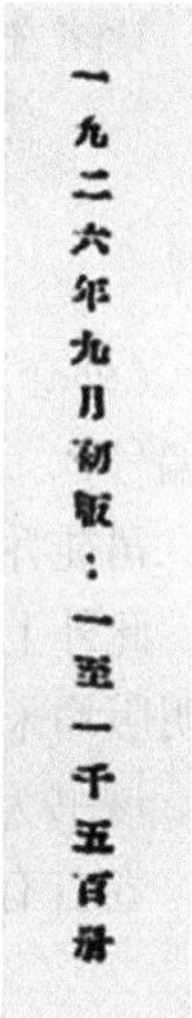

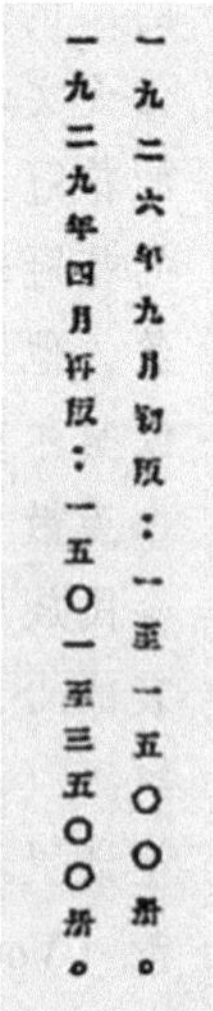

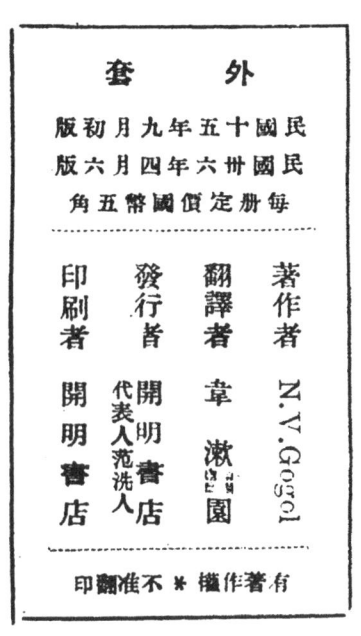

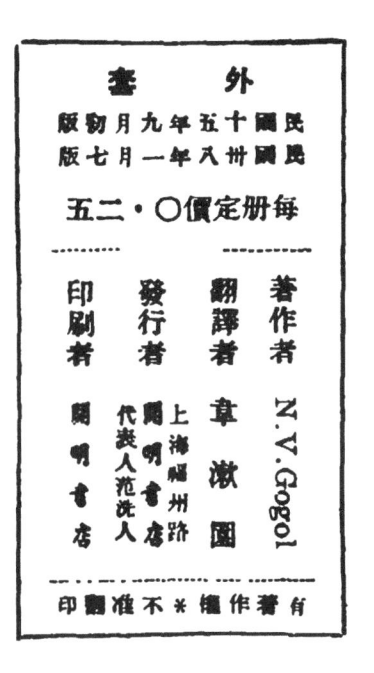

想过什么，每日只顾虑着厨房，柴屋等等；普黑丽亚临死还替丈夫担忧，倘若自己死了，这个老头儿将要怎么过活？戏剧《巡按》，也正是一样的可笑，——虽然他所描写的是另一种荒僻小县贪财的县长等听见伪巡按快要到来时骇得慌忙失措的情形。其余各篇，也都同样滑稽动人。

一九二六年七月十日，素园写于北京

《往星中》

《往星中》，俄国安特列夫著，李霁野译，题"未名丛刊之一"（没有编号）。北京未名社一九二六年五月初版。全一册，144 页，定价不详。印刷 1～1500 册。

再版本，一九二七年三月，印数 1501～4500 本。三版本，一九二九年二月，印数 4501～6500 册。三个版本的内容相同。

该书为多幕剧译作。

卷首有《序》，卷末有《后记》。《序》摘录如下：

十九世纪末与二十世纪开场的俄国文学界有两个代表人物——戈

理奇与安特列夫。这时期有革命的与反革命的两种精神的冲突，在俄国历史中可以算是多事之秋。忽而"希望"使人们高入云霄，对于将来怀着狂热的企求，忽而"失望"又把人们压入黑暗的深渊里去了；忽而狂欢燃烧着人们的胸怀，但不久忧伤又把人心笼罩住了。——这时期社会心情的变迁有如闪电一般迅速。戈理奇与安特列夫的著作是这些变迁的反照，虽然他们的著作中有着完全相反的情调。"倘若戈理奇是海莺，胜利的歌者，那么安特列夫便是乌黑的老鸦，叫着'这样过去，这样将来'的战败的先知。"

　　正如每个作家都要受别人的影响一样，安特列夫初年的著作中显然有着契诃夫与戈理奇的影响在。一八九八年他的第一篇小说出世，引起了戈理奇的注意，一九〇一年他在《知识丛书》中为安特列夫出了第一本小说集。这时期中所作的《谎言》《色尔格彼特罗维奇的故事》《墙》，这些作品，已经显出这年轻的作者自己的色彩，他的黑的羽翼已经生出了，预备要飞往自己的绝望的和死亡的世界。

　　虽然安特列夫是生着黑的羽翼的"战败的先知"，在他的著作中我们还不断地遇到勇猛的、闯入生活的底里的人物，在这些人物中我们还可以看出他们的生命力的飞腾，虽然他们代表的是死亡与绝望的威吓和恐怖。在《耶拉撒尔》中，作者把死的毁灭和恐怖具体地表现出来了，但是同样热烈的是这底里的对于生的企求。在《暗淡的远方》给与（予）我们的是绝望的重压，主人公是森严冷酷的人物，但是在这里面我们不是可以看出那在生命的烈火中燃烧过了的斑痕吗？《马赛曲》的主人公是一个卑微无用的人，他有"野兔和负重的牲口的躯体"，但是也有"人的伟大的灵魂"。他要死的时候还要求他的同伴们为他唱《马赛曲》——革命的口号。

　　一九二六年四月二十五日

《后记》兹录如下：

　　我译此书是在一九二四年夏季，那时候正和几个朋友同住着消磨困长的日子，拿翻译当作一种精神的游戏，因此，素园也有余暇把我的译稿仔细校正，改了许多因英译而生的错误，使这较近于原文，（若有未曾校出的错误，这责任自然还应归译者）；忆及那时因一二字之斟酌而拌嘴的情形，不由地使我感到一种无名的欣喜。

　　以后这译稿就由目寒的手转到鲁迅的手里，他给我许多热诚的鼓励。大概他也和我一样，以为翻译虽然只是"媒婆"，总也可以算是一种有所介绍（原文如此）的工作罢，就想叫他穿着华服走进世间去。我们倒没顾及其他，只想提前他的行期，虽然印刷局真个像想实行为我们"节育"。其实，"媒婆"还不大有哩，何必就怕想到生育呢。

现在，隔了差不多二年的时光，亲爱的读者们，他总得到行近你们的机会了，在我，不能不感谢朋友的帮助和鼓励。

陶君为画封面，静农助我校对，我也向他们致我的谢意。

一九二六年四月廿六日，译者记于北京。

一九二六年五月初版：一至一千五百册

《文学与革命》

《文学与革命》，俄国特罗茨基（今译为"托洛茨基"）著，韦素园、李霁野合译，题"未名丛刊之一"（没有编号）。北京未名社一九二八年二月初版，印数 1~1000 册。全一册，354 页，定价不详。一九二九年三月再版，印数 1001~2000 册。

该书为文学研究论著，分八章，有章目。每一章还有要目。目录依次为：第一章、十月革命以前的文学：远离的知识阶级、"岛民"、文化撒取者、Rallieso、教堂中的改革、文学中的雇佣性、个人主义与神秘主义、罗曼主义与道德本能论。第二章、十月革命底文学"同路人"：过渡的艺术、新苏维埃民粹主义、克留耶夫：一个革命的同路人、叶遂宁与意像主义者、"舍拉皮翁兄弟"派底未成形的写实主义、皮涅克底退化的写实主义、农村的或歌咏农民的诗人、"变换的标志"派、新古典主义或"革命的保守主义"、玛利治塔沙金严（原文如此）。第三章、亚历山大·勃洛克：勃洛克在俄国文学中的地位、勃洛克象征主义中的革命前的元素、为什么《十二个》不是革命底诗、二重性、勃洛克与资产阶级。第四章、未来主义：狂放的原始、与过去的决裂、俄国未来主义底组成的元素、玛雅科夫司基与革命、未来主义，创造的知识阶级与民众之间的连锁。第五章、诗歌底形式派与马克斯主义：形式派与马克斯主义之反对、诗歌之降而为字源学与章句法、为艺术的艺术与唯物主义的 Dialectics、雪克罗夫司基及他人底辩论、与反对达尔文主义的神学的辩论之类似。第六章、无产阶级的文化与无产阶级的艺术：什么是无产阶级的文化，并是否可能？、资产阶级与无产阶级底文化方法、无产阶级专政与文化的关系、什么是无产阶级的科学？、劳动诗人与劳动阶级、库司尼查宣言、宇宙进化论、季米严别德芮。第七章、共产党对艺术的政策：革命的艺术不仅为劳动者所单独产生、知识阶级底政治的淡漠与闲暇、成为创造的艺术中的主因、共产党底功用与艺术的关系、社会的大变动与艺术和文化底继续性。第八章、革命的与社会主义的艺术：社会主义下较大的动力、革命的艺术底"写实主义"、苏维埃喜剧、旧的和新的悲剧、艺术，技术与自然、人底再造。插图目次：著者底画像、著者九岁时照相、著者及其友人。

扉页题：

> 向
> Christian Georgievich Rakovsky
> 武士，人，朋友，
> 我奉这本书。

卷首有原作者《引言》，卷末有译者李霁野的《后记》。《引言》摘录如下：

> 艺术底地位，可以用下面一般的理论来决定。
> 假如胜利的俄国无产阶级不曾创立自己的军队，劳动者底国家许早就死了，那我们现在不会想着经济问题，更不会想着知识和文化问题了。

假如无产阶级专政，在最近几年中，要显得是不能组织其经济生活，并且不能替其人民保障一点最低限底的物质的舒服，那末无产阶级统治将不可避免地完事。经济问题在现在是超乎一切问题之上的问题。

但是衣食住这些基本问题，甚至知识问题底顺利的解决，任怎样也显示不了一种新历史原理底——即社会主义底——完全胜利。只有普及全民众的科学思想底运动与新艺术底发展，可以显示这历史的种子不仅生了枝茎，并且还开了花哩。在这样意义上，艺术底发展是每时代底生机与要义之最高的征验。

文化靠经济底汁液而生活，并且物质的富余是必需的，要这样，文化才可以生长、发展，而且变为精致。我们底资产阶级攫得了文学，并且很快地作这件事，当它变为富有的时候。无产阶级将来能够预备造成一种新的，即社会主义的文化与文学，不过不是在我们现日的贫穷、缺乏与无学底基础上，用实验室的方未能去作，却是用大的社会的、经济的和文化的手段。艺术需要舒服，甚至需要丰富。火炉必须要烧得更热，轮子必须要动得更快，织机必须要转得更为迅速，学校也必须要工作得更好。

我们底旧文学与"文化"，是贵族与官吏底表现，并且是建基于农民之上的。不怀疑自己的贵族和"忏悔的贵族"，同样在俄国文学最重要的时期，按上他们自己的印记。之后，建基于农民与资产阶级之上，平民知识阶级兴起了，他也将他自己的一章写入俄国文学史中。经过了民粹派底"反朴主义"，平民知识阶级近代化了、分化了，并且个人化了，在资产阶级所用的这名词底意义上。颓废派与象征派底任务就在此。已经在这世纪底开始了，但尤其在一九〇七——一九〇八之后，资产的知识阶级及其文学之再生，进行得极其迅速。大战使这种进程以爱国思想终结了。

一九二四年七月二十九日李昂·特罗茨基（Leon Trotsky）

《后记》摘录如下：

一九一七年十月俄国革命，无论在赞成者或反对者底眼中，都是一件震撼了全世界的大事；由这而产生的时代，是一个大时代。革命将俄国生活基本改变了，以生活为基础的文学和艺术，自然也要发生出巨大的变化来。这变化确乎是巨大的，有许多作家都经不起，因而成了"亡命者"。和现代俄国生活分开，隔绝了可以滋生他们的精神和土地，这些"亡命者"已经失去了他们底创造底灵魂了，而且他们底作品只能作为旧时代底残辉，表白新旧时代间的距离而已。

在一部分上瞭（了）解革命，但是不能整个地去瞭（了）解；不回避革命，但只能以农民的态度接受它；想要向往将来，但根基又在过去；——简言之，不能以革命作为创作底中枢，是"同路人"底基本缺点，——这缺点使他们底作品不能与他们底时代精神契合，并且要使它与之分离。

未来主义还没发展完成——无产阶级革命就发生了，这使它能更与时代融洽，而且未来主义的作品，也确乎更能表现出这大时代底动力性。然而知识阶级的根性，狂放之士的遗痕，仍然存在于他们底作品中，——未来主义不过是新旧两个时代间的桥梁就是了。

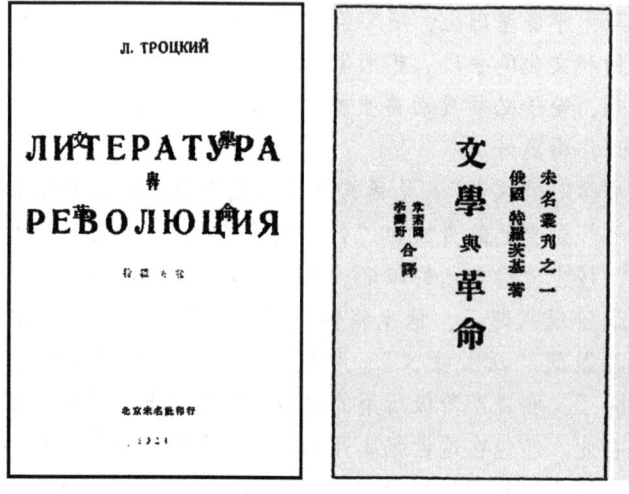

Л. ТРОЦКИЙ
ЛИТЕРАТУРА и РЕВОЛЮЦИЯ

文學與革命
未名丛刊之一
俄国 托罗芡基 著
韦素园 李霁野 合译

一九二八年二月初版：一至一〇〇〇本。
一九二九年三月再版：一〇〇一至二〇〇〇本。

相信着形式决定内容，唯心的形式派与马克斯主义立于完全相反的地位。"他们（形式主义者）相信'起始是字'。但是我们相信起始是事。"如著者在第五章底结尾所说。换言之，有了生活内容，才会有对于文学或艺术的形式之需要，必有历史的必需，才能发生新形式。马克斯主义的观点是如此的。

所谓无产阶级的文学和无产阶级的艺术，是颇易引起误会的窄陕的名词。无产阶级的作家，都还不过是著作艺术底学徒。没有足够的预备，不吸收革命前文化的成分，是不能开始前进的。以新时代底精神为食粮，为材料，以旧时代在艺术文化上的收获为工具，新时代的作家才能为他底时代创造出新的文化和艺术。无产阶级专政时代是过渡的，所谓无产阶级文化时代也是不能存在的，将来的社会是没有阶级的，文化和艺术中的阶级性也将因革命之成功如何而逐渐消逝。不过在这进程中，还要有革命，有斗争，社会阶级性也要紧张到极度，因此革命的艺术是需要的，因为它能助长战士底勇敢与团结。然而这也是过渡的，并且和社会进程一样，代之而兴的将是社会主义的艺术；在这种艺术时代，社会阶级已经消灭，文化和艺术不复有阶级性，艺术、技术与自然间的隔核（阂）也将归于乌有，而真正的人的文化就将在这样基础上建筑。

一九二八年一月霁野记

《小约翰》

《小约翰》，荷兰拂来特力克·望·蔼覃著，鲁迅重译，题"未名丛刊之一"（没有编号），北平未名社出版部一九二八年一月初版，印数 1～1000 册。全一册，260 页，定价不详。1929 年 5 月再版，印刷 1001～2500 册。此外，《小约翰》还有《鲁迅全集单行本》之版本，民国三十六年（1947）六月再版。这些版本的内容基本相同。

该书为童话。

卷首有鲁迅的《引言》和作者的《原序》，卷末有附录：《拂来特力克·望·蔼覃》及《动植物译名小记》。

《引言》摘录如下：

> 在我那《马上支日记》里，有这样的一段：——
> "到中央公园，径向约定的一个僻静处所，寿山已先到，略一休息，便开手对译《小约翰》。这是一本好书，然而得来却是偶然的事。大约二十年前罢，我在日本东京的旧书店头买到几十本旧的德文文学杂志，内中有着这书的绍介和作者的评传，因为那时刚译成德文。觉得有趣，便托丸善书店去买来了；想译，没有这力。后来也常常想到，但是总被别的事情岔开。直到去年，才决计在暑假中将它译好，并且登出广告去，而不料那一暑假过得比别的时候还艰难。今年又记得起来，翻检一过，疑难之处很不少，还是没有这力。问寿山可肯同译，他答应了，于是就开手，并且约定，必须在这暑假期中译完。"

这是去年，即一九二六年七月六日的事。那么，二十年前自然是一九〇六年。所谓文学杂志，绍介着《小约翰》的，是一八九九年八月一日出版的《文学的反响》(Das litteîarische Echo)，现在是大概早成了旧派文学的机关了，但那一本却还是第一卷的第二十一期。原作的发表在一八八七年，作者只二十八岁；后十三年，德文译本才印出，译成还在其前，而翻作中文是在发表的四十整年之后，他已经六十八岁了。

日记上的话写得很简单，但包含的琐事却多。留学时候，除了听讲教科书，及抄写和教科书同种的讲义之外，也自有些乐趣，在我，其一是看看神田区一带的旧书坊。日本大地震后，想必很是两样了罢，那时是这一带书店颇不少，每当夏晚，常常猬集着一群破衣旧帽的学生。店的左右两壁和中央的大床上都是书，里面深处大抵跪坐着一个精明的掌柜，双目炯炯，从我看去很像一个静踞网上的大蜘蛛，在等候自投罗网者的有限的学费。但我总不免也如别人一样，不觉逡巡而入，去看一通，到底是买几本，弄得很觉得怀里有些空虚。

但那破旧的半月刊《文学的反响》，却也从这样的处所得到的。

我还记得那时买它的目标是很可笑的，不过想看看他们每半月所出版的书名和各国文坛的消息，总算过屠门而大嚼，比不过屠门而空咽者好一些，至于进而购读群书的野心，却连梦中也未尝有。但偶然看见其中所载《小约翰》译本的标本，即本书的第五章，却使我非常神往了。几天以后，便跑到南江堂去买，没有这书，又跑到丸善书店，也没有，只好就托他向德国去定购。大约三个月之后，这书居然在我手里了，是茀垒斯（Anna Fles）女士的译笔，卷头有赉赫博士（Dr. Paul Rache）的序文，《内外国文学丛书》（Bibliôthek die Gesa-mt-Litteratur des In-undAuslañdes, verlag von Otto Hendle, Halle a. d. S.）之一，价只七十五芬涅，即我们的四角，而且还是布面的！

《原序》摘录如下：

在我所译的科贝路斯的《运命》（Couperus' Noodlot）出版后不数月，能给现代荷兰文学的第二种作品以一篇导言，公之于世，这是我所欢喜的。在德国迄今对于荷兰的少年文学的漠视，似乎逐渐消灭，且以正当的尊重和深的同情的地位，给与（予）这较之其他民族的文学，所获并不更少的荷兰文学了。

六 未名社"文学丛书"叙录 697

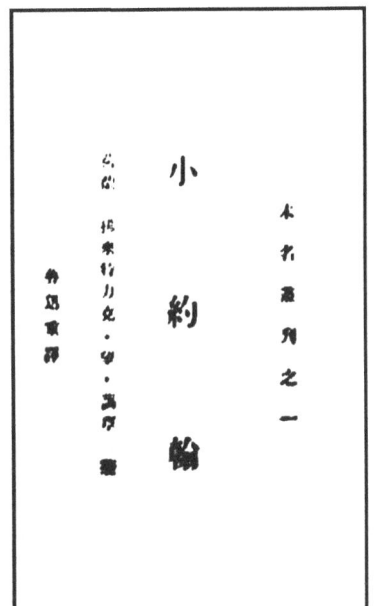

封面
M. M. Behrens-Goldfluegelein:
Elf und Vogel.

1929年5月再版：1001—2500

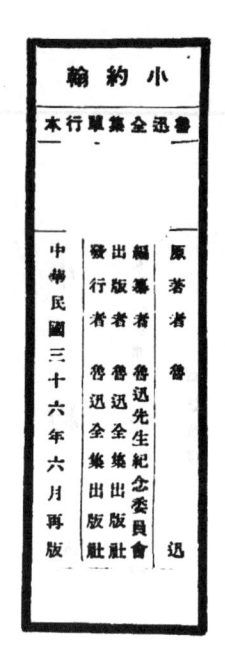

人们于荷兰的著作，只给以仅少的注重，而一面于凡有从法国、俄国、北欧来的一切，则热烈地向往，最先的原因，大概是由于久远习惯了的成见。自从十七世纪前叶，那伟大的诗人英雄约思忒·望覃·蓬兑勒（Joost van den Bondel, 1587～1679）以他的圆满的表现，获得荷兰文学的花期之后，荷兰的文学底发达便入于静止状态，这在时光的流驶（逝）里，其意义即与长久的退化相同了。凡荷兰人的可骇的保守的精神，旧习的拘泥，得意的自满，因而对于进步的完全的漠视，永不愿有所动摇——这些都忠实地在文学上反映出来，也便将她做成了一个无聊的文学。他们的讲道德和教导的苦吟的横溢，不可忍受的宽泛，温暖和深入的心声的全缺，荷兰文学是久为站在 Mynheer 和 Mevouw（译者注：荷兰语，先生和夫人）的狭隘细小的感觉范围之外的人们所不能消受的。

在几个成功的尝试之后，至八十年代的开头，荷兰文学上才发生了新鲜活泼的潮流，将她从古老的旧弊中撕出了。我在这里应该简略地记起几个人，在荷兰著作界上，他们是取得旧和新倾向之间的中间位置的，并且也可以看作现代理想的智力的提倡者，在最后的几年，他们都在荷兰读者的文学底见解上，唤起了一种很大的转变来了。

《烟袋》

《烟袋》，曹靖华译，题"未名丛刊之一"（没有编号），北新书局一九二八年十二月初版。全一册，274页。缺版权页。

该书为苏联短篇小说集，内收爱伦堡的《烟袋》、左祝梨的《哑爱》、左琴科的《贵妇人》、赛甫琳娜的《两个朋友》《犯人》《乡下老关于列宁的故事》《黄金似的童年》、伊凡诺夫的《幼儿》、亚洛赛夫的《猪与柏琪嘉》与《和平，面包与政权》、捏维诺夫的《女布尔雪维克玛丽亚》。还有附录《著者略历及照像》。

卷首有译者的话，兹录如下：

在苏联的革命的十年中，文坛上产生了不少的惊人的苏维埃的文学。资产阶级的作家和"同路人"在这空前的事变中得到了无限的创作的动力。

一九一七年世界的十月；关于土地与和平的檄文，光荣而英勇的国内战争；震撼世界的破坏；死人遍野的饥荒；布尔雪维克党在军事和劳动战线上的凯歌；经济的改造；工业化及社会主义建设的第一步——这些统统都反映在十年来的苏联文学上。

亚可夫列夫的《十月》是给我们留了一幅很生动的一九一七年莫斯科巷战的景片，德米多夫的《旋风》是十月战争片断的写生。而写得尤其好的要算马雅可夫斯基庆祝十月革命十周纪念的长诗《好》。

尤其是英勇的国内战争给了苏联的作家大批的材料。我们可以看到不少的作品都是描写一九一八～一九二〇年各方战线和各个时期的英勇而光荣的战争。而且有好多作家大半都是当日亲身参加这战争的。傅尔曼诺夫的《叛变》《卡巴耶夫》；亚列克塞的《布尔雪维克》；赛拉菲莫维其的《铁的奔流》；拉夫列捏夫的《第四十一》，伊凡诺夫的《铁甲车》《幼儿》；这些都是描写国内战争的最好的作品。

描写农村革命的作家要算捏维洛夫与赛甫琳娜了。我们在他们的作品里看到农民的落后，农村受战争的痛苦，农民对于和平的渴望，对于政党之不能辨别，受了布尔雪维克主人的影响之后农村所起的变化，这些在捏氏的《天鹅》《女布尔雪维克——玛丽亚》《安得伦尼普纪韦》；赛氏的《肥料》及其短篇小说《乡下老关于列宁的故事》中都可以看到的。

赛氏不但是一个十月的农村的作家，她并且是苏联孩子的母亲。

我们看那些露宿于坟院篱下，徘徊于车站市场，作小偷或抓街生涯的无依靠的小叫花子，是震撼世界的破坏中必然的产品，也是苏联在建设上成了一个问题的问题。关于这些我们在这慈悲的，接近儿童心灵的赛氏的《两个朋友》《黄金似的童年》，尤其是在她的代表作品《犯人》中，如画一般的表现出来了。在《犯人》中充满着愉快，充满着生之欢乐，充满着绝倒（原文如此）的狂笑，充满着慈悲与情爱；他的英雄是一个街巷的小孩子——格里沙。我们看如果要不是那傻蛋，要不是那不承认什么"秩序"，要不是那慈爱而且理会孩子心灵的马得诺夫把那些小"犯人"弄到自己的虽然管理不大妥当而实际上却是劳动和教育的儿童殖民地里来，恐怕那教育厅的官僚主义早已把格里沙和他的同类损害了。

她对于苏联官僚主义的残余，是多么样冷酷无情的攻击呵！

描写一九二一——二二年饥荒的有捏维洛夫的《丰饶的城市——塔什干》和赛明诺夫的《饥荒》等。

格拉得可夫的《石门汀》要算关于社会主义的建设及经济的恢复等问题的有力的作品了。作者在这里关于无产阶级能否用自己的力量去恢复已经破坏了的经济及工业的问题，给了一个很确实的答复。

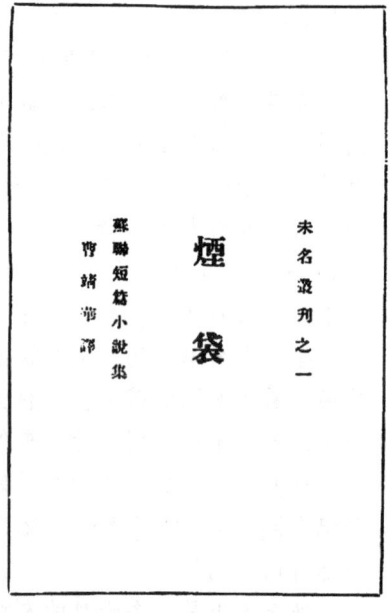

说来实在惭愧的很！我没有能力、精神与时间，不能将苏联十年来的文学作一个有系统的介绍，只能在这十分烦（繁）忙的工作与学习中偷一点工夫译这几篇短而又短的东西来。

《烟袋》《哑爱》《幼儿》《两个朋友》及《贵妇人》等是在国内反封建军阀的战壕内译的，其余是出国后译的。

关于《烟袋》的印刷等事，都是烦霁野诸兄代劳，这是我所特别感谢的！

五，十八，一九二八。

《一个青年的梦》

《一个青年的梦》，日本武者小路实笃作，鲁迅译，扉页题"未名丛刊之一"（没有编号）。北京北新书局一九二六年十月改版印刷，一九二七年六月出版。全一册，314 页，实价八角。此外还有 1929 年 3 月北新书局 3 版。

该书为四幕剧。

卷首有武者小路实笃的《与支那未知的朋友》和《自序》，卷末有鲁迅的《后记》。《与支那未知的朋友》兹录如下：

我的《一个青年的梦》被译成贵国语，实在是我的光荣，我们很喜欢。我做这书的时候，还在贵国与美国不曾加入战争以前。现在战争几乎完了，许多事情也与当时不同了。但我相信，在世上有战争的期限内，总当有人想起《一个青年的梦》。

在这本书里，放着我的真心。这个真心倘能与贵国青年的真心相接触，那便是我的幸福了。使我来做这本书的见了，也必然说好罢。

我老实的说：我想现今世界中最难解的国，要算是支那了。别的独立国都觉醒了，正在做"人类的"事业；国民性的谜，也有一部分解决了。但是支那的这个谜，还一点没有解决。日本也还没有完全觉醒，比支那却已几分觉醒过来了；谜也将要解决了。支那的事情，或者因为我不知道，也说不定；但我觉得这谜总还没有解决。在国土广大这一点上，俄国也不下于支那；可是俄国已经多少觉醒了，对于人类应该做的事业，差不多可以说大部分已经做了。但支那是同日本一样，还在自此以后；或比日本更在自此以后。我想这正是很有趣味的地方，也有点可怕，但也有点可喜。我想青年的人所最应该喜欢的时候，正是现在的时候。诸君的责任愈重，也便愈值得做事，这正是现在了。

在现今的独立国的中间，支那要算是最古的国了。虽然受了外国的作践，像埃及、希腊、印度那样的事，不至于有罢。我觉得支那的少壮时期，正在渐渐的回复过来了。我想，如诸君蓬勃的精神发扬起来，这时候，便是支那的精神和文明"世界的"再生的时期了。人类对于这个时期，怀着极大的期待。想诸君决不会反背这期待罢。

"落后的往前，在前的落后了。"第一落后的俄国，现在将第一的在前了。更落后的支那，到了觉醒的时候，怕更要在前了罢。但我绝对的希望这往前的方法，要用那人类见了说好的方法才是。

倘是再生了，变成将喜代了恐怖，将爱代了憎恶，将真理代了私欲，拏（拿）到世间方来的最进步的国，我们将怎样的感谢呵。我们也为了这事想尽点力，想做点事。

我希望，因了我做的书译成支那语的机会，就是少数的人也好，能够将我的真心和他的真心相触。我希望，我的恐怖便是他的恐怖，我的喜悦便是他的喜悦，我的希望便是他的希望，将来能为同一目的而尽力的朋友。

我的敲门的声音，或者很微弱；但在等着什么人的来访的寂寞的心里，特别觉得响亮，也未可知的。

我正访求着正直的人、有真心的人，忍耐力很强，意志很强，同情很深，肯为人类做事的人。在支那必要有这样的人存在。这人必然会觉醒过来。

这人就是人类等着的人，或是能为他做事的人罢。恐怕这人不但是一个人，或者还是几万个人合成一个的人罢。不将手去染血，却流额上的汗；不借金钱的力，却委身于真理的人！

我从心里爱这样的人，尊敬这样的人。

在支那必然有这样的人存在，正同有很好的人存在一样。我敲门的微小的声音呵，要帮助这人的觉醒，望你有点效用。

我希望这事。

一九一九年十二月九日，武者小路实笃。

《自序》兹录如下：

我要用这著作说些什么，大约看了就明白。我是同情于争战的牺牲者，爱平和的少数中的一个人——不，是多数中的一个人。我极愿意这著作能多有一个爱读者，就因为藉此可以知道人类里面有爱和平的心的缘故。提起好战的国民，世间的人大抵总立刻想到日本人。但便是日本人，也决不偏好战争；这固然不能说没有例外，然而总爱平和，至少也不能说比别国人更好战，我的著作，也决非不像日本人的著作；这著作的思想，是日本的谁也不会反对，而且并不以为危险的：这事在外国人，觉得似乎有些无从想象。

日本对于这回的战争，大概并非神经质，我又在被一般人不理会，轻蔑着；所以这著作没有得到反对的反响，也许是当然的事。但便是在日本，对于这著作中表出的问题，虽有些程度之差，——大约也有近于零的人，——却是谁都忧虑着的问题。我想将这忧虑，教他们更加感得。

国与国的关系，倘照这样下去，实在可怕。这大约是谁也觉得的。单是觉得，没有法子，不能怎么办，所以默着罢了。我也知道说了也无用，但不说尤为遗憾。我若不作为艺术家而将他说出，实在免不了肚胀。我算是出出气，写了这著作。这著作开演不开演，并非我的第一问题。我要竭力的说真话，并不想夸张战争的恐怖，只要竭力的统观那全体，想用了谁都不能反对的方法，谁也能够同感的方法，写出这恐怖来。我自己明知道深的不足，力的不足，但不能怕了这些事便默着。我不愿如此胆怯，竟至于怕说自己要说的真话。只要做了能做的事，便满足了。

我自己不很知道这著作的价值；但别人的非难是能够答复，或守沉默的：我想不久总会明白。我的精神，我的真诚，是从里面出来，决不是涂上去的。并且这真诚，大约在人心中，能够意外的得到知己。

我以为法人爱法国，英人爱英国，俄人爱俄国，德人爱德国，是自然的事：对于这一件，决不愿有所责难。不过也如爱自己也须同时原谅别人的心情，是个人的任务一般，生怕国家的太强的利己家罢了。

但这事让本文里说。

这个剧本，从全体看来，还不能十分统一。倘使略加整顿，很可以从这剧本分出四五篇的一幕剧来；也可以分出了一幕剧，在剧场开演。全体的统一，不是发展的，自己也觉得不满足，而且抱愧。但大约短中也有一些长处，也未必全无统一：从全体看来，各部分也还有生气；但这些事都听凭有心人去罢。总之倘能将国与国的关系照现在这样下去不是正当的事,因这剧本,使人更加感得,我便欢喜了。

我做这剧本,决不是想做问题剧。只因倘使不做触着这事实的东西,总觉得有些过意不去,所以便做了这样的东西。

我想我的精神能够达到读者才好。

我不是专做这类著作;但这类著作,一面也想渐渐做去。对于人类的运命的忧虑,并非僭越的忧虑,实在是人人应该抱着的忧虑。我希望从这忧虑上,生出新的这世界的秩序来。太不理会这忧虑,便反要收到可怕的结果。我希望:平和的理性的自然的生出这新秩序。血腥的事,我想能够避去多少,总是避去多少的好。这也不是单因为我胆怯,实在因为愿做平和的人民。

现在的社会的事情,似乎总不像走着能够得到平和的解决的路。我自己比别人加倍的恐怖着。

一九一六年十二月二十三日,武者小路实笃。

《后记》兹录如下:

我看这剧本,是由于《新青年》上的介绍,我译这剧本的开手,是在一九一九年八月二日这一天,从此逐日登在北京《国民公报》上。到十月二十五日,《国民公报》忽被禁止出版了,我也便歇手不译,这正在第三幕第二场两个军使谈话的中途。

同年十一月间,因为《新青年》记者的希望,我又将旧译校订一过,并译完第四幕,按月登在《新青年》上。从七卷二号起,一共分四期。但那第四号是人口问题号,多被不知谁何没收了,所以大约也有许多人没有见。

周作人先生和武者小路先生通信的时候,曾经提到这已经译出的事,并问他对于住在中国的人类有什么意见,可以说说。作者因此写了一篇,寄到北京,而我适值到别处去了,便由周先生译出,就是本书开头的一篇《与支那未知的友人》。原译者的按语中说:"《一个青年的梦》的书名,武者小路先生曾说想改作《A与战争》,他这篇文章里也就用这个新名字,但因为我们译的还是旧称,所以我于译文中也一律仍写作《一个青年的梦》。"

现在,是在合成单本,第三次印行的时候之前了。我便又乘这机会,据作者先前寄来的勘误表再加修正,又校改了若干的误字,而且再记出旧事来,给大家知道这本书两年以来在中国怎样枝枝节节的,好容易才成为一册书的小历史。

一九二一年十二月十九日，鲁迅记于北京。

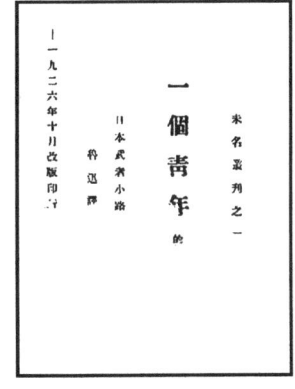

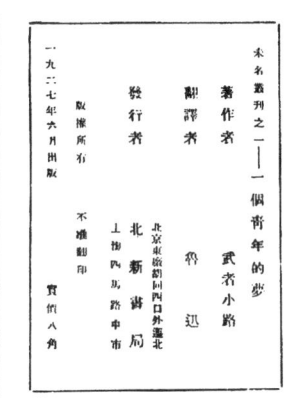

《英国文学（拜伦时代）》

《英国文学（拜伦时代）》，英国葛斯（Edmund Gosse）著，韦丛芜译。初版本题"未名丛刊之一"（没有编号）。未名社出版部一九三〇年四月印行。全一册，174 页，定价不详。缺版权页。

该书为文学家评传，据 R. Garnett 和 E. Gosse 合著的 "An illustrated history of English literature" 一书第 4 册译出，内容包括"拜伦时代"三十多名英国文学家的评传，具体为：拜伦（lord byron），雪莱（percy b. shelley），珂克勒派（the cockney school）：航特（leigh hunt）、基次（john keats）、锐洛兹（john h. reynolds）、威尔士（charles j. wells）、摩尔（thomas moore），洛节司（samuel rogers），珂列布（george crabbe），新派批评家：兰姆（charles lamb）、狄昆塞（thomas de quincey）、哈兹里（william hazlitt），兰道（walter savage landor），历史家：米特弗（william mitford）、塔勒（sharon turner）、林加得（john lingard）、那皮尔（sir william f. p. napier）、哈兰（henry hallam），小说家：玛利布伦唐（mary brunton）、苏善弗利哀（susan ferrier）、洁安波特尔（jane porter）、洛加（j. g. lockhart）、玛太林（charles r. maturin）、玛利雪莱（mary w. shelley）、高得（john galt）、摩锐耳（james j. morier）、霍勃（thomas hope）、利唐（lord lytton）、第司勒里（benjamin disraeli）、皮珂克（thomas l. peacoak），小诗人：荷德（thomas hood）、伯尼（joanna baillie）、哈特尼珂莱锐吉（hartley coleridge）、蒲列得（winthrop m. praed）、柏杜厄斯（thomas l. beddoes）、何恩（richard horne），结论。

卷首有《序》，卷末无跋。《序》兹录如下：

英国文学在中国是厄运的。英文学名著之中译本可看者不大多，它在中国文学上的影响也几乎等于零。这是缘于英文学的宝藏是诗歌，不易于翻译，还是因为它根本不合我们中国人的脾胃呢？我们承认俄国文学，特别是小说，在中国文学界和思想界的影响，至少在此时看来是最大的；这是缘于俄国文学的菁华是散文，较易绍介，还是因为它很合我们的脾胃呢？然而为一个民族的灵魂的文学，无论如何是值得我们研究和兴赏的，且不管它难易，且不管自家的脾胃。

关于史的方面，我们还不知道中国目下有没有一个人能给我们写一部很可读很有价值的《英国文学史》，或有下这样决心的人没有，甚至于有翻译人没有。这是难怪的；这困难正和《中国文学史》之编著一样。各部分、各时代、各个作家，没有人专究之先，一个人破天荒要从古至今著或译一部极有价值的文学史出来，即竭毕生精力，也是一个奇迹。

年来披读里卡尔加莱（Richard Garnett）和爱德莽葛斯（Edmand Gosse）合著的《插图英国文学史》（An Illustrated History of English Literature），一名《英国文学：插图记录》（English Literature: An Illustrated Record），颇觉简明扼要，饶有趣味。两位作者都是英国近代著名的文学者和诗人。全书共分四巨册，插图极多。从古代到莎士比亚是加莱作的，从雅各朝文学到十九世纪末都是葛斯作的。不过，一九二三年的板（版）本又新加上哥伦比亚英文教授约翰·爱斯庚（John Erskine）作的一篇关于从一八九二年到一九二二年的英国文学的文章。

要翻译这样一部《英国文学史》，我是绝对不配的，即使试翻一部分，在浅学的我，也是狂妄。然而因为一个时候刊物需稿迫切，我终于从这部书中抽译些各个作家的评传去塞责，结果经过一番修正和添补之后，成为此书《拜伦时代》（The Age of Byron），及即出的《渥兹渥斯时代》（The Age of Wordsuorth）。这两部分占（占）第四册的上一半，下一半是《初期维多利亚时代》（Early Victorian Age）和《谭尼孙时代》（The Age of Tennysm）。为着使一件小小的工作完成起见，最近便抽空将这后两个时代也译印出来，加上早译出的爱斯庚作的续篇《近三十年英国文学》，那么近代英国文学史便算齐了。我的狂妄也算告一结束。错误恐怕难免，指教当然是十分欢迎的。

本书的特色之一是插图,因此我们完全照原书重制下来,不过有时稍稍缩小一点而已。

一九二九年十月十五日丛芜写于达园。

《争自由的波浪及其他》

《争自由的波浪及其他》,扉页题"未名丛刊之一"(没有编号),"俄国专制时代的七种悲剧文字""英人威廉哈佛译本""董秋芳译"。北京北新书局一九二七年一月初版。全一册,212页,实价五角半。

该书为俄国小说和散文集,原名《专制国家之自由语》,英译本改名《大心》。董秋芳从英译本转译。内收戈理基(通译为"高尔基")的《争自由的波浪》、但兼珂的《大心》、戈理基的《人的生活》、托而斯多的《尼古拉之棍》、未署名的《在教堂里》、托而斯多的《致瑞典和平会的信》、未署名的《梭斐亚的生活的断片》,凡七篇。

卷首有威廉哈佛的《英译本序》和鲁迅的《小引》。《英译本序》兹录如下:

下面几篇小说和散文,现在第一次译为英文,是从一本俄文类选里译出,那本书,在一九〇二年与在一九〇三年之间,流行于戈顺堡

（Gothenburg），原名曰"Fria ord fram Tyranniets Land"（英文是"Free words from the Land of Tyraniety"，义即"专制国家之自由语"）。编辑者是一个著名的瑞士人，他在旅居俄国的长时期中，搜集了许多文学底的和政治底的重要刊物，而为检查书报人员所厉禁的，因为这些刊物，是表露一个民族几世纪来受军阀和专制政治的蹂躏之焦虑和热望的喉舌。瑞士的一般文化标柱，较欧洲其他各国为高，故译述的成果极速，而各书的印行，允得一致的赞许。

一九○五年，威廉哈佛（William Frederick Harvey）叙于恶斯福（原文如此）之哈忒福特学院

《小引》兹录如下：

俄国大改革之后，我就看见些游览者的各种评论。或者说贵人怎样惨苦，简直不像人间；或者说平民究竟抬了头，后来一定有希望。或褒或贬，结论往往正相反。我想，这大概都是对的。贵人自然总要较为苦恼，平民也自然比先前抬了头。游览的人各照自己的倾向，说了一面的话。近来虽听说俄国怎样善于宣传，但在北京的报纸上，所见的却相反，大抵是要竭力写出内部的黑暗和残酷来。这一定是很足使礼教之邦的人民惊心动魄的罢。但倘若读过专制时代的俄国所产生的文章，就会明白即使那些话全是真的，也毫不足怪。俄皇的皮鞭和绞架，拷问和西伯利亚，是不能造出对于怨敌也极仁爱的人民的。

以前的俄国的英雄们，实在以种种方式用了他们的血，使同志感奋，使好心肠人坠泪，使刽子手有功，使闲汉得消遣。总是有益于人们，尤其是有益于暴君，酷吏，闲人们的时候多；餍足他们的凶心，供给他们的谈助。将这些写在纸上，血色早已轻淡得远了；如但兼珂的慷慨，托尔斯多的慈悲，是多么柔和的心。但当时还是不准印行。这做文章，这不准印，也还是使凶心得餍足，谈助得加添。英雄的血，始终是无味的国土里的人生的盐，而且大抵是给闲人们作生活的盐，这倒实在是很可诧异的。

这书里面的梭斐亚的人格还要使人感动，戈理基笔下的人生也还活跃着，但大半也都要成为流水帐（账）簿罢。然而翻翻过去的血的流水帐（账）簿，原也未始不能够推见将来，只要不将那帐（账）目来作消遣。

有些人到现在还在为俄国的上等人鸣不平，以为革命的光明的标

六 未名社"文学丛书"叙录 709

语,实际倒成了黑暗。

这恐怕也是真的。改革的标语一定是较光明的;做这书中所收的几篇文章的时代,改革者大概就很想普给一切人们以一律的光明。但他们被拷问,被幽禁,被流放,被杀戮了。要给,也不能。这已经都写在帐(账)上,一翻就明白。假使遏绝革新,屠戮改革者的人物,改革后也就同浴改革的光明,那所处的倒是最稳妥的地位。然而已经都写在帐(账)上了,因此用血的方式,到后来便不同,先前似的时代在他们已经过去。

中国是否会有平民的时代,自然无从断定。然而,总之,平民总未必会舍命改革以后,倒给上等人安排鱼翅席,是显而易见的,因为上等人从来就没有给他们安排过杂合面。只要翻翻这一本书,大略便明白别人的自由是怎样挣来的前因,并且看看后果,即使将来地位失坠,也就不至于妄鸣不平,较之失意而学佛,切实得多多了。所以,我想,这几篇文章在中国还是很有好处的。

一九二六年十一月十四日风雨之夜,鲁迅记于厦门。

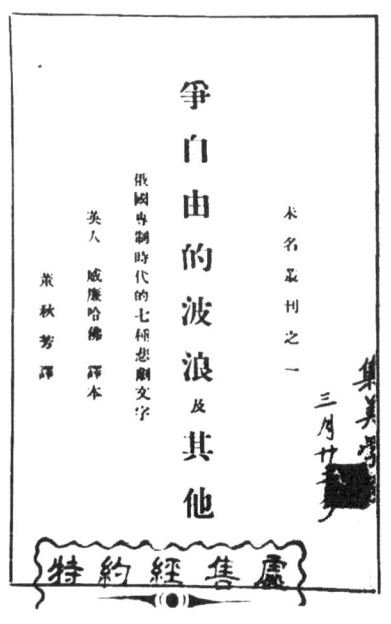

《罪与罚》

《罪与罚》,俄国陀思妥夫斯基,韦丛芜译,题"未名丛刊之一"(没有编号）。分上下两册，各有版权页。上册信息为：北平未名社一九三〇年六月初版。全二册，上册564页，定价不详。印刷1～1500册。下册信息为：北平未名社一九三一年八月初版。全二册，下册539页，定价不详。印刷1～1500册。两册总页数为1103页。下册封面印为"上"，有误。

该书为长篇小说译作，凡六卷，上册三卷，下册三卷。每册分若干章，无章目。下册正文后一页有"更正"：在《写在后面》第五面第十一行中第十四字下脱"答应"二字，又本行中还有"丈夫"二字应该为"事务人"。（这里的《写在后面》应该为《写在书后》。）

上册卷首译者韦丛芜的《序》，下卷卷末有韦素园的《写在书后》。《序》兹录如下：

> 我很喜欢这本书终于印出来了，我知道这几年来催着要看此书的认识的和不认识的许多朋友也一定会同样地欢喜的。这究竟是怎样的一本伟大的动人书，贤明的读者自己去欣赏评判吧，我在这里只替自己的拙劣的译笔抱歉一下。这样太凄惨的小说，里面充满了被侮辱与被损害的穷人、凶手、妓女、酒徒等等的内外生活的描绘，不宜于让堂皇的学者之流藉以展露个人的才学，在我只是因为爱之而勉尽薄力将就老实地翻过来，给一般读者看个粗枝大叶而已。全书都是直译的。希望热心的朋友能帮助我，使此书再版时（若是可以再版的话）可以成为更可读的译本。
>
> 我是根据Constanae Garnett的英译本重译的，时常也用俄文原本对照。在全部工作中，在英俄文两方面与我以帮助，我要在此致谢者有Mr. Polevoy, Mr. and Mrs. Shadick。我们发现英译本中也常有错，和《穷人》的英译本一样，不禁叹翻译之难，因为那译者乃是极著名的。她几乎把都介涅夫、契诃夫、陀思妥夫斯基和托尔斯泰的著作全部译完了。其他俄国作家的作品还在外。可惜素园还在病中，不然这个译本或者会更可读的，他曾为译者（也是为读者）那么悉心地用俄文原本从头至尾地校阅过《穷人》，而且他又是那般爱陀思妥夫斯基。这译本也就献给他吧。
>
> 一九三〇年六月六日丛芜写于北平市

附韦丛芜的《六版序》如下：

这样的一部凄惨的长篇巨著，竟会在七年中印行五版，这表现中国读者的进步。本书由未名版转开明版，以后因为抗战和其他关系停印九年，现在又以文光版出现了。

巨石下的野草在九死一生中挣扎着从侧缝里向外发展，也会摇曳在阳光与和风中，低吟着生之歌曲。

穷困潦倒的大学生凶手拉思科里涅珂夫，在西伯利亚的流放徒刑期间，在久病新愈仍然从事苦工劳作之片刻休息中，发现了而且表示了他对于万里相随的无助的妓女索尼亚的爱，于是又同作着新生的梦。

巨石何时才能从野草上移去？

那产生凶手与妓女的经济制度何时才能消灭呢？

一九四六年九月十日（中秋节）

丛芜于上海市

附韦丛芜的《八版序》如下：

最近听特孚说日本的俄罗斯文学权威之一中村白叶氏，曾在他的一九二八年的重版《罪与罚》的序文上说，他从翻译本书开始他的文学生涯，迄今十五年，在重版时候，已经改了许多次。我觉得有些惭愧。我在二十年前在未名社译印本书时，曾希望在再版时加以修正，迄今总是未能如愿。所幸在六版时，曾由张铁弦先生用俄文从头至尾详加修正一遍，费时一年。这是应当特别感激的。我希望再花三年工夫，根据 Condance Garnett 的公认最佳的英译本，把陀氏小说全集译完。然后专修俄文，重校一遍，完成一生中的一件最有意义的工作。

本书承靖华介绍插图十二，特此志谢。

一九五〇年八月十八日丛芜于上海

《写在书后》兹录如下：

新近逝世不久的黎沃夫·罗迦契夫斯基称陀思妥夫斯基将"新话"带进俄罗斯文坛，这便是所谓的都市文学。假如"俄土的伟大作家"托尔斯泰结束了旧时代贵族生活文学底最后尾声，"那残酷的天才作者"陀思妥夫斯基却开始了资产社会新兴文学底开场白。他们两位是俄国文坛上无比的对峙的双峰，无匹的并立的巨人。

经过童年的穷困潦倒的家庭生活，消磨了愁苦寂寞的无聊时光，陀氏于是成为培林斯奇底社会主义理想之崇拜者，而开始加入彼得拉舍夫斯基为首的结社，悉心研究福利耶学说。在这种思想支配之下，他写了《穷人》，《白夜》，《两面人》等较短名著，与《被侮辱与被损害的》，《死室记》等不朽的长篇小说。在经过彼得堡的刑场上死刑的宣布，牧师赐犯人以十字架，而临终者贪馋地想将嘴唇向十字架一吻，以求最后的赎救的时候，陀氏便由"死亡"中看见了永生，他在意识中已朦胧地皈依了基督。不过此种生活变迁，却很隐晦缓慢。他之后写了他的代表作《罪与罚》，与《未成年的人》，《魔鬼》，《白痴》，《喀拉玛卓夫兄弟》等惊人巨制。

在陀氏前后伟大著作中，其所描写的人物大抵是穷人、罪犯、醉鬼、乞丐、小偷、奸人、恶汉、恶婆、娼妇、魔鬼、白痴等等。他们在社会重重残酷压迫之下，都成了永久的穷苦无告之徒，以致结果几全成为无可赎救的罪人。他早年的短篇作品《两面人》可以作他全部著作的题辞。他所描写的主人公，几乎无一不是心灵分裂者，永久苦闷，长期怀疑，内心不断地冲突斗争，成为他们一生的无限的惩罚。有人说，陀氏写了一部现代都市生活底伟大的《神曲》，的确不错；只是这里面只有"地狱"，而并没有"净土"和"天堂"。任谁读了他的任何著作之后，都难免要感到一种难言的阴凄的寂寞。它使你的心头发热，发痛，使你流泪，这是举世的不幸者惟一的安慰。

还有一点我们要知道，陀氏暮年虽是赤心皈依基督的人，却并不同于一般庸俗的说教者。你读完他的任何作品之后，永远会对于现社会发生一种愤愤不平之感，因而养成了一种反抗的精神，陀氏著作在这种意义上使成为时代生活革新的动力。他在他最后一部巨著《喀拉玛卓夫兄弟》中，曾藉主人公的口，说上帝将世界创造错了，所以大多数的好人吃苦，而恶人却享受人世生活的至福。因为这样，上帝使惩罚自己，首先将独生子作了极惨的赎罪的牺牲。他相信将来在地球上要实现一个真正的基督王国，那是为穷苦不幸的人们建立的。在这个王国里，没有奸私，没有剥取，没有恶诈欺骗；所有的只是幸福，和平，与永久的相互真诚的友爱。

不过陀氏并不重视西方文化。他期望看他的理想实现，曾发出这般狂吼的声音。西方文化快要日暮途穷了，我们斯拉夫人民要担起革新全世界末日颓运底使命。苏俄人民教育委员长卢那卡尔斯基在陀氏诞生百周年纪念席上（一九二一年）曾说，是的，我们今日的俄罗斯人民，是正应验着伟大思想家陀思妥夫斯基的话，而从事于全世界人类革新的运动。在这意义上，陀氏又成为现代的新预言者了。

卢那卡尔斯基也曾表示过这样的意见，以为陀氏全部不绝的心灵创造，有如一条无尽的火河在奔流着。他的每种作品，虽都不做技术上的讲求，然而毫无疑地，每种都是深刻动人，透激了人的底里生活的抒情诗作，他常从卑污龌龊的灵魂中，发见那永不熄灭的生命底希望之火花。实在，这是真确的，陀氏是曾作为不幸者们的伟大的辩证人了。

"《罪与罚》或是一切写实派作品中的最伟大的。"现代英国文学家德林瓦特（Jokn Drinkwaterr）说。醉心于流行的唯物主义，被迫于悲惨环境竟以至杀人劫财（劫而不用）的大学生拉思科里涅珂夫，曾把自己和拿破仑相比，曾把他的乞丐般的母亲的仅有恤金所抵押借来的几十块卢布，由于怜惜，白白全给了一个新近压死了的酒鬼底寡妇，终因为内心的冲突，恐惧，厌恶，自傲与自贬，以及包探头的缠扰，逼压，在无可奈何中，向一位以卖淫养活其继母的小孩之年轻娼妇索尼亚——一个基督教的灵魂，暗示了他是一个新犯的凶手。索尼亚惊愕之余，劝他要向世界告白，要向官厅自首，要甘心受苦，受苦洗罪。他听从了，西伯利亚的八年牢狱苦工开始了，索尼亚伴着他过着辛苦的生活。在索尼亚的无涯的柔爱中，他终于看出了神的光辉。一个清晨在伊尔提希河岸上，牢狱外面，他匍匐在她的足前，新的生活于是展开在他的眼前了。

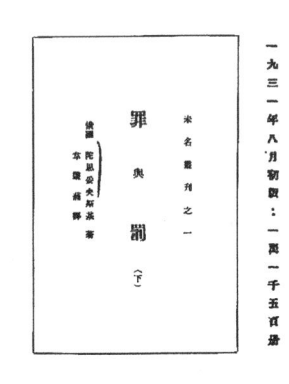

全书中所描写的人物极其复杂：有主人公拉思科里涅珂夫的穷困及其犯罪前后的心理；有都丽亚为着母亲和哥哥答应嫁给一个并无爱情的办事人之受辱；有酒鬼玛尔美拉陀夫的堕落及其女儿索尼亚之悲

惨的卖淫意态；其他如代表新发户的办事人卢辛之狡猾阴险；酒色之徒的司维特里喀罗夫终于杀妻自杀，包探界的波费利之刁狡诡诈，千方百计诱人招供，言不顾行的热心的稚气的青年社会主义者莱比绥亚利珂夫，先不屑与娼妇索尼亚同寓，后又热心为之作证使她跳出卢辛的奸计；最后如意志坚强且思想纯洁的美丽的都丽亚，拒绝了有钱的恶汉卢辛与色鬼司维特里喀罗夫，终于嫁给一个热心憨直且精明能干的穷大学生拉如密亨：凡此种种，均写得沉痛逼真，为本书中最精采（彩）的地方。

一九三一年六月三十日素园记于西山

附记　丛芜译完了这部巨著，我心里很高兴，因为我很爱它。但是在病中不能读书，现仅就以前读过的《最新俄国文学》（黎沃夫·罗迦契夫斯基著）和《文学底影像》（卢那卡尔斯基著），回忆中写成此文。文中译名从本书译者。

未名社《乌合丛书》叙录

《故乡》

《故乡》，题"乌合丛书之一"，许钦文著，一九二六年四月出版，北新书局（北京东城翠花胡同十二号）发行。全一册，326页。缺版权页，诸多信息不详。此外还有1927年5月北京3版。

该书为短篇小说集，内收《这一次的离故乡》《凡生》《传染病》《博物先生》《上学去》《一餐》《大水》《"请原谅我"》《理想的伴侣》《口约三章》《猫的悲剧》《妹子的疑虑》《疯妇》《职业病》《邻童口中的呆子》《毁弃》《父亲的花园》《一首小诗的写就》《津威途中的伴侣》《模特儿》《小狗的厄运》《一张包花生米的字纸》《怀大桂》《一生》《已往的姊妹们》《松竹院中》《珠串泉》，凡二十七篇。陶元庆作书面。

卷首有长虹的《小引》，卷末无跋。《小引》兹录如下：

我读许钦文先生的小说，始于去年的夏天。

人都相信他的耳朵，不相信他的眼睛，所以无论对于什么，常苦于不能认识其真价。据我所知，则许钦文先生的小说，确曾在这样的不幸中，好久地被忽视过去了。

至少，我自己便是这样。但终于，一个新的机会来了。一天，鲁

六 未名社"文学丛书"叙录 715

迅先生把这《故乡》的原稿交给了我,要我选一下;如可以时,并且写一篇分析的序。

于是,我开始读的,便是那第一篇《这一次的离故乡》,我开始惊异了。在这篇短的故事里,乡村的描写,感情的流露,心理的分析,人间的真实性,都是向来所不容易看见过的。

我继续读了下去,而为我所最感到趣味的,尤其是这书中的青年心理的描写。

一天,我把这书还了鲁迅先生,我述说了我的意见。

"是的呵!我常以为在描写乡村生活上,作者不及我,在青年心理上,我写不过作者;但我又常常怀疑是感情作用……"鲁迅先生惊异而欢喜地说了。

但我那时,正困在一个冷静的缺乏的恐慌时期,所以我没有能够写得出一篇分析的序;以为只好俟诸异日,再得重将这书细读一遍的时候了。

便拖延至现在,出版的时期已经很快便要到了。而我却又忙着出走的恐慌,则真的又只好俟诸异日了。

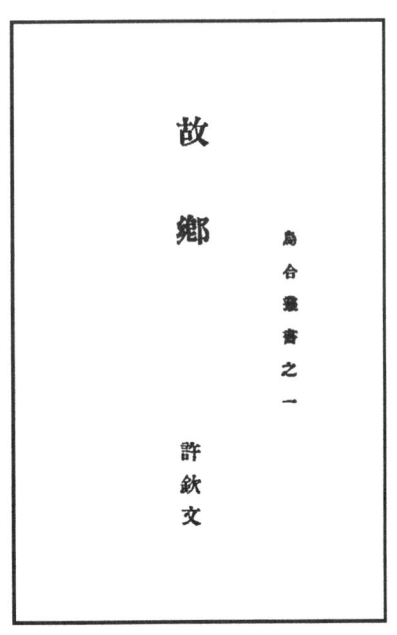

《卷葹》

《卷葹》,题"乌合丛书之一",淦女士(沅君女士)著,一九二七年一月印成，1~3000册，北新书局发行。全一册，62页。此外还有1928年6月再版，110页。

该书为短篇小说集，内收《隔绝》《旅行》《慈母》《隔绝之后》，凡四篇。扉页录温庭筠《达摩支曲》中的"捣麝成尘香不灭，拗莲作寸丝难绝。"司徒乔作书面。

无序跋。正文摘录如下：

青霭！再想不到我们计画（按：原文"计画"，现今为"计划"）得那样周密竟被我们的反动的势力战败了。固然我们的精神是绝对融洽的，然形式上竟被隔绝了。这是何等的厄运，对于我们的神圣的爱情！你现在也许悲悲切切的（按：原文为"的"）为我们的不幸的命运痛哭，也许在筹画（按：原文"筹画"，现今为"计划"）救我出去的方法。如果你是个有为的青年你就走第二条路。

从车站回来就被幽禁在这间小屋内。这间屋内有床，有桌，有茶几，有椅子，茶碗面盆之类都也粗备。只是连张破纸一枝（按：原文为"枝"）秃头笔都寻不到。若不是昨晚我求我的表妹给我偷偷的（按：原文为"的"）送来几张纸和枝（按：原文为"枝"）自来水钢笔，恐怕我真要寂寞死了。死了你还不知道我是怎样死的！

今天已是我被幽禁的第二天！我在这小屋内已经孤另另（按：原文"孤另另"应为"孤零零"）的（按：原文为"的"）过了一夜。我的哥哥姐姐们虽然狠（按：原文为"狠"）和我表同情，屡次谏我的母亲不要这般执扭（按：原文为"执扭"），可是都失败了。她说我们这种行为真同姘识一样，我不但已经丢尽她的面子，并且使祖宗在九泉下为我气愤，为我含羞。假如她们要再帮我，她就不活了。青霭呵！怎的爱情在我们看来是神圣的，高尚的，纯洁的，而他们却看得这样卑鄙污浊！

身命可以牺牲，意志自由不可以牺牲，不得自由我宁死。人们要不知道争恋爱自由，则所有的一切都不必提了。这是我的宣言，也是你常常听见的。我又屡次说道：（按：原文标点符号如此）我们的爱情是绝对的，无限的，万一我们不能抵抗外来的阻力时，我们就同走去看海去。你现在看我已到了这样境地，还是这样偷安苟活着，或者以为我背前约了。唉，若然，你是完全错误了。

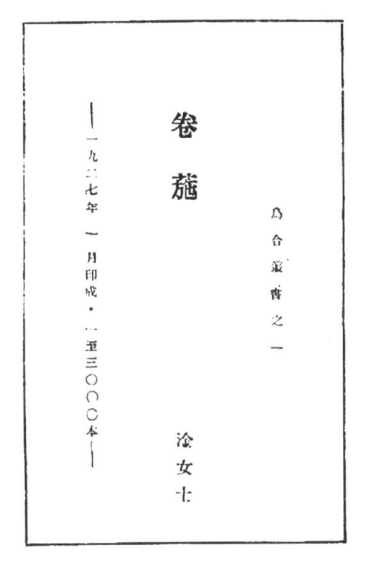

《呐喊》

《呐喊》,题"乌合丛书之一",鲁迅著,北新书局发行。全一册,272页。版本或版次甚多,有1926年5月北京4版,8月北京5版;1927年3月北京7版,10月北京8版;1928年3月北京9版,9月10版;1929年1月11版,4月12版;1930年1月13版,7月14版;1935年9月22版;1936年1月23版;1937年6月24版等。

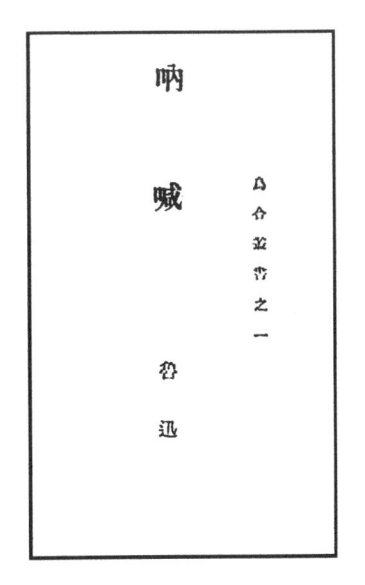

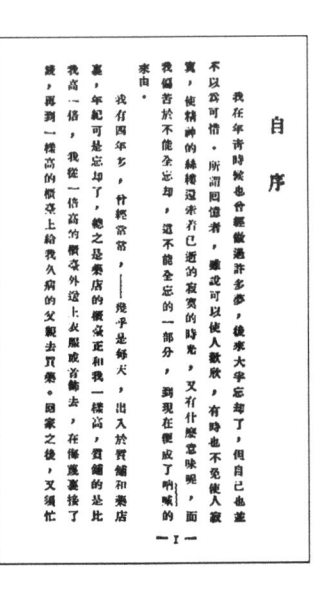

该书为短篇小说集，内收《狂人日记》《孔乙己》《药》《明天》《一件小事》《头发的故事》《风波》《故乡》《阿Q正传》《端午节》《白光》《兔和猫》《鸭的喜剧》《社戏》《不周山》，凡十五篇。

卷首有著者的《自序》，卷末无跋。《自序》避免重复而从略（参见新潮社"文艺丛书"中的《呐喊》叙录）。

《彷徨》

《彷徨》，题"乌合丛书之一"，鲁迅著，一九二六年八月印行，1～4000册。北新书局（北京东城翠花胡同十二号）发行。全一册，257页，实价八角。此外还有1927年5月版，1928年3月5版，10月6版，1929年4月7版，1931年7月10版，1935年10月15版。

该书为短篇小说集，内收《祝福》《在酒楼上》《幸福的家庭》《肥皂》《长明灯》《示众》《高老夫子》《孤独者》《伤逝》《弟兄》《离婚》，凡十一篇。陶元庆作书面。

无序跋。扉页题有屈原《离骚》中的这样几句诗：

> 朝发轫于苍梧兮，夕余至乎县圃；欲少留此灵琐兮，日忽忽其将暮。
>
> 吾令羲和弭节兮，望崦嵫而勿迫；路漫漫其修远兮，吾将上下而求索。

《彷徨》有多种印本，不断印刷。该版本的诸多不同印本封面基本相同，略有差别，如颜色，如题著者名"鲁迅"或"鲁迅先生"及其具体位置等。这些印本略举数例：

六　未名社"文学丛书"叙录　719

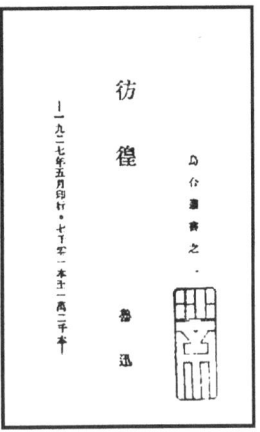

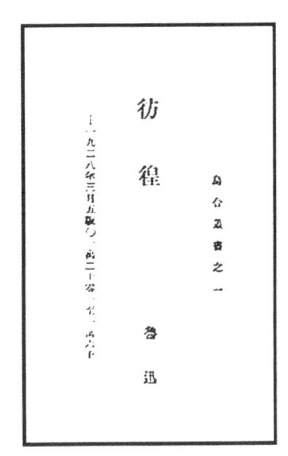

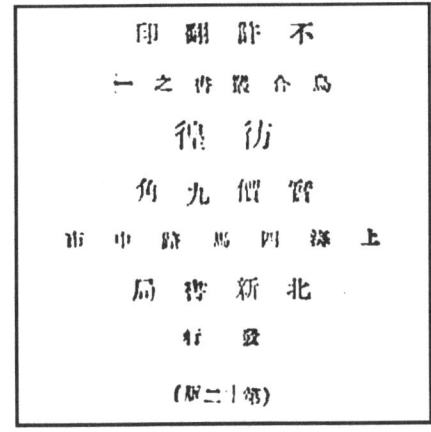

一九二七年五月印行，七千零一本至一万二千本。一九二八年三月五版印行，一万二千零一至一万六千本。

一九二九年四月七版。一九三〇年一月八版，二万五〇〇一至三万本。还有十一版、十二版，《鲁迅全集》单行本民国三十五年（1946）十月十日四版，等等。

《飘渺的梦及其他》

《飘渺的梦及其他》，题"乌合丛书之一"，向培良著，一九二八年八月三版，三五〇一至五五〇〇。北新书局发行。全一册，180页。此外，还有1926年6月版，1927年10月再版，1930年4月4版。

该书为短篇小说集，内收《飘渺的梦》《悼亡》《挂号信的命运》

《静子》《野花》《爱情》《接吻》《六封书》《误会》《私生子》《正直人的思想》《吸烟及吸烟之类的故事》《诱引》《迷罔（惘）》，凡十四篇。司徒乔作书面。

扉页有向培良这样一段话："时间走过去的时候，我的心灵听见轻微的足音，我把这个很笨拙地移到纸上去了，这就是我这本小册子的本源罢！"

无序跋。正文摘录如下：

> 北京的冬天，是何等的凄凉呢！冷的风不时冲碰你的窗户怒叫着要进来，破的窗纸，便嘶嘶地哀号。这时你炉里的火虽然很旺，但身子仍然寒噤，手足仍然冰冷，你便抛了书，凑近火炉，想要烤热自己。然而冻凝的空气又常常从远处送来一两声沉闷的犬吠，或者是不知卖什么东西的小贩凄厉曳长的呼唤，使你的心更觉得凄冷。这时候若是你要免掉寂寞，只有邀几个朋友闲谈，围炉闲谈，你的心便可以不去注意外面的环境，暂时忘掉寒冷同凄凉。

> 正是大风振撼（按：原文为"振撼"）着一切的晚上，我抛下书本，因为再不能读下去了，便走到朋友的房里去谈天。我们最先谈到

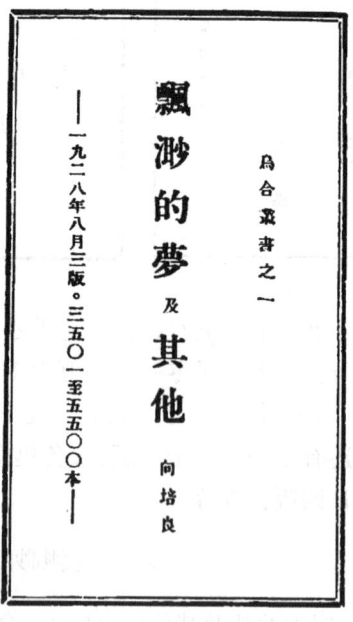

天气的凛冽，都回忆着故乡温和明静的春天。渐渐谈到恋爱的问题。坐中 C 君性的经验很多，说着他自己的旧事。我只是静静的（按：原文为"的"）坐着，畔近火炉，想要烤热我的身和手。忽然 S 向我说，T 君，我们中间算你的年纪最轻，又没有结婚，也有你的恋爱故事么？说出来给大家听听。我没有回答他；使人依恋的童年的回忆充满了我的心，我却不能说出它们来。

《心的探险》

《心的探险》，题"乌合丛书之一"，长虹著，一九二六年六月印成，印数 1～1500 册，北新书局发行。全一册，206 页。

该书为小说、诗歌、散文、戏剧合集，内收《幻想与做梦》《ESPE-RANTO 的福音》《人类的脊背》《创伤》《土仪》《徘徊》《给——》《其他》8 篇以及《跋：留赠读者》。其中《幻想与做梦》包括一《从地狱到天堂》、二《两种武器》、三《亲爱的!》、四《我是很幸福的》、五《美人和英雄》、六《得到她的消息之后》、七《母鸡的壮史》、八《我的死的几种推测》、九《生命在什么地方》、十《妇女的三部曲》、十一《一个没要紧的问题》、十二《我和鬼的问答》、十三《一封长信》、十四《安慰》、十五《迷离》、十六《噩梦》。《创伤》包括一《沉没》、二《血的帝国》、三《我愿入地狱》、四《希望之一》、五《街上》、六《幻灭》、七《精神与蔷薇》、八《指骨》、九《压油子》、十《市场》、十一《永久的真理》、十二《手的预言》。《土仪》包括一《一个失势的女英雄》、二《鬼的侵入》、三《我家的门楼》、四《孩子的智慧》、五《一封未寄的信》、六《孩子们的世界》、七《悲剧第三幕》、八《正院的掌故》、九《架窝问题》、十《改良》、十一《厨子的运气》。《徘徊》包括一《徘徊》、二《风……心》、三《茶馆的内外》、四《一个煽动者的口供》。《其他》包括一《棉袍里的世界》、二《什么？》、三《幔子下的人们》、四《一个心的解剖》、五《三段故事》、六《天上，人间》、七《黑的条纹》。

无序跋。正文摘录如下：

  一 从地狱到天堂
  我惶惑地飞行着，在自由的天堂中。
  可怕的冲突在这里发生了，所有日常在我周围貌似亲近的人们，这时都变成强硬的仇敌，鼓起苍蝇一般讨厌的勇气，一齐向我发出猛烈的攻击，在长久的孤独的奋斗之后，我终于失败了。我只有逃走，向没有人迹的地方逃走。

出乎我的意料之外，我驾起一双赤条条的胳膊，便像一只燕子似的，轻飘飘地飞了起去（按：原文为"起去"）。横过了屋顶，墙壁，最高的树木。我斜斜地，冉冉地，毫无计划地向前飞去。浓密的，强韧的空气在下面推涌着我，如海上的波涛推涌着它胸脯上的小船。

衔着毒针的怒骂，放着冷箭的嘲笑，迸着暴雷的惊喊，在我后面沸腾着，渐远渐低——低到我所不能听闻的地方。

我省却防御猎人的枪弹的射击，顽童的石子的抛掷等不需要的机警，我安心地，自由地游泳着，在黑色的夜的天海中。

明媚的，灼灼的眼睛，不可计数的星儿，在我上面闪耀着，指示给我前进的道路。

最后，目的地达到了——也许可以这样说，其实，我是并没有什么目的地的。一片广漠的荒野，没有一只鸟儿，而且没有一苗小草，巉岩壁立的悬崖，横在我的面前。

我便在那悬崖的巅上停止了我的飞行。乘着疲倦的朦胧，倒在一块略为平滑的岩石上睡了，甜美地睡着———直到我醒来的时候。

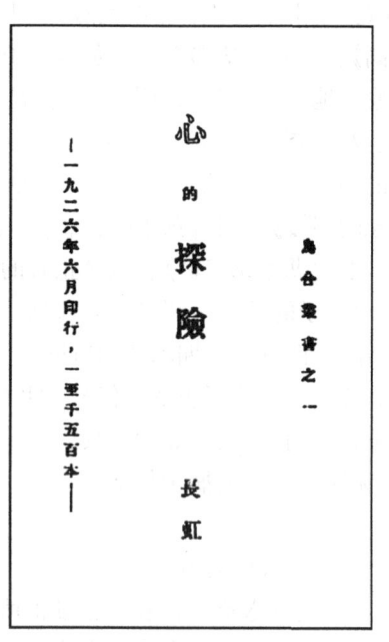

《野草》

《野草》，题"乌合丛书之一"，鲁迅著，一九二七年七月印行，印数

1～1000册，北新书局（东城胡同西口外迤北）发行。全一册，94页，实价三角半。缺版权页。此外还有1928年1月三版，1935年9月十版，以及此外还有1941年10月10日《鲁迅全集》中《野草》单行本的初版本，1964年8月版。

该书为短篇小说集，内收本《秋夜》《影的告别》《求乞者》《我的失恋》《复仇》《复仇（其二）》《希望》《雪》《风筝》《好的故事》《过客》《死火》《狗的驳诘》《失掉的好地狱》《墓碣文》《颓败线的颤动》《立论》《死后》《这样的战士》《聪明人和傻子和奴才》《腊叶》《淡淡的血痕中》《一觉》，凡二十三篇。孙福熙作书面。

卷首有著者的《题辞》，卷末无跋。《题辞》兹录如下：

> 当我沉默着的时候，我觉得充实；我将开口，同时感到空虚。
> 过去的生命已经死亡。我对于这死亡有大欢喜，因为我借此知道它曾经存活。死亡的生命已经朽腐。我对于这朽腐有大欢喜，因为我借此知道它还非空虚。
> 生命的泥委弃在地面上，不生乔木，只生野草，这是我的罪过。
> 野草，根本不深，花叶不美，然而吸取露，吸取水，吸取陈死人的血和肉，各各夺取它的生存。当生存时，还是将遭践踏，将遭删刈，直至于死亡而朽腐。
> 但我坦然，欣然。我将大笑，我将歌唱。
> 我自爱我的野草，但我憎恶这以野草作装饰的地面。
> 地火在地下运行，奔突；熔岩一旦喷出，将烧尽一切野草，以及乔木，于是并且无可朽腐。
> 但我坦然，欣然。我将大笑，我将歌唱。
> 天地有如此静穆，我不能大笑而且歌唱。天地即不如此静穆，我或者也将不能。我以这一丛野草，在明与暗，生与死，过去与未来之际，献于友与仇，人与兽，爱者与不爱者之前作证。
> 为我自己，为友与仇，人与兽，爱者与不爱者，我希望这野草的死亡和朽腐，火速到来。要不然，我先就未曾生存，这实在比死亡与朽腐更其不幸。
> 去罢，野草，连着我的题辞！
> 一九二七年四月二十六日鲁迅记于广州之白云楼上

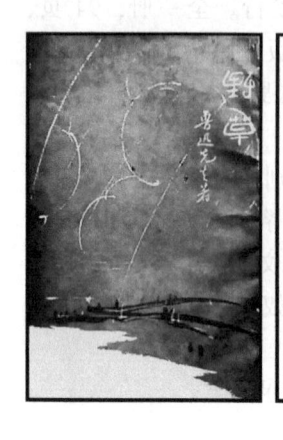

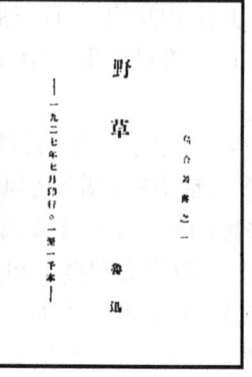

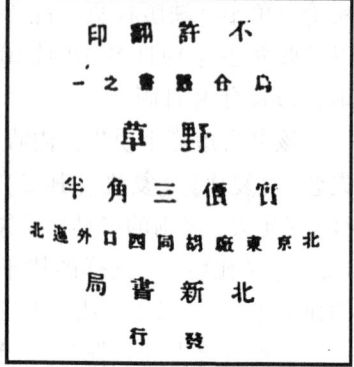

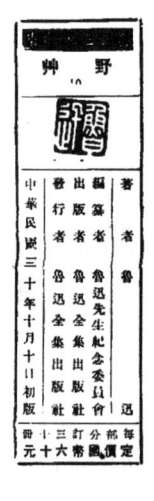

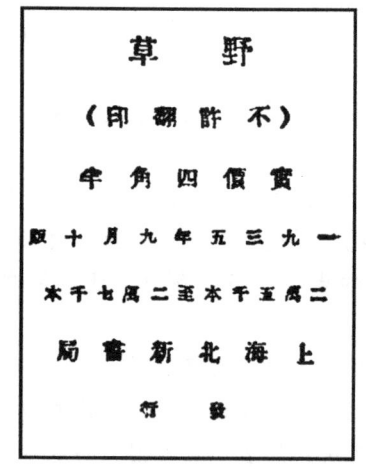

未名社《未名新集》叙录

《君山》

《君山》，扉页题"未名新集之一"（没有编号），韦丛芜著。北京未名社出版部（北京马神庙西老胡同一号）一九二七年三月出版。全一册，73页，每本大洋七角。印数1~1500册。

该书为诗集，凡二十二节，无节目。署林风眠作书面，司徒乔插画（凡十幅，选录二幅如下）。扉页题有"八月的君山最好，因为桂花都开了。"

无序跋。诗篇选录如下：

夜幕中卧着一座荒凉的野站。
月台上耸着三个黑黑的人影。
冷风在衰草飕飕作响，
飘飘地摆着台上的衣裙。

夜色织着相思的幕。
冷风吹着初爱的火。
月台上黑黑的人影，
飘飘地摆着他们的衣裙。

稀疏的细语，
破不了野站的寂静。
脚下的搓声，
传不尽默默的柔情。

月台上耸着三个黑黑的人影。
飘飘地摆着他们的衣裙。
冷风在衰草上飕飕作响。
夜幕中卧着一座野站荒凉。

《地之子》

《地之子》，扉页题"未名新集之一"（没有编号），台静农著。北平未名社出版部一九二八年十一月初版。全一册，256 页，定价不详。印数 1～1500 册。

该书为短篇小说集，收入《我的邻居》《天二哥》《红灯》《弃婴》《新坟》《烛焰》《苦杯》《儿子》《拜堂》《吴老爹》《为彼祈求》《蚯蚓们》《负伤者》《白蔷薇》，凡十四篇。

卷首无序，卷末有《后记》，兹录如下：

一九二六年以前，我不常写小说，一年中，不过偶然写一两篇而已。我所以不写小说的缘故，主要是为了自己觉得没有小说家的天才；每每心有所感，提起笔来以后，感想便随着笔端变换了；因此，不免有些感喟，这也许是人生最凄苦的事罢。于是立意不写，以免将有用的光阴虚掷了，而所得的，仅是虚幻的结果。

直到一九二六年冬，这时候，关于《莽原》半月刊第二年要不要继续的问题发生了。大家商量的结论，是暂且以在北京的几个人作中心，既然这样，我们必得每期都要有文章，才能够办下去。素园更坚决地表示，要是自己再不作，仍旧躲懒，倒不如干脆停了。当时我与素园同寓，这问题便成了我两个谈话的材料。黄昏或晚饭后，叫听差沏了龙井，买了糖炒栗子，便在当间房中相对而坐地谈下去。其实这问题是简单的，谈下去也不外乎我们几个人努力作文章。每次从这问题不知不觉地滑到爱情和社会上面去了。从黄昏谈到晚间，又从晚间谈到夜静，最后才彼此悔恨光阴又白白地过去了。素园几乎是照例说他是疲倦了，睡在床上，隐隐地可以听见他的一种痛苦的呻吟。

那时我开始写了两三篇，预备第二年用。素园看了，他很满意我从民间取材；他遂劝我专在这一方面努力，并且举了许多作家的例子。其实在我倒不大乐于走这一条路。人间的酸辛和凄楚，我耳边所听到的，目中所看见的，已经是不堪了；现在又将它用我的心血细细地写出，能说这不是不幸的事么？同时我又没有生花的笔，能够献给我同时代的少男少女以伟大的欢欣。

不幸未等到一九二七年的开始，素园便咯血病倒了。这在我们朋友中是一桩大的不幸，不仅是素园个人的恶命运的遭遇。这劫难的时期中，为了《莽原》半月刊按期的催逼，我仍旧继续写下去，有些篇的构思简直是成就于病榻前医院中。

现在搜集起来，印成专书了；素园还高卧在西山疗养院中。在我们生命的途上，匆匆两年了；追思往事，不胜怆然，人事竟是这样不可测啊！

说到本书的内容，我是非常的惭愧。有什么足以献给我同时代的前辈和朋友们呢？我所有的是贫乏与疲困。不得已，权将这试作，献给我们的病人罢。

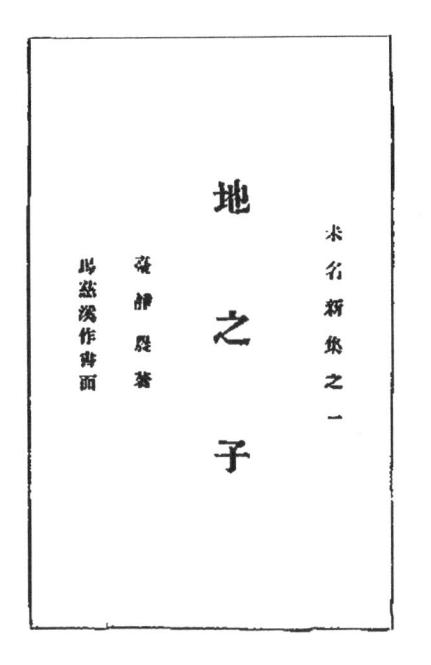

一九二八年十一月初版：一至一五〇〇本。

未名新集之一

地之子

台静农著

陶元庆作书面

《朝花夕拾》

《朝花夕拾》（封面署书名"朝花夕拾"，扉页署书名"朝花夕拾十篇"），扉页题"未名新集"（没有编号），鲁迅著。1928年9月初版：印数1～1000册。1929年2月再版：印数1001～2000册。这两本由未名社发行。1932年8月三版：印数2001～4000册。该版由北新书局发行（上海、北平、成都、南京、开封、广州、重庆、汕头、云南、温州）全一册，147页，实价五角五分。印数1～1000册。陶元庆作书面。

该书为散文集，收录十篇，篇目依次为：《狗·猫·鼠》《阿长与〈山海经〉》《二十四孝图》《五猖会》《无常》《从百草园到三味书屋》《父亲的病》《琐记》《藤野先生》《范爱农》。陶元庆作书面。

卷首有《小引》，卷末有《后记》。《小引》兹录如下：

我常想在纷扰中寻出一点闲静来，然而委实不容易。目前是这么离奇，心里是这么芜杂。一个人做到只剩了回忆的时候，生涯大概总要算是无聊了罢，但有时竟会连回忆也没有。中国的做文章有轨范，世事也仍然是螺旋。前几天我离开中山大学的时候，便想起四个月以前的离开厦门大学；听到飞机在头上鸣叫，竟记得了一年前在北京城上日日旋绕的飞机。我那时还做了一篇短文，叫做《一觉》。现在是，连这"一觉"也没有了。

广州的天气热得真早，夕阳从西窗射入，逼得人只能勉强穿一件单衣。书桌上的一盆"水横枝"，是我先前没有见过的：就是一段树，只要浸在水中，枝叶便青葱得可爱。看看绿叶，编编旧稿，总算也在做一点事。做着这等事，真是虽生之日，犹死之年，很可以驱除炎热的。

前天，已将《野草》编定了；这回便轮到陆续载在《莽原》上的《旧事重提》，我还替他改了一个名称：《朝花夕拾》。带露折花，色香自然要好得多，但是我不能够。便是现在心目中的离奇和芜杂，我也还不能使他即刻幻化，转成离奇和芜杂的文章。或者，他日仰看流云时，会在我的眼前一闪烁罢。

我有一时，曾经屡次忆起儿时在故乡所吃的蔬果：菱角、罗汉豆、茭白、香瓜。凡这些，都是极其鲜美可口的；都曾是使我思乡的蛊惑。后来，我在久别之后尝到了，也不过如此；惟独在记忆上，还有旧来的意味留存。他们也许要哄骗我一生，使我时时反顾。

这十篇就是从记忆中抄出来的，与实际内容或有些不同，然而我现在只记得是这样。文体大概很杂乱，因为是或作或辍，经了九个月之多。环境也不一：前两篇写于北京寓所的东壁下；中三篇是流离中所作，地方是医院和木匠房；后五篇却在厦门大学的图书馆的楼上，已经是被学者们挤出集团之后了。

一九二七年五月一日，鲁迅于广州白云楼记。

《后记》摘录如下：

我在第三篇讲《二十四孝》的开头，说北京恐吓小孩的"马虎子"应作"麻胡子"，是指麻叔谋，而且以他为胡人。现在知道是错了，"胡"应作"祜"，是叔谋之名，见唐人李济翁做的《资暇集》卷下，题云《非麻胡》。原文如次：

俗怖婴儿曰：麻胡来！不知其源者，以为多髯之神而验刺者，非也。隋将军麻祜，性酷虐，炀帝令开汴河，威棱既盛，至稚童望风而畏，互相恐吓曰：麻祜来！稚童语不正，转祜为胡。只如宪宗朝泾将郝妣，蕃中皆畏惮，其国婴儿啼者，以妣怖之则止。又，武宗朝，闾阎孩孺相胁云：薛尹来！咸类此也。况《魏志》载张文远辽来之明证乎？（原注：麻祐庙在睢阳，廊方节度李丕即其后。丕为重建碑。）

原来我的识见，就正和唐朝的"不知其源者"相同，贻讥于千载之前，真是咎有应得，只好苦笑。但又不知麻祐庙碑或碑文，现今尚在睢阳或存于方志中否？倘在，我们当可以看见和小说《开河记》所载相反的他的功业。

因为想寻几张插画，常维钧兄给我在北京搜集了许多材料，有几种是为我所未曾见过的。如光绪己卯（1879）肃州胡文炳作的《二百册孝图》——原书有注云："册读如习"。我真不解他何以不直称四十，而必须如此麻烦——即其一。我所反对的"郭巨埋儿"，他于我还未出世的前几年，已经删去了。序有云：

……坊间所刻《二十四孝》，善矣。然其中郭巨埋儿一事，揆之天理人情，殊不可以训。……炳窃不自量，妄为编辑。凡矫枉过正而刻意求名者，概从割爱；惟择其事之不诡于正，而人人可为者，类为六门。……

这部《百孝图》的起源有点特别，是因为见了"粤东颜子"的《百美新咏》而作的。人重色而已重孝，卫道之盛心可谓至矣。虽然是"会稽俞葆真兰浦编辑"，与不佞有同乡之谊，但我还只得老实说：不大高明。例如木兰从军的出典，他注云："隋史"。这样名目的书，现今是没有的；倘是《隋书》，那里面又没有木兰从军的事。

《影》

《影》，扉页题"未名新集之一"（没有编号），李霁野著。未名社出版部一九二八年十二月初版。全一册，114 页，定价不详。印数 1～1000 册。司徒乔作书面。

该书为短篇小说，收录六篇，篇目依次为：《露珠》《革命者》《回信》《生活》《嫩黄瓜》《微笑的脸面》。

卷首无序，卷末有《题卷末》。《题卷末》兹录如下：

> 有好几年自己实在好像是影一样生活在人间，这几篇就是那时生活底影中影。过去的生活底影已经是杳无踪迹的了，也不想再追回它来，这影也就让它随同那影消灭了罢。这小集只是墓碑，不过证明它们曾经存在。
>
> 一九二八年十二月二十一日于北平市

《冰块》

《冰块》，题"未名新集之一"（没有编号），韦丛芜著。北平未名社出版部一九二九年四月初版。全一册，73 页，定价不详。印数 1～1000 册。

六　未名社"文学丛书"叙录　731

该书为新诗集,内收《冰块》《荒坡上的歌者》《绿绿的灼火》《我披着血衣爬过寥阔的街心》《我踟躇,踟躅,有如幽魂》《诗人的心》《一颗明星》《燃火的人》《密封的素简》《哀辞》《黑衣的人》《在电车上》,凡十二首。另附惠特曼的自由诗二首:《敲!敲!鼓!》《从田里来呀,父亲》。关瑞梧作书面。正文前单独页印有"消不了的是生的苦恼,治不好的是世纪的病。"

卷首无序,卷末无跋。

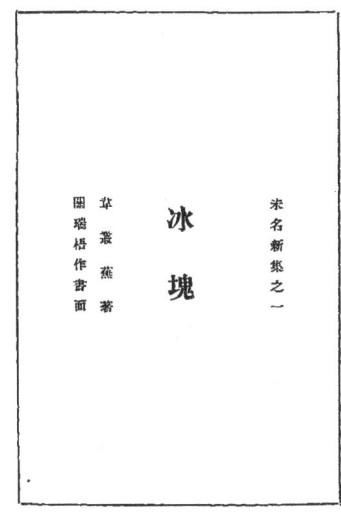

《建塔者》

《建塔者》(封面书名署"建塔者及其他",扉页书名署"建塔者",一些广告书名也署"建塔者"),题"未名新集之一"(没有编号),台静农著。北平未名社出版部一九三〇年八月初版。全一册,182页,定价不详。印数1~1500册。

该书为短篇小说集,内收《建塔者》《昨夜》《死室的彗星》《历史的病轮》《遗简》《铁窗外》《春夜的幽灵》《人彘》《被饥饿燃烧的人们》《井》,凡十篇。王秦实制封面。

卷首无序,卷末有《后记》,兹录如下:

以精诚以赤血供奉于唯一的信仰,这精神是同殉道者一样的伟大。暴风雨之将来,他们热情地有如海燕一般,作了这暴风雨的先驱。本书所写的人物,多半是这些时代的先知们。然而我的笔深觉贫乏，我未曾触着那艰难地往各各得上十字架的灵魂深处，我的心苦痛着。其实一个徘徊于坟墓荒墟而带着感伤的作者，有什么力量以文笔来渲染时代的光呢？

本书写于一九二八年，始以四篇登载于《未名》半月刊，旋以事被逮幽禁。事解，适友人编某报副刊，复以笔名发表者五篇。《井》一篇，作最迟，未发表。

今辑印成书，不敢以此敬献于伟大的死者，且以此纪念着大时代的一痕罢。

一九三〇年，七月，二十六日。

七　狂飙社"文学丛书"叙录

《病》

《病》，题"狂飙丛书第一第□种"。民国十六年（1927）十一月出版。著作者为尚钺，发行者为赵南公，总发行所为上海泰东图书局。全一册，208页，定价大洋六角五分，外埠函购，邮费加一。印数1~1000册。

关于尚钺的《病》，笔者所见有初版本和三版本。初版时间是1927年11月，三版时间是1928年12月，此外再版时间是1928年5月。三版本扉页题"狂飙丛书第二""第一种"，正确无误；而初版本封面题"狂飙丛书第一"，扉页题"狂飙丛书第一""第□种"，则有误。笔者还发现一则关于《病》的广告，题"狂飙丛书第二第二种"，也有误。《病》的另一则广告（载《国际公法之将来》，德国奥本海著，陈宗熙译，上海泰东图书局1928年版）题"狂飙丛书第二""第一种"，正确无误。

该书为短篇小说集，内收《洗衣妇》《被羡慕的人》《一次旅行》《谁知道》《疑团》《山中茶话》《病》《乳母》《推磨的老徐》《伟大的灵魂》《临死的夫妻》《犹豫的哥哥》《射月》《命运所给与她的》《生命的条痕》《孤独的拐子》，凡十六篇。无序跋。

《病》还有上海泰东图书局民国十七年（1928）十二月三版本，题"狂飙丛书第二第一种"。内容与初版本基本相同。

《病》，题"狂飙丛书第二第一种"。民国十六年（1927）十一月初版，民国十七年（1928）十二月三版。作者为尚钺，发行者为赵南公，印刷者为上海泰东图书局，总发行所为泰东图书局。全一册，208页，定价大洋六角五分，外埠函购，邮费加一。印数3000~5000册。此外还有1928年5月再版。

该书为短篇小说集，内收《洗衣妇》《被羡慕的人》《一次旅行》《谁知道》《疑团》《山中茶话》《病》《乳母》《推磨的老徐》《伟大的灵魂》《临死的夫妻》《犹豫的哥哥》《射月》《命运所给与她的》《生命的伤痕》《孤独的拐子》，凡十六篇。

无序跋。《病》摘录如下：

> 自从她丈夫死去之日起，她的生活就显出一种特殊色彩，好像无风时池中的静水一样。内中虽然涵护（按：原文为"涵护"）着许多嵌阿（按：原文为"嵌阿"），而表面上却是悠然，和静，寡默的安平着。
>
> 许多时日，她都如岩石一般，沉默着渡过（按：原文为"渡过"）了，仿佛一切的人事，都是他在天性中就不曾带来的忽略着。
>
> 这年的春日，他（按：应为"她"）不知怎的，忽然被一种奇怪的病魔束止。她的病的情形，简单的（按：原文为"的"）说，可以以一个懒字概括之，因为她自从表示有病之日起，一切她行常所认为极有兴趣的事情，统通（按：原文为"统通"）失去了他们的吸引力似的，淡漠了，就是人生所不可或缺的饮食，它都变成可有可无的点缀品了。致于（按：原文为"致于"）详细的说起来，她的病连她自己也觉着（按：不是"觉得"）莫名其妙，以为就是那些名医，用了许多很有兴趣的言语引她说出她的病的来由，和费尽他们的脑经（原文为"脑经"）的紧张作用，结果，除了皱起他们能力告尽的眉头，开一个应酬药方以外，别的什么也寻不出来。
>
> 她的身体一天疲乏似（按：原文为"似"）一天，瘦弱了似一天，她的精神也一天颓丧似一天，她的病况是日益向那无可救药中沉去。

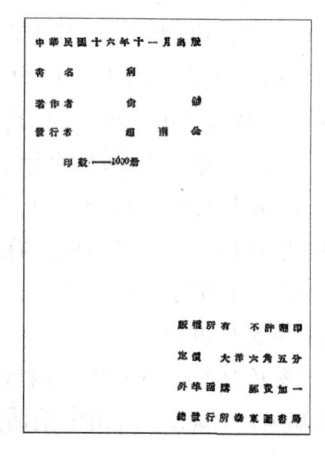

七 狂飙社"文学丛书"叙录　735

《草书纪年》

《草书纪年》,长虹作,扉页题"儿童丛刊","插画七幅,尚莫宗作","实价二角"。全一册,56页。缺版权页,其他信息不详。上海狂飙社出版部最初出版的《草书纪年》的时间是1929年,全一册,56页,实价二角。

《一群被惊醒的人——狂飙社研究》(廖久明著,武汉出版社2011年版)指出:"四、《青白》(高长虹)、《草书纪年》(高长虹)、《革命与艺术》(柯仲平)——以上为狂飙出版部出版的'狂飙丛书'。"(第6页)对此,笔者持怀疑态度。《青白》的早期版本,笔者未见;《高长虹文集》中卷称:"该书原收于《光与热》中,1929年由北京狂飙出版部作为《儿童丛刊之一》由北京狂飙出版部单独印行,并曾被翻译成日文、俄文与世界语等文字。"(中国社会科学出版社1989年版,第255前页)这一版本中是否印有"狂飙丛书"字样尚待考证。关于《草书纪年》,笔者所见版本扉页题"儿童丛刊",而非"狂飙丛书",缺版权页,诸多信息不详。《高长虹文集》中卷称:"该书原收于《光与热》中,1929年由北京狂飙出版部作为《儿童丛刊之一》由北京狂飙出版部单独印行……"(第350页)丁丁的批评文章《草书纪年》(《群众月刊》1929年第4期)称:"《草书纪年》是上海狂飙社出版部出版,长虹作的,表明是'儿童丛刊'。"根据这些第一手与第二手资料,可以断定《草书纪年》并不属于"狂飙出版部出版的'狂飙丛书'"。关于《革命与艺术》，笔者所见版本为上海狂飙出版部1929年1月版，缺扉页。封面与版权页均未见"狂飙丛书"字样。由此考述猜测，狂飙出版部很可能未出版名为"狂飙丛书"的丛书。

该书为散文，内收《分配》《海滨的世界》《形与影》《模仿的创造》《四季》《恐怖时代》《人哭着——》《变迁》《就像驴》《他自己的旅途》《愚蠢者的幸运》《人类的由来》《太阳与月亮》《小火的悲剧》《云的起源》《施与与报仇》《名字的历史》《那个最伟大的诗人》《愚蠢的智慧》《一次胜利》《平凡的普遍》《蒙昧》《夜的占领》《从它的叶到它的根》《一个艺术家》《凤凰的再生》《古训》《被压迫者的心理》《传统》《民间的损失》《红的分类》《调和》《等待》《解放之后》《生与死》《老战士和他的老马》《历史的势力》《爱的沉默》《艺术与悲哀》《诗人的梦》。凡四十首。

无序跋。《凤凰的再生》摘录如下：

  两个天使，一天他们都厌烦了天国的和谐与美丽，他们不约而同地叹道："我如何能够到什么地方旅行一次呢？"
  于是，他们两个立刻便成了同志，他们一路从天空飞了下来。
  他们停止在一座大山上。他们的呼吸开始急促起来，因为那里的空气是那样污浊，停滞。
  "一个更坏的世界！"他们二次不约而同地又叹了出来。这时，在山上所能望到的一块地方便出现了一些奇形怪状的东西，有大部分都蹲在地上，倒像在欢呼着什么似的。
  ——那两个天使望见的，便是皇帝的巡狩呵！
  于是，天使们气得都几乎要哭了出来，这是连他们的眼睛都没有想到过的一种奇形怪状。
  从此，天使们二次又回到天国，永远没有再下来，因为他们爱那里的和谐与美丽。
  这两个天使便是书上所说的凤凰，但人们却误会为他们是为那个皇帝而出来的，虽然他们正是为那个皇帝而回去的。
  从此，我们的国里便再没有看见过凤凰，除非到了一个和谐与美丽的新的时代。

《沉闷的戏剧》

《沉闷的戏剧》，题"狂飙丛书第三第四种"。一九二七年二月出版。著作者高歌，印行者为上海光华书局。全一册，78页，实价大洋四角。此外，《沉闷的戏剧》还有1936年8月大光书局再版本。二者内容完全相同。

该书为戏剧集，凡三种，分别为《生的留恋与死的诱惑》《冬天》《暗嫩》，均为话剧，且均为独幕剧。

卷首有序言《给读者》，卷末无跋。《给读者》兹录如下：

> 共总有三个独幕剧，《生的留恋与死的诱惑》《冬天》和《暗嫩》，我把来集在一处，给它加上一个《沉闷的戏剧》这样的名字。所以叫作《沉闷的戏剧》的意义，是想要告诉那些预备在书本子里寻找娱乐，消遣，和玩笑的人们，请他们不要再揭开这本书看它的内容；这本书的名字已经是一个警告，恐怕他们定要碰鬼。
> 这个集子里面，只充满着疲倦，忿怒，爱之牺牲，迷罔（应为"迷惘"）矛盾，性底苦闷，以及所追求着的理想底破灭。真理并不像传说中有着那样美丽的面貌，反而常常是丑恶的。要面对面地看真

理是很需一些勇气，而幻想又每每容易破灭；所以，常徒劳于追寻，疲倦于追寻，痛苦于追寻，而一旦遇见了真理底丑恶的面貌的时候，则像那绝望，忿怒而且空洞的声音"我恨你!"如《暗嫩》所叫着的，往往在我们周围响着呢。

去年，就是十四年代，有一个时期，我非常疲倦，疲倦想到要逃避，我作了《生的留恋与死的诱惑》，给"死"穿上美丽的衣服而不顾病者那"我需要生命，我需要气力，我需要强的精神"底呼声。接着我经过一段飘（漂）流的时期，在飘（漂）流中我写了《冬天》；我让温和的春走开，而投入"寒冷，黑暗而且残酷"的冬里面。随后我又回到北京，在北京得到短时期的休息。这休息使我有余裕抓住我所看见的生命底黑暗与其颓败，而给它加上古代的衣裳，这样便作了《暗嫩》。

这些剧本，是献给那被压迫者，忍受者，斗争着的与叛徒，以及在生命中追寻痛苦，而观照着享乐着那痛苦的人们。一切面着生命站立而不逃避的我都将与他们成为朋友。

但是，朋友们，你们却不会从我这里得到什么安慰或者是怜惜；我不愿意有谁伸着手等待着别人的安慰；而怜惜之类，我以为，不过是绅士们用以显示着自己的崇高的卑劣情绪而已。

朋友们，我将生的苦闷献给你们，请你们在苦闷中抓住并且享乐你们的生命。我供给你们以苦闷及一切阴暗的东西，在里面或将寻见丰富的生命，比一切愉快和幸福所能供给的更多。人生原不是为的享乐，乃是为的忍受；生活的面貌诚然是丑的吗，但是我们却可以在它的丑恶里发现更高的美。

这几个剧本，我还没有机会把它们弄到舞台上去；因为现在聪明的演者是不会冒着危险把它们表演的。或者，这些东西也许不为我们的舞台所欢迎，或者竟将受到排斥，但我却不顾及这些。我现在，还不能知道戏剧将走着什么样的程途；但我是知道不会长久以现在这样的形式进展的，尤其是现在的舞台。舞台，因为还未曾建筑好便负上若干传习的原故，将最先受攻击而破溃，而从这儿发展出新的戏剧来。至于我们的舞台，则一直到如今还不曾存在呢。

戏剧在中国不过仅有很短促的生命，但已经堕入传统的可悲的命运：它已经成为一种仅仅玩弄着感觉与感情的娱乐品了。对于这，我是要反抗的——戏剧应该是显示人类的心底深处和灵魂底深处的艺术。这反抗的意义，我希望，虽然还没有充足的力量罢，在这几个剧

七　狂飙社"文学丛书"叙录　739

本里也能够显明地表示一些。

　　作者，十五年八月。

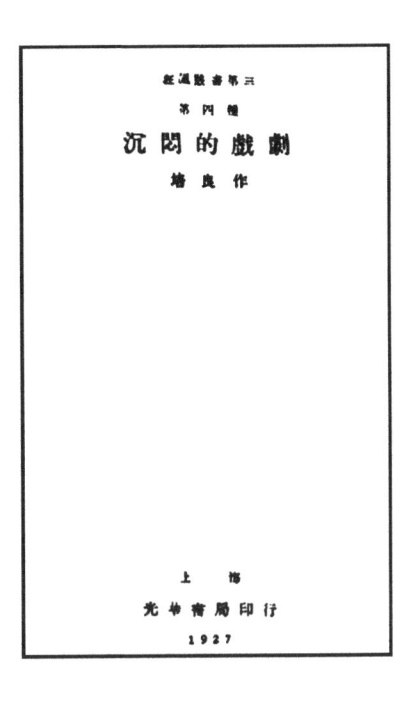

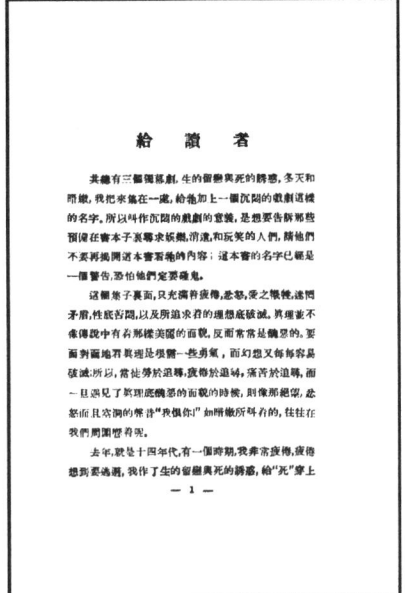

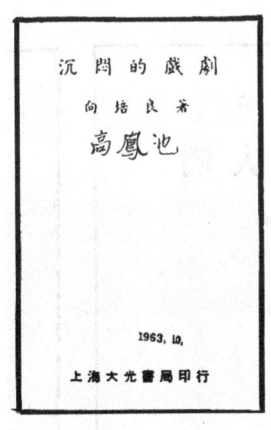

《春天的人们》

　　《春天的人们》，题"狂飙丛书第三第八种"。上海光华书局一九二八年四月初版（扉页题"1929"可能有误）。著作者为（高）长虹。全一册，62页。该书实售大洋二角。

该书为中篇小说集，凡二十九节，无节目。

无序跋。正文摘录如下：

亲爱的人儿：

昨夜我梦见你。

太阳从昨日的早晨开始露面了。梦中的你呵！

上海的天气也是这样地阴郁，一个正月来，它总是愁眉不展，甚至还时而流下那严冷的眼泪。我无时不在担心着它。我心中的太阳呵！我忍于在这般情境中捧出在天心吗？

一冬来也没有看见雪花。一片两片，也许是有过吧？是我忘记了吗？

可是，昨天太阳便出来了。我的健全的欢乐出来了。我也许不应该一个人欢乐，然而欢乐是人心的奇迹，让我一个人祝福它的长成。发展呵！发展这欢乐到没有人我的界限，覆盖了一切，孕育了一切！

昨天我的精神非常地充实，我像是做了那玄虚之王，我原谅了一切，我爱了那些鬼中的厉鬼！夜晚我睡在床上，天地，宇宙，一切实在的实在，都拥抱在我的胸怀里了！我在那里最坚固的基础上安放了那些最易摇动的，我并且说："运动呵，无理由地运动呵，你们！"

我从什么路径走到你的房里去呢？你能够指导我吗？否则，我将报告你我的行程，好吗？

一九二八年四月初版
本书实售大洋二角
版权所有不准翻印

《从荒岛到莽原》

《从荒岛到莽原》，题"狂飙丛书第三第九种"。上海光华书局1928年12月20日出版。著作者为（高）长虹。全一册，172页。实售五角五分，外埠酌加寄费。

该书分九个部分，即"幻想与做梦""ESPERANTO的福音""人类的脊背""精神与爱的憧憬""创伤""土仪""徘徊""其他""留赠读者"。其中"幻想与做梦"又分为十六节，有节目，依次为：一《从地狱到天堂》、二《两种武器》、三《亲爱的》、四《我是很幸福的》、五《美人和英雄》、六《得到她的消息之后》、七《母鸡的壮史》、八《我的死的几种推测》、九《生命在什么地方》、十《妇女的三部曲》、十一《一个没要紧问题》、十二《我和鬼的问答》、十三《一封长信》、十四《安慰》、十五《迷离》、十六《噩梦》。"精神与爱的憧憬"又分为五节，有节目，依次为：一《精神的宣言》、二《美的颂歌》、三《恒山心影》、四《离婚曲》、五《爱的憧憬》。"创伤"又分为十二节，有节目，依次为：一《沉没》、二《血的帝国》、三《我愿入地狱》、四《希望之一》、五《街上》、六《幻灭》、七《精神与蔷薇》、八《指骨》、九《压油子》、十《市场》、十一《永久真理》、十二《手的预言》。"土仪"又分为十一节，有节目，依次为：一《一个失势的女英雄》、二《鬼的侵入》、三《我家的门楼》、四《孩子的智慧》、五《一封未寄的信》、六《孩子们的世界》、七《悲剧第三幕》、八《正院的掌故》、九《架窝问题》、十《改良》、十一《厨子的运气》。"徘徊"又分为四节，有节目，依次为：一《徘徊》、二《风……心》、三《茶馆的内外》、四《一个煽动者的口供》。"其他"又分为七节，有节目，依次为：一《棉袍里的世界》、二《什么》、三《幔子下的人们》、四《一个心的解剖》、五《三段故事》、六《天上人间》、七《黑的条纹》。单独页题"献给海的女神"。

卷首无序，《幻想与做梦》中的《从地狱到天堂》摘录如下：

> 我惶惑地飞行着，在自由的天空中。
>
> 可怕的冲突在这里发生了。所有日常在我周围貌似亲近的人们，这时都变成强硬的仇敌，鼓起苍蝇一般讨厌的勇气，一齐向我发出猛烈的攻击，在长久的孤独的奋斗之后，我终于失败了。我只有逃走，向没有人迹的地方逃走。
>
> 出乎我的意料之外，我驾起一双赤条条的胳膊，便像一只燕子似

的，轻飘飘飞了起去（按：原文为"起去"），横过了屋顶、墙壁、最高的树木。我斜斜地、冉冉地，毫无计划地向前飞去，浓密的、强韧的空气在下面推涌着我，如海上的波涛推涌着它胸脯上的小船。

衔着毒针的怒骂，放着冷箭的嘲笑，迸着暴雷的惊喊，在我后面沸腾着。渐远渐低——低到我所不能听闻的地方。

我省却防御猎人的枪弹的射击，顽童的石子的抛掷等不需要的机警，我安心地，自由地游泳着，在黑色的夜的天海中。

明媚的，灼灼的眼睛，不可计数的星儿，在我上面闪耀着，指示给我前进的道路。

最后，目的地到了——也许可以这样说，其实，我是并没有什么目的地的。一片广漠的荒野，没有一只鸟儿，而且没有一苗小草，巉岩壁立的悬崖，横在我的面前。

我便在那悬崖的上巅停止了我的飞行，乘着疲倦的朦胧倒在一块略为平滑的石上睡了，甜美地睡着——一直到我醒来的时候。

卷末有《赠留读者》兹录如下：

不认识的朋友们呵！

我已经知道你们的名字了。
"什么是我们的名字呢"
星,星,星……
——闪光

《斧背》

《斧背》,尚钺作,扉页题"狂飙丛书第二(集)第七种"。上海泰东图书局民国十七年(1928)五月出版。发行者为赵南公,总发行所为泰东图书局。全一册,180页,定价大洋六角,外埠函购,邮费加一。印数1~2000册。该著还有民国十八年(1929)二月再版本,印数2001~4000册。内容与初版本基本相同。

该书收录短篇小说凡十九篇,篇目依次为《八哥儿》《冲喜》《生活与希望》《一队鸽子的飞去——?》《不认识的人》《呓语》《观社戏》《丁大王爷》《爱人》《子与父》《一个油坛子》《初失恋》《狗》《假扮客人》《戒指》《节孝牌坊》《长工李开桂》《婢女》《时间》。

无序跋。《生活与希望》摘录如下:

茫茫一片无涯际的空虚的黑暗,在他面前展开。他顺着他腿的熟路（按：原文如此），从那两湖夹成的窄道上走去，天上渺渺的明星在水底荡动（按：不是"动荡"），渐渐滚了他的眼膜；他立住了脚，向着那遥遥地，遥遥地，无边的湖中凝视。

　　——人生的归宿……在那里？（按：原文如此，不是"哪里"）——他脑海中突然浮起这个疑问。

　　——给生活当奴隶……这奴隶的生活！……生活又有什么意思？无意思，无趣味！……他脑中又愤恨的辗转着想。

　　"真不如那湖底的明星，受那永久的微波的荡漾……——人生真无意思，无趣味！……"他稍停又恨恨地自言自语的说。说着他朝天仰起他生之苦熬的条痕堆满的面孔，向那深邃的明星莹莹的天空遥望。——那——天空——就是希望的象征吗？——他丧（按：原文如此）地望着凝想，而那天空愈觉高远地渺茫起来。

　　"希望呵，你原来如此！"他想了一忽儿（按：原文"一忽儿"），突然阻丧地（按：原文为"阻丧地"）自语说。

　　"……懦弱，懦弱；羞耻，羞耻！他呆立了一忽儿，忽然打断他自己的一个奇怪的思想说。说罢，又转身步着黑暗，向他自己的家中走去。

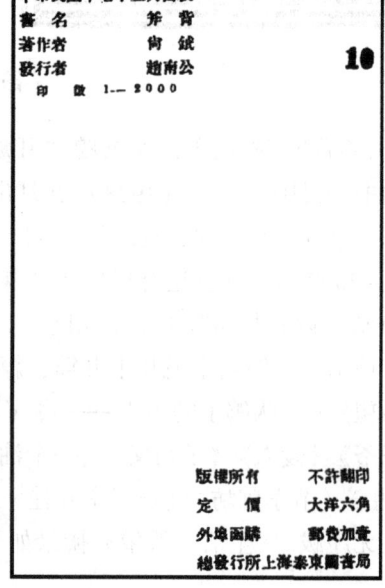

打开了房门走，烛也不愿意点，倒身靠窗前的一个扶手椅上，眼（按：原文是"眼"不是"眼睛"）凝视着窗外天空中渺茫的明星，这似乎他已经得到了他希望和困难的一个圆满解释，然而，他的心还是如前一样的难受地苦熬着。

他苦熬着，苦熬着，他的头渐渐觉着昏沉，他的心也渐渐觉着疏松，他的身体也渐渐觉着疲缓（按：原文是"疲缓"）。他渐渐于不知不觉中跑入了梦乡。那窗孔仍然向那夜的黑暗，张开着，窗外的天空仍然那样渺茫的高着，微星仍然那样荡动着，一切仍然那样寂静着；现在所能听得出的：只有不时夜虫飞动的翅声和剑如（按：原文为"剑如"）微弱的鼾声，他的生活的困难和希望，似乎在梦中将能得到圆满的答覆（按：原文为"答覆"）和解释……

《高老师》

《高老师》，题"狂飙丛书第三第五种"。一九二八年二月出版。著作者高歌，印行者为上海光华书局。全一册，124页，实价大洋四角。

该书为中篇小说，凡七章，无章目。

无序跋。正文摘录如下：

初夏一天的下午三点半钟，一个学校——我已忘记它的名字了，即便知道又有什么关系呢——的铃子，照例，哨，哨，哨，响了三下，从第十一教室里走出一个青年，他穿着一身褪色的白学生制服，并且显示着学生的形态，在他那涂满粉笔的手里，捏着两本带有白粉的书，而书的皮面已经扯掉了；所以我们没有法子去知道他究竟捏着的是什么书；而且他走得也太快了。

他的身材，是属于短小一类的，而他的姿态可是十分粗壮。

在他的后面，有许多不同的脸子，钳着在那比他高的或比他低的头上，蠕动着跟着他从教室里蠕动了出来。

他的步伐很大，表现的像是要丢掉那在他后面蠕动着的头似的。

他站住了，当他走到大门上的时候；这个使他生气，然而他只得服从那已经站着那里的差人模样的人的命令，而在他拿着的簿子上不知画了些什么。

他走到学校附近他的朋友那里，而他的朋友并不在家，他想等他，而又不想等他，终于他燃着一枝（按：原文为"枝"）纸烟，插在嘴里，依旧走他的路子。

他走着在那太阳直射着的街上，或者是太阳在追赶他的罢，使他的步子越走越大，而且越快，他的头上流汗了，但是他并不理这些，或者他还没有觉察出来。

一直等到汗水从嘴唇缝钻进到嘴里的时候，他的嘴唇向外翻着，而他的手也不过抬起在脸上摸了二下。

等到他走回他的住处的时候，已经是五点欠十五分了。

他一走进他的房里，便十分用力的（地）把他那两本掉皮的书掷在桌上，而且现出（按：原文为"现出"）厌恶它们的样子。

他憎恶他的工作。

这种工作对于他是如何苦恼，如何残酷，只要看看他近来的面容或听听他的说话就都知道了。

他厌恶他这种工作，这种只是耗费他的精力和时间的工作。

《给——》

《给——》，题"狂飙丛书第三第六种"。上海光华书局 1927 年 9 月初版。著作者为（高）长虹。全一册，91 页。实价大洋三角半。

该书为新诗集，凡四十首，分别用 1、2、3……40 编号，每首没有标题。这些新诗都是爱情诗。

卷首有序《写给"给——"》，卷末无跋。《写给"给——"》兹录如下：

> 两年来写的恋爱诗，大抵都收集在这里了。
>
> 没有比恋爱更为契合于艺术的。恋爱的本身不已是艺术吗？经济产生争斗，而恋爱产生诗歌。艺术需要恋爱化，而经济却需要艺术化。
>
> 美是什么？爱的对象而已！没有利害的打算，你去爱她，她便是美！还没有赶得及打算，你已爱她了，她便是美！诗的形成，是爱与美的证明。
>
> 还有人不相信一面之缘是会发生恋爱的；然有些恋爱却是发生于见面之前。也有久已熟识的，而无意中的一言一动才唤起了恋爱。它是自然的，仍让它自然好了。不必以人间的规矩去管辖它。它不是政治，也不同于交易。
>
> 当我凝想的时候，一个人形出现了，就写她在我的诗里。这一首诗不同于别一首诗，因为这一个人不同于别一个人。如其缺乏了其中的一人，我的这本诗集便不会这样完全。如有人能够从某一首诗还原到某一个人时，超越的读者呀！
>
> 然而，它的范围逐渐扩大了。我初写的时候，还只为一事一物。后来，那些不属于通常所叫做恋爱的，我也都写了。而且它们完成了恋爱。所以它们也仍然是恋爱。因为恋爱的范围扩大，所以诗歌的范围也随着扩大了。
>
> 我称之为恋爱的华严吧！
>
> 不到十年以来，青年们大抵都知道了恋爱；而且学恋爱了。可惜这件事情是能够影射，而不能够传授。艺术的功用，是在使它的领会者不学而能。恋爱坐了贼船，快要落水了。救之者是艺术。而又有人想并艺术而劫夺之。然而艺术的形式是诗歌。
>
> 艺术将与经济调协呢，将与争斗呢？不，艺术决不与什么斗！与

艺术接触了的,是无等差。艺术救了恋爱。而经济也坐了贼船,快要落水了。艺术且将去救经济。如何去救?是:以无等差救之。

将由恋爱而渡到经济。"经济人们"便不能扩大了它的范围吗?经济便不能够产生艺术吗?经济便不能形成诗歌吗?经济便将止于是一个背景,而不是本身;止于是一个驱策,而不是一个契合吗?经济便没有无等差吗?

《给——》出版了!让我去完成经济的华严吧!

19,6,1927

请允许了我的要求:不要忘记这诗的作者是一个过着最近似孤独生活的人。其实诗的语言也已经宣布过了。但诗比语言,是更容易引人误解的。

因此,这本诗集,还说不得是完全的恋歌。别一个新建筑,已在"献给自然的女儿"的题目下去开始去完成了。而且,恋爱也是没有止境的。

作者不知道什么叫作精神的美,物质的美。光是美的本身说,它已是无界限的了。

萦心于嫉妒与患得患失的人,不能够享受恋爱的幸福。把恋爱当做个人的私产,所以恋爱死了。恋爱是自由的,天真的,不能够被任何事物所束缚。

任情而动:行其所不能不行,止其所不能不止。一切的价值,都生于无私。

有一些人,将在我的诗中看见她的最真实的面目。她也许会惊讶于那些她所未曾自觉的美,而起遐想。可是我已经走过去了。连我都不能忘情。然而人间是很广阔的,我不能停在它的一角。过去的成绩止于如此。如其她是一个超于得失之外的人,则她也不会有太多的遗憾。况且她也已有所得了,而大路又还在前边。

但我愿意这卷诗的读者,忘其形迹,而存其艺术。我愿意他假定自己便是这些诗的作者;她呢,像在倾听着她的爱人的恋歌。愿天下有情人联合在这卷诗集的前面!

人常把恋爱比做海,错了!海之大者曰洋。比做水;而又有冰洋。冰独非恋爱吗?冰洋独非大于海吗?山独非恋爱吗?日月星辰独非恋爱吗?

什么是恋爱呢?恋爱是自然。恋爱共通于自然的全体同它的每一部分。

没有恋爱的人,是生活的残废者。

到了每一个人的衣囊里都有一册恋歌的时候,性的黄金时代便来了。

救治两性间的丑恶和差异,没有再比恋爱的艺术更为有效的。真正的科学也能够。政治呢,则常有其志而无其力。教育也适得其反。

然而又谈何容易!或者,恋爱之在今日,也将成为贵族的吗?

但是,青年都将向这里走来了。给他们唱歌,并且引出他们自己的歌子,一齐唱着向这里走来!

登上性生活的高峰!踌躇满志,再跨到别的高峰去!

我们的陷井(按:原文是"陷井")太多了!不进则退,且将与走肉同腐!

是永久的呢?是变迁的呢?是专一的呢?是普遍的呢?这些是应有的问题。重要的是:恋爱,而且去恋爱!"自然"将满意的解答!

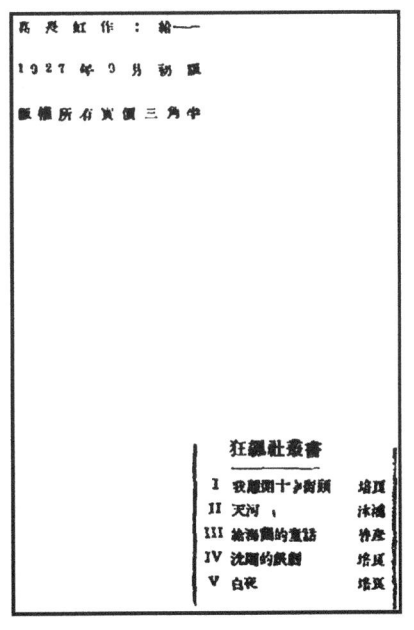

小主观的判决有什么用处呢?计算仍被采用于恋爱时,则恋爱将终于商业化了。

真理是相对的,而恋爱也是!

话没有说完的时候,就此中止了。

再为读者诵一曲古歌,算是临别赠言吧:——
得恋安知非祸?
失恋安知非福?
恋于得失之外,
一切福中最福!
20,6,1927,长虹

《给海兰的童话》

《给海兰的童话》,是否有属于"狂飙丛书"的版本,尚待考证。笔者发现上海大光书局再版本,予以叙录,以供参阅。

《给海兰的童话》,民国廿五年(1936)八月再版。原著者为俄国马明西皮尔雅克(Mamin Schirjak 1852~   ),译者为鲁彦,出版者为大光书局,发行人为陈荇荪,印刷者为大光书局印刷所,总发行所为上海大光书局。全一册,47页,定价国币二角五分,实售国币一角。

该书为童话译作,鲁彦根据世界语本翻译。内收《长耳朵,斜视眼,短尾巴的大胆的兔子》《小蚊子》《最后的苍蝇》《牛乳儿,麦粥儿,和灰色的猫满尔克》《是睡觉的时候了》,凡四篇。

卷首有《序》,卷末无跋。《序》兹录如下:

宝贝啊,宝贝啊,宝贝啊!……

海兰的一只小眼睛望着,一只睡着了;海兰的一只小耳朵听说着,一只睡着了。

睡罢,海兰,睡罢,美女儿;爸爸好讲童话给你听哩。自然,猫和村狗,灰色的小苍蝇和灶下的小蟋蟀,斑色的笼中的椋鸟和好争斗的鸡都在这里呀。

睡罢,海兰,——立刻就讲童话了。呵,高高的月亮已经望到窗子里面来了;呵,斜视眼的兔子扑扑颠颠的逃去了;呵,狼的眼睛像两颗黄色的火星亮起来了。一只老麻雀飞到窗上,嘴敲着玻璃问道:"快了吗?"

大家都在这里,统聚在一起了;大家等着给海兰的童话呢。

海兰的一只小眼睛望着,一只睡着;海兰的一只耳朵听着,一只睡着了。

宝贝啊,宝贝啊,宝贝啊!……

七　狂飙社"文学丛书"叙录　751

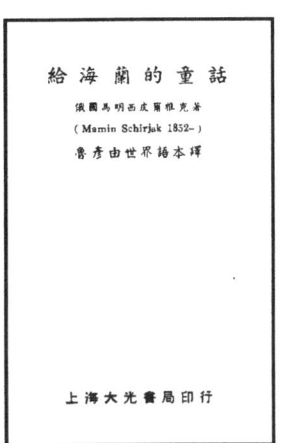

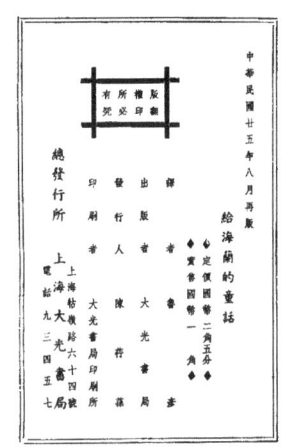

《光与热》

《光与热》,长虹著,题"狂飙丛书第一种"。上海开明书店一九二七年二月初版。全一册,327页,实价大洋一元(外埠酌加寄费)。印刷1~1000册。

该书为小说、散文、短评、戏剧合集,凡十五篇,篇目依次为:《游离》《生的跃动》《最后的著作》《闪光》《精神的宣言》《震动的一环》《一个神秘的悲剧》《现实的现实》《草书纪年》《给——》《凝望》《黄昏》《反应》《弦上》《花园之外》。其中《草书纪年》包括《分配》《海滨的世界》《形与影》《模仿的创造》《四季》《恐怖时代》《人哭着——》《变迁》《就像驴》《他自己的旅途》《愚蠢者的幸福》《人类的由来》《太阳与月亮》《小火的悲剧》《云的起源》《施与与报酬》《名字的历史》《那个最伟大的诗人》《愚蠢的智慧》《一次胜利》《平凡的普通》《蒙昧》《夜的占领》《从它的叶到它的根》《一个艺术家》《凤凰的再生》《古训》《被压迫者的心理》《传统》《民间的损失》《红的分类》《调和》《等待》《解放之后》《生与死》《老战士和他的老马》《历史的势力》《爱的沉默》《艺术与悲哀》《诗人的梦》。《凝望》包括《刹那的心象》《心的世界》《秋雨浸湿了的》《一歌》《海上》《我凝望着》《断曲》。《黄昏》包括《黄昏》《狂飙》《永久的爱》《掷——》《一个神秘》《给X》《噫,我友!》《黎明》。《弦上》包括《病中呓语》《救国声中》《给反抗者》《我有歹意了》《萧友梅与音乐家》《面子与爱国》《新文学中的新发见》《我的命令》《识时务者》《笔头乱跳》《两败俱伤》《造谣与更正》《阅晨报章士钊与通信记者的说话之后》《论"论是非"》《苍蝇及其他》。此外还有《序言一》。《花园之外》包括《诗人》《赞美和攻击》《花园之外》《新文学的希望》《中国与文学》《假话》《睡觉之前》《忆W》《关于事实的几句说话》《论三月十八》《三月十八事件及其前后》《时代的两面》。

无序跋。《生的跃动》摘录如下：

现在他哑然失笑了，他不能对自己说明，他究竟为了什么留在P城的。

就在一个月以前，他在T城找到一件小职业，是这样，教两个小孩，吃饭之外，给每月二十元的薪水。这在他，也不能不说是比较合适的生涯了，他可以有钱喝酒，还可以买一点书，而且，还有事件让他写一些甚么。有三天的光景，他陷在一种极难委决（按：原文是"极难委决"）的境遇中，终于他留在P城了。

一个月已经过去了，他自己呢，是一点也没有发见他有留在这里的必要，他对于他一月以前所决定的行动，再不能够忍耐下去了；他自己嘲笑自己地问："我为什么要留在这里呢？"以下便是默然，因为他实在说不出可信的道理来。

八月节快要来到了，他身上只背着几十元的债及一件布大衫，这显然地，过节在那些有钱的人们是一个好玩日子，他却没有这种权利。他如何能跨过去呢？不然，这他便应该想法子了！这法子真是难想，因为实在没有什么法子给他预备存那里。凡可以抓出几个钱的地方，他都抓了来，都从他的手上溜走了，他现在只剩下一双空手。他只得去想那些别人的手，但这别人向来是专惯作怪的，他恍惚看见许多的手出现在他的面前。那些里边握着钱的，都坚实地握着，像铁锤都不容易敲开一点隙缝。那些向他公然展开了的，正是同他的一样的空。

他想着，气忿了：我为什么把我的手展开呢？我的酒，我的书，我的舒服，为什么我都让他们溜走了呢？这些，我是该坚实地握住它们，而且，我的一切，都是该坚实地握在我的手中，不让它们漏出一滴油汁去的。

他觉着，他实在有些被辜负了，他遗忘了一切、而希图做出一点什么来，但是，有什么呢，除了把他陷在穷苦的生活中外，还有什么是可以看见的呢？

他失望了，他厌恶人们。

《红日》

《红日》，题"狂飙丛书第二第十种"。民国十七年（1928）九月初版。作者为（高）沐鸿，发行者为赵南公，印刷者为上海泰东图书局，总发行所为泰东图书局。全一册，214页，定价大洋八角。邮费为外埠函购加一。印数1~2000册。

该书为中篇小说，凡二十七节，无节目。

无序跋。正文摘录如下：

C有信来，催我到P京。想来P京的风光，或者明丽点，但也怕是个梦。但我却断定C不会有平和的梦，而梦必然是"魇"，无论他住在怎么光和的境地（按：此处原文无标点）

于是我发见（按：原文为"发见"）他信中重要的节略了。

——想去W湖逛逛，但W湖不较P京更平凡了吗？这里还有风的怒号，沙的飞走；湖上呢？它仅给我些下流的妇人的感觉罢了。我绝了拉我游湖的朋友了，虽然我仍不免疲倦。

——……Z弟说：巴黎真好！因女子们坏的透澈澈（按：原文为"透澈澈"）……巴黎没有一个人从容无事地过日子，他们兴兴头头，都好像吃上了毒药。……最后他说"我们的武器造成了！"（按：原文标点符号如此）

"呵呵！武器造成了吗？"我看了C的话，我发怔了。

C催我到北京，大概Z弟也快归来了。那方将有一个会谈——第一次会谈。我们将开始手握炸弹了。于是我无端哀泣，摸索了一顿参参（按：原文"参参"应为"参差"）的短胡子，叹息我散漫的生涯。Z的归来，于我好像过了一百世的。

我计（按：原文"计"应为"寄"）点我的旧稿，想把它寄给W我抛弃一切，将寄我于最后一刹那的狂热的快乐里，但我却无端爱惜这些废纸。废纸吗？我想它该会变成"我"的第二。W与我同居，很短促；我最贫乏。并没有赠贻（按：原文为"赠贻"）她些什么。呵呵！废纸！你代我在爱人前致意，你便作了她的爱的最后的代价吧。

我嘘唏（按：原文"嘘唏"应为"唏嘘"）着，将废稿捆成一束了。我将题它以甚么（按：原文为"甚么"）名字呢？那除过"I and W"三字之外，更有最妥当的么？但我终于写了四字，便是"生命的花"。

我于是废然（按：原文为"废然"）颓倒了。很长的时间里，我不知道什么好像Z弟在国门外喊叫了，好像他的客装甚重似的，在叫他的朋友们去招呼了。然而我明白地知道，他除了一颗炼（练）就的强的心灵，和两只比较兽爪同刀刃更厉害更有用的手掌之外，一些都没有甚么（按：原文为"甚么"）。

W距我有三百里，C距我有一千多里。但我一日之间，能见了C，五日之内见不得W我想给W写最后的信了。她见过C和Z，她给他们手烹过菜。如果我抛弃了她走开，她定能找到我的踪迹在C处。我将怎样写一封信去迷离她的眼睛呢？

呵呵：（按：此处原文标点如此）绳索呵！你缚上我心上来了。爱与死的神，都临在我的头上；然而我将离开爱神的香吻，而走上死神所示给我的短促的路上了。也许道路是不足睬顾（按：原文为"睬顾"）的，但于我除此之外，更有甚么（按：原文为"甚么"）较可走的路呢？

我不死，然而民族的魂死了，人类的魂死了。我应当计较得甚么是重，甚么（按：原文为"甚么"）是轻呵！

让仇敌站立在我们的头上么？让仇敌哈哈笑我们在脚下挣扎的丑态么？让仇敌屡屡闹出些欺人的把戏，试给我们看热闹么？够了！够了！我们尝过滋味来了。

W呵！我应当和你作最后之别了。爱是甜的，然而仇敌会将我们的爱弄成酸辛（按：原文为"酸辛"）。我不是孩子，我应当一顾我们的后路了。去了！爱！我去了！

我开始展开一幅白纸，给W去最后的信：

——战的神需要我，死的神需要我，爱的神需要我。

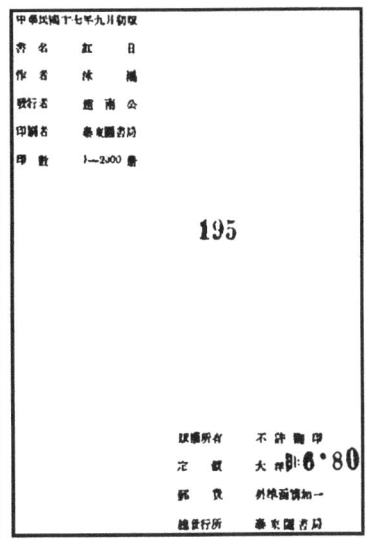

《荆棘》

《荆棘》，题"狂飙丛书第二种"。朋其著，上海开明书店一九二六年八月初版。全一册，115页，实价大洋四角（外埠酌加寄费）。印数1～1000册。

这里的"狂飙丛书第二种"很可能就是广告中所说的"狂飙丛书第一第二种"。

该书为短篇小说集，内收《沙滩上》《我的情人》《复活》《王瞎子的妻》《火腿先生在人海中的奔走》《流浪人的厄运》《Ballism》《请愿》《放牛》《月色》《蛋》《话别》，凡十二篇。

卷首有序言《自招》，卷末无跋。《自招》兹录如下：

> 在我的小屋子里，也不是没种过花，不过不久就照例的萎了！自己又何尝愿意照例地有所感，只是总觉得有点不大舒服。因此，某一年又改种草，不幸又因为我的傻，听一个朋友的话，冬天把它放在院子里求露水的滋润，于是草也同花一样的命运。
>
> 得朋友的一小株霸王鞭是今年，废物利用我把它种在一把没有盖的茶壶里，虽然不很茂，但竟没有死，莫名其妙地我就爱了它。我又很想找个伴侣；——它独自在那里，也实在太单调了！仙人球，仙人掌，仙人指……（按：原有的省略号）不过现在却没有办到。

写出"刺的文学"四字,也不过因了每天对于霸王鞭的欣赏,和自己的"生也不辰"未能十分领略花的意味儿。

微笑中阿侬和我说:"好,我去主张叶的文学。"——我想,不会因感情怎样好,这句话不是一根刺。自然,"你爱怎么作就怎么作",就是我的答复了。但是他的不作,我是很知道的。我们又什么时候,才能尝尝"叶的文学"究是怎么一个味儿呢?

"荆棘"是我在一九二五年弄的玩意儿:所以名"荆棘"者,因它们本身实在是什么花儿都说不上。

《荆棘》还有上海开明书店有一九二七年五月再版本,印刷 1001~2000 册。卷末有作者的《附二版后》。其他内容与初版本基本相同。《附二版后》兹录如下:

此集初版出来时,看着就有些不舒服:自己的疏忽和错字的太多。心想二版时给它一一改正。现在,二版出来了,改正的工夫也不是没有作,可是,原来的错处还是依然。这缘由是因为改订本寄到上海时,二版已经印了一半。是的,只好让它。荆棘的前途应该是这样。只不知——"有了情人过后"还是否"有了情人过夜"。现在,唯一的希望是,读者已经能看出我的错处;而我只好又等着三版能给我一个改正的机会。

朋其

一九二七年三月九号于北京。

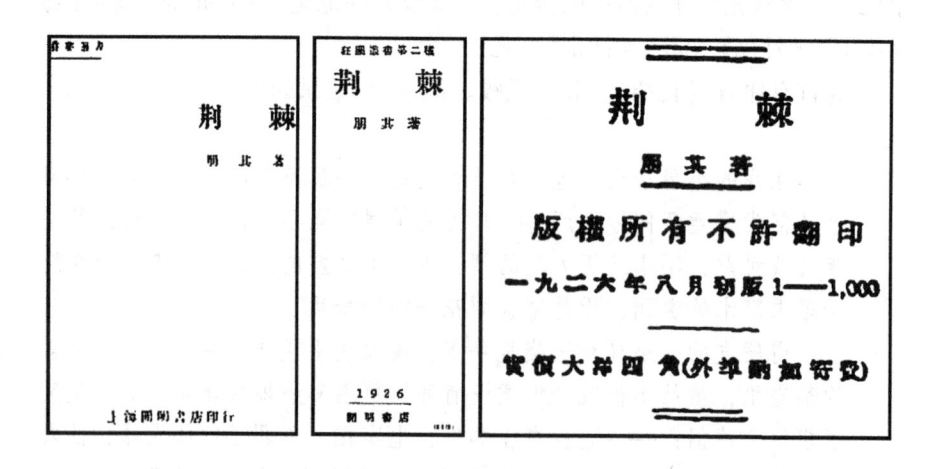

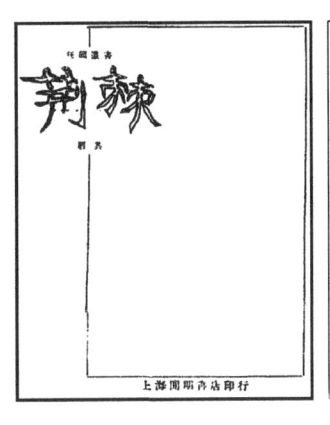

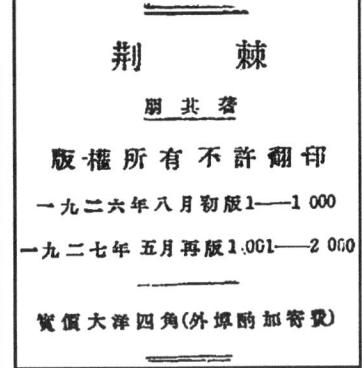

《精神与爱的女神》

《精神与爱的女神》，长虹著，封面题"狂飙小丛书第一种"。狂飙社1925年3月出版。全一册，54页。缺版权页，其他信息不详。

该书内收《精神的宣言》《美的颂歌》《恒山心影》《离魂曲》《爱的憧憬》，凡五篇。

无序跋。《精神的宣言》摘录如下：

> 我疲倦了。我不能复忍此过度之奔驰。
>
> 我是一只骆驼，我的快乐只有负重。我的希望，只有更大之重负。
>
> 我愿不走坦道，因为这样的一日将要来了；在这坦道上，将要为尸体首所充塞了。
>
> 在我则，最安全的路只有崎岖的山路，我将披坚执锐，而等待最高之山巅。
>
> 朋友！你们将要笑狂吗？庸人于其所不知，则谓之狂，你们真是庸人呵！我最大的希求，便是远离你们而达于狂人之胜境。无伟大之灵魂，必为狂人之国所摒弃。我将使你们于被摒弃之羞辱中而得卑下的自欺的自慰。
>
> 然而我的重复说了。
>
> "你燥（躁）急的怪物呵！你将负我等至于何地？你走得何其迅速，你将坠我等于山麓吗？"
>
> "你骄傲的畜生呵！我们将为你所破碎，你的背乃如是之隆肿，你何逆吾等之意而生此畸形？"
>
> 我隐忍而不言，我知道，我的责任，只在负重。

然而我疲倦了，我眼花而神昏，我已无复精力，我已不能担负我的工作。

而我的重负笑了，这是何等残酷的声音！我的将死的喘息，乃只供彼等取乐之资吗？

我将不复行，我将留置彼等于悬崖之上，而求自我之满足。

我将变而为少年，而卧彼美女之怀。

世间所有的东西，没有比我的欲望更大的了。我爱一切，我要把我自己发展至无限，我要把我做成功一个宇宙（按：原文为"做成功"）。

《清晨起来》

《清晨起来》，高歌作，扉页题"狂飙丛书第二（集）第二种"。上海泰东图书局民国十六年（1927）十月出版。发行者为赵南公，总发行所为泰东图书局。印数 1~2000 册。全一册，111 页，定价大洋四角五分，外埠函购，邮费加一。此外还有民国十七年（1928）八月再版，民国十八年（1929）九月三版。

该书收录短篇小说凡十九篇，篇目依次为：《爱之沫》《爱的报酬》《解剖》《爱之俑》《看护孩子的时候》《破碎的生命》《衬衣》《邂逅》《人鸟》《漩涡》《最初的接吻》《征途》《父亲的像》《活尸》《爱力》

七 狂飙社"文学丛书"叙录　759

《苍蝇的世界》《剃刀》《走回了家里》《死尸》《摇床之上》。其中，诗作一首《漩涡》。

无序跋。《爱之沫》摘录如下：

> 我同我的朋友小黑子，在囚住久了的一个城的街道上乱跑，记不清是从什么时候跑起，可知道是已经跑的很久，曾经发现了许多不路同的子（按：可能为"不同的路子"），在这些不同的路子上，除我们二人外，只有偶然突出而耸立在地面的石柱，虽然有红热的太阳光燃烧得我们的身体发着汗，然而我经验到的是黑夜，因为黑暗的夜气，充塞了这个城里的空洞的房屋和大地，间或有太阳光由我们身上发射出一丝一丝的明亮的透穿了它们。

> 这是一个空洞的城，这是一个没有人迹的城，这是一个太阳光找不到的城，这是一个黑夜的城，我的感觉如此诉述它的遭遇，而我的精灵给他们以夜世界的名字。总是一个奇迹了，夜世界给我以光明。

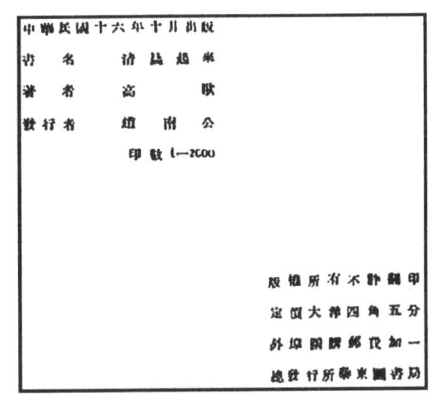

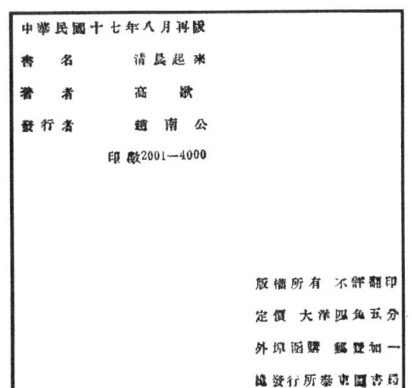

《时代的先驱》

《时代的先驱》,长虹作,封面题"狂飙社丛书",扉页题"狂飙丛书第三第七种"。上海光华书局一九二八年二月出版、一九二八年十月再版。全一册,140页,该书实售大洋四角半。《时代的先驱》还有上海光华书局1928年10月的再版本,内容与初版本基本相同。

该书分上下两篇,上篇文艺评论八篇,目录依次为:《论人类的行为》《论杂交》《评胡适"中国哲学史大纲"》《天才破坏论》《韦痴珠与韩荷生》《批评工作的开始》《艺术与时代》《科学与时代》。下篇新诗八首,目录依次为:《死的舞曲》《从民间来》《答仲平》《猫眼睛》《老时代》《冬夜》《诗人的启事》《镜的自白》。

无序跋。兹录《论人类的行为》数段如下:

> 人类这一个东西,是不会有人否认它的存在的,人类的行为是同人类的历史同样悠久,也是不曾有人否认的。现在我们的问题是:什么是人类的行为呢?这便有许多不同的答案了。
>
> 比如,我们举出犯罪的行为这一个问题来讨论一下。犯罪究竟是不是人类的行为呢?有许多人,如法官,律师、道德家,甚而至于犯罪的人,确乎都以为犯罪是人类的行为。但是,我们如要细细地一考查时,我们便要怀疑了。其他如政治、宗教、法律、道德、哲学之类,我们如要细细地一考查时,我们便会发生同样的怀疑。
>
> 我们承认吃饭是人类的行为,因为我们看见所有的人类都需要吃饭。我们也不反对性交是人类的行为,因为人类如断绝了性交时,那人类也便要断绝了。从此我们可以知道,那所谓人类的行为者,一定是人人都可以看见的,所有的人类都不能离却的那种行为。

但是，我们回头再看一下那犯罪时，便不是那个样式了。我们看见那些犯罪的，只是某一部分人，而别一方面，却又有那些不特不犯罪而且还审判这种行为的人。而且我们都知道这犯罪不特不是所有的人类都不能断绝了的行为，反而是，如其人类都犯了罪时，那还会成为一个神奇的无法处理的大问题呢！而这个事件，又显然自有人类以来谁都没有看见过。

然而，从有历史以来，便时常有一些人偏断定犯罪是人类的行为，制造出法律，杀人而使人不敢反抗，而且使那些没有犯过罪的人也都以为这是一件必须的事情。

我们如从这里讨论下去，我们便会发现世间好像真有许多许多不可解答的谜，而却久已被人们倒认为是真事也者。所以我们现在最好是暂且停在这里，再看一看别一方面是什么情形。

《天才破坏论》摘录如下：

……因为某个人有某种作品出现，所以某个人便被称为天才，因为某个人有某种某种的作品出现，所以某个人是某种某种的天才。那些批评家们呢，是相当地认识了他的作品，所以酬他以天才的荣誉。普通读者呢，则大抵又因为他被批评家认为天才，所以便说他的作品

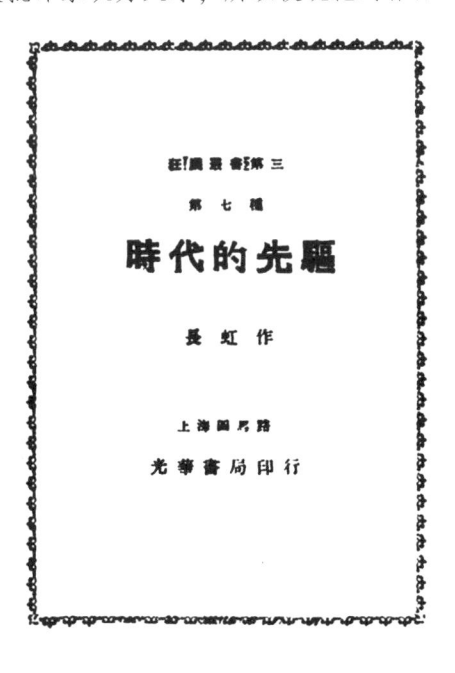

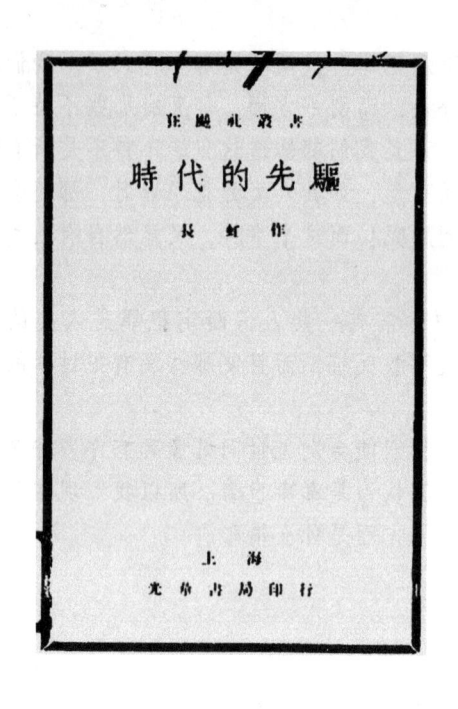

是好的作品，因为是天才的作品。所以如果世间真有天才那么一个东西时，则他倒是从作品产生的。

然而世间之所谓天才，则并不是只有这样简单的意义。当你想到天才时你时常还会想到权威，上帝，神怪，说不出的优越。实在的，天才这两个字的意义实在超出于它所从出的来源，而夸张化，虚伪化，成了一个不可解的东西了。

如其世间真有天才的时候，那便应该当他没有入娘胎的时候，便具有广大的神通，甚至预先给我们唱出他的诗来。否则，娘胎这一个东西，在我们看来已经极平凡的环境之一，一入其中，也便与什么天才再没有一点关系，而便平凡化，而便成为受环境支配的俗物之一了。

《实生活》

《实生活》，题"狂飙社出版物之一"。高长虹著。上海现代书局1928年5月1日付排，1928年6月1日出版。全一册，93页。每册实价大洋三角。

该书为短篇小说集，内收《革命的心》《她，第三个丈夫的第三个妻子》《小东西启启的故事》《这只是一个梦》《结婚以后》，凡五篇。

无序跋。《革命的心》摘录如下:

> 革命诗人刘天章从监狱出来之后,在一家书局取了五十元的版税,趁了定生船从上海回北京去。这时是十五年的冬天,天上人间都充满了严冷的空气,诗人的心也象(像)要冻住了。他这十四天的监狱生活,在他的愤激的情绪上燃了一盆烈火。当他初出狱的时候,他看见这个世界异常地可爱,象(像)刚从肚子里爬出的一个婴儿,他应该哺乳它,用了更大的牺牲。可是没有经过两天的工夫,他的这种超然的纯情,被那夹杂着人气的海风一吹,一齐都云散。他仍然是颓丧,懒惰而且不平。他觉着他的旧病又要犯了。

《曙》

《曙》,题"狂飙丛书第二第四种"。民国十七年(1928)出版。著作者为(高)长虹,发行者为赵南公,总发行所为上海泰东图书局。全一册,135页。缺版权页。根据《高长虹文集》上卷以及《丛书目录》可知,该著1928年4月初版,1929年1月再版。

该书为长篇小说,书信体。

无序跋。正文摘录如下:

曙：

　　早上超来，便吃了些不喜欢吃的东西，今天怕又不会有灵思飞来了。我渴想家里的饭，尤其是在上次的病中，有十几天我简直不能吃一点东西，除去几样外，家里的饭，我想起来都是好的，可是，我在童年时候，有时也很不喜欢吃它们过。昨夜我梦见你的大祖父，给我送来些很好的食物，但不在这里，有好多人聚在一块吃，有你没有见过的大馒头，还有锅锅……我们是生在穷的家里的，我们是生在穷的地带的，天时地利都保证了我们是赤条条的穷人，我们也以此自幸，而且我们也喜欢了穷。只有你的祖父是一个例外，做了小小的官，但其实也只是服事知县而已。说起来话太多了，关于你的祖父，我还是告诉你些别的事情。我今天要特别地奋斗，我要创造灵思！我确信人的能力是无边的，同人的智识一样地无边，同原子与地球一样地无边。因此，我才确信了教育的无边。因此，我创造……

　　孩子，我打消我的计划了。我到图书馆看了看报，又看了一篇项羽——这个人是很好笑的！——已到了午饭时候。我将休息半日，休息我的身心。因我节前饥荒还不知能否开消。我也时常在思量弄一些钱给你的母亲寄去；虽不至没饭吃，然衣物零用也大是问题。然而我始终是自顾不暇。今年过年，我是说不来的穷！五月节过在途中，所以几乎忘记了。这个节气，可也算今年一个最好的节气，且待那三十元的下落如何再说吧！我如没有上次的病，或者不病在上海，那我便可多有五十元，寄你们三十元去，定会减少你们半年的惨伤呢！

　　我刚才又睡了一觉：到身体不康健的时候，便常常觉得是睡眠不足。世间的事情常是这样，并不与事实符合。我们中国人大抵只知道事情，而不知道事实。事实是需要科学证明的呢！记得十几年前给一个亲戚谈天文的常识，他竟不相信，同我大辨（辩）论一场，现在想来还觉好笑。他是少年好事的缘故。一个人不是没有自由，而是没有智识。因为军阀有自由，所以才厌迫思想，阻碍科学的普及的，不又非较好的理由，而只是那些权力，迷信，玄学与固执吗？你有你的事情，他有他的事情，而事实却只是一个。愿意知道事实的人难得呵！而科学的传布，又岂是指顾之间所能办到的呢？我早已不象（像）那样了；非其人，非其时，非其地，我是不言，不言，不言的！自然，地非一块，时有流变，人也将不自觉地受其影响！事实不原是很分明的吗？

　　有时觉得太饱，有时觉得很饿，这是不病的生理的特征。而也越想吃家里的饭。幼时的习惯,引伸之而至教育,有多大的力量,便无须多说了。最契合我的是荞麦饸饹,也因为我在别处再不能遇见它的缘故,我在阳高,在绥远,吃过更好的莜面,我也吃过更好的馒头。但锅锅呢,则惟一惟一而已!唉,人生是不幸的!我的别样方式的生命又在这里触动了!唉,你是这样年幼!

唉,你的母亲,我贻他以痛苦!然而乡党犹自传为美谈:我们是最好的夫妇!也可见他们过的是怎样的夫妇生活了。然而,历史埋葬了她,我又何能与她以新生呢?以致她不喜欢旧而也不喜欢新;不能亲近而也不能疏远。她也痛苦了我,我们也将贻这痛苦于你的将来。然而,这又算什么呢?我委实不以为这会与我们的基本的生活以如何的动摇。我们会相安于无事,我们也将仍然相安于无事。在生命上开一个创局,不便是进化的意义吗?我们已是而且我们不将是那样吗?

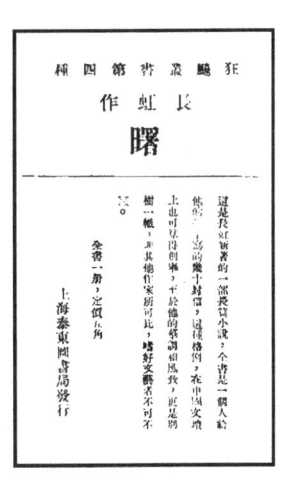

你的母亲是很爱你的,人家将要说,你的母亲是最爱孩子的母亲呢!她从我这里也学到了一些爱的艺术。不象(像)我童年时候的母亲,纯然地同我父亲一样地严肃。也许他不喜欢她放纵了孩子。你总算幸运得多了。有一次,我同你的母亲接吻,我不知道那时你幼稚的心里在作何感想,你忽然也跑过来接吻你的母亲。也许你现在会忘记了的,已是两年前的事了。我们的仍然是旧的家庭,但在十年前的家庭下如何会有这样生动的乐趣呢?可是,你的母亲也不让你劳动,因为你软弱了的缘故。还有什么比劳动更好的强健身体的方法吗?可是,人们都乐于说:"身体软弱的人是不宜于劳动的。"这正是应该反抗的，正是应该有好的教育打破那些不合理的传习的，呵！可惜，你的母亲正是那些人们之中的一个！爱是容易学会的，而思想则否！

　　让我也多给你以我的爱：中夜了，甜美地睡吧！

　　九，七，你的父亲。

《死城》

《死城》，题"狂飙丛书第二第七种"。民国十八年（1929）三月初版。原著者为意大利丹农雪乌，译者为向培良，发行者为赵南公，总发行所为上海泰东图书局。全一册，231页，定价大洋八角五分，外埠寄费加一。印数1~2000册。

该书为三幕剧。

卷首有译者《引言》，卷末有译者"注释"即《杜斯的艺术》。《引言》兹录如下：

　　这一篇五幕剧《死城》，是从曼特里尼教授（Prof. Mantellini）的英译本转译来的。我译这篇剧的意思，并不是为舞台，乃是把来当作（按：原文为"乃是把来当作"）一件文学作品，给读者观照。

　　在中国谈到戏剧，总觉得十分寂寞；我自己，竟仿佛走到墟墓中。这寂寞是，不由于剧本底缺乏，而由于没有舞台。因为，只有舞台才是戏剧底一切，而剧本则始终只是以文学之一种形式而存在，与戏剧底根本没有多少关系的。

　　然而，好的剧本终于是好的文学作品，存其崇高的价值在。

　　一九二七年一月一日，我跑出北京，在杭州住了一月余。那时候，我的心情激动得很，每天只是藉翻译镇静自己的狂扰，其结果是译出了这一篇剧本。后来到上海，又借了几部书，才在后面多少加了一点注解，很不完备的东西。《杜斯的艺术》一文，东抄西摘，加上存留的一些记忆，综合起来，完全不能算我自己的创作，不过表示我一点点注重舞台的意思而已。

　　又我的发音很坏，译名想必不妥当的地方很多，好在都附上原名，或不至闹出不明了的乱子罢。

　　至于丹农雪乌这篇剧本的内容，我不要说；其实也没有什么可说的。各人都有自己的见解和心情，读的时候自然会发泄，用不着我来多嘴。

　　译者　一九二七年三月。

《杜斯的艺术》兹录如下：

提到丹农雪乌的戏剧，便不能不想起杜斯（Eleonora Duse）来。诚然，丹农雪乌的戏剧的灵感，是由杜斯启发的。在《死城》里面，杜斯扮安娜，那个官妇人。丹农雪乌说她是"在古代雕像的影中说一切美丽的事物"。这句话应该还加一点："在古代雕像的影中显示出生命一切的美丽和忧愁。"

但是以为杜斯是因丹农雪乌而传的观念是错误的。她是近代的一个最伟大的演剧家，不，一个，最伟大的艺术家，能够比得上别种艺术家里面伟大的人物如歌德或雪莱似的艺术家。

关于她，Mantellini 曾载英译《死城》卷头说了一点点话。论她的文章，我只看过四五篇，其中以 Stark Young 的一文最好。她生平的事迹我也不很熟悉，但我总想把这位伟大的艺术家在介绍《死城》的时候同时介绍一点点。本想译 Young 的文章，但一则太长，又专于讲戏剧艺术一方面，便不自量力写一点点，把我记忆中所有的一点点东西综合起来。

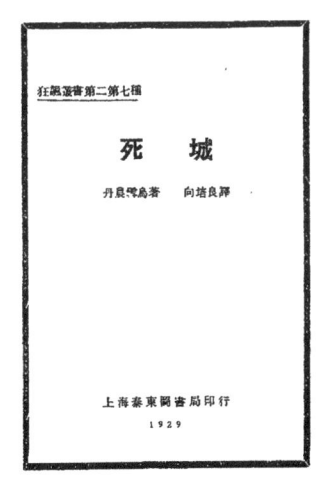

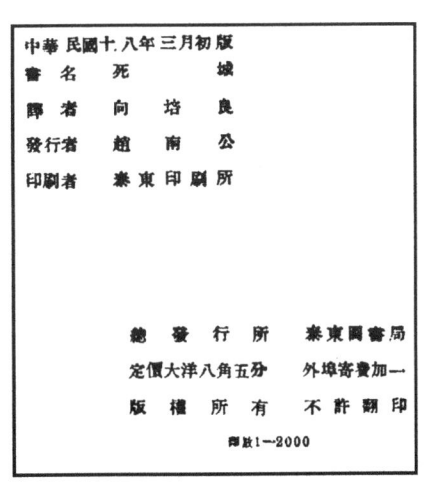

杜斯的表演，是超出一切成规和因袭的。她对于表演的艺术，已经使之有独立的生命，而不复只是一个剧作家的忠实的从属者。这并不是说它对于剧本要有所变更，要参加她自己的意思进去，反之，杜斯对于剧作家，对于别的演员，对于一切别的人，都是很忠实而谦和的朋友，但是她的天才却使她的艺术能够有独立的生命。

《天河》

《天河》，题"狂飙丛书第三第□种"。上海光华书局 1927 年出版。著作者为沐鸿。全一册，82 页，缺版权页。其他信息不详。

该书为短篇小说集，内收《天河》《蜜月》《秋雨》，凡三篇。

卷首有《序》《再序》，卷末无跋。《序》兹录如下：

  天河在流。你哀恋的懦者呀！那河畔竚（伫）望着你的爱人。你犹豫着什么而徘徊趑趄呢？她的泪，搏击着天河，四在横流；你残忍的不信的骗徒呀！为了什么只瞻望着河水，搔首踟蹰呢？

  天河怒号着在流。你不仁的畸人呵！她声声的悲歌苦咏，织绎着天风与水流。风在呼，水在叫；你残忍的不信的骗徒，把你的生命看高尚些罢！你实当拿你的肉体与河浪斗；你实当跳身在这吞噬爱恋的毒兽之口。

  天河傲歌着在流。它期待着吞没这双美的儿女的肌肤。罢！你无力的小虫呀，将你的生存奉献与（于）强者罢！然岂无末日之战斗么？你的爱，她能在河浪里泅游；拥抱去也！拥抱去也！扑得过河岸，拥抱去也！——便扑不过，也须共葬于中流。

  二五，三，一三，作者。

《再序》兹录如下：

  我所最爱的，
  我请赠你以这个佩袋！
  它那精致的花纹，
  是我採（采）择着我心上幅（辐）射着的哀光，
  自我的胝胼的手上一针一针地织成。
  她腹内盛着我的，
  脱落了的发与齿
  与脑血，与眼泪与唇红；
  包围了破碎了的我那颗心。
  请收藏起它罢我的爱人；
  这就比如我的
  一个生存的墓冢

真实而可辨认。

二五，三，一

```
狂飙丛书第三

天　河

沐鸠  作

上海光华书局
1927
```

《我的日记》

《我的日记》，题"狂飙社出版物之一"。民国二十二年（1933）十二月再版。著者为高歌，发行者为上海启智书局，印刷者为上海启智印务公司，代售处为全国各大书局。全一册，147页。每册定价大洋五角。

该书为日记本，共五章，无章目。

无序跋。正文摘录如下：

> 今天我还病着，饭更没有味了，像是吃泥。
> 身体也没有力了，软软的，几乎不能支持自己的体重。
> 写字也觉着特别困难，给她的信，不知费了多少时候才写完。
> 我想得登宝叔塔去，顺路找埃而去，我想他或许同我的意去宝叔塔的。
> 我失败了，我没有去成宝叔塔。
> 莱蒂害怕宝叔塔的石阶。的确，那石阶长的（按：原文为"的"）厉害，走起来真费劲。

他没有气力去，我能强迫一个没气力的人去做超过他的气力的事吗！

我不能，我不能！况且他也有病。

他说，若没有酒，真不知人如何活下去。

但我已厌恶酒了。

但他要我同他吃酒时，我没法拒绝了。

我吃了一碗，他吃了二碗。其实，他也该少吃酒因为他已病于酒了。

招君来。

当我回到我的房里时，招君已在房里等我。

我一看见他，我以为是我的弟弟了！

我一看见他，就知道他受的刺激太过了！过于他所能接受的范围。他受伤了，他需要修养（按：原文"修养"应为"休养"）。

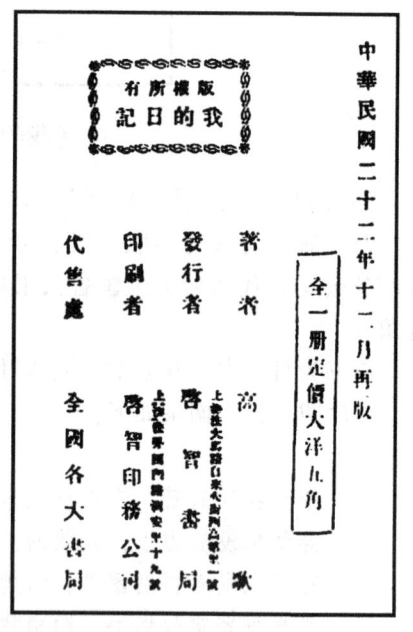

我一看见他，我想起十七岁时的我来，那时，我比他还难看。

夜里睡的很早，然入睡的很晚。

睡中的呻吟，呵欠也特别多，这不是我病的征候吗！

梦我的弟弟来，他从到学校去的路上逃了来，他从他的同学们包围的旅途中逃了来！

——然而，这只是梦！

《我离开十字街头》

《我离开十字街头》，向培良作，扉页题"狂飙丛书第三（集）第一种"。上海光华书局民国十五年（1926）十月印刷，民国十五年（1926）十月发行。全一册，42页，该书实价大洋捌角。此外还有1927年8月再版。

该书为短篇小说。

无序跋。正文摘录如下：

我坐着邮车前进……

天空成一个灰色的大圈，从它底灰色里出来钜（巨）大、无形的黑影，笼罩着地，笼罩着人们的脑筋，笼罩着人们的灵魂。

地面开扩着无限的灰色，远处的尘土被扰起来，从日光映成白色的烟，这是那惟一打破灰色的单调的。

为什么不应该流血？

红的血将成为圣水，将洗去人类的污秽。

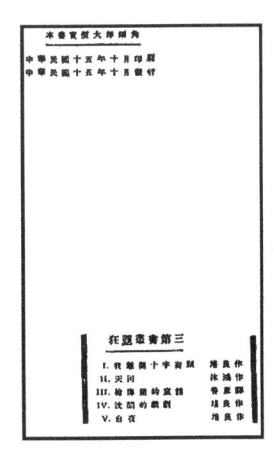

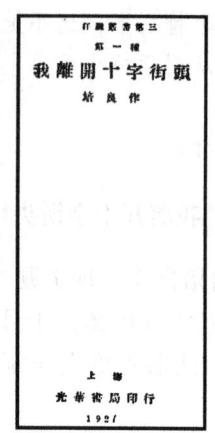

《狭的囚笼》

《狭的囚笼》，题"狂飙丛书第二第十一种"。民国十七年（1928）九月初版。作者为（高）沐鸿，发行者为赵南公，印刷者为上海泰东图书局，总发行所为泰东图书局。全一册，140页，定价大洋五角。外埠函购，邮费加一。印数1~2000册。

该书为短篇小说集，内收《在隧道中》《一个灵魂的供诉》《最后的凭依》《狭的囚笼》，凡四篇。

无序跋。兹录《在隧道中》一段如下：

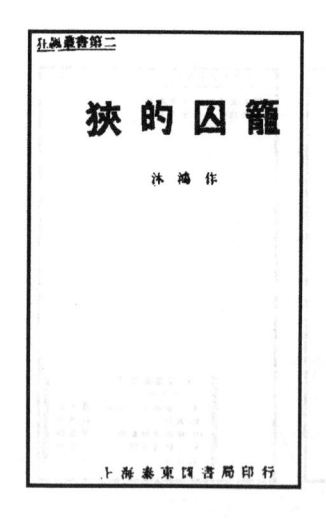

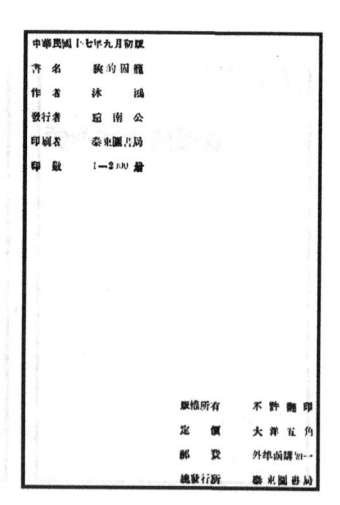

黑暗暗地，阴森森地，我不见有色的一切了。祇有暗黑，阴黑，乌黑，墨黑，深入的黑，空洞的黑，与无所名的黑。便这样，造成一

条无头无底的黑的隧道了。摸索，摸索，我摸索着穿过的道路，黑暗引我前去。这是多少长的一条隧道呢，在我没得走尽的时节，我总觉得是无尽的。没有光，热，风，和动的一切，死是最接近的神，最多遇见的相识者。死迷恋了人，人都堕落到鬼的身境（按：原文为"身境"）。我包围于啾啾的鬼的哭声中。着！（按：原文为"着"）鬼剧幕开了（按：原文为"鬼剧幕开了"）：……

《献给自然的女儿》

《献给自然的女儿》，高长虹著，扉页题"狂飙丛书第二（集）第三种"。上海泰东图书局（发行者），民国十八年（1929）四月□版。发行者为赵南公，总发行所为泰东图书局。全一册，80页，定价大洋三角五分，外埠函购，邮费加一。

该书是叙事诗，凡十一节，无节目。

无序跋。已燃的评论《关于〈献给自然的女儿〉》（载《长虹周刊》第四期，1928年10月13日，山西盂县政协编：《高长虹研究文选》，太原：北岳文艺出版社1991年）兹录如下：

亲爱的自然女儿：

我们无时不在相会着。但总没有个写信的机会。前几天，虹哥寄来他的一本书，就是献给你的那本诗集。我看过后，便有个亲密的暗示：给你写信的时候到了。

你知道，我亲爱的自然女儿，我现在是在一个工厂里做工。我们的主人，他很想把我们也坐作一架钱机器（按：原文为"钱机器"）。在那里不断的工作。因此，时间很少。不得做我想做的工作，而且，我是虹哥的小弟弟，他很知道我的程度，我又说不出很中肯的话来。好在你向来是一个沉默的人。你是不会笑话我的。并且，我还知道我这封信，你是很喜欢的。因为是虹哥的小弟弟写给你的。

当然，我给你写这封信之后，不得不向你说："我的信，是想试试解释虹哥献给你的这本书。"向来，在我们中国，很少人注意到"人类生活的态度。"自古迄今，有那么多的典籍，却很少看到人类的两字。目前似乎有人来谈，但他们没有说明人类生活取如何的态度？怎样才可使人类的生活进步？怎样才算做人类生活？……反而他们在这边穿了好多神秘的衣裳，即使有一二人来揭破，但随着又便盖上。我深为惋惜。

你不看吗？我们那么些汹涌澎湃的识者中，有谁曾有个归根结底的说明；这是假英雄名义的偶像，在古城塑控起千万。确乎，这便是我们的"先驱者"。

虹哥的这本诗，便是一个穿破一切神秘的匕首。他以最高的诚意，来做一个归根结底的说明。

虽然，他在写文章和做（作）诗的时候，把他们分出来，某篇是科学的，某一首是艺术的。但是在这本诗集内，并没有科学与艺术的分别。我也不知道该叫做什么。

在法兰西大革命的时候，有位死在断头台上的诗人，叫：Andre'Che'nier（1762～1794），虹哥的诗，很有好多和他同样的感觉，如：

所以我画了一个大圆，

我将停在圆的中心点，

不知怎么，我总要联想 Andre'Che'nier 的 San nent mon nol, arme'des ailles de Buffon, Franchit anec Lucrice, an Flambbeau de Newton, La ceinture d'azur sur le glode etandu.

有人把长虹唤作"诗人"与"作家"，也有人唤作"玄虚者"（记清楚了，是我在友人处，看到新出的贡献上，一位识者的批评，是光与热与微雨并举的，归在玄虚一类。）其实，都错了，长虹和我一般，都是最平常的工人，不过他以笔工作，我以手工作罢了。

我所以敢于断定他是平常人，因为他没有出色的生活，他不能像古人飞檐走壁，也不能像今人指手画脚。如其，我们承认写的东西是作者很忠实的自白，再如其承认他不是听人谈尼采而偷窃来的，则他的这本书，在我看来，自然也是很平常的了。

本来，在长虹的见识上，有两个很重要的观念。1. 要使人类是动的；2. 要人类行为的自由。

因此，在他的思想上，在他的工作上，处处想用尽他所有的力量而使他的计划进行；他用的工具，便是科学与艺术，一种建设在他认定是不破的真理上，一种便是建设在海阔的情感上，甚至，有时两种一起出没，以至使我分辨不出来。如他的这本诗便是。

无如人类的命运，总是排演他的悲剧。想见爱而不得爱，想做而不得做，人与世间的冲突，物与人的冲突，在他的这本诗内，便可找到这些苦痛、忿怒的叫喊。至于在别人眼中，那我可不知道了。也许会使人"笑的掉了牙"吧!

　　没有人不是在玫瑰花残了之后,而才追思他的爱情的余味的;没有人不是在夭亡之后,而才被尊为天才与完人的。因此,世间绝没有笑嬉嬉的活下去的人。苦痛太多了,正该如此,才给平常人留下一块开垦不尽而终身工作的地方。

　　长虹本来是个总善于知足的人。比如他有一根纸烟,世界于他便会改变一点;我们的几个小弟弟乱写乱译的东西,他也高兴,说:"那很好,就这么多做多写下去。"因为他只懂的伏起他那瘦的脊背而负这重任,老实说,这本诗集,便是这重任压折下的呼声。

　　毕竟,他是我们山西的个乡下人,所以他还要有这种工作的计划:(因为山西北方的商人与农人,总是无论到如何地步,还有个"重来"的观念)

　　要造一只人类船,

　　通行海陆空。

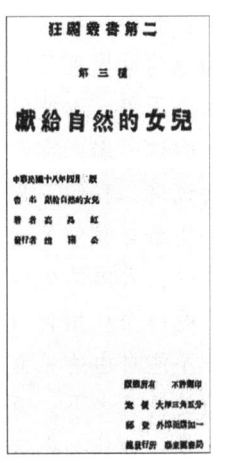

　　可是,要知道,在他造成的时候,他已疲倦了,讨厌了,憎恶了。他要以他未灭的残力来毁坏这只船。

　　因为虹哥给我寄来这本书,所以在我做工完时,就在实验室内写给你,和你乱谈谈。你看,也没有信纸,这在试验用的纸写给你。

　　深知道,我只懂的我和虹哥有好的感情。他的思想和他的这本书,虽然我乱谈,其间自然是难免不对的地方。你很了解他。你当然有相当的判断。不过这是虹哥的小弟弟一封乱写的信罢了。
即祝
展开你的洁臂,抚吻尽世间的婴孩。
小弟弟已燃
1928,3,27

《野兽样的人》

《野兽样的人》,封面与扉页均题"狂飙别集第一种"。上海泰东图书局民国十八年(1929)三月初版。著作者为高歌,发行者为赵南公,印刷者为泰东印刷所,总发行所为泰东图书局。全一册,120页,定价大洋四角半。外埠函购邮费加一。印数1~2000册。

该书为长篇小说,不分章节。

无序跋,正文摘录如下:

横竖我们才只相隔着二百多里的路程,而且陆行呢有火车,水行呢又有轮船;然而,我们才不能享用,水陆交通的两便!我们真的是住在两个隔绝的世界里了!我们没有了我们应有的自由!我们简直的是成对的二个囚犯,你被囚着在二百多里路程的那一端,我被囚着二百多里路程的这一端;我们谁也不能自由行动,我们不能见面——唉唉!且不要说这,我们不是连通信的自由也没有了吗!唉唉!这便是我们中国人所给与我们的生活了!是的,一点不错,个人的生活里,反映着民族的,人类的生活!我更其真切的,我也更其坚决的相信了生活是整然的一个!引伸(申)而至于我们的自由或不自由也是整然的一个!不能自由的见面,也便不能自由的通信了!没有的事情!在不能见面的情况之下,而能够得到通信的自由!

——这是一种什么生活呢?
——让我最公平最公平的说一句话吧,这不是人的。

更其是——唉唉!连我的信!是的!我的,信,在人们的眼睛里,正是世界上所有的富的炸裂性的火药中最富有炸裂性的一种,不然就是所有富有传染病菌中最富有传染性一种了。我正是害着恶毒的恶毒的恶毒病的一个病人!谁要近我,谁就会传染上我的病,而且是一定的要传染上我的病,而且是绝对的绝对的没有一个是例外!不然,他们又何至于那样的疑(凝)视我,嫉视我,仇视我呢!然而,我呢——这,实在看得清楚,人们的眼底无光!人们的心里没有热！所以，我不再多说一句话在这信上了！我留给我的事实去说吧！

我又没有接到你的信！

我该如何生活我的生活呢！我连你的信都接不得到！我！我！唉唉！我和我的生活！还有，你！你！你和我的信！唉！……

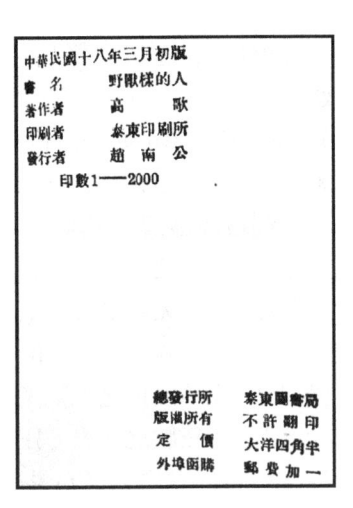

我不放心我的信！我不能够放心的我的信——我是不能够呀！当我写信的时候，我是如何谨慎的谨慎的修辞和用字，写完我又如何谨慎的谨慎的审察它！在我把我的信送到邮局以后，我就马上觉得我信的漏洞太多了，处处都是惹人的注意，字字都是惹人的嫌疑；我就马上不安起来；我的心，我的胆，都像高怀着在天空了，而且又遇着狂风和暴雨。我烦闷！我焦燥！我气愤！我憎恨！我自己连着一封信都不会写！我提心吊胆的——我在我开始给你写信的时候，已经是提心吊胆的了！你想，我能够不这样吗！我能够放心的下我的信吗！人们是那样的注目它；不只这，唉唉！人们是那样的疑（凝）视它，嫉视它，仇视它！好像那里遍装满了危险！我真的不放心！我真的不能够放心！不是我不！我生怕我的信的失踪还是小事，我更怕的是它闯下了大祸，自然是意外的意外的大祸呵！唉唉！我只想，如其我的信真的违犯了什么忌讳，触发了什么意外；唉唉！这是如何痛苦的痛苦的一种想呵！如其——那不是我又踢了你一脚！是的，你还没有挣扎得出你所失陷进的泥滩，而你还在，而你正在要挣扎得出了而我才踢你一脚，再陷你入了泥滩！更深的！更重的！况且，那还不只是一个泥滩！也是一个火坑呀！那里有法律，那里有刑罚，而且还有非刑呢！唉唉！有事我们的中国人的家传贵宝，这非刑！已经二十世纪了，咱们中国还保存着而且应用着这非刑，就只这一点，我们能不承认我们中国人是野蛮的人种吗！

《夜风》

《夜风》，题"狂飙丛书第二第五种"。民国十七年（1928）四月初版。著作者为（高）沐鸿，发行者为赵南公，总发行所为上海泰东图书局。全一册，210页，定价大洋七角，邮费为外埠函购加一。印数1～2000册。此外还有1929年1月再版。

该书为诗文集，内收《海天的颂》《夜风》《恶梦之跋》《跋之二》《梦之一》《梦之二》《安息些呵！》《没有主宰》《足踪与心》《死的路》《无题之一》《无题之二》《无题之三》《爱后》《石像》《远别》《春的潮音》《献心》《祝死》《给我的小学生》《流放的飞鸟》《命运》《寄弱者》《漫记之一》《漫记之二》《漫记之三》《爱之贫乏的鬼》《醉色的友情》《沙漠上》《狂歌之一》《狂歌之二》《漫记之一》《漫记之二》《漫记之三》《痛苦的藏匿》《心灵与躯壳》《怨春的歌》《海上的春》《孤独》《堕落》《不朽的我心》《武装了我们的理想罢》《荆棘的秘言》《墓石》《声的历史》《血的言语》《老人生涯》《异床同梦》《成功》《守门人的小史》《游惰的灵魂》《沉默》《病人与医士》《巷中》《跳下床来》《城头》《败退之下》《力的缺乏》《幻境》《实行者》《我赞美着秋天》《野火》（包括《风》《嘈嘈》《野火》《寄独夫》）。

无序跋。诗篇《夜风》兹录如下：

<blockquote>

一

是长风呵，为了甚麼，你当夜里吼？
为了甚麼，你哭着啤啤，泣着啾啾？
可有甚麼不灭的火在你心中燃烧呢？
告我呵！这深沉的夜中，
你可有甚麼怨诉？

二

我把风捉在心头，
我的心也禁不得哀哀地吼，
夜的风呵，痛的心呵，

</blockquote>

你们是不灭的烦忧者：
梦的，谜的，追求的爱侣，
美的，真的，音乐的后都。

三
天空是未被发现的仙乡，
你勇者呵，风！带着我的心开始探去吧！
让矮身者骂天空为乌有，
让近视者骂遥远为空虚，
但是——
风会有光的眼呵，
风会有长的翅！

四
人间在美满地睡黑暗的觉，
夜风呵，你向他们诉甚麽牢骚呢？
有几个虫儿鸟儿应和你吧；
骄傲的天星却在窃笑。

五
那星光只闪烁地射在天表，
爱光的人，仰着头赞美着伊；
我大力的风呵！
捲（卷）向你的王国去吧！
爱你的人，会搭上你的长翅。

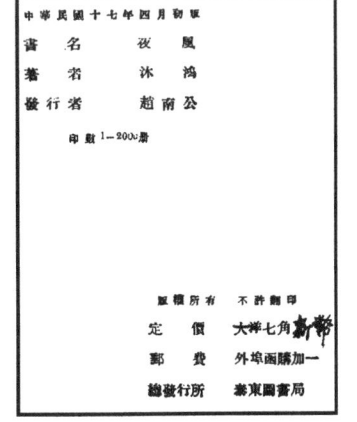

六

有甚麽的火在你心中燃烧呢？
为了甚麽，你哭泣着不止？
但是去吧，风，追求你个人的去吧——
否则掏出火来，
烧个红天白地！
五，三〇。

《游离》

《游离》，题"狂飙丛书第二第八种"。民国十七年（1928）十二月出版，民国十八年（1929）九月再版。著作者为（高）长虹，发行者为赵南公，总发行所为上海泰东图书局。全一册，145页，定价大洋八角，外埠函购邮费加一。印数2001～3500册。

该书为作品集，内收《生的跃动》《游离》《最后的著作》《震动的一环》《现实的现实》，凡五篇。

无序跋。正文摘录如下：

我的名字是N，这便是我的惟一的所有。历史吗，我不久要有二十八足岁了。

我望着我的前面，空空洞洞地，我望不见什么。

虽然有时候，也有些幻象经（原文如此）我出现。但它们是很变化的，我常认不出那（按：原文为"那"）一个真的是我的幻象。

在那里，我可以看见我所想望（按：原文为"想望"）的，也可以看见我所厌恶的。我想，那都同现在一样，不变的是我的名字。别（按：原文为"别"）一方面，则我或者可以活到五十足岁。

当我孤身躺在野地里的时候，我不妨做一个将军梦。同样，我可以孤身躺在战场上。一切都像是梦。

美的云彩在空中游荡着，排列出各样的形式，我知道那是夏天，我想像雷雨，想像（象）被风吹折的花，想像（象）窗旁倦卧的美女，想像（象）我在泥泞的山路中奔驰。但一到冬天，我的想像（象）便都另换了一套，那是些，荒漠，厮杀，白骨。然这一切，我都在爱慕。

我苦的倒是这些，我常觉到空空洞洞地。人生不便是这样吗？几时会有充实的时候？

今天我同一个朋友谈起这话，我的朋友叹了一口气笑了。我想，人生永久是如此的，让我们叹一口气笑了吧！

然而我不能常笑，也不能常叹气，因此，我便做了负重的牛。我需要的，倒像是喘气。

我负的究竟是不是重？为什么我又常觉着空空洞洞地？我负的难道便是空吗？这样想时，我又叹了一口气笑了。

然而我又时常在回望着过去，像有铁索想把我绊住。

但我宁愿把铁索握在我的手中，我玩一套把戏给大家看。大家已经不大看见把戏了，因为大家都住在荒漠中。亲爱的白骨！让我们一同起来走索好吗？

我做着一个奇异的梦，我熟睡了。

我住在无定居。如其今天有人问我在那里（按：原文为"那里"）住，我将说在C家里，但晚上我却睡在B的床上了。但这也并不是我所痛苦视之的。我以为一切人都同我差不多。

但我终竟（究）不能忘情于安居，在梦中我常偷跑回家里，在我的夫人的身旁。

谁是我的夫人呢？是小说上的仙女吗？是我的理想的爱人吗？不然，你们在你们的身旁大概都可找见她的类似，一个不认识字的缠足的乡下妇人。

人常把他的梦赠给他所不喜欢的。那梦，那是人生的精华，那是艺术之所由生，哲学之所由成呵！

我的梦便这样挥霍了！我不至于绝望者，因我白日还剩着另一样的梦呢！

然我昨夜在梦中也居然看见我的白日。

我梦见我睡在大学校里。外边进来一个小孩。我不认识他，但我知道他是从河南来的。他问我道：Q住在这里吗？我答：你为什么不到他公馆里找去？他听着，跑了。我在后面追他，我问：你见小弟弟没有！远处我听见答覆（按：原文"答覆"应为"答复"）——你一年后才能够见他呢！（按：此段原文就没有引号）

我又梦见一个老朋友，铅铁一般的皮肤贴在脸上，我惊得发颤，他常是那样健壮呢！我想着他的女孩子呢！

……

然这些，在我的梦中，可以说是例外。

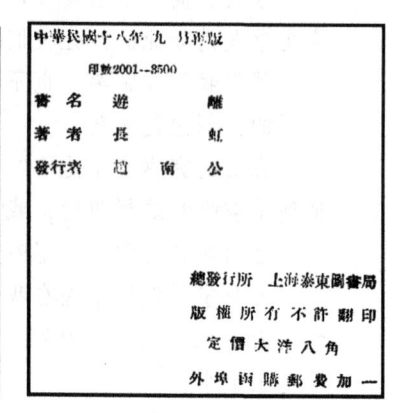

《中国戏剧概评》

《中国戏剧概评》，题"狂飙丛书第二第六种"。民国十七年（1928）十一月出版。著作者为（向）培良，发行者为赵南公，总发行所为上海泰东图书局。全一册，164页，定价大洋五角，外埠函购邮费加一。印数1~1500册。

该书为戏剧评论集，评述陈大悲、丁西林、胡适、田汉等人的作品，以及当时戏剧中的一些问题。全书共分为六个部分，依次为：《中国戏剧概评》《从陈大悲到丁西林》（包括《陈大悲底成功及其失败》《胡适之之类》《趣味的创造者》）、《教训与感伤》（包括《咖啡店之一夜》《所谓历史剧》《感伤者》《其他的作家》）、《我们的舞台》《论国剧运动》《结论》。

无序跋。《中国戏剧概评》摘录如下：

  我原来的意思是想要写"中国戏剧昨日，今日，明日"的。我想在一篇文章里，解释过去，叙述现在，推测将来，成为颇为完整的戏剧变迁史。但当我动手整理材料时，我知道那样的计划是不可能的，我只得放弃了，写这一篇简略的东西。

  我们的戏剧还只有短短的几年的历史——我是，根本上就不承认旧戏，我以为那只是民族卑劣精神底表现；在这篇文章里面，除掉有攻击之必要时，我是不提到那个的。我们的戏剧，不独看不见盛大有望的将来，连过去也看不见呢。呈露在我们面前的，只是漆黑一团，在这漆黑一团中，真正的戏剧还未曾好好发育，已经遇到谋害，遇到暗杀了。似乎，戏剧什么东西，在中国还是许多人不能明瞭（了）的问题，而一方面旧剧正借着狡猾的好看的面具，想要用"国剧"

这样一个动听的名字，来盗窃戏剧的地位，虽然这样的言论只是由于国家主义者虚矫的夸大心和愚妄的虚荣心发出来的，而这样的言论却居然存在着，存在于惟一研究戏剧的艺术专门学校里，这现象是，使投身戏剧的人不能不感到凄凉呵。研究戏剧的人是这样少，而这很少数的人，又有许多走到错误的虚妄途径上去了，在这样一个薄弱可怜的戏剧界里，我虽然想要说话，是没有什么话可说的。我要写这个戏剧的昨日，今日，明日，终于没有法子可写，这是多么一件难受的事！我希望，在最近的将来，我能够有机会，有机会遂我初愿呢。

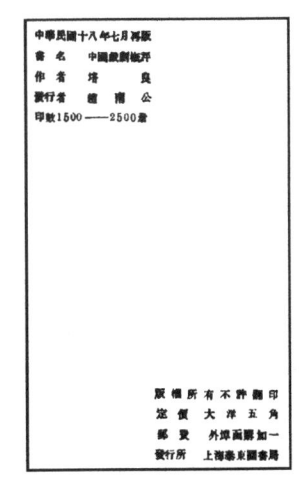

该著还有泰东图书局民国十八年（1929）七月再版本。印数1500～2500册。

《走到出版界》

《走到出版界》，题"狂飙丛书第二第九种"。民国十七年（1928）七月出版。著作者为（高）长虹，发行者为赵南公，总发行所为上海泰东图书局。全一册，273页，定价大洋九角，外埠函购邮费加一。印数1～2000册。

该书为杂文集，内收一百五十余篇，其中大多是与鲁迅先生论战的文章。篇目依次为：《艺术批评与艺术》《艺术界》《今昔》《科学书的贫乏》《中国艺术的姿势》《读谢本师》《小书局》《文化的论战》《文化讨论与文化有什么关系？》《不装腔作态》《革革革命及其他》《莫泊三及其不幸》《再读〈兰生弟日记〉》《希望科学出现于中国》《写给彷徨》《与春台讲讲语丝》《书的销路与读书》《未名社的翻译，广告及其他》《关于性》《旧事重提》《给鲁迅先生》《给韦素园先生》《评情书一束》《没有几种好的定期刊物》《忠告一般的记者》《虚伪非作品；真实且说话》《从校对说到女作者》《向导与醒狮》《读马丹波娃利》《略谈广州文学》《学点主观吧！》《关于闪光的黑暗与光明》《莫泊三的诗与欧儿拉》《关于郭任远及其著作》《北新书局的好消息还不是最好消息》《为投稿狂飙者略进数言》《题郭沫若文艺论集》《舆论不死》《我之考古谈》《送全平》《谨放冷箭》《1926北京出版界形势指掌图》《狂飙周刊计划中的新花样》《现代评论的又一希望》《咄！商务印书馆乃敢威嚇言论界吗？》《再谈广州文学及其他》《"模仿"与"创作"》《德国狂飚运动的代表作物》《又来凑一次热闹》《关于沉钟》《语丝果真要静默了吗？》《南京的青年朋友们起来吧！》《杭州与我无缘》《怀田汉》《谈谈翻译》《中国与俄国》《关于"论人类的行为"》《访鸣着》《关于狂飙》《张竞生可以休矣》《思想上的新青年时期》《介绍中华第一诗人》《靳云鹏先生的说话》《吴歌甲集及其他》《时代的命运》《琐记两则》《呜呼，现代评论化的莽原半月刊的灰色的态度！》《晴天的话》《语丝索隐》《公理与正义的谈话》《请大家认清界限》《与岂明谈道》《如何提倡世界语》《父与子》《历史即神话》《"长虹给他母亲的一封信"》《与评梅论悲剧》《领袖主义》《十字街头答萍水》《少年维特的烦恼和强盗的比较及其他》《饭颗山头逢杜甫》《我在十字街头贴招子》《一个二十九岁的青年同一个三十岁的青年攀谈》《自画自赞，自广告》《新时代的消息》《由太戈尔而至雨天的书》《青年作者将是世界作者》《我们的性生活》《我走出了石化的世界》《名字的退化或进化》《猛进第五十四期目录预告》《Gogol启事》《一人对话》《赠小老头及其傻瓜》《断续之声》《特别声明》《寄到八道湾》《请疑古玄同先生自己声明》《疑威将军其亦鲁迅乎》《"天才"一下子》（包括《鼻孔出气的人有两张嘴》《我原来是天才》《两面等于一面？曰：所谓一面之辞也》《大鱼与小鱼》《鲁迅梦为皇太子》）、《写给少年歌德之创造》《再寄八道湾》《所谓自由批评家启事》《女士与文学家的心》《取消批评工作》《介绍珈琲》《多数是对的》《时间里的过客》《阶级与思想》《艺术的内容与形式》《答周作人》《新青年时代的喜剧》《思想上的反动派》《游离艺术与劳动艺术》《政治与批评》《科学这样说》《周岂明还想装糊涂吗？》《派别》《经济与艺术》《从北京寄到广州》《我之政治谈》《再谈批评》《青鸟与曙光》《我的旅舍在那（哪）里？》《建设在民间》《穷人的世界》《请我把安那介绍给维特》《同情与赏鉴》《古代的三大杰作》《思想的地方色彩》《一个灵魂便是一块骨头》《实验教育》《有永久价值的时评》《中国的美国人》《查拉图斯特拉与资本论》《结婚的爱》《黄祸与酋长思想》《戏答二首》《也是戏答四首》《埃及古歌译呈刘处士》［包括《厦门通信》《阿Q正传成因》《走到出版界的战略》《新的世故》《所谓思想界先驱者鲁迅启事》《我的答复》（以上诸文从略）］。

卷首有《卷头语》《借郭沫若诗代序》，卷末无跋。《卷头语》兹录如下：

> 惠子相梁，庄子往见之。或谓惠子曰："庄子来，欲代子相。"于是，惠子恐，搜于国中。三日三夜。庄子往见之，曰："南方有鸟，其名鹓鶵，子知之乎？夫鹓鶵发于南海，而飞于北海；非梧桐不止，非练实不食，非醴泉不饮。于是，鸱得腐鼠，鹓鶵过之，仰而视之，曰：'嚇！'今子欲以子之梁国而嚇我邪？

《借郭沫若诗代序》兹录如下：

> 有喜欢同死唇接吻的王姬，
> 有喜欢鞭打死尸的壮士，
> 或许会来到我的墓头
> 把我的一些腐朽化为神奇。
>
> 化腐朽而为神奇，原本是

要靠有真挚的爱情，或者敌意——
这是宇宙中的一个隐谜，
这是文艺上的一个真谛。

八　幻社《幻洲丛书》叙录

《安慰》

《安慰》，题"幻洲丛书"（没有编号）。1928年6月出版，严良才著，光华书局发行（总店上海四马路，分店杭州保佑坊）。全一册，118页，每册实价四角五分，外埠酌加运费。此外还有1929年9月2版，1933年4月3版。

该书为短篇小说集，内收《最后的安慰》《结婚了》《爱之告》《磁石》《黄梅》《鱼与熊掌》，凡六篇。

无序跋。《最后的安慰》摘录如下：

在十一月中旬的一个很冷的早晨，R镇北面一家沿街的凉棚下，少年L刺杀了M家的老太太：这真是一个青天（按：原文为"青天"）下的霹雳！一千年来近于冰化的空气，一时都变了黝黑的颜色。在一个安分乐道（按：原文为"安分乐道"）的世界里寂寞惯了的人们，受了这样的突然的恐慌，都从静默的茧子里钻出来蠕动。临水的茶店，灯下的酒楼，都是他们活动的好地方。年轻的跷着腿，年老的捻着须，异口同声的（按：原文为"的"）诅咒这忍（按：原文为"忍"）很厉毒的少年L。

今天是L死后的第二日。P又听到许多人诅咒他的话，在从S城开到R镇的轮船里。

但这些话，丝毫不能引动他的注意。他只是靠窗坐着。右手曲了，枕着他的头在一个小方的窗口上，默然不响。

R镇周围不过二三里，四面都环绕着绿水，好像蓬莱岛浸在东海里似的，在不好动的人们看来，确是人间的一片乐土，据那些几世住在R镇上的老者传说，这乡镇的最先开辟者，是一千年以前的一个高士。因为避世嫉俗隐居在这地方以后，逐渐积聚起来，才成了这样一个小乡镇。从这传说的思想上又遇到这样"宛在水中央"的一个僻壤,自然四周充塞了沉默和寂寥的空气,好像细而韧的蚕丝密密地蛹封(按:原文为"蛹封")在里面一样。

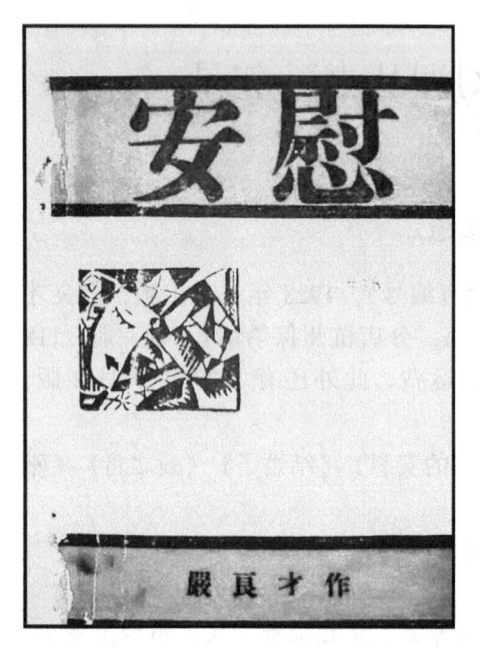

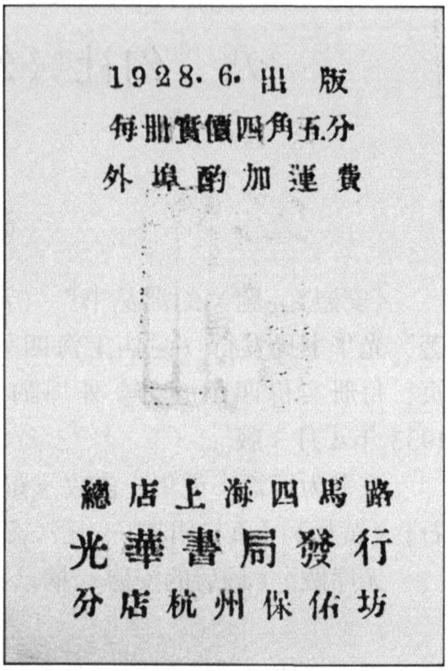

《白叶杂记》

《白叶杂记》，题"幻洲丛书"（没有编号）。1927年9月初版，叶灵凤著，光华书局发行（总店上海四马路，分店杭州保佑坊）。全一册，119页，每册实价四角五分，外埠酌加运费。印数1～3000册。

该书为散文集，收入《白叶杂记》《红灯小撷》《病榻呓言》《白日的梦》《偶成》《狱中五日记》，凡六篇。《白叶杂记》又包括《心灵的安慰》《芳邻》《迁居》《惜别》《人去后》《偷生》《归来》《春蚕》《血》《谢忱》《今后的生涯》《无题》《灵魂的归来》《生离》《乡愁》，凡十五篇。《白日的梦》又包括《秋怀》《金镜》《小楼》，凡三篇。《偶成》又包括《偶成》《歉意》《雾》《贺柬》，凡四篇。

卷首有《梦的记实——代序》，卷末无跋。《代序》兹录如下：

是一个和艳的上午，我一人在街上闲走。在熙攘的行人中，无意间我偶然瞥见了一位握着两枝桃花的少女。

"……"我几乎要停住脚喊了出来，但是突然我又遏止住了我自己。

由这不意的相逢，我想起了过去的去年，过去的去年的今日。

回想中一切都令人留恋，一切都令人低徊，尤其是甜蜜的红色的梦境。

分明还记得：去年的此时，在一座幽静的游园中，红栏杆上，正凭伏了一对年少的佳侣。从落英狼藉的水中透出的并肩的倒影，连池中的游鱼也惊羡得凝止不动了。然而曾几何时，风吹水动，春老人归，一切都成了幻梦，一切都消灭了。

造物者随意地将两个人儿聚合起来，又随意地将他们分开。聚合时既不是自己的权力，被分开时又那（哪）里能由自己呢？

于是，我们在不能自己之中，终于被分开了。

昙云易散，好梦不常，噙在口中的醇酒的杯儿，被人夺去了之后，所遗下的是怎样地幻灭的悲哀啊。

这以下一册的文字中，有多篇写的便是这样的一个美妙的梦儿的过程，一个梦的纪实。

自从年岁是一年一年地大了起来，青春日渐失去。在灯红酒绿之中，年少的热情，眼看着都埋藏在销萎的玫瑰花中，要想再寻往昔的欢娱，已是不可能的事了。

所以，这一卷茜红色的小文字，虽是使我见了每要生不堪回首之感，然而我终不忍将她弃去。

一九二七，五，十日。上海。

《海夜歌声》

《海夜歌声》，题"幻洲丛书"（没有编号）。十六年（1927）八月出版，柯仲平著，光华书局发行（上海四马路）。全一册，134 页，每册实价四角五分。印数1～2000册。

该书为诗歌集，包括《冠在海夜歌声之前》《寄我儿海夜歌声》《这空漠的心》。

卷首有月秋所作的画"海夜歌声"，卷末无跋。《冠在海夜歌声之前》具有"序言"性质，兹录如下：

全平呵，这歌未到你手恐怕我已入墓地，
其实我们生活那是不在墓地呢？
我将这个孤儿托把你，
最后一次呼吸想到你们对我的恩情呀，想到恩情
也惟暗自感激与流泪；
托孤怀着无限悲凉意，
生在诗歌死在诗歌里，
悲凉意——我生未能奏半我情曲！
过去，过去，一切已将成过去，
墓地之中快把孤儿含愁寄交你！

日当真吾为甚天色暮？
何来狂风健在已奏最后歌！
这远不是神经过敏呵，
朝不保夕已是千真而万确；
我！呵！我！假若还有一人纪念我，
这个孤儿便算一墓角。
从来我就爱到荒野去听狂风歌，
我也再登山顶去看日出与日落，狂风歌，看日落，
宇宙原是一座大坟墓，天色虽晚啊，
时间早在坟墓里面谐我永永为着人生奏哀歌。（按：原文为"谐我永永"）

有人要借"权势"暗算我，
这篇遗稿我怕被烧却；
过去虽然是坟墓，啊，
坟墓之中还见一个狂奔着的我。
教徒殉教我殉歌，

千刀以下还想把我诗歌暗怀着。
过去生活对于诗歌无分你和我,
数万行的明日大曲固已不能再续作,
我甘暗算为甚也要连累我的过去歌?
坟墓啊!坟墓!从来我的战地也都是坟墓!

全平呵!让我唤你一声"好哥哥",——
这是悲酸感激的情意,如此催促我;
我把我的孤儿向你托,
养成或能到你洪水之中一唱赴战歌;
从前我望此子挣点酒饭生祭我,
差不多,百日前的一个寒月夜,
唉!此子一年已过遍寻无工作,
僵冷中的暴躁我几乎把它变成一把火;
哥哥:如今我已临危还要酒饭来作死祭么?
向你托!啊!今日我就怅望黄浦把这孤儿向你托!

十五年二月二十二日,仲平北京

一个紧要的希望——读者能反平素诵诗的调子唱么?有梗喉的字句,假若歌的情调还能牵引你,起来吧!跳出屋外吧!昂昂沉沉地唱吧!
仝日 仲平

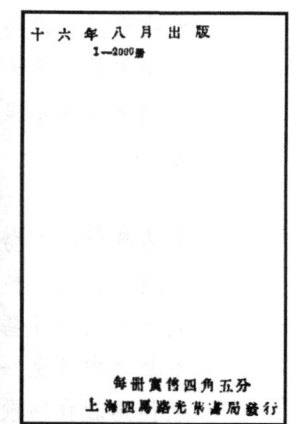

《鸠绿媚》

《鸠绿媚》，题"幻洲丛书"（没有编号）。1928年6月20日初版，叶灵凤著，光华书局发行（上海四马路）。全一册，116页，每册实价四角五分。印刷1~2000册。此外还有一九三一年五月二版（其中印有"一九二八年一月初版"，与初版时间略有出入）。印数为3001~4500册（与初版2000册不吻合）。民国廿五年（1936）六月再版（上海大光书局），原价国币四角五分，特价国币二角。

该书为短篇小说集，内收《肺病初期患者》《浴》《明天》《鸠绿媚》《爱的讲座》《罪状》，凡六篇。

无序跋。《鸠绿媚》摘录如下：

> 是黄昏的时分。
>
> 从远处望来，戈碧堡今晚的灯光就像一座火山一样，今晚是堡主鸠根的独女鸠绿媚的嫁期。下午五时起，戈碧堡的每一个城垛都有一盏红灯。八个城门，每门都有四架火红的高照。绿杨门是过到邻堡汉牛的大道，从城门口一直至中心的鸠根府邸，更像两条红龙样的（按：原文为"的"）列着无数的红灯。堡上的灯光映着下面的护城河，立在河的对岸望来，上下辉煌，金碧错乱，连天上那七月十五的新秋的皎月都映得澹淡无光了。
>
> 戈碧堡堡主鸠根的独女鸠绿媚许配给邻堡汉牛主爵的长子汉拉芬为妻，今晚是正式迎娶的佳日。今晚十时，汉拉芬要以五百卫从，三百火把，戎装从绿杨门进来迎接他的娇妻。

是黄昏的时分。在全堡上下的人役欣舞欢喜之中，新娘鸠绿媚正在她的卧室里闷坐着，侍女都屏退了，伴着她的只有她的教师白灵斯。

象牙色的壁饰，映着灯光，看去像都是少女娇艳的肉体。鸠绿媚正坐在一面大窗下的椅上，白灵斯立在她的背后。

《菊子夫人》

《菊子夫人》，题"幻洲丛书"（没有编号）。一九二七年十二月初版，一九二九年六月三版。叶灵凤著，光华书局发行（上海四马路）。全一册，117 页，每册实价四角五分。印数 3001~4500 册。

该书为短篇小说集，内收《浪淘沙》《菊子夫人》《口红》（"红口"有误）《Isabella》《奠仪》，凡五篇。

无序跋。《菊子夫人》摘录如下：

秋夜了，白云自深湛的太空中飞过，西山的枫叶已转到绯红，鲜艳得似你初嫁时的嘴唇。

今天在下午独自驾着车子从绿柏路驶过，无意的（按：原文为"的"）回顾间，看见你同伽铃君挽着手在旁道上缓缓的（按：原文为"的"）走，你裹着白色的斗蓬（篷），孩子卧在后面乳娘推着的车里。你斜了头凭着他的肩走，你大约没有注意到路中匆匆驶过的五一九八号。你虽没有看见我，我在车中见了你的情状，心中倒有些扰动，虽是匆匆的一瞥。

你是嫁了。一片黄叶从街树上落了下来。

归途经过 S 馆，看见厅内架上的两盆白菊，开得绰绰盈盈，我心中更是不定。犹太人的葡萄酒窖已迁到了我的心头，连上帝我也要咒诅了！

社会运动和革命工作有何用？铁十字的勋章还悬在我的内衣襟上。然而为了你的缘故，我可以将握在手中的炸弹抛向我自己同伴的身上来。

卖友并不是羞辱。为了你的事，件件都是光荣。

然而你鄙视光荣，你嫁了。你呈献了你的裸体，你有了孩子。

我并不反对你嫁，我只惋惜我怎么没有使你生出孩子。于是在星陨东南的一晚，我便气着披上了军服。人家都说我深明大义，其实我可以用最威严的军旗，来供给你作亵衣而毫无顾惜。什么是工作？男子的一生，是应当永远跪在他所爱的女性的脚下。

爱！爱！Love！Love！

跃马归来，战魂未定，我还做着英雄的迷梦。自你挟着伽铃来看了我以后，我才抛弃了营幕。

今天又看见了你，我见了你，见了伽铃，见了孩子，我恨不得将车子驶到你们的身上！

你为什么同他并了肩走？你是了解爱的神秘的女人。

爱，你是了解的。爱是不灭的。我知道你心中现在还是向着我。你不过怕生事，不敢现出（按：原文为"现出"）罢了。我知道你同伽铃接吻时，你一定想到比他的滋味还要好的我的舌尖。你一定想到我的臂力，在他拥抱着你时。

我藐视世上一切其他的男性。那个（按：原文为"那"）比得上我？被我爱上的女性，永世不会离我而去。我有古代骑士的英武，我有超过了男性美好的范围的容貌，我有名誉，有金钱，有学识，更有能舍去你任你嫁给旁人的伟大的心情（按：原文为"心情"）。

我一点也不虑你心变。我知道任是一万年不看见你，任是待你与旁人生出了一百个孩子，你的心终还是向着我的。凡是爱上我的女人，是永远不肯离开我的——是么？你在默笑，你承认了。

待我去将铁十字的勋章摘下……

这以上的话你看了不要觉得诧异，我是有意这样写的。这是因为有人在我面前说到了你。

有人对我说：菊子夫人对你很有意。

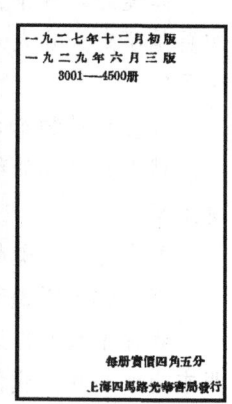

我起先倒很惊异。后来仔细一想，我才知道菊子夫人就是你。就是你，就是你自己。

也好，爱原是超越了一切的缚束和规约的。

有了丈夫的女子的爱情，与处女是一样的可贵。

《苦笑》

《苦笑》，题"幻洲丛书"（没有编号）。一九二七年六月出版，周全平著，光华书局发行（上海四马路）。全一册，129 页，每册实价四角五分。印数 1~3000 册。此外还有 1929 年 10 月 3 版，1935 年上海大光书局 5 版。

该书为短篇小说集，内收《苦笑》《除夕》《注定的死》《中秋月》《七月四日》，凡五篇。

无序跋。《苦笑》摘录如下：

大概是由于性情古怪，或是才力太缺的缘故罢。呆子 C 君于失业半年后费了他的全力才获得的一个噉饭（按：原文为"噉饭"，现今一般为"啖饭""吃饭"）处，到了残冬将尽，春意渐萌的时候，又失去了。

那天午后，他先得了一个意外的消息，一个意外得意的消息，原来他一向是羡慕文学家的生活的，所以常常写些小说模样的文章，寄到各种文艺的刊物里去，虽然寄去之后，总是泥牛入海，影响绝无，他也并不灰心——当然也有不高兴的时候，但一想到成名后的荣誉，便又精神抖擞，在握笔苦思了。——仍旧继续不断的（按：原文为

"的")写，一次一次的（按：原文为"的"）寄去。到底"有志者，事竟成，"（按：原文标点符号如此）本月份的一期最有名的文艺旬刊上，他的作品居然登出了。他先看见新闻纸上的告白，心里便禁不住勃勃的（按：原文为"的"）跳跃得很利（厉）害，但仍旧有些不相信，等到买了这一期文艺旬刊来一看：千确万确（按：原文为"千确万确"），他的一篇果然登出了。

全个（按：原文为"全个"）下午，他尽自沉浸在他未来文学家的美梦中。向来以为琐碎麻烦的职务，也不觉得惹厌了。向来以为单调枯寂的环境，也不觉得乏味了。

"这些都是我将来创作时的好材料啊！"他傲然地向四面观望，一眼看见那帐（账）房先生，——自命不凡的帐（账）房先生，正向他瞅视着。在平日，他心里就一定要咒诅命运，为何使他受那市侩——帐（账）房先生的指挥。然而现在不然了，"你不要向我看，将来我把你的怪模样写在创作里。"他心里这样想着，于是他觉得他周围的一切，无非都是为了供给他的创作材料而生的了。于是他自己也在暗暗得意。

得意时光的过去格外快，已经快要吃夜饭了。邮差送了一封信进来，是他的家里寄来的。他拆开一看，刚才的得意减去不少，心里又有些焦烦了。

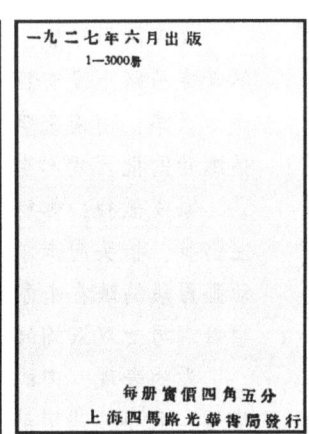

晚膳的时候，他仍在忆着这封家信。信上说：他的兄弟学费已欠了一月多，学校里已来过好几封诘问的信了，要他赶紧设法筹六十元寄去。

"刚刚寄了家用和他的零用,还未到半个月,又要缴学费了。叫我那里(按:原文为'那里')去弄这一笔大款子呢?家里穷偏要读书!"

他左手端着饭碗,右手夹着筷,嘴里缓缓嚼着饭,心里不住的(按:原文为"的")在想。这超出于他的能力的工作似乎使他对于家里有些愤恨了。

《离婚》

《离婚》,题"幻洲丛书"(没有编号)。1928年6月1日初版。潘汉年著,光华书局发行(上海四马路)。全一册,123页,每册实价四角五分。印数1~2000册。

该书为短篇小说集,内收《离婚》《情人》《苦杯》《她和她》《求爱》《无聊人的半天》《白皮鞋》《混沌中》,凡八篇。

卷首有《先看完这篇——致读者——》,卷末无跋。《致读者》兹录如下:

这样几篇粗制滥造的东西,居然会骗得读者诸君当它"短篇创作集"买在手里,不是我的侥幸,也算不得我的光荣,老实不客气的说,只是我挣扎在"生"的旋涡里,为了要骗钱用,不得不羞红着脸,把几篇东西,让书局里印出来与诸君相见。

去年阴历年底,有一个寒雨霏霏的夜深的时候,我孤孤的一人战瑟着在马路上没有目的地乱窜,由四马路棋盘街而望平街,由望平街而南京路,由南京路往西走去,一直到了跑马厅,忽然一阵幽(悠)扬婉转的批牙娜和梵亚玲的合奏声,传入我的耳鼓,在这样细雨霏霏,寒夜孤独,徘徊街头不知所归的我,受了这音乐的刺激,忽然停住脚步,抬头向卡尔登楼上跳舞厅看去,啊,双双男女的舞影,像活动画影般的映在卡尔登楼厅的薄纱窗帘,我不禁呆呆的站住,仰头痴望着那男女双双蠕蠕颤动的黑影。

爱的表现?肉的颤动?醇酒美人的享乐?……(按:原文的省略号)我不知当时我的内心究竟是有些什么感想?待我觉得冷气逼入,两腿僵硬失去知觉的时候,回头过去瞧着跑马厅钟楼,已经是三点半了,我无可无不可的搬动着滞重的双脚,走回大马路。

这样的深夜,在平日只是几辆载着那些吸血鬼的贵族、豪绅、太太、小姐的汽车,在黯澹(按:原文为"黯澹"而非"暗淡")路灯之下的死寂的马路上来往，然而，这夜我走到日昇楼街口，那几片南货店和糕饼铺，居然还是放亮十足的灯光，柜台的周围，人山人海，挤满着配年货的男女顾客。我向前走去，到石路转弯，这一带地段最多的是衣庄铺，他们也是家家照常营业，在店门口叫卖的伙计，特别提高喉咙，放阔嗓子，拼命地叫喊。有的已经是白的口沫挂在嘴角，有的是汗水在额上淌着，有的是阵阵热气在头皮上蒸发，而那些长袍短褂的中等阶级，以及破衣衲衫的劳动者，男女老少，格外忙碌地在各衣店来往流动着……这样的将要过年的情形，居然使我回想到童年在家庭中眼巴巴的盼望过年的憧憬。

——回去吧，回去吧，经年在外漂泊的少年浪子呀！破落的家庭，还有白发的双亲，弱小的弟妹；这时候，假如我回到家里，他们将怎样的欢乐！自从我十五岁立志要独立谋生到今年二十二岁，已经有多少年头没有回去过年了！他们是年年在热烈的盼望，然而终是年年的失望。呀，今年回去一次吧，不要再叫年已古稀的父母，在这冬残腊尽的年底，又是一次伤心的失望！……（按：原文的省略号）

这也奇怪，"家"在我的脑经（按：原文为"脑经"而非"脑筋"）里似乎早已消灭，虽然也常常想起我家里的亲人，但终未有这一夜逛马路回来，对于家庭忽然起了一种强烈的繫念（按：原文为"繫念"），急切的想望，想起几年来有家未归，飘然一身的流浪生活，更加使我悲伤。

已经到了十二月二十四日了，我竟不能抑止我"要回家"的勃发情绪，可是身边仅仅剩下几个角子，怎么办呢？我本来绝对不想衣锦还乡，不过回去的路费以及出来的川资总要自己预备好；因此筹款的问题逼住我了。

书局的老板见我常常介绍朋辈的作品要他出版，他从未见我自己把什么集子去卖给他，他便常常对我讲："假如你自己的作品要出版的时候，无论我书店里如何穷，我可以借了钱来买你的稿子，"他要拒绝我所介绍朋辈的作品的时候，他老是露着这种友谊很深，瞧得起我穷小子的表示。

因为书店老板曾经这样的多次引诱我，在我正要归家而无钱的时候，便想凑本集子骗他几元钱，于是发狠埋头在灯下写我一个长篇小说，谁知不幸得很，一连写了三个通夜，还不满四万字，第四日白天照例要睡觉时，却睡不着了，脑袋昏昏沉沉，精神恍恍惚惚，走在路上有气无力，脸色也苍白起来了，原来"头风"的老毛病发足（按：

原文为"发足"而非"发作")了！糟糕，满怀的希望，付诸流水似的消逝了。就是这一天，我走进书局，老板问我长篇小说写好没有？我只是摇首，摇首！

"你不是发表过几篇短篇了吗？不如把短篇凑集一个单行本卖给我们吧！"

为了要达到回家的目的，居然把几个自己不愿意再看的短篇真的卖给书局了！

钱，钱，钱，我为了你，居然又辣辣的红了一次脸！

前面写了一大堆空话，仅仅说明我去年年（按：疑缺一个"底"字）缺少钱回家，把这几个短篇拿来骗钱的原委。在另一方面，似乎我是怕所谓批评家把这本东西要骂得"狗屁不行"，故意说明要骗钱的原委来当做挡箭牌，换句话说：好像我在预先乞人原谅。假如批评家和读者要这样看时，老实一句话，压根儿你们自己辱没了眼睛！

这几个短篇之无艺术之可言，以及造句之滥而不亨（按：原文为"不亨"），天生是鄙人犯了一般人之所谓：天才不足，缺少烟士批里纯。我虽爱好文学，但我没有工夫研究文学；我欢喜写作，但我不想成什么家，所以里面的东西是自然主义乎？浪漫主义乎？写实主义乎？个人主义的文学乎？革命的文学乎？有闲阶级的趣味作品呼？……（按：原文有的省略号）我自己做梦也没有想到究竟属于那一派那一项！我只是想写的时候，提起笔来画符似的写下，懒得再写的时候，放了笔杆就干旁的事，因为这样，所以我开章明义承认是"粗制滥造的东西"。人家说文学的作品，要得着充分的烟士批里纯，再一字一句的经过煅炼，珠圆玉润的写下，不错，人工绣花，应当是细磨的手作工夫，但是用机器印花，完全想要简而捷，产物的背景完全不同了，假如有人要把两种不是同一时代的产物，用一样的眼光来批评，根本就评不出什么玩意儿来的！

我用毛笔写小说觉得太嫌来不及我嘴里的要说的话，所以我用钢笔比较快一点；写着正楷觉得没有简体来得那么方便；虽然文言换了语体文，但是始终不是语言一致的文字，我感觉得流行在纸上的语体文，还是达不出我们真实的心意，……（按：原文有的省略号）我写作时，常感觉到这些，归纳起来讲：胡适之流所谓文学革命后的方体汉字白话文，在鄙人还觉得再有革命的必要，急切革命的必要！

可怜，可怜！我心里要写成的小说，终于还是乡下人看不好的机器印花布，当它是人工蹩脚的绣花布，只有我自己知道：毛病是在机器之不健全。至于机器印花布好歹的批评,那更不用说,机器印花布的批评家还未生长!

啊,这几篇"粗制滥造的东西"是一个想用机器印花的起码工人用蹩脚不健全(按:原文为"整脚不健全"),尚未改良的机器印成的!——这是没有办法,我再打一个譬喻吧:我写在原稿上的简体便写字,印在书上的依然是宋体古写!

毕竟我对读者抱歉,我终骗了钱回家去一次!

今年重行来沪,书局老板说这本书尚缺字数很多,除另作一篇《白皮鞋》加入外,又在此拉杂噜嗦讲了一大堆,为的是要凑凑字数。呜呼哀哉!工资奴隶,以及财产可以霸占私有的社会制度之下,金钱咄咄之逼人也!

写完凑凑字数的本篇,无以名之,名之曰:

"致读者"!

一九二八,三,三,夜一时,序于上海。

《楼头的烦恼》

《楼头的烦恼》,题"幻洲丛书"(没有编号)。一九三〇年四月初版,一九三一年三月再版。周全平著,光华书局发行(上海四马路)。全一册,120页,每册实价四角五分。印数2001~3500册。此外还有1932年10月3版,1936年6月上大光书局再版。

该书为短篇小说集,内收《舆论家教》《楼头的烦恼》《落霞》《下流人的辩护者》《秋衣》《荣归》，凡六篇。

无序跋。《楼头的烦恼》摘录如下：

——我实在太卑劣了！我的自制力实在太微弱了！我近来意外获得的一些幸福，完全被我的卑劣的冲动破坏了！啊，我恨死我那放肆的情绪哟！

初夏的一个清晨，微风拂着窗外的绿蕉，青年T君在他的友人C君的房里恨恨（按：原文为"恨恨"）地诉说着。

C君有三个星期没见他的友人T君了，自从T搬了家以后。今天T君走进房里时，那种萎靡落拓（按：原文为"落拓"）的样子，直使C君吓了一大跳。本来便已瘦削的脸更显得消瘦了，血色一些也没有，神气一些也没有。本来十分有神的眼睛，深深的（按：原文为"的"）陷了下去，眼白上布满了血丝。头发蓬乱着，灰色大褂上满是皱纹和泥浆。

那时他照例坐在靠窗的一只（按：原文为"只"）有背的圆椅上，倒跨坐着，双手攀着椅背，失神的目光茫然注视着嫩绿的芭蕉，恨恨地诉说：

我那后楼你不是也去过一次的吗？你总还记得是怎样的一个形状的吧？小小的一个扁方房间，一面是灰墙，一面是板门，一面是薄薄的柳杉板隔着前楼，一面是两扇玻窗（按：原文为"玻窗"）正对着盖在晒台上的亭子间。

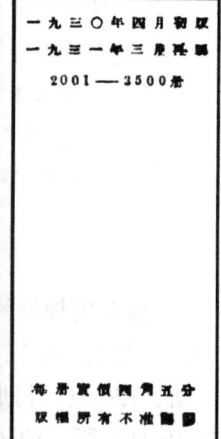

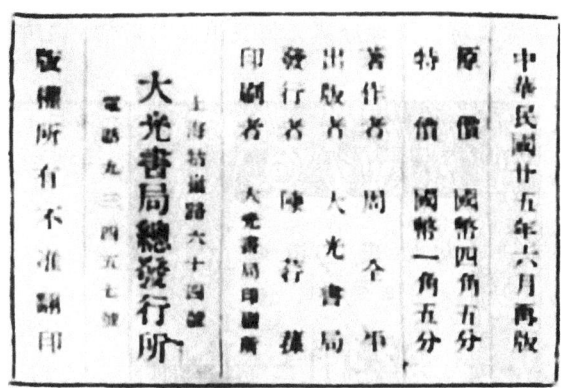

《女娲氏之遗孽》

《女娲氏之遗孽》，题"幻洲丛书"（没有编号）。一九二七年五月出版。叶灵凤著，光华书局发行（上海四马路）。全一册，137 页，每册实价四角五分。印数 1～3000 册。

该书为短篇小说集，内收《昙花庵的春风》《内疚》《拿撒勒人》《姊嫁之夜》《女娲氏之遗孽》，凡五篇。

无序跋。《女娲氏之遗孽》摘录如下：

> 莓箴今天走了，敬生又在邮局中办事没有回来，偌大的一间楼上，只有我一人静坐，楼下的笑语历历（按：原文"笑语历历"应为"笑语厌厌"，现今一般为"笑语晏晏"）从窗口递上，使我倦念的心怀，益复不能自止。昨天此时，莓箴还在我这里，他并没有同我讲起即要走的事，然他今天竟偷偷地走了，在他的心意，以为不使我预先知道行期，可以减少我的痛苦，殊不知今天这突来的离别，却益发使我悲伤哩！我今天清晨从床上听见他嫂嫂在楼下对他说，莓弟，时候不早了，你还不预备车子走么？我的心真碎了。我本待要起来送他，无如（按：原文为"无如"）我们的关系既是这样，我惟恐他人见了我的泪容，反将格外引起流言和蜚语，所以我只好蒙头掩面痛哭。知我此时情的真惟有（按：原文为"惟有"）这一条薄薄的棉衾了！
>
> 他近来大约知道开学期近，快要与我离别，更格外同我亲近，每当敬生出去后，便即不顾一切地跑上楼来同我谈笑，以期在欢乐的陶醉中，想使我忘记了未来的离别。然他虽是这样地用心，虽是这次使

我是免去了黯然销魂之感,他却忘记别后的我了。可怜今日这一个晴天霹雳,蓦地分离,使我追念起旧情,心中如何难堪啊!

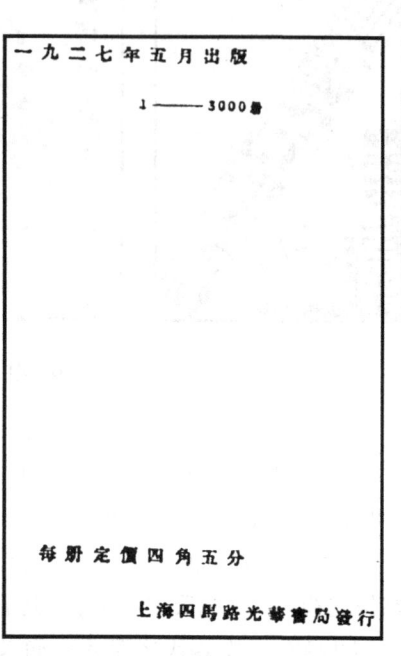

《我的女朋友们》

《我的女朋友们》,题"幻洲丛书"(没有编号)。一九二七年八月出版。金满成著,光华书局发行(上海四马路)。全一册,142页,每册实价四角五分。印刷1~3000册。此外1929年1月三版(其版权页还署"1927.8.初版",与初版本上所印时间不一致),印数5001~6500册。

该书为短篇小说集,内收《匀妹的爱》《田妹的爱》《娟妹的爱》《春妹的爱》《福妹的爱》,凡五篇。

卷首有《序》,卷末无跋。《序》兹录如下:

致我的女朋友们

亲爱的女朋友们啊,我谢谢你们:供给了我这本小小的东西许多材料。我更谢谢上帝,我不知道他怎样支配我的命运,使我在这茫茫的生命的途中,能够和你们有一刹那的遇合。至于说认识便是痛苦,那是过于悲观者的谈话。我呢,我是不甚觉得到这类的痛苦的。自然,我们曾经因为认识而产生过许多的不幸,但我却尝到了这不幸的甜蜜；因为它使我深深地觉醒，深深地认识了人生。

你们，在我的生的过程中，占的时间长或短；你……——我不得已只好夹着剩余的四支香蕉，向光线最多的地方走去；经过一番极大的恐慌，算是脱离了她的关系。我用手巾揩了额上的汗以后，独自地还在马路上徘徊。我正如莫泊三（桑）小说中的主人翁一样暗暗想道："女人，女人，这不也是女人么？……"我又开始怀疑起人生来了。

甚（什）么神秘啦，美妙啦，爱情啦，甜蜜啦，……这些不是几个文人，几个修词（辞）学家臆造出来的名词么？即我这封信的前半段还如此其神视女性，写到此地便立刻变了笔调；这自然是我思想的笨拙，以至于影响到行文的笨拙；但是我的女朋友们啊，这样正是我。行为是矛盾的，语言是矛盾的，心理是矛盾的，以至于一切一切都是矛盾的，不可知的，两可的，值得怀疑的，这不明明透出了神秘的生命的消息么？

我，除了极短时间的沉醉而升，永远是在这样两难的道上走着的。世界无涯，东西南北任来去；然而可怜啊，东西南北，都不是我的来去处！我于是沿着马路，走了不知许久，才走到了那凄凉的旅舍。夜深的寂静，使我易于回想到过去的一切景象来。第一我先看见你们……这便是养成我捉笔写此的环境……

十五年七月，上海。

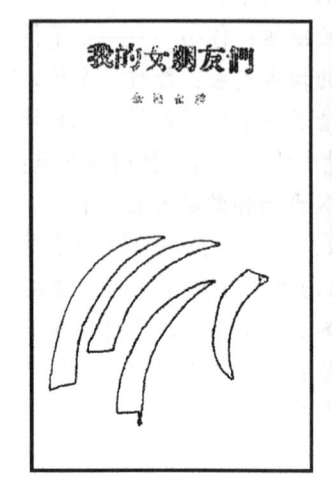

《长跪》

《长跪》，题"幻洲丛书"（没有编号）。民国十六年（1927）八月出版。洪为法著，光华书局发行（上海四马路）。全一册，128页，每册实价四角五分。印数1~2000册。此外民国廿五年（1936）六月三版（大光书局），原价国币四角五分，特价国币一角五分。

该书为作品集，内收《长跪》《爸爸没有了》《哭父》《镜中》《青枫峡》《忆枫峡》《惜别与眷怀》《蛙鼓》《慢些》《鹞鸟与鸣蝉》《乌鸦的埋藏》《渺茫》，凡十二篇。

无序跋。《长跪》摘录如下：

  似水的光阴，他是条百炼的铁索，将我捆缚得再无些子回旋的余地，安放在生命的巨流中，匆匆的（按：原文为"的"）便带着逝去了。父亲！就是这么匆匆，我已离开你两年多了，距我写"哭父"的时间，也整整有了两年。在两年前写"哭父"之时，父亲，你该知道，我那时的眼泪比蜡炬就烬时伤心落泪还落得快些；然而尽管落泪，尽管伤心，在不可测的未来，微微觑去，总像还有许多美满的境地在期待我，有同碧海青天中夜星的闪烁。在那里，我便可尽一些应尽之责，一方面慰生（按：原文为"慰生"），一方面慰死（按：原文为"慰死"）。啊啊！(按：原文为"啊啊"）父亲！我最亲爱的父亲！两年来的我却已经醒了！真的醒了！我不但欺骗了家人，欺骗了父亲，我更欺骗了我自己，我历来著上的华采（彩）的虚伪之衣，一次一次的风波，使我不得不一件一件的卸下。父亲！就在如今，我不愿再欺骗你了，只有长跪在你面前，诉我两年的惨痛，暴露出我卑劣的原形。

两年来在我眼前总有一个奇异的黑影子在徘徊，并且一天一天的增厚起来。起初还是夜间遇到的多，如今，唉！几乎无时无地不见到他了。与别人言谈正是兴高采烈之时，可以立刻敛容不语，紧蹙着眉头；独自读书正是津津多味之时，也可以立刻抛撇下书卷，咄咄的（按：原文为"咄咄的"）仰视那沉滞的天空。这是不须多解说的，父亲！便是那黑影在魔鬼般的（按：原文为"的"）作祟啊！这黑影在魔鬼般的（按：原文为"的"）作祟，请你原谅我，原谅我能力的薄弱！自然，我也曾用理知（按：原文为"理知"，现今一般为"理智"）去驱逐他，或是用感情去驱逐他，可是能力薄弱的我，如何能驱之远去呢？于是我希望便一齐投入了黑暗，生命也便如遭遇到日光的冬日积雪，委顿销沉（按：原文为"销沉"）得可怜。

——永远的冬日呵，永远的黑暗！……

父亲！提到永远的冬日与黑暗，这对于我才是至为确当的铭赞（按：原文为"铭赞"）。在理母亲还健在，我也还是二十几岁的人，不应言志，不应说自己的青春已经消逝，可是我的精神与肉体不能容许我不说，我的思想以及所遭际（按：原文为"遭际"）的事实更不能容许我不说，——唉！不说又如何呢？未老先衰了！人到了未老先衰，前途有什么光明伟大之可言？——永远的黑暗了！

《招姐》

《招姐》，题"幻洲丛书"（没有编号）。1929年3月初版。罗皑岚著，光华书局发行（上海四马路）。全一册，140页，每册实价四角五分。印数1~2000册。此外1936年再版（大光书局），原价国币四角五分，特价国币一角五分。

该书为短篇小说集，《招姐》《来客》《谁知道》《赌博场中》《花鼓戏》《清白家风》《租差》，凡七篇。

无序跋。《招姐》摘录如下：

六年来梦魂萦绕的故乡，这次年底回来住了三天，便一切都觉得平淡无奇了。鸟儿仍是奏的那套老调，后园的竹子还是那么青青地密密地排列着，马司务每早担起箩筐到屋后去取干柴，仍是咳得咯咯地在我房门前走过，刘妈晚上打鞋底总是打到二更，一切仍然是一切，不过母亲比前几年似乎更老了一点。

是一个天气比较暖和的晚上，母亲见我来归来后并不如往常那样露着高兴的样子，白天给我作的"扯糍粑"，又只见我对着豆粉发呆，于是和我谈我小时（按：原文为"小时"不是"小时候"）各种高兴的事，她希望我从那里面能引起以往的欢乐，差不多把我的一部童年的历史上最得意的几章，说了又说。

不知怎么一下谈到小时的玩伴招姐上去，母亲说她已出了嫁，我禁不住插着问：

"嫁给谁？"

"就是抅塘四伯伯，填房的。"

八　幻社《幻洲丛书》叙录　809

"四伯伯不是去年死了吗?"

"是的,可怜她嫁去还没半年咧,幸喜她去年下半年生了一个儿子,算是替四伯伯接了后。"

拘塘四伯伯是我一个本家,虽然不知是共第几代祖宗,但论起字派来,我是要喊伯的。四伯伯很有钱,以前常和我家有来往,自从祖父去世后,便生疏了。

我心中默默地想,招姐如何会嫁给这样一个快到五十岁的人,并且是填房。别了她已有六年了,不知她近来怎样?心想去看看她,但明说了,母亲一定不赞成,因母亲素来不喜欢招姐,张先生娘子那年来给她说媒时,母亲就一口拒绝过,公然说"这孩子好是蛮好,可惜太轻佻"事后使我暗恨母亲不置,记得招姐的母亲因此招了怪,此后就没再到过我家。

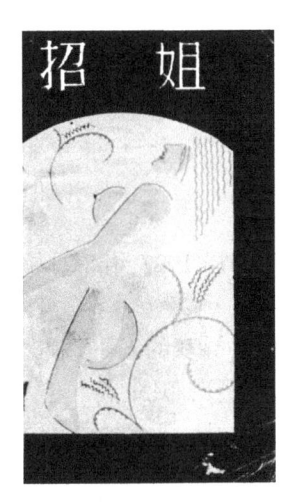

九　沉钟社《沉钟丛书》叙录

根据笔者考证（详见"绪论"中的《沉钟社〈沉钟丛刊〉考述》），沉钟社《沉钟丛刊》可能有十七种。从第5号至第9号（根据广告），重复编号。书名依次为：1.《炉边》，2.《昨日之歌》，3.《悲多汶传》，4.《不安定的灵魂》，5.《除夕及其他》《在世界上》，6.《北游及其他》《普罗密修士与约伯》，7.《英吉利散文选集》《沉钟》，8.《秋虫》《两角落间的消息》，9.《逸如女士》《当代英雄》，10.《我的大学时代》，11.《阪道上》，12.《小鬼》。所见六种，每种均印有编号。以下叙录根据编号顺序排列。

《炉边》

《炉边》，陈炜谟著，题"沉钟丛刊（1）"。北新书局1927年8月1日初版。全一册，168页。印数1～500册。

该书为作品集，内收《Proem》《破眼》《月光曲》《寻梦的人》《夜》《旧时代中的几幅新画像》《写实主义与理想主义》《寨堡》，凡七篇。

无序跋。《写实主义与理想主义》摘录如下：

> 从我所住的这东河沿要到弓弦胡同，这路线并不长，沿墙根灰土很大，只消把手绢掩着鼻孔，不过十五分钟就可达到那里。有时幸运，没有汽车从面前经过，卷起很大的沙潮，连手绢也可以不用，深深地呼几口冷气。我住在这里的时候就常跑到弓弦胡同去看胡吻月。跨进那悦宝公寓的门槛，我又知道自己是在怎么个所在了；好冷好冷，不住地搓手；这之间胡吻月总爱拿起火钳来拨炉灰，一面在抱怨公寓里的伙计。
>
> 要我说出原由，我自己也有点发呆，我何以要去看胡吻月？勉强说，使我感兴趣的怕不在乎他的思想，他的生活的方式，他的人生观；我是自觉或不自觉地想在他那喋喋的杂谈中来消磨我的余暇。我

不用惭愧,我很知道他。他是一个二十四五岁的青年,从他那玳瑁的眼镜框外他能看出有着好的前途正等着他在。他就生得一副适宜于作事(按:原文为"作事")的性情,活泼,伶俐,健谈。一眼望去他的屋子虽然弄得很乱,烟卷头,废钢笔尖,信,报纸,摆满了一桌,那上面还罩上一层薄薄的灰土,但从这混乱中你可以相信总有一天他会卷起袖子来把这一一整理好;他确有这能力。伙计生不好的火炉在他的手里就剥剥地燃得很起劲。

我和他熟识,我知道他结过一次旧式婚——我可以不用惭愧地说罢?——但没有孩子,他和他的夫人也没有相爱过;在不熟的人面前他就不提起这回事。这并不是说他有心欺骗;他的夫人不适宜于他的思想,他的生活的方玳瑁法(按:原文为"方玳瑁法"),他的生观(按:原文"生观"应该为"人生观");在那的眼镜框外他自能有人看出有着好的前途等着他在——所以他想一天他总会再结一次新式婚的。他在大学的哲学班上或者并不打盹,但在房里他却实在不高兴念哲学。在他的书架上哲学书就不多,大抵是诘(佶)屈聱牙的中文翻译;人从那书桌的乱堆上随时可以发现的倒是一本——

The Poems of Robert and Elizabeth Browning

一本可以值十二先令的原板(按:原文"原板"应为"原版")书,在那他所常翻读的"燕子龛残稿""漱玉词""两当轩全集""浮生六记""髭须""结婚的爱""健康的性生活"(按:原文为引号,依旧,不该为书名号)的书堆中灿烂地陈列着。

读的虽是时行的书,但他不是一个时行的"文学青年"——他并不作诗。我们平常说"文学青年"大抵是指那般把"玫瑰""夜莺""心弦"之类的字组合成每行字数一般多的诗句的"独立市桥人不识"的颓废诗人,或者连那擅长于写表兄妹"后花园私订终身"体的三角式恋爱小说的小说家也可以一并计算在内。胡吻月不属于这一类;一枝(按:原文为"枝")发锈的笔头使得他难于在纸上写字,他的艺术眼光并不很低。早晨送报的到来,他也抢先看那有名的副刊专家编辑的"燕报副刊",但从他面上的神气和急急忙忙把副刊抛开就要念"国内要闻"的态度看出,他对于那上边刊登的文章并不满意;而且他有时也坦白地说:"这也是诗,呸!"

他不是属于那些人们中的一个,他们主张"人没有理由平白牺牲一个人"或者"必要时宁肯牺牲自己",这样的事不适宜于他。他是相信现在有什么阻碍着他的路,总有一天他会卷起袖子来做事的——不管那"一天"是多么长远。在这样情形之下他没有闲心来读书,(他不爱短时间的读书,但有时一口气就读到深夜不睡)整理思考,是不用说的了。

《悲多汶传》

《悲多汶传》,法国 ROMAIN ROLLAND(罗曼·罗兰)原著,B. Constance Hull 英译,杨晦转译,题"沉钟丛刊(3)"。北新书局 1927 年 7 月初版。全一册,97 页,实价二角半。印数 1~2000 册。

该书为传记,包括《他的生平》和作为附录的《他的遗嘱》。另外有三幅插像《二十一岁的悲多汶》《四十八岁的悲多汶》《四十四岁的悲多汶》。

卷首有《序言》,卷末无跋。《序言》兹录如下:

"我要证实那无论谁,只有他正直和高尚的行为,才能以担当不幸。"

——悲多汶。(寄维也那市区,二,一,一八一九。)

环绕我们的空气是这样的阴沉,全世界窒息在一种浓腐的氛围里,——一种浅陋的物质主义压在头脑和心灵的上面,同样的妨碍着政治的运用及个体的发展。且来推开窗户放进那自由新鲜的空气,呼吸那英雄的气息。

　　人生是严肃的。在那些不甘于灵魂的庸俗的,是一种日常的战斗。在许多人又是一种惨伤的战斗,——无所谓崇高,无所谓幸福,只是暗地里默默地挣扎着。重压在贫苦和家累之下,在无目的地消耗精力之过度而又无味的工作之下,没有一线的希望,许多的灵魂都彼此分离开,对于陷于不幸的朋友也不能伸出手来慰藉一下,他们谁也顾不了谁。他们只好仰赖着自己;往往就是最强也不能不在烦苦之重担底下低头。于是他们一齐喊将出来,——他们需要朋友。

　　那么,且聚拢些古代的英雄在他们的周围,——那些为了普通人性的善而困苦了的伟大灵魂,作他们的朋友。伟人的传记不是为了骄傲或野心;反而是要献给不幸的人们。而且有谁当真不是(不幸)?对于那些困苦的人们,我们贡献这消除他们高洁的困苦之香膏,没有那一个是在单独地作战的,世界的黑暗将藉着这些英雄导引的灵光转为清明。

　　我们称作英雄的只是那些以心的善性成功了伟大的人们,——那些以无限的智力或只以体力奏了凯歌的都不在数。悲多汶说:"我相信在人类中没有更尊崇的标识过于'善'的。"没有了性格的伟大就没有了伟人,甚至没有伟大的艺术家,也不会再有什么伟人的事业;只有一些偶像供一般庸人不值一文的,短命的称誉;时间会将这些东西一齐给削掉。浮面的成功没有什么要紧,惟一的事情是要伟大,不是要"像煞有介事"。

　　英雄的生活是一篇长期的殉道史;悲怆的运命要他们的灵魂在物质和人事的悲伤疾苦以及病痛的铁砧上经受过锻炼。由于他们的不幸,才造成他们的伟大。因为这些刚健的灵魂们轻易不怨谤他们的不幸,这里边便有了最善良的人性,我们且从他们的怀中取得勇气吧!因为他们伟大的胸怀里涌泄着稳静的力和鼓人神兴的善的奔流。就是没有参酌他们的著作或听取他们的声音,从他们的眼光里,我们也可以读出他们生活史中的秘醖,——经历过烦忧,并没有什么不好,反倒从那里性格上获得了更伟大的伟大,更幸福的幸福和更享乐的享乐。

　　这位坚强而又纯洁的悲多汶在困苦中,希望以自己作榜样给别的不幸者以助力……"那不幸者是可以得到安慰的,在发见了别人像他一样的不幸而又不顾一切的困难和障碍,努力来实现那作'人'的价值,不使辜负了'人'这个名字的时候。"以几乎超于人性的努力,经过多年的奋斗来制胜他的困苦,完成他平生的事业,——吹嘘一些更大的勇敢在贫弱的人性里，这位制了胜的 Prometheus 望着一位过于求助上帝的朋友，这样喊道，"啊！人呀！你要自助！"

他的高尚的箴言，会使我们鼓舞起来罢。由这个人对于人生的信仰及稳静的信赖自己的榜样，吹给我们一种生命，我们要从新的振起精神。

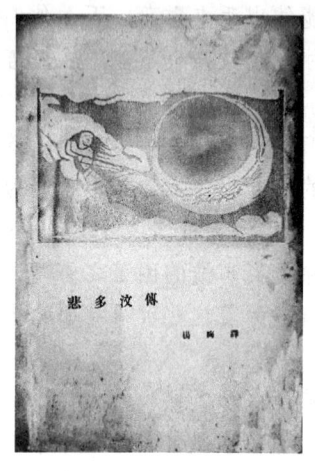

《昨日之歌》

《昨日之歌》，冯至著，1927 年 4 月 1 日初版，北新书局印行。全一册，132 页。实价四角。印数 1 ~ 1500 册。

该著为新诗集，分上下两卷，上卷目录依次为：《绿衣人（1921）》《问（1922）》《满天星光（1923）》《一颗明珠》《不能容忍了》《夜深了》《暮雨》《楼上》《归去》《歌女》《小艇》《狂风中》《残余的酒》《怀》《追忆》《初夏杂句》《别 K.》《窗外》《瞽者的暗示》《宴席上》《残年》《你——（1924）》《鞦韆（秋千）架上》《春的歌》《绿树外》《在海水浴场》（包括《浪来了》《沙中》《风吹着发》）、《墓旁》《雨夜》《孤云》《我是一条小河（1925）》《夜步》《如果你》《怀 Y. 兄》《遥遥》《在郊原》《"晚报"（1926）》《在阴影中》《工作》《永久》《你倚着楼窗》《默》《我愿意听》《蛇》《秋战》《风夜》《"最后之歌"》，凡 41 题首 43 首。下卷目录依次为：《吹箫人（1923）》《帷幔（1924）》《蚕马（1925）》《寺门之前（1926）》，凡 4 首。

无序跋。扉页题字如下：

EIGNES LEID UND FREMDE KLAGE, EINST IST ALLES

SCHOENE SAGE.
——R. DEHMEL.

扉页题：本书封面画系取自 W. Blake 画集，由马隅卿君重摄；Fly-page 及 Title-page 上的插画系司徒乔君作；均此致谢！

诗作《绿衣人》兹录如下：

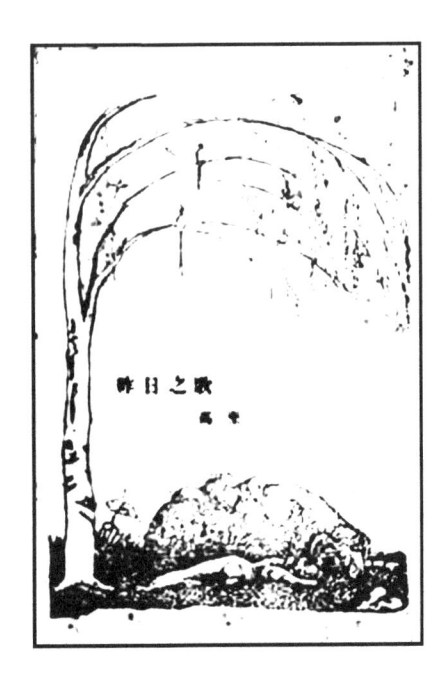

  一个绿衣的邮夫，
  低着头儿走路；
  ——也有时看看路旁。
  他的面貌很平常，
  大半安于他的生活，
  不带着一点悲伤。
  谁来注意他
  日日的来来往往！
  但他小小的手中
  拿了些梦中人的运命。
  当他正在敲这个人的门，
  谁又留神或想——

"这个人可怕的时候到了!"

——1921

《不安定的灵魂》

《不安定的灵魂》,陈翔鹤著,题"沉钟丛刊之四"。1927年6月1日初版,印数501～2500册。全一册,314页,实价七角半。

该书为短篇小说集,内收《See!》《悼——》《西风吹到了枕边》《莹子》《姑母》《不安定的灵魂》《他》,凡七篇。

无序跋。《不安定的灵魂》摘录如下:

> 时间和年龄无论如何都实在是人们的教师和解放者。
>
> 因此我也就回她信说,我很赞成她的计划,更说我始终是非常的真心的爱她,希望她以后能够永久的得到幸福。若是将来她的丈夫能以容许,我再来南方时,一定要请他们作为我的东道主。我将要在他们家里住上一月或两月,静静的,温和的,分享一点他们的家庭空气。若是我有什么能力,而他们又需要时,我一定愿意替他们作一些工作。……
>
> 自然,在不久间我们便会分别,而一分别后,一切事都可以完毕了,还说什么呢!水,流到溪,流到涧,流到江,流到海,岂不都是一样?它仍旧是水。波澜起伏虽有时在所不免,不过归终它还是那样的一种东西!——平静了下去,平静了下去,终归还是要平静了下去呀!
>
> 在一想到这里,差不多我这"不安定灵魂"的徽号又大可以勾销了。
>
> V说她将在本礼拜六晚间上船,所以我想最好我也就能在送她走后之次晨起身。现在已是礼拜二再等不上一礼拜,我想我便能回到北京来同你们握手了。
>
> 此刻虎疫仍是非常流行,还有蒸蒸日上之势。昨天同院子住的西人又死了一个,看起来似乎有些胆怯,不过,算来还不上五日我便能离开此地了,所以我此时在幻想着我回来同你们把握时我是何等的快乐。是的,我来同你们把握时是何等的快乐呀!
>
> 树立上。
> 一九二五,七月末日。
> 一九二六年,十二月脱稿。

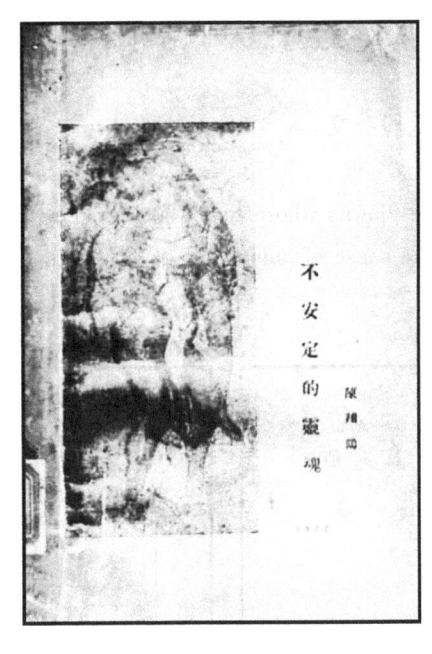

《除夕及其他》

《除夕及其他》，杨晦著，题"沉钟丛刊之五"。北平沉钟社一九二九年七月二十日付印，一九二九年八月三十日印成。全一册，128页，每册实价八角，印数1～1000册。

该书为话剧集，是独幕剧集，内收《笑的泪》《庆满月》《磨镜子》《老树的荫凉下面》《除夕》，凡五种。印数页题"封面画采用日本永濑义郎的木雕'沉钟'"。

无序跋。扉页题以下这段英文：

>Zeus, who prepared for men
>The path of wisdom, binding fast
>Learning to suffering. in their sleep
>the mind is visited again
>With memory of affliction past.
>Without the Will, reflection deep
>Reads lessons that perforce shall last,
>Thanks to the power that wields the Sovran oar,

Resistless, toward the eternal shore.
　　—Aeschylus.

独幕剧《笑的泪》之首题有以下这段英文：

We are zanics of sorrow. We are clowns whose hearts are broken. We are specially designed to appeal to the sense of humour.
　　—Wilde's De Profundis.

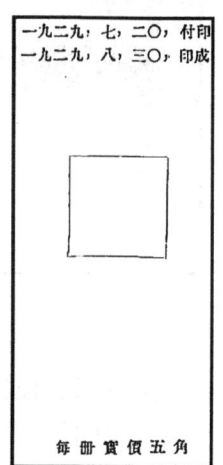

《北游及其他》

《北游及其他》，冯至著，题"沉钟丛刊之六"。北平沉钟社一九二九年出版。全一册，116 页，印数 1~1000 册。缺版权页。

该书为新诗集，分三辑。第一辑"无花果"，内收《无花果》《湖滨》《芦苇的歌（译）》《迟迟》《园中》《我只能》《雪中》《什么能够使你欢喜？》《给盲者》《墓旁哀话》《桥》《遇》《希望》《饥兽》《自杀者的墓铭》《春愁》，凡十六首。第二辑"北游"，内收《（未印诗名）》《别》《车中》《哈尔滨》《在公园》、Café、《中秋》《礼拜堂》《秋已经……》、Pomopiji（正文为 Pomopeji）、《追悼会》《"雪五尺"》，凡十二首。第三辑"暮春的花园"，内收《黄昏》《十四行诗（译）》《一盆花》《艰难的工作》《听——》《思量》《夜半》《晚步》《花之朝》《月下欢歌》《暮春的花园》《"南方的夜"》《十字架》《秋（译）》《我的爱人（译）》《生命的秋天（译）》，凡十七首。合计四十五首。印数页注明"封面画系採（采）用日本永濑义郎的木雕'沉钟'"。扉页题"呈给慧修",署名"著者"。

卷首有《序》,卷末无跋。《序》兹录如下:

"当我还未完成了一件美丽的工作,上帝呀,请不要让我死亡!"

我时常自己想,在这几年的生活里,真能有一件是值得用笔写出的事体吗?这样想时,我即刻便感到一种欣慰:如果有,那便毫无疑问是慧修待我的友情了。五年前我们初次认识,那时我还是一个不到二十岁,而充满了顽冥的孩子气的青年,他用着从他的辛苦生活里换出来的一些经验,把我当作小弟弟一般地爱着,从冬天买棉鞋到夏天做单衫,从白天到大学去听讲到夜晚坐在灯底下写诗,只要是关于我的生活上的事,无论是精神的或是物质,几乎没有一件不是他替我想的比我自己所想的还多:岁月是永久地流着,现在我已经要赶上了那时的他的年龄,而他却又不知经了多少内心的忧患,而在今年春天一个刮着风的日子里满了三十了。——人生应该怎样?世界上的 Dogma 太多,我没有功夫去理它们,但我却为了慧修的友情,渐渐地认识出来自己应该怎样走着的方向。他在我性格的缺欠上不知纠正了多少;在我懦弱的地方不知鼓励了多少;自幼因为环境的关系孕成的那自卑心理的云雾是他给我一点点地拨开了,内心上的许多污点是他为我一星星地洗去了:他使我知道了精神应该如何清洁,身体应该如何健康,怎样去想,并且怎样去爱。——如今我把这从我生命里培养出来的小小的花园呈在他的面前,心中真感到了意外的轻松,不管这花园是怎样地无香无色,好在是从我"自己"园里产出的,既不摘自北方的俄罗斯,也不移自南方的意大利,我只要求慧修他"一人"肯把它闻一闻,能够闻出一点本色的土的气息,我便会觉得像是他的手抚摩着我的头发一般,我的全灵魂都会舒畅了。——将来不可知;而现在我所能呈献给他的,能力也只限于此了。

一九二七的初秋,我离开了大学校的寄宿舍,登上了往一个北方的大都市里去的长途。在许多的送别的人中,最使我难于忘记的是那晚的慧修的面貌。他心里想着什么呢?我不知道,我只看着他那辛酸的情况完全形之于当时的动作:他怎样为我起好了行李票,怎样在火车上给我找到适当的座位,怎样似有意似无意地把一本 Rossett 画集放在我随身带着的箱中:但是他并没有说什么话。

车渐渐地移动了。我不知他同旁的朋友们是否还在月台上呆呆地望着,我却不由己地打开日记本这样地写了:我想,不论我的运命的星宿是怎样地暗淡无光，但它究竟是温带的天空里的一粒呵；不论我的道路是怎样的寂寞，在这样的路上总是时常有一些斜风细雨来愉悦我的心情的。从家庭到小学校去，是母亲用了半夜的功夫为我配置好了笔墨同杂记本，第二天夹在腋下走去的；从故乡到北平的中学校去，又是我那勇于决断的继母，独排成众议把我送去的；入大学的那年，继母也死去了，是父亲自己给我预备了一切，把我送上火车，火车要开了，他还指着他手中的手杖问我："要这个不要？"那时他似乎要把他所有的一切都交在他儿子的手中，就连他自己的身子也要同着他的儿子走去；这次呢，我要到人生的海里去游泳了——"挂帆苍海，风波茫茫，或沦无底，或达仙乡。"——送我的是谁呢？我应该仔细地想想，这中间有怎样重大的意义呀！……这样地写着，我同我的朋友，一步比一步远了，田野，一步比一步荒凉了。

一程比一程地远了，一程比一程地荒凉了。"马后桃花马前雪，教人怎得不回头。"在慧修的面前时，还穿着夏布长衫，等到上了南满车的北段，凄风冷雨，却不能不暗自从行箧中取出来一件长才及膝的夹袍。穿上以后，禁不住泪落在襟上了！因为《无花果》那一辑里的诗，多半是穿着这件夹袍的时候写的。这时我深深地吟味了漱玉词南歌子中的名句。

来到那充满了异乡情调，好像在北欧文学里时时见到的，那大的，灰色的都市，在一座楼的角落里安放了我的行囊。独自望着窗外，霪霪的秋雨，时而如丝，时而似绳，远方只听到瘦马悲鸣，汽车怒吼，自己竟像是一个无知的小儿被戏弄在一个巨人的手中，也不知怎样求生，如何寻死。唯一的盼望便是北平的来信。——最先收到的，仍是慧修的信："人生是多艰的。你现在可以说是开始了这荆棘长途的行旅了。前途真是不但黑暗而且寒冷。要坚韧而大胆地走下去吧！一样样的事实随在都是你的究竟的试炼，证明。……此后，能于人事的艰苦中多领略一点滋味，于生活的寂寞处多作点工，那是比什么都要紧，都真实的。"我反复地读了后，是怎样地严肃呵！

但是，那座城对我太生疏了，所接触的都是些非常 grotesque 的人们干些非常 grotesque 的事，而自己又是骤然从温暖的地带走入荒凉的区域，一切都不曾预备，所以被冷气一制，便弄得手足无措，只是空空地对着几十本随身带来的书籍发呆，而一页也读不下去。于是：在月夜下□了一支小艇划到 S 江心，觉得自己真是一个最贫乏的人了的时候也有；夜半在睡中嚷出"人之无聊，乃至如此"的梦话而被隔壁的人听见,第二天被他作为笑谈的时候也有;双十节的下午便飞着雪花,独自走入俄国书店,买了些文学家的像(相)片,上面写了些惜别的词句寄给远方的朋友的时候也有;在一部友人赠送的叔本华的文集上写了些伤感的文言的时候也有;雪渐渐地多了,地渐渐地白了,夜渐渐地长了,便不能不跑到山东人的酒店里去喝他们家乡的清酒,或在四壁都画着雅典图的希腊的 Restaurant 里面的歌声舞影中对着一杯柠檬茶呆呆地坐了一夜的时候也有。这样油一般地在水上浮着,魂一般地在人群里跑着:——虽然如此,但有时我也常在冰最厚,雪最大,风最寒的夜里戴上了黑色的皮帽,披起黑色的外衣,独自立在街心,觉得自己虽然不曾前进,但也没有沉沦:于是我就在这种景况里歌唱出我的"北游",于是我就一字字,一行行,一段段地写了出来寄给我的朋友——寄给我的朋友慧修。

归终我更认识了我的自己:既不是中古的勇士,也不是现代的英雄,我想望的是朋友,我需要的是温情:归终我又不能不离开那座不曾给我一点好处的大都市,而又依样地回到我的第二故乡的北平,握住我的朋友慧修的手了。北平,你真是和我的朋友一样,越久,我同你的话越说不完了,在你的怀中有我的好友,有我思念的女子,我愿

常常地在你的怀中欢詠，阿尔卑斯山的攀登，莱茵河的夜泛，缓步于古波斯的平原，参礼于恒河两岸，也许会令人神往吧，但也只有生疏的神往而已，万分之一也不及你的亲切、熨贴（帖）。你刮风也好，下雨也好，变成沙漠也好，我总是一样地在你怀中，因为在你身上到处都有我不能磨灭的心痕脚迹。慧修，你让我常常在你身边吧，我不希望任何人对我的赞美，我只愿见你向我的微笑，我不愿受任何人的批评，我只爱听你的指责。我常常因为你我是怎样的骄傲呵，对于那群只过着浮华的生活而始终不曾受过友情洗礼的 glatte Seele 们；我怎样地应该自慰呵，对于那些需要友情而又不能得到的人们。

朋友，现在我把这死去了的两年以来从生命里蒸发出来的一点可怜的东西交给你，我的心中感到意外的轻松了。正如一个人死了，把他的尸体交给地，把他的灵魂交给天一样的轻松。

——一九二九，五，九，于北平青云阁茶楼。

《逸如》

《逸如》，郝荫潭著，题"沉钟丛刊之九"。北平沉钟社一九二九年九月二十日付印，一九三○年一月二十日印成。全一册，288 页，每册实价八角，印数 1～1000 册。

该书为长篇小说，凡六十六节，无节目。印数页题"封面画采用日本永濑义郎的木雕'沉钟'"。

卷首有《序》，卷末无跋。《序》兹录如下：

在一本书的出版前，能够读到它的还没有装订成册的样本，并且蒙著者允许，使我写一篇类似序的短文在书的前面，自己的内心中真感到一种荣幸。

几日的酷寒以后，接连着是风和日暖，出门都不想围围巾了，清空有白鸽飞翔，哨声悦耳，走到院中：春天可真是要来了吗？——不禁想起去年的此际。那时著者正因为骤然的吐血住在疗养院里，朋友们都不知是凶是吉；生怕是那位静默无语的严肃的来客——肺病——在敲着她的运命的门。看着医生对于病原不肯下绝对判断的态度固然很是不满，但另一方面也觉得这样不把病原道破只是静静地养着也未始不为得体。大家都是没有一点医学常识的，只有半信半疑，希望千万不是肺病；可是病者同人说话的时候，却总是很郑重地用手帕捂着嘴。我也送去些美术画片供病者消遣，同时很不好意思地分食她的橘子同糖，有一次还有冰激凌，——冬天的冰激凌是怎样地好吃呀！当时我竟没有注意到，——是见到了，不过没有象（像）对于橘子和糖那样地注意罢了，——在她床头小几的抽屉里还放着一打子很厚的用打字纸写成的草稿。如今回想起，我实在有点自觉羞惭，因为那正是还未脱稿的《逸如》。著者骤然的病，也不能说是与这次对于第一番问世的试作的努力没有关系吧。

感谢上帝，后来著者居然能在很短的时间内恢复了康健，并且在去夏把《逸如》写完；虽说是每逢在下午写完了一段之后时常发烧，但我们现在读起，从头至尾，竟觉得完全不像是在样的境况里写成的。

记得果戈耳常常把他的作品读给普式庚听，普式庚没有一次不是笑的，但后来读到《死魂灵》时，听者不觉黯然神伤："啊，我们俄罗斯是如何地忧郁啊！"饶有诗意的这句话，当昨天我展读《逸如》时，不知不觉地又浮上了我的心头。

《逸如》的起始，在我们的面前展开一幅美好的画图：有如梦初醒，日满闲窗，听远远市声如沸，而隔壁又传来缕缕的琴音。但这种情景只如花的香，月的色，经不起烈日的炎蒸，寒风肆虐。人类真是贫乏，画布只有一张。当我们神游于那画图中，仿佛刚入胜境，而那位运命的画师已经在上面烘染了一层黯淡的颜色，似月被云妨，花迷雾里。最后他为完成他的工作，竟不惜放开他如椽之笔，用了浓厚的色彩，在那张画布上把他初期的作品通通抹去，而又显示在我们面前的是烈日与狂风：于是一切都急转直下，紧接着便是涤川的失踪，蕙芬的逃亡，李明姜坤无原故地被火烧死，好象（像）无所谓似地 L 和 Y 被惨杀在执政府的门前；小丑一般的黄君固然是使人起不快之感，但文明都市里这样的人物正是很多，瑞的婚后生活也不过只是无可奈何；学校里遇有事故是怎样群龙无首地吵嚷，游艺会中的人们是怎样地同禽兽差不许多，在火车上中国人的运命又是怎样地悲哀；中间的逸如却像是一个长久的阴天，悔恨侵蚀着她的心房，雨是时落时止，时紧时缓，直到死亡，虹彩终于不曾出现："竟是如此地忧郁与凄凉？"我读后呆呆地问。而上边的那些人物都好像熟识的朋友一般现在我的面前，各人带着各人悲苦的哀情回答我："为什么不呢。"——我细想：在我们的周围诚然如此，而且是很自然呀。

人类真是贫乏，画布只有一张，为着画第二，第三的画图，便不能不把第一的用更浓烈的颜色涂去。在后者的上面完全寻不出前者的彩痕。但我们仔细追寻，著者用她的匠心也给我们留下一角：于是当涤川在绞台上还闪电似地现了一现他母亲的遗像和逸如的倩影。尤其是读到最后下段，我们竟象（像）是陪着那衰老的祖父，皱一皱眉，"深深地叹了一口长气"；如一缕秋风，使我们紧张的神经感到一些儿轻快。读后的心情，竟与当年读完了屠格涅夫的《新时代》与《烟》的最后一段相同了。

数月前曾与废名君闲谈。他说，中国文学史上固然也有女诗人能列于第一流作家者，但总觉得在那些作品里并没有把女性的特殊的情绪表现出来，同男作家的多半是没有什么分别。这话骤听很新奇，细思实有道理。同是人类，本不应强分彼此，但因为生理不同，心理自异；如求了解，困难恐多。往昔年少，常徘徊于女子学校的门前，总觉得其中幽深神秘，费人寻思，往复流连，不忍遽去。今虽较长，然终以为人生之幕长是蒙着一半；女性的灵魂里有无数宝藏，而无从探视。现在却想不到从《逸如》里仿佛懂得了许多。因此，我更有一种希望，希望将来能从我们著者的手中多写出几个性格很显明的女性；她们怎样地爱，怎样地憎，怎样地欢喜，怎样地悲哀，赤裸裸地没有一点儿蒙蔽。——我想，我们是不会失望的，《逸如》便是一个证明。

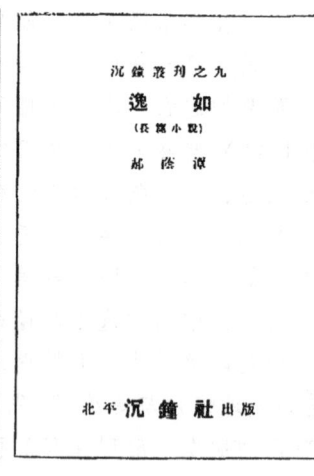

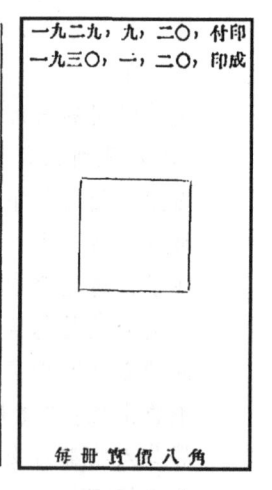

想起过去旧历除夕，我随 H 还有几位朋友都在著者的病旁榻旁强为欢笑，那时只盼望病人能早早复原，便比什么都好了；谁还想到

这本小说的脱稿与出版呢。——眼看今年的旧历除夕又快到了，《逸如》必定能如期地装订成册，到那晚我一定要请著者给我们朋友们读几段她所得意的地方，我们也要回敬她几杯红酒，祝她的身体永久地健康，祝她的艺术无限地发展！

  冯至　一九三〇·一·十六

十　广州文学会《广州文学会丛书》叙录

《爱的心》

《爱的心》，计全著，扉页题"广州文学会丛书"（没有编号）。上海光华书局一九二八年五月初版，一九三〇年七月再版。全一册，88 页，本书实价大洋三角。印数 2001~3000 册。

该著为中篇小说，全书凡八章，无章目，卷首有《序诗·深宵》，卷末无跋。

《序诗·深宵》，兹录如下：

> 夜沉沉
> 声寂寂
> 夜沉沉
> 声寂寂，
> 心潮不息！
> 心潮不息！
>
> 他抱着久不弹的琴，
> 奏出它的悠扬的音；
> 他把他的歌在唱，
> 听来好似在心伤；
> 他为什么而心伤？
> 他为什么而弹琴？
> 他为什么而歌唱？
> 他弹他的琴
> 可以唱出他的深心的情音！
> 虽然他常常唱出他的情音，

但是，
谁知道他的心！
谁知道他的心！
他的心是热情，
他的心是忠诚。
热情，不是柔弱而幽静，
忠诚，不是伪善而假情！
唉唉……
这个社会哟，根本是酷冷；
它哟，怎能容纳这种热情！
这个社会哟，根本是欺骗；
它哟，怎能接受这种忠诚！
他呀，他的心啊！
心呀，无人同情！
他呀，他的歌啊！
歌呀，无人倾听！
他弹他的琴，
他唱他的歌，
他，不幸的他呵！
谁是他的知音！
谁是他的知音！
唉唉……
这个社会的人数虽是繁复，
他怎能不感到另另而孤独！
呵呵……
这个空间的声浪已是在激涨，
他的热情的歌儿那里歌唱！
他，不幸的他呵！
怎能不怆凉地心伤！
怎能不抑郁地心伤！
他还是抱着琴儿奏他的心伤；
琴已老，
心已僵，
再不能接受他的伤！

他还是抱着琴儿奏他的热情,
琴已枯,
心静寂,
再不能替着他发热情!
一线线,
琴弦!
一线线,
琴弦!
不绝地颤战!
不绝地颤战!
琴弦断,
他心酸!
琴弦断,
他心酸!
他再也不能弹!
他再也不能弹!
琴弦,只剩得一线儿孤单!
琴弦,只剩得一线儿孤单!
他还欲把他的热情高歌,
琴已琴,
弦已断,
他的歌唱永远不能和!
他不知道他的歌声已竭,
琴已裂,
弦已断,
他的热情再无能发泄!
一缕缕,
悲伤!
一缕缕,
悲伤!
不绝地怆凉!
不绝地怆凉!
热情泪,
颗颗坠!

热情泪,
颗颗坠!
他再也不能唱!
他再也不能唱!
声音,已嘶再不能激张!
声音,已嘶再不能激张!
他,不幸的他呵!
他的琴儿已破,
他的心儿已破!
他的热情歌,
他的忠诚歌,
用着什么来调和!
用着什么来调和!
没奈何——
没奈何——
一切,付之一炬火!
一切,付之一炬火!
无情地
燃烧!
猛烈地
燃烧!
他的一切被燃烧!
他的一切被燃烧!
一切的一化为灰烬!
一切的一化为灰烬!
灰烬,永远向空中飘渺!
灰烬,永远向空中飘渺!

——夜沉沉
声寂寂,
夜沉沉
声寂寂,
谁愿把将来的不幸去推想?
谁愿把过去的不幸在回忆?!
1929.2.22,计全于上海。

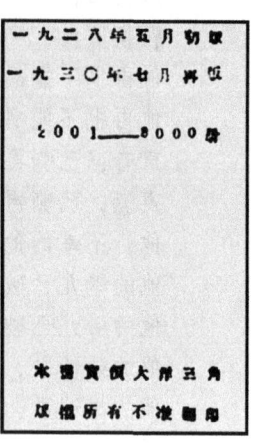

《爱之奔流》

《爱之奔流》，罗西（欧阳山）作，题"广州文学会丛书"（没有编号），又题"罗西长篇作之五"。上海光华书局一九二九年三月付印，一九二九年四月发行。全一册，293 页，该书实价八角五分。印数 1～2000 册。此外还有 1930 年版。

该著为长篇小说，凡十一节（无节目），另有"最后一幕"一节。

罗西是欧阳山（1908～2000）的笔名，原名杨凤岐，笔名凡鸟等，湖北荆州人，出身下层社会，富有文学天赋。著有作品《玫瑰花残了》《前程似锦》《一代风流》《三家巷》等。

卷首有作者罗西一九二八年九月二十四撰写于上海的《序》，卷末无跋。《序》兹录如下：

我是个生性怕下雨的人，平时天一阴了，我的心头也跟住（着）要阴下来，沉重地，灰暗地。如果在天空降着不停的牛毛般的细雨的时候，我便会整个呆了；如果那竟是一场滂沱大雨呢，我的心就更感到恐怖，仿佛我自己的身体逐渐缩小了。那种行坐不安，彷徨无主的状态，我不能拿笔把它宣泄出来。

以前在广州，因为职业的关系，每天要跑到面临珠江的一座白墙的楼上做几点钟工作。南方是多雨的，因此往往停了我的笔，呆望着那迷蒙的珠江面上的奔腾的水雾。

估不到在上海，也有这样怕人的大雨！不过我面对的不是珠江了，却变了红瓦如鳞般的屋背，然而那奔腾的水雾依然一样地，像一阵有毒的白烟，朝着那临窗的我扑过来。

我在这里面挣扎着，把我的《爱之奔流》写完了。

既远远地离开了故乡，那熟悉的朋友们的脸孔都看不见了。每天触着我的眼帘的只是几张生疏的脸孔。但我愿这样生活着，因为我感到比较在广州时好些，而且能够免除了许多无谓的烦恼和愤激。

本来对于文学的理论，我没有什么可以说是知道的。我以前的创作，自己是没有甚么（按：原文为"甚么"）定见想写甚么和怎样写的，我可以说，不懂得文学的原理，更不懂得甚么是技巧。只凭着那创作的冲动，随便写一点而已。因此，那些书中放进了些甚么事实，我不曾详细地考虑过。

到如今我不是主张为艺术而艺术，为人生而艺术；或者为趣味而艺术，为革命而艺术的。我只觉得广州有几件事，而这件事又是很值得人的同情的，于是便写了下来。至于我写下的是英雄，是懦夫，是革命的，是不革命的，我自己却不曾留意过，我是广州人，广州的东西我稍为熟悉，并且我也爱写，如是而已。

广州的大事，大人物，都有的，不过那些东西并不能怎样感动我，因此也不能在我的笔下溜出来。

我没有政治的智识，因此我也不会写关于政治背景的东西。不过在另一方面我又觉得，政治这个东西是未必能解决一切纠纷的。人们固然不能离开政治而生存，（至少在目前应该如是）像不能离开经济而生存一样，不过除了政治同经济以外，人生里面怕还有点东西吧？这些东西是政治和经济解决不来的吧？

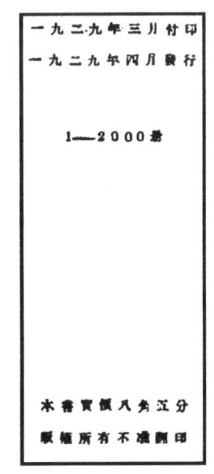

如果艺术品里面一定要放进一点有伟大的意义的东西，那我目前还不曾有这种确信。目前我的创作的态度是只由率性的变了观察的而已。将来会再变成怎样呢？我自己丝毫不知道的。

最后，我感谢那时常帮助我的友人——谭计全君。我敬以这本小书献给他，做（作）为我的一点薄礼。

十七年九月二十四日，序于上海，罗西。

《红坟》

《红坟》，罗西等著，扉页题"广州文学会丛书"（没有编号）。香港受匡出版部1927.10.1付印，1927.12.1出版。全一册，79页（不包括3页广告），每册实价大洋伍角。印数1～1500册。

该书为短篇小说集，凡八篇，《红坟》（罗西）、《我仿佛躺在墓头》（家祥）、《睡衣》（家祥）、《幽会》（罗西）、《飘飞的红瓣》（家祥）、《异动》（昶超）、《甜爱》（罗西）、《在酒楼》（昶超）。

卷首有《序》，卷末无跋，《序》兹录如下：

自从《广州文学》停版以后，广州文学会的份子也零星四散。

各人当头的都有吃饭与恋爱的问题催逼着，想在文化低落的广州文学界撑起一支孤军，实在是困难的事。

广州，是一个革命的策源地，群众为现实的环境所困，也许是暂时不适宜于文学之生存的。最可笑的有一些人竟提倡政治主义的革命文学，这么一来，广州的文学界更呈灰蒙的现象，这是我们都担忧着的。

我们有时兴高采烈地互相期许，要以文学的操守自矢。无论如何，要以文学做一切活动的目标与鹄的。我们有时静默地握手，有时不知所以地相对垂泪。

现在在《仙宫》出版不久之后，我们的《红坟》又出版了。我们不敢自夸对于广州文学界有什么贡献，不过这是我们的至情的结晶，我们可以自信的。

真的，我们并没有什么目的。

罗西，十六年九月三十日。

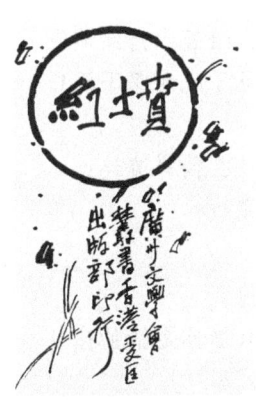

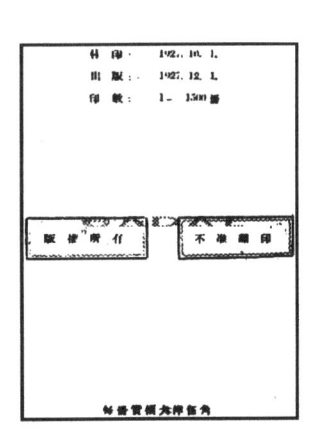

《湖畔的少女》

《湖畔的少女》，倪家翔著，扉页题"广州文学会丛书"（没有编号）。受匡出版部（香港：亚毕诺道十八号三楼；广州：惠爱路昌兴新街二十号）1928.3.25付印，1928.5.25出版。全一册，89页，每册实价大洋三角。印数1~1500册。

该书为作品集，篇目依次为：诗歌《湖畔的少女》（倪家翔）、小说《嫦娥之死》（昶超）、散文《忆广州》（罗西）、小说《色情狂病者》（罗西）、散文《母亲来了》（任颖准）、诗歌《月夜的哀歌》（刘伏叔）、诗歌《太阳没了》（任颖准）、诗歌《致金尸》（倪家翔）。

无序跋。诗篇《湖畔的少女》兹录如下：

——Prologue——
冷清清的惨淡的湖畔，
没有孤雁与白鹭在此盘桓。

晚阳的霞先回照在冷淡的湖边，
笼罩着悽悽绿柳，摆荡风前！

阳光呀，是多么的冷清！
湖畔呀，是多么的寂静！

一个披发赤足的白衣少女在此流连，
背插着白丝密缠的爱情之箭！

夕阳下闷闷的孤心，给苦水愁绪淹浸，
那剩着余光的晚阳见了也悲叹下沉！

湖畔的少女呀！为什么徜徉流连；
□□□在这冷澹的湖边？

你背插着满袋的爱箭，
倘若拍着白翼，我只当你是情仙！

我隐约地见你吹罢了玉箫，
又向无知的人们高声喊叫！

隐约地听见你悲喊，
使我冷白灰青的心儿伤惨！

隐约地听见你唱柔腻痴恋的情歌，
我愿跟着你，永久把时光如此消磨！

白衣的少女呀，湖畔的少女呀！

为什么还在此徜徉流连？

你是否四方飘荡的神仙，
为什么还在这湖边流连？

湖畔的少女呀！不要独步俯首地进前，
你要有毒狼恶豹护你而当先！

你隆涨的柔腻如滑玉般的乳房，
天下的爱情尽在此殡葬！

你酥红的如凝脂的胸腔，
天下的恋人在此倒躺！

《流浪人的笔迹》

《流浪人的笔迹》，罗西（欧阳山）著，题"广州文学会丛书"（没有编号），又题"罗西长篇作之五"。上海光华书局一九二九年十二月付印，一九三〇年一月出版。全一册，175页，本书实价五角。印数1~2000册。

该著为中短篇小说，内收《流浪人的笔迹》《孤注》《辞职》《迷惘》《给广州一个朋友》《最可怜的女人》《两个没有灵魂的人》，凡七篇。题"钱君匋装帧"。

无序跋。《流浪人的笔迹》摘录如下：

流浪的不幸者，谁个对于狂风暴雨的异乡的寂寞之夜的灯前，会不萌凄惶的异样之感？何况北边的人，竟会以英壮之年，飘流到南方的广州——一个万恶的渊薮！我时时这样诅咒它的——来享受这淅淅沥沥的暗泣之诱惑的春雨之夜的凄惶！绿灯惨惨的幽光，像四围都蹲满着恐怖的野鬼，在嘲笑我，在讥讽我！在蹂躏我那破裂而沁着血丝的惊魂！唉！错了，错了哟！我早知道思乡之泪是这样难忍，我早知道陌生的周围是这样荒凉和冷寂，我早知道小屋中的夜雨孤灯是这样的可怕，便叫我忍受再没有惨，再没有痛苦的酷刑，我也不愿为这两碗死饭而来到这个地方了！然而，我在生命的荆棘之途已走了三分之一的时候，为着要尝试，为着要率性，为着要造成我的生命有更伟大的别致的不可磨灭的深痕，虽然是受着一时的冲动——是呀！我的生命之一刹那一刹那的过去，那一时不是受着一时的冲动的？——忽的跑离了甜蜜的热爱的家乡……是的，是的，都是我愿的！不只这样，我更愿将我的所有，都一齐牺牲了拿去做率性和任意的殉葬品！虽然有不少的芸芸众愚在呶呶地品评我的行为，虽然从他们的面色我可以瞧见而且体会得他们有些是怜惜和轻蔑！但是，不想理会他们，不敢理会他们；我更不屑理会他们哟！

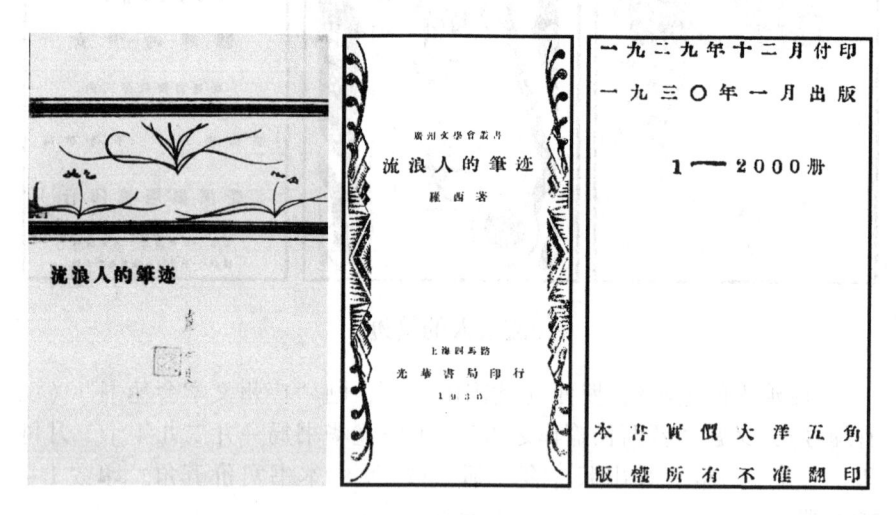

《玫瑰残了》

《玫瑰残了》，罗西（欧阳山）著，"广州文学会丛书"之一，上海光华书局1928年3月再版（1927年9月初版，未见）全一册，146页，实价大洋五角。印数2000～3500册。此外还有1928年11月三版本（未

十　广州文学会《广州文学会丛书》叙录　837

见），1929年9月四版本。

该书为中篇小说集，分上、中、后三部，上部凡八章，中部凡八章，后部凡三节，合计十九章，均无章目。扉页题"这本书献给我的朋友芝妖"。

卷首录其自作《召请》一诗中之第三节，作为代序，兹录如下：

> 从棺材的裂缝淌出那一滴神秘的尸水，
> 从女人的眸子淌出那一滴神秘的双泪，
> 用不着扩散于这蓝色的世界呀，
> 都到这里完聚！

郭译《少年维特之烦恼》"莪相"之诗中"可尔玛"第一节，作为"最后一页"，兹录如下：

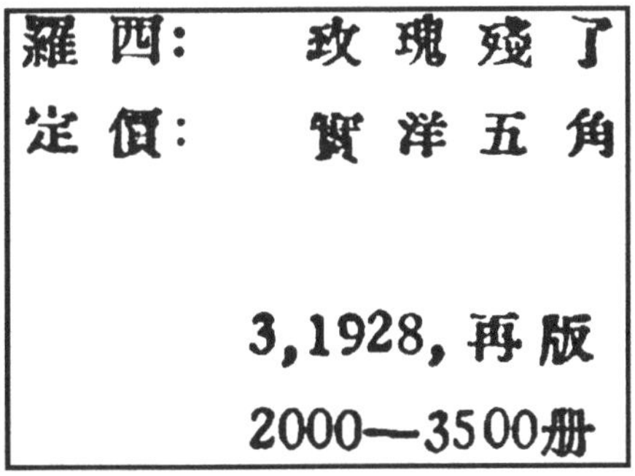

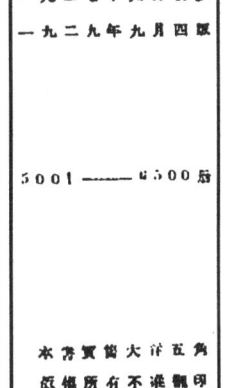

已经夜深了！——我一人独自，遗失在这风暴狂啸的山上。风在连山中号咷。细流从岩头叫下。无茅屋替我遮雨，替我这遗失在风暴狂啸的山上的人。

《蜜丝红》

《蜜丝红》，罗西（欧阳山）著，"广州文学会丛书"之一，上海光华书局一九二九年三月付印，一九二九年五月发行。全一册，153页，该书实价大洋四角五分。印数1~2000册。此外还有再版本，笔者未见。还有一九三二年七月三版本，印数3001~4000册。

该书为中篇小说，不分章节。扉页题"钱牧风装帧"。

无序跋。正文摘录如下：

"喂，老谢，你的投稿弄成怎样了？你从这里面总可以得到一些好处吧？"一个青年在翻着一本杂志，一根香烟夹在他的唇中，对一个圆脸的汉子说。

"好处？我或者可以告诉你我又失了望了！"他露着不大可靠的微笑。

"你对我们隐瞒是无用的呀！你晓得我们可以举行检查。如果在那个时候才让我们晓得你袋里有十五块钱，那不见得会让你剩下多少的吧？老谢呀，你想想看。前天那封面上写着谢志乾先生收的从上海寄的挂号信，你猜我会这麽快就忘了麽？"他一面说一面吸烟，那些白烟球跟他的话搅成一团，送进谢志乾的耳鼓。

谢志乾大概是二十九岁的样子，圆而微白的脸，脸上微有几颗雀斑，长瘦的身子，手臂也特别长，但手指却特别细。他以前做过一个相当于师政治部的政治机关的党务科长，但是他没了职业已经将近两年。三个月以前他真穷光了，他认识一个在公安局检举委员会工作的股员，那个人叫他在报上登一段悔过的启示，登了之后就可以介绍他去当司书，他有点预备答应的意思，在这时刚巧给韩天斗晓得了，便大骂了他一顿，而且立刻找房子搬走，因为他把他们的住址泄漏（露）了。最近他做了一篇很带点感伤成份（分）的诗投到上海的T月刊，结果弄到了两块钱。

跟他说话的那是廖周文。他是一个被他们唤做"敏捷的同志"的二十二岁的青年。白而有光泽的脸上面，时时涂上各种芬芳刺鼻的Vanishing cream。他的修饰的技巧令别人猜不出他袋里到底还有多少钞票。长到将要披肩的头发完全用膏油往后拨着,服帖到没有一根头发翘起来,他自己最引以光荣的纪念的是在右手背上那一块刺刀的伤疤。但是,他也有一样缺憾,就是齿缝里有许多黑线,那自然因为他多吸烟的原故了。虽然想过许多方法,结果依然免不掉这种缺憾。

"我老实告诉你吧,周文。你不晓得我给性欲压逼得很厉害麽?要是我有钱,我老早就把它们交给娟英了!可惜我半个铜板都没有,她几次拉我到她那里去我都不能去呢!"

"那么,你不要再上天台去耍好了,如果想她想得太厉害的时候,就在家里自己弄几下就算了吧!"

"纵使我能够不想娟英,但我能够不想我那隔千里以外的老妻麽?唉,那可怜的女孩子,这两个整年中她的生活不晓得怎样过得了!"志乾说着,真打动点凄凉的意味。

"那是你的事情!你们这些有妻阶级才有这种爱妻的念头!这种苦不是自己讨来吃的?也许当你填写志愿书的时候,是只想做官而没有想到要四处飘(漂)流的吧?"

"管你说便宜话吧!我不相信你不会尝这种滋味。自然你现在会说,流浪人的感情不能缚在一件东西上面,对吗?"

"自然是这样啦!人到甚麽(什么)地方,感情就流到甚麽(什么)地方。比方爱一个女人,爱得快也忘记得快。不是麽(么)?你要反对?这样你就不会有苦吃,而且觉得世界充满了快乐!"

"哼!志乾似乎在鼻子过冷笑了一下。"

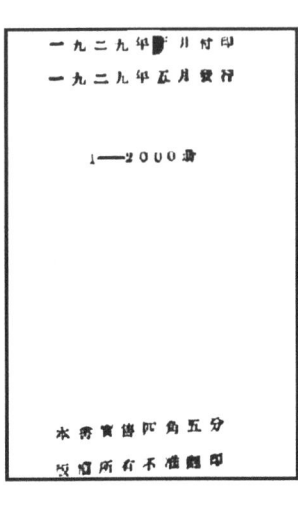

"我愿意听别个意见!"周文大声嚷着。

"伟大的意见是没有的。不过我还可以更切实告诉你一句,我想回去了!那边也会有一颗真挚的心在等候我哩!"

《你去吧》

《你去吧》,罗西(欧阳山)著,题"广州文学会丛书"(没有编号),上海光华书局一九二八年十月初版,一九三〇年五月三版。全一册,233 页,每册实价大洋七角。印数 3001~4000 册。

该书为中篇小说,凡十二节,无节目。

卷首有作者撰写的《致读者》和"代序"(录作者的长诗《坟歌》之第八首)。前者兹录如下:

> 致读者:
> 我的长篇小说,这本是第三本了。在极重的贫乏同很轻的病恙中,仅费去二十八天的时光一口气把这本东西写起,虽然并不比以前写的有长足的进步,或特别的动人,但自己总免不了是要欣慰的。不过有一层我自己却不能不担忧:就是书中往往有粗疏之处,我写时不曾留意,写后也不曾细改的。这也许是我创作时免不了的弊病吧!受了自己癖性的支配,只要书中结构的大概想好了便下笔写,写成了之后呢。我不敢瞒读者,我实在不曾覆看一次。朋友说我的性子太急,这件事可证这话是对的。在这样大意之下成功的作品,精深的艺术大概是不会产生的,读者如果发现了粗糙同生硬,请读者原谅;并请读者随时赐函指正,俾得在有机会时,再细心删改一次。最后,我深深地感谢沈松泉先生的热情的援助,使我不至饿饭,才能写成此书。
>
> 罗西,在南京。
> 本书作成于一九二八年六月六日正午。

后者兹录如下:

> 我不能向人间委曲求全!
> 我不能使人们如愿!
> 因此我便永和人们离开,
> 因此我便永和人们违远!
> 我本想和他们接触和亲近,

但他们总和我离开和违远!

世人都把我摈弃,

呵,我还有甚么留恋!

为追赶那骄人的落日,

我将乘着西去的长风!

为眺望那逝去的爱侣,

我将攀着绮丽的彩虹!

我舒泄了最后一口怨气,

已经没有残暴的余勇!

我采得所有花中之最香者,

跪向我的碑门献奉!

——自作者《坟歌》长诗中的《坟歌》之第八首,代序——

1931年,《光华读书会月报》第1卷第2期有则关于《你去吧》的广告,具体如下:

你去吧　罗西著　(长篇)宝价七角

这是罗西第三部的长篇小说。用十分情的笔调,描写一个时青年的中代(按:原文为"时青年的中代")。这里面有三角恋爱和单恋,同乡村的恋爱的浪漫史,全书的重要人物有三个女性和四个男性,作者都代(按:这里的"代"应为"把")他们的性格逼真地表现出来。于技巧方面得到很大的成功。

《桃君的情人》

《桃君的情人》，罗西（欧阳山）著，题"广州文学会丛书"（没有编号），上海光华书局1928年8月初版。全一册，178页，每册实价五角五分。印数1～1500册。

该书为中篇小说，分上下两部，上部为"她的九封信"；下部为"桃君的情人的结果"，凡若干节，无节目。扉页题"这本书献给我的朋友秋舫"。

卷首有作者撰写的《序》，卷末无跋。《序》兹录如下：

> 此书在差不多走到绝路的时候写成的，心正在极端不安的状态中挣命，手却不能停。差不多一星期来每天都有五千字以上的工作，这本书才完成了。一个人写的文章如果要穷而后工的，而此书大概很工的吧！前当忧苦之极的时候，也曾写了一部《玫瑰残了》，成绩不大好，到此时恐怕被人忘却了。现在四面八方，走投无路的时候，又写成一篇长篇，其结果深恐比前更坏了！不过好坏问题似乎非此时所应谈的，这时我当头最紧要的还是吃饭问题，因为写起来就可以卖钱，所以我拼命在写。此书前部是去年七八月在广州写好的，写到半路就丢下了，今年一月到上海，二月到广州，四月头到上海，四月尾又到徐州，总找不到一个栖身之地，在徐州预备回南京的时候，无意中见了被我忘却已经半年的未完稿，便立定决心要它续成。如果这种失业的情形继续下去，恐怕还要走这条路吧！
>
> 十七年五月五日，于南京。

《仙宫》

《仙宫》，罗西（欧阳山）等著，"广州文学会丛书"之一，香港受匡出版部 1927 年 9 月 1 日付印，1927 年 11 月 15 日出版。全一册，67 页，每册实价大洋三角（原为贰角，改为三角）。印数 1～3000 册。

该书为新诗、小说合集，内收《召请》（罗西作）、《仙宫》（罗西作）、《LOTE》（家祥作）、《ZERO》（昶超作）、《癫妇之歌》（伯贤作）、《离家》（颖准作）、《忙经纪的罗曼史》（罗西作）、《毁灭》（昶超作），凡八篇（首）。

《召请》是罗西于 1926 年 12 月 9 日阴森之午后撰写的，实际上是一篇代序，摘录如下：

> 是雪花点染在冰天！／是薄雾绕缘在风前！／那一切我召请的，／那一切我召请的哟，／都来赴我的珍筵！

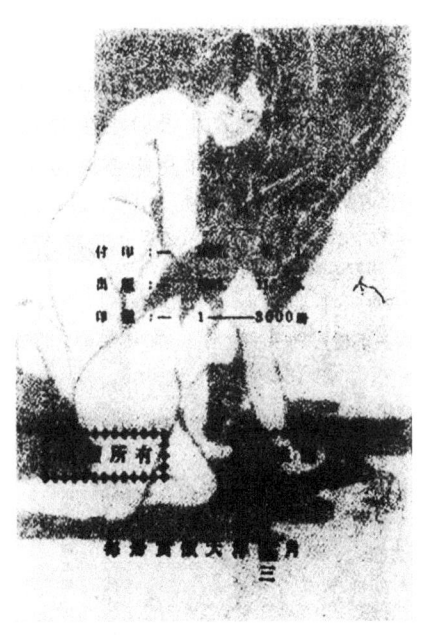

《余灰集》

《余灰集》，扉页题"广州文学会丛书"（没有编号）。香港受匡出版部一九二八年五月二十日付印。编辑者为广州文学会，著作者为汪幹廷，发行者为孙寿康，印刷者为香港商务印书馆，总发行为香港受匡出版部（亚毕诺道十八号三路），分发行为广州受匡出版分部（惠爱路昌兴新街二十号）。全一册，84页，每册实价大洋二角半。印数1~2500册。

该书为短篇小说集，凡四篇，《余灰》（汪幹廷）、《长相思》《南归》（董卓如）、《幻灭》（客融）。

无序跋。作品《余灰》之首有汪幹廷的《前记》，兹录如下：

一枝小小干枯的树枝，从它的本身上，或者是因为再没有生存依附的能力；或者是受了别样物力的打击，掉到地面上来，它自己总以为是再没有用了。但是，樵夫有时是会把它拾起来，参（掺）杂到柴薪里面，卖到任何的一间店铺，或人家屋里，在其它（他）的柴薪中帮助燃烧的力量，成功了一件物件，或烧熟了一锅粥饭，这种功能，人家都知道是火的力量，然而，做成火的力量的里边，还有这一枝小小的树枝，燃出的一朵微弱的小火，恐怕就没有人知道了。至到火后的余灰，还有什么用处？人们是没有注意到这一层，它自己更没有想到。

火在心炉中燃烧经已三十年了，这三十年来未曾间断的火焰，完全是靠着我的几根弱小生命之草，此后我还能供给这种燃烧的原料，至到多少时日？及能否成功一件物件或烧熟一锅粥饭？我是不知道。

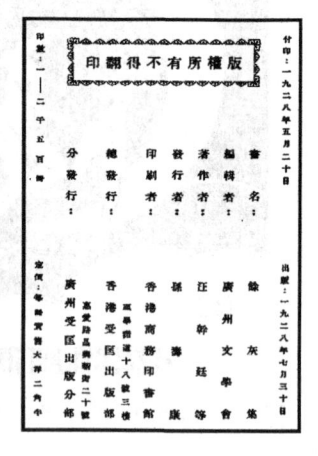

火焰在我的内体燃烧到如何猛烈，我是没有把它放过出来，不过有一二次在我的内体奔突得太过利害，至于不能抑制，不能不把它放出。但是，没有许久，就给地面上的狂风暴雨几乎吹灭甚至灌熄。于是，我再不把它放出来了，我任它就在我的内体燃烧，我希望它这样继续的燃烧下去，而至有一日焚毁我的身体和灵魂。

我愿我的身体和灵魂，都给我生命之火来焚毁，成为馀灰，我更愿我的馀灰，飞散到太空，永远不落到人间。

去罢！我的余灰！

一千九百二十八年三月廿五日幹廷记于广州人家的篱下

《杂碎集》

《杂碎集》，罗西（欧阳山）著，"广州文学会丛书"之一（该版本未见），南京拔提书店一九三〇年十月一日付印，一九三〇年十一月一日出版。全一册，167页，定价未见。印数 1~2000 册。

该著为理论、杂文等合集。

卷首无序，卷末有《后记》（1930年劳动节日写于南京）从略。

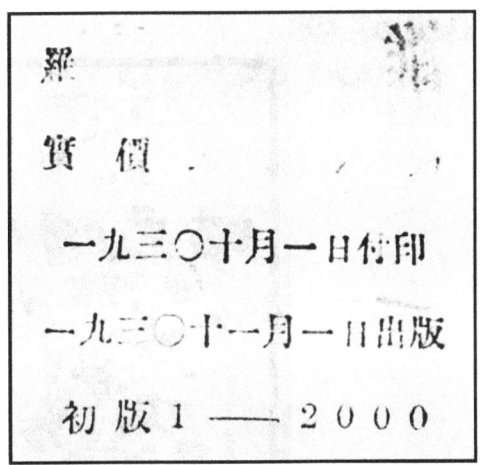

《再会吧黑猫》

《再会吧黑猫》（又名《"再会吧黑猫"及其他》，《罗西短篇作之二》），欧阳山著，未见"广州文学会丛书"字样。香港受匡出版部一九二九年出版。全一册，257页，每册实价四角五分。缺版权页。

该书为短篇小说集，凡四篇，《中秋节》《再会吧黑猫！》《××姑娘的尺牍》《我怎么会是你的女儿呢？》。

无序跋。《中秋节》摘录如下：

三元里是在C城北面的一个小村。里面大概有二三千的居民，他们的职业是耕田，贩柴，养牛，或者到C城附近的工厂里面做苦工。这样一个平凡的小村集，像是早被人家忘却了的，自然没有什么惊人的奇境，去供人们的赏玩。因此C城里的人们，虽然有时把他们的时光花在北郊里面，却永远不会知道有一个三元里，那里面的建筑都是一些土砖砌成的矮屋，那些像制造木炭时所用的土窑般的房屋，就疏落落地安放在地上，这里面还夹杂着荒芜的草园；不知年代的坟墓；黑黄色的骨头坛子，里面装着被拆散之后又重被排列好的四肢；在每个不远的距离之内还有那永远养着坟虫的小池塘，水面上浮着许多野草野花；在挨近一个小水塘的略为突起的山坡上面，又长满许多高高的青绿的竹树。这些僻静的地方除了时时会有几条黑牛低头在嚼着青草之外，便是些昂首突胸的家鸡，在寻觅草间的小虫。当花腰的花虫在竹树上睡觉的时候，白颈的黑雀却在榕树上面唱着拙劣的秋歌。全个村落，不论春夏秋冬，全涨满那种牛屎和腐草的臭味。

《钟手》

《钟手》，罗西（欧阳山）著，题"广州文学会丛书"，又题"罗西短篇作第三种"。南京拔提书店（民国）十九年（1930）二月一日付印，

十　广州文学会《广州文学会丛书》叙录　847

（民国）十九年（1930）三月一日出版。全一册，152页，实价大洋五角。印数 1～2000 册。

该书为短篇小说，凡六节，有节目，分别为《死尸》《家蓉姑娘》《掠夺》《拐子》《责罚的理由》《钟手》。

无序跋。正文摘录如下：

> 我开始注意那钟手。
>
> 他是一个矮个子，年纪在四十上下。头发剪着很短的陆军装，身上穿着旧蓝布衣裤。眼睛有点眯眯（眯眯），嘴唇常常裂开，好像在和悦地笑。在先我不晓得他是聋的，我以为他是一个爱作深思的人，因为我看见他不论坐着走着，都是那麽半低着头，随便怎样奇怪的声音都不能令他动一下脖子。也许就因为这个原敀（按：原文不是"缘故"），于是他连话也少说了。我们只看见他笑，时常眯（眯）着眼笑。
>
> 有一次，那里举行一个秋季同乐会。校长，监学，教员们，女皇后，球明星，游泳大王，以至校役，以至钟手阿陈，都来了。在雨天操场里面围了个大圈坐着，汽水，西饼，柿子，香蕉都放在每人的面前。到游艺了，丁班的足球队长丁贵秀的口琴也过了，不知从甚麽地方抛了一个纸团在我面前，那不是我的，是给钟手阿陈的："你为甚麽（什么）不唱歌？或者二簧？"

那是丁班的副足球对长何荣耀的字。阿陈向我借枝（支）铅笔回答他："人家唱我听不见，我也不唱给人家听。"

回信来了，是："黄婉菊喜欢你唱呢；来吧，国歌？二簧首板？"

"哦哦！"我在旁边看得叫出来，"不会有这回事的！"正想把我的意见告诉他，阿陈回答了："虽然皇后喜欢，我听不见她的拍掌和喝彩，我不唱了！"

我也拿铅笔写着："陈，你进步了，欢字和劝字的分别没有忘记，真好，他们骗你的！"

十一 朝花社"文学丛书"叙录

《奇剑及其他》

《奇剑及其他》,题"近代世界短篇小说集(1)",朝花社(上海棋盘街)一九二九年四月初版。全一册,226页,实价大洋六角,印数1~1500册。印有"合记教育用品社发行"字样。

该书为短篇小说集,内收比利士(比利时)拉蒙尼著柔石译的《维埃之魂》,捷克奈鲁达著真吾译的《吸血鬼》,捷克凯沛克兄弟著真吾译的《有生命的火焰》,法兰西腓立普著鲁迅译的《捕狮》,法兰西腓立普著鲁迅译的《食人人种的话》,法兰西巴比塞著真吾译的《兄弟》,匈牙利摩尔那著真吾译的《奇剑》,俄罗斯迦尔洵著鲁迅译的《一篇很短的传奇》,苏联高尔基著梅川译的《一个人的诞生》,苏联高尔基著梅川译的《一个秋夜》,苏联淑雪兼珂著鲁迅译的《贵家妇女》,苏联淑雪兼珂著鲁迅译的《波兰姑娘》,犹太亚修著真吾译的《被弃者》,凡十三篇。

卷首有《小序》,卷末无跋,《小序》兹录如下:

一时代的纪念碑底的文章,文坛上不常有;即有之,也十九是大部著作。以一篇短的小说而成为时代精神所居的大宫阙者,极其少见的。

但至今,在巍峨灿烂的巨大的纪念碑底的文学之旁,短篇小说也依然有着存在的充足的权利。不但巨细高低,相依为命,也譬如身入大伽蓝中,但见全体非常宏丽,眩人眼睛,令观者心神飞越,而细看一雕阑一画础,虽然细小,所得却更为分明,再以此推及全体,感受遂愈加切实,因此那些终于为人所注重了。

在现在的环境中,人们忙于生活,无暇来看长篇,自然也是短篇小说的繁生的很大原因之一。只顷刻间,而仍可藉一斑略知全豹,以一目尽传精神,用数顷刻,遂知种种作风,种种作者,种种所写的人和物和事状，所得也颇不少的。而便捷、易成、取巧……这些原因还在外。

中国于世界所有的大部杰作很少译本，翻译短篇小说的却特别的多者，原因大约也为此。我们——译者的汇印这书，则原因就为此。贪图用力少，绍介多，有些不肯用尽呆气力的坏处，这自问恐怕也在所不免的，但也有一点只要能培一朵花，就不妨做做会朽的腐草的近于不坏的意思。还有，是要将零星小品，聚在一本里，较不容易于散亡。

我们——译者，都是一面学习，一面试做的人，虽于这一点小事，力量也还很不够，选的不当和译的错误，想来是一定不免的。我们愿受读者和批评者的指正。

一九二九年四月二十六日
朝花社同人识。

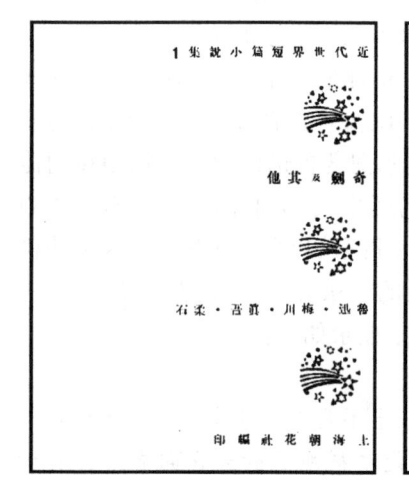

《在沙漠上及其他》

《在沙漠上及其他》，题"近代世界短篇小说集（2）"，朝花社（上海棋盘街）一九二九年九月初版。全一册，226页，实价大洋六角，印数1~1500册。印有"合记教育用品社发行"字样。

该书为短篇小说集，内收捷克凯沛克兄弟著真吾译的《岛上》，法兰西蒲尔什著真吾译的《父与子》，南斯拉夫麦士斯著柔石译的《邻舍》，南斯拉夫伊凡·开卡著柔石译的《孩子们与老人》，南斯拉夫拉柴力维基著柔石译的《井边》，苏联伦支著鲁迅译的《在沙漠上》，苏联雅各武莱夫著鲁迅译的《农夫》，苏联普理希文著真吾译的《空恋》，西班牙巴罗哈著鲁迅译的《放浪者伊丽沙辟台》，西班牙巴罗哈著鲁迅译的《跋司珂族的人们》，犹太宾斯基著真吾译的《狂风暴雨中》，犹太莱辛著柔石译的《感谢赞美》，凡十二篇。

卷首有《小序》，卷末无跋，《小序》与《奇剑及其他》中的相同，从略。

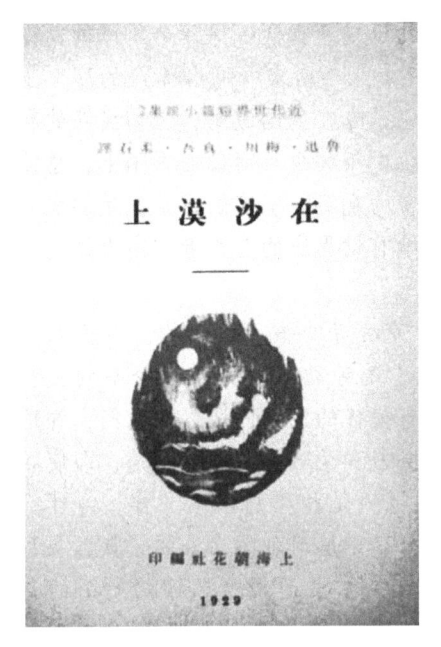

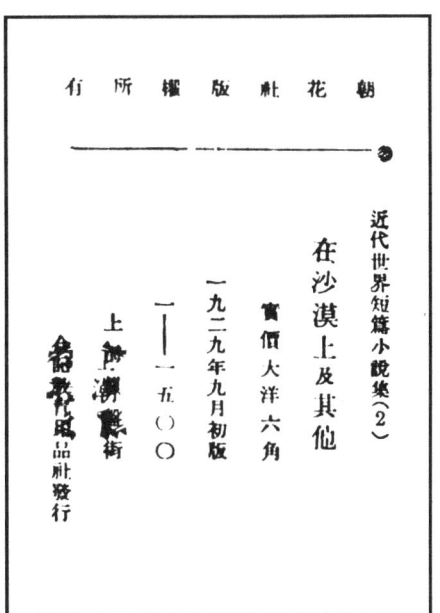

《小彼得》

《小彼得》，题"朝花小辑"，朝花社（上海棋盘街）一九二九年十一月初版。匈牙利至尔·妙伦著，许霞译。全一册，84页，实价大洋六角。印有"合记教育用品社发行"字样。

该书为童话集，内收《煤的故事》《火柴盒子的故事》《水瓶的故事》《毯子的故事》《铁壶的故事》《破雪草的故事》，凡六篇。有插图六幅，均为德国乔治·格罗斯所作。

卷首有鲁迅的《序》，卷末无跋，《序》兹录如下：

> 这连贯的童话六篇，原是日本林房雄的译本（一九二七年东京晓星阁出版），我选给译者，作为学习日文之用的。逐次学过，就顺

手译出,结果是成了这一部中文的书。但是,凡学习外国文字的,开手不久便选读童话,我以为不能算不对,然而开手就翻译童话,却很有些不相宜的地方,因为每容易拘泥原文,不敢意译,令读者看得费力。这译本原先就很有这弊病,所以我当校改之际,就大加改译了一通,比较地近于流畅了。——这也就是说,倘因此而生出不妥之处来,也已经是校改者的责任。

作者海尔密尼亚·至尔·妙伦(Hermynia Zur Muehlen),看姓氏好像德国或奥国人,但我不知道她的事迹。据同一原译者所译的同作者的别一本童话《真理之城》(一九二八年南宋书院出版)的序文上说,则是匈牙利的女作家,但现在似乎专在德国做事,一切战斗的科学底社会主义的期刊——尤其是专为青年和少年而设的页子上,总能够看见她的姓名。作品很不少,致密的观察,坚实的文章,足够成为真正的社会主义作家之一人,而使她有世界底的名声者,则大概由于那独创底的童话云。

不消说,作者的本意,是写给劳动者的孩子们看的,但输入中国,结果却又不如此。首先的缘故,是劳动者的孩子们轮不到受教育,不能认识这四方形的字和格子布模样的文章,所以在他们,和这是毫无关系,且不说他们的无钱可买书和无暇去读书。但是,即使在受过教育的孩子们的眼中,那结果也还是和在别国不一样。为什么呢?第一,还是因为文章,故事第五篇中所讽刺的话法的缺点,在我们的文章中可以说是几乎全篇都是。第二,这故事前四篇所用的背景,是:煤矿,森林,玻璃厂,染色厂;读者恐怕大多数都未曾亲历,那么,印象也当然不能怎样地分明。第三,作者所被认为"真正的社会主义作家"者,我想,在这里,有主张大家的生存权(第二篇),主张一切应该由战斗得到(第六篇之末)等处,可以看出,但披上童话的花衣,而就遮掉些斑斓的血汗了。尤其是在中国仅有几本这种的童话孤行,而并无基本底,坚实底的文籍相帮的时候。并且,我觉得,第五篇中银茶壶的话,太富于纤细的,琐屑的,女性底的色彩,在中国现在,或者更易得到共鸣罢,然而却应当忽略的。第四,则故事中的物件,在欧美虽然很普通,中国却纵是中产人家,也往往未曾见过。火炉即是其一;水瓶和杯子,则是细颈大肚的玻璃瓶和长圆的玻璃杯,在我们这里,只在西洋菜馆的桌上和汽船的二等舱中,可以见到。破雪草也并非我们常见的植物,有是有的,药书上称为"獐耳细辛"(多么烦难的名目呵!),是一种毛茛科的小草,叶上有毛，冬末就开白色或淡红色的小花，来"报告冬天就要收场的好消息"。日本称为"雪割草"，就为此。破雪草又是日本名的意译，我曾用在《桃色的云》上，现在也袭用了，似乎较胜于"獐耳细辛"之古板罢。

总而言之，这作品一经搬家，效果已大不如作者的意料。倘使硬要加上一种意义，那么，至多，也许可以供成人而不失赤子之心的，或并未劳动而不忘勤劳大众的人们的一览，或者给留心世界文学的人们，报告现代劳动者文学界中，有这样的一位作家，这样的一种作品罢了。

原译本有六幅乔治·格罗斯（George Gross）的插图，现在也加上了，但因为几经翻印，和中国制版术的拙劣，制版者的不负责任，已经几乎全失了原作的好处，——尤其是如第二图，——只能算作一个空名的绍介。格罗斯是德国人，原属踏踏主义（Dadaismus）者之一人，后来却转了左翼。据匈牙利的批评家玛载（I. Matza）说，这是因为他的艺术要有内容——思想，已不能被踏踏主义所牢笼的缘故。欧洲大战时候，大家用毒瓦斯来打仗，他曾画了一幅讽刺画，给钉在十字架上的耶稣的嘴上，也蒙上一个避毒的嘴套，于是很受了一场罚，也是有名的事，至今还颇有些人记得的。

一九二九年九月十五日，校讫记。

十二　质文社《文艺理论丛书》叙录

《艺术作品之真实性》

《艺术作品之真实性》，封面题"文艺理论丛书"，扉页题"文艺理论丛书1"，版权页题"文艺理论丛书第一种"，民国廿五年（1936）五月廿五日初版，民国廿五年（1936）十一月十五日再版。原著者为德国卡尔，译述者为郭沫若，出版者为质文社（东京），总经售为光明书局（上海福州路二八五号）。全一册，60页，实价国币三角（外埠另加运费汇费）。

该书包括：一、《抽象与具体性》，二、《思辨的方法之虚伪的自由》，三、《思辨的文艺批评之畸形的一例》，四、《苏泽里加大师之舞蹈观》，五、《布尔乔治的典型之理想化》，六、《文学中的典型及社会关系歪曲之实例》，七、《布尔乔治浪漫主义文学之肯定的典型之暴露》，八、《被揭发了的"立场"之秘密》，凡八篇。

卷首有《前言》，卷末有《注释》和《文艺理论丛书刊行缘起》。《前言》兹录如下：

  朋友们从日本 Nauka 社的《理论季刊》第一辑中抽出了这篇摘录来要我翻译。这所根据的是 P. Schiller 与 M. A. Riefsitz 的《马昂艺术论体系》之拔萃，是由马昂共著的《神圣家庭》（*Die Heilige Familie*）中选拔出来的。我现在却根据《神圣家庭》之德文原本，逐节地移译了出来。所根据的原本是阿多拉次克（V. Adoratskij）所编纂的《马昂全集》第三册（一九三二年）中所载，我在各节之末把原书的页数附记着了，以便有该项德文原书的人作对照。日译有好些地方分明弄错了，懂日文的人请拿来校对一下便可以明白。

  《神圣家庭》本是马昂二人合著，原书共分九章，前三章及第四章之半出于昂，以下均出于马。本摘录均录自第五章以下，全部都是马的手笔，是他二十七岁时的作品。

原书本有点庞杂而难解，这摘录虽然把庞杂的一点免掉了，但于难解是会更增加了的，因为失掉了全文的连（联）络。为稍稍免除这种难解的障碍，我采仿了日本译者的办法，在文后附了一些零星的注脚，然而终不好说是容易了解的文字。我看这全体是应该仿照我们中国旧式的典籍，逐句逐节加以疏注才行的，但目前实在忙不过来，而本小丛书的体裁也不容许那样的格式，便只好仍请读者多多绞些脑汁了。

译法是逐字逐句的直译，生硬在所难免。为方块字所限，辞儿的连续尤欠明晰。很想把各个辞儿隔开来，但恐不经自己校对反容易发生错误，也就暂且仍旧了。只是我在文中故意地采用了"之"字来以表示名词领格，而避用"的"字，在读者或许会嫌其过文，读不顺口。但我要请读者就把"之"字读为"的"音，这样一来，在方块字未废之前，这个"之"字实可以减少许多辞儿上的混线。

一九三六年二月十五日　郭沫若

《文艺理论丛书刊行缘起》兹录如下：

人类历史上的一切伟大的成果，都是从理论和实践之科学的统一中长成的。在艺术文学上，理论和创作、批评家和作家的关系之密切重要，已是万人皆知的事实了。像倍林斯基对于改革前的俄国文坛的影响，像藏原惟人对于日本新兴文学的影响，即其一例。"伟大的作品是批评家和作家协力完成的"，卢那卡尔斯基的话，并非没有根据。作家应该把握住科学的理论，以认识和表现社会的现实，理论也应该以现实和作品去丰富它的内容。

但在我国，这还正是在开始的事业。

数年前也有忠实的学者在努力这事业的介绍与启蒙的工作，使普列哈诺夫、卢那卡尔斯基、弗理契、梅林格诸人的科学种子，在我们的土地上成长起来。可是和现实的发展一样，理论的发展是飞快的。现阶段的理论，扬弃了普列哈诺夫、布哈林、德波林的不正确的影响，清算了卢那卡尔斯基、弗理契、玛察、阿卫巴黑诸人的错误，展开了更广泛更丰富的领域，把握了更吻合着现实的发展和反映现实的发展的方法。

但在我国，这还正是在开始的事业。

我们刊出这部丛书,就是这个开始的开始。不消说,这种工作是还需要更充实的力量的,我们相信这个开始将收到应有的收获,将得到普遍的共鸣协助,正和我们坚信现实之必然的发展一样。

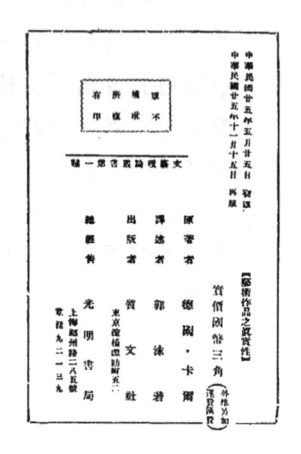

《现实与典型》

《现实与典型》,封面题"文艺理论丛书",扉页题"文艺理论丛书2",版权页题"文艺理论丛书第二种",民国二十六年(1937)一月出版。原著者为罗森达尔,译述者为张香山,出版者为质文社(东京),总经售为光明书局(上海福州路二八五号)。全一册,66页,实价不详(外埠另加运费汇费)。

该书只有一篇,部分章节。

卷首有《前记》,卷末有《文艺理论丛书刊行缘起》(与《艺术作品之真实性》中的相同,从略)。《前记》兹录如下:

恩格斯一面规定现实主义的概念,一面说道:"现实主义并不是仅仅重视着细琐事之正确的描写,而是正确地在典型的事情上,描写出典型的性格。"(给马格雷特·哈克涅斯的信)

这一段乃是最具体地规定了现实主义的特质,而尤其特别强调了典型性格的重要性。我们看几多有名的古典作品和现实主义作品,不能发见代表某时代人物的典型的,几乎没有;这乃由于最高的真的艺术,乃存在于典型的创造里。

正如高尔基所说一般,作家从二十人乃至五十人或一百个商人,官吏,劳动者中,抽出其最显著之阶级的特性,习惯,趣味,样态,信仰，思想的表现法等等，把这些在一个商人，官吏，劳动者身上抽象综合起来，由于这样的方法，则创造出来了一个典型，这才成为真的艺术。

像在莎士比亚杰作《哈孟雷特》里，能发见代表遭遇没落的悲运的贵族阶级王子哈孟雷特，在西万斯提的《唐吉诃德》里，能发见愚蠢的没落骑士唐吉诃德，在屠格涅夫的《罗亭》里，能发见俄罗斯末期的嘴行手不行的罗亭……这些人们与其说是一个代表人物，毋宁说它是被作家夸张了的典型人物。

然而作家创造了这些人物，乃是靠着其劳动经验，再用想像（象）、分析、比较诸技术的运用，才得以创造出来的；绝不是艺术的欺骗。譬如果戈理的若干作品，固然像诸地主和商业资本主义的代表者乞乞可夫，当然不能说他完全类似于当时的地主或大流氓的任何一点——而甚且在若干地方，被夸张至可笑的地步；但，这却不曾减少了艺术的真实性，反倒由于这，才更提高了艺术的真实性；因为典型人物并不是代表了一个农人，工人，知识阶级……，乃是代表某时代的某个地理环境内的全体农人，工人，知识阶级……等的关系。

重复说来，实际能表现出这些典型的作家，非熟知生活不可，作家的现实生活之丰满，乃筑成表现这些典型的艺术的基础。

吉尔波丁说："生活变化了，为着叙说生活的真实起见，则有不要落后地跟生活前进的必要，并且在肉与具体性（按：原文为'肉与具体性'）之间，须看到生活的步伐，须知道新造成的典型的情势，并须知道其新的典型的人类。"

因为生活对于作家的必要，犹如粮食之对于肉体的"能"的供给，想熟知现实生活，即是叫作家不许游离现实，但也并不是令作家当想描写工人生活时，须穿起工人的菜色服去作工，要知道作家靠着艺术的手段，已积极并消极地参加了社会的变革运动；可是为着使艺术成为生活的武器，作家须知道生活，用相近于他的特殊性并艺术的探求之形式，而有参加生活的必要。

我们环顾现在的世界文艺史潮，就知道是被一贯的现实主义所支配着，因此这典型性格的创造，可以说是赋与（予）近代文艺的最大的课题之一。

近来中国文坛对于典型论的一贯的论争，在量的方面较之质的方面多，但我们也不能抹杀这量的方面的繁多所影响及于典型论的注目之结果。同时，在质的方面就深感到有极大的建设的必要。这也就是译这本书的目的。

是书的中心，乃是在表明现实生活中的诸人类的典型性格的分析，把二个时代——资本主义社会与社会主义社会——的人类之诸性格，加以分析和比较，同时强调起新的典型人物之创造。

不过罗森达尔的研究材料，大部分采自社会科学的伟大诸业绩里，因此有若干离了文艺上的准线，而过于侧重于生活上的典型性格之分析，如他提到了劳动与诸个人的自己活动，生产诸力和诸个人（按：原文如此），肉体劳动和个人的知识的发达等等。但是我们应知道所谓文学上的典型，乃是生活上的典型性格之再现而已。因此，这或许是不得已也未可知。

罗森达尔在诸大艺术家巴尔扎克、左拉、萨卡烈……等人的艺术中，抽出了一个具体的布尔乔亚的代表，即是"中等的个人"，所谓"中等的个人"，即是"中庸"的人物，失掉了"个人性"，被唯一的目的和指标之"黄金欲"所支配和操纵，这个所谓"黄金欲"乃是被资本主义的生产方法所构成的东西，（至于普罗列塔利亚不能最高度顺利地发展他们的个人性，也是由于肉体劳动和精神劳动之分业的结果。）所以最简易地说来，这中等的个人，即是完全被黄金欲的机械所刻镂出来的一式一样的人物。

继这个中等的个人而出现的，即是社会主义时代的人类，他们正由于生产方式的改革，同时使他们有了各自的个人性——有丰满独特的个人性；这时，没有英雄，豪杰，和所谓尼采式的超人，同时人类却都是英雄，豪杰，和有为的人类，这些，只要一瞩目萧洛珂夫的《被开拓了的处女地》这部作品时，就能发见了这些在人类生活上的新的典型人物。

是书系自外村史郎的译文转译的，大概由于原译者的匆促，译文是艰涩之极，而且时有印误之处，再加之原文的过分引用马恩二氏的著作，所以更增难译的程度，致成使自己极不满的译文。

且在日语方面，往往有一个言语，在某种场合上，含蓄着二种意义，所以译时就感困难；如是书里"一面地"这种副词，实蓄有"一面地"和"满面地"二种极有距离的双义，而中国语即无从译出，因此只得在"一面地"下面，加上"通盘地"这副词来解释。

是书内的许多人名和书名，原译是照例不会附上原名的，所以只好由译者给加注上去的，但有些原名，因不易找到，只好付之阙如了。这点点工作的困难，只要译过日文书的人，都能深切地感到和了解的。

在匆促间译成了是书,自己是不满的,但实在没有再改译的余暇;如果得着读者的支持,得以再版时,当重加修译。

一九三六,八,二十日归国时。

《现实主义论》

《现实主义论》,封面题"文艺理论丛书",扉页题"文艺理论丛书3",版权页题"文艺理论丛书第三种",民国廿五年(1936)五月廿五日付印,民国廿五年(1936)六月十五日发行。原著者为吉尔波丁,译述者为辛人,出版者为质文社(东京),总经售为光明书局(上海福州路二八五号)。全一册,78页,实价大洋二角。

该书包括:一、《布尔乔亚艺术的没落》,二、《文学与社会主义建设》,三、《形象的问题》,凡三篇。其中《布尔乔亚艺术的没落》包括《艺术上的虚伪》《帕索士批判》《莱奥诺夫批判》三节。

卷首有《译者的话》和《文艺理论丛书刊行缘起》(与《艺术作品之真实性》中的相同,从略)。卷末无跋。《译者的话》兹录如下:

本书著者吉尔波丁(V. Kirpotin),在我国已有他的作品之介绍,这里的论文,从内容看来,应该是在苏联作家协会成立的初时所写的。但详细的出处则不甚明白。译者所根据的是熊泽复六氏的日译（《苏联文学全集》第八卷东京三笠书房出版）。

　　本书虽系计划丛书时所预定的，但当时本由孟式钧君担任翻译，孟君为便于环境计，拟改译玛察的《绘画上的现实主义》，现孟君因事忙，由我赶译出来，我便依旧译出这篇论文，顺为声明一下。

　　　　　　辛人一九三六，三，廿六，于东京

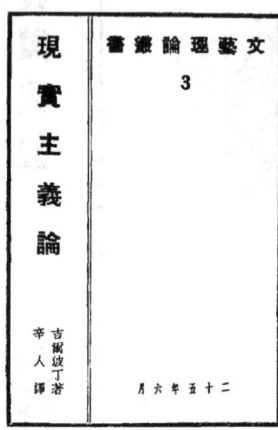

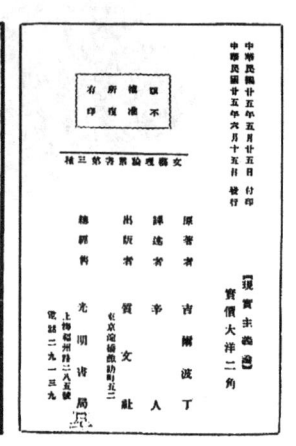

《世界观与创作方法》

　　《世界观与创作方法》，封面题"文艺理论丛书"，扉页题"文艺理论丛书4"，版权页题"文艺理论丛书第四种"，民国廿六年（1937）四月十五日付印，民国廿六年（1937）四月二十日发行。原著者为罗森达尔，译述者为孟克，出版者为质文社（东京），总经售为光明书局（上海福州路二八五号）。全一册，60页，实价国币二角。

　　该书分三个部分，没有小标题。

　　卷首有《前记》，卷末有《文艺理论丛书刊行缘起》（与《艺术作品之真实性》中的相同，从略）。《前记》兹录如下：

　　　　在中国，自从被叫作"新兴"的文学勃兴以后，就很使许多文人学士们愁眉绉眼，以为又是什么"洪水"来了。不过那"泛滥"，也诚如有些人们之所说，未免近乎"独占"或"把持"。虽然在上面，时有惨酷的高压，在周围，又常遇到从暗地里飞来的箭标，但是，它依然存在，不但存在，而且还正在发展，更加扩大。——关于这事情，说下去是又要触着"社会"之类的麻烦问题的，那么，在这里就暂且不谈它。

不过这情势一发展，同时也出现了一种现象，那就是使得有许多作家，即使满肚子都是风花雪月的，也动笔总要"怒吼"，总要"呼号"，似乎不如此即不足以显其"前进"。——人，当然是不愿意落伍的。于是大家这样的获得"意识"了。再"前进"下去，那便是各买一副科学仪器，在三角板，米达尺，两脚规底下画出一些"农民暴动"呀，"工人罢工呀"——之类的"意识"图样来。那结局，是这图样也终于大同小异，跌进了"千篇一律"的泥塘。——于是"看险者"也据此作为口实，十分唠叨了。自然，这"危机"其实也用不着悲观的，怎么的一看起来，它正是一种必然的现象，叫作"阶段"，属诸"过程"，紧要的是在不要忘记"进步"。人们，近来也在喊着"艺术修养"，"文学遗产"了，并且还渐渐的讨论到典型，世界观与方法等等问题上来。这个关心是可感激的。但又自然，中国的文人们，依据向来的习惯，则倘一遇到什么问题，就大抵要弄到彼此骂一顿娘散场，不会有好结果的，只是，在我们又不能看得这么消极，依我想来，则有时也还有一个缺乏军粮的原因。——毫无参考，单凭主观，那确实更难缠得清楚。生起气来，只好骂娘了。我们这文坛也真荒凉得很，例如像上海这样"四通八达"的地方，在书肆里也难寻到一点新鲜的材料。记得仿佛曾有人提出一个"翻译年"的口号来，这倒是一种可喜的现象。

这里译出了一篇罗森达尔的论文，那用意也就在或者可以作为人们一点什么参考之类。作者似乎并非"作家"，行文也不免于枯燥，再加以这译笔的生涩，对于读者是大抵要头痛的吧。不过幸而此文内容也并不怎么复杂，那主要处，就只在说明世界观与创作方法之间的矛盾的可能性。在当时，苏联是有过辩论的，译者在这里却不能对罗氏的议论有所批评，只是以为那个主要的命题的提出，对于我们也委实值得细心去研究，特别是对于那些"千篇一律"的作家们，至少可作为一个即使要获得意识，也不能单靠仪器，还须张开眼睛的警告的。

译文系据日本昭和九年的四月和五月号《文学评论》里的广岛定吉的译文重译，并参看了去年在东京出版的《苏联文学全集》里的译本。只是两者也有出入，反使译起来很迟疑，含糊之处在所不免，如承指出错误，当待到再版时——似如幸而可能的话——改正。

译者　一月一日

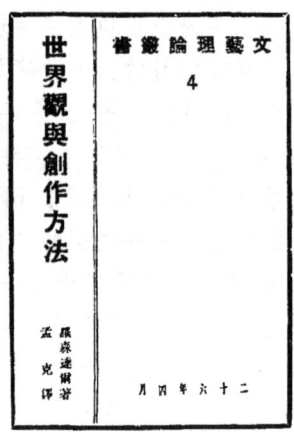

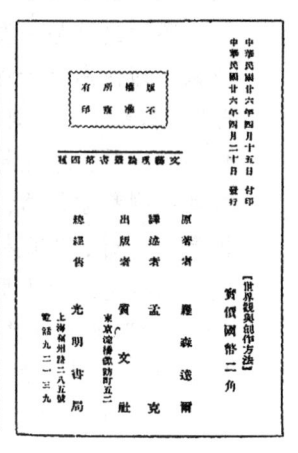

《文学论》

《文学论》，封面题"文艺理论丛书"，扉页题"文艺理论丛书5"，版权页题"文艺理论丛书第五种"，民国廿五年（1936）五月廿五日付印，民国廿五年（1936）六月十五日发行。原著者为苏联高尔基，译述者为林林，出版者为质文社（东京），总经售为光明书局（上海福州路二八五号）。全一册，81页，实价大洋二角。

该书包括：一、《文艺放谈》，二、《关于创作技术》，三、《关于社会主义的现实主义》，四、《关于现实》，五、《关于诗底主题》，凡五篇。

卷首有《译者的话》，卷末有《文艺理论丛书刊行缘起》（与《艺术作品之真实性》中的相同，从略）。《译者的话》兹录如下：

> 本书底论文，是从高尔基底《文学论》中选译来的。因为丛书篇幅底关系，所以是只限于这五篇。从这五篇看来，够不上说是《文学论》这书底体系的，但是这几篇，都不失为重要的论文。
>
> 高尔基在这里，以数十年来的丰富的全经验，以充满着斗争的全热情，指出文学上的最基本的诸问题，并且解剖和文学紧系着的现实底本质。高尔基，不仅是小说家、散文家、诗人、剧作家的综合文艺家，而且是社会主义的评论家，新社会新文化的拥护者。
>
> 在《文学论》中，高尔基严正明确地指示着荡动于历史的两种力的现实里文学的基本问题，就是世界观与创作方法、典型化与夸张性、社会主义的现实主义与革命的浪漫主义、技术与言语等的诸问题，这些问题，都是我们目前新文学运动最紧切的课题。

在一面没落，一面发展的两种现实中，我们的文学的题材，就是我们底真实的现实生活。新的文学，要求新的主题（无论是对于死、恋爱、自然或劳动的问题——见《诗底主题》）。布尔乔亚的文学是个人主义的、新兴的文学是集团主义的。因此，世界观与创作方法，是必须先解决的问题，高尔基没有把创作方法从作家底世界观截然分离，并且没有跟混同着这两种概念和不懂艺术的创作方法与艺术家底世界观相互关系的复杂性的理论家一样，他是设定着一般的原则，要求各个作家对于各个伟大作品的一种具体的态度。

高尔基不断地强调着意识底作用，以及思想、推理、在艺术上的想像（象）底作用。他反对对于创作活动底观念论、机械论的理解。反对把创作活动作为种种事实底技术的选择的过程。他主张创作过程就是知识底把握、向对象底本质之渗透、事实底理解及其选择和表现底辩证法的过程。他又说："无论是科学也好，艺术也好，认识和想像（象）底作用，都是巨大的。"（《给青年作家》）

总之，他要求作家们不断的劳动和不断的学习。"惟有两手教导头脑，随后聪明的头脑又教导两手，及伶俐的两手又复有力的促进脑神经发展的时候，人类社会文化的生长过程才能正常地发展起来"。（《论苏联的文学》）

艺术作品的力量，是在概括、是在普遍化。艺术家，就是在现象中看出典型的东西，把典型的东西作为典型的现象而提出的。高尔基在《给青年作家》里面叙述道：

"在言语创造的艺术——创造种种性格或'典型'的艺术上，想像（象）与直观、'空想'等是必要的。文学家描写他所知道的一个小商人、官吏、工人，而纵然能稍成功地特别作出了一个人的照片，但假如这是不含有社会的、教训的意义而单是一幅照片的话，则这作品在我们对人类与生活的认识之扩大及深化上，将不会贡献出任何东西的。"

"但是假如作家能够从二十个，五十个或几百个小商人、官吏、工人等类的各种人中，各抽出最性格的阶级的特征，习惯，趣味，身姿，信仰，动作，言语等等，能够将他们再现及综合于一个小商人、官吏、工人中的话，则作家可算由此创造了一个'典型'——而这也就是艺术了。"

同时，高尔基又谓艺术"是站在比现实更高的地方，而没有把人类和现实分离，但是，非把人类提高于现实以上不可的。"（《论戏剧》）于是，他提出了和典型化互相辩证的、应生活和社会主义的现实主义底要求的、艺术的夸张性。

"真的艺术，具有扩大夸张的法则。黑拉克列斯、普洛米修士、堂·吉诃德、浮士德等，不单是'空想底果实'，而且是客观的诸事实的全合法则的、必然的、诗的夸张。"（《文艺放谈》）

"艺术的效用，是在夸张好的，使之成为更好，夸张坏的——有害于人类的，使之激起不满和要毁灭给与人类卑贱与羞耻的热望。艺术，本质地是战斗，不是拥护，便是反抗。"（《艺术本质的地是战斗》）

文学上底基础的"潮流"或倾向，普遍认为是浪漫主义与现实主义两种。高尔基把现实主义底定义，说是"具有人类及其生活条件的真实性的那种无粉饰的描写。"其次，他又把浪漫主义区别为两种——即是积极的浪漫主义和消极的浪漫主义。

高尔基驳论了消极的（否定的）浪漫主义——是粉饰现实或使与现实相妥协，或将人类从现实上拖到无任何结果的深渊，拖到自己的内的世界，拖到关于"人生的不可解"及爱和死等的思维的世界，拖到"理智"与见解所难于解决的而只有由科学才能解决的那种谜里面去。同时，他强调着积极的（肯定的）浪漫主义底进步性的作用。他说积极的浪漫主义是想强固人类的对于生活的意志，想在内面唤起对现实的反抗心，对那关于现实的一切抑压的反抗心。（《给青年作家》）

这种积极的浪漫主义，就是革命的浪漫主义。革命的浪漫主义，就是社会主义的现实主义底本质的一面。它具有形象底尖锐、规定性、浮雕性的特征。

高尔基屡次指出青年作家"技术的武装底薄弱"，和言语底无味，无个性和贫乏。他在《关于散文》里面说道：青年作家，"虽然具有情绪的才能，但是露着对于文化活动的技术的武装底薄弱的人们很多，这是明显的事实。这种薄弱，尤其是在文学活动底分野上屡屡表现出来。"

"文化底基本创造力，就是劳动——肉体的力，和技术——知能的力。"（《论文化》）笔者（即高尔基）底意思以为，一切的意识形态——在它底根柢和广义的概念上——都是技术学（Texnologia）是人类用以逐渐改造世界，扩大自己世界知识，劳动和论理的方式底体系。

他又认为作家底思索——和一切的思索一样，不外乎是组织着形态化言语和形象的劳动的经验的技术。描写——是创造形象的文学技术底最本质的手法之一。技术（工作的过程），是不能像苏联一些评论家一样地和形式的概念相混同的。(《关于创作技术》)

为获得技术，为获得简洁，明确，浮雕的言语的这些努力，就是伟大的新文化底工作。这不是外面的简单的问题，而是艺术文学底本质的问题。

"作家，作了工作，把工作变为言语，同时又把言语变为工作。作家底工作底基本的材料，就是言语。

"艺术底基本的使命，就是在于站在比现实更高的地方，站在新人类之父的工人阶级所设定的卓越的目标的高处，来观察目前底情事这一点的。英雄的事业，要求英雄的言语。"(《论戏剧》)

这五篇的论文，是依据奈乌加社（Nauka）的版本重译的，间或发现删削之处，则参照三笠书店熊泽复六氏底译本，加以填补。译者底译笔粗拙，或不免有些错误，尚祈读者诸君原谅和指正。

一九三六年正月廿五日初雪之夜　译者

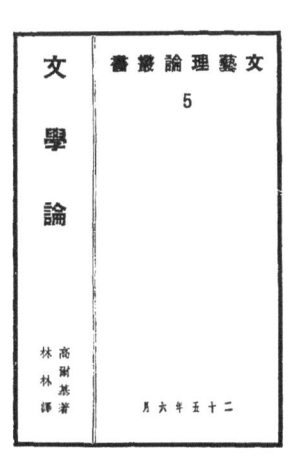

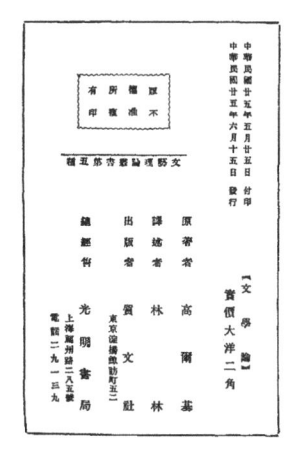

《作家论》

《作家论》，封面题"文艺理论丛书"，扉页题"文艺理论丛书6"，版权页题"文艺理论丛书第六种"，民国廿六年（1937）一月五日付印，民国廿六年（1937）一月十日发行。原著者为恩格斯等，译述者为陈北鸥，出版者为质文社（东京），总经售为光明书局（上海福州路二八五号）。全一册，71页，实价大洋二角。

全书凡五篇，《莎士比亚论》（庐那卡尔斯基著）、《普式庚论》（哥德里雷夫斯基著)、《杜斯退伊夫斯基论》(庐那卡尔斯基著)、《易卜生论》(恩格斯著)、《高尔基论》(史达兹基著)。

卷首有《前言》和《文艺理论丛书刊行缘起》，卷末无跋。《文艺理论丛书刊行缘起》从略。《前言》兹录如下：

为了新时代的发展，就不能不重新检讨这时代之所以产生的命脉和根源。如果不能理解自己的祖先，自难建树正确的具体的发展大道。在新时代，尤其是在人类社会生活上经营新的历史阶段的人们，用大部的精力努力于作家作品的再认识，最根本的理由，就是为了这点。作家的再认识，再评价是批判作家作品的工作，也是创造新时代的工作。

时代在替换着，各个时代都有适应该时代的新观点的批评；经过这批评把作家加上了新估计，才有了新认识。对作家不能不经过时代背景的批评，历史的考察，以及作家的作品和现代文学存在的关系。如果不管过去的情况，现时的情况一味的（地）让批评的方法和态度永远地不变动，结果是要失败的。

根据时代来批评作家，虽是常识的话；然而人类对作家的伟大性和作家的文学的时代性，怕是在今日才正确地区分出来的吧！

新文学的创造是要同过去文学斗争的。对作家作品是要比较，分析，研究，批判的，不这样便不能区分出自身。发展文学的建设事业，不只是要批判旧的，否定旧的；同时要接受旧的，肯定旧的。能这样地自己区别，才能找到正当发展的意识。明白了过去作家的时代性，更指摘攻击过去作家的世界观的缺陷，这样地学习过去伟大的写实者，才能吸收技术抓着现实来正确地描写。我们学习莎士比亚，普式庚，易卜生，杜思退益夫斯基，高尔基，倘看不到旧时代的转换期和新时代的进步是决不行的。

我们不能不学习着去正确地把握每一个作家。这不只是批评的工作，而更是创造新时代文学的大道。作家论的介绍，自是极必要的。

这里所译的五篇作家论正是批评方法的模范和典式。这当是学习去正确地把握每个作家的极好的榜样。这五篇是从最近的不同的杂志上译出的，排列的前后是依着作家时代的前后：莎士比亚（1564～1616），普式庚（1799～1837），杜思退益夫斯基（1821～1881），易卜生（1858～1905），高尔基（1868～1936）。

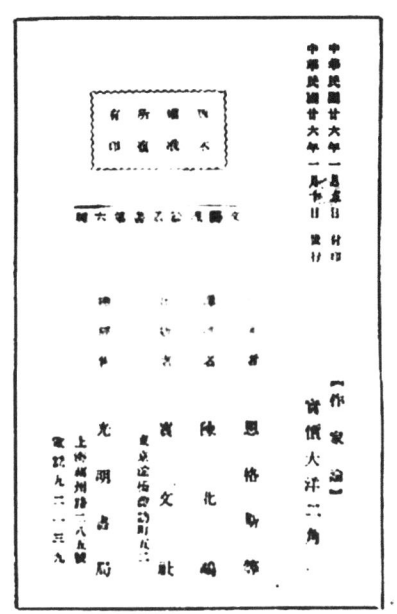

以前豫（预）告的《巴尔札（扎）克论》和伊里基的《托尔斯泰论》，因为大家都已在别处看到过别人的译文，在这里不想给以重译。这本丛书和豫（预）告多少有些出入，这是"没奈何"的事，只有请求读者们的原谅。

一九三六年七月于东京帝大。

《批评论》

《批评论》，封面题"文艺理论丛书"，扉页题"文艺理论丛书7"，版权页题"文艺理论丛书第七种"，民国廿五年（1936）六月十五日付印，民国廿五年（1936）六月廿九日发行。原著者为苏联倍斯巴洛夫，译述者为辛人，出版者为质文社（东京），总经售为光明书局（上海福州路二八五号）。全一册，76页，实价大洋二角。

该书系作者在1935年3月全苏作家协会理事会第二次扩大会议上所作的报告，分四节，无节目。

卷首有《译者小引》，卷末有《文艺理论丛书刊行缘起》（与《艺术作品之真实性》中的相同，从略）和附录《全苏作家同盟干部会第二次大会决议案》（从略）。《译者小引》兹录如下：

这里所译的论文，是倍斯巴洛夫（I. Bespalov）在一九三五年三月三日开幕的第二次全苏作家大会干部扩大委员会上所作的报告。倍斯巴洛夫是康敏学院文学艺术部里的委员，也是苏联文学的新阶段上的活跃的理论家、批评家。远在一九二八年，当"拉普"的干部人员里倍进斯基（《一周间》的作者）和法捷耶夫（《毁灭》的作者），在同年五月的第一次全苏作家大会上，提出了《拉普艺术纲要》和《新兴文学的大道》，主张"直接的印象"、"活生生的人"和"心理主义"的理论，以及实行许多宗派主义的文艺政策的时候，倍斯巴洛夫就和西兹开尔斯卡耶女士等发动了对于"拉普"的批判。西兹开尔斯卡耶女士在同年七月号的《印刷与革命》上，发表了一篇论文《理论的混乱》，她说：

"里倍进斯基的理论的形而上学性，是在这一点上：即他虽然企图对直接性的诸阶段作一切的辩解，但却在间接的批判的科学的思维与艺术上的现实之直接的把握之间，设下了原则的界限。不消说，实际上这界限是不存在的；因为一切的现实的把握（不论科学的或文学的），不仅作为直接的东西，而且作为藉认识（完成）之助而被间接化了的东西而出现。

"一切感性的把握——虽然其中就是最抽象的科学的东西，也有直接的东西的要素，而且要是没有现实的直接观照，便不能完成；但同时——是作为被间接化了的东西而出现的。因为这是为人们及其个人的从来的经验所间接化的，同样，还由于这件事情——直接的印象和现实的任意的把握（艺术的也包括在内），是为思维的过程（纵使它在印象的行程上是没被意识到的）所完成的、所普遍化——而被间接化的。

"在这种理由上，人们常由批判而行完成（按：原文为'行完成'），由思维去统制直接的印象。这场合的区别如下：或则意识地计划地去统制直接的印象，或则随着印象的漂荡而自然地去施行这事。……

"作为艺术之基础的直接的印象的理论，是表示普罗作家在他的外人和敌对阶层的势力之前解除武装。"

西兹开尔斯卡耶女士更指摘法捷耶夫的"活生生的人"的理论之错误，她说人物的典型不仅是"活生生的人"的描写，还应该是人类的改作，而且要求文学上的新倾向：

"如果普罗作家的根本任务，不但是在正确地反映着有过的和有着的事物，并且还要站在深刻地注意着现在的各种倾向的认识的基础上以豫（预）见未来的话，那末，作为普罗文学的样式，就不单是'现实主义'，还应该是革命的'浪漫主义'。"

"拉普"受了这样的批判，不得不承认"直接的印象"和"活生生的人"的理论的错误；但对于革命的浪漫主义的理论，"拉普"却坚不接受，而指为是把现实主义与浪漫主义结在一起的"机械的命题"。这时候，倍斯巴洛夫就在同年九月号的文学艺术部的机关志《印刷与革命》上，发表了使"拉普"中的左派也不能不在次年（一九二九）宣布理论政策的"再建"的论文——《反对 ABC》。

倍斯巴洛夫讽刺"拉普"的工作只是 ABC（初步）而已。他说学习 ABC 虽然是有益的事，但把 ABC 夸称为"真理的基准"，夸称其能给予什么新的启示，这却是非反对不可的。他首先指出再建设时期中的文学革命，不单是被给予于一定的形式中之内容的革命，同时还是方法的革命。他说主张文学是"事实的写真"的理论，是和马哈及阿维那留斯的经验批判论密结着的，是根本地错误的。同时他又抨击素朴的现实主义：

"素朴的现实主义的主张……以为要使文学是现在的，所以应该叙说现在的题材；又以为要使文学是优秀的，所以应该学习古典作家。这两点都是真理。但这只是真理的 ABC。单是优秀地去写新的事物，是不充分的。对于新的事物，应该以新的优秀去描写。单是优秀地去写新的事物，是停止在事实描写的旧立场上。这并没有把什么新的东西，加在文学的方法上。然而，素朴的现实主义者却是从"直接的印象"去受理生活的。

"素朴的现实主义，很容易被想做真正的艺术，这是由于'艺术是具体的'这话的误解而来的。'具体的'被解释为琐屑的现活的表现和精细的描写。然而，艺术的具体性并不在琐屑的描写，而在将艺术的概括具体化于形象中。……"

"文学应该忠实于现实，这基准无疑地是正当的，是卡尔主义的唯一的原则。我们没有什么东西可以离开现实而走向象征、公式和罗曼蒂克中去。但是这基准常常被解释得过于浅薄。印象的直接性被解释为对于现实的忠实。因之，站在现实的基础上去变革现实这基准，便作为不可解的东西而残留着了。

"从这观点，来批判'活生生的人'的药单吧。

"照这药单所开，则人是有善点和恶点的。善人大抵也有恶的地方。把八分善和二分恶给主人公吧，于是便成为积极的活生生的人了。如果倒行起来（即八分恶二分善——译者）的话，便产生了否定的活生生的人了。在善人中采求恶点，在恶人中采求善点，这才是卓拔的艺术家，现实主义者。

"不错，善人也有恶的地方，恶人也有善的地方。但为什么应该把善的降低，把恶的修饰呢？是为了把他们平等化么？是为了客观的公平么？对于布尔乔亚的意识形态，这种方法是不变的。因为他们在训育着客观主义。然而，如果利用了这样的方法，便绝对不能升高到对于革命的现实之乐观的称赞的感激。如果利用了这样的方法，便绝对不能达到对于我们现实中的恶的东西之不相容的处罚。"

"黑格尔说：'方法是体系的灵魂'。文学的方法是文学的灵魂。在方法中，表现着艺术家之阶层的面貌、阶层的关系、阶层的积极性。"

"现在，善的和恶的、肯定的和否定的，都尖锐地被区别着。一方是革命及援助它的诸势力，他方是反动及其拥护者。真正的现实主义，不是将'活生生的人'中的善的与恶的平等视，而要把握和再现肯定的与否定的之尖锐化的斗争。……"

"为适应于现在的现实的新方法而斗争！我们需要行动的文学——大问题与艺术的概括的文学。……"

在刊载倍斯巴洛夫的论文的同誌上（按：原文为"同誌上"），更有一篇卷头论文，把"新方法"说得具体了：

"普罗列塔利亚特的'社会主义的乌托邦'的创造，是不和科学的社会主义矛盾的。它和倍拉美、莫理思、加贝不同，是不和现实矛盾的乌托邦，是立脚于和现实有机地联结着的社会发展之科学的理解上的豫（预）见。我们要求这种乌托邦的小说！"

以上所介绍的见解，可以说是现在苏联文学的方法（社会主义的现实主义和革命的浪漫主义）的萌芽。同时，读者也可藉此知道一点从未被我国介绍过的"直接的印象"、"活生生的人"等理论的本质的错误，并对倍斯巴洛夫作更进一步的认识。但是，十几年来的苏联文学理论、批评的斗争史，从托洛斯基主义、瓦浪斯基主义、倍列维尔则夫主义、普列哈诺夫、弗理契主义，到上述的素朴的现实主义，宗派主义，都留给我们以宝贵的丰富的经验，这是要急待另外的专著来介绍的。

被译在这里的倍斯巴洛夫的论文，是社会主义建设期的文学批评的总检讨，内容是以现在的苏联的"特殊的"现实为基础的；但其中并不是没有"一般性"的理论。不，正是这种密切地和现实联结的理论，才有一般性的正确的保障。

译文是从日本三笠书房出版的《苏联文学全集》第八卷《文艺评论》中将该文重译出来的，原题为《苏联的批评状态和课题》，为适合本丛书的名称起见，故为《批评论》。在这里谨向日译者熊泽复六氏表示谢意。

辛人　一九三六年正月十二日于东京户塚町

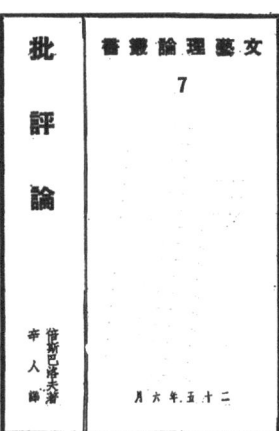

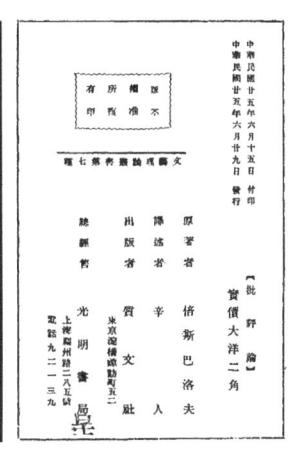

《科学的世界文学观》

《科学的世界文学观》，封面题"文艺理论丛书"，扉页题"文艺理论丛书8"，版权页题"文艺理论丛书第八种"，民国廿九年（1940）二月十五日初版。原著者为西尔列索，译述者为任白戈，出版者为质文社（东京），总经售为光明书局（上海福州路二八五号）。全一册，78页，实价国币三角。

该书包括两篇《卡尔与世界文学》和《恩格斯的现实主义论》，其中《卡尔与世界文学》包括《但丁——西万提斯——莎士比亚》《上升的布尔乔亚文学》《十九世纪底罗曼主义与罗曼主义者》《十九世纪底现实主义与现实主义者》。

卷首有《前记》，卷末有《文艺理论丛书刊行缘起》（与《艺术作品之真实性》中的相同，从略）。《前记》兹录如下：

这本小书，包含着两篇文章：一篇是《卡尔与世界文学》，另外的一篇是《恩格斯底现实主义论》。这两篇文章有一个共同的主要目的，就是在阐述科学社会主义创始者对于世界文学的态度和评价，又因为这种态度和评价，本质上就是两位大思想家对于文学之科学的见地，所以就把它们合刊一册，僭妄地加上了一个书名：《科学的世界文学观》，让它编入这部"文艺理论丛书"里面去。

第一篇虽然仅是两万字光景的小文章，可是它的价值却并不一定在一二十万字的巨著之下。它是从古代文学到十九世纪文学的史纲；同时又是一个关于正确的文学批评的经典。它不只是使我们对于但丁，西万提斯，莎士比亚，歌德，巴尔扎克，海涅那些伟大作家有了一个真实的评价，而且使我们可以根本地获取一个批评的尺度。尤其是在提高文艺理论水准和批判地接受文艺遗产的今日，这是一件自信不无意义的翻译工作。

第二篇也同样地是一篇极重要的文章。我们大家都知道，恩格斯曾经说过这句话："照我看起来，现实主义，除了详细情节的真实性以外，还要表现典型的环境之中的典型的性格。"这是一句言简意赅的文艺名言。恩格斯一生虽不治文学，却也发表了含义相当丰富而深邃的书简，非三言两语所能解释得了，许多人认为他在文学上的劳绩，跟社会科学上的贡献是同样不朽的。读这里译出的一篇，至少可以得到一点他对于文学的基本概念吧。倘嫌不够明显，还请参照《海上述林》上卷五——五八，那里面对于马恩二氏的文艺见解，也有着极详细的阐发。

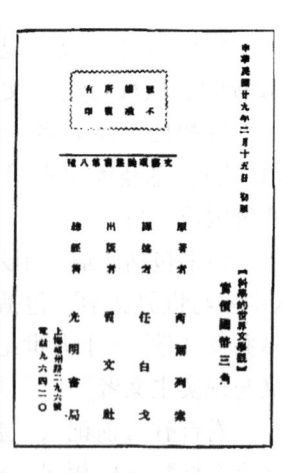

说起来，我自己倒很惭愧，为了人事倥偬，一直到现在，我才将这两篇论文译完。同时，由于时译时辍之故，也许在用语上前后有不

很统一的毛病，而误译的地方恐怕也是难免，这都有负于读者的殷望，只好等着将来的机会加以订正。再，我是根据熊泽复六氏底日译本转译的，理合附带声明。

译者　一九三六年十二月

《艺术史的问题》

《艺术史的问题》，封面题"文艺理论丛书"，扉页题"文艺理论丛书9"，版权页题"文艺理论丛书第九种"，民国廿六年（1937）四月十五日付印，民国廿六年（1937）四月二十日发行。原著者为高濑·甘粕等，译述者为辛苑，出版者为质文社（东京），总经售为光明书局（上海福州路二八五号）。全一册，78页，实价国币三角（外埠另加寄费汇费）。

该书包括：日本高赖太郎著的《文艺史之研究方法》，日本甘粕石介著的《弗理契主义批判（艺术史的问题）》，苏联 G. 克尼兹著的《苏维埃亚细亚之诗的评价》（包括：一、《中央亚细亚之歌》，二、《最初的革命诗人》，三、《自由的歌声》）。

卷首有《译者序言》，卷末有《文艺理论丛书刊行缘起》（与《艺术作品之真实性》中的相同，从略）。《译者序言》兹录如下：

> 这儿所收集的三篇论文，初看好像是很零碎的，但这中间存在着一根伏线——就是说，每一篇都是把文艺史的问题作为现阶段文艺理论的探求的新著作。
>
> 我并不想在这儿诉说篇幅的狭小，也并不以为像泰山似的文艺史的大脚是穿不上这受着篇幅限制的小鞋，因为，在这里，只想着把泰山的全貌，作一现阶段正确观点的断面来观察，这鞋子所踏在泰山的路程，虽是连步印也不知能否留下，但读者们穿带（按：原文为"穿带"）起来，当不至于像木屐般的笨重，也不至于像高跟鞋的不适于山路。
>
> 我也并不想在这儿重新引伸（申）出著者的言论，因为那是纸墨的浪费，也是读者精神上的不必要的消耗，我相信，我们的出版界和读书界的进步的发展，是可以体察我的衷心的。但还是有不能已于言（按：原文为"不能已于言"）的几句话在这里——
>
> 可是人离不开社会而生活，社会的发展离不开历史的条件，文学界的发展也是一样，所以本书的论著者之一高赖先生这样说：
>
> "历史是人间创造的历史，人间实践的历史。"

"分析引导出评价，评价保证着分析的科学精密的最后妥当性。"

"那末（么）科学澈（彻）底的分析，生出科学的评价，科学的评价，被科学的分析保证着。"

让这科学的鞋子当一个起点，来分析和评价泰山似的艺术之丰富的宝藏吧！

展开在我们眼前的弗理契主义者们，请在泰山的深谷里去刮一刮被批判被清算的风吧！

也让这中央亚细亚的诗之昌盛当一面天镜，照一照我们泰山的面目吧！

关于这三篇论文的著者，除了他们对于科学理论之献出这样的果实而外，至今还不详其身世，据辛人兄推测，高濑或系高冲阳造之一时笔名，但问问秋田雨雀先生，他说"不大清楚"，托人问高冲氏，又至今迄未得复，这也没大关系，因为我们不是先看是出于谁的手笔再定这论文要得要不得的。至于甘粕氏是日本哲学根柢很深的学者，理论家，批评家，在这里，他批判了曾著《欧洲文学发达史》（沈起予译），《艺术社会学》（刘呐鸥译），《艺术社会学方法论》（雪峰译），《二十世纪的欧洲文学》（楼建南译），《艺术论》等书著名的文艺理论家弗理契氏。对于弗氏的批判，在我国尚未见过，现在搬一点"舶来品"，也不算没有益处吧。甘粕氏还有一部近著，《走向黑格尔哲学的道路》，是一本代表着日本新兴哲学和美学界的高度水准的东西。克尼兹氏则是苏联现代最活跃的民族诗人。

辛苑　一九三六年八月末于东京

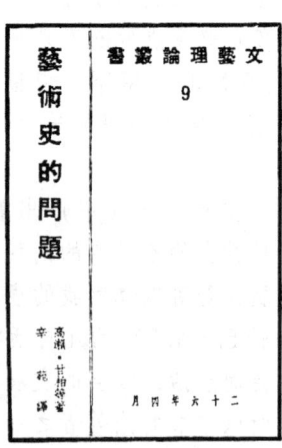

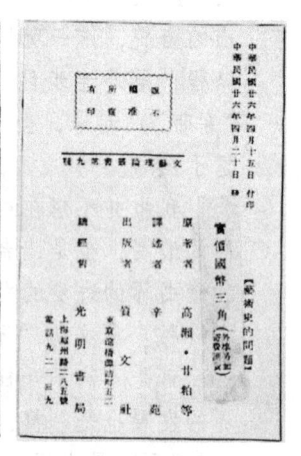

《文化拥护》

《文化拥护》，封面题"文艺理论丛书"，扉页题"文艺理论丛书10"，版权页题"文艺理论丛书第十种"，民国廿五年（1936）六月十五日付印，民国廿五年（1936）六月廿九日发行。原著者为法国 A. 纪德［等］，译述者为邢桐华，出版者为质文社（东京），总经售为光明书局（上海福州路二八五号）。全一册，71 页，实价大洋二角。

该书包括：M. 高尔基的《论文化》，A. 纪德的《文化拥护》，J. R. 贝赫尔著的《文化遗产之黎明》，P. 尼赞著的《人道主义》，凡四篇。

卷首有《译者小序》，卷末有《文艺理论丛书刊行缘起》（与《艺术作品之真实性》中的相同，从略）。《译者小序》兹录如下：

> 这里汇集的是去年夏天在巴黎所开的"国际文化拥护作家会议"上的代表的演说和论文。虽然不能说是会议演说底全部；虽然在量上显得过于微小；但会议底指导的精神和指导的思想，在这几篇里却可以全部看到。
>
> 巴黎的国际作家会议底使命和意义，我在这里不想多所哓舌；我这里只想提醒读者一句：这会议是在"全俄作家大会"开会后一年之内所开的；它底会员参加国共二十八国，出席会员共有二百三十余人。它高举的旗帜是"反对法西主义"，"拥护文化"，它唱出了拥护苏联的赞歌，呼出了反抗强暴的绝叫。
>
> 文化人不只是养尊处优的；知识分子有时也要走出书斋，挺身一呼的。他们有时也和那无衣无食的劳苦人们走到一条路上去。——这并不足奇；因为知识分子并不是超然独存的一种存在。他们有时也要感到自家生活的危殆；感到轮到自己头上来的迫害。他们为了拥护自己工作底权利和自己生活底权利，他要起来反抗。而且在他底心里，还燃烧着正义底热情；他感觉到一切，他预见到一切——一切在他周围发生的事情，一切将要发生的事情，所以真的有良心的知识分子们，有头脑的知识分子们，在这时候是不用指说就明白自己应走的路子的。只有良心麻痹了的知识分子，只有出卖了自己灵魂底知识分子，在这时候才能袖手旁观，投到了刽子手的娘怀里——对于这些人们——中国正是很多——译者也愿意送上这本书，促他们最后的反醒（省），指给他们应走的路。
>
> 敌人不仅是在外的，敌人也正藏在家里。我们回头要看清我们家

里的敌人！用大刀和枪刺斫杀爱国的青年的，不是帝国主义者本身，而是帝国主义者底狼虎爪牙。阻止中国的进路的，不只是列强帝国主义者，也还有我们中国底内奸！这才防止了民众势力底膨胀，阻挠了革命势力底前进！这正是中国底内奸们底罪恶，我们所不能容忍的。

焚书坑儒是我们祖传的秘方，秦始皇才是我们底英雄伟人！活埋和枪决的惨剧每日在演着，更何异那其斯（按：原文为"那其斯"）的希特勒呢！我只怕中国的希特勒们看了这些国际名人底文字，要私心窃笑呢！看！我们中国才是焚书坑儒的第一等国家，决不亚于希特勒的！

知识分子走着艰险的路，在他底身傍是千仞的深渊。但他底前面有劳动者群领导着，光明在远方里向他招手。他走的是艰险的路；然而也是光明的路。知识分子应该认作自己底光荣：在他底前边有劳苦的英雄挺身走着。而且，还有占有世界六分之一的劳动国家屹然立着。这应该使知识分子坚强了自己底胆，不再走到歪邪的路上去吧。

译者　一九三六，一，二一日。

附记：本书文字，除高尔基一篇，后系《真理报》直译以外，余三篇皆系由日本小松清编《文化拥护》一书中译出。（纪德和尼赞两氏之文，日译者为大野俊一，贝赫尔氏一文，日译者为菊盛英夫）

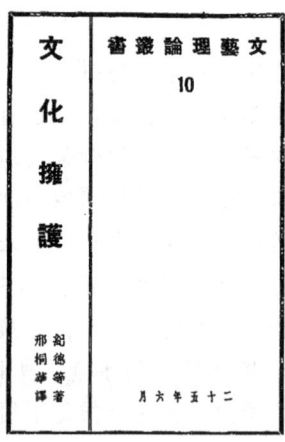

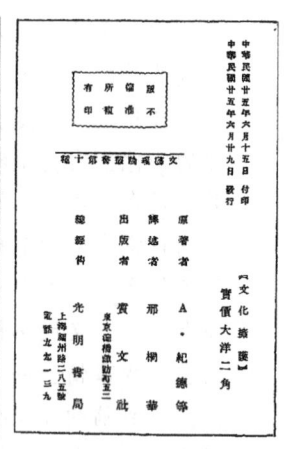

十三　宇宙风社"文学丛书"叙录

宇宙风社《宇宙风别册增刊》叙录

《她们的生活》

《她们的生活》，版权页题"宇宙风别册增刊第一册"。上海宇宙风民国廿五年（1936）十月十六日出版。陶亢德编辑，谢冰莹等著。全一册，110页，每册定价二角。此外还有民国三十二年（1943）十二月再版。广西桂林宇宙风社印行。全一册，127页，每册定价十七元。

该书为散文集，内收谢冰莹的《补袜子》，冯和仪的《说话》，李素的《人之初》，宛青的《找事》，乃琴的《从厨房到成衣店》，孟拙的《教学生与教儿女》，雪因的《对于孩子的爱和憎》，樊秀林的《剪发小史》，石文的《老姑娘和小学生》，孚英的《美的心情》，陈蓝的《橄榄味的生活》，晓筠的《为甚麽》，莆君的《病》，叶倩的《四个问题的讨论》，凡十四篇。此外，还有华君武的漫画数幅。再版本则有雷迅、丰子恺与华君武的《饶趣有味漫画》。

无序跋。《补袜子》摘录如下：

看看袜子的后跟，越破越长了，我很着急，为了没有第二双可以换洗，我真不知要怎样应付这个难关才好。

袜带是在初入狱的那晚，就被没收了的，因此袜统（按：原文为"袜统"）老是往下滑，滑下了，我又把它拉上来；但是，一站起，它又滑下了。不要说，本来就是一双不大好的袜子，在这种情形之下，即使是新的，又怎能保得住不破呢？

"破了，你的袜子破了！"

那位女强盗良子，已经对我说过两次了，但我只是望着她微微地一笑。今天她在吃完早饭后，忽然又注意到我的脚上来。
　　"你没有带袜子来吗?"
　　她像很开心似的问我。
　　"没有!"

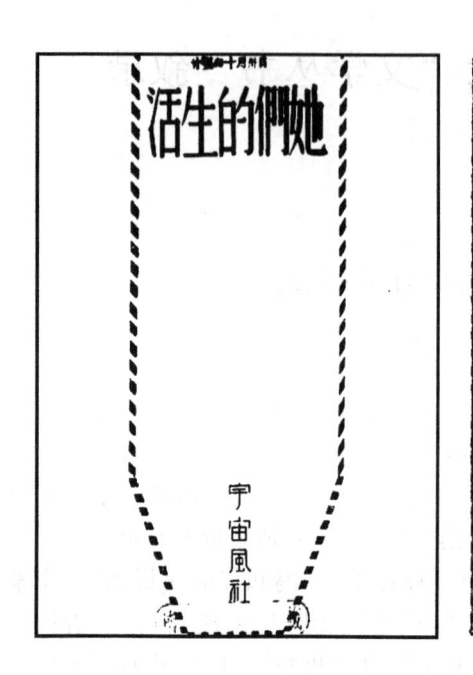

"有人会替你送东西来吗？"

我知道在"东西"两个字里面，是会包含着袜子的。

"她们不知道我在这里，自然不会送来。"

她重重地叹了声气，我们便仍旧低下头了。

《贪官污吏传》

《贪官污吏传》，版权页题"宇宙风别册增刊第二册"。上海宇宙风民国廿五年（1936）十一月十六日出版。陶亢德编辑。全一册，95页，特价一角五分。

该书为小品文集，内收至诚的《贪污自述》，大跖的《贪污经验谈》，山里红的《刘珍年祸胶东纪略》，大叔的《糖变盐的故事》，英弟的《标准贪污》，北冥的《五老师小传》，睡畅的《清乡禁烟与军民同乐》，方内的《异想天开的试验烟瘾法》，更生的《房捐的标准就是县长的嘴巴》，长年的《新政逃不出旧手》，馀生的《行贿记》，雨的《蛋炒饭里的烟泡》，冷眼的《警察官的弄钱手段》，周谘的《吃官司有部下在》，蓝鹰的《靠状纸发小财》，刘再生的《贪官与劣绅的朋比》，竹云的《吃西瓜的故事》，韩枚的《靠水发财的一群》，监委的《我们的教育局长》，凡十九篇。

无序跋。

宇宙风社"宇宙丛书"叙录

《北平一顾》

《北平一顾》，封面可能题"宇宙丛书之一"（缺封面），扉页题"宇宙丛书"，版权页题"宇宙丛书（一）"。宇宙风社（上海）民国廿五年（1936）十二月初版。编辑兼发行人为陶亢德，发行所为宇宙风社（上海），印刷者为中国科学公司。全一册，247页，每册五角。

该书为散文集，收录散文凡四十一篇，篇目依次为：周作人的《北平的好坏》，老舍的《想北平》，老向的《难认识的北平》，废名的《北平通讯》，罗念生的《大都》，吕方邑的《接壁儿老太太言》，毕树棠的《北京话里的比喻》，李素的《北平的歌谣》，郁达夫的《北平的四季》，周作人的《北平的春天》，朝英的《北平的气候》，何容的《北平的风水》，宋春舫的《我不小觑平剧》，绿英的《广和楼的捧角家》，徐霞村的《北平的巷头小吃》，果轩的《北平的豆汁儿之类》，吕方邑的《北平的货声》，魏兆铭的《北平的公园》，谢兴尧的《中山公园的茶座》，孟超的《遛跶》，许钦文的《菜市口》，张玄的《北平的庙会》，王言一的《白云观庙市记》，太白的《北平的市场》，衷若霞的《天桥》，吞吐的《北平的洋车夫》，刘小蕙的《打小鼓的》，柳絮的《北平的乞丐生活》，钟栻的《古城古学府》，任浩的《西郊两大学》，蔽苇的《从厂甸买书说到北平的旧书业》，徐崇寿的《北平的公寓》，何容的《公寓里的风波》，钟栻的《我的公寓生活》，陈启选的《北平早晨的调嗓子》，驯羊的《北平传说》，八六老人的《北平话旧》，陶在东的《闲话中华门》，古月的《拘留所速写》，金容的《北平的土药店》，吞吐的《北平今日的三多》。

无序跋。《北平的好坏》摘录如下：

  不佞住在北平已有二十个年头了。其间曾经回绍兴去三次，往日本去三次，时间不过一两个月，又到过济南一次，定县一次，保定两次，天津四次，通州三次，多则五六日，少或一天而已。因此北平于我的确可以算是第二故乡，与我很有些情分，虽然此外还有绍兴，南京，以及日本东京，我也住过颇久。绍兴是我生长的地方，有好许多（按：原文为"好许多"非"好多"）山水风物至今还时时记起，如有闲暇很想记述一点下来,可是那里天气不好,寒暑水旱的时候都有困难,不甚适于住家。南京的六年学生生活也留下好些影响与感慨,背景却是那么模糊的,我对于龙蟠虎踞的钟山与浩荡奔流的长江总没有什么感情,自从一九〇六年肩铺盖出仪凤门之后,一直没有进城去瞻礼过,虽似薄情实在也无怪的。东京到底是人家的国土,那是另外的一件事情。归根结蒂(按:原文为"归根结蒂")在现今说来还是北平与我最有关系,从前我曾自称京兆人,盖非无故也,不过这已是十年前的事了,现在不但不是国都,而且还变了边塞,但是我们也能爱边塞,所以对于北京仍是喜欢,小孩们坐惯的破椅子被决定将丢在门外,落在打小鼓的手里,然而小孩的舍不得之情故自深深地存在也。

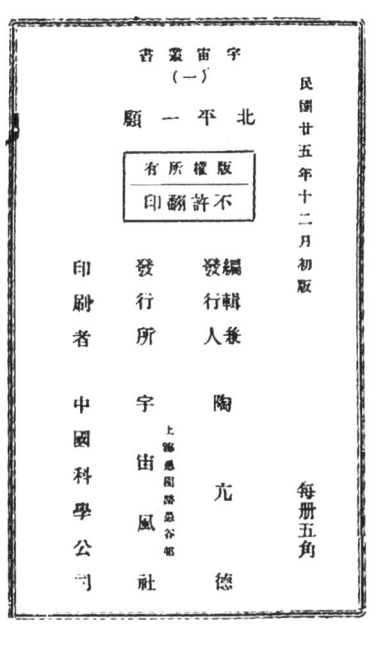

我说喜欢北平,究竟北平的好处在那里(按:原文为"那里")呢?这条策问我一时有点答不上来,北平实在没有什么了不得的好处。我们可以说的,大约第一是气候好吧。据人家说,北平的天色特别蓝,太阳特别猛,月亮特别亮。习惯了不觉得,有朋友到江浙去一走,或是往德法留学,便很感着这个不同了。其次是空气干燥,没有那泛潮时的不愉快,于人的身体总当有些益处。民国初年我在绍兴的时候，每到夏天，玻璃箱里的几本洋书都长上白毛，有些很费心思去搜求来的如育珂的《白蔷薇》，因此书面上便有了"白云风"似的瘢痕，至今看了还是不高兴。搬到北京来以后，这种毛病是没有了，虽然瘢痕不曾消灭，那也是没法的事。第二，北平的人情也好，至少总可以说是大方。大方，这是很不容易的，因为这里边包含着宽容与自由。

《日本管窥》

《日本管窥》，扉页题"宇宙丛书"（未见编号）。宇宙风社（上海）民国廿五年（1936）十二月初版。编辑兼发行人为陶亢德，发行所为宇宙风社（上海），印刷者为中国科学公司。全一册，266页，每册五角。根据《丛书目录》，应为"宇宙丛书之二"。

该书为散文集，收录散文凡三十二篇，篇目依次为：傅仲涛的《日本民族底二三特性》，周作人的《谈日本文化》，刘大杰的《日本民族的健康》，徐祖正的《日本人的俳谐精神》，尤炳圻的《严肃与滑稽》，周作人的《怀东京》，周作人的《怀东京之二》，郁达夫的《日本人的文化生活》，夏丏尊的《日本的障子》，尤炳圻的《风吕》，谢六逸的《日

本的杂志》，丰子恺的《日本的裸体画问题》，丰子恺的《日本的漫画》，姚鉴的《日本的南画》，林庚的《日本风景木板彩画》，丰子恺的《记东京某音乐会研究室中所见》，丰子恺的《林先生》，钱歌川的《日本妇人》，俞鸿谟的《日本的男与女》，刘芳的《一个日本女子师范学校》，徐北辰的《我对于日本和日本人的观察》，伯上的《我的日本房东》，三郎的《扶桑印象》，胡行之的《印象中的日本》，戴泽锟的《日本的报纸及其他》，木石的《春在东京》，黄慧的《洋化的东京》，叶建高的《日本的文化面》，贺昌群的《唐代的日本留学生》，家禾的《从历史上所见的日本文明》，崔万秋的《日本印象记的另页》，郭沫若的《关于日本人对于中国人的态度》。

无序跋。

《欧风美雨》

《欧风美雨》，封面题"宇宙丛书之三"，扉页题"宇宙丛书（三）"，版权页题"宇宙丛书（三）"。宇宙风社（上海）民国廿七年（1938）七月初版，民国廿八年（1939）七月再版，民国廿九年（1940）四月三版。编辑兼发行人为陶亢德，发行所为宇宙风社（上海），全一册，221页，每册实价国币八角。

该书收录游记凡十三篇，篇目依次为：华五的《伦敦素描》，兆雄的《英京通讯》，中生的《记牛津大学》，于恭的《英国的人权》，乔志高的《纽约客谈》，问笔的《金山笔记》，林语堂的《旅美通讯》，谢兆雄的《卐字旗下的柏林》，失民的《德国游记》，弱民的《巴黎大学的学潮》，徐訏的《巴黎的小脚》，戴望舒的《巴黎书摊》，失民的《比国游记》。《伦敦素描》包括：（一）《China House》，（二）《伦敦的新年》，（三）《密勒氏旅馆》，（四）《中国饭馆》，（五）《雾》，（六）《夜》，（七）《伦敦的居住》，（八）《政治经济学院》，（九）《伦敦的公园》。《英京通讯》包括：（一）《伦敦的雾》，（二）《文明乞丐》，（三）《黑暗》，（四）《楼车》。《纽约客谈》包括：（一）《百老汇和四十二号街》，（二）《万国公寓》，（三）《无线电城》，（四）《时髦杂志》。《金山笔记》包括：（一）《西亚图兜风》，（二）《东西文化及其哲学》，（三）《上帝与萨坦》，（四）《黑人的心》，（五）《唐人街》，（六）《人家的学府》，（七）《美国的圣诞节》。《旅美通讯》包括：（一）《抵美印象》，（二）《谈好莱坞》。《德国游记》包括：（一）《引子》，（二）《车上》，（三）《柏林街市》，（四）《真正德国人与犹太德国人》，（五）《德国的女子》，（六）《德国人的生活》，（七）《在德国的中国留学生》。《比国游记》包括：（一）《比京不鲁赛儿》，（二）《滑铁炉（卢）》，（三）《留比的中国学生》。

无序跋。《伦敦素描·引言》摘录如下：

　　离开了破碎的祖国，浮海到欧洲去吃了几年的中国饭，不可谓非人生幸福。"伦敦"这个伟大的名字，象征着漫天的大雾。人说伦敦雾大，叫闷，说是吐不出气来。其实人生得由你自己去体验，便在雾气中你也可以发现几丝阳光，荒漠中有的是凉风，是月明。在地道车累得你头昏，街车叫得你心烦的当儿，你可以在一间小室里，抽着烟斗出神。英国人的面孔不全是板着的，久了你自能体会出来，伦敦的日子不全是苦闷，如其你会探寻，有的是美丽的消息。

　　朋友们，你别失望，虽则我不是一个善讲故事的人，但我相信我能给你们展开一片眼界。我不会解说纳尔逊碑的高，巴力门的辩论，伦敦桥与泰晤士河，那些你们尽可以从其他的游记中看到。我要讲的却是美丽中的丑恶，或是丑恶中的美丽，人生里的人生，花园里的花园。

　　如其我讲得好，你们用不着赞美，赞美是枉然的。如其我讲得不中听，你们用不着诅咒，诅咒也是枉然的。破晓时雀子的叫，黑夜中的蛙声，原不过是宇宙间真实的流露，岂有其他的目的。

　　听罢，我的朋友们！

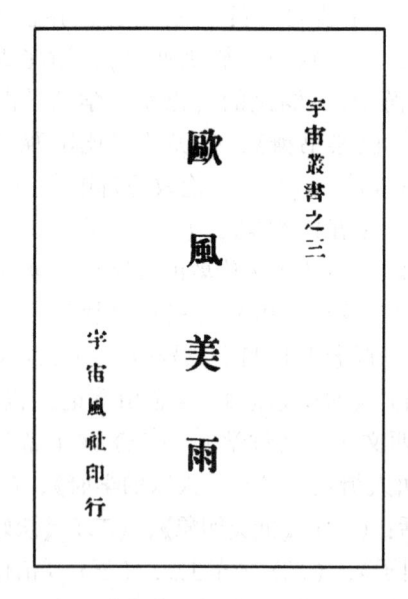

《苏联见闻》

《苏联见闻》，扉页题"宇宙丛书"，版权页题"宇宙丛书（四）"。宇宙风社（上海）民国廿六年（1937）七月初版，民国廿七年（1938）三月再版。编辑兼发行人为陶亢德，发行所为宇宙风社（上海），印刷者为中国科学公司。全一册，208页，每册五角。

该书收录游记凡十六篇（最后一篇为译文），篇目依次为：于炳然的《莫斯科杂缀》，桓行的《苏联目前的教育方针》，戈宝权的《苏联的新闻事业》，钟肃仪的《苏联的托儿所》，友侨的《苏联的男女关系》，柳宜冰的《黑海之滨》，笑天的《休养所的生活》，波音的《莫斯科的名胜古迹》，戈宝权的《莫斯科的戏院》，水轩的《苏联人民的集体娱乐》，贾㨖的《莫斯科的咖啡店》，寒松的《莫斯科的现在和未来》，殊漪的《工程师的家庭》，霭穆的《苏联作家与西班牙内战》，藻苏的《苏联境内的中国人》，纪德原著的《从苏联回来》（戴望舒译）。《莫斯科杂缀》包括：（一）《高尔基的哀荣》、（二）《文化公园》、（三）《震动世界的党案》、（四）《莫斯科儿童宫》、（五）《苏联的女人》、（六）《苏联的英雄》、（七）《我的寓所》。

无序跋。于炳然的《莫斯科杂缀》摘录如下：

（一）高尔基的哀荣

几天来，莫斯科的报纸便天天发表高尔基的病状。一般人在工作之暇，也常常以高尔基的病危作为谈话材料。一个朋友向我说：高尔基的病已经到了紧急关头，恐怕"寿终正寝"就是这几天的事了。不过，说也奇怪，最近斯大林曾去"临床探病"，去过两次，高尔基的病便有两度起色。当然斯大林不会什么精神治疗术，不过高尔基的感情是很热烈的。当他们的领袖向他殷勤的（按：原文为"的"）慰问，当他们的领袖向他说："你是死不得的，对于整个的人类还有许多重要的工作等你作（按：原文为'作'），你必须战胜病魔，你必须好好将养，以期恢复你的健康。"这时，高尔基是异常的兴奋，他恨不能立刻爬起床来，抓起笔来，运用他伟大的文学天才，为人类自由而战，为人类幸福而战。

但是病魔的力量终于战胜了高尔基的兴奋！

一个火样热的下午（六月十八日），我到街上去买几色日用的物品，突然看见有人在忙着悬旗——镶着黑边的红旗。立刻我便想到这是高尔基的噩耗,跑过一问,果不出我所料也。

　　街上过往的行人都止步了,数不清的眼睛都射在随风摇曳的旗子上,这时我的心头便浮出高尔基的影子。我第一次看见他,是在去年六月卅日莫斯科的体育大检阅,那时他和另外一个伟大的文学家罗曼·罗兰,还有苏联全体的党国要人们,比肩的(按:原文为"的")立在列宁墓上。我遥远的(按:原文为"的")看去,总看高尔基像个鹤,很长的两条腿,微微有些驼背,脖子似乎想要探出去。这只"鸣于九皋声闻于天"的鹤,现在不知飞向何处去了?我不禁这样索想。

　　第二天,满街的人便自动的(按:原文为"的")排成了队伍,许多人的头上戴上了用报纸卷成的高帽子,这不是表示哀悼,只是抵抗烈日的威力。这些队伍蠕蠕的(按:原文为"的")向前移动,使通衢的交通都发生了影响,他们和她们,对于这位颇著勋劳(按:原文为"颇著勋劳")的文学家——高尔基,表示一种至上的敬意和沉痛的哀悰,所以,都不辞辛苦,去瞻仰他的遗容。

　　高尔基仰卧在一个巍巍然的大建筑物里,这是苏联的职工会。遗骸之旁,堆满了花篮和花圈。冷眼看去,简直像一座花山。厅中奏着低音的哀乐,站着许多固定的守卫人,万里长城样的队伍,徐徐的(按:原文为"的")钻进这个大厅来,环绕高尔基的遗骸,眼睛在瞻望着他,心灵在怀想着他,然后又徐徐的(按:原文为"的")走去。这样流水似的流进和流出,一天便有五十万人从这鹤尸旁流过。这表明了高尔基在文学上是何等的成就,同时也表明了苏联人们对于这位文学家是何等的敬爱。在这五十万人男女老幼中,真是包罗万象,据报纸上的记载:不但包括苏联各种民族的人,和各种职业的人,而且包括全世界的各国人。还有值得特书一笔的,就是苏联的党国要人,例如斯大林莫洛讬夫卡冈诺维赤瓦罗西洛夫等(按:原文此处无标点)都曾在这座花山下充当守卫人,就是说,都曾在高尔基遗尸旁静默的(按:原文为"的")鹄立着。还有两种人曾在这个追悼会上非常活跃:一种是文学家;一种是面包师;文学家们因为高尔基是他们的领袖,当然要表现"如丧考妣"的哀恸,什么挽文挽诗,便像雨后春笋样的产生出来;还有些在世界文坛上有名望的作家,相继在广播无线电台上声泪俱下的演说;至于面包师们,因为高尔基幼时曾在面包店作过学徒,所以他们悲哀之余还要引以为荣,所以这天各面包店的工人,都参加最后一次的晋谒高尔基。

在全世界六分之一的一个广大领域里，到处都飘着镶黑边的红旗，各工厂，各农庄，各学校，各兵营，各商店，各文化团体，各级党部均在举行着悲壮的追悼会。

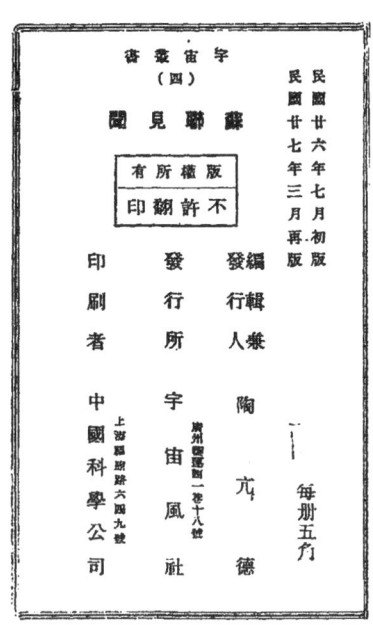

《自传之一章》

《自传之一章》，宇宙风社（桂林）民国二十七年（1938）七月初版，民国二十八年（1939）二月再版，民国三十三年（1944）正月增订版。著作者为蔡元培等，编辑者为宇宙风社，发行人为林翊重、林伊磐，发行所为宇宙风社（桂林），印刷者为中新印务公司（桂林）。全一册，198页，每册定价三十四元。该版本未见"宇宙丛书"字样，根据《丛书目录》，应为"宇宙丛书之五"。

该书收录自传回忆录凡二十一篇，篇目依次为：蔡元培的《我在教育界的经验》，陈独秀的《实庵自传》，何香凝的《我学会烧饭的时候》，叶恭绰的《四十年求知的经过》，陈衡哲的《我幼时求学的经过》，黎锦熙的《自传之一章》，章乃器的《我与青年》，王芸生的《一个挨打受罚的幼稚生》，太虚的《我的佛教革命失败史》，老舍的《小型的复活》，丰子恺的《不惑之礼》，冰莹的《大学生活的一断片》，傅仲涛的《生活的回忆》，宋春舫的《到巴黎去》，许钦文的《从故乡到无妻之累》，赵景深的《曲友》，郭子雄的《我与牛津》，毕树棠的《自传第一章》，章一麐的《自传之一节》，南桥的《童年回忆》。还有附录鹤见祐辅的《传记的意义》。

无序跋。章乃器的《我与青年》摘录如下：

  这是一个值得纪念的日子，然而是一个不堪回首的地方！

  在"五四"运动发生的前后，我正在北通州的一个京兆农工银行里面服务。那时候，北京政府正在亲日派份（分）子的把持之下；他们的活跃，仿佛和前时在冀察政务委员会里的情形差不多。不过在离北平四十里的北通州——一个没落的中古时代的都市，当时倒依然过着很宁静的生活。而现在呢，它却是很不幸的变成殷汝耕伪府的所在地了！

  宁静是表面的，我相信每一个有血气的青年，看到了当时报载列强对中国横蛮无理的态度和北京政府的预颠（按：原文"预颠"应为"颠顶"）黑暗以及种种丧权辱国的情形，尤其是勾结日本帝国主义以压迫国内革命势力的情形，恐怕没有一个人不悲愤填胸（按：原文"悲愤填胸"应为"悲愤填膺"），热血沸腾起来，几乎要炸破了血管。但是，可怜，他们还没有能够组织起来，把热血沸腾的蒸汽打成了一片风云，把微弱的呼声结成了大地的怒吼。因此虽然屋子里零零落落的关着不少在那里为国事叹息流泪的青年，而表面上还是一个宁静。

  这中间便存在着一个我；在十个数字和十三档算盘的生活中间，不断的（按：原文为"的"）自己对自己提出这样的一个问题："国家亡了难道还要腆颜过奴隶的生活吗？"

  同事中间也乏热血的人；有些人起初不注意，后来和他们详细说明了，他们也认为奴隶的生活是过不了的。

  但是，怎样做呢？我们却都存这一种陈旧的错误心理：国家大事总得做了大人物才能管得了，赤手空拳的我们是徒然的。从眼前做起，从身边做起，把自己几个人先组织起来，再去汇合那伟大的时代潮流：这些，我们那时都是不知道的。

  霹雳一声，历史的"五四"运动展开了！兴奋得几乎使我发狂！不管报上说北平的空气如何严重，我不能不请了假，到那里去看一个明白。

  在前门车站下了车，步出车站，车站前面就排列着一队不知从那里（按：原文为"那里"）来的学生，手里持着写标语的旗子，脸上表现出来严肃而悲痛的神气。

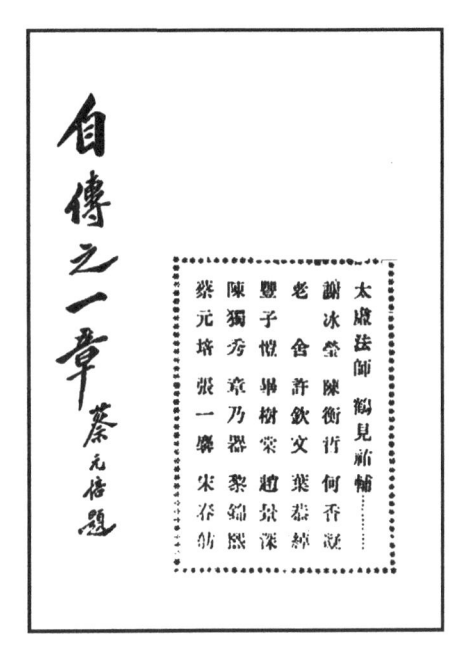

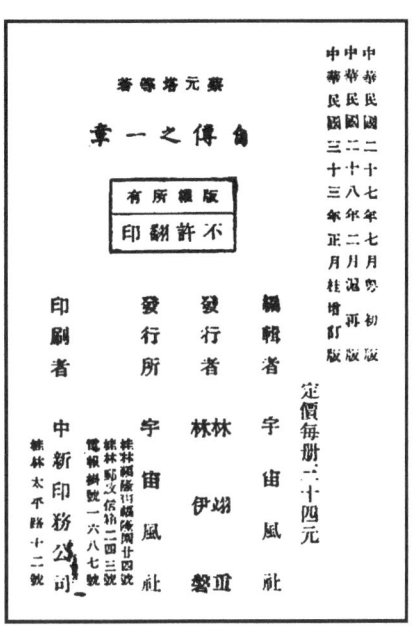

宇宙风社《宇宙风社月书》叙录
《回忆鲁迅及其他》

《回忆鲁迅及其他》，题"宇宙风社月书第一册"。上海宇宙风社民国廿九年（1940）一月初版。主编者为周黎庵，著作者为郁达夫等，发行者为宇宙风社（上海福熙里六八七弄三十号、桂林桂西路二十四号、香港摆花街三十三号三楼）。全一册，65页，每册实价国币二角五分（外埠酌加邮汇费）。

该书为内收郁达夫的《回忆鲁迅》，知堂（周作人）的《钱玄同先生纪念》，毕树棠的《忆王静安先生》，赵景深的《吴梅先生》，钱歌川的《纪念王礼锡》，凡五篇。

无序跋。郁达夫的《回忆鲁迅·序言》兹录如下：

鲁迅作故的时候，我正飘流在福建。那一天晚上，刚在南台一家饭馆里吃晚饭，同席的有一位日本的新闻记者，一见面就问我，鲁迅逝世的电报，接到了没有？我听了，虽则大吃了一惊，但总以为同盟社造的谣。因为不久之前，我曾在上海会过他，他们还约好于秋天同去日本看红叶的。后来虽也听到他的病，但平时晓得他老有因为落夜而致伤风的习惯，所以，总觉得这消息是不可靠的误传。因为得了这一个消息之故，那一天晚上，不待终席我就走了。同时在那一夜里，福建报上，有一篇演讲稿子，也有改正的必要，所以从南台走回城里的时候，我就直上了报馆。

晚上十点钟以后，正是报馆里最忙的时候，我一到报馆的，与一位负责的编辑，只讲了几句话，就有位专编国内时事的记者，拿了中央社的电稿，来给我看了；电文却与那一位日本记者所说的一样，说是"著作家鲁迅，于昨晚在沪病故"了。

我于惊愕之余，就在那一张破稿纸上，写了几句电文："上海申报转许景宋女士：骤闻鲁迅噩耗，未敢置信，万请节哀，余事面谈。"第二天的早晨，我就踏上了三北公司的靖安轮船，奔回到了上海。

鲁迅的葬事，实在是中国文学史上空前的一座纪念碑，他的葬仪，也可以说是民众对日人的一种示威运动。工人，学生，妇女团体，以前鲁迅生前的知友亲戚，和读他的著作，受他的感化的不相识的男男女女，参加行列的，总有一万人以上。

当时中国各地的民众正在热叫着对日开战，上海的智识（按：原文为"智识"）份子，尤其是孙夫人蔡先生等旧日自由大同盟的诸位先进，提倡得更加激烈，而鲁迅适当这一个时候去世了，他平时，也是主张对日抗战的，所以民众对于鲁迅的死，就拿来当作了一个非抗战不可的象征；换句语说，就是在把鲁迅的死，看作了日本侵略中国的具体事件之一。在这个时候，在这一种情绪下的全国民众，对鲁迅的哀悼之情，自然可以不言而喻了；所以当时全国所出的刊物，无论那（按：原文为"那"）一种定期或不定期的印刷品上，都充满了哀吊鲁迅的文字。

但我却偏有一种爱冷不感热的特别脾气，以为鲁迅的崇拜者，友人，同事，既有了这许多追悼他的文字与著作，那我这一个渺乎其小的同时代者，正可以不必马上就去铺张些我与鲁迅的关系。在这一个闹热关头，我就是写十万百万字的哀悼鲁迅的文章，于鲁迅之大，原是不能再加上以毫末，而于我自己之小，反更足以多一个证明。因此，我只在《文学》月刊上，写了几句哀悼的话，此外就一字也不提，一直沉默到了现在。

现在哩！鲁迅的《全集》（按：原文的标点符号如此），已经出版了；而全国民众，正在一个绝大的危难底下抖擞。在这伟大的民族受难期间，大家似乎对鲁迅个人的伤悼情绪，减少了些了，我却想来利用余闲，写一点关于鲁迅的回忆。若有人因看了这回忆之故，而去多读一次鲁迅的集子，那就是我对于故人的报答，也就是我所以要写这些断片的本望。

廿七年八月十四日在汉寿

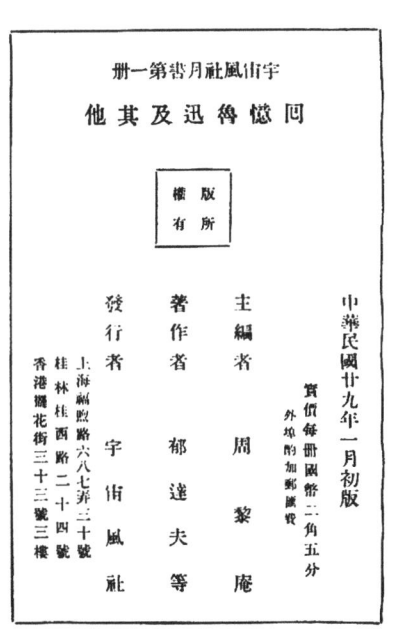

《吴钩集》

《吴钩集》，周黎庵著，周黎庵主编，"宇宙风社月书第二册"（封面与版权页均题）。宇宙风社（上海、桂林、香港）民国廿九年（1940）二月初版。全一册，226页，每册实价国币八角，外埠酌加邮汇费。

该书收录历史小品凡十七篇，篇目依次为：《清代文苑杂录》《关于太监》《西洋人与跪拜》《清代文字狱——丁文彬逆词案》《文字狱的株连性》《谈清代织造世家曹氏》《谈清人笔记》《读〈疢斋杂剧〉》《谈〈游山日记〉》《谈〈随园尺牍〉》《谈龚定盦》《谈杭世骏与全谢山》《清民族史家全谢山》《金缕曲》《汨罗江》《庐山之会》《迎降》。其中《清代文苑杂录》包括十一篇,即一、《卫道得第》,二、《尚书赶车》,三、《立言》,四、《毁誉》,五、《在朝与在野》,六、《老倒》,七、《标榜术》,八、《拍马法》,九、《创作问题》,十、《论节操》,十一、《读经与读史》。

卷首有"小言"和《序》,卷末有《跋》。"小言"兹录如下:

> 谨把这册小书,
> 献给——
> 一位寂寞的老人。
> 幼时,她给我
> 读许多书的环境;
> 同时,
> 她也是世界上
> 最爱着我的人。

《序》兹录如下:

校完自己的集子,实在有平凡的感觉。平凡得只能写写过去的人物和几本旧书;而且又写得那样不好。

伟大的作品是建立于经验与阅历之上的,闭户造车,决无成功;但古来文士总要来一套《拟〈饮马长城窟〉》,读来真令人有些滑稽之感;不过这也是贤者所不免的事。平易到了极点的陶潜,偶然还要思慕荆轲,这岂是我们所能逆料的。

我厌恶平凡,但又不敢浪漫;平易的生活,使文章失了"奇气"。要想恣奇雄浑,如天马行空,大概尚须假我以二十年的岁月吧!人生几何,岂能长役于文字以没世。这样一想,时想搁笔,盖已是久矣乎的了;但见猎心喜,积习难除,夜阑人静,还是干那灾梨祸枣的勾当;而且还想把它们结集起来,这正是难能自料的事。

在平易的生活中,七八年前忽然兴了一次写文章投稿给杂志的念头,这或许是平凡中的一些特点,由这特点扩大开来,竟占据了我闲暇光阴的大部分。这七八年中,除却剧本、诗和所谓文学理论之外,我简直什么都写。有一时期,竟然连报纸的社评也写过。在笔杆报国的最近,我还写过所谓"鲁迅风"的杂感。那些文字,大都收入于几个朋友合编的《边鼓集》和《横眉集》里；在个人爱好上讲，我是不大珍惜那些文字的。连同去年怱促写成的《清明集》，同是我不喜爱的文字。

但我所视为"敝帚"者，却还是四五年来所写关于人物掌故的文字，取出来重读一遍，虽仍是平凡得很，却有亲切的滋味，使我想起读那些书籍时的优美环境，和那时像慈云覆护爱着我的人物。今则景物俱非，即使读些书，也都是"禄蠹"的读物，决非我所心爱的了。

因此把这些文字结集起来，也算是个纪念吧！对自己的过去，和对爱着我的人。

这里所收的共十七篇，都二十七目，自民国廿四年冬以迄廿九年春。在性质言，可以说是共同的；因为篇幅的关系，有许多同性质的还没被编进去。就体裁言，最后的四篇，勉强可以说是小说的，不过我不曾读过小说作法之类，是否合格，只好在这里存一疑说。但时髦一些，名之曰"历史小品"，要亦无不可。

把书名题为《吴钩集》，不过是偶然想到这两个字而用之，深意是没有的。吴钩是兵器的名字，《吴越春秋》云：

吴王既宝莫邪，复命国中作金钩，曰：善者赏百金。有人杀其二子，以血衅金成两钩以献，向钩呼二子之名曰："我在此。"两钩俱飞着父胸。乃赏百金，服不离身。

这样惨厉的出典我不喜欢，我爱的是"吴钩"两字，觉得颇有意义，无怪乎诗人要屡以入诗，《梦溪笔谈》云：

唐人诗多有言吴钩者：吴钩，刀名也。今南蛮用之，谓之"葛藤刀"。这便解释得好，虽然沈恬（括）不引战国时的故事是错误的，但把吴钩和南蛮合在一起，正中我的意思。我们在西戎北狄的眼中，大概也颇有被称为"南蛮"的资格吧！过着平凡的生活，写着平凡的文字，偶而（尔）也想凌厉激扬一下；正如田园派诗祖有时也要歌颂古时的刺客，这大概便是人类蛮性的遗留吧！

有清一代才人黄仲则（景仁）诗云："昨夜朗吟浑未寐，草堂风雪看吴钩。"我很爱这一句，读书人虽不必定要拿了一支剑呆看着，要亦不可无这种念头，何况我又在风雪的深夜校完这部集子呢。

是为序。（廿九年一日廿五夜，记）

《跋》兹录如下：

写完了序文，觉得还有许多话要添进去，却都是琐琐碎碎的，不便"冠冕堂皇"的弁之篇首，于是把它附刊于篇末。这，也有它时髦名称的，叫做"后记"是；但我所谈却是古董，觉得还是仍名之曰"跋"妥当一些。

以《清代文苑杂录》为题的十一篇小文，都是廿四年冬只身客吴门时写的，寄给那时编《立报·言林》的谢六逸先生发表。里面所引的清人文字，大半不是原文，是出我杜撰的，因为那时没有带许多书，只凭记忆写出。虽然名为清代云云，实则都是指当时情形而发。如《卫道得第》指几个怂恿湘粤军人提倡读经的人物。《尚书赶车》在古城沦陷前夜也确有其事，不过现代尚书以能操洋语故，并未受凌辱而已。《在朝与在野》和《老倒》两篇，指当时的政治人物，其余大都泛指当时文坛的情形。

这里所收的两篇清代文字狱的文章，是我最不满意的。对于文字狱，我本有意思写一本专书，但材料实在太缺乏，试写了一下，便成了两篇这样不死不活的东西，以后有机会总想完成这个志愿。

《金缕曲》是我许多年前的旧作，虽然到后来才有发表的机会。里面所有事实，大都是有根据的，但有两处不可恕的错误，让我自己在这里指出，以代更正。吴梅村《送友人吴兹受出塞》诗，我在梅村作《悲歌行》《赠吴季子》前已提起了，那时所根据的是《梅村诗集笺注》，我以为父之出塞总要比子早，不料后来买到《吴梅村先生编年诗集》，《送友人出塞》却编在《悲歌行》之后，那当然是我的错误了。

还有一点要加以说明的是，我把徐乾学（健庵）写得很不恭敬，对《读礼通考》的作者是很不该的，据吴翌凤《梅村诗集笺》注云：

吴兆骞字汉槎，吴江人。顺治戊戌以丁酉科场事蜚语逮系，遣戍宁古塔。康熙辛酉徐健庵为之纳锾，放归田里。

又《辇悦卮谈》云：

汉槎以丁酉科场蜚语，配宁古塔，著《秋笳集》，其寄怀故人有曰："却悔平原轻赴洛，悲壮踰于古从军"，出塞后，徐健庵升总宪为捐环赎归。

照此看来，汉槎的放归，全是徐乾学的力量，岂不与顾贞观和纳兰成德无关了。因此我推想到乾学为汉槎尽力，不过是明珠的授意，而间接仍是梁汾的力量；这大概不会错到那（哪）里去。

汉槎的遣戍是顺治戊戌（一六五八），赐还是康熙辛酉（一六八一),在宁古塔有二十四年之久,我把他缩短得不少,这也是没有办法的事。又徐乾学喜汉槎生还诗有云:"叹惜梅村今宿草,不将老眼待君还",梅村卒于康熙辛未(一六七一),盖去汉槎赐环已十年矣。

《金缕曲》原词,《清名家词》所载的《弹指词》均有未妥处,承赵景深先生以朱彊村(祖谋)家刻本《词萴》校正,特此志感。

《汨罗江》虽叙屈原,却是抗战前夕的一般情形,三年来的兴奋热烈抗战,决不会再使现代屈原要自沉了吧!在这里,和徐乾学一样,我得罪了一位景差。原因是我想不出屈原另外的弟子,就把和宋玉并称的那位楚词(辞)名家倒了楣,实在抱歉得很。

《庐山之会》是一时兴会之作,倘读了能够一笑,那便很好了,切勿以为我在捣鬼。《迎降》一文是为香港《星岛日报》而作的,刊出时曾有后记一段,现在把它删去了,总之,这篇文字要说是描写明末,则毋宁说是看看现代人的脸嘴吧!

是为跋。

(廿九年一月廿六日,记)

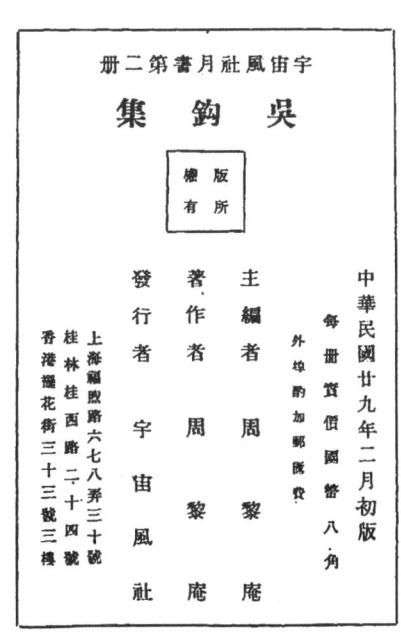

《昼梦集》

《昼梦集》,题"宇宙风社月书第三册"。上海宇宙风社民国廿九年(1940)三月初版。主编者为周黎庵,著作者为毕树棠,发行人为陶亢德，发行所为宇宙风社（上海福煦里六八七弄三十号、桂林桂西路二十四号、香港摆花街三十三号三楼）。全一册，185 页，每册实价八角（外埠酌加邮汇费）。

该书为杂文集，内收杂文《送年礼》《李五祖宗》《宋六先生》《抓空儿》《昼梦》《时疫》《老》《一个礼拜六的午后》《成先生》《一个灯塔的故事》《忆王静安先生》《勃克夫人会晤记》《赫理斯》《忆海参崴》《齐东野语》《自传第一章》，凡十六篇。扉页题"纪念旧时的水木清华"。

卷首有《自序》，卷末无跋。《自序》兹录如下：

取《昼梦》二字作书名，没有什么特别的意思。第一，因为一时找不到合适的名字，就以书中一个篇名做代表，最省事。其次，我从前有一个毛病，常常一个人坐在屋里，看着书或写着文章，不知不觉就目无见耳无闻的傻上几个钟头，有人进来或有耗子之类在地下一跑，把我惊醒，才恍然如从梦里转来。其实，并不是成心去作有层次的深思，也不一定是倦着有什么甜美的幻想，也可以说是胡思乱想，漫无头绪，委实可笑！近来，年纪大了，一颗心被东抓西抛的如一团乱麻，自己这个人是怎么生活的都无从理会，那傻毛病竟自没有了；也记不得是从甚（什）么时候起没有了。于今回忆起来，倒好像是一种损失，因为那里面有诗，有画，有灵感，有神秘……现在只是一块石头，在人群里滚来滚去而已。现在想藉着这本书，纪念我那点毛病，美其名曰《昼梦》。

这本书里所收集的是近几年在报纸杂志上所发表过的些速写式的文字，半像纪实，也半像小说，有点不三不四的。其实，都是自己耳闻目见的些片段，觉着有点意义或趣味，便取作笔下的材料，绝没有丝毫歪曲的私意夹在里头。若有人以为是讽刺他或污辱他，那就错了，因为有人曾起过这种误会，所以在这里特别声明一下。有两篇只是兴趣儿，可以说毫无意义，如《老》《抓空儿》《一个礼拜六的午后》；又如《成先生》和《一个灯塔的故事》，是我一时受了平话小说的沾染，不觉带出那种半新不旧的调子，好歹收集起来，聊以保存自己的拙劣而已。

二十八年十二月二十八日。

《姑妄言之》

《姑妄言之》，主编者为周黎庵，著作者为何容等，发行者为陶亢德，发行所为宇宙风社（上海福熙路六七八弄三十号、桂林桂西路二十四号、香港摆花街三十三号三楼）。"宇宙风社月书第四册"（封面与版权页均题）。民国廿九年（1940）四月初版。全一册，84页，每册实价国币四角（外埠酌加邮汇费）。

该书收录散文凡十三篇，篇目依次为：全书凡十三篇，《空说与实干》（何容）、《论空话与实干》（徐訏）、《不必多言》（老向）、《告内地宣传者》（冯沅君）、《艺术必能建国》（丰子恺）、《中国就像棵大树》（丰子恺）、《瓜蔓集》（风子）、《市楼独唱》（柯灵）、《学鲜卑语与学日语》（刘大杰）、《从中国人的发说起》（周黎庵）、《关于平坟戮尸》（阚西文）、《先器石而后文艺》（于秋士）、《携手与偕亡》（阚西文）。

无序跋。何容的《空说与实干》摘录如下：

"杀一个够本儿，杀俩赚一个！"这是实干。这种精神，真使一般不能上前线去的"文人"们敬佩欣慕而惭愧，抗战以来，有许多文人确是到了前线去抗战；但是大部分文人恐怕都还在后方。既是在后方，那就只能"空说"；别人怎么想且不必提，文人自己恐怕就要这样想。有时候他们对自己的工作不免怀疑，对自己的生活也感觉烦闷。

假如在"实干"与"空说"两类人中，我自己也必须归属于一类，自然我是属第二类。自己本不愿意空说，却又只会空说。这怎么办？为了这个问题，我曾经很诚恳的去向一位久经战阵的老先生请教，他也给了我很切实的解答与勉励。他说：

第一，话是需要说的，不会落空，也不要怕落空。你应该知道，"杀一个够本儿，杀俩赚一个"这种精神，正是许许多多的"话"培养出来的。假如一个士兵从来没有听过，或者听的还不够，杀身报国一类的话，他不会有这样的精神；假如他从来所听的话都是叫人贪生惜命的话，他不但不会有这慷慨英勇的精神，反而要说："打什么仗！逃命要紧。"惟其从古到今有许多能说话，肯说话的人，才培养出这些能实干和肯实干的人。你们应该努力去说，好好的说，多多的说。你看不见，也无从调查，你的话在什么时间，在什么地点，发生了实效；但是，只要你的话说得有动人的力量，便一定不会落空，一定会有实效。

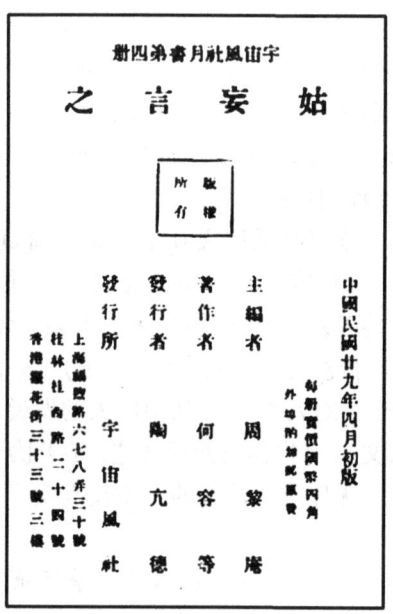

《全家村》

《全家村》，题"宇宙风社月书第五册"。上海宇宙风社民国廿九年（1940）五月初版。主编者为周黎庵，著作者为老向，发行人为陶亢德，发行所为宇宙风社（上海福熙里六八七弄三十号、桂林桂西路二十四号、香港摆花街三十三号三楼）。全一册，182页，每册实价国币九角五分（外埠酌加邮汇费）。

该书为中篇小说，不分章节。

无序跋。正文摘录如下：

  人们所知道的全大英雄，只是被敌人削去了一只左臂膀和右手上的四个指头，因为他的单膀是不会瞒人的，又常常在人面前伸大拇哥（按：原文为"大拇哥"），所以人们知道的（得）很清楚。可是据他自己陈述战功的时候说，连一颗赤淋淋的心也被敌人剜出来，抛去了。政府为了奖励人民持戈卫国，对这位抗敌老将，设尽了法子去酬劳他，允许他到残废院去养老终身；人民也异口同声的（按：原文为"的"）称他为英雄，为民族英雄，认为他应该受国家的优待。然而他自己却以为领些干薪原无不可，拘在残废院当废物看待，是有损他的英雄身分（按：原文"身分"应为"身份"）。他愿意努力创造自己的前途，打算走遍天涯也要把失掉的心寻回来；有了心，当然可以再替国家出力。他的口号是"寻心报国"。

  政府和一般人民的看法相同，都以为这位受伤老将原来就未必有心，他驾驶飞机往往因为贪渴（按：原文就是"贪渴"）睡而不依法定时间落地，他的辩护总说是无心，便是铁证。即使他果真有一颗心也许是他贪睡时丢掉的，未必是被敌人剜出来。如果真被人剜去了心，他怎么还能活？不过这都不能认真计较，只看他为国牺牲到单臂独指丧魂失魄的神情，怪可怜的，便发给他一张通行全国的护照，一任他行动自由，东飘西荡。赏功酬劳，政府的责任原该如此。

  全大英雄求仁而得仁，原打算领到护照之后，着实的（按：原文为"的"）喜欢一场；继而一想，自己是个无心的人，喜欢有些不便，而且脸上越不表情越是英雄本色，于是预定的一场喜欢，临时取消。只觉得在出发之前，应该把仪容修补一下是真的。面孔上耳目俱全，倒也将就的过去，惟有这一只臂膀，无论中装西服都得短一条袖子，实在难看。再说上车下船，那个（按：原文为"那个"）码头工人是不欺弱侮小的，到那时，越伸大拇哥，越显示自己的弱点，所以非想法子装配一只假的不可。

  在这机器万能时代，整个的飞机驾驶员，都可用机器人去作，装一两条假胳臂假腿，本算不了什么大事。不过装那（按：原文为"那"）一路的假货，就得因人而不同。奶妈子要装胳臂，只要能抱孩子就得；信差装假腿，必得像骆驼似的走不快而能耐久。如果要给开火车的装上一条娘姨的胳臂，用补袜子刷马桶的手式（势）开起火车来,那火车保准翻筋斗。全大英雄是科学的,懂得这是不可以草率的事,便去一家专门镶脚补臂公司;先参观,后选择。

　　自从成了英雄之后,全队长很少出门,出门也得像外国孕妇似的蒙着一层面纱。这倒不是说英雄不露相,而是因为小孩子们一见他就给他行军礼;而小孩子们的行礼又并不完全出于敬意,是在教(按:原文"教"应为"叫")他也还一个军礼,好能够瞧得见他那惟一(按:原文为"惟一")的大拇哥。饶是戴着面纱,一进镶脚补臂公司的大门,还被一个小伙计捡了个便宜去。要不,怎么说贵人要深居简出呢?

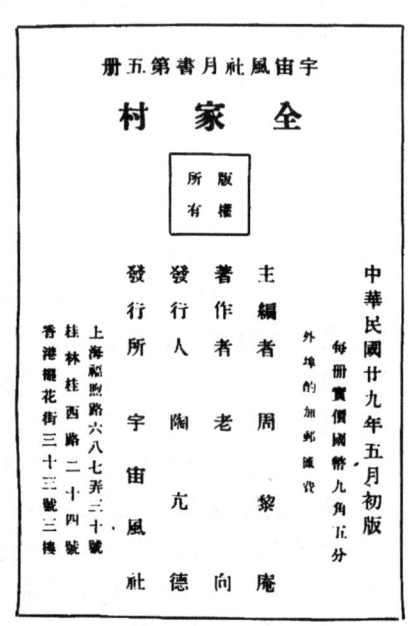

《流浪的一年》

　　《流浪的一年》,罗洪著,周黎庵主编《宇宙风社月书第六册》(封面与版权页均题)。宇宙风社(上海、桂林、香港)民国廿九年(1940)六月初版。全一册,136页,每册实价国币七角五分(改售壹元),外埠酌加邮汇费。

　　该书收录散文凡三十篇,篇目依次为:《三年》《笑》《春天》《傍晚》《黄昏》《晚秋的薄暮》《在大雨中》《时间》《海》《我爱寂寞》《期待着第一响枪声》《灯光下》《离开这小小的县城》《不眠的夜》《侉子们》《死去的城》《荒凉的城》《在时代圈外》《古城印象》《表》《祖国的怀抱》《闲书》《脆弱的生命》《愤恨和悲哀》《艰苦的日子》《风尘》《四季桂》《流浪的一年》《夏在良丰》《乡行纪实》。

卷首有《序》，卷末无跋。《序》兹录如下：

> 这集子虽用《流浪的一年》作为题名，实际上却并不完全是流浪一年中的作品，也并不完全是流浪一年的所见所闻。从《期待着第一响枪声》以次的二十篇，及《在大雨中》和《时间》两篇，是《流浪》之后写下的东西；至于这两篇为何不排在后面，那是我剪贴的错误。等到付印后看见校样，则页码业已编就，既非不朽的名作，这点小事也将就了。前面八篇，大多写于一九三七年以前。因为这些旧作使我有亲切之感，所以也集在里面。我另外一个短文集《苦难的开始》，则都是流亡在湘桂时所作，各文在写作的时间方面，至多也相差不了一年。可惜那中间散文也有，类似小说的也有，简直是一个近乎杂凑的集子。

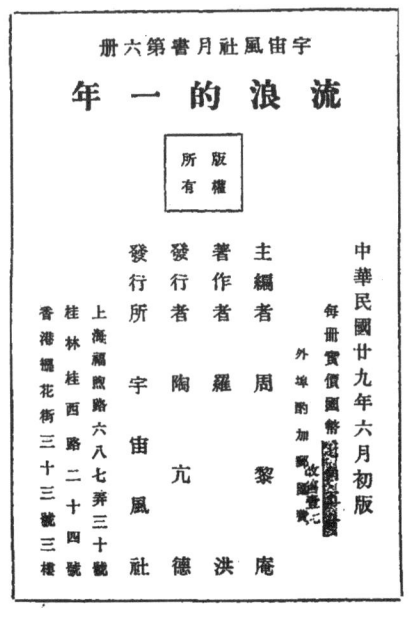

这里最先的三篇《三年》《笑》《春天》，以及《我爱寂寞》，都有浓重的忧郁和感伤气氛；这些感伤，这些忧郁，在很多人中间存在着，我自己也常常为这些朋友们痛苦而同情，所以连续地在几种不同

情绪下写了出来。《傍晚》和《时间》可说是我个人生活的反映。《晚秋的薄暮》那篇轮廓，是从过去一篇小说《猫》中间勾划（画）出来的，它写一个老政治家的悲哀；记得当时写那小说，我十分热情，一种对于生活和事业的悲哀孤寂之感，揉得我不能不握着笔迅疾地写，至于主角要择年老的政治家，那只是我写作上结构和布局的方便。其实不一定老年人才有这种感觉；人世原是污浊的，一个人假如太正真（直）了，地位太崇高了，我相信很容易有这样的情境。纪（记）述流亡生活的几篇中，对于一个荒僻的古城，以及小女孩夭折的始末，常有重复，那是因为我对这古城十分关怀，对女孩的死十分沮丧的缘故，请读者加以原谅！

廿九年四月

《百花洲畔》

《百花洲畔》，题"宇宙风社月书第七册"。上海宇宙风社民国廿九年（1940）七月初版。主编者为周黎庵，著作者为朱雯，发行人为陶亢德，发行所为宇宙风社（上海福熙里六八七弄三十号、桂林桂西路二十四号、香港摆花街三十三号三楼）。全一册，158页，每册实价国币一元（外埠酌加邮汇费）。

该书为散文集，内收《故乡，我怀念着你》《书室遗像》《孤岛大年夜》《除夜感怀》《新年试笔》《第一颗炸弹》《一天的工作》《山村行乞》《上滩》《初冬的薄暮》《暗夜行旅》《百花洲畔》《桂林浮雕》《秋阳下》《在赤坎》《从桂林到香港》《一年间》《殇》《悼公孙旻》《局长》《从假的到真的》《杂感试作》《〈中国文人日记抄〉序》《〈地下火〉译后记》，凡二十四篇。

卷首有《序》，卷末无跋。《序》兹录如下：

自我学习写作以来，算算日子，好像已经有十二三年的历史；然而每当我检点存稿的时候，总觉得腼腆汗颜，惶悚不置。天下应该没有学不会的事，也应该没有不会学的人，可是在我看来，我自己正是一个不会学的人，而写文章便是一件学不会的事。经过十二三年的学习，纵然是天下最难的事也该早已学会，为什么我的文章还是写得那么稚弱可笑，那么浅薄可怜？

常有许多新知故友，每当创办杂志发行刊物之初，往往不弃菲才，征及下走，这更叫我惭恧殼觫。即使我不自菲薄，竟然伸纸执笔，操觚染翰，然而下笔之初，总会陡然惊觉：写什么呢？论文小说？戏剧诗歌？还是小品随笔？我不敢说会写那（哪）一类的文章，更谈不上擅长那（哪）一类的作品。于是我怨艾自己的没有天才，也痛悔自己的不肯努力，然而那是徒然的，直到今天，我还是抱着这一份无可弥补的遗憾。可是朋友们总是雅意拳拳，因此在这种殷切的督促下，也总不常敢辜负他们的雅意；于是时而论文，时而小说，时而诗歌戏剧，时而随笔小品，信笔所之，不计工拙，送给人家之后就什么都不顾了。写得一多，便有劝我编印集子的，于是灾梨祸枣，也居然出版了若干种所谓"著作"。古人谓立德立功立言，乃是传世不朽之业；然而我写文章，既不存立言的妄念，也决无希冀不朽的野心，所以一任浮沉，不虞毁誉；间若谬蒙奖掖，或则猥荷郢政，那便使我受宠若惊了。

我写文章，虽然自比为戏剧中的配角，什么脚色都起（按：原文为"脚色都起"）；然而暗里自知：总以为最难写的乃是随笔小品。所谓难写，是说不容易写得好。既称随笔小品，那么信手拈来，似乎都应该是题材，信笔写来，似乎都应该成佳构；其实不然，空虚浮泛，无病呻吟，都是随笔小品易犯的毛病。因为觉得难写，于是干脆不写，所以，不说假话，我之学习这类文体，算来还不到三年。"八·一三"以后，我从故乡奔避出来，转徙流离，跋涉万里：自苏入浙，自赣之湘，自桂徂粤，在生活上固然是备尝艰苦，在经验上却倒是获益良多。每见奇风异俗，名山大川，往往文思汹涌，莫可夭阏，于是发为文章，才写成这些随笔小品。二年余来，想不到已经积存了几十篇文稿。在广西桂林时，曾将旅途杂记衷为一集，题曰《难民行脚》，交给文化生活出版社刊行。近检存稿，尚可辑成一集，乃应黎庵先生之请，付宇宙风社梓印。题曰《百花洲畔》者，不过从全集中偶而（尔）检出一篇比较风雅的题名，作为全集的总名而已。

这里的文章，略以内容性质，分类排比。大抵第一辑中，都是感怀之作；虽不免空虚浮泛无病呻吟之讥，然而抒写之时，要亦以抑郁于中不能自己而作。尤以《书室遗象（像）》一篇，写我在桂林良丰时遥忆已毁的书室，《孤岛大年夜》一篇，写我在回到孤岛后第一次过年的景象，都把当时的感伤情绪，全部纳入文中；写来虽不免粗犷，然而及今读之，尚有余愁万斛，会从字里行间，突然跃出也。

第二第三两辑，都是旅途杂记之作。犹忆离开故乡以后，每到一处，辄将所闻所见，随时记述下来；曾以《我们这一家人》的总题名，连续发表在长沙《中央日报》副刊上。但是大部文稿，已经编入《难民行脚》中；这里所编的，乃是零星补记之作，所以并不衔接。其中《从桂林到香港》及《一年间》两篇，还是在回上海后写的。那时《文汇报》发行元旦增刊及周年纪念特刊，柯灵先生约我撰文，乃以这两篇应命。《从桂林到香港》一文，记得在《文汇报》上曾连载三天；而《一年间》（发表时原题为《一年来的作家动态》）一文，则发表后还见到竹内次郎君的日译。但是《一年间》一文，原稿既未保存，剪报亦已遗失，所以编集的时候，曾经登报征求，两天之中收到三十多封来信，使我惊喜万状。我原想万一无法找到剪存的拙稿，那么只有根据日译，重写一遍了；而现在则无须重写，这都是读者诸君之赐。在这里我敬向他们致谢。至于文章中叙述到朋友名字时，因为行文方便起见，都未曾尊称"先生"，希望朋友们曲宥。

第四辑是两篇哀挽的文章；一哭亡女，一悼友人。亡女之殇使我无限悲痛，而友人之死又叫我怆恒良深。《殇》在香港《星岛日报·星座》上发表后，曾有不少友人来信劝慰；实则在此大时代中，这样一个小女儿的殇亡，本也不值得如何悼惜，只是为人父者，总不免悲痛伤怀。我们现在安居上海，而那女孩的遗体，则还埋葬在桂林北郊，风雨晨昏，羁魂无伴，死而有知，一定在责备她爸爸的太不慈爱了。

第五辑里只有一篇《局长》，文体略似小说，不过我是把它当作散文写的。当时我想用最客观的笔调，描写几个危城中的人物，可是只写下这一篇，寄给望舒先生发表以后，就没有接下去写过，编在这儿，聊志自己的疏懒云尔。

第六辑里的两篇，都算是杂感。杂感之难写，当较小品随笔为尤甚。我之试作，完全为了亢德先生的敦促。第七辑里的两篇，则都是序跋。序跋殊不易作，所以我先后出版了几种书，只有这两篇序跋可以编纂在这里。

编校自己的文集，一方面固然惭汗莫名，一方面却也有点儿沾沾自喜；姑不论文字的稚弱浅薄，总已把自己要宣泄的感情，要记叙的事物，一一留存了下来。反正是学习，也便不计文章的简陋了。

感谢李，帮助我剪贴抄写；谢谢一切鼓励我写作的友人，因为没有了他们的鼓励和敦促，我是连学习都没有机会的。

是为序。廿九年四月十八日深夜。

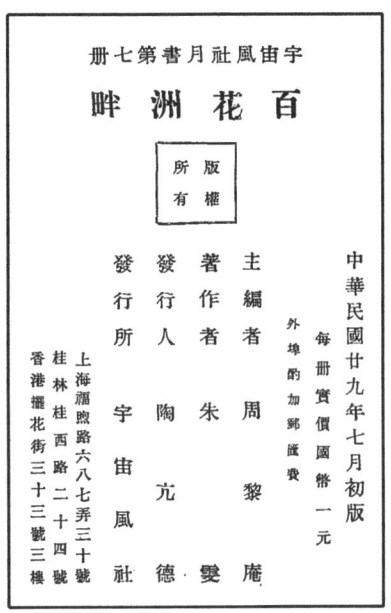

《西星集》

《西星集》，题"宇宙风社月书第八册"。上海宇宙风社民国廿九年（1940）八月初版。主编者为周黎庵，著作者为柳存仁，发行人为陶亢德，发行所为宇宙风社（上海福熙里六八七弄三十号、桂林桂西路二十四号、香港摆花街三十三号三楼）。全一册，152页，每册实价国币九角（外埠酌加邮汇费）。

该书收录杂论六篇，短篇小说一篇，篇目依次为：《教书术（一）》《教书术（二）》《教书术（三）》《介绍研究〈老残游记〉的新文献》《西洋文人对于〈老残游记〉的印象》《〈封神演义〉的作者》，短篇小说《蛇足》。扉页题"谨献此书给我的母亲 柳李琼英女士，她是第一个鼓励我写散文和做学问的人"。

卷首有《序》，卷末无跋。《序》兹录如下：

这里面所收集的，几乎三分之二是我在民国廿六年七月离开北平以后所写的杂文，但是并不就是这三年以来我所写的大部分的文章。还有十几篇性质不同长短不齐的文字，曾登在上海的《立报》副刊《言林》，《大美报》及《晚报》的《文史周刊》，和《宇宙风·西风·逸经联合增刊》上面的，因为一时尚不容易集起，有的因为没有保存的价值，也早已找不到原文，有的在报纸上登载时已经是曲之又曲，删润得一支一节的，不想重改，也就自己放弃了结集的机会。

《西星集》的名字是把稿子编好之后偶然想起来的，所以不应该有什么深刻的意思。大约集中有一篇文字从前写的时候是用"封神演义作者陆西星"为题的，看到西星的名字在字面上像还雅驯（按：原文为"雅驯"），也就不管其他方面的适宜与否，就借用它来做我的集子的称呼了。《教书术》三篇的写成其间相隔数月，都是一时的兴到之作，颇可以看出我平常说话的语气，态度。关于老残游记的两篇，是写来为刘季英先生的长篇文章凑凑热闹的。最后的一篇小说，还是民国二十二年的旧作。

本来和这集子性质相像的，还有一两篇关于俞理初的《癸巳类稿》的文章，又因为原作太长了，并且考据气味太重，想将来另外和我从前作的《俞理初年谱》汇合在一块儿，别出一个单行本。我在去年春天，偶然从书贾处购得俞氏批改过的《癸巳类稿》，其内容和坊间通行的道光十三年求日益斋刻本出入颇大。当时曾持书去请教于吕诚之先生（思勉），经吕先生详阅之后，认为是理初亲手的批改本，写信劝我拿它和拙著年谱合刻，如果这样一来，全部的篇幅更繁，传刻颇觉不易，这个计划还不知道最近能否实现，所以也顺便在这里提上一笔，叫自己不要忘掉几年来的一个夙愿。

二十九年七月，编校后题记。

宇宙风社《宇宙风文选》叙录
《宇宙风文选》（第一集·上）

《宇宙风文选》（第一集·上），宇宙风社民国卅二年（1943）七月桂初版，民国卅二年（1943）十一月桂再版。编辑者为宇宙风社，发行人为林翊重、林伊磐，发行所为宇宙风社（桂林）。全一册，128页，每册定价十六元。

该书收录自传回忆录凡二十一篇，篇目依次为：林语堂的《姑妄言之八则》《谈螺丝钉》，沈有乾的《不记日子的日记》，郁达夫的《梅雨日记》《徒然草选译》，宋春舫的《一封教训儿子的信》，姚颖的《改变作风》《无友不如己者》，施蛰存的《绕室旅行记》，铢庵的《塾中记》，陈叔华的《论读字典之类》。《姑妄言之八则》包括《救救孩子》《读书与看书》《写中西文之别》《艺术的帝国主义》《且说本刊》《孤崖一枝花》《无花蔷薇》《说耻恶衣恶食》。

无序跋。《姑妄言之八则》中的《救救孩子》摘录如下：

陈衡哲在《大公报》及《独立评论》做《救救中学生》一文，历述今日中学课程之严，影响学生身体，至有注射赐保命者，读之令人发指。陈衡哲的结论是："我们自命为教育界的人，看了现行教育制度与课程对于青年们的健康摧残到了这样程度，还能说，这不关我们的事吗？……所以我说，无论为民族的将来，为人道的慈悲……我们自命为教育界的人，尤其是握有实权的教育当局，都不容躲避这目前一个迫切的责任；救救中学生，救救这个大群将来要成为残疾，变为废物的中学生！"此种现状不改良。中学青年自好者必变为书呆，只留下不怕留级的遗传种子。教育界如此大家相压迫，我想真可不必了。校长受会考的压迫，怕学生多数不及格，学校出丑，乃压迫教员，教员受校长压迫而压迫学生，学生是最容易欺负的，文凭与分数就是两条鞭，那有不屈服之理？在这层层压迫之中，你向谁去理论？

会考官，校长，教员，各人须自卫，各人一个饭碗须保，谁管得到小孩子？若果然绞小孩子之脑汁可以维持各位的饭碗，而无关民族国家，倒也让他绞绞无妨。大半的孩子吃得消的，有的本来聪明，再加一倍功课也念得来；有的先天很好，糟塌（按：原文为"糟塌"）五六年身体仍旧无妨；但亦未必即犯神经症；自杀者也不过千人中有其一，打针者也不过于人中有其二。然而为整个民族着想，这是危险的，中国读书人向来多愁善病，今日仍旧要制造出来多愁善病的读书人。

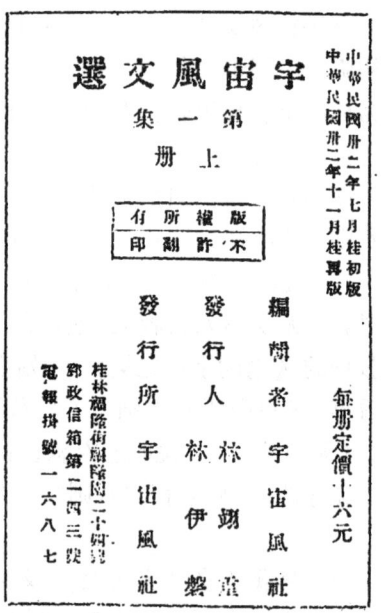

《宇宙风文选》（第一集·下）

《宇宙风文选》（第一集·下），宇宙风社民国卅二年（1943）九月桂初版。编辑者为宇宙风社，发行人为林翊重、林伊磐，发行所为宇宙风社（桂林）。全一册，121页，每册定价十六元。

该书收录散文凡十六篇，篇目依次为：何容的《保证人》，冯和仪的《女生宿舍》《元旦演剧记》，李儵的《除夜琐忆》，毕树棠的《老》《评从文自传》，小牧的《发生活趣味》，问笔的《谈游泳》，苹等的《未来的娱乐》，米米的《男女通信》，孙伏园的《第一个阳历元旦》，丰子恺的《无常之恸》《新年怀旧》，林幽的《我得到了我的宗教》，盛成的《参观苏联板画展览》，黄嘉德译的《萧伯纳序流浪者自传》。

无序跋。《保证人》摘录如下：

　　大概这也是教育原理吧，学生入学，除了交保证金之外还有一人保证人。保证金可以存在银行里生息，保证人有什么用处，我实在猜不出来，又像家长代表，又像候补家长。

　　从前我作学生的时候，被人保证过，现在我也有保证学生的资格了——这种资格，在这个年头儿，也不很容易得到：就是"有正当职业"。被我保证着的学生，截至现在，有两个之多，"而且"都是女生。我保证的第一个学生是我朋友的女儿。连她是否愿意入学，我都不敢保证，虽然她填了入学志愿书。我所感确切保证的是她在该校上学期间绝不会恋爱，思想行动尽管幼稚，也决不致违害民国；因为她才四岁，入的就是"幼稚"园。

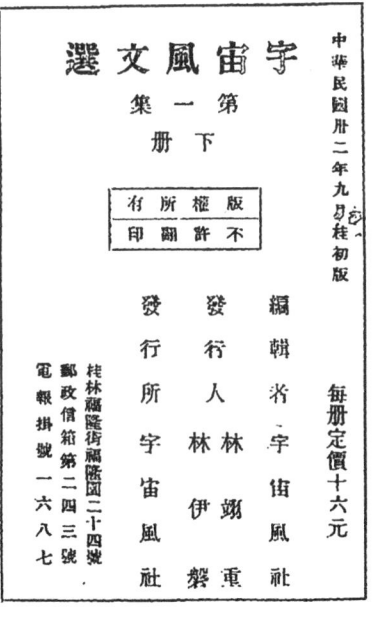

十四　西北战地服务团"文学丛书"叙录

《战地歌声》

《战地歌声》，封面和版权页均题"西北战地服务团丛书之一"。民国二十七年（1938）九月初版。著者为劫夫、史轮、敏夫，主编者为丁玲，总经售为生活书店（广西桂林）。全一册，39页，实价国币二角。

该书内收《西北战地服务团行进曲》（男女两部合唱）、《游击队歌》（四部合唱）、《劝夫从军》《大家来杀鬼子兵》《送郎上前线》《西线三部曲》《追悼阵亡战士》等，凡二十九篇。

卷首有丁玲写于1938年3月的《前记》，卷末无跋。《前记》兹录如下：

我从前曾主张文学大众化，老早也学过唱小调子，但总有一点勉强，我不真的爱那些，我的情感还不能接受那些。但这次我们在山西工作时，我们的同志们四方搜罗小曲、歌谣，改编新作，我常常听到这些流传在东山或是在西山的这些小调，我觉得很贴切，我同许多人一样的爱它们。我们把这些歌子教给了许多地方，我们常听到这些歌子传到很远，我们感到无限的愉快，尤其是着手这些尝试的同志。现在我把它收集了起来，放在书店出版，一方面是希望在救亡工作上能给与些帮助，一方面也是给艺术的形式问题一个参考。

《一颗未出镗的枪弹》

《一颗未出镗的枪弹》，扉页和版权页均题"西北战地服务团丛书之二"。民国二十七年（1938）九月初版（渝）。著者为丁玲，主编者为丁玲，总经售为生活书店。全一册，88页，实价国币二角五分。

该书为小说与报告文学合集内收报告文学《到前线去》《南下军中之一页日记》《彭德怀速写》《警卫团生活一斑》《最后一页》；内收小说《一颗未出镗的枪弹》《东村事件》《最后一页》。书末有生活书店出版的《徐州突围》和"西北战地服务团丛书"等书目广告两页。

无序跋。《一颗未出镗的枪弹》摘录如下：

"你还扯谎！娃娃，尽管说老实话，我是一个孤老太婆，不会害你的！"

一个呡（按：原文"呡"应为"抿"）着嘴的老太婆，稀疏的几根白发从黑布的罩头布里披散在额上，穿一件很烂的棉衣，靠在树枝做的手杖上，亲热的（按：原文为"的"）望着站在她前面一个张皇失措的小孩。这是一个褴褛的连帽子也没有戴的小孩，她又吸动着那没有牙齿的嘴，笑着说："你是……"

这孩子大约有十三岁大小，骨碌碌转着两个灵活的眼睛，迟疑的（按：原文为"的"）望着老太婆，他显得很和气而又诚实。他又远远的（按：原文为"的"）望着无际的原上，没有一个人影，连树影也找不到一点，太阳已经下山了，一抹一抹的暮烟轻轻的（按：原文为"的"）从地平线上升起来了，模糊了伸展了远去的无尽止的大道，这大道也将他的希望载得很远，而且也在模糊的了。他回过来又打量着老太婆：再一次重复他的问话：

"真的一点也不知道么？"

"不，我就从来也没有听过枪声，还是春上你们的队伍走过这里，那些伙子才真好，我们相处了三天，唱歌给我们听，讲日本人的故事。我们杀了三只羊子，硬给了我们八块洋钱，银的，耀眼睛呢！后来别的队伍也跟着来了，那真是不能讲，唉……"她摇着头，把注视在空中的眼光又回到小孩的脸上："还是跟我回去吧，天黑了，你能往那方（按：原文为'那'）走，要一（按：原文'要一'应为'万一'）落到别人手上，哼……"

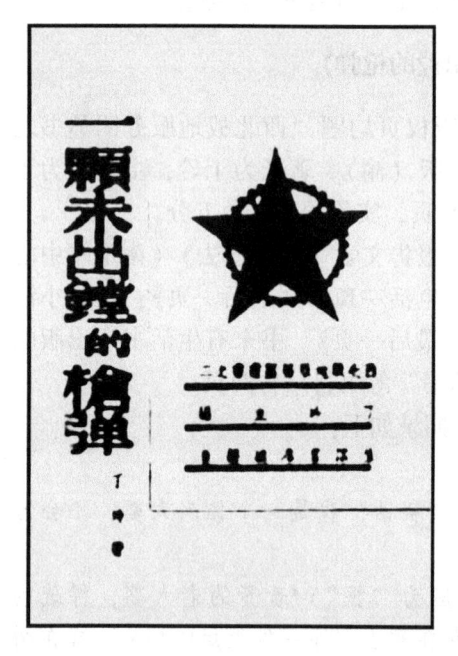

《杂技》

《杂技》，封面和版权页均题"西北战地服务团丛书之三"。民国二十七年（1938）七月初版（汉）。著者为张可、史轮、醒知，主编者为丁玲，总经售为生活书店。全一册，138页，实价国币叁角五分。

该书内收：快板《津浦线》《人民力量有多大》《束塔镇》《慰劳伤兵》，凡四种；大鼓《战士还家·铁片大鼓》《大战平型关·京音大鼓》《大战台儿庄·京音大鼓》《难民·京音大鼓》《劝国民抗战·京音大鼓》，以及《新化子拾金》《抗日十字段》《相声》等。

卷首有《我们的杂耍》（代序之一，戈矛撰）和《提倡街头艺术》（代序之二，史轮撰），在代序之一中说道：

利用旧形式灌输新内容，到现在又成了一句时新的口号了。以前曾经有人否认过它的作用和可能，但现在证明它不仅可能，而且还有很大的作用在。

我们认为旧瓶是可以灌进新酒的，但却并非毫无选择，而是批判地接受。在抗日的现阶段，无论那（哪）种形式，只要能够增进一分抗日的力量，毫无疑问地我们就要采取它、利用它。

因此，我们除了一般戏剧宣传外，还夹杂了一些杂耍在内。在杂耍里包括了下面的许多东西："大鼓""快板""相声""合作""活报""双簧""四簧""评词""新化子拾金""打倒日本升平舞"等。这些东西全是最为民众所欢迎的，原因是这些杂耍用的形式，完全是旧的形式。它简单、活泼、诙谐、通俗，民众最欢喜，也最容易懂，最容易接受。

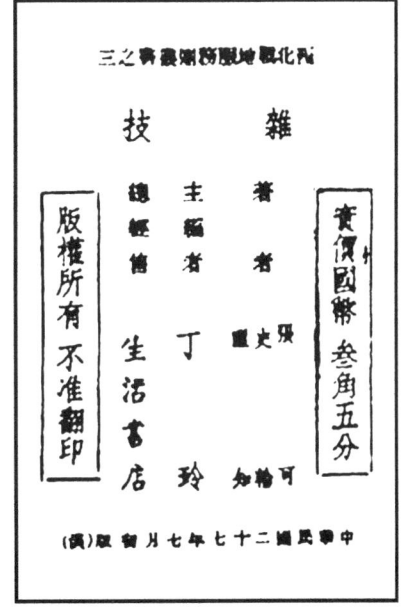

《西线生活》

《西线生活》，题"西北战地服务团丛书之五"。民国二十八年（1939）四月初版。著者为西北战地服务团集体创作，主编者为丁玲，总经售为生活书店（广西桂林）。全一册，250页，实价国币柒角。印数4000册。

该书为报告文学集，收入丁玲、聂绀弩、巍峙、田间等人记述西北战地服务团工作与生活的文章35篇，篇目依次为：《我们的戏剧和杂耍》（戈矛）、《关于抵陕后的公演》（丁玲）、《略谈突击的导演和演员》（聂绀弩）、《从花样翻新说起》（戈矛）、《一幅升平的画图》（袁勃）、《写在第三次公演前面》（丁玲）、《工作上的学习使我们渐渐长大了》（巍峙）、《关于西北部的歌人》（田间）、《对于美术宣传的意见和我们的美术组的活动》（劫夫）、《这样的记者生活》（史轮）、《割麦》（邵南子）、《谈谈我们的街头壁报》（史轮）、《西安杂谈》（丁玲）、《我们的文化娱乐工作》（高玉林）、《学习在西北战地服务团》（巍峙）、《行军中的事务工作》（黎卫）、《一个炊事员的自述》（吴任）、《生活检讨会》（史轮）、《生活检讨会底场面》（田间）、《又死了一回》（劫夫）、《我怎样写起小调》（高敏夫）、《我之演唱大鼓》（张克）、《爬雪山》（王钟）、《我们在潼关》（田间）、《女同志们》（何慧）、《运输员》（奚如）、《一个小战士》（袁勃）、《丁玲同志》（在臣）、《西北战地服务团的民先》（在臣）、《民先在服务团》（丁玲）、《我们的战地社》（劫夫）、《战地社》（田间）、《母亲，孩子们回来了》（史轮）、《战地服务团出发前应有之注意》（丁玲）。此外还有"照相目录"，从略。

卷首有《编者的话》（丁玲）生活和工作照片30幅；卷末无跋，有附录《西北战地服务团出外十月工作报告》（全体）。《编者的话》摘兹录如下：

  编辑这本书的动机，是华蒂写信给我，说外边很需要这样的书。同时服务团每个同志也经常谈到应该有这末（么）一本书。于是就着手计划，这还是在万安镇的时候。

  编这书是困难的，比不得其它（他）集子。如歌片、剧本，都因为平时要演唱，环境迫着大家在百忙中写了很多，而且都是就着个人的兴趣写作的。而这本书却要大家整理个人经验，要具体，要有味，要使人欢喜看，却不能于人无用。服务团的同志们，大都是二十岁上下的年青人，他们知道如何做工作，知道如何做是对的，都很老练、能说话，可是要他们组织文字，他们还不能很习惯呢。所以每次计划都失败了。开始时是我按工作部门，指定各部门负责的同志写稿，每人一篇，题目是很详尽的。可是限题目交卷就做不来，有些人就不敢下手。于是修改计划，只大体分门别类，自由选择。文章就陆续交来了，大半是杂感，有些呢，又太生硬了。接着到西安去，因了工作的忙迫，只得完全搁起来了。但我在公演中，在出小型报纸中，在壁报上，鼓励他们多写，果然，都写起来了。

　　我便在这里留心，将一些可以用的稿件保存了下来，不觉之中收集成这本书了。严格地说来，自然还不够得很，不足以表现服务团的工作和精神。可是我自己感觉得很满意：第一，因为我的计划终于完成；第二，大半没有写过稿子的人，也居然写得不错；第三，各部门的工作都略略有一些，可以稍稍介绍一下服务团了。年青的人，是有工作热情的，有勇气的；服务团的工作，只是开始，还将有更大的任务在后边，所以这本书也只是开始，跟着工作，将有更丰富的；跟着学习与经验，将有更漂亮的集子在等着我们来创作呢。

　　这本集子因为是集体生活的表现，力求其普遍，所以有些文章是割爱了的，因为不愿材料重复和只限于少数人写，所以也录取了每篇似乎比较幼稚的作品。因此勤务员的、炊事员的，似乎离艺术还远的一些试作，然而因为他是我们的一份子，所以也选登了。上了五十岁的人，从文盲转到成天偷空就写字，这种教育的成绩，我们实在引为自满呢。

　　战地服务团已经在西线上活跃了一年，这本简略地记载了一些工作与生活的书就算一个总结吧。

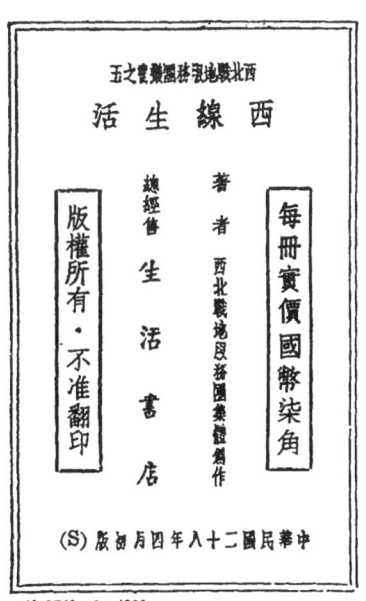

《战地歌声》

《战地歌声》，题"西北战地服务团丛书之六"。民国二十九年（1940）五月初版。著者为劫夫、田间、史轮，主编者为丁玲，总经售为生活书店（广西桂林）。全一册，25页，实价国币二角。印数4000册。

该书为歌曲集，收入《五月进行曲》《放羊歌》（湖南十二月放羊小调）、《庆祝胜利歌》《五台山》《机械化兵团》（二部合唱）、《世界妇女小调》（北方小调）、《游击队四季南北进军》（河北小调）、《庄稼人打日本》（河北小调）、《蒙古人也要去战争》（外蒙红旗歌谱）、《肃清托匪》（雁北小调）、《番民歌》（西康番民小调）、《六月里》（山东小调）、《打他个净净光》（山西十二月小调）、《孩子唱》（山东小调）、《我们的歌声》（山西偷点心小调）、《老婆子苦》《攻打望都城》（仿山西小调）、《嘟啦咳》《失地上的哀歌》（北平五更思夫调）、《快搭起我们的舞台》（抗战孩子剧团团歌）、《坚决抵抗》（山西割韭菜小调）、《民族解放在明天》《起来铁路工友们！》（同蒲铁工武装自卫队队歌），凡二十三首。

卷首有代序《我对填小调的意见》（史轮），卷末无跋。"代序"兹录如下：

我本来也不承认填小调是音乐的唯一的路；但我也不同意说它是没有出路的那种意见。当然民众都能唱起雄壮，激昂的歌，甚至二部啦，四部啦都能唱得来，那是更好些。可是事实上那种歌子学习起来的确不如小调来的快，再说老百姓和军队多是匆忙的，他们没有过多的时间，来学习那比较困难一点的歌。尤其是这抗战期间。

我往往听见在街上边走边唱的军队，我就笑不可抑，听吧：拍子，调门，简直和原曲背谬得不成样子。不过小调的确是好一些。

这是我辗转于西战场上大半年的经验之谈。是的，小调也有缺陷，譬如多数是比较轻快、活泼的调子，不太相合于抗战课给歌唱的任务；但从本团以及上千戴（载）万的弟兄们，老乡们唱它的过程中，我得了一层更深的了解，就是曲子能随着词意变的；我举下面这个例子来作证明吧：

在本团的第一集西线战歌里，有一个男女一齐上前线歌里面的末一句原词是：

"迈金莲迎接我郎进房中，一步一点红。"后来经敏夫改作牧□："不让那日本鬼子来逞凶，屠杀我国民！"

所以在唱着后者的时候都不觉不知地把原调变为紧张有力了。□原词里莲读作莲儿,郎读儿郎儿,中读作中儿,点读作点儿,所以格外轻快,然而在唱着后者的时候,听起来,确乎有了悲壮的味道。

说起这填小调,并非本团开创的,这在以前的"红军"里早就实践着了,因为鉴于他们用这东西去宣传,收效很大,所以我们也就仿效起来。不过记曲的这一工作却确是劫夫同志开始的。实在的,你到穷乡僻壤的地带看看那些人民,那些落后的人民,真叫你不敢把那二部,四部合唱的洋洋之歌拿出来,因为你唱了半天,他们还是不懂!就让你说那是火车,大炮;小调是驴子,大刀;那么难道在无力办到尽是火车,大炮的时候,驴子,大刀也索性不用了吗?所以不管别人怎样说,我们仍在填小调,因而就有了这第二集。

当然也不忽视创作新的歌子,——我们是大炮大刀并用的。——这也正像我们抗战的队伍。

不过填小调也有些应当注意的,那就是:

(一) 先审察原曲的情调——固然一般说起来是不甚雄壮;但仔细分析起来,也有种种不同,譬如快乐的,感伤的,悲哀的,兴奋的也尽有着。审度其为那种情调之后,再来填词,在唱起来一定再不会有矛盾之感。所以这一集中的逛花灯,我填成庆祝胜利的词,并且在第一揆中用了原有的一两句,因为逛花灯的情调和我们为庆祝胜利而提灯游行的情调同是兴奋,快活的,而在老婆子苦里填上了一支悲哀的词,因为原来的情调,就颇富有山西那郁闷的穷苦的山地气息。

(二) 耐心玩味原词——因为一个小调的产生和一个歌谣的产生一样,都是"妙趣天成"的天籁声音,和谐,自然,流畅,而且在流传之中不知经过了多少人的增删,修改的工夫才成了如今的样子。所以我们在填制新词时也顶好把原词的奥妙处细加玩味,然后才能填得更好一些。

当然它那不好的部分也要尽量抛弃的。

(三) 注意原词的词的联写——词的联写和曲的拍子是相吻合的,如果拆开那就不便于唱,所以遇到类似这种技巧的场合,决不可模糊从事。譬如《游击队四季行军》的原词是:

"正月里 探妹 正月哪 正"

在填起新词也就按原词的词儿,填成:

"春天里 桃花 满山哪 红"

不过在第四支的末句就不大好了——

原词:"我　试试　你的　心"

新词:"收回来　自己种"

因此在唱起来,就感到些许困难。

此外的意见,如故事化,形象化等等,我与敏夫同志在《我怎样写起小调的》一文中所发表的相同,所以不必再多说了。

此外,我觉得有一点儿遗憾的,在《游击队四季行军》中,我本来打算写四个不同地区的游击队:第一支写江浙一带,所以用了"竹林"二字。第二支意在写冀鲁一带,所以特选了"杏子","青纱帐",不过仍难别于北方的其他地区,甚至于因"青纱帐"三字,有点类似东北了。第三支用了"柿子""爬山"似乎对山西一带,表现的还好。那么第四支便是东北了,不过"雪地"代表华北这广大的土地上任何一区也未尝不可。所以我觉得没更用心去找适当的词儿,是自己颇为不满的。

这,容我在以后的填制中补偿这缺陷吧!

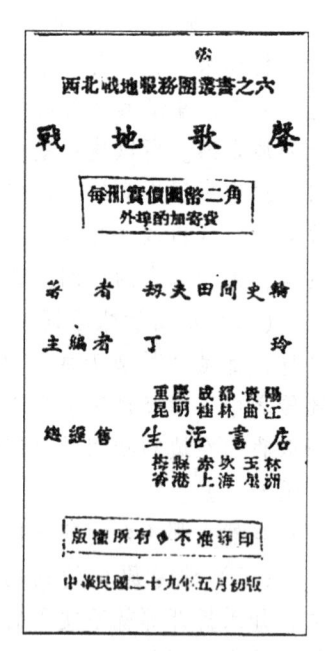

本来,我不懂得作曲,但我觉得我们中国的曲子只学习外洋对于它的流行是要受阻碍的。因为从填小调里我更知道中国的小调和"洋歌"(因为这样说惯了,就姑且这样写吧。)有一点根本不同的所在,是语言的关系:如西语是多音字,而且主音,副音特别分明,所以洋曲中多符点音符；中语是单音字，每个音是分开的，不联贯的，所以和语言有着血缘关系的小调（中国曲亦如此）中多二分音符和三联音符，而且调子往往流于活泼，轻快，决不像洋曲之易于激壮。像《你看战斗号》来到我们底嘴上就变成活泼的调子了，总多少减少了它原来的滋味的，所以在这里向作曲家特别提出一点意见，就是作曲家以后尽可批判地采取中国曲子小调的特长，我想对曲子的流行是更便利的。

这个意见，对不对尚希作曲家指教。当然我不主张本位文化的□。

五，十七；于西安。

《杂耍》

《杂耍》，题"西北战地服务团丛书之七"。民国二十七年（1938）九月初版（渝）。著者为张可、醒知、东篱，主编者为丁玲，总经售为生活书店。全一册，88页，实价国币二角五分。

该书为文艺演唱，收入大鼓词《抗战建国纲领》《飞将军阎海文》《李明仲》，以及《相声》和街头剧《新打城隍》《双花子拾金》《联庄御悔》，凡七篇。

无序跋。

《呈在大风砂里奔走的冈卫们》

《呈在大风砂里奔走的冈卫们》，封面和版权页均题"西北战地服务团丛书之八"。民国二十七年（1938）七月初版（汉）。著者为田间，主编者为丁玲，总经售为生活书店。全一册，142页，实价国币叁角五分。

该书为诗集，内收诗作《史沫特莱和我们在一起》《我们的管理员朱文三》《一个祖国的儿子》《给丁玲同志》《他弹起了弦子》《史轮在烛光边工作》《你们到国境上去》《给一个南斯拉夫公民》《给萧红》《给端木蕻良》《同志们联队般地走在大街》《在村底演奏》《西方的路上》《出去了，他》《晚会》《野火》《播音》《人民底舞》《河东底夜间》《我们在黄河底左岸上》《五个在商议》《早上，我们会操》《我只有稿纸和血斑》《儿童节》和《工人节》，凡二十五首。

卷首有丁玲的《序》，卷末作者的《后记》。《序》兹录如下：

老早就听到过田间的名字，说是一个"牧歌诗人"。既然已经说是诗人了，我就不特连做（作）诗的人不想见，纵是诗也愿意暂缓拜读。因此田间在我始终是很生疏的。当然这是因为我对他有成见。成见是要不得的东西，却不是无来由的东西。我并非对"田间"有成见，也并不是对年纪轻写诗的人有成见，是因为有过一些不知怎么就出了一点名的人。这些所谓诗人的、小说家的，就顶上那眩人的桂冠，满身也不忘记时时放射着艺术风味，实际还是"司丹康"和"法兰绒"西装，于是趾高气扬，徜徉过市。但不久之后，这些所谓诗人艺术家也者的，又不知到什么地方去了。这样经过几次之后，无形之中我便有了一点成见。凡是无名者的作品和人我都愿意在那里发现一些好的、有希望的，我愿意在那里得到一点东西和贡献一点微力；至于太骇人的诗人、艺术家，我就不免是有意躲避。但这种成见，田间却用了他对生活和对工作的严肃努力以及学习的勇敢虚心，打破了我的成见。现在田间在我不特是不生疏，而且我还时时用了这个名字在一些同志面前提到，愿大家学习他的勤恳。特为在他的这本诗集前边说几句话，也是这个意思。

《后记》兹录如下：

我们是很不幸的生长于这个时代，然而，也可以说，我们是很幸运的生长在这个时代，因为除了我们这一代人，再没有能如此亲切地看到它。……

——就在这样的时代，中国有许多人，不但对这时代无用，反却有害。但是，中国更有数不尽的人，正在为中国流血，誓死为独立自由幸福的新中国而斗争到底！这一集子里，所写的诗，就是我企图叙述这时代中最伟大的场面的一角。如果读者对它有所感应，那还是伟大的史实的赐予，决不是我底诗。

一九三八年五月十日，田间于西安

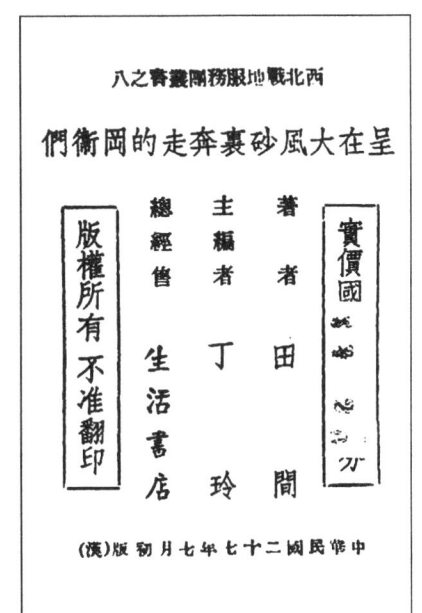

《一年》

《一年》，封面和版权页均题"西北战地服务团丛书之九"。民国二十八年（1939）三月初版（汉）。执笔者为丁玲，主编者为丁玲，总经售为生活书店（重庆、桂林、上海、香港、西安、昆明、成都、长沙、广州、贵阳、南昌、金华、福州、汕头、宜昌、洛阳、长治、立煌、迪化、星岛）。全一册，178页，实价国币五角。印数1~2000册。

该书为散文集，分三个部分"出发前后""在山西之点滴""西安杂写"。"出发前后"包括《成立之前》《第一次大会》《政治上的准备》《工作的准备》《我们的生活纪律》《民先与文研》《河西途中》，凡七篇。"在山西之点滴"包括《临汾》《冀村之夜》《孩子们》《第一次的欢送会》《杨伍城》《忆天山》《马辉》《关于自卫队感言》，凡八篇。"西安杂写"包括《序〈呈在大风砂里奔走的冈卫们〉》《〈河内一郎〉后记》《关于本团抵陕后有公演》《写在第三次公演前面》《适合群众与取媚群众》《反与正》《说欢迎》《勇气》《说到"印象"》《讽刺》《西安杂谈》，凡十一篇。另外还有附录三篇：《压碎的心》《七月的延安》《略谈改良平剧》。

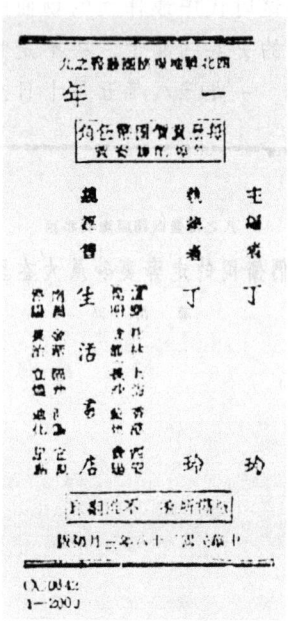

卷首有丁玲的《写在前面》，卷末无跋。《写在前面》兹录如下：

  这集子里都是一年的零碎，本来是替《西线生活》写几篇的，后来一看，还有几篇也可放在一道，另出一册。我的生活不准许我保存原稿，收一集在这里也是一个道理，加上几个朋友的怂恿，于是就收集了一下子。不敢说是作品，只不过是替服务团记录一下罢了。所以仍只能作生活实录读。编时匆匆，希望读者原谅。

《白山黑水》

《白山黑水》，封面和版权页均题"西北战地服务团丛书之十"。民国二十八年（1939）四月初版。集体创作者有丁玲、邵子南、裴东篱、田间、史轮，执笔者为史轮、裴东篱，主编者为丁玲，总经售为生活书店（重庆、桂林、上海、香港、西安、昆明成都、长沙、广州、贵阳、南

十四 西北战地服务团"文学丛书"叙录 923

昌、金华、福州、汕头、宜昌、洛阳、长治、立煌、迪化、星岛）。全一册，171 页，实价国币五角。印数 1~2000 册。

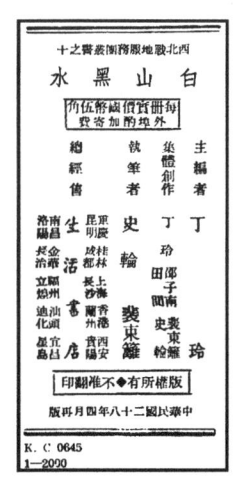

该书为戏剧集，内收剧本有京戏《白山黑水》、张可和陈明合作的独幕剧《翻车》、史轮作于 1938 年 5 月的独幕剧《我叫你粉碎》，凡三种。此外，该书中还有速写多幅（画家刘文西绘）。

无序跋。

十五　新演剧社"文学丛书"叙录

新演剧社《战时戏剧丛书》叙录

《战时演剧论》

《战时演剧论》，题"战时演剧丛书"（没有编号）。民国廿七年（1938）十二月初版。著者为葛一虹，主编者为新演剧社，出版者为新演剧社，总经售为读书生活出版社（汉口、广州、重庆），经售处为天马书店、新知书店及全国各大书坊。全一册，134页，实价每册国币四角五分。

该书为艺术评论集，收入《确立战时演剧政策》《现阶段演剧活动的两重意义》《演剧艺术与政治宣传》《战地演剧》《临时演剧》《剧目》《活报剧》《战时戏剧教育》《演剧与民众》《鼓励宣传剧的导演方法》《关于方言》《旧形式问题》《抗战中的剧本创作》《新英雄的描写》《语言的艺术》《评〈中国万岁〉》《演剧报告》《第一届中国戏剧节》《剧团组织》《抗战创作编目》《十月革命与苏联演剧》，凡二十一篇。

卷首有《战时演剧丛书缘起》，卷末有《后记》。《战时演剧丛书缘起》兹录如下：

自抗战以来，戏剧艺术虽说空前地发挥了它的效能，可是我们并不能就认识戏剧艺术本身和它的社会效果已得到最高的完成，事实上目前的戏剧还处在相当贫弱的地位，还须得我们从理论、创作和技术诸方面作更大的努力，才能使戏剧艺术——这一锋利的武器充分地发挥出它原有的效能。我们这《战时戏剧丛书》就是我们作这样努力的结果。我们深知提供出的这个果子是很微小的，不过我们相信，它绝不是败坏我们民族战士的抗战的味口的，正相反，它不但会适合，

并且还能增高我们民族战士（每个中国人都应是民族战士）的抗战口味！一九三八年五月

《后记》兹录如下：

在纸荒，印刷和发行都极困难的时候，这书有与读者见面的机会，在我自是很高兴的。然而，它却是我的痛苦的记录。
"虫豸与人的分别在什么地方呢？"
我相信真理，我相信人类劳动的力量。
我相信新的生活的愉快不久会来到。
愿意接受严正的批评。
最后，谨向给我帮助的□□□致谢。
——□□一九三八年十二月在重庆

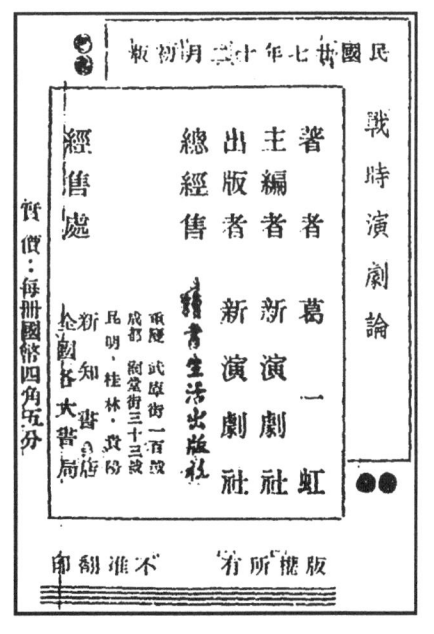

《民族公敌》

《民族公敌》，题"战时演剧丛书"（没有编号）。民国廿七年（1938）七月初版。著者为舒非，主编者为新演剧社，出版者为新演剧社，总经售为读书生活出版社（汉口、广州、重庆），经售处为天马书店、新知书店及全国各大书坊。全一册，183 页，实价每册国币四角五分。

该书为独幕剧集，收入《两兄弟》《谣言》《壮丁》《我们的空军》《民族公敌》和《高压下》，凡六个剧本。

无序跋。

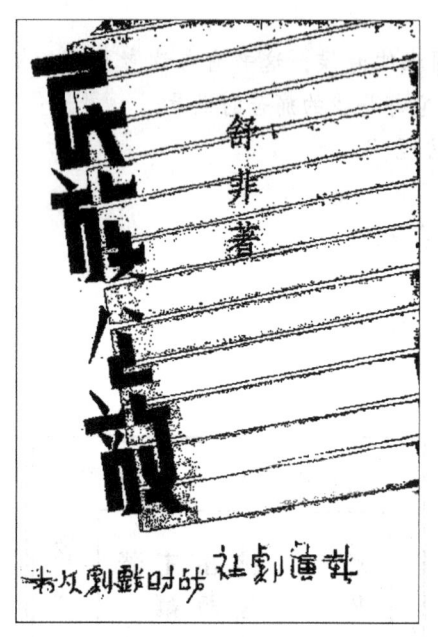

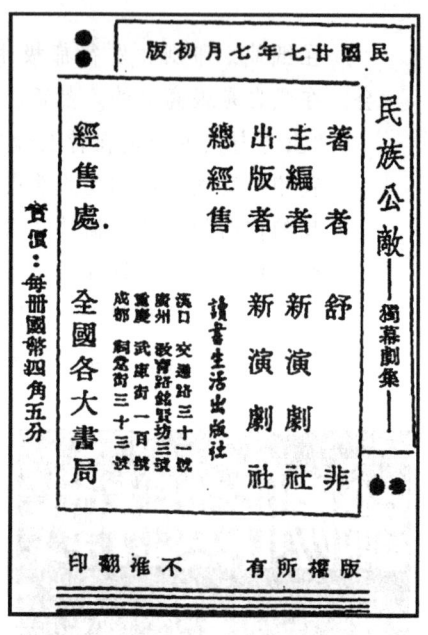

《血》

《血》，题"战时演剧丛书"（没有编号）。一九三八年五月初版。著者为章泯，主编者为新演剧社，出版者为新演剧社，总经售为读书生活出版社（汉口、广州、重庆），经售处为天马书店、新知书店及全国各大书坊。全一册，86 页，每册国币二角五分。

该书为独幕话剧。

卷首有《战时演剧丛书缘起》（与前同，从略），卷末无跋。

无序跋。《最后的胜利——〈血〉主题歌》兹录如下：

我们的国土，陷在了敌人的铁蹄下，敌人的铁蹄深深地印在我们心上。我们永不忘，我们永不忘。山河破碎，家散人亡，我们不怕，我们不退，我们要变作无数的炸弹，散布在敌人口里，炸毁敌人侵略的牙，使它们咬不烂，我们的一根草；我们要变作无数的炸弹，散布在敌人的肚里，炸毁敌人贪婪的胃，使他吞不下，我们的一片土！我

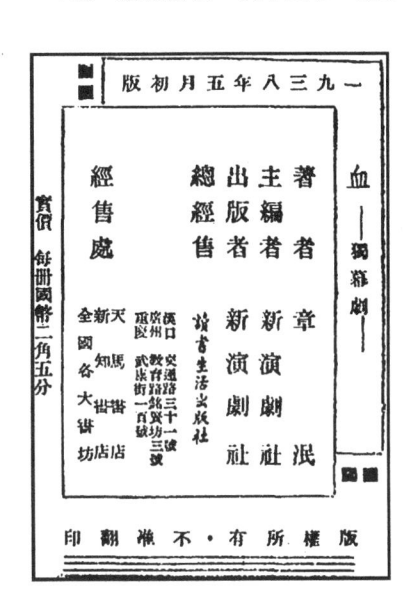

们要提着血淋淋的心，一齐冲上，冲上前去，流到最后一滴血，我们也不甘休；我们要提着血淋淋的心，一齐冲上，冲上前去，战到最后一个人，我们也不甘休！我们要争取，争取中华民族的独立，自由，我们最后的胜利！

《家破人亡》

《家破人亡》，题"战时演剧丛书"（没有编号）。民国廿七年（1938）

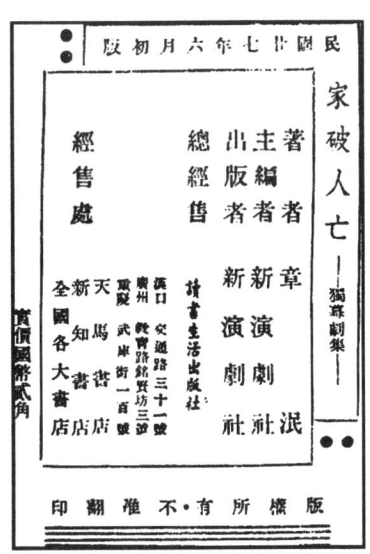

六月初版。著者为章泯,主编者为新演剧社,出版者为新演剧社,总经售为读书生活出版社(汉口、广州、重庆),经售处为天马书店、新知书店及全国各大书坊。全一册,86页,实价国币贰角。

该书为独幕剧集,收入《家破人亡》《胎妇》《纪念会》三个剧本。

卷首有《战时演剧丛书缘起》(与前同,从略),卷末无跋。

《国旗飘扬》

《国旗飘扬》,题"新演剧社战时演剧丛书"(没有编号)。民国廿七年(1938)六月初版。著者为罗烽,主编者为新演剧社,出版者为战时戏剧丛书社,总经售为读书生活出版社(汉口、广州、重庆),经售处为天马书店、新知书店及全国各大书坊。全一册,78页,实价国币二角。

该书为多幕剧,凡三幕,无幕目。

卷首有《战时演剧丛书缘起》(与前同,从略),卷末无跋。

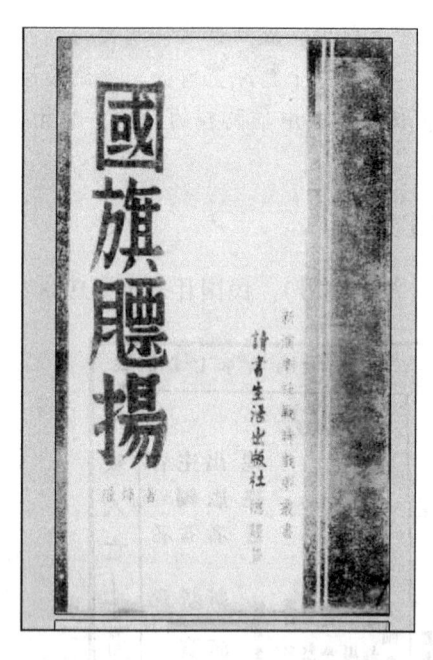

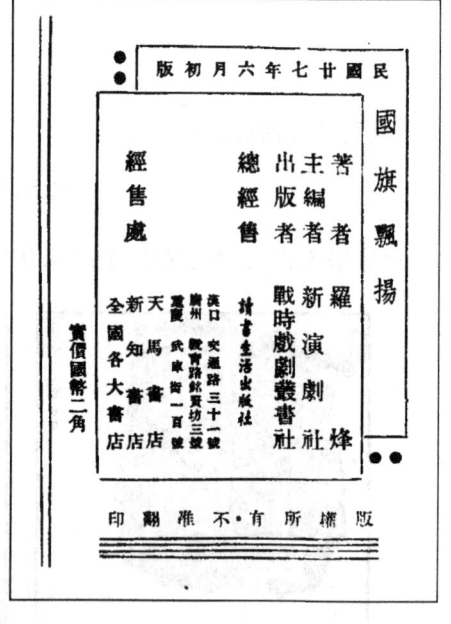

《生路》

《生路》,题"战时演剧丛书"(没有编号)。一九三八年五月初版。著者为章泯,主编者为新演剧社,出版者为新演剧社,总经售为读书生活出版社(汉口、广州、重庆),经售处为天马书店、新知书店及全国各大书坊。全一册，157页，实价每册国币三角五分。

该书为独幕话剧，收入《生路》《钢表》《磨刀乐》，凡三个剧本。

卷首有《战时演剧丛书缘起》（与前同，从略）和"作者附志"，卷末无跋。"作者附志"兹录如下：

> 关于本剧中的学生的一场插话，可依据客观的需要，而将其内容改变，作他种意义的宣传，如认为没有作任何意义宣传之必要时，简直可以将这一场插话取消去。（这段话之前还特意用"演出者注意"予以提示。）

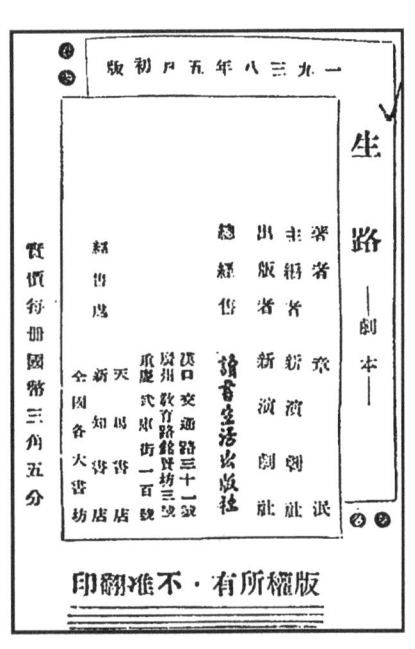

新演剧社《新演剧丛书》叙录
《戏剧导演基础》

《戏剧导演基础》，题"新演剧丛书之一"。民国二十八年（1939）六月十日出版（C）。原著人为 Bosworth（布士沃斯），译述人为章泯，主编者为新演剧社，发行人为张静庐，发行所为上海杂志公司（重庆、宜昌、昆明、桂林、柳州、金华、温州、上海、香港、成都、汉中、西安), 全一册, 101 页, 实价四角五分 (外埠另加寄费)。

该书为戏剧理论著作, 包括: 一、绪论; 二、演出的准备; 三、完成原稿; 四、舞台布置; 五、标记原稿; 六、道具、照明的设计; 七、布景的模型; 八、道具的安排; 九、第四堵墙; 十、指挥排练; 十一、人物的配置; 十二、正确的方法; 十三、一人应有一场面; 十四、气分（氛）; 十五、效果的完成; 十六、幕的动作; 十七、照明的表现; 十八、排练的过程; 十九、化装排练。凡十九章。

无序跋。《绪论》摘录如下:

> 这本小册子不过是想给予那些不很了解, 甚至完全不了解戏剧导演方法的人, 一些常识。因此只企图提供出导演上的一些基础原则, 想从事于导演工作的人就可依据这些原则去开始, 并发展他的知识。
>
> 我们都知道, 演员是只顾他自己的表演的, 而导演人是顾及全剧的表演的。演员是通过他本身的媒介而表现他自己, 导演人是通过演出中每个演员媒介来表现的。
>
> 导演人是处于远景的地位上的, 蚂蚁在它们自己的土堆上, 它们只看见它们视野内的空间; 可是有一个人站在蚂蚁的这个小世界前, 就是处于一种远景的地位, 他就可以看见全体了, 导演人就是这样的地位。

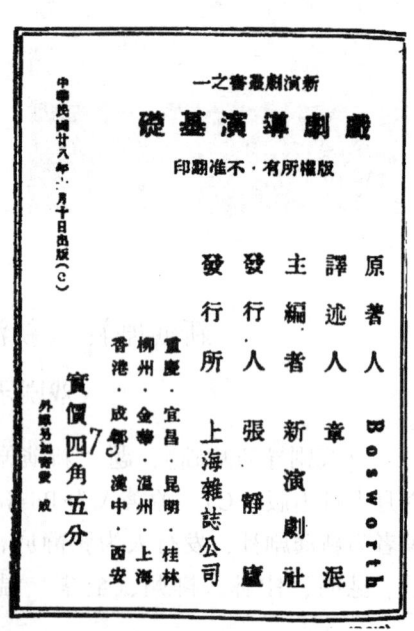

导演这种工作是演剧行为中最重要的一种，这是无可否认的事实。一个剧团的演员们就像是一种军队里的士兵们一样，士兵们的作战活动必须有将官来约束，指挥；导演人就仿佛是军队里的总司令一样，他指挥着演员们的一切活动。我在这里把剧团里的导演人比拟为军队中的总司令，自然是就他的机能上说的，一点没有权威上的意味。在演剧艺术上，一个剧团的成功，根本地说来，主要不是由于其中之任何个别的演员，而是由于那完成整个演出的艺术效果之导演人。

《战时演剧政策》

《战时演剧政策》，题"新演剧丛书之二"。民国二十八年（1939）十一月十日出版（C）。著作人为葛一虹，主编者为新演剧社，发行人为张静庐，发行所为上海杂志公司（重庆、宜昌、昆明、桂林、柳州、金华、温州、上海、香港、成都、汉中、西安），全一册，90页，实价四角五分（外埠另加寄费）。

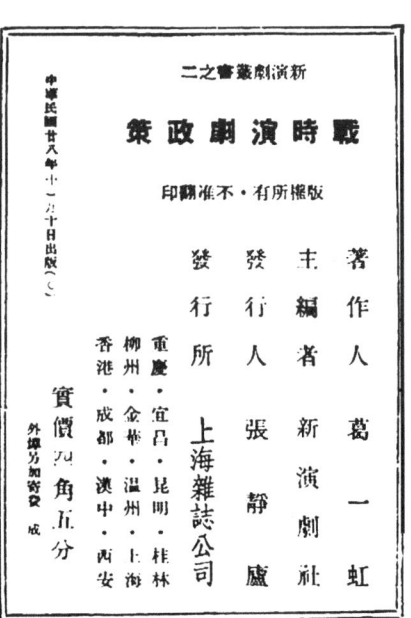

该书为戏剧理论著作，包括两篇《论现阶段新演剧运动》和《战时演剧政策》，前者包括五节，即一、《中国新演剧运动发展的路向》，二、

《抗战前的反日演剧运动》，三、《新形势底下的新演剧运动的特征》，四、《二年来抗战戏剧运动的总结》，五、《新阶段新演剧的任务》。后者包括九节，即一、《确立战时演剧政策的必要性》，二、《促成民族解放》，三、《促成民主自由》，四、《促成民生幸福》，五、《宣传性与艺术性》，六、《建设民族演剧》，七、《发展社会各阶层的演剧》，八、《展开全面的戏剧抗战》，九、《战时演剧组织机构》。该书中附有一份关于《戏剧导演基础》和《苏联儿童戏剧》的广告，见所录广告截图。

无序跋。扉页摘录了田汉《抗战与戏剧》中的这样一段话："——我们应该把握这一'千载难逢'的机会，使戏剧艺术对于神圣的民族战争尽她伟大的任务，同时在这长期的艺术作战的过程中完成她自己的改造。"

《苏联儿童戏剧》

《苏联儿童戏剧》，题"新演剧丛书之三"。民国二十八年（1939）。著作人为葛一虹，主编者为新演剧社，发行人为张静庐，发行所为上海杂志公司（重庆、宜昌、昆明、桂林、柳州、金华、温州、上海、香港、成都、汉中、西安），全一册，97页，定价不详（外埠另加寄费）。

该书为戏剧理论著作，包括：一、儿童戏剧在苏联；二、世界上第一个儿童剧场；三、苏联儿童剧场的纲；四、科学的创作方法；五、儿童剧的题材；六、舞台上的瞿安斯·浮纳；七、儿童剧场和学校；八、儿童剧场的演员；九、最负责任的观众；十、最热心的通讯员；十一、傀儡戏。另外还有附录，包括一、列宁格勒少年剧场（奥夫森）；二、莫斯科中央傀儡剧场（奥勃莱兹索夫）；三、论述我的工作（莎珠）。

卷首有著者《前记》，卷末无跋。《前记》兹录如下：

大约在一年以前，我在武汉，有一个儿童剧团要我去和它们说话，并且制定要讲苏联儿童戏剧，为了应付这次讲演，于是尽可能的收集了一些材料。后来到了重庆，又有一个儿童团体也向我作了这样的要求，而材料也渐渐地收集得稍有可观了，于是根据了这些材料，编译出了这本小书。

我的编译这本书的动机，一方面因为觉得近年来，中国儿童戏剧渐为国人所注意，把极有成效的苏联儿童戏剧介绍过来，藉以作为幼稚的中国儿童戏剧发展之助。在别一方面，在那译作的时候，我因为精神上不大愉快，想以工作来使自己奋振，终于不到一个星期的功夫全部整理好了。

我所根据的材料，主要是儿童戏剧专家 N. 莎珠女士著的《莫斯科儿童剧场》（*Moscow Theater For Children*）和苏联名戏剧批评家 S. 巴格马索夫著的《世界上最负责任的观众》（*The Most Responsive Audience in the World*），此外则兼及于外国的杂志和新闻纸如《莫斯科新闻》等。书末附录译文三篇，原作者除奥森夫（按：目录中作"奥夫森"）不详其究竟外，余均系剧场的创办人及主持人，似更觉其珍贵。

一虹一九三九，六，于将离渝"远行"之前

《戏剧本质论》

《戏剧本质论》，题"新演剧丛书之五"。民国廿九年（1940）三月二十日出版（A）。著作人为 H. A. Jones（约莱士）等，译述人为章泯，主编者为新演剧社，发行人为张静庐，发行所为上海杂志公司（重庆、宜昌等十二地），全一册，72页，实价三角五分。

该书为戏剧理论著作，包括：一、斗争说（By Ferdinand Brunetiere）；二、危机说（By William Archer）；三、论斗争说与危机说（By H. A. Jones）。

无序跋。正文摘录如下：

——有一种同样可叹的无知过去的那些成功的戏剧家就不得不根据那在一种结构完全的具体的配合中讲述一种有趣的故事——这有缺点而又要原则来构成他们的剧本;他们的剧本就借这种方法来保证了一种恒久的流行,——这对于那些"思想"爱好者算是一种应加斥责的事情。

近代的剧作家们既能以草率而轻便地卖弄一些心理学上在社会学上的"观念"于舞台上,而获得那不仅是大戏剧家并且是深刻的思想家之名声,他们怎么还会费莫大的神去学习那构成一剧的艰难工作呢?

所以说在现在宣说一种戏剧法则,这是不幸的事情,服从法则是很艰苦的事情;有"思想"是很容易的事情。"思想"不强行约束;它们——思想——甚至不须要去追求;它们只须要悬挂出来,夸示出来,飘送去就行了。所以我对于提供出我的戏剧法则的事情迟疑起来了,因为要是它碰巧是真实的了,它就伤害那粗率的戏剧之最近的许多杰作。

在另一方面,要是它是一种真实的法则的话,当时多数的人,是会不理它,忽视它的;只要它反对着当时的流行意见和流派。所以也许我可以冒昧去发现出我自己的一种戏剧法则,能保证它不能有很大的伤害,因为很少人会给以注意的。

要是它不仅是要"调和"布吕莱底埃与亚尔奇,并且还要适用于我们能用来证实它的任何场面和每个场面,任何剧本和每个剧本,那么必须要是一种很广泛而一般的法则。记着了本文引用的一切议论和解释,还记着了剧场中有许多事情使我们有兴趣,愉快,却不是真实的戏剧,那么我们岂不可以规定戏剧的普遍法则如下吗?——

"当一剧中的任何一人或多数人自觉地或不自觉地'对抗着'某种敌对的人或环境,或命运时,戏剧就发生出来了。当其像在《奥丁保》一剧中那样,观众知道那阻碍,剧中人自己不知道它时,它(戏剧)常是更为紧张的。戏剧这样发生出来,进展到一人或多数人知道那阻碍;它被支持于我们守望着一人或多数人从外形上,心理上或精神上反应(映)着那对立的人或环境或命运的时间中,当这种反应(映)消失了,它就松弛下来了,当那反应(映)完成了,它就停止了。一个人对于一种阻碍的这种反应(映)是会最引人注意和紧张的,当那阻碍在几乎是均势的冲突中取着另一人类意志的形式时"。

显然这样的法则是包括着布吕莱底埃的意志斗争和亚尔奇的危机

的；并"调和"了他们，在我们分析过的每个场面和每一剧中，它对我们提示出戏剧是什么，什么不是戏剧，它解明别的某些场面之不能引起我们的兴趣；它指明那些场面——其本身并非是戏剧的——却在剧场中引起我们的注意，是因为它们是必然地联系着的，说明着性格或事件的；或者因为它们是真正是"戏剧的"场面之间的休歇的插曲。

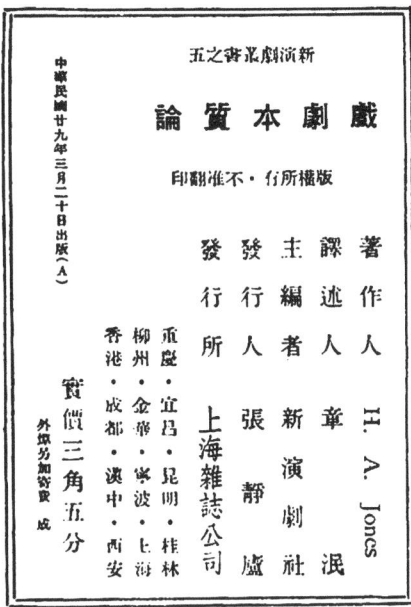

十六　希望社"文学丛书"叙录

希望社《七月诗丛》叙录

《北方》

《北方》，封扉页和版权页均题"七月诗丛"（初版时题"七月诗丛13"），扉页题"七月诗丛（第二集）"。民国三十二年（1943）十二月初版。著者为艾青，编者为胡风，发行所为南天出版社（桂林桂西路棠梓巷二二号），特约经售处为远方书店（桂林府后街）和三户图书社（桂林中北路）。全一册，40页，定价不详。此外还有南天出版社1945年6月渝二版。二者内容相同。

该书为新诗集，内收《复活的土地》《他起来了》《雪落在中国的土地上》《北方》《乞丐》《驴子》《手推车》《我爱这土地》，凡八首。

无序跋。《北方》增订后收进文化生活出版社《文学丛刊》之中，该版由艾青于一九三九年七月在桂林撰写的《序》，兹录如下：

《北方》原为《七月诗丛》之一，后因武汉撤退，未能出版，我到桂林后，才自己掏钱把它印了出来，聊慰自己和写诗的友人的寂寞而已。至于出版后，读者对它的那种信任，却是我意料之外的事。

我是酷爱朴素的，这种爱好，使我的情感显得毫无遮蔽，而我又对自己这种毫无遮蔽的情感激起了愉悦。很久了，我就在这样的境况里继续着写诗。

近来常常有一种企图抹煞刻画现实面貌的任何诗作的恶劣的倾向，而坚持这种倾向的人，却又是那些无论在理论上或在技巧上都早已成了僵死的陈尸的人。这些人的头脑之昏庸，实可令人惊叹！

中国新诗，已走上可以稳定地发展下去的道路：现实的内容和艺

十六 希望社"文学丛书"叙录 937

术的技巧已慢慢地结合在一起。新诗已在进行着向幼稚的叫喊与庸俗的艺术至上主义可以雄辩地取得胜利的斗争，而取得胜利的最大的条件，却是由于它能保持中国新文学之忠实于现实的战斗的传统的缘故。

《北方》原为六十四开的横排本，内收诗八首，现由文化生活出版社收进《文学丛刊》，增加了《骆驼》《黄昏》二首，改成现在的版本。这集子是我在抗战后所写的诗作的一小部分，在今日，如果真能由它而激起一点种族的哀感、不平、愤懑和对于土地的眷念之情，该是我的快乐吧！

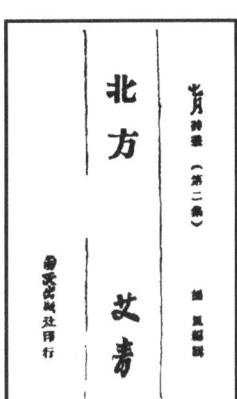

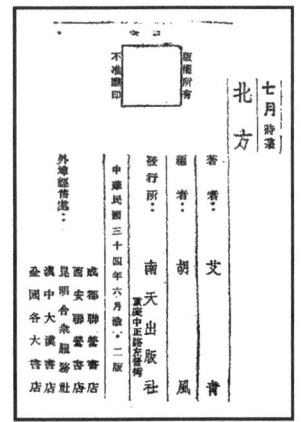

《给战斗者》

《给战斗者》，封扉页和版权页均题"七月诗丛"（初版时是否题

"七月诗丛12"待考），一九四三年十一月桂初版，一九四七年一月沪再版。著者为田间，编者为胡风，出版者为希望社（上海邮局信箱四一七六），代发行为生活书店（上海重庆南路六号）、上海书报杂志联合发行所（上海福州路三七九弄十二号）。全一册，266页，定价不详。初版印数为1~2000册，再版印数为2001~4000册。

该书为新诗集，分为六辑。第一辑包括《中国底春天在号召着全人类》《棕红的土地》《这年代》《回忆着北方》《自由，向我们来了》《给战斗者》。第二辑只有《给V. M》。第三辑包括《荣誉战士》《晚会》《五个在商议》《早上，我们会操》《进行曲》。第四辑包括《儿童节》《那些工人》。第五辑（街头诗）包括《假使全中国不团结》《反对"太平观念"》《肃清雇农意识》《给饲养员》《保卫战》《去破坏敌人的铁路》《粉碎敌人秋季大进攻》《鞋子》《多一些》《创办合作社》《选举》《就像我黑黑的庄稼汉》《这土地在向你笑》《援助这大山沟罢》。第六辑（小叙事诗）包括：《一杆枪和一个张义》《王良》《回队》《骡夫》《烧掉旧的，盖新的……》《我不晓得那条路》《他们为完成公粮而歌唱》《一百多个》《曲阳营》《自杀》。总计三十八首。复制英国Eric Gill木刻作封面。

卷首有作者的《论我们时代底歌颂（代序）——一个诗歌工作者向中国诗坛的祝福》，卷末有胡风的《后记》。"代序"兹录如下：

最尊贵的歌颂动员了，这歌颂冲荡在铁与血之间，在子弹与泥土之间，在夜与黎明之间，在侵略中国的仇敌与保卫中国的人民们之间，是我们底忠勇的战斗者在歌唱了。他们已经离开了母亲的爱戴，妇人的怀抱，儿女的呼唤，他们已经离开了自己的村落、个人的房舍，而奔走，而叫啸于亚细亚暴风雨的年代底狂暴的天空下，于充满着怨恨的中国人民自己的大路上，穿过射击，穿过肉搏，而开始了一个贯穿于被日本帝国主义者大屠杀的这殖民地底遍野的群众的歌颂，行列的歌颂，合队的歌颂。他们从日本帝国主义者灭亡我们的残暴的悲剧里，以骨肉抵御，以血反抗，在写着百万年代一直不可磨灭的，一直照耀着中国已生将生的子孙们底回忆的日子的史诗。

当守卫着我们底前哨的斗士，当守卫着我们底田园的斗士，在唱着新的歌颂，斗争的歌颂，以养育着全中国人民底复活的歌颂似的日子，我们底诗人哪里去了，为什么显得没有声息呢？

对于我们底仇敌不可宽容，对于我们底仇敌必须扫除的日子，而对于我们底斗士不可冷淡,对于我们底斗士必须援助的日子,为什么显得没有声息呢?我们底诗人!

在今天,我们底诗人,为什么显得没有声息呢?跑(炮)火燃烧了以来,虽然,我们曾经兴奋地见过《国际纵队》《抗战三部曲》等出版的热烈,然而,狂喊是不是情绪的饱满呢?泛叫是不是突入了人民大众底颠沛的离散的受难的心呢?是不是能够画出他们底挣扎的愿望的痕迹呢?虽然,我们曾经欣喜地听过"为祖国而歌","同志","血誓","战儿行","起来,八月的风暴","旗差","给敏子","他起来了","雪落中国的土地上","我们要战争——直到我们自由了"片片的呼声,然而,这些可爱的呼声,殖民地底人性的呼声,给与这浩荡的广大的四万万五千万奴隶之群,给与一九三七年七月七日响动了的但我们不能预言是一九三八或一九三九或甚至一九四七年七月七日才能终止的长期的神圣抗争就够满足了呢?

不呵!

不呵!在今天,全中国全人民都应该勇敢地,泼辣地,坚强地,响亮地,不可受欺侮地,不可受禁止地,不可受迫害地,站在我们燃烧之火夜之中歌唱者,把新的歌颂,斗争的歌颂,从我们底手里,从我们底灵魂里,从我们底宣誓与祝福里,传达到这殖民地底每一个污秽的,阴暗的,镣铐和锁链在奔走着的,不自由的角落里,传达到每一块沾染着弱小民族的呻吟、惨叫、狂呼的气味、土壤里,传达到那已经被杀死了的殖民地儿女与将士被杀死的殖民地儿女的躯壳里,传达到这殖民地底恐怖的村庄、血腥的栅栏以及那些不能被主人哺养着的吐出最后的呼吸,呈出最后的脸色的小牲畜,小生命里……

我们是颤栗在羞耻里面,苟安在卑污里面的,一个没有自由没有幸福的黑暗的民族。我们底祖国,我们底乡村,我们底家,更没有一点平安,更没有一点光明,更没有一点暖气。

今天,我们底诗人,伸出你底眼睛眺望吧:

在这殖民地每一个人生活着的地方,呼吸、睡眠、灯光、……也不能平稳——因为叛乱、射击、抢杀、……就袭来了。而我们中间最需要的国民已经把灯光扭熄着……把自己躲藏着,过着日子……

在今天,作为一个殖民地诗人的任务,是应该赴汤蹈火的,是应该再把中国和它底人民推动向这神圣的民族战争的疆场,更进一步,更进一步,而中国和它底人民,会热叫着殖民地底诗人,再把中国和它底人民唤醒呵!像瑞典底人民唤着赫休斯顿一样地说:再把瑞典和瑞典底人民唤醒呵，赫休斯顿！中国和它底人民会热望着，有如苏联底马耶可夫斯基，有如"起来哟马加尔人"的作者匈牙利底彼得斐，有如"假如我们应该死掉"的作者黑人麦开，有如"给鞭挞我的残酷的世界"的作者黑人克仑。……我们底诗人能够在混乱的状态里清醒过来吗？能够把诗人自己底武器——歌颂的笔尖，接触到人民生活的最紧张处，把歌颂的颜色涂染到人民生活的最切实处，把歌颂的调子唱到人民大众生活的最生动处吗？这样说，不是祈祷我们底诗人把他底力量回顾到飘忽的，神秘的，苍茫的境界，这样说，不是祈祷我们底诗人一定要创造着那非经过最大的工夫就不能成功的，人类最崇高的像荷马的《奥得赛》一样的史诗，像哥德的《浮士德》一样的诗剧，在这人民大众从水深火热的中国急企待切着地我们歌颂的日子，伟大的史诗和诗剧，是要装载着今天中国人民大众底斗争的整个故事；伟大的史诗和诗剧产生的节日，是要依赖我们底诗人今天最良善的、最忠实的、最大胆的创作的过程。所以，为着创作伟大的史诗和诗剧，今天我们底诗人必需接受生活的教训，必需准备未来的史诗和诗剧的篇幅的每一小章，每一小句，甚至每一个有生命的字汇。是的，我们底诗人已经提议了报告诗、朗诵诗、……诸样式的尝试，这是很好的提议。不过我们又将怎样解释报告诗、朗诵诗等必须的适当的表现呢？我们不会忧虑到今天在亚细亚东部的奴隶诗人——这些提议者底用心是在于报告个人的，朗诵个人的，而我们诗人底目的正是要起来斗争，在要报告或朗诵这动乱时代中的真理底仇敌与真理底拥护者，在要报告或朗诵叛逆的案件与正义的案件。……无疑地，报告诗、朗诵诗等底功绩是在于能写在人民底斗争生活里，人民底斗争的胸怀里，让人民了解我们底诗人，就是在他们队伍里面。我们底诗人也不幸得很，任何他底歌颂，也不能有他底多少读者，在这虽然是四万万五千万人民底辽阔的国度。当然，我们底诗人，不能把他底歌颂趋向低级化来拉拢大众，来毒害大众，所谓大众化的意思，我们以为是在于我们底歌颂不能离开人民底战争的意志，和我们诗人自己底生活也在人民底生活之中。我们底歌颂人民能得多了解一点，多欢喜一点，就是诗歌平民化底不屈不挠的努力多进步一点，多得一点效果，也多证明一点文学大众化的方向是正确的。在一些地方，为着要我们底歌颂能接近人民，能够吻合人民底生活之路，在一些地方，为着要我们歌颂能叫出情感，能叫出事实，……我们在祝福着我们底诗人，去找寻道路，去探索方向，去讨论形式，但我们更祝福着我们底诗人，首先考虑一下吧，首先要向今天人民大众倾向战斗的情感里面考虑一下吧。……过去的许多歌者，他们曾经暴乱地无知地制造着五更调小放牛……一类颓靡的谣曲。这充满了灰色的，屈服的，溶解精神和战争力的音节，固然为过去顺民所熟悉，固然为过去的顺民生活在酒馆里，生活在娼院里，……所唱过了，但时代流动了，人民柔顺的姿势也变动了，他们底受苦，他们底遭殃，他们底遇敌，使他们不能再随便地歌唱了。他们是在呼号了，他们是在战争了，他们疯狂地奔走与反抗，在告诉我们底诗人，他们是厌恶五更调小放牛，……一类谣曲底可耻，而在盼望着唱新的歌，战斗的歌了。……所以，报告诗、朗诵诗等诸样式底创造，是为人民而创造，是属于人民的创造呵！尤其是朗诵诗，假如我们底诗人，能够把他底朗诵诗，运输到群众的集会里去，能够让他们可以领悟一些，可以记忆一些，……到他们可以接受的时候，我们底诗人将不会被世界和祖国遗弃的吧，也将更不会被人民抛开的吧！报告诗底特质，我们同样以为它是应该以强烈的语言，战斗的节奏，强壮的精短的姿态，报告人民底活动，也向人民自己报告，它决不是悱恻的，柔绵的，低沉或者悲哀的音韵；否则，它和叙事诗有什么大的区别呢？

新的歌颂的形式底发明，底建立，我们不要止于报告诗、朗诵诗、史诗、诗剧等，还可以从我们今天已经提出了的新诗底形式在获取了相当基础以后，我们再掘挖，掘挖出和报告诗、朗诵诗……另一种的，另一种。为着新的歌颂，斗争的歌颂底全部历史，为着新的歌颂，斗争的歌颂能够播在人类活动的领域里，而影响人类底活动的整个的神圣的机构，嘲笑或诬蔑，让我们暂时忍耐吧。

神圣的、光荣的斗争，是各方面的，新的歌颂、斗争的歌颂也是各方面的。是人类的诗，应该激动着战斗生活，但也在这战斗生活里面，人类底诗，将要成长起来。……

让我们底歌颂符合着战斗者底步伐吧，让我们底歌颂迎接着英雄的呼声吧，让我们诗人踏着为自由、为祖国而牺牲了的人民底血迹去吧！在新的道路、斗争的道路上，让我们叙述那永远不能泯灭的意志、欲望、梦，……给未死者，给求生者！

解放了的，与我们今天呼吸在艰苦的年代，它底诗人们已经愉快地从他们灵魂底活跃中诞生了"诗歌日"。他们已经能够在"五月二十四日"（即诗歌日）阔步地走进诗人区，走进一个新的国家新的群众底呼声中，去歌颂今天底辽阔、广大、自由、和平，去歌颂他们在别的国家里从没有过的自由的呼吸,去歌颂拥护祖国,去歌颂"在新卡尔加斯基的草原上……哥萨克准备:对向着敌方,若被侵略,我们就战争,将敌人驱逐出边疆,……顿河呵,我们还要更加的勇敢!"——但我们正生存在艰苦的年代,艰苦的斗争里面,一九三七年七月七日,我们底斗争正面地展开了,全人民的未来将由于这一个伟大的七月七日开始了神圣的战争,决定我们做主人或者做奴隶的命运,决定我们自由了或者毁灭了的命运。这伟大的七月七日,应该做(作)为中国的"诗歌日",为着纪念这神圣战争底开始,我们应该更热烈地歌颂呵!要歌颂卑污的,黑暗的,受奴役的,不自由的中国和它底人民底奋起,从这半殖民地的河岸上,矿山上,棉地上,……向敌人斗争,斗争。……

"我们要战争——直到我们自由了!"

一九三八,一,一八。

《后记》兹录如下:

这是作者在战争发生后到前年年底的,所写的短诗底选集。从前年年底起,我们之间就断了消息。

但说"选集",其实是不大妥当的。回忆起来,作者陆续寄来的诗稿实在不少,常常在我底案头堆成一堆,依他自己底希望,十个集子当也出来了,但因为我底忙乱,也因为没有印出的能力,到去年春天,才决计把全部重新通读,编成了一本,不幸却中途失掉了。这次从旧刊物上抄,从重庆寄来的残稿里选,才集成了这个样子。和去年的那一本相比,不但分量不同,恐怕内容也很有差异罢。

第一辑所收者,是抗战最初期,即作者停留在武汉的短期内所写的。我们可以看得出,诗人是用了梦的情绪投向了作为整个生活世界的战争,但这为时不久,很快地就用了虽然宏大但却不无几分伤感的《给战斗者》综合地表现了,同时也就是结束了这一段心的历程。

他登上了旅途,同时他底投向了战争的心也就透入了具体的对象。那表现之一是对于各国的反侵略战士、反压迫战士的歌颂。记得篇数不少,他自己曾提议过单出一本的,但却已完全散失了,现在还有一首可录,就另立一辑。

这时候他已加入了服务团,他能够拥抱了具体的人物或具体的生活事件底精神境界。他自己编成了一集命名为报告诗的《服务记》,

每首且附有作插图用的照片，但也已失掉了，现在从《呈在大风砂里奔走的岗位们》选来三首，合成第三辑。

但如果那生活事件是由一个大的群集作主体，表现了一个群集底精神动态，那他底情绪也就跟着扩大，伸向了宏大的旋律，像在《呈在大风砂里奔走的冈卫们》里的《人民底舞》《在村底演奏》……就是的。但他底情绪的感觉虽然有余，情绪的意力却尚嫌不够，因而终于没有能够获得应有的深厚和完整。

但如果他所面对的人物是一个社会学范畴的集体存在，而且是作者底理念所能够明确地肯定的，那他底战斗号召的要求就要特别地凸出。收到第四辑的，特别立意为朗诵而写的两首就是。这一型也不少，我手头还抄有为朗诵给农民听的《这一代》。这发展到后来成了《大众合唱诗》，现在还保有题名《我们回到哪里去》底一个片断。在这里，我们看到了社会学的内容怎样获得了好好相应的，美学上的力学的表现，虽然还是情绪的意力尚嫌不够的表现。

但如果他所面对的是一个个别的人物，而且企图深入他底身世，广及他底周遭，那就成了和传统的意义不同的叙事诗。这，我只得到一首《她也要杀人》。

那以后，他更深入了生活，而且是需要高度突击性的、群众宣传工作的生活。这就一方面生活对象更明确地在日常事件上出现，另一方面理念上的战斗号召的要求更强烈地在创作企图上鼓动，于是诞生了街头诗。这虽然招到文学豪绅底臭骂，但读者当然明白，如果他们不骂，倒反而是奇怪的事情。

但主观的战斗号召原是进行在客观对象底变革过程中间，而且要加强客观对象底变革速度，生活对象在"日常事件"上出现的那"日常事件"，正是成了"日常事件"的战斗，因而诗人底心同时也要伸入或拥抱客观的对象，在客观对象里面发生了主观的要求。"小叙事"就这样地出现了。无论是诗人底创作欲求或他所拥抱的生活现实，都经过了而且在经过着战斗锻炼和思想锻炼的过程，因而他初期所追求的歌谣底力学终于得到了变质的结果，成了能够表现新的社会内容的美学的面貌，在作品上有些完成了浑然的活的旋律。在美学的意义上说，这是融合了诗人所创造的一切形式底优点的，虽然不能也不应作为对于那些形式的否定。

但小叙事还毕竟是突击性的速写，而诗，却总是不断地要求情绪世界底深厚和深长的。随着对于生活内容的坚韧的深入，诗人田间终于开辟了纪念碑式的大叙事诗的方向。我看到了《亲爱的土地》底全篇和《铁的兵团》底一小部分。关于这，现在不必谈到，而且，他和我们隔离了将近两年，不明白这中间的他底发展过程，因而也是不宜轻于谈到的。

现在就把这一本送给读者，至于和那些以侮辱田间为快的文学豪绅，当然是而且也应该是永远无缘的。

《代序》一篇还是抗战初期诗人自己在武汉时所写的。虽然具体的论点并不能完全恰如其分，但热情底蓬勃和心地底真诚却还有益于读者对他的理解，所以收入，放在卷首。

一九四二年，十二月十六日深夜，记于桂林之听诗斋。　胡风

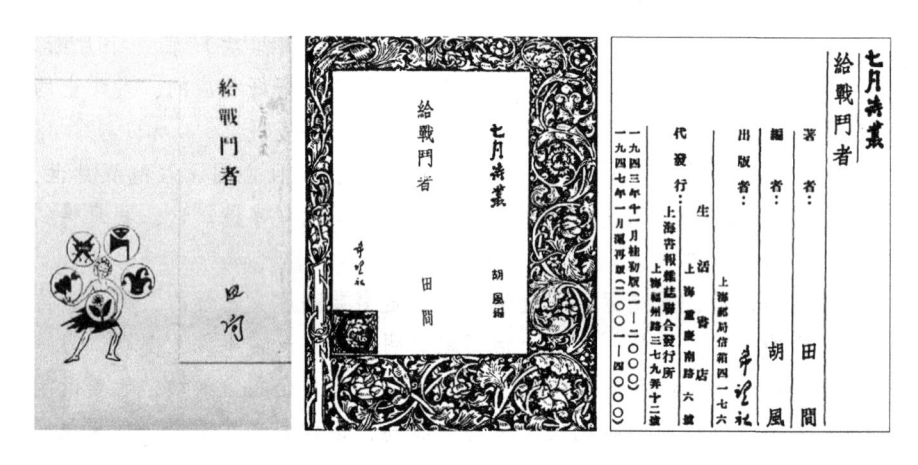

《旗》

《旗》，封面、扉页和版权页均题"七月诗丛"（可能为"七月诗丛5"），民国三十一年（1942）八月初版。著者为孙钿，编者为胡风，出版者为南天出版社（桂林：第二六六号邮箱），总代售为桂林生活文化供应社。全一册，78 页，定价不详。初版印数为 1～3000 册，再版印数为 3001～5000 册。摘制苏联 L. Mulhaupt 木刻作封面。

该书为新诗集，内收新诗：《途上》《我们在前进》《晴乾的乡间》《七月里的行进》《挂彩者》《在铁路边》《暴雨前》《我们还会见到》《旗》《送信》《雨》《行程》《燃烧了》，凡十三首。

卷首无序，卷末有胡风的《编后记》，兹录如下：

这个集子底编成，现在是第三次。远在前年冬天，曾请作者编集

十六　希望社"文学丛书"叙录　945

寄来，但等到寄回香港带交上海书店的时候，香港的转信人正吃了官司，被搁置了。去年夏编者到香港后，再催作者重新编定，增删不少，但正要付排的时候，太平洋战事爆发，和他底许多小说稿、诗稿一同丢掉了。

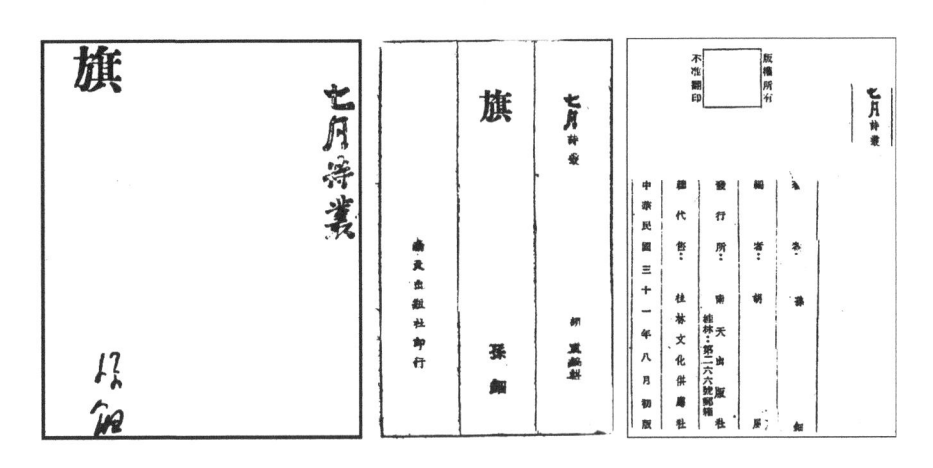

　　这一次是从在这里找得到的期刊、报纸上集起的，当然不能完备。记得出的就缺少《给敏子》和《征程》。后者约三四百行，前些时曾托在渝的友人寄来了前年寄给我的初稿，但和去年的改定稿相差太大，有如铁砂之与纯钢，只好割弃了。

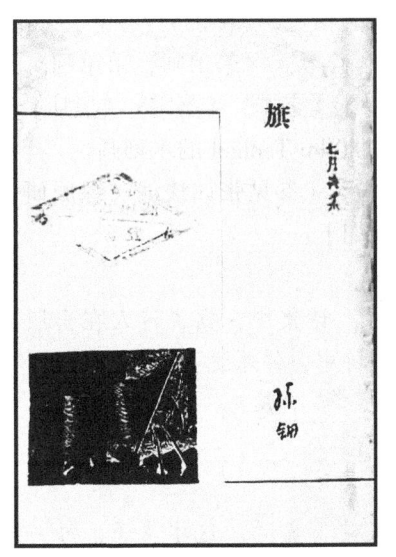

但还是赶快把这不完备的集子付印，收集这些已经颇不容易，而作者远在敌人统治的地下作战，编者又行踪无定，万一再行散失，在作者自己也许不算什么，这些不过是他曾经而且正在全心全力地拥抱着的战斗生活底一点副产，但读者和中国诗坛却不能也不应失去这些纯真而坚决的战斗意志底声音。它们将使读者得到感激，新诗传统引为骄傲的。

胡风　一九四二年，五月十九夜，记于桂林

《旗》还有希望社版本。封扉页和版权页均题"七月诗丛"，一九四二年八月桂初版，一九四七年三月沪再版。著者为孙钿，编者为胡风，出版者为希望社（上海邮局信箱四一七六），代发行为生活书店（上海重庆南路六号）、上海书报杂志联合发行所（上海福州路三七九弄十二号）。全一册，68页，定价不详。

《童话》

《童话》，封面、扉页和版权页均题"七月诗丛"（可能为"七月诗丛9"），一九四二年十二月桂初版，一九四七年一月沪再版。著者为绿原，编者为胡风，出版者为希望社（上海邮局信箱四一七六），代发行为生活书店（上海重庆南路六号）、上海书报杂志联合发行所（上海福州路三七九弄十二号）。全一册，117页，定价不详。初版印数为1～5000册，再版印数为5001～7000册。

该书为新诗集，内收新诗：《惊蛰》《憎恨》《忧郁》《乡愁》《花朵》《这一次》《小时候》《神话的夜呵》《碎琴》《弟弟呵，弟弟呵》《读〈最后一课〉》《萤》《哑者》《春天与诗》《雾季》《落雪》《黑店》《越狱》《夜记》《旗》等。封面画复制英国Tohn Tenniel的木刻画。

无序跋。痖弦的《溅了血的〈童话〉》（参见张如法编《绿原研究资料》，河南大学出版社1991年版）摘录如下：

绿原的重要作品均收在《童话》诗集中，据说诗人在出版这本书时还不到二十岁。在《惊蛰》一诗中，绿原说：
十九年前，茂盛的天空
那一片丰收着金色谷粒的农场里
我是那一颗呢
显然是一个少年人的口吻。纵观《童话》这本集子，每一首诗都流溢一种年轻人的梦幻和憧憬，语言清澈，节奏明快，没有三十年代上海现代派文人有气无力的个人调子，也非田间那种捶胸顿足声嘶力歇（竭）式的歌哭呐喊，而是流丽自然的"天籁"，像：

小时候
我不认识字
妈妈就是图书馆
我读着妈妈

何其亲切！何其质朴！五四以降，像这样天真烂漫晶莹剔透的可爱小诗，实在绝无仅有。

我曾在《创世纪》诗刊上选了他收在《童话》一书中的十二首诗，读者可以从这些作品中窥见他风格之一般……

四十年代的诗人，由于他们的政治色彩太浓，在当时虽能轰动于一时，但时过境迁，去掉了当时的社会因素，你马上就会察觉他们作品中的艺术品质（诗素）极为贫弱，大部分诗人在纯诗的角度上来看已站不住。绿原就不如此，他作品影响之深已如上述，不过因为战乱作品散失的关系，绿原的影响面并未广及更年轻一代的诗人，因此绿原作品的整理工作，是有其特殊意义的。

张如法的《论绿原的〈童话〉》（参见张如法编《绿原研究资料》，河南大学出版社1991年版）摘录如下：

呵，《童话》、《童话》，多么令人困惑的《童话》！它里面没有一篇真正的童话，却偏偏取名为《童话》。诗人告诉我：这是他写作的童年时期的产物，取其幼稚之意。在《人之诗·自序》中，作者又把这些作品称为"梦幻式的小诗"，"试图用朦胧的语言来表达当时同我一样没有见过世面的青年们的苦闷和追求"。我似乎找到了什么，又失落了什么。我好象（像）朦胧地感到这些小诗确实象（像）童话。不，我又醒悟到这些小诗只能取名为《童话》。童话，童话，那时的年轻绿原，他梦幻着能过童话中的生活，而现实却偏偏是地狱。理想与现实犹如天地之殊的巨大落差，使诗人苦闷，愤恨，彷徨，而又不断追求。

……他哀叹他的童年的辛酸，却在他的笔端、描绘一幅幅美满幸福的童话世界或神话世界的图画，以寻求安慰和寄托希望。他在白天为罪恶无耻所刺激，却幻想在夜晚能得到宁静、舒展和自由，能进入美丽的梦境……他的确是心中滴着血在吟唱这些美的诗歌的，难怪有人称为：溅了血的《童话》。他在诗中企望生活在童话世界，却并非脱离现实，那人生给予的痛苦和引起的悲愤，会按捺不住地冒出来，无情地刺破那些天真的、动人的梦幻皂泡。这就造成了绿原《童话》诗的一个重大特色：巨大的反差和尖锐的不和谐，却又统一在带着忧郁色彩的一首首动听的诗歌中⋯⋯

《童话》中的许多诗歌都带着孩子般的梦幻色彩，带着理想与现实的巨大落差所造成的忧郁情调，但也有一些诗歌是完全现实的，是以诗为箭的，如《憎恨》。

不问群花是怎样请红雀呼唤着繁星开了，
不问月光是怎样敲着我的窗，
不问风和野火是怎样向远夜唱起歌⋯⋯

好久好久，
这日子
没有诗。

不是没有诗呵，
是诗人的竖琴
被谁敲碎在桥边，
五线谱被谁揉成草发了。

杀死那些专门虐待青色谷粒的蝗虫吧，
没有晚祷！
愈不流泪的，
愈不需要十字架；
血流得愈多，
颜色愈是深沉的。

不是要写诗，
要写一部革命史啊。

这里所说的"诗"是美的，善的，幸福的，喜悦的象征。这里也有巨大的落差或反差，但不是理想与现实的矛盾，却分明是革命与反革命的对立。两方面都十分坚决，刽子手扼杀一切诗歌和谷粒，制造死一般的寂□和荒芜，他们不流泪，不忏悔，而人民却要杀死这些

"蝗虫"，用实际行动写出"一部革命史"。《憎恨》一类诗歌好象（像）与《童话》中的大部分诗歌在色彩上不大协调，实际上却都是涉世未深的青少年时代的绿原，面对现实不断苦闷，不断追求；这种心境的不同侧面的反映。

《突围令》

《突围令》，封面题"七月诗丛2"，民国三十六年（1947）四月新版。著者为庄涌，编者为胡风，发行者为俞鸿模，出版者为海燕书店，总经售为群海联华发行所。全一册，98页，实价三元。此外还有上海联华书店1939年12月版，其版权页题"七月诗丛2"。

该书为新诗集，内收新诗：《颂徐州》《给十四万八千六百七十九》《祝中原大战》《七月周年献词》《给筑路的农夫》《遥送行》《同蒲路——敌人的死亡线》《朗诵给重庆听》《风火进行曲》，凡九首。

卷首无序，卷末《后话》，兹录如下：

  像希望前线打一个大胜仗一样，我们对于"伟大的诗歌"的期待，已嚷嚷好久了。然而到现在还是没有。
  不在开发民力和地力方面着手，胜利的期限还是遥远的。诗歌也是一样。

把拜伦、普式庚请来四川抬滑竿,把马耶珂夫斯基的黄短褐剥下,套上长袍马褂,送到训练班受训,怎样?要写《马赛曲》,请到马赛去!

诗人总不是神人。麦糖很难以制出蛋糕来!

对于这一年来编凑的几首诗,自己并不满意。这些破旧的形式、零乱的内容,我鼓不起力气替它写一点解释。让它出去碰碰命运罢!

随着时代的脚步,胜利的前进,让怒涨的春水,再重新鼓荡起我年青的血液吧!

四月,十六日,重庆,纪念我廿岁的生辰

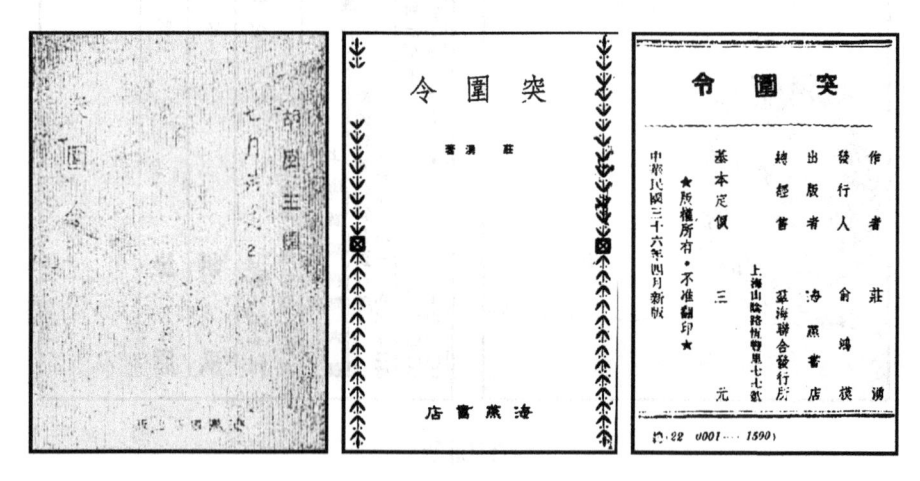

《为祖国而歌》

《为祖国而歌》,封扉页和版权页均题"七月诗丛"(海燕书店1942年4月三版封面题"七月诗丛1"),一九四七年三月沪三版。著者为胡风,编者为胡风,出版者为希望社(上海邮局信箱四一七六),代发行为生活书店(上海重庆南路六号)、上海书报杂志联合发行所(上海福州路三七九弄十二号)。全一册,44页,定价不详。印数8001~11000册。

该书为新诗集,内收《为祖国而歌》《血誓》《给怯懦者们》《同志》《敬礼》,凡五首。复制苏联 M. Pikou 木刻作封面。

卷首有《题记》,卷末无跋。兹《题记》录如下:

战争一爆发,我就被卷进了一种非常激动的情绪里面。在血火的大潮中间,祖国儿女们底悲壮的行为,使我流感激的泪水;但也是祖国儿女们底卑污的行为,使我流悲愤的泪水。于是,我底喑哑了多年的咽喉突然地叫了出来。

据我底记忆，那时候，原来是壮丽的诗人还没有有力的声音，新的诗人更没有出现。

但我自己也没有能够继续地歌唱下去。因为，我忽然想到了，这伟大的战争应该能够广大地在文学上创造出新声，而这就非首先冲破文坛上的地位主义、市侩主义不可，于是创刊了《七月》。繁忙的事务占去了我底时间和热情，我只是在他人底声音里面兴奋、感激。为了把那些声音组成谐和的交响，情愿把时时在心头冲撞的、歌唱的欲望压抑了下去。恰恰中了冷嘲家的讥讽：刚一开始就结束了。

其实，这"结束"，在某些人看来也许正该如此。我曾看到过一两位批评家隐隐约约地说：中国不应该有未来派，更不应该有玛耶珂夫斯基。这当然是对《血誓》投来的一刺，使我禁不住地苦笑。因为，无论未来派或玛耶珂夫斯基，对我都是过甚的抬举，而且，即使我底歌唱真的完全"结束"了，但一些壮丽的诗人底声音，依然要使那些苍白的叫喊和苍白的言语黯然失色的。

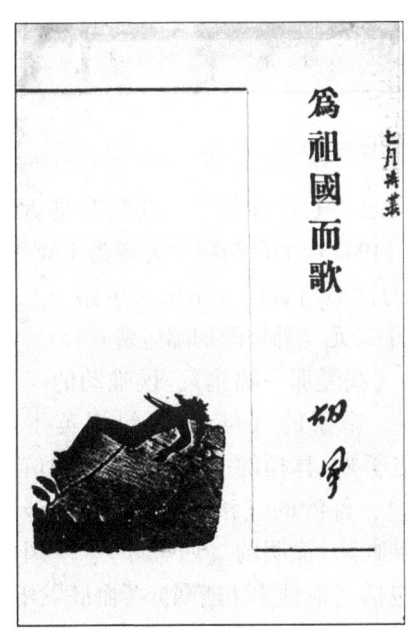

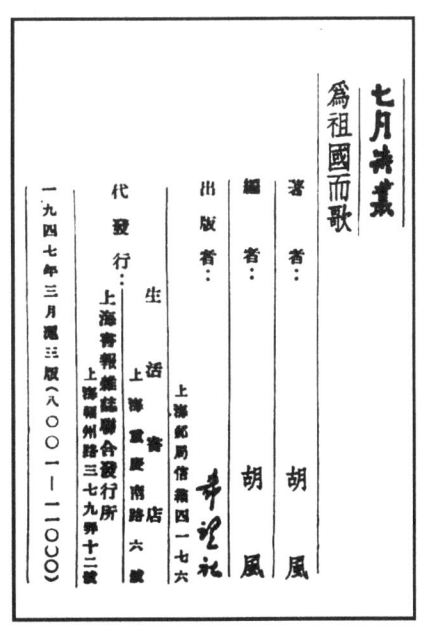

现在把这有限的几首收在一起，印成一本，算是我最初地向这伟大的民族战争献上的一瓣心香。最后一首，《仇敌底祭礼》，是九·

一八事件发生后在激动里面写出的，原已收进《野花与箭》里面，但因为编辑先生顾虑到当时的环境，成书后临时剪去了。现在也附在这里，当作一个纪念。

一九四三年，五月二十三日夜，记于重庆　胡风

《仇敌底祭礼》在《野花与箭》新版里补入了，这里不再收入。
一九四六年，十二月，十九日。

《我是初来的》

《我是初来的》，封扉页和版权页均题"七月诗丛"（初版时是否题"七月诗丛11"，待考），民国三十二年（1943）十月初版。著者为辛克等，选编者为胡风，发行者为胡风，总经售为读书出版社（重庆民生路一八八号）。全一册，122页，定价每册国币二十二元（外埠酌加邮运费）。

该书为新诗集，内收新诗：辛克的《我爱那一幅旗》、侯唯动的《斗争，就有胜利》、鹿地亘的《送北征》、雷蒙的《母亲》、绿川英子的《失去了的两个苹果》、又然的《女人之子》、林稍的《春之歌》、钟瑄的《我是初来的》、山莓的《绿色的春天》、鲁沙的《滚车的人》、白莎的《冬天》、艾漠的《跃进》和《自己的催眠》、徐明的《西班牙》、罗冈的《种子》。其中《斗争，就有胜利》又包括《血债》《遗嘱》《血底歌唱》《母亲的大地》《战地进行曲》《偷袭》《突破了围攻》《今天》；《绿色的春天》又包括《绿色的春天》《红色的知更鸟》《蒲公英》《河岸上》；《跃进》又包括《走出了南方》《在西北的路上》《夜》《马车》。总计二十八首。

卷首有胡风的《四年读诗小记（代序、并为〈七月诗丛〉底引言）》，卷末无跋。"代序"兹录如下：

从战争爆发到去年夏间我无声地和《七月》底读者告别为止，说四年其实还是不到一点的。

在《七月》第一期（上海版的旬刊），那打头的第一篇是诗。这并不是故意标新立异，或者存心和看不起新诗的诸君子为难，硬把诗推到首席上去；在那样热情蓬勃的时期，无论是时代底激流或我们自己底心，只有在诗这一形式里面能够得到最高的表现。这所谓最高的表现，当然是就作者当时的能力限度上说的，在今天的诗论家底"技巧论"的天秤上面，那些诗本身也许只不过等于空气。

接踵而来的事实就证明了一般的情形确实如此。一些既成的诗人开始了壮丽的歌唱，读者投寄的诗稿渐渐现出可惊的数量了。人民底情绪开了花，感觉最灵敏的诗人又怎样能够不经验到情不自禁的、一触即鸣的心理状态呢？诗，多起来了，更多起来了，更多起来了。这固然使编辑先生们摇头叹息，但另一方面，像投身极目蓁莽的春野，如果心情稍为舒畅一点，低下头看一看，却正可以随时发现色香移人的，使这大地生光的花朵的。就我自己说，作为一个原稿底读者，常常受到了一种喜悦感底袭击。于是就产生了妄想，以为我们底诗将有一个新生的时代（不用说，也是以为我们底全的文艺领域将有一个新生的时代的），因而在立意的丛书里面特别把诗分开，想单独地用一个诗丛和读者相见。这就不但是故意标新立异，而且也是存心和看不起新诗的诸君子以及视诗集如狗屎的出版家为难的。因为，在一些正人君子和百个之九十九个的出版家底面前，新诗受过怎样的侮辱，吃过怎样的苦，我是略略知道一点的。

但正如大家所常说的，理想碰不得现实，你想打一个"反巴掌"，但出版家却有的是铁门。你撞得开么？他们简单地用着老武器：不要！碰了几碰，废然而返了。还不到我们雪耻的时候呢。

恰好上海一个小书店底老板因事到内地来了，要约定一些稿子在上海出版，他断定凡抗战书必赚钱，又似乎信任地断定我们要出的诗集一定是"谈"抗战的，于是欣然接受了。那么，好，就编去试一试罢，手头能够马上拿出的是三本，其余的像在行囊里面气闷了很久的《北方》，已由作者从伙食费里节省出一点钱自费出版了，像《给战斗者》等，一时还不能整理完备。

然而，重庆上海相隔得这样远哉遥哉，真是谈何容易！首先是，老板不肯实行赠一副纸型给我们印发内地版的约言，一味含含糊糊地推诿，在内地的我们看来，稿本寄出去了就像投入了大海；接着就说没有排印的资本，但又忽发奇想，说稿费数目到底小，还付得出，稿子还要收，等抗战胜利了以后，大批出版，一定可以畅销云。碰到了这样的伟大事业家，不只好苦笑么？

　　苦笑以后，再想办法，重开谈判，费了不少周折以后，算是终于硬要一个在上海经营小出版社的友人把那三本底纸型购收了过来，重新计划出版，但他底条件是，诗丛册数只能占文丛三分之一，而且每本不能超过一百面。好吧，少总胜于无，而我们又是连小诗人都不够格的，不但万行，连千行雄心都很少有抱过。于是就又寄出了两册稿本。但好像人事真是受着运气底支配似的，寄出了以后，香港的转信人不知道为什么吃了官司，给香港政府捉进了洋牢，那两册稿本连尸骨都不知道烂在哪里了。直到去年我到香港以后，由于一二友人底鼓励，才又立了新的计划，但还没有实现就被太平洋战争底炮火打成了灰烬。

　　就是这么一个丢脸的故事。

　　但另一面，虽然也经过了波折，杂志总算是若断若续一断一续地在拖着，因而新的诗稿也就不断地涌到了。我接着它们，读着它们，在它们里面受打击，受鼓励，在它们里面挣扎，呼吸……不过，实际上发表出来了底比数是很小很小的，小到了近于悭吝的程度。关于所以不得不这样了的原因，不是三言两语解释得清楚，现在只想略略提到一两点。

　　时代既在经验着脱胎换骨的苦痛和迎候新生的欢喜，诗人普遍地收到了情绪底激动正是当然的，当年激动的情绪并不就等于诗人用自己的脉搏经验到了，用自己的语言表现出了隐伏在表皮下面的，时代底活的脉搏底颤悸。

　　其次，新文艺虽然建立了一个传统，但由于反封建斗争不彻底，这个传统其实并不是怎样坚强的。一方面背着封建的殖民地的杂质底负担，另一方面是反对者们底恶意的扰乱和好意的读者们底过度的宽容，再加上批评精神底不发达和文艺市侩们底逢迎手段，这就使得新文艺经常经验着一种混乱状态。为了减少以至反抗这种混乱，负有组织作用的期刊就应该在可能的限度内采取比较谨严的态度。负的力量底减少就是正的力量底加强，移去可以分散注意力的杂木就可使好花底存在更显著，更凸出；战斗底要求非打扫战场，把可以扰乱战斗情绪的伤兵败卒尽量撤退不可。

我们发表得少，少到近于悭吝的程度，其实正是尊重作者，把他们当作新文艺运动里面的同志的缘故。

但虽然如此，比较其他的刊物，《七月》上面的诗还是最多的，这就引出了若干小小的插话。例如，我们有时把诗放打头第一篇，有一次使书店老板奇怪了起来，亲自念了一遍，念了以后对我说，"我看这些话也平常得很！"我当然只望着他笑。好在那一期并不特别卖不出去，使他蚀本，而我们又不像编辑专家似地，事先把题目、作家和体裁都向老板预约定了，"我看这些话也平常得很"的诗，那以后还是照常发表了下去。

但顶惹麻烦的还是对于诗的态度的差异，这从诗人朋友里面招来了很多的非难。关于这样的插话太多了，现在只想到两个。鲁藜底《延河散歌》发表了以后不久，适逢有一个我参加的诗人集会，谈到这些小诗的时候，除了仅仅一位诗人是例外，全体都断言那不是诗，把那样浅薄的东西发表了，而且放在第一篇，实在非常可笑云。另一个是，有一位文坛历史很久的诗人从战地寄赠了几次稿，但都没有发表，后来他到了后方，向一位诗人说："胡风对我有成见，有成见！"

在四年中间，事实上我们就是在一种"成见"底艰辛里面跛着脚走了过来的。

想不到在我们临阵逃脱了以后的这一年多，风气居然有了转变，专门的诗刊既可以勉强在书业市场上存在，书店也间或肯收买诗稿。这是出于诗工作者们的艰苦奋斗得来的，读者们对于诗的一点信任和希望，虽然是好景，但也许不常罢。目前就有把若干年前的译诗胡乱剪成集子出版，因而吃得脑满肠肥的投机家们出现了。但我们总算赶上了尾巴，也就不妨趁这个机会略略一回顾。

这本选集也就是回顾的结果。本来在《七月》上出席过的诗人共有三十九位，但除开这里的十四位以外，其余的像邹荻帆、田间、艾青、天蓝、庄涌、孙钿、鲁藜、S·M、彭燕郊、冀汸、杜谷，已各有专集；像苏金伞、袁勃、方然、A·S、杨云琏、艾烽、史轮、蓬麦哲、倪受乾、史螺、芸、丹辉、方冰，或者因为他们正在创作上活跃，已有或将有更大的发展，那时候的作品只不过是一个开端，或者因为他们的作品在当时虽然能和读者相应，但经过时间的冲洗和诗本身的成长，因而光彩渐淡，所以都不录。

计算一下，在这三十九位诗人里面，十之七八都是第一次和读者相见的。这也就替我们的"成见"作了证明。为了"成见"，我们不得不在茫茫人海里面向未知的友人们冒昧地伸出手去。这在文艺刊物辈出、成名作家应付不来的今天，固然不足为奇，但在当时，这"成见"是得用忍受不少的误解和责难做代价的。

即如这选集里的十四位，除了我们的日本友人鹿地亘以外，就都是初来的，至少在诗上是初来的。这些初来者，并不是那以后都走上了诗人的道路，有的沉入了艰巨的实际战斗，有的被困苦生活所淹没，有的就此嘎了歌喉，但当时他们却都各从生活的深处唱出了真诚的声音，至少在我听来是真诚的声音。如果诗人不应是一个技术家，如果写诗不应是一种专利的职业，那我们对于这些有的甚至只唱一支歌的人的怀念，也许不算是侵犯了诗底尊严吧。今天，诗人可以装得很神气，有的放泼撒娇，声称自己的诗句长得多么伟大，他底一首非要拿别人十首多的稿费不可，有的自视如关系全军存亡的大将，要编辑人用急电向他报告诗坛情况，有的自视如裁决整个军机的参谋总长，凡有诗人会谈，即未被邀请也要检查官似地破门而进，有的把诗当作可以传赠的私产，以为老婆跟着自己也变成诗人乃是天经地义，有的为了谁都应该佩服的感情丰富而乱骗女人，有的为了谁都应该同情的卖钱吃饭而乱出诗集……好像他们认为这个诗坛是一个钢打铁铸的舞台，无论怎样跳舞都不会摇动似的；但在当时的这些初来者们，却没有这种幸福，他们只是被一种生活战斗底欲求驱使着唱出了歌声，发自肉体的胸脯的活人底歌声。由于他们和若干位坚强不息的先行者，在一个艰难的期间，新诗保持住了健康的色泽：鉴往知来，这是我终于再编印了诗丛，并选集了这一本的原因。

当然，在风气转变了的今天，诗底发展应该是一条大河，我们这一点工作也许不过是一条山涧甚至一条泥沟，但如果摒弃了一切山涧和泥沟，大河就只好枯竭。看目前的情形，有的诗人穷追"技巧"，有的诗人拼命谈玄，有的诗人初有成就就戴着纸扎的月桂冠在"诗坛"上荡来荡去……他们对于诗是忠诚而且固执的（忠诚到嘲骂那暂时放下诗集去看看报纸的人为俗物），但独独离开了产生诗的生活土壤，丢掉了在生活实践里面的真诚的战斗意志或战斗欲求。如果诗底生命是人生战斗底凝晶，那么，这些从生活深处发出的初来者底歌声，它们底诚实，它们底质朴，它们底粗犷，也许正值得诗人们一顾；这也是我终于选集了这一本的又一个原因。

当然，诗人底声音是由于时代精神底发酵，诗底情绪的花是人民底情绪的花，得循着社会的或历史气候；开了的要谢，要结果，而新的要发芽，要含苞，要开放，而它们也要谢，要结果……这说明了诗人底生命要随着时代底生命前进，时代精神底特质要规定诗的情绪状态和诗的风格。从这一本，我们就可以感到人民底觉醒状态和觉醒方向，也可以感到诗的风格是怎样地现出了不同的形容。对于丰富的时代，这些也许还不过是微弱的记录吧，但总算是有了记录，这也是我终于选集了这一本的又一个原因。

就这样地，我冒昧地邀请这些诗人同席了。

那么，让我"寒暄"几句吧。一件工作，无论是怎样小的工作，要在艰苦里面支持得住，总得有鼓励的力量。我不能忘记遇着了诸位未知的友人们的时候的欢喜。由于久别，我已经不知道你们大半的去向了，所希望的是这本小书能够传到你们底手里，而且能够得到你们底回声，即使是责备的回声。

一九四二年八月二十一日，于桂林之听诗斋。

《跃进》之四《马车》兹录如下：

马车，
不尽的倾流，
在西北的路上……

像吉卜西人，
那些驾驭者，
马车是家屋。

黎明，
从车下翻起身，
粗壮的手臂
擎起鞭子。

紫光，
照亮了西北的路，
照亮了他的歌。

车轮，
嘶哑地
滚过高原崎岖的山野。

黄昏，
熬焦了期待，
夜里，
烧起火堆……

马群，
憩息在路旁。
倔健的驾驭者的脸
映着火，
粗重的呼吸。
豆料和烟草的气息
膨胀在夜的胸膛。
我祝他们安眠，
在高原的摇篮里，
叫大风砂（沙），
给他们唱催眠歌……
一九四〇年五月，去延安的路上

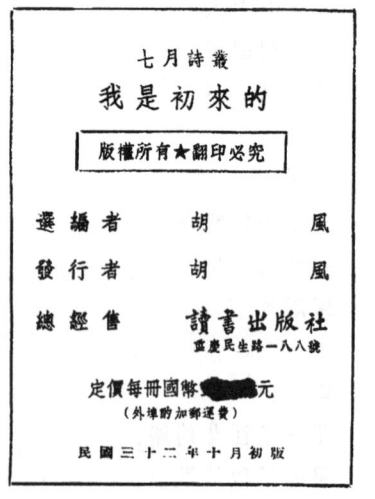

该著还有希望社版。其封扉页和版权页均题"七月诗丛",一九四一年七月渝初版,一九四七年五月沪再版。编者为胡风,出版者为希望社(上海邮局信箱四一七六),代发行为生活书店(上海重庆南路六号)、上海书报杂志联合发行所(上海福州路三七九弄十二号)。全一册,122页,定价不详。初版印数为1~3000册,再版印数为3001~5000册。复制英国Eric Gill木刻作封面。

《无弦琴》

《无弦琴》,封扉页和版权页均题"七月诗丛"(可能为"七月诗丛6"),一九四二年八月桂初版,一九四七年一月沪再版。著者为亦门(即阿垅),编者为胡风,出版者为希望社(上海邮局信箱四一七六),代发行为生活书店(上海重庆南路六号)、上海书报杂志联合发行所(上海福州路三七九弄十二号)。全一册,100页,定价不详。初版印数为1~3000册,再版印数为3001~5000册。

该书为新诗集,内收新诗:《小兵》《哨》《到战争里去呵》《纤夫》《读信》《握手》《谣言》《南寄》《街头》《雾》《读〈吉诃德先生传〉半卷》《犹大》《末日》《黄昏曲》《三角》《知道》《寂寞》《刀》《再生的日子》，凡十九首。扉页题："献给——三个平凡、痛苦而又崇高的灵魂！——一九四六年三月，妻子为了'被侮辱与损害'自杀而完成人生；四月，妈妈被痛苦和心脏病压倒，死得突然而又平静；十月，母亲以第三期肺病结束了劳苦、微贱、善良和她的期待！"

无序跋。《读〈吉诃德先生传〉半卷》摘录如下：

没有护腿的古甲，
没有左手的盾和右手的矛，
没有 Rosinante,
没有受客店老板的骑士荣封，
没有情妇那爬上礼拜堂底（按：原文为"底"）塔尖去叫唤的大腥腻丫（按：原文为"大腥腻丫"），
也没有侍从那老实不到那里（按：原文为"那里"）的丧歌扮者，
甚至没有浪漫的疯狂主义，
和疯狂的浪漫主义底（按：原文为"底"）烟味之余那样的轻淡微茫气息，
我要作吉诃德先生！
以不为今天的所谓同胞所了解的神奇的理想漫游世界，
以神经质的但是是真实的战斗漫游世界。

我和你是完全相同的啊，同志！
像太阳和明月同为宇宙之光，
但是又是完全不同的
太阳在东方而明月在西方
希望的晨和沉沦的暮
相反的空间和时间，
我在历史底（按：原文为"底"）这一端而你在那一端。

你把风车看作从天而降的巨人，
把下等马厩婊子看作华贵宫廷命妇，
好！——
而我
要以 X 光的二十世纪四十年代的大智慧，

以科学和辩证法代你挽的盾作你舞的矛，
看出
风车向天而舞的真实的巨人人格，
和下等马厩婊子底（按：原文为"底"）全真、全美、全善的华贵宫廷命妇灵魂。
你把小酒囊当大魔法家，
把傀儡戏当国家大典，
好！——
而我看出
以愚蠢掩尽天下人耳、目的诸大魔法家不过是诸小酒囊耳，
五颜六色的国家大典不过是以没有动作而动作着的傀儡剧！

你从美丽如虹霓的空想，
从心惊肉跳的热情，
而我从一块土、一朵花一样可见可闻的现实，
从在背脊上辛辣地鞭策不已的不搀什么清水的真理，
你从那边，我从这里
走同一的路，
遭遇同一的命运，
让人以讽刺攻击
以攻击讽刺，
打得半死睡在树林和石头里，
然后吃几口自己发明的 Fierbras 底（按：原文为"底"）古怪香油，
惊天动地地吐掉深入肠胃的失败和伤创，
再扶上瘦马走入黄昏，
世界上总有好的在
总有美的在，而要再走过去一段的
再走过去一段要紧，
那怕救错了人或者杀错了人
资本统治者是不可解放的
而羔羊的鲜血流洒在青草上也没有道理，
那怕（按：原文为"那"）半死或者全死呢，
同志！我告诉你

——我一样给打落过牙齿，和血而吞啊。

让世界上的文字一塌胡涂（按：原文"胡涂"应为"糊涂"）地翻译你吧，
让我们、你们、他们乱七八糟地称呼你吧，
你是：——
懂·几何的，
难道光秃的头皮里不应该有一点点所谓哲学的深思，
非给老鹰摔下来的乌龟磕得稀烂不可？……
通·劫火的，
难道给人类以天上独有的秘密算不得个骑士，
绞架索山上的碎心裂肝的大英雄值不得一个钱的同情和帮助？……
动·即错的，
那是上帝底（按：原文为"底"）儿子的理论体系和行为啊
他才是把世界弄作不可思议的光和雾的啊，
而打尔瘟却不客气地说人不是神造的，是阿尾巴自己进化的，
卡尔更说得老实世界是人造的连上帝也在内，
古魃疑好意地证明地是圆球不是方面的，
斯他灵警告右脸被打的不要再转过左脸去而必须予打击者以打击，
这就合我们提矛上马的口味了。……
极苦的先生，
人不通过极苦，
世界不能够有极乐。
击股的先生或者击鼓的先生，
你们以吃皇帝太太底（按：原文为"底"）耳光为高贵和光辉
那给敌兵敲臀不过是我们骑士应得的起码羞辱，
而击鼓也不一定要唱莲花落以沿门乞怜作全生涯，
堂堂正正的阵容有高度的战斗气派！……

但是我只懂得你一半，
尊敬你一半，爱好你一半，
并不是才读了这半卷，

而是我们之间隔着
那半个世界和半部历史。
一九四〇，九，一九·西安，冉家村。

《向太阳》

《向太阳》，扉页题"七月诗丛3"（缺封面），民国二十九年（1940）六月出版。著作者为艾青，主编为胡风，出版者为海燕书店（香港摆花园三十三号）。全一册，43页，每册实价二角五分。此外还有希望社1947年3月三版。

该书为长诗，分九章：一、我起来；二、街上；三、昨天；四、日出；五、太阳之歌；六、太阳照在；七、在太阳下；八、今天；九、我向太阳。

卷首有"小引"，卷末无跋。"小引"兹录如下：

从远古的墓茔
从黑暗的年代
从人类死亡之流的那边
震惊沉睡的山脉
若火轮飞旋于沙丘之上

太阳向我滚来……
　　——引自旧作《太阳》

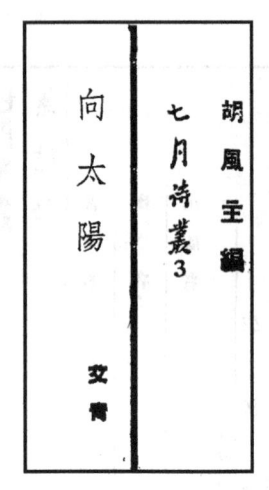

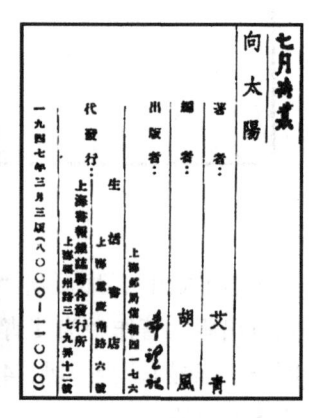

《向太阳》还有希望社版本。封面、扉页和版权页均题"七月诗丛"，一九四七年三月三版。著者为胡风，编者为胡风，出版者为希望社（上海邮局信箱四一七六），代发行为生活书店（上海重庆南路六号）、上海书报杂志联合发行所（上海福州路三七九弄十二号）。全一册，40页，定价不详。印数8000～11000册（按：应为8001，而非8000）。封面木刻来自法国 Roger Grillon 的作品。

《醒来的时候》

《醒来的时候》，封扉页和版权页均题"七月诗丛"（可能为"七月诗丛10"），一九四三年七月桂初版，一九四七年一月沪再版。著者为鲁藜，编者为胡风，出版者为希望社（上海邮局信箱四一七六），代发行为生活书店（上海重庆南路六号）、上海书报杂志联合发行所（上海福州路三七九弄十二号）。全一册，122页，定价不详。初版印数为1～3000册，再版印数为3001～5000册。

该书为新诗集，内收新诗：《青春曲》《开荒曲》《雁门关外放歌》《河边散歌》《沙粒与眼泪》《我爱冬天》《醒来的时候》《一个深夜的记忆》《森林之歌》《旷野的给予》《春天》《明星》《新的年代》《树》《夜葬》《红的雪花》《纪念塔》《花圈》《谣》。《河边散歌》又内收《星》《神话》《山》《河》《城》《野花》《丽玲》《夜会》《工作》《歌》。总计二十八首。

无序跋。《醒来的时候》摘录如下：

　　——有一次夜行军，抵宿营地，露营于田野上，兄弟们都在憩息，睡了一个白天，我醒来时，又是黑夜了。

醒来的时候，我不知道睡了多久，多久
我重见了我可爱的国家和可爱的世界
一切完全变了
漫漫的天际山原上缀镶着牵牛花
可爱的国土，已经睡了，我在山巅上翱翔
我要去访问每个村落，每个兄弟

我忘记了自己，我是秋天的昆虫吗
我歌唱着，一支一支永不完
我是萤火虫吗，在山谷间提着灯火
我是黑风吗，在山脉上奔流

我爱我的国土，我爱我的世界
我不去惊动他们，我要用我的眼睛
永远地望着他们，守卫着他们……
一九四一，九，一四。

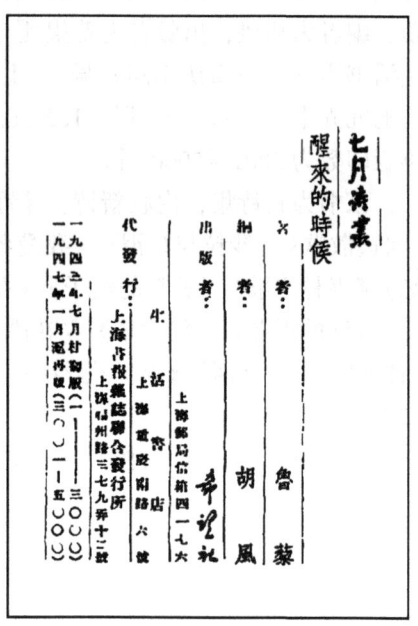

《意志的赌徒》

《意志的赌徒》，封面、扉页和版权页均题"七月诗丛"（可能为"七月诗丛8"），一九四二年十一月桂初版，一九四七年三月沪再版。著者为邹荻帆，编者为胡风，出版者为希望社（上海邮局信箱四一七六），代发行为生活书店（上海重庆南路六号）、上海书报杂志联合发行所（上海福州路三七九弄十二号）。全一册，60 页，定价不详。初版印数为 1～3000 册，再版印数为 3001～5000 册。

该书为新诗集，内收新诗：《风雪篇》（包括《结冰的河》《风雪中行进》《蒙雪的城》）、《晨》《童年》《车辙集》《花与果实》《春天的歌》《给尼赫鲁》，凡七首。扉页题"你是意志的赌徒，以生命作孤注一掷。——自本书《东鲁夫》"

无序跋。《春天的歌》摘录如下：

1 春（一）
让树丛拍击着绿色的手掌
让血红的花擎起灼亮的火炬
让原野掀起绿色的海洋

让布谷鸟唱着迎春的歌音
让我们战斗的歌呵
像天空的蓝色一样无涯际的展开

2 春（二）
野花与荆棘
自由与刀
天高地远呵
春天哪
为我架起拱桥

3 蕾
一个年青的笑
一股蕴藏的爱
一罐原封的酒
一个未完成的理想
一颗正待燃烧的心

4 柬鲁夫
从流火的地方来
向流火的地方去
你说
你是意志的赌徒
以生命作孤注一掷
能杀人者乃能不为人所杀
让我们生得骄傲
死得美丽

5 黑夜
黑夜点灯并不是有罪的
燕子有没有三月的青空
蜜蜂有没有开花的林子

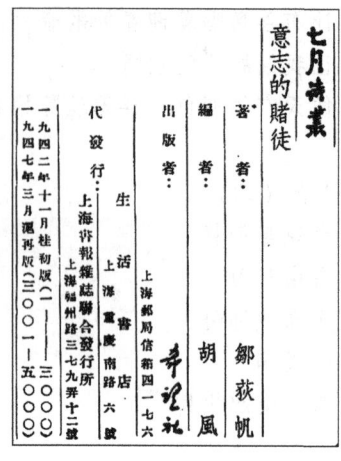

《预言》

　　《预言》，封扉页和版权页均题"七月诗丛"（可能为"七月诗丛4"），一九四二年五月桂初版，一九四七年三月沪再版。著者为天蓝，编者为胡风，出版者为希望社（上海邮局信箱四一七六），代发行为生活书店（上海重庆南路六号）、上海书报杂志联合发行所（上海福州路三七九弄十二号）。全一册，68页，定价不详。初版印数为1~2000册，再版印数为2001~4000册。封面图是复制英国W. S. Gilert木刻。

　　该书为新诗集，内收新诗：《哀歌》《无题》《雪底海》《夜守望在山岗上》《预言》《G. F. 木刻工作者》（共二章）、《队长骑马去了》，凡七首。

　　无序跋。《预言》摘录如下：

　　　　天阴雨，
　　　　我们携带雨具。
　　　　别犹疑，也别恐惧呀，
　　　　太阳还将出来，
　　　　阴雨，是暂时的。

　　　　太阳将永恒地照耀着世界——
　　　　这一句话写在经典上；
　　　　你翻开书本看看，
　　　　书上每一字句都说着这一个信念。

现代人有现代人的经典,
我们的经典已给我们预言呵,
我们的时代还不是不需要预言的时代。
我们神采弈弈(奕奕)地活在预言的太阳里,
预言里,映照着未来的太阳的光芒,
照明我们今天的道路,
炙热我们可能疲惫的躯体。

……
队伍莫散乱呵,
携带着雨具,
走得更整齐些,更严肃些,
虽然在阴暗严寒惨酷的季节里,
莫忘记,翻开我们身旁的书本,读着:
"旧世界系统的动律及其必然的灭亡。"
我亦梦想见那生活里程的碑文:
那走向桥梁尽头的人们,
有人将做着桥梁,

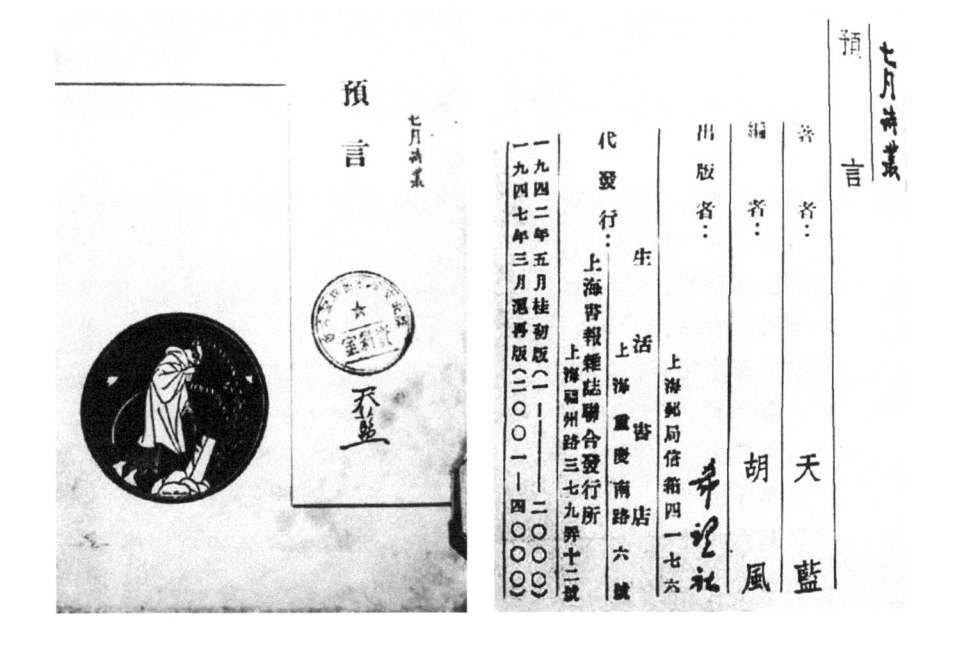

也有人将走过桥梁，
但同样地将沐浴着第一线的阳光。

《跃动的夜》

《跃动的夜》，封面、扉页和版权页均题"七月诗丛"（可能为"七月诗丛7"）。民国三十一年（1942）十一月初版。著者为冀汸，编者为胡风，发行所为南天出版社（桂林：邮箱二六六号），总经售为三户图书社（桂林：中北路九一号之三）。全一册，79页，定价不详。

该书为新诗集，内收新诗：《跃动的夜》《渡》《旷野》《夏日》，凡四首。

无序跋。《跃动的夜》摘录如下：

夜网已经罩下。
宽畅的街道，
狭小的巷衢，
高的楼厦，
矮的茅檐，
远远近近
充满了电力底光辉。
人们从黑洞里爬出来，
拍去身上的尘土，
迈开壮健的步子，
用愉快的眼睛
迎着光辉。
店铺打开了门，
露出玻璃橱，
陈列起货品，
挂上金字招牌，
迎着光辉。
人力车夫
点燃了油灯，
牵起两片轮子
向闹处
向江岸码头

迎着光辉。
一切都是原有的完好呵!
挂在那里,
贴在那里;
一切都是依照自己底意志呵!
行走在那里,
停留在那里;
一切都无恙呵!
生长在那里,
建筑在那里。

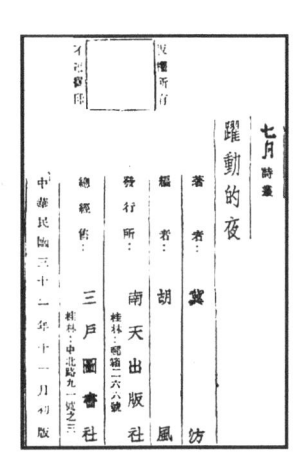

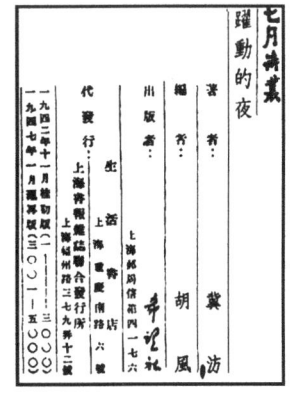

《跃动的夜》还有希望社版。封面、扉页和版权页均题"七月诗丛",一九四二年十一月桂初版,一九四七年一月沪再版。著者为冀汸,编者为胡风，出版者为希望社（上海邮局信箱四一七六），代发行为生活书店（上海重庆南路六号）、上海书报杂志联合发行所（上海福州路三七九弄十二号）。全一册，79页，定价不详。初版印数为1～3000册，再版印数为3001～5000册。

希望社《七月文丛》叙录

《侧面》

《侧面》，扉页题"七月文丛4"。民国三十年（1941）二月出版。著作者为萧军，主编为胡风，出版者为海燕书店（香港摆花街三十三号）。全一册，393页，每册实价二元六角。此外还有民国三十年（1941）四月再版，再版与初版基本相同，仅录其版权页。

该书分为三篇，第一篇凡十章，章目依次为：第一章：我留在临汾；第二章：照常地醒来；第三章：第一个会议；第四章：汾河也变得狭细了；第五章：L村及其他；第六章："知道吗，这是手榴弹……"；第七章："共产主义的错误"；第八章：日本刀；第九章：第一号教授和"东北人"；第十章："这些，怎么能背呢？"第二篇凡八章，章目依次为：第一章：走出临汾；第二章：一辆炮车坐在泥泞里；第三章：古城；第四章：盘道村的早餐；第五章：夹谷；第六章：清风崖底夜；第七章：乡宁；第八章：吉县。第三篇凡五章，章目依次为：第一章：渡河；第二章：途中；第三章：延安城；第四章：延安城外。

卷首有萧军的《前记》，卷末无跋。《前记》兹录如下：

这书，第一篇在成都印过单行本，第二和第三篇也在刊物和报纸上发表了一些。

所见所闻如此，也只好如此写下来。"有心人"也许会"断章取义"，拿它来利用一番，以达成某种下劣的目的，这我无办法，只好任他。不过对于这样的人，我是卑视憎恶而痛恨的——这也是事实。

一九三九，七七萧军记于成都

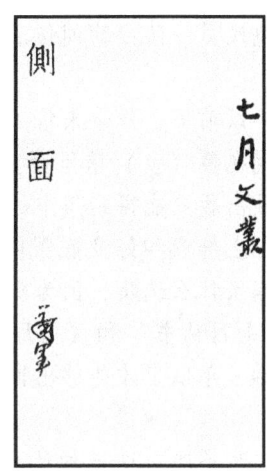

《第七连》

《第七连》，封面和版权页均题"七月文丛1"，1939年出版，著者为（邱）东平，编者为胡风，发行者为金盈，发行所为联华书店。全一册，实价五角。

该书为作品集，内收《第七连》《我们在那里打了败仗》《我认识了这样的敌人》《暴风雨的一天》《一个连长的战斗遭遇》《叶挺印象记》《吴履逊和季子夫人》，凡七篇。

卷首有胡风1939年6月7日深夜在重庆写的《小引》，兹录如下：

> 本集所收的"报告"三篇，小说两篇，人物特写三篇，是作者加入新四军先遣支队，突进了敌后以前的几乎全部作品。说几乎全

部，因为还有作者自己同意不发表的小说和加进军队以后的生活报告，后者属于他底另一阶段的创作活动底开始，似应收入这以后的集子里面。

大约是一年以前罢，作者来信希望把他底作品编成一本，交给什么书店出版。我在覆（复）信里面提议，《七月》计划出一丛书，编进那里当比单独出版更能得到集中的印象。他回信高兴地同意了，但希望顶好能够防止奸商和奸商底帮闲们袭用吸作家们底血液的故技，乱把他底作品编入什么选集，因为那时候有一两篇已经遭受了这样的命运。然而，"七月丛书"和《七月》本身一样地运气不好，直延到作者突入了敌后一年以上才能够出世。所以，这一集编法只好完全依着我底意思。

关于内容，我不想在这里加什么解释。这些其实是英雄的诗篇，不但那艺术力所开阐的方向，在中国新文学史上加进了一笔遗产，而且那宏大的思想力所提出的深刻的问题，也值得为新中国底诞生而战斗的人们反覆（复）地沉思罢。

这时候，我亲切地怀念着他底健康的意志和战斗的计画（划），希望这集子能够传到他底手里，并祝福他底健康和平安。

一九三九年六月七日深夜记于重庆，胡风

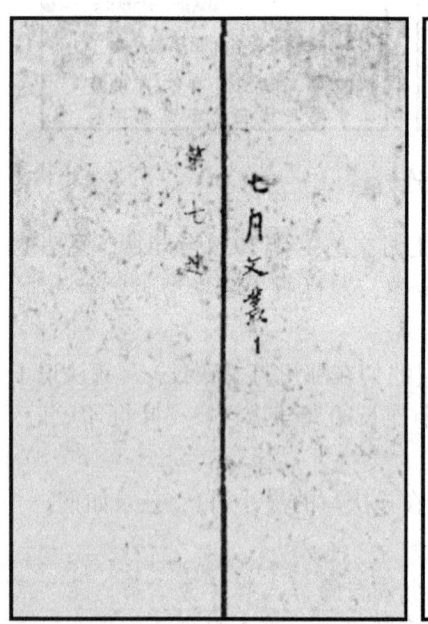

《第一击》

《第一击》，封面、扉页和版权页均题"七月文丛"（没有编号）。民国三十六年（1947）三月初版。著作者为亦门，编者为胡风，出版者为海燕书店，总经售为群海联合发行所（上海山阴路恒丰里七七号）。全一册，151页，定价不详。

该书为报告文学，内收《闸北打了起来》《从攻击到防御》《斜交遭遇战》，凡三篇。另外附录《我写〈闸北打了起来〉》。摘制庄言木刻作封面。由《闸北七十三天》改编而来。

卷首有亦门的《前记》，卷末无跋。《前记》兹录如下：

> 这是第一击。民族解放战争底第一击；和我自己底第一战。
>
> 这是有伟大的人民热情在内的。这战争，说是被领导了，是无异对于这一热情的污蔑和篡夺的。只要看以后，这一热情就迅速地消逝了的事实，一切就都明白。
>
> 但是，人民热情并非全面消逝；在若干地方它是更瑰丽了；仅仅在我们这个不幸的领域之中它才不再存在了，岂但不再存在，简直不许存在的。
>
> 这也不需要其他的证明，我只要告诉大家：这书，这民族战争史，这人民热情花朵，两次，在桂林和在重庆，都被剥夺过出版权；仿佛是在日本出版一样困难。

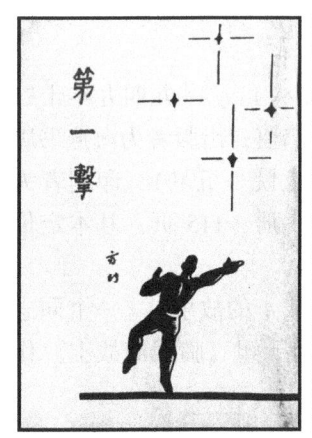

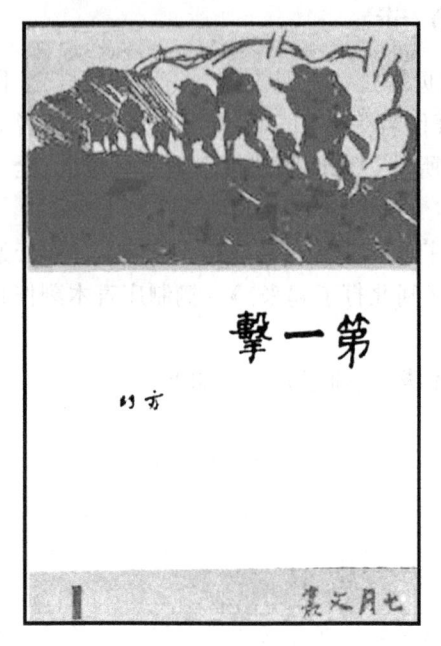

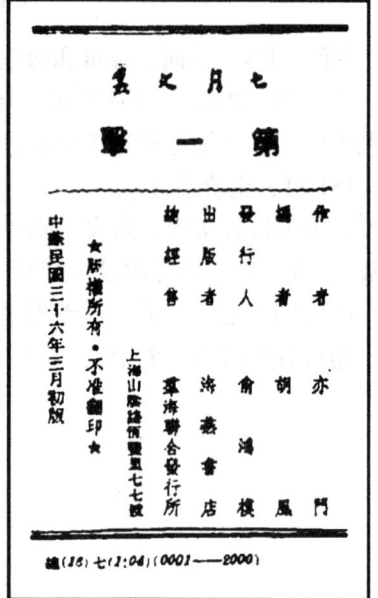

这书是妈妈看过的，所以作为献给她的寸草的心。妈妈底灵魂是慈爱、无我、坚韧的，残酷的人和人事终于迫她过早离我们而去了。我要以对她的痛悼和感激使自己立住；负一切责任，作一切战斗，至死不变！

亦门，一九四六，五，五，夜半。

《锻炼》

《锻炼》，封面、扉页和版权页均题"七月文丛1"。一九四九年十二月再版。作者为鲁藜，编者为胡风，发行人为俞鸿模，出版者为海燕书店（上海中央街二四号二一一室、北京宣内智义伯大院一五号），印刷者为光艺印刷厂（上海江浦路五七弄一四九号）。全一册，115页，基本定价四元一角。印数为1~1500册。

该书为长篇叙事诗，内收《锻炼》《一个新战士的故事》《一个同志的死》《老连长和他的儿子》，凡四首。复制希腊雕塑《临死的战士》作封面。

无序跋。《锻炼》摘录如下：

……我被捕了

我准备着牺牲，
在千万人的血里
我的一滴血算得甚么（按：原文为"甚么"）。

我走着。
不再去说服那两个押着我的家伙；
他们会以为我很怕死，
才这样噜苏（按：原文为"噜苏"）地向他们解释，
让他们看不起我！

……
我憎恨起来
为甚么不落在鬼子手里，
倒遭到汉奸的暗算。

我骂起来，
路上走过老乡，
我都向他们说：
——汉奸最无耻！
汪精卫一定要死亡！

我想唱，
想到过去遇难的伙伴，
他们要死之前，
都唱起的歌；

我唱着那支歌，
我的歌声好像也发冷，
我感到我要勇敢些，
为甚么不勇敢呢？

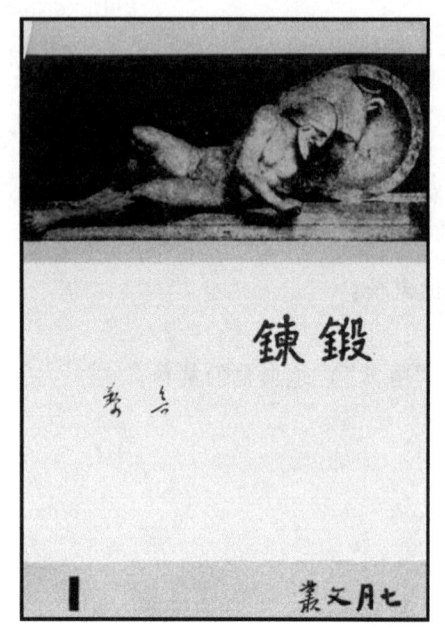

《挂剑集》

《挂剑集》，封面、扉页和版权页均题"七月文丛1"。民国三十六年（1947）五月初版。作者为舒芜，编者为胡风，发行人为俞鸿模，出版者为海燕书店，总经售为群海联合发行所（上海山阴路恒丰里七七号）。全一册，138 页，基本定价七元八角。印数为 1～1500 册。

该书为散文集，分为六辑。第一辑内收《吹毛求疵录之一》《吹毛求疵录之二》《读史笔记四题》（《明太祖高皇帝的"革命"》《在情理之上》《效"儒效"》《从"游龙戏凤"说道"妾不如偷"》《"中国法西斯蒂党"》《"嗜痂"与"制痂"》《"夷狄之进于中国者……"》《"迷途之羔羊"返矣！》《"能为中国用"》《不暇自笑的丑角》《"曾文正公"颂》《"无捧而不捧"》《"真"与"雅"》《"国家育才之至意"》《宰相怎样"代表平民"的》《耶稣闻道记》《"国字"的奥妙》《读溥仪"逊位诏书"书后》《国之本在家》《王莽的训导方法》《设想与事实》《"拥护"古谊考》《"致身"法钩沉》《"法于自然"》《"公民"的捷径与歧路》《非"政治"的民意》《"祖国"与"情郎"》《静候解答》《史学的奥窍》《青面圣人》《今天的"狂人"和"莎乐美"》《邓肯女士与中国》。第二辑内收《关于"立像与胸像"的两件事》和《我的怀乡》。第三辑内收

《两层雾罩下的黑格尔》《评"人生对话"》《理想主义的破灭与新生》。第四辑内收《从教育观点上看言论自由问题》《知识青年向学者要求什么》《一切都是人民的问题》（附录《民主需要科学》）、《国家行为的伦理问题》。第五辑内收《尊师一法》《教授的生活》《"学术良心"》。第六辑内收《饮水思源尊"考据"》《引经据典》《论文的风格》《过程与结论》。总计四十七篇。

卷首有舒芜《题记》，卷末无跋。《题记》兹录如下：

《新序》卷七："延陵季子将西聘晋，带宝剑以过徐君。徐君视其剑不言，而色欲之。延陵季子为有上国之使，未献也；然其心许之矣。致使于晋，故反，则徐君死于楚，于是脱剑致之嗣君。从者止之曰：'此吴国之宝，非所以赠也。'延陵季子曰：'吾非赠之也。先日吾来，徐君观吾剑而不言，而其色欲之。吾为有上国之使，未献也。虽然，吾心许之矣。今死而不进，是欺心也。爱剑伪心，廉者不为也。'遂脱剑致之嗣君。嗣君曰：'先君无命孤不敢受剑。'于是，季子以剑挂徐君墓树而去。徐人嘉而歌之曰：'延陵季子兮，不忘故；脱千金之剑兮，挂丘墓。'"这故事，作为一种崇高的精神的美丽的表现，是常被人们津津乐道的。

然而，我曾经做过一首打油诗，中间有一联是："挥戈莫挽云中日，挂剑空欺墓外人。"这下一联却对于它做了翻案文章。那时，我的意思是，这么一来，只是震聋了墓外的徐国人的观听，为他自己博取了一首赞歌；而在墓中人那一面，却的的确确的长抱着一个不得实现的希望，不管墓树上怎样挂了一把剑，仍然还是那样遗憾的永远逝去了。我们平常歌颂着悲剧的美，说得非常动听，甚至大有恨不能亲身一演的意思。然而，倘一旦真被陷到悲剧中去，那时就才知道，还是不演悲剧的好，宁可不"美"了。徐君死早了一点，当然这就产生出这么一个美丽的故事，供给后代无数人以吟诗、作文、发议论的好材料、好典故。但是，如果能使他本人说出他的意见来，他一定宁可为了减少了这项好材料而向我们抱歉，还是愿意活到延陵季子归来的时候，以便及身领受到宝剑的赠予吧！我那时，或者因为自己的境遇，在某些点上，很近似于延陵季子归来时候的徐君，所以这么想。

现在，当然也并非变成了延陵季子，但却比较的能够体会到他的心情，因此又换了一种看法。我想，他自从心许徐君以后，这宝剑的价值，对于他大抵就只在于预想中的送给徐君时所引起的希望实现的喜悦，已经不在于什么千金不千金。现在跑回来，突然发现那希望着的人，自己竟已丢下一切希望而死去，这时，这宝剑还能有什么价值呢？满斟一杯希望的美酒，预备敬人，而不得不原杯端回，自己来喝，就已经变成了失望的苦味；那么，也就原杯拿开，放到一旁去，岂不是再自然不过的事么？这样看来，他之所以挂剑而去，与其说是补送给逝者，倒不如直白的（地）说，就是把它丢掉，如此而已。万一后来另有人行经树下，惊异的发现，把它拿了去，那也总算是另外引起了一种喜悦，总比仍然留在身边有意义得多。

在那已经过去了的抗战时代，我陆续写过一些短文，而在这个伟大的和平民主时代的今天，得有辑集出版的机会。不知怎样的，忽就想起关于挂剑的这些事了。我重复地说，我不能比拟延陵季子，更没有什么千金宝剑。然而，我自信对于他之所以挂剑的心情，体会得一定不太错。因为，无须掩饰，心情的体会其实正由于心情的相通。——这便是这书名的并无深意的来由。

我把这些短文分作四部份（分）：一是杂文，一是散文，一是关于文化教育之类的问题的短论，一是关于思想学术之类的问题的短论。这分类，所依据的标准不止一个，所以其实是并不精密的。

一九四六年十二月十七日　舒芜记

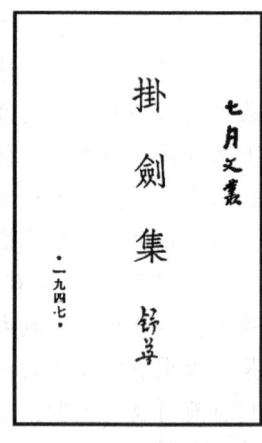

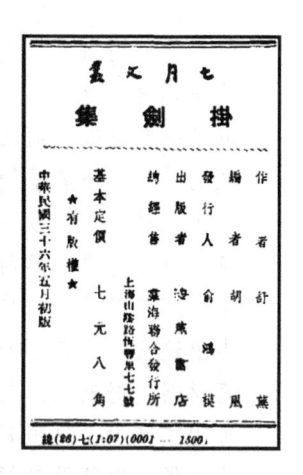

《呼吸》

《呼吸》，封面题"七月文丛"，版权页题"七月文丛1"（应与海燕书店版的"七月文丛5"）。一九四三年三月初版。十二月初版。著者为曹白，编者为胡风，发行者为星原书屋（桂林建干路六合北里五十三号），总经售为现实出版社（桂林中北路一三六号）。全一册，353页，定价不详。

该书为散文集，分上下两集，上集"呼吸之什"，内收《这里生命也在呼吸》《在死神的黑影下面》《在明天》《"活灵魂"的夺取》《上海通讯（一）》《上海通讯（二）》《上海通讯（三）》《烽烟杂记》《上海通讯（四）》《杨可中》《初春偶笔》《迎鹿地夫妇底出现》（附：池田幸子的《覆曹白》）、《从黑暗的海里来》《我在"五·九"》《喘息》《离沪×日记》《写在"七月"一周年》《处州杂记》。下集"转战之什"，内收《潜行草》《半个十月》《访江南义勇军第三路》《写在鲁迅先生逝世两周年》《纪念王嘉音君》《二十一天——毗谛河记》《富曼河通信》《袁离村通信》《邵庄通信》《离庄即景》《我的路》《到张家浜》《冬夜》。

卷首有胡风的《新序》，卷末有作者的《后记》。《新序》兹录如下：

《呼吸》在上海出版的时候，原有我底《小引》和作者自己底《题记》的，但那是在被敌人包围着的、享受不到祖国底言论自由的"孤岛"上海所说的话，现在时过境迁，不便再印给读者，所以一并删去了。

其实，有作者底作品在，序文之类是并没有什么必要的。试通读这一集，作者由难民收容所到游击队这条路上所接触的生命现象，就活生生地出现在我们底眼前。在这里，我们看到了中国小民们在怎样地身受着历史底黑暗和敌人的残暴，在怎样地觉醒和奋起，我们也看到了作者以及和他同样的战斗者们底真诚的悲喜和献身的意志。

回想起来，我在编印《七月》的将近四年的艰苦处境当中，颇得到了一些可感的支持了我的力量，而曹白底工作和友谊就是其一。每次接到他底来稿或来信，我总会多多少少感到了激动，因为他让我接触了活的斗争、活的人民；他把他们引进了文学里面，这对于我是不小的鼓励，因为我相信，中国应该而且也正在从这里开拓复活的路，新文学也只有在这条路上才能够使自己不老长生的。

曹白底被读者（以及我自己）所爱读、所关怀，也许一方面的原因是他底知识青年的在斗争中受磨折的心情使读者起了血缘的共感，但主要地当还是因为他们在他那里能够呼吸到了这时代底呼吸罢。

然而，依照老脾气，有些高明的作家表示不满了，喊喊喳喳了，曹白底文章发表得太多呀，他并没有写出伟大的作品呀……（按：原有的省略号）等等。对于这，我在那篇《小引》里面写过了一点回答：

　　……（按：原有的省略号）诚然，像有人所责难的，他没有写出伟大的典型，他自己也说"这里面也没有华美的思想"，但在他底笔下出现的那些人物，受难的人物，战斗的人物，或者在受难里面战斗，在战斗里面受难的人物，却都那么生动，亲切，——被作者本人的情绪活了起来，好像呼吸在我们底眼前一样。伟大的典型当然是好的，但在没有得到之前，未必就应该剪掉一切的生命底枝叶。诚然，也像有人所责难的，他底心境有时颇为阴凉，他自己也说"感情的丝缕不免常常牵连着已逝的寂寞"，有时候使我们感到和他底年龄以及他底战斗生活显得奇怪地不称，但如果虚伪的叫喊不一定必然得到战斗的感应，那么，真诚的叹息也未始不能引起对于残酷现实的憎恨和对于光明的追求，更何况热到发冷正和假到出汗一样，也并非不会有的事情。

　　但其实，现在看来，这回答也已没有必要，因为上海已经完全沦陷，他和我们之间的可以偷渡信件的交通站没有了，一直到战争底完全胜利为止，看来他再也不会有浪费这文坛底一行纸墨的机会了罢。

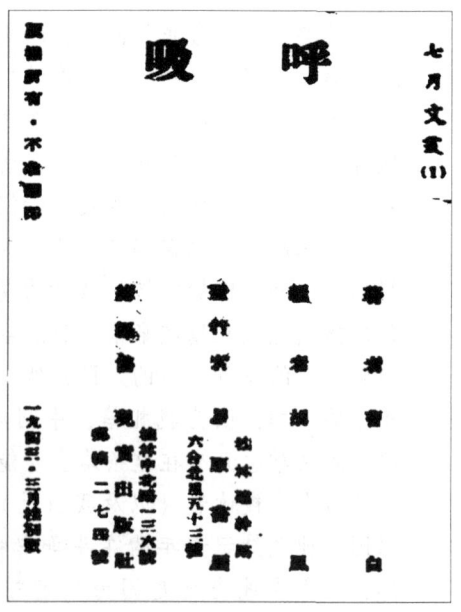

　　像他在《后记》里也提到了的，去年敌伪对他所在的游击区进行过残酷的"扫荡"，他冲过几道铁丝网，泅过几条河，再拖过十多

天的黄包车以后，才得逃出了性命。但到得上海不久，他对着汪精卫所公布出来的，原来大半是他底熟识的战友的那些牺牲者和变节者底名字，悲愤地摇了摇头以后，放弃了把那几个月的血的斗争变成文学形象的我们底愿望（也是他自己的愿望），拒绝了用职业收入供给他暂时休养的他底爱人马梯君底好意，又回到"为挣脱枷锁而流的殷殷的血迹"未干的土地上去了。因为，斗争在召喊他。因为，在他是，"天正长，路正长，工作永远无休止"的。

而接着就爆发了所谓太平洋战争，不但得不到了他底信息，连一向为他转信转稿的，沦陷在上海的那善良的马梯君，现在也都不知道吉凶或去向了。

但现在我还要把他底《呼吸》送给读者，因为这是远远超过了我个人底怀念，他所写的斗争和悲喜原是和读者们脉搏息息相应的缘故。

一九四二年七月二十五日　记于桂林之听诗斋

《结合》

《结合》，封面、扉页和版权页均题"七月文丛1"。民国三十六年（1947）六月初版。作者为晋驼，编者为胡风，发行人为俞鸿模，出版者为海燕书店，总经售为群海联合发行所（上海山阴路恒丰里七七号）。全一册，134页，基本定价四元五角。印数为1～1500册。

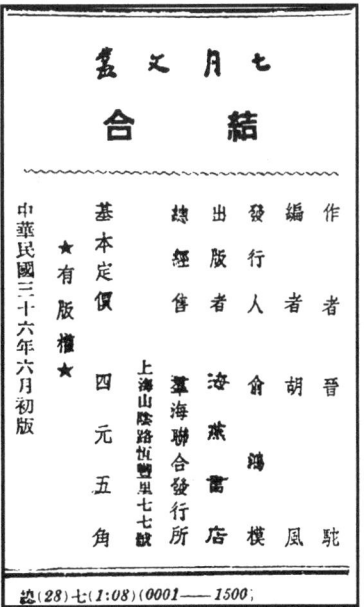

该书为短篇小说集，内收《我爱骆驼》《蒸馏》《生长》《结合》《李校长》《迟尉先生底苦闷》《两条路》，凡七篇。聚古元仿剪纸木刻作封面。

无序跋。

《0404 号机》

《0404 号机》，封面题"七月文丛 2"。民国二十九年（1940）六月出版。著作者为陶雄，主编为胡风，出版者为海燕书店（香港摆花街三十三号）。全一册，119 页，每册实价六角五分。

该书为作品集，内收短篇小说《天王与小鬼》《0404 号机》《未亡人语》《夜曲》《某城防空纪事》五篇，内收戏剧《总站之夜》一种。

无序跋。《0404 号机》摘录如下：

  八个油漆工人各捧着一个油漆碗，分站在一架精良卓绝的驱逐机的两侧，全神贯注地工作着。抓在他们手中的那八支排笔拖带着饱和的灰绿油漆，毫不顾惜地把那上面闪着乌光的八个数字一段一段地浸没了。

  只五分钟，0404 号机就变成为一个历史上的名词了。

  半个月前，当它——0404 号机被空军少尉王心仁驾驶着，协同许多别的驱逐机，赶走了大批的敌机，获得了惊人的胜利之后，它的驾驶人连飞行衣也没有脱，就走到奚队长面前报告……

```
胡風主編：七月文叢
0404 號機
★ 每冊實價六角五分 ★
著作者    陶    雄
出版者    海燕書店
         通訊處：香港櫻花街三十三號
★ 版權所有 · 不准翻印 ★
中華民國二十九年六月出版
```

《论民族形式问题》

《论民族形式问题》，封面、扉页和版权页均题"七月文丛1"（应与海燕书店版的"七月文丛11"对应）。民国三十六年（1947）四月新版。作者为胡风，编者为胡风，发行人为俞鸿模，出版者为海燕书店，总经售为群海联合发行所（上海山阴路恒丰里七七号）。全一册，106页，定价不详。印数为1~2000册。

该书为胡风第四批评论文集，内收：一、《大众化运动一瞥》；二、《在新的情势下面》；三、《关于"新质发生于旧质的胎内""移植形式"——一个文艺史的法则问题》；四、《对于五·四革命文艺传统的一理解》；五、《对于民间文艺的一理解》；六、《大众底"欣赏力"从哪里来，向哪里去？》；七、《现实·内容·形式——以争取现实主义底胜利为中心》；八、《通过语言问题——文字改造和大众的国民文艺底发展》；九、《从民族解放运动看文艺运动，从文艺运动看民族形式问题》，凡九篇。聚古元仿剪纸木刻作封面。

卷首有作者《题记》，卷末有作者《附记》。《题记》兹录如下：

　　本书初版时，我在卷首写下了这样的一节话：
　　本篇是拟写的，由几篇有关联性的论文结成的一本小书里面的一章，学术出版社愿意印成小册子，所以先让它独立地和读者见面了。这个问题，牵涉到许多文艺理论上的原则上的理解；实际上，围绕着这个问题，许多理论家底意见也是非常纷歧的。我在这里坦白地提出了我底意见，作为我自己现在能够达到的理解底备忘录，也希望或者多少可以作为关心这个问题的文艺家同志们底参考。如果在收入全书的时候，由于文艺家同志们底启示，也由于作者自己底理解底前进，能够有比较正确的修正，那现在这个小册子形式的出版就不算浪费了。

一九四〇年十二月一日记于重庆

这一次是新排的，但依然是原样子，并没有加什么修正，所以想在前面补上一点解释。在当时，这一个问题引起了广大的论争，成了文坛上的一件大事。而事实上，由于对它的看法不同，对于新文艺传统的估计以至文艺运动方向的理解，就可以产生不同的甚至相反的结果。所以不得不针对双方的争点展开分析，剥出那些争点底根源，从这找出这个问题底内容上的实践意义。但也因为这，全篇底展开就不能不多少受了那些争点底限制。

但我是尽可能地从文艺发展底实践要求上接近了这个问题的，不过，争点既然是由于理论上的分歧而起，对于那些理论的追求就无法回避，而问题底真相也只有从那些论点底分析里面才能够得到的。既然是理论的分析，当然不能像读山歌、故事或事实报告那样流顺，于是，这一篇小论就受到了艰深、读不懂的诟病。这也是无法避免的，而且我以为，人只要是从文艺发展底真的感受基础上来接近这个问题，那我底一切用语也只算得是应有的常识，虽然不能像山歌、故事或事实报告，但也说不上是什么专门的"纯粹理论。"

当然，一下子拿出几条简明的原则，像二加二等于四那样的明白，我是没有也无力做到的。而且我以为，世界上没有什么孤立的问题，何况现在是专从形式上面着眼的，问题本身就有容易陷入形式主义的危险。我虽然尽可能地从文艺发展底实践要求上接近了它，算是钩出了它底轮廓以及它底来踪去迹，但从文艺运动底迫切要求和论争当时的混乱情形看来，要使我底意见得到更大的说服性的解释，并且在创作实践上争取到应有的影响，那只有从新文艺发展底若干重要的侧面的检讨上才能够真正地达到。那以前原有了一点工作计划，于是就和这个问题联系了起来，想开始着手，然而，世乱时艰，再加上自己的懒怠，只是空空地让几年的时光溜走了。

所以现在也只有让它照原样子单独地印了出来。因为，我自己既是这样的情形，而本文发表以后，又再没有谁继续这个问题底讨论，成了没有启发也就没有生发的状态。

但当然，文艺运动底要求是在发展的，创作是在发展的，战斗的作家们理论家们应该能够引出问题底发展的内容，汲取实践的教训。文艺斗争是和实际的血肉斗争息息相连的，不管我们这文坛怎样混乱，怎样荒芜，但也决不能把真诚的作家们和理论家们底努力和成长压死。那么，让我把这本小书献给他们，算是送给在寂寞里面苦斗的他们的一声问讯罢。

一九四七年，三月四日，记于上海蛇窟　胡风

《附记》兹录如下：

"民族形式"问题底被提出，大概是一年多以前，实际上引起了争论，也已经过了半年以上的时间。争论所触及的问题非常广泛，但限于时间也限于准备，在这里我只就几个主要点提出了供给大家参考的方法论上的意见，原来预备论到的像《实践上的旧瓶新酒主义》《新文艺在形式上的发展——诗、小说、戏剧、报告》《若干形式主义的观点》等，都无法涉到了。

不用说，主要的批判对象是向林冰先生，这不但因为他底论点和新文艺底传统方向形成了鲜明的对立，而且因为他是想用自成体系的辩证法的观点来解决文艺问题。不幸的是，他底辩证法是脱离了实际生活的社会内容，也脱离了实际的文艺发展过程的纸面上的图案，因而形成了对于实际文艺运动不但无益而且有害的，主要的错误方向。这是一个理论的悲剧，向林冰先生不自觉地扮演了主角，虽然也能够幸运地获得了几个并非"偶然道伴"的支持者。这原因，一方面固然由于他底哲学观点，一方面由于他底对于现实主义的文艺理论和实际的文艺发展过程只是用辩证法的公式去作公式的理解，不从实际的文艺发展本身去获得文艺发展底辩证法，这态度本身就是对于辩证法的一个嘲笑。不管他底理论体系底完整和对于大众化的可敬的热情，但哲学上的以观念论为基础的公式主义，引出了对于文艺底形式主义的理解，这是并非偶然的。对于他底理论影响的肃清，不但是我们底，而且也是向林冰先生自己底责任。另一方面，他底反对者们，虽然有的也多多少少地带有形式主义的要素，但由于实际的文艺斗争所赋与的实感，也由于主观的文艺斗争立场，都或强或弱地守住了主要的方向。这是实践与理论的统一底实例，也许可以成为对于向林冰先

生一个恳切的忠告罢。

然而，由于他底用辩证法的公式所组成的、自成体系的理论，使反对者们也大都解脱不开，只是围绕着"中心源泉"或非"中心源泉"的圈子团团打转，忘记了从实际的斗争过程上去理解问题，解决问题。这，一方面使"民族形式"问题底真实面貌不能够现出，一方面使文坛底大部精力集注到抽象的讨论里面，反而把急迫的斗争课题丢到了一边。这更是一个理论的悲剧，大概不是向林冰先生以及其他的论者们始料所及的。

我们当然欢迎继续并且扩大这一个讨论，但却不能不有一个小小的提议：不要离开实际的文艺发展过程和现实的文艺斗争情势，这不但是一般理论斗争底基本方法，而且是站在文艺理论遗产底贫弱和现实文艺斗争任务底迫切，这中间的我们所更要采取的态度。至于从理论的分析转成对于对手的人身攻击，那更是应该绝对避免的。只要能够这样，我相信，这个讨论底展开将使我们底文艺运动能够达到更一步的前进。

临了，这篇小议论的草成，得助于向林冰先生底供给材料和一些友人的鼓励，应当在这里表示谢意。

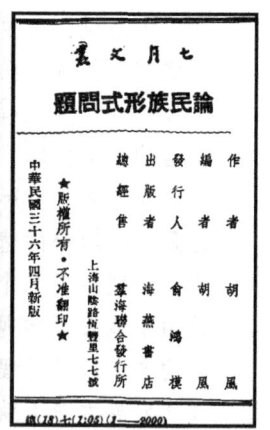

《求爱》

《求爱》，封面题"七月文丛1"（应与海燕书店版的"七月文丛8"对应），扉页和版权页均题"七月文丛"。民国三十五年（1946）十二月初版。作者为路翎，编者为胡风，发行人为俞鸿模，总经售为海燕、群益、云海联合发行所（上海山阴路恒丰里七七号）。全一册，204页，定价不详。印数为1~2000册。

该书为路翎短篇小说集之二，内收短篇小说《王老太婆和她的小猪》《瞎子》《新奇的娱乐》《草鞋》《滩上》《悲愤的生涯》《老的和小的》《棋逢敌手》《英雄的舞蹈》《俏皮的女人》《幸福的人》《江湖好汉和挑水夫的决斗》《一个商人怎样喂饱了一群官吏》《翻译家》《英雄与美人》《秋夜》《可怜的父亲》《一封重要的来信》《求爱》《感情教育》《旅途》《人权》《中国胜利之夜》，凡二十三篇。封面图案复制 Valentin Le Campion 的木刻。

卷首无序，卷末有作者《后记》，兹录如下：

> 这里收集的二十几篇短小说，是一九四四年到现在两年内所写的。在这一段时期里，我所接触到的东西大半非常沉闷，带着一种黯澹（淡）的性质；巨大的思想内容被浓烟遮盖着而窒息了，旋转在我底四周的却是一个花样繁复的世界。在我逐渐地认识这个世界的时候，我底精神常常地被迫着退却，但我也偶尔地抓住了汹涌的波涛中的碎船底一片，从它们来继续我底道路。这便是这些短小说底由来。
>
> 在我们所生活的这一片土地上，不仅单纯的梦想要常常受到挫伤，即使老练的战术有时也难得跨越的。这些小说里所写的都是攀住历史底车轮的葛藤，但既然人类是在生活着，这里面是也有着历史力量底本身的。这固然是一个平庸的世界，没有英雄主义底实现也没有或种高贵而神奇的情操，但就在这个平庸的世界底各种现象和碎片之下，是有着一股强大的激荡的，恰如在破船之下是有着海洋底激荡一般。在中国是一切秩序都被粉碎了，暴虐的阶级是藏在霓虹底光华之中，人民是呻吟在黑暗的重轭之下，但事实却并不这么简单，因为，无论怎样，人们总是在生活着，生活总是在前进着。对于各样的角落、各样的斗争、各样的人生的检讨，是我们今天应做的工作之一；而对于一般的、异己的、别样的人生底无视无觉，则恰恰是我们这些人们底缺点。公式主义或教条主义是从不给予"人们是在生活着"的这个血肉的感觉，以及这中间的从过去直到今天，并且一定要达到未来的力量的。人们应该以自己底精神来说明客观世界，而不应该沾沾自喜或随波逐流。我们实在应该知道，在这个平庸的世界中所展开的各样的人生斗争，其实也正是我们时代底诗！
>
> 我知道我距离这个目标还有多远，因此我希望我底这一点点努力不致（至）于白费。
>
> 路翎　一九四六年七月二十日南京

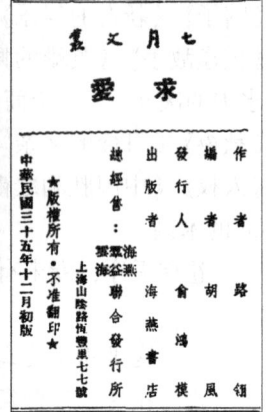

《人的花朵》

《人的花朵》，扉页和版权页均题"七月文丛之四"。民国三十四年（1945）二月渝初版。著者为吕荧，编者为胡风，发行人为费锡光，发行所为大星印刷出版社（重庆林森路西四街），经售处为昆明晓东街康宁书店、重庆林森路和成都祠堂街的联营书店。全一册，209页，定价不详。

该书内收文五篇，篇目为：一、《人的花朵》（1.《诗人——人的花朵》、2.《艾青论》、3.《田间论》、4.《总结》）。二、《鲁迅的艺术方法》（1.《艺术的本质》、2.《作品内在的社会意识性》、3.《小说的形态·结构·风格》、4.《小说的人物和写景》、5.《杂文手法的参涉》、6.《世界的作家》）。三、《曹禺的道路》（1.《思路的轨迹》、2.《社会的悲剧与喜剧》、3.《剧的素质》、4.《剧与诗》）。四、《论〈战争与和平〉的艺术·历史·哲学》。五、《普列哈诺夫的〈普式庚为艺术而艺术论〉辩证》。

卷首有作者的《序》，卷末无跋。《序》兹录如下：

> 任何一个作家，他的产生和成长，都不是偶然的，或是不可理解的，他有他现实的根，他有他生命的路。
>
> 作家，如约瑟夫所说，是"人类精神的技师"。他们所感知，他们所追求的，常常，他们所身受的，比常人更强烈、深沉，而且苦重；他们也战斗着，在建设人类底真理与自由的王国。
>
> 不过，反映在一个作家的作品里的情感与理念的本质，常常隐在复合的艺术具象里面；常常像是一个霹雳中最强的声音，一道电光中

最强的光芒，有时也像隐在丛绿之后的一朵花，他们的形相（象）不是藉着直观就能辨认的；而需要深澈（彻）的理解、思考和探索。

为什么保王主义者巴尔札（扎）克所写的是贵族阶层崩解的彩画，为什么果戈里（理）终于把洗面革心，成了一个好人的乞乞科夫投进了熊熊的火炉；柴霍甫在一八九二年（十一月二十五日）写给苏伏林的信上所说的："我们所称为永久的，或者只称为好的作家们，那些令我们陶醉的作家们，都有一种共通的而且重要的特征：他们向什么地方走着，并且也召唤你向那儿去，而且，你不是用智力，而是用自己整个的实体感觉到：他们有一种目的"，"这就好像哈姆莱特的父亲的灵魂似的，不是出现过就完事的，而是刺激梦像（想）的""目的"又是什么呢？

在这样的艺术生命的灵魂的发现里，在现实意义的分析、明正、扩深和高扬里，展开了批评的路。

生活在现代的中国作家，他们比在任何时代的作家都更强烈、深沉，而且苦重地生活着。他们迎着重重迫害的弹雨，在烽火漫天的原野，用各种各样的武器开辟新世界的道路；而持着光芒的投枪，走在人群前面的，是鲁迅先生……（按：原有的省略号）

在今天，了解这样的作家底根和路，对于我们不仅仅应该，而且是迫切需要的；因为我们也在开辟这条路，我们要向他们学习。

这本书里的前两篇，早在一九三六年就写过一遍，后来因为抗战爆发，原稿都散失了，这又重写出来。其中有许多意见，是涉过时间和现实的波涛之后，自己仍然保存着的。然而，解述一个人，正如同描写一个人一样，语言文字常感到不够的时候，常有难以表达的方面；加之，所企图写述的，并不是一个平凡的人底平凡的生活体象，而是一个作家、一个"人类精神的技师"的非凡的艺术生命。

这里，作者奢图试用思想的光和影织成透镜，自然远不如生命本体的广大与真实；因此，希望在看的时候，不要仅局限在这透镜的光影所及的地方，不要停止在作家的艺术生命的外形上，或是外形的某一部份（分）上；而要深入到他的灵魂的内心，理知（按：原文为"理知"）他的艺术生命的本质，做一个整体的扩深的了解。

这样的了解，才是真正的艺术的了解吧。

一九四四年八月

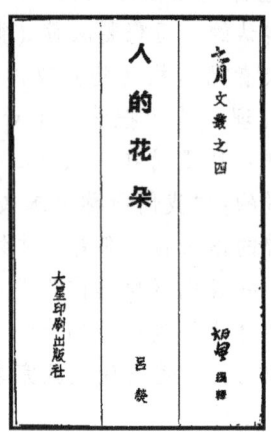

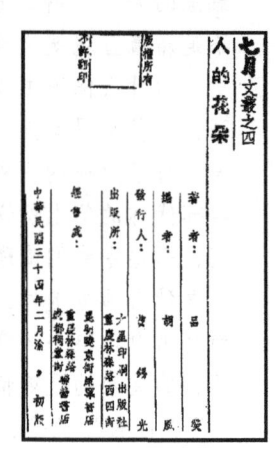

《呼吸》还有新新出版社版本，扉页题"七月文丛"。民国三十六年（1947）二月（沪）初版。著者为吕荧，发行人为贺尚华，发行所为新新出版社（上海书报杂志联合发行所、上海福州路379弄12号），总经售为现实出版社（桂林中北路一三六号）。全一册，209页，每册定价七元八角。内容与前一个版本相同。

《呼吸》还有新新出版社"新新文艺理论丛书"版本，内容与该社的"七月文丛"版本相同。

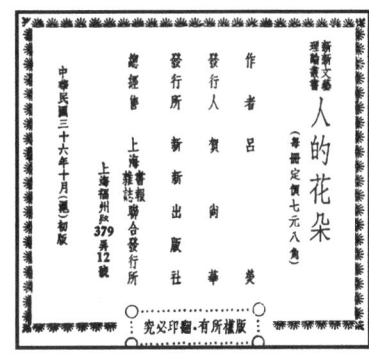

《人生赋》

《人生赋》，封面、扉页和版权页均题"七月文丛"。民国三十六年（1947）四月初版。作者为杨力（贾植芳），编者为胡风，发行人为俞鸿模，出版者为海燕书店，总经售为群海联合发行所（上海山阴路恒丰里七七号）。全一册，138页，基本定价四元五角。印数为1～2000册。

该书为短篇小说集，内收《人的悲哀》《嘉寄尘先生和他的周围》《人生赋》《我乡》《理想主义者》《剩余价值论》《更下》，凡七篇。复制James Reid 木刻作封面。

无序跋。《人生赋》摘录如下：

"……光！"
——哥德临终时语

春天了，残雪还未融化；清晨与晚间仍为寒冽的风所统治。在算是好天气的中午，穿着棉衣的脊背虽晒得暖烘烘的，坐在屋子里还得袖着手咳声叹息。——是这样奇特的北方天气。

——我从山西战区过来，和一个友军上尉副官坐在驴背上漫谈着天气的事。副官着一件甲种细呢皮大衣，深厚的狐皮领子，一直遮没到耳际。

"呀，这件大衣吗？——"副官拍着尘封的衣襟，不止一次向我夸耀与赞叹的（按：原文为"的"）说，"是战事初起，我在上海作战发的哩！现在，我的乖乖，起码也得八九百，了得！"

于是，又谈到头痛的物价了。

物价，天气，战场上的敌人，和个人所遭遇的各种战役，——在到达华阴庙火车站漫漫三百多里的山途中，是我们谈话的兴味与中心；它刺激着我们木然的神经，慰藉着我们漂泊寂寞，忘了彼此的各别（按：原文为"各别"）的存在这一事实似的，很快的（按：原文为"的"）在我们中间燃烧起友谊——几乎是毫无间隙的彼此同情而谅解。……

"啊呀，火车！"副官正在嘶嘶的（按：原文为"的"）谈说着什么，忽然发现了出现于灰暗的远方的列车，喜悦得近乎叫喊的（按：原文为"的"）说。尘封的面孔上，闪出一种孩子似的洁光。

"啊！"我近乎诘问的（按：原文为"的"）答着。

于是，拥塞于胸怀中的阴郁，一扫而空；我们停止了行进，从驴背上把身子抬得高高的，睁大迷惑于风沙中的眼睛，紧紧追逐着在荒野中奔驰过的列车和那绵延在苍空里的黑恶烟雾，显出婴儿发现生命的奥秘似的一种纯新的喜悦，和一种强烈的民族情绪的压迫。

在头等车厢里，出着满头大汗，在拥挤的人和行李堆里，我们找到两个位子。——行李还没安置好，我发现副官一双复活似的眼睛，早就穿出玻窗（按：原文为"玻窗"），盯着一个徘徊在月台上的艳装幼妓，一直到那瘦小的身子一扭一歪的（按：原文为"的"）消失在较远处的山一样的货堆群里。那里稠密而哄杂，像一些不规律的灰黑线条，在衰微的阳光里，抖动和闪砾（按：原文"闪砾"应为"闪烁"）；松散的尘灰激扬着，像一个烦躁的梦境。副官吐了口口沫，吃重的（按：原文为"的"）摸脖颈，两眼燃烧着兽性般的光芒。

《受苦人》

《受苦人》，封面题"七月文丛"，扉页和版权页均题"七月文丛"。民国三十五年（1946）一月初版。作者为孔厥，编者为胡风，发行人为俞鸿模，总经售为海燕、群益、云海联合发行所（上海山阴路恒丰里七七号）。全一册，203页，定价不详。印数为1~2000册。

该书为作品集，内收，《调查》《收枪》《过来人》《追求者》《老人》《朱苦鬼》《老会长》《郝二虎》《凤仙花》《二娃子》《受苦人》《父子俩》《一个女人翻身的故事》，凡十三篇。此外还有插图六幅（古元作木刻）：《"凤仙花，恶鬼抓住她！"》《"老子借钱来你偷！"》《红口白牙说定的，白纸黑字写下的！》《"……跟小姨子养娃，养下娃娃不叫大……"》《女参议员折聚英》《"……可就要把她们解放呀！"》。

卷首选录一首"民谣"，还有作者的《题记》。"民谣"兹录如下：

> 天摇了
> 地动了
> 受苦人翻身了

《题记》兹录如下：

"受苦人"，是陕北土话"农民"的意思；用来作书名，是因为这里大部分人物，都是陕北的农民。不过，自从革命以来，陕北的农民翻了身，"受苦人"这名词，跟着也失去了原来的意思，而只是一个传统的习惯语了。然而，它却自有它的历史意义的。至于这里另一部分人物，如"过来人"和"追求者"们，也未尝不是"受苦"的人呢。

　　孔厥　一九四六年春于延安

《她也要杀人》

《她也要杀人》，封面题"七月文丛1"（应与海燕书店版的"七月文丛10"对应），扉页和版权页均题"七月文丛"。一九四九年十二月再版（1947年2月初版）。作者为田间，编者为胡风，发行人为俞鸿模，出版者为海燕书店（上海、北京），印刷者为光艺印刷厂（上海江浦路五七弄一四九号）。全一册，89页，定价不详。印数为2001～4000册。

该书为长篇叙事诗。正文前引录高尔基的"你懂得她的歌吗？"和斐烈普的"……大家来呀，那边有人要杀死人啦！"复制苏联V. Favorsky的木刻作封面。

无序跋。最后的《插话》兹录如下：

　　呵！
　　不要说
　　她是疯子；
　　疯狂的，
　　不是她。

　　不要说
　　她去杀人；
　　既然有人
　　杀我们，
　　我们就不得
　　不杀人。

……也不要说
她是死了；
——要是
她死了，
我们应该接着
以自己的血
渲染着
那刀子！
——刀子不死，
我们不死。……
（一九三八年五月三十一日二次稿于西安。）

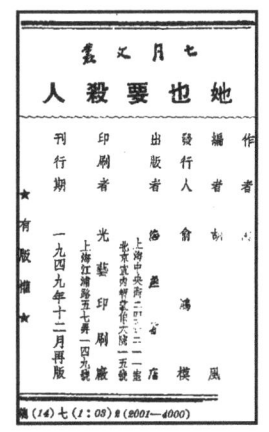

《我在霞村的时候》

《我在霞村的时候》，扉页题"七月文丛"（应与海燕书店版的"七月文丛6"对应）。一九四三年三月初版。民国三十五年（1946）十月再版。著者为丁玲，出版者为新知书店，总经售为光华书店（大连、烟台、安东）。全一册，155页，定价不详。

该书为短篇小说集，内收《新的信念》《县长家庭》《入伍》《我在霞村的时候》《秋收的一天》《压碎的心》《夜》，凡七篇。

无序跋。

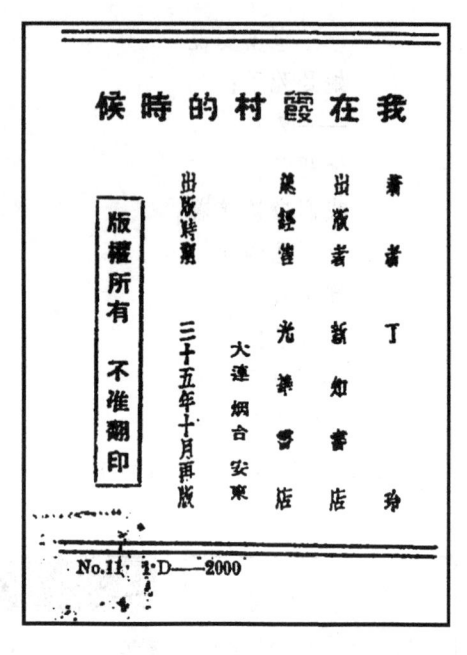

《又是一个起点》

《又是一个起点》，封面和扉页均题"七月文丛"。一九四九年十二月再版。作者为绿原，编者为胡风，发行者为青材诗社，出版者为海燕书店（上海中央街二四号二一一室、北京宣内智义伯大院一五号），印刷者为光艺印刷厂（上海江浦路五七弄一四九号）。全一册，167 页，基本定价五元四角。印数为 1~1500 册。

该书为绿原第三诗集，内收《终点，又是一个起点》《复仇的哲学》《咦，美国！》《伽利略在真理面前》《轭》《悲愤的人们》《你是谁？》，凡七首。复制苏联 P. Y. Pvatiouv 木刻《国内战争之一幕》作封面。

无序跋。《终点，又是一个起点》摘录如下：

  我们将最后
  庆祝
  胜利——
  不用鞭炮，
  不用狂吹的号角，
  不用轻气球，

不用上抛的草帽……
而用一种虔诚的默祷!
——默祷
殉道者们,
——默祷
一个在敌人底射击之下尽职的传令兵,
——默祷
一个死了还不倒下去的旗手……

我们
庆祝
胜利——

不用放映电影,
不用表演戏剧,
不用遵行红字日底(按:原文为"底")规则,
而用
德谟克拉西底(按:原文为"底")实践!

而用一种
今天流的汗与昨天流的血可以比赛一下的
工作……
(一九四五年八月十三日)

《闸北七十三天》

《闸北七十三天》，封面题"七月文丛"（应与海燕书店版的"七月文丛3"对应）。民国二十九年（1940）十二月初版。著作者为S. M.（亦门），主编为胡风，出版者为海燕书店（香港摆花街三十三号）。全一册，165页，每册实价八角五分。

该书为报告文学，讲述了从1937年8月13日日军侵犯上海开始至10月27日中国军队退离上海，共七十三天的战况。内收《闸北打了起来》和《从攻击到防御》两篇。

卷首无序，卷末有《我写〈闸北打了起来〉》，该文写于1938年4月29日衡山师古桥，摘录如下：

第一，"八·一三"我是看它怎样起来的。自然，我有足够的理由来写它，也有这个义务。粗线条是不会错误的。但是，因为是在记忆中摸索，小小的移动是难免的，那也不会有什么妨害。和画一样，颜色或者美丽了些，取景也有一定的角度，于写生上这样反更活。"真"就在这里。要"真"，并且是要痛痒相关的"真"，有别于一些隔靴搔痒的近似值的"真"，就得由我这样的人来写。

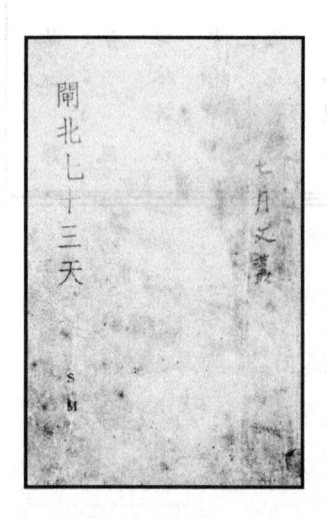

希望社"七月新丛"叙录

《饥饿的郭素娥》

《饥饿的郭素娥》,封面题"七月新丛1",版权页题"七月新丛"。一九四三年三月桂初版,一九四七年五月沪四版。作者为路翎,编者为胡风,发行人为屠棘,出版者为希望社(上海邮局信箱四一七六),代发行为生活书店(上海重庆南路六号)。全一册,204页,定价不详。初版印数为1~3000册,四版印数为8001~10000册。

该书为长篇小说,凡十五章,无章目。余所亚作封面,木刻作者新波(黄新波)。

卷首有胡风的《序》,卷末无跋。《序》摘录如下:

> 路翎这个名字底出现,是在前年的这个时候,但从那时到现在,他完成了十个左右的短篇,一个寄到香港在这次战争里面被丢掉了的长篇,以及现在这个中篇。
>
> 在这些里面,路翎君创造了一系列的形象:没落的封建贵族、已经成了"社会演员"的知识分子、纯真的青年、小军官、兵士、小地主、小商人、农村恶棍……但最多的而且最特色的却是在劳动世界里面受着锤炼的,以及被命运鞭打到了这劳动世界底周围来的,形形色色的男女。在这些里面,不是表相(象)上的标志,也不是所谓"意识"上的符号,他从生活本身底泥海似的广袤和铁蒺藜似的错综里面展示了人生诸相,而且,这广袤和错综还正用着蠢蠢跃跃的力量膨胀在这些不算太小的篇幅里面,随时随地都要向外伸展,向外突破。因为,既然透过社会结构底表皮去发掘人物性格底根苗,那就牵一发而动全身,生活底一个触手纠缠着另一些触手,而它们又必然各各和另外的触手绞在一起了。
>
> 由于这,在路翎君这里,新文学里面原已存在了的某些人物得到了不同的面貌,而现实人生早已向新文学要求分配座位的另一些人物,终于带着活的意欲登场了。向时代底步调突进,路翎君替新文学底主题开拓了疆土。
>
> 在现在这一篇里面,他展开了用劳动、人欲、饥饿、痛苦、嫉妒、欺骗、残酷、犯罪,但也有追求、反抗、友爱、梦想所织成的世

界；在这中间，站着郭素娥和围绕着她的，由于她底命运而更鲜明地现出了本性的生灵。

一九四二年，六月七日，于桂林之西晒楼胡风

《第七连》

《第七连》，封面题"七月新丛2"，封扉页和版权页均题"七月新丛"。一九四四年二月桂初版，一九四七年六月沪再版。著者为（邱）东平，编者为胡风，出版者为希望社（上海邮局信箱四一七六），代发行为生活书店（上海重庆南路六号）。全一册，195页，定价不详。初版印数为1～2000册，再版印数为2001～3500册。

该书为作品集，内收《第七连——记第七连连长丘俊谈话》《我们在那里打了败仗》《我认识了这样的敌人》《暴风雨的一天》《一个连长的战斗遭遇》《红花地之守御》《通讯员》《中校副官》《慈善家》，凡九篇。

卷首有胡风的《题记》，卷末无跋。《题记》兹录如下：

我得到了东平死在敌人底机关枪下面的消息，大概是在前年的秋间或秋冬之交罢，但无从知道他殉国的确切的日期。想来总在那一年的春间或夏间，因为，隔着敌人底重重封锁线，信息至于总要两三个

月才能够传到的,那么,算起来快要满两个年头了。在这将近两年的时间里面,在后方,除了几个朋友底几篇短文,我们没有替他举行什么纪念,因而就有熟识的或久未见面的人发出过叹息的声音。

但他底纯钢似的斗志活在战友们底心里,他底在创作上的英雄的声音活在真诚的作家和读者们底心里,要说他底精神已和我们远离或者死去,那是决不会有的事情。

不过,在将近两年的这期间里面,我们没有能够把已经成了新文学底财产的他底作品重印给读者,使他底精神更广地成为开花结果的种子,这却是非常内疚的。在去年五月中旬,我就接到过"一群读者"底要求重印他底作品的来信。这封信一直夹在我底札记本子里面,有如在东平底战死所给我底伤口上另又钉下了的一根铁刺。

现在,我将要辞别这座大城而去了,这一个心愿非赶快了结不可。于是,从他底第二个集子删去两篇,再从第一个集子选出五篇加入,编成了这一本。要把他底全部作品搜齐排印,不但在条件上不可能,而且事实上也做不到。零散发表的文章不必说了,就是第三个集子和死前完成了的一个长篇,现在是无论如何也无法求得的。东平为它战斗、为它献命的的祖国底明天终于将要到来,那一天也就是东平在全貌上和读者见面的一天罢。现在只能送出这样的一本,我想东平自己和读者诸君都能给我原谅的。

而现在的这一本,在斤两上又何尝轻?展开它,我们就像面对着一座晶钢(按:原文是"晶钢")的作者底雕像,在他底灿烂的反射里面,我们底面前出现了在这个伟大的时代受难的以及神似的跃进的

一群生灵。暂时只送出这样的一本，虽然对不住东平自己，但却决不会对不住读者诸君的。

在第二个集子前面，我曾写了一则《小引》，那结尾是："希望这个集子能够传到他底手里，并祝福他底健斗和平安。"但现在，我已失掉能够透露这样的心绪的幸福了。

一九四三年，一月十六（日）夜，于桂林之听诗斋　胡风

《东平短篇小说集》

《东平短篇小说集》，封面"七月新丛Ⅱ"，扉页题"七月新丛"。民国三十三年（1944）二月桂初版。作者为东平，编者为胡风，发行所为南天出版社（桂林桂四路棠梓巷二二号）。全一册，195页，定价不详。

该书为短篇小说集，内收《第七连》《我们在那里打了败仗》《我认识了这样的敌人》《暴风雨的一天》《一个连长的战斗遭遇》《红花地之守御》《通讯员》《中校副官》《慈善家》，凡九篇。

卷首有胡风的《题记》，卷末无跋。《题记》与作为"七月新丛2"的《第七连》的《题记》相同，从略。《第七连》摘录如下：

> 我们是……第七连。我是本连的连长。
>
> 我们原是中央军校广州分校的学生，此次被派出一百五十人，这一百五十人要算是八·一三战事爆发前被派出的第一批，我便是其中的一个。
>
> 在罗店担任作战的XX军（按：原文为"XX军"）因为有三分之二的干部遭了伤亡，陈诚将军拍电报到我们广州分校要求拨给他一百五十个干部。我们就是这样被派出的。
>
> 我了解这次战争的严重性。我这一去是并不预备回来的。
>
> 我的侄儿在广州华夏中学读书，临行的时候他送给我一个黑皮的圆囊。他说：
>
> ——这圆囊去的时候是装地图，文件。回来的时候装什么呢？我要你装三件东西，敌人的骨头，敌人的旗子，敌人的机关枪的零件。（按：原文并无引号）
>
> 他要把这个规约的写在圆囊上面，但嫌字太多，只得简单地说着：
>
> ——请你记住我送给你这个圆囊的用意吧！（按：原文并无引号）
>
> 我觉得好笑。我想，到了什么时候，这个圆囊就要见到一个意想

不到的场面,它也许给抛在小河边或田野上……

一种不必要的情感牵累着我,我除了明白自己这时候必须战斗之外,对于战斗的恐怖有着非常复杂的想像(象)。这使我觉得惊异,我渐渐怀疑自己,是不是所有的同学中最胆怯的一个。我是否能够在火线上作起战来呢?我时时对自己这样考验着。

我们第七连全是老兵,但并不是本连原来的老兵。原来的老兵大概都没有了,他们都是从别的被击溃了的队伍收容过来的。我们所用的枪械几乎全是从死去的同伴的手里接收过来的。我们全连只配备了两架重机关枪,其余都是步枪,而支援我们的砲兵(按:原文"砲兵"应为"炮兵")一个也没有。

我们的团长是法国留学生,在法国学陆军回来的。瘦长的个子、活泼而又精警,态度和蔼,说话很有道理,不像普通的以暴戾,愁苦的臭面孔统率下属的草莽军人,但他并没有留存半点不必要的书生气概。如果有,我也不怎么觉得。我自己是一个学生,我要求人与人之间的较高的理性生活,我们的团长无疑的这一点是切合我的理想的。我对他很信仰。

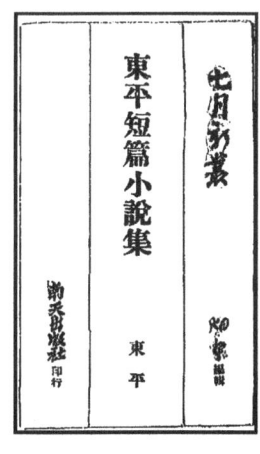

《民族战争与文艺性格》

《民族战争与文艺性格》,封面"七月新丛3",扉页题"七月新丛"。民国三十四年(1945)一月渝初版。作者为胡风,编者为胡风,发行所为南天出版社(重庆中正路)。全一册,238页,定价不详。此外还有1946年4月希望社四版。

该书为胡风第三批评论文集,分五辑,第一辑内收《论持久战中的文化运动》（备考：一、《抗战与文化问题》（郭沫若）；二、《"无条件反射"解》（郭沫若）；三、《关于"无条件反射的更正"》（郭沫若）；四、《解释几句》。）《民族革命战争与文化》《民族战争与我们》《文学史上的五·四》。第二辑内收《大众化问题在今天》《理论与理论》。第三辑内收《关于创作的二三理解》《今天，我们底中心问题是什么？》《一个要点底备忘录》。第四辑内收《论战争期的一个战斗的文艺形式》《从剧本荒想起的》《历史剧的语言问题》《关于诗与田间底诗》。第五辑内收《关于鲁迅精神的二三基点》《〈过客〉小释》《高尔基底殉道与我们》《高尔基在世界文学史上加上了什么？》《东平底〈第七连〉小引》《曹白底〈呼吸〉小引》。另外还有"附录"：一、《自传》；二、《愿和读者一同成长》（《致读者》《愿再和读者一同成长》）；三、《〈七月〉编校后记》。封面"武器（雕像）"，原为苏联 J. Shadr，（余）所亚复写。

卷首有胡风的《题记》，卷末无跋。《题记》兹录如下：

这里所收的是战争勃发以后到一九四一年夏间，将近四年间的短论。除了若干篇杂文、两篇独立印成小册子的论文、几篇无从找到的以外，这个期间的文字就全在这里了。

将这点文字底份（分）量和伟大的将近四年的时间相比，不用说是非常寒伧的；如果将这和千千万万的战士们底出生入死（按：原文为"出死入生"，应为"出生入死"）的战斗相比，那就要更加惶愧无地了。但我也有略可辩解的一点：虽然说不上参加了伟大的民族战斗，但也并没有取巧或者偷懒。在这个期间里面，我用着全力支持了一个刊物。

能有洞烛一切的巨眼和凸现万象的伟力，为文如喷泉四射，使自己成为民族底也就是文苑底骄子，当然是可以慰人自慰的；但如果不能做到，退而为这文苑底建设工程搬运一瓦一石，从这搬运工作里面寄托着对于民族解放斗争的一瓣微忠，也应该是虽然微末但却并非毫无用处的罢。我底为了个小小刊物几乎用去了四年间的全力，就是由于这一点自信。我景仰能够以拿破仑比拟的用笔的英雄，因而愿意替这样的英雄底将坛搬运一点泥土；我相信新文艺将有一个光华灿烂的将来，因而愿意架起一道通到这个将来的、虽然太小但也许可以暂时应急的桥梁。

然而，虽然是一名小工，对于总的工程也自有他的窥见全豹底一斑似的理解和汇成火山的一滴熔岩似的热衷。所以，有时情不自禁，有时迫于要求，不能不在忙乱中写了一点。当然，肤浅是非常肤浅，粗糙是非常粗糙的，但在作者自己，总算是对于现时代的文艺性格的一点探求。如果抽得出时间而且努力，把这些综合，从这些深入，也许能够得到比较相关的具体一点的描写，但目前既无法做到，就先把这些集成和读者相见吧。世上当不乏不择细流的大家和胸怀阔大的读者，对于他们，作者底处境一定可以得到体谅，作者底零乱的理解也或者可以略供参考吧。

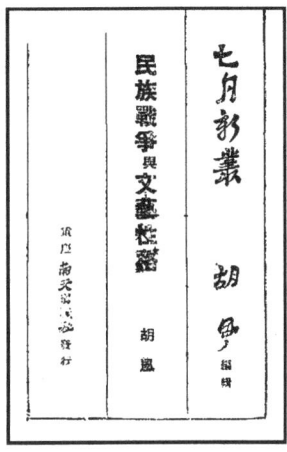

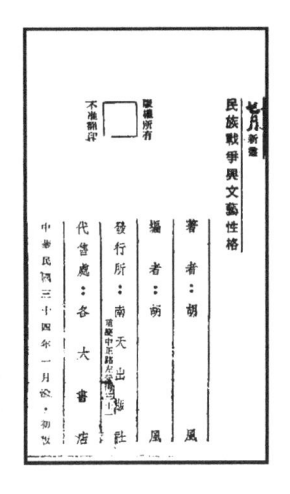

但对于文苑里的若干高士们，那情形当然要两样，例如那个小刊物吧，在我自己，总算是拿出了能够有的真诚的，但却常常莫名其妙地受到了明明暗暗的讥讽或咒骂。有的竭力不提到它，认定文坛上根本没有这么一个微小的生命，有的一提到它就挤挤眼，扁扁嘴，有的则说是编者侵犯了文坛或者想造成宗派。……我虽然不会软弱到被他们所移，但也不会冷酷到把他们完全视为乌有，但工作占住了手，而人心不同又各如其面，老老实实的解释，对于他们既然无效，对于读者又没有必要，所以十九都置之未理。现在，这个小刊物早已从文坛上消失了，但我还要把有关它的几则文字也附录在这里，对读者，它略略诉说了一个微小的努力是由于怎样的愿望，采取了怎样的方法，经过了怎样的旅路，多少可以作为"前车之鉴"；在我自己，那是一个悲欢离合的纪念：在这个期间鼓励了我、帮助了我的人们，有的已经战死沙场，完成了神圣的使命，有的固守阵地，各自在艰苦里面奋力作战，有的汇入了斗争主流的大海，甚至彼此断了消息，也有的别图发展，视往日的贫贱之道为蠢事，视往日的贫贱之交为全名之玷……对于崇高的死者，这里寄寓了诚恳的追悼，对于忠贞不渝的生者，这里寄寓了怀念的问讯，对于穿捷径而去的黠者，这里也寄寓了决绝的告别。

一九四三年，二月十日之夜，记于桂林。胡风

《青春的祝福》

《青春的祝福》，封面"七月新丛4"，扉页和版权页均题"七月新丛"。一九四五年七月渝初版，一九四七年五月沪再版。作者为路翎，编者为胡风，发行人为屠棘，出版者为希望社（上海邮局信箱四一七六），代发行为生活书店（上海重庆南路六号）。全一册，503页，定价不详。初版印数为1~3000册，再版印刷为3001~4500册。

该书为路翎短篇小说集，内收《家》《何绍德被捕了》《祖父的职业》《黑色子孙之一》《棺材》《卸煤台下》《青春的祝福》《谷》，凡八篇。刘建庵作封面（木刻）。

无序跋。《青春的祝福》摘录如下：

沿着黏湿的人行道，矮瘦的章松明向前跨着庄严的、焦急的大步，在石板上狠狠地碰响手杖。入晚的小城上空覆盖着阴云，飘着冬天的烦腻的冷雨；街道清冷，仅在十字路口站着疲惫的警察，显得空虚，令人发慌。一辆人力车发出单调的吱喳声走过，在岗位左边笨拙地兜着圈子转弯，朦胧的车灯闪幌（按：原文为"闪幌"）了一下，便消失了。

在一道从一家店铺底（按：原文为"底"）敞开的门板里照出来的雾一般的灯光下，章松明突然站定，为一个幽暗的思想所触动。抬头从眼镜里望了一下黑色的无言的天空，又望望周围的店家的黑影，和在街路尽头以胁迫的雄姿矗立着的城楼。他伸出闲空（按：原文为"闲空"）的左手，在光条里抓了一下，仿佛想抓住那细弱的，可嫌的雨丝，随即放到鼻子前嗅。

然后他咳嗽，挺胸，挥动木杖，疾速地向城楼走去。

两年半前他来过这县城，为了送他底（按：原文为"底"）妹妹上学，现在，由于一个偶然的机缘，怀着这机缘底（按：原文为"底"）宿命的伴侣不安和焦渴（他自以为必须承认，这一类的不安和焦渴，即他自称为花圈底（按：原文为"底"）烟影的，是他的理

智底（按：原文为"底"）屈辱），他到这里来做一次，用他自己底（按：原文为"底"）话说，喜剧的访谒。他这形容立刻就证实了。因为当他匆匆地奔出城门，带着糊涂的确信走进一条黑暗的小巷子里去的时候，他被几头肥大的恶狗拦路叫骂了一顿，感谢狗，他发现自己走错了路。

这样，他便自弃地在泥水里践踏，耸着瘦肩，愠怒了起来。但正因为愠怒，背脊冒汗，他在走近那英国人，天主教浸体会（按：原文"浸体会"应为"浸礼会"）所创办的女医院底（按：原文为"底"）栏栅门，看见里面的明亮的，招引的灯光的时候，便体会到一种被爱抚的温柔。乡下小城里的礼拜堂，夜祷，灯光下的明净的赞美歌，女郎的故事……是他所挚爱的西欧小民族底（按：原文为"底"）小说里所写的，而现在，这小说里写着他底（按：原文为"底"）聪颖的妹妹。

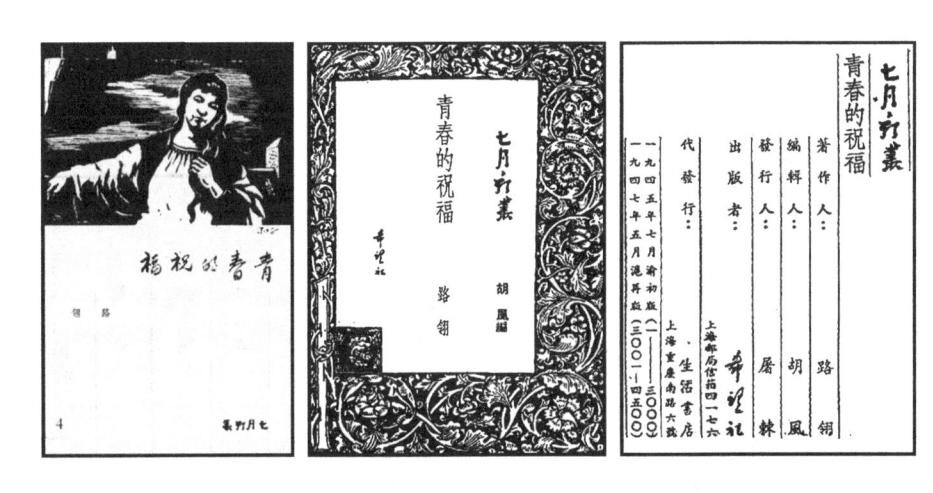

希望社"七月诗丛"叙录

《暴雷雨岸然轰轰而至》

《暴雷雨岸然轰轰而至》，封面题"七月诗丛"（没有编号），一九五一年一月初版。著者为化铁，编者为胡风，发行所为应非村，出版者为泥土社（上海溧阳路一一五六弄一一号）。全一册，103页。署"定价：3200"。

该书为新诗集，内收《暴雷雨岸然轰轰而至》《船夫们》《请让我也来纪念我底母亲》《他们的文化》《城市底呼喊》《旅行》《一九四八年底最后一月》《解放》，凡八首。封面木刻来自英国拉裴留斯。

卷首无序，卷末有作1950年10月30日写的《后记》，兹录如下：

这集子里所写的几首小诗，是从四一年至四九年间的作品。它们的收集，原来是准备在上海解放前出版的。其所以留到现在才与大家见面，是因为：第一，这本书在它刚刚打好纸型时，作者就被捕了；第二，新中国的解放，使得每一个人都投入了为新社会的建设而忘我的工作里面——所以就搁下了。

当今天再来重复地读着它们，不能不有"听老人说历史"的感觉吧！但作者究竟曾经在这样的历史中打过滚，用各种各样的方式生活过；而且不管怎样，也曾经那艰苦的历史一同走了过来，不能算是站在历史外面的吧。所以，作为对某一段时间的一些片断的反映，也不难读出那些曾经过去了的艰难的岁月来的，也不难读出今日的欢欣、找出那胜利的原因来的。所以我想，这些灰暗的影子，是不会妨碍而只有加强我们今日对祖国对人民的热爱的吧！

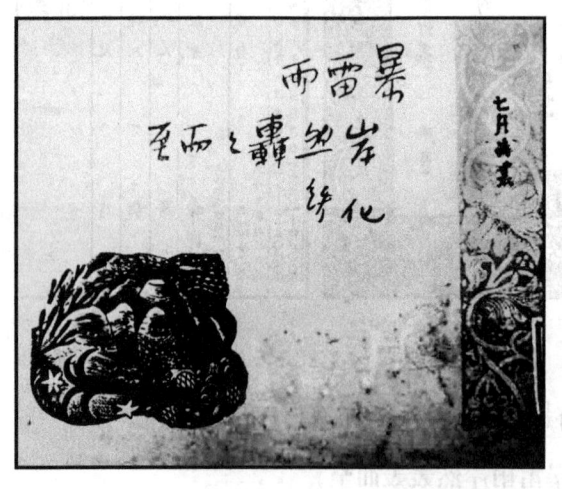

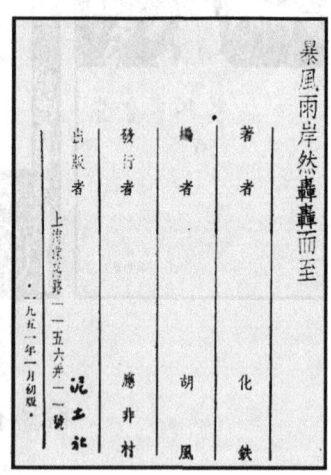

《并没有冬天》

《并没有冬天》，封面题"七月诗丛"（没有编号），一九五一年九月初版。著者为贺敬之，编者为胡风，出版者为泥土社（上海溧阳路一一五六弄一一号）。全一册，146页。署"定价：6500"，又盖蓝色价格印章"特1300"。

该书为新诗集，分上下两集，上集"跃进"，内收《跃进》(《走出了南方》《在西北的路上》《夜》《马车》)、《自己的催眠》《十月》《雪花》《生活》(《生活》《明天》《梵阿铃和诗》《我生活得好，同志》)、《没有注脚》《我们这一天》《雪，覆盖着大地向上蒸腾的温热》，凡十四首。下集"乡音"，内收《五婶子的末路》《儿子是在落雪天走的》《葬》《弟弟的死》《小蓝姑娘》《在教堂里》《圣诞节》《婆婆和童养媳妇》《老虎的接生婆》《铁拐李》《祭灶》《红灯笼》《醉汉》，凡十三首。合计二十七首。

无序跋。《婆婆和童养媳妇》摘录如下：

> 婆婆在半夜就叫起童养媳妇，
> 叫她到地里去干活，
> 童养媳妇听从婆婆的吩咐，
> 她就到地里去了。
>
> 唉，真怕人，
> 是个月黑头大阴天呢。
> 她头也不敢抬。
> 拿起镰刀就割麦，
> 麦穗上的露水湿了她的手，
> 身上的汗珠湿了她的衣裳……
>
> 忽然，从西南边跑来一支驴，
> 她一口偷吃了半亩麦。
> 童养媳妇举起镰刀就去砍，
> 那驴丢下一支耳朵就不见了。
>
> 她跑去拾起驴耳朵，
> 一看：却是一支明晃晃的大元宝！
>
> ……第二天，婆婆赶早越来，
> 这回她自己要下地割麦去，
> 她想也有下一支大元宝。

唉，又是个月黑头大阴天，
婆婆却不害怕。
她四处看望着，
一边捎带着也割麦。

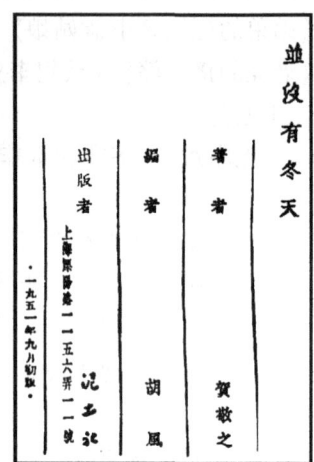

並没有冬天
著者　贺敬之
编者　胡风
出版者　上海溧阳路一一五六弄一一号　泥土社
一九五一年九月初版．

《采色的生活》

《采色的生活》，封面题"七月诗丛"（没有编号），一九五一年一月初版。著者为牛汉，编者为胡风，发行所为应非村，出版者为泥土社（上海溧阳路一一五六弄一一号）。全一册，"定价：5000"。

该书为新诗集，内收《鄂尔多斯草原》《牢狱集》（《在牢狱》《死》《控诉上帝》）、《爱和歌》（《爱》《S同志》《歌》《梵亚铃》《春天》《石像》）、《流浪小集》（《夜》《血泪》《落雪的夜》）、《复活集》（《土地上的神话》《复活》《战后》《夺回生命》）、《生命集》（《悼念鲁迅先生》《慰问》《饥饿》）、《黎明前》《北极星》《海边》《捕这只鼠》《我的家》《照片》《我和小河》《彩色的生活》《血的流域》。封面木刻来自英国拉裴留斯的。

正文之末落款："1947年3月初稿于开封，1947年5月改于阜阳，1947年12月重改于上海交大，未定稿。"

卷首无序，卷末有作者《后记》，兹录如下：

这个集子收集的诗，大半是四七年冬天和四八年春天写的。当时，和我一起工作的同志们都撤回了解放区，我却暂时滞留在上海，

十六　希望社"文学丛书"叙录　1013

一直找不到一个糊口的事，经常挨饿、流荡，有时甚至因为没有户口，夜无宿站，只得和几个朋友从一条街走到另一条街，直到天亮。但我还是和千万个悲愤的人们一起向敌人反击。满身血迹的祖国和我紧贴着，从那里我吸取了不可压服的力量，使我底生活更充沛、更光彩。和敌人进行肉搏的时候，我几乎是精疲力竭，但我也更深切地感觉到了敌人底体温急剧下降，敌人底腐臭的身躯形将瓦解。这些诗，就是在这么一种痛苦和欢乐交织着的感情里写成的。

今天，就让它带着血迹和伤疤和大家见面吧！也许这些诗和目前的现实生活显得有些距离吧，但也只有如此了。其实，那时的痛苦和今天的幸福是相通着的。直到现在，我自己底生命里还流动着祖国在那一个时期给予了我的力量。

这些诗，是进入解放区前两天寄给胡风同志的，本来在上海解放前就已经打成纸型，但没有人敢承印。现在有机会能印出来，我是衷心感激的。想不到它们也能够随着祖国的行进来到了今天，能够在这个壮阔的战斗的大海里洗涤一下自己，再和祖国一同前进。

1950年11月12日中午。牛汉记于北京

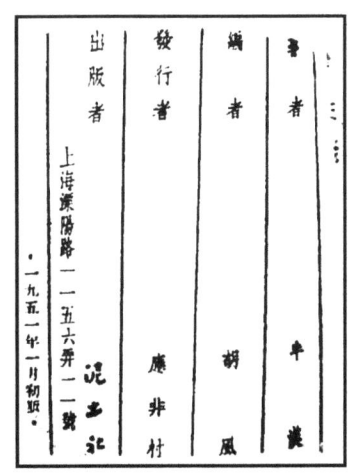

《集合》

《集合》，封面题"七月诗丛"（没有编号），一九五一年一月初版。著者为绿原，编者为胡风，发行所为应非村，出版者为泥土社（上海溧阳路一一五六弄一一号）。全一册，162页。

该书为新诗集，内收共分四组，第一组包括《圣诞节的感想》《琴

歌》《人和沙漠》《不是忏悔》《工作》，凡五首。第二组包括《圆周》《破坏》两题。《圆周》又包括《生日》《错误》《想象》《一个人》《愿》《存在》《有一个同志》《自杀》《信仰》《闪》；《破坏》又包括《破坏》《虚伪的春天》《游记》《坚决》《给化铁》《给我底女人的嘱咐》《集合》《无题》《自由》《死刑》《猫头鹰》《是和应该是》《一个人》《观念论者》《是的》《扬子江》《小甲虫有火光照耀着的梦》，二者小计二十七首。第三组包括《我是白痴》《我睡得不好》《响着的刀》《我们是怎样活着》，《我们是怎样活着》又包括《我们是怎样活着》《动物园》《雾》《我底一生》，小计七首。第四组包括《给CF》《颤抖的钢铁》《给天真的乐观主义者》《是谁，是为什么》《不要怕没有同志》《亲爱的阿Q》《微雨》《踏青小集》《给东南亚》《诗人们》，共十题。《亲爱的阿Q》又包括《中国，看你底》《百年战争》《敌人和公正人》《自由主义者》《给亲爱的阿Q》《一个中国母亲》；《微雨》又包括《微雨》《论英雄崇拜》《为了自由》《无题》《小鼓手和将军》《生命在歌唱》《诗与真》；《踏青小集》又包括《孩子和泥土》《手》《清明节》《早晨》《月光曲》《到罗马去》《草》《航海》《晴》《诗人》《春雷》。小计三十一首。总计七十首。

卷首无序，卷末有作者1950年10月25日夜写的《后记》，兹录如下：

> 收辑在这本小诗集里面的，是一九四二年到一九四八年所写的一部分习作。今天来看，它们已只能是一堆激动的情绪底表白了。虽然可以说，当时客观的历史情况限制了一般知识分子底感受和认识，但自己对于时代底真实没有顽强的追求，却是明明白白的。我将多么感激，如果读者们从这本小诗集能够隐约地看出旧中国性格底沉重负担的一面和英勇突进的一面，并且愿意帮助我克服残留在我身上的一些近乎创伤的败坏的感情因素，使我有力量再向前跨进一步。
>
> 今天我们须要做和能够做的事情实在太多。从任何细小的工作都可以通向"为人民服务"这个崇高而严峻的真理。我希望，今后自己能够更实际沉进广大人民底精神海洋，从那庄严的大欢乐里汲取勇气，努力生活下去。
>
> 这本小诗集底纸型是一九四八年初春打好的。感激友人T，他一直为我将它保存到现在。

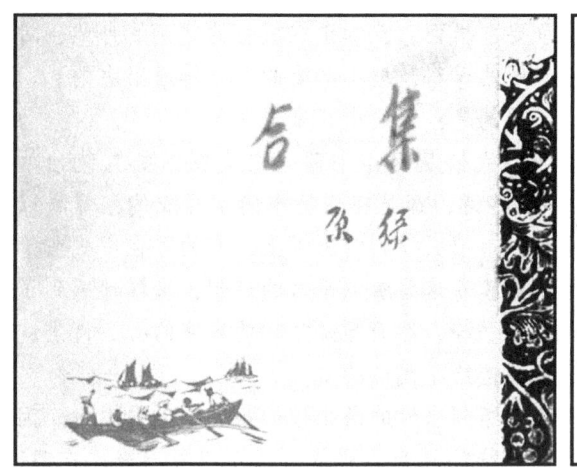

《望远镜》

《望远镜》，封面题"七月诗丛"（没有编号），一九五一年一月初版。著者为孙钿，编者为胡风，发行所为应非村，出版者为泥土社（上海溧阳路一一五六弄一一号）。全一册。

该书为新诗集，内收《望远镜》《我底月光曲》《我们是愉快的》《我底抒情诗》《写给一个歌者》《进攻的那晚》《我又回到这里》《渔村》《守防着黑夜》《夏天》《赶着前面而去》《送走俘虏的路上》《好冷呀》《我近来》《歌唱罢》，凡十五首。封面木刻来自英国拉裴留斯。

卷首无序，卷末有胡风 1950 年 11 月 8 日写于北京的《付印后记》，兹录如下：

> 这一小集，和牛汉、绿原、冀汸、化铁几个小集一样，是解放前排成打了纸型的，当时没有书店敢印。解放以后，因为忙乱，一直拖到现在。现在印了出来，我希望，这些在那时候抵抗严寒的火粒和冲破黑暗的光点，对于今天的读者，也还能够有一点加强历史感受的作用。那么，它们也许可以成为一天天高扬起来了的对于新生的祖国和觉醒的人民的爱情火焰里面的一点燃料了。在严寒里面能够生热的，在黑暗里面能够发光的，那么，在今天的炎炎太阳光下面，虽然那热线和光线不像当时那样引人，但由于这太阳光底力量，当我们接近它的时候，也许反而感到那热力和光力更加强烈的。
>
> 但当然，时代有了限制，诗人们底感受正在幅度上和深度上难免

也有着限制罢。但我以为，这不要紧，今天的读者是生活在伟大的思想光照下面和火热的斗争要求里面，犹如正在成长的健康的身体，对于食物，会自然地汲收有用的养料，把不必要的成分排泄出去的。

这一本，因为作者不通消息，只好由我来写几句。

当时，作者是在地下，大概是扮作小商人之类在国民党统治的"法"网下面跑来跑去。这些诗，都是在旅途中偷空写成的，写成以后就寄给了我。有的写在小市镇买得到的土纸上，有的写在中式账簿纸上，每次接到的时候，我读着这些看似平易的诗句，喜悦地感到了那后面的真挚、年青、那么平静、然而却是热切的战斗的心。诗人就是用这样的诗把斗争底幸福送给了我们的心。

这里面有一些，曾经介绍到当时的游击性的小刊物上发表过。因为，正式的期刊是不敢让这样的声音透露的。现在印了出来，在我，好像是还清了笔宿债。祝福诗人，祝福他正在执行的斗争！

《有翅膀的》

《有翅膀的》，封面题"七月诗丛"（没有编号），一九五一年一月初版。著者为冀汸，编者为胡风，发行所为应非村，出版者为泥土社（上海溧阳路一一五六弄一一号）。全一册，103页。

该书为新诗集，内收《罪人不在这里》《我不哭泣》《进化论》《不相信》《暗夜底冻结》《不幸》《撒谎》《晚会》《圣徒们》《七月底轨迹》《宁静的夜里》《拥抱》《誓》《三月小集》《自由在哪里》《我们，总要再见的》《今天的宣言》《生命》《M底墓碑》《给石怀池》《致约翰·克利斯朵夫》《有翅膀的》《给辛民》《听见了》《回来》《两极》《旅途》《幸福》《自画像》《孩子底梦》《寒冷》《雪天》《鹰》《雾》《雨》《烟》《月季花》《祝福》《春天的赞美诗》《早晨和少女》《穗》《池沼》《山野手记》《石工》《驮盐的人》《杜鹃花》《歌》《喜剧》《野店》《流浪到了故土》《黄昏》《醒着的夜》《罪状》《死》《安静的王国》，凡五十五首。

卷首无序，卷末有作者1950年10月25日写于杭州的《后记》，兹录如下：

这束小诗在一九四八年秋就排竣、打好纸型的，一直没有机会印出来。现在能够印出，却成了"明日黄花"。如果是瑰丽的油画或者庄严的塑像，不管时间隔了多久，还是无碍于它们底存在；甚至于越是隔得长久，那种纪程碑的意义才越显得鲜明。我底这些小诗，自然渺小不足道，有的尚可以从字面直接感受到或强或弱的悲愤的控诉，有的却晦涩得很，现在看来简直有些像谜语。举两个例：《不幸》是针对抗战末期反动政府借口组织缅甸"远征军"发动"知识青年从军"投去的一击；《三月小集》是对于反动政府限在一九四七年三月五日前撤返延安的驻南京、上海、重庆的同志们的告别。这样强大的火热的历史内容，在彼时彼地，我只能迂回曲折地表达出一份心意；同样的，对未来的美好的希望，在彼时彼地，我也只能用朦胧的象征的颜色描绘它。即使如此，还有被猎犬们嗅出的危险。人们说：完全缄默不更好么？是的，更好！但那也须得是个钢铁的战士才能做到的，而我，却暴躁得很，无从忍耐那种烧灼的痛苦；所以，我像那样、也只能像那样地写了。到此时还把它们印出来，一则是历史不能割裂，今天正是从昨天来的，再则是在那些沸腾的岁月里我所做的微弱而破碎的气象记录，对于受难者和战斗者也许还可以成为虽然微弱然而却是痛切的记忆罢。

十七　烽火社《烽火小丛书》叙录

《控诉》

《控诉》，题"烽火小丛书第一种"。上海烽火社出版发行，民国二十七年（1938）四月广州印刷，民国二十六年（1937）十一月初版。著者为巴金，发行者为烽火社（上海城内），总经售为文化生活出版社（上海、重庆）。全一册，64页，实价洋一角六分。

该书为散文集，全书凡四辑，第一辑只有《从南京回上海（一九三二）》。第二辑包括《只有抗战这一条路（一九三七）》《站在十字街头（一九三七）》《一点感想（一九三七）》《应该认清敌人（一九三七）》

《自由快乐地笑了（一九三七）》。第三辑包括《我们（一九三一）》《给死者（一九三七）》《摩娜·里莎（一九三七）》。第四辑包括《给山川均先生（一九三七）》《给日本友人（一九三七）》。

卷首有《前记》，卷末无跋。《前记》兹录如下：

> 我把五六年前发表过而未收入集子的两篇散文和最近的三四月来的零碎作品集在一起编成这样的一本册子，现在怀着满腔的热诚将它献与一般关心我的行动的读者。
>
> 写这些文章时，心情虽略有不同，但目的则是一样，这里自然也有呐喊，可是主要的却在控诉。对于那危害正义危害人道的暴力我发出了我的呼声："我控诉！"（J'accuse）。

《横吹集》

《横吹集》，题"烽火小丛书第三种"。上海烽火社出版发行，民国二十七年（1938）四月广州印刷，民国二十七年（1938）五月初版。著者为王健先，发行者为烽火社，总经售为文化生活出版社（上海、汉口、广州、重庆）。全一册，26页，实价国币一角。

该书为新诗集，收录诗作十二首，篇目依次为：《上海战歌（一）》《上海战歌（二）》《上海战歌（三）》《死与生》《阿里曼的坠落》《又一年了（为鲁迅先生周年祭作）》《她只有二十六年》《伙伴，你应该闻到这一阵腥风！》《徐家汇所见》《失路人》《忆金丝娘桥》《多谢那一夜的炮声》。

无序跋。《上海战歌（一）》兹录如下：

> 谁曾忧怖这江头迷场的毁灭？（按：原文如此）
> 谁还担心为了这地方的"元宵夜夜！"
> 在敌人的血雨中我们须努力求活，
> 求活，——奋击，高呼东西南北我们的国
> 魂速归来些！
>
> 看一群猛兽被调弄在猎人的双手；
> 看片片烽火掩（淹）没了清空的白昼；
> 看裸体苦儿抚着创伤，躺在街头；
> 看一朵白云迸落下炸成几道红流！

辟土，开疆，送多少青年到江边血葬。
"膺惩"，"征服"，只凭着无灵魂的军阀
幻想。他们，也有寡妇，孤儿，流离，苦痛，平民的灾殃；
为甚麽呢？——这正是血污历史的一叠迷账！
现在，——"表里山河"却便利了敌人的车马，舟楫
现在——重重铁索还尽力地把我们捆缚。
纵然涂灭（按：原文为"涂灭"）了记忆的颜色，把过去的事件忘却，
现在——你是否忍得下这当前的耻辱，低首苟活。

春江夜夜笙歌好，
秋江江上月明高，
来一阵惊风掀起滔天血潮，
笙歌，明月都化作飞弹，流硝。
几百万的居民，横心同笑：
为结算历久的血债，我们
忍待着偿报，忍待着偿报！

享乐与幽闲再不在大家的心中种下根苗。

这时代的"严肃",你与我都应一例尝到,

听——不是吗?大江南北也一例有敌骑的呼啸!

《在天门——战线后方的一角落》

《在天门——战线后方的一角落》,题"烽火小丛书第四种"。上海烽火社出版发行,民国二十七年(1938)四月广州印刷,民国二十七年(1938)五月初版发行。著者为邹荻帆,发行者为烽火社,总经售为文化生活出版社(上海、汉口、广州、重庆)。全一册,26页,实价国币一角六分。

该书为新诗集,全书篇五篇,《我要揭穿这秘密》《他们要生存》《青红帮在天门》《这里的后方工作》《祖国呵故乡呵》。

无序跋。诗篇《祖国呵故乡呵》摘录如下:

我们要嘶喊,
日本的炮口正教训我们,
祖国呵!
故乡呵!
怒吼吧,
我们爱好和平,
我们祝福世界和平,
我们愿奋斗,
愿牺牲,
愿作争取世界和平的牺牲者,
祖国呵!
故乡呵!
我嘶喊,
我呼啸,
在原野上我奔跑着,
我要把笔管当作烽火,
捲(卷)动一股新生铁流,
炮口朝着我们,
太平洋的怒潮朝着我们,
我们不愿作下饭的菜,

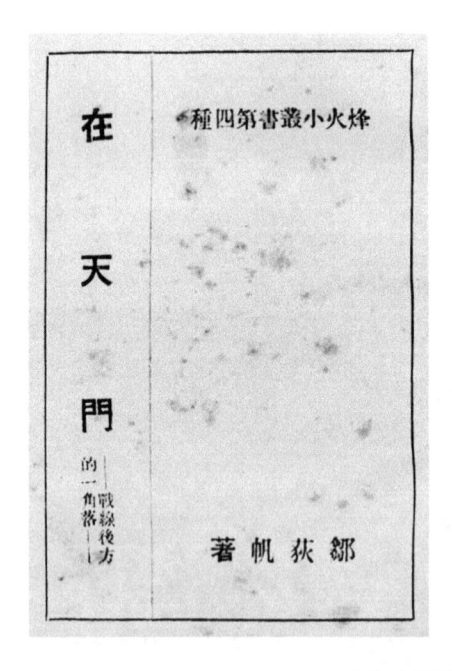

"予打击者以打击，"
我们要发出全世界弱小民族
对帝国主义者的吼声，
祖国呵！
故乡呵！
怒吼吧，
时代的暴风雨正朝着我们袭击，
我们举起手，支起全辐的伞
——抗战！抗战！抗战！
祖国呵，
故乡呵，
怒吼吧！怒吼吧！
时代的暴风雨正朝着我们袭击。
——稿于武昌。

《大上海的一日》

《大上海的一日》，题"烽火小丛书第五种"。上海烽火社出版发行，民国二十七年（1938）五月广州印刷，民国二十七年（1938）五月初版。

著者为骆宾基，发行者为烽火社，总经售为文化生活出版社（上海、汉口、广州、重庆）。全一册，75 页，实价国币一角二分。

该书为报告文学，收录作品七篇，篇目依次为：《救护车里的血》《"我有右胳膊就行"》《在夜的交通线上》《难民船》《拿枪去》《大上海的一日》《一星期零一天》。

无序跋。《大上海的一日》摘录数段如下：

> 沪西枪声随着晨曦消沉下去，一层层高耸云空的新式洋楼，一排排方口小窗，还是关闭着，表示冷静，像周围一样，像平时一样；新鲜的气息在空间飘散。
>
> 寥落的行人中，夹了一两个向难民所走的训导员，臂章特别显明，红十字被白布衬托着。前面，一个牵着小洋狗的中国仆人，迈着闲散步子。从战地驰回的运输卡车，只剩了柳枝之类掩护起的躯壳，急闪过去！激起一阵冷风，凉飕飕地。
>
> 红马甲清道夫，从弄堂里推出两轮垃圾车，一个骑脚踏车的送报孩子奔进去，口里单调地嚷着："《立报》《申报》《大公报》《救亡日报》……"

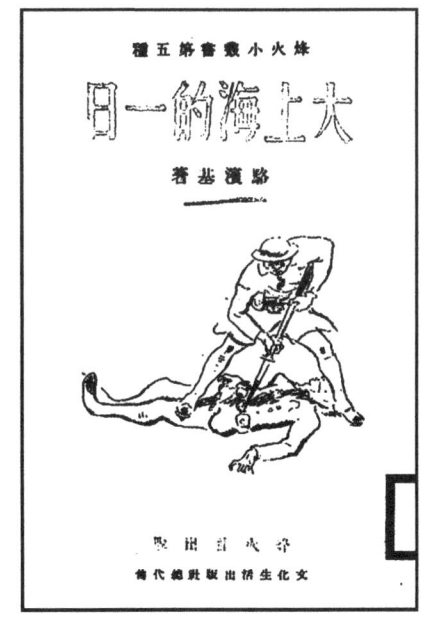

对面，被挂着国际难民所红十字旗，隔在竹篱外的逃难乡民，早已打起寒噤，睁开怅惘的倦眼，环顾下面挤卧一堆的褴褛伙伴，习惯地又是一声短叹。呜——的一声，驶过一辆小型汽车，惊醒了另一些曲身蜷腿的难民，紧贴在主人身旁的丧家瘦狗仰了仰头。

高空传来哄哄（轰轰）响音，祖国飞机飘然安返了。高鼻梁架着白眼镜的传教士，抬头望望，山羊胡子映着阳光黄得透明，一步步迈动直腿穿过安南巡捕中间。

《炮火的洗礼》

《炮火的洗礼》，封面和扉页均题"烽火小丛书第六种"。重庆烽火社出版发行，民国二十八年（1939）四月初版。著者为茅盾，发行者为烽火社（重庆沙坪坝十三号），总经售为桂林文化生活社（桂林东江路）。全一册，45页，实价国币一角五分。

该书为散文集，全书凡十五篇，依次为：《站上各自的岗位》《写于神圣的炮声中》《街头一瞥》《炮火的洗礼》《今年的九·一八》《光饼》《内地现状的一鳞一爪》《三件事》《"孤岛"见闻》《还不够"非常"》《忆钱亦石先生》《"战时如平时"解》《记两大学》《非常时期》《追记一页》。

无序跋。《站上各自的岗位》是《呐喊》的"创刊献辞"，兹录如下：

大时代已经到了。民族解放的神圣的战争要求每一个不愿做亡国奴的人贡献他的力量。

在这时候，需要热血，但也需要沉着；在必要的时候，人人要有拿起枪来的决心。但在尚未至此必要时人人应当从容不慌不迫，站在各自的岗位上，做他应做的而且能做的工作。

我们一向从事于文化工作，在民族总动员的今日，我们应做的事也还是离不了文化，——不过是和民族独立自由的神圣战争紧紧地配合起来的文化工作；我们的武器是一枝笔，我们用我们的笔曾经画过民族战士的英姿，也曾经描下汉奸们的丑脸谱，也曾经喊出了在日本帝国主义铁蹄下的同胞的愤怒，也曾经申诉着四万万同胞保卫祖国的决心和急不可待的热忱，而且，也曾经对日本军阀压迫下的日本劳苦大众申说了他们所应做的事，寄与了兄弟般的同情。

这都是我们所曾经做的，我们今后仍将如此做。我们的能力有限，我们不敢说我们能够做得好，但我们相信我们工作的方向没有错误！

中华民族开始怒吼了！中华民族的每一儿女赶快从容不迫地站上各自的岗位罢！

向前看！这有炮火，有血，有苦痛，有人类毁灭人类的悲剧；但在这炮火，这血，这苦痛，这悲剧之中，就有光明和快乐产生，中华民族的自由解放！

只有争取独立自由的中国，才能保障东亚的乃至世界的和平。同胞们！认识我们的光荣伟大的使命！被压迫的日本劳苦大众和被驱遣到战场来的日本士兵们；也请认清了你们的地位，坚决地负起你们自己解放的任务，让亚洲两大民族达到真正的共存共荣！

和平，奋斗，救中国，我们要用血淋淋的奋斗来争取光荣的和平！同胞们，站上各自的岗位，向前警戒！一百二十分的坚决，一百二十分的谨慎！

（二十六年八月十六日夜于隆隆炮声中）

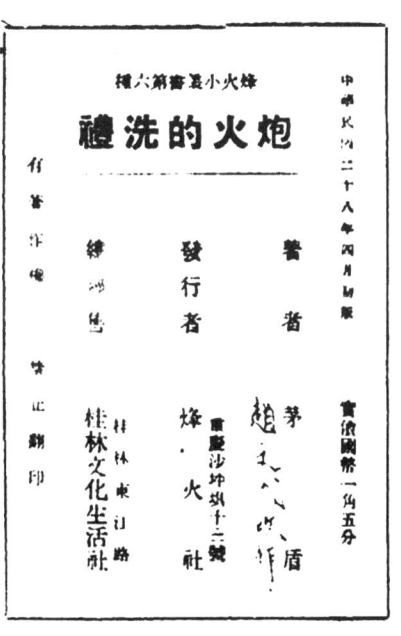

《潼关之夜》

《潼关之夜》，题"烽火小丛书第七种"。重庆烽火社出版发行，民国二十八年（1939）四月初版。著者为杨朔，发行者为烽火社，总经售为桂林文化生活社。全一册，75页，实价国币二角。

该书为通讯集，收录作品八篇，篇目依次为：《南苑，这儿开过我们的血花！》《王海清》《秋风吹起了征愁》《征尘》《成仿吾先生》《潼关之夜》《火并》《雪花飘在满洲》。

卷首无序，卷末有《附记》，兹录如下：

> 这儿收集的是八篇不成样的报告文学，一起才有三万字左右。从这本薄薄的小册子里，我希望一个中国民族解放的侧影能够反映出来，即使这个侧影是比萤火所照见的事物更加模糊。
>
> 第一和第二两篇写的是七·七同八·一三两次历史巨变中的一点碎片。在最末的一篇里，我是要显示一下九·一八以来东北的愁惨的面容。
>
> "报告"，这种一部分人认为是粗糙的新兴的文体，是得着我的极大的偏爱。我喜欢它的明快，流畅，这里的几篇东西虽然贫弱，以后，我盼望能够好好地利用它，写出些比较具有深度和宽度的作品。
>
> 最后，谢谢巴金先生，居然肯印这个小册子。

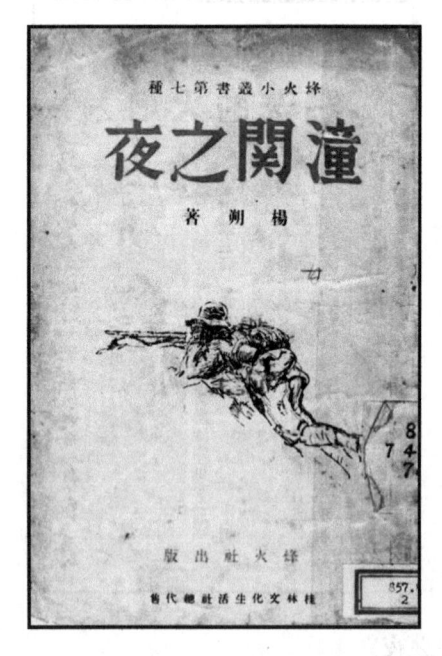

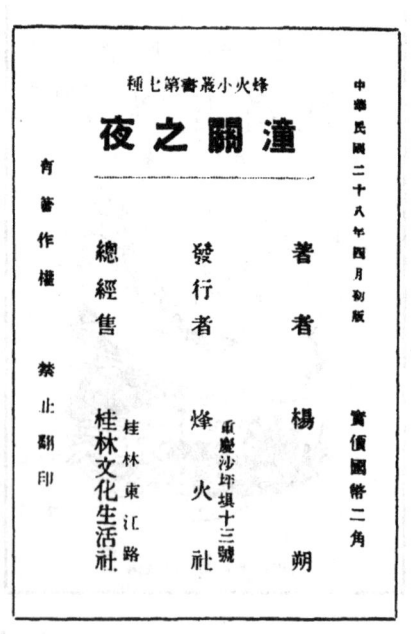

《夏忙》

《夏忙》，题"烽火小丛书第九种"。民国二十八年（1939）九月初版。著者为骆宾基，发行者为重庆烽火社，总经售为桂林文化生活社。全一册，49页，实价国币一角五分。

该书为报告文学作品集，收录作品八篇，篇目依次为：《失去了巢的人们》《落伍兵的话》《夏忙》《在庙宇里》《戏台下的风波》《意外的事情》《夜与昼》《诗人的忧郁》。

无序跋。兹录《失去了巢的人们》数段如下：

  停泊在黄浦江上的新宁兴江轮，像一只死爬虫似的，集满一些蚂蚁般上下蜂拥的人群，船身保持不住平衡的重量，随了丛杂脚步所践踏的搭板微微颤动着，周遭水皮激荡起为夕阳映射的发黄的彩纹，向四周静静翻卷开去。

  码头上的扛夫，高声呼喊阻碍身子的提篮小贩。旅馆伙友肩负皮色光润的行李箱子，护送腋挟皮包的中年的汉子，走上船去，后尾头留短发而鼻尖微红的蔡大有不声不响也随着溜上甲板。

  苍黯而飘散有油腻气味的客舱走廊间，五光十色的旅客拥塞住了，酿成一片沸腾声浪。

  "前面怎么不走？"腋挟皮包的汉子，仰脸望着，手指取下备食的雪茄烟。丰肉折叠的白厚脖子，在蔡大有眼前扭动。

"……这是国家事情，谁让我们都是中国人……"旁边茶房向一个身穿苍哔叽西装青年打着手式（势），体态轻盈的少女，半面玫瑰色脸倚贴那青年的肩膀，恬静地听着叙说。

一阵芳香扑鼻，蔡大有偏偏脸，落漠（寞）心情抹上了一层戏嘈，怅惘地放下手提包裹，在挑行李夫左侧坐下去：——别了繁荣的上海，血染的祖国之失地……

《见闻》

《见闻》，题"烽火小丛书第十种"。民国二十八年（1939）九月初版。著者为萧乾，发行者为重庆烽火社，总经售为桂林文化生活社。全一册，87页，实价国币二角五分。

该书为通讯集，收录作品十篇，篇目依次为：《贵阳书简》《安南的启示》《伟大同情的化身》《由香港到宝安》《一个"破坏大队长"的独白》《林炎发的入狱》《阻力变成主力》《岭东的黑暗面》《黑了都市亮了农村》《教育流进僻乡》。

无序跋。兹录《贵阳书简》数段如下：

单说我们自己呢，这番苦可不冤。八百里的荒山呵，什么你都看不见，满眼尽是硗瘠，荒凉，陪伴着极端的贫穷。然而在这旅途的那端却有这么一座阔城等着你，有电灯，有电话，有洋磁浴盆，还有离湘境后久违了的绿森，这简直是太丰富的报偿了。

其实，比起上海，比起青岛，贵阳还说不上阔。然而位置在一柄枯叶般的省分（份）里，就已经有些阔得不和谐了。每一个疲倦的旅客一走入贵阳近郊，看到那么细柔骄绿的垂柳，看到饭店旅馆的显目广告，都会感到莫大欣喜，甚而感激；然而把肚子填饱，把疲惫的身子安置到一张铁床上时，近于忘恩地，一种惊讶会冒上心头。他将不自禁地问自己，（他心里那些庞大山岭的影子，沿途那些乞丐般的穷苦同胞的影子，将逼着他问自己:）怎么，这是仙境吗？是沙漠中的海市蜃楼吗？昨夜还睡在一张为虱蚤霸占了的破席上，生活在那些张菜色的脸，那四面透风的茅舍，那只有焦黑巉石，枯黄野草的荒原上，今夜怎么竟有了丝绵被？穷骨头的印象是温暖过来了，却为了另一种难受代替了。

这次抗战，对各省不啻一大会考。拼命发展都会，置内地于不顾的错误是种植于过去。新的当局想来已着手纠正了罢。

《山村》

《山村》，题"烽火小丛书第十一种"。民国二十八年（1939）十月初版。著者为林珏，发行者为重庆烽火社，总经售为桂林文化生活社。全一册，48页，实价国币二角。

该书为短篇小说集，收录作品五篇，篇目依次为：《山村》《铡头》《边城》《女犯》《不屈服的孩子》。

无序跋。兹录《山村》数段如下：

又有一个屯子燃烧起来。

黑暗的烟雾拌合（和）着飘落的雪粉，从银灰色的山脊上，向漫无涯际的天边开展去。

岭端站着几个年龄不同的农夫；蹑起脚，或者用手遮着眉头；向老远的烟雾中瞭望：

"孙家洼子？……再不就是靠山屯；——那条沟里没有几个屯子啦！……"

赵祥伯挪开嘴角上的烟袋，很吃力的挑一挑松懈的眼皮，倾（顷）刻，一幅烂熟的地图，在脑海里展开了。

"反正都剩不下。"

王胜子吁吁喘两口粗气。一双忧郁的眼睛，向沟里低胜的房脊上，泛了一趟依恋的圈子。

半大的孩子们，不管这些，有兴致的研究烟圈的形状。

雪片混着北风在矮树空隙里呼啸。

起伏的原野，仿佛蒙着一床絮白的绒毡一般的往黄昏里推进了。……野兔不经意的从绒毡上跳起来；却又不经意的，在村狗的追逐中消失。

赵祥伯擦掉挂在髭须上的霜花，他狠命的（地）抽了两口烟。

"简直是要命啊！……"

一个闷在肚子里的叹息，随着伸长的呼吸从鼻孔里钻出来。

王胜子和另外几个年青的农夫，气咻咻的（地）转动着眼睛；脚底板子恶意的搓搽着岭端的石头。烟雾渺茫了。

银白的地皮和铅黑色的天空，渐渐的合拢起来。

当岭端上的农夫们散尽以后，几行匀整的脚印，在平平的雪板上踏出连索的窟窿。

《萌芽》

《萌芽》，题"烽火小丛书第十二种"。民国二十八年（1939）十月初版。著者为艾芜，发行者为重庆烽火社，总经售为桂林文化生活社。全一册，49页，实价国币二角五分。

该书为短篇小说集，收录作品五篇，篇目依次为《遥远的后方》《萌芽》《反抗》《两个伤兵》《八百勇士》。

无序跋。兹录《遥远的后方》数段如下：

> 吉古老放下碗，刚把水烟袋拿在手上，女人就从后面一把拖去，"算了你！一天无数八次的吃，刚才端饭碗的时候，你才放下的哪！"
> 吉古老剩着一双空手，气恼起来，"这才歪得没有名堂呢！"
> 女人也觉有点过火，便即好声好气地埋怨："你去看嘛，一点水都没有，叫人家怎个洗碗。"一面把水桶扁挑放在他的足跟前，"快去挑一担来——尽你吃个够，我管你做什么？"
> 吉古老想骂点什么，看女人一眼，即又忍住了，只拿手掌用力拭脸一下，便挑起水桶出去了。水挑好之后，拿着水烟袋去取线香（此地人吸水烟，多以线香代纸捻子，）两个小孩一窝蜂飞来，争着

要去点火，吉古老张开两手，鼓起眼睛喊道："滚开！"两个孩子毫不在意，倒反而更加胆大了，大的一个，猛的（地）一跳，抓着他爸的右手，便把线香抢去了。接着，像有鬼在后面追赶似的，就一直朝火落里飞跑。小的一个，因为竞争失败了，便急得哭嚷起来，连跌带扑地去赶。

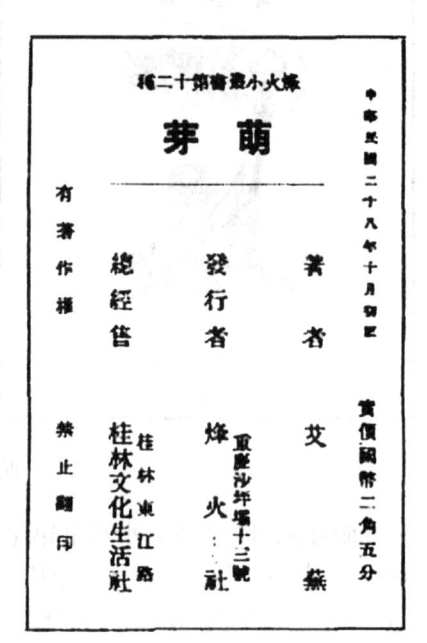

《战地行脚》

《战地行脚》，题"烽火小丛书第十四种"。民国二十八年（1939）十二月初版。著者为钱君匋，发行者为重庆烽火社，总经售为桂林文化生活社。全一册，66页，实价国币二角五分。

该书为报告文学集，凡十八节，有节目，依次为：一《退出虹口》、二《沪杭车中》、三《转上前线去》、四《折向要塞的江阴》、五《轰炸中回故乡》、六《在故乡》、七《离家前后》、八《夜船发湖州》、九《袁家汇一周间》、十《泉水洋上的枪声》、十一《湖州在烽火中》、十二《苕溪急流上的恐怖》、十三《停留在晓墅》、十四《炮火扑到了天目山》、十五《浙皖丛山间流亡的一群》、十六《鄣吴村的一夜》、十七《向皖南进行》、十八《火焰中的广德》，记述抗日战争爆发后，著者一行自上海逃亡至安徽途中的见闻。另外附录短篇小说《幸免者》。

无序跋。《退出虹口》摘录如下：

  炎热的夏日的中午。蝉声完全占领了假期中枯寂得比寺院还要枯寂的校舍。古旧的钟楼的走廊上一株老槐扑过来，"日移叶荫上阑干"，烈日把老槐的枝叶的影仿佛"月移花影"地移到了直条子的木阑间静卧着，因为没有一点风来吹动它，觉得天气有上海局面一样的闷沉沉。

  飞利浦三灯机（按：原文为"三灯机"）的钮一拨动，卢沟桥方面的消息源源而来。我们期待着全面抗战爆发的留校四同事，俨然以四金刚自居了。每天任和杨两位研究着日报上的消息，推测抗战是否会在上海展开。我和郑每天埋头，制作着含有强烈的煽动性的抗战宣传画，紧张到了极点，连吃饭工夫也被挪用了。

  赤着脚，袒着胸，我们在凉爽的夜风中恣情地纵谈着北方的战事的得失。忽然从老远的沪西来了一个友人，他告诉了我们虹桥事件的严重，劝我们不要硬到底，还是先搬动搬动，等到战事一展开，虹口不比"一·二八"时代，这次却连"暂时勿碍"的机会也不会有的了。于是第二天我就到校前的马路上去实地观察，仿佛知道严重的人都在虹口，一路上独轮车载的，是箱笼物件；黄包车，卡车，搬场汽车，小汽车载的，也都是箱笼物件。慌慌张张地，前拥后挤着塞满了宽阔的马路，一齐流到苏州河以南的地带去。那些跟随在车后或车上的物主，都现着（按：原文为"现着"）一种茫然的脸色，但他们的心中却隐藏着一种无底的怨恨，怨恨那中华民族的仇寇暴戾的日本！

  这样搬移的人从虹口每个角落里涌出来，整天整夜充塞了好几里长的马路，看看觉得似乎真的有些严重了。于是我也准备把我的物件分批来输送到比较安全一点的地带去。先把家具打了篾包，从万分艰苦种种周折中，总算在上海南站向硖石运出了，这真是我的幸运。那些我所珍爱的书籍和Piano之类，也都一次次杂在拥挤的各色车子的队里迁移到了法租界。

  我那三位同事，也都酌量把放在校中的东西搬走了一些。

  把东西搬了以后，我们还是相约着守在古旧的校舍里，我对于相处近十年的那座赭褐色的中世纪式建筑的钟楼，非常恋慕，不忍遽然离去了它。

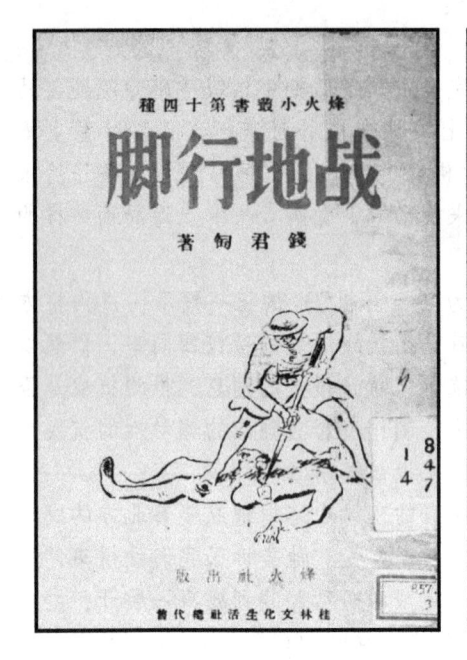

《胜利的曙光》

《胜利的曙光》，题"烽火小丛书第十六种"。民国二十九年（1940）十二月初版。著者为黎烈文，发行者为重庆烽火社，总经售为桂林文化生活社。全一册，43页，实价国币二角。

该书为通讯集，凡十一篇，篇目依次为：《伟大的抗战》《胜利的曙光》《三个伤兵》《寄东北同胞》《战时旅况》《微弱的呼声》《暴风雨的福州》《我们只有一个民族》《闽海风云》《福清之行》《关于罗淑》。

无序跋。《关于罗淑》摘录如下：

在乡下病居了几月，初来广州，看到一班离别多时的朋友，整天在敌机威胁下镇静地工作，觉得中国前途非常有望，心里真怀着无限的欣喜，无限的兴奋。

但当一位朋友无意中把罗淑的死讯告诉我时，我那颗愉快热烈的心上，便顿时搁了一个冰袋。我不愿说我那时受着怎样的打击，但我却感觉沉重压迫，并且几乎窒息着了。

罗淑会这么快的死去！而且是和我的妻严冰之一样，因为产后发热被"西医"所误！我们所信仰的"西医"会给我们杀去这么多聪明有用的女人！——据我所知这就两个了；还有多少同样死去的女人不为我所知道呢！罗淑近年努力著译，她的聪明才智还不过一点表现；而我的女人在国外辛苦多年，刚刚毕业回国，就给"西医"送进坟墓，一点成绩也没有，所以我在悼惜罗淑之死时，另外还有一层悠远深沉的哀痛。

我认识罗淑，不过是四年前的事情，那时她和马宗融兄带着一个小女孩刚从法国回来不久，我和一位留法同学沈炼之一道去看他们。罗淑第一次给我的印象并不怎样深刻，我那时毫不知道她有文学的天才，我不过把她当作一位普通朋友的太太看待，觉得她举止大方，谈吐不凡罢了。这在一个曾经留学海外的女性是并不算得什么的。

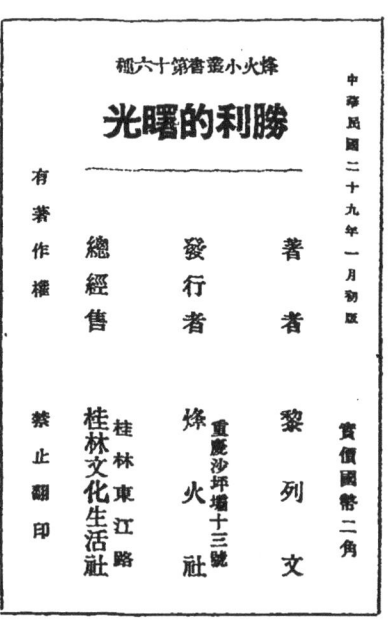

《火花》

《火花》，题"烽火小丛书第十七种"。民国二十九年（1940）四月初版。著者为靳以，发行者为重庆烽火社，总经售为桂林文化生活社。全一册，65页，实价国币二角五分。

该书为通讯集，收录作品凡二十一篇，篇目依次为：《我的话语》《五月的话》《关于国旗的话》《上海书简》《沪战杂记》《孤岛的印象》《在轰炸中》《残杀之后》《飞行的刽子手》《卑污的屠杀》《五月四日》《短简一》《短简二》《我怀念着你们》《小城远简》《"九·一三"》《"九·一八"七周年》《忆"一·二八"》《广东人》《走在他们的中间》《忆罗淑》。

无序跋。《我的话语》兹录如下：

  我不说一个字千万里奔波流徙的苦辛，我也不说半句每个人都受到的家破亲亡的悲痛；我们总算十分幸运地得以在这个山城相见，让我们相互地从里心大声道着安好。

  世外的桃源终是人们空虚的幻想，每个做（作）为人的动物的记忆上，刻映着惨痛的印象，在敌人残暴的行径中，家园被烧毁了，亲爱的人们被杀伤了，女人们被奸污了；住在北方的来到南方，住在东方的来到西方，冻馁的侵袭，无妄的灾祸，从苦难中逃出来的残余者也未能保全一己的生存。不知有多少年老的和幼小者永远躺在路边；他们到了暮年还不能得着安静的永息；他们才来和人类相见就遭受也算为人类的毒害。记忆虽然不是一面遍照四方的明镜，可是也留得下深浅的轮廓。无论取着任何的角度来窥看，那总有一片鲜红的闪光——那有血，也有火，还有将来的光明的影子。

  将来的光明不会凭空降临的，我说我们是站起来了，站在自己的脚上，十八个月的时日，我们昭示了并未曾在敌人面前屈膝，而且使他们自己觉悟到速战速决的狂妄，因之要准备五年，十年，甚至百年的战争，我们的弟兄们已经把血染红了大半的国土，可是我们要依靠更多的血的灌溉才能奠定在敌人铁蹄下战抖（斗）的土地，再使敌人在我们的土地上覆灭。我们要有坚固的支持，才能使这个民族复兴起来，血是可怕的，可是它能重生新的一代；火是能摧毁一切的，可是它也能把铁烧成钢！

  在这样伟大的时代中，我们也深深地感到文章的无用。别人流的是血，供（贡）献的是生命，我们却只能挥动一支笔，我决不苟同那种夸张的说法，以为一支笔便可扫荡若干敌人；可是我们却愿意沉着地站上自己的岗位，尽一己的全力来呐喊；从峻高的山岭，从江河的边岸，从飘着大雪的北方；从吹着暖风的南方；从我们自己的地方，从喘息于敌蹄下的地方；从每个僻静的角落里，我们带来了他们的呼声，使他们的语言，到达更多人的心上。没有耳朵的使他看，没有眼睛的使他听，触觉和嗅觉更可以帮助人们来感受；可是失去知觉的人，那却在我们感动的能力以外了。他也许还关在个人的美妙的精舍里,他也许只张开一只眼闭上一只眼,他甚至于想把这一节血的教训从历史上涂去,为了他自己优美的,怕血腥气的素质……那我们只得要他静静地等待着灭亡。或许敌人不容他从容地思索,一颗炸弹原是想惊醒他,恰巧在他品茗饮酒畅谈幽雅的时节,使他的血肉横飞,使他从此永远离开这个美丽的世界也未可知。

让我们肩起这责任吧,从小小的笔尖上,能描画出敌人的残暴,军民的英勇,还有许多值得赞美的和值得痛恨的事迹。也许有许多正是你要说的,有的也许要使你张大眼睛叹息它的发生。总之在这真的民族的危困时期,我们真的在尽我们的心,采取铁血的故事,来启发,鼓舞全民众的心。

让我们把力量合起来,向着同一的目的前进,这不只是你的,我的个人间的事,我们的民族将在我们艰苦的奋斗下再生永存。

廿八年一月十五日

《狮子狩》

《狮子狩》,题"烽火小丛书第十八种"。民国二十九年(1940)四月初版。著者为布德,发行者为重庆烽火社,总经售为桂林文化生活社。全一册,54页,实价国币二角五分。

该书为散文集，收录作者1936年6月以来创作的散文作品，凡二十篇，篇目依次为：《狮子狩》《阳光》《火炬》《斧》《我们的帐幕在那儿》《窗》《楼阁》《歌者》《球》《想飞》《这一类人》《堡垒》《网》《赌》《远征人》《天下》《雨天》《下驮之忆》《梦之类》《乡景》。

卷首有《题记》，卷末无跋，《题记》如下：

> 请宽恕我过去有这么一个见解，以为散文写来鸡零狗碎，是文艺体裁中一种最卑贱的形式；这错误的见解一直被保持着，一直到我写《狮子狩》。
>
> 《狮子狩》是二十五年六月写成的，那时候我正在绍兴城郊流浪，绍兴虽是那样一个苍老，荒凉的小城，那时却已经有人"撑起国货的旗帜来贩卖别国的东西。"而绍兴人呢，漫（满）不在乎的从茶楼或者从"咸亨"酒店里出来，顺手随便买一两块"国货"肥皂，还称赞着"国货"便宜不止。
>
> 这样的事情一个神经脆弱的人是要流泪的：一个人口渴着饮水，却不知道饮的是一种毒鸩。这样，看到法国画家特拉克洛亚的那幅《狮子狩》时，不免有所感触；而那样的小小的感触，显然不能写诗，小说，或者戏剧，只配"鸡零狗碎"写一点散文，但文章结尾写到"扑过去"时，觉得自己按捺不下奔放的情感，到此作了最适当的结束。散文虽则不免被人视为"鸡零狗碎"，但散文也有散文的好处呵！
>
> 于是，我如同挥金如土的浪子回头变为一钱如命的悭吝汉一样，我开始许给了散文以特有的尊严，从此也开始钟爱了散文。
>
> 而仅仅两年短短的时间"狮子"真的扑向敌人去了，这其间，我看到了X人的残暴，也看见了我们新生的力量在战斗中坚强起来，我用着喜悦的心情写下了《窗》。但是，无可讳言的，以绍兴作起点，我也被迫作了更大规模更寒伧的流浪，而且承受着无比的苦难。这样我又感慨万端的写下了《天下》，《乡景》，《嘉陵散记》，以及《梦之类》。
>
> 今天呢，在湘北大捷之后，诚如《梦之类》的末段所说，"离开我们亲眼看见祖国的欢笑"的日期已经不远；当我选定《狮子狩》做这集子题名的时候，我比以前更有按捺不下的奔放的情感。
>
> 我要重复着我在《窗》里已经说过的话："我们需要自由更甚于需要空气，让我们的自由和空气一道流进来吧！"
>
> 布德　二八年十月，四川重庆。

《不愿做奴隶的人们》

《不愿做奴隶的人们》，题"烽火小丛书第十九种"。民国二十九年（1940）七月初版。著者为朱雯，发行者为重庆烽火社，总经售为桂林文化生活社。全一册，56页，实价三角。

该书为短篇小说集，收录作品凡十一篇，篇目依次为：《老媪》《一个英勇的老人》《两个女性》《飞将军》《入伍》《不愿做奴隶的人们》《突击》《雪的原野》《田岛的死》《永远记着的仇恨》《妓》。

卷首无序，卷末无《后记》，《后记》如下：

照例要从"八一三"说起。

自从上海战事爆发以后，我们就避居乡下；那个地方，虽然离松江不远，可是秩序却好得诧异。先前几天，敌机飞过上空，甚至在附近的三十一号桥那里滥施轰炸，颇叫我们这些高等难民惊吓，然而听惯看惯，也就处之泰然。只是我们感到一些寂寞。所谓寂寞，并不单指生活方面的无聊与空虚，却指当地一般抗战空气的沉静，于是我们办了一份小型的《抗敌日报》。报纸一出，大家都忙了起来；尤其是我，一个人负了很多责任，上自整理编排，下至监印校对，无不一律负责；因而每天晚上，总要弄到二三点钟才睡；然而趣味盎然，毫不疲累，第二天早晨，照常还做其他的工作。

　　那个时候，为了要适合乡村民众的程度，曾想把一些特殊有意义的新闻，铺张描述，写成一个个的故事，好叫他们容易懂得。譬如上海北四川路的一个老媪，浦东高桥的一个农人，用计诱敌，以及我国空军施计轰炸敌机场的新闻，都是一度引起我衍为故事的材料。可是因为忙得厉害，这类比较要加一点思索与组织的故事，始终未遑写成，报纸办了一月，各项工作渐次上了轨道，我也有了一点闲空的时候，正待开手，而前方的战局，突趋紧张，报纸无从再出，我们也就离开故乡，开始踏上流亡的道路了。

　　这以后的一两个月中间，我的生活几乎全部在车中，在船上，以及空袭下度过，当然没有写作的心绪和时间，直至住到了湖南湘乡，才有写作的余裕，于是开始把那计划颇久的三篇，陆续写了下来。此后我因为湘乡过于寂寞，而其时田汉、鲁彦两兄又预备在长沙创办《抗战日报》，便一个人回到长沙；在兴奋的奔波中，我又继续写下了好几篇短短的故事，来到广西桂林以后，生活比较安定，便又为《少年先锋》等刊物写了几篇。总共计算起来，这一类短短的抗战故事，也有了二三万字；刚巧巴金兄在广州筹备继续编印《烽火丛书》，我就参加了这一集小小的创作。

　　写作的动机既如上述，所以这里的文章，都是非常浅薄的。尤其因为我素来不会写作，所以纵然题材很好，也往往给我剪裁，安排，描写得坏了。不过，我应该向读者声明的是，这十篇文章里的主人公，决不是我凭空幻想的；那些男女老少，大概是真有其人，而他们的勇毅行为，也都是从报纸上看来，甚至从他们口述中得来的，这种在整个抗战中似乎未必如何伟大的事迹，我觉得也有表扬的价值，因而不计文字的工拙，竟把这些文章，哀集了起来。

　　还有一点，我应该向读者表白的是，当我每一次看到报上的这些记载，或者听到朋友的这些叙述，总是感动得流下泪来。所以我相信，纵然我的拙劣的文字，已经相当地损害了事迹的伟大；然而故事的本身，也许仍然会使读者得到一些什么的。如果那样，我的这个集子，就不算徒费纸张了。

　　右为记。

　　朱雯　廿七年劳动节广西桂林

《为了祖国的成长》

《为了祖国的成长》,题"烽火小丛书第二十种"。民国二十九年(1940)九月初版。著者为罗洪,发行者为重庆烽火社,总经售为桂林文化生活社。全一册,111页,实价国币六角。

该书为短篇小说、特写(文学)集,共分二辑,第一辑收录《苦难的开始》《冲破黑暗前进》《一个站在前线的战士》《永远的仇恨》《永远流着的江水》《女店主》《无轨列车》《忆富春江》《湘桂途中》,凡九篇。第二辑收录《逃难哲学》《活教育》《血淋的手》《那个像间谍的女人》《还站在边缘上的小刘》《俘虏们》《为了祖国的成长》《群像》《魔窟》,凡九篇。

无序跋。《苦难的开始》摘录如下:

> 有一次一个朋友到我这土墙泥地的住处来,忧愁怨愤地拉住我的手,先是高兴着我们能在数千里外的客地相逢,话还没有说上几句,他就悲慨地告诉我,他所有一切宝贵的可爱的东西,都损毁在家乡的战区里边了。我对于他的巨大的损失,自然极同情;何况我自己的家乡也在战区之内,我自己认为一切可爱的东西,也早已毁灭无余呢。

我知道这位朋友在平时是养尊处优惯了的,我也很替他生活上许多享用的东西给损毁而可惜,然而我却又无情地对着他说:"这种损失不能不说是极可痛惜,不过我们现在生活上的一切,也许比你所损失的许多宝贵的东西还宝贵吧?"

这位朋友诧异地望了我一眼,但没有完全领会我的意思,很给我这句话引起了他现在生活上的苦痛,慨然地又拉住我的手,从椅子上直跳起来,高声说道:

"我正要说呢,我现在住的地方比你这里更坏,什么东西都没有,一家人只有两个凳子……唉,且慢说这些吧,我告诉你,在家乡跟军队一起退出,一路辗转到这里,真是受尽了千辛万苦!"

《红豆的故事》

《红豆的故事》,题"烽火小丛书第廿二种"。民国二十九年(1940)九月初版。著者为孙陵,发行者为重庆烽火社,总经售为桂林文化生活社。全一册,52页,实价国币三角。

该书为短篇小说集,收录作品凡五篇,篇目依次为:《红豆的故事》《梦中的海岛》《初夜》《初夏的山谷》《从军》。

无序跋。正文摘录如下:

《红豆的故事》摘录如下:

偶然在一个发霉了的小皮箧中,发现了一颗经年的红豆。映着窗外透进来的雨后的余晖,晶晶地闪耀着宝石般赤紫的光芒。他在我那发霉了的小皮箧中,整整韬光养晦地度过了一年的光阴。

一年不能算是很短的时间,许多一年以前辉煌的闪烁着炫目光彩的美丽的记忆,也像那红豆同样在长久的发霉了的时间里被我遗忘了。那里面有渴望,有热情,有欢欣,也有受苦。现在,他们——那些值得追怀的记忆,——却又随那红豆一样鲜明的出现在我底(的)面前(记忆底):我忍不住欢快地打开了我底一角。

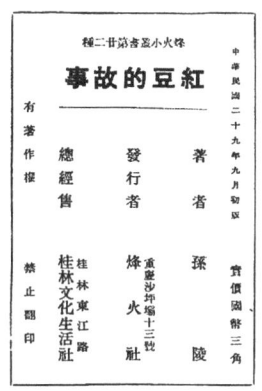

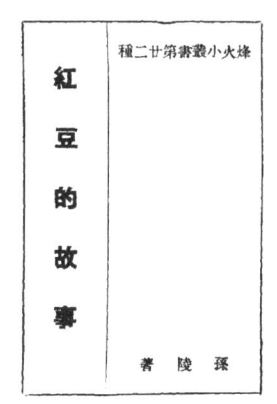

十八　中国诗艺社《中国诗艺社丛书》叙录

《哀西湖》

《哀西湖》，题"中国诗艺社丛书"（没有编号），民国三十二年（1943）一月初版。主编者为徐仲年，著者为杜蘅之，印行者为独立出版社（重庆），总经售为正中书局（重庆）与中国文化服务社（重庆）。全一册，98页，实价一元五角。

该作为长篇新诗，包括：一、序曲；二、昨日的湖山；三、四个小岛；四、佛的圣地，凡四节。

卷首有《序》，卷末无跋。《序》摘录如下：

我在西湖之滨一住十年，我爱西湖甚于爱我的故乡，她就是我的选择的故乡。

我朝夕与她相见，她实在给了我许多诗的灵感，我早就想写一篇关于她的长长的诗，来报答她待我的恩情。至少在五六年前，我与母校那钱塘江畔的美丽大学几个同学创办"菉茵社"时，就有写这么一篇诗的心。不知怎的，我年来，我虽是每日忙碌着舞动那支秃笔，对于这椿（桩）诗债却木（未）曾偿付一个字（按：原文如此）。

这次，我是去年八月八日离开西湖的。

从"七七"起，北地烽火虽已弥漫了一个月，西湖究竟还是静悄悄的。我却因为是某个空军集团的一份子，不得不走。所以在扬子江中鼓轮西上，看无情的江水悄然东去，我惘然地念着：我要归去！我为什么要走，走又走得这么早，呵，太早！偏偏江水又是这么污浊，船是在泥淖里费力地向前拖，此与西湖划子在碧清的湖面上荡漾，闭着眼睛来比比，眼泪就从眼角涌出。

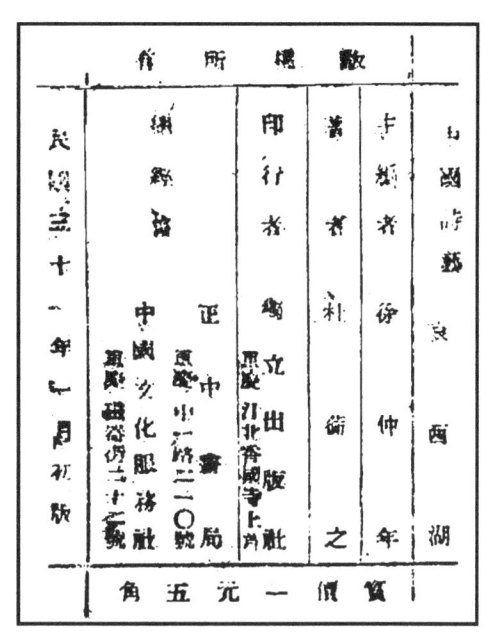

《风铃集》

《风铃集》，题"中国诗艺社丛书"（扉页题，没有编号）。重庆独立出版社民国三十二年（1943）八月初版。编者为程铮，发行者为独立出版社（重庆），印刷者为独立出版社（重庆），经售处为正中书局（重庆）与中国文化服务社（重庆）。全一册，34页，实价八元整。

该书为新诗集，分三辑，第一辑收录《归来》《驼铃》《祭祀》《不再逃亡》，凡四首。第二辑收录《宜兴在游击队掌中》《元宵的绿灯》《五台山武装起来了》《护路村》，凡四首。第三辑收录《遥寄嘉陵江畔的友人》《血的故事》，凡二首。合计十首。

卷首有《风铃忆（序）》，摘录如下：

> 我是爱听风铃！
> 记得我年轻的时候，——大概在二十多年前罢，——往往用细铜丝缚□了许多玻璃条子；然后把它们收集起来，一条条挂在"黄篮头"上，——"黄篮头"是无锡土语（不知是否这样写），是一种竹篾编成的盆形东西，将上下两片合起来，用绳扎住，中间盛物；——再把如此准备好的"黄篮头"吊到檐下去：只须（需）有风，只须

（需）一阵轻到只能吹舞青丝而未能翻动罗裙角的清风，这些玻璃条子便自相撞击起来，叮当作响：煞是好听！这不是风铃，却有风铃的作用。那时代，——提起了它，谁没有甜蜜的回忆？——天是高的，地是厚的，人是无忧无虑的：于是我张开了嘴，望着玻璃条子笑，把整个的心寄放在眼上，把一只眼紧紧盯住了那些玻璃子：条子在摇，我的心也在摇；条子叮当作响，我的心也叮当起来。

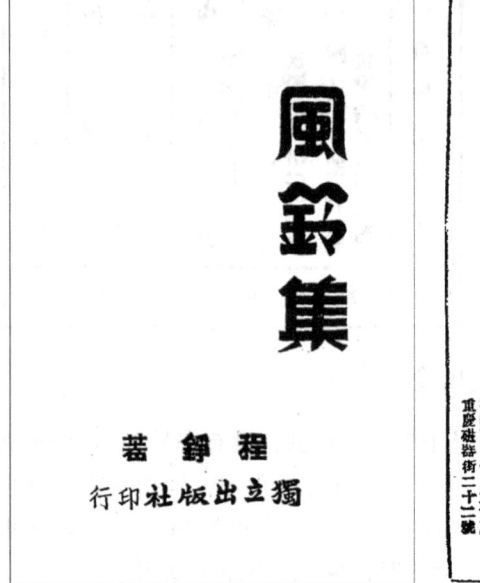

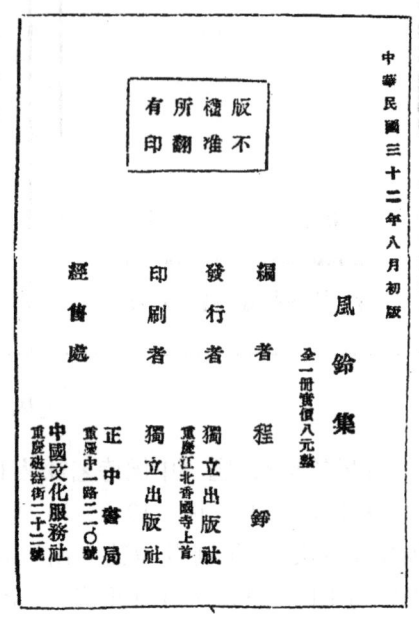

《光明与黑影·特髯迦尔曲》

《光明与黑影·特髯迦尔曲》，题"中国诗艺社丛书"（扉页题，没有编号）。重庆独立出版社民国三十三年（1944）三月初版。译者为徐仲年，发行者为独立出版社（重庆），印刷者为独立出版社（重庆），经售处为正中书局（重庆）与中国文化服务社（重庆）。此外，清校者为李洛珍。涂版热料纸版本，全一册，84页，定价一元一角整。

该书为译诗集，包括长诗《光明与黑影》，〔比〕马赛尔·郭儿（Marcel Coole）著和卡儿木克民族英雄歌《特髯迦尔曲》。

卷首有《卷首记》，此外，每首诗前有译者编写的内容简介。《卷首记》兹录如下：

近年来诗兴甚不浓厚，尤其在"八·一三"后，入川至今，更无诗兴可言：所以在这三年多的时间内，尽管集子出了八种，——这部小册子是第八种，——尽管散文写了八十余万言，而创作的，译的诗不过三十五六首而已。

回忆二十年前，初入文坛，在当时的《京报副刊》《晨报副刊》上发表了多少的诗：以昔比今，若不在小说小品文方面努力，竟有"吾老矣"之感！于此我想起了这位于思于思的孙伏园先生；抗战后，曾在重庆晤过一面，现今又不知道他到何处去了。

我自己虽则不常写诗，却与几位诗友出了一套《中国诗艺社丛书》。他们的集子都是创作，我只能选两篇比较长的译诗，出一本小册子，助助兴。

至于册内的两篇诗，《光明与黑影》是数重友谊的纪念，《特髻迦尔曲》是一支民族的英雄歌，所以都被选了。

民国二十九年十一月二十八日

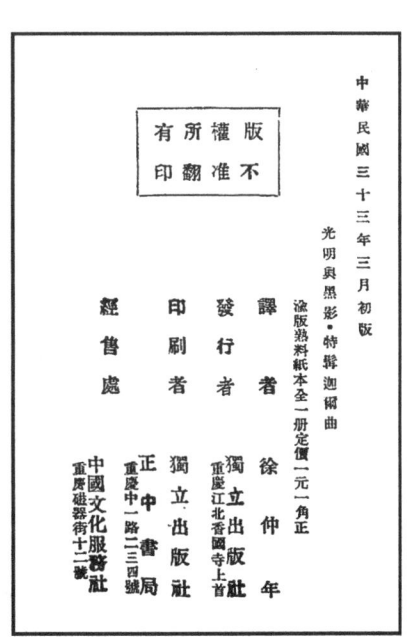

《金筑集》

《金筑集》，题"中国诗艺社丛书"（扉页与版权页均题，没有编号）。重庆独立出版社民国二十九年（1940）五月初版。著者为吕亮耕，印行者为独立出版社（重庆），印经售处为正中书局（重庆）、中国文化服务社（重庆）以及拔提书局（重庆）。全一册，18 页，实价一角五分。

该书为新诗集，收入《大时代的诗人》《给战士》《宝剑篇》《宝刀篇》《望金陵》《望江南》《宿雁》《征车》《村家》《夜袭》《黎明》《半旗》《过阳朔》《芦花》《一叶航船》，凡十五首。

扉页一录勃朗宁的诗（中英文），扉页二题"献给——敏"。卷末有《后记》。勃朗宁的诗（中文）为：

　　挺胸向前永不退后的人，
　　决不会相信阴云能永久黑暗，
　　正义虽败挫，决不梦想到邪恶终会佔（战）胜，
　　我们确信颠仆的能奋兴，败北的能重整，
　　酣睡的能觉醒。

《后记》兹录如下：

　　这个集子里共收小诗十五首，合月刊数，差不多都是流离道中的作品——偶然有点意思，便写下来的，所以都不大长。至于较长的一些诗稿，我另有计划，归在别的集子里面去了。

天寒岁暮，又是一年向壶。在这时把这些小诗辑起来付印，算是给自己重温了一遍旅途中经历的感情；至于集名题做《金筑》，也算是给这个羁留半载时日，而今又行将别去的山城，作个小小的纪念罢。

一九三九年除夕，金筑，对山居

《黎明的号角》

《黎明的号角》，题"中国诗艺社丛书"（没有编号）。民国三十一年（1942）七月初版。著者为齐敩，发行者为独立出版社（重庆），印行者为独立出版社（重庆），经售处为各大书局。全一册，26页，实价一元。

该书为新诗集，收入《给一月的孩子》《寄北战场上的何其芳君》《题未定》《黎明的号角》《无题》《对白》《寄淑敏》《小楼》《日本空军俘虏》《夜雨与乃文宿界石》《端午寄北》《无题》《夜袭口占》《题信背》《小琵琶的弦》《夕阳》《山居夜雨》《河上》《代作赠女友去战场》《涅槃章》《跋桃花扇》《武胜关》《寄远》《休洗红》《忧思吟》，凡二十五首。

无序跋。《黎明的号角》摘录如下：

> 在朝阳的闪灼中，
> 我听得了一阵
> 惊人的号角。
> 谁不腾起一片
> 英雄的胸怀，
> 向天涯，向海角，
> 向广漠之原野！
>
> 在那里不也是
> 正吹出正义的口号！
> 多少滴碧血，
> 招呼出来
> 旭日之血红；
> 马飞迈过每一片
> 熟稔的土地——
> 那是染过魔血的，

血腥的气息的,
在枪刺的闪光中,
看得清的是
怒忿的火花与
自由解放的标帜。

黎明的号角,
震荡起多少
英雄的胸襟更
嗅出东方的明亮。

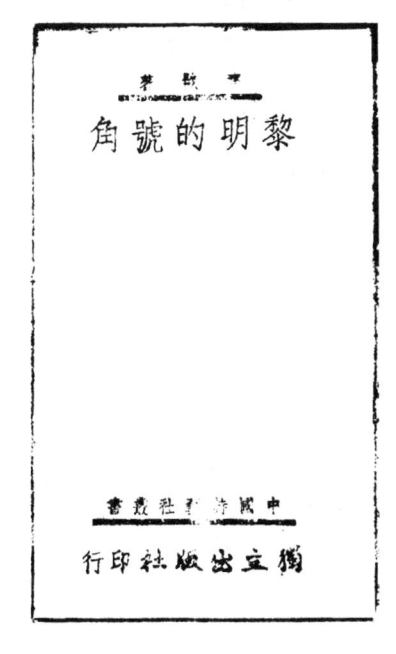

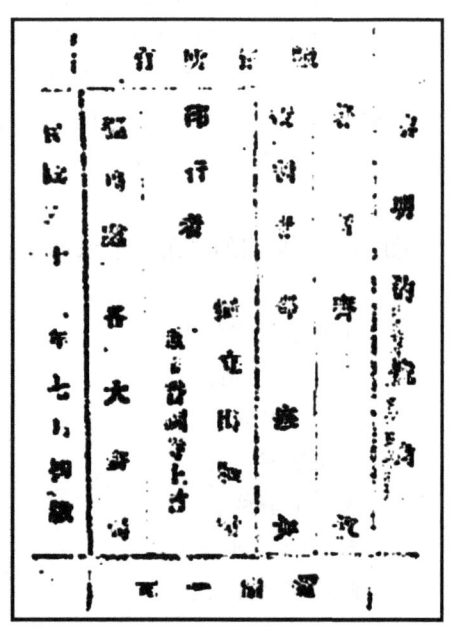

《南行小草》

　　《南行小草》,题"中国诗艺社丛书"（没有编号）。民国二十八年(1939)十一月初版。著者为李白凤,印行者为独立出版社（重庆）,总经售为正中书局服务部（重庆）、中国文化服务社（重庆）、拔提书店（重庆）。全一册,18页,实价一角。
　　该书为新诗集,收入《寄任侠》《诗人》《拜伦》《马耶可夫斯基》《云》《牧歌》《丰收颂》《血宴》《烽火中赠孙望兼柬令狐令得》《新军颂》《夜歌》《辞官》《五月柬路易士》，凡十三首。扉页题"任凭你多少珠泪（原文如此），也唤不回那些人，他们已整队前去。——T·哈代"。

卷首无序，卷末有《自跋》，兹录如下：

  这一本小小的诗集，是从我不能付梓的全部诗中抽出来的十三首小诗，其中三分之一还是近作。因为自己的诗中，很少不离乎时代太远的作品，而在这伟大时代的记录工作，又为我的长诗《英雄的梦》占尽了。平时虽然不大赞成一般战诗的写法，可是自己的诗更软弱得站立不住脚跟。

  让它去罢！诗之好坏姑且置之不论，而且不久我即将离此远行，就以此帙印赠爱好我的诗的朋友们，做一个殷勤的纪念算了！

一九三九，九，芷江

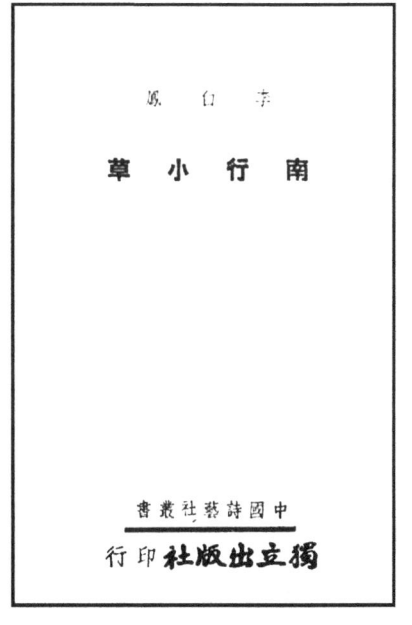

《收获期》

《收获期》，"中国诗艺社丛书"。全一册，46 页。缺封面，缺版权页。其他信息不详，理应与该丛书的其他作品的版权页大体相同。

该书为新诗集，内收《忏悔者之献词》《列车》《出帆》《收获期》《武藏野》《莓》《挽歌》《银座》《闻歌》《人与神之恋》《红字》《普希金礼赞》、《译朝鲜郑荣水诗一章》（即《在东海上》）、《译苏联叶贤宁诗四章》（即《温暖的池沼》《割了的乾田裸了的森林》《吹雪》《我是农村最后的诗人》），凡十七首。

卷首有《前记》，卷末无跋。《前记》兹录如下：

> 曩刊印《勿忘草》一集，其后趣味思力，注于考古，日检旧籍，搜览古器，不常写诗，所成甚少。或际暇日，偶然兴发，缀为断章，得此小册，两年以来，仅十余首而已。其中泰半写于东瀛，纾（抒）情之什为多，结习未除，悉成忏辞。自抗战军兴，壮烈史实，皆庄严雄大之篇，震感奋发，遂改旧体，新有所成，与此不类，因为别集。旧日写存土星笔会册，内多四章，今不可再得，寇盗肆虐，屠劫未已，即此亦不知能存几日也。
>
> 一九三八年七月七日抗战周年纪念，颍上常任侠记于武昌。

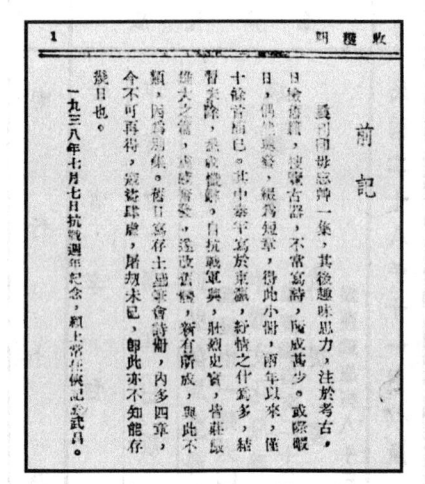

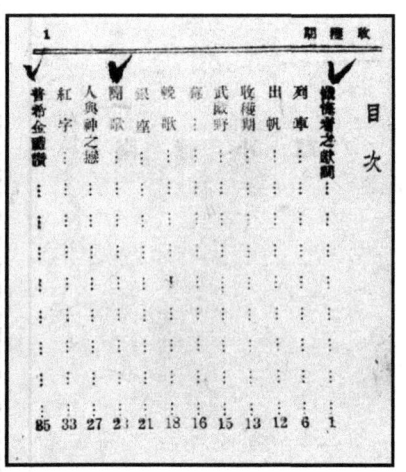

《微波辞》

《微波辞》，题"中国诗艺社丛书"（没有编号）。民国二十九年（1940）二月初版。主编为徐仲年，著者为绛燕女士（沈祖棻）。印行者为独立出版社。全一册，50 页。实价二角。

该书为新诗集，分两辑。第一辑收入《泽畔吟》《五长年》《空军颂》《五月》《克复兰封》《冲锋》《故事》《花圈》《忆江南》《夜警》，凡十首。第二辑收入《给碧蒂》《病榻》《泛舟行》《来》《你的梦》《忧郁》《夜车》《忍耐》《新局》《衫痕》《月夜的投赠》《风雨夕》《航海吟》《水的怀念》《柬孙望亮耕》《春夜小唱》《雨夜》《寄远》《炉火》《过客》凡二十首。合计三十首。

卷首有徐仲年的《序》，卷末无跋，《序》摘录如下：

> 罗衣尘浣难频换，鬓云几度临风乱。何处系征车？柳街烟柳斜。
> 危楼欹水上，杯酒愁相向。孤烛影成双，驿庭秋夜长。
> 薰香绣阁垂罗带，门前山色供眉黛；生小住江南，横塘春水蓝。
> 仓皇临间道，茅店愁昏晓。归梦趁寒潮，转怜京国遥。
> 钿蝉金凤谁收拾？烟尘万里音书隔。回首望长安，暮云山复山。
> 徘徊鸾镜下，愁极眉难画。何日得还乡？倚楼空断肠。
> 长安一夜西风近，画梁双燕栖难稳；愁忆旧帘钩，夕阳何处楼？
> 溪山清可语，且作从容住。珍重故人心，门前江水深。
> ——菩萨蛮（《渐江小稿》）

填这些词的是一位青年女诗人，笔名绛燕，原籍海盐，生长于吴县。当她在大学里的时光，问业于诗人吴瞿庵、汪旭初、胡小石、汪辟疆诸先生，所以她对于词曲、旧诗、新诗，都有很切实的根底。她已印行了一部《渐江小稿》（非卖品），那是词集。她所写的小说也积有相当的数目，可惜散在各刊物上，平时没有副稿；"八·一三"爆发以后，她从南京到屯溪，再从屯溪辗转重庆，更无法收集！希望将来战争结束，她有机会找到这些短篇小说，编为集子，公诸同好。幸而她的新诗，手头还有存稿，便选了三十首，编成这部《微波辞》。

集以"微波"为名，很能表示集中各诗的精神。此处所有的"沫江免风涛，涉清弄漪涟"（谢灵运）的漪涟；此处所见的是"白鹭烟分光的的，微涟风定翠恬恬（潞潞）"（杜牧）。少数的几首，情感比较激发，节奏比较急促。然而微波漪涟恰合乎绛燕的性格，因此这个集子获得令人满意的成功，内中若干首更异常之美。

《微波辞》分为两辑：第一辑含诗十首，写作时期：一九三八～一九三九，都是抗战诗；第二辑含诗二十首，写作时期：一九三六～一九三九，都是抒情诗。在第一辑里面，有几首比较长的诗：《夜警》（七十二行），《忆江南》（二十六行），《空军颂》（二十四行），《故事》（二十行）；其余的八行（《克复兰封》）至十六行不等。《泽畔吟》是赠给另一诗人孙望的诗；读了这首，觉得作者所受古诗词的影响甚深。虽在作新诗，这种影响不由自主地显露出来，譬如：

空凭吊汨罗的冤魂

明明是长短句的笔调；又如：

不要问湘水有多少深，

将惭愧抑安慰于主人的情意呢？

岂不是脱胎于：

桃花潭水深千尺，

不及汪伦送我情！

《五长年》分两段，每段两节。第一段是：

五长年凄楚的沉默，

让忍耐麻痹血腥的记忆；

第二段却是：

"八·一三"炮声却震落了黑色梦，……

现在是我们登高一呼的时候。

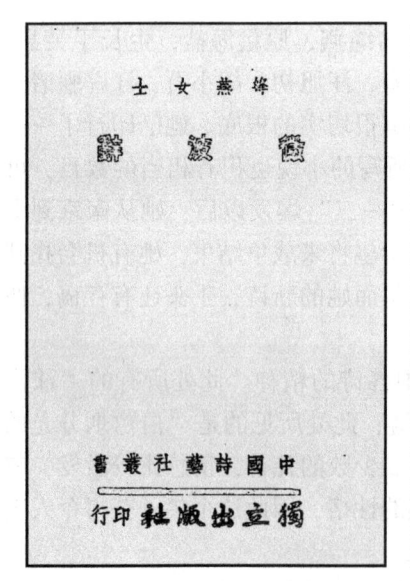

《小春集》

《小春集》，题"中国诗艺社丛书"（没有编号）。民国三十一年（1942）一月初版。主编者为徐仲年，著者为孙望，印行者为独立出版社（重庆），总经售为正中书局服务部（重庆）、中国文化服务社（重庆）。全一册，43页，实价六角。

该书为新诗集，分为上下两编，上编《江南集》收入《今别离》《旅

十八　中国诗艺社《中国诗艺社丛书》叙录　1055

客》《江南战后之一：四月》《台儿庄捷响》《向城之围》《江南战后之二：刘麦妇》《丧歌》《咖啡座上》《江南战后之三章（野寺、杨柳枝头、七里铺）》《除夕寄霍薇》《促织》《祖莹》《芦花》《一叶航船》《淮水涡河之役散章（津浦线南路小写、霍里梅底故事）》，凡十八首。下编《小春集》收入《作别》《感旧》《古渡头》《禅寺》《题画》《往者》《给千帆》《病间作》《江萍篇》《题望馨手册》《留别》《咏眉》《舞乐》《宴乐》《画眉数笔》《元日》《春之媚》《春之味觉》《或人底史乘》《元夜听 Aloha oe 曲》《桃江村之月夜》《寄薇》《小春习作》，凡二十三首。合计四十一首。

无序跋。《淮水涡河之役散章——津浦线南路小写》摘录如下：

一

趁长夜漫漫，趁着这四月多晴的天气，骁勇的先锋队，夜袭的健手，准备来一个壮烈的驱逐战罢。从海岛来的那些野蛮人，我们要赶走他。

这是我们的大平原，我们历史上的大哲人在这里诞生的，他们从不会理想到有太阳旗的影子在这里飘过。

如果那些是从蚌埠来的，如果那些是从怀远来的，如果那些是在肩膀上绣着太阳纹章的，如果那些是短小得怪可笑的，都是我们的敌人呀！那就是偷渡淮河与偷渡涡河的敌人。

二

我们的先锋队就要在黑暗中挺进了！

哟！星子没有光，月亮没有光。灰白的淮水，灰白的涡河，就像两条夜明的长长的铁链。

有南风拂上征衣，我们穿过田野；我们穿过邨落（按：原文"邨落"，现今一般为"村落"），邨落（按：原文"邨落"，现今一般为"村落"）不吐出一点音息；我们穿过大森林，这里却可以听到一些林禽之酣（鼾）声。

我们摸索，我们爬行，我们健步，我们冲锋。

我们就像一天南卷（按：原文为"南卷"）的雁群。

三

我们就如淮水底（按：原文为"底"）急流。就像涡河底（按：原文为"底"）夜潮。

那全是胆怯的一群呀！那些匿伏在堑壕里的敌人。我们敏锐地掷出我们的手溜弹（按：原文"手溜弹"应为"手榴弹"）罢！用我们健硕的右手臂。那些打算突阵的冒死者，准是在预备揭开我们白刃的祭礼了。

四

没有疲乏，我们却有更健旺的苦斗底（按：原文为"底"）决心。我们如同一道坚固的铁城，我们如同无数辆南下的列车。

让我们的列车碾过许多野蛮人的肢体罢！正如我们碾过刈割机在蓬茅草丛一样。

野蛮的敌人披靡了。

五

我们站在淮河的北岸，南风带来南方底（按：原文为"底"）麦香。我们也像狮子一样地蹲在涡河的水边，我们雄视败北而渡河的敌人。

淮河呀，涡河呀！现在你们开始在晨光里湍流了。

我们要保卫我们的大平原。我们要保卫我们古代大哲人的诞生地。

我们看顺流而下的野蛮人底（按：原文为"底"）一具具尸体。

四月二十六日，写于长沙。

《霍里梅底故事》（按：原文为"底"）摘录如下：

霍里梅，你躺着，让另外一些朋友们给你前去吧！你是需要一所障天的大森林，作你静静底（按：原文为"底"）疗养院的。教丛生美丽的触角的鹿群为你舞蹈，而且，放重叠的青山在你的枕上。霍里梅，我记起了，你不是说过爱看重叠的青山的么？

那些事你不用担心。朋友们都很知道，他们将会为你传布那些消息到你的陷溺了的故乡去，告诉你的亲戚们，早年的你的市肆的同伴们，那些爱说大话的群集于茶店的小伙子。给他们知道你曾经手刃过卅二个仇人的故事。不错，那一队蛮悍的马骑兵，也是你把他们赶下了鄱阳湖；那真是怪有趣的呀！你曾经亲口对朋友说过："一队马骑兵是一队鸭子，小时候还记得拿长长的竹竿，赶走一群鸭子下河沼，这下，那马骑兵真的变成了鸭子了！"

是这回丰富的宰获哟：三十二个仇人的三十二颗头颅。一群失了主人的棕色马和白马。还有"支那之神勇者"。你不风闻那一群鸭子们这样地叫嚣么？"啊！支那之神勇者，霍里梅那个小小的家伙！"

朋友们都十分清楚，就是星子那一回英勇的决斗，霍里梅，我们该推你是条好汉子。那真是一个美丽的月夜，传说星子在老远老远的远代，也曾有过一些壮烈的事迹——一个少年英雄在这里曾用他的古典的长矛手掤（按：原文为"掤"）过无数百条莽强盗，他的敏捷的姿态是会教人迷恋于一只勇于搏斗的乳狮的。可是后来这少年给一枝（按：原文为"枝"）流矢给射中了，西天的一颗亮亮的星子于是在西天流陨下来，不，"那是我的一只左眼睛呀！"少年英雄深深地叹了一口气。但是此后的命运呢，人们都把它秘密着不肯说出来了。——果真这也是一个美丽的月夜。霍里梅听朋友们讲说着远代的神话，而他年青（按：原文为"年青"）的心里是在想着一些什么呢？

"那老远的，那匍匐着的，那缓慢地跟蜗牛一样地蠕着的，呀！那可不是一群仇人么？"

"朋友们，你们这些酒鬼呀！请你们暂释手你们的酒瓶吧！"朋友们都很清楚，霍里梅曾这样地吩咐他们过。

"是的，朋友，你可伏在这里；哦，你要伏到那里（按：原文为'那里'）去；不错，朋友，你则去躲在那株老槐树的背后去；而你呢，哦，你应当去和那边一块岩石一同直立着；啊，还有这位朋友呢，好罢，这位朋友就让你跟我一路在这里蹲着罢！"

多么美丽的一个月夜呀！远山是黑黑的，远水是森森的，远天是浩浩的，远乡人的性情是跃跃的，而年轻的霍里梅的指挥刀是耀着月光的。

"朋友们，你们都围上来，就像围起一群牧猪一样吧！"霍里梅的声音，会使你想起一道清泉溅溅地流过石头的，"活该是这些矮子兵，这些莽海盗，今夜要死在我们的手里了！"

"矮子兵！你们还记得起我霍里梅么？名字叫做霍里梅的就是我，赶走你们一群鸭子们下鄱阳湖的也就是我呀！"

当霍里梅的指挥刀连掤了十二下，就有十二个矮子兵在月光下悄悄地倒下了，而朋友们的二十颗枪弹，却也结果了二十个仇人的生命。那几个脱逃了的，霍里梅说他们的胆子小得只配做田鼠。他们留下他们的全副发光的枪枝（按：原文"枪枝"，现今一般为"枪支"），他们也留下了一些懦弱的恐怖的叫嚣："呀！支那之神勇者，霍里梅这小小的家伙！"

但是，勇敢的霍里梅他不留心自己竟也带上了很重很重创伤哩！

当他发觉他的一只肩膊（按：原文为"肩膊"）被砍伤了的时候，他突然地感到不能像先前那么样地灵活了。

霍里梅终于坐倒在一块不很平坦的石墩上。

霍里梅是不爱示弱的英雄呀！他的微微的笑容使朋友们不敢忘记西天的那些闪耀？的星群。"朋友们，你们都辛苦了，但，仅仅再请你们替我做这一件事情，谢谢你们，给我把那三十二个矮子兵到抬到这里来吧，我要用我这只没有折断的右手臂亲自砍下这三十二个仇人的三十二颗头颅，如同我砍下三十二个嫩嫩的冬瓜一样。"

但是五个忠实的朋友在晨光熹微中又围着霍里梅了。朋友们当霍里梅第一次睁开他眼睛的时候，他们告诉他说："勇敢的同伴呀！你躺着，你是需要一所障天的大森林作你静静底（按：原文为'底'）疗养院的。让另外的一些朋友们给你前去吧！这里离开星子已经很远了，这里离开星子已经很远了，很远了！"

廿七年九月三十日，写于湘垣。

《小春习作——重庆雾——》兹录如下：

十一月，
重庆是多雾的。
填塞了
市与天空的间隙的浓雾呀！
对面的群山，
对面的楼房，
全在你的灰幕下掩蔽了。
十一月，
重庆雾，
人们都把"伦敦雾"来比拟你。
重庆还是暖和的，
虽然市郊一派的乔木
已告诉我们：
"冬天就在眼前！"
但十一月的重庆的市民
却更见得活跃的。
在雾里，

在压积着雾的街市上

重庆像春一样的繁荣起来了。

走在市间的男人和女人，

也如同春色

愉快地落上了他们的颜脸（按：原文为"颜脸"）。

中午的雾，

在暖和的十一月的阳光下消解了。

重庆，

于是又面对着青天。

但当晚色慢步（按：原文为"慢步"）走来的时光，

重庆又在雾里了。

十一月的重庆，

暖和的重庆，

雾的重庆，

"今天没有警报了！"

你可以想象到

有许多许多人在这样欢喜着，

十一月，
重庆是多雾的。

二十九年十一月，重庆。

《星的颂歌》

《星的颂歌》，题"中国诗艺社丛书"（没有编号）。民国三十一年（1942）初版。主编者为徐仲年，著者为李长之。全一册，49页。缺版权页，其他信息不详。

该书为新诗集，分四辑，第一辑为长诗《一个年青的苦闷》（正文为《一个青年人的苦闷》），凡一首。第二辑为《星的颂歌（及其他）》，收入《梦林庚》《抒情小诗一章》《夜和昼》《罪恶》《漫步》《述感》《想》《代言》《无题》《北海之夜》《我想到她》《那一刹那》《星的颂歌》《我只要我底她》《理智的情感》《赠歌德》《梦境》《检旧信》《我愿意》《嫉妒》《月下》《月色》《我死了》《暗影》，凡二十四首。第三辑为《真理的发现（及其他）》，收入《清泉》《我出游》《庭院》《赠一个女孩》《北海夜游》《我没有第二句话说》《真理的发现》，凡七首。第四辑为《女婴之歌（及其他）》，收入《记和一个友人的谈话》《月》《一个铁工厂》《人生几何》《谴责》《女婴之歌》，凡六首。合计三十八首。

卷首有李长之的《题记》，卷末无跋。《题记》兹录如下：

这是我自第一个诗集《夜宴》出版以后，从廿三年到现在所作的诗的第二个结集，其间的岁月已经五年，选入的诗，是长长短短一共三十八首。

人是苦于不能自知的，尤其关于自己的诗。不错，我常谈别人的诗，我也常谈自己的诗。可是在我谈别人的诗的时候，我觉得我的话很清莹，我的意思很明确，爱恶也不大变更，一转到自己就每每适得其反了。因此，我现在不愿意对自己的诗说什么话，一切的一切，敬谨听命于读者。你说都是糟粕，我也不辩解，你说我不该写诗，我也不想因此自杀。我只知道要写的时候，为一种不得不写的力量压迫着而写，写完以后，便已经卸责了，如此而已。

廿七年根本没有写诗，其他年份却也有些诗稿是找不着了，这回的选择，便只以手头所馀的为限，重又剪抄自己的诗稿时，感触万端，单□又有什么呆话来惹厌读者，所以赶紧打住。是为序。

十八　中国诗艺社《中国诗艺社丛书》叙录　1061

廿八年六月廿二日，记于重庆沙坪壩（坝）

长诗《一个青年人的苦闷》有《序》，兹录如下：

这篇东西（其实不如说是这"堆"东西）是在一九三四年的八月到今年的四月间写成的，大概是自我的第一个诗集《夜宴》收好了以后，我觉得常有某种一致的情绪在我的周围了，随时写下的东西，我便想归并在一起，我要有一个总的名称予它，于是叫《一个思想家的苦闷》。

我本来打算有感触就写下，以后就随时润色，有机会再一线穿成的，至于要用长诗的形式呢，还是一篇诗剧呢，却还没有一定，——也许是后者的吧；为要使其客观化，也便是采取了那样的题目的原故。

现在之改题，乃是因为究竟我的情感还超过理智，这种苦闷，或者就还在我年青，这样想，所以便成了现在的题目了。

这样的苦闷，因为也许已经过去（我但愿如此），我不想再预备储蓄，把"穿成"俟之异日了，于是将二年来的断稿，补缀成篇。诗分三个段落，在第一段落里，我说的是主观上的空虚，第二（个）段落里是幻灭，第三个段落里却是穷则变，变则通，苦闷也不苦闷，苦闷也不要紧了。用时髦的话讲，这是我苦闷的三部曲。最后的几行，算是我现在的态度，或者是解救吧。说不定却是另入了一个圈。

个人的苦闷，在个人看虽然是很重要的，在别人看也许就归入身边琐事之类。我知道这苦闷或者在意识上很歪曲（因为我不会按意识去苦闷），好在我只在求其真，也就算了。

廿五年五月一日记

刊登在《文艺月刊》九卷三期上的《一个青年人的苦闷》，其"序"与这里的"序"略有不同，即"序"首有这样一段文字："这不是原来的题目的，原来的题目是《一个思想家的苦闷》；也许有人以为现在的题目是谦抑些了的吧，不过，我却不在其谦抑，而是取其广义。"日记不是写为"廿五年五月一日记"而写成"一九三六年五月一日记"。

此外，《一个青年的苦闷》还有《跋》（李长之：《跋"一个年青人的苦闷"》，《自由评论（北平）》1936 年第 43 期），从略。

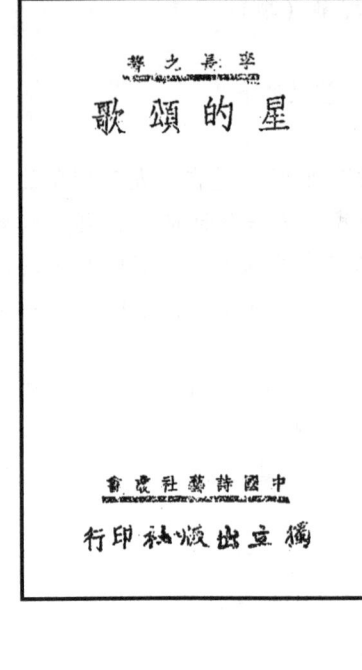

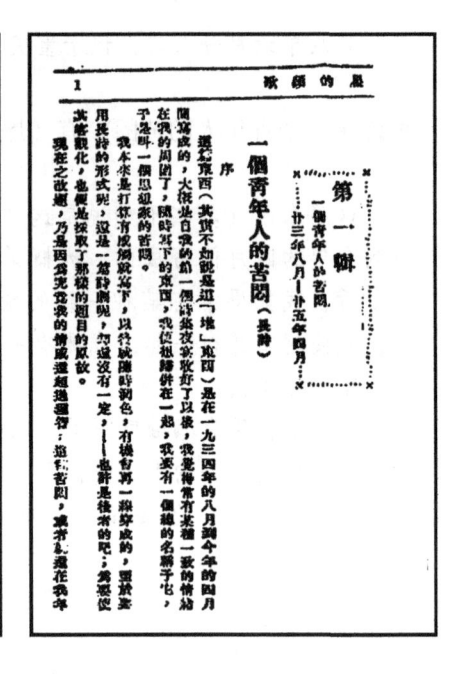

《自画像》

《自画像》，题"中国诗艺社丛书"（没有编号），民国二十九年（1940）三月初版。主编者为徐仲年，著者为汪铭竹，印行者为独立出版社（重庆），总经售为正中书局（重庆）、中国文化服务社（重庆）以及拔提书店（重庆）。全一册，35页，实价二角。

该书为新诗集，内收一九三四～一九三五年间诗作凡二十二首，篇目依次为：《商音》《秋之雨日》《牛鸣》《自画像》《足趾敷蔻丹的人》《丧门》《都市之秋底横颜》《梦之归舟》《乳·一》《烟尾》《黑帽男》《狂言》《鸡鸣古寺口占》《春光好》《春之味觉》《人形之哀二笔》《烛》《手》《瘦西湖·风铃》《初恋味》《手杖·伞子》《约指》。一九三七年诗作凡十二首，篇目依次为：《孤愤篇》《自杀者之眼》《三月风》《伤逝》《手提包》《猫之恋季》《春之风格》《春之风格次章》《无题》《白手之猎人》《乳·二》《近生活手记》。合计三十四首。

无序跋。《自画像》兹录如下：

在我虬蟠的发上，我将缢死七个灵魂；
而我之心底，是湍洄着万古愁的。

十八　中国诗艺社《中国诗艺社丛书》叙录　1063

居室之案头，将蹲踞一头黑猫——爱伦坡
所心醉的；它眯起曼泽之眸子，为我挑拣韵脚

将以一只黑蝙蝠为诗叶之纸镇（按：原文如此）；墨水盂中，
储有屠龙的血，是为签押于撒旦底圣书上用的。

闭紧了嘴，我能沉默五百年；
像无人居废院之山门，不溜进一点风。

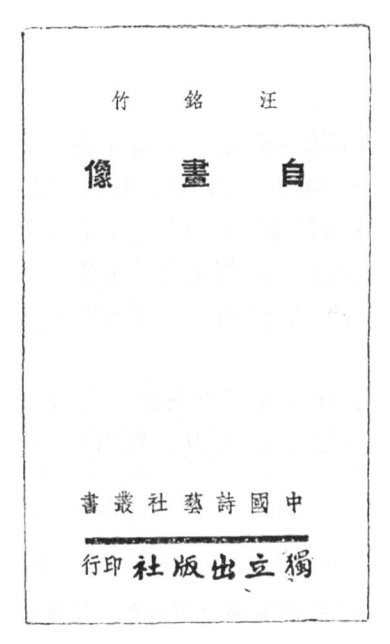

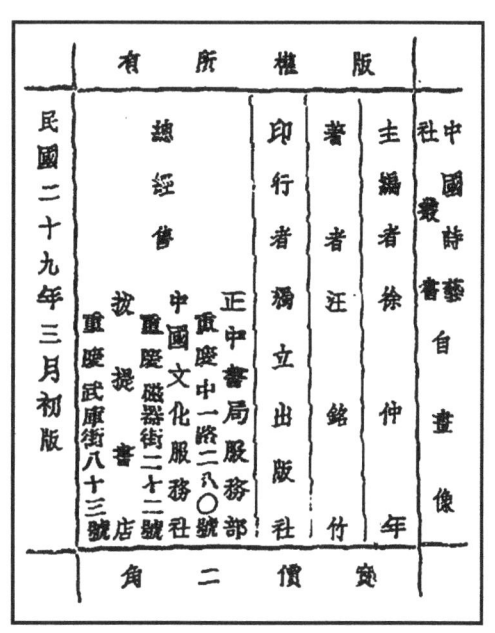

汪　铭　竹

自　畫　像

中　國　詩　藝　社　叢　書

獨　立　出　版　社　印　行

版權所有

中國詩藝社　愛詩叢書　自畫像

主編者　徐仲年

著者　汪銘竹

印行者　獨立出版社

總經售　中國文化服務社　重慶磁器街二十二號

正中書局服務部　重慶中一路二八〇號

故提書店　重慶武康街八十三號

民國二十九年三月初版

定價　二角

但有时一千句话语作一句说，冲脱出
齿舌，如火如飓风如活火山喷射之熔石。

站在生死之门限上，我紧握自己生命
于掌心，誓以之为织我唯一梦之经纬。

于蠢昧的肉食者群中，能曳尾泥涂吗；
我终将如南菲之长颈鹿，提首天边外。
世人呀，如午夜穿松原十里即飞逝之列车矫影，
位在你们灵殿上，我将永远是一座司芬克司，永远地。

十九　文艺新潮社《文艺新潮社小丛书》叙录

《茨冈》

《茨冈》，封面题"文艺新潮社文艺小丛书第一辑之一"，扉页题"文艺新潮社文艺小丛书之一"。民国二十九年（1940）三月一日印刷，民国二十九年（1940）三月十五日初版。主编者为锡金、钱君匋，原著者为普式庚，翻译者为瞿秋白，发行者为文艺新潮社，总售为万叶书店（上海海宁路咸宁里十一号）。全一册，93页，实价国币四角（外埠酌加邮汇费）。

《茨冈》是普希金的长篇诗歌，正文前有《普式庚铜像（上海）》《瞿秋白茨冈手稿》，正文后有《后记》，另外附录《普式庚·俄国文字语言创造者》《式庚怎样写作》。

锡金撰写的《后记》摘录如下：

> 我在木天处看到这部手稿，那时我们正预备编《时调》，打算把它编入。但这部稿子是不完全的，当秋白先生离开上海到江西去时，把这部未完的译稿交给从他学俄文的彭玲小姐，后来，"历史的误会，"使得这位光辉的革命者的天才的生命不久便牺牲了。彭小姐把这部稿子交给了木天，那是秋白先生抄在一本黑布软面的英抄本上的，另外还有一叠零碎的中国竹纸用拷贝铅笔写上的残稿。
> 《时调》没有刊载这部稿子，原因是篇幅狭小，全部想登刊抗战诗歌的作品和论文，《茨冈》与抗战似又无关系；但我们终于决意把它在《五月》上刊出。我读了这部稿子，止不住心头的欢喜，秋白先生的在诗歌的语言上宝贵的试验，正是给我们对抗战诗歌的语言问题有极大的帮助，于是，我费上两个整天整夜的时间，翻着《露和字典》，对着俄文原本，把可能整理出来的都从那些零碎纸片中整理

了出来，第一次发表在《五月》上。

　　大概誊录在清本上的，当可算是定稿了；虽有脱落或存疑的字（秋白先生在字旁加着黑点。）我也从那些零星纸片中给寻找出来，共计四百三十八行。此外还有七十七行，则全从那叠零星纸片中整理出来的，共计五百十五行。以下便没有译下去。普式庚的原诗共五百六十九行，秋白先生的翻译，并不是按行对译的，因为语言运用上的便利和要使得它完全，略略在行数上增长了些，按之原诗，是译到第四百三十三行，底下还剩一百三十六行未译。

　　那一束零星纸片，是秋白先生的草稿，从头上开始，都可以从这里面找到。在整理中，处处可以看到秋白先生的工作的慎重和精细：在这些零星的纸片上面，大概都是用拷贝铅笔写的许多行节；因为时久潮湿，拷贝铅笔的紫色已散开而有些模糊了。我们可以看到，几乎在草稿中，每一句每一节都经过几次的修改，在那些行句上面，尽着许多的符号，那是权衡着音节的抑扬的；还有在许多纸片上画着许多小方格子，试验着字句的短长；再有，在方块字不能应用的时候，他用他创制的拉丁化方案的新文字先写录下来，有时写一个词，有时写一句，有时写一大段，然后再用方块字来翻译出来，再修改，务使达到流利通畅明白的程度。这样的艰辛的工作，真是应该提醒我们目下的一些诗歌工作的朋友的毫无诚意的堆砌字类，或者任意地胡乱写作，是何等可羞的懒惰！

　　没有一样好的工作，不是由艰辛中完成的，秋白先生煞费心思的译了这首诗，才使我们读得明白通畅，假如他随便一点，那自然有许多别的随手可以拣得的辞藻，可以铺陈华丽一下的，然而不，秋白先生的译这首诗，是一个庄严的"第一次用最普通的白话写诗的尝试"（从清本衬页上铅笔写的拉丁字译出），这是秋白先生曾经思虑过许久的诗歌口语化问题的一次勇敢的实践。这一次实践是成功的，至少，这尝试证明了我们的诗歌的语言虽然贫乏，虽然时时要苦闷着语言的不够应用，然而，当真正肯去和口语（最普通的白话）接近时，便可以活泼和丰富起来。诗歌是语言的艺术，诗人应该能够善用他的工具，工具不应手时，应该去改造或创造出新的适用的工具来。当然不是一切口语都可以随意入诗的，必须经过了诗人的选择，融化，把口语精练和扩大，然后那才成为诗的活的语言，最好的诗的语言亦将为一切文学语言和一般语言所运用。不然的话，现成的工具不够诗人的应用，却回头去乞灵于过去的骸骨，随便撷拾了一点过去的技巧为技巧，终将使诗歌愈趋逼窄萎缩而死亡的。

所以，把秋白先生的工作公之于世正是非常重要和必需的。每一个诗歌工作的朋友，都可以从这儿研究和学习语言的运用，更从而建立我们的新的诗歌的新的语言和新的形式。

秋白先生认为："创造革命的大众文艺"那"是要用劳动群众自己的言语，针对着劳动群众实际生活中所需要答复的一切问题，去创造革命的大众文艺，在这个过程之中，去完成劳动民众的文学革命，造成劳动民众的文学的语言。"

"新的文学革命不但要继续肃清文言的余孽，推翻所谓白话的新文言，而且要严重的反对旧小说式的白话，旧小说式白话真正是死的语言。反对这种死的语言就要一切都用现代中国活人的白话来写，尤其是无产阶级的话来写。无产阶级不比一般'乡下人'的农民。'乡下人'的语言是原始的，偏僻的。而无产阶级在五方杂处的大都市里面，在现代化的大工厂里面，他的语言事实上已在产生一种中国的普通话（不是官僚的所谓国语！）容纳许多地方的土话，消磨各种土话的偏僻性质，并且接受外国的字眼，创造着现代科学艺术以及政治的新的术语。同时，这和知识分子的新文言不同。新文言的杜撰许多新的字眼，抄袭欧洲日本的文法，仅仅只根据于书本上的文言文法的习惯，甚至于违反中国文法的一切习惯。而无产阶级普通话的发展，生长和接受外国字以及于外国句法……却是根据于中国人口头上说话的文法习惯。总之，一切写的东西，都应当拿'读出来可以听得懂'做标准，而且一定要是活人的话。"

这一种普通话，它还是必须在进入方块字无法担承的情势之下，另行一种拼音字来代替的。这是向前进步的斗争，这是需要长期间的艰苦奋斗的，而新的语言的建立，却又是有待于诗歌工作者的努力的：

"西欧各国文学革命建立现代语的时候，差不多都有伟大的诗人，运用当时一般社会的普通话，创造优美的真正文学的国语，意大利的但丁，法国的腊新，德国的歌德，俄国的普希金，都是这样。本来新时代的'新的语言'形成的时候，韵文是有很大的作用的。诗的主要形式，就是节奏和韵脚（押韵是不是押在每一行的末一个字，这是次要的问题，可是，即使是自由诗也一定要有节奏的。）节奏可以帮助一般读者纯熟的练习这种新的言语。但是，中国的新诗却大半不能够读，就是没有把一般人说话腔调之中的节奏组织起来；因此，至少对于一般人，这是没有节奏的东西，（新诗对于诗人自己，或者小范围之内的新诗人社会，是有节奏的——他们自己会读自己的诗。）所以诗的内容即使是好到万分，这里主要的原因，是因为'新诗人'不去运用现代人说的白话。而大半只去运用文言的词藻。"

秋白先生在这样的立意上，辛苦地翻译了普式庚的《茨冈》，对于翻译，他也是有着帮助新语言创造的见解的。他与鲁迅先生讨论《毁灭》的翻译时，就这样提出：

"翻译——除出能够介绍原本的内容给中国读者之外——还有一个很重要的作用：就是帮助我们创造出新的中国的现代言语。中国的言语简直没有完全脱离所谓'姿势语'的程度——普通的谈话几乎还离不开'手势戏'。自然，一切表现细腻的分别和复杂的关系的形容词，动词，前置词几乎都没有。宗法封建的中世纪的余孽，还紧紧的束缚着中国人的活的言语，（不但是工农群众！）这种情形之下，创造新的言语是非常重大的任务。欧洲先进的国家，在二三百年四五百年以前已经一般的完成了这个任务。就是历史上比较落后的俄国，也在一百五六十年以前就相当的结束了'教堂斯拉夫文'。他们那里是资产阶级的文艺复兴运动和启蒙运动做了这件事。例如俄国的洛莫洛莎夫……普希金。中国的资产阶级可没有这个能力。固然，中国的欧化的绅商，例如胡适之之流，开始了这个运动。但是，这个运动的结果等于它的政治上的主人。因此，无产阶级必须继续去彻底完成这个任务，领导这个运动。翻译，的确可以帮助我们造出许多新的字眼，新的句法，丰富的字汇和细腻的精密的正确的表现。因此，我们既然进行着创造中国现代的新的语言的斗争，我们对于翻译，就不能够不要求：绝对的正确和绝对的中国白话文。这是要把新的文化的言语介绍给大众。"

这是要把新的文化的言语介绍给大众。我们知道，一种理想，如果是从迫切的要求中产生的，而且是有合理的步骤可以一步步地进行的，虽然这一步步的进行有许多艰难困苦要经受，但终必一定要经过实践的过程而成功。秋白先生的这部翻译，是他的"第一次用最普通的白话写诗的尝试"，这尝试事实上已获得了很大的成功。去年四月在汉口时，张近芬（C. F. 女士）在第五战区发起士兵诗歌奖金，黄季陆先生召集最后的评审会席上，我和王莹，高兰，曾分段把这部诗朗诵，当时是在一家叫美的咖啡店的楼上，朗诵时，大家都很有兴趣的聚精会神地听，一段完了，大家还要求接着再读，待役把音乐停了，楼下的客人有的站到楼梯上来静静地听，一直到诗读完，下面没有了，大家才不够满足地散开，这次朗诵虽然还有因不曾事前预备纯熟而不流畅的地方，但是已经是成功了。今年在上海，我们在一次诗歌座谈会召集的诗歌朗诵会中也由关露朗诵过其中的一段，大家的意思，也觉得这诗在朗诵上是可以达到成功的。秋白先生在文学上曾有过这样的理想：

"其实，新式的白话能不能成为一种听得懂的言语？这绝对是可能的。科学的政治的文学的演讲里面，一样用着许多'新名词'，用着新的句法，因此，新文学界必须发起一种朗诵运动。朗诵之中，能够听得懂的，方才是通顺的作品。而且朗诵可以帮助作者在神气上内容上审查得更精密。此外……中国虽然没有所谓'文学的咖啡店'，但是中国有的是茶馆，固然那里很是肮脏的，然而如果能够有'茶馆文学'，比哑巴文学总好些。"

诗人们朗诵罢！从朗诵来审查你的作品罢！创造中国的新的文学的语言罢！秋白先生的尝试，给我们的是这样好的参考。

死者的骸骨虽然冷了，腐朽了，然而他的热望仍旧活在我们中间！

一九三九，十二，锡金记。

《大树画册》

《大树画册》，"文艺新潮社文艺小丛书"之一。民国二十九年（1940）二月一日印刷，民国二十九年（1940）二月十五日初版。主编者为锡金、钱君匋，绘著者为丰子恺，发行者为文艺新潮社，总售为万叶书店（上海海宁路咸宁里十一号）。全一册，实价国币四角（外埠酌加邮汇费）。

该书为漫画作品，有目录，目录依次为《大树》《马上》《中华万万岁》《看壁报》《嘉兴所见》《广州所见》《武昌所见》《收炸弹》《失地中的儿童》《青天白日下》《好景忽减色》《停杯不能食》《箪食壶浆》《源源不绝》《凯归》《解战袍》《胜境在望》《春风到草庐》《战场之春》《炮弹作花瓶》。

卷首有"小序"，卷末无跋，"小序"兹录如下：

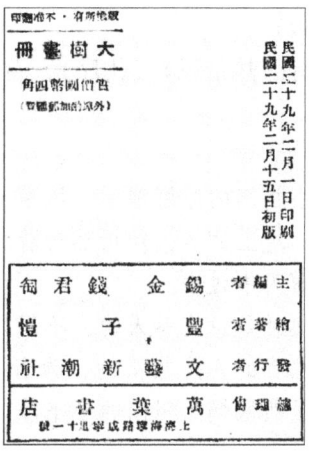

吾昔年，曾作护生画集。一二八事起，阿比西尼亚之屠杀与西班牙之血战继之，或问曰："君惜物命，轻人命何独世言？"答曰："恩及禽兽，功岂不至轻同类之人？物命尚惜，人命自不又言。吾方劝世人以人道待畜，不料世人之以畜道待人也，吾方以人视世人不意世人之自堕于畜道也。"迩者，蛮夷猾夏，畜道横行于禹域，惨状遍布于神州，触目惊心，不能自已，遂发为绘画，名曰大树，由爱物而仁民，以护生之笔画大树，岂吾之初心哉！是为序。

中华民国二十八年六月五日子恺时客广西宜州

《怀祖国》

《怀祖国》，封面题"文艺新潮社文艺小丛书第一辑之三"，扉页题"文艺新潮社文艺小丛书之三"。民国二十八年（1939）十一月廿五日印刷，民国二十九年（1940）一月十五日初版。主编者为锡金、宇文节，著作者为吴天，发行者为文艺新潮社，总售为万叶书店（上海海宁路咸宁里十一号）。全一册，122页，实价国币五角（外埠酌加邮汇费）。

该书为散文集，记录了作者在海外对战时祖国的怀念。分为两部分，第一部分内收《在殖民地》《怀祖国》《失业者》《别》《热之国》《南海的咆哮》《GAGA》《台湾的女儿》《卖花队》《卖"沙爹"的马来人》《那件事》《说服》，凡十二篇。第二部分内收《无题》《汽车上》《擦皮鞋的小孩》《老人》，凡四篇。合计凡十六篇。扉页题"纪念亡友夏特伦"。另一扉页题：《文艺新潮副刊》第一卷第一号（民国二十九年一月十五日出版）。

卷首有《热带风》（代序），卷末有《怀念》（代跋）。"代序"摘录如下：

> 当祖国的原野铺满了风霜，冰雪掩盖着荒草，衬出枯枝残叶的时候，赤道上的居民却仍然对着海边，在椰林或是吉里树下乘凉，让夜晚在露天中过去。
>
> 热带是没有冬天的，不用说，连秋天也只在落雨的时候。
>
> 热带的人是热情的，为着生活，中国人曾用血汗开辟荒凉的岛屿，虽然怅惘于祖国的不平静，可是，他们总是关心着。
>
> 现在，祖国抗战后的中国人在海外活跃，叫嚣起来了。于是，我们看见无数捐款，从商人、工人、学生、妇女的手里运到中国；无数青年用警告，说服，淋乌油，割耳朵的方法制裁那些出卖自己祖国的人。
>
> 青年们，在热血中煎熬着，不断地渴望着自由的新中国，渴望着参加进那热烈的旋涡。
>
> 然而，时候正当冬天，中国是寒冷的，孤岛上格外寒冷。我知道热带的风不久就会吹来，因为春天是已经在不知不觉中走近我们了。
>
> 春天是藏在冬天里的。
>
> 过惯热带生活的人正需要一点寒冷，把热情变成理智，把活跃变成冷静，然后再走入温情的，活跃的春天，迎着大陆上吹过来的风。

十九　文艺新潮社《文艺新潮社小丛书》叙录

"代跋"兹录如下：

夜深了，正是清冷的月息在对面的屋脊上，我想起那蓝色的天，海，远山……

难得有这样一个较长的时间，让我怀念，怀念那不顾一切，紧握着一团火，在烈日下奔走的友人，我仿佛看见他们在海边，在橡林中，在椰子树下，一道儿活泼地谈笑，歌唱，然后是严肃地计划着明天的工作。

然而，L！我知道你却不得不静悄悄地埋头苦干。

我们终于是分开了，我一直记着你热情的以至欲泪的挽留，那使我感到温热："这世界是多可爱啊"！

两年来的热带生活对我是一个体验的旅行。最初，我同朋友们曾住过海边，听着松涛和沙滩上海潮的声音，一面谈论着将来。

然后，那个神圣的日子到了，于是，整日在不知休息，不知饭食的生活中过着，夜晚，如果有暇，我们便唱着歌，围坐在永远碧绿的草坪上，迎着风，迎着海，像是要将声音传到海那边去……

每天在马路上奔跑，让汗水浸湿了衣服，叫着，说着各种各样有关祖国的事。在那一次巨大的事件中，我曾在午夜乘了脚踏车去会过（穿）着黑色衣衫的人力车夫。希望他们为民族争光，他们从睡梦中醒来，睁着热烈的同意的眼睛……

在金马仑高原，那儿有我的追忆，几十个青年在豁谷的茅屋中，说是避暑者，但却成日成夜地讨论着，计议着，只为了如何有效地援助新生中的祖国。

没有欣赏美景的功夫，任瀑布由山林中流下，综综（淙淙）地唱着歌曲，任大理花，菊花（那些在热带别处再也见不到的花）开遍山野。我们在谁也不知道的时候来到，又在谁也不知道的时候去了。

然后，我们同住过巨大锡矿场附近的小镇上，夜晚在朦胧的月色下，带了枪，在红色丹树林中打飞鼠（即蝙蝠）；又住过肮脏的黑暗的楼上，成天看不见太阳，但计议却一直没有停止过。在雨中，我记得到过一个渔村，满地晒着鱼干，风中飘浮着腥气，满屋子全是苍蝇，在这儿我们谈说大家必须有的团结，亲爱……

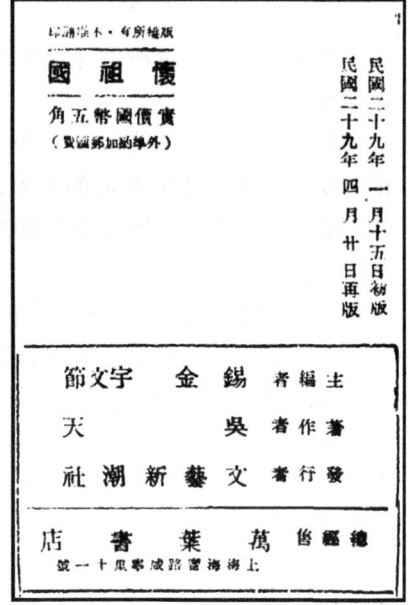

如今远隔着海洋，然而，我却不会忘记。

本来预计的一部长篇小说，被不足的时间切断，这儿只化成一些断片，而那最重要的地方并没有写到。(我要留着它在别处使用) 如果不嫌短少，我仍然献给你。还有那些共同生活过的友人。

故国秋天即将来到，夏天的烈日即将过去。接着到来的将是冬天，这正是足以坚实作事的好日子。

然而我怀念"那永远的绿"色，"透明的蓝"色的，没有冬天的热烈生活。有一天，我们将再会在这生活里见面，即使不在热带……

那时，我将重复地说："世界是多么可爱啊"！

而今日，我们将为了世界的可爱，艰苦地活着。

一九三九年秋香港

《世界革命文艺论》

《世界革命文艺论》，封面题"文艺新潮社文艺小丛书第一辑之四"，扉页题"文艺新潮社文艺小丛书之四"。民国二十九年（1940）三月一日印刷，民国二十九年（1940）三月十五日初版。主编者为锡金、钱君匋，著作者为黄峰，发行者为文艺新潮社，总售为万叶书店（上海海宁路咸宁里十一号）。全一册，143页，实价国币五角半（外埠酌加邮汇费）。

该书为文艺批评著作，包括《国防文学在苏联》（一、从国防说起，二、"洛卡夫"的号召，三、爱国的与国际的，四、内战时代的战斗文学，五、"对马"与"战争"），《国防音乐在苏联》（一、音乐中的国防主题，二、歌曲创作的旅行，三、国防歌曲与我们），《苏联电影与爱国主义》（一、新电影成长的路线，二、爱国主义分析，三、法西斯面幕的揭破，四、历史题材，五、社会主义现实主义的胜利），《高尔基博物馆》（一、跨过两世纪，二、童年与青年时代，三、晚年与逝世），《西班牙的新兴文学》（一、旧势力的灭亡和新势力的诞生，二、新兴的文学阵线，三、山德尔和其他作家们），《英国的革命文学》（一、"没有革命文学"的英国，二、落后性的克服，三、跃进中的英国作家，四、新的选家和撰稿家），《大动乱时代的英国小说》（一、"新作"之群，二、旧文坛的倒影，三、英国作家写给中国人民的几句话），《伟大的美国文学》（一、革命的传统，二、暴露文学及其他，三、中美作家应该携手），《美国的爵士音乐》（一、典型的美国艺术，二、爵士音乐的代表作家，三、音乐的听众），《德国的褐衫文学》（一、艺术品的不毛之土，二、被伪装了的主人公，三、服从与劝诱的艺术，四、铁的传奇呢还是玻璃的传奇，五、"纳粹"德意志的所谓"文艺批评"），《意大利的黑衫文学》（一、没落的文艺，二、黑衫青年与遵命文学，三、战争文学游技文学神秘文学，

四、法西斯主义文学与反法西斯主义文学)。

无序跋。《国防文学在苏联》摘录如下：

> 从国防说起
>
> 在六分之五的世界正闹着贫困，失业，饥饿和其他一切危机的时候，只有六分之一的领域中不但看不见贫困，失业等等不幸的悲剧，反而发展着走向和平建设和国民经济的繁荣之路的壮烈的史诗。
>
> 但，垂死着的六分之五的资本主义世界是不肯死下去的，正所谓"命里注定没有出路的情况是不会有的。"（伊里契语）这出路，就不得不是向生长着的六分之一的社会主义世界的进攻。面向着这一种国际的情势，苏联就不得不随时准备着起来反抗而且打击敌人侵略苏联领土的任何企图，使帝国主义的野猪鼻永远不能触伤和平建设的花园，同时让自己继续安定地，坚决地为保卫本国的领土；为保卫社会主义的建设，为保卫不可分割的世界和平而努力。
>
> 莫托夫（V. M. Molotov）在今年的一篇报告中说："在保卫全国劳动者和集体农场的和平工作去反对外来的进击这问题依然存在的时候，在保卫我们的胜利和伟大的社会主义建设这问题依然存在的时候，我们就不能停息在既成的成就上面。"
>
> 这不但指着军事的活动而言，也正是对一切文化的活动而说的。现在，我们就单说作为文化活动的一部门的文学方面的成就：国防文学（defence literature）。

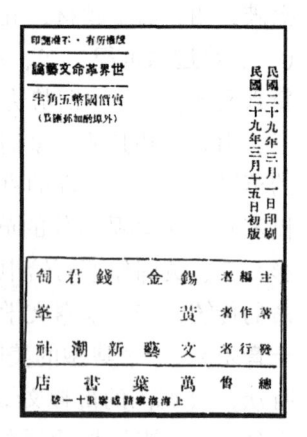

《鲍志远》

《鲍志远》，封面题"文艺新潮社文艺小丛书第一辑之五"，扉页题

"文艺新潮社文艺小丛书五"。民国二十九年（1940）二月一日印刷，民国二十九年（1940）二月十五日初版。主编者为锡金、钱君匋，原著者为挪威易卜生，编译者为石灵，发行者为文艺新潮社，总售为万叶书店（上海海宁路咸宁里十一号）。全一册，143页，实价国币五角五分（外埠酌加邮汇费）。

该书为多幕剧，凡四幕，无幕目。

无序跋。正文摘录如下：

　　第一幕

　　鲍宅——倒不如说做鲍太太——的客厅。装饰虽说华贵，已经过时了。后墙开着四扇玻璃门，通到一座花房。隔着玻璃，可以望见花园。外面飘着雪。右边有一个门，通到外厅。再往前去，一个大铁炉子，生着火。左边靠后，有一扇小门。往前，是一个窗户，挂着厚帘子。门和窗之间，放着一张沙发。沙发前面是一张桌子，盖着桌布，上面点着一盏有罩子的灯。靠近炉子，摆着一张有扶手的太师软椅。

　　鲍太太坐在沙发上编织东西。她是一位上了年纪的女人，外表冷峻坚强，姿态坚硬，面貌板滞（按：原文为"板滞"）。头发大半灰了。手柔软晶莹。她穿着一件过时的青缎袍子。肩头搭着一条羊毛围巾。

　　她直挺挺地坐着编织东西。停了一刻，外边有马车的铃声。

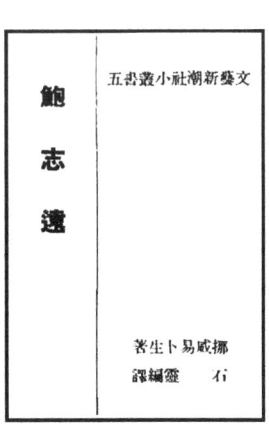

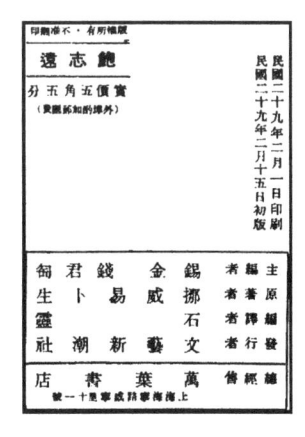

《老板》

《老板》，封面题"文艺新潮社文艺小丛书第一辑之七"。扉页和版权页均题"文艺新潮副刊第一卷第八号"。民国二十九年（1940）七月三十日出版（七月应为九月）、民国二十九年（1940）九月十五日初版（扉页署民国二十九年（1940）七月三十日出版，可能有误）。主编者为钱君匋、锡金、林之材，原著者为苏联高尔基（Gorky），翻译者为（楼）适夷，发行者为宇文节，发行所为文艺新潮社，总经售为万叶书店（上海海宁路咸宁里十一号），特约经售有上海五洲书报社、成都新生书局、重庆华中图书公司、昆明正兴公司。全一册，190页，零售每册国币七角、预定六册四元二角、十二册八元四角，邮费外加。

该书为苏联现代长篇小说，若干节，无节目。

无序跋。卷首有《老板人物表》，从略。正文摘录如下：

……疾风向地面吹刮，卷起淡灰色的粉雪，散了捆的干草，和菩提树的薄皮，在院子里满地乱飞。院子当中站着个圆胖大汉，穿件盖脚面的鞑靼棉袍，赤脚套着一双高帮的橡皮鞋，两手叠在大肚子上，两只大拇指骨碌碌地转动。突然，他楞（愣）起一对右边绿色左边灰色的眼睛，向我望来，大声说：

"回去，回去，——没有活儿，十冬冷月，还有什么活儿干？"

肿胖无须的脸，板起来，叫人一看就生气；上唇有几根白花花的薄须，抖动着。下唇望下直沉，露出细密牙齿。十一月的风，狡猾地吹动他那秃头上仅有的几根淡毛。长袍下截被风吹起，直到膝盖上，露出一对滑腻腻有几根黄毛的小腿，像双酒瓶，他没有穿袜子。他那不体面的模样，和一只绿眼中略带害羞的神色，引起了我强烈的好奇心，我反正闲着，就想同他搭讪搭讪。

我的胸口有一样东西膨胀起来，塞住了咽喉。想到有一种人不二种人不单是为贪懒，为了"兵士式"的奴性的叛乱，有时也因精力的过剩，不知把自己的身子如何处置，不知在这世界上做些什么才好，就感到怜悯，心脏立刻要炸破的一样。

不问这种人是谁，总是令人觉得怜悯。可惜这种徒然灭亡的精力，便有一种矛盾的感情，上涌心头。好像母亲胸怀里的一个胡闹的孩子，想打他，又想抚慰他……

靠着正在建造中的红砖房子的隐架的，满滴着石灰的木板，泥水匠敏捷的在上面走来走去。他们那些蜂子一般细小的影子，停留在硕大的建筑上，因此使建筑物一天一天的高耸起来。

我望着这个劳动，这个人类的行为——眼里便想见那位"过客"奥西普·夏杜诺夫，在什么地方孤零寂寞的走着，那条组织巨大的未完成之国的道路。他一定正在对一切投以怀疑的眼，耳里留心着各种各样的话语，一心的辨别着，是不是可以用来编成"一首使万人幸福的诗篇"。

《流荡》

《流荡》，封面题"文艺新潮社文艺小丛书第一辑之十"，扉页题"文艺新潮社文艺小丛书第十"。民国廿九年（1940）十二月二十日印刷，民国三十年（1941）四月二十五日初版。主编者为锡金、钱君匋，原著者为张赫宙等，翻译者为马耳，发行者为文艺新潮社，总售为万叶书店（上海海宁路咸宁里十一号）。全一册，193 页，＄4.00（外埠酌加邮汇费）。

该书为短篇小说集，内收《曼歌》（捷克 Ossip Kalenter）、《还乡》（南菲洲 Fay King Goldie）、《雪夜》（保加利亚 Vitosh Tagher）、《陌路人》（美国 Albert Maltz）、《没有加水的牛奶》（希腊 Ko Fo）、《故国的城》（南斯拉夫 Makso Shunderl）、《贝列阿及其他》（苏联民间传说，苏联 M. Koustova）、《一天》（印度 Jugal Kishore Shukla）、《赌徒》（中国 Cocio Mar）、《酸葡萄》（美国 Jesse Stuart）、《流荡》（朝鲜、张赫宙）。

卷首有《译序》，卷末无跋。《译序》兹录如下：

这本书里面所收集的十多篇小说，都是近年来零碎从外国杂志或书籍中译过来的。它们的被翻译，完全是遵照许多编杂志的朋友的嘱咐而干的，所以这些小说大多数是曾经零星地发表过的。

翻开目次一看，读者会发现许多作品是弱小民族的作家所执笔的，这并非是我故意如此选的，这不过因为弱小民族在今日的生活和遭遇，跟我们的民族的生活和遭遇似乎有许多相同之处，所以读到时常起共鸣，便也就很喜欢翻译。

书中《赌徒》这一篇小说，是我在学校里念书时用世界语写成的，已经四五年了。前年 John Lehmann 先生拿到他编的《新作品》杂志（New Writing）秋季号上用英文又发表了一次。最近一个雨天的下午翻到了这个杂志，重读一次，不知怎的，忽然有点儿感触起来。这小说中所写的东西，都是我故乡的风物，现在都已被炮火烧光了。因之把它译出来，作为一个纪念吧。

我要感谢我的朋友们，要不是他们经常催我译东西，这本书就很难弄出来。

民国二十九年春，在 H 岛

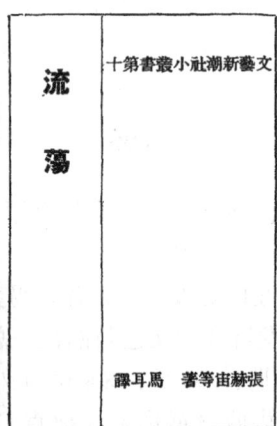

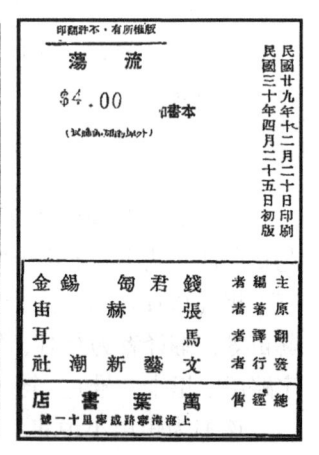

《鞭笞下》

《鞭笞下》，封面和扉页均题"万叶文艺新辑"。民国三十四年（1945）十一月一日印刷、民国三十五年（1946）一月一初版。著作者为林珏，主编者为索非，发行者为钱君匋，印刷者为万叶书店，总发行所为万叶书店（上海天潼路）。全一册，120 页。

该书为散文、小说集，分三部。第一部包括《血斑》《老骨头》《播种》《破灭》《罗贞》《殒》《晨前纪》《登场》《寂寞》《归来》《腊尾年头》《卖田》，凡十二篇。第二部包括《神仙洞》《鞭笞下》《寄押犯》

《忆旧》《劫灰与烟火》，凡五篇。第三部包括《来客谈》《乡音》，凡两篇。

卷首有《编者献词》，卷末无跋。《编者献词》兹录如下：

> 我主编这些刊物，并没有什么大的企图，深的意义，以及过甚的欲求和愿望，只是基于一种无能抑止的情绪，想替作者奠定一个新的基地，替书店企划一条新的路线，替读者齐集一些新的读物，替新中国栽植一些新的花木罢了。
>
> 如果这件小小的工作能够如分地完成的话，我就心满意足了。

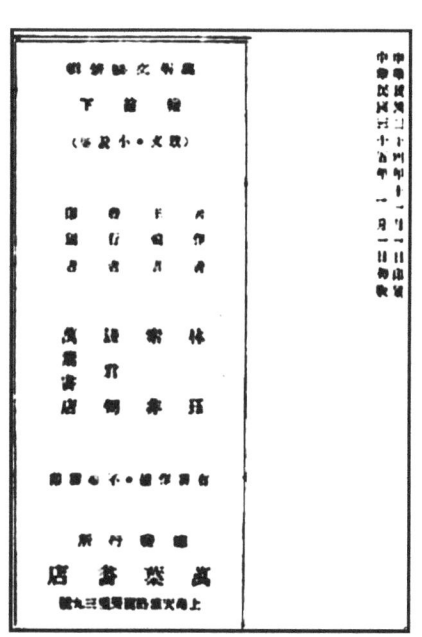

《在南方的天下》

《在南方的天下》，扉页题"文艺新潮社文艺小丛书之十"。民国二十九年（1940）三月一日印刷，民国二十九年（1940）四月十五日初版。主编者为锡金、钱君匋，原著者为苏联普里鲍衣等，翻译者为金人，发行者为文艺新潮社，总售为万叶书店（上海海宁路咸宁里十一号）。全一册，139页，实价国币七角（外埠酌加邮汇费）。

该书为短篇小说集，内收《在南方的天下》（普里鲍衣）、《个人生活》《滑稽故事》《少年维特之烦恼》《忧郁的眼睛》（以上左勤克）、《悲剧》（希希科夫）、《蛇》（普理希文）、《专家》（克雷摩夫）、《老杨树》（谢维洛夫）、《杜霞》（石卡普斯卡亚）、《舵工》（奥莱宁）、《剧创》（穆古耶夫），凡十二篇。扉页题"纪念一个敬爱的先生"。

卷首无序，卷末有《后记》，兹录如下：

  这个小册子一共收了十二篇作品，包含九个作家。除了最后一篇《剧创》是以我国抗战为题材外，其余的都是取材于苏联的生活的。篇数虽不很多，但却包含了各方面的生活。从军人、专家到一般的人士，从民族英雄到伪善的道德家，从破坏的过程到建设的生活，可说是包罗万象了。

  过去，除了良友公司出版的《苏联作家二十人集》（即《竖琴》与《一天的工作》的合订本）外，较有体系地把反映苏联的生活的作品介绍到中国来的还很少见。我这些东西，都是最近三四年来零乱地发表在各杂志上的。现在把它们有系统地整理了一下，居然也还能成一册小东西。

  当然，最近数年来译出的东西决不止这些，以我自己的记忆中来讲，至少要比这多二倍；但一部分是沦陷在南市了。最近听说，我的一些书和一些文稿都没有遭难，我心中很高兴，但是又拿不出来，所以只好想着叹气了。同时在这孤岛上，旧的杂志又不好收罗，也只有随它去了。另一部分，则因为战后生活的不安定（这两年来前后搬了八次家），也已散失，无从查找，因此到今天，能搜集起来的东西便只有这一点儿了。

  记得在三年以前，初到上海时，真是抱了很大的雄心，颇想在文艺工作上努力一番，也不知是我运交华盖呢，还是因为国家大局的关系，我竟不能如愿以偿。不但不能如愿以偿，而且还碰壁碰得头破血出。时至今日，真有些心灰意懒的样子。

  现在则因了生活问题，又经友人的催促，总算强打起精神编完了它。自己看看，也还算过得去，所以略赘数语，以充后记。

  到此，本来已经完了，不知怎么又忽然来了灵感，还想再讲一点关于书的内容及作家的话。

  前面我已说过，这十二篇东西，有十一篇都是反映苏联生活的作品。我现在试来分别讲一下：

  前面十一篇东西，我是把它们分成两组的，从在《南方的天下》到《蛇》是一组，从《专家》到《舵工》又是一组。为什么这么分法，我不必多说了，只要读者能仔细地读一下各组的作品，大抵都能发现其不同性的。而同时也可体味出了苏联最近的社会生活与过去十年来的社会生活的不同之点。

在《南方的天下》的作者普里鲍衣在中国已是相当熟悉的老作家了，他的《对马》已有了全译本。这篇东西本来是收到《夜哨丛书》中的；《夜哨丛书》问世不到一月就遭受了敌人的炮火的洗礼；八千本《夜哨丛书》被烧毁了六千四百本。我为了纪念这一段经过，把它收在集内，冠之篇首，还用来题作书名。

有一个时期，我很喜欢左勤克的东西，所以会译了很多，并且还预备出一个小集子。这小集子已经编好，由一个朋友拿到一个书店去。书店老板那时因为我的名字太生，又想出它，但为了生意经起见，把我的译稿大改特改，务期其合于中国化。这工作没到一半，被我的朋友发觉了，一怒把这些原稿拿了回来。等我到上海来时，还了我，我也无心去整理它们。有些没有经过改删的，便仍拿出去发表了。《个人生活》是发表在《世界文学》上的；《滑稽故事》发表在《新小说》上；《少年维特之烦恼》发表在《译文》上；《忧郁的眼睛》则还是未发表过的东西。

现在我对左勤克的东西已不像从前那样具有好感了，这种轻飘飘的作风不知道为什么现在颇不为我所爱好。但我知道有一些读者是很欢喜这类作品的。

希希科夫的《悲剧》和普理希文的《蛇》都是发表在《世界文学》上的。前者描写苏联在建设途中所产生的一些社会赘疣，后者则描写在建设途中的动摇分子，变成了一个伪善者，也是建设过程中之大患。

这两人都是老作家。

《专家》的作者克雷摩夫是一九三九年以《运油船德本号》一鸣惊人的新作家。这篇是发表在《新中国文艺丛刊》第一辑《钟》上的。

《老杨树》，《杜霞》和《舵工》都是发表在《文艺新潮》上的，后两篇的题名，略有更改。对于这三篇东西的作者，我是一点也不知道的。这三篇东西都是从苏联《星火杂志》上译下来的。我只知道这是一种专给青年看的刊物，上面的作品也常是新进的青年作家的，所以很少知道他们的身世。

最后一篇《剧创》我是译自《莫斯科晚报》的。本来还有两篇同类的东西，一篇题目已经忘记了，一篇叫做《神的裁判》，合上这篇，原由一位朋友拿去送到一个书店出小册子的。后来似乎是因为字数不够，便没有出成。《神的裁判》则由新任复刊的《自由谈》编者拿去发表，不料他任期未满一月，便被停职，而我的文章也便遭受了腰斩的命运。《剧创》则放到《公论丛书》上发表了。至于那篇忘了名字的东西，则已石沉大海，不知跑到那里去了。

这篇东西的作者，更是特别陌生的，所以关于他也是什么都不知道。

不过这篇东西，如果把它看作实在的材料，那可就糟了。因为他写的故事，完全不对。如果把它看作外国人的同情文章，把它当作一种对国际的宣传品，则是有它的相当价值的。

现在，我真的写完了。是为记。

一九四〇，一，二九夜。

《青弋江》

《青弋江》，封面题"文艺新潮社文艺小丛书第一辑之十一"，扉页题"文艺新潮社文艺小丛书第十一"。民国二十九年（1940）六月一日印刷，民国二十九年（1940）六月十五日初版。主编者为锡金、钱君匋，著作者为何为，发行者为文艺新潮社，总售为万叶书店（上海海宁路咸宁里十一号）。全一册，131页，实价国币七角（外埠酌加邮汇费）。

该书为通讯，内收《奔向远方》《风砂中》《长途跋涉的行列》《战斗力》《元旦大晚会》《记史沫特莱》《静悄悄的青弋江》，凡七篇。扉页题"纪念一个敬爱的先生"。

无序跋。《静悄悄的青弋江》的"附记"兹录如下:

> 后日记一束,乃一九三八年十二月下旬和一九三九年一月上旬之间,是我在青弋江畔的部队里所写的;然而发表在这里的仅只一部分。其时我忙于工作与移动,能够坐下来安心执笔的时间既属稀少,而可以伏在上面书写的桌子也并不多;有的,就是门板上的平面了。下笔时琐碎无杂,那样"信手拈来",我不辞其咎,但也不愿改它。这里没有"血与火"的肉搏场面,一切都是那么平凡,我写的是平凡的事情。——因此,喜欢看"战地写真"的读者是不免要怀失望的,那么也请随意嚷罢。至于日子原来是注定的,但嫌其纷乱,又因为作日记的目的倒不全在保留历史,所以略去了。其中人和地用拉丁字母来替代,则是出于无奈,在我以为太真实是要不得的。题名《静悄悄的青弋江》,因为它"静悄悄的"载负了已往,而且准备"静悄悄的"载负未来。——
>
> 一九三九年十一月十一日,"搁楼底下"(按:原文"搁楼"应为"阁楼"),何为附记。

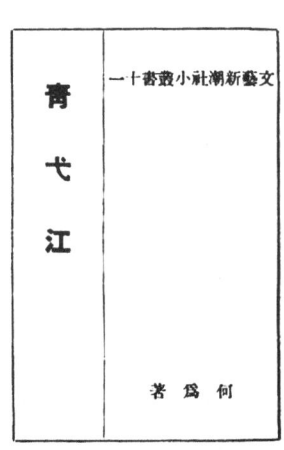

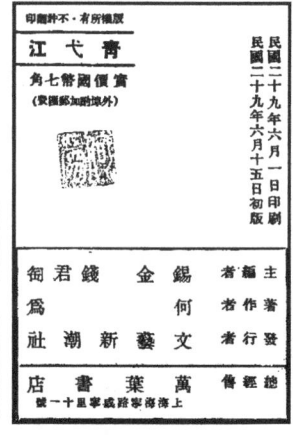

正文摘录如下:

> 一早就走了。
>
> 下山坡的时候,"老板"在背后紧紧的(按:原文为"的")叮咛道:"没有事来呀!"而且还说:"你们都是好人哩,——我舍不得

你们。"一类的话，简直把每个政治工作人员都当作小孩子一样。这老人心是极好的，但闲话之多也几乎使人叹息。但他那边花生米的香脆适口，我初来时是颇称赞了一番的。

  阳光照临在丛生阴郁林木的山巅，照临在青隐的竹叶旁，也照临在广大的地面上。冰裂的泥土由僵硬而化为泞滑，盖上薄薄的一层水波。晨霜开始在渐次温暖的空气里溶解，蒸发着淡濛的雾气。——山道给模糊了。

《活路》

  《活路》，封面和扉页均题"文艺新潮社小丛书"。民国二十九年（1940）七月一日印刷、民国二十九年（1940）十月十五日初版。主编者为钱君匋、锡金，著作者为罗洪，发行者为文艺新潮社（上海海宁路咸宁里十一号），总经售为万叶书店。全一册，147页，零售每册国币一元一角。

  该书为短篇小说集，包括《两个疯了的女人》《到那里去》《幼小者》《饿》《雪人》《活路》《母与女》《旅程》《稻穗还在田里的时候》《白的风暴》，凡十篇。

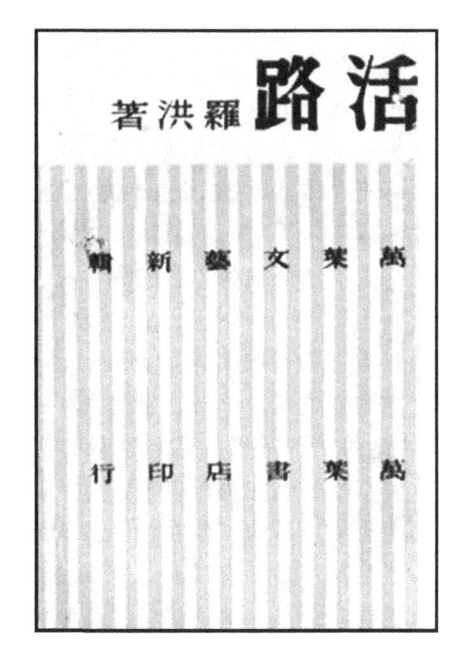

卷首有《编者献词》，卷末无跋。《编者献词》与《鞭笞下》的相同，从略。

此外《活路》还有另一个版本。该版本封面和扉页均题"万叶文艺新辑"。著作者为罗洪，主编者为索非，发行者为钱君匋，印刷者为万叶书店，总发行所为万叶书店（上海天潼路）。全一册，147页，价格不详。缺版权页。

该书为短篇小说集，内容无改动。卷首有《编者献词》，卷末无跋。《编者献词》与《鞭笞下》1945年版本相同，从略。

《麦地谣》

《麦地谣》，封面题"文艺丛刊之一"。民国二十九年（1940）三月十五初版。主编者为锡金、钱君匋，著作者为林英强，发行者为文艺新潮社，总经售为万叶书店（上海海宁路咸宁里十一号）。全一册，91页，价格不详。

该书为散文诗集，篇目待补。

卷首有《序》，卷末无跋。《序》兹录如下：

收在这集子里的，有一篇叫《热血的注流》，英强这样说："从今天起啊，热血的注流，是寻定了方向。"今天，在神圣的民族解放的革命战争中，在伟大的多难的现实里，英强的热血奔涌着，写下了这许多的诗篇，他的呼号，合上了战争的节拍。从战争中，英强的热血的注流已寻定了方向，而英强的歌唱，也有力地鼓舞了战争，英强以及我们的战争，都将要经过艰苦的奋斗，进入伟大的胜利阶段去。这，是值得庆幸的。

先要有大勇敢去开始，然后要有坚强的魄力去完成，成功将从苦斗中得来。

远在五年以前，记得是武汉有一些诗歌朋友要办《诗座》月刊，因为他们传信的缘故，英强开始和我通信。那时，上海另有一些诗歌朋友办《诗林》双月刊，我被邀约参加写稿，英强也似列名为他们的编辑。但他的开始创作诗歌，似乎还远在那时以前，他是以轻倩的短章，与已故的侯汝华先生同为世人所知的。他在梅县，从他的来信得知，他在编着报，教着书。我们始终还没有谋面。随后在武汉读到他的诗集，那时正当敌人积极图谋我北方，他的诗情，已驰骋在蒙北草原，慨然有御侮之志。卢沟桥战争爆发，他在梅县主持《东方诗报》，并与木刻家多人合作，建立了岭东粤闽赣边区的诗运的重要的堡垒。我到广州，看到他在《救亡日报》上发表的散文诗，才知道他已又勇敢地开始了新的工作了。现在，一卷散文诗的原稿已放在我手边，来信说要我为这一本出版物写上一些序言，我愿意，而且乐为。

为什么？因为我喜欢看到这样一位朋友的努力，和他的工作成绩，以及战争给了他的许多新的生命。然而，写几篇序文，马上就会有人讥笑你是"写序世家"，但序言的用处，原不过在为一本出版物作一些介绍，或者作一些说明，或者是让写序者发表一点意见；在工作中，要求伙伴在他的工作中说下些什么，原也是可以容许的事。讥笑者的动机，着意在世俗的打算，反教人感到他们的嘴脸的猥琐。

但英强，他现在是抗战散文诗的勇敢的先驱者，一切他走过的脚步，都值得我们留心考察，我现在乐为介绍的，正只是在这点上。

关于散文诗，在我的理解和诗歌的许多原则还是共同的，不同的地方，则在用散文来写这点上。我们对诗歌加一番考察，便会知道韵律的言语是带着很多的原始性的，我想把许多年青人喜欢写诗的事实，解释做那是我们更适合于用那种冲动的伴着生命律动的不完全的语言来表现我们的情意的缘故。事实上我们的很多的年青的歌诗朋友,大家在写着诗,但大家并没有能写好散文。就从我们的过去的诗人来说,杜甫的诗的成就那么高,而他的散文却很差;韩愈却是一位散文家,他的诗其实是属于散文的。所以,散文诗的出现,在诗歌中到底是后来才有的东西。诗,已经部分地转化为散文的戏剧和小说等等形式而出现了,而且,由于语言的进步——语言的目的原来在说明人们的概念。——使得散文愈益成功。但,这并不是诗的完结,而是诗的更要跨前一步去,我们仍旧可以并且需要写多少带着一些原始性的诗,正是与人类的文化的进步仍需要饮食一样。而另一方面,那也要产生散文诗。

英强的散文诗仍旧保存着许多韵律的言语的成色,——而且,他还有许多僵死的旧文字的残留。——但他也在试探中有他的创造。许多的诗篇的主题不过从空想中建立起来,因之,不免有时也显得有些对于现实的认识的架空或幼稚,但,我们知道这不过是他的开始。

不甘固守的必得会进步,艰苦的奋斗总可获成功,而一切的经验,都值得我们学习。

锡金,一九三九,上海。

《乡岛祭》

《乡岛祭》,封面和扉页均题"文艺新潮社小丛书二辑之三"。民国三十年（1941）七月十五日印刷、民国三十年（1941）七月廿五日初版。主编者为钱君匋、锡金，著作者为庄瑞源，发行者为文艺新潮社，总经售为万叶书店（上海海宁路咸宁里十一号）。全一册，161页，零售每册国币一元五角。

该书为散文集，包括《来客》《雨夕》《悼》《没有晚餐的晚上》《青黑的脸》《马》《一个人家》《在穷巷中》《某城的受难前后》《废墟的怅望》《寒衣募捐之夜》《俘》《荒郊上》《"浪子回家"以后》《安南的伤感》《在上海》《昆明的寂寞》《河口去来》《厦门五月祭》，凡十九篇。

卷首有《代序》，卷末无跋。林绥的《代序》兹录如下：

——A. Samain：
Fils d'un soleil atone et d'un pays d'hiver,
J'ai [疑为T'ai，可能为原文献排版错误] l'amour du changeant nuage et de la brume.
但我想你是个南方人。

当你静静练习听筒的时候
那样子像在谛听大海的声音。
你有过一枝画笔，是不是？
再不，你就有一部二十七磅的大书本，
那些彩画，血液和神经，
永远没有字眼可比拟这可怕的寂寞。
但你真是值得祝福的人，
江南和北国给你许多梦幻的诗句，
你写过美丽的闽北的橙花和枫岭的落日，
或者，你写过埃及芬芳的排香草
是了是了，你想写战争，写死，写亡土与家园。

地域影响你，现实征服了幻想，
你看你看：
侬有着一些灵魂如同三月的青草一样青，
有些人是睡在过去的梦里，
而你习惯于凝视辽阔的海洋的人
从前你介绍过飘海者美丽的回忆，

那回忆是歌,是痛苦与坟墓。

今夜的人间,今夜的梦;——
我得听你没有音乐的大旋律,
我得看你写的是什么小秘密;
这是亡土,是海水与蓝天。

从穷巷中走向了游乐场,
你在漂亮的衣衫下看见斑斓的躯体,
贫乏的艺术退居于寂寞的屋角;
是你,或是我,赤足走过长长的沙漠,
拾起幻灭的楼阁的遗痕,又将它拭去,
对了,亡土的音影渗入你记忆的领域;
他们也记起烽火中沉下去的城市吗?
像你和我。

让我画一张血火组成的图画,
当我翻开这一个可怕的花圈的时候。

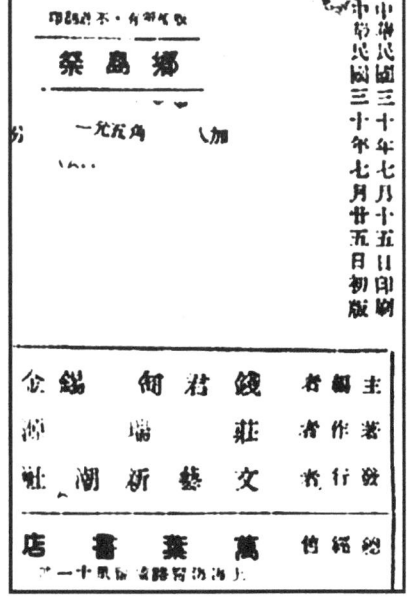

二十　中央青年剧社《剧本创作选》叙录

《北地狼烟》

《北地狼烟》，封面和版权页均题"中央青年剧社剧本创作选第一种"。民国二十九年（1940）初版。主编者为鲁觉吾，著作者为刘念渠、宗由，印行者为中央青年剧社，总经售为华中图书公司。全一册，116页，每册实价六角。印数为1～2000册。

该书为四幕抗战剧。

卷首有何浩若的《序》，卷末无跋。《序》兹录如下：

  抗战以来，中国戏剧展阅（开）了一个新的方向和前途，也就是说抗战的行动提高了戏剧的使命和转变了艺术的观点，这是不可否认的事实，同时，在目前戏剧本身质与量的发展上，也可以证明这个事实，我们只要看抗战剧本之能够深入民间，广大民众之热烈的乐羡鉴资（赏），每个乡村不论男女老幼对于剧本发生了浓厚的兴趣和受到深切的感情，都是证明戏剧工作在抗战宣传中之重要性。

  青年剧社对于戏剧工作的推进，不仅是积极的提高宣传的效能，和增强中心思想发扬，同时更要使戏剧工作能充分的宣传剧团的主张和完成团的教育任务，她（它）必须广泛的积极的深入于全国青年群众，提高全国青年的革命信仰和坚定全国青年的革命意识，所以戏剧工作在团的宣传工作中是占着相当重要的地位。

  "青剧运动"的开展，虽只有一年多的历史，但是青年剧社单位的发展，却是出人意外的迅速，现在全国各地已经有百余个青年剧社了，她（它）的组织细胞已经深入到每个都市和乡村，并建立了坚强的发展基础，可是各地青年剧社对于剧本的缺乏，确是一个异常严重的问题，现在中央青年剧社出版《剧本创作选》拟定每月出版适用剧本一种，这除了提高本团戏剧同志的写作兴趣外，同时更慰藉此以救济普遍的"剧本荒"的现象。

　　自然，这个艰巨工作是需要全国爱好戏剧同志的共同推进，共同努力；我更希望全国各地的剧团，关于我们选集的剧本，多所采用，俾有上演机会，并对于剧本的内容，多多指正。

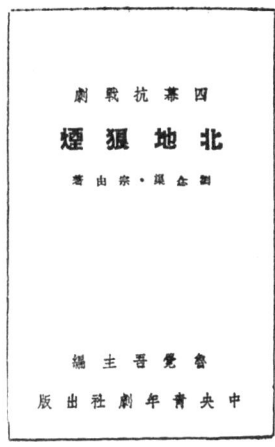

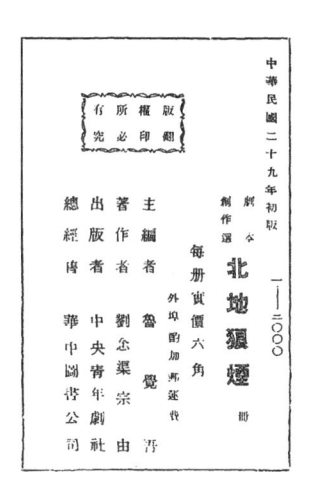

《兄弟之间》

　　《兄弟之间》，封面题"中央青年剧社剧本创作选第二种"。民国二十九年（1940）初版。主编者为鲁觉吾，著作者为汪漫铎，印行者为中央青年剧社。全一册，96 页，缺版权页，定价不详。

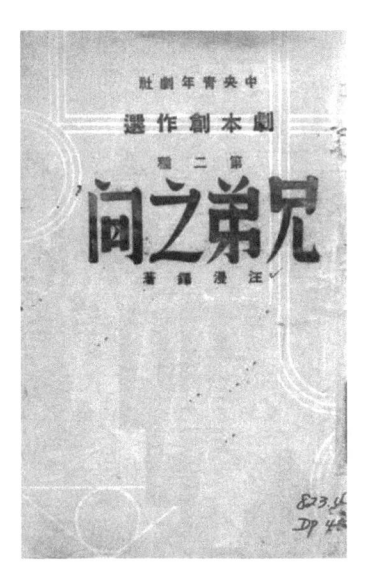

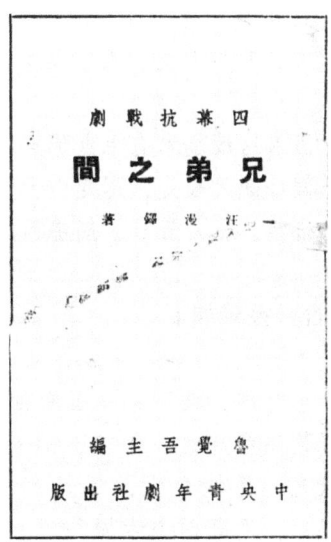

该书为四幕抗战剧。

卷首有何浩若的《序》，卷末无跋。该《序》与《北地狼烟》所载相同，从略。

《秦良玉》

《秦良玉》，题"中央青年剧社剧本创作选第三种"。民国三十年（1941）二月初版。主编者为鲁觉吾，著作者为杨村彬，出版者为中央青年剧社，总经售为中国文化服务社（重庆）。全一册，214页。每册实价壹元。印数1~3000册。

该书为四幕古装剧，每幕两场，无幕目，无场目。

卷首有何浩若的《序》、熊佛西与叙昌霖的《编者的话》和作者的《前言》，卷末无跋。该《序》与《北地狼烟》所载相同，从略。

《编者的话》兹录如下：

> 秦良玉这个人物是很值得表彰的，不过他一生的事迹太多；倘若件件表彰出来，不仅琐碎，实际上也不可能，且有些事迹在现在这个时代里表现，颇不适宜，例如平奢崇明打张献忠都是秦良玉一生的大事，但与援朝鲜平倭寇的圣迹比起来，那就渺小极了。
>
> 我们是以"军事第一，胜利第一"，"国家至上，民族至上"，"拥护领袖，一致对外"的立场来改编这个剧本。秦良玉一生事迹中有跟我们立场一致的地方，我们则特别强调；与我们立场有参差的地方，我们只好割爱。因之，这改编本有些地方难免与历史稍有出入。
>
> 假入这改编本有半点优点的话，那是杨村彬先生的原著赐给我们的，假如毫无长处，那是由于改编者的笨拙。
>
> 卅年，三月五日，熊佛西徐昌霖记于陪都

《前言》兹录如下：

> 小时候，读到秦良玉断袖故事时就眉飞色舞。住在北平时，也到石芝庵盘旋过。年前，随抗战剧团入蜀道难的蜀，一路上，三峡风光，孤城白帝，想起大江滔滔东去的诗句，不禁令人怀古。入川后，渝蓉两个古城往返，新都各地客居，尤其引起不少乡思。

觉得，这次到了秦良玉的老家，而秦良玉的老家又将陷入秦良玉在世时的景况；同时有不少新的秦良玉出川杀敌，有所感，写成这本戏。

写作时除了参考史书县志外，多借重《芝龛记》传奇，不敢掠美，并识于此。又，此剧未经公演不敢印行，这次印的是排演本。公演以后，觉得有价值时，将依贤明者的指正，再行付印。

以满腔的热忱，敬把此剧献给守土抗战的英勇的将士们！

廿七年七月写剧于桂湖，十一月写小言于排演本印行时。

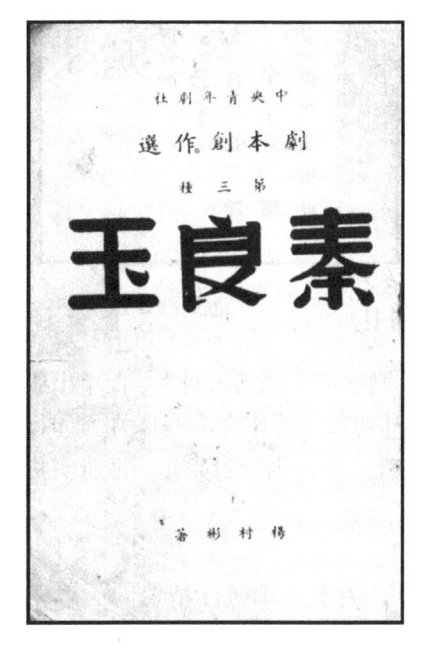

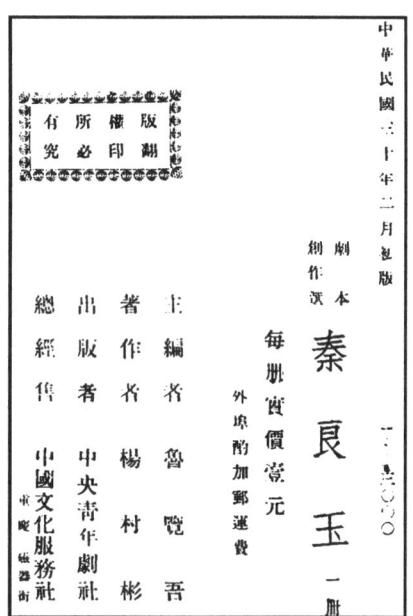

《洪炉》

《洪炉》，题"中央青年剧社剧本创作选第四种"。民国三十年（1941）三月初版。主编者为鲁觉吾，著作者为丁伯骝，出版者为青年出版社，总经售为中国文化服务社（重庆）。全一册，136页。每册实价壹元。印数1~3000册。

该书为四幕话剧。

卷首有何浩若的《序》，该《序》与《北地狼烟》所载相同，从略。

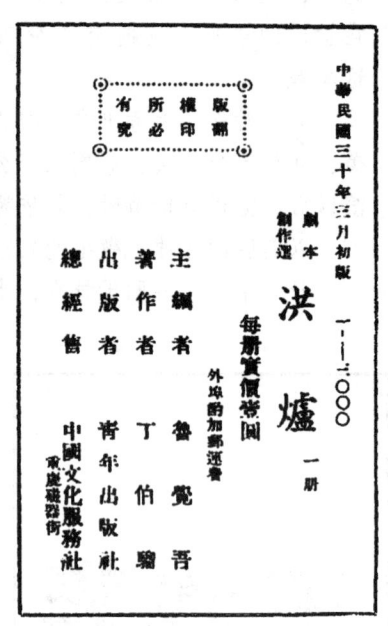

《国贼汪精卫》

《国贼汪精卫》，题"中央青年剧社剧本创作选第五种"。青年出版社（出版地不详）民国三十年（1941）六月初版。著作者为马彦祥，印行者为青年出版社，总经售为中国文化服务社。全一册，214 页。每册实价壹元。印数 1~5000 册。

该书为话剧，为四幕抗战剧。

卷首有何浩若的《序》和马彦祥的《关于〈国贼汪精卫〉》，卷末无跋。该《序》与《北地狼烟》所载相同，从略。《关于〈国贼汪精卫〉》摘录如下：

  这本戏不是我创作的，是汪逆及其狐群狗党他们自己创作的。这里面我没有虚构了他们一件事实，也不曾捏造了他们一点主张。所以剧中的阴谋和狂吠，都是他们自己的。我不过把它们编纂起来，使成为一本戏剧的形式而已。
  因为尽量想保存事实的真相，所以人物和剧情宁肯由其单纯沉闷，不使它们过于戏剧化。自然，这样的一段影响整个国家民族的前途与幸福的史实我们也未必把它当作戏剧来看的。

写剧本有时间上空间上的种种限制。尤其是写这一类近于记录性的剧本。本剧中有时亦不免有这种困难，有时间及地点的安排上，不得不因剧情的限制与事实稍有出入。例如第二场发生时间是廿八年四月五日——距曾仲鸣被刺后九日——而剧中引用了《汪平沼协定》（发表于四月五日），委员长《抗战国策始终一贯》的谈话（发表于四月十七日），遍及吴稚晖先生的骂汪文章（发表于四月十一日）。尤其是吴老先生的文章在剧中被改作为广播讲演。又如汪逆与王逆克敏及梁逆鸿志会晤的地点应该是在青岛及南京，不是在上海。这种例子在全剧中很多。不过有一个原则，纵使时间与地点偶有变动出入，事实却决非杜撰。

从准备写这戏起直到脱稿为止，整整是费了一年另二个月。其间除去搜集材料，作者一度卧病以及因其他工作的牵制所耗费的时间而外，真正执笔写作先后不过四五个月。作为一个剧本的创作来看，这时间是太短促了；但就宣传的需要来说，这时间实在是太长了。汪逆报国，已经两年，在戏剧方面，除了只有三四本独幕剧外，至今尚未见有较为完整的有统系的揭发汪逆罪行的剧本发表，这是很奇怪的。

原因当然是有的。以作者写本剧的经过来说，其中最感到困难的是材料的缺乏，如果只根据报纸上所登载的一点材料，那是太不够了。于是我不得不希望能够找到一点更为确切的材料来作参考。但是太难了。我跑遍了各有关机关，不是说事关机密，未便公开，便是说整理费时，暂缓借阅。除了军委会政治部的材料室，由于第三厅的关系，给了我些便利而外，几乎什么也得不到。这还能怪我们不努力么？

其次，是剧中往往有许多人事在中途忽然有了变动，也增加了作者不少处理上的困难，例如为了高宗武、陶希圣二人的揭发汪逆卖国密约，我曾经把全剧修改了许多次。我原来的计划是五场剧，因发生高、陶事件而改为六场，再因汪逆组织伪政府而改为七场。有人说如果明天汪逆在南京被人暗杀了的话，势必又要改为八场了。我说，如果他真的死了，我的戏剧可以不必发表了。

复次，是关于高、陶二人的解释问题，友人吴漱予兄主持戏剧编刊社，征稿及本剧，曾经表示希望高、陶二人在剧中不要登场。这对于作者实在是一个过分的要求。高、陶过去曾助纣为虐是事实，发表过许多谬论也是事实，后来认识了敌人的真面目，才幡然悔悟，逃出魔窟，毅然效忠于抗战。这正说明了汪逆的和平主张即在其同志之间且不免遭遇到绝大的打击。我们写高、陶的反正,正是写汪逆的末路。我在要本剧中写此二人之戏,甚费考虑。我的解释是根据政治部颁布的《对汪宣传》的指示:"对于高宗武、陶希圣主张和平之误谬应予批评和纠正,但不予以打击"。(全文中第六条——详见政治部编印的《十日宣传资料》第一号)大概不会有问题吧?

　　困难确实是太多了,就自己的一点点写作经验来说,是从来没有处理过这样琐碎而又复杂的题材,因此作为整个的反映汪逆叛国的政治阴谋的剧作来看,免不了还有许多缺陷是无疑的。但是一想到汪逆及其狐群狗党在这两年间所做的一切罪恶,我不能不大胆地把这粗糙的作品发表出来,这里面至少写出了他们罪恶活动的大概轮廓和汪派汉奸必然的没落的命运。

　　一九四一,一,七。

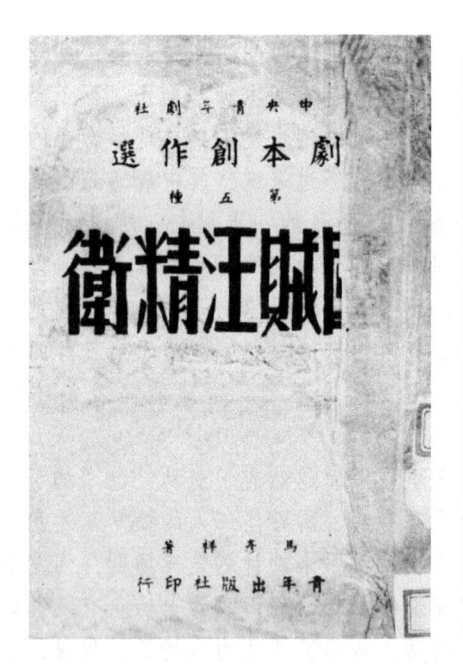

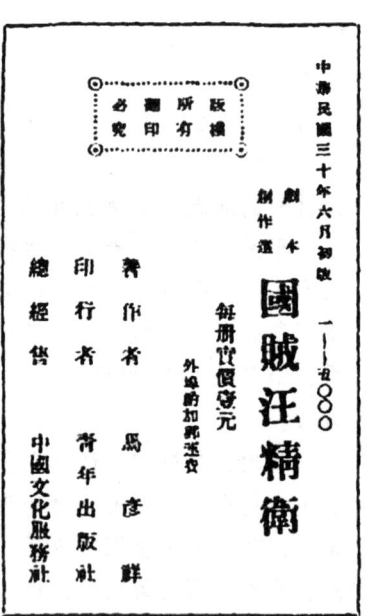

《夏完淳》

　　《夏完淳》,题"中央青年剧社剧本创作选第六种"。民国三十年(1941)六月初版,民国三十一年(1942)九月修订。著作者为张光中,印刷者为青年出版社,总经售为中国文化服务社(重庆)。全一册,118页。每册实价五元。印数1~3000册。

该书为四幕历史歌剧。

卷首有《自序》，卷末无跋。《自序》兹录如下：

> 我中华民族有"至大至刚，至中至正"的民族精神，有"忠孝仁爱信义和平"的高尚道德，向来是"不畏强权"，"反抗残暴"的民族。总裁说："一个民族的兴亡强弱，完全看他那民族的道德是否高尚"。由此证诸中国历史上，元朝亡我国家数十年，满清亡我国家数百年，但终为我们所同化，就是因为我们有优秀的民族文化，高尚的救国道德。所以每逢外族来侵，总要发挥忠勇义烈的民族精神。
>
> 明末，满清攻陷金陵之后，利用汉奸洪承畴，实行"以汉制汉"的毒计，威胁利诱，无所不至；但有志之士，决不愿做亡国奴隶，而群起抵抗。……陈子龙、吴志葵、吴易、侯峒曾、黄淳耀、阎应元、王佐才、顾炎武、徐石麒、金声、吴应箕、麻三衡、孙嘉绩、熊汝霖、黄宗羲、张煌言、李长祥、孙爽、王夫之、陈邦彦、张家玉、郑成功，以及本剧的主角夏完淳……都是当时革命运动之卓荦超绝者。他们有的参加军事活动，有的从事革命宣传，虽然当时有多少志士青年为国牺牲，但是在我国历史上却造成万古不朽之一页。
>
> 夏完淳十五岁从军，十七岁授命，在短短三年的革命过程中，先后投身军伍，参赞军机；失败归乡，又组织民众，被执之后，又能坚持正义，不为威武所屈服，这种"至大至刚"，"成仁取义"的忠勇精神与气节，实为中华民族五千年来唯一的革命青年。
>
> 我国今日，耻辱危殆，可谓极矣。伟大的河山原野，遍遭倭寇践踏，无数的父老兄妹遭受倭寇涂炭，就这一点看来，与满清"扬州涂（屠）城"之残酷行为可先后相映，甚至有加无已。抚今思昔，能不愤慨！凡我青年，均应效法这位青年民族战士的忠勇精神，去争取中华民族的独立，自由和平等；更应凛于总理："我们做一件事，总要始终不渝，做到成功；如果做不成功，就是把性命去牺牲，亦所不惜，这便是忠，所以古人讲忠字。推到极点，便是一死的遗训，把我们的一切，忠于国族，争取抗战胜利，建国成功。"
>
> 剧中人物夏允彝，据史实所载，系忧国自杀；作者以为消极自杀，不如积极抗战，乃改为抗战阵亡，此为与正史稍有出入之处，特此附志。
>
> 承处卢冀野先生赐予郢政并为序。梁乙真先生供给资料甚多，特此一并致谢。
>
> 张光中于重庆

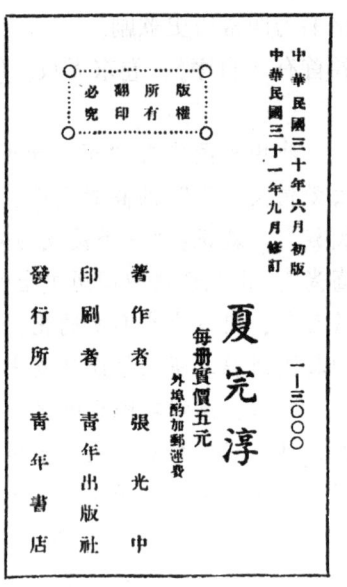

《世界公敌》

　　《世界公敌》，题"中央青年剧社剧本创作选第七种"。民国三十年（1941）六月初版。主编者为鲁觉吾，著作者为熊佛西，印行者为青年出版社，总经售为中国文化服务社。全一册，132页，每册实价叁元。印数为1～4000册。

该书为三幕话剧。

卷首有何浩若的《序》，卷末无跋。该《序》与《北地狼烟》所载相同，从略。

《反间谍》

《反间谍》，未见"中央青年剧社剧本创作选"字样。民国三十一年（1942）十月初版。著作者为陶熊，印行者为青年出版社（重庆），总经售为中国文化服务社（重庆）。全一册，168页。每册实价伍元。印数1～3000册。《反间谍》还有演出修订本，由文江图书公司民国三十五年（1946）三月上海初版。

该书为三幕话剧。无序跋。正文摘录如下：

卷首有一段"告示"类文字和《摘录反间谍评语》。"告示"类文字兹录如下：

> 本局作者保留演出、改编、广播、摄制电影及其他一切著作权益，不论职业、业余、个人或团体，如欲取得上列任何权益者，须事先征得作者同意，否则当照民国著作权法第二十三条办理。其演出权益，按照剧作者联谊会所订剧作上演税暂行办法办理之。
>
> 本著作者通讯处　上海广东路二十号六楼俞从朴转。

《摘录反间谍评语》兹录如下：

> "在写剧的技术上，我觉得作者的技巧非常纯熟。从第一幕开始，一直到剧终为止，始终是在紧张中。每个场面，每个动作，都能使观众的情绪转移。紧张时，室闷着呼吸，暗暗叫急，脱险后，观众抹把汗，松口气，皆大欢喜。"
>
> ——摘录：三十一年四月六日重庆《扫荡报》副刊《评〈反间谍〉》
>
> "《反间谍》的作者为了要使观众明了于他的主题，不惜在每一幕上增加紧张的气氛，也许，在某一意义上：这也可以说是'高潮'；可是高潮的顶点，要推第三幕的破窗而逃，实在说：一个间谍剧能自始至终抓住观众的注意与同情，已是相当成功了。"
>
> ——摘录：三十一年三月十三日湖南芷江《中央日报》《反间谍》演出特辑

"这剧有一个特征,就是紧张场面非常多,几乎每幕都有,第三幕只能说是高潮中的最高潮。"

——摘录:三十一年三月十一日芷江《中央日报》前路《观剧有感》

"关于《反间谍》的故事,作者为了抓住观众,自始到终都苦苦地捏紧了'惊异'和'奇特',从白先生进了樱子舞厅到冈田贞子的解围,以至最后于艰险中达成任务后越窗脱险,这中间一连串的变化和挫折,一贯地充满着'疑虑''紧张''奇异''恐怖'。"

——摘录:三十一年三月九日湖北恩施《武汉日报》戏剧专页《评〈反间谍〉》

"《反间谍》以间谍的故事为题材,反映了敌寇底凶暴与无耻,反映了我们在敌后底正义斗争和出生入死的智慧。"

——摘录:《武汉日报》金戈先生的《反间谍观后》

"《反间谍》是一个写实剧,它底最中心底剧旨是在表现我们底,和敌人底间谍是如何地钩心斗角地玩弄双方的技巧,如何在极困难窘迫底情况之下,想法完成双方的使命。然而我们底反间谍终于占风,而且把那秘密而贵重底《日本驻华各省特务工作人员名册》弄到手之后,安然地离开了四面楚歌底包围网,沿着这一剧旨而发展的故事,当然是极动人的。"

——摘录:三十一年三月二日湖北恩施《中央日报》读《〈反间谍〉后》。

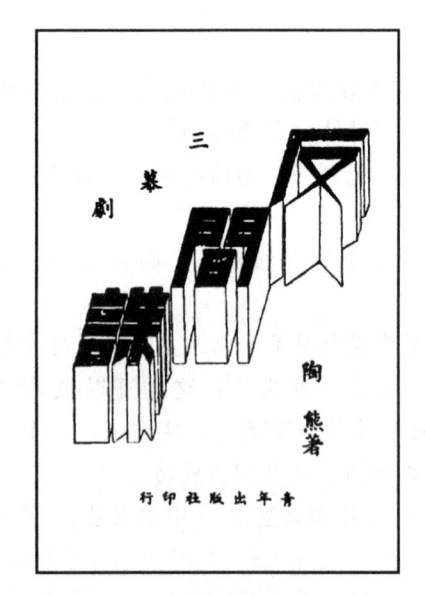

二十　中央青年剧社《剧本创作选》叙录　1101

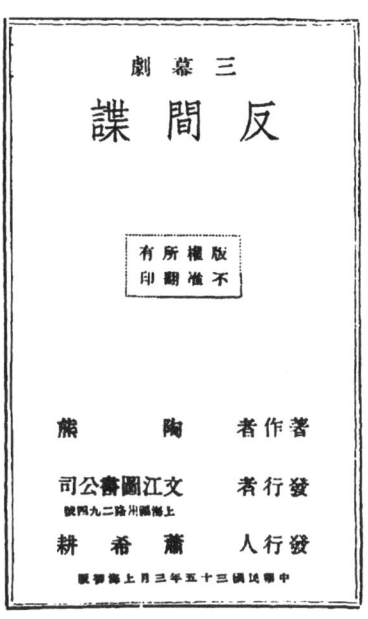

《风陵渡》

《风陵渡》，未见"中央青年剧社剧本创作选"字样。民国三十一年（1942）十月初版。著作者为罗伦，印行者为青年出版社。全一册，124页。定价不详。缺版权页。

该书为四幕话剧。

无序跋。正文摘录如下：

布景

山崖上一座古房子。正面是一个大格子门，门外有一个大平台，边沿上有栏杆，早晚站在台上可以赏玩天然美景。门的两边有两排大格子窗户，晚霞由门窗可以映射到观众的眼帘。舞台两侧有两门，是通向卧室。□台摆有方桌、长凳、破椅，靠墙放着枪械、子弹、军服、钢盔等等的军用物品。

启幕

外面一群青年男女幽闲地唱着游击队。

室内点着一盏半明不灭的油灯。铁牛同月兰坐在拐角的椅凳子上，两人对面看了一会儿，□声停止，大家高兴的叫喊嬉笑。

《夫与妻》

《夫与妻》，未见"中央青年剧社剧本创作选"字样。民国三十一年（1942）四月出版。著作者为蒋雄影，主编者为鲁觉吾，出版者为青年出版社，总经售为中国文化服务社（重庆）。全一册，120页。每册实价壹圆。印数1～3000册。

该书为三幕抗战剧。

无序跋。正文摘录如下：

  布景

  一间简朴的书房兼客厅。后壁偏右有一门，同通寝室，左壁有门同厨房。右壁前端有一门通外院。离门不远的地方，有一玻璃窗，现正打开，阳光从外面映进来，给室内增加了不少的生气。

  室内后门的右边放着两个书架，门的左边有一衣架，架上挂着一件女人的大衣和小学生的书包。衣架的左方有一梳妆台，台上放着化妆品。靠右窗斜放着一张书桌和一把圈椅，桌上陈设简单的文具。室的中央放着一张圆桌，桌上零散着几张报纸。

  开幕时，韦冰凝倚着圆桌看报章。她穿着蓝布短褂，黑色裙子——这是她以前在学校里的制服——她怕弄脏了这唯一的衣服，所以在上面罩着一件白围裙；这使她那健康的身体，圆润的面庞，格外显得精神而活泼。

她兴奋的翻阅报纸，脸上时而显着紧张，时而显着失望的表情。当她看到《晋东我军大捷》的标题时，就拿着报纸跳到书架旁，抽出一本地图来，伏在桌上展阅。

她的表姐冯剑霞虽是三十四岁的妇人，但还有相当的姿色，因为在某司令部当监印员，且善于社交，所以当把眉毛画□，嘴唇涂红，以致常遭她丈夫陈一豪的厌恶。

现在她穿着时髦的旗袍，由后门焦急的走出，她看见冰凝倾向心看着地图，就轻轻的走到她的背后探看，仿佛要抓住她的什么秘密似的。当冰凝抬头，忽见背后的人影，不觉吃了一惊。

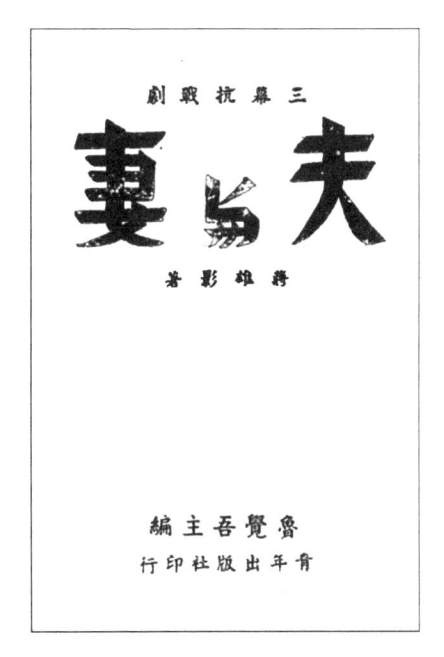

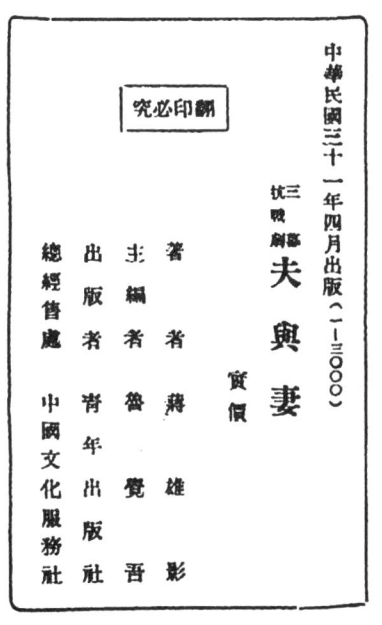

《黄金万两》

《黄金万两》，未见"中央青年剧社剧本创作选"字样。民国三十三年（1944）四月初版。著作者为鲁觉吾，发行人为俞世塑，发行者为美学出版社。经售处为全国各大书局，印刷者为重庆印刷厂。全一册，158页，定价每本□元。

该书为四幕剧话剧。书中提议表明"本局作者保留下列各项权益：（一）转载及翻译。（二）上演及首演。（三）电影改编及制作。（四）播音改编及广播。不论职业的，业余的，个人或团体，凡欲取得上述任何权益者，均须事先取得作者本人或其代理人之同意，否则无效"。

卷首无序，卷末有《后记》。《后记》摘录如下：

> 本剧还有一个副主题，就是知识分子的从军问题。陪都从去年春天起推行新《兵役法》，很引起人们的注意。这样的一件大事，不但值得用侧正方法□入新编的戏剧中；而且这样重要的政策，戏剧界也应该多加宣传。可是又为了去实施新《兵役法》的方法，我们在去秋所知道的还有不同，所以这副主题的结场上也和当初计划时不符。这也就是说"宣传性"虽然增加，而"戏剧"性却减少了不少。关于这点导演者同样可以根据以后的推行役政的新□□而加以变动。
>
> 编者并非专门从事写作剧本的人，一般工作又太忙，本剧浅缺草率，乃至错误，在所难免；尤其对于商业情况，并不怎么了解；又没有时间请专家指点。希望读者原谅指教，并请各地导演本剧的诸位导演指正。

> 至于剧中好些地方指出去年重庆某几种社会里的某些不良现象，乃是有目共睹的事实，我们站在推行新生活，纠正不良风气的教育立场上，并不需要为这些腐败事实掩蔽。我们只希望重庆的少数市民一起跟我们参加新生活运动，洗心革面，做一个新时代的大国民。实际上国家在没有建设完美以前，任何社会里多少免不了龌龊。对于这一类病态的宣布，一般忧国之士，大可不必惊讶，也用不到事事遮掩；否则徒然显得没有改进的诚意和勇气。从政治的立场来讲，也并不是

高明的态度。质之明达，以为如何？

三十三年一月于重庆甫泉

《美国总统号》

《美国总统号》，著作者为袁俊，"中央青年剧社剧本创作选"本未见。该著还有民国三十二年（1943）八月渝一版，民国三十五年（1946）二月沪一版（文化生活出版社出版）。全一册，161页，定价＄2.60。

该书为多幕话剧。无序跋。正文摘录如下：

第一场

民国二十八年夏末秋初，横渡太平洋的巨轮美国总统号特二等（Tourist Class）的一间休息室。这儿有小桌子可以打牌，有沙发烟盆可以闲坐吸烟，有酒排间可以要点什么酒喝。室内布置精美，洁无纤尘。

后墙正中是通外面甲板的双扇皮门，从门中望见船舷涂了白漆的栏杆，和蔚蓝的天空。因为这已经是船上第三层，风平浪静的时候，看不见洋面（按：原文为"洋面"）——初秋的太平洋又总是那么平静的。现在船还停泊在旧金山的码头里，从门中可以望见远远的金门大桥（Golden Gate Bridge）的影子。门之左右各有玻璃窗二三，都挂着丝绒幔子，幔子打开时可以看见甲板上的风筒，起重机，以及绳索之类。室内偏左是通上一层的特二等舱房等处的楼梯，铺着既厚且软的绒毡，与台口平行，差不多一直伸到台中。楼梯旁边近台口这边放了一张舒适的长沙发，这沙发的左手，靠左墙，又是一张单人沙发椅，右手是一大盆棕榈树，长长的叶子似乎是故意把这一角落遮掩起来，成为一特殊区域，椅子前面是一张小矮几，上摆烟具。右墙上有个小门，锯成两截——这是那个酒排间，卖酒的开了门走进去后关起下半截，再横放下一块板子作柜台，就可以卖酒。店里是一排架子，上面排列着各式各样的洋酒瓶子和各种牌子的香烟，近台的右墙又往右一折，在这一角靠墙装了两张带软垫的凳子，互成直角，前面放了一张小圆桌，供人息坐。稍后酒排间与皮门之间也有一张同样的小圆桌和两三只皮椅，此外还有几张单人椅散置各处。墙上挂些船的照片和图画。

闭幕时，唐干臣先生和刘文富先生坐在右下方圆桌旁闲谈。每人面前放着一只玻璃杯，里面盛着黑红色的大约是可口可乐一类的饮料。唐干臣中等身材，四十余岁，着藏青哔叽西服，黑领带，身体瘦弱，肤色黑，头发脱得很快，虽然膏了油，很细心地梳得平平整整贴在头上，却总遮不住秃了的顶皮（按：原文为"顶皮"）——这一块皮偏偏是白的。鼻子上，架了一付（按：原文为"付"，现今一般用"副"）克罗米细框眼镜。那套藏青哔叽西服因为误了洗涤的日期，屁股上磨得亮光光的两片。唐先生脸上总喜欢挂个微笑，虽然笑起来总带点苦相，像个瘪嘴老婆婆。说话时候，很喜欢用两只又干又瘦的手比来比去。刘文富和他大不相同。刘先生长得颇有个福相，胖胖的肚皮，总在跟他那套质料精美而裁制不佳的灰底蓝点花呢西装抗议，五十多岁，一张黄黄的胖胖的脸虽略有点像得了黄肿病似的，其实是结结实实，仿佛一切饮食被他吃下去之后，就把养料提取到尽善尽美。两眼相当有神采，小胡子则绝对的有气派。头发不像唐先生的那么服帖。后头一半老是竖着。他以着中国衣服的姿态着他的西服，谈得高兴的时候，时常向上提提袖子或是撩撩衣角，大部（按：原文为"大部"）的时候他趿了一双拖鞋。刘先生嗓音粗而宽，高谈阔论，旁若无人，时作官腔。唐先生声音细而窄，一句话，娘儿们腔，时常夹上一两个英文字……洋娘儿们腔。

《维他命》

《维他命》，未见"中央青年剧社剧本创作选"字样。民国三十一年（1942）五月初版。著者为王平陵，出版者为中央青年剧社，印刷者为政治部印刷所，经售处为全国各大书店。全一册，171页，每册实价贰圆。印数为1～3000册。

该书为五幕话剧。

卷首有《弁言》，卷末无跋。《弁言》兹录如下：

首先，我必须郑重地声明：这是一个极端现实的问题，我不能运用极端现实的方法来描写，增加观众，读者心理上不必要的重压。这在我以为是一种新的尝试！

我写这个剧本的动机，是在一九四〇年的夏天——米的价格，忽由八块钱一斗，高涨到二十块一斗的时候。中国是农业国，这是不应该有的现象！我便开始搜集材料，在排列着的许多因素中，认取我要写作的主题，进行组织故事，分析人物个性的工作；经过五个月的时间，我才起草初稿，已是一九四一年春天了，而米的价格，早由二十涨至四十，五十，由五十而跳跃到八十，九十了。在写到第四幕时，因为整个的结论上有了问题，苦苦思考，终于得不着很好的解决，干脆停写一个月。到第二次开始写在纸上时，有许多材料，已很快地失去现实性，又把已写成的三幕，从头改动了一次。我坚决地抱着超越的忍耐心，克服随时可以发生的困难，用力写下去，写成的一天，正是一九四一年的六月二十二日，却巧逢着这有历史意义的苏德大战正式发动的一天。从有动机到写成，足足经过了一年的长时间，而米的价格，已由八块钱一斗，飞涨到一百开外了。这是多么严重的问题！

我异常重视这一个主题，我之不愿草率从事，是为着：

一、希望当我预备或正在写作的过程中，忽然有一个使我认为满意的同样性质的剧本，出现在我的手边。那我可以马上撕毁已写的原稿，止息写作的念头，免得熬受"难产"的痛苦。

二、抗战四年来许多严重的课题，好像都有人关心过，写成小说，编成剧本。可不算是已尽了写作的人事，实在说，曾被写过的主题，有许多还有再写的必要的，但因为已有人胡乱地写过，□□□□□写了，而积下来的各个严重的课题，终于没有一个得着相当的解答。米的问题，当然是许多严重的课题中比较最严重的一个。

我有着不敢糟蹋这一个课题的愿望与决心，我不得不以最强烈的热情，体验同命运者的苦难，追求□一个肺结核的病根，尽可能地开出疗治的方案，使我所能做的工作，做到可以放手的程度。

诚如英国当代作家司岱芬慈惠格（Stefan Zmeig）先生所说："我们都为这个千载难逢的争取自由的最后决战而效忠，我们都是世界上极少发生的最大社会变动之一的目击者，因此，我们作家最先有将我们这时代所遭遇的事事物物提供见证的责任。"这见解是十分正确的。作家为要完成时代所付（赋）予的责任，自不能在琐屑的事件上，浪费宝贵的心力。我之所以大胆地选取这一个复杂艰难的课题，企图竭尽棉（绵）薄的力，寻求可能的解答，就是基于这一个意念。老实说，像这样一个包罗万象的课题，可以反映各方面的课题，是值得我们耗费一番心血的！

在这里，我不是为戏院写说明书，所以，我无须把故事的情节，人物的性格与关系，啰啰嗦嗦地叙述。我所欲言的，是这剧本所要解答的主题。

首先，我是聚精会神地对囤积居奇的奸商，无情地痛击。奸商们是不惜以亡国灭种做代价，但求满足他们个人发财的欲壑的！是利用全国优秀份（分）子拼命救国救民族的时会，看中了发财的生意经，不择手段，不顾良心，惟利是图的！他们在抗战以前，大多数限于知识能力的贫乏，无法与优秀份（分）子作生活上的斗争，他们是不能不陷于生活的苦境。抗战来了，他们的机会也就跟着来了，因为全国的优秀份（分）子，都认清这一次的战争，是全民族争生死存亡的血仗，不能不抛下日常一切的工作，尽先杀退顽敌，争取民族的生存，是再也不会为了个人的蝇头微利，"鞠躬尽瘁，死而后已"了！但是，这一个空隙的腾出，无疑的，正是奸商们"发国难财"的好机会。"发国难财"为什么最容易，就是全国的优秀份（分）子不和他们直接竞争的缘故呵！甚至是大家的心思与脑力，都贯注在□□的解放；少数奸商们偷偷地逞其违法的阴谋和毒计，大发其"国难财"，在有一时期，的确是未曾觉察，让他们疏忽过去了！所以，奸商们发的财，是等于前线将士的血，无数优秀份（分）子的汗，换句话说，就等于掠取或出卖国家民族的利益。囤积米粮的奸商，更是罪孽深重，误国殃民的害马！"米"，是人类的"维他命"，"米"同"空气"，"光线"，"盐"，"水"这些"生活素"一样，是任何人少不了的物质，他们乘国家无暇注意粮食政策的时刻，从"米"上打主意，以囤积米粮作为发财的手段，真是捉住要点，狠辣无比的毒策！不错，他们个人的财，是发够了，但是，他们决不会计及：他们是触犯了破坏金融，扰乱秩序，动摇国本，直接影响抗战，间接就是为敌寇张目，尤甚于汉奸卖国国贼的该死的罪恶！我同意并且也在剧本中提出增加生产，改进管理等等的属于积极方面的办法；不过，我总觉得作为现阶段粮食飞涨的主因，还是在囤积，因为每年粮食生产的数字，并没有到求过于供的程度。如果，这一个主因，不能彻底解消，积极方面的良法，是无从实施的；因此，便归结到如何厉行法治的问题上来了。

现实的剧情，使我在无意中发见一个真理：法治的能否厉行，不是喊口号，写文章所能奏效，而是受了严重的事实所逼迫，不能不走上的一条革命的大路。阻碍法治的主敌，是情感，尤其是天伦的至情。要使我们废除情网，厉行法治，非常困难，假使不是有一个严重的事实，逼着你非如此不可时，任何人立刻会受情感的诱惑，得过且过，敷衍了事的。这一个人人能够犯的毛病，看上去，好像是轻微的伤风症，而实在是民族的致命伤。法治之不能彻底厉行，坐此之故。法治废弛的国家，是决不能健全政治的机能，发挥政治的效率的！可是，厉行法治，谈何容易呵！奸商们造成米粮恶性的飞涨，逼迫着民族要生存，大家要活命的时候，对不住，个人的情感，是抵不了国家民族的正义感，是无法压抑嗷嗷待哺者的公愤了！政府就不能不抱着大无畏的精神，采取革命的手段，站在国家民族的利益上，根据国定的法律，来实施裁制了；所以，一种法治国家精神形成，都是在革命的血穴中锻炼出来的结晶。立志上进的国家，是不怕遇着严重的难题的，每遇着一个难题，自然会想出方法来，克服这一个难题，自然会使国家的法治精神，更具体地厉行。如果有人怀疑到中国为什么能在抗战中建国？我就能拿起这一个进步的事实，作切实的答复。

真正的革命者，对当前恶劣的现象，决不灰心丧志，悲观叹息；只有愈益坚持革命的勇气，□求革命事业的完成，基于这点，我们对于现阶段米价的不合理的飞涨，深信又是一个逼着我们非进步不可的动机！又是一个厉行法治的动机！不但，因米贵而发生的一切现象，可以跟着粮食政策的切实施行完全解消，而国家赖以生存的"法治精神"，必可由于这一个难题的克服，更进一步了。

"法治精神"是什么？适切的解释，就是纪律化，科学化，彻底化，现代化。

最近，凶恶的日寇，已是强弩之末，纳粹德国的功劳，亦经苏联打得粉碎，日寇虽欲东施效颦，发展预定的阴谋；然苦于野心有余而实力不足。中英美苏的反侵略阵线，说不定在拙作印成册子的时候，早已坚强地完成了！天要亮了！我们已看见曙光了！可是，黎明之前，免不了尚有刹那间的黑暗，那些危害抗战的人们，是畏惧光明的，是巴不得最后胜利的获得，遥遥无期，渴望中国与日寇死拖下去的。惟其这样，他们囤积的货物，才能"待价而佑（沽）"，"如愿以偿"呢！不过，客观的事实，是不会让他们如愿的了！天要亮了！尽管他们能在刹那的黑暗中，努力作恶；只不过是临终的挣扎，还中什么用呢！米价的不合理的飞涨，就是充分地说明这一个现象，充分地证明光明的来临！我们不但无须悲观，只有奋发前所未有的毅力，和一切危害我们国家的反贼，作最后的苦斗，彻底消灭了他们作恶的凭藉！

不佞是紧紧地执着上述的主题，完成我艰苦的写作过程的！如果我一年来的努力，并不是白费，多少能发生一点效果的话，我诚不敢自以为功，我不过是一个时代的记录者，我不过尽了记录的责任，这一个主题，太伟大了！是全国四万万同胞的血，汗，眼泪，和痛苦组织的故事呵！我仅仅耗费了一年的时间，记录这一个伟大的故事，又算得什么呢！

一九四一、八、一、于重庆。

《戏剧新时代》

《戏剧新时代》，未见"中央青年剧社剧本创作选"字样。民国三十一年（1942）五月初版。著作者为鲁觉吾，出版者为青年书店，印刷者为政治部印刷所，经售处为全国各大书店。全一册，91页，定价不详。版权页完全不清，难以辨识。

该书为戏剧文学研究，内收戏剧论文凡八篇，依次为：《中国话剧运动总检讨》《戏剧界风气的转移》《新时代之剧人与观众》《何谓戏剧运动》《话剧的解放与约束》《第一届国定戏剧节发言》《监视青年剧社与青年剧社之自重》《中国话剧剧本出版鸟瞰》。此外还附有《抗战七年来之戏剧》一文。

卷首有潘公展的《序》和陈铨的《序》，卷末无跋。潘公展的《序》兹录如下：

> 鲁觉吾同志对电影戏剧素有研究，抗战前推行"教育电影"不遗余力，并参加中央电影行政工作；八一三后以戏剧在抗战宣传中所占地位极为重要，复以全力从事抗战戏剧运动，曾首创中央青年剧社并发动全国二百余青年剧社之组织，在中国戏剧运动史上可谓开一新纪录，其所编有关戏剧各种刊物丛书亦多为世人推重。近应青年书店之征，将年来发表之戏剧论文辑为专册，定名《戏剧新时代》，藉供热心戏剧运动者之参考。余以其所辑各篇，大抵本乎三民主义文化运动之纲领，而与余平日对戏剧工作者之期望，又相吻合，因乐为之序，以介绍于读者。
>
> 卅三，六，十四，潘公展

陈铨的《序》，兹录如下：

> ——戏剧与时代——
>
> 戏剧与时代，有极密切的关系。戏剧一方面是时代的反映，一方面是时代的先驱。
>
> 依照黑格尔的哲学，"世界精神"永远是向前进展的，进展的最后目的，就是"绝对自由"，人类对绝对自由，有与生俱来的无穷渴想，就是这一种渴想，推动世界精神，使它不断前进，演成各各不同的时代。一个旧时代的改变，新时代的产生，就是因为旧时代的理

想,不够自由,新时代的理想,总能够满足人类。然而到了相当的时期,新时代正式产生,人类又渐渐感觉它的理想仍然不够自由,必须要创造另外一个新时代。就像这样一个一个时代地演变下去,人类社会逐渐接近永远想望的永远不能达到的绝对自由。

人类是永远不满足的,世界是永远进步的,时代是永远变换的,这就是一切历史上的自然现象。

这一种历史上的自然现象,在人类文化的各方面都可以寻求,但是在戏剧方面,特别有明显的反映。

就欧洲的历史来观察,我们可以发现四个绝对不同时代精神,同时在戏剧方面,也是现出四种绝对不同的情状。

希腊时代,人们的理想是"了解世界"。"世界"是人类研究的对象。希腊人发现世界上的事物有天然的规律,人类有了解世界建设规律的可能。代表时代精神的希腊悲剧,就建筑在这一个人生观宇宙观上面。希腊人相信"命运",命运是天然的规律,也是希腊悲剧精神的中心。一个人刚生下来,命运已经决定了他将来的结果。他不能逃避命运,因为他不能违反天然的规律。

如像有名的悲剧英雄阿狄蒲斯,在他生下来的时候,神人就说他将来要杀死父亲,同母亲结婚。他父亲听见,把他扔在野外,结果却被人抬去,等到成年,居然在路上同自己父亲冲突,把他杀死,后来同母亲正式结婚。事隔多年,才发现他自己的罪恶。像这样相类的故事,在希腊悲剧中间,是很平常的。

但是到了中世纪,新的时代产生新的理想。人类再也不"研究世界",他们要"信仰上帝"。上帝是人类最大的安慰,信仰上帝,是人生最高理想。中世纪的戏剧,完全反应当时欧洲人类宗教的情怀。最著名的戏剧家诺丝维□,完全在这一个方向努力写作,当时盛行的"神迹戏",也向着同样的目标。

到了文艺复兴,中世纪旧时代的理想,经过根本的动摇,人类从上帝回复到自己。新时代理想的归宿,不是"研究世界",也不是"信仰上帝",乃是"发展个人"。"人"的意识的发展,是欧洲文艺复兴以来,最耐人寻味的现象。莎士比亚的戏剧,写尽人类内心的喜怒悲哀。他的悲剧和希腊的悲剧不同。希腊悲剧的英雄,对命运负责,莎士比亚的悲剧英雄,对自己负责。命运并不苛求他们,他们自己性格的弱点,是他们悲剧的泉源。李尔王的轻信,马克伯斯的野心,哈孟雷特的迟疑,罗蜜欧朱丽叶的恋爱,都与命运无关。

二十　中央青年剧社《剧本创作选》叙录

自从十八世纪以来，因为工业发达，都市集合，交通便利，国家冲突，人同人的关系，越来越密切。一个人不能单独生存，必须要在集体社会之下活动。社会的力量，逐渐增长，个人的尊严，逐渐微弱。个人不感他是一个单独的个人，只感觉他是社会的一份子。欧洲的哲学家，如像康德的理性哲学，叔本华的意志哲学，尼采的超人哲学，目的都在重新恢复人类的尊严，然而黑格尔的国家主义，马克思的社会主义，却发生庞大的影响。

易卜生的戏剧，要改良社会，解放个人，萧伯纳戏剧，也走上同样的路线。社会无疑地是近代戏剧家描写的题材，研究的对象，因为在这一个新时代，社会问题，是一切问题的中心。

戏剧是时代的反映，差不多没有多少疑义了。

然而在另外一方面，戏剧还有它更严重的使命，就是"领导时代"。

一个新时代将要降临，戏剧家应当首先有明确的认识。他应当摆脱过去，开拓将来。他或者促进新时代，或者创造新时代。他应当是人类社会的先知先觉，他领导人类，到更大的自由。他不应当只消极的描写现实，反映现实，他还要积极地反对现实，创造现实。没有这一种本事，他不能算世界第一流的戏剧家，他的戏剧对人类社会，不应有最大的贡献。

中国的戏剧新时代，转瞬来临，中国的戏剧家，更应要认清时代。我诚恳地希望，从鲁觉吾先生这一本书，全国有志戏剧的青年能够得着明白的启示。

三十三年六月于重庆青年书店

《自由万岁》

《自由万岁》，缺封面与扉页，版权页未见"中央青年剧社剧本创作选"字样。民国三十四年（1945）一月初版。著作者为鲁觉吾，发行人为卫聚贤，印刷者为说文社出版部（重庆中译路八十六号），经售处为说文社出版部（重庆中译路八十六号）。全一册，125页，定价＄□元。

该书为四幕剧话剧。书中提议表明"本局作者保留下列各项权益：（一）转载及翻译。（二）上演及首演。（三）电影改编及制作。（四）播音改编及广播。不论职业的，业余的，个人或团体，凡欲取得上述任何权益者，均须事先欲得作者本人或其代理人之同意，否则无效"。

卷首无序，卷末有《后记》。《后记》兹录如下：

给读者，导演

《黄金万两》以后，我本想以储安侬和小安为主角，写一个以小学校为背景，以纯教育为题材的极严肃的剧本，供各地青年剧社及教育部所属各演剧队之用。并且我已经详细计划组织，定名《国宝》；甚而至于为了写这个剧本，我又特地迁居重庆乡间一所私立小学的附近，天天跟小学生接近，但是直到现在，我自己认为对于小学教师小学生的考察研究，还是不够，虽然我在二十年前也当过小学教师，可是二十年后的社会已经大不同于二十年前，一切教学设施，教育方法，也变得太多，要想缜密的描写小学教育，不是像我荒废已久而仅仅费半年考察功夫的门外汉所能动笔的。

可是客观的事实亟须产生第二个剧本，以连接《黄金万两》，于是便写了这一个以阐扬"不虑匮乏"的"第四自由"的《自由万岁》。这是一个喜剧，也可以说是一个"笑剧"，在目前的情形之下，假如搬上舞台，由适当能力的演员演出，逗人笑是不成问题的，但我的存心决不仅仅逗人一笑，我希望笑中有泪，事实上萧公馆中的许多人物，当读者或观者笑时，他们是正在肚子里流泪的，而类乎萧公馆中人物的读者或观者，在微笑或大笑之余，恐怕也有流泪的可能。

自从神圣的民族自卫战以来，有不少官话实在是无法令人接受的，我们中国，无可讳言，是一个贫而且弱的国家，抵挡强敌的全面略侵，又必然加重全国的痛苦，所以"苦"字，凡是现在的中国人，谁也应该忍受，谁也不应该叫苦，可是苦必须大家吃，生活必须相当的平等，这是最重要的战时条件，而抗战以来事实上大部分的公教人员著作家，正和前方的低级军官士兵一样，和另一部分"吃抗战"的比较起来，相差实在太远了。这是有目共见的事实，我们不必讳言，而造成这种畸形现象的责任，我们也决不全部推在当局的身上，要知道中国是产业落后，社会组织松懈，行政效能仍然无法一时提高的国家，但这种畸形的现象是不是拿几篇文章几次演说所能掩饰呢？是不是有办法可以相当的改善呢？我想如果有责任感的人物，假如能够上下一心，合力以赴，我想一定可以改善，如果能够改善，最大的影响，对于抗战大局，一定会有重大的贡献，这是最郑重的也是心平气和，最折衷的看法，说法。

其次，说到戏，戏剧终究是反映时代，社会，和人民生活的，否则和现实距离太远不成其为戏剧了。《自由万岁》的内容，有人或许觉得太现实，但我认为这是时代的纪录，今天像萧同仁周育人这样的人太多了，究竟不是好现象；而杨尧哉杨老板这些人也太多了。又究竟不是好现象。如其你以为杨尧哉已经在《黄金万两》中倒下去了。为什么让他在《自由万岁》中再起来呢？那么我要问今天后方像杨尧哉这样的人是不是太多？不但是有。像杨尧哉这样倒了下去而又马上起来，成为不倒翁的人是不是有？或者还可以说常有，那末（么）

杨尧哉之再起，正是自然的现象，而值得我们注意的一个问题。

《自由万岁》的角色，我自己以为对于周育人一角是很费力刻画的，所以希望导演者能够物识到一位有相当天才的演员来扮演才对，否则不但逊色，而且会失败的，其次是说到全剧的处理，我想假如能冷静的看一遍，一定会有许多增益的，又因为事物的描写限于严格的时间性，所以上演的时间太晚固然不适当，上演的时间有相当距离的话，也非改动不可的。

三十三年十月十日于重庆

二十一　今日文艺社《今日文艺丛书》叙录

《离散集》

《离散集》，封面题"今日文艺丛书1"，扉页与版权页均题"今日文艺丛书第一种"。民国卅年（1941）九月初版。著作者为蹇先艾，编辑者为今日文艺社，发行者为林清良，发行所为今日文艺社（桂林訾洲六十三号），印刷所为学院印刷厂（桂林通泉街六八号）。全一册，142页，定价一元八角，外埠酌加邮费。

该书随笔、散文集，内收随笔、散文凡二十篇，篇目依次为：《误会》《海滨小景》《济南的一夜》《千佛山》《大明湖上》《四点钟》《前夕》《平津道上》《塘沽的三天》《我们的羞耻》《弟兄》《老与幼》《毁》《半年的长进》《残暴的遗迹》《伟大的离别》《忆吴检斋先生》《家与邻》《离散》《敌》。

无序跋。《离散》摘录如下：

> 我从前可以说并不知道甚么（按：原文为"甚么"）叫做"离散"的，我和它之间，仿佛隔着一层茫雾。儿时离家的情况，早已经在记忆里消失了。在中学时代，曾经读过一篇江淹的《别赋》；年长了，也常常读到这一类或新或旧的作品，并且受过深沉的感动。但是身临其境的经验，却始终没有。近三年来，算是开始饱尝"离散"这两个字的滋味了。
>
> 芦沟桥（按：原文"芦沟桥"应为"卢沟桥"）的炮声一响，一种暴力，就活生生地把我们朝夕相聚的弟兄拆散得七零八落，很像中国传奇上的北宋杨家将的情形，只是没有死亡，而且也缺少他们那样的功绩而已。一直到现在，大家不惟天南地北，没有见面的机会；有的下落不明，连想写一封信，因为无法投递，提起了的笔，终于叹一口气，又放下来。有甚么（按：原文为"甚么"）法子想呢？只有

相互默祷着彼此的平安了。"父子不相见，兄弟妻子离散"的生活，我天天都在体验着。这种痛苦，是甚么（按：原文为"甚么"）人的赐予，我永远不会忘掉，除非等到我们以眼还眼，以牙还牙，算清了这笔血债的时候。

　　回溯上去，是民国二十六年九月底，在一个家族中，我首先带着家眷，化装离开了北平，因为从九一八以来，我是一向不断在用笔杆来代替枪杆，猛烈地攻击着倭寇的；在教室里，我也喜欢随时向学生宣布日本的罪恶，激动起他们爱国的情绪。日军占领了故都以后，因此，我的危险性比较家里其他的人显然就要大一些。我不能坐在那里等死！我还年青（按：原文为"年青"），有许多事情都等待着我去做。我无法在黑暗沉沉中，打发我的日子！我需要自由的生命，我更需要生活上的，思想上的自由。虽然对于先后住了十九年的第二故乡，仿佛儿童离开慈母一样地依恋，终于怀着满腔悲愤南行了。临走的那天早晨，每个哥哥都到车站来送我，而且他们或多或少地帮助了我一些旅费。（如果没有他们的力量，我是无论怎样也逃不到后方来的。）从患难中才看出来了弟兄们的深挚的感情。

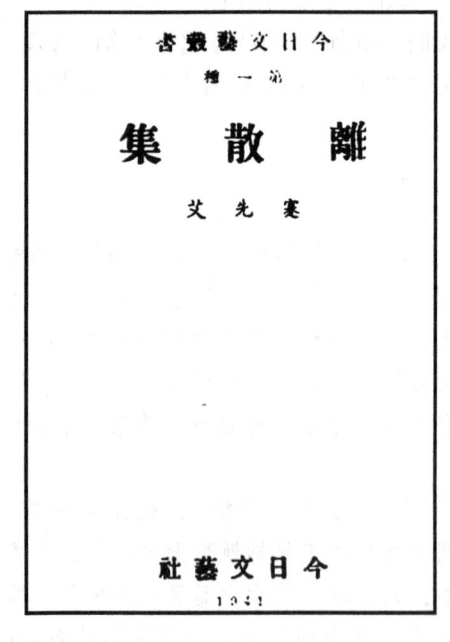

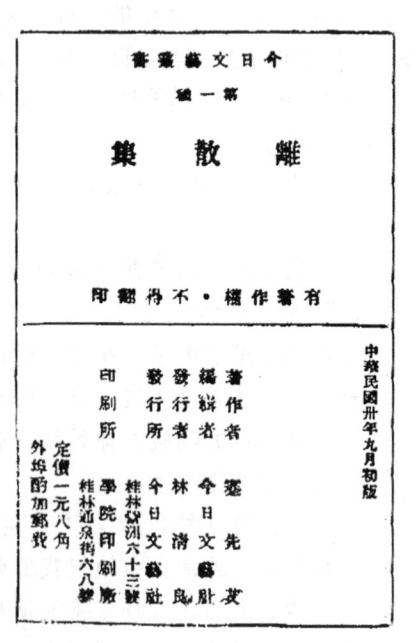

《一百一十户》

　　《一百一十户》，封面题"今日文艺丛书2"，扉页与版权页均题"今日文艺丛书第二种"。民国卅年（1941）十月初版。著作者为曹卣，编辑者为今日文艺社，发行者为林清良，发行所为今日文艺社（桂林訾洲六十三号），印刷所为学院印刷厂（桂林通泉街六八号）。全一册，138页，定价一元五角，外埠酌加邮费。该书收录短篇小说凡十四篇，篇目依次为：《青岛之儿女》《一百一十户》《穷》《在大隧道》《警报的日子》《生人走了》《孤岛来的姑娘》《衣服单薄的人》《四个人和一夜》《城里人下乡也是一样的》《大家要客客气气》《晚安！医科学生们》《在旅舍》《盒子里的夏天》。

无序跋。《一百一十户》摘录如下：

> 早晨十点钟左右，青石铺道上落了半街檐影。
>
> 这条狭窄的街的一百一十户人家方才先先后后下了门，"乾"，"元"，"亨"，"利"，"贞"一共五扇，门板只有半截，仅可目为窗户，大门是另设的，但所谓大门也属于一开启就可登堂入室的一种，每家都占据一丈多阔的门面，建着矮楼。一顺水儿挨过去，每家檐口的犬牙交错地方又连着些新新旧旧的蜘蛛网，房子也没有精粗之分，仅只有几家用猪血打底漆得较为新鲜，窗子也用桑皮纸糊得稍好而已。
>
> 楼上笨重的纸格扇也吱吱呀呀的（按：原文为"的"）先后推开，两个邻居隔着丈来阔的街彼此观面，边叠被边大声谈家常。楼屋暗得厉害，谁也看不到谁，除非两个邻居都走近窗口的话。
>
> 十四号门牌是家成衣店，那个汉子苍白着脸端一铜盆水在铺道边，待洗脸，看见他儿子捧着一纸烟听（按：原文为"听"）的蚌壳在野跑，脸上结了一层由鼻涕与锅烟灰所成的痂上去给了一脚，没踢中可也饶了他。
>
> "我日你拉（烂）娘，连屁股都不要！"
>
> 孩子委屈的（按：原文为"的"）呆着，照习惯他得用他老子洗下的洗脸水洗个二番，这苍白家伙把热毛巾良久的（地）在脸上覆着。这之后把手巾递给儿子，端起脸盆凑到嘴边呷了口水，把中指探进口里擦，口水着手臂流着。
>
> "兹楚！兹楚！"
>
> 斜对过铁匠店老板也在同样的擦牙（按：原文为"的"）。"兹楚！兹楚！"并且是用两只手的中指交替着擦，又快又响，小孩看得出神，他老子上去可又是一脚，孩子在一个踉跄之后清楚过来，拧了

个手巾把在脸上摸了摸就拿进屋里晾好。

　　卖旺子（猪羊的血）的，卖新炸油糍的，白糖饺子的，豆豉的，先后走过去，都做了很不坏的生意，特别是卖煮旺子的，好些人家都拿出碗来买，盛来就热呵呵的（按：原文为"热呵呵的"）坐在当门口吃着消闲。

《今之普罗蜜修士》

　　《今之普罗蜜修士》，封面题"今日文艺丛书3"，扉页与版权页均题"今日文艺丛书第三种"。民国卅年（1941）十一月桂初版。著作者为严杰人，编辑者为今日文艺社，发行者为林清良，发行所为今日文艺社（桂林訾洲六十三号），印刷者为今日印刷厂。全一册，52页，定价国币六角，外埠酌加邮费。

　　该书为诗歌集。

　　无序跋。《南国的边缘》一诗摘录如下：

　　　　往年
　　　　南国的边缘
　　　　一片绿色的田园笑对着晴天

二十一　今日文艺社《今日文艺丛书》叙录　1121

温暖的阳光在原野上镀金

静静的清水河

泛着愉快的温流

鞍辔似的大明山脊

背负着鲜明瑰丽的云朵

而今

劫后的乡村

血迹烂斑（按：原文如此）的大地

默对着灰暗的苍穹

刺痛鼻子的血腥

随风荡漾在广袤的草原

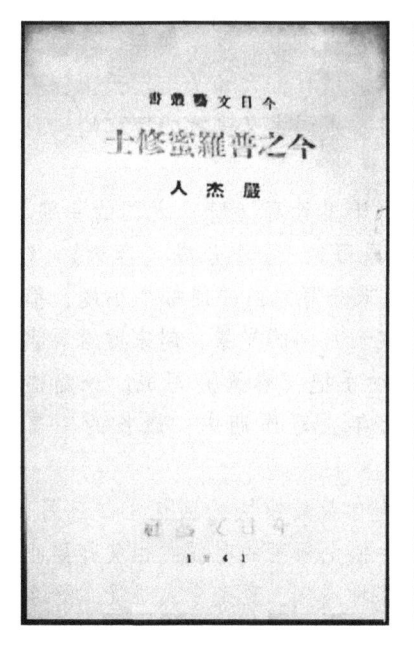

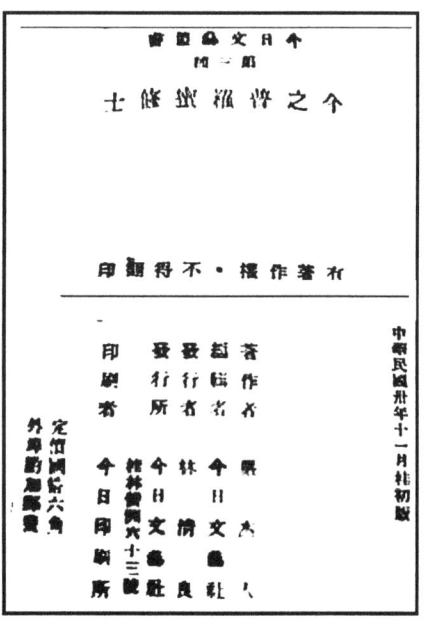

《春天》

《春天》，封面题"今日文艺丛书4"，扉页与版权页均题"今日文艺丛书第四种"。民国卅一年（1942）十月三版。著作者为艾芜，编辑者为今日文艺社，发行者为林清良，发行所为今日文艺社（桂林訾洲六十三号），印刷者为今日印刷厂。此书有多种版本，此外还有良友图书印刷公司1937年1月初版（该版157页，无序跋），1940年11月改排本初版。

重庆自强出版社1946年1月初版（包括"春天""落花时节"两部分）。

该书为中篇小说。

重庆自强出版社1946年1月初版有艾芜的《〈春天〉改版后记》，兹录如下：

  一九二五年夏天离开我四川的故乡，从云南写封信给我的父亲，说我要在他乡异国流浪十年之后，才能转回家去。不料到了一九三六年的秋天了，我还没有如约归家。因在国外国内，混了十年，觉得一事无成，仿佛项羽败退乌江那样的心情似的，"有何面目去见江东父老"，到（倒）不如蹲在容易接近世界文化的上海，再在文艺方面，埋头苦苦用些年功夫。

  虽是这样决定了，但对故乡的思念，却没有静息下来。于是，便决定把那位在岷沱流域的景色人物，移到纸上，也宛如自己真的回到故乡去一般。我先前写作时候，所取的题材，大都是出于云南、滇缅界中、仰光、新加坡以及今天正被日本帝国主义进攻的槟榔屿，我的故乡还不曾展现在我的笔下一次。

  我的故乡，正是诸葛亮说的沃野千里天富（府）之国的一部分。我便定一个总题目，叫做《丰饶的原野》，另外分成《春天》《夏天》《秋天》《冬天》四个小题目，来分写它，并使每个小题，都可以单独成为一部作品。刚好那年约在八月间的光景，赵家璧君要我给良友图书公司写部略中篇小说，便动手把《春天》写成。论篇幅虽然寥寥几万字，也算找到一九三六年止写作期中，最长的一篇小说了。

  《春天》里面那条小河，对我是有着最愉快的回忆。二三月间。日暖风和，家家妇女都到田野里面去摘龙须菜的时候，祖父却要我在半暗半明的屋子，苦读四书五经，那种闷气，真是令人难受。好在他老人家喂有一些鸭子，常常放在小河里面，怕它们浮游去远，总每天上午叫我出去看视一次。在读了诘（佶）屈聱牙的《书经》或者讨厌的《礼记》之后，走在青草蒙茸的河边，呼吸着水上清鲜凉润的空气，晴光朗人的原野，开花发绿的，又展开面前，真使人快乐得想学树林中的小鸟一般，飞了起来。作了《春天》五年后的今天，重新再翻来读的时候，儿时亲切过的景物，又一度现在眼前了。我感到，我读这部《春天》一次，很像重归故乡一次似的喜悦。

  里面每一个人物，写到的时候，差不多都有一个熟悉的影子，晃在我的眼前。尤其是邵安娃同他认识最久，《春天》里面每个人物，都改名换姓，只有他我使用了他原来的名字，我对他印象太深了，他的名字和他的样子，他的性情，几乎连在一道，仿佛另换一个名字，就会分散他的印象似的。赵长生，一个活泼的小孩子，夏天晚上没事的时候，曾拿板凳当人，唱戏给我们小孩子看过，刘老九则比较庄重，不大容易使人接近他，我是记得他的，是夏末秋初，涨大水的时候，淹坏了他的茅屋，他气急了，向不断落着细雨的天空，拿丑话骂玉皇大帝。这玉皇大帝在我们那边，原是一位顶受尊敬的神明，谁也不敢对他讲半句坏话的。

这三个农人，写进作品的时候，也拿别人和他们相合的性格来补充过的，而且即使有些话，他们没有说过，有些事，他们没有作过，但按照他们的性格，再参照和他们性格相同的人所说的话，所作的事，我觉得在他们也是可能说那样的话，作那样的事的。因此，我在作品中，就渐渐感到我不是替这三个熟人，记他们的生活言行，而是把我们五千年来以农立国的奠基石——最劳苦的农民，拿来一刀一刀的解剖、分析。我在邵安娃身上看出奴性的服从；在刘老九身上，看出了坚决的反抗；在赵长生身上看出反抗和服从的二重性格。

我看见邵安娃这类的农民，太安分守己了，仿佛驮着石碑的赑屃一样，只在千斤的重压下无声无息地忍受着自己的命运。我很想像《春天》里面的陈家么店老板娘一样嘲骂他："没出息的东西，我不可怜你"，但到底对他的身世感到深深悲哀了，也许因为他是我小时候喜欢亲近的熟人，自始至终，不忍说出一句责备的话吧？

刘老九这类农民正直，不自私，对强暴不妥协；对弱者富同情心。知道他之后，我读历史，我就更能懂得李自成、李秀成他们了。在《明史》上，看见李自成在米脂县替大地主放过羊，后来造反称王，把掠夺到手的东西，总是给与农民，自己则不好酒色，能和部下共甘苦。在太平天国史上，看见李秀成纯是一个穷苦的农民，洪秀全起事的时候，他还在家，帮人种田，佣工度日，后来到（当）了忠王，拿他为人的正直，待人的宽大，做事的能干，竟将太平天国的残局，支持了好几年，起初颇使我惊异，觉得他们实是一种特出的人物，不可多得，等我把他们和儿时熟识的刘老九一比，才深切地认出，在我们这个民族的农民中，一脉相传，是有这种优良的传统的。李自成、李秀成这类农民，实在为数不少，只不过他们没有得着适当的境遇，适当的机会，来发展自己，表现自己罢了，正如刘老九这个名字所影射的那个农民一样，一直是埋没在田野里面。

　　赵长生这类农民，在佃农中，我觉得更占得多些。他们想讨地主的好，在佃田佃租上讨些便宜；讨不到的时候，又在背后诅咒痛骂；没有出路，还是再去讨好。这就是生活使他们变成矛盾的人，过着可笑又可怜的日子。这类人，可以一呼百应的，跟着刘老九去摇旗呐喊；反之，又可以学邵安娃一样，本本分分去做人甚至当人家的鹰犬，拿拳头去打刘老九那样的人。历史之所以进步得慢，总爱走迂曲的道路，赵长生这类型的人，我疑心他们是不能不负一部分责任的。

　　《春天》这本书出版后不数月，即遇到"七·七"事变，在虹口区内的良友图书公司，受到日本帝国主义的炮火之灾，《春天》第一版本，差不多损失完了。回到内地，我自己想存一本，哪知在各家书店内，也简直无法觅得。月前始找着一九四〇年一月良友复兴图书公司的改版本，心跳为之一快。惟近日敌人占领上海，恐改版的《春天》，定又不能运来内地，因此一面去函良友复兴图书公司收回版权，一面交今日文艺社另印成书。并趁此次三版机会提明此书，是献给我的父亲的。又，《春天》初版的那年，承茅盾先生、立波先生，特为文给以鼓励的批评，今特在此致谢。

　　1941年12月20日，桂林。

艾芜的上述"后记"中提及的"《春天》初版的那年，承茅盾先生、立波先生，特为文给以鼓励的批评"，茅盾之文名为《春天》，（周）立波之文为《论〈春天〉》。茅盾之文名为《春天》，兹录如下：

　　这是五六万字的一个中篇，背景是西南边远省区内一个小小的农村。跟作者其他的短篇小说一样，这里是富有"地方色彩"的；然而这里的人物——可憎恨，可爱的，可笑的，作者寄予了虽颇含蓄，但十分明显的真挚的敬爱与同情、嘲笑与诅咒的，却是我们到处可以遇见。

　　这里有一群被损害者。刘老九，地主汪二爷的长工，因为"穷得来连一条好裤子也没穿的"，便被未婚妻的父母——其实就是舅父母，所凌辱，"逼着解除了婚约"，眼看着一个情投意合、背着人有说有笑的未婚妻，被嫁给一个有钱人"做小"去了。邵安娃，也是地主汪二爷的长工，他的老婆是童养媳出身，"小时候就同一般放牛孩子放浪惯了，长大来，又更加出落得分外惹人"，他用尽心力讨好这个不羁的老婆，但老婆终于和土劣冯七爷通奸，他自己成了无家可归。第三位是女性，"她嫁过三两个锯木匠，都是嫁一个，死一个，所以人家说她就像钳子一样，将每个丈夫如同锯木头那么锯了的"，人家给她题个绰号，就是"锯子"。她的前夫受了刻薄吝啬的富农易老喜的压迫，呕血死的，而阴狠的易老喜却又来转这"未亡人"的念头。

这未登场的"锯子"的丈夫，实在是书中所有被损害的小自耕农们的代表。因为易老喜不但每年侵占河身，并且暗暗将全村水源的大堰下的泉眼塞了几个，好使自己的田地里水多些。

因此，作者给了生命的三个被损害的人中间，"锯子"的情形一方面是特殊，另一方面又是一般的。

在个人的特殊情形上，刘老九、邵安娃和"锯子"，多少有点相同；他们的被损害，作者都借了两性关系给以具体的形象。然而这三位的不同的个性，作者也从他们各自的遭遇中约明清晰地表现出来。

对于刘老九，作者这样写："去年他表妹出嫁时，他躲在稻草堆里，整整睡了一天一夜，第二天爬起来，也不同人讲话，也不看人，只死劲捏紧锄头，将一大块菜地，半天就挖完了。这在别人，差不多要挖一两天的。此后脾气也改变了，对人冷淡而且固执。"（73页）

但是刘老九那颗心却始终是热蓬蓬的。当易老喜因为妒嫉而将邵安娃误打伤了以后，刘老九义愤地说："打着别人都不要紧！邵安娃，我是不甘心的！"他和村里其他的农民都将堰里挑起来的泥土朝易老喜田里直倒下去。他对于和他一样的被损害者——邵安娃或"锯子"，表面上虽似冷淡（和他对其他的人一样）然而在他的沉静朴直的举动中，他深蕴着不同等闲的关切。他刚强，然而沉着；不轻于举动，然而下了决心以后没人能够阻拦。他这种性格，作者用了许多平凡的小节目这里那里点逗着，终于蔚成了个活生生的人。

作者这样的写法，差不多运用在书中每个重要人物的身上。

邵安娃是一个弱者。作者对这位角色的同情是伟大的。他不放过每个小节目，都用了仔细的笔触描画出这位怯弱的好人；但邵安娃虽然弱，却决非卑鄙，虽然怯，又决非麻木和无耻。作者从邵安娃和老婆的关系上这样写他的性格："原来邵安娃的老婆是童养媳出身，小时候就同一般放牛孩子放浪惯了，长大来，又更加出落得分外惹人。自然这不是邵安娃所能驾驭得住的，而她也一向不把邵安娃放在眼里。但邵安娃却十分怕她爱她，每一回家，总把衣袋里装的工钱兜底地全倒给出来，对她傻头傻脑地发笑，想讨她的欢心，她在这个时候，也用极好的脸色，把钱一个一个地数好收起。直到去年冬天的一个夜里，邵安娃照例送钱回去，发现了冯七爷正躺在他床上，跟他老婆面对面烧鸦片烟时，才一下子改变了对老婆的心肠。当夜转回主人家去，他迎着北风，一路走，一路把钱丢在麦田胡豆田里面。此后他的工钱也让老婆向汪二爷讨去，但他却不回去了。而招财和来宝同他做朋友的日子，也就是这个时候开始的"（77页）。招财和来宝是两条狗的名字，邵安娃每次吃饭总"爱把碗里剩下的饭粒，捏成小团子"，给它们吃（20页）；他的损伤的心需要慰安，他的率真的爱也需要寄托，他的性格使他怯于对人申诉寄托，只好寄托在哑巴朋友身上。

第三位，"锯子"，却又是一种性格。她也是刚强的，但又不像刘老九似的冷淡而固执；她是海阔天空的胸襟，泼辣而豪迈。她不怕和油嘴滑腔的男人接近（例如那个无聊而可笑的赵长生），但她不是轻易被此种男子抓得住的。她勇敢地和小小的女孩子独居生活在孤立的小岛似的草棚里。当她家里找不出一点油盐和米的时候，她还是有说有笑，生气勃然。当易老喜倚势去调戏她的时候（而那时她正断炊），她给他一顿痛快的恶骂（109页）。而最后，易老喜疑心她和赵长生有关系，指使他的两个儿子和长年去"捉奸"而把凑巧在那里的邵安娃打伤并抢了她所有的鱼的时候，她用一口厨刀保护了自己（129页）。她痛快地驳复了赵长生说的"告官"道，"衙门大大开，有理无钱莫进来"；而当刘老九和赵长生（他们和邵安娃是应"锯子"之邀请来吃鱼的，这些鱼是开堰时所得，"锯子"因非自己的私物，故请他们三个来共享，但易老喜窥见有人在夜晚走进"锯子"的草棚，便以为是情人赴约了），把受伤的邵安娃扶起去时，问她一人在家怕不怕，她把嘴巴一掀，说道："我怕啥子？（眼睛看着呻吟的邵安娃）难道我也像他一样，只白给人打么？"（134页）

同时也有丑角。上面提到过的赵长生，本质上并不是坏人，但他的气味实在不好。作者对于这个人物，用了同情的讽刺，出力地描写着。

赵长生也是汪二爷家的长工，他对于村中的权力者，如汪二爷、冯七爷，以及易老喜，都怀着愤恨，对于那个篾片身份的汪二爷的远房侄儿（但也是小小自耕农的）四麻子，虽然在搭档着恶作剧时似乎气味相投，可是也常存着鄙夷之心；然而赵长生既属浮滑，又实在卑怯、贪懒，又喜欢说大话。他常常自说要去当兵，"那时候，你看，多少人都要吃炮兜子的"（23页）。但正象（像）刘老九给他的评价："叫喊的麻雀，没四两肉"，赵长生的"大志"，永远只是嘴巴上的大话罢了。

挨了责骂时，赵长生是不能忍受的；自然他的胆量只许他在背地里发泄。但即使他"一路骂着春圆子（汪二爷的绰号），凡是一个下流中国人爱骂的臭话，他都一一使用到了"，然而"起初一阵，倒全是为了出气，隔一会，便成了兴趣：娱乐旁人和自己了"（20页）。有机会，他就躲懒，但在主人面前又装模作样"表示他做事的紧张和热心"。他是个癞痢头，终年头上包着帕子，并且由于长久小心造成的习惯，一停息下来时，便会摸摸头上缠的那条黑不黑白不白的帕子，"看他那不体面的癞痢头，是不是又乘其不备，出来丢丑了。"（7页）

他讨厌那个有一双"耗子眼睛"的易老喜，"一看见就生气"，然而也只敢低声骂。并在劈面相见时，他又"做出笑脸招呼道：请早，易大爷！"（42页）在淘堰时，人们发现了沟身的一年年地窄起来，原来是有人与河争地，而这人猜来显然是易老喜，于是赵长生又充好汉："我们把泥巴还他好了，通给他倒在菜田里！"可是他自己并没去。直到后来听得汪四麻子（他先怂恿邵安娃去倒，邵安娃不理，他就骂他不中用，待到众人笑他也没有胆子，他这才偷偷地倒了几簸箕，一面却又做出鄙夷众人的样子，"大伙儿全是老鼠"）在那里逞能，赵长生这才大声拍着胸口道："妈的，你不要充狠！"他却不管有人看见没有，只顾照着易老喜的菜田边倒下去。（97页）仗着人多，赵长生有时是会"勇敢"的。

在偷懒，油腔滑调，爱摆架子，嘴硬骨头软，这几点上，赵长生和汪四麻子这两个性格，原是颇相近似的；但做长工的赵长生跟篾片身份的汪四麻子无论如何气质相近，却总有不同之处。作者对这于一点，也没有疏忽，很仔细地在赵长生的浮薄的表皮下揭露出他的属于他那一伙人的共同的根底的好处。当淘堰的人们发现了沟底泉眼被人用桐油石灰塞了许多，而且断定是易老喜做的手脚时，便大动了公愤，要打到易老喜家里去，其时汪四麻子因为先已知道他的"二爸"——汪二爷，已经和易老喜反仇为友，便竭力劝阻，用冠冕堂皇的话欺骗群众，但躲在高处树下偷懒的赵长生同时却也远远望见汪二爷和冯七爷在路上与易老喜周旋，并且一同走进易家大院，就恍然大悟，忽忽地朝草地吐一口痰骂道："入娘的，你们现在又搅在一块了！"他这一回不把咒骂当成了娱人兼自娱的兴趣了，他明白了前几天汪二爷"慰问"被打的邵安娃时那些和易老喜不两立的表示是怎么个把戏，他重重地吐口唾沫道："呸，老子再也不相信他妈的了！"（152～154页）

　　地主汪二爷和富农易老喜的冲突就是全书故事的枢纽。汪二爷需要现款周转他的商业，但吝啬的易老喜不肯借给他，这是两人中间不和的原因。但在故事的结尾，汪二爷终于如愿以偿，因为他利用了邵安娃被打以及河身被侵占等要挟了易老喜。邵安娃以及村里贫穷的自耕农的利益可就做了汪二爷的"猫脚爪"了！

　　《春天》只是五六万字的中篇而已，但它展开给我们看的，却是众多人物的面相以及农村中各阶层的复杂的关系。这一切，作者都能给以充分的形象化，人物是活人，故事是自然浑成，不露斧凿的痕迹。

　　读罢这本书，我的喜悦使我写了上面那些话。

（原载《原野》，《工作与学习丛刊》3，上海生活书店1937年版。录自毛文、黄莉如《艾芜研究专集》，四川文艺出版社1986年版）

《论〈春天〉》兹录如下：

　　艾芜的中篇小说《春天》是南国田舍的新歌，是平静的农村里面并不平静的农民心理的申告；作者用了他所深深熟悉的南方的土话和农民惯用的戏谑，描绘了几个各有特色的南方人，又用有着画家取景一样的静穆的神情，绘出了春天乡野的许多"绚丽"的景色。

　　"绚丽"的自然景色，灰暗的人生，斑驳的被涂染在这块画布之上；作者和过去一样，非常之爱好自然的景色，却并没有沉醉在大自然的温暖的怀抱里，而忘怀了人事。相反的，在他的画笔下面，大自然常常是充满了感性的东西。原野，天空，竹林和桤木树、车房和草屋的迷蒙的阴影；苍白的星子；以及不只一次描写的夜雾和朝露，常常做了他所申诉的幽凄阴暗的人生的有效的衬托。

　　小说是描写"淘堰"期间的南方农家的日常生活的。"淘堰"依据作者的描写，是农家在春天把灌田的水沟沟底的烂泥渣草苔衣挖起，倾倒到岸上去的各家合作的工作。作者并不注重故事的情节；显然他是想在普普通通的田舍的农事活动中，描绘几个农民和地主小像的。在这点上，他是相当成功了。地主汪二爷的雇农刘老九、赵长生、邵安娃三个人,各有特色,各有不同的遭遇和性格,却又有黑暗时代黑暗地域的农民的共同的情性,那就是不安、阴郁和凄寂。赵长生时时刻刻想着离开农村去吃粮的心思,差不多是南方农民最普遍的心思;而他的爱嘲骂人,爱占点小便宜的性格和刘老九的严肃的负重的脾气又截然两样。同是不惜劳苦,同是有着一种婚姻上的凄味的回忆的刘老九和邵安娃,又各有不同的性格,刘老九处处显露着精明,而邵安娃是一个有些傻气的被蹂躏的人物。如果有斗争爆发,刘老九将是一个勇敢沉着的领袖,赵长生是一个追随者,而邵安娃却是一个不大有用的人物。

作者没有展开农村的正面的斗争,却处处暗示了农民和地主之间的不可妥协的对立的关系。在男女的纠葛上,在日常生活的动作和口气上,农民和地主之间被划了一条不能逾越不能合拢的长大的鸿沟。这条鸿沟不是抽象的笔直的,而是微妙的曲折的东西。农民中有最初拥护农民利益,以后拥护地主利益的汪四麻子,地主中有最初打算袒护自己的农民,终于和另外一个地主结合在一起的汪二爷。作者描写农民和农民之间的关系也很具体,他们之中的阶级利害虽然大体一致,却并不是没有小纠葛和小的相互的讥嘲的。看赵长生对于邵安娃的捉弄和嘲笑吧,这是农民中惯有的事实。这事实似乎要妨碍农民阶级利害的一致,然而没有,到了邵安娃受了地主易老喜的家人的殴打时,一向捉弄和嘲笑邵安娃的农民,都动了公愤,平常的嘲弄,遇到阶级冲突的时候,化为了共同的愤慨。这是小农的真实情景。

作者不只是描写了农民生活的外表姿态,而且也表露了农民们的悲愁寂寞的心灵。邵安娃和刘老九都有一段悲伤的心史。刘老九的未婚妻被做了阔人的"小",邵安娃的爱妻被劣绅冯七爷奸宿,使他们两个遭受着不能排遣的寂寞和忧愁。这是作者对于农民被压迫的事实,描写得非常深刻的地方。工农劳苦群众在我们这个社会的被压迫,归根结底,当然都是经济的压迫,但在方式上是多种多样的。尤其是工农的妻女的被强夺被奸宿,也是这多种多样的方式之中的一种。在封建的农村,农民所遭受的这种压迫更为普通。《春天》没有描写农民和地主之间的直接的经济斗争,却暴露了地主们给与农民的这种精神的伤害,我以为这是作者对于农民生活观察深刻的地方。

心理描写的成功,成了《春天》的一个特质。邵安娃的被侮辱的寂寞的心理,刘老九的悲愁心理,赵长生的恋爱心理,甚至于汪二爷教训仆人时指桑骂槐的心理,都绘画得非常地出色。

作者对于乡村压迫者的接触，怕没有对于农民的亲切。他所描绘的地主和劣绅的形象，有些是抽象，有些是模糊。易老喜进攻赵长生的恋人锯子的方式是不大合于地主的性格的。以易老喜的家产和势力，要爱锯子，我以为一定不用那种方式；他可以利诱，他可用暴力，他还可以用奸计，用不着那样拙笨地对锯子说明他的情敌的比不上他；他的情敌赵长生是一个雇农，又是一个癞痢头，他的比不上他，是明明白白地用不着说明的事实。而且，在描写地主的时候，就是需要说明的地方，最好也写得蛮不讲理，这样可以更接近地主的性格和身份，而且也更容易给与读者一种反抗地主的效果。

农民中间遭受迫害最深的人，是邵安娃，不只是他的老婆被人奸宿，自己被人不断地嘲弄，而且最后引起农民的公愤的事，也是由于他被易老喜的家人的无故地殴打了；这样一个被蹂躏的人，作者却把他写成了一个傻瓜，在这里，很容易引起读者下面这种推理：他的灾难，他的不幸，都是由于他自己的傻气，这是他个人性格的悲剧，不是社会制度的罪恶。我们试设想，如果傻瓜邵安娃的最后一次的被殴打移在刘老九的身上那不是更容易引起人对被打者的同情，而对乡村压迫者的更深憎恨吗？"以刘老九那样精明的人也还要遭受那样的无妄，在这个社会，穷人谁有办法呢？"人会这样地想。"邵安娃的倒霉，是他自己太傻了，怪不得人家，更怪不得社会。"照作者现在的安排，人也许会这样地想着的。

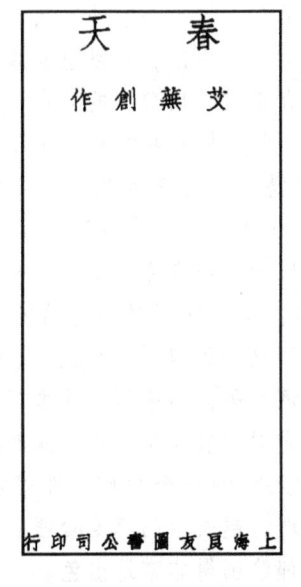

（原载《希望》半月刊创刊号，1937年3月。录自毛文、黄莉如：《艾芜研究专集》，四川文艺出版社1986年版）

《海沙》

《海沙》，封面题"今日文艺丛书5"，扉页与版权页均题"今日文艺丛书第五种"。民国卅一年（1942）七月初版。著作者为周为，编辑者为今日文艺社，发行者为林清良，发行所为今日文艺社（桂林訾洲六十三号），印刷者为今日印刷厂。全一册，118页，定价四元五角，外埠酌加邮费。

该书为短篇小说与散文合集，分上下两篇。上篇包括：《怀海篇》《天象篇》《蛰居之什》《冬夜二题》《居空两题》《春天散曲》《桥上》《春》《灯》《路》《船》《舷》《窗》《河上》《黄昏》《夜》《寄》。下篇包括：《海的故事》《黑暗的门外》《风雨》《井》《炉边》《夜间的来客》《树》《一个悲哀的开始》。

卷首无序，卷末有《题记》。《题记》兹录如下：

我是从海上来的……

我曾这样写过。

这海，是风浪翻腾的海，是贪婪与愤怒，洪笑与低哭并杂的海，有搏斗，有传奇，既可怕而又可爱，既污秽而又庄严……现在正日夜的荡动着。

我和千千万万的人一样，都是在这海中。不过自己并不值得歌颂，值得写上诗篇，而却渺小得像一粒小沙而已。

可幸的是自己没有远离过这海，只要这海一日还是庄严而狂暴的翻滚，自己是不会沉没的，而且永远，以海的方向作自己的方向。

在这里所留下的，都是一些最微弱最微弱的声音，而且都好像只是属于自己的。但愿这还是与海的声音和浪的声音，而且在这些沙粒的身上，也偶然有一点海之年月的闪光，也就于愿已足了。

三十年，腊月，桂林

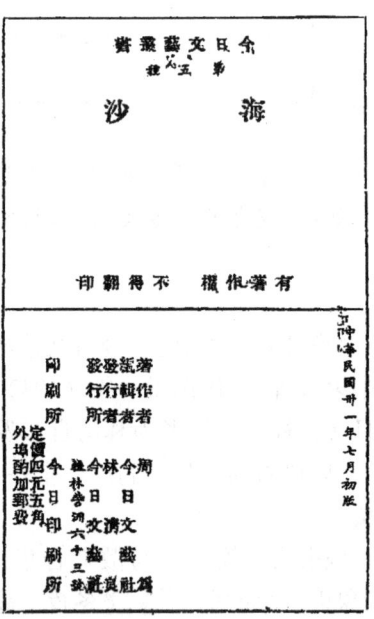

《客窗漫画》

《客窗漫画》，为"今日文艺丛书6"或"今日文艺丛书第六种"。民国卅一年（1942）八月初版，民国卅二年（1943）再版。著作者为丰子恺，编辑者为今日文艺社。全一册，60页，定价不详。该版本未见。

该书为漫画集，其中有丰子恺撰写的《客窗漫画序》，兹录如下：

前年香港有人把我的新画旧画拉杂地收集拢来，编刊一本名之《战地漫画》。又从报上剪下我在桂林时的《艺术讲话》稿来，刊在卷首，名之曰"代序"。而且书中有好几幅画，是编刊者代笔的，或代题的。我全不知道这事，钱君匋首先把这书寄给我，而且说他一看就知道是假的，所以寄给我，劝我留意。我感谢他的好意，同时可怜那代编者，料想他是逃难中穷极无聊，不得已而出此的。后来据人说，在香港靠这书赚了不少的钱，于是我心中感觉不安，因为这书实在编得太不成样，骗了许多读者。第一，把我的画增删修改，勉强安上与抗战有关的题目；第二，加上不类的"代序"，张冠李戴；第三，用骗人的书名《战地漫画》，实则书中没有一幅写战地的，这行径与趁火打劫想发国难财相似。

抗战军兴，我的故乡变成焦土，我赤手空拳地仓皇逃难。但也只是逃难而已，自愧未能投笔亲赴战地为国效劳。所以抗战以来，我的画都是逃难中的所见及所感，即内地的光景，与住在后方的一国民（我）的感想而已。这些画虽然也与抗战有关，却不配称为"战地漫画"，这只是逃难中在荒村的草舍里、牛棚里画兴到时的漫笔而已。旧友黎丁君办今日文艺社，向我索稿，我就把自己所保留的画稿付他，且定名为《客窗漫画》。客窗就是草舍牛棚的意思。这可以证明以前他人代刊的《战地漫画》全不是我自己所保留而愿刊的稿子，也可以表白我的画全不是战地漫画。这就算是序。

三十年（1941）子恺于遵义。

1942年8月，桂林今日文艺社

（录自陈宝等编《丰子恺文集（艺术卷4）》，浙江文艺出版社1990年版）

《西归》

《西归》，封面题"今日文艺丛书7"，扉页与版权页均题"今日文艺丛书第七种"。民国卅一年（1942）九月初版。著作者为田涛，编辑者为今日文艺社，发行者为林清良，发行所为今日文艺社（桂林訾洲六十三号），印刷者为今日印刷厂。全一册，100页，定价国币四元，外埠酌加邮费。

该书为短篇小说集，收录短篇小说凡七篇，篇目依次为：《骚动》《西归》《铜号》《猪》《呜咽的汉江》《平原》《火线上的艺术家》。

无序跋。《西归》摘录如下：

小木门不知多少岁了，恐怕有两百岁也不止；它是连接着一排墙壁，朝南开着的。它没有篷廊盖遮着阳光和雨淋，这许多年月里经过的阳光晒照和大雨的洗刷，它的面貌几乎变成灰色，裂开许多缝子，门板有处弓了。那同它一样年岁的土墙头也被雨洗刷得狼牙齿一般参差不齐的竖向空中，丛生着荒草。那个小门前面，便是一条沟濠，这沟濠是通到村庄外面一个死水坑里的。每当下大雨的时候，沟里的水就满了，汹涌的冲流，把岸旁的荒草刷得都一顺的贴着，有些树根也被冲刷出来。雨停止后，它便渐渐干燥起来，村庄里许多狗都跑下去用鼻子寻嗅地方拉粪；许多黑猪常在沟底残余的水洼里把长嘴插进去吹泡；也有许多孩子雨后在岸床上搜寻初露白头的大伞菌。这沟濠的两旁岸上有许多榆树成行列的排着，榆树上许多毛毛虫落一沟濠，把这沟濠里弄得污秽肮脏，一些有水的凹处就腐臭了。

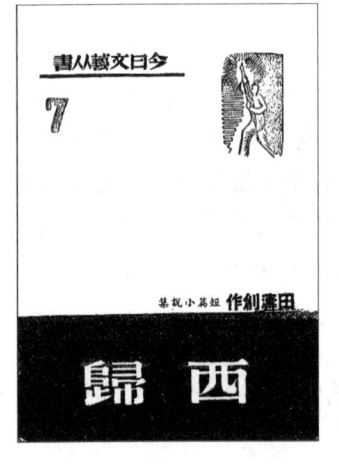

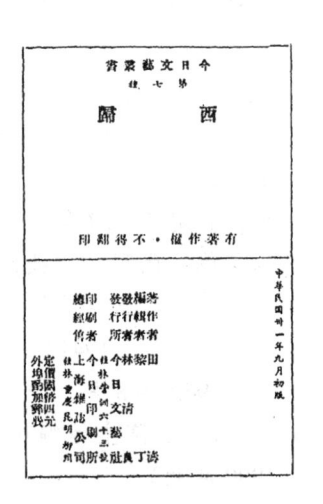

《黑夜的呼喊》

《黑夜的呼喊》，封面题"今日文艺丛书8"，扉页与版权页均题"今日文艺丛书第八种"。民国卅一年（1942）十月桂初版。著作者为林绥，编辑者为今日文艺社，发行者为林清良，发行所为今日文艺社（桂林訾洲六十三号），印刷者为今日印刷厂。全一册，85页，定价国币三元五角，外埠酌加邮费。

该书为诗歌集，收录诗作凡二十四首，篇目依次为：《向哪儿走?》《黑夜的呼喊》《宣示》《没有乐谱的歌》《流浪人的墓前》《十三和七》《遭难者》《海与夜》《战争之夜》《夜晚》《雪夜的边缘》《侧影》《重要的构图》《矿城之夜》《化外人》《猩猩》《奴隶之歌》《太史第》《穷巷》《三月》《父与子》《你刚好看见这大战》《C 先生》《未完的叙述》。

无序跋。诗作《黑夜的呼喊》兹录如下：

> 当田间的沙径入睡的时候，
> 在无人的旷野上，我拖着洞穿的鞋子，
> 在大河的岸边，我把幻想拖下冰冷的水中，
> 在一矮破庙，在人家的窗口，在无云无风之夜，
> 走到那里，无处不看见我亲自浸死了的幻想，
> 于是我最后走到一块墓碑的前面；
> 也不作无谓的想头，不再叫，
> 我把鞋子脱下来，风凉又轻，从此我要赤足了。
> 由于那些诱惑的歌声那些梦里出现的眼睛，
> 于是我又决定回到黑暗的房里，我写说：
> 这就是庄严的灰白的死，或不朽的精灵的辉光？
> 我不再说什么，其实我看见的是炸弹洞，葬礼的教堂，
> 剥掉白皮的弓形门里永远唱那首歌，
> 至于城外，秃顶的山，落叶的树，

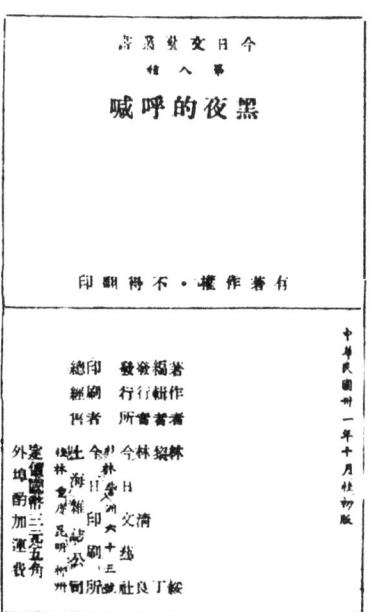

也都是这悲哀的图画的北京。

现在我能入睡吗？设如当我读到家人寄来的信，

絮絮地写着粗糙的方言——

《最后的圣诞夜》

《最后的圣诞夜》，又名《香岛梦》，封面题"今日文艺丛书9"，扉页与版权页均题"今日文艺丛书第九种"。民国卅一年（1942）十一月初版。著作者为许幸之，编辑者为黎丁，发行者为林清良，发行所为今日文艺社（桂林訾洲六十三号），印刷者为今日印刷厂。总经售为上海杂志公司（桂林、重庆、昆明、柳州）。全一册，187页，定价国币八元，外埠酌加邮费。

该书为许幸之创作的四幕话剧，扉页印"本剧排演或改编电影，须经作者同意，由本社转"字样。封面设计署名"曹筠"。剧末题"民国卅一年端阳节日脱稿于桂林"。

无序跋。正文摘录如下：

布景：

一所华丽入时的洋式客厅，客厅后方，是一个宽敞的大洋台，用断式的圆柱支持（按：原文为"支持"）着。从洋台透视过去，可以清晰地看见对面的升旗山。跑马厅白垩的钟楼和看台。这些便形成了这所客厅的衬景。洋台柱上环绕着藤花，挂着金丝鸟笼。两旁用细致的竹帘，遮着阳光。洋台的左右均有走廊，可通两面的门窗。客厅左右各开一门，左通外廊，隐约可以看见梯级和栏杆。右通内室，客厅中适当地安置着新式的家具：沙发，圆台，和坐凳，精致的玻璃橱内，安放着各样的瓷器和玻璃家具。茶橱上放置着各种洋酒与果篮。台面和花架上的鲜花，互相争艳。墙上挂着美丽的画景，照片，以及赛马的奖旗和锦标。从这所客厅的布置看来，一望而知是一个生活优裕，而排场阔绰的上流阶级的家庭，尤其长久居于香港，而过着欧化生活的寓公的住宅。

幕开：

幕刚开启时，就听到一阵从嘉年华会传来的远远地（按：原文为"地"）欢呼声。这种欢呼声不时间断着。很容易使人熟悉是千万个球迷的兴奋，而这声浪直传达到跑马厅，仿佛又引起跑马厅的一阵欢腾。赛马的旗帜，飘扬于蔚蓝的空际，白云不时从旗顶上飞过。近山因斜阳的夕照，形成半橙半黄的色调。远山则呈现着灰色的暗影。室内的圆台上放置着一些嘉年华会的奖品。女主人马太太正在收拾那些奖品，女工阿才在整理瓶花（按：原文为"瓶花"），好像等待着佳赏的来临。

律师马建章梳着光亮的头发，架着挟鼻眼镜，留着人字形的小胡须，衔着雪茄，穿着毕挺（按：原文"毕挺"，现今一般为"笔挺"）的西装登场。

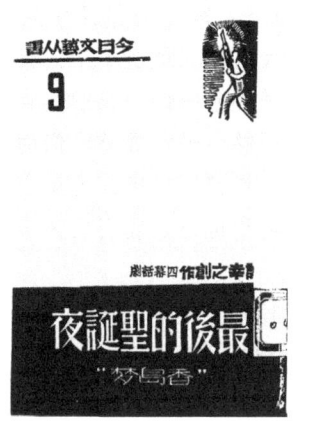

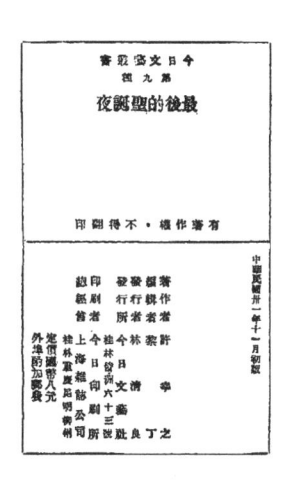

《惆怅》

《惆怅》，封面题"今日文艺丛书10"，扉页与版权页均题"今日文艺丛书第十种"。民国卅一年（1942）十二月初版。著作者为王西彦，编辑者为黎丁，发行者为林清良，发行所为今日文艺社（桂林砦洲六十三号），印刷所为桂林绍荣印刷厂。总经售为上海杂志公司（桂林、重庆、昆明、柳州）。全一册，167页，定价国币八元，外埠酌加邮费。

该书为短篇小说集，收录凡八篇，篇目依次为：《惆怅》《疯人》《还乡》《幸福》《罪》《人性杀戮》《料车上的家庭》《期待》。

卷首有《题记》，卷末无跋。《题记》兹录如下：

这本小书是我第五个短篇小说集。在编集着它的时候，我一面回忆着自己从事写作的经过，同时深深感到几年来成绩的过于贫乏可怜。在写作学习上，我走的完全是一条摸索的路（一直到现在，我依然是一个摸索者）。我应该坦白承认，我的摸索是很可笑，甚至是很冤枉的。由于童年生活的黯淡和走入青春时的境遇的恶劣，我的感情从来就很粗犷，这影响到我的写作上的，是往往过分性急地去攀求那些未经仔细咀嚼过的东西，因而招来了可悲的失败。现在重新翻开过去的习作，一方面很为那时的那种幼稚而脸红，一方面却也有几分偏爱那时那种单纯，天真和多余的热情。对于这一本小书，我依然有着同样的感情。

上面说我在写作上的成绩表现得太贫乏可怜，这一方面自然是指的肤浅可笑，一方面也是指的写得太少。的确，我写得太少了。我常常想，我们同时代的青年作者都写得太少了。我们不能因为自己写的幼稚就妄自菲薄，如像柴霍甫所说的，一个人写他的作品一定得勇敢，比方大狗和小狗，小狗不能因为有了大狗，它就灰了心，大狗可以叫，小狗也可以叫——上帝给狗声音原是要它叫的。我们这古老国家太需要人去理解它了。难道我们看的还不够多吗？难道我们的现实还不够丰富吗？我们应该把自己所经历的一切都写出来，无论它是怎样平凡，怎样琐碎，都有把它写出来的必要和价值。我们应该勇敢地写，认真地写，写得愈多愈好。

在读着收集在这里面的几篇习作时，我曾茫然自问道，"为什么你只能写出这样的东西呢？你不能写些别样的东西吗？"随后我静静地回味着写它们时的心境，重温着那些平凡的人和平凡的生活。不错，我写的全都太平凡了。例如在《疯人》里，我写的是怎样渺小不足道的人物；在《还乡》里，我写的又是怎样琐碎不足道的事情。又例如《期待》这一篇，诱惑着我的是故乡的一条小小溪流，当我写着它时，竟怀着凄凉的情绪走进了自己的童年，甚至放开小说，近于忘情地抄写着童年的记忆了。有些要在我的作品里找寻不平凡的神话的读者，他们看了这本小书或许会摇头失望，但是由他们去吧，我无法满足这些先生们的要求，并且也不想得到这些先生们的青睐。

把这本小书编集竣事，展开刚从城里带来的一卷报纸，首先跃入眼帘的便是纪念抗战五周年的大标题，不禁使我心里一动。"七七"那一天，我正在警报频繁的旅途之中；现在我在这偏僻的乡间安顿下来，也业已有旬余之久了，因寄递和耽搁，到现在才见到记载纪念抗战五周年消息的报纸。五年并不算太短的时间，我们这古老民族竟然奇迹似的苦斗过来了，而且还要继续苦斗下去，直到胜利为止——因为我们的抗战是必须胜利，必能胜利的。于是我又重读了一遍这本小书。我觉得自己毕竟还年青。虽然我所写的全是平凡的人物和平凡的故事，虽然我所写的全很肤浅，但那里面莫不灌注着我的热情和激愤。我写的固然全不成器，我有的是一颗严肃认真的心。抗战是一条艰苦的路（请想想这五年来我们这民族所经过的可惊的试验），在这本小书里纵使没有一个轰轰烈烈的人物和轰轰烈烈的场面，它将仍然不失为一种控诉。

最后我要特别提起，这本小书是应该呈献给 P. T. 和 C. J. 的。我和这两个朋友迄今未曾见过面，但他们给了我很大的鼓励，使我在这人情冷薄的时候，能够感到友谊的温暖，并且在这种温暖里生出前进的勇气。

三十一年七月二十二日六轮陂

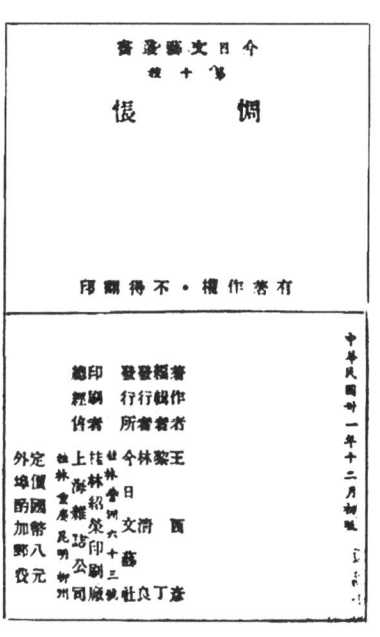

《孤独》

《孤独》，封面题"今日文艺丛书"，扉页与版权页均题"今日文艺丛书第十一种"。民国卅二年（1943）五月初版。著者为司马文森，编辑者为黎丁，发行者为林清良，出版者为今日文艺社，发行所为今日文艺社（社址桂林訾洲六十三号，发行所桂西路棠梓巷廿号），印刷者为今日印刷所。全一册，123 页，定价国币八元，外埠酌加邮费。

该书短篇小说集，凡九篇，篇目依次为：《孤独》《野火》《谷》《遭遇》《保障》《自卫队》《少年队》《恨》《失业》。

卷首无序，卷末有编者《后记》，兹录如下：

> 有九篇，是作者自己编好交来的。书店方面因为经济困难和种种问题，搁下整整一年始印出，应该向作者致歉。
>
> 作者有他创作的历史自己向读者保证，编者的话是多余的。但这儿必须向读者交代的是：这小书大半已印过集子，（收在《粤北散记》里，适夷先生编集的，作者说他并不满意，因为这些篇全以小说体裁写出，而却被编入了报告。）有些题目也重新改换。我不大赞同改换集名，虽然我愿意重印作者收回版权的好书，为的这对于爱好该作者的读者群是一笔损失。曾和作者商论过，他以为《粤北散记》，国内很少运进来，声明一下就好。所以多此番交代。
>
> 黎丁　一九四三年四月

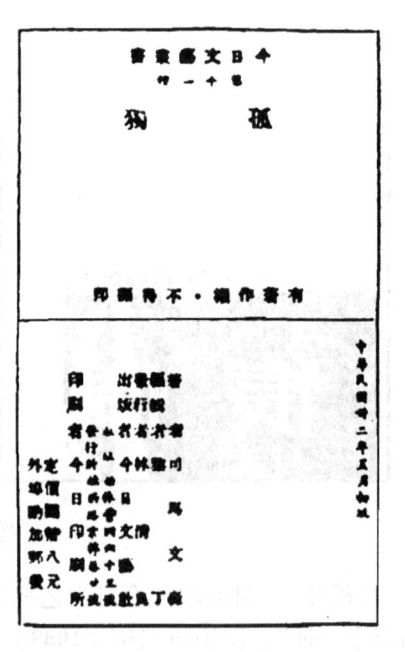

《泥土的歌》

《泥土的歌》，应为"今日文艺丛书12"或"今日文艺丛书第十二种"。民国卅二年（1943）六月初版。著作者为臧克家，编辑者为今日文艺社。全一册，84页，定价不详。缺版权页。

该书新诗集，分"土气息""人型""大自然的风貌"三部分。

"土气息"内收：《地狱和天堂》《泪珠、汗珠、珍珠》《手的巨人》《命运的钥匙》《庄户孙》《海》《酒》《反抗的手》《财产》《墙》《钢铁的灵魂》《手和脑》《裸》《手》《窗》《生活的图式》《歌》《英雄》《新人》，凡十九首。"人型"内收：《失了时效的合同》《饥馑》《穷》《黄金》《复活》《"型"》《三代》《见习》《笑的昙花》《鞭子》《粪和米》《潮》《金钱和良心》《送军麦》《小兵队》《家书》《他回来了》《活路》，凡十八首。"大自然的风貌"内收：《眼睛和耳朵》《沉默》《诗叶》《静》《生的画图》《遥望》《珍珠》《死水》《村头》《暴雨》《夏夜》《影》《秋》《寒冷的花》《春鸟》《坟》《社戏》《收成》，凡十八首。合计五十五首。

星群出版公司 1946 年版的《泥土的歌》，其卷首有著者的《序句》和具有"代前言"性质的《当中隔一段战争》一文。

《序句》兹录如下：

> 我用一支淡墨笔
> 速写乡村，
> 一笔自然的风景，
> 一笔农民生活的缩影：
> 有愁苦，有悲愤，
> 有希望，也有新生，
> 我给了它一个栩栩的生命
> 连带着我湛深的感情。

《当中隔一段战争》兹录如下：

> 《泥土的歌》是从我深心里发出来的一种最真挚的声音，我溺爱、偏爱着中国的乡村，爱得心痴、心痛、爱得要死，就像拜仑（伦）爱他的祖国的大地一样，我知道，我最合适于唱这样一支歌，竟或许也只能唱这样一支歌。
>
> 但是，喜悦我而为我所喜悦的大自然的风光，不是随着时代与心情在改变它的颜色吗？
>
> 但是，一合眼即幢幢于眼前如一张动人的画片（按：原文是"画片"），栩栩然欲活起来的那些我所挚爱的如同家人的农民，不也正在挣扎、奋斗、翻身，而且已经脱壳新生了？

  几时，不再让我为他们的悲惨命运发愁、悲伤、愤怒，不再唱这样令人不快的歌？

  几时，让我替他们——中国的农民，出自真情如同他们唱悲哀的歌一样唱一支快乐的解放的歌？

  他们的这一天，将要到了，而且已经到了；我自己的这一天应该快到了，快到了，但是我的心为什么却这样烦扰不安呢？

  这本诗集，曾在桂林出版，不久因为该地撤守，书籍的命运也就可想而知了。今再重印于上海，当中已经隔一段战争了。

克家志于重庆歌乐山大天地

一九四五年九月二十一日

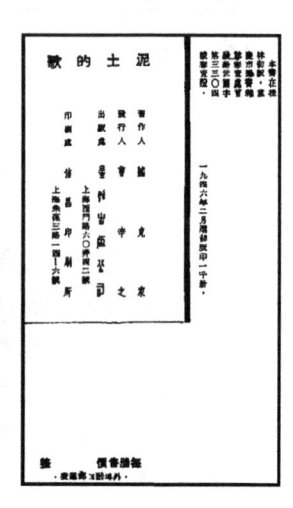

《漂泊杂记》

  《漂泊杂记》，应为"今日文艺丛书14"或"今日文艺丛书第十四种"。民国三十二年（1943）六月初版。著作者为艾芜，编辑者为今日文艺社。全一册，187页，定价不详。另一种版本是生活书店版本。民国二十四年（1935）四月初版，民国二十六年（1937）二月再版。全一册，247页，平装每册实价四角五分。

  该书为游记总集，记述作者在1927年至1930年间在西南地区及缅甸等地的漂泊生活，凡四十篇，篇目分别为：《川行回忆记》《大佛岩》《滇东旅迹》《滇东小景》《在昭通的时候》《进了天国》《江底之夜》《边地夜记》《舍资之夜》《蝎子塞山道中》《潞江坝》《走夷方》《摆夷地方》《乡亲》《古尔卡》《野人山道中》《在茅草地》《野人之家》《从八募到曼德里》《缅京杂记》《上缅甸车中》《旅仰散记》《怀大金塔》《缅甸人给我的印象》《南国的小墺》《缅变纪略》《过槟榔屿》《马来旅感》《鼓浪屿》《孝陵游感》《旧地重游》《村居回忆》《冬夜》《夏天的旅行》《旅途断片》《旅途杂话》《由左衽引起的话》《滇曲缀拾》《病中记忆》《想到漂泊》。

该著还有上海生活书店1937年2月再版本，无序跋。正文摘录如下：

在腾越，天气还很温和，但南行三十多里后，便骤然异常炎热了。季候不过是旧历的二月，若在我的故乡，还应该穿着夹衣（按：原文为"夾衣"）的，但因为意识着是在渐渐地走近热带之国，所以也就并不觉得诧异，只是旅人的好奇心，却充满（按：原文为"充满"）地激发起来了。

槟榔江带着狭长的原野，在两面低矮的山间，徐徐地向南流去。随者江走，不单气候全然变了，就是现在眼帘前的，也到处都流露出浓烈的异国情调。路上常常碰见打着花纸伞的赤足女人，笑语之际，总在她们淡红的唇间，半露出漆黑的牙齿来。小河中，男女一块儿在那里沐浴，彼此并不避忌，只是下身各围裙子以作遮掩吧了（按：原文为"吧了"）。

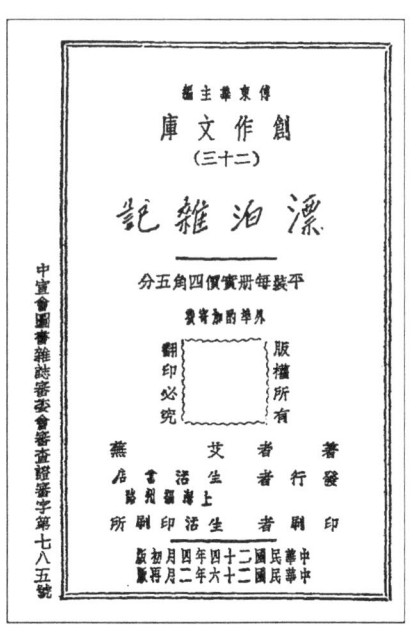

平野里的村庄,静静地伏在暑天底下,没有鸡啼,没有犬吠,仿佛一切都被炎威征服着了。人家屋门前的墙上,贴着一团一团的牛粪,让阳光热辣辣地烘烤着,好像做的烧饼一样。在我的家乡,牛粪是用来肥田的,这里却当作最好的燃料了。田野间,撒的牛粪,往往插有树枝一条,据说这是表明所有主的,别人不得随便取去。

　　路旁清泉侧边,设有雅洁的饮水器具,供给息足的旅人,暂时解渴。并立有乳白色的石碑,上刻横行的掸夷文字,大约是讲着饮水者应该遵守的规律(按:原文为"规律")吧。

二十二　华北作家协会《华北文艺丛书》叙录

《京西集》

《京西集》，封面和扉页均题"华北文艺丛书之一"，版权页题"华北文艺丛书第一册"。民国三十二年（1943）九月一日印刷、民国三十二年（1943）九月廿日出版。著作者为张金寿（北京王府井大街一一七号，华北作家协会），发行者为柳龙光（北京王府井大街一一七号，华北作家协会），印刷者为武德报社（北京王府井大街一一七号），总经售为华北文化书局（北京王府井大街一一七号）。全一册，191页，定价二元。外埠邮费在外。

该书为短篇小说集，收录凡十五篇，篇目依次为：《加工》《师哥》《罪恶》《绑票》《老王》《樱桃节前》《约会》《水》《匡超人》《王若英》《吴老先生》《赌徒》《群言》《母子俩》《进城》。王仲制作封面，久米宏一制作扉画。

卷首有《自序》，卷末无跋。《自序》从略。

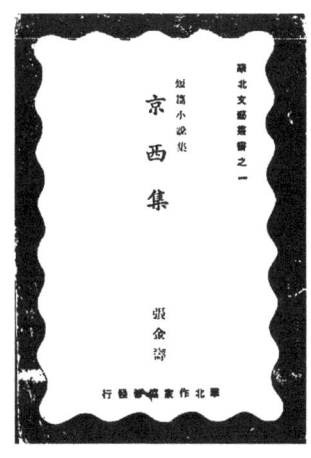

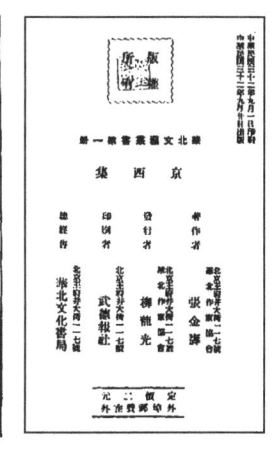

《蓉蓉》

《蓉蓉》，封面和扉页均题"华北文艺丛书之二"，版权页题"华北文艺丛书第二册"。民国卅二年（1943）十一月一日印刷，民国卅二年（1943）十一月廿日出版。著作者为闻国新（北京王府井大街一一七号，华北作家协会），发行者为柳龙光（北京王府井大街一一七号，华北作家协会），印刷者为武德报社（北京王府井大街一一七号），总经售为华北文化书局（北京王府井大街一一七号）。全一册，192页，定价二元，外埠邮费在外。

该书为长篇小说，凡三十节，无节目。封面由王仲设计，扉画由久米宏一绘制。

无序跋。正文摘录如下：

过了旧历的新年，蓉蓉长到了十五岁了。

在大年夜三十儿的晚上，蓉蓉帮着她妈欢欢喜喜地捏饺子，爸爸坐在小凳上吸他的旱烟袋。这晚的灯芯要较平日多撚出一些，小屋里有比往常更加亮的光辉。加以熊熊的炕炉燃烧得正旺，两样的光併（并）做一处，映在三个人的脸上，都有着红扑扑健康的颜色。

"蓉！"蓉蓉底母亲忽然想起了一件事，停在了擀饺子皮儿的麵杖，叫了她一声，调子亲切而恳挚，充分带出做母亲的身份。"你过年穿的红鞋，纳上底儿没有？"

"纳上了，半个月以前就纳上了；可是试着略微紧一些呢。"蓉蓉活泼地回答，等候着她母亲下边的话。

"不碍事，这是新的过失。我看你底脚腰已竟折下去了。那种绊十字的网子鞋不必再做啦。我这双新鞋的鞋样，是我照着安家二姨家里你春燕表姐的样儿剔下来的，我瞧怪煞利的。"

"那是因为帮儿浅的缘故吧。"蓉蓉加上自己的意见说。

"不错。明儿初一你要先去给你二姨二姨夫拜新年，你春燕姐若是在家的话，就请她带着你到各家拜望拜望，你也该学学大人的礼数了。像我，不是十五岁就当上儿媳妇的吗！"

蓉蓉底脸稍微红了一红。她被这几句话又引起在一个月以前自己的生理上忽然发生某种变化的回忆来：她还清楚地记得，那天早晨她正在灶台上帮着她母亲烧柴锅的时候，忽然下腹部感觉一阵温热，好像小便失禁似的，她本能地哟了一声，摆下柴草往厕所里跑去，还吓了她母亲一跳,以为这孩子又是吃得不小心闹了肚子。但是当蓉蓉发现自己的衬裤上沾染着鲜红的时候,在她的脑中却觉得迸裂似的难过,这打击真是不平凡的,她不知道自己为什么竟染上这样不光明的病症。她于是含着满眼的泪,向她母亲悲哀地陈诉着。具有经验的她母亲听到自己女儿的叙述,欢喜而又惊讶,除了安慰之外,还令蓉蓉自己赶着做好一双红鞋穿,说这是一种有效力的风俗,她此后变成大人了。

蓉蓉寻思了一会,也沉默了一会。好像母亲的话给了她一种刺激似的,她觉得身里的热血刻刻向上奔腾,连以往不注意的胸部,都似乎微微有些膨胀了。她又自觉地斜着眼睛瞧了瞧正在吸着烟叶的她父亲,瞧见他两眼温静地闭着在打盹,似乎没有注意到她们母女的对话,她的心里才平静了些。

"赶明儿出了正月,白天一天一天地长了,家里的事做完,该跟我学点儿活计啦,什么缝个小裤小袄的,将来总都用得着。再说,你爸爸说要把村北王财主那十八亩杏树园子包过来,到'杏秋'你得跟着忙合一阵。那十八亩地顶难看管的是紧临学堂后墙外的一百多棵'王把子',这种杏利多,去向大,可是那一帮小蜜蜂儿(原注,盖指学生也。)也真难缠,咱们家里又没有别的人,你也没有三兄六弟,到时候只好叫你拿着活计到杏树园子里做去。还有,紧接着就是庙季儿,你还有买卖做哪。"

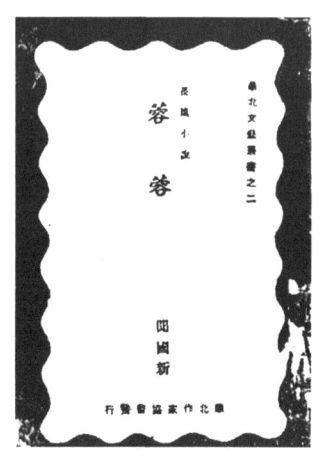

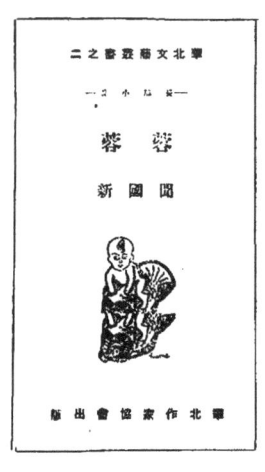

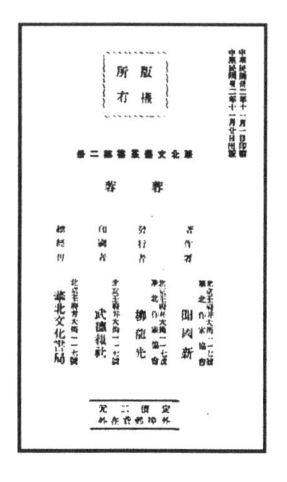

《半夜》

《半夜》,封面和扉页均题"华北文艺丛书之三",版权页题"华北文艺丛书第三册"。民国卅三年（1944）三月一日印刷，民国卅三年（1944）三月廿日出版。著作者为陈绵（北京王府井大街一一七号，华北作家协会），发行者为柳龙光（北京王府井大街一一七号，华北作家协会），印刷者为武德报社（北京王府井大街一一七号），总经售为华北文化书局（北京王府井大街一一七号）。全一册，198页，定价联币五元。外埠邮费在外。

该书为戏剧集，内收三幕剧《天罗地网》及五幕剧《半夜》。《天罗地网》序幕"空房一间"。第一幕"马金川宅"，第二幕"同第一幕"，第三幕"同第一幕"，尾声"与序幕同"。《半夜》第一幕"某高等住宅大门的门口"，第二幕"同第一幕"，第三幕"检察署刑事科长家"，第四幕"罗化奇住宅客厅"，第五幕"同第四幕"。王仲制作封面，汪清制作扉画。

卷首有《〈半夜〉剧本集小序》，卷末无跋。"小序"从略。

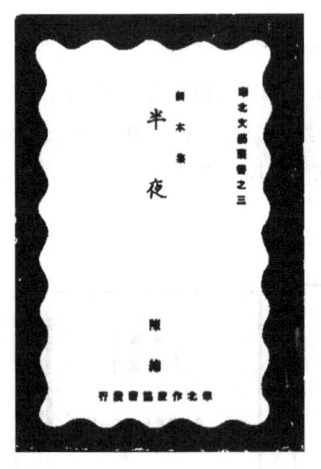

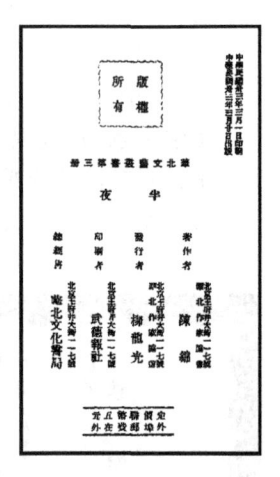

《森林的寂寞》

《森林的寂寞》，封面和扉页均题"华北文艺丛书之四"，版权页题"华北文艺丛书之第四册"。民国卅三年（1944）七月廿日印刷，民国卅三（1944）八月十日出版。著作者为袁犀（北京王府井大街一一七号，华北作家协会），发行者为柳龙光（北京王府井大街一一七号，华北作家协会），印刷者为武德报社（北京王府井大街一一七号），总经售为华北文化书局（北京王府井大街一一七号）。全一册，184页，定价拾伍元。此外还有1934年1月20日再版本。

二十二　华北作家协会《华北文艺丛书》叙录　1149

该书为短篇小说集，收录凡十篇，篇目依次为：《镇上的人们》《虫》《一个做母亲的》《露台》《一个人的一生》《废园》《森林的寂寞》《人间》《街》《风雪》。王仲制作封面。

卷首无序，卷有《后记》从略。

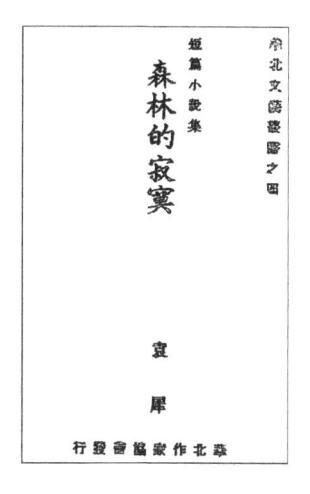

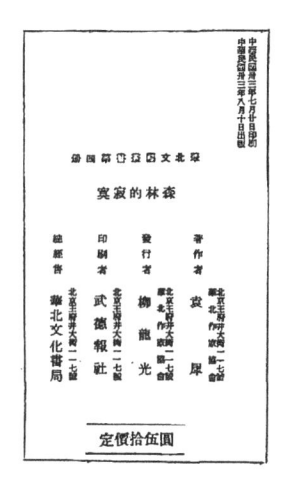

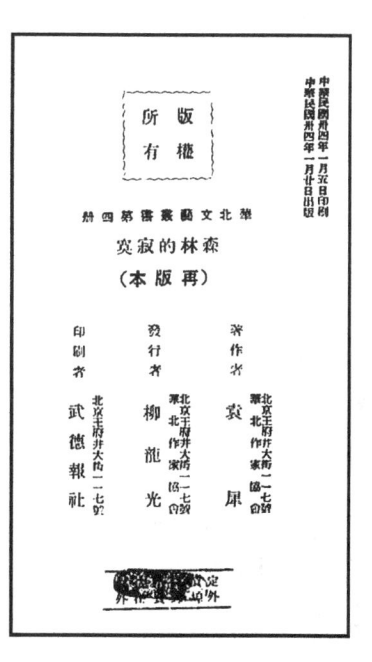

《蟹》

《蟹》，封面、扉页和版权页均题"华北文艺丛书之五"。民国三十三年（1944）十月二十日付印，民国三十三年（1944）十一月一日发行。著作者为梅娘，编辑者为华北作家协会，发行兼印刷者为武德报社，总经售处为华北作家协会，分售处为全国各大书局。全一册，227页，定价七元。印数1～4000册。

该书为短篇小说集，内收凡六篇，篇目依次为：《行路难》《动手术之前》《小广告里面的故事》《阳春小曲》《春到人间》《蟹》。

无序跋。《捕蟹的故事》摘录如下：

捕蟹的人在船上挂着灯，蟹自己便奔着灯光来了，于是，蟹落在已经摆好了的网里。

"山里的天，黑得可快呢，刚落下日头去，就黑得看不见东西了。一黑就睡觉，躺到被里，若赶上月亮的天，可以从矮的窗户里望见对面的青色的山脊。这时候，有人踏着山间的小茅道'拍哒''拍哒'地过来了。你准得（按：原文为'得'）以为是人吧！这可看不得，是大黑熊。听着，听着，那沉重的脚步声直奔地里去了。爷爷就拿好了火枪，蹑脚从后门绕出去。

"'叭'地（按：原文为'地'）一穗苞米劈下来，接着又一声。得了，这回这几垄刚出缨的苞米全完了。"

老祖母停了停，在硬木的炕边上，邦邦地磕着烟袋。

"怎么就完了呢？"七岁的福子不解地望着奶奶底（按：原文为"底"）嘴。

"那还不完，熊瞎子又笨又贪，有多少都劈下来挟在胳臂（按：原文为'胳臂'）底下。挟一穗掉一穗，末了带了一穗去。"

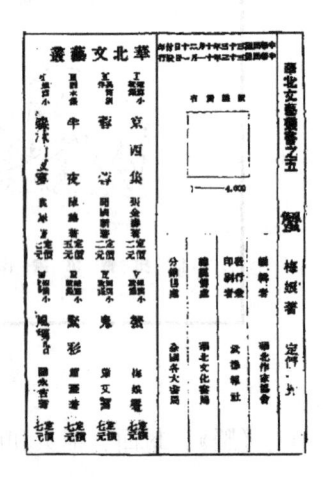

"那为什么不打它？"这回是比福子大一点的兰说了。

"打，山里的东西还打得了！有的是，都是吓吓，伤不着人就算了。再说，打一条熊费老大的劲，打了也没用，熊从上到底没一点地方值钱。熊掌得碰着行家，不然也是白扯的。"

《凤网船》

《凤网船》，封面和扉页均题"华北文艺丛书之八"，缺版权页。1945年出版。著作者为关永吉，发行者、编辑者、印刷者为华北作家协会（北京南池子东华会馆内），代售处为全国各大书局，总售处为马德增书店（北京王府井大街四十六号）。全一册，212页。

该书为短篇小说集，内收凡五篇，篇目依次为《流民》《秘书陈岫和他的朋友》《苗是怎样长成的》《凤网船》《恋爱》。

无序跋。正文摘录如下：

一

一九二七年，即中华民国十六年；编年史家在他的手册里写道：一月国民政府收回汉口英租界；二月东南五省联军总司令孙传芳大败；五月英国政府声明与苏联断绝邦交；六月冯玉祥蒋介石举行徐州会谈；十一月南京武汉两军冲突……。还有些大事是：日德通商航海条约成立；世界新闻专门会谈在日内瓦举行；林白大西洋不着陆飞行成功；意剧作家皮蓝得娄获得诺贝尔奖金……。——这一年，一九二七，动乱而且纷扰……

二

凤网船日落的时候出现，雷国权和大狗浇洗着船舷并且整理帆篷应用的家具，匆忙而且焦燥。

今天又是个好天气，火烧云涂抹着天空，半边天都是橘红的光彩，苍穹是醇厚而且充沛的，文安洼的淀水（按：原文为"淀水"），闪着金黄的灿烂的波涛。这一切，逐渐深入于黝暗的夜影……。西北风刮起来了，先是轻微的（按：原文为"的"）拂着淀水。把那些橙色的，金的，亮的带子搅乱，以后就紧起来，吼叫起来，赶着浪头，在村子周围拍着泡沫，而把整个的平静破坏。船颠簸着，篷桅杆迎风窣窣作响（按：原文为"窣窣作响"），白日的酷热，完全驱逐于不可知的，遥远的彼方去了。

雷国权穿上夹袄，重新淘水洗了脚。夜风寒凉如早春的天气，不经心而被船里的积水侵（浸）湿了的绳索是冰冷的，他整理着篷绳向坐在船板缠网的大狗喊道：

"八叔为什么还不来呀！今天怕不晚了么！"

风网船从开春活跃于三角淀上，一直和水浪斗争着，抢着风，追逐着月亮，经过谷雨，立夏，小满，直到芒种，风变了，它才休息——（按：原文标点如此）这是最后的日子，人们焦急的（按：原文为"的"）夺取水里他们所可以获得的财富，在竞赛的终点，用尽全部的精力挣扎着，而且恐吓着。

大狗的肩膀子在黑影里油的（按：原文为"的"）发着亮，这个小伙子到雷家当"小作活"的时候就"摔打"惯了。向（按：原文为"向"非"一向"）不畏惧寒暑，冬天也亦（按：原文为"也亦"）赤脚打水担柴，他如一段结实的照壁（按：原文为"照壁"），筑在那里便不可动摇。他熟悉的（按：原文为"的"）轻绕着网索，拍着挂铁的网板而不作声。

风网船一只一只出航了，风是这样的好，船像箭一样驶行（按：原文为"驶行"）在水面上，船尾沉重的（按：原文为"的"）埋在浪头里。夹水板子激着水波哗哗作响，船身是倾斜的，先还望得见白布的篷帆，一会儿它就完全隐没在夜色之中，只留下单纯的，规律的浪的骚音。填补着它们的空下的位置。

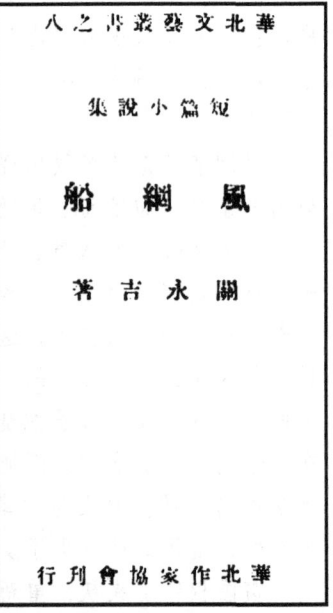

《影》

《影》，扉页和版权页均题"华北文艺丛书之九"。民国三十四年（1945）五月二十日付印，民国三十四年（1945）六月一日发行。著作者为赵荫棠，发行者、编辑者、印刷者为华北作家协会（北京南池子东华会馆内），代售处为全国各大书局，总售处为马德增书店（北京王府井大街四十六号）。全一册，228 页，定价国币四拾圆。印数 1～5000 册。缺封面。

该书为长篇小说。

卷首有《序》，卷末无跋。《序》从略。

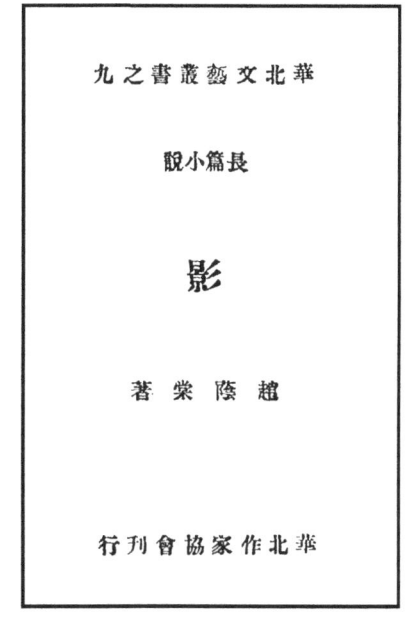

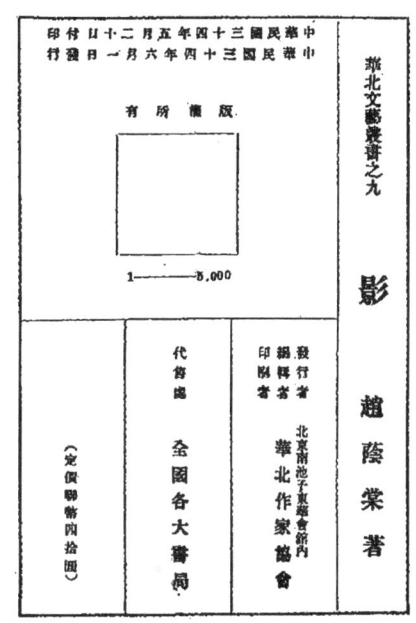

《奔流》

《奔流》，扉页和版权页均题"华北文艺丛书之十"。民国三十四年（1945）七月十五日付印、民国三十四年（1945）八月一日发行。著作者为雷妍，发行者、编辑者、印刷者为华北作家协会（北京南池子东华会馆内），代售处为全国各大书局，总售处为马德增书店（北京王府井大街四十六号）。全一册，136 页，定价二元。外埠邮费在外。印数 1～5000 册。

该书为短篇小说集，收录凡四篇，篇目依次为：《利巴嫩的香柏木》《背叛》《彭其栋万岁》《奔流》。

卷首无序，卷有《〈奔流〉后记》兹录如下：

整整一年了，自去年马缨花吐缫的时候开始写，到桂花飘香的八月才写完了这篇五万字的创作——《奔流》，初次是在《创作连丛》第四辑"没有光的星"里发表的，有许多朋友曾给与它过高的期许和鼓励，因之我自己也对它偏爱着，而把它作了这创作集的名字。本来人性都有一种豪放成分在内，只不过是隐显不同罢了，谁不爱李白那一句："君不见黄河之水天上来，奔流到海不复回……"？谁不希望自己的豪放之情不受拘束？谁能不爱"意志自由"？为此我偏爱着《奔流》，至于技巧的粗拙，我正等待着热心的先进们指教。

《利巴嫩的香柏木》是取材于旧约圣经中智慧的"以色列王，所罗门"宫廷里的故事，古老的小亚细亚王国里的盛衰现象，其体制却是我大胆的尝试作，因之更希望有人给它以不客气的批评。

至于《背叛》和《彭其栋万岁》乃至对人性的虚伪成分而发的，说它们是哀鸣也好，嘲讽也好，就是说暴露也未为不可，虚伪，虚伪……处处可以遇到，可怕的，暗雾似的虚伪，把人间的光明弄得惨淡了，我们该冲出这重重的暗雾，因为寻求自由和趋向光明都是切要的啊！

现在《奔流》终于出版了，在欣愉之余谨向所有助它出版的朋友们举手致谢，朋友们！为《奔流》干一杯！酒也好，茶也好，我们要的是"情绪"。

二十三　诗创造社《创造诗丛》叙录

《地层下》

《地层下》，苏金伞著，臧克家主编的《创造诗丛》之一（封面、扉页、目录页与版权页均题，无编号）。版权页署藏版者诗创造社，刊行者星群出版公司（上海四门路六〇弄四三号）。一九四七年十月初版。全一册，32页，定价国币贰元。

全书为新诗集，诗作凡八首，即《眼睛都睡红了》《地层下》《破帽章》《麦》《国民身份证》《鹁鸪鸟》《剩余》《碉堡》。

卷首有臧克家撰写的《序》，卷末无跋。臧序兹录如下：

> 新诗，它大踏步的（地）朝前猛进。
>
> 许多人被撇在后面了。这些人，他们的生活、观念、情感，他们对于新诗的看法，由于距离的日趋疏远而慢慢的（地）凝固，从此他们放弃了新诗，其实是新诗放弃了他们。
>
> 迎上来的是朝气蓬勃的青春。他们是多数的。他们的热情有如春汛，他们感觉新颖而尖锐，他们向前奔赴，率真又勇敢；希望从拉满的弓弦上射出去，带着耀眼的光芒，嗖嗖的响声。
>
> 眼前是这样一个时代，真和假，丑和美，罪恶和正义，自由和奴隶，对照得如此鲜明，如此强烈，彼此在批着对方的面颊，而斗争的红血不断的（地）流，诗人，从而抉取了他们的爱憎和灵感。诗句，血一样的迸射了出来。在窒息的空气里，他们以自己的诗句呼吸，在悲痛的心境下，他们以自己的诗句哭泣，在扼抑的喉咙里，他们以自己的诗句怒吼；在生之斗争的战场上，他们以自己的诗句作战。这一切，全然是从生活达到诗，又转而把诗投到更大的生活的海洋上去。
>
> 我们没有权力要求一个诗人必须写哪一类的诗，必须用哪种形式去写，像一个冬烘先生所要求于他弟子的那"八股"窗课；生活是

广阔的，诗是多样的。只要他的诗句像冬天的炉火使人温暖，只要他的诗句像春风的和煦使人旺生；只要他的诗句像大海的潮汐，黎明的鸡声或早号，使人奋勇、鼓舞；只要他的诗句像放出去的一只信鸽寄托了善良、温暖、向上的一颗真心……

为了以上种种，却不敢说符合了这种种，我们乃有了这个小小的诗丛。这十二位作者，年龄、职业，各不相同，而彼此大半陌生，诗把他们联系在一起，我们希望它能够联系起更多的人。生活是多方面的，诗的风彩也就各异。一个人，让他照着自己的方式生活去吧，照着自己的方式写诗去吧，在个性被扭歪的地方，人和诗便不复存在了。

薄薄的本子，正像我们卑微的心愿。投出去的只这么一点点，希望收回来的却很多呢。

现在，让我把这《地层下》的作者作一个浅略的介绍：

苏金伞诗作的读者很多，而印象却只有一个：朴素。朴素的不仅是诗的外貌，而是贯彻了整个诗体的那个灵魂。作者虽不是地道农民，但至少他了解他们和他们站在一起。他的诗材大半取于农村，他酷爱这受难的土地，土地上受难的农民，而支付出他们的热情和深憎，他的句子看上去很素净，没有斧凿的印痕，可是，味道却极醇，有点"土心"气，然而这却并不是什么冲淡，反之，他的情感是颇为浓烈的。

一九四七年九月十三日早于沪

《地层下》兹录如下：

冰雪
使大地沉默
然而沉默，
并不是
死亡。

眼前：
虽然是冻结的池塘，
是没有颜色的田野，
是游行过后

标语被撕去的墙壁，
和旗子的碎片飘散的大街；

但是，在地层下，
要飞翔的正在整理翅膀，
要跳跃的正在检点趾爪，
要歌唱的正在补缀乐曲，
要开花结子的正在膨胀着种子，
躺在枪膛里的子弹，
也正在测验着自己的甬道。

不久，
土壤就会暖和起来，
肌肉也松动了；
雷会来呼唤它们。
不久，
就是彩色的季节
和音响的世界。

而匿居在洞穴里
或流放在海边的瘖哑的歌者，
也将汇合在一起，

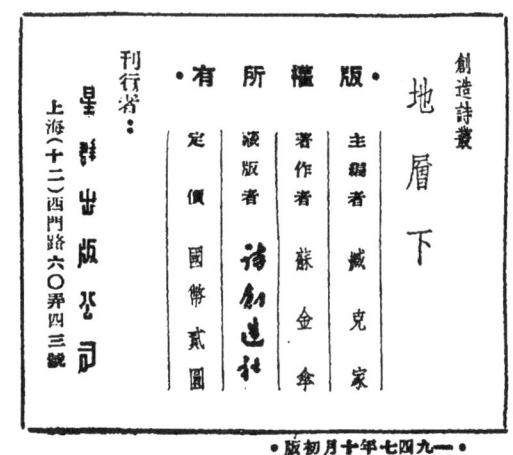

围绕着太阳
举行一次大合唱。

一九四七年四月

《噩梦录》

　　《噩梦录》，杭约赫著，臧克家主编的《创造诗丛》之一（封面与版权页均题，无编号）。藏版者为诗创造社，刊行者为星群出版公司（上海四门路六〇弄四三号）一九四七年十月初版。全一册，31页，定价国币贰元。

　　全书为新诗集，分上下两辑，上辑收录诗作六首，即《誓》《哭声》《拓荒》《愿》《噩梦》《蒂儿周岁》。

　　下辑收录诗作也是六首，即《撷星草》《黎明之前》《落潮以后》《六行》《我的家史》《世界上有多少人在呼唤我的名字》。卷首有臧克家撰写的《序》，卷末无跋。臧序略。诗作《噩梦》兹录如下：

不是守防边疆，又不是护卫
血地，你们要挂着哭声离开，
母亲揉着干瘪的乳头啜泣。
几千年了，我还要写《石壕吏》

谁不是亲人们的"心肝宝贝"，
破旧的摇篮还不忍得抛弃；
谁不是好丈夫，母亲的孝子，
现在要让田园收养野草。

百年的怨仇不去报，教你们
举着来自海外的凶器，厮杀
自己的弟兄，听号音的"帝达"。

弟兄们的血流在一起，母亲
的泪流在一起，遍地狗哭狼嗥，
从此英雄有了用武的地方。

一九四六年

《告别》

《告别》，田地著，臧克家主编的《创造诗丛》之一（扉页、目录页与版权页均题，无编号）。藏版者为诗创造社，刊行者为星群出版公司（上海四门路六〇弄四三号）一九四七年十月初版。全一册，30 页，定价国币贰元。

全书为新诗集，收录诗作十二首，即《檐》《日子这样过去了》《告别》《手推车》《一份人家》《小店》《桥》《土地》《昨夜》《新闻》《病》《人生》。卷首有臧克家撰写的《序》，卷末无跋。臧序略。诗作《告别》兹录如下：

> 我收拾了包袱雨伞
> 我要离家，我要远行
> 包袱，雨伞，我
> 向你们告别
> 你，贫瘠的天地
> 你，老实的乡村
> 你，温暖的家，败落的，辛酸的家
> 我向你们告别
> 我的亲人们……
> 这里有什么可以留恋呢
> 这，繁重的苛捐杂税么

这，没有收获的耕种么
这，风打雨漏的房屋么
这，十室九空的村庄么
这里呵，是只有悲伤没有欢乐的
但我有怎么能不留恋呢
对你
亲热的田地和乡村
家和亲人们
我，是你们抚养长大的呵
向你们告别
我要离开你们了
亲人哪
不用祈祷
不用埋怨不下雨的天……

《歌手乌卜兰》

《歌手乌卜兰》，索开著，臧克家主编的《创造诗丛》之一（封面、扉页、目录页与版权页均题，无编号）。藏版者为诗创造社，刊行者为星群出版公司（上海四门路六〇弄四三号）一九四七年十月初版。全一册，28页，定价国币贰元。

全书为新诗集，收录诗作三首，即《歌手乌卜兰》《汝河的泪》《写给黎明》。卷首有臧克家撰写的《序》，卷末无跋。臧序略。诗作《歌手

二十三　诗创造社《创造诗丛》叙录　1161

乌卜兰》摘录如下：

> 我拿着一只七弦琴，
> 沿着漂流草香的敖嫩河，
> 拨奏起青春的音响。
> 这声音比什么都响亮
> 他可以把沉睡的大地唤醒。
> 我的歌，你飞吧，
> 像雄鹰那样壮健的张开了翅膀。
>
> 你看在眼前
> 展开了无边的草原。
> 从呼伦池到西方戴着雪帽的高山，
> 从南方闪耀黄金的大漠，
> 又到贝加尔湖边的绿色桦树林。
> 这是多么肥美的一片草地，
> 篷帐在这图画里生活着。
> 羊群像散播在图画中的花朵，

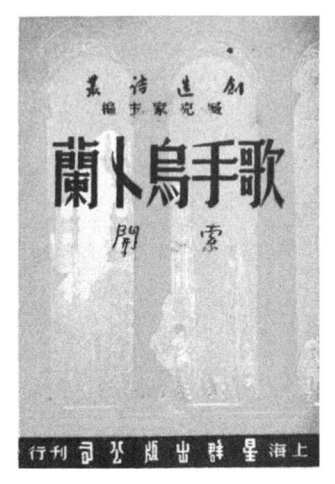

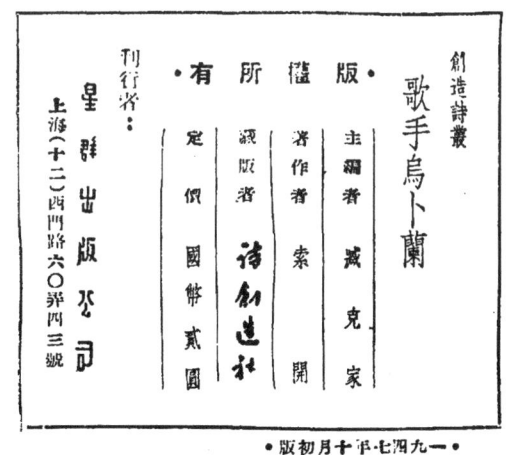

我的歌，你飞吧，
自由的飞过这新人类的土地，
那个篷帐也会欢迎你。

甚至你可以飞越了辽远的边疆……
别人也不会把你损伤。

《号角在哭泣》

《号角在哭泣》，青勃著，臧克家主编的《创造诗丛》之一（封面、扉页、目录页与版权页均题，无编号）。藏版者为诗创造社，刊行者为星群出版公司（上海四门路六〇弄四三号），一九四七年十月初版。全一册，28页，定价国币贰元。

全书为新诗集，收录诗作十四首，即《苦难的中国，有明天》《要》《梦》《拥抱》《号角在哭泣》《中国的早晨》《骗》《变》《牛，马》《思想，有翅膀》《你们也有旗》《给参议员》《小城夜记》《生死篇》。卷首有臧克家撰写的《序》，卷末无跋。臧序略。诗作《号角在哭泣》兹录如下：

号角
远远的又吹响了

号角
是我的表
整整五年
我被号角唤醒起床
我被号角引入梦境……
号角是我亲切的友人

于是我沿着城墙的残骸走
我要去看望吹号的人
像去看望一个久别的老朋友
一阵寒冷的晨风刮过
号角的响亮的歌唱
突然变为凄凉的哭泣
我伤心的止步了

呵！这号声
已经不会是诗人所歌颂的了

敌人的脖子
早已经缩回去了呀
号角
在哭泣……

《掘火者》

《掘火者》，康定著，臧克家主编的《创造诗丛》之一（封面、扉页、目录页与版权页均题，无编号）。藏版者为诗创造社，刊行者为星群出版公司（上海四门路六〇弄四三号），一九四七年十月初版。全一册，31页，定价国币贰元。

全书为新诗集，收录诗作十三首，即《老兵》《无题》《小火石》《掘火者》《星群》《春的第一朵》《荒店》《小城》《村庄剃头匠》《黑皮》《雨天，在小城里》《穷孩子们》《生活小题》。卷首有臧克家撰写的《序》，卷末无跋。臧序略。诗作《掘火者》兹录如下：

有太阳的日子，
冷得发抖，
荒山里去，
掘万年的火。

无底的深洞，
无昼夜的天，

无根的生命，
心是直的，身体弓着。
血是红的，脸是命运的颜色，
掘吧！用喘哮与疲力，
掉下一块块的热烈，
送出去给他们！
让我们净落个苍老。

有这一天，
在地狱里
碰开了天窗，
我们死了，
爱火的聚拢来。

《骚动的城》

　　《骚动的城》，唐湜著，臧克家主编的《创造诗丛》之一（封面、扉页、目录页与版权页均题，无编号）。藏版者为诗创造社，刊行者为星群出版公司（上海四门路六〇弄四三号），一九四七年十月初版。全一册，31页，定价国币贰元。

　　全书为新诗集，收录诗作九首，即《沉睡者》《偷穗头的姑娘》《给夜间睡眠的小鱼儿》《夜歌》《晨歌》《海上》《沉默的草原》《水磨坊的时日》《骚动的城》。

卷首有臧克家撰写的《序》，卷末无跋。臧序略。诗作《骚动的城》兹录如下：

> 犁，让牛把你曳引
> 在我们的田间，
> 锋利地掀起大地。
> ——安德烈·纪德
>
> 洋油箱，孩子们拖着你
> 正如拖着锋利的犁
> 犁过大街，犁过城市的心脏
> 犁在人民的肩背上
>
> 罢市，喧嚣的呼喊起来了
> 罢工，城市的高大的建筑撼动了
>
> 昏黄的夜，街灯灭熄了
> 城市的眼睛灭熄了
> 城市的脉搏停止了
> 鬼影似的人们潮水般
> 涌过来
> 涌过去
> 一阵风扫灭了城市的浮光
> 野狼似的捲（卷）风滚滚而来
> 店铺的门窗——那嗅寻着黄金的
> 城市的鼻子随着闭上了
> 一切香与色——城市的诱惑
> 都给风吹散了
> 在戏院里喝彩的绅士淑女
> 猫似的溜走了
> 只把那尴尬脸的白鼻头小丑
> 穿着三不像的五色衣裳
> 剩下在黑暗的空台上

物价在烟突里奔出
像黑烟一般望天上飞
洋油箱的声音
播下了不灭的种子
这城市永远不会平静
呵，骚动的城，混乱的城
生活的犁拖着每个人的足步
向城市的腹心奔去
注：洋油箱是温州一带罢市的信号

《沙漠》

《沙漠》，沈明著，臧克家主编的《创造诗丛》之一（封面、扉页、目录页与版权页均题，无编号）。藏版者为诗创造社，刊行者为星群出版公司（上海四门路六〇弄四三号）。一九四七年十月初版。全一册，31页，定价国币贰元。

全书为新诗集，收录诗作十三首，即《雨季》《断想》《碑》《夜航》《烙印》《路》《风筝》《给小纹》《沙漠》《垃圾》《我，和我的梆子》《茶楼》《马戏团》。卷首有臧克家撰写的《序》，卷末无跋。臧序略。诗作《沙漠》兹录如下：

别说我们这个世界，
是片白茫茫的大沙漠，

没有花朵，没有清泉，
一开始就迷失了方向。
在沙漠里，你静静的谛听：
迎着砂石的驼铃，
拓荒者铁铲落土的声音。
还有古代人的脚印，兽的脚印，
风吹到眉毛上的小雨点，
黑夜里闪耀着的北极星；
有一天你便知道了，海滩上
种花的孩子不是幻想，
那埋下的希望终会滋长。
这时，雨后的
彩虹，明天的安慰，
都使你重新估定生活的
力量，领悟了昨天的眼泪，
祇（只）是小心田里的一个小悲伤。
于是，你不再苦恼于人间的荒凉，
而记起了那驼铃，那北极星……
一步一步的走向绿洲，
学着从一粒沙里去找寻天堂。

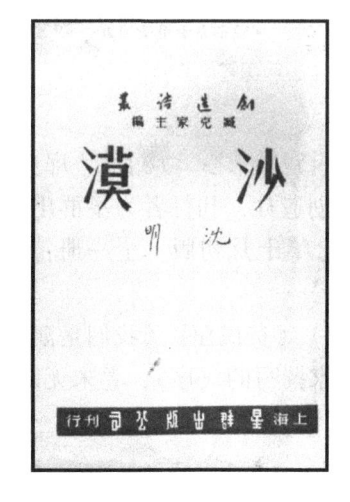

《随风而去》

《随风而去》，方平著，臧克家主编的《创造诗丛》之一（封面、扉页、目录页与版权页均题，无编号）。藏版者为诗创造社，刊行者为星群出版公司（上海四门路六〇弄四三号）。一九四七年十月初版。全一册，33页，定价国币贰元。

全书为新诗集，分上下两辑，上辑收录诗作四首，即《随风而去》《天窗》《有一天》《广东音乐》。下辑收录诗作七首，即《摇篮曲》《交响音乐》《瓶花》《小提琴》《早春的心》《信念》《愤》。卷首有臧克家撰写的《序》，卷末无跋。臧序略。

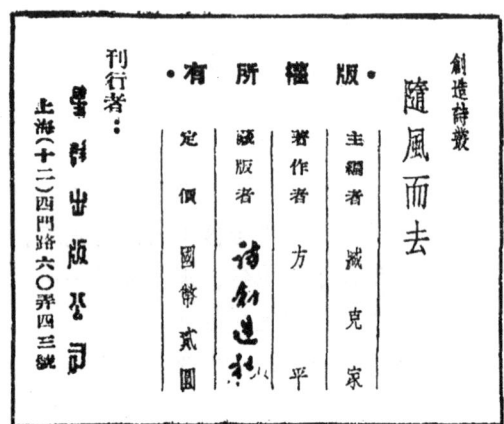

《夜路》

《夜路》，黎先耀著，臧克家主编的《创造诗丛》之一（封面、扉页、目录页与版权页均题，无编号）。藏版者为诗创造社，刊行者为星群出版公司（上海四门路六〇弄四三号）。一九四七年十月初版。全一册，32页，定价国币贰元。

全书为新诗集，收录诗作四首，即《夜路》《贫民窟》《我们是演剧队的队员》《没有翅膀的候鸟》。卷首有臧克家撰写的《序》，卷末无跋。臧序略。诗作《夜路》摘录如下：

  火把被狂风绞死，
  月亮进了牢狱，

星星也遭了流放。
我独自潜泅在无边的黑暗中，
睁着的眼睛如同闭着的一样，
此刻正是用心灵来辨认方向的时候。
面朝着正理，
路就在我脚下。

我唱起歌来，
想击走四周凄厉的鬼叫和狗吠，
这歌声对我是这样熟悉又这样陌生，
曾经是千万人合唱的歌，
如今祇（只）听到我单个人的声音，
波涛似有力的歌声，
如今微弱得似岩隙中一条溪流……

我仿佛是世界上孤独的存在，
我感到了人的可爱，

我想起了人群的温暖，
假如现在能有一个同性的伙伴，
该是多么地好！

纵使是一个哑巴，
我可以从他眼中，
看见一个人在黑暗中闪烁的信心，
如在矿穴中拾到的钻石。
也可以看到他瞳孔中反射出我的渴望。

《婴儿的诞生》

《婴儿的诞生》，李抟程著，臧克家主编的《创造诗丛》之一（封面、扉页、目录页与版权页均题，无编号）。藏版者为诗创造社，刊行者为星群出版公司（上海四门路六〇弄四三号）。一九四七年十月初版。全一册，30页，定价国币贰元。

全书为新诗集，收录诗作九首，即《笑》《婴儿的诞生》《泪与笑》《拉牵》《给一个牧童》《最后的一升糠》《血》《一个农人的死》《听潮》。卷首有臧克家撰写的《序》，卷末无跋。臧序略。诗作《婴儿的诞生》兹录如下：

当西北风摇着屋顶，
当白雪打着窗棂，
当寒冷轻扣着板门，
那初临的生命，
带着酸辛，
啼出他的第一声。

这里：
两张破床，
一条矮凳
一把锄，
一副犁，
一座土灶，
一盏油灯，
这里
没有温暖，
没有欢欣，
没有幸福，

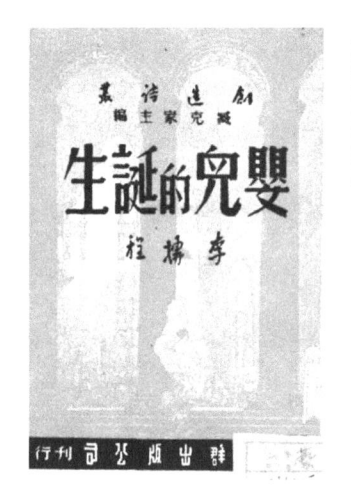

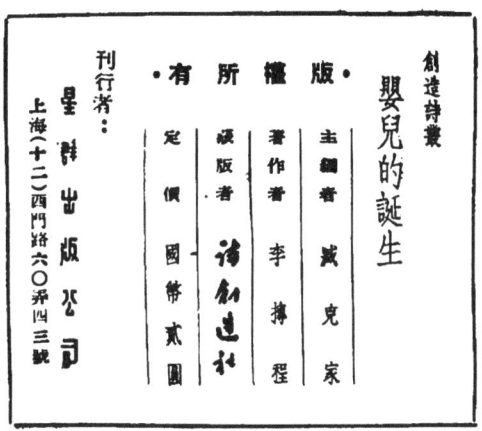

没有宁静。
一位白发的婆婆
守着儿媳，
以眼泪
以叹气，接受
一个婴儿
诞生。

《最后的星》

新诗集，吴越著，臧克家主编的《创造诗丛》之一（封面、扉页、目录页与版权页均题，无编号）。藏版者为诗创造社，刊行者为星群出版公司（上海四门路六〇弄四三号）。一九四七年十月初版。全一册，38页，定价国币贰元。

全书收录诗作九首，即《母亲》《当我有时快乐》《无题》《苦难》《最后的星》《受伤的船》《蒲公英》《驴》《风雪》《我也走到公园》《四等车》《死鸟》《我老想到岩壁和参天的大树》《苍苍的山岗》《冬夜的风》《在风雨的昨夜》《小弄堂》。卷首有臧克家撰写的《序》，卷末无跋。臧序略。

诗作《最后的星》兹录如下：

在黎明灰白的天空上，
闪映着一颗最后的星，

当群星都已睡去了，
只有他还不曾休息……
——他在寂寞地守候着，
疲倦而且苍白——……
是在守候什么呢，
你，一颗最后的星，
是在期待朝阳吗，
把守护了一夜的世界，
亲自交给？

诗作《蒲公英》兹录如下：

像黄昏柔嫩的天空上
睁开星星金色的眼睛，
在早春柔嫩的草地上
盛开着金色的蒲公英，
没有枝条骄傲的高挑
没有绿叶扶持随风招摇……
这些朴素的花朵
他们但愿伴着卑微的小草
亲密地耳语，会心地微笑
当春风的脚步轻轻地走到……

参考文献

一 旧版著作类

（为了简洁起见，数百种作品与论著初版本或再版本，选录一部分，以资管窥）

一 文学研究会"文学丛书"

文学研究会《文学研究会丛书》

《阿那托尔》，〔奥〕A. Schnitzler 原著，郭绍虞译，上海商务印书馆民国十一年（1922）五月初版，民国十三年（1924）六月再版。

《爱罗先珂童话集》，〔俄〕V. 爱罗先珂原著，鲁迅等译，上海商务印书馆民国十一年（1922）十月初版，民国十六年（1927）三月再版。

《波华荔夫人传》，〔法〕G. 弗罗贝尔原著，李青崖译，上海商务印书馆民国十六年（1927）三月初版。

《惨雾》，许杰著，上海商务印书馆民国十五年（1926）十月初版。

《超人》，冰心女士著，上海商务印书馆民国十二年（1923）五月初版，民国十五年（1926）十二月六版。

《赤都心史》，瞿秋白著，上海商务印书馆民国十三年（1924）六月初版。

《春雨之夜》，王统照著，上海商务印书馆民国十三年（1924）一月初版，民国廿二年（1933）五月国难后第一版，民国廿四年（1935）一月国难后第二版。

《春之循环》，〔印〕R. Tagore（太戈尔）原著，瞿世英译，上海商务印书馆民国十年（1921）十月初版，民国二十一年（1932）十二月国难后第一版。

《稻草人》，叶绍钧著，上海商务印书馆民国十二年（1923）十一月初版，民国十九年（1930）六月六版。

《二马》，老舍著，上海商务印书馆民国二十年（1931）四月初版，民国三十二年（1943）四月第一版。

《繁星》，冰心女士著，上海商务印书馆民国十二年（1923）一月初版，民国十二年（1923）七月再版。

《隔膜》，叶绍钧著，上海商务印书馆民国十一年（1922）三月初版，民国十三年（1924）十一月五版。

《狗的跳舞》，〔俄〕Leonid Andreev（安特列夫）原著，张闻天译，上海商务印书馆民国十二年（1923）十二月初版。

《孤雁》，王以仁著，上海商务印书馆民国十五年（1926）十月初版，民国二十年（1931）二月三版。

《海滨故人》，庐隐女士著，上海商务印书馆民国十四年（1925）七月初版，民国廿二年（1933）二月国难后第一版。

《河童》，〔日〕芥川龙之介原著，黎烈文译，上海商务印书馆民国十七年（1928）十月初版。

《红的笑》，〔俄〕Leonid Andreev（安特列夫）原著，梅川译，上海商务印书馆民国十九年（1930）十月初版。

　　《文学研究会通俗戏剧丛书》

《青春底悲哀》，熊佛西著，上海商务印书馆民国十三年（1924）一月初版，民国十九年（1930）十一月五版。

《复活的玫瑰》，侯曜著，上海商务印书馆民国十三年（1924）三月初版，民国十六年（1927）二月三版。

《山河泪》，侯曜著，上海商务印书馆民国十四年（1925）五月初版，民国十六年（1927）四月三版。

《相鼠有皮》，（英）高尔斯华绥原著，顾德隆改译，上海商务印书馆民国十三年（1924）八月初版。

　　《小说月报丛刊》

《换巢鸾凤》，落华生等著，商务印书馆民国十三年（1924）十一月初版。

《毁灭》，朱自清等著，商务印书馆民国十三年（1924）十一月初版。

《死后之胜利》，王统照著，商务印书馆民国十三年（1924）十一月初版。

《社戏》，鲁迅等著，商务印书馆民国十三年（1924）十一月初版。

《神曲一脔》，〔意〕檀德（但丁）原著，钱稻孙译，商务印书馆民国十三年（1924）十二月初版。

《或人的悲哀》，庐隐等著，商务印书馆民国十四年（1925）一月初版。

《在酒楼上》，鲁迅等著，上海商务印书馆民国十四年（1925）四月初版。
《校长》，叶绍钧等著，商务印书馆民国十四年（1925）四月初版。
《武者小路实笃集》，〔日〕武者小路实笃著、周作人等译，商务印书馆民国十四年（1925）三月初版。
　　《文学周报社丛书》
《动摇》（蚀之二），茅盾著，上海开明书店一九三〇年五月初版。
《怂恿》，彭家煌著，上海开明书店一九二五年八月初版。
《列那狐的历史》，文基著，上海开明书店一九二六年六月初版。
《城中》，叶绍钧著，上海开明书店民国十五年（1926）七月初版，民国十九年（1930）十月四版。
《耶稣的吩咐》，汪静之著，上海开明书店一九二六年九月发行。
《国木田独步集》，〔日〕国木田独步原著，夏丏尊译，文学周报社一九二七年八月出版。
《洗澡》，〔法〕佐拉原著，徐霞村译，上海开明书店一九二八年九月初版。
《畸零人日记》，〔俄〕屠格涅夫原著，樊仲云译，上海开明书店一九二八年六月初版。
《春日》，罗黑芷著，上海开明书店一九二八年六月初版，一九二九年十月再版。
《龙山梦痕》，徐蔚南、王世颖著，上海开明书店民国十五年十一月发行。
《寂寞的国》，汪静之著，上海开明书店民国十六年（1927）九月初版发行，民国二十年（1931）十月三版。
　　《文学研究会创作丛书》
《汉园集》，卞之琳编，上海商务印书馆民国二十五年（1936）三月初版。
《画廊集》，李广田著，上海商务印书馆民国二十五年（1936）三月初版。
《佳讯》，王任叔著，上海商务印书馆民国二十九年（1940）八月初版。
　　《文学研究会世界文学名著丛书》
《笔尔和哲安》，〔法〕莫泊桑原著，黎烈文译述，上海商务印书馆民国二十五年（1936）三月初版。
《俄国短篇小说译丛》，〔俄〕E. 契利加夫等原著，郑振铎译述，上海商务印书馆民国二十五年（1936）三月初版，民国二十五年（1936）九月再版。
《黑色马》，〔俄〕V. Ropshin（路卜洵）原著，映波译述，上海商务印书馆民国二十五年（1936）三月初版。

二 创造社"文学丛书"

泰东图书局《(创造社)世界名家小说》

《茵梦湖》，〔德〕Storm（施笃谟）原著，郭沫若、钱君胥译述，泰东图书局（上海）民国十年（1921）五月一日初版，民国十二年（1923）十月重排六版。

《少年维特之烦恼》，〔德〕歌德原著，郭沫若译述，泰东图书局（上海）民国十五年（1926）一月十五日八版。

《鲁森堡之一夜》，〔法〕古尔孟原著，郑伯奇译述，泰东图书局（上海）民国十一年（1922）五月一日初版，民国十七年（1928）三月三版。

泰东图书局《创造社丛书》

《女神》，郭沫若著，上海泰东图书局民国十年（1921）八月发行。

《沉沦》，郁达夫著，上海泰东图书局民国十年（1921）十月十五日初版、民国十五年（1926）三月十日八版。

《冲积期化石》，张资平著，上海泰东图书局民国十一年（1922）二月十五日初版、民国十六年（1927）三月五版。

泰东图书局《创造社辛夷小丛书》

《辛夷集》，创造社编辑，泰东图书局（上海）民国十二年（1923）四月初版，民国十二年（1923）八月三版。

《卷耳集》，郭沫若译，泰东图书局（上海）民国十二年（1923）三月初版，民国十八年（1929）一月五版。

《茑萝集》，郁达夫著，泰东图书局（上海）民国十二年（1923）十月初版，民国十四年（1925）六月再版。

光华书局《创造社丛书》

《梦里的微笑》，周全平著，上海四光华书局1925年12月初版。

《聂嫈》，郭沫若著，上海四光华书局1925年9月初版。

《三个叛逆的女性》，郭沫若著，上海四光华书局1926年4月初版。

创造社出版部《创造社丛书》

《落叶》，郭沫若著，上海创造社出版部1926年4月初版，1928年2月九版。

《飞絮》，张资平著，上海创造社出版部1926年6月初版，1928年5月七版。

《橄榄》，郭沫若著，上海创造社出版部1926年9月初版，1928年5月六版。

《灰色的鸟》，成仿吾等著，上海创造社出版部 1926 年 5 月初版，1926 年 12 月再版。

《杨贵妃之死》，王独清著，上海创造社出版部 1927 年 9 月 20 日初版。

《圣母像前》，王独清著，上海创造社出版部 1926 年 12 月 1 日初版，1927 年 10 月改版本付印。

《红纱灯》，冯乃超著，上海创造社出版部 1928 年 2 月初版。

  创造社出版部《世界名著选》

《磨坊文扎》，〔法〕都德原著，成绍宗、张人权译，上海创造社出版部出版 1927 年 3 月初版。

《银匣》，〔英〕高尔斯华绥原著，郭沫若译，上海创造社出版部 1927 年 7 月初版。

《法网》，〔英〕高尔斯华绥原著，郭沫若译，上海创造社出版部 1927 年 8 月 15 日初版，1927 年 11 月 15 日二版。

《浮士德》，〔德〕歌德原著，郭沫若译，上海创造社出版部 1928 年 2 月初版，1928 年 4 月 10 日二版。

《查拉图斯屈拉钞》，〔德〕尼采原著，郭沫若译，上海创造社出版部 1928 年 6 月初版。

三　共学社"文学丛书"

  共学社《俄国戏曲集》

《巡按》，〔俄〕歌郭里原著，贺启明译，上海商务印书馆民国十年（1921）一月初版。

《雷雨》，〔俄〕阿史德洛夫斯基原著，耿济之译，上海商务印书馆民国十年（1921）二月初版。

《村中之月》，〔俄〕屠格涅夫原著，耿济之译，上海商务印书馆民国十年（1921）三月初版。

《海鸥》，〔俄〕柴霍甫原著，郑振铎译，商务印书馆民国十年（1921）四月初版。

《樱桃园》，〔俄〕安东·契诃夫原著，郑振铎译，上海商务印书馆民国十年（1921）四月初版。

  共学社《共学社文学丛书》

《比利时的悲哀》，〔俄〕安东列夫原著，沈琳译，上海商务印书馆民国十一年（1922）九月初版。

《不快意的戏剧》，〔英〕Bernard Shaw（萧伯纳）原著，金本基、袁弼译，上海商务印书馆民国十二年（1923）四月初版。

《海上夫人》，〔挪威〕H. Ibsen（易卜生）原著，杨熙初译，上海商务印书馆民国九年（1920）十一月初版，民国廿二年（1933）四月印行国难后第一版。

《黑暗之光》，〔俄〕托尔斯泰原著，邓演存译，上海商务印书馆民国十一年（1922）一月初版。

《活冤孽》，〔法〕嚣俄（雨果）原著，俞忽译，上海商务印书馆民国十二年（1923）四月初版，民国十五年（1926）六月三版。

《涡堤孩》，〔英〕Edmund Gosse（高斯）原著，徐志摩译，上海商务印书馆民国十二年（1923）五月初版。

《艺术论》，〔俄〕托尔斯泰原著，耿济之译，上海商务印书馆民国十年（1921）三月初版。

《共学社俄罗斯文学丛书》

《柴霍甫短篇小说集》，〔俄〕柴霍甫原著，耿济之、耿勉之译，上海商务印书馆民国十二年（1923）一月初版，民国十一年（1922）八月再版。

《父与子》，〔俄〕屠格涅甫原著，耿济之译，上海商务印书馆民国十一年（1922）一月初版。

《复活》，〔俄〕托尔斯泰原著，耿济之译，上海商务印书馆民国十二年（1923）六月再版。

《甲必丹之女》，〔俄〕普希金原著，安寿颐译，上海商务印书馆民国十年（1921）三月初版，民国廿二年（1933）一月再版。

四 少年中国学会《少年中国学会丛书》

《达哈士孔的狒狒》，〔法〕都德（Alphonse Daudet）原著，李劼人译，上海中华书局民国十三年（1924）八月初版。

《马丹波娃利》，〔法〕弗洛贝尔（Gustave Flaubert）原著，李劼人译，上海中华书局民国二十二年（1933）四月三版。

《盲音乐家》，〔俄〕科路伦科（Vladimir Korolenko）原著，张闻天译，上海中华书局民国十三年（1924）二月印刷与发行，民国廿三年（1934）八月四版。

《琪娥康陶》，〔意〕唐努谊（通译为"邓南遮"）原著，张闻天译，上海中华书局民国十七年（1928）十一月三版，民国廿九年（1940）五月四版。

《人心》，〔法〕莫泊桑原著，李劼人译，上海中华书局1922年4月初版，

1923年5月再版。

《小物件》，〔法〕都德（Alphonse Daudet）原著，李劼人译，上海中华书局民国十一年（1922）十一月印刷与发行，民国二十年（1931）一月六版。

《哈孟雷特》，〔英〕莎士比亚原著，田汉译，上海中华书局民国十一年（1922）十一月印刷与发行，民国十九年（1930）三月六版。

《罗蜜欧与朱丽叶》，〔英〕莎士比亚原著，田汉译，上海中华书局民国十三年（1924）四月印刷与发行。

《青春的梦》，张闻天著，上海中华书局民国十三年（1924）初版。

《同情》，李劼人著，上海中华书局民国十三年（1924）一月印刷与发行，民国十七年（1928）十一月四版。

五　新潮社"文艺丛书"

《春水》，冰心女士著，北新书局1923年12月初版、1931年9月5版。

《点滴》，周作人辑译，北新书局民国九年（1920）8月初版。

《纺轮的故事》，〔法〕孟代（Catulle Mendès）原著，Thomas L. Vivian英译，CF女士重译，北京新潮社1924年5月初版、1927年3月3版。

《呐喊》，鲁迅著，北京新潮社1923年8月初版。

《山野掇拾》，孙福熙著，北京新潮社1925年2月初版。

《食客与凶年》，李金发著，北新书局1927年8月初版。

《桃色的云》，〔俄〕爱罗先珂原著，鲁迅译，新潮社1925年9月初版，北新书局1923年7月初版、1926年再版。

《微雨》，李金发著，新潮社1925年9月初版，北新书局1925年11月初版。

《雨天的书》，周作人著，北新书局1925年12月初版、1931年9月5版。

《竹林的故事》，冯文炳著，北新书局1925年10月初版。

六　未名社"文学丛书"

未名社《未名丛刊》

《白茶》，〔苏俄〕班珂等原著，曹靖华译，北京未名社1927年4月初版。

《不幸的一群》，〔俄〕陀思妥夫斯基等原著，李霁野译，北平未名社出版部1929年4月初版。

《出了象牙之塔》，〔日〕厨川白村原著，鲁迅译，北京未名社1925年12月初版，1927年9月再版。

《第四十一》，〔苏〕拉甫列捏夫原著，曹靖华译，未名社出版部1929年6月初版。

《格里佛游记》（卷一），〔英〕斯伟夫特原著，韦丛芜译，北平未名社1928年初版。

《工人绥惠略夫》，〔俄〕阿尔志跋绥夫原著，鲁迅译，北新书局1927年6月印成。

《黑假面人》，〔俄〕安特列夫原著，李霁野译，北新书局1928年3月初版。

《苦闷的象征》，〔日〕厨川白村原著，鲁迅译，上海北新书局1926年3月再版。

《穷人》，〔俄〕陀思妥夫斯基原，韦丛芜译，北新书局1926年6月出版。

《外套》，〔俄〕果戈理原著，韦漱园译，北京未名社1926年9月初版。

《往星中》，〔俄〕安特列夫原著，李霁野译，北京未名社1926年5月初版。

《文学与革命》，〔俄〕特罗茨基（今译为"托洛茨基"）原著，韦素园、李霁野合译，北京未名社1928年2月初版，1929年3月再版。

《一个青年的梦》，〔日〕武者小路实笃原著，鲁迅译，北京北新书局1926年10月改版印刷，1927年6月初版。

《罪与罚》，〔俄〕陀思妥夫斯基原著，韦丛芜译，北平未名社1930年6月初版。

  未名社《乌合丛书》

《故乡》，许钦文著，北新书局1926年4月初版。

《彷徨》，鲁迅著，北新书局1926年8月印行。

《飘渺的梦及其他》，向培良著，北新书局1928年8月3版。

《心的探险》，高长虹著，北新书局1926年6月印成。

《野草》，鲁迅著，北新书局1927年7月印行。

  未名社《未名新集》

《君山》，韦丛芜著，北京未名社出版部1927年3月初版。

《地之子》，台静农著，北平未名社出版部1928年11月初版。

《朝花夕拾十篇》，鲁迅著，未名社1928年9月初版，1929年2月再版，北新书局1932年8月3版。

《影》，李霁野著，未名社出版部1928年4月初版。

《冰块》，韦丛芜著，北平未名社出版部1929年4月初版。

《建塔者》，台静农著，北平未名社出版部1930年8月初版。

七 狂飙社"文学丛书"

《病》，尚钺著，上海泰东图书局民国十六年（1927）十一月初版。

《沉闷的戏剧》，高歌著，上海光华书局1927年2月初版。

《春天的人们》，高长虹著，上海光华书局1928年4月初版。

八 幻社《幻洲丛书》

《安慰》，严良才著，上海光华书局1928年6月初版。

《白叶杂记》，叶灵凤著，上海光华书局1927年9月初版。

《海夜歌声》，柯仲平著，上海1927年8月初版。

九 沉钟社《沉钟丛书》

《炉边》，陈炜谟著，北新书局1927年8月1日初版。

《悲多汶传》，〔法〕ROMAIN ROLLAND（罗曼·罗兰）原著，B. Constance Hull英译，杨晦转译，北新书局1927年7月初版。

《昨日之歌》，冯至著，北新书局1927年4月1日初版。

十 广州文学会《广州文学会丛书》

《爱的心》，计全著，上海光华书局1928年5月初版，1930年7月再版。

《爱之奔流》，罗西（欧阳山）作，上海光华书局1929年4月初版。

《红坟》，罗西等著，香港受匡出版部1927年12月初版。

十一 朝花社"文学丛书"

《奇剑及其他》，未署名，上海朝花社1929年4月初版。

《在沙漠上及其他》，未署名，上海朝花社1929年9月初版。

《小彼得》，〔匈牙利〕至尔·妙伦著，许霞译，上海朝花社1929年11月初版。

十二 质文社《文艺理论丛书》

《艺术作品之真实性》，〔德〕卡尔原著，郭沫若译述，质文社（东京）民国廿五年（1936）五月廿五日初版，民国廿五年（1936）十一月十五日再版。

《现实与典型》，罗森达尔原著，张香山译述，质文社（东京）民国二十六年（1937）一月初版。

《现实主义论》，吉尔波丁原著，辛人译述，质文社（东京）民国廿五年（1936）六月初版。

十三　宇宙风社"文学丛书"

《她们的生活》，谢冰莹等著，上海宇宙风民国廿五年（1936）十月十六日初版。

《贪官污吏传》，陶亢德编辑，上海宇宙风民国廿五年（1936）十一月十六日初版。

《北平一顾》，陶亢德编辑，宇宙风社（上海）民国廿五年（1936）十二月初版。

十四　西北战地服务团"文学丛书"

《战地歌声》，劫夫、田间、敏夫著，生活书店（广西桂林）民国二十七年（1938）九月初版。

《一颗未出镗的枪弹》，丁玲著，生活书店民国二十七年（1938）九月初版（渝）。

《西线生活》，西北战地服务团集体创作，为生活书店（广西桂林）民国二十八年（1939）四月初版。

十五　新演剧社"文学丛书"

《战时演剧论》，葛一虹著，新演剧社民国廿七年（1938）十二月初版。

《民族公敌》，舒非著，新演剧社民国廿七年（1938）七月初版。

《戏剧导演基础》，Bosworth（布士沃斯）原著，章泯译述，新演剧社民国二十八年（1939）六月十日初版。

十六　希望社"文学丛书"

《北方》，艾青著，南天出版社（桂林）民国三十二年（1943）十二月初版。

《给战斗者》，田间著，上海希望社1943年11月桂初版，1947年1月沪再版。

《童话》，绿原著，上海希望社1942年12月桂初版，1947年1月沪再版。

十七　烽火社《烽火小丛书》

《横吹集》，王健先著，上海烽火社民国二十七年（1938）五月初版。

《在天门》，邹荻帆著，上海烽火社民国二十七年（1938）五月初版。
《大上海的一日》，骆宾基著，烽火社民国二十七年（1938）五月初版。

十八　中国诗艺社《中国诗艺社丛书》

《哀西湖》，杜蘅之著，独立出版社（重庆）民国三十二年（1943）一月初版。
《金筑集》，吕亮耕著，重庆独立出版社民国二十九年（1940）五月初版。
《黎明的号角》，齐敫著，独立出版社（重庆）民国三十一年（1942）七月初版。

十九　文艺新潮社《文艺新潮社小丛书》

《茨冈》，〔俄〕普希金原著，瞿秋白译，上海文艺新潮社民国二十九年（1940）三月十五日初版。
《怀祖国》，吴天著，上海文艺新潮社民国二十九年（1940）一月初版。
《世界革命文艺论》，黄峰著，上海文艺新潮社民国二十九年（1940）三月十五日初版。

二十　中央青年剧社《剧本创作选》

《北地狼烟》，刘念渠、宗由著，中央青年剧社民国二十九年（1940）初版。
《兄弟之间》，汪漫铎著，中央青年剧社民国二十九年（1940）初版。
《洪炉》，丁伯骝著，中央青年剧社民国三十年（1941）三月初版。

二十一　今日文艺社《今日文艺丛书》

《离散集》，塞先艾著，今日文艺社（桂林）民国卅年（1941）九月初版。
《今之普罗蜜修士》，严杰人著，今日文艺社（桂林）民国卅年（1941）十一月桂初版。
《春天》，艾芜著，今日文艺社（桂林）民国卅一年（1942）十月三版。

二十二　华北作家协会《华北文艺丛书》

《森林的寂寞》，袁犀著，华北作家协会民国卅三年（1944）八月初版。
《蟹》，梅娘著，华北作家协会民国三十三年（1944）十一月初版。
《风网船》，关永吉著，华北作家协会民国三十四年（1945）六月初版。

二十三　诗创造社《创造诗丛》

《地层下》，苏金伞著，星群出版公司（上海）一九四七年十月初版。
《噩梦录》，杭约赫著，星群出版公司（上海）一九四七年十月初版。
《号角在哭泣》，索开著，星群出版公司（上海）一九四七年十月初版。

二　现版著作类

巴金：《巴金序跋集》，花城出版社 1982 年版。
陈安湖：《中国现代文学社团流派史》，华中师范大学出版社 1997 年版。
陈绍伟：《中国新诗集序跋选》（1918～1949），湖南文艺出版社 1986 年版。
丁尔纲：《茅盾序跋集》，生活·读书·新知三联书店 1994 年版。
范泉：《中国现代文学社团流派辞典》，上海书店出版社 1993 年版。
柯灵主编：《中国现代文学序跋丛书·散文卷》，海南人民出版社 1988 年版。
柯灵主编：《中国现代文学序跋丛书·小说卷》，海南人民出版社 1988 年版。
刘永文：《民国小说目录（1911～1920）》，上海古籍出版社 2011 年版。
饶鸿兢等：《中国文学史资料全编现代卷——创造社资料（上下）》，知识产权出版社 2010 年版。
三联书店编辑部：《朱自清序跋书评集》，生活·读书·新知三联书店 1983 年版。
上海图书馆：《中国近代现代丛书目录》，上海图书馆 2009 年版。
上海图书馆文献资料室、四川大学郭沫若研究室：《郭沫若集外序跋集》，四川人民出版社 1983 年版。
魏绍昌：《民国通俗小说目录资料汇编》，上海书店出版社 2014 年版。
叶至善、叶至诚：《叶圣陶序跋集》，生活·读书·新知三联书店 1983 年版。
张晓风：《胡风书话》，北京出版社 1998 年版。
张泽贤：《三十年代作家与现代文学丛书》，上海远东出版社 2018 年版。
张泽贤：《中国现代文学小说版本闻见录》（1906～1949），上海远东出版社 2012 年版。
张泽贤：《中国现代文学小说版本闻见录》（1909～1933），上海远东出版社 2009 年版。

钟叔河:《知堂序跋》,岳麓书社 1987 年版。

周靖波:《中国现代戏剧序跋集》(上下册),北京广播学院出版社 2003 年版。

朱寿桐:《中国现代文学社团文学史》,人民文学出版社 2004 年版。

樽本照雄:《林纾冤案事件簿》,商务印书馆 2018 年版。

后　　记

　　两部叙录著作出版之后，我似乎乘坐一叶小舟顺流而下，继续浏览观光，随手采集一些花花草草，于是便有了这部《中国现代社团〈文学丛书〉叙录》。说心里话，我十分喜欢中国现代文学社团，由于其研究成果十分丰硕，不敢轻易造次。如果不是延河顺流，我是没有勇气涉足这一研究领域的。采集花花草草，出于自己浓厚的兴趣和热情，当然不乏愉悦，但是要对这些花花草草进行系统地整理，却不是一件容易的事情，其中甘苦自知，难与外人道，有类似经历者自会领略。

　　做学问是一件艰苦的事情，尤其是忘我工作者，更是如此。看到一个个倒下甚至永远倒下者，我不免心悸。"躺平"一词颇为流行，"躺平"之声时有所闻。可是，看到我的博士后导师黄霖先生八十高龄却继续前行，看到我的博士导师关爱和从不提"躺平"一词，我不免汗颜。想到异国一往无前的樽本照雄先生，我也不免汗颜。他们对我的长期支持和鼓励，我一直感恩于心。"躺平"在我头脑里时时闪过，却又不甘于心。总之，一言难尽，根据感觉走，似乎只能如此。

　　浙江省属社科重点研究基地浙江师范大学江南文化研究中心负责人陈玉兰教授、人文学院院长葛永海教授长期对我大力支持，在此特表谢忱！

　　课题组成员浙江工商大学王昕老师参加了本书的资料搜集整理工作，浙江工业大学之江学院讲师张雪花博士、上海财经大学浙江学院讲师宁倩博士，我的博士生颜梦寒、汤吉红、郭沁，硕士生宋嘉润、覃燕、周素怡，参加了本书的校对工作，在此表示感谢！

付建舟于听雨斋